백 경

홍　　신
세 계 문 학
0　　0　　5

백경
Moby Dick

H. 멜빌 지음
정광섭 옮김

홍
신
문
화
사

너새니얼 호손에게
그의 천재에 대한 나의 찬양의 표시로서 이 책을 바친다.

 **차례**

주요 등장인물

이스마일
이 작품을 이야기해 나가는 청년. 육지의 저속한 인간 생활에 염증을 느끼고 포경선 피쿼드호를 탄다.

퀴퀘그
남해의 어느 섬의 추장의 맏아들로 태어났으나 그리스도교 나라의 문명을 동경하여 미국으로 건너와 피쿼드호의 작살잡이가 된다.

매플 목사
뉴베드퍼드의 포경자 교회의 목사

필레그 선장
빌닷 선장 　피쿼드호의 선주

에이허브 선장
피쿼드호의 선장. 이 작품의 중심인물. 백경(모비 딕)에게 한쪽 다리를 잘리고 나서부터는 복수와 증오심에 불타 백경을 쫓아 미친 듯이 세계의 바다를 헤맨다.

스타벅
피쿼드호의 일등 항해사. 낸터킷 출신인 퀘이커 교도인데 침착하고 냉정한 성격

스터브
이등 항해사. 위험을 조금도 겁내지 않는 태평스러운 성격

플라스크
삼등 항해사. 고래에 대하여 심한 적개심을 갖고 있는 건장한 젊은이

태슈테고
머리가 좋고 행동이 날렵한 작살잡이. 순수한 인디언

대그
거구의 작살잡이. 아프리카 출신의 흑인

페들러
에이허브 선장에게 딸린 늙은 작살잡이. 동양인이며 배화교도

어원부

(가슴 질환으로 죽은 어느 중학교 조교사가 제공함.)

창백한 조교—의복도 마음도 몸도 그리고 두뇌도 너덜너덜했던 그가 지금도 내 눈에 선하다. 언제나 낡은 사전이나 문법서의 먼지를 털곤 했는데, 먼지를 터는 데 쓰는 기묘한 손수건에는 우스꽝스럽게도 전 세계의 모든 나라들의 화려한 깃발이 그려져 있었다. 그는 한결같이 옛 문법책의 먼지 털기를 좋아했는데, 그것은 어쩐지 그로 하여금 그의 정명定命이라는 것을 생각하게 한 듯하다.

어원

"당신이 다른 사람을 교육하는 일을 시작하고, 우리말로 고래라는 물고기를 뭐라고 부르는지를 가르치려고 할 때 당신의 무지로 말미암아 이 말의 뜻을 이루는 데에 가장 중요한 몫을 하는 H자를 무의식적으로 빼려 한다면 당신은 허위를 전달하는 것이 될 것이다."　　　　　　　　　　해클루트

"WHALE은 스웨덴 및 덴마크어로 hval. 덴마크어의 hvalt가 아치형 또는 둥근 천장의 모양을 가리키는 것으로 미루어, 이 동물은 몸체가 둥그스름하고 잘 뒹구는 데서 그런 이름이 붙었음."　　　　　　　〈웹스터 사전〉

"WHALE은 보다 직접적으로 네덜란드어와 독일어의 Wallen에서 옴. 앵글로색슨어의 Walwian은 구르다, 뒹굴다의 뜻임."　　　　　〈리처드슨 사전〉

גן	헤브라이어
κητος	그리스어
CETUS	라틴어
WHŒL	앵글로색슨어
HVALT	덴마크어
WAL	네덜란드어
HWAL	스웨덴어
WHALE	아이슬란드어
WHALE	영어
BALEINE	프랑스어
BALLENA	스페인어
PEKEE-NUEE-NUEE	피지어
PEHEE-NUEE-NUEE	에로망고아어

문헌부

(어느 사서司書 조수가 제공함.)

　여기에 인용되어 있는 글들은, 생각건대 참으로 가련한 두더지나 땅강아지처럼 이 땅의 궁정 서고에서부터 노점에 이르기까지 수많은 서고를 모두 뒤져서 성속귀천聖俗貴賤을 막론하고 모든 책이란 책에서 고래에 관련된 글귀를 무턱대고 수집한 것인 듯하다. 따라서 독자들은 어떤 경우에나 이 인례引例에 있는 것이 아무리 권위 있어 보이더라도 이 혼잡한 고래 문헌을 정통 고래학이라고 믿어서는 안 된다. 그것과는 거리가 멀다. 다만 여기에 있는 모든 고대 작가 또는 시인에 관해서 말한다면, 이 발췌拔萃는 지난 여러 시대를 걸쳐 현대에 이르기까지 여러 나라들에서 거경巨鯨에 대해 이야기되고 생각되고 상상되고 노래된 왁자지껄한 소란에 대한 조감도 같은 것을 대충 보여주는 정도로밖에 가치와 흥미가 없지 않을까.

　그렇다면 불쌍한 조수 선생이여, 나는 이제부터 그대를 논평하겠다.

　그대처럼 가망도 없고 혈기도 없는 부류의 사람들을 따뜻하게 데워줄 술은 이 세상에 없으며, '창백한 셰리주酒' 조차도 너무 붉고 독할 것이다. 그러나 가끔 그대들과 따뜻한 자리를 마련하고 크게 애련哀憐의 정을 느끼며 눈물을 술 삼아 이야기를 주고받고, 이윽고 눈은 눈물로 넘치고 술잔은 비어 "체념하게나, 조수!" 하며 반드시 불유쾌한 것만도 아닌 슬픔 속에 내던져지는 것을 우리들은 좋아한다. 사실 그대들이 있는 힘을 다하여 세상을 기쁘게 하려고 애쓰면 애쓸수록 그대들은 감사를 받기는커녕 방황만 할 것이다.

　나는 그대들을 위해서 햄프턴이며 튈르리의 궁전을 비워주고 싶을 정도다. 그러나 눈물을 삼키고 기운을 내어 로열 마스트로 높이 뛰어올라라. 그대들보다는 한걸음 앞서간 사람들이 7층의 천계天界를 청소하면서, 오랫동안 거기서 배불리 먹던 가브리엘, 미카엘, 라파엘 등의 여러 천사를 몰아내고 그대들이 오기를 기다리고 있다. 이 지상에선 그대들은 산산이 부서진 심장을 부딪치기만 할 뿐이지만, 그곳에선 부서지지 않는 술잔을 부딪칠 테니까!

문헌

"하느님이 거대한 고래를 창조하시다."   〈창세기〉

"거경巨鯨이 그 뒤에 빛나는 길을 남기니 사람들은 심연深淵이 백발을 머리에
이었는가 하고 의아하게 여겼다."   〈욥기〉

"이제 신께서 거대한 물고기를 마련하시어 요나를 삼켜버리게 하셨다."
                                                                  〈요나〉

"배는 그 위를 달리고 그대가 만드신 거경巨鯨이 그 속에서 뛰논다."   〈시편〉

"그날 여호와는 단단하고 크고 강한 칼로 질주하는 뱀과 같은 거경, 아니 구불
구불한 뱀과 같은 거경을 처벌하시고 또한 바다에 있는 용도 죽여주옵소서."
                                                                  〈이사야〉

"또한 그밖에 무엇이든지 혼돈된 이 괴물의 입으로 들어오는 것은 짐승이건
배건 바위건 그 더럽고도 거대한 목구멍 속으로 제멋대로 먹혀서 이윽고 바다을
알 수 없는 뱃속의 심연으로 멸망해 들어간다."
                                                홀란드가 엮은 〈플루타크 교훈서〉

"인도양은 세계 최대의 거어巨魚를 산출한다. 그 중에서도 벨레네라고 불리는
고래는 길이가 약 4에이커, 또는 4아르펜이나 된다고 한다."
                                                          홀란드가 엮은 〈플리니〉

"우리가 바다 위를 달린 지 약 이틀째가 되는 날 해 뜰 무렵, 엄청나게 많은 고
래들과 깊은 바다의 괴물들이 나타난 것을 보았다. 그 중 고래 한 마리는 참으로
놀랄 만큼 거대한 몸집이었다. …… 배에 접근해서 입을 벌리고 사방에 파도를

10

일으키며 그의 앞에서 이는 파도를 때려 거품이 일게 했다."

토크가 엮은 루시안의 〈정사正史〉

"그가 이 나라를 찾아온 것은 역시 말고래라는 것을 잡을 생각에서였으며, 그이빨은 극히 귀중한 골질骨質이라 하여 그 중 몇 개를 왕에게 바쳤다. 가장 좋은 고래는 그의 고국에서 잡히고 그 중 어떤 것은 48야드, 또 어떤 것은 50야드였다. 그는 이틀 동안에 예순 마리를 죽인 여섯 명 중 한 사람이라고 자랑했다."

890년 알프레드 대왕에 의해 기록된, 오더 또는 옥서라는 사람의 이야기

"아무튼 다른 어떤 것이건, 즉 짐승이건 배건 간에 이 괴물(즉 고래)의 무서운 턱에 뛰어드는 자는 즉시 삼켜져 멸망하게 되는데, 물고기들은 그곳을 더할 수 없이 좋은 피난처로 알고 잠든다고 한다." 몽테뉴 〈레몽 스봉을 위한 변호〉

"달아나자, 달아나자! 악마도 보시라. 이놈은 고마운 예언자 모세님이 의리 있는 욥의 이야기에서 말씀하신 거경임에 틀림없다." 라블레

"이 고래 간장은 짐마차 두 대분이다." 스토우 〈연대기〉

"거경은 바다에 거품을 일으켜 마치 끓어오르는 냄비처럼 만들었다."

베이컨 역의 〈시편〉

"그 고래라는 바다 괴물의 거체의 크기에 대해서는 아무런 확실한 것을 알지 못하지만, 고래 한 마리에서는 상상하기 어려울 만큼의 많은 기름이 채취된다."

베이컨 〈생사生死의 역사〉

"몸속의 상처에는 경뇌유가 지상 최고의 것이다." 〈헨리 왕〉

"참으로 고래 같구나." 〈햄릿〉

"그것을 고치는 데는 어떠한 의술도 소용없었다. 다만 한 가지 길이 있다면 사악한 창으로 그의 가슴을 뚫고, 끊임없는 고통을 준 적에게로 바다를 질주해서 바닷가로 향하는 상처난 고래와도 같이 역습하는 것뿐." 〈선녀왕〉

"그 고래와 같이, 그 운행은 잔잔한 바다를 끓어오르게 하는 힘이 있었다."

"말향고래란 무엇인가 하고 사람들이 의아해하는 것도 당연하다. 그 박학한 호스마누스도 30년 노작勞作 속에서 분명하게 그것이 무엇인지를 알지 못한다고 말하고 있다."

T. 브라운 경 〈말향 및 말향고래에 대해서〉의 〈미신론〉

"새 도리깨를 든 스펜서의 탈루스처럼
그 강한 꼬리로 모든 것을 부수고
그 옆구리엔 도리깨의 창을 만들어 달고,
그 등에는 무수한 갈고리를 달고." 월러 〈여름 섬의 싸움〉

"공화국이니 또는 국가(라틴어로 Civitas)라고 일컬어지는 거대한 고래가 인위적으로 창설되는데, 그것도 또한 인공적인 하나의 인격이라고 할 수밖에 없다."

홉즈의 〈라비이어던〉 첫머리

"어리석은 인심군人心君은 마치 고래 입 속의 작은 정어리라는 듯 씹지도 않고 그것을 삼켜 버렸다." 〈천로역정〉

"…… 그 바다의 짐승
거경―신께서 창조하신 것 중
가장 거대한 것이 대양을 헤엄쳐 다닌다." 〈실락원〉

"…… 거경이야말로
창조물 중의 가장 큰 것, 깊은 바다에서
곶[岬]처럼 기다랗게 잠자면서 헤엄치고
마치 흔들리는 대지 같다. 그 아가미로써
큰 바다를 들이마시고 그 숨으로써 큰 바다를 토해낸다." 〈실락원〉

"넓고 확 트인 대양에 떠돌며, 그 속에 넓은 기름 바다를 가득히 간직한 거경."

풀러 〈속국俗國과 성국聖國〉

"어딘가 후미진 곳 가까이에 거경은 누워 먹이를 기다리다가 기회도 주지 않고 먹이를 삼키는데, 그들이 길을 잘못 들어 무서운 턱으로 들어가다."

드라이든 〈경이驚異의 해〉

"배 뒷갑판에 고래가 뜨는 동안 그 머리를 잘라서 보트와 더불어 될 수 있는 대로 해안 가까이 끌어온다. 그러나 수심 12~13피트 되는 곳에서 바닥에 걸리고 만다."

파카스 〈토머스 에지의 스피츠베르겐에로의 10항해〉

"항해 중 그들은 수많은 고래가 바다물결에 장난치고, 또 조물주가 그 어깨에 만들어 놓은 관쒈과 공기구멍에서 물을 뿜어올리며 장난하는 것을 목격하였다."

해리스 콜 〈T. 하버트 경의 아시아 · 아프리카 기행〉

"때때로 그는 고래의 대군들을 보았는데, 그 고래의 어깨에 배가 얹히지 않도록 세심한 주위를 하며 나가지 않을 수 없었다."　　　쇼턴 〈제6회 세계 주항周航〉

"우리는 엘베 강 하구에서 출범. 북동풍. 배 이름은 '고래 뱃속의 요나'……. 고래는 입을 열지 않는다는 사람도 있었지만 그것은 잘못 전해진 것이었다……. 선원들은 고래가 보이나 하고 돛대에 기어올라갔는데 제일 먼저 발견한 자에게는 그 수고의 대가로 1다컷이 주어졌다…….

나는 세틀란드에 끌려온 고래 이야기를 들었는데 그 뱃속에는 청어가 1배럴 이상 들어 있었다고 한다.

배의 한 작살잡이가 나에게 말하기를, 그는 언젠가 스피츠베르겐에서 온몸이 하얀 고래를 잡았다고 했다."　　　해리스 콜 〈1671년 그린란드 항해〉

"고래 떼가 이 해안(파이프)에 온 일이 여러 번 있다. 1652년에 뼈 길이가 80피트나 되는 고래가 왔는데 극히 다량의 고래기름 외에 고래수염 5백 과을 얻었다고 한다. 그 턱뼈는 피트퍼렌의 정문 위에 서 있다."

시볼드 〈파이프와 킨로스〉지誌

"말향고래란 흉포하고 빨라서 사람의 재주로는 죽인 적이 없다는 말을 들었기 때문에 나는 그놈을 정복하여 죽일 수 있을지 어떨지를 시험해 보기로 약속했다."　　　리처드 스트라포드 〈버뮤다에서의 편지〉─1688년 〈철학 회보〉에서

"바다의 고래까지도 신의 말씀을 듣는다."　　　　　　뉴잉글랜드 〈초등 독본〉

"우리들은 큰 고래를 수없이 많이 보았다. 생각건대 이 남해에는 북쪽 바다에 비하면 백 배 가량이나 더 많이 있었기 때문이다."
　　　　　　1729년 카울리 선장 〈지구 주항기周航記〉

"…… 그리고 고래의 입김이야말로 머리가 돌 지경으로 견딜 수 없는 악취를 풍기는 일이 종종 있다."　　　　　　울로아 〈남아메리카〉지誌

"세상에 이름난 쉰 명의 정녀情女들아
중요한 속옷일랑 잊지를 마라.
산기슭 둘레를 고래뼈로 에워싼
일곱 겹 울타리로도 막기 어렵다 하니."　　　　　　〈고수머리의 능욕〉

"만일 지상의 동물을 그 크기에서 깊은 바다에 사는 것과 비교한다면 정말 부끄러워 문제 삼을 수도 없다. 분명히 고래는 창조물 중에서 가장 큰 생물이다."
　　　　　　골드 스미스 〈생물〉지誌

"작은 물고기들을 위한 우화를 쓰시려면 그것들을 고래처럼 말하게 하셔야 합니다."　　　　　　골드 스미스로부터 존슨에게

"오후에 바위처럼 보이는 것을 보았다. 그러나 그것은 고래의 시체였고, 아시아 사람들이 죽어서 해안으로 끌어가고 있었다. 그들은 우리에게 보이지 않으려고 고래의 뒤에 숨으려고 하는 것처럼 보였다."　　　　　　쿠크 〈항해기〉

"더 큰 고래를 그들은 거의 공격하는 일이 없다. 선원 중의 어떤 자는 그들을 몹시 무서워하고 바다 위에 나가면 그 이름을 말하기조차 삼가며, 그들을 놀라게 해서 접근하지 못하게끔 배에 분뇨, 석회석, 노간주나무, 그 밖에 이와 비슷한 물건들을 싣는다."
　　　　　　뱅크 및 솔랜더의 1772년 아이슬란드 항해에 관한 유노 본 트로일의 편지들

"낸터킷섬 사람들이 발견한 말향고래는 활발하고 용맹스러운 짐승이므로, 어부들은 월등히 숙련된 솜씨와 용기가 필요하다."

프랑스 공사에게 준 고래에 대한 토머스 제퍼슨의 1778년의 수기

"오오 여러분, 이와 필적할 것이 이 세상에 또 있겠습니까?"

에드먼드 버크의 의회에서 낸터킷 포경에 관한 발언

"스페인—그것은 유럽 바닷가에 떠밀려 올린 커다란 고래다."

에드먼드 버크 (출처 불명)

"국왕의 통상 세입通常歲入의 열 번째 항목은 해적류海賊類에 대한 해면 방어를 계산에 넣고라도 고래, 철갑상어 등의 귀한 어류를 포획하는 권리에 있다고 일컬어지고 있다. 그것들은 해안에 떠밀려 올라오든 바다에서 잡히든 간에 왕의 재산이 된다."

블랙스턴

"선원들은 이윽고 죽음의 경기로 나가고 로드몬드는 그 머리 위에 갈고리창을 단단히 비껴들고 싸움의 시간에 대비한다."

펄코너 〈난파〉

"지붕과 돔과 첨탑은 찬란히 빛나고
봉화는 절로 불타올라
잠시 파란 둥근 하늘에
불꽃으로 매달린다.
그리하여 불을 물에 비유하면
태양은 상계上界를 휘감고
막을 수 없는 환희의 물결에
하늘의 고래는 높이 물을 뿜었다."

쿠퍼 〈여왕의 런던 행차〉

"심장에 일격을 가했을 때 놀라운 기세로 10~15갤런의 피가 쏟아져 나왔다."

존 헌터 〈(작은)고래의 해부기〉

"고래의 대동맥은 그 구경口徑이 런던 다리의 수도관보다도 크며, 그 관 속을 요란한 소리를 내며 달리는 물의 힘도 고래의 심장에서 내뿜는 피에 비하면 세기와 속력이 모두 뒤떨어진다."

페일리 〈신학〉

"고래는 뒷발이 없는 젖먹이 짐승이다."

큐비에 남작

"남위 40도에서 말향고래의 떼를 보았으나 5월 1일까지는 한 마리도 잡지 못했다. 왜냐하면 해면이 고래 떼로 가득히 덮여 있었기 때문이다."

콜네트 〈말향고래 포획업 확장을 위한 항양기航洋記〉

"내가 서 있는 아래 혼돈이 떠도는 곳에
뛰고, 들어가고, 장난치고, 쫓고, 싸우는 것은
온갖 빛깔과 모양과 종류의 어족.
그것은 말로도 다할 수 없고 선원들도 이 무서운 거경이
잔물결에 떼지은 수많은 잔물고기를 모른다고 말하지 않으리.
끝없는 떼를 이루어 떠 있는 섬처럼
황량해서 길도 없는 넓고 넓은 곳을
사면에서 탐욕스러운 적에게 습격 받으면서도
신비로운 본능에 이끌리어 달린다.
고래들, 상어들, 괴상한 고기들 제각기
칼, 톱, 나선형의 뿔, 갈고리 달린 이빨로 앞턱을 무장한다."

몽고메리 〈대홍수 이전의 세상〉

"아아, 찬양하라, 아아 노래하라.
지느러미 종족의 왕자인 자를.
광막한 대서양에도
그토록 힘센 고래는 없고,
북극의 바다 끝에도
그토록 풍만한 물고기는 뛰지 않았다."

찰즈 램 〈고래의 개가凱歌〉

"1960년의 일이었다. 한 떼의 사람들이 높은 언덕 위에 서서, 물을 뿜으며 서로 장난치는 고래들을 바라보고 있었다. 그때 한 사람이 그 바다를 가리키며 외쳤다―저기에 우리 아들의 손자들이 빵을 얻기 위해 나갈 푸른 목장이 있다고."

오비드 메이시 〈낸터킷사史〉

"나는 수잔과 나를 위해 오두막집을 짓고, 문은 고딕 아치형으로 만들고 거기

에 고래의 턱뼈를 세웠다."
호손 〈두 번 말한 이야기〉

"그녀는 40년 전에 태평양에서 고래에게 죽은 첫사랑의 연인을 위해서 기념비를 주문하러 왔다."
호손 〈두 번 말한 이야기〉

"'아니, 참고래다.'라고 톰은 대답했다. '난 그놈이 물뿜는 것을 보았거든. 다시는 볼 수 없을 만큼 아름다운 무지개를 두 줄 뿜어올렸지. 그놈은 기름이 가득 차 있단 말이야.'"
쿠퍼 〈뱃길 안내인〉

"신문을 가져왔다. 우리는 고래가 무대의 구경거리가 되었다는 것을 〈베를린 가제트〉지에서 보았다."
에케르만의 〈괴테와의 대화〉

"'저런! 체이스 군, 이게 대체 어찌된 일이야?' 나는 대답했다. '고래에 부딪친 겁니다.'"
태평양에서 큰 말향고래에게 공격받아 드디어 파선된, 낸터킷의 포경선
〈에섹스호의 난선기難船記〉. 이 배의 일등 항해사 낸터킷의 오웬 체이스가 썼다.

"어느 날 밤 이슥하여 돛대 밧줄에 선원은 기대고
바람은 무심하게 소리내어 불고
달빛은 창백하게 비쳤다 흐려지네.
고래는 물결에 장난치며 뛰놀고
지나간 자리엔 인광燐光이 번쩍거리네."
엘리자베스 오크스 스미스

"이 고래 한 마리를 잡기 위해 여러 배에서 던진 밧줄의 양에 대해서 말하면 그것은 10,440야드, 즉 약 6마일이나 됐다……. 이따금 고래는 그 거대한 꼬리를 공중에 휘두르고 그것은 회초리처럼 윙윙거리며 3~4마일 거리까지 울렸다."
스코어스비

"새로운 공격에서 받은 고통에 몸부림치며 격분한 말향고래는 마구 뒹굴었다. 그 엄청나게 큰 머리를 쳐들고 크게 벌린 턱으로 주위 모든 것을 닥치는 대로 물었다. 머리로 배를 향해 돌격했다. 배들은 그 서슬에 극히 빠르게 뱅글뱅글 돌다가 때로 부서지기도 했다.

"······ 정말 놀라운 일이다. 이토록 흥미진진한, 또한 상업상으로 보아 이토록 중요한(말향고래와 같은) 동물이 이토록 완전히 등한시되고 일반 대중은커녕 유능한 연구자들까지도—후자는 근년 그 고래의 습성에 관해 알아볼 수 있는 가장 풍부하고 가장 편리한 기회가 종종 주어졌음에도 불구하고—거의 관심을 갖지 않았다는 것은."

토머스 빌 〈말향고래의 역사〉 1839년

"캐셜로트(말향고래)는 참고래(그린란드고래 또는 큰고래)보다도 더 강력하게 그 앞끝과 뒤끝에 무시무시한 무기를 갖추고 있을 뿐 아니라 그것들을 공격적으로 휘두르는 것을 좋아하는 성질을 자주 나타내며, 더욱이 그것을 교묘하고 용감하고 교활하게 사용하여 사람으로 하여금 이미 알려져 있는 온갖 고래 중에 적수로서 가장 위험한 것으로 여기게 한다."

프레데릭 데벨 베네트 〈세계일주 포경기〉 1840년

10월 13일, "고래가 물을 뿜는다."라는 소리가 돛대 꼭대기에서 울려 퍼졌다.
"어느 방향이냐?" 선장이 물었다.
"바람이 불어 가는 쪽 뱃머리 45도선 3포인트 밖입니다."
"똑바로 키를 잡고 추적하라."
"알았습니다."
"이봐! 망보는 친구! 지금 고래가 보이나?"
"네네, 말향고래 떼요. 아아, 물을 뿜었다. 야아, 펄쩍 뛰었다."
"소리쳐 즉시즉시 보고해야 해!"
"네네, 야아, 또 뿜었다. 또 또 뿜었어, 뿜었어."
"거리는?"
"2마일 반."
"뭐라고, 제기랄! 그렇게 가깝단 말이야. 전원 집합!"

J.로스 브라운 〈포경 항해의 소묘〉 1846년

"이제부터 이야기하려는 그 참극이 갑판에서 벌어졌던 포경선 글로브(지구)호는 낸터킷섬의 선적船籍을 가지고 있었다."

생존자 레이와 허시가 쓴 〈글로브 반란기〉 1828년

"전에 그가 상처를 입혔던 일이 있는 고래에게 추격을 당했을 때 그는 창을 들고 잠시 공격하는 손을 늦추었다. 그러나 격분해서 날뛰는 괴물들은 드디어 배를 향해 돌격해 와서 그와 다른 선원은 이 강습격을 피할 수 없음을 깨닫고 물로 뛰어들어감으로써 간신히 생명을 건질 수 있었다."

타이어먼과 베네트 〈전도 일지傳道日誌〉

"웹스터 씨는 말하기를 '낸터킷은 그 자체가 국익에 특출나게 한몫을 하고 있다. 인구는 8~9천 명 가량이고 그들은 여기를 본거지로 하여 바다에서 살며 과감하고 꾸준한 사업으로 해마다 국가의 부에 막대한 기여를 하고 있다.'고 했다."

1828년 낸터킷에 방파제 축조를 청원할 때 다니엘 웹스터 씨가
미국 상원에서 한 연설 속에서

"북양으로, 될 수만 있으면 인도로 가는 길을 열려고 했던 네덜란드 및 영국 사람들의 여러 항해는 말하자면, 그 주목적은 실패했지만 뜻밖에도 고래 떼의 집합지를 세상에 밝혔던 것이다."

맥크로흐의 〈상업 사전〉

"이러한 일은 상호적이다. 공은 다시 튀어 돌아오고 또 튀어 나간다. 그러므로 뜻밖에도 고래 떼의 집합지를 발견한 포경선들은 동시에 그 신비로운 북서 항로에 대한 긴접적인 던시를 집은 듯한 느낌이있다."

발표되지 않은 어느 문헌에서

"바다 위에서 포경선을 만나 가까이 가 보면 놀라지 않을 수 없다. 돛을 줄인 채로 앞으로 나가고, 돛대 꼭대기에 망보는 이가 서서 사방의 망막한 해면을 뚫어지게 바라보는 그 모습은 보통 항해선과는 전혀 다른 광경이다."

미국의 어떤 책에서

"런던의 근교를 산책한 사람들은 구부러진 커다란 뼈가 현관문으로서 또는 정원 문으로서 땅 위에 곧추세워져 있는 것을 본 일이 있을 것이다. 그리고 아마도 그것은 고래 늑골이라는 말을 들은 적도 있을 것이다."

"고래 떼를 추적한 후 본선으로 돌아와 보고 비로소 백인들은 배가 이미 선원 중 잔인한 자들의 피비린내 나는 수중에 들어 있음을 알았다."

포경선 호보매크 호의 약탈 및 탈환에 관한 신문 기사에서

"일반적으로 알려져 있는 사실인데 포경선(미국의)에 타고 나간 사람으로서 출범 때 본선을 타고 귀국하는 사람은 흔하지 않다. 〈포경선 항해기〉

"갑자기 산 같은 것이 물속에서 솟아올라와 수직으로 공중에 솟아올랐다."

미리엄 코핀, 또는 고래잡이 사나이

"그야 물론 고래는 작살을 가지고 찌를 수 있겠지요. 그러나 생각해 보세요. 억세고 기운찬 망아지를 꼬리 밑동을 붙들어 매는 정도로 다룰 수가 있을까요."

〈늑골과 용두〉의 '포경' 장章

"어느 때 나는 아마도 암컷과 수컷이었을 괴수(고래) 두 마리가 앞뒤로 나란히 너도밤나무의 나뭇가지들이 늘어진 해변가(테라 델푸에고)에서 돌을 던지면 맞을 만큼 가까운 거리를 헤엄치고 있는 것을 보았다." 다윈 〈박물학도의 항해〉

"'후퇴!' 일등 항해사가 외쳤다. 머리를 돌려 보았을 때 거대한 말향고래가 아가리를 벌리고 순식간에 배를 파괴해 버릴 듯 위협하면서 뱃머리로 다가오고 있었다. '후퇴! 필사적으로!'" 〈포경자 워튼〉

"용감한 작살잡이가 고래를 한 대 먹일 때는 제군들이 기운차게 모두 소리 질러라." 〈낸터킷의 노래〉

"희귀한 늙은 고래여! 그대의 나라는 끝도 없이 비바람이 울부짖는 큰 바다. 힘이 바로 정의인 그곳에 힘의 거인, 끝없는 바다의 왕이여." 〈고래의 노래〉

제1장 희미하게 보이다

내 이름은 이스마일(추방자, 방랑자라는 뜻)이라 부른다. 몇 해 전—정확하게 언제였는지는 묻지 말아 주기 바란다—내 주머니는 거의 텅 비고, 육지에는 흥미를 끌 만한 것이 아무것도 없으므로 잠시 배라도 타고 세계의 바다를 다녀오자고 생각했다. 우울한 마음을 털어버리고, 혈액 순환을 조절하고 싶을 때면 나는 이 방법을 취한다. 또 입가에 험상궂은 주름이 늘 때, 마음속에 축축한 11월의 가랑비가 내릴 때, 또한 자신도 모르게 장의사 앞에서 걸음을 멈추고 길에서 만난 장례 행렬의 뒤를 쫓아가는 그런 때, 특히 우울증이 나를 짓눌러 웬만큼 강하게 도덕적인 자제를 하지 않으면 거리로 뛰쳐나가 남의 모자를 계획적으로 벗겨버리고 싶은 충동을 느낄 때—그런 때는 더욱더 되도록 빨리 바다로 가야겠다고 생각한다.

이것이 내게 권총과 총알의 대용물이다. 카토(케사르에 항거하여 자결한 로마 정치가)는 철학적인 미사여구를 늘어놓고 제 몸을 칼 위에 던졌다. 나는 조용히 바다로 나간다. 이건 조금도 이상한 일이 아니다. 이런 마음을 안다면 어떤 남자라도 언제가는 바다에 대해 나와 똑같은 감정을 품지 않을까.

그런데 여기 맨해튼의 항구가 섬 위에 서 있다. 인도의 섬들이 산호초에 둘러싸여 있듯 부두에 둘러싸여, 교역의 물결이 사방에서 그곳을 둘러싸고 있다. 오른쪽으로 가나 왼쪽으로 가나 길은 해변과 이어져 있다.

상가 변두리에는 포루(옛 영국군 포대가 있던 자리)가 있고, 그곳의 훌륭한 방파제는 파도에 씻기고 미풍에 서늘해져 불과 한두 시간 전까지만 해도 육지에서 보이지 않던 곳에 있다. 그곳에 서서 바다를 바라보는 사람들의 무리를 보라.

안식일 오후에 잠시 꿈에 잠기는 이 거리를 돌아다녀 보라. 콜리어스 곶
에서 코엔티스의 선창까지, 다시 거기서 화이트홀 옆을 북쪽으로 걸어 보라.

거기서 무얼 보는가. 이 마을의 곳곳에는 수천 명의 사람들이 묵묵히 서 있는 보초병처럼 바다의 몽상에 잠겨 꼼짝도 하지 않고 서 있다. 말뚝에 기대선 사람, 부두 끝에 웅크리고 앉아 있는 사람, 중국에서 온 배의 현장舷牆 너머로 바라보고 있는 사람, 바다를 좀더 자세히 보려고 돛대 위에 올라가 있는 사람. 그러나 그들은 모두 육지에 사는 사람들이다. 여느 때는 차양과 벽에 갇히고, 계산대에 묶이고, 의자 위에 못박히고, 책상에 붙들려 있는 사람들이다. 그렇다면 대체 이것은 어찌된 일인가? 푸른 들판을 잃었다는 것인가? 그들은 여기서 무얼 하고 있는 것일까?

그러나 보라! 더 많은 무리들이 걸어온다. 똑바로 바다를 향하여 뛰어들기라도 하려는 듯 몰려온다. 이상한 일이다. 육지 저 끝 외에는 그들을 만족시키는 것이 아무것도 없다. 저기 창고의 바람이 잘 통하는 그늘 밑을 지나는 것으론 만족하지 않을 것이다. 결코 물에 빠지지 않는 한 될 수 있으면 물에 가까이 다가가고 싶은 것이다. 그래서 그들은 거기에 몇 마일이며 몇 리그인지도 모르게 긴 열을 짓고 늘어선다. 모두가 육지사람들이다. 오솔길에서, 뒷골목에서, 거리에서, 큰 길에서, 북에서, 동에서, 남에서, 서에서 모여든 것이다. 더욱이 여기에선 모두가 하나가 된다. 저 모든 배들의 나침반의 자력이 그들을 여기로 끌어당기기라도 한 것일까?

하나만 더 말하리라. 당신이 호수가 많은 산지山地에 있다고 하자. 당신이 좋아하는 오솔길을 걸어간다고 하자. 대체로 그것은 골짜기로 끌고가 냇물이 흐르는 웅덩이 옆에 당신을 멈추게 할 것이다. 바로 거기에 마력이 있다. 가장 잘 방심하는 사람을 가장 깊은 명상에 잠기게 하고, 또 그를 일으켜 다리를 움직이도록 해보라. 그 지방에 물이 있는 한 그는 반드시 물가로 걸어갈 것이다. 만일 당신이 아메리카 대 사막에서 갈증을 느꼈을 때 일행 중 철학교수가 있다면 그 실험을 해보는 게 좋을 것이다. 누구나 다 알고 있는 일이지만, 명상과 물은 영원히 결부되어 있는 것이다.

또 여기에 화가 한 명이 있다고 하자. 세이코 강의 계곡 가운데서도 가장 환상적이며, 깊고 그윽하며, 고요하고 매혹적이며, 낭만적인 풍경을 그린다고 하자. 그가 가장 중요하게 꼽는 것은 무엇인가? 나무들은 마치 은자隱者와

22

십자가가 그 속에 숨어 있는 것 같은 균형을 지니고 저쪽에 서 있고, 여기 목장이 잠들고, 저쪽에는 가축의 무리가 잠자고, 또 저 너머 오두막에서는 연기가 한가로이 피어오르고 있다. 저 먼 숲으로 나 있는 구불구불한 오솔길이 산허리의 푸른빛에 젖은 봉우리를 향해 기어오른다. 그러나 이 그림이 아무리 황홀한 기분이 넘치고 소나무가 그 잎처럼 양치기의 머리 위로 한탄하는 소리를 떨어뜨린다 해도 단지 이 양치기의 눈이 앞에 있는 마력적인 물의 흐름에 빼앗겨버리지 않는다면 모든 건 허사이다.

또한, 6월의 대초원을 찾아가 보라. 몇십 마일인지도 모르게 참나리꽃에 무릎까지 빠져서 걸어갈 때 어떤 한 가지 매혹이 모자라지는 않는지?

물! 그곳엔 한 방울의 물도 없는 것이다. 만일 나이애가라가 모래로 된 폭포였다면 당신은 그걸 보러 몇천 마일이나 여행을 하겠는가? 저 가난한 테네시의 시인이 우연히도 두 줌 가량의 은화를 얻었을 때, 지금까지 없어서 곤란했던 코트를 살까, 로커웨이 해변으로 도보 여행을 떠날 자금으로 쓸까 하고 생각에 잠겼다는 것은 무슨 까닭일까? 강건한 육체와 강건한 마음을 지닌 소년이라면 거의 모두가 한때는 꼭 바다로 나갈 것을 꿈꾸는 건 무슨 까닭일까? 당신이 맨 처음 선객으로 항해하여 배에서 육지가 보이지 않는 깊은 곳까지 왔다는 것을 처음 알았을 때, 신비스러운 가슴의 울렁거림을 느끼는 것은 무엇 때문일까? 고대 페르시아 사람들이 바다를 성스럽다고 한 것은 무엇 때문일까? 그리스 사람들이 바다를 하나의 신으로 삼고 주피터의 형제라고 한 것은 무엇 때문일까?

이것은 모두가 무의미한 것이 아니다. 아니 샘물에 비치는 안타깝고도 부드러운 그림자를 붙잡을 수 없었기 때문에, 거기에 뛰어들어 빠져 죽었다는 나르시스의 이야기에는 좀더 깊은 의미가 있다. 그와 똑같은 그림자를 우리는 모든 강과 바다에서 본다. 그것은 파악할 수 없는 생명의 환영이다. 즉, 그것은 우리 삶의 모든 것에 대한 열쇠다.

그런데 눈이 몽롱해지고, 나의 허파를 너무도 강하게 의식하기 시작할 때 나는 바다로 가는 습관이 있다고 했지만, 그렇다고 해서 승객으로서 가는 거라고 생각해서는 안 된다. 승객으로 가는 데는 돈지갑이 필요할 테지만 돈지

갑은 그 속에 무언가가 들어 있지 않으면 넝마와 다를 것이 없다. 게다가 승객은 뱃멀미를 하기도 하고 싸움을 하기도 하고 밤에 잠을 못 이루기도 하여 바다의 기쁨을 맛볼 수 없다. 그러므로 나는 결코 승객은 되지 않는다. 또 얼마만큼은 그만한 가치가 있다고 생각은 하지만 제독이나 선장이나 요리사 따위의 직위로도 가지 않는다. 그러한 직위의 영예와 존귀는 그런 것을 좋아하는 사람에게 맡겨 둔다.

나는 고상하고 존귀한 수고나 노고, 신경을 쓰는 일 따위는 모두 싫어한다. 상선이나 화물 운반선, 횡범선橫帆船이나 종범선縱帆船 따위에 신경을 쓰지 않더라도 자신의 일만으로도 벅찬 것이다. 그리고 요리사인데―요리사란 배에서는 어엿한 장교 같은 것으로 그 직책에 어떤 명예가 없는 것은 아니나―어찌된 일인지 나는 아직 새고기를 굽는 일을 상상해 본 적이 없다. 하기는 잘 구워서 보기좋게 버터를 발라 알맞게 소금과 후추를 뿌렸다고 한다면, 나 이상으로 새고기 구운 것에 대해 공손하게라고까진 할 수 없어도 경의의 뜻을 담아 말하는 사람도 없을 것이다.

요즈음 따오기나 하마의 미라를 피라미드의 거대한 조리실 안에서 발견하는데, 그것은 고대 이집트 사람들이 구운 따오기나 구운 하마에 대해 가졌던 미신적인 애착의 정도를 나타내는 것이다.

이리하여 바다에 나갈 때 나는 한낱 선원으로 나간다. 그래서 돛대 바로 앞이나 앞갑판의 바로 아래 또는 제일 높은 마스트(갑판에 수직으로 세운 기둥)의 꼭대기에 머무른다. 물론 어떤 일이든지 명령을 받아야 하는 신세이니 5월 초원의 메뚜기처럼 이 마스트에서 저 마스트로 뛰어다녀야만 한다. 이것은 확실히 괴로운 일이다. 특히 육지의 옛 명문 출신인 벤 렌슬러 집안, 랜돌프 집안, 하디커뉴트 집안의 사람이라면 몹시 자존심이 상할 것이다.

그 중에서도 특히 이 배 타는 일에 목을 틀어박기 직전까지는 어느 시골의 학교 교사로 뻐기며 아무리 몸집이 큰 학생이라고 해도 그의 앞에서는 두려워 쩔쩔매게 한 적이 있는 사람이라면, 교사에서 선원으로의 전변轉變은 참으로 참혹한 것이므로, 세네카나 스토아 학파의 높은 덕을 단단히 나누어 갖지 않고선 적당히 코웃음치며 참는다는 것은 불가능한 일이라고 나는 경고하려

24

다. 그러나 이런 일도 시간이 지나면 잊게 된다.

시골뜨기 늙은 선장이 내게 비를 들고 갑판을 청소하라고 명령했다 해서 그것이 대수겠는가? 신약성서의 가르침에 비추어볼 때 이 굴욕이 어느 정도나 된단 말인가? 그때 내가 늙은 선장에게 공손히 따를 뜻을 나타냈다 해서 천사장天使長 가브리엘이 조금이라도 나를 멸시했으리라고 당신은 생각하는가? 노예 아닌 사람이 이 세상에 있느냐고 나는 묻고 싶다. 늙은 선장이 아무리 나를 혹사하고 괴롭힌다 해도 그것으로 족한 것이다. 나는 다른 사람들도 모두 육체적 또는 정신적 의미에서는 노예라고 생각하면서 만족한다. 이리하여 전 세계는 서로를 들볶으며 사람들은 제각기 서로 다른 사람과 어깨를 맞대며 만족하지 않으면 안 된다.

다시 한 번 말하지만, 나는 언제나 일반 선원으로서 바다에 나간다. 나의 노고에 대해 돈을 치러 주기 때문이다. 승객에게 단돈 몇 푼이라도 돈을 치른다는 말을 아직 들은 적이 없지 않았나? 그 반대로 승객은 자기편에서 돈을 치른다. 돈을 치르는 것과 돈을 받는다는 것은 얼마나 큰 차이인가?

돈을 치른다는 것은 저 에덴동산의 두 사과 도둑이 우리에게 남기고 간 세상의 괴로움 중 가장 큰 것일 것이다. 그러나 돈을 받는다는 것은 무엇에 비할 수 있겠는가? 돈은 지상의 온갖 악의 근원이므로 돈을 가진 사람은 절대로 천국에 들어가지 못한다고 우리가 굳게 믿고 있는 것을 생각하면 사람이 돈을 받기 위해 하는 갸륵한 노력이야말로 참으로 놀라운 일이 아니겠는가? 아아, 얼마나 즐겁게 우리는 그 파멸에 몸을 맡기고 있단 말인가?

결국 나는 언제나 선원으로서 바다로 나간다. 거기엔 앞갑판의 건전한 육체노동과 깨끗한 대기가 있다. 이 세상에선(만약 피타고라스의 교훈을 따른다면) 역풍이 순풍보다 훨씬 좋다. 그러니까 뒷갑판에 있는 제독은 거의 언제나 앞갑판의 선원이 마시고 난 공기를 마시고 있는 셈이다. 그 자신은 새로운 공기를 마시는 줄 알겠지만 그것은 잘못된 생각이다. 실제로 이와 같은 다른 여러 가지 일로도 지도자가 그런 것을 깨닫지 못했을 때 오히려 민중이 지도자를 지도하는 일이 많다. 그러나 여러 번 상선 선원으로서 바다냄새를 마신 후에 지금 내가 포경선을 타려는 건 무슨 이유일까? 이것은 눈에 보이지 않는 운명의 경관警官, 곧 늘 나를 감시하고 남모르게 나를 괴롭히고 설명하기 어려운 힘으로 나를 조종하고 있는 그가 가장 잘 알고 있을 것이다. 이번에 내가 고래잡이 항해를 떠난다는 것은 확실히 아득한 옛날에 작성된 섭리의 예정표에 일부를 이루고 있을 것이다. 대 연주 사이에 짧은 간주곡이나 독주로서 삽입된 것임에 틀림없다. 그 앞뒤의 짜임표는 이렇게 짜여 있는 것이 아닐까 하고 나는 생각한다.

미합중국 대통령 대선거전
이스마일이란 자의 포경 항해
아프가니스탄에서의 피비린내 나는 전쟁

다른 사람들은 기막힌 비극의 주역을 맡거나 우아한 희극의 편한 역할을 맡거나 하는데 운명이란 무대 감독은 왜 하필 내게 고래잡이와 같은 형편없는 역할을 맡겼는지 도무지 알 수가 없다. 그러나 지금 와서 그 당시의 상황을 회상해 볼 때, 그것은 나 자신의 확고한 자유의지와 명철한 판단력에서 나온 선택이었다고 착각하게 만들고, 게다가 온갖 교활한 수단을 써서 끝내는 이런 역할을 맡게 해버린, 그 동기들에 대해 조금쯤 알게 될 것 같다.

이 많은 동기 중에서도 중요한 동기는 거대한 고래 그 자체에 대한 기막힌 경탄의 마음이다. 저 놀랍고도 신비한 괴물이 나의 호기심을 사로잡아버렸다. 곧, 섬처럼 거대한 고래의 몸이 뒹구는 아득하고 거친 바다, 말로 표현할 수 없을 만큼 무시무시한 고래의 위험성, 그리고 이에 수반되는 놀랍도록 장대한 광경과 굉장히 큰 소리들이 나를 열망으로 몰아세웠다. 아마도 다른 사람은 이런 것에 유혹되지 않았겠지만, 나는 미지의 먼 세계를 끊임없이 갈망하였다. 나는 금단의 바다를 항해하고 원시의 해안에 상륙하기를 좋아한다. 또 착하고 아름다운 것에 눈이 어둡지도 않다. 그리고 공포에도 민감하며 할 수만 있다면 그것과 깊이 사귀어 보고도 싶다. 사람이 그가 사는 곳에 존재하는 모든 사물과 친해진다는 것은 좋은 일이 아니겠는가?

이런 이유에서 고래잡이 항해를 나는 좋아하는 것이다. 경이의 세계의 큰

관문은 활짝 열리고 목적한 바로 나를 몰아넣는 격렬한 환상 속에서 내 영혼의 깊숙한 곳으로 끝없이 늘어선 고래 떼가 두 마리씩 나란히 떠올라 왔다. 그들 가운데엔 눈에 싸인 높은 산처럼 거대한 관冠을 쓴 환영幻影이 있었다.

제2장 여행 가방

한두 벌의 셔츠를 쑤셔넣은 낡아빠진 여행 가방을 옆구리에 끼고 나는 혼곶과 태평양을 향해 출발했다. 정든 맨해튼 항구를 떠나서 무사히 뉴베드퍼드(북아메리카 포경선의 집결지)에 도착한 것은 12월의 어느 토요일 밤이었다. 그러나 낸터킷(제이드 코드의 남쪽 30마일 지점에 있는 섬)으로 가는 조그마한 우편선은 벌써 떠난 뒤라 다음 월요일까지 그곳에 갈 수 없다는 말을 듣고는 낙담하지 않을 수 없었다.

고래잡이의 고난과 형극의 길을 동경하는 젊은이들은 대개 이 뉴베드퍼드에 머물렀다가 배를 타고 바다로 나갔다. 그러나 나는 개인적으로 전혀 다른 생각을 품고 있었다. 나는 낸터킷의 배 이외에는 절대로 타지 않겠다고 결심했다. 그것은 그 유명하고 역사가 오랜 섬에 관련된 모든 것에 따라다니는 말할 수 없을 만큼 거친 그 무엇인가가 나를 기쁘게 해주기 때문이었다.

게다가 최근에 뉴베드퍼드는 점차로 포경업을 독점하여 포경업의 역사가 오랜 낸터킷은 오늘날 딱하게도 훨씬 기세가 없어지고 말았지만, 낸터킷이야말로 발상지로서—카르타고에 대한 티르(고대 페니키아의 항구 도시)—아메리카에서 맨 처음으로 고래 시체를 끌어올린 곳이다. 낸터킷이 아닌 다른 어디에서 북아메리카 인디언들이 최초로 통나무배를 타고 거대한 고래를 쫓아가겠는가? 낸터킷이 아닌 다른 어디에서—전하는 바에 의하면—최초의 용감한 단장범선單檣帆船이 수입한 옥돌을 얼마쯤 싣고 떠나서 고래에 돌을 던지고는 사장斜檣에서 작살을 던지는 좋은 기회를 노렸겠는가?

그런데 하룻밤, 그리고 하루 낮, 다시 하룻밤의 시간을 목적지인 항구로 건너가기 전에 뉴베드퍼드에서 기다려야 하는 나로서는 그동안 어디서 식사를 하고 잘 것인가가 문제였다. 불안하기보다는 을씨년스러운 어두운 밤, 살을 에는 듯 춥고 쓸쓸한 밤이었다. 이 고장엔 아는 사람이라곤 없었다. 초조한 나머지 주머니 속을 뒤져 보니 겨우 은화 몇 닢이 나올 뿐이었다. 여행 가방을 짊어지고 황량한 거리 한복판에 선 나는 사방으로 음산하게 엄습해 오는 어둠을 헤치고 둘러보면서 혼잣말을 했다.

"이봐 이스마일, 어디를 가든 너의 지혜의 인도로 어디서 하룻밤의 잠자리를 얻든 우선 숙박료를 물어야 한다. 사치스러운 소리를 해선 안 돼."

초조한 걸음걸이로 거리를 걸어갈 때 '십자성 작살'이라는 간판 앞을 지나갔는데, 그 집은 너무 비싸고 화려하다고 생각되었다. 조금 더 앞으로 나아가자 '검어劍魚 여인숙'이라는 집이 있었다. 창문을 통해 흘러나오는 환하게 밝은 불빛은 그 집 앞에 얼어붙은 눈과 얼음을 녹일 것처럼 보였다.

어디를 가나 단단한 아스팔트처럼 되어 버린 포도에는 서리가 10인치나 얼어붙어서, 돌처럼 된 울퉁불퉁한 땅을 밟을 때마다 닳아서 너덜너덜하게 떨어진 구두 뒤꿈치에 닿아 몹시 나를 괴롭혔지만, 길 위에 잠깐 걸음을 멈추고 집안의 환한 불빛을 바라보고 술잔 부딪치는 소리를 들으면서 여기도 너무 떠들썩하다고 생각했다. 끝내 나는 외쳤다. "자아, 어서 가자. 남의 집 입구에서 우물쭈물거리는 게 아냐. 너의 다 떨어진 구두에 붙들려선 안 돼." 그래서 다시 걸었다. 이번엔 육감으로 바다 쪽을 향해 걸어갔다. 어쩐지 그쪽에는 그다지 좋지는 않더라도 아주 싼 집이 있을 것만 같았다.

말할 수 없이 쓸쓸한 거리! 양쪽에 늘어선 것은 집이 아니라 검은 돌덩어리였다. 여기저기 희미하게 보이는 것은 묘지에서 흔들리는 촛불이었다.

토요일 밤의 이런 시각인데도 이 근처의 마을은 폐허와 같았다. 그러나 나는 곧 낮게 찌부러진 집에서 흐르는 희미한 불빛이 있는 곳에 이르렀다. 그 문은 마치 사람을 부르는 듯이 열려 있었다. 허식이 없는 평민들을 환영할 듯한 모양의 집이었다. 나는 그 집으로 들어가다가 현관에서 쓰레기통에 걸려 넘어졌다. "하하! 이것은 폐허의 도시 고모라(도덕적인 타락으로 하늘의 불에 의해 멸망한 도시)의 재인가."라고 나는 재에 숨이 막힐 것 같이 중얼거렸다. 그런데 아까 보았던 '십자성 작살'에다 '검어 여인숙', 그러면 이 집은 분명 '함정'이라는 옥호(가게나 술집의 이름)일 것이다. 그런 건 아무래도 좋다. 나는 집안의 탁한 목소리를 들으면서 안으로 들어가 가운데 문을 열었다.

토페트(고대 셈족이 아이들을 태워서 마신魔神 몰록에게 바쳤다는 곳) 골짜기의 몰록족의 의회 같은 광경이었다. 수백의 까만 얼굴들이 열을 지어 나를 돌아보았다. 저쪽에서는 지옥의 검은 천사가 제단에서 경전을 두드리고 있었다. 흑인들의 교회였던 것이다. 목사의 설교는 어둠의 검기에 대해, 그리고 눈물과 통곡과 이를 가는 데 대해서였다. 나는 뒷걸음질치면서 중얼거렸다. "이봐, 이스마일, '함정'이라는 간판에 끌려들어와 심한 대접을 받았군그래."

계속 걸어가자 드디어 선거船渠에서 그리 멀지 않은 곳에서 희미한 불빛을 찾아냈는데, 머리 위에서는 구슬프게 삐걱거리는 소리가 들리고, 문 위에 달린 하얀 칠을 한 간판이 흔들거리는 것이 보였다. 그 간판에는 고래가 뿜어내는 안개 같은 물보라가 똑바로 높이 올라가는 그림이 서투르게 그려져 있고, 그 밑에 '물보라 여인숙—피터 코핀'이라고 씌어 있었다.

코핀(棺)?—물보라라고? 이렇게 늘어놓으면 약간 재수없는 소린데, 그러나 코핀은 낸터킷에서 아주 흔한 성씨니까, 이 피터란 사나이도 거기서 건너온 사람일 것이라고 생각했다. 등불은 아주 희미하고, 집안은 조용했다. 이 헐어빠진 목조 건물은 불난 자리에서 이곳으로 끌고 온 것 같았는데, 흔들리는 간판은 가난에 쪼들린 듯한 소리를 내며 삐걱거리고 있었다. 이곳이야말로 틀림없는 싸구려 여인숙으로 가장 좋은 완두콩과 커피를 얻어 마실 수 있는 곳이라고 나는 생각했다.

이상한 집이었다. 박공식으로 지은 이 낡은 집은 한쪽이 마비된 것처럼 가련하게 기울어져 있었다. 그것은 살을 엘 듯이 춥고 쓸쓸한 거리 모퉁이에 서서 저 흉포한 유라굴로(유러클리돈;지중해의 동부를 휩쓴 폭풍)가 사도 바울의 배를 침몰케 했던 때보다도 더욱 미친 듯한 포효에 몸을 내맡기고 있었다. 그러나 유라굴로도 집안에서 침대에 들어가기 위해 난롯가에 조용히 발을 올려놓고 있는 사람들에게는 제법 기분 좋은 미풍이 되어 주었다. 단 하나 남은 사본을 내가 갖고 있는 어느 고서의 작가는 "유라굴로라고 불리는 폭풍에 대해서 판단하건대, 그대가 유리창 안에서 밖에 가득한 서리를 내다볼 때와 유리 없는 창문의 안이나 밖에 서리가 얼어붙어 사신만이 유리공工이 될 때와는 전혀 그 폭풍이 달리 보인다."라고 말하였다. 이 구절이 머리에 떠올랐을 때 "낡은 검은 활자여, 너는 참으로 훌륭한 말을 하는구나."라고 나는 중얼거렸다.

그렇다. 이 눈은 창문이요, 나의 이 육체는 집이다. 이런 틈은 모두 메워 버리고 여기저기에 조그마한 솜이라도 틀어막지 않았다니 참으로 유감스 러운 일이다.

그러나 이미 지금에 와 다시 고친다는 것은 늦은 일이다. 우주의 조화는 끝났고 갓돌은 다 놓아졌고 나무를 자르고 난 부스러기들은 이미 백만 년 전 에 다 실어가버렸다. 불쌍한 나사로, 베개 대신 가장자리 돌을 베고 누워 이 를 딱딱 마주치고 벌벌 떨면서 누더기를 뜯어 두 귀를 틀어막고 옥수수 속대 로 입을 막아 보았자, 여전히 그는 이 흉포한 유라굴로를 막을 수는 없을 것 이다. 부자 노인 다이비스는 그 붉은 비단옷에 싸여(나중에는 더욱 빨간 옷에 싸이 지만) 말할 것이다. 유라굴로라고? 그게 어쨌단 말인가? 얼마나 상쾌하게 서 리 덮인 밤인가? 오리온좌는 반짝거리고 북극광은 빛나고 있지 않은가? 영원 한 온실이라고 하는 동양의 여름에 대해 지껄이고 싶은 놈이 있다면, 마음대 로 지껄이게 내버려둬라. 나는 내 석탄으로 나의 여름을 만들 특권이 있으면 그것으로 족하다.

그러나 나사로는 어떻게 생각할까? 그가 그 창백한 손을 북극광에 쬐었다 해서 따뜻해질까? 나사로는 이런 곳보다는 수마트라에 있었던 편이 좋지 않 았을까? 적도선을 따라서 길게 누워 있는 편이 훨씬 좋지 않았을까? 아니 신 이여, 이 서리를 막으려면 지옥의 불가마 속까지 내려가야 할 겁니다.

그런데 나사로가 다이비스네 문간의 돌 위에 몸을 눕힌다는 것은 빙산이 몰루카스 군도(동인도 제도 중의 하나) 중의 어느 하나에 표착漂着하는 것보다도 이상한 일이다. 그러나 또한 다이비스만 해도 얼어붙은 한숨으로 만들어진 얼음 궁전에서 사는 러시아의 차르 황제처럼 살아야 하고, 금주협회의 총재 로서 고아들의 미지근한 눈물만을 마시고 있는 것이다.

이제 이 이상의 말은 하지 않기로 하겠다. 우린 이제부터 고래잡이를 나가려 한다. 앞으로 일어날 일이 여러 가지 있다. 서리에 언 발의 얼음을 긁어내고 이 '물보라 여인숙'이 어떤 곳인가를 살피기로 하자.

제3장 물보라 여인숙

박공 건물인 '물보라 여인숙'에 들어가니 천장이 낮고 덜컹거리는 넓은 현관이 있고, 그 구식 벽판은 폐기 처분된 노후선의 뱃전을 연상케 했다. 한쪽 벽에는 유화 한 점이 아주 큰 틀에 걸려 있었는데, 형편없이 그을려서 아주 더러워져 있었고 또 사방에서 비치는 불빛이 고르지 않아 아주 골똘히 연구하거나, 자세히 관찰하거나, 아니면 곁에 있는 사람들에게 주의 깊게 묻기라도 하지 않는다면 무엇을 그리려 한 것인지 전혀 알 수가 없을 정도였다. 아무것도 분간할 수 없는 암흑과 그림자의 혼합이었다. 처음에는 무녀들이 많았던 시대의 뉴잉글랜드에서 야심에 찬 어느 청년 화가가 넋을 빼는 세상의 혼돈을 그림에 나타내려고 한 것쯤으로 생각하게 된다. 더욱이 여러 번 감상하고 곰곰이 생각하면서, 특히 현관 뒤쪽의 조그만 창문을 열어젖히면 그런 허황된 의견조차도 전혀 당치 않은 것만은 아니라고 결론을 내리게 된다.

그렇다고 해도 무엇보다도 사람을 혼돈시키고 어리둥절하게 하는 것은 그림 한가운데에 뭐라 형용할 수 없는 거품 속에 떠 있는 세 줄기 선, 곧 파란 선, 희미한 선, 수직선 위에 떠돌고 있는 길고도 불길한 느낌을 주는 거대한 검은 덩어리다. 신경이 약한 사람이라면 충분히 발광케 할 걸쭉하고 질척질척하고 썰렁한 그림이다. 더욱이 거기에는 일종의 막연하고 반밖에 이루어지지 않은 듯한 표현하기 어려운 숭엄한 기분도 있어서, 사람의 마음을 거기에 못박아 놓고 끝내는 이 기이함이 무엇을 의미하는지를 반드시 발견하고야 말겠다고 자기도 모르게 마음속으로 맹세하게 하는 것이 있다. 언뜻 어떤 명안名案이 머리에 번쩍할 때도 있다. 이를테면 아아, 그것은 모두 거짓말이다—강풍이 휘몰아치는 한밤중의 검은 바다이다—천지의 4대 원소의 광기에 찬 투쟁이다—말라붙은 황야이다—북극의 겨울 경치다—얼어붙은 시간의 흐름이 녹는 것이다라는. 그러나 끝내 그러한 모든 공상은 그림 중심에 있는 이상한 형체의 것에 걸려 깨져 버리고 만다. 일단 그것을 알게 되면 그 나머지는 명백해진다. 그러나 잠깐, 무언가 거대한 물고기를 닮지 않았나? 커다란 고래, 그 자체를 닮지 않았나?

사실 많은 노인들에게 물어보고 여러 가지 의견을 참고로 하여 도달한 결론, 곧 화가의 의도는 다음과 같은 것이었다. 이 그림은 혼 곶을 회항하는 배가 태풍을 만난 그림이었다. 절반쯤 침몰해버린 그 배는 돛이 갈가리 찢어진 돛대 세 개만을 해상에 드러낸 채 몸부림치고 있고 미친 듯 날뛰는 고래가 배 위를 훌쩍 뛰어넘으려고, 그 몸을 자칫 잘못하면 돛대 세 개의 꼬챙이에 꿴 것처럼 찔리게 되는 무시무시한 순간의 그림이었다.

이 현관 반대쪽 벽에는 야만적인 이교도들의 괴상한 곤봉과 창이 가득 걸려 있다. 어떤 것은 상아를 베는 톱으로 잘못 알 만큼 반짝거리는 이가 잔뜩 박혀 있고 또 어떤 것은 사람의 머리카락을 술로 달고 있다. 낫처럼 생긴 것도 있는데 그것에는 풀 베는 기계가 막 베어 놓은 풀처럼 활 모양을 한, 기다랗게 구부러진 손잡이가 붙어 있다. 그것을 바라보는 사람은 전율을 느끼고 야만적인 식인종들이 무시무시한 기구로 그토록 살육을 했던가 하고 놀랄 것이다.

이것들과 함께 엉망으로 망가지고 녹슬어버린 고래잡이용 창이며 작살 종류도 같이 놓여 있다. 전설적인 무기도 몇 개 있다. 지금은 몹시 구부러진 이 긴 창을 갖고 네이던 스웨인은 50년 전 하루 해가 떴다가 지는 사이에 고래 열다섯 마리를 잡았다고 한다.

그리고 지금은 코르크 마개 뽑기처럼 보이는 저 작살은 자바해에서 던져져 그대로 고래 등에 꽂힌 채 끌려갔는데, 그 고래가 몇 해 후에 블랑코 곶(사하라 사막의 서쪽 끝)에서 사살되었다고 한다. 그 쇠작살은 맨 처음에는 꼬리 가까이에 꽂혔는데, 사람의 몸에 들어가 돌아다니는 바늘처럼, 40피트나 고래 몸속을 돌아다닌 후 등속의 살에 박혀 있었다.

어두운 이 현관을 지나자 천장이 낮은 아치형의 복도가 있고—그곳은 예전에 난로에 연결된 커다란 굴뚝이 있던 자리임에 분명한데―거기를 빠져나가게 되면 홀로 들어선다. 이곳은 복도보다 더 어두운데 낮고 거대한 대들보가 머리 위에 있었고, 낡아서 몹시 울퉁불퉁한 마룻바닥이 발밑에 있어, 폭풍우가 몰아치는 밤에 한쪽 구석에 놓인 낡은 배와도 같았다.

이 건물이 무섭게 진동하고 있는 때 들어오기라도 했다면 낡아 빠진 배의 밑바닥을 걷는 기분이 되었을 게 틀림없다. 한쪽에는 선반 비슷한 길고 나지막한 테이블이 있어 이 세상의 구석구석에서 뒤져 모은 먼지투성이의 골동품이 가득 들어 있는 깨어진 유리상자들이 쭉 늘어서 있다.

방의 한쪽 구석에 삐죽 튀어나와 있는 야릇한 새집 같은 것은 바인데, 그것은 조잡하게도 고래의 머리를 모방하려 했던 모양이다. 아무튼 고래의 턱뼈가 커다랗게 입을 벌리고 있어 마차가 그 밑을 지나갈 수 있을 정도였다.

그 턱 속에 초라한 선반이 있어 낡은 포도주병, 물병, 플라스틱 종류가 죽 놓여 있는데, 바로 그 속에서 옛날의 희생자 요나(사실 사람들에게 그런 이름으로 불렸다.)처럼 쭈그러진, 몸집이 작은 노인이 돌아다니면서 돈과 바꾸는 것이라면 선원들에게는 마취약을, 아니 죽음까지도 비싸게 팔고 있다.

그가 독을 부어 넣는 술잔이야말로 밉살스럽지 않은가? 바깥쪽은 그야말로 원통형을 이루고 있지만, 안쪽은 엉터리라 번들거려 보기가 흉하고 바닥으로 내려갈수록 폭이 좁아진다. 이 날강도와 같은 술잔에는 자오선이 평행으로 새겨져 있다. 그래서 이 선까지 따르면 값은 1페니밖에 안 되지. 이 금까지면 1페니 더, 또 1페니어치만 더, 하는 식으로 하나 가득 따르면―혼 곳까지 따른 셈이 되고 1실링어치를 단숨에 쭉 들이키는 셈이 된다.

내가 홀에 들어섰을 때 젊은 선원 몇 사람이 테이블 주위에 모여 어두컴컴한 등불 밑에서 고래 이빨로 만든 여러 가지 물건들을 비평하고 있었다. 나는 주인을 찾아가 방을 달라고 했으나 만원이어서 비어 있는 침대가 하나도 없다는 대답이었다. "그렇지만 잠깐 기다려요."라고 그는 이마를 가볍게 두드리면서 덧붙였다. "작살잡이하고 한 담요에서 자는 건 싫지 않겠죠? 당신도 고래잡이를 떠날 모양인데 친해 두는 것도 나쁘지 않을 거요."

나는 한 침대에서 둘이 자는 것을 좋아하지 않는다. 그러나 아무래도 그렇게 자야 한다면 그 작살잡이가 어떤 사나이인가 하는 게 문제였다.

이 집안에서 잘 곳이라곤 거기밖에 없고 작살잡이도 그다지 언짢은 사나이가 아니라면 이 추운 밤에 낯선 거리를 더 이상 헤매는 것은 어리석은 일이니 점잖은 사람과 함께라면 한 담요에 기어들어가는 것도 나쁘진 않을 거다, 하고 대답했다.

"그렇소, 옳은 말이오. 자, 앉으시오. 저녁식사는? 저녁식사를 들 건가요? 그야 곧 되고말고요."

뉴욕에 있는 배터리 공원의 낡아빠진 벤치처럼, 나는 여기저기에 갖가지 자국이 잔뜩 새겨진 긴 의자에 걸터앉았다. 지금도 의자의 한쪽 끝에는 무뚝뚝한 선원이 몸을 구부리고 양쪽 무릎 사이로 의자에 조그만 칼로 열심히 무언가를 새기고 있었다.

'돛을 팽팽히 달고 나가는 배를 새기려는 모양인데 잘되지 않은가 보군.'

이윽고 네댓 사람과 함께 옆방의 식탁에 불려 갔다. 아이슬란드처럼 춥고 불기라고는 조금도 없는 방이었지만, 이것도 어쩔 수 없다고 주인은 말했다. 꺼질 듯한 촛불 두 개가 마치 죽은 사람의 옷에 둘러싸인 것처럼 타고 있을 뿐이었다. 우리는 선원 재킷의 단추를 끼고, 곱은 손가락으로 따끈한 차를 입으로 가져가는 수밖에 없었다. 그래도 식사만은 푸짐했다. 고기와 감자뿐 아니라 찐 경단까지 나왔다. 원 세상에, 만찬에 찐 경단이라니. 녹색의 두꺼운 나사 외투를 입은 젊은 선원은 이 찐 경단을 아주 게걸스럽게 먹기 시작했다.

"젊은이, 오늘 밤엔 틀림없이 꿈자리가 사나울 거요."

주인이 말했다.

"주인 영감, 저 사람이 작살잡이는 아니겠죠?"

나는 귓속말로 말했다.

주인은 무섭게 얼굴을 찡그리며 대답했다.

"아니오. 작살잡이는 살빛이 검어요. 찐 경단 같은 걸 먹는 일이 없어요. 비프스테이크만 먹죠. 그것도 살짝 구운 것으로 말이오."

"대단한 사나이이군요. 그 작살잡이는 어디에 있죠? 여기에 있나요?"

내가 물었다.

"곧 올 거요."

이제 와서 어쩔 수도 없는 일이지만 나는 그 '얼굴이 검은' 작살잡이라는 사람이 의심스러워졌다. 아무튼 함께 자야 한다면 그 사나이가 먼저 옷을 벗고 침대에 들어가도록 해야 한다고 마음속으로 결심했다.

저녁식사가 끝나자 모두 바로 되돌아갔지만 나는 거기서도 할 일 없이 무료한지라 하룻밤 내내 방관자로서 지내기로 작정했다.

별안간 밖에서 떠들썩한 소리가 들렸다. 주인이 일어서며 외쳤다.

"그램퍼스 호 놈들이군. 오늘 아침에 앞바다에 들어왔다는 소식을 들었지. 3년 만에 만선으로 돌아온 거야. 자아, 피지 제도(남태평양에 있음.)의 최근 소식도 들을 수 있을 거요."

선원용 장화의 발자국 소리가 현관에 울리고 문이 휙 열리자 난폭한 한 무리의 선원이 우르르 밀려들어왔다. 보풀이 난 당직용 외투로 몸을 감싸고, 다 떨어진 양털 목도리로 머리를 감고, 수염을 고드름 막대기처럼 기른 그들의 모습은 래브라도 반도(허드슨 만의 동쪽에 있음.)에서 뛰쳐나온 곰 무리와 비슷했다. 배에서 막 올라와서 들른 첫 집이 여기였다.

그러고 보면 그들이 곧장 고래의 턱이라 할 이 집에 밀어닥친 것도 무리는 아니었다. 그 늙어빠진 조그만 요나가 얼른 술잔에 술을 가득히 채워 모두에게 돌렸다. 한 사람이 머리가 지끈지끈하고 오한이 난다고 하자 요나는 진과 당밀주를 섞으며, 이놈이 감기라면 코감기든 아무리 오래된 감기든, 또한 래브라도 해안에서 걸린 감기든, 바람 센 빙산에서 걸린 감기든, 모든 감기에 잘 듣는 특효약이라고 큰소리쳤다.

바다에서 막 상륙한 지독한 알코올 중독자라 할지라도 그런 술에는 곧 취하게 마련이다. 그들은 큰 소리로 부르짖고 떠들어대기 시작했다.

그러나 그 중 한 사람이 무리에서 약간 떨어져 있는 것을 나는 보았다. 취하지 않은 제 얼굴 때문에 다른 동료들의 즐거운 기분을 상하게 해서는 안 된다고 생각하는 것 같았지만, 무슨 일에나 다른 사람들처럼 떠들기를 삼가고 있는 것 같았다. 이 사나이가 곧 내 흥미를 끌었는데, 얼마 후에 해신海神의 인도로 그와 나는 친구(이 이야기 속에서는 단순히 잠자리 친구였다는 것뿐이지만.)가 되었으므로 여기서 그에 관해서 조금 이야기해도 괜찮을 것 같다. 6피트가 넘는 키에 어깨가 떡 벌어지고 가슴이 댐처럼 넓은 사나이였다. 이렇게 근육이 단단한 사나이를 본 적이 없었다. 그 얼굴은 햇볕에 타서 암갈색이고 흰 이가 그와 대조적으로 반짝반짝 빛났다. 그러나 그 눈동자에는 짙은 그림자가 감돌고 있어 그에게 기쁨을 줄 수 없는 어떤 기억을 말하고 있는 것 같았다. 말씨로 대뜸 남부 사람이라는 것을 알 수 있었고, 그 훌륭한 체격으로 미루어 버지니아의 앨리게니아 산맥 근처의 산간 지방에 사는 키가 큰 주민일 거라고 생각되었다. 그 동료들의 소란이 최고조에 달했을 때 이 사나이는 살그머니 빠져나갔는데 그 뒤 배 위에서 만날 때까지 그와 만나지 못했다.

그러나 몇 분 후에 친구들이 그가 없어진 것을 알아차리자 어떤 이유에서인지 인기가 있었던 모양으로 모두가 함께 "벌킹턴, 벌킹턴! 벌킹턴은 어디 갔나?"라고 외치며 그를 찾으러 뛰쳐나갔다.

이미 9시가 가까운 시간이기도 했지만, 홀은 술에 만취되어 법석을 떨어댄 후의 야릇한 정적에 싸였다. 나는 선원들이 들어오기 바로 직전에 어떤 묘안이 생각나서 기뻤다.

누구나 둘이 한 잠자리에 들기를 좋아하는 사람은 없을 것이다. 사실 같은 핏줄을 타고난 형제라 해도 함께 자고 싶지는 않을 것이다. 어떤 이유인지 모르지만 잠잘 때 사람은 혼자 있고 싶어하는 법이다. 게다가 낯선 사나이와 낯선 마을의 낯선 여인숙에서, 더욱이 낯선 사나이가 작살잡이라는 데는 반대할 이유가 한없이 늘어나게 된다. 게다가 내가 선원이라고 해서 둘이 함께 자야만 한다는 이유는 조금도 없다. 바다 위의 선원이라 해도 육지에 있는 독신인 제왕과 마찬가지로 둘이서 자지는 않는다. 그 선원들은 모두 한방에서 자기는 하되, 자기에게 주어진 해먹이 있고 자기 몸을 쌀 담요도 있으므로, 다시 말해 자기 피부에 푹 싸여서 자는 것이다.

작살잡이의 생각을 하면 할수록 그와 함께 자기가 싫어졌다. 작살잡이라 하니 그 사나이의 내의나 옷이 린넨이건 모직이건 깨끗할 리도 없겠고 더구나 아름다울 리도 없을 거라고 추측하는 것도 무리가 아니었다.

나는 온몸이 근질거렸다. 이제는 시간도 꽤 늦었다. 점잖은 작살잡이라면 돌아와서 잠자리로 들어갈 때였다. 그런데 그가 밤중에 내게로 굴러 들어왔다고 생각해 보라. 어떤 불결한 마굴魔窟에서 돌아왔는지도 모르지 않는가?

"주인 영감, 마음이 변했소. 작살잡이와 자는 걸 그만두겠소. 이 긴 의자에서 자겠소."

"좋도록 하구려. 그렇지만 테이블보를 이불로 쓰는 건 안 되겠소. 이 판자는 매우 울퉁불퉁하지만 말이오." 주인은 판자의 마디며 칼자국을 쓸어 보면서 "잠깐 기다려 보오, 스크림샨더(고래 이빨 세공)님, 바에 목수의 대패가 있소. 그것으로 아주 기분 좋도록 해드리지."라고 말하며 대패를 가지고 와서 낡아빠진 비단 손수건으로 먼저 의자의 먼지를 턴 후, 원숭이 같은 쓸쓰레한 웃음을 띠면서 내 침대에 난폭하게 대패질을 하기 시작했다. 대팻밥이 사방으로 날았다. 그러다가 대팻날이 견고한 마디에 '딱' 하고 부딪혔다. 주인은 하마터면 손목을 삘 뻔했다.

나는, "제발 그만두시오, 이 침대는 내게 더할 나위 없이 부드럽소. 온 세상의 대패를 다 가져와도 송판이 비둘기의 깃털이 되는 건 아니지 않겠소." 했다. 그러자 주인은 더욱 쓸쓸하게 웃으며 대팻밥을 긁어모아서 방 한가운데 놓인 큰 난로에 집어넣은 후 자기 일을 보러 갔다. 나는 다시 덧없는 생각에 잠겼다. 한참 뒤에 긴 의자의 치수를 재어보니 1피트 가량 짧았으나 그것은 다른 의자로 보충할 수 있었다.

그러나 그 의자는 폭이 1피트 가량 좁았다. 이 방에 있는 또 하나의 긴 의자는 대패질을 한 긴 의자보다도 4인치 가량 높았다. 그렇다면 잇대어 놓을 수도 없다. 먼저의 벤치를 단 한 군데 비어 있는 벽 쪽에 붙여놓고 약간 간격을 두어 등을 거기에 올려놓도록 해보았다. 그러나 곧 창문틀 밑 틈새로 너무도 싸늘한 바람이 들어오는 것을 깨달았다. 게다가 덜컹거리는 문에서 들어오는 바람이 그 창문으로 들어오는 바람과 맞부딪쳐 합류하여 바로 내가 하룻밤을 지내려고 생각했던 근처에서 끊임없이 작은 회오리바람을 일으키고 있어서 그 시도도 수포로 돌아갔다.

'작살잡이 놈 귀신에게 잡아먹혀라.' 라고 나는 생각했다. 그러나 잠깐만, 이쪽에서 선수를 쳐서 그놈의 침대에 들어가 안에서 문을 잠그고 아무리 심하게 문을 두드려도 깨어나지 않는 방법은 어떨까? 나쁘지 않은 생각이다, 라고 생각한 다음 순간 나는 다시 체념했다. 그 다음날 아침 내가 방에서 목을 내밀기가 무섭게 그 문 앞에 작살잡이가 버티고 서 있다가 당장 나를 때려 눕히지 않는다는 보장을 누가 할 수 있을 것인가?

아무리 주위를 둘러보아도 누군가의 잠자리로 들어가지 않고서는 하룻밤을 무사히 지낼 방도가 없음을 알았을 때 나는 이 낯선 작살잡이에 대해 부당한 편견을 품고 있는 것이 아닐까 하고 생각하게 되었다. "잠시 기다려 보리라, 머지않아 곧 돌아오겠지. 그때 자세히 그 사나이를 보기로 하자, 다정한 잠자리 친구가 되지 않으리란 법도 없지."라고 나는 중얼거렸다.

그러나 다른 숙박객들은 하나둘씩 자꾸자꾸 잠자리에 들어가는데 나의 작살잡이는 그림자도 보이지 않았다.

"주인 영감." 하고 내가 불렀다. "어떤 사나인가요? 언제나 늦게 돌아옵니까?" 벌써 12시가 가까웠다.

주인은 또다시 궁상스러운 쓴웃음을 지었다. 무언가 내가 알지 못하는 일로 매우 즐거워하고 있는 것 같았다. "아뇨, 언제나 일찍 들어오죠. 일찍 자고 일찍 일어나요. 일찍 일어나는 새가 벌레도 잡을 수 있다고 하는 작자요. 그런데 오늘 저녁에는 행상을 나갔답니다. 어째서 이렇게 늦는지는 알 수 없지만, 아마 그 사람의 머리가 잘 팔리지 않는가 보오."

"머리가 안 팔리다뇨? 그런 엉터리 같은 이야기가 어디 있습니까?" 나는 화가 치밀어서 견딜 수 없었다. "주인 영감, 그 작살잡이가 이 성스러운 토요일 밤에, 아니 일요일 아침인지도 모르지만 물건도 있을 텐데 하필이면 자기 머리를 거리에 팔러 다닌다니, 그런 말은 안 하는 게 좋겠군요."

"아니오, 바로 그대로라오."라고 주인 영감이 말했다. "그리고 내가 그에게 시장에 물건이 너무 많더라고 했단 말이오."

"무슨 물건이죠?" 내가 외쳤다.

"머리죠. 이 세상엔 머리가 너무 많단 말이오."

"주인 영감, 분명히 말해 두겠는데," 하고 나는 아주 침착하게 말했다. "그런 옛날이야기 같은 말은 그만두는 게 좋을 거요. 나는 어린아이가 아니니까."

"그럴지도 모르겠군요." 그는 나뭇조각을 주워 조그만 칼로 이쑤시개를 만들면서 말했다.

"그렇지만 당신이 그의 머리에 대해서 욕을 하는 것이 들통나면 단단히 혼이 날 거요."

"그런 머린 내가 부숴놓겠소." 나는 주인이 이상한 태도로 말하는 터무니없는 말에 또다시 화가 치밀었다.

"벌써 깨졌는걸요." 그가 말했다.

"깨지다니? 정말 깨졌나요?"

"그렇다니까요. 그러니까 팔아 치우질 못하는 거요. 틀림없어요."

"주인 영감." 하고 부르면서 나는 눈보라 속에 우뚝 서 있는 헤클라 산(아이슬란드에 있는 화산)처럼 냉랭하게 다가앉았다. "이쑤시개 깎는 일은 그만두구려. 서로 속을 털어놓읍시다. 우물거릴 때가 아니잖소. 알겠소? 나는 이 집에와서 방을 빌려 달라고 했소. 당신은 침대가 절반밖에 없다고 했소. 나머지반은 이미 어떤 작살잡이의 것이라 했고 말이오. 그런데 난 아직 그 작살잡이가 어떤 사나이인지도 모르는데 당신은 화나는 이상한 말만 하는군요. 그러니 잠자리 친구가 될 그 사나이에 대해서 나는 점점 더 불안해지지 않겠소? 잠자리 친구란 세상에서 더없이 친한 사이란 말이오. 지금 부탁을 하겠는데 그 작살잡이가 어떤 사나이이고, 하룻밤을 함께 자도 절대로 괜찮을지 말해주구려. 그 사나이가 머리를 팔러 다닌다는 그런 끔찍한 말을 취소해 주었으면 하오. 만일 그것이 정말이라면 작살잡이는 미친 사람이라고 볼 수밖에 없지 않겠소. 나는 미친 사람과 같이 잘 생각은 없소. 여보, 주인 영감. 당신이 알고 있으면서 그런 일을 당하게 하려고 한다면 형벌을 받을 거요."

"하긴 그렇군요." 하고 주인은 길게 숨을 내쉬었다. "가끔 좀 거칠기는 하지만, 애송이치곤 꽤 긴 설교로군. 그렇지만 그렇게 덤비진 마시오. 안심해요. 내가 말한 작살잡이는 남양에서 막 도착한 사람인데 뉴질랜드의 향졸이 스민 머리를 잔뜩 가지고 왔다오. 대단한 골동품이라오. 그걸 팔다가 하나남아서 오늘 밤에 팔아 치우려고 하는 거요. 내일은 일요일이어서 모두가 교회에 가는데 길거리에서 사람의 두개골을 팔 순 없으니까요. 지난번 일요일에도 팔러 나가려고 마치 양파처럼 끈에 매달아서 네 개 가량 들고 문을 뛰쳐 나가려는 걸 내가 말렸소."

이것으로 의혹은 풀리고, 주인도 결국 나를 노릴 생각이 없었다는 것을 알았다. 그렇다 해도, 토요일 밤부터 성스러운 주일날 아침까지 나가서 우상 숭배자들의 두개골을 판다는 그런 야만적인 장사에 여념이 없는 작살잡이를 난 어떻게 생각해야 할까?

"어떻든 주인 영감, 위험한 사람이군."

"지불은 틀림없는 사람이지." 주인의 대답이었다. "그러나 너무 늦었으니 잠자리에 들어가는 게 좋겠소. 아주 좋은 침대라오. 내 아내와 내가 부부가 되던 날 밤에 그 침대에서 잤거든. 둘이 뛰어 돌아다녀도 충분해. 아주 큰 거니까. 우리가 쓰지 않게 되기까지 아내는 우리 샘과 꼬마 조니를 발치에 재웠을 정도요. 그런데 한번은 내가 꿈을 꾸면서 몸부림을 쳤는데 그때 샘이 굴러 떨어져 팔이 부러질 뻔했거든. 그 다음부턴 아내가 그 방을 싫어했지. 자, 곧 촛불을 올려다 줄 테니." 하고 초에 불을 붙여 내게로 높이 올려 주면서 안내하려고 했다. 그러나 나는 망설이며 서 있었다. 그때 구석의 시계를 보면서 주인이 외쳤다. "저런, 벌써 일요일이오. 오늘 밤 작살잡이는 돌아오지 않는가 보오. 어디 딴 곳에 닻을 내렸나 보오. 그러니 이리 오시오. 오라니까, 오지 않겠소?"

나는 잠시 망설이다가 결국은 그를 따라 계단을 올라갔다. 안내된 방은 썰렁한 작은 방인데 터무니없이 커다란, 작살잡이 네 사람이 나란히 누워서 잘 수도 있을 것 같은 침대가 놓여 있었다.

주인은 세면대와 테이블을 겸해서 쓰는 덜컹거리는 낡은 궤짝 위에 촛불을 올려놓았다. "자, 푹 쉬시오. 안녕." 내가 침대에서 눈을 떼었을 때엔 이미 그의 모습은 사라지고 없었다.

시트를 걷어 올리고 침대를 들여다보았다. 최고급이라곤 할 수 없지만, 그런대로 꽤 좋은 것이었다. 방안을 둘러보니 침대와 테이블 외에 가구로는 조잡한 선반에 사면의 벽, 그리고 고래를 공격하는 사나이를 그린 종이로 만든 난로 덮개밖에 없었다. 원래 이 방에 없던 것으로 보이는 물건으로는 묶여서 한쪽 구석에 내던져진 해먹과 작살잡이의 옷가지들을 집어넣은 커다란 선원용 주머니가 있었다. 그리고 난로 위의 선반에는 원시적인 나라의 물건 같아 보이는 골제骨製 낚싯바늘 꾸러미가 있고 침대 머리맡에는 작살이 높이 세워져 있었다.

그런데 궤짝 위에 놓여 있는 건 무엇일까? 나는 그것을 들어 불빛에 비춰 보고 만져보기도 하고 냄새를 맡아보기도 하면서 이것이 무엇인지를 만족한 결론에 도달할 때까지 생각해 보았다. 억지로 견주어 본다면 인디언의 모커신(바닥이 가죽으로 된 신)에 물들인 호저豪豬의 바늘털을 붙인 것처럼, 소리나는 작은 술을 가장자리에 단 커다란 신발닦기용 매트라고 할까? 그 매트 한복판에는 구멍이 남아메리카 토인들의 판초처럼 뚫려 있었다.

그러나 작살잡이가 신발 닦기 매트를 뒤집어쓰고서 그리스도 교도들의 거리를 누비고 다닌다는 것은 과연 제정신으로 하는 짓이라고 할 수 있을까? 나는 그것을 시험 삼아 입어 보았는데 말할 수 없이 털이 거칠고 두꺼워서 마치 짓눌리는 듯했으며, 그 이상한 작살잡이가 비올 때 입고 다녔는지 약간 축축하기까지 했다. 그것을 입은 채 벽에 걸려 있는 작은 거울 앞으로 가 보았다. 생전 그런 기묘한 꼴은 본 적이 없었다. 허둥지둥 잡아찢듯이 그것을 벗었을 때는 목이 비틀릴 뻔했다.

나는 침대 한쪽 끝에 걸터앉아서 이 두개골 장사인 작살잡이와 그 신발닦기 매트에 대해서 생각하기 시작했다. 침대 끝에서 잠시 생각에 잠겼다가 일어나 재킷을 벗고 방 한가운데 서서 생각했다. 그리고 다시 한동안 셔츠바람으로 생각했다. 그러나 반나체로는 춥기도 하고 작살잡이가 오늘 밤에 돌아오지 않을 거라는 주인의 말도 생각났기 때문에 더 이상 신경을 쓰지 않고 바지와 장화를 벗고 촛불을 끈 뒤에 침대로 들어가서 그 후의 일은 하늘의 뜻에 맡기기로 했다.

침대 요 속에 채워 넣은 것이 옥수수 속대인지 사기 그릇 깨진 것인지 잘 모르겠지만 나는 침대 위에서 뒤척이기만 했을 뿐 좀처럼 잠이 들 것 같지 않았다. 이윽고 꾸벅꾸벅 졸기 시작해서 잠의 나라가 있는 앞바다 가까이까지 이르렀을 때 복도에서 묵직한 발자국 소리가 들리고 문 밑에 언뜻 불빛이 들이비치는 것이 보였다.

아아, 신이여! 이것이야말로 작살잡이, 무시무시한 두개골 장사꾼임에 틀림없을 거라고 생각했다. 그러나 꼼짝도 하지 않고 누운 채 말을 걸어 올 때까지는 한마디도 하지 않으리라고 결심했다. 그 사람은 한 손에 불을 들고 다른 손에는 뉴질랜드 산 두개골을 들고 방으로 들어와서 침대쪽은 처다보지도 않고, 나와는 한참 떨어진 마루 한구석에 촛불을 놓고 조금 전에 내가 보았던 큰 주머니의 헝클어진 끈을 풀기 시작했다. 나는 그의 얼굴이 보고 싶어 견딜 수 없었지만 주머니의 끈을 풀 때까지 그의 얼굴은 줄곧 외면하고 있었다. 그런데 그 일이 끝나자 그는 돌아보았다.

신이여! 이게 무슨 광경이람! 그 얼굴이라니! 시커멓고 자줏빛이 돌며 누렇고 군데군데 크고 검은 네모딱지가 붙어 있었다. 생각했던 대로 무시무시한 잠자리 친구다. 싸움을 하고 심한 부상을 입어 외과의사에게서 방금 돌아온 모습인 것이다.

그러나 그 순간 갑자기 그가 얼굴을 불쪽으로 돌렸으므로 그 뺨의 네모딱지들은 아무것도 아니라는 것을 확실히 알았다. 알 수 없는 어떤 것으로 마구 칠한 것이었다. 처음에 나는 그것이 어떻게 된 것인지 알 수 없었다. 그러나 곧 진상을 어렴풋이 알아차리게 되었다. 백인 고래잡이가 식인종에게 붙들려 문신이 새겨졌다는 이야기가 생각났다. 이 작살잡이도 먼 바다 어딘가에서 똑같은 일을 당한 걸 거다.

그러나 결국 그게 뭐란 말인가? 외관뿐이지 않나? 어떤 가죽을 뒤집어썼건 마음이 깨끗한 사람은 있는 법이다. 그러나 사각형의 문신 무늬와는 전혀 관계없는 주위의 다른 부분마저 이 세상의 것이라곤 찾아볼 수 없는 모습을 어떻게 해석하면 좋단 말인가? 틀림없이 그것은 열대 지방의 햇볕에 탄 최상의 피부빛이라고밖에는 할 수 없을 것이다. 그러나 아무리 뜨거운 햇볕이라 해도 백인의 피부를 자줏빛을 띤 누런빛으로 태운다는 말은 들어본 적이 없다. 그렇지만 나는 남양에 가본 적이 없다. 어쩌면 그곳의 태양은 피부를 그처럼 괴상하게 변화시키는지도 모른다. 이런 생각들이 번개처럼 뇌리를 스쳐 지나가고 있음에도 불구하고 그 작살잡이는 전혀 나를 의식하지 못하고 있었다. 그러나 잠시 애를 쓴 끝에 주머니를 열고 속을 더듬어서 도끼와 털투성이의 바다표범 가죽으로 만든 조그만 주머니를 꺼냈다. 그것을 방 한복판에 있는 낡은 궤짝 위에 놓고 뉴질랜드의, 얼른 보기에도 처참한 두개골을 집어서 주머니에 쑤셔넣었다. 그러고 나서 모자를 벗었다.

그때 나는 너무나 놀라서 하마터면 외마디 소리를 지를 뻔했다. 머리에는 머리카락이 한 가닥도 없었다. 적어도 털이라고 할 만한 건 없었다. 앞머리 부분에 가는 머리가 조금 있을 뿐이었다. 그 자줏빛으로 빛나는 대머리를 물건에 비유한다면 곰팡이투성이인 해골이라 할 수 있었다. 이 이상한 사람이 나와 문 사이를 가로막고 서 있지 않았다면 나는 음식을 씹지도 않고 단숨에 꿀꺽 삼켜 버리는 것보다도 더욱 빠르게 방을 뛰쳐나가 버렸을 것이다.

이런 상태에서도 창문으로 빠져 나갈 방법을 생각해 보았다. 그러나 여기는 2층 뒤쪽이었다. 나는 겁쟁이가 아니라고 생각했지만, 이 두개골 상인인 자색 괴한이 어떤 사람인가 하는 것은 생각할 수가 없었다. 무지는 공포의 아버지다. 고백하건대, 나는 이 사나이에 대해 완전히 질려서 바야흐로 한밤중에 내 방을 불시에 침입한 악마와도 같이 두려워했다.

정말 너무 무서워 벌벌 떠는 나는 그때 그에게 말을 걸어 너의 정체는 무엇이냐고 물을 용기조차 없었다.

그러는 동안에도 그는 계속 옷을 벗더니 마침내는 가슴과 팔을 드러내었다. 놀랍게도 옷 밑에 감추어진 피부 역시 얼굴과 마찬가지로 사각형 무늬로 채색되어 있었다. 그의 등에도 온통 똑같은 검은 사각형 무늬가 덮여 있었다. 30년 전쟁에 참가했다가 반창고로 만든 셔츠를 입고 방금 도망쳐 온 것도 같았다. 아니, 그의 다리까지도 어린 야자수 줄기에 암녹색 개구리 한 떼가 기어오르고 있는 듯한 무늬투성이였다. 이제 그가 남양에서 포경선에 실려 이 그리스도교의 나라에 상륙한 어떤 야만적인 원주민임이 확실해졌다. 이런 생각이 들자 몸이 부르르 떨렸다. 더욱이 두개골 장사꾼—아마도 그것은 같은 동포의 것인지도 모른다. 내 머리를 탐낼지도 모른다. 보라, 저 도끼를!

그러나 덜덜 떨고만 있을 때가 아니었다. 지금, 그가 하기 시작한 일은 완전히 나의 주의를 끌었고 그가 이교도임에 틀림없다는 확신을 갖게 했다. 그는 조금 전 의자에 던진 묵직한 외투가 있는 곳으로 가서 그 주머니를 뒤졌다. 이윽고 조그마한 등에 혹이 달리고, 정확히 태어난 지 사흘째 된 콩고 토인의 갓난아기의 살빛과 같은 빛깔을 띤, 이상하고 흉한 우상 하나를 꺼냈다.

향유를 뿌린 두개골과 함께 생각하니 이 검은 인형 또한 비슷한 방법으로 저장한 진짜 갓난아기가 아닐까 하는 생각이 들었으나 조금도 부드러워 보이지는 않았다. 마치 잘 닦아 놓은 흑단 같은 광택을 지니고 있었으므로 나무로 만든 우상임에 틀림없다고 결론지었는데 그 추측이 옳았었다는 건 나중에 증명되었다.

지금 그 야만인은 불이 없는 난로 앞으로 가서 종이로 된 난로 뚜껑을 떼어 내고 곱사등이 우상을 장작걸이 사이에 십주희十柱戱의 기둥처럼 놓았다. 굴뚝의 옆구리 기둥도 그 속의 벽돌도 모두 그을러서 시커멓기 때문에 그 콩고식 우상에게는 그야말로 알맞은 신전이나 사원 같다고 느꼈다.

나는 이 우상에게 다음엔 무슨 일이 일어날지를 보려고 불안한 마음으로 눈을 가늘게 뜨고 지켜보았다. 그는 먼저 외투 주머니에서 두 줌 가량의 대팻밥을 꺼내어 공손하게 우상 앞에 놓고는 배에서 먹는 비스킷을 위에 놓고 촛불로 불을 붙였다. 대팻밥을 희생의 불꽃으로 태웠다. 그러고는 몇 번이고 조급하게 불 속에 손가락을 집어넣었다가 다시 급히 꺼내고(그래서 몹시 화상을 입은 것 같았다.) 하더니 드디어 비스킷을 빼내는 데 성공했다. 그리고 나서 그 을음과 재를 조금 불고는 정중하게 그 비스킷을 검은 갓난아이에게 바쳤다. 그러나 조그마한 악마는 그런 메마른 물건을 좋아하지 않는 듯 입술도 움직이지 않는 것 같았다.

이 이상한 우상 숭배자는 이런 괴기한 행동을 하면서 괴상한 소리를 연방 내고 있었다. 그는 노래라도 부르듯이 기도를 하고 있는 것일까? 또는 무슨 이교도의 찬송가라도 부르고 있는 것인지 안면이 기괴하게 비틀렸다. 드디어 불을 끄자 몹시 난폭하게 우상을 움켜쥐고는 죽은 도요새를 주머니에 넣는 사냥꾼처럼 아무렇게나 외투 주머니에 쓸어 넣었다.

이와 같은 이상한 행동은 나의 불안을 더 크게 할 뿐이었다. 그리고 지금 그가 그 일을 끝냈음이 확실하고 더욱이 이 침대에 뛰어들려고 하는 것을 보자, 불이 꺼지기 전에 나를 오랫동안 어리둥절하게 했던 주문과 같은 상태를 깨뜨려버리지 않으면 그야말로 큰일이라고 생각했다.

그러나 무슨 말을 할까 하고 생각한 잠깐 동안의 시간이 치명적이었다. 그는 테이블 위의 도끼를 집어 그 끝을 잠깐 살펴보고는 그것을 촛불에 갖다 대고 그 자루를 입에 물더니 뻐끔뻐끔 담배 연기를 내뿜었다.

다음 순간 불이 꺼지고 도끼를 이빨에 문 흉악한 야만인이 나의 침대에 뛰어들었다. 나는 더 이상 견딜 수 없어서 비명을 질렀다. 그러자 그도 놀라서 갑자기 으르렁거리면서 내 몸을 더듬기 시작했다.

무슨 말을 했는지 잊었지만, 뭐라고 중얼거리면서 나는 벽 쪽으로 몸을 굴려 그에게서 달아난 뒤에 그를 향하여 어디에 사는 누군지 모르지만 제발 조용히 해주고 내가 일어나 불을 켜게 해달라고 애원했다.

그러나 그의 걸걸한 목소리로 미루어 볼 때 내 뜻을 오해했음이 분명했다.

"어, 어디 사는 놈이야?" 라고 드디어 그가 말했다. "말을 하지 않으면 죽인다!" 라면서 불붙은 도끼 파이프를 어둠 속에서 휘둘러 댔다.

"여보쇼! 주인! 피터 코핀!" 하고 나는 외쳤다. "이봐요! 주인! 코핀! 오, 천사여! 살려줘!"

"이봐, 말해! 어떤 놈이야, 말하지 않으면 죽인다!" 식인종이 으르렁거리면서 무섭게 휘둘러 대는 도끼 파이프에서 불 같은 담뱃재가 내 주위에 마구 흩어져서, 나는 내 린넨 내의가 타지 않을까 하고 생각했다.

그러나 고맙게도 이때 주인 영감이 등불을 들고 방으로 들어왔으므로 나는 침대에서 뛰쳐나와 그에게 바싹 다가섰다.

"무서워할 것 없어요." 라고 그는 여전히 쓱쓰레한 웃음을 지으며 말했다. "이 퀴퀘그는 당신의 머리카락을 한 올도 건드리지 않아요."

"그렇게 웃지 말아요." 하고 나는 외쳤다. "어째서 이 작살잡이 놈이 식인종이라는 걸 가르쳐 주지 않았소?"

"당신이 알고 있는 줄 알았소. 머리를 팔러 거리로 돌아다닌다고 하지 않았소? 괜찮으니 다시 잠자리에 들어가 주무시오. 퀴퀘그, 너는 나를 알지? 나도 너를 알아. 이 사람, 너하고 같이 잔다. 너 알겠지?"

"나 잘 알아."

퀴퀘그는 으르렁거리듯 파이프를 빨며 침대에 앉았다.

"너 들어와." 그는 도끼 겸용의 파이프를 흔들며 나를 부르고 이불을 한쪽으로 집어 던졌다. 그 거동은 얌전했을 뿐 아니라 친절하고 애정이 넘쳐 있기까지 했다. 나는 선 채로 잠깐 그를 유심히 보았다. 몸에 문신을 했지만 전체적으로 청결하고 점잖은 원시인이었다. 나의 이 소란스러운 행동은 도대체 뭔가? 이 사나이도 나와 똑같은 인간이다. 내가 무서워했듯이 이 사나이 역시 내가 무서웠을 것이라고 생각했다. 술에 잔뜩 취한 기독교인과 자는 것보다는 정신이 또렷한 식인종과 자는 편이 더 낫다.

"주인." 하고 내가 불렀다. "이 도끼 아니 파이픈지 뭔지를 버리라고 말해 줘요. 담배도 그만 피우라고 말해 주구려. 그러면 함께 자겠소. 한 잠자리 속에서 담배를 피우는 건 곤란해요. 그건 위험하오. 나는 보험에 들지 않았소."

이 말이 그에게 전해지자 퀴퀘그는 곧 응낙하고 다시 상냥하게 나를 침대로 불렀다. 당신의 발도 건드리지 않겠다고 말하듯 한쪽으로 몸을 굴렸다.

"잘 자시오, 주인 영감. 이젠 가도 좋소."라고 내가 말했다.

나는 침대에 들어갔다. 그날 밤처럼 기분좋게 잔 적은 일찍이 없었다.

제4장 침대 덮개

이튿날 아침, 동이 틀 무렵 깨어나 보니 퀴퀘그의 한쪽 팔이 더없이 다정하게 애무하는 것처럼 내 몸 위에 뻗쳐 있었다. 마치 내가 그의 아내나 된 것처럼 생각될 정도였다. 홑이불은 네모 또는 세모 모양의 형형색색의 작은 헝겊 조각을 이은 것이었고, 그의 팔은 크레타섬의 미로와도 같은 무늬로 문신되어 있었는데 그 어느 부분도 정확히 같은 색이 아니었다. 해상에서 아무 때나 햇볕과 그늘 속에 그 팔을 내놓거나 셔츠의 소매를 그때그때 아무렇게나 걷어 올렸기 때문이겠지만, 사실 그 팔이야말로 조각조각 이어 만든 홑이불과 조금도 다르지 않는 무늬와 색깔이 되어 있었다. 내가 처음 눈을 떴을 때 그 홑이불 위에 나와 있던 그의 팔이 이불과 너무나 비슷한 빛깔이어서 구별할 수가 없을 정도였다. 그러나 나는 간신히 그 팔의 무게와 압력으로 퀴퀘그에 게 애무받고 있음을 깨달았다.

이상야릇한 마음이었지만, 어쨌든 그것을 설명해 보련다. 어렸을 때 이와 좀 비슷한 기분을 맛본 기억이 있는데 현실이었는지 꿈이었는지는 확실치 않다. 그건 이런 일이었다. 어떤 장난에 정신이 팔렸을 때, 아마도 며칠 전에 봐둔 굴뚝 청소부의 흉내를 그대로 내어 굴뚝에 기어올랐을 때 계모에게 들켰던 것이다. 어떻게 된 셈인지 늘 나를 때리거나 저녁식사도 주지 않고 잠자 리로 쫓아내거나 하던 그 계모는 내 발을 붙잡아 굴뚝에서 끌어내리더니 북 반구에서는 가장 해가 긴 6월 21일, 오후 2시가 겨우 되었을 때인데 잠자리 속에 밀어넣고 말았다. 참을 수 없는 일이었지만 달아날 방법이 없었다. 3층 의 조그만 방으로 올라가서 시간을 보내기 위해 될 수 있는 대로 느릿느릿 옷 을 벗고 슬픈 한숨을 쉬면서 이불 속으로 기어들어갔다.

암담한 마음으로 누워서 생각해 보니 지금부터 꼬박 열여섯 시간이 지나 지 않고서는 다시 일어날 가망이 없었다. 잠자리에서의 열여섯 시간! 생각만 해도 등뼈까지 쑤셨다. 게다가 너무나 밝았다. 해는 창가에서 빛나고 거리에 는 마차가 오가는 소리, 온 집안에는 명랑한 속삭임이 가득했으나 내 마음은 점점 슬퍼질 뿐이었다.

드디어 일어나 옷을 입고 양말만 신은 채 아래로 가만히 내려가 어머니를 찾아내자 그 발밑에 몸을 내던지고, 제발 부탁이니 슬리퍼로 때리거나 무슨 벌이라도 주어 이런 장난을 심하게 책망해 주세요, 다만 이렇게 견딜 수 없을 만큼 오랫동안 잠자리에 들어가 있는 벌만은 말아 주세요, 하고 빌었다. 그러 나 그분은 철저하고 고지식한 계모였기 때문에 역시 잠자리로 되돌아가야만 했다. 몇 시간은 눈을 말똥말똥 뜨고 누워 있었는데 그때의 괴로움은 그 뒤에 겪었던 어떤 재난보다도 훨씬 심한 것이었다. 드디어 꾸벅꾸벅 졸음이 오기 시작했는지 괴로운 악몽에 시달렸는데, 간신히 꿈에서 깨어나기 시작해 아 니 아직 완전히 꿈에서 깨어나지 않은 상태에서 눈을 떠 보니 그렇게 환하던 방도 어느 틈엔지 바깥의 어둠에 싸여 있었다.

그러자 갑자기 온몸이 부르르 떨렸다. 아무것도 보이지 않았고 아무것도 들리지 않았다. 사람 손이 아닌 것이 내 손에 놓여 있는 것 같았다. 내 팔은 홑이불 위에 놓여 있었는데 뭐라 꼭 집어 말할 수 없는 이상한 도깨비 같은 물체가 내 잠자리 옆에 바싹 붙어서 손을 얹어 놓고 있었다. 몇백 년이나 지났다고 생각될 만큼 아주 오랜 동안을 공포에 질려서 손을 빼낼 엄두조차 내지 못하고 누워 있었다. 조금이나마 손을 움직일 수 있다면 이 끔찍한 악마의 저주에서 달아날 수 있다고 생각하면서도 어떻게 할 수가 없었다.

어떻게 그런 무시무시한 상태에서 벗어나게 되었는지 모르겠다. 다만 아침이 되어 눈을 뜨자 부르르 떨면서 그 자초지종을 생각해내고 며칠이고 몇 주일이고 몇 달이고 그 괴이함을 설명하려고 무진 애를 써볼 뿐이었다. 아니, 지금도 가끔 그 일로 시달린다.

그런데 그 공포감을 제외하면 그런 악마의 손에 눌려 있던 때의 야릇한 느낌이야말로 바로 지금 눈을 떴을 때 경험했던, 이교도인 퀴퀘그의 팔에 감겨 있던 때의 그것과 매우 비슷했다. 그러나 곧 제정신으로 돌아와서 어젯밤부터 일어난 일을 하나하나 회상해 보니 그것은 다만 희극적인 사태에 지나지 않는다고 생각하게 되었다. 그래서 나는 그 팔을 치우고 이 새신랑의 포옹에서 빠져나오려고 해보았으나 그는 잠든 채 더욱더 세게 껴안았다.

나는 그를 깨우려고 하였다. "퀴퀘그!" 그러나 그의 대답은 코고는 소리뿐이었다. 그래서 돌아누우니 목은 말의 목걸이에 죄어져 있는 것 같았고 대뜸 무엇엔가 긁히는 것을 느꼈다. 홑이불을 들춰 보니 야만인의 옆구리에는 그 도끼가 얼굴이 야위고 뾰족한 갓난아이처럼 뒹굴고 있었다.

이 무슨 망측한 꼴인가? 이 이상한 여인숙에서 야만인과 도끼와 대낮에 동침을 하고 있다니! "퀴퀘그! 일어나게!"라고 나는 중얼거렸다. 간신히 허우적거리면서 부부처럼 이렇게 남자가 남자를 끌어안고 있는 것은 이상하다고 큰소리로 혓바닥이 깔깔해지도록 타이른 끝에 겨우 상대에게서 "응." 하는 동의를 얻을 수 있었다.

그는 얼른 팔을 잡아당기고 물에서 나온 뉴펀들랜드 개처럼 온몸을 부르르 흔들고 나더니, 창대처럼 몸을 빳빳하게 침대 위에 세우고 앉아서 눈을 비비면서 나를 물끄러미 보았다. 어떻게 해서 내가 여기에 있는지 도무지 알 수 없다는 표정이었다.

그러나 곧 나의 존재에 대한 의식이 차차 희미하게 떠오르는 것 같았다. 나는 그동안 누운 채 조용히 상대편 사나이를 바라보고 있었는데 이제는 불쾌한 생각도 사라져서 이 기이한 인물을 찬찬히 관찰했다. 그러자 간신히 그는 내가 누구였던가 하는 것을 또렷하게 손짓 발짓 해가면서 만약 괜찮다면 내가 먼저 옷을 갈아입을 테니, 너는 후에 이 방을 점령하고 천천히 갈아입으라는 것을 내게 알렸다.

나는 생각하였다. 퀴퀘그여, 이 자리에서 자네는 정말로 문명인답게 행동하였네. 실제로 이런 야만인은 남들이 뭐라 하든 내면에 세심한 마음씨를 갖고 있고, 그들의 본질적인 올바른 예의도 놀랍다. 이러한 예찬을 특히 퀴퀘그에게 바치는 것은 내가 그토록 난폭했음에도 불구하고 그가 어디까지나 정중하고 친절하게 대해 주었기 때문이다. 침대에 누운 채 그의 아침 몸차림을 하는 것을 지켜보면서 나는 한동안 예의도 잊고 호기심에 불탔다. 그렇지만 퀴퀘그 같은 사람을 매일 볼 수 있는 것은 아닐 터인즉, 그와 그의 생활 태도는 특별히 공들여 연구할 가치가 있지 않겠는가?

그는 먼저 머리부터 몸차림을 시작하여 굉장히 운두(둘레의 높이)가 높은 해리 가죽모자를 썼다. 그러고 나서 속바지 바람으로 장화를 끌어당겼다. 다음에는 도대체 무엇 때문에 그런 짓을 했는지는 도무지 알 수 없지만, 장화를 손에 들고 모자를 머리에 쓰고 침대 밑으로 온몸을 밀어넣었다. 팔다리를 버둥대고 헐떡이며 몸부림치는 것으로 미루어 보아 장화를 신으려 하는 것이라고 짐작은 했지만, 그렇더라도 내가 들었던 예법으로는 장화 신는 것을 남에게 보여서는 안 된다는 것을 그는 모르는 것이다.

그러나 퀴퀘그는 현재 곤충으로 치면, 유충도 성충도 아닌 변태하는 과도기에 있다고 할 수 있다. 다시 말해서 기묘하기 짝이 없는 태도로 이국풍을 내보일 만큼은 문명화되었다. 그가 받은 교육은 미완성이며 아직도 학생수준에 머물러 있다. 만일 조금도 개화되어 있지 않았다면 애당초 장화 같은 것에 구애될 필요는 없을 것이고, 만일 벌써 야만의 영역을 벗어나 있었다면 장화를 신으려고 침대 밑으로 기어들어가는 일은 꿈에도 생각하지 않았을 것이다. 이윽고 모자를 찌그러뜨려 눈 위까지 깊숙이 덮어쓰고는 기어나와 온 방안을 쿵쾅거리며 뛰어다녔는데, 아마도 그 장화에 익숙하지 않아서가 아니라 기성품인 듯한 그 쇠가죽 장화가 축축하고 주름져서 이 추운 아침에 신고 걸으려니까 발이 죄어 아팠기 때문일 것이다.

이제 보니 창문에는 커튼도 없었고 길도 매우 좁아 맞은편 집에서 이 방은 손에 잡힐 듯 잘 보였다. 그런데 퀴퀘그는 모자를 쓰고 장화를 신은 것을 빼고는 거의 벌거벗은 상태로 방안을 뛰어돌아다니는 형편없는 꼴이었다. 나는 온갖 말을 다 동원하여, "아침 몸차림을 빨리 해주게, 특히 될 수 있는 대로 빨리, 어쨌든 바지를 입어 주게."라고 부탁했다. 그는 그것을 승낙하고 이번에는 세수를 하기 시작했다. 아침 이 시간에는 기독교인이라면 누구나 얼굴을 먼저 씻는 법이다.

그러나 놀랍게도 퀴퀘그는 다만 가슴과 팔과 손을 씻는 것만으로 만족하고 있었다. 그리고 나서 조끼를 입고 복판의 세면대를 겸한 테이블 위에서 딱딱한 비누조각을 물에 담그고는 얼굴에 온통 비누거품을 칠하기 시작했다. 어디에 면도칼을 갖고 있을까 하고 지켜보니 침대 한쪽 구석에 세워 놓은 작살을 움켜쥐고 나무 자루를 떼내더니 칼날을 뽑아 장화에 가는가 싶더니 벽에 걸려 있는 거울 앞으로 가서 위세 좋게 밀기 시작했다. 민다기보다는 차라리 얼굴에 작살질을 했다.

나는 퀴퀘그가 로저스제製의 가장 좋은 칼을 아무렇게나 혹사하는 게 아닌가 하고 생각했으나 후에 작살의 칼날은 아주 날카롭고 단단한 강철로 만들어졌으며, 그 길고 똑바른 날은 날카롭게 갈아져 있다는 것을 알게 되었을 때 퀴퀘그의 그 면도법을 조금은 납득할 수 있었다.

그 후 그는 커다란 선원 재킷을 입고 작살을 원수의 지휘봉처럼 휘두르면서 의기양양하게 방을 걸어 나갔다.

제5장 아침식사

나도 서둘러 그의 뒤를 쫓아 바로 내려가 싱그레 고소를 머금은 주인에게 기분좋게 인사를 했다. 지금 그에게 악의를 품고 있진 않지만 그는 사실 잠자리 친구에 대해서는 나에게 적지 않게 지나친 장난을 했다.

사실 배를 움켜쥐고 웃는다는 것은 매우 좋은 일이지만, 서글프게도 그런 일은 그리 흔하지 않은 일이기도 하다. 그러니까 어떤 한 남자가 그 타고난 생김새에서 남이 장난할 재료가 될 만한 것을 소유하고 있다면 사양하지 말고 크게 기뻐하며 그 몸을 내놓는 게 좋을 것이다. 그 몸에 풍부한 웃음거리를 지니고 있다는 것은 여러분들이 상상하는 것 이상으로 더 많은 것이 그에게 있다는 증거이다.

바는 낯선 숙박객으로 가득했는데 이 사람들도 어젯밤에 여기 들어온 모양이었다. 거의 모두가 포경선에 탔던 사람들로 일등 항해사, 이등 항해사, 삼등 항해사, 배 목수들, 배 요리사들, 배 대장장이들, 작살잡이들, 배 경호인들 등 모두 털이 복슬복슬하고 볕에 그을려 껄끄럽고 거친 늠름한 사람들이었고, 모두 약속이나 한 것처럼 아침식사 때의 옷은 짧게 재킷을 입고 있었다.

이들이 상륙한 지 며칠이 되었는지는 쉽게 알아차릴 수 있었다. 이쪽 젊은 이의 싱싱한 뺨은 햇볕에 무르익은 뱃梨빛이었고 향기로운 냄새를 뿜어내고 있는 듯했다. 인도 항해에서 상륙한 지 사흘도 되지 않았을 것이다. ㄱ 옆의 저 사나이는 약간 혈색이 옅어서 인도의 마호가니와 같은 촉감이 있을 듯했다. 세 번째 사나이의 안색에는 열대 지방의 햇볕에 그을린 흔적이 아직 남아 있시만 쾌 많이 벗겨신 느낌이었나. 틀림없이 몇 주일간 육시에서 빈둥서리고 있었던 것 같았다. 그러나 퀴퀘그의 뺨에 견줄 만한 것이 있겠는가? 그 형형색색의 얼룩무늬는 안데스 산의 서쪽 비탈처럼 열대에서부터 한대까지 한눈에 바라보도록 죽 늘어놓은 듯했다.

"자아! 식사요!"라고 주인이 외치며 문을 활짝 열자 우리는 아침식사를 하러 갔다.

세상을 두루 돌아다닌 사람은 동작에도 여유가 생겨서 사람들과 어울려도 침착한 법이라고 한다.

그러나 모두가 그렇지는 않다. 뉴잉글랜드의 대여행가인 레드야드나 스코틀랜드의 멍고 파크는 객실에 들어가면 조금도 침착하지 못했다. 아마도 레드야드처럼 개가 끄는 썰매로 시베리아를 횡단한 것이, 또는 멍고처럼 배를 곯아 가며 흑인이 산다는 아프리카 깊숙한 땅을 혼자서 걸은 것이, 높은 수준의 사교적인 세련을 얻는 가장 좋은 수단이 되지 못한 모양이다. 게다가 그러한 세련은 다른 어디서나 대부분 얻을 수 있는 것일 게다.

그러한 생각은, 모두가 식탁에 앉은 뒤에 내가 고래잡이에 대한 재미있는 이야기라도 들을 수 있겠다고 가슴을 두근거리던 때 일어났는데, 정말로 놀랍게도 거의 모든 사나이가 깊은 침묵에 잠겨 버렸다. 아니 그뿐 아니라 부끄러워하기까지 했다. 그렇다. 이들은 모두 바다표범들로, 바다에서 큰 고래를 배에 실어올릴 때는 절대로 부끄러워하지 않았다. 정말로 첫 대면하는 고래와 눈 하나 깜짝하지 않고 결투하여 잡았던 것이다. 그런데 지금 사교적인 아침식사의 테이블에 앉으니 모두 같은 직업인데다 취미도 서로 비슷한데도 불구하고 마치 그린마운틴(캐나다 버몬트 주의 산맥) 깊숙한 목장에서 멀리 나가 본 적이 없는 양처럼 서로를 겁먹은 듯이 바라보고 있을 뿐이었다. 이 부끄러움을 타는 곰들, 겁먹은 고래잡이의 투사들, 이 얼마나 이상한 광경인가?

그런데 퀴퀘그는 어떤가? 그때 그는 식탁의 상석에 앉아 있었는데 마치 고드름처럼 냉랭했다. 확실히 그 예법에 대해서는 그다지 칭찬할 수가 없다. 그의 열렬한 숭배자라 해도 작살을 아침 식탁에 들고 들어와서 함부로 휘둘러 모든 사람들의 머리를 쭈뼛거리게 하면서, 그것을 식탁 위에 올려놓고 비프스테이크를 끌어당기는 모습을 진심으로 옳다고 생각할 수는 없을 것이다. 그러나 그 모든 동작을 매우 냉정하게 행했다는 점이 중요하다. 많은 사람들도 평가하듯 어떤 일이든 냉정히 한다는 것은 신사적으로 일한다는 게 아닌가?

여기서 퀴퀘그가 어떻게 커피와 갓 구운 빵을 거들떠보지도 않고 살짝 구운 비프스테이크에서 잠시도 눈을 떼지 않았는가 하는 특이한 버릇에 대한 묘사는 그만두기로 하겠다. 다만 아침식사가 끝나자 모두 함께 홀로 물러나

와서 도끼 파이프에 불을 붙이고 내가 산책하러 나갈 때까지 벗어 놓는 일 없이 그 모자를 쓴 채 앉아서 배로는 조용히 소화를 시키며 담배를 피우고 있었다고 하면 족할 것이다.

제6장 거리에서

퀴퀘그와 같은 이상한 사람이 문명한 도시의 점잖은 사회에 섞여 들어와 있는 모습을 처음으로 보았을 때 내가 몹시 놀란 것은 사실이었다. 그러나 아침 햇살을 받으며 뉴베드퍼드 거리를 산책하기 시작했을 때 그 놀라움은 곧 내게서 사라져버렸다.

부두에서 가까운 네거리에는 큰 항구라면 어디에나 외국에서 흘러들어온, 말로 표현할 수 없이 기이하기 이를 데 없는 것을 보는 것도 드문 일은 아니다. 브로드웨이나 체스트넛(필라델피아의 번화가) 거리에서도 지중해에서 건너온 선원들이 숙녀와 부딪쳐 기겁을 하게 하는 수도 있다. 리전트 거리(런던의 번화가)에도 인도 사람이나 말레이 사람의 모습은 알고 있는 터이고, 봄베이의 아폴로 공원에서는 순수한 양키들의 원주민들을 겁나게 하는 일도 있다.

그러나 뉴베드퍼드는 워터(리버풀의 번화가) 거리가 왜핑(런던의 번화가) 거리와 같은 세상의 내로라 하는 번화가들을 압도한다. 그런 곳에서는 선원들만을 볼 뿐이다. 그러나 이 뉴베드퍼드의 거리 모퉁이에는 진짜 식인종이 서서 마구 시껄여 내고 있다. 틀림없는 야만인인데, 그들의 뼈에는 신성하지 않은 인육들이 붙어 있을 것이다. 그것은 나그네의 눈을 크게 뜨게 만든다.

그러나 피지 사람, 통가타부 섬 사람, 에로망고아 사람, 파난지아 사람, 브리기아 사람(모두 폴리네시아 지방) 외에도 이 거리를 제멋대로 방황하는 포경선의 야만인들뿐만 아니라 어쩌면 희극적이라 해야 더 어울릴 법한 진기한 광경도 볼 수 있을 것이다. 매주마다 세상 물정에 어두운 많은 사람들이 버몬트나 뉴햄프셔의 산골에서 처음으로 올라와 어업의 수익과 영광을 동경해서 이 도시로 들어온다. 그들 대부분은 숲에서 나무를 베던 체격이 좋은 젊은이들인데, 도끼를 버리고 고래작살을 들려고 하는 것이다. 대부분은 고향의 그린마운틴처럼 새파란 풋내기들이다. 어느 점에서는 낳은 지 몇 시간밖에 안 됐다고 할 만큼 풋내기로 보인다.

보라, 저 모퉁이를 걷고 있는 젊은이를! 해리 모자를 쓰고 연미복을 입고 선원용 띠를 두르고 칼집에 든 칼을 옆구리에 끼고 있다. 저런! 이번에는 기름종이 모자를 쓰고 두터운 털로 된 윗옷을 입은 사람이 온다.

도시의 멋쟁이와 시골의 멋쟁이를 도저히 비교할 수는 없다. 순수한 시골의 멋쟁이란 그 손이 햇볕에 타는 게 두려워 삼복더위에도 사슴가죽의 장갑을 끼고 밭의 풀을 벤다. 그런데 그러한 시골의 멋쟁이가 남다른 모험을 하고자 고래잡이 대 항해에 참가하려 할 때는 배가 떠나는 항구에선 우스운 일들이 벌어지게 된다. 항해복을 마련하게 되면 방울 단추를 조끼에 달기도 하고 바지에 가죽끈을 달기도 한다. 촌뜨기 농사꾼이여! 태풍이 울부짖기 시작해서 그런 단추나 가죽끈이 온통 그 폭풍우의 아가리 속에 내던져져 보라! 대번에 그런 가죽끈은 끊어지고 말리라.

그렇다고 해서 이름난 이 거리에서 볼 것이라곤 작살잡이와 식인종과 시골 사람들뿐이라고 생각해선 안 된다. 천만에, 뉴베드퍼드는 그런 평범한 곳이 아니다. 고래잡이가 없다면 이 도시의 나날은 래브라도의 해안과도 비슷하게 황량했을 것이다. 실제로 그 배후 일대의 땅은 사람을 놀라게 할 만큼 앙상하게 말라 있다.

그런데도 그 도시는 뉴잉글랜드 중에서 가장 살기 좋은 주택지여서 성지 가나안이라고 할 수는 없지만 정말 기름이 나는 것 외에도 옥수수와 술의 고장이기도 하다. 길에 우유가 흐르고 봄날에 신선한 달걀이 굴러다니는 것은 아니지만, 전 아메리카를 두루 뒤져 봐도 이 뉴베드퍼드만큼 당당한 집들이 늘어서 있고 공원과 정원으로 장식된 고장은 없을 것이다. 예전에는 썰렁한 돌멩이투성이였던 이런 것들이 어디서 와서, 어떻게 이 땅에 심겨졌을까?

저 높이 솟은 주택 주위에 상징적으로 둘러쳐진 쇠작살을 보라. 그것으로 이러한 의문은 모두 풀릴 것이다. 즉 이 훌륭한 집들과 꽃이 만발한 정원에 있는 것들은 모두 태평양·대서양·인도양에서 온 것이다. 알렉산더(19세기 중엽 뉴욕에 나타난 독일인 마술사)일지라도 그런 흉내는 낼 수 없을 것이다.

이 뉴베드퍼드에서는 아버지와 딸들의 결혼 비용으로 고래를 나눠주고 조카들에게는 각각 돌고래를 두서너 마리씩 준다고 한다. 화려한 혼례를 보고 싶으면 뉴베드퍼드로 가라고 한 것은 집집마다 기름 저장 탱크가 넘치고, 밤마다 아까운 줄 모르고 사람들의 키만큼이나 큰 고래 기름으로 만든 초를 계속 태우기 때문이다.

여름철에 이 마을은 정말로 아름다워, 우뚝 솟은 단풍나무는 하늘을 찌르고 긴 가로街路는 녹색과 황금색으로 빛난다. 8월이 되면 마로니에는 아름답게 자라 한없이 하늘에 퍼지고 그 촛대형의 곧고 뾰족한 꽃송이로 길 가는 사람들의 눈을 즐겁게 해준다. 천지창조의 마지막 날에 내던져진, 이 돌투성이의 메마른 땅을 꽃이 화려하게 향기를 뿜는 발코니로 꾸몄다는 그 기술의 힘이야말로 위대하지 않은가?

또한 뉴베드퍼드의 여자들은 붉은 장미처럼 피어 있다. 아니 장미는 여름에 필 뿐이지만 이곳 여자들의 뺨의 홍조는 제7천국(신과 천사가 산다고 하는 가장 높은 하늘)의 햇살처럼 영원히 사라지지 않는다. 더러는 세일럼(보스턴에서 가까운 항구로 한때 매우 번영했음.) 마을의 처녀들의 숨결이 향기로워 그 연인인 선원들은 해안에서 몇 마일 떨어진 바다에서도 그 향기를 맡고는 청교도 냄새가 나는 모래사장으로 가면서도, 마치 향기로운 몰루카 제도에 가까워진 것처럼 생각한다느니 하는 말도 있지만, 그 외에 뉴베드퍼드 여자들의 꽃 같은 아름다움에 비교될 만한 것은 어디에서도 찾을 수 없다.

제7장 교회

뉴베드퍼드에는 '포경자 교회'가 있는데, 이곳에 인도양이나 태평양으로 출범하기 직전에 착잡한 심정의 어부들이 일요일의 예배 시간에 맞추느라 부랴부랴 찾아온다. 물론 나도 그 예외는 아니었다.

첫날 아침, 산책에서 돌아오자 다시 이 특별 사명을 위해서 나갔다. 이제까지 맑게 개었던 하늘에 진눈깨비가 내리고 안개가 끼기 시작하였다.

곰가죽으로 만들어진 털이 더부룩한 재킷을 몸에 감싼 채 거칠고 사나운 폭풍과 맞서 걸어 나갔다. 교회에 들어가 보니 몇 사람 되지 않은 선원과 선원의 아내, 과부들이 드문드문 흩어져 있었다.

무슨 물건에 싸인 것처럼 침묵이 주위를 점령하고 있었는데, 가끔 폭풍의 울부짖음이 침묵을 깨뜨리곤 했다. 조용한 참예자 한 사람 한 사람이 자기의 소리 없는 비애는 외로운 섬과도 같은 것이어서 서로 교류할 수 없는 것이라 생각하고 있는 것일까?

그들은 각기 완고하게 떨어져 앉아 있다. 전속 목사는 아직 오지 않았기 때문에 이들 침묵의 외딴 섬들은 설교단 양쪽 벽에 끼워진 검은 테를 두른 몇 개의 대리석 비명을 가만히 앉은 채 보고 있었다.

그 중 세 개는 다음과 같은 것이었는데, 정확하게 인용했다고 할 수는 없다. 인용한다는 것이 주제넘어 보이겠으나, 다음과 같이 되어 있다.

> ### 성스러운
> ### 존 톨봇을 추도하여
>
> #### 18세 때 파타고니아 앞쪽 데솔레이션 섬 근해에서 익사함.
> #### 1836년 11월 1일
>
> 이 비명은 그를 추도하기 위하여 고인의 누이가 세움.

성스러운
로버트 롱, 윌리스 엘러리, 네이선 콜먼,
월터 캐너, 세스 메이시 및 새뮤얼 글리그를 추도하여

포경선 엘리자호의 보트 승무원으로서 고래에게
끌려간 채 행방불명되었음.
1839년 12월 31일

이 석비는 생존한 동료들에 의하여 여기 세워짐.

신성한
고 이제키얼 하디 선장을 추도하여

일본 연안에서 말향고래에 의하여 그의 보트 뱃머리에서 살해되었음.
1833년 8월 3일

이 비명은 그의 미망인이 그를 추도하여 세움.

모자와 재킷에 얼어붙은 진눈깨비를 털고 입구 가까운 자리에 앉아서 옆을 돌아보았을 때 바로 옆에 퀴퀘그가 있는 것을 보고 어이가 없었다.

이곳 엄숙한 광경에 감동했는지, 좀처럼 믿기지 않는다는 듯이 호기심에 가득 차 바라보고 있는 그의 얼굴에는 경탄하는 빛이 떠올라 있었다. 그 야만인만이 내가 들어오는 것을 보았다. 그는 이 교회 안에서 단 한 사람의 문맹자였기에 벽면의 을씨년스러운 비명을 읽고 있지 않았기 때문이었다. 거기 이름이 죽 적힌 선원들의 가족이 지금 이 사람들 중에도 있는지는 모르나 기록이 없는 고래잡이의 많은 참변을 생각하게 했다.

여기 있는 몇몇 부인의 평상복 차림은 어찌되었건 역력한 슬픔의 표정을 볼 때, 지금 내 앞에 모인 사람들의 아물 수 없는 가슴은, 이 음울한 비명을 바라보기만 해도 슬픔이 전해져 옛 상처가 새로이 피를 뿜어내는 것 같았다.

아아, 가버린 사람을 파란 잔디 밑에 묻어버린 사람들이여, 꽃 속에 서서 여기 나의 사랑하던 사람이 자고 있다고 말할 수 있는 사람들이여, 당신들은 이 사람들의 가슴속에 깃든 황량한 마음을 헤아릴 수 없다. 유골 한 점도 땅에 간직하지 않은 이 검은 테두리를 한 대리석의 공허한 참혹함! 움직일 수 없는 이 비명에 적힌 글씨의 절망감! 온갖 신앙심을 좀먹어 버리고 무덤도 없이 어디선지도 모르게 죽은 사람들의 부활을 거부하는 것처럼 보이지 않은가? 이 글에 담긴 끔찍한 허무와 절로 생기는 불신감! 이들 비명은 엘레팬터(인도의 동굴 사원) 속에 있어도 좋다.

생존한 사람들의 어떤 인구조사 속에 죽어 없어진 사람들이 포함된 일이 있는가? 널리 알려진 속담에, 죽은 사람은 굿윈의 모래톱(영국 켄트주 앞바다에 있음.)보다 더 많은 비밀을 지니면서도 말이 없다는 것은 무슨 이유인가? 바로 어제 저세상으로 떠난 사람에게는 굉장히 불길한 말을 해주는데, 지금 살아 있는 세상에서 가장 먼 인도 끝까지 나가는 사람에게는 그런 말을 해주지 않음은 무엇 때문인가? 생명보험회사는 어째서 죽음의 형벌을 죽지 않은 사람들에게도 주는 것일까?

대략 60세기 이전에 죽은 아담은 지금도 여전히 풀리지 않는 음침한 절망의 나락에 빠져 영원한 마비의 세계 속에 누워 있는 것일까? 천국 속에 있다고 주장하면서도 그 사람들 일로 위로받기를 우리가 기뻐하지 않는 것은 무슨 까닭인가? 산 사람이 죽은 사람을 열심히 인멸해버리려 하는 것은 무슨 까닭인가? 무덤에서 노크하는 소리가 들렸다는 소문을 듣기만 해도 온 도시가 공포에 사로잡히는 것은 무슨 까닭인가? 이러한 모든 일이 전혀 의미없는 것은 아니다.

그러나 신앙은 승냥이처럼 무덤에서 먹을 것을 얻고, 이런 죽음의 모든 회의 가운데서도 가장 생명에 찬 희망의 모이를 모은다.

내가 낸터킷으로 건너가기 전날 어떤 감정으로 이들 대리석의 비명을 바라보고 저 어둡고 음울한 날의 희미한 불빛에 의지하여 나보다 앞서간 고래잡이들의 운명을 읽었는지 그것은 말할 필요도 없으리라. 여보게, 이스마일, 자네도 똑같은 운명인지 모르네. 그러나 어찌된 일인지 나는 다시 쾌활해진다. 즉 이것은 마음껏 배를 타라는 것일 게다. 출세하는 데 더없이 좋은 기회란 말이다. 그렇다, 보트에 구멍이 뚫리면 불멸의 영혼으로까지 승진한다는 것이다. 그야 이 고래잡이의 일에는 죽음이 도사리고 있을 테지.

느닷없이 눈 깜짝할 사이에 사람을 혼돈에 빠지게 하여 영원의 세계로 쓸어 넣겠지. 그러나 그게 어쨌다는 건가? 우리는 이 '삶'과 '죽음'과의 문제에 대해 굉장한 오해를 하고 있는지도 모른다. 이 땅에서 이른바 망령이라 부르는 것이야말로 나의 진실한 실체인지도 모른다. 우리가 영적인 것을 바라볼 때, 마치 굴조개가 바다 밑에서 태양을 쳐다보며 흐린 물을 맑고 투명한 공기라 생각하고 있는 것 같은 것인지도 모른다. 또한 내 육체란 더 나은 나의 존재의 찌꺼기에 지나지 않는지도 모른다.

사실 육체는 누구든 훔쳐가도 상관없다. 그것은 내가 아니니까. 그러면 낸터킷행 만세! 산산이 부서진 보트건, 산산이 부서진 육체건 올 테면 와라. 주피터조차도 내 영혼을 뚫을 수는 없을 테니까.

제8장 설교단

그곳에 앉아 있은 지 얼마 되지 않았을 때 한 늠름한 노인이 들어왔다. 이 사람이 안으로 들어오자마자 비바람이 후려치던 문은 '쾅' 하고 닫히고 모인 사람들의 눈이 모두 그에게 쏠린 것을 보니 이 당당한 노인이 이 교회 목사임이 분명했다. 그렇다. 이 사람이 고래잡이 동료들이 매플 목사라고 부르는 인기있는 사람이었다. 젊었을 때엔 선원 노릇도 하고 작살잡이이기도 했지만 이미 오래 전부터 성직에 몸을 바치고 있었다. 그 무렵의 매플 목사는 춥고 고된 겨울날을 이겨내는 건강한 노년, 즉 다시 한 번 화려한 청춘으로 되돌아가는 그런 무렵의 나이였다. 왜냐하면 그의 수많은 주름의 틈마다 다시금 싹트기 시작한 어떤 희미한 빛이 2월의 눈雪 밑에서 고개를 들기 시작한 푸른 봄풀을 연상케 하기 때문이었다.

그의 생애에 대해 들은 적이 있는 사람이라면 처음으로 매플 목사를 보았다 해도 깊은 호기심을 품지 않을 수 없을 것이다. 그 바다의 모험에 찬 생활의 역사 때문일까? 이 사람을 보고 있노라면 무언가 다른 것과 접이라도 붙인 것 같은 일종의 독특한 맛을 풍기는 목사라는 것을 느꼈다. 그가 들어왔을 때 우산을 쓰지 않았다는 것을 알아챘는데, 방수 모자가 녹기 시작한 진눈깨비로 무겁게 축 늘어지고 커다란 선원용 재킷이 비에 젖은 무게로 그의 몸을 마룻바닥까지 끌어내리려 하는 것처럼 보이는 점으로 미루어 마차도 타지 않았음을 알 수 있었다. 어쨌든 그는 모자와 윗옷과 덧신을 하나씩 벗어 한쪽 구석의 좁은 공간에 걸자, 점잖은 차림이 되어 조용히 설교단으로 다가가는 것이었다.

대부분의 구식 설교단과 마찬가지로 이 설교단 또한 매우 높아서 만일 거기까지 보통 계단을 만들었다면 마루와 긴 각도를 이루게 되어 그렇지 않아도 좁은 이 교회를 한층 더 좁혀 버렸을 터이므로, 매플 목사의 연구에 의한 건조법이 쓰여졌을 테지만, 설교단에는 계단이 없고 수면의 보트에서 배로 올라갈 때 사용하는 것 같은 수직사다리가 걸려 있었다.

어떤 포경선의 선장 부인이 붉은 색으로 물들인 양모 밧줄 두 개를 이 사다리에 기증했기 때문에 그 꼭대기가 보기좋게 장식되고 마호가니 빛으로 칠해져 있는 것과 같이, 전체적으로 완성된 그 모양은 이 교회의 역사를 생각해 볼 때 정말 훌륭한 구조라고 하지 않을 수 없었다. 매플 목사는 사다리 밑에서 잠깐 걸음을 멈추고 두 손으로 밧줄의 장식 매듭을 잡고 위를 흘긋 본 다음 경건함을 잃지 않은 채 선원다운 능숙한 솜씨로 손을 번갈아 잡으며 자기 배의 망루에 오르듯 올라갔다.

이 수직으로 된 사다리의 양옆은 그네 사다리처럼 밧줄이 천으로 싸여 있었고 다만 발디딤판만이 나무였으므로 그 한 단마다 매듭이 있었다. 내가 맨 처음 설교단을 보았을 때는 그 매듭이 배에선 편리하겠지만 여기서는 불필요하게 보였다. 매플 목사가 단 위에까지 올라가자 천천히 뒤를 돌아다보고 단 위에서 아래로 몸을 구부리며 그 사다리를 한 단씩 정성들여 끌어올려 단 속에 넣어 버려 자신의 몸이 그 작은 퀘벡 요새 속에 난공불락의 상태에 놓여 있는 것처럼 보였기 때문이었다.

잠시 동안 그 이유를 생각해 보았으나 어떤 이유에서 기인된 것인지 충분히 이해되지 않았다. 매플 목사라 하면 이미 성실하고 경건한 덕망이 널리 알려져 있는 사람이므로 새삼스레 사다리의 구조 따위로 헛된 이름을 팔려 한다고 의심할 일은 아니다. 아니 생각하건대 이것은 무언가 엄숙한 의미를 지니고 있을 것이다. 무언가 보이지 않는 어떤 것을 상징하고 있었음에 틀림없다. 그렇다면 그의 몸을 고립된 위치에 놓음으로 해서 잠시 그 영혼을 외부 세계의 속박과 인연으로부터 단절한다는 것을 의미하고 있는 것일까? 그렇다. 고기와 술로 충족된 신의 아들, 신의 종인 사람에게 있어 이 설교단은 만족스러운 요새이고, 불멸의 샘물을 그 성벽 안에 가득 채운 숭고한 에렌브라이트슈타인 성(독일 라인 강변의 코블렌츠 기슭에 있음.)인 것이다.

그러나 이 사다리만이 목사의 선원 시대의 보람으로 이 장소의 명물이 되어 있는 것은 아니다. 설교단 뒤 대리석 비명들 사이의 벽면에는 한 장의 큰 그림이 걸려 있는데, 검은 바위와 하얗게 부서지는 거친 파도가 이는 해안으로 밀려갈 듯하면서 비스듬히 나가고 있는 용감한 배의 그림이었다. 그러나 공중으로 흩어지는 물보라와 시커멓게 소용돌이치는 구름위로 높이 한 조각의 햇빛이 비치고 거기서 천사의 얼굴이 찬연히 엿보이며, 그 빛나는 얼굴은 흔들리는 갑판 위에, 마치 '빅토리아호' 위 넬슨이 쓰러졌던 자리 판자에 끼워진 은판처럼 한 점의 빛을 선명하게 비추고 있었다.

천사는 이렇게 말했을 것이다.

"아아, 훌륭한 배여! 달려라, 달려. 늠름하게 키를 다뤄라. 보라, 태양은 구름 사이를 뚫고 나왔다. 많은 구름은 소용돌이치면서 물러간다. 더없이 조용하고 맑은 날씨가 다가오고 있다."

게다가 설교단 자체에서도 사다리와 그림에 나타난 것과 같은 바다 취미의 혼적을 엿볼 수 있었다. 판자를 댄 설교단 전면은 배의 편평한 뱃머리와 비슷했고, 성서는 바이올린 모양의 뱃머리식으로 만든 소용돌이 모양의 장식 위에 놓여 있었다.

무엇이 이보다 의미심장할 수 있을까? 다시 말해 설교단은 영원히 이 세상의 뱃머리고 다른 모든 것은 이를 따르는 것이다. 설교단이 세상을 이끌어가는 것이다. 그곳은 신의 성급한 분노의 징조를 맨 처음 발견한 곳이고, 무엇보다도 먼저 신의 노여움의 충격을 느끼는 곳이다. 또 거기서 비로소 순풍이건 역풍이건 신의 구원의 바람을 기원해야 한다.

틀림없이 세계는 그 뱃길이 있으면 결코 그 항해는 끝나지 않을 것이며 설교단은 그 뱃머리인 것이다.

제9장 설교

매플 목사는 일어서서 거만하지 않으면서도 위엄있는 조용한 목소리로 각기 흩어져 앉은 사람들에게 가운데로 모여 앉도록 했다. "자아, 우현에 있는 분들은 좌현으로! 좌현에 있는 분들은 우현으로! 중앙 갑판으로! 중앙으로!"

의자 사이로 무거운 선원의 장화가 낮게 덜거덕거리고 여자들의 발을 끄는 듯한 가벼운 구두소리가 뒤섞여 난 후에 다시 주위는 조용해지고 모든 사람의 눈길은 설교자에게로 쏠렸다.

그는 잠시 꼼짝도 하지 않았으나 이윽고 설교단의 뱃머리에 무릎을 꿇고 커다란 갈색 손을 가슴에 댄 채 감은 눈을 들고 간절하고 경건한 기도를 드리는 모습은 마치 바다 밑에 꿇어앉아서 기도하고 있는 것이라 생각될 정도였다.

그러고 나서는 뒤를 길게 끄는 장중한 어조로 안개 낀 바다에 떠 있는 배가 끊임없이 울려대는 종소리처럼 찬송가를 읽기 시작했는데, 마지막 소절이

62

가까워짐에 따라 환희에 가득 찬 우렁찬 소리가 터져 나왔다.

　　고래의 휘인 몸 무서운 갈비뼈는
　　나를 덮었네, 황천의 어둠으로.
　　성스러운 햇빛 받고 파도 이는데
　　나를 떨어뜨리네, 나락의 구렁으로.

　　나는 보았네, 지옥의 턱이 열리고
　　무한한 고통과 슬픔이 다가옴을.
　　이것은 느끼는 자 아니면 알 수 없는
　　오, 나는 절망 속으로 떨어지네.

　　어둠 속 절망에도 주님의 이름 외치네.
　　주님을 의심할 때도
　　나의 탄식에 주님은 귀를 기울이네
　　이리하여 벗어났네, 고래의 저주에서.

　　빛처럼 날쌘 돌고래를 타신 듯,
　　주님은 날아와 나를 구하시네.
　　경외롭도다, 찬란하도다, 번개처럼 빛나도다,
　　나의 구원자이신 주님의 얼굴이여.

　　영원토록 나는 노래 부르리
　　그 두려움과 기쁨의 날을.
　　영광 있으라, 나의 주님께!
　　자비도 힘도 모두 주님의 것이라네.

거의 모두가 이 찬송가를 소리 맞춰 불렀으므로 그 목소리는 높아져서 폭풍의 울부짖는 소리를 지워버렸다.

잠시 침묵이 흐른 뒤에 설교자는 천천히 성서의 책장을 넘기고 이윽고 한 책장 위에 손을 놓고 말했다. "승무원 여러분! 〈요나서〉 1장의 마지막 구절을 펴시오. 여호와께서 이미 큰 고기를 준비해 요나를 삼키게 하셨느니라.

여러분, 이 책은 단 넉 장章−네 구절−밖에 없으니까 성서라는 큰 닻줄 가운데서 가장 작은 가닥입니다. 그러나 이 요나의 깊은 바다 이야기는 마음의 깊이를 어떻게 이토록 잘 나타냈는지요! 이 예언서에는 더할 수 없이 충만한 교훈이 들어 있습니다. 고깃배 속에서 부른 노래는 얼마나 숭고한 것입니까! 어쩌면 그다지도 거친 파도처럼 남자답고 훌륭하겠습니까! 우리는 파도가 도도하게 몸 위를 소용돌이치는 것처럼 느끼고, 해초 찌꺼기투성이인 바다 밑으로 그와 함께 끌려들어가 해초며 그 밖의 미끈한 것들이 몸에 감겨 오는 듯합니다. 그러나 이 〈요나서〉가 주는 교훈은 무엇이겠습니까?

선원 여러분, 두 가지가 있습니다. 하나는 죄인인 우리 모두에게 주는 교훈이고, 또 하나는 살아 있는 신의 뱃길 안내자인 나에 대한 가르침입니다. 그것은 죄인인 우리 모두에게 주는 교훈으로서 굳어버린 마음, 갑자기 눈뜬 공포, 급히 찾아오는 천벌과 회한, 기도, 그리고 요나의 구원과 기쁨에 대한 이야기입니다. 모든 죄 많은 사람들처럼, 이 아미타이 아들의 죄는 하느님의 명령을 완강히 복종하지 않은 데 있습니다. 그 명령이 어떤 것이고 어떻게 전해졌는가는 들을 것도 없습니다. 아무튼 요나는 그것이 심한 명령이라고 생각했습니다. 그러나 하느님께서 우리에게 하라고 말씀하시는 것은 모두 하기 힘든 것입니다. 이것을 마음속에 새겨 두십시오. 그렇기 때문에 하느님께선 우리에게 타이르려 하시기보다는 명령하시는 일이 더 자주 있습니다. 그래서 우리가 하느님을 따르자면 우리 자신을 이겨야 하는데, 이것에 하느님 명령의 어려움이 있는 것입니다.

더욱이 요나는 하느님께 복종하지 않은 죄를 범한데다 하느님에게서 달아나려고 온갖 조롱의 말을 다했습니다. 인간이 만든 배로, 신의 힘이 미치지 않고 인간의 지도자만이 다스리는 나라에 갈 수 있으리라고 생각했습니다.

요나는 욥바(이스라엘의 야파)의 부둣가를 몰래 다니면서 타르쉬시(성서 이름:

다시스)로 가는 배를 찾았습니다. 아마도 이 점에 이제까지 깨닫지 못했던 의미가 있을 겁니다. 아무리 생각해 보아도, 그 타르쉬시는 오늘날의 카디스 시市일 것이라는 것이 학자들의 의견입니다. 카디스는 스페인에 있습니다.

다시 말해서 그같이 아득한 옛날에 아직도 대서양이 전혀 알려져 있지 않았던 시대로서는 요나가 욥바에서 건너갈 수 있었던 가장 먼 고장이었습니다. 여러분! 욥바, 즉 오늘날의 야파는 지중해의 동쪽 끝 시리아에 있고, 타르쉬시 즉, 카디스는 거기서 서쪽으로 2천 마일 이상이나 떨어진 지브롤터 해협 끝에서 가까운 곳입니다.

그렇다면 선원 여러분, 요나는 신의 손에서 세상 끝까지라도 달아나려고 한 게 되지 않습니까? 불쌍한 자여! 오오, 세상에서 가장 비열한, 경멸할 사나이입니다. 모자의 챙을 내리고 죄지은 눈초리로 신으로부터 숨어서 바다를 건너려는 못된 도둑과도 같이 선창가를 서성거리고 있었던 것입니다. 이성을 잃어버리고, 양심의 가책을 받는 표정을 하고 있었을 테니 당시에 순경이 있었다면, 금방 수상한 사람이라 의심을 받아 배에 오르기도 전에 체포되고 말았을 겁니다. 어느모로 보나 탈주자입니다. 여러 가지 물건을 넣은 주머니도 모자 상자도 없고, 손가방도 여행 가방도 없습니다. 배웅을 하려고 배까지 따라오는 친구도 없습니다.

그는 여기저기 찾아다닌 끝에 간신히 타르쉬시로 가는 배가 마지막 짐을 싣는 것을 발견하고는 올라가서 선장실을 찾았습니다. 그때 선원들은 모두 이 묘한 사나이의 불길한 눈빛을 보고 짐을 싣던 손을 잠시 멈췄습니다. 요나는 이것을 모르는 체하고 침착한 태도를 가지려고도 하고 비굴하게 웃는 얼굴을 보이려고도 했지만, 그건 헛된 일이었습니다. 선원들은 인간의 강한 본능에 의해서 이놈은 뒤가 켕기는 꺼림칙한 놈임에 틀림없다고 생각했던 것입니다. 그러면서 여느 때처럼 농담 섞인 어조로, 그러나 진지한 어조로 서로 속삭이는 것이었습니다. '잭, 놈은 과부댁을 건드렸어.' 하거나, '조, 자네 알아챘나? 그 녀석은 이중 결혼을 한 놈이야.' 라느니, '여보게 해리, 저놈은 간통을 하고 고모라의 감옥에서 탈출한 모양이군. 아니면 소돔에서 빠져나온 살인자인지도 몰라.' 또 다른 선원들은 이 배를 매어놓은 부두의 말뚝 옆에 붙여놓은 포고문 쪽으로 달려가 부모를 죽인 자를 붙잡는 사람에게 금화 5백 닢을 주겠다는 글과 범인의 인상을 기술해 놓은 것을 읽기도 했습니다. 그러고 나서 요나와 포고문을 번갈아 보았습니다. 그러자 똑같은 생각이 든 선원들은 요나를 에워싸고 당장에 그의 어깨에 손을 대려고 했습니다. 요나는 당황하여 떨면서도 될 수 있는 대로 대담무쌍한 얼굴을 하려고 했지만, 더욱더 겁먹은 사람처럼 보일 뿐이었습니다. 의심을 받고 있다고는 자신도 생각하고 싶지 않았지만, 그것이 오히려 점점 더 강한 혐의를 받게 했습니다. 아무튼 버티고 있는 동안에 선원들은 이 사나이가 포고문에 있는 사람이 아니라는 것을 알고 요나를 지나가게 해주었기 때문에 선실로 들어갔습니다.

'누구야?' 바쁘게 책상에 앉아 세관에 낼 서류를 작성하던 선장이 큰 소리로 외쳤습니다. '누구야?' 오오, 아무런 사심도 없는 이 질문이 얼마나 요나의 마음을 쥐어뜯었겠습니까? 한동안은 다시 뛰어서 달아나고 싶을 정도였습니다. 그러나 멈추어 섰습니다. '이 배로 타르쉬시까지 건너가고 싶습니다만, 선장님, 언제쯤 떠납니까?' 선장은 여지껏 바빴기 때문에 얼굴을 들고 앞에 서 있는 요나를 보지도 않았는데, 그 텅 빈 듯한 목소리가 들리자마자 캐어 묻는 듯한 엄한 눈길을 돌렸습니다.

'이번 밀물 때엔 떠날 거요.' 하고 선장은 또다시 유심히 지켜보면서 겨우 대답했습니다. '좀더 빨리 못 떠납니까, 선장님?' '정직한 승객이라면 절대 늦지는 않을 거요.' 그것 보십시오. 요나는 또 한 번 욕을 당했습니다. 그러나 얼른 선장의 의심을 얼버무리려고 말했습니다. '이 배에 태워 주십시오. 돈은 얼마나 드리면 되겠습니까? 지금 지불하겠습니다.'

여러분, 이 이야기 속에 그냥 보아 넘겨서는 안 되는 게 있는데 그것은 배가 떠나기도 전에 '그 뱃삯을 주었다' 고 씌어 있는 점입니다. 앞뒤의 경위로 보아 여기에 중대한 의미가 있는 것입니다.

그런데 여러분, 요나가 탄 배의 선장은 죄인이라면 몇 사람이라도 금세 찾아내는 날카로운 눈이 있었는데, 그것을 폭로하는 것은 다만 가난한 사람의 경우뿐인 욕심쟁이였습니다. 여러분, 이 세상에서는 돈의 형편에 따라 죄인도 여권을 갖지 않고 마음대로 여행할 수 있고, 그와 반대로 덕 있는 사람도 돈이 없으면 곳곳의 국경에서 제지당합니다. 그래서 요나의 선장도 분명히 요나를 판단하기 전에 그 돈지갑의 무게를 알아보려고 보통 뱃삯의 세 배를 내라고 했는데 요나는 그것을 승낙했습니다.

그래서 선장은 이 사나이가 죄를 짓고 도망가는 사람인 줄 알면서도 돈을 마구 뿌리는 바람에 도망자를 구해 주려고 결심했습니다. 요나가 정직하게 돈지갑을 꺼내 보여도 선장은 여전히 미심쩍은 마음을 떨쳐 버리지 못했습니다. 금화를 가짜가 아닌가 조사해 보고는 '어쨌든 가짜 돈을 쓰는 사람은 아닌 것 같군.' 하고 중얼거리고, 그제야 요나를 항해의 동료에 끼워 주었습니다. '좋은 선실을 안내해 주십시오, 선장님.' 하고 이번에는 요나가 말했습니다. '여행에서 지쳤기 때문에 푹 좀 자야겠습니다.' 선장은 대답했습니다. '과연 그런 것 같구려, 당신의 방은 이곳이오.' 요나는 선실로 들어가서 문을 잠그려 했지만 그 자물쇠에는 열쇠가 없었습니다. 선장은 요나가 어물어물 손으로 더듬고 있는 소리를 듣고는 작은 소리로 혼자 웃으면서 '죄수의 방은 안으로 잠글 수 없게 되어 있다네.' 라고 중얼거렸습니다.

요나가 먼지투성이의 여행복을 입은 채 잠자리에 몸을 던지고 보니 조그마한 선실의 천장은 거의 이마와 닿을 듯 말 듯했습니다. 공기가 탁해서 요나는 어깨로 숨을 쉬었습니다. 그러면 몸이 배의 흘수선吃水線 밑의 좁은 구멍으로 가라앉아서, 요나에게는 그것이 마치 고래 창자의 가장 작은 구멍 속으로 삼켜졌을 때의 그 숨막힐 듯한 기분의 전조로 느껴졌습니다.

벽에 축을 박고 매단 램프가 요나의 방에서 덜컹거립니다. 배가 마지막 짐을 실은 무게 때문에 부둣가로 기울어서 흔들리고, 램프 불은 타면서 조금씩 움직이기는 하지만 방을 비스듬히 비추고 있습니다. 사실은 언제나 똑바로 있는 것인데, 그것을 매단 각도가 늘 틀려지기 때문입니다. 요나는 등불에 놀라서 잠자리에 누워 있으면서도 애처로운 눈으로 온 방안을 둘러보고, 여기까지 용케 도망쳐 왔지만 막상 눈길을 쉴 만한 곳이 없음을 깨닫게 됩니다. 어쨌든 램프가 비스듬히 기우는데 점점 더 기분이 나빴습니다. 마루도 천장도 벽도 모두 비뚤어져 보입니다. '아아, 내 양심도 이런 상태일 것이다. 똑바로 서서 타고 있는데도 나의 영혼의 모든 방은 전부 비뚤어져 버린 거다.'

하고 요나는 신음했습니다.

밤새도록 술에 곤드레가 된 방탕한 사나이가 잠자리를 서두르듯이 아직도 비틀거리면서도, 양심은 로마의 경주마가 돌진하여 그 마구가 몸을 더욱더 죄어서 찌르듯이 그의 마음을 찔렀습니다. 그 비참한 상태에서 몸부림치면서도, '이 광란이 사라질 때까지는 죽음이라도 주옵소서.' 하고 하느님께 빌었습니다. 그리고 마침내 비탄의 소용돌이 속에서 피를 쏟고 죽을 때와 같은 깊은 실신 상태에 빠집니다. 왜냐하면 양심은 상처이고 그 출혈을 멎게 하는 것은 세상엔 없기 때문입니다. 이렇게 해서 요나는 잠자리에서 쓰라리게 몸부림친 후에 너무도 답답하고 비참한 마음을 이기지 못해 잠 속으로 빠져들어 갑니다.

이윽고 밀물 때가 되어서 배는 붙잡아맨 밧줄을 풀었습니다. 배웅하는 사람의 고함 소리도 없는 쓸쓸한 부둣가에서 타르쉬시를 향하여 기울어진 채 바다로 미끄러져 나갔습니다. 여러분, 이 배야말로 이 세상에 기록된 최초의 밀수선이었습니다. 요나가 곧 금제품禁製品이었습니다.

그러나 바다가 이런 옳지 못한 짐을 짊어지지 않겠다고 반기를 들었습니다. 무시무시한 폭풍이 닥쳐와서 배는 금방이라도 파산될 것 같았습니다. 그러자 선장은 배를 가볍게 하라고 선원들에게 외칩니다. 상자며 짐이며 병이 소리를 내며 바다에 내던져지고, 바람은 울부짖고 선원들은 큰 소리로 외치고, 요나의 머리 바로 위의 판자는 갈팡질팡하는 발소리를 요란하게 울리고 있었습니다. 이 미친 듯한 소란 속에서도 요나는 죄 많은 잠에 떨어져 있었습니다. 시커먼 하늘도, 미친 듯이 날뛰는 바다도 보지 않고, 배의 뼈대를 이루는 나무가 흔들리고 기우는 것도 느끼지 못했으며, 더구나 그를 쫓아서 거친 바다를 헤쳐 큰 입을 벌리며 시시각각 돌진해 오는 산 같은 고래의 울음소리도 듣지 못했습니다. 여러분, 요나는 배의 밑창에서, 내가 지금 말한 선실의 침상에서 잠에 곯아떨어져 있었던 것입니다.

그런데 선장이 허둥지둥 뛰어들어와서는 그의 귀에다 대고 외쳤습니다. '뭘 하고 있는 거야! 자는 건가? 일어나라!' 고함 소리에 깜짝 놀란 요나는 펄쩍 뛰어 일어나 비틀비틀하면서 갑판까지 기어올라가서, 돛대의 밧줄을 붙들고 바다를 보았습니다. 그 순간, 뱃전을 뛰어넘어온 표범 같은 파도가 그에게 덤벼들었습니다. 그렇게 파도가 계속해서 배 안으로 밀려들어와 빠져나갈 곳이 없는 선원들은 여기저기서 울부짖고 배 안에 있으면서도 거의 빠져죽게 되었습니다. 시커먼 하늘에 새파란 달이 모습을 드러냈을 때 두려움에 질린 요나는 뱃머리 앞으로 뻗은 첫째 돛대가 머리를 쳐들고 하늘을 가리키고 곧 미친 듯이 울부짖는 바다 위에서 몸부림치는 것을 보았습니다.

마음속에서는 두려움이 요란한 소리로 울렸습니다. 이렇게 무서워서 움츠린 꼴은 보기만 해도 하느님에게서 도망친 놈이라는 걸 한눈에 알 수 있었습니다. 선원들은 그것을 알아차리고 요나에게 점점 더 혐의를 두었으나 이것은 모두 하느님의 노여움이라고 하면서 이 태풍이 덮쳐 온 것은 도대체 어떤 놈 때문인지 주사위를 던져 정하기로 했습니다. '직업은 뭐냐? 어디서 왔느냐? 어느 나라 사람이냐? 무슨 인종이냐? 고 물었습니다. 그러나 여러분, 요나의 불쌍한 행동을 보십시오. 열심히 대드는 선원들이 어디 사는 누구냐고 물었을 때 그는 그 질문뿐 아니라 묻지 않은 일까지도 대답했습니다. 그것은 신의 위엄으로 인해 저절로 요나에게서 튀어나온 대답이었습니다.

'나는 히브리 사람입니다.' 하고 외쳤습니다. 그리고 '나는 바다를 만들고 땅을 만드신 전능하신 하느님이 무서워요.' 하고 말했습니다. 하느님을 두려워한단 말인가? 요나여, 아아, 새삼스레 하느님이 두렵다는 건가? 아무튼 요나가 처음부터 끝까지 참회하기 시작하자 선원들은 점점 더 겁이 나서 온몸의 털이 곤두서는 것 같았으나 그래도 그가 불쌍하다고 생각했습니다.

그것은 요나가 자신의 죄가 깊은 것을 진심으로 깨닫게 되어 하느님께 용서를 빌 힘도 없이 둘레에 시 있는 선원들을 향하여, '나를 붙잡아 바다에 던져 넣어 주시오, 이 폭풍은 다름 아닌 나 때문에 일어난 일이오.' 하고 외쳤기 때문입니다. 선원들은 불쌍하게 생각하여 얼굴을 돌리고 다른 방법으로 구제할 방법이 없을까 생각해 보았습니다. 그러나 그것도 헛된 일이었습니다. 성난 폭풍은 한층 더 심해지기만 할 뿐이었습니다. 이때 한 팔은 신께 탄원하는 것처럼 높이 들고 또 한 손으로는 마음내키지 않으면서 억지로 요나를 움켜잡은 사람이 있었습니다.

마치 닻처럼 치켜올려졌다가 바다에 내던져진 요나를 보십시오. 금방 동쪽으로부터 잔잔한 파도가 퍼져 와서 바다는 조용해졌습니다. 폭풍이 요나를 바다 밑으로 실어가자 수면이 고요해졌습니다. 분간할 수 없는 광란의 소용돌이 한복판에 떨어진 요나는 커다랗게 벌린 입 속으로 삼켜진 것도 깨닫지 못한 새에 고래는 새하얀 빗장과도 같이 수를 헤아릴 수 없는 상아빛 이를 번뜩이면서 그 감옥 문을 닫아 버렸습니다. 그래서 요나는 이 큰 고기의 뱃속에서 하느님께 기도를 드리는 수밖에 달리 방법이 없었습니다.

우리는 그의 기도에서 커다란 교훈을 배웁니다. 왜냐하면 그는 죄 많은 인간이면서도 울거나 울부짖거나 하면서 무턱대고 하느님의 구원을 빌지는 않았습니다. 이 무서운 형벌이 당연하다고 느끼고 있었던 것입니다. 구원에 대해서는 모든 것을 하느님께 맡기고 다만 이런 고통 속에서도 하느님이 성스러운 천당을 우러러본다고 마음속으로 만족해했습니다. 그야말로 여기에 진실로 신앙의 깊은 참회가 있는 것입니다. 용서를 애걸하지 않고 형벌을 감사하다고 생각하는 바로 여기에 말입니다.

그래서 하느님께서도 이 요나의 행동이 얼마나 마음에 들었는가 하는 것은 요나가 바다와 고래로부터 구출되었다는 것에 나타나 있지 않습니까? 여러분, 나는 요나의 죄를 흉내내 달라고 요나를 증거로 내놓은 것이 아닙니다. 참회하는 본보기로서 내놓은 것입니다. 죄를 범해서는 안 되지만 만약 범했다면 요나처럼 참회하도록 하십시오."

매플 목사가 이 같은 말을 했을 때 교회 밖에서 포효하며 몸부림치는 폭풍이 이 설교자에게 한층 더 힘을 주는 듯이 생각되었으며, 요나의 폭풍 이야기를 할 때의 그는 그 자신도 폭풍에 흔들리고 있는 듯했다. 그의 넓은 가슴은 일렁이고 큰 파도처럼 들먹거리고, 휘두르는 양팔은 거친 폭풍우와 같았고, 거무스름한 이마에는 힘줄이 불끈불끈 솟아올랐으며, 눈빛은 번갯불처럼 번쩍였는데, 그런 설교자를 우러러보는 단순한 사람들의 마음에는 이상한 두려움이 엄습해 왔다. 목사가 다시 말없이 성서의 책장을 넘길 때 그의 얼굴은 조는 듯 평온해졌는데, 눈을 감은 채 가만히 서 있는 모습은 잠시 신과의 교감에 빠져 있는 것 같았다.

그러나 곧 사람들 쪽으로 몸을 돌려 아주 공손하고 남자다운 겸양의 표정을 띠면서 낮게 고개를 숙이고 말을 계속했다.

"선원 여러분, 하느님께선 오직 한 손만을 여러분 위에 놓으시고 두 손을 나에게 놓고 계십니다. 나는 지금 어렴풋이나마 요나가 죄인에게 주는 교훈을 읽어 드렸습니다. 그것은 여러분에게라기보다는 나 자신에게 준 것이었습니다. 왜냐하면 나야말로 훨씬 죄 많은 사람이기 때문입니다.

그러니까 내가 만일 지금 이 돛대 꼭대기에서 내려가서 여러분과 함께 그곳 창구艙口에 앉아, 여러분 중의 누군가가 살아 계신 하느님의 뱃길 안내자가 되어 나를 향해 또 하나의 더욱더 무서운 요나의 교훈을 설교해 주시는 것을 함께 들을 수 있다면 얼마나 좋겠습니까.

머리에 기름 부음을 받아 신성하게 된 요나는 예언의 길잡이, 즉 진실한 이야기를 하는 사람으로 선택되어 사악한 니느웨 사람들을 향하여 귀가 따가울 정도로 진실의 소리를 울리게 할 것을 신에게서 명령받았습니다.

그러나 그는 자기가 일으키게 될 적의를 두려워하여 그 사명감에서 달아나 자신의 의무와 하느님에게서 도피하고자 욥바에서 배를 탔던 것입니다. 그러나 하느님은 어디에나 계셨으므로 그는 타르쉬시에 도착할 수 없었습니다. 말씀드렸듯이 하느님은 고래가 되어 요나를 덮쳐서 삼켜버렸습니다. 그 당장 요나는 생지옥이라고 할 고래 뱃속의 한복판에 내던져졌는데, 그곳의 소용돌이치는 물은 천 길 바다 밑으로 그를 끌고 들어가 머리를 해초에 휘감기게 하고 물이 주는 온갖 고난을 감수하지 않을 수 없었습니다.

더욱이 지옥의 뱃속, 곧 어떤 연추鉛錘도 미치지 않는 바다 밑바닥까지 고래가 가라앉아 버릴 때조차도 하느님은 갇혀서 참회하는 예언자의 외침을 들으셨습니다. 그리하여 고래에게 명령하시니, 그 명령을 받은 고래는 부르르 몸을 떨며 차갑고 어두운 바다 밑에서 꼬리를 감고 따뜻하고 밝은 햇빛이 비치는 대지의 기쁨에 찬 곳까지 올라와 요나를 마른 땅 위에 토해 놓고 갔던 것입니다. 그리고 나서 다시 하느님의 말씀이 내려졌습니다. 요나는 상처입고 지쳤으며 조가비처럼 된 두 귀에 아직 넓은 바다의 파도 소리가 울리고 있었지만 전능하신 하느님의 명령에 따랐습니다. 선원 여러분! 그것이 무엇이겠습니까? 허위에 대항하면서 진실을 설교하는 것, 바로 그것이었습니다.

여러분, 이것이 또 하나의 교훈입니다. 이것을 마음에 새겨 두지 않는다면 살아계신 하느님의 뱃길의 인도자라 해도 화를 입을 것입니다. 또한 이 세상의 즐거움에 마음이 들떠 복음의 계율을 잊는 사람도 화를 입을 것입니다. 또한 신께서 폭풍을 일으키신 바다에 기름을 부어서 속이고자 하는 사람에게도 화가 될 것입니다. 또한 선보다도 선이라는 이름을 더 바라는 자에게도 화를 내릴 것입니다. 또한 속이고 구제된 경우에 진실을 토할 만한 용기가 없는 사람도 화를 입을 것입니다. 그렇습니다. 위대한 사도 바울께서도 말씀하셨듯이, 다른 사람을 가르치고도 자신은 난파자에 지나지 않는 사람도 화를 당할 것입니다!'

목사는 머리를 숙이고 잠시 자신을 잊어버리고 있는 것 같았으나 이윽고 다시 청중을 향해 얼굴을 들었을 땐, 눈은 깊은 환희로 빛나고 그와 함께 열광적으로 외치기 시작했다.

"그러나 오오! 선원 여러분, 온갖 슬픔의 이면에는 커다란 기쁨이 있습니다. 그리고 그 기쁨이야말로 슬픔의 깊이보다도 훨씬 높이 솟아 있습니다. 큰 돛대 꼭대기의 높이는 용골의 바다 깊이보다도 더 높지 않습니까? 교만한 이 세상의 신들이나 제독들에게 대항하면서 자신의 완고한 자아를 밀고 나가는 사나이에게 그야말로 기쁨은 있는 것입니다. 높고도 높은 그리고 깊은 내면의 기쁨이 있는 것입니다. 이런 비열하고 거짓이 많은 현세의 배가 자꾸자꾸 가라앉아도 자기의 늠름한 두 팔에 자기를 버티고 있는 남자에게야말로 기쁨은 있는 것입니다. 비록 원로나 대법관의 옷자락 그늘에서도 죄를 끌어내어 그것을 죽이고 태우고 깨뜨리고, 진리를 위해서는 아무 용서도 하지 않는 인간에게야말로 진정 기쁨은 있는 것입니다. 신 외에는 어떠한 계율도 주인도 인정하지 않고, 다만 하늘에 대해서만 충성된 자에게야말로 우뚝 솟은 돛대와도 같은 참된 기쁨이 있는 것입니다. 광란하는 민중의 바다에 거친 물결의 소용돌이가 있다 하더라도 세상을 뚫는 용골의 견고함을 믿고 움직이지 않는 사람에게야말로 기쁨이 있는 것입니다.

또한 임종하는 자리에 임해서 마지막 숨결과 함께, 오오! 아버지 하느님이

시여! 나는 당신을 다만 매에 의해서만 맛보았습니다. 지금은 영생불멸이거나 파멸되어 없어지는 것이거나 나는 죽습니다. 그러나 나는 현세의 것이라기보다 아니, 나 자신의 것이라기보다는 당신에게 바치려고 노력하여 왔습니다. 그러나 이 현세는 아무것도 아닙니다. 영생이라는 것을 당신의 것으로 하겠습니다. 왜냐하면 신의 영생보다 오래 산다는 것은 인간에게는 불가능한 것이기 때문입니다. 이런 말을 할 수 있는 사람에게야말로 영원한 기쁨과 즐거움이 있을 것입니다."

목사는 그것으로 입을 다물었다. 그리고 천천히 손을 흔들며 축복을 내리고 두 손으로 얼굴을 가리고는 사람들이 모두 흩어져서 그 혼자서만 남게 될 때까지 거기에 그대로 무릎을 꿇고 앉아 있었다.

제10장 친구

교회에서 '물보라 여인숙'으로 되돌아와 보니 퀴퀘그는 혼자 있었다. 축복이 내려지기 조금 전에 교회를 빠져나왔던 것이다. 벽난로 앞 나무의자에 걸터앉아 두 다리를 벽난로 바닥에 올려놓고 한 손에 검둥이 인형을 쥐고 얼굴에 바싹 대는 것처럼 하여 물끄러미 그 인형의 얼굴을 들여다보고는 조그만 칼로 그 코를 정성들여 깎으면서 야릇한 곡조를 콧노래로 흥얼거리고 있었다.

그러나 내가 들어가자 그 우상을 집어넣고 재빠르게 테이블로 가서 그 위에 놓여 있던 큰 책을 집어들더니 그것을 무릎에 놓고 정성들여 책장을 한 장 한 장 넘기기 시작했다. 가만히 살펴보니 그는 50페이지마다 잠깐 멈추어서 멍하니 주위를 둘러보고는 목구멍을 그르렁거리며 경악의 숨을 길게 내품었다. 그러다가 다시 50페이지를 세기 시작하였다. 그때마다 1페이지부터 시작하는 모양으로 미루어 이 사나이는 50 이상을 셀 능력이 없는 것 같았으며 그래서 50이라는 수를 여러 번 거듭함으로써만 페이지 수가 많은 데 대하여 놀라운 마음이 드는 것 같았다.

　그런 그에게 흥미를 느껴 나는 앉아서 그를 지켜보았다. 확실히 야만인이고 얼굴은 끔찍한 상처투성이였지만 적어도 나의 안목으로는 그 용모에 절대로 불쾌하다고 할 수 없는 무언가가 있었다. 정신은 외면에 나타나는 법이다. 이 세상의 것이라곤 생각되지 않는 문신 밑바닥에 단순하고 고결한 마음의 그림자가 보이는 것같이 생각되었고, 커다랗게 움푹 들어가서 거칠게 타고 있는 검은 눈에는 수많은 악귀와도 싸우겠다는 씩씩한 기상이 번득이고 있었다. 그뿐만 아니라 이 이교도의 태도에는 그 이상야릇한 모습으로도 지워버릴 수 없는 고매함마저 감돌고 있었다. 일찍이 남에게 아첨한 일도 없고 인정사정없는 빚쟁이에게 시달려 본 일도 없는 생김새였다. 머리를 빡빡 깎았기 때문에 그 이마가 한층 더 대담하고 시원스럽게 나타나 보이고 한층 더 넓어 보이는지도 모르지만, 아무튼 그의 머리는 우수한 골상을 갖추었다고 할 수 있었다. 우스꽝스럽게 생각될지도 모르지만, 그것은 내게 세상에 널리 퍼져 있는 워싱턴 장군의 흉상을 연상케 했다. 즉, 이마는 눈썹 위에서부터 기다랗게 규칙적인 계단을 이루어 뒤로 경사지면서 몹시 돌출해 있는 모양이었고, 두 눈썹은 꼭대기가 밀림으로 덮여 있는 기다랗게 뻗은 두 개의 곶과 비슷했다. 퀴퀘그는 식인종으로 화한 조지 워싱턴이었다.

　이렇게 내가 창밖의 폭풍을 내다보는 체하면서 세심하게 관찰하는 동안 그는 나의 존재도 잊은 듯 정신이 팔려 돌아보지도 않았다. 다만 이상한 책의 페이지를 세는 일에만 골똘해 있었다. 전날 밤에 얼마나 사이좋게 잠자리를 함께 했고, 특히 아침에 깨어났을 때 얼마나 다정히 팔을 내게 올려놓고 있었는가를 생각해 볼 때 그의 무관심한 태도는 정말 이상했다. 그러나 야만인은 이상한 존재이며 때로는 정확한 해석을 붙일 수 없는 존재이다. 우선 보기에도 끔찍하지만 조용하고 단순하게 자기 집중을 하는 모습은 소크라테스적인 슬기로운 지혜를 느끼게까지도 했다.

　퀴퀘드는 이 여인숙의 다른 선원들에게는 거의 전적으로라고 해도 좋을 만큼 어울리지 않았다. 자진해서 교제를 가지려고 하는 일은 결코 없었고, 아는 사람의 범위를 넓히려 하는 생각도 없는 것 같았다. 정말 이상한 일이라고

74

느껴졌지만 다시 생각해 보니 바로 그 점에 뛰어난 무언가가 있다는 것을 알 수 있었다. 여기에 고향에서 약 2만 마일이나 떨어진 이곳에 혼 곳—그가 이곳에 이를 수 있는 유일한 길—을 거쳐온 사나이가 있는데, 목성에 내던져졌나 하고 생각될 만큼 이상야릇한 사람들의 무리에 섞였음에도 불구하고, 조금도 침착성을 잃지 않고 지극히 평화로움을 유지하면서 오직 자신만을 벗 삼아 언제나 변함없이 자신을 깨끗하게 지키고 있었다. 확실히 그는 위대한 철학적 정신을 지니고 있었다.

더구나 그는 그와 같은 정신을 지니고 있다는 것조차도 모르고 있었다. 그러나 참다운 철학가가 되기 위해 우리 인간들은 아마도 그렇게 살고 그렇게 노력해야겠다는 자의식을 버리지 않으면 안 될 것이다. 그래서 나는 어디에 사는 어떤 사람이 철학자를 자처하고 있다는 말을 들을 적마다, 소화불량에 걸린 할머니처럼 '위장을 버린 사람이군.' 하고 단정해 버린다.

이처럼 나는 그 쓸쓸한 방에 앉아 있었다. 난로의 불은 한때 활활 타서 방 안의 공기를 따뜻하게 데운 후 그저 보기좋을 정도로 부드럽고 낮게 불꽃을 올리고 있었다. 창문에는 황혼의 그림자가 밀려와서 감돌고, 말도 없이 우두커니 앉아 있는 두 사람을 들여다보고 있었다. 바깥의 폭풍은 암담하게 들끓으며 울부짖고 있었다. 나는 이상한 감정이 솟구쳐오르는 것을 느꼈다. 온몸이 녹아들어가는 기분이었으며 찢겨진 심장과 노한 두 팔로 무지막지한 세상과 싸울 마음도 없어졌다.

그런데 이 온화한 야만인이 나를 구원해 주었다. 앉아 있는 그의 담담한 모습에서는 문명의 위선과 간특한 허위의 그림자가 전혀 깃들지 않은 천성이 빛났다. 확실히 야만적인 시니이였고 그를 보는 사람의 눈을 휘둥그렇게 만들었지만 나는 신비로운 힘에 의해서 그에게 끌려갔다. 더욱이 다른 사람들이 몸서리치며 꺼려하는 것들이 오히려 나를 끄는 자력이 되었다.

'기독교적인 우애란 허울뿐인 예의에 지나지 않았으니까 이교도와 한번 우정을 맺어 보자.' 하고 나는 생각했다. 나무의자를 그에게 가까이 당겨놓고, 친절한 몸짓으로 열심히 말을 걸려고 했다. 처음에 그는 돌아다보지도 않고 무관심한 태도를 보였는데 내가 어젯밤의 친절이 매우 고마웠다고 하자,

대번에 오늘 밤에도 함께 자겠느냐고 무거운 입을 열었다. 내가 그렇다고 대답하자 그의 얼굴은 기뻐하는 듯했으며, 다소 의기양양한 빛을 나타내기까지 했다.

그러고 나서 둘이 함께 책장을 넘기고 나는 인쇄라는 것의 뜻과 거기에 있는 몇 장의 삽화의 뜻을 설명해 주려고 했다. 이리하여 곧 그의 관심을 끌 수있게 되어 그때부터 이 유명한 도시에서 구경할 만한 명소 등에 대해 여러 가지 이야기를 주고받았다. 담배를 피우자고 제안하자 담배쌈지와 도끼 파이프를 꺼내 조용히 한 모금 피울 것을 권해 왔다. 그래서 우리는 그 기괴한 파이프를 교대로 빨고 그것도 규칙적으로 주고받곤 했다.

설사 이때까지 이 이교도의 가슴속에 내게 대한 냉담한 얼음덩어리가 조금이라도 남아 있었다 해도 즐겁고 기분좋게 피운 담배는 그것을 훌륭하게 녹여 버려서 두 사람은 매우 사이좋은 친구가 되었다. 퀴퀘그도 나처럼 자연스레 친밀감을 느낀 듯했다.

담배를 다 피우고 나자 그는 자신의 이마를 나의 이마에 맞대고 허리를 안으면서 이제 둘이 결혼을 하자고 했는데, 그것이 그의 고향의 관례대로라면 두 사람은 친구가 되고 일단 유사시에는 기꺼이 나를 위해서 죽겠다는 뜻이었다. 이 나라 사람들이 만일 이렇게 급격히 우정을 태웠다면 너무나도 경솔하게 보여 신용할 수 없다고 하겠지만, 단순하고 소박한 이 야만인에게 그 같은 케케묵은 통념은 성립되지 않았다.

저녁식사가 끝나자 다시 한 번 대화를 나누고 담배를 주고받고 나서 함께 방으로 들어갔다. 그는 향을 태운 두개골을 선사하겠다고 말하고, 다시 거대한 담뱃갑을 꺼내어 잎사귀 밑을 뒤지더니 은화 30달러 가량을 꺼내서 그것을 테이블 위에 올려놓고는 기계적으로 둘로 갈라 그 한쪽을 내게로 밀어 놓으며 이것은 네 것이라고 말했다. 나는 한마디 하려고 했지만 그는 말도 하지 못하게 내 바지주머니에 그 돈을 쓸어넣어 버렸다.

나는 그냥 받아 두기로 했다. 그러고 나서 그는 저녁기도를 시작하고자 그 우상을 꺼내 종이로 만든 난로 뚜껑을 들어냈다. 그때의 몸짓으로 보아 나도 똑같이 하기를 바라고 있다고 생각되었으나, 그 다음에 어떤 일이 일어나는

가를 잘 알고 있는지라 나는 잠시 망설이며, 권유를 받게 되면 응할까 거부할까를 궁리했다.

원래 나는 정통의 장로교회에서 태어나고 자라난 순수한 크리스천이다. 그러니 어떻게 이 야만적인 우상 숭배자와 함께 한 조각의 나뭇조각을 숭배할 수 있단 말인가? 하지만 숭배한다는 것은 무엇인가 하고 나는 생각해 보았다. 이스마일이여, 그댄 저 관대하신 천지의 신께서—이교도까지 모두 포함해서 하는 이야기긴데—이런 하찮게 그을은 나뭇조각에 질투하는 일이 있을 수 있다고 생각하는가? 있을 수 없다. 그러면 숭배한다는 것은 무엇인가? 신의 뜻을 이루는 것, 그것이 숭배하는 것이다. 그러면 신의 뜻이란 무엇인가? 이웃에게 그가 나에게 해주었으면 하는 것을 그에게 해주는 것, 그것이 바로 신의 뜻이다.

퀴퀘그는 나의 이웃 사람이다. 그러면 나는 퀴퀘그가 나에게 어떻게 해주기를 원하는가? 물론 나처럼 장로교인의 형식으로 예배하기를 바란다. 그러니까 나도 그와 예배를 함께 해야 한다. 따라서 나는 우상숭배자가 되어야만 한다.

그래서 나는 대팻밥을 태우고, 가련한 작은 우상을 세우는 것을 돕고, 퀴퀘그와 함께 구운 비스킷을 바친 후 오른손을 이마에 대고 두서너 번 절을 하곤 무릎을 꿇고 그 코에 키스했다. 그것이 끝난 후 우리는 옷을 벗고 자신의 양심에 대해서도 또한 온 세상에 대해서도 조금도 꺼림칙함을 느끼지 않으며 잠자리에 들었다. 그러나 또 한 차례 잡담을 나눈 뒤에야 잠들었다.

어째서 그런지는 모르지만 아무튼 친구 사이에 마음을 털어넣고 이야기하기에는 잠자리만큼 알맞은 곳은 없다. 흔히 부부는 그 속에서 서로의 영혼의 밑바닥까지 다 열어 놓으며, 늙은 부부는 자리에 누운 채 옛날이야기에 빠져서 밤을 새울 정도라고 한다. 나와 퀴퀘그도 마음의 문을 활짝 열어놓고 다정하고 사랑에 찬 연인처럼 잠자리를 같이하고 있었다.

제11장 잠옷

이렇게 우리는 잠자리에 누워서 지껄이다가 자고 자다가 지껄였다. 퀴퀘그는 이따금 그 문신투성이의 검은 다리를 다정하게 내 다리 위에 올려놓았다가 다시 내려놓곤 했다. 참으로 사이좋고 자유롭고 마음이 편했다. 끝내는 이 잡담 덕분에 약간의 졸음이 어디론가 날아가버려 아직 날이 밝으려면 상당한 시간이 남았음에도 불구하고, 벌써부터 일어나고 싶을 정도였다.

사실 우리는 정신이 말똥말똥해졌다. 그런 만큼 둘 다 누워 있는 자세가 지루해져 어느 틈엔가 조금씩 일어나 앉아 있었다. 이불을 잔뜩 몸에 감고, 무릎을 단단히 맞대면서 침대 머리맡 판자에 기대앉아 두 개의 코를 마치 침대 난로에 갖다 대듯이 무릎에 대고 있었다. 밖은 몹시 추웠고, 또한 방에 불기운도 꺼져 있었기 때문에 이불을 젖히면 매우 추울 거라고 생각하니 더욱 즐겁고 편안했다.

더욱이라고 한 이유는 이렇다. 곧 체온의 따뜻함을 즐기기 위해서는 어딘가 추운 부분이 있어야 하는데, 그것은 이 세상엔 상대적인 비교를 하지 않고서 그 성질을 나타내는 것은 없기 때문이다. 혼자 존재하는 것은 아무것도 없다. 오랫동안 안락하게 지냈다고 자만하는 사람이 있다면 그는 이미 안락하지 않은 것이다. 그러나 만일 저 잠자리 안에 퀴퀘그와 나처럼 코끝이라든가 머리 정수리가 약간 차갑다고 하면, 그로 말미암아 몸 전체는 오히려 훨씬 즐겁고 따뜻하게 느껴진다. 그러니까 침실에는 난로를 놓을 필요가 없다. 그 난로는 돈 많은 사람들이 빠지는 불쾌한 사치에 지나지 않는다. 따뜻하고 아늑한 쾌감의 극치를 맛보기 위해서는 당신들이 누리는 따뜻함과 바깥 공기의 차가움과의 사이에 모포만 있으면 된다. 그러면 얼어붙은 극지極地 한복판에서도 온기를 품은 불덩이처럼 잘 수 있다.

얼마 동안 그렇게 웅크린 채 있다가 나는 갑자기 눈을 떠야겠다고 생각했다. 도대체 나는 낮이나 밤이나, 자고 있거나 깨어 있거나 간에 이불속에 들어가 있기만 하면 그 기분좋은 쾌감을 음미하려고 언제까지나 눈을 감는 버릇이 있었다. 어떠한 사람이라도 눈을 감지 않으면 자기 자신을 곰곰이 느낄 수 없을 것이다. 광명은 인간의 육적 부분의 반려지만 어둠이야말로 우리들 본질 중의 본질을 이루고 있는 것이 아니겠는가? 나는 눈을 뜨고 스스로가 이룩한 즐거운 어둠 속에서 자정이 넘은 불 꺼진 한밤중의 어둠 속으로 나갔다가 속이 뒤집힐 것 같은 불쾌한 감정을 맛보았다. 그래서 퀴퀘그가 불을 켜는 편이 좋지 않으냐고 하는 데에 나는 조금도 반대하지 않았다. 두 사람 다 잠이 달아나 눈을 말똥말똥 뜨고 있었는데 그는 '도끼 파이프'로 사뭇 담배를 피우고 싶어했다. 어젯밤에 그가 자리 속에서 뻐끔뻐끔 담배를 피웠을 때는 사실 몹시 불쾌했었다.

그러나 일단 애정이 작용하기 시작하면 우리들의 그 완고한 편견이라는 것도 사실은 얼마나 융통성이 많은 것인가를 알게 될 것이다. 퀴퀘그는 잠자리 속에서 담배를 피운다는, 온화한 분위기에 찬 가정적인 즐거움이 매우 좋은 모양이었는데, 지금 그가 옆에서 잠자리 속에서라도 그렇게 하고 있는 것만큼 내게 즐거운 일은 없었다.

나는 어느새 여인숙 주인이 이 사람을 보증한다는 사실에는 그다지 개의치 않게 되었다. 다만 이제는 이 참다운 친구와 친밀히 서로 가슴을 열어놓고 파이프와 담요를 서로 같이 나누는 기쁨에 넘쳐 있을 뿐이었다. 털이 일어난 재킷을 어깨에 걸치면서 서로 '도끼 파이프'를 주거니받거니 하는 동안 두 사람의 머리 위에는 새로 컨 램프 불에 비친 파란 연기의 휘장이 점점 드리워져 갔다.

이 물결 이는 휘장이 야만인의 마음을 아득한 나라로 가게 했는지는 모르지만, 그때 그는 자신의 고향인 섬에 대해서 이야기했다. 나는 이 친구의 자라온 과정을 듣는 데 열중하여 어린 시절부터 이야기하라고 졸라댔다. 그도 기꺼이 응했다. 물론 처음에는 그의 말을 이해하지 못한 점이 많았지만 차츰 그의 기괴한 말투에도 익숙해졌다. 그에게서 들은 이야기를 종합하여 이제부터 말하려는 것은 그 골자에 지나지 않을지 모르지만 지금까지 살아온 그의 생애를 대충 알 수 있게 해줄 것이다.

제12장 전기傳記

퀴퀘그는 아득히 먼 서남쪽의 코코보코섬에서 태어났다. 이 섬은 어떤 지도에도 나타나 있지 않다. 좋은 고장은 언제나 나타나지 않는 법이다.

갓 태어난 야만인이 풀로 만든 옷을 입고 고향의 숲속을 멋대로 마구 뛰어다녔을 때 산양의 무리는 그것이 녹색의 강아지인 줄 알고 그의 뒤를 쫓아다녔다. 그때 이미 퀴퀘그의 야망에 찬 영혼은 이따금 나타나는 포경선 정도에는 만족하지 않고 그리스도교 국가에 대해 더 많이 알려고 하는 강한 열망을 품고 있었다.

아버지는 추장, 즉 왕이었으며 숙부는 대제관이었다. 외가 쪽으로는 아직 패배한 적이 없는 용사의 아내가 되어 있는 외숙모들을 자랑할 수가 있었다. 그의 핏줄은 우수한 혈통—야생적인 청년기에 습득된 야만적인 성향 때문에 유감스럽게도 흐려졌을지도 모르지만—인 왕자의 피가 흐르고 있었다.

새그 항(뉴욕 롱아일랜드의 항구)의 배가 아버지의 영토인 만灣 안으로 들어왔을 때 퀴퀘그는 그리스도교 국가로 건너갈 길을 찾아보았다. 그러나 배는 선원이 부족하지 않았기 때문에 그의 청을 받아들이지 않았다.

왕인 아버지의 세력으로도 어쩔 수 없었다. 그러나 퀴퀘그는 신에게 굳게 맹세한 뒤 혼자 통나무배를 타고 해협으로 나갔다. 큰 배가 섬을 떠났다면 반드시 그곳을 통과할 게 틀림없다고 생각한 것이다. 그곳 한쪽에는 산호초가 이어져 있었고, 또 한쪽에는 물속까지 무성한 홍수림의 밀림에 덮인 얕은 곳⾮이 있었다. 물 위에 떠도는 통나무배를 그 밀림에 감추고 뱃머리를 반대로 향하게 한 채 자기는 뱃머리에 앉아 노를 나지막이 움켜쥐었다. 배가 가까운 곳으로 미끄러져 왔을 때 그는 번개처럼 돌진해 손을 그 뱃전에 대는 한편, 다리로 통나무배를 뒤로 힘껏 차 뒤집어 가라앉혀버렸다. 그리곤 쇠사슬을 기어올라 갑판에 몸을 던지고는 쭉 뻗고 누워 고리 달린 볼트를 붙잡은 채 몸이 산산조각으로 찢겨도 손을 놓지 않겠다고 외쳤다.

선장이 바다에 던지겠다고 위협을 하고, 단검을 손목 위에 휘둘러 댔지만 소용이 없었다. 퀴퀘그는 왕의 아들이었다. 퀴퀘그는 기세가 꺾이지 않았다.

그의 목숨을 건 이 담력과 그리스도교 국가를 방문하려는 열망에 감동한 선장도 드디어 마음을 풀고 배에 태워주겠다고 했다. 그러나 이 기품 있는 야만족 청년, 바다의 이 '웨일즈 왕자'는 결코 선장실로 안내되지는 않았다. 선원들의 동료가 되어 고래잡이가 되고 만 것이다.

그러나 이국 거리의 조선소에서 노동하기를 마다하지 않았던 피터 대제처럼, 퀴퀘그도 치욕 같은 것쯤 아랑곳하지 않고 무지몽매한 제 고향 사람들을 개화시키는 힘을 거기서 얻을 수만 있다면 족하리라고 생각했다.

사실 그가 내게 한 말로 미루어 보면 그의 마음을 움직이고 있던 것은 그리스도교 국가에서 여러 가지를 많이 배움으로써 자기의 백성들을 지금보다도 더욱 행복하게, 아니 더욱 높게 끌어올리려는 갈망이었다. 아! 그러나 고래잡이 일에 익숙해지는 동안에 그는 그리스도 교도들도 비참하고 악인도 있을 수 있다는 것을, 부왕의 신하인 이교도들보다도 더 한층 그럴 수 있다는 것을 깨달았다. 이윽고 새그 항에 도착하여 그곳 선원들의 행동을 목격하고 그 후 낸터킷으로 가던 중 모두가 그 급료를 어떤 곳에서 어떻게 쓰는가를 보았을 때 가엾은 퀴퀘그는 절망의 구렁텅이로 굴러떨어졌다. 어디를 가나 세상은 악하다고 느꼈다. 그는 이교도로서 죽겠다고 생각했다.

그리하여 마음속은 옛날 그대로의 우상 숭배자였지만 여전히 그리스도 교도들 속에서 생활하고 있었으므로 그 의복을 입기도 하고 그 돼먹지 않은 말을 흉내내려고도 했다. 이미 고향을 떠나 많은 세월이 흘렀다고는 하나, 어느새 기묘한 습관이 몸에 배어 버린 것이었다.

나는 넌지시 그에게 고향으로 돌아가 왕위를 이을 생각은 없는가, 또 부왕도 이미 연로해 약해졌을 텐데 이미 돌아가시진 않았겠느냐고 물었다. 그는 아직 그렇지는 않다고 대답하고 어언 30대에 이른 그리스도교, 아니 그리스도 교도인 자기는 이미 그 순결무구한 왕위에 오를 자격을 박탈했을 것이라고 덧붙였다. 그러나 자기의 몸이 다시 정화되었다는 자신이 생기면 언제든 돌아갈 것이라고 했다. 하지만 현재로는 선원 생활을 계속해서 4대양을 두루 돌아다니며 한바탕 즐기겠다고 말했다. 작살잡이가 된 이상 저 갈고리 모양의 쇠붙이가 지금은 왕의 홀笏 대신이라고 말했다.

나는 그에게 앞으로는 어떻게 할 작정이냐고 물었다. 그는 옛 직업을 찾아 바다로 다시 나가겠다고 대답했다. 여기서 나는 고래잡이는 나의 소망이며, 낸터킷에서 출범할 생각이란 것을 그에게 알렸다. 뭐니뭐니해도 그곳은 모험적인 고래잡이꾼이 출범하기에는 가장 바람직한 항구 같지 않느냐고 말했다. 대뜸 그도 그 섬에 함께 가서 같은 배를 타자, 같이 당번을 서고 같은 보트에 타고, 같은 테이블에서 식사를 하자, 한마디로 나와 운명을 같이하자, 손을 서로 단단히 잡고 두 세계의 운명 속에 용감하게 뛰어들자고 말했다.

나는 일일이 그의 말에 찬성했다. 그것은 다만 퀴퀘그에 대해 느끼기 시작한 애정 때문만은 아니었다. 바다에 대해서라면 나 같은 상선의 선원도 상당히 알고 있다고 생각되지만, 고래잡이의 신비함에 대해서는 전혀 알지 못하므로 이런 숙련된 작살잡이는 더없이 크게 도움이 될 것이라고 생각했기 때문이었다.

이야기도 파이프의 마지막 연기가 꺼지는 것과 함께 끝나고 퀴퀘그가 나를 끌어안으며 이마를 맞대고서 불을 끄자, 우리는 각각 이리저리 뒹굴다가 곧 잠들었다.

제13장 외바퀴 수레

이튿날 아침인 월요일, 향을 뿌린 두개골을 가발 받침대로 이발소에 팔아버린 후 나는 나 자신과 친구의 숙박비를 그 친구의 돈으로 계산했다. 히죽히죽 웃던 여인숙 주인과 숙박객들도, 나와 퀴퀘그 사이에 생긴 갑작스러운 우정을 보고 놀라움을 금치 못하면서도 재미있어 하는 듯했다. 여인숙 주인의 엉터리 이야기로 매우 혼이 난 내가 바로 그 당사자와 다정해졌으니 놀라는 것도 무리는 아니었다.

우리는 바퀴가 하나 달린 손수레를 빌려 나의 초라한 여행 가방과 퀴퀘그의 헝겊으로 만든 주머니와 해먹, 그리고 그 밖의 짐을 싣고 부둣가에 정박하고 있는, '모스 호'라는 낸터킷행 정기 종범선 쪽으로 걸음을 서둘렀다. 우리가 함께 걸어가노라니 사람들이 흘끔흘끔 우리를 쳐다보았는데 그것은 퀴퀘그를 보는 게 아니었다. 이 거리의 사람들은 퀴퀘그와 같은 식인종엔 익숙해져 있었다. 그와 내가 이렇게 친하게 걷고 있는 것이 신기했던 것이다.

그러나 우리는 그들을 아랑곳하지 않고 번갈아 수레를 밀고 나갔다. 퀴퀘그는 가끔 걸음을 멈추고 작살의 갈고리집을 고치곤 했다. 나는 포경선이라면 모두 비치되어 있는 작살을 왜 귀찮게 갖고 다니느냐고 물었다. 이 말에 그는 다음과 같이 대답했다. 자네의 말도 맞는 말이네만 나는 이 작살에 특별한 정이 있다. 그것은 이것이 생사를 건 맹렬한 싸움에서 몇 번이고 시험됐고 많은 고래의 심장 깊숙이 박혔던 일도 있어서 믿을 수 있다는 것이었다. 다시 말해 많은 육지의 농사꾼이나 풀을 베는 남자들이―그런 짓은 하지 않아도 될 텐데도―농장주의 목장에 자기가 쓰던 낫을 들고 가는 것과 마찬가지로 퀴퀘그도 제 나름대로의 이유에서 자신의 작살을 좋아하고 있었던 것이다.

이 손에서 저 손으로 수레를 번갈아 밀고 가면서 그는 그가 처음 외바퀴 수레를 보았을 때의 우스운 이야기를 해주었다. 새그 항에서의 일이었는데, 선주가 그의 무거운 상자를 여관으로 운반하는 데 쓰라고 그것을 빌려주었던 모양이다. 그러나 그것의 용도를 모르는 것을 보이지 않으려고―그렇지만 사실은 어떻게 그 수레를 다루어야 할지 전혀 모르고 있었으므로―퀴퀘그는 상자를 수레에 실은 다음 단단히 붙잡아 매고 나서 수레째 어깨에 메고 부두를 걷기 시작했다. "저런, 퀴퀘그, 그렇게까지 자네가 모르리라곤 아무도 생각지 않았을 거야. 모두가 웃지 않던가?"라고 내가 말했다.

그리고 그는 또 다른 이야기를 했다. 그의 고향인 코코보코섬 사람들은 혼례를 치를 때 어린 야자열매의 향기로운 즙을 짜서 펀치 잔 같은, 색칠한 큰 호리병박에 붓는데 이 잔이 식을 올리는 매트 한복판에 가장 멋진 장식으로 놓이게 된다. 그런데 어떤 커다란 상선이 언젠가 코코보코섬에 기항해서, 그 선장―어느모로 보나 참으로 당당한, 선장으로서는 꽤 예절을 차리는 신사였다―이 바로 퀴퀘그의 누이동생, 이제 겨우 열 살을 갓 넘은 꽃다운 공주의 혼례 잔치에 초대를 받았다는 것이다.

그런데 결혼식에 참석한 손님들이 모두 신부의 대나무 오두막집에 모였을 때, 이 선장도 앞으로 나아가 귀빈의 자리에 안내되었기 때문에 대제관과 퀴퀘그의 아버지인 왕과의 사이인 펀치 잔 앞에 앉게 되었다. 그 섬사람들도 우리와 같이 식사 전에 기도를 하는데 퀴퀘그가 이야기한 바로는, 그럴 때 고개를 숙이고 접시를 내려다보는 우리들과는 달리, 그들은 반대로 오리처럼 위를 올려다보며 모든 향연을 베풀게 해주신 위대한 신을 우러러본다고 한다. 기도가 끝나면 대제관은 아득한 태곳적부터 섬에 전해 내려온 의식에 따라 잔치를 베푼다. 다시 말하면 그 성스러운 힘을 받은 손가락을 그릇에 집어넣고 난 후 이 귀한 음료가 돌려지게 된다는 것이다.

선장은 자기가 제관 옆에 앉혀졌고 또 적어도 한 배의 수장이므로 대수롭지 않은 외로운 섬의 왕보다는—특히 그 집의 손님이기도 하므로—분명히 한층 위라고 생각하곤 의식을 흉내내서 침착하게 손을 그 펀치 잔에 씻기 시작했다. 아마도 손 씻는 그릇으로 생각한 모양이었다.

"그래, 자넨 어떻게 생각하나? 우리가 웃지 않았겠나?"

퀴퀘그가 말하였다.

드디어 뱃삯도 지불하고 짐도 맡긴 우리는 정기선에 올랐다. 배는 돛을 올리고 어크슈넷강을 내려갔다. 한쪽으로는 뉴베드퍼드의 거리가 층층이 솟아 있고 얼음에 덮인 나무들이 맑게 갠 차가운 하늘에 반짝이고 있었다. 부두에는 수많은 통들이 산더미처럼 쌓여 있었고, 또 온 세계를 두루 돌아다니는 포경선의 무리가 미동도 않고 쉬고 있었다. 그러자 한쪽에서 목수며 통장이(통 제조업자)의 요란한 소리가 역청을 녹이는 불과 풍구(곡물에 섞인 먼지를 제거하는 농기구) 소리와 함께 섞여 흘러와 새로운 항해가 시작되려는 것을 알리고 있었다. 더없이 위험한 원양 항해가 한 번 끝났다는 것은 단지 두 번째 항해가 시작된다는 것을 의미하고, 두 번째가 끝나면 세 번째, 그리고 차례차례로 그것은 영원히 계속된다. 이것이 끝도 없는, 아니 참기 어려운 이 세상 일이다.

밖으로 나가자 바닷바람이 상쾌하게 불어오고 작은 모스호는 콧김 거친 망아지처럼 뱃머리에 세찬 물거품을 일으켰다. 나는 코를 벌름거리며 이 거친 바다 공기를 얼마나 마음껏 들이마셨던가! 저 유료 도로의 육지가 어쩌면 그리도 어리석게 보였던가! 비굴한 발뒤꿈치와 발굽으로 상처투성이가 된 평범한 도로……. 그런 흔적을 허용치 않는 이 광대무변한 바다를 찬양하기 위해 눈길을 돌리기로 하자.

이 물거품 이는 바다에서 퀴퀘그도 또한 바다 공기를 마구 들이마시고 취한 듯했다. 그 시커먼 콧방울이 부풀고 짐승의 이빨처럼 늘어선 이가 드러나 있었다. 모스호는 나는 듯이 바다를 향해 달리면서 질풍 앞에 떨며 회교왕 앞에 무릎 꿇는 노예처럼 그 뱃머리를 물속으로 들어갔다 나왔다 했다. 배가 기울면 두 사람도 뒹굴었다. 밧줄은 모두 철사줄처럼 울어 대고 두 개의 높은 돛대는 태풍을 맞고 서 있는 등나무처럼 휘었다.

두 사람은 파도를 뒤집어쓰고 있는 첫째 돛대 가까이에 서서, 이 어지러운 광경에 완전히 취하고 피로했기 때문에 잠시 동안은 다른 승객들의 조소에 찬 눈길을 깨닫지 못하고 있었다. 그들은 외양이 아무리 깨끗한 흑인이라도 백인보다 존귀하지 못하다고 생각했는지 두 사람이 이토록 다정한 데 놀라고 있었다. 그 가운데는 멍텅구리 같은 풋내기 촌놈들도 얼마간 섞여 있었다. 퀴퀘그는 등뒤에서 놀리고 있던 그 풋내기들 중 하나를 붙잡았다. 저 촌놈 이제 죽었구나, 하고 나는 생각했다. 작살을 내려놓자 힘센 야만인은 그 젊은이의 팔을 움켜쥐더니 그야말로 불가사의한 민첩함과 힘으로 그를 높이 공중에 집어던졌다. 그러자 그 사나이는 공중에서 한 바퀴 돌고 엉덩이를 후려 말고는 숨이 끊길 듯이 헐떡이며 간신히 내려섰다. 그런 뒤에 퀴퀘그는 그 사나이에게서 등을 돌리고 도끼 파이프에 불을 붙이더니 내게 한 모금 빨기를 권하였다.

"선장님! 선장님! 악마가 있습니다!"

촌놈이 달려가며 외쳤다.

"이봐, 여보게. 도대체 어쩔 작정으로 그런 짓을 하는 거야? 저 젊은이를 죽일 뻔했잖아? 그걸 모르나?"

매우 말라빠진 선장이 성큼성큼 퀴퀘그 쪽으로 걸어왔다.

"뭐라는 건가?"

"자네가 저 사나이를 죽일 뻔했다는 거야."

나는 아직도 벌벌 떨고 있는 풋내기를 향해 손가락질했다.

"죽인다고!" 퀴퀘그는 그 문신투성이의 얼굴을 찌푸려 더없이 경멸하는 표정을 나타냈다. "하하핫, 저놈은 작은 고기야. 퀴퀘그는 작은 고기는 죽이지 않아. 퀴퀘그는 큰 고래만 죽인다."

"이봐." 선장이 고함을 쳤다. "이 식인종 놈, 만약 이 배 위에서 다시 그런 짓을 했다간 죽여버릴 테야. 조심해."

그런데 마침 그때 선장이 조심해야 할 일이 생겼다. 큰 돛이 찢어질 듯한 무서운 힘으로 팽팽히 당겨지고 아래를 맨 밧줄이 끊겨 거대한 돛대 가름대가 건들건들 흔들리기 시작하더니 뒷갑판 전부를 휩쓸어버리고 만 것이다. 그 바람에 퀴퀘그에게 호된 꼴을 당한 그 사나이가 가름대에 휩쓸려 바다에 떨어졌다. 승무원들은 모두가 놀라 어쩔 줄 몰랐지만, 가름대를 붙여 멈추게 하는 것은 미친 짓에 지나지 않았다. 그것은 눈 깜짝할 사이에 오른쪽에서 왼쪽으로 날았다 다시 되돌아오곤 해서 금방이라도 산산이 부서질 것 같았다. 아무도 손을 쓰지 못했다. 또 손을 쓸 수도 없었다. 갑판 위의 사람은 모두 뱃머리로 뛰어가 미친 듯이 날뛰는, 마치 고래의 아래턱과 같은 이 가름대를 그저 멍하니 바라보고 있을 뿐이었다.

이렇게 한참 넋이 빠져 있을 때 퀴퀘그가 능숙하게 무릎을 꿇고 아래 가름대와 통로 밑을 가는가 싶더니, 곧 밧줄을 붙잡아 한 끝을 뱃전에 잡아매고 또 한 끝은 목동이 올가미 밧줄을 마소에게 던지듯이 휘둘러 그의 머리 위로 날아오는 가름대에 걸자, 다음 순간에 가름대는 단단히 붙잡혀서 모든 것이 끝났다. 배가 순조로이 바람을 안고 항해하게 되자 선원들이 뒷갑판의 보트를 벗겨 내리려고 했을 때 퀴퀘그가 웃통을 벗어부치고 멋지게 포물선을 그리며 뱃전에서 뛰어내렸다. 그는 3분 가량 긴 팔을 똑바로 뻗치고 물을 때리며 근육이 탄탄한 양 어깨를 번갈아 차가운 물거품 속에서 드러내며 개처럼 헤엄쳤다. 그러나 이 당당한 영광의 사나이를 지켜보는 내 눈에는 구조되어야 할 사나이는 보이지 않았다. 그 풋내기는 가라앉은 것이다. 퀴퀘그는 물에서 똑바로 튀어올라 한순간 주위를 둘러보고 그 상황을 판단하자마자 물속으로 잠수하여 모습을 감추었다.

그 후 이삼 분이 지나자 그는 다시 떠올라왔는데 한쪽 팔로는 여전히 물을 때리면서 한쪽 팔에는 생명이 끊어진 듯한 사람을 안고 있었다. 보트는 곧 두 사람을 끌어올렸다. 촌놈은 구조된 것이다. 선원들은 한결같이 퀴퀘그를 절찬하고 선장은 자기의 잘못을 사과했다. 그때부터 줄곧 나는 마치 배 밑바닥에 달라붙는 조개처럼 퀴퀘그를 따랐다. 아아, 이 사랑하는 퀴퀘그가 마지막으로 잠수해서 다시는 떠오르지 못하게 된 그 순간까지.

저토록 태연할 수가 있을까? 그는 인도 박애협회로부터 상패를 받을 만한 일을 했다곤 조금도 생각지 않는 듯한 태도였다. 소금기를 씻을 맑은 물을 달라고 했을 뿐이었다. 그러고 나서 마른 옷을 입자 파이프에 불을 붙여 물고 뱃전에 기대어 조용히 주위 사람들을 바라보며 "세계는 서로 기대고 돕고 사는 거야. 우리 식인종들도 그리스도 교도들을 도와야 해."라고 중얼거리는 것 같았다.

제14장 낸터킷

그 후로는 특별한 일은 생기지 않았다. 기분좋은 항해 끝에 우리는 무사히 낸터킷에 도착했다.

낸터킷! 지도를 꺼내 찾아보라. 어쩌면 그렇게도 세계의 구석을 차지하고 또 얼마나 육지에서 멀리 떨어져, 에디스턴 등대(영국 콘월 주의 남단 바위 위에 있음.)보다 쓸쓸하게 서 있는가를 보라. 보라, 저것이다─흙더미에 지나지 않는 작은 산들과 모래밭뿐이다. 배경도 없는 해안뿐이다. 압지押紙 대용으로 쓰면 20년 동안 써도 다 쓸 수도 없을 만큼의 모래다. 익살스런 사람들은 저 섬에 대해 이렇게 말할 것이다. 저곳에는 잡초라도 키워야 할 거야, 저절로는 나지 않을 테니까. 캐나다에서 엉겅퀴를 수입하는 거야. 기름통의 공기구멍을 틀어막을 마개까지도 바다 건너에서 사오지. 낸터킷에선 나무를 그리스도가 못박힌 로마 시대의 진짜 십자가처럼 짊어지고 다닌다네. 그곳 사람들은 여름철의 햇빛을 막기 위해 집 앞에 버섯을 심는다네. 풀잎이 한 잎 있으면 오아시스이고 하루 걸어서 잎이 셋 있으면 대초원이지. 모두 라플란드의 눈신雪靴 같은 모래신을 신고 있네. 한마디로 커다란 바다에 틈도 없이 갇히고 에워싸인 외떨어진 섬이어서 때로 집안의 의자며 테이블에 조그마한 대합조개가 바다거북의 등에 올라탄 것처럼 붙어 있는 때가 있지.

그러나 이런 허황된 이야기들은 결국 낸터킷이 일리노이 주에 속하지 않는 섬이라는 것을 알려줄 뿐이었다.

이 섬이 어떻게 인디언에 의해 개척되었나 하는 놀라운 이야기를 들어보라. 전설은 이렇다. 옛날 독수리 한 마리가 뉴잉글랜드의 바닷가에 내려와 어떤 인디언의 갓난아기를 발톱으로 채어 달아났다. 부모는 울면서 그 아이가 바다 저쪽의 아득한 곳으로 사라져가는 것을 보았다. 그들은 그 방향으로 쫓아가기로 결심했다. 통나무배를 타고 위험한 항해를 한 끝에 그들은 섬을 발견했는데 그곳에 상아로 만든 빈 상자 하나가 있었다. 그런데 알고 보니 상아 상자는 불쌍한 인디언 아이의 해골이었다.

그리고 보면 이들 바닷가에서 태어난 낸터킷의 주민들이 생활을 위해 바다로 나가는 것도 무리는 아니었다. 처음에 모래 속에서 게나 대합을 파냈다. 약간 대담해지자 바다로 들어가 고등어 그물을 쳤으며 조금 더 경험을 쌓자 보트를 타고 대구를 잡았다. 그리고 드디어는 큰 배를 바다에 띄워 세계의 구석구석을 찾아서 이 지구를 쉴 새 없이 돌았다. 베링 해협에도 갔다. 사계절 내내 모든 대양에서 저 산더미처럼 엄청나게 큰 것, 곧 대홍수 때 살아남은 생물 중에서 가장 강대한 것과 싸움을 시작했다.

저 불가사의한 힘이 잠재해 있는, 히말라야 산과 같은 바다의 거상巨象, 그 대담하고 흉포한 공격보다도 놀라서 어쩔 줄 모르는 그 순간의 표정이 더 무서운 것과 싸우는 것이었다.

이리하여 바다의 은둔자인 벌거벗은 낸터킷 주민들은 누구나가 다 이 바닷속의 개미둑에서 기어나와 저마다 알렉산더 대왕이 되어 바다의 세계를 유린하고 정복했다. 마치 해적 같은 그 세 강대국이 폴란드를 분할했듯이 대서양·태평양·인도양 등 3대양을 서로 나누어 가졌다. 아메리카는 텍사스

주에 멕시코를 더하고 캐나다엔 쿠바를 쌓아 올리렴. 영국은 인도를 정복하여 그 인도의 태양 아래서 화려한 영국 국기를 나부끼게 하라—그러나 이 지구의 3분의 2는 낸터킷 사람의 것이다.

그렇다, 바다는 그들의 것이다. 황제가 제국을 갖듯 그들은 바다를 갖고 있는 것이다. 다른 항해자는 다만 그곳을 지나가도록 허용될 뿐이다. 상선은 다리의 연장이고, 군함은 물에 떠 있는 성채에 지나지 않는다. 해적선이나 약탈선이 노상강도처럼 바다를 어지럽히며 돌아다닌다 하더라도, 그것은 결국 다른 배, 자기들과 같은 육지의 단편을 약탈하는 것일 뿐 바닥을 헤아릴 수 없는 바다 그 자체 속에서 생활의 양식을 구하는 것은 아니다.

낸터킷 사람들만이 바다를 돌아다니며 즐기고 그들만이 성서식으로 말하면 "배를 타고 바다에 떠돌며 일을 하고"(〈시편〉 107장), 그곳을 그들의 밭으로 삼아 여기저기를 경작한다. 거기에 그들의 집이 있고 거기에 그들의 사업이 있으며, 비록 노아의 대홍수가 중국의 수억의 민중을 모두 휩쓸어버리고 만다 해도 그 사업을 방해할 수는 없다. 들꿩이 풀밭에서 살 듯 낸터킷은 바다에서 산다. 그들은 파도 사이에 숨고, 영양 사냥꾼들이 알프스를 오르듯 물결을 탄다. 몇 년간이나 육지를 모르다가 간신히 돌아와 보면 어쩐지 다른 세상같이 느껴져 지구에 사는 사람이 달나라에 간 것보다도 더 당황한다. 육지를 잊은 갈매기가 해질녘에는 날개를 접고 큰 파도 사이에 숨어서 잠자듯, 낸터킷 사람도 육지가 보이지 않는 망망한 바다에서 밤이 오면 돛을 감아 올리고 휴식을 취한다. 그 베개 밑에서 해상海象과 고래의 무리가 왔다갔다하는 동안에도.

제15장 잡탕 요리

밤이 꽤 이슥해서야 작은 모스호는 무사히 항구에 정박했다. 퀴퀘그와 나는 상륙했으나 그날로 해야 할 일이란 그저 저녁식사와 잠자리를 찾아내는 일밖에 없었다. '물보라 여인숙'의 주인은 자기 사촌인 호지어 허시가 경영하는 '트라이 포트'로 가라고 권했다. 그 집은 낸터킷의 일류 여관 중의 하나이고 게다가 호지어 형은―'물보라 여인숙'의 주인은 그를 그렇게 불렀는데―잡탕 요리 솜씨로 이름이 났다고 했다. 한 말로 '트라이 포트'에서 맛보지 않고는 도저히 말할 수 없다는 것이다.

그런데 '물보라 여인숙'에서 들은 길 안내로는 우현의 누런 창고를 보고 걸어가서 하얀 교회가 좌현에 보이면 그것을 좌현으로 잡고 꺾어 걸어간다. 그리고 나서 우현을 향하여 곳 세 개가 있는 곳까지 가서 거기서 맨 처음 만나는 사람에게 물으면 된다는 것이었다. 우리는 이 까다로운 지시 때문에 몹시 시달렸다. 특히 처음에는, 퀴퀘그는 우선 출발점인 누런 창고를 좌현에서 보아야 한다고 들었다고 주장하고, 나는 반대로 피터 코핀은 우현이라고 했다고 버텼기 때문에 더욱 그랬다. 그러나 어둠속을 다소 방황하며 더듬거리기도 하고 이따금 시내에 사는 사람들의 평화로운 잠을 방해하기도 한 끝에 우리는 가까스로 그럴듯하게 보이는 집 앞에까지 왔다.

엄청나게 큰 두 개의 검은 칠을 한 나무냄비가 낡아빠진 문 앞에 세워진 배의 뒷부분 돛대 꼭대기의 가름대에 걸려 있었다. 이 가름대의 갈라진 두 곳의 한쪽 끝이 잘려 있었는데, 그래서 그런지 이 낡은 중간 돛대는 마치 교수대와 같았다. 아마도 틀림없이 그때 내 신경이 곤두서 있었기 때문에 그런 인상을 받았겠지만 이 교수대를 지켜보고 있는 동안 어떤 막연한 불안감에 쫓기지 않을 수가 없었다. 남아 있는 두 개의 갈라진 나무―더욱이 두 개란 퀴퀘그의 것과 나의 것이 아닐까 하고 바라보는 동안 목이 오싹해짐을 느꼈다. '불길한데.' 하고 나는 생각했다. 내가 처음 포경 항구에 상륙해서 잡은 여관의 주인은 '코핀'이라는 사람이었다. 고래잡이들의 교회당에 들어갔더니 비석이 눈앞에 늘어서 있었다.

'그런데 이번에는 이 교수대다. 게다가 괴물처럼 시커먼 냄비가 두 개. 이것이야말로 지옥을 넌지시 암시하고 있는 것이 아닐까?'

이런 생각에서 깨어나니 노란 겉옷을 입은 머리카락이 노랗고 주근깨가 있는 여자가 눈에 들어왔다. 그녀는 여관 현관의, 마치 충혈된 눈 같아 보이는 붉은 빛의 둔한 등불이 흔들리고 있는 그늘에 서서 자색 털셔츠를 입은 사나이를 향해 마구 소리를 지르고 있었다.

"빨리 사라져요."라고 그녀가 사나이에게 말했다. "우물거리면 망신을 줄 거예요!"

"이봐, 퀴퀘그."라고 나는 소곤거렸다. "괜찮네, 허시의 마누랄세."

내 육감은 맞았다. 허시 씨는 외출 중이었지만 부인이 모든 일을 잘 처리해 가고 있었다. 저녁식사와 잠자리를 마련해 달라고 부탁하자 부인은 고함지르는 것을 잠시 멈추고 우릴 조그마한 방으로 안내하더니, 조금 전의 식사자리도 치우지 않은 테이블에 앉으라고 했다. 그리고는 우리들 쪽을 돌아보면서 "대합인가요? 대구인가요?"라고 물었다.

"대구란 게 뭐죠, 아주머니?"라고 나는 매우 예의바르게 물었다.

"대합으로 하시겠소? 대구로 하시겠소?"라고 그 여인은 되풀이했다.

"저녁식사로 아주 싸늘한 대합을 먹으란 말입니까?"라고 내가 물었다. "이런 겨울철엔 너무 썰렁하고 눅눅하지 않을까요, 아주머니?"

그러나 조금이라도 빨리 현관 입구에서 아직도 기다리고 있는 자색 털셔츠의 남자를 다시 한 번 야단치고 싶어서 안달이 나 있는 부인은 '대합'이라는 말밖에는 못 들은 척, 얼른 부엌쪽 열린 문으로 가더니 "대합 둘."이라고 고함을 치고 사라져 버렸다.

"퀴퀘그, 대합 하나씩으로 우리 저녁식사가 될까?"

그러나 부엌에서 흘러나오는 따끈하고 구수한 김이, 우리들의 앞길은 아무래도 암담하리라는 예측을 뒤엎는 작용을 했다. 그리고 김이 무럭무럭 나는 짐팅 요리가 나왔을 때 수수께끼는 풀렸다. 아아, 여러분, 들어 보시라. 그것은 개암 열매보다도 작은 정도의, 국물이 많은 대합으로 만들어졌는데, 잘게 부순 비스킷과 잘게 썰어 절인 돼지고기를 섞고 버터 맛을 충분히 들인데다 후추와 소금으로 시원하게 간을 맞춘 것이었다.

추위에 떨며 배를 탄 탓에 몹시 시장했는데, 특히 퀴퀘그는 아주 좋아하는 생선 요리를 받아 놓은 데다가, 이 잡탕 요리는 더할 나위 없이 훌륭한 것이었으므로 우리는 며칠이나 굶주린 사람처럼 눈 깜짝할 사이에 먹어치우고 말았다. 그러고 나서 잠시 몸을 펴면서 허시 부인이 "대합인가요? 대구인가요?"라고 한 것을 생각해 보니 조금 더 위장을 시험해 보고 싶어졌다. 나는 부엌문까지 걸어가서 단단히 힘을 주어 "대구."라고 외치고 자리로 돌아왔다. 곧 다시 향기 좋은 김이 솟고 이번에는 좀 다른 냄새가 나는가 싶더니 잠시 후에 훌륭한 '대구 잡탕 요리'가 앞에 놓여졌다.

우리는 다시 먹어대기 시작했다. 나는 수저로 그릇을 휘젓다가 문득 '이놈의 대가리에는 어떤 효험이 있을까? 이상한 속담도 있지 않던가? 바보 같은 사람을 대구 대가리라고도 하던데 그건 무슨 말일까?' 하고 생각했다. "이봐 퀴퀘그, 조심하게. 그릇 밑에 산 뱀장어라도 있을지 모르잖아? 작살을 잊진 않았겠지?"

아무리 비린내가 난다지만 이 '트라이 포트' 만큼 비린내나는 집도 없을 것이다. 이름이 그 성질을 나타내듯이 잡탕 요리의 김이 솟고 있지 않은 냄비가 없었다. 아침에도 잡탕 요리, 점심에도 잡탕 요리, 저녁에도 잡탕 요리, 마지막에는 옷 속에서도 생선뼈가 빠져나오지 않을까 생각될 정도였다. 집 앞의 공터는 대합 껍데기로 깔려 있었다. 허시 부인은 대구 등뼈 목걸이를 걸고 주인은 최고급의 상어 가죽으로 싼 장부를 갖고 있었다. 우유에서까지 생선 냄새가 풍겼다.

이 점만은 나도 이상해서 견딜 수 없었는데, 어느 날 아침 해안의 어선 사이를 산책했을 때, 허시네 얼룩소가 생선 부스러기를 먹으면서 어슬렁어슬렁 대구 대가리를 밟고 모래밭을 걷고 있는 것을 보고 그 수수께끼가 풀렸다.

저녁식사가 끝나자 램프를 건네주며 부인은 잠자리로 가는 길을 가르쳐 주었다. 퀴퀘그가 앞장서서 사다리를 올라가려 했을 때, 부인은 팔을 뻗치더니 "작살을 이리 주세요, 이 집에서는 작살을 방에 들고 들어갈 수 없어요."라고 말했다.

"왜요? 진짜 고래잡이라면 작살을 안고 자는 것이 당연하잖아요. 그런데 왜 안 되죠?"라고 내가 말했다.

"위험하니까요."라고 그녀가 말했다. "스틱스란 젊은이가 4년 반이나 걸려 고래기름 세 통도 채 못 되는 보잘것없는 고래잡이를 하고 돌아와서 뒤쪽 아래층 방에서 자다가 작살에 옆구리를 찔려 그날 밤에 죽어버린 뒤로는 말예요. 우리 집에선 그런 위험한 도구를 갖고 방에 들어가는 건 일체 거절해왔어요. 그러니까 퀴퀘그(그녀는 벌써 이름을 기억했던 것이다.) 씨도 그 쇠붙이는 이리 내놓으세요. 내일 아침까지 맡아두겠어요. 그런데 당신네 내일 아침식사는 대합으로 하겠어요, 대구로 하겠어요?"

"양쪽 다요."라고 내가 대답했다. "그리고 구운 청어도 부탁하겠소."

제16장 배

잠자리에서 우리는 내일의 계획을 세웠다. 그러나 나는 퀴퀘그가 한 다음과 같은 말에 놀랐으며 적잖이 마음이 언짢았다. 그가 요조―이것이 퀴퀘그의 조그마한 검둥이 신의 이름이다―와 열심히 의논한 바에 따르면, 요조는 두세 번이나 거듭해 무슨 일이 있어도 둘이서 함께 항구에 있는 포경선을 찾아다니며 의논해서 배를 결정하려 들면 안 된다고 강력히 주장했다는데, 특히 요조가 바라는 것은, 그것도 우리 두 사람의 일을 걱정해서 하는 말이지만, 오로지 배를 선택하는 것도 바로 나 혼자서 할 일이라는 것이다.

그리고 실은 신의 뜻에 의해 이미 배는 결정되어 있는 것이지만, 만일 나, 즉 이스마일 한 사람에게 맡겨 두면 우연히 무엇엔가 부딪치듯 틀림없이 그 배를 만나게 된다. 그러니 나는 당분간 퀴퀘그의 생각을 하지 말고 그 배에 올라타야만 한다는 것이다. 미처 말하는 것을 잊었지만, 퀴퀘그는 어떤 일에 대해서도 요조의 판단과 놀라운 예언력이 영험을 나타낸다고 믿고 있었다. 이 요조는 모든 것이 잘되라고 주선을 한다고 보아도 좋고, 설사 그 뜻대로 언제나 잘되어간다고는 할 수 없다 해도 대개는 신과 같은 존재로서 그는 상당한 존경심을 품고 있었다.

그런데 배의 선택에 관해 퀴퀘그의 계획이라기보다 오히려 요조의 계획이라는 것이 나는 마땅치 않았다. 나는 전부터 퀴퀘그의 분별이야말로 우리 두 사람의 운명을 맡기는 데 가장 적당한 포경선을 찾아내 줄 것이라고 믿고 있었다. 그러나 아무리 반대해 보아도 퀴퀘그는 꿈쩍도 하지 않았기 때문에 하는 수 없이 승낙하기로 했다. 그래서 그런 사소한 문제는 재빨리 해치워야 한다는 생각에서 앞뒤 가리지 않고 용기를 내서 이 일에 임할 각오를 했다.

이튿날 아침 일찍, 좁고 답답한 방에 퀴퀘그와 요조를 마주앉혀 놓고—왜냐하면 그날은 퀴퀘그와 요조에겐 사순절이나 단식일과 같은 날, 즉 단식과 참회와 기도를 드리는 날인 듯 생각되었기 때문이다. 그렇지만 어째서 그런지는 몇 번이나 연구를 해보았지만 그의 기도서와 39장으로 된 경문經文에 환하게 통달하지 못했던 나로서는 알아낼 수 없었다—아무튼 도끼 파이프 외에는 아무것도 입에 대지 않고 있는 퀴퀘그와 희생의 대팻밥을 태우고 불을 쬐고 앉아 있는 요조를 그대로 두고, 나는 선창가로 나갔다.

한동안 헤매고 몇 번이고 닥치는 대로 물어보고 다닌 끝에 세 척의 배가 3년의 항해를 하려 한다는 것을 알았다. 데빌담호, 티트비트호, 피쿼드호가 그것이었다. 데빌담이라는 이름의 내력은 잘 모른다. 그러나 티트비트란 뻔하다. 피쿼드호는 독자들도 알겠지만 고대의 미디어(서남아시아에 있었던 옛 왕국) 종족처럼 지금은 멸종해버린, 메사추세츠 인디언 중의 유명한 한 종족 이름이다. 나는 데빌담호를 들여다보며 살피고 나서 티트비트호로 달려가 살펴보고 마지막에 피쿼드호의 갑판에 올라가 한동안 둘러보고는 이것이야말로 우리가 탈 배라고 결정했다.

독자들도 젊었을 때는 이상하게 생긴 배를 본 적이 있을 것이다. 이를테면 배 밑이 네모진 돛배, 산처럼 생긴 일본의 정크, 버터 상자 같은 갤리선 등 그 외에도 다양한 종류의 배가 있다. 그러나 단언해도 좋지만 더없이 드문 낡아빠진 이 배, 피쿼드호만큼 낡은 배를 본 사람은 없을 것이다. 이 배는 조그마한 구식 배로서 시대에 뒤떨어진 새우 발 같은 기묘한 모양을 하고 있었다. 4대양의 태풍과 잔잔한 물결에 차차로 단련되고 비바람에도 물들어 낡은 선체의 빛깔은 이집트로 또는 시베리아로 다니면서 싸운 프랑스의 척탄병(나폴레옹의 정예부대를 말함.)의 얼굴처럼 거무스름했다. 노골老骨이라고 할 만한 뱃머리에는 수염이 나 있는 것처럼 생각되었다. 돛대는 처음 것은 폭풍에 부러

94

져 바닷속에 떨어져 버려 일본 해안 어딘가에서 벌채해 왔다던가 하는데, 고래 쾰른(독일 라인지방에 있음.)의 세 임금(동방의 세 현자라고 알려진 임금)의 오래된 등뼈처럼 울퉁불퉁하게 우뚝 서 있었다. 갑판은 순례자들이 무릎을 꿇고 예배하는 바람에 닳고 울툴불퉁해진 캔터베리 사원의, '토마스 베케트'가 살해된 포석 근처와도 비슷했다. 그러나 이 고색창연한 외관에 생소하면서도 기괴한 분위기가 감돌고 있었는데, 그것은 이 배가 반세기가 넘도록 종사한 억척스러운 사업에서 연유되었다.

필레그(〈창세기〉 참조) 노선장이라고 하면 이 배의 일등 항해사로 오래 근무하고 후에는 자기 소유의 다른 배를 지휘하였고, 지금은 은퇴하여 이 피쿼드호의 선주 중 중요한 일원이 된 사람인데, 이 필레그란 사람이 일등 항해사 시절에 원래 괴이하게 생긴 이 배에다 색다른 재료나 설계까지 기괴하게 하여 옛날의 해적 왕 소킬 헤이크(11세기 아이슬란드의 전설적인 영웅)의 둥근 방패나 침대에 새겨진 조각으로는 비교되지 않을 정도였다. 그 배는 목에 상아를 갈아 만든 장식품을 주렁주렁 늘어뜨린 야만인 에티오피아 왕의 꾸밈새라고나 할 수 있었다. 참으로 박물관에 놓을 만한 물건이었다. 적을 뒤쫓아가면서 그 자신을 교묘히 숨기는 한 식인종 같았다.

판자를 대지 않은 확 트인 뱃전은 마치 긴 턱처럼 말향고래의 길고 날카로운 이로 장식되었고, 이것은 배의 낡은 삼베 밧줄을 동여매기 위해 핀 대신으로 쓰이고 있었다. 이 밧줄이 감겨져 있는 것은 육지의 목재로 만든 활차가 아니라, 바다의 상아로 만든 활차 위를 교묘하게 움직이고 있었다. 배의 중요한 키에도 회전축 같은 것을 우습게 여겨 구식의 손잡이를 붙여 놓았는데 그 손잡이는 구원의 적인 고래의 길고 뾰족한 위턱에서 잘라낸 기괴한 물건이었다. 키잡이가 폭풍 속에서 그 키자루를 쥐고 조종할 때는 미친 듯이 날뛰는 말의 턱을 붙잡고 제어하는 타타르 사람이 된 것처럼 생각되곤 했다. 품위 있는 배, 그러나 어쩐지 음울하기 이를 데 없는 배. 품위가 있는 것에는 약간의 음울한 기분이 감돌게 마련이다.

나는 뒤의 갑판을 둘러보고 항해에 데리고 가 주면 좋겠다는 말을 할 상대로 누구든 책임자 같은 사람이 없을까 하고 찾아보았으나, 한동안 아무도 발견할 수 없었다. 그러나 큰 돛대 뒤에 쳐진 텐트라기보다는 토인의 오두막 같은 기묘한 것이 눈에 띄었다. 항구에 들어왔을 때 임시로 세운 것 같았다. 높이가 10피트 가량이고 원추형으로 생겼는데, 큰 고래의 턱 가운데 꼭대기에서 빼낸 연하고 검은 뼈를 판재로 하여 만들어졌다. 그 판재들의 넓은 쪽에 면한 끝부분을 갑판에 박고 둥그렇게 감아 서로 포개지게끔 기울여서 꼭대기가 술이 달린 첨탑처럼 되고 그곳의 듬성듬성 난 머리칼 같은 술은 포토워타미족(아메리카 인디언의 일족)의 노추장의 머리에 깃털로 장식한 술처럼 마구 흔들리고 있었다. 세모진 입구가 배의 뱃머리 쪽을 향해서 열려 있었으므로 안에 있는 사람은 전면의 광경을 한눈에 볼 수 있었다.

마침내 나는 책임자인 듯한 사람을 이 기묘한 오두막 안에서 발견했다. 정오였기 때문에 배의 일이 잠시 중단되어 그는 일손을 놓고 휴식을 즐기고 있었다. 이 사람이 걸터앉아 있는 의자는 떡갈나무로 만든 것인데, 이상야릇한 조각이 더덕더덕 새겨져 있었고 골동품 같았다. 그리고 그 바닥은 천막과 같은 탄력있는 뼈를 단단히 엮어 만든 것이었다.

내가 본 그 노인의 풍모에는 특별히 말할 만한 색다른 점은 없었다. 대부분의 선원답게 햇볕에 그을려 근육과 뼈대가 늠름하고 퀘이커 교도식으로 만들어진 청색 옷에 둘둘 싸여 있었다. 다만 눈 주위에 현미경의 네트워크만큼 가느다란 주름이 얽혀 있었는데 그것은 그가 항상 폭풍 속을 항해하면서 끊임없이 바람이 불어오는 쪽을 응시하고 있었기 때문일 것이다. 그 이유는 눈가의 근육을 팽팽히 잡아당기기 때문이었다. 이런 눈의 주름은 얼굴을 찌푸릴 때는 매우 유리했다.

"피쿼드호의 선장이십니까?"

나는 천막 입구로 다가가면서 말했다.

"피쿼드호 선장이라면, 당신 무언가 볼일이라도 있소?"

그는 되물었다.

"배를 태워 주셨으면 합니다."

"뭐? 배를 타고 싶다고? 당신 낸터킷 사람이 아닌 것 같은데 다 망가진 배를 타 본 적이 있소?"

"아뇨, 아직."

"고래잡이에 대해선 아무것도 모를 것 같은데…… 그렇지?"

"네, 아무것도. 그렇지만 곧 배우리라 생각하고 있습니다. 상선이라면 여러 번 타보았으니까요. 그래서 나는……."

"상선 따윈 말도 안 돼. 그런 실없은 소린 그만두시지. 다리를 조심하라고……. 상선이 어떻고 지껄여 댄다면 그 다리를 엉덩이에서 하나 뽑아 줄 테야. 상선에 탔었단 말이지! 허 참! 상선에서 일했다고 무척 우쭐하는 모양이군. 그런데 뭐라고? 고래잡이가 되고 싶다고, 응? …… 좀 이상하잖은가? 해적질이라도 한 거 아닌가? 선장의 물건을 훔치고 도망쳐온 게 아니냔 말이야. 바다에 나가면 고급 선원이라도 죽일 생각이 있는 건 아닌가?"

그것은 전혀 터무니없는 말이라고 나는 주장했다. 그러는 가운데 나는 이 노선원도, 퀘이커 교도같이 근엄한 여느 낸터킷 사람들처럼 반쯤 농담을 섞어 비꼬아 말함을 핑계 삼아 섬사람의 근성을 내보이고, 또 케이프 코드나 바인야드에서 온 사람 외에는 전혀 신용하지 않음을 알았다.

"그럼 뭣 때문에 고래를 쫓아가고 싶어졌다는 건가? 배에 태우느냐 안 태우느냐 하기 전에 그걸 알고 싶단 말이야."

"그야 난 고래잡이가 어떤 것인지 알고 싶어진 거죠. 그리고 세계를 알고 싶어졌습니다."

"고래잡이를 알고 싶다고? 자넨 에이허브(비참한 전사를 한 포악한 이스라엘 왕의 이름) 선장을 본 적이 있나?"

"에이허브 선장이라뇨?"

"흥, 그럴 줄 알았어. 에이허브 선장이 바로 이 배의 선장이야."

"실례했습니다. 난 선장과 이야기하고 있는 줄 알았습니다."

"자넨 필레그 선장과 이야기하고 있는 거야. 필레그가 자네의 상대란 말일세. 알겠나? 피쿼드호의 항해 준비는 되었는지, 선원들은 모였는지, 이런 것을 빌닷(욥의 불행에 대해 욥과 논한 세 친구 중의 한 사람. 그는 신이 욥을 처벌한 것이 옳다고 주장했음.) 선장과 둘이 보살피고 있어. 우리는 이 배의 공동 소유자이자 공동 관리인이지. 아까 하던 이야기로 되돌아가세. 조금 전에 자넨 고래잡이가 되고 싶다고 했지. 고래잡이가 되면 다시 물러날 수 없도록 그게 어떤 것인지 보여주겠네. 자네, 에이허브 선장을 보게나. 다리가 하나밖에 없다네."

"네, 뭐라고요? 그럼 한쪽 다리를 고래에게 뺏겼나요?"

"고래에게 뺏겼느냐고? 젊은이, 좀더 이쪽으로 와. 꿀꺽 삼키고 씹어서 짓이겨 버렸단 말이야. 그렇게 무서운 말향고래가 보트를 농락한 건 본 적이 없었어! 정말이야!"

상대의 격렬함에 약간 질리고 또 그 마지막 외침에 담긴 침통한 기운에 다소 움찔하긴 했으나 나는 될 수 있는 대로 태연히 말했다. "하시는 말씀은 틀림없이 사실이라고 생각합니다만, 그 이야기를 들은 것만으로는 그렇게 어떤 한 마리만이 유난히 사납다는 것이 납득이 안 가는데요."

"이봐 젊은이, 자네의 숨통은 좀 부드럽군. 자네의 말은 조금도 거칠지 않군. 배를 탄 적이 있다는 건 정말인가 보군."

"선장님, 이미 말씀드렸다시피…… 네 번이나 상……."

"집어치워. 그런 상선이니 뭐니 하는 말은 내 귀에 들리지 않게 하라고 하지 않던가. 내 분통을 터뜨리지 말라고. 부탁이야. 그러나 서로 이해하도록 하세. 고래잡이란 게 어떤 건지 잠시 가르쳐 주었다고 생각하는데 그래도 좋아질 것 같은가?"

"그렇습니다."

"좋아, 좋아. 자넨 산 고래의 목덜미에 작살을 찌르고 그놈에게 올라탈 수가 있겠나? 즉시 대답해."

"무슨 일이 있어도 그래야 한다, 그밖에 어쩔 수가 없다는 것이라면 하겠습니다만 그런 일은 없겠지요."

"됐어, 됐어. 그리고 자네는 고래잡이의 맛을 톡톡히 알고 싶어 배를 타겠다는 것뿐 아니라 세상도 알고 싶다고 했것다. 그러면 말이야, 잠깐 뛰어가서 바람이 불어오는 쪽을 향한 뱃머리를 들여다보게나. 그러고 나서 돌아와 무엇을 보았는지 말해 보게."

잠시 동안은 이 명령을 농담으로 받아들여야 할지 진지하게 들어야 할지 판단하기가 어려워서 나는 적지 않게 당황했다. 그러나 필레그 선장은 온통 까마귀 발자국 같은 눈꼬리의 주름을 모아 얼굴을 잔뜩 찌푸리고 나를 몰아세웠다.

바람이 불어오는 쪽으로 향한 뱃머리로 가서 둘러보니 배는 밀물에 닻을 내리고 흔들리면서 비스듬히 기울어진 채 넓은 바다 쪽으로 뱃머리를 돌리고 있었다. 눈앞에 망망대해가 펼쳐졌지만 매우 단조롭고 섬뜩하여 무엇 하나 눈을 즐겁게 하는 것은 없었다.

"그래, 어떻든가?" 돌아오자 필레그가 물었다. "무엇이 보였는가?"

"별로 아무것도." 내가 대답했다. "바닷물뿐이었습니다. 그러나 수평선이 매우 넓게 보였습니다. 어쩐지 질풍이 몰아칠 듯합니다."

"좋아, 그래, 세상 구경이란 것에 대해서 어떻게 생각하지? 혼 곶을 돌면 좀더 무언가가 보이리라고 생각하나? 어때? 지금 있는 데서 세상이 보이지 않느냐 말이야?"

나는 실망했다. 그러나 고래잡이는 나가야 한다, 나가고 싶다, 게다가 '피쿼드호'는 꽤 좋은 배, 아니 가장 훌륭한 배라고 생각한다는 등등의 말을 필레그 앞에서 되풀이했다. 나의 결심이 굳은 것을 보자 그는 나를 태워주겠다고 했다.

"그러면 자네는 즉시 서류에 이름을 써넣는 게 좋겠군." 라고 덧붙였다. 그러고 나서 "이쪽으로 와." 라면서 갑판 아래의 선실로 안내했다.

배의 뒷부분의 가름대에 이상하게 생긴 사람이 걸터앉아 있었는데, 이 사람이 필레그 선장과 함께 이 배의 대주주인 빌닷 선장이었다. 그 밖에 다른 주식은 이런 항구에서 흔히 보게 되는 늙은 연금 수령자, 과부, 고아, 또는 보호자가 달려 있는 미성년자 등에게 분산되어 있었는데, 그 몫은 저마다 제목 끝부분이나 판자조각 한두 개나 배못 정도의 값에 해당하는 미미한 주를 소유하고 있었다. 낸터킷 사람들은 육지 사람들이 높은 이자를 받을 수 있는 주의 채권에 투자하는 것과 마찬가지로 포경선에 투자를 하고 있었다.

그런데 빌닷도 필레그처럼 대부분의 낸터킷 사람과 마찬가지로 퀘이커 교도였다. 이 섬에 원래 뿌리내린 교파가 퀘이커파인지라 이 섬의 주민들은 대체로 오늘날까지도 퀘이커파의 특색을 독특한 방식으로 지니고 있는데, 그것은 이질적인 요소들에 의해 다양하고 변칙적인 형태로 변화해 왔다. 그래서 이들 퀘이커 교도들 중에서 아주 잔인한 선원이나 고래잡이들이 더러 나온다. 곧, 그들은 전투적인 퀘이커이자 복수심에 불타는 퀘이커였다.

그렇기 때문에 그들 가운데는 이런 사나이도 나온다. 특히 이 섬의 두드러진 습관으로서 성서 속의 사람 이름을 가지며 어린 시절에는 퀘이커식으로 엄숙하고 연극 같은 '그대' 니 '자네' 니 하는 말을 그저 깊게 생각하지 않고 써대고, 이윽고 계속되는 대담하고 모험적인 생활 때문에 어렸을 때부터의 특성에 덧붙여 스칸디나비아 해적왕이나 설화적인 이교도 로마 사람에게도 못지않은 난폭하고 성급한 성격이 되어버리는 것이다.

그리고 이러한 것들이 뛰어난 능력을 지닌 사람 속에서 원만한 지성, 사려 깊은 감성과 더불어 조화되었을 때, 또한 이 북쪽에서는 우러러볼 수도 없는 별자리 밑에서 절해絶海의 기나긴 밤 동안 불침번을 설 때의 고요와 고독 속에서 인습의 굴레를 벗어나 사색하는 정신을 기르고, 온갖 대자연의 화평한 인상과 거친 인상을 순수한 가슴으로 직접 받아들이고, 아울러 어떤 사건이 이에 끼어들어 도움을 받아서였겠지만, 그 자연에 대한 생생한 감명에 의해 자연을 표현할 대담하고 숭고한 언어를 알게 된 사람 안에서 결합될 때—거기서 한 강력한 인물이 형성되어 이 세상의 숭고한 비극들 속의 중심인물이 된다. 또한 그가 태어난 천성에 의해서인지 다른 사정에 의해서인지, 그 성격의 밑바닥에 약간 고집스럽고 오만한 병적 자질을 갖고 있다 하더라도 연극적으로 이것을 고찰한다면 그 가치를 낮출 수는 없다.

비극적으로 위대한 인물이란 모두 일종의 병적인 상대를 통해 만들어지기 때문이다. 젊고 큰 뜻을 품는 사람들이여! 인간의 위대함이란 병에 지나지 않는 것이라고 기억하기 바란다. 그러나 아직 그런 인물을 이 이야기 속에서는 만나지 못하고 있다. 지금은 아직 그와 전혀 다른 사람, 그러나 역시 일종의 독자적인 것이긴 하지만 특수한 경우에 의해서 변질된 퀘이커의 다른 일면에 연결되어 있는 사나이가 나온 데 지나지 않는다.

필레그 선장처럼 빌닷 선장도 은퇴한 유복한 고래잡이다. 그러나 다른 점은, 필레그 선장은 이른바 정신 문제 같은 것은 돌아보지도 않고 그런 정신

문제 따위만큼 바보 같은 것은 없다고 생각하고 있는 대신 빌댓 선장은 낸터 킷의 퀘이커의 엄숙한 가르침을 받은 데다 오랫동안 계속된 바다 생활과 싫도록 본, 혼 곳 저쪽 섬들의 벌거숭이들을 보더라도 전혀 마음의 동요를 느끼지 않고 그 조끼의 주름 하나도 흐트러지지 않았다. 그러면서도 그토록 굳은 신앙을 가진 사람이라고는 해도 필레그 선장에게서 보듯 처음부터 끝까지 이치가 닿는 사람이라곤 할 수 없었다.

그것은 양심적인 사상으로 육지에서는 침략자에 대해서조차 무기를 잡기를 거부할 정도였지만 바다라면 대서양이건 태평양이건 어디까지나 침략해가는 것이었고, 또 피를 흘리는 일에는 마음속으로부터 반대하면서도 그 딱딱한 옷차림으로 산 같은 고래에게서 짜낸 피의 양은 엄청났다. 이 경건한 빌댓은 날마다 저녁나절이면 깊은 생각에 잠기는데, 그러한 일을 회상하면서 어떻게 자신에게 융화시켰는지는 알 수 없었다.

그러나 그것이 그다지 마음에 걸리지 않았던 것은 사실인 듯했고, 오래전부터 인간의 종교와 세상일은 별개의 것이라는 현명하고 분별 있는 결론에 도달해 있었을 것이다. 이 세상은 배당을 지불하는 곳이다. 말할 수 없이 색이 바랜 짧은 옷을 입던 선실 급사로 출발하여 청어의 배와 비슷한 조끼를 입은 작살잡이가 되고, 그리고 갑판장, 일등 항해사, 그리고 선장을 거쳐 선주가 된 빌댓은 앞에서도 잠깐 말했듯이 예순이란 나이에 현역에서 완전히 물러나 모험에 찬 경력에 종지부를 찍고 이제 그동안 벌어들인 돈을 갖고 조용히 여생을 즐기고 있었다.

이렇게 말하는 것은 미안한 일이지만 빌댓은 어쩔 수 없는 욕심꾸러기 늙은이이고, 배에서는 몰인정하고 잔혹한 우두머리였다는 평판이 나 있었다. 나는 낸터킷에서 그에 관한 묘한 이야기를 들었는데, 그가 카테것 해협(덴마크와 스웨덴 사이에 있음.)으로 가는 포경선을 인솔하고 있을 때의 일이었다. 항구로 돌아왔을 때 승무원은 기진맥진하여 거의 한 사람도 남지 않고 육지의 병원에 운반되었다는 것이다. 신심이 돈독한 사람으로서는, 특히 퀘이커 교도로서는 아무리 너그럽게 생각한다고 해도 혹독한 사람이었다고 하지 않을 수 없었다. 그러나 아랫사람에게 욕을 한 적은 없었던 모양이지만 사정없이 혹사시켜 일하도록 만드는 것은 보통이 아니었다.

빌닷이 일등 항해사였던 시절, 그 엷은 눈빛으로 가만히 주시하는 것을 보면 기분이 초조해져서 무엇이든 닥치는 대로, 망치건 쇠꼬챙이건 움켜쥐고 무엇이라도 상관없이, 아무튼 그 주위의 일에 덤벼들지 않고는 배길 수 없게 되는 것이었다. 빈들거리거나 게으른 근성 따위는 그의 앞에서는 모두 사라져버렸다. 그의 육체 자체가 공리정신의 정확한 표상이었다. 키가 크고 깡마른 몸매는 필요 이상의 살이란 조금도 없었으며 필요 이상의 것이라곤 수염 하나도 없었다. 굳이 있다고 한다면, 그의 차양 넓은 헌 모자의 보푸라기처럼 부드러운 수염이 턱에 나 있는 정도였다.

내가 필레그 선장에게 이끌려 선장실로 내려가려 했을 때, 가름대에 앉아 있던 사람은 바로 이런 인물이었다. 갑판과 갑판 사이의 공간은 좁았다. 그런데 바로 거기에 늙은 빌닷은 꼿꼿이 앉아 있었다. 절대로 기대앉거나 하지 않고 언제나 그런 자세로 앉는 것도 코트 자락이 구겨지지 않도록 하기 위함이었다. 차양이 넓은 모자는 옆에 놓여 있었고, 다리는 굳어버린 것처럼 포개고, 색이 바랜 옷을 단정하게 턱까지 단추를 채우고, 코에 안경을 걸치고 큼직한 책을 읽는 데 열중하고 있었다.

"빌닷." 필레그 선장은 그를 불렀다. "또 책을 읽는군, 응? 빌닷, 내 눈이 잘못되지 않았다면 자넨 30년 동안이나 성서를 연구하고 있네. 어디까지 읽었나, 빌닷?"

빌닷은 오랜 항해 친구에게서 이처럼 신을 모독하는 말을 듣는 것에 익숙해져 있는지 지금의 불경스러운 태도도 아랑곳하지 않고 조용히 눈을 들었는데 나를 보자 다시 필레그에게로 미심쩍은 듯 눈길을 돌렸다. "써 달라는 거야, 빌닷."라고 필레그가 말했다. "배를 타고 싶다는군."

"그런가?" 빌닷은 나를 돌아보며 목쉰 소리로 말했다.

"그렇습니다." 나도 이 열렬한 퀘이커의 말에 끌려서 말했다.

"빌닷, 이 사람을 자넨 어떻게 생각하나?" 필레그가 물었다.

"좋겠구먼." 나를 바라보며 그렇게 말하곤, 빌닷은 들릴 만하게 소리를 내어 책을 읽기 시작했다.

'오랜 선원 시절부터의 친구인, 이 말 많은 필레그를 상대하는 태도가 이렇다면, 빌닷은 천하에 다시없는 괴팍한 퀘이커로구나.' 하고 나는 생각했다. 그러나 입 밖에는 내지 않고 조심스럽게 주위를 둘러보았다.

이때 필레그는 우악스럽게 상자를 열고 배의 서류를 꺼내어 펜과 잉크를 내 앞에 놓고 나서 조그마한 테이블에 앉았다. 어떤 조건으로 이 항해에 고용되기를 승낙하는지, 이제는 결심을 해야 할 때가 왔다고 나는 생각했다. 포경업에서는 급료를 주지 않는다는 것은 미리부터 알고 있었다.

선원들은 모두, 선장까지도 포함해서 이익의 몇 분의 1인가를 배당받는 데 그 배당은 배의 승무원들이 각자의 맡은 일의 중요도에 비례했다. 고래잡이에서는 풋내기에 지나지 않는 처지고 보면, 나의 배당이 클 리가 없다고는 각오했지만 그래도 바다엔 익숙했고, 배를 조종할 수도 있었고, 밧줄 잇는 일이건 무엇이건 할 수 있음을 생각하면 여러 가지 들은 것들로 미루어 적어도 275번 배당—다시 말해서 항해의 순이익이 얼마 가량이 되건 275분의 1은 받아야 할 것이다. 275번 배당이라고 하면 세상 사람들은 '작은 배당'이라 하겠지만 그러나 없는 것보다는 낫지 않은가? 게다가 만일 운이 좋으면 3년간 한푼도 내지 않고 쇠고기가 빠지지 않는 식사를 할 수 있는 데다 그동안 포경 작업으로 닳아 버리게 될 옷값 정도는 어떻게 벌 수 있을지도 모른다.

이런 방법으로 많은 재물을 벌기는 어렵겠지만—그것은 물론 정말 그럴 것이다—그러나 나는 원래 재물 따위에 대해선 조금도 관심이 없는 사람이니 이 현세라는 '뇌운雷雲'의 무시무시한 간판이 걸린 집에 묵고 있어도 먹고 자게만 해준다면 충분히 만족할 터였다. 아무튼 내가 생각하는 바로는 275번이라면 공평하다고 할 만하다. 그러나 어깨도 딱 벌어진 나니까 2백 번이라고 해도 놀랄 것은 없을 것이다.

하지만 이익 배당을 받을 수 있을지 어떨지에 대해서는 다소 불안했다. 왜냐하면 다음과 같은 일 때문이었다. 육지에서 필레그 선장과 그 정체를 알 수 없는 오랜 친구인 빌닷 선장에 대해서는, 이 두 사람을 '피쿼드' 호의 소유주를 대표하게 하여 소주주들은 모두 이 배의 사무 관리를 그들에게 맡기고 있다는 점까지 듣고 있었다. 그리고 저 인색한 빌닷 노인이 선원을 고용하는 일에 대해 어떻게 나올지 모른다는 것은 지금 그가 마치 자기 집 난롯가에라도 앉아 있는 것같이 '피쿼드호'의 선장실에 앉아서 성서를 읽고 있는 것만 보아도 알 수 있었다. 필레그가 몇 번이나 주머니칼로 펜을 고치려고 헛수고를 하고 있을 때도 빌닷 노인은, 이 일에는 적지 않게 관계가 있는 사람이라면서도, 어이없게도 어디서 바람이 부느냐 하는 식으로 성서 속의 문구만 계속 중얼거리고 있었다.

"그대 자신을 위해선 지상에 재물을 쌓지 말라. 그곳은 좀벌레와……."(마태복음 6장 참조)

"여보게, 빌닷 선장."라고 필레그가 가로막았다. "어떤가? 이 젊은이의 배당을 어느 정도로 할까?"

"좋도록 하게나." 음침한 목소리로 말했다. "777번이라면 너무 많을 것도 없겠지. 그곳은 좀벌레와 녹이 슬어 못쓰게 되고……."

'재물과 배당, 그렇다 해도 어떤 배당인가! 777번이라니! 저 빌닷 영감! 나도 이 지상에 나의 재물을 쌓지 말라, 이곳은 좀벌레와 녹이 슬어 못쓰게 된다고 하는 거군. 하기야 777번이라면 꽤 엄청난 숫자니까, 육지 사람이라면 슬쩍 속일 수도 있을지 모르지만, 조금이라도 생각해 보면, 777이 아무리 큰 숫자라 해도 거기에 '번째' 자를 붙이면 스페인 금화 777매와 영국의 옛 동전 1파딩(영국의 최소 단위의 청동전으로 1페니의 4분의 1임.)의 777분의 1과 어느 쪽이 크냐는 계산으로 속이려 드는 것과 무엇이 다른가? 그때 나는 이런 생각에 잠겼다.

"아무리 뭐라 해도 너무 심해, 빌닷." 필레그가 소리 질렀다. "자넨 이 젊은이를 속이려는 속셈은 아니겠지? 좀더 주어야 해."

"777번."라고 빌닷은 눈을 쳐들지도 않고 되풀이하고는 계속 중얼거렸다. "그대의 재물이 있는 곳에 마음도 끌리느니라."

"나는 3백 번으로 결정하려고 하는데."라고 필레그가 말했다. "이봐 빌닷, 3백 번 배당은 어떤가?"

빌닷은 성서를 놓고 엄숙하게 필레그 쪽을 보았다. "필레그 선장, 자네의 마음은 너그럽네만 이 배의 다른 선주들에 대한 의무라는 것도 생각해 주어야 하네. 과부나 고아라는 많은 사람들을 말일세. 만약 이 젊은이의 보수를 너무 분별없이 많이 주면 그 과부나 고아들의 빵을 빼앗는 게 되네. 필레그 선장, 777번이오!'

"이봐, 빌닷!" 필레그는 고함을 치고 벌떡 일어나 방안을 삐걱거리며 걸었다. "빌닷, 웬만큼 해두게! 이런 일에 자네가 하는 말을 들어 왔다면 지금쯤 내 양심은 케이프혼을 회항하는 어떤 큰 배라도 가라앉혀버릴 만큼 무겁게 내리눌러졌을 걸세."

"필레그 선장." 빌닷은 매우 차분했다. "자네의 양심이 10인치 정도로 깊은지 열 길 정도 깊은지 나는 모르네. 그러나 자네는 아직 회개하지 않은 몸이니까, 그 양심은 물이 새는 게 아닌가 하고 걱정이 돼서 견딜 수 없네. 마지막에는 몸까지도 가라앉아서 불타는 지옥으로 떨어지지는 않을까 하고 말일세, 필레그."

"불타는 지옥! 불타는 지옥이라고! 이봐, 자네 나를 모욕할 셈이군. 이젠 정말 참을 수 없어. 너무 무시하지 말란 말이야. 남을 지옥으로 떨어지라니! 그야말로 지옥감이군그래. 제기랄, 쾌씸하군! 빌닷, 어디 다시 한 번 내게 말해 보게, 분통이 터지는군—나는, 나는 그래 신앙을 털째, 뿔째 통으로 삼켜버리겠다. 신앙이 있는 체하는 퍼런 얼굴의 쓸모없는 놈, 나가버려! 냉큼 나가버리란 말이야!'

필레그는 이렇게 고함을 치면서 빌닷에게 덮벼들었으나 이때 빌닷은 이상하리만큼 민첩하게 몸을 비켜서 미끄러지듯 달아나버렸다.

나는 배의 대표 책임자 사이에 벌어진 무시무시한 싸움에 기겁하여 이런 괴상한 선주와 임시 명령자의 배에 타고자 하는 생각이 없어졌다. 그래서 필레그의 분노에서 벗어나려고 하는 빌닷에게 도망갈 길을 터 주고자 문 옆으로 비켜섰다. 그런데 놀랍게도 빌닷은 다시 가름대에 아주 조용히 걸터앉아서, 달아나려는 생각은 조금도 없는 눈치였다. 회개하지 않은 필레그와 그의 행동에 익숙해 있었던 것 같았다. 한편 필레그는 노여움을 토해버리자, 이제 아무것도 남아 있지 않다는 표정으로 어린 양처럼 앉아서 오직 가느다란 떨림 속에 흥분의 여운을 간직하고 있을 뿐이었다. "휴!" 하고 잠시 후 휘파람을 불었다. "아마 질풍은 바람 부는 쪽으로 돈 모양이군. 빌댓, 자네는 창槍 깎는 명수였지? 어디 펜을 고쳐 주지 않겠나? 내 칼은 숫돌에 갈아야겠는걸. 빌댓, 고맙군. 그런데 젊은이, 이스마일이라 했던가? 그런데 말일세, 이스마일, 자넨 3백 번 배당으로 배를 타는 게 좋겠어."

"필레그 선장." 내가 말했다. "또 한 사람 배를 타고 싶어하는 친구가 있습니다만, 내일 데리고 와도 괜찮겠습니까?"

"그래, 그래." 필레그가 말했다. "데리고 오면 만나 보세나."

"그 사람의 배당은 어떻게 할 셈인가?" 빌댓은 열심히 읽던 성서에서 눈을 떼면서 신음하듯이 말했다.

"그런 것은 걱정할 것 없네, 빌댓." 필레그는 그렇게 말하고 나를 보았다. "고래를 잡아 본 사람인가?"

"수없이 많이 잡은 사람입니다, 필레그 선장."

"좋아, 그렇다면 데리고 오게."

이리하여 나는 서류에다 서명하고 오늘 아침의 일은 잘되었다. 이 피쿼드 호야말로 퀴퀘그와 나를 혼 곳 저 멀리로 데려가기 위해서 요조가 마련한 배임에 틀림없다고 자신만만하며 그곳을 떠났다.

그러나 얼마쯤 가다가 이번 항해의 선장을 아직 보지 않았구나 하는 생각이 들었다. 물론 대부분의 경우 포경선이란 완전히 준비를 갖추고 선원들을 태운 뒤에야 선장은 겨우 나타나서 지휘를 하는 모양이다. 왜냐하면 이러한 항해는 장기간에 걸치는 일이 많고 고국에 상륙하는 기간은 아주 짧으므로 선장에게 가족이 있다든가 그 밖에 마음을 쓸 일이 있다든가 할 때는 정박 중인 배에 대해 그다지 상관하지 않고 완전히 출범할 준비가 될 때까지는 선주들에게 일임한다. 그러나 그렇다 해도 몸을 맡겼다 다시 뺄 수 없어지기 전에 한번 몸을 맡길 상대를 보아두는 것도 그다지 나쁘지 않으리라는 생각이 들었다. 나는 되돌아서서 필레그 선장에게 말을 걸고 에이허브 선장은 어디에 있느냐고 물었다.

"뭣 때문에 자넨 에이허브 선장을 만나고 싶어하는 건가? 괜찮네, 자넨 이 배에 타는 거니까."

"그야 그렇지만 만나 뵙고 싶습니다."

"그러나 지금은 안 될 걸세. 어쩐 일인지 나도 잘 모르겠네만 집안에 콕 박혀 있다네. 앓는 것 같지도 않지만 글쎄 그런 건지도 모르지, 아니 정말은 병이 아니야. 그러나 편안한 것도 아닌가 봐. 아무튼 젊은이, 그 사람은 나조차도 그다지 만나려 들지 않으니까 자네는 더욱 만나지 않을 걸세. 에이허브 선장을 얼빠진 사람이라고 하는 사람도 있지만 좋은 사람이지. 자네도 아주 좋아하게 될 걸세. 걱정 없네, 걱정 없어. 신을 두려워하지 않는 훌륭하고도 숭고한 사람이야. 말은 적지만 말을 하기 시작하면 귀를 기울이게 하는 사람이지. 바다의 신비보다도 더 깊은 것을 알고 있고 불 같은 창을 고래보다 더 강하고 무서운 적을 향해서도 휘둘러 왔어. 그 사람의 창! 우리 섬에서도 그토록 세고 확실한 창은 없을걸. 아니, 아니 빌닷 선장 따위는 다르단 말이야. 아니 필레그 선장과도 달라. 그야말로 '에이허브'지. 옛날의 에이허브는 임금이었다는 것을 알고 있겠지?'

"아주 나쁜 임금이었지요. 그 나쁜 임금(열왕기상 22장)이 살해되었을 때 개도 그 피를 핥지 않았지요?' "이봐, 이리 잠깐만 오게, 이리로." 필레그의 눈에 심상치 않은 빛이 보여서 나를 놀라게 했다.

"이봐, 이봐, 피쿼드호 위에서 그런 말을 하는 게 아니야. 어디에서라도 말하는 게 아니야. 에이허브 선장은 자기가 이름을 붙인 게 아니야. 그가 만 한 살이 되었을 때 지금은 죽은, 미친 사람 같던 과부 어머니가 어리석고 무식하여 멋대로 붙인 거라네. 게이헤드에 사는 티스티그라는 인디언 노파가 한 말에 의하면 그 이름은 예언이 되어 있다는 거야. 아니, 노파 같은 말을 하는 바보 친구들은 그 밖에도 있는 모양이야. 그러나 자네에게 말해 두겠네만 그런 말은 모두 거짓말일세. 나는 훨씬 옛날에 항해사로서 함께 배를 탄 일이 있어 에이허브 선장을 잘 아네만, 훌륭한 사람이지. 빌닷 같이 신심이 깊은 사람은 아니고, 나처럼 신앙심이 없는 말을 마구 하지만 착한 사람이지.

그러나 우리보다는 훨씬 큰인물이야. 그래, 언제나 우울한 얼굴이라는 것도, 이번에 돌아올 때 잠시 정신이 돌아버렸다는 것도 정말이지만 그렇게 된 것도 피를 뿜어낸 다리가 몹시 아팠기 때문이라는 것을 누구나 다 알고 있어.

그리고 지난번 항해에서 저 죽일 놈의 고래에게 다리를 잃고 난 뒤로는 묘하게 화를 잘 내게 되었지. 미친 것처럼 화를 내고 난폭하게 구는 것도 사실이지만 그것도 언젠가는 없어지겠지.

그래서 꼭 한 번만 자네에게 말해 두겠네만 성 잘 내는 훌륭한 선장을 따르는 편이 벙글벙글 웃는 시원찮은 선장과 가는 것보다 좋은 일일세. 잘 가게, 젊은이. 이름이 나쁘다고 에이허브 선장의 욕은 하지 말게나. 그리고 그에겐 아내가 있다네. 결혼한 지 아직 3년도 안 되었지. 귀엽고, 체념할 줄 아는 처녀 같은 여자지. 생각해 보게나. 그 귀여운 처녀가 그 나이 많은 사람의 아이를 낳았단 말일세. 그리고 보면 에이허브에게는 무서워서 어쩔 도리가 없다고 할 정도의 일이 조금도 없다는 것을 알 걸세. 아니, 아니 아무리 신을 두려워하지 않는다 해도 에이허브에게도 인정은 있다네.”

나는 걸어가면서 생각에 잠겼다. 뜻밖에도 에이허브에 대해 알게 된 것 때문에 그를 생각하면 어떤 막연하고 격렬한 고통에 가슴이 죄었다. 그리고 그에게 동정과 슬픔을 느꼈는데, 그것은 무참하게 다리를 잃은 것 때문이라는 것은 알았지만 그 밖에도 무엇이 있는지는 알지 못했다. 한편으로는 그에 대해서 이상한 두려움을 느꼈는데 그러나 그 같은 감정은 도저히 말로 설명할 수도 없고 두려움이라고 잘라 말할 수도 없는, 다시 말해서 이름 붙이기도 어려운 것이었다.

아무튼 그런 감정을 느끼면서도 또 한편으로는 비밀에 싸인 듯한 에이허브에 대해 더 많이 알고 싶은 초조한 마음이 되었다. 그러나 결국 생각을 다른 방향으로 돌림으로써 에이허브의 어두운 그림자는 마음에서 사라졌다.

제17장 라마단

퀴퀘그의 ‘라마단’, 다시 말해서 단식과 참회의 근행은 종일 계속되었으므로 나는 밤까지 그를 방해하고 싶지 않았다. 나는 다른 사람들의 종교적

의식이 아무리 우스꽝스럽더라도 최대의 존경심을 품기로 하고 설사 독버섯을 숭배하는 개미의 무리가 있다 해도 경멸하지 않고, 또 이 지상의 어느 곳에선가 사는 사람들이 다른 혹성에서는 전례가 없는 노예근성으로 죽은 지주가 아직 그 이름으로 막대한 땅을 빌려주고 있다는 이유만으로 그 흉상 앞에 무릎을 꿇고 절하고 있다 해도 비겁하다고 하지 않았다.

선량한 우리 장로교인들은 이러한 문제들에 관대해야 하며, 이교도이건 아니건 그들 나름대로의 신앙에 열렬한 자부심을 갖고 있다고 해서 그들에 비해 우리 자신들이 월등하게 우수하다고 생각해서는 안 된다. 지금 여기에 있는 퀴퀘그란 사람이 요조와 라마단에 대해서 아주 기괴한 신앙을 지니고 있는 것은 사실이다. 그러나 그게 어쨌다는 건가?

퀴퀘그는 자신이 자기의 신앙에 대해 통달해 있다고 생각하는 모양이었다. 만족하고 있으니 그대로 내버려두면 되지 않겠는가? 그와 종교에 대해 다툰들 무슨 소용이 있겠는가? 내버려두기로 하자. '신이여, 장로교인이건 이교도이건 묻지 말고 우리에게 모든 자애로움을 내려 주옵소서.' 우리는 모두 머리가 어떻게 된 모양이니 절실히 고칠 필요가 있는 것이다.

해질 무렵 그의 수행 예배도 모두 끝났으리라고 생각되었기 때문에 방으로 가서 문을 두드려 보았다. 대답이 없었다. 열어 보려 했으나 안으로 잠겨 있었다. "퀴퀘그!"라고 조용히 열쇠구멍으로 불러 보았다. 잠잠했다. "이봐, 퀴퀘그! 왜 잠자코 있는 거야? 나야, 이스마일일세." 그러나 여전히 아무런 소리도 없었다. 나는 불안해졌다. 무척 오래 내버려두었기 때문에 그 동안에 졸도라도 한 것이 아닐까?

열쇠구멍으로 들여다보았으나 문은 방 한쪽 구석 모퉁이를 향해 있었으므로 그 구멍으로 보이는 것은 침대의 발판 일부분과 벽의 가는 줄 뿐 그 밖에 아무것도 없었다. 놀랍게도 그 벽에 퀴퀘그의 작살자루가 세워져 있는 것이 보였는데, 이것은 분명히 어젯밤에 우리가 방으로 들어오기 전에 부인이 빼앗아서 맡아둔 물건이었다. 이상했다. 그러나 아무튼 작살은 거기에 세워져 있고 그는 그것을 갖지 않고 외출하는 일은 전혀 없었으니까 그가 방안에 있음은 분명했다.

"퀴퀘그, 퀴퀘그!" 그래도 여전히 조용했다. 무슨 일이 일어났음에 틀림없었다. 졸도일까! 나는 문을 부수려 했지만 그 문은 꿈쩍도 하지 않았다. 계단을 뛰어내려가 마침 나타난 하녀에게 재빨리 이 이상한 사태를 알렸다.

"어머나, 저런!" 하녀가 외쳤다. "저도 어쩐지 이상하다고 생각했어요. 아침식사가 끝나고 침대를 치우려고 갔더니 문이 잠겨 있고 쥐새끼 한 마리도 얼씬하지 않더군요. 그러고 나선 줄곧 이렇게 조용했어요. 그렇지만 당신네 두 분이 나가시면서 짐을 소중하게 넣어 두었는지도 모른다고 생각했어요. 어마, 어마, 하느님! 아주머니! 사람이 죽었어요. 허시 아주머니! 졸도예요!" 라고 외치면서 하녀는 부엌으로 뛰어들어가고 나도 그 뒤를 쫓아갔다.

곧 허시 부인이 부엌에서 하던 일을 팽개치고 또 흑인 급사를 꾸짖던 일도 멈추고 한 손에는 고춧가루 단지를, 또 한 손에는 식초병을 든 채로 총총히 나왔다.

"헛간은 어디지!" 내가 외쳤다. "어디요? 부탁이오! 문을 부수고 열어야겠소. 도끼! 도끼! 졸도야, 틀림없이 졸도야!" 라고 떠들면서 분별도 잊고 빈손으로 계단을 뛰어올라갔는데 허시 부인은 고춧가루 단지와 식초병을 들고 침착한 표정을 짓고 가로막았다.

"도대체 무슨 일이에요, 젊은 양반!"

"도끼를 부탁해요! 제발 부탁이니 누가 의사를 불러줘요. 그 사이에 문을 부숴서 열 테니까."

"뭐예요, 도대체?" 부인은 한 손을 자유롭게 하려고 급히 식초병을 내려놓으면서 말했다. "뭐예요? 당신이 우리 문을 부수겠다는 건가요?" 하고 내 팔을 움켜쥐었다. "왜 이래요? 무슨 일인가요, 선원 양반?"

나도 될 수 있는 대로 태연하게 그러나 재빨리 자초지종을 알렸다. 그녀는 무의식적으로 식초병을 코 한쪽에 비벼 대면서 잠시 생각에 잠겨 있더니 대뜸 소리를 질렀다. "그렇군! 거기에 놓은 뒤론 보지 못했어요." 그녀는 계단 층계함 밑의 조그마한 벽장으로 달려가서 들여다보고는 돌아와서 내게 퀴퀘그의 작살이 보이지 않는다고 했다. "자살한 거야."라고 그녀가 외치기 시작했다. "비참한 스틱스의 재판이야. 또 홑이불을 한 장 못쓰게 됐구나. 죽은 사람의 어머니에게 자비를 내리소서, 하느님. 나는 망하게 되었구나. 그 불쌍한 남자에게 누이동생이 있을까? 어디에 살지? 자아 배티, 페인트집 스널스에게 가서 간판을 써달라고 해라. '이 집에서 자살하면 안 됨. 객실에서 담배 피우지 말 것' 이라고 말이야. 돌 한 개로 새 두 마리를 잡는단 말이야. 당치도 않다고? 그 사나이의 영혼에 자비를 베풀어 주옵소서, 하느님! 아니, 저 소리는 뭐죠? 이봐요, 기다려요!' 하고 내 뒤를 따라 달려 올라와서 무리하게 문을 열려는 나를 붙잡았다.

"그러면 안 돼요. 우리 집을 부서지게 할 줄 알아? 열쇠집에 갔다와요. 1마일쯤 가면 있어요. 그렇지만 기다려요!' 하고 옆주머니에 손을 집어넣었다. "이 열쇠가 맞을지도 몰라요, 자아." 부인은 그 열쇠를 집어넣고 돌렸지만 퀴퀘그가 건 빗장은 안에서 꿈쩍도 하지 않았다.

"부숴야겠어요." 나는 그렇게 말하고 문 쪽으로 조금 뛰어가 그 여세로 밀었다. 부인은 내게 매달려서 집을 부수게 하지는 않겠다고 악을 썼지만, 나는 그녀를 밀쳐내고 온몸을 문에 '꽝' 하고 부딪쳤다.

굉장한 소리를 내면서 문이 열리고, 손잡이가 벽에 부딪쳐 회반죽이 천장으로 날아올라갔다. 아, 맙소사! 퀴퀘그는 방안에 있었다. 요조를 머리 위에 올려놓고 방 한가운데에 묵상에 잠긴 듯이 앉아 있었다. 전혀 눈길을 돌리지 않고 생명이 없는 조각처럼 앉아 있었다.

"퀴퀘그." 그에게 가까이 가면서 불렀다.

"퀴퀘그, 어쩐 일인가?"

"설마 하루 종일 이렇게 하고 앉아 있었던 건 아닐 테지요?"

부인이 말했다.

그러나 모두가 뭐라고 떠들어도 그에게서 한마디 말도 끌어낼 수는 없었다. 나는 그의 몸을 밀어서 자세를 움직여 주고 싶다고 생각했을 정도였다. 왜냐하면 참으로 괴롭고 거북한 모양이었고 아무리 생각해도 벌써 여덟 시간인가 열 시간, 아니 그 이상으로 세 끼의 식사도 거른 채 그렇게 앉아 있었으니 도저히 참아낼 수 없다고 생각했기 때문이었다.

"허시 부인." 내가 말했다. "아무튼 살아 있었군요. 그러니까 부디 나가 주십시오. 이 묘한 사건은 제가 처리할 테니까요."

부인을 내보내고 문을 닫자 퀴퀘그에게 의자에 앉으라고 말해 보았다. 그러나 그는 그냥 거기에 앉아 있을 뿐이었다. 내가 갖은 애교로 다정히 말을 붙여도 꼼짝도 하지 않고 한마디도 하지 않았으며 나를 돌아보지도 않았다.

'만일 이것이 그의 라마단의 일부를 이루고 있는 것이라면 그 본고장인 섬에서도 이렇게 주저앉아서 계속할지도 모르겠구나.' 하고 나는 생각했다. 그럴 것이다. 이것이 그의 신념일 것이다. 그렇다면 이대로 내버려두자. 언젠가는 일어나겠지. 하느님을 찬양할지어다. 이것이 영원히 계속될 것도 아니겠고, 그의 라마단은 1년에 한 번뿐이고, 게다가 엄중하게 시기가 정해져 있는 것도 아니리라고 생각되었다.

나는 저녁식사를 하러 내려갔다. 시간이 흐르는 것도 잊고, '플럼 푸딩 항해'(적도 이북의 대서양 근해에서만 스쿠너나 쌍돛배로 고래잡이를 하는 것)라는 것에서 막 돌아온 어느 선원에게서 긴 이야기를 듣고 있는 사이에 11시가 가까워졌다. 지금쯤은 퀴퀘그도 이미 라마단을 끝냈을 게 틀림없다고 생각하면서 2층으로 자러 갔다. 그런데 여전히 그는 내가 방을 나올 때 앉아 있던 자리에서 조금도 움직이지 않았다. 차차 참을 수 없는 놈이라고 생각되었다. 하루 내내 줄곧 추운 방에 앉아서 나뭇조각을 머리 위에 받들고 있다니, 참으로 바보 같은 미친 짓이라고밖에 생각할 수 없었다.

"제발 부탁이야, 퀴퀘그. 일어나 움직이게나. 일어나서 저녁식사를 하면 어떻겠나? 배가 고파서 죽어버릴 거야."

그러나 한마디의 대답도 없었다.

모든 것을 단념해버리고 나는 잠자리에 들기로 했다. 그러면 틀림없이 그도 곧 내 말을 따를 것이다. 그러나 잠자리에 들어가기 전 나는 곰가죽 재킷을 벗어 그에게 덮어 주었다. 밤 기온은 점점 내려갈 낌새였고, 그는 어느 때의 짧은 재킷 바람이었다. 그러나 아무리 애를 써보아도 한동안은 조금도 잠을 잘 수가 없었다. 촛불을 꺼버렸으나, 불과 4피트도 떨어지지 않은 곳에 퀴퀘그가 추위와 어둠 속에 혼자서 괴로운 정좌를 계속하고 있다고 생각하니 정말 견딜 수가 없는 마음이 되었다. 생각해 보라. 이 음울하고 기괴한 라마

112

단에 잠겨 눈을 뜨고 정좌하고 있는 이교도와 한방에서 자는 것을 말이다.

그러다가 깜박 잠이 든 모양으로 그 후부턴 아무 기억도 없었는데 새벽에 잠자리 옆을 보니 퀴퀘그는 마룻바닥에 못박아 놓은 것처럼 쭈그리고 앉아 있었다. 그러나 창문에서 햇살이 비쳐들자마자 퀴퀘그는 온몸의 마디마디 가 쑤시고 아플 텐데도 불구하고 얼굴에는 명랑한 빛을 띠고 일어나더니 누워 있는 내 곁으로 뛰어와 내 이마에 얼굴을 비비면서 라마단이 끝났다 고 말했다.

전에도 말했듯이 누가 어떤 종교를 받들고 있건 그 사람이 다른 사람에 대 해서 자기와 신앙이 같지 않다고 해서 죽이거나 모욕하거나 하지 않는 한 이 의를 말해서는 안 된다는 것이 나의 의견이다. 그러나 어떤 사람의 종교가 정 말 광기를 띠어 역력히 그 몸을 해칠 때, 다시 말해서 그 종교가 우리들의 세 계를 살기 어려운 곳으로 만들 때는 그 사람을 가까이 불러 논쟁할 때라고 생 각한다.

이때도 퀴퀘그에게 그렇게 대했다.

"퀴퀘그, 자아, 침대에 들어와 누워서 내가 하는 말을 듣게."

그리고 나는 원시 종교의 발생과 진보에서부터 현대의 여러 종교에 이르 기까지 설명하기 시작했다. 그 사이 사이 퀴퀘그에게 사순제니 단식제니 혹 은 황량하게 추운 방에서 오래 정좌하는 것 등은 절대로 무의미한 일이고, 건 강에도 해롭고 영혼에도 무익한 만큼 결국 상식적인 건강 법칙에도 위배되 는 것이라고 설득하기도 했다. 또 자네는 다른 일에는 참으로 보기 드문 분별 과 지혜를 가진 야만인인데 이 우스꽝스러운 단식제에만은 어떻게 그리 어 리석은기 싶어 너무 슬퍼서 견딜 수가 없다고도 했다.

또 나는 이렇게도 말했다. 단식은 몸을 여위게 하니까 정신도 여위게 할 거고 따라서 단식에서 생기는 어떤 사상도 틀림없이 영양 부족일 거다. 그러 니까 소화불량에 걸린 대부분의 종교인들이 내세에 대하여 참으로 우울한 관념을 품게 되는 것은 그 때문이라고. 쓸데없는 말을 하는 것 같지만 퀴퀘 그, 지옥이란 처음에 찐 사과를 먹고도 소화불량에 걸린 자들에게서 생겨난 관념이었고, 그것은 단식제가 만들어내는 대대의 위장병 환자에 의해 계승

된 것이라고.

그리고 퀴퀘그를 향하여 잘 알아듣도록 아주 간단한 관념을 표현하면서 자네는 배를 잃어본 적이 없느냐고 물었다. 아니, 지금도 잊을 수 없는 단 한 번 외에는 없다고 그는 대답했다. 그 한 번이란 그의 부왕이 큰 전쟁에 이겨서 오후 2시경까지 50명의 적을 죽이고 그날 밤 즉석에서 모두 요리해 먹고 난 큰 잔치 뒤의 일이었다.

"그만두게, 퀴퀘그, 이제 알았어."

나는 떨면서 말했다. 그 이상 듣지 않아도 모든 것을 알 수 있었다. 그 섬을 찾아갔었던 한 선원을 만난 적이 있었다. 그 사나이의 말로는, 그 섬에서 싸움에 이긴 뒤의 관례는 승자의 광장이나 정원에서 죽은 사람을 모두 통째로 구워서 하나씩 커다란 나무쟁반에 담아 고기덮밥처럼 빵나무의 열매나 야자 열매를 사이에 곁들여 그 입속에 파슬리 같은 것을 처넣고 승리자의 인사말을 곁들여서 마치 크리스마스의 칠면조 선물과도 같이 친구들에게 나누어준다는 것이었다.

결국 나의 종교론도 퀴퀘그에게 깊은 인상을 주었다고 생각되지 않았다. 첫째로, 그는 종교란 중대한 문제에 관해서는 자기 의견 이외에는 듣기를 좋아하지 않는 것 같았다. 둘째로, 아무리 간단히 나의 관념을 쉽게 풀어 말한다 해도 그는 그 3분의 1도 이해하지 못했다. 셋째로, 그는 참다운 종교라는 데 대해 나보다 잘 알고 있다는 자신을 갖고 있음을 의심할 수 없었다. 일종의 연민의 정을 담고 나를 바라보며, 이런 영리한 젊은이가 이단적인 복음의 신앙에 빠져 있다니 얼마나 한심한 일이냐고 생각하고 있는 모양이었다.

이윽고 우리는 일어나서 옷을 입었다. 퀴퀘그는 아침 식사로 온갖 종류의 잡탕 요리를 정신없이 먹어 치웠다. 그러니 주인 여자는 그의 단식으로 말미암아 크게 이익을 보지 못했을 것이다. 아침을 먹은 뒤에 우리는 밖으로 나와 넙치의 가시를 이쑤시개 대신 쑤셔 대면서 피쿼드호 쪽으로 어슬렁어슬렁 걸어갔다.

제18장 서명

작살을 짊어진 퀴퀘그와 내가 배 쪽을 향해 부둣가 끝으로 걸어갔을 때 천막에서 필레그 선장이 난폭한 목소리로, "뭐야, 자네 친구가 식인종이라고는 생각하지 못했어."라고 외쳐 댔다. 그리고 나서 이 배에는 식인종은 미리 서류를 제출하지 않는 이상은 태울 수 없다고 했다.

"필레그 선장, 그건 무슨 뜻인가요?" 나는 그를 부둣가에 세워 놓은 채 뱃전으로 뛰어올라가며 물었다.

"서류를 내놓으란 말일세."라고 필레그가 대답했다.

"그렇지." 빌닷 선장이 목쉰 소리로 천막 뒤에서 얼굴을 내밀며 응했다. "개종한 증거가 필요해." 그러고 나서 퀴퀘그 쪽을 향해 덧붙였다.

"이단자 같으니라고, 현재 어떤 그리스도 교회에 속해 있나?"

"그야 '제일조합 교회'의 회원이죠."라고 내가 나섰다. 여기서 말해두겠는데 낸터킷의 배를 타는 문신한 야만인의 대부분은 나중에 교회에 들어가서 개종을 해야 했다.

"뭐라고! 제일조합 교회라고! 듀테로노미 콜먼 집사의 교회 신도란 말인가?" 빌닷은 외치면서 안경을 꺼내 단순한 무늬가 날염된 크고 누런 손수건으로 소중한 듯 닦고 나서, 천막 밖으로 나와 뱃전에서 마른 몸을 늘어뜨리고 유심히 퀴퀘그를 지켜보았다.

"언제부터 회원이 되었나?"라고 나서 나를 향했다. "이봐, 그다지 오래지는 않았을 테지?"

"그럴 거야." 필레그도 말했다. "정식 세례는 받지 않았을 거야. 세례를 받았다면 그 악마 같은 검은 얼굴빛이 다소 씻어졌을 게 아닌가."

"이봐, 말해 봐." 빌닷이 외쳤다. "이 야만족이 듀테로노미 집사네 정회원이라고? 난 주일마다 그 앞을 지나다녔는데 한 번도 그 근처에서 본 적이 없는걸."

"난 듀테로노미 씨니 그 예배니 그런 것은 모릅니다." 내가 말했다. "내가 아는 건 이 퀴퀘그가 날 때부터 '제일조합 교회' 회원이었다는 사실입니다.

이 퀴퀘그야말로 집사입니다."

"이봐, 젊은이." 빌닷이 외쳤다. "자네 나를 속일 생각이군. 말해, 어느 교회인지 말하라고!"

궁지에 몰린 내가 대답했다. "말씀드리죠. 당신도 나도 필레그 선장도 이 퀴퀘그도 이 세상의 모든 사람들도 그리고 우리 모두의 영혼도 속해 있는 태고 이래의 전통 교회입니다. 신을 숭배하는 온 세상 사람들이 영원하고 가장 좋은 조합을 만든 것입니다. 우리들은 모두 그 조합원입니다. 다만 어떤 사람이 요즈음 그 훌륭한 신앙을 이상하게 곡해해버린 겁니다. 우리가 모두 손을 잡는 것이 신앙입니다."

"손을 잡는다는 것은 선원답군." 필레그가 외치며 다가왔다. "이봐 젊은이, 선원이 되는 것보다도 배의 목사가 되는 편이 좋겠군. 이런 훌륭한 설교는 들은 일이 없는걸. 듀테로노미 집사, 아니 매플 목사 같은 사람이라도 못당하겠는걸. 자아, 타게나, 타라고, 서류 걱정은 필요 없어. 이봐, 거기 있는 퀴혹─뭐라 했더라? 그 퀴혹도 올라오게. 호! 굉장한 작살을 갖고 있군그래! 상당한 물건인 모양인데, 게다가 솜씨도 나쁘지 않겠는걸. 이봐, 퀴혹(조개)인지 뭔지 하는 놈, 고래 쫓는 보트 뱃머리에 선 일 있나? 고래를 콱 찔러 본 적이 있나?"

퀴퀘그는 한마디도 하지 않은 채 거친 태도로 뱃전에 뛰어올라 배 옆에 매달린 포경 보트의 뱃머리로 뛰어올라 타더니 왼쪽 무릎을 딱 버티고 작살을 겨누면서 이렇게 고함을 질렀다.

"선장, 저기 저 물에 조그만 타르의 방울이 보이죠? 됐어, 저게 고래의 한쪽 눈이야. 좋아, 자앗!" 하고 작살을 날카롭게 겨누어 휙 던지자 빌닷의 차양 넓은 모자의 바로 위를 스치고 배의 갑판을 일직선으로 가로질러 번쩍거리던 한 점의 타르를 맞혀 흐트러뜨렸다.

"보라고." 조용히 밧줄을 잡아당기면서 퀴퀘그가 말했다. "저게 고래 눈이다. 저 고래는 죽었다."

"빌닷, 빨리 해." 필레그가 불러낸 그 동료 선장은 제 옆으로 아슬아슬하게 날아간 작살에 기겁을 해서 선실 입구 쪽으로 비켜서 있었다.

"이봐 빌닷, 빨리 하라니까, 서류를 서둘러. 저 헤지호그(고슴도치), 아니 퀴혹이란 놈, 배의 보트에 필요해. 이봐 퀴혹, 90번 배당이야, 이 낸터킷에서 작살잡이에게 그런 배당을 한 적은 없어."

이렇게 하여 우리는 선실로 내려갔는데 퀴퀘그가 그곳에서 바로 같은 배의 선원으로 편입된 것은 커다란 기쁨이었다.

수속도 모두 끝나고 드디어 필레그는 서명할 준비를 마치고 나서 나를 보고 말했다.

"퀴혹은 글을 쓰지 못할 테지. 이봐 퀴혹, 넌 이름을 쓸 텐가, 표시를 할 텐가?"

퀴퀘그는 지금까지 두서너 번 이런 의식에 접한 일이 있었는지 그 말을 들어도 조금도 겁내지 않고 건네주는 펜을 잡더니, 지면 적당한 곳에 그의 팔에 문신된 기괴하고 둥근 모양과 똑같은 것을 그렸다. 그래서 그 서명은 필레그가 고집스럽게 잘못 부른 '퀴혹' 이란 이름과 더불어 대략 다음과 같은 것이 되었다.

'퀴혹'

　　　　　　　　　　　　　　　　　　　　서명

＿동안 빌닷 선장은 유심히 퀴퀘그를 지켜보고 있더니 이윽고 엄격한 표정을 지으며 일어나서 옷자락이 넓은 윗옷의 큰 호주머니를 뒤져서 한 뭉치의 책자를 꺼내 그 중에서 〈종말의 날은 다가온다. 때를 잃지 말지어다〉라는 제목이 붙은 것을 퀴퀘그에게 건네준 다음, 그 손과 책을 함께 쥐고 상대편을 쏘아보며 말했다.

"어두운 자여, 나는 그대에 대한 의무를 다하겠다. 나는 이 배의 공동 선주이므로 선원 모두의 영혼에 대해서 소홀히 할 수 없다. 그대가 만일 아직도 그 사교에서 개종하지 않았다면……. 아니 그럴 거라고 나는 짐작하는데, 제발 부탁한다. 언제까지나 악마의 종노릇하는 것은 그만두어 달라고, 우상의 마신魔神, 무서운 악룡惡龍을 버리고 다가올 신의 노여움에서 달아나 달라고,

자신의 눈을 조심하라고 말하는 것이다. 오오, 하느님의 은총으로 불타는 지옥에서 귀를 돌려라……."

빌닷 노인의 말 속엔 성서의 말과 일상생활에서 쓰는 말이 섞여 있으면서도 바다의 냄새는 아직 남아 있었다.

"좋아, 그만해, 빌닷. 우리 작살잡이가 형편없어지겠군. 믿음이 깊은 작살잡이가 훌륭한 항해를 한 적은 없지. 날카로운 점이 빠져버리거든. 상어 같은 맛이 없는 작살잡이는 한푼의 가치도 없지. 옛날에 스웨인이라는 젊은 놈이 있었지 않은가? 낸터킷에서 비니야드에 걸쳐 가장 용감한 작살잡이였는데, 교회에 나가나 했더니 못쓰게 되어버렸다네. 자신의 죄 짓는 영혼을 몹시 두려워하여 고래만 보면 몸을 움츠리고 피하기만 했다네. 그 고래를 쫓다가 바닷속에 떨어지면 바다의 악령에게 잡혀 벌을 받을 거라고 하면서 말이야."

"필레그! 자네도 나도 위험은 한없이 겪어 왔으니까 죽음의 공포가 어떤 것인가를 모를 리가 없는데, 어째자고 또 신을 두려워하지 않는 그런 말을 하는 건가? 자네는 자기의 마음을 속이고 있네. 생각해 보게, 바로 이 피쿼드호가 일본 섬 가까이에서 태풍에 돛대가 셋이나 부러졌을 때 자네도 에이허브 선장과 함께 탔을 텐데, 그때 죽음과 심판에 대해서 생각하지 않았나?"

필레그는 두 손을 주머니에 깊숙이 찔러 넣으면서 선실을 가로질러 걸었다. "허, 괴상한 소릴 다 들어보겠군. 여러분, 이게 대체 무슨 일인가? 당장에라도 배가 가라앉으려 하는 판에 죽음과 심판이 어쨌다는 건가? 돛대 세 개가 쉴 새 없이 뱃전에 천둥 같은 소리를 내며 부딪치고, 앞에서도 뒤에서도 파도가 머리 위로 덤벼들려고 하는 판에 죽음과 심판을 생각해 보란 말인가? 아니, 그럴 겨를은 없었는걸. 목숨에 대해서만은 에이허브도 나도 생각했지. 어떻게 하면 모두 살아나겠나, 어떻게 하면 임시 돛대를 세워서 가장 가까운 항구로 들어갈 수 있겠나, 하고 말일세. 그것만을 나는 생각했다네."

빌닷이 한마디도 대꾸하지 않고 단추를 채우고 갑판으로 걸어가자 우리도 그를 따라 나갔다. 그러자 빌닷은 중앙 갑판에서 횡범을 수선하고 있는 한 수선공을 조용히 바라보더니 이따금 몸을 굽혀 헝겊 조각이라든가 타르를 칠한 꼰 실 등을 못 쓰게 되지 않도록 줍고 있었다.

제19장 예언자

"자네들 저 배를 타는 건가?"

퀴퀘그와 내가 피쿼드호를 나와 잠시 동안 생각에 잠긴 채 바닷가에서 한참 떨어진 곳을 거닐고 있을 때 낯선 사나이가 말을 걸었다. 그는 앞을 막아서서 굵은 집게손가락으로 그 배를 가리키고 있었다. 색이 바랜 재킷과 누덕누덕 기운 바지를 입은 초라한 옷차림으로 목에는 누더기 같은 검은 손수건을 감고 있었다. 곰보 자국이 온 얼굴에 무늬를 그려, 흐르던 물이 빠져서 말라버린 강바닥에 흩어진 줄처럼 되어 있었다.

"결정했나?"라고 그 사람이 되풀이했다.

"피쿼드호를 말하는 게로군." 나는 똑똑히 그 얼굴을 바라보고 싶은 기분을 느끼면서 말했다.

"그래, 피쿼드호, 저, 저기 있는 배 말이야." 그는 한 팔을 뒤로 뽑았다가 앞으로 밀어내면서 손가락으로 총검을 겨눌 때처럼 그 목표물을 가리켰다.

"응, 조금 전에 계약했소."

"거기서 자네 영혼의 이야기는 나오지 않았나?"

"무슨 이야기?"

"그렇군. 자네들은 갖고 있지 않을 테지."라고 재빠른 말로 상대가 말했다. "그래도 상관없지. 영혼을 갖지 않은 놈들도 있긴 해. 열심히 해보게나. 그러는 게 좋을지도 모르지. 영혼이란 마차의 다섯 번째 바퀴 같은 것이니까."

"이봐, 도대체 무슨 말을 하는 거요?"

"그래도 그 사람이 다른 사람에게 없는 것을 보충할 만큼은 갖고 있는 셈이지." 입을 씰룩거리며 그 사람이라는 말을 세게 발음하면서 갑자기 그런 말을 했다.

"퀴퀘그." 나는 중얼거렸다. "가세, 이 친군 어디선가 도망쳐 나온 모양이야, 우리가 모르는 사람에 대해 지껄이고 있는 걸세."

"잠깐만!" 하고 그 사나이가 외쳤다. "딴은 그렇군. 자네들은 아직 천둥영감을 본 적이 없나 보군."

"천둥영감이란 뭔가?" 그 미친 듯한 열에 끌려서 내가 물었다.

"에이허브 선장 말일세."

"뭐라고? 우리 피쿼드호의 선장 말인가?"

"그렇다네. 우리 같은 낡은 뱃군들 사이에선 그 이름으로 통한다네. 아직 만나지 않았을 테지?"

"아직 못 만났소. 잃는다는데 점점 좋아지는 모양이니까 곧 낫겠지."

"곧 나을 거라고!" 그 사나이는 비웃듯이 크게 웃었다. "이보라고, 에이허브 선장이 낫는다면 그땐 내 이 왼팔도 나을 걸세."

"그 사람에 대해서 알고 있소?"

"그자들은 뭐라고 가르쳐 주던가? 알고 싶군그래!"

"별로 가르쳐 주지 않았소. 다만 고래잡이의 명수이며 훌륭한 선장이라고 하더군."

"그렇지, 바로 그대로일세. 두 가지 다 틀림이 없어. 그렇지만 말일세, 명령을 받을 때는 펄쩍 뛰어오를 걸세. 나와서는 짖어 대고, 짖고는 들어가지. 그것이 에이허브 선장이니까 말일세. 그러나 꽤 오래전에 그 사람이 곶 근처에서 호된 꼴을 당하고 사흘 밤을 죽은 사람처럼 누워 있었던 일이며 산타(페루의 항구)의 제단 앞에서 스페인 사람과 결사적인 싸움을 했다는 말은 못 들었나? 모르는군. 은으로 만든 토인의 단지에 침을 뱉은 이야기도, 그리고 지난번 항해에선 예언대로 다리를 하나 잃었다는 것도 못 들었나? 그런 이야기며 다른 이야기 같은 건 조금도 모르나? 응, 그럴 거라고 생각은 했지만 무리도 아닐세. 아는 게 누구겠나, 낸터킷 사람이라고 모두 다 알고 있지는 않을 거야. 그러나 다리에 대한 것쯤, 어떻게 떨어졌는가 하는 것쯤 자네들이 모를 리도 없지만 그것만은 누구나 다 알고 있다네. 그 사람은 다리가 하나밖에 없는데, 말향고래 다리 하나를 가져가 버렸기 때문이지."

"이봐, 친구." 내가 말했다. "자네가 지껄이는 말은 잘 알 수 없지만 상관

없소. 당신은 머리가 좀 어떻게 된 모양이니까. 그렇지만 피쿼드호의 에이허브 선장의 일이라면 그 사람이 한쪽 다리를 잃은 얘기는 모두 알고 있네."

"모두라고? 정말인가? 모두라고?"

"대개는 알지."

피쿼드호를 향해 손가락질을 하고 눈을 크게 부릅뜬 채 이 걸인 같은 사나이는 괴로운 환상에 시달리는 듯 잠시 우뚝 서 있었으나, 곧 몸을 움직여서 돌아섰다. "자네들은 타게 된 거겠지. 종이에 이름을 썼군. 그런가? 그래 쓴 건 쓴 거고, 일어날 건 일어날 테지. 그리고 또 어쩌면 아무 일도 일어나지 않을지도 모르지. 아무튼 이제는 다 결정된 일일세. 어느 선원이든 그 사람을 따라가야겠지. 누군가 가지 않으면 불쌍하지만 다른 누군가가 가야 하는 거야. 잘 가게, 자네들 잘 가게나. 신성한 하느님의 은총이 내리시길 빌겠네. 걸음을 멈추게 해서 미안하이."

"이봐, 친구. 뭔가 중요한 걸 가르쳐 주고 싶다면 더 말하게나. 그렇지만 우리를 놀릴 작정이라면 상대를 잘못 골랐네. 그것만 말해두겠네."

"허, 아주 멋있는 말을 하는군. 그런 말을 하는 남자를 난 참 좋아하네. 그 사람에게 맞을 걸세. 바로 자네 같은 사람이지. 잘 가게, 자네들 잘 가라고. 배를 타거든 모두에게 나는 함께 가는 걸 그만두었다고 전해 주게."

"이봐, 너무 그렇게 놀리지 말게. 그러기엔 상대가 다르네. 뭔지 굉장한 비밀을 알고 있기라도 한 듯한 얼굴을 하는 것은 유치한 짓이지 않소."

"잘 가게…… 안녕히."

"잘 가게나." 내가 말했다. "자, 퀴퀘그, 이런 미치광이는 내버려두세. 그런데 이봐, 자네 이름이 뭔가?"

"일라이저(구약성서의 예언자 엘리야에서 따온 이름. 엘리야는 에이허브의 적임)."

일라이저! …… 나는 약간 뜨끔했다. 그러나 우리는 그 자리를 떠나 제각기 멋대로 이 누더기를 걸친 늙은 선원에 대해서 이야기했으나, 결국 그 사람은 사람을 놀라게 하려는 엉터리 사기꾼일 뿐이라는 데 의견을 모았다. 그러나 백 야드도 채 못 가서 모퉁이로 돌아들 때 뒤를 돌아보았더니, 상당한 거리를 두긴 했지만 일라이저가 우리의 뒤를 밟고 있지 않은가? 어쩐 일인지 그 모습이 기분 나쁜 느낌을 주었기 때문에 나는 퀴퀘그에게는 그런 말을 한 마디도 하지 않고 계속 걸어갔다. 다만 둘이서 모퉁이를 돌 때 그 사나이도 우리와 똑같이 돌아오나 어쩌나 하고 열심히 엿보았다. 그도 역시 돌아왔다. 우리를 미행하고 있음이 분명했지만 무슨 생각으로 그렇게 하는지는 전혀 짐작도 할 수 없었다. 이런 일을 당하고 보니 그 사나이의 수수께끼 같던 말, 곧 애매하면서도 반쯤은 암시를 풍기고 진실을 폭로하는 듯하던 음울한 말이 떠올라서 피쿼드호에 대해 막연한 놀라움과 불안이 생겼다. 그리고 에이허브 선장에 대해서, 그의 잃어버린 다리에 대해서, 혼 곶에서의 병에 대해서, 은으로 만든 단지에 대해서, 어제 배를 떠날 때 필레그 선장이 가르쳐 준 일에 대해서, 인디언 여자 티스티그의 점占에 대해서, 우리가 해야 할 항해에 대해서, 그 밖에 여러 가지 어두운 일들에 대해서도 그러했다.

나는 누더기를 걸친 일라이저가 정말로 미행하고 있는지 어떤지를 확인해야 한다고 결심하고 그럴 생각으로 퀴퀘그를 끌고 길을 가로질러 오던 길로 되돌아갔다. 그러나 일라이저는 우리를 깨닫지 못했는지 그냥 지나쳐 갔다. 나는 마음을 놓았다. 그래서 나는 일라이저의 정체에 대해서 결정적으로, 저놈은 사기꾼이라고 마음속으로 단언했다.

제20장 출항 준비

하루 이틀이 지나면서 피쿼드호의 갑판은 아주 혼잡해졌다.

낡은 돛이 수선되었을 뿐 아니라 새로운 돛이 운반되고 그 밖에 범포帆布나 삭구(배에서 쓰는 로프나 쇠사슬 따위를 통틀어 이르는 말) 등이 하나둘 갖추어짐으로써 이 배의 준비가 서둘러 마무리되고 있음을 알 수 있었다. 필레그 선장은 뭍으로 올라가지 않고 천막 안에 앉은 채 선원들을 엄하게 감시하고 있었다. 빌닷은 가게에서 사들이는 물자 준비를 하고 있었다. 선창 일이나 삭구 일을 하는 사람은 밤이 되어도 늦게까지 열을 올리고 있었다.

퀴퀘그가 서명한 이튿날에는 선원들이 묵고 있던 여관마다 공문이 돌았는데 출범이 언제가 될지 모르니 밤이 되기 전에 짐을 실어 놓으라는 것이었다. 그래서 퀴퀘그와 나는 짐을 배에 실었다. 그러나 잠자리는 마지막까지 육지에서 하기로 했다.

그러나 이런 경우에는 어지간히 여유를 두고 통고하는 모양이어서 실제로 배가 떠난 것은 며칠 후였다. 그것도 무리는 아니었다. 피퀴드호의 출범 준비가 완료될 때까지 해야 할 일은 많았고 마음을 써야 할 일도 수없이 많았기 때문이었다. 한 집의 살림에는 침대, 소스, 냄비, 나이프와 포크, 삽과 부젓가락, 냅킨, 호도까는 집게, 그 밖에 잡다한 물건이 필요하다는 것은 누구나 다 알고 있다. 고래잡이의 경우에도 마찬가지여서 식료품 가게, 상점, 행상인, 의사, 빵집, 은행 등과 멀리 떨어져 바다 한가운데서 3년간의 살림을 해나갈 준비가 필요한 것이다. 물론 상선의 경우도 마찬가지라 할 수 있겠지만, 그것은 포경선에 비할 것이 못 된다.

포경 항해는 아주 오랜 기간에 걸친 일이며, 이 어업을 수행하기 위해서 특수한 도구가 많이 필요한데, 도구들은 포경선이 기항하게 되는 먼 항구에서는 보충할 수가 없는 데다가 포경선은 다른 어떤 배보다도 위험이 많이 따르며, 특히 항해를 성공적으로 이끄는 데에 필수적인 자재가 파손되거나 없어지거나 하는 위험을 당하기 쉽다. 그러니까 예비 보트, 예비 목재, 예비 밧줄과 작살 등등 해서 없는 것은 다만 예비 선장과 보충의 선체뿐이라고 해도 좋을 정도였다.

우리가 섬에 왔을 때는 이미 쇠고기, 빵, 물, 연료 및 통의 무쇠띠와 판자 같은 무거운 짐들은 대부분 실려 있었다. 그러니 앞에서도 잠깐 말했듯, 얼마 동안은 계속해서 크고 작은 종류의 잡다한 물건들이 배에 실려 왔다.

이 물건들의 구입과 운반을 주로 맡고 있는 사람은 빌닷 선장의 누이동생이 되는 깡마른 노부인인데 기승스럽고 완고한, 그러면서도 친절한 부인이어서 피퀴드호가 일단 바로 나간 뒤에 무엇이든 없다는 말은 나오지 않게 해야 한다고 굳게 믿고 있었다. 식료품실 벽장에 피클을 담은 병을 들여오는가 하면, 일등 항해사가 항해일지를 쓰는 책상 위에 깃털 펜대 다발을 가지고 오고, 또 누군가의 등이나 허리에 생길 신경통을 위해서 플란넬 한 뭉치를 가져왔다. 채러티라는 이름이어서 모두가 '자선 아주머니'라고 불렀는데, 그처럼 이름에 걸맞은 사람도 드물 것이다.

자선단체 부인처럼 이 자선적인 '자선 아주머니'는 여기저기 뛰어다니며, 이 배, 즉 사랑하는 빌닷 오라버니가 관계하고 자기도 또 애써 모은 수십 달러를 투자하고 있는 이 배의 선원 모두의 안전과 쾌적함과 위안을 위한 일이라면 손도 마음도 조금도 아까울 게 없는 것 같았다.

그러나 마지막 날에 이 훌륭한 마음씨의 채러티 부인이 한 손에 기다란 고래기름 국자를, 또 한 손에 더욱 기다란 고래잡이 창을 들고 배 위에 나타난 것은 놀란 만한 광경이었다.

또 빌닷과 필레그 선장도 부인에 못지않았다. 빌닷은 필요한 품목을 적은 긴 종이를 들고 뛰어다니면서 물건이 도착할 때마다 종이 위의 품목에 표시를 했다. 그러면 가끔 필레그가 그 고래뼈의 굴에서 어슬렁어슬렁 나와 아래의 배칸 입구에 있는 사람들에게 고래고래 소리를 지르고, 또한 위의 돛대 꼭대기의 밧줄에서 일하는 사람들에게도 소리를 지르고 나서는 자기 천막 안으로 소리를 지르며 들어갔다.

준비하는 이 기간 중에 퀴퀘그와 나는 종종 배를 찾아가서 언제나 에이허브 선장에 대해서 용태는 어떤지 또 언제쯤 배를 타게 되는지를 물었다. 그러면 어떤 사람들은 선장은 점점 좋아져 가니까 오늘 내일이라도 배를 타게 되겠지만 그때까지는 필레그와 빌닷 두 선장이 항해 준비에 필요한 만사를 돌보게 되어 있다고 대답하였다.

만일 내가 자신의 마음에 가책되는 것이 없이 참으로 정직했다면, 이 긴 항해에 출항하면 즉시 절대적인 독재자가 될 사람은 한 번도 보지 않은 채 몸을 맡긴다는 것은 가슴속에 무언가 꺼림칙한 것이 있음을 분명히 자각하지 않으면 안 되었을 것이다.

그러나 사람이 어떤 꺼림칙한 것을 눈치챈 경우 만일 자기가 이미 거기에 말려들어가 있다면 은연중에 자기 자신에 대해서조차 그 의혹을 감추려고 하는 경우도 드물지 않다. 나의 경우도 그랬다. 나는 아무 말도 하지 않고 또 아무 생각도 하지 않으려 했다.

드디어 내일 어떤 시간에 배가 틀림없이 출범한다는 통지를 받았기 때문에 이튿날 퀴퀘그와 나는 아침 일찍 출발했다.

제21장 배에 오르다

우리가 부둣가에 도착한 것은 그럭저럭 6시가 되어서였는데 잿빛 안개에 싸인 희미한 새벽이었다.

"누군가 저쪽으로 뛰어가는 선원이 있었어."라고 내가 퀴퀘그에게 말했다. "그림자가 아닐걸세. 배는 해가 뜨기 전에 떠날 모양이야. 서두르자."

"잠깐만!" 하는 소리가 들렸다. 그 목소리의 주인은 금방 뒤에 다가와서 우리의 어깨에 손을 얹고 둘 사이에 끼어들어와 조금 앞으로 몸을 구부리며 희미한 새벽 어둠 속에서 기분 나쁘게 퀴퀘그와 나를 번갈아 쳐다보았다. 일라이저였다.

"탈 텐가?"

"손을 놓게나." 내가 말했다.

"이봐!" 하고 뿌리치면서 퀴퀘그도 말했다. "저리 가!"

"그럼 타지 않는 거지?"

"아니, 타고말고." 내가 말했다. "그런데 대체 무슨 일인가? 일라이저라고 했지? 자네 좀 치근거린다고 생각되는군. 모르겠나?"

"아니, 아니, 그건 몰랐는걸." 일라이저는 뭐라고 표현할 수 없는 눈초리로 천천히 나와 퀴퀘그를 번갈아보았다.

"일라이저, 부탁하겠네. 나와 이 사나이에게서 떨어져 주지 않겠나? 우린 인도양, 태평양으로 나가는 걸세. 붙잡는 걸 원하지 않아."

"그런가? 아침식사 때까지 돌아오지 못할까?"

"이자가 돌았군, 퀴퀘그, 가세." 내가 말했다.

"어이, 어이!" 우리가 몇 걸음 걸었을 때 가만히 서 있던 일라이저가 떠들어댔다.

"내버려둬! 퀴퀘그, 자아 가세." 내가 말했다.

그러나 그 사나이는 다시금 살그머니 다가와서 갑자기 내 어깨를 툭툭 치며 말했다. "자네, 조금 전에 사람 같은 물체가 저 배쪽으로 가는 걸 보지 않았나?"

또 뻔히 아는 것을 묻는구나, 하고 놀라면서 내가 대답했다. "그래, 네댓 사람 본 것 같네. 그렇지만 어두워서 확실치 않았소."

"어두워, 어두워."라고 일라이저가 말했다. "잘 가게."

우리는 그에게서 떨어졌다. 그러나 또 한 번 그는 조용히 뒤를 따라와 다시 내 어깨에 손을 얹었다. "지금 그것이 눈에 보이는지 잘 보게."

"누구를 보란 말인가?"

"잘 가게, 잘 가게나." 다시 물러서며 그가 말했다. "그래, 나는 자네들에게 충고하려고 했는데…… 그것을 말이야 …… 그러나 괜찮네, 괜찮아…… 마찬가지야, 마찬가지라니까……. 안개가 짙은 아침이군그래, 잘 가게. 당분간 못 만나겠군. 다음에 만날 땐 '심판'을 당하는 날일지도 모르겠는데."

이 미치광이 같은 말과 함께 그는 이번에는 정말로 떠나갔는데, 나는 한동안 제 정신이 있는 사람의 짓이라고 생각할 수 없는 그 주제넘은 짓에 아연실색할 뿐이었다.

드디어 피쿼드호의 갑판에 올라갔다. 거기는 다만 깊은 고요에 휩싸여 사람의 그림자 하나도 움직이지 않았다. 선장실 문은 안에서 닫혀 있었고 배칸 입구에는 뚜껑이 덮여 있었으며 게다가 감아 놓은 밧줄로 막혀 있었다. 앞갑판에 가보니 승강구의 문이 열려 있었는데 불빛이 보였으므로 들어갔다. 다 떨어진 나사 재킷을 몸에 휘감은 늙은 포색수捕索手가 혼자 나란히 놓은 두 개의 궤짝 위에 몸을 내던지고 엎드려서 머리를 팔로 감싸안은 채 깊이 잠들어 있었다.

"퀴퀘그, 아까 본 사람들은 도대체 어디 갔을까?" 나는 잠든 사나이를 미심쩍게 바라보면서 중얼거렸다. 그런데 부둣가에서 내가 본 사람의 그림자 같은 것을 퀴퀘그는 조금도 알아채지 못한 모양이었다. 그 일라이저가 말한 것은 분명 내가 본 그 사람의 그림자를 두고 하는 말 같았는데, 내가 만약 그 말을 듣지 않았더라면 나는 헛것을 보았다고 생각할 수밖에 없었을 것이다. 그러나 그런 것은 잊어버리기로 하고 다시 잠든 사나이에게 눈길을 돌려, "이 시체 같은 사람을 위해 밤샘이라도 하세, 자네도 그럴 생각으로 앉게나." 라고 퀴퀘그에게 농담을 했다. 퀴퀘그는 잠든 사내의 궁둥이를, 부드러운가 어떤가를 확인하는 것처럼 쓰다듬고 나서, 허둥대는 기색도 없이 조용히 그 위에 걸터앉았다.

"저런! 퀴퀘그, 거기 앉지 말게."

"오오, 훌륭한 의자야. 우리나라에서는 이렇게 하지. 얼굴은 다치지 않아." 퀴퀘그가 말했다.

"얼굴이라고? 그게 얼굴이란 말인가? 몹시 마음이 좋은 얼굴이군. 그러나 숨이 막혀 몸부림을 치는군. 퀴퀘그, 비켜 주게. 자넨 너무 무거워. 이 사람의 얼굴이 찌그러지겠어. 비켜, 퀴퀘그! 자네는 당장 떨어지고 말걸세. 하지만 잘도 자는군."

퀴퀘그는 그 사나이의 머리 옆쪽으로 옮겨 앉더니 도끼 파이프에 불을 붙였다. 나는 발치에 앉았다. 둘은 사나이의 몸 위에서 파이프를 서로 주거니 받거니 했다. 내가 방금 그의 행동에 대해 묻자 퀴퀘그는 불충분한 말로 이렇게 설명하였다.

그의 고향에는 긴 의자나 안락의자란 것이 없어 왕이나 추장, 그 밖의 상류 계급 사람들은 의자 대신에 천민들을 사서 대신한다는 것이었다. 쾌적한 가구를 갖추어 놓고 싶으면 여덟 명이나 열 명 가량 게으른 사람들을 사들여 창문 사이의 벽 앞이나 방의 우묵한 곳에 놓으면 된다. 그뿐만 아니라 외출할 때도 매우 편리하다. 지팡이로 삼을 수도 있으며 조립한 정원 의자보다도 훨씬 좋다. 필요할 때 주인은 종들을 불러 나무 그늘이라든가 또는 축축한 늪에서 긴 의자가 되라고 명령만 하면 된다.

이런 이야기를 하면서 퀴퀘그는 내게서 도끼 파이프를 받아들 때마다 그 도끼날 쪽을 잠든 사나이의 머리 위로 치켜들었다.

"왜 그래, 퀴퀘그?"

"금방 죽일 수 있어. 간단해."

적의 골통을 때리는 일과 자신의 영혼을 달래는 일의 두 가지 용도를 가지고 있는 이 도끼 파이프에 대한 무시무시한 추억을 더듬고 있을 때, 잠들어 있던 포색수의 모습이 눈길을 끌었다. 비좁은 방에 바야흐로 가득히 들어찬 강렬한 담배 연기가 작용하기 시작한 것이다. 몹시 괴로운 듯 호흡을 하다가 코가 거북해졌는지 한두 번 움직이더니 드디어는 일어나 앉아서 눈을 비볐다.

"야! 담배를 피우는 게 누구야?"

"배 탈 사람들이오. 언제 떠나죠?"

내가 대답했다.

"그런가, 자네들이 타고 간단 말이지? 오늘 떠나지. 선장이 어젯밤에 탔으니까."

"선장이라니? 에이허브 씨 말이오?"

"뻔한 일 아니겠나?"

좀더 에이허브에 대해 물어보려 했을 때, 갑판에서 사람들의 소리가 났다.

"저보게! 스타벅이 일어났군."

포색수가 말했다.

"활발한 일등 항해사야. 좋은 사람이야. 믿음도 깊어. 모두 일어났으니까 나도 일해야지." 그러면서 그는 갑판으로 나갔다. 우리도 그 뒤를 따랐다.

이제 맑은 아침이었다. 선원들은 두세 사람씩 배에 올라탔다. 포색수는 일을 하기 시작했고 항해사들도 바쁜 것 같았다. 육지 사람들도 마지막으로 실을 몇몇 물건을 운반하고 있었다. 그러는 사이에도 에이허브 선장은 제 선실에 틀어박힌 채 모습을 나타내지 않았다.

제22장 메리 크리스마스

드디어 정오쯤 해서 배의 포색수들도 내려가고, 피쿼드호는 부둣가에서 떨어져 마음씨가 자상한 '자선 아주머니'가 보트로 보내온 마지막 선물—시동생인 이등 항해사 스터브에게는 침실 모자, 선실 급사에게는 예비용 성서—을 건네주고 났을 때, 한말로 모든 것이 끝났을 때, 필레그와 빌닷 두 선장이 선장실에서 나왔다. 필레그는 일등 항해사를 향해 말했다.

"자아, 스타벅, 만사가 다 잘되었다고 자신하나? 에이허브 선장은 괜찮네. 지금 이야기하다 왔네. 이제 육지에선 아무것도 필요한 게 없나? 모두들 불러주게, 여기 배의 뒷부분으로 모이도록 해. 자아, 제기랄……."

"아무리 바빠도 그런 상스러운 말은 조심하게나, 필레그."라고 빌닷이 말했다. "그러나 스타벅, 냉큼 명령을 이행하라고."

이 어찌된 일인가! 지금 막 이 배가 떠나려는 순간에 필레그와 빌닷은 뒷갑판에서 뽐내고 서서 지휘를 하고 있었다. 정박 중 두 사람이 제법 지휘자답게 행동했던 건 그렇다 치더라도 이런 상태라면 바다 위에서도 그렇게 할 작정인 것 같았다. 더욱이 에이허브 선장은 아직 그림자도 나타내지 않고 선실에 틀어박혀 있었다.

그러나 배를 출발시키고 바다로 나가는 데는 반드시 그가 나타날 필요는 없다고 생각되었다. 그것은 선장이 해야 할 일이 아니라 뱃길 안내자가 한 일이고 게다가 아직—사람들이 말하듯—완전히 회복되지 않았기 때문에 에이허브 선장은 틀어박혀 있는 것이다. 바로 그런 점에서 아무런 이상이 없을 것 같았다.

특히 상선 등에서는 닻을 올리고 나서 상당한 시간이 지나도 선장은 갑판에 나타나지 않고 선장실 테이블에 앉아 육지의 친구들이 뱃길 안내자와 함께 배에서 내릴 때까지 환송연을 벌이는 것은 별로 신기할 게 없었다. 그러나 그런 것을 이것저것 생각할 겨를도 없었다. 필레그 선장이 설쳐 대며 빌닷을 제쳐놓고 고래고래 고함을 치며 명령을 하고 있었기 때문이었다.

"이 빌어먹을 자식들아! 배의 뒷갑판으로 모여라. 스타벅, 쫓아내라고."

그는 돛 주위에 떼지어 있는 선원들에게 고함을 쳤다.

"천막을 벗겨라!"라고 그는 다음 명령을 내렸다. 앞서도 말했지만 이 고래 뼈 오두막은 정박 중에만 세웠었다. 그래서 30년 동안 피쿼드호 위에서는 이 천막을 벗기라는 명령은 닻을 들라는 것에 이어지는 것으로 잘 알려져 있었다.

"캡스턴(닻 따위를 감아올리는 기계)으로, 이 망할 놈들아! 뛰어가!" 하며 다음 명령이 따랐다. 그래서 선원들은 나무 지렛대에 덤벼들었다.

출항할 때 뱃길 안내인은 대개 배의 앞머리에서 일을 관장한다. 그런데 빌 닷은 필레그와 함께 그의 직분 외에도 이 항구의 뱃길 안내의 면허를 갖고 있었는데―그것도 낸터킷에서 자기가 관계하는 모든 배의 뱃길 안내비를 절약하려는 목적으로 공부했을 것이라는 말을 들을 정도로 다른 배의 안내를 한적은 절대로 없었는데―지금도 빌닷은 거기서 열심히 일하면서 뱃머리 너머로 올라오는 닻을 응시하며 가끔 캡스턴에 붙을 사람들을 흥겹게 해주려고 무슨 음침한 곡조의 찬미가를 노래하고 있었다.

그런데 캡스턴에 붙어 일하는 사람들은 명랑하고 기운차게 부를 뒷골목(영국 리버풀의 마을) 여자들의 일을 노래한 유행가를 소리 맞춰 함께 불렀다. 빌닷이 그들을 향해 피쿼드호 위에서는, 특히 출범할 때는 절대로 그런 저속한 노래를 해서는 안 된다고 말했을 뿐 아니라 '자선 아주머니'가 선원들의 모든 침대에 훌륭한 와츠(아이작 와츠. 1674~1748년. 영국 비국교파 목사로 찬송가의 작가)의 찬송가집을 나누어 주고 나서 아직 사흘도 채 되지 않았는데 이 모양이었다.

한편 필레그 선장은 배의 다른 방면을 감독하면서 배의 뒤쪽에서 무섭게 욕지거리를 퍼붓고 있었다. 닻을 들어올리기 전에 배를 저주하여 가라앉혀 버릴지도 모르겠다는 생각이 들 정도였다. 이런 악마 같은 사나이를 뱃길 안내인으로 하고 출범하는 것이므로 앞으로 어떤 무서운 변을 당할지도 모른다고 생각하면서 나도 모르게 나무 지렛대를 움직이던 손을 멈추고 퀴퀘그에게도 조금 쉬라고 권했다.

그러나 다시 생각하면 777번 배당 같은 말을 하는 작자이긴 하지만, 아무튼 저 빌닷의 신앙심 덕분에 구원도 받을 수 있을 거라고 스스로 위로도 해보았다. 그러자 갑자기 궁둥이를 호되게 찌르는 것이 있어 돌아본 나는, 내 몸 가까이에서 막 다리를 거두려고 하고 있는 필레그 선장의 귀신 같은 형상에 소스라쳤다. 이것이 발로 차이기 시작한 시초였다.

"그게 상선의 닻 올리는 꼴인가? 천치야, 움직여. 등뼈가 부러지도록 움직이라고. 왜 가만히 서 있는 거야? 이봐, 모두들…… 안 움직일 텐가! 쾌혹, 이봐 붉은 수염, 안 움직일 텐가! 저 스코틀랜드 모자, 움직이라니까! 그 푸른 팬츠도 움직이라고. 모두 눈알이 튀어나올 만큼 움직여!" 하고 짖어 대면서 캡스턴 여기저기를 닥치는 대로 쿵쿵 울리며 걸었다. 한편 빌닷은 침착하게 찬송가 가락을 계속 부르고 있었다. '필레그 선장이 오늘 뭔가 마신 게로구나.' 하고 나는 생각했다.

드디어 닻이 올려지고 돛이 달리자 우리는 선창 밖으로 나갔다. 해가 짧고 추운 크리스마스 무렵이었다. 짧은 북극의 해가 밤과 뒤섞일 때는 배가 어느 틈에 넓은 겨울 바다로 나와서 그 차디찬 물보라가 닦아 놓은 갑옷처럼 배에 얼어붙게 했다. 뱃전에 늘어놓은 고래 이빨은 달빛 아래 빛나고 거대하게 구부러진 뱃머리의 고드름은 거상巨像의 이빨처럼 교교하게 늘어져 있었다.

깡마른 빌닷이 첫 당직을 지휘했다. 그리고 이 낡은 배가 푸른 파도 깊숙이 머리를 틀어박아 선체에 내린 서리를 흩날릴 때 바람이 울부짖고 밧줄이 비명을 질러대도 그의 노랫소리는 흐트러지지 않았다.

거친 물결 소용돌이치는 저편에
빛깔 짙은 아름다운 푸른 들판은 펼쳐지나니
요르단의 물결은 술렁거려도
그리운 가나안은 보이고 있네.

이 아름다운 구절이 나에게 그때만큼 아름답게 들린 적은 없었다. 그것은 희망과 기쁨에 넘친 노래였다. 사나운 바람이 휘몰아치는 대서양의 얼어붙는 듯한 밤이긴 했으나, 또한 내 발도 재킷도 흠뻑 젖긴 했으나 기쁨을 줄 무수한 항구가 기다리고, 들도 골짜기도 영원히 봄기운에 휩싸여 봄에 싹튼 풀은 짓밟히지도 시들지도 않으며 모습도 변하지 않는 채 한여름을 즐겼다고 생각된다.

꽤 멀리 바다 가운데로 나갔기 때문에 두 뱃길 안내자의 할 일도 없어졌다. 딸려 온 튼튼한 보트는 뱃전에 나란히 섰다.

이때 필레그와 빌닷, 특히 빌닷이 감동해 있던 모습이 이상하게 느껴지기는 했지만 불쾌하지는 않았다. 그들은 아직도 배에서 떠나지 못하고 있는 것이다. 혼 곶과 희망봉을 지나가야 하는 길고 위험한 항해를 떠나는 배, 그 고생하여 벌어들인 수천 달러가 투자되어 있는 배, 옛 동료이면서 자신과 거의 동년배인 사람을 선장으로 삼아 냉혹한 고래 턱의 공포를 향하여 또다시 가려고 하는 배, 자신과 유대를 맺지 않은 것이 하나도 없을 만큼 친근한 이 배에 지금 딱 잘라 이별을 고하고 떠날 수가 없어 빌닷은 한참 서성대다가 쿵쾅거리는 발걸음으로 갑판 위를 돌아다녔다.

그리고 나서 또 한 번 이별의 말을 고하러 선실로 뛰어들어가고 다시 갑판으로 나와 바람이 불어오는 저 멀리 넓고 넓은 끝도 없이 아득한 동쪽 대륙까지 퍼지는 바다와 육지를 바라보고, 또 위를 왼쪽을 오른쪽을 바라보고, 목적도 없이 눈을 사방으로 굴리고 있었다.

그러더니 그는 무의식적으로 밧줄을 막대기에 감고 경련하는 손으로 필레그의 늠름한 팔을 움켜쥐고 등잔불을 들어올려 잠시 그를 응시하였다. 마치 '염려 말게. 필레그, 나는 견딜 수 있네. 암, 견딜 수 있고말고!' 하고 마음속으로 다짐하는 듯이.

필레그는 좀더 의연하게 철학자처럼 행동하고 있었다. 그러나 그 불요불굴의 정신을 배신하는 것처럼 바짝 가까이 놓인 등잔불의 불빛에 눈물이 어려 있는 것이 보였다. 그리고 그도 또한 자주 선장실과 갑판 사이를 뛰어다니며 선장과 한마디, 그리고 일등 항해사 스타벅과 한마디씩 주고받곤 했다.

그러나 결국에는 결연한 표정이 되어 친구 쪽을 돌아다보았다.

"빌닷 선장. 자아, 옛 친구, 우린 내리세. 큰 돛대 뒤에! 보트를 뱃전에 단단히 대라! 조심하게, 조심해서……. 자아, 빌닷, 잘 가라고 하게. 스타벅, 잘 다녀오게. 스터브, 잘 다녀오게. 플라스크, 잘 가게. 잘들 가게나. 모두 몸성히 다녀오게. 3년 후의 오늘 말일세. 이 낸터킷에서 따끈한 저녁식사를 마련해 놓고 기다리겠네. 만세! 자, 가세!'

"하느님, 은혜를 베푸소서. 자네들을 모두 보호하여 주실 걸세."라고 빌댓은 헛소리처럼 중얼거렸다. "날씨가 좋으면 좋겠는데. 그러면 에이허브 선장도 나올 거야—그분은 햇볕이 필요해—남양까지만 가면 햇볕은 얼마든지 내리쬘 걸세. 조심해서 고래를 쫓도록 해. 작살잡이는 쓸데없는 일에 보트를 망가뜨리지 마라. 품질 좋은 노송나무 판자는 올해 3퍼센트나 값이 올랐단 말이야. 기도하는 걸 잊지 마라.

스타벅, 통장이나 예비통을 함부로 쓰지 않도록 하게. 아참, 돛바늘은 파란 벽장 안에 있네. 주일날에는 고래를 너무 많이 잡지 말게. 그렇지만 좋은 기회가 있으면 놓쳐선 안 되네. 신께서 주시는 것을 받지 않는다는 것은 나빠. 스터브, 당밀통이 조금 새는 것 같으니 조심해서 다루게. 플라스크, 섬에 들르거나 했을 때 간음해선 안 되네. 그러면 잘들 가게. 스타벅, 치즈는 너무 오래 넣어두면 상하네. 버터는 소중히 다루게…… 1파운드에 20센트나 하니까. 알겠나? 그렇지 않으면……."

"여보게, 빌댓 선장, 설교는 그쯤 해두고 그만 가세!"

필레그는 그렇게 말하고 뱃전을 서둘러 떠나서 이윽고 두 사람은 보트로 뛰어내렸다.

배와 보트가 떨어지자 그 사이로 차고 축축한 밤바람이 불어오고 갈매기는 요란스럽게 머리 위를 울면서 날았다. 두 선체가 몹시 흔들렸다.

우리는 무거운 마음으로 만세를 세 번 외치고, 운명처럼 맹목적으로 아득히 먼 대서양으로 돌입했다.

제23장 바람 불어가는 쪽의 해안

앞에서 뉴베드퍼드에 상륙했던, 벌킹턴이란 키 큰 선원을 여인숙에서 만났다는 것을 이야기했었다.

오싹하게 추운 그 겨울 밤, 피쿼드호가 복수에 불타는 뱃머리를 냉혹하고 광포한 바다로 향했을 때 그 키 옆에 서 있던 사람은 벌킹턴이었다.

한겨울에 위험에 찬 4년간의 항해에서 상륙했다고 생각할 겨를도 없이 한숨 돌리지도 못하고 다시 광포한 항해에 뛰어든 이 사나이를 나는 동정과 두려움이 섞인 눈길로 바라보았다. 육지에선 그의 발이 사뭇 타는 듯했다.

가장 놀라운 것은 말로 할 수가 없다. 깊은 추억은 묘비명에도 새겨지지 않는다. 이 짧은 장章은 벌킹턴의 비석 없는 무덤이다. 단지 이렇게밖에 말할 수 없다. 그의 경우는 폭풍에 휘말려서 해안에 밀려 표류하는 배와 같다고. 항구는 기꺼이 구원의 손길을 뻗친다.

항구는 인정이 많다. 항구에는 안정과 휴식과 난로와 만찬과 따뜻한 모포와 친구들과 우리 살아 있는 사람들에게 다정한 모든 것이 있다. 그러나 그 폭풍 속에 있는 배는 항구와 육지 그 자체가 위험하고 해롭다. 모든 환대하는 손을 뿌리치고 달아나야만 한다. 육지에 조금이라도 닿기만 하면 다만 용골을 살짝 스치는 것에 불과하다 해도 배의 온몸은 완전히 전율한다.

돛을 있는 대로 달고 항구 밖으로 달려나가려 하고, 고향으로 보내주려는 바람과 싸우며 발버둥치고, 물만이 몸부림치는 바다로 나가기를 동경하고, 세상에서 달아나려고 절망적으로 위험한 바다로 뛰어든다. 친구야말로 가장 무서운 원수인 것이다.

알겠나, 벌킹턴? 도저히 거역할 수 없는 진리를 어렴풋이나마 알 수 있겠지. 바로 그 깊고 진지한 사상이란 온갖 사나운 바람이 자신을 허위와 비굴의 해안으로 밀어붙이려 해도 자신의 광막한 바다의 독립을 지키기 위해 혼신의 투쟁을 할 것이다.

그러나 육지를 떠나서만 신처럼 무한한 진리의 극치가 있다. 바람이 불어가는 곳이 설사 안전한 곳이라 할지라도 거기에 내던져지는 불명예를 짊어지는 것보다는 사납게 몸부림치는 넓고 넓은 바다에서 멸망하는 게 오히려 낮지 않은가? 육지에 기어오르는 것은 벌레 같은 게 아니겠는가? 이 무시무시한 폭력, 그것은 모두 헛된 것이 아니겠는가? 기운을 내라, 벌킹턴. 굳세게 견뎌내라. 반신半神이여, 그대는 자신이 멸망한 바다의 물거품에서 곧바로 신이 되어 솟아오르리!

제24장 변호

이리하여 퀴퀘그와 나는 운좋게도 이 포경 항해 속에 끼어들었는데, 이 포경이란 육지 사람들 사이에서는 무언가 낭만적이지 못하고 신통찮은 일처럼 생각되었기 때문에 여기에서 나는 육지 사람들을 향해 우리 고래잡이에 대한 부당한 평판에 반론을 주장하지 않을 수 없다.

우선 일반 사람에게 포경은 고상한 직업으로 인정되지 않는다는 사실이다. 이것은 새삼스레 말할 필요조차 없는 이야기이다. 만약 갖가지 사람들이 모인 대도시의 사교계에 어떤 남자가 처음으로 나타나서, 가령 '작살잡이입니다.' 라고 소개되었다면, 사람들의 눈에 그가 가치 있는 사람으로 비치지 않을 것이다. 또 만일 해군 사관과 경쟁할 작정으로 명함에 SWF(Sperm Whale Fishery : 말향고래 포획업)라는 직함을 붙였다고 하면 그것은 분수를 모르는 우스꽝스러운 일이라고 생각할 것이다.

세상이 우리 포경인에게 명예를 주기를 거절하는 가장 큰 이유는 의심할 여지도 없이 다음과 같은 것이다. 즉 그런 일은 백정이 하는 일과 거의 다를 바 없으며, 일하는 현장은 온갖 더러움투성이라고 생각하기 때문이다. 과연 우리는 살생하는 직업임에 틀림없다. 그러나 살생하는 직업 중에서도 가장 진정한 살생을 하는 사람들은 언제나 위대한 무인이라고 찬미하기를 잊지 않는 게 아닌가.

그리고 우리가 하는 일이 참으로 더럽다는 평판에 대해 말한다면 여러분은 지금까지 그다지 세상에 알려져 있지 않은 몇 가지 사실을 곧 알게 될 것이지만, 그에 의하면 이 말향포경선이야말로 깨끗한, 지구상에서는 적어도 가장 깨끗한 것 중의 하나라는 것을 확실히 입증할 수 있을 것이다. 그러나 한걸음 양보하여 더럽다는 비난을 달게 받는다 해도 포경선이 아무리 난잡하고 미끄러워도 숙녀들의 환호 속에 축배를 들고 있는 개선용사들이 지금 막 돌아온 싸움터의 그 형용할 수 없는 썩은 시체더미와는 비교도 할 수 없을 것이다.

그리고 만일 위험하다는 것 때문에 병사들이 하는 일이 세상 사람들에게 높이 찬미되는 거라면 나는 이렇게 말하고 싶다. 포루砲壘를 향하여 태연하게 돌진한 역전의 용사들이라 해도 눈앞에 말향고래의 거대한 꼬리가 나타난다면 금방 몸을 움츠리고 말 것이라고. 인간 세상에서 겪을 수 있는 공포 따위는 저 두려움과 놀라움이 뒤섞인 신의 세계의 그것에 비할 바가 아닌 것이다.

그런데 세상은 우리 고래잡이들을 경멸하고 있으면서도 실은 충심에서 우러나오는 찬양을 바치고 있다는 것을 알지 못한다. 참으로 커다란 찬양을! 이 지구에서 불타는 등불, 램프와 촛불은 수많은 신전에 바쳐져서 불타고 있음과 동시에 또한 우리에게 바쳐진 것이기도 하다.

그러나 다른 면에서 문제를 보기로 하자. 모든 규준에 비추어 보아 우리 고래잡이가 어떤 사람들이고, 또 예전에 어떤 사람들이었나를 알아보자.

데 위트(17세기 네덜란드의 정치가) 시대의 네덜란드 사람이 포경선에 제독을 둔 것은 무엇 때문이겠는가? 프랑스의 루이 16세가 자신의 용돈으로 던커크에 포경선이 항해할 수 있도록 준비를 갖추게 하고, 예를 다하여 우리의 이 낸터킷섬에서 20명쯤 되는 두 가족을 초대한 것은 무엇 때문이겠는가?

1750년과 1788년 사이에 영국이 1백 만 파운드가 넘는 보호금을 포경업자에게 준 것은 무엇 때문인가? 마지막으로 오늘의 미국 포경업자의 수가 세계의 다른 나라들의 포경업자 전부를 합한 수보다 더 많고, 7백 척 이상의 배에 8천 명을 태운 대선대를 보내고, 1년에 4백만 달러를 소비하며, 그 항해시에 배의 값은 2천만 달러에 달하며, 매년 7백만 달러라는 훌륭한 수확을 항구마다 가지고 돌아온다는 것은 무엇이겠는가? 포경에 어떤 위대한 것이 존재하지 않는다면 어떻게 이런 일이 생길 것인가?

그러나 아직 말하려는 사실의 절반도 이야기하지 못했다. 다시 살펴보자.

감히 주장하건대, 이 고상하고 웅대한 포경업 이상으로 최근 60년 동안 전 세계에 걸쳐 평화의 빛을 힘있게 비춘 것을, 세계주의 사상가는 한평생을 허비해도 다른 곳에서 발견할 수는 없을 것이다. 여러 면에서 포경업이 한 일은 그 자체가 경탄할 만한 일이고, 더욱이 그 결과로서 일어난 일들은 시간이 지남에 따라 위대한 것이 되므로, 이것은 저절로 수태된 어린아이를 낳았다는 이집트의 어머니에 비유하더라도 전혀 이상하지 않을 것이다. 이런 사실을 일일이 나열하려면 한이 없기 때문에 이 몇 가지로 끝내기로 한다.

여러 해에 걸쳐 포경선은 이 세상의 가장 먼 미지의 지역으로 들어간 선구자였다. 쿠크나 벤쿠버와 같은 이름난 항해가들도 아직 항해한 적이 없는, 또 해도海圖에도 적혀 있지 않은 바다와 군도를 탐험했다. 아메리카 군함이건 유럽 군함이건 만일 예전에 야만인의 섬이었던 곳에서 지금 편히 쉴 수 있다면 최초에 그 길을 열고 최초로 그 야만인들을 길들인 포경선의 명예와 영광을 위해서 예포를 발사해야 할 것이다.

군함들이 탐험 원정의 영웅으로서 쿠크나 쿠루젠슈테른(러시아의 항해자)을 예찬하지만, 나는 이 낸터킷에서 출범한 무명의 선장들 가운데는 그 쿠크나 쿠루젠슈테른보다도 우수하면 우수했지 결코 못하지 않은 사람이 얼마든지 있다고 말하겠다.

아무도 돕는 사람이 없이 빈손으로 상어 떼만이 우글거리는 이교異敎의 바다에서, 또 지도에 나와 있지 않은 미지의 섬 해안에서 빗발처럼 쏟아지는 창을 맞으며, 그들은 육전대와 총포를 가진 쿠크도 두려워했던 놀라움과 공포에 찬 최초의 싸움을 가졌다. 남양 항해로서 세상 사람들의 입에 오르내리는 모든 일들이 우리 용맹스러운 낸터킷 사람에겐 일상적인 평범한 일에 지나지 않았다. 벤쿠버가 3장에 걸쳐 쓴 그러한 모험도 그들에게는 종종 배에서 일상적으로 쓰는 항해일지에 써둘 만한 가치도 없는 것으로 생각되었다. 아아, 이것이 세상이다!

포경선이 혼 곳을 돌기 이전에는 유럽과 태평양 연안에 길게 뻗은 부유한 스페인 영토와의 사이에 식민지를 목적으로 하는 것 이외의 상업이나 왕래는 행해지지 않았다. 이 식민지들을 강압적으로 다스리는 스페인 왕실의 정책을 처음으로 깨뜨린 것이 포경선이다. 만약 지면만 허락한다면 이 포경선들에 의해 옛 스페인의 속박에서부터 페루, 칠레, 볼리비아가 해방되고, 그지대에 영원한 민주제도가 확립된 경위를 명확하게 설명할 수도 있다.

지구 저쪽의 대 아메리카라고도 할 만한 오스트레일리아도 포경선에 의해서 문명 세계가 주어졌다. 네덜란드 사람에 의해 맨 처음 우연히 발견된 뒤에 오랫동안 온갖 배들은 그 해안을 질병의 야만지라 하여 돌아보지도 않았지만 포경선만은 그곳에 들렀다. 현대의 그 위대한 식민지를 낳은 어머니는 포경선이었다.

그뿐 아니라 오스트레일리아 식민지에 정착했던 초기 이민자들의 기아를 종종 구한 것도 운좋게 그 해안에 들어온 포경선의 비스킷이었다. 셀 수 없이 많은 폴리네시아의 섬들도 그 같은 사실을 알고 있고, 그곳으로 가는 선교사와 상인들의 길을 열고 또한 가끔 황무지를 개척한 선교사를 그의 첫 전도자로 보낸 포경선에 통상상의 예의를 바친다. 만일 저 굳게 닫혔던 일본이라는 나라가 외국인을 맞아들일 수 있다면 그 공명을 짊어질 수 있는 것은 오직 포경선밖에 없다. 아니, 이미 그 문턱에 다가가 있는 것이다.

그러나 이 같은 사실을 든 후에도 사람들이 포경에 대해 심미적으로 고상한 연상을 하지 못한다고 한다면, 나는 그런 사람들에게 몇 번이라도 창을 겨누어 그때마다 갑옷을 찢고 말에서 떨어뜨릴 용의가 있다.

고래에 대하여 쓴 유명한 작가도 없고 포경을 기록한 유명한 연대기 작가도 없다고들 말한다.

"고래를 소재로 쓴 유명한 작가도 없고, 포경을 기록한 유명한 연대기 작가도 없다"고? 우리 포경의 최초의 기록은 누구에 의한 것인가? 위대한 욥(욥기 41장 참조), 그 사람이 아닌가? 최초의 포경 항해의 기록은 누가 했는가? 그것은 다름 아닌 알프레드 대왕으로서, 대왕은 노르웨이의 고래잡이 오데르의 말을 들으면서 친히 썼다. 또 의사당에서 우리들의 빛나는 공적을 이야기한 사람은 누구였던가? 에드먼드 벅(영국의 정치가, 웅변가), 바로 그 사람이 아니었던가? 참 그렇군. 그러나 고래잡이들은 하찮은 놈들이야. 훌륭한 집 자식이 아니지.

'혈통이 좋지 못한 놈들'이라고? 왕가의 피보다도 월등한 피가 흐르고 있는 것이다. 벤자민 플랭클린의 할머니인 메릴 모렐, 결혼하여 그 후 메리 폴거가 된 그녀는 오랜 낸터킷 이주민의 한 사람이며, 오늘날도 세계의 이끝 저끝을 누비며 갈고리 창을 던지는, 면면이 이어져 온 작살잡이 폴거 집안의 선조가 된다. 곧 그들은 기품 있는 벤자민의 친척들이다.

과연 그렇군. 그래도 역시 모두가 고래잡이는 고상하지 않다고 하는걸.

'고래잡이는 고상하지 못하다고?'

고래잡이는 제왕적이다. 옛 영국의 법률에 의하면 고래는 제왕어라고 되어 있다(이 사항에 대해서는 뒤에서 다시 말할 것이다.).

아니 그것은 이름뿐이다. 고래 자신은 당당하고 존엄한 위관을 보인 일이 없었다.

'고래는 당당하고 존엄한 몸이 아니다.'라고? 로마의 어느 장군이 큰 개선의 영예를 안고 로마로 들어왔을 때 멀리 시리아의 해안에서 운반되어 온 고래뼈가 심벌 소리도 드높은 그 행렬 중에서 가장 훌륭한 구경거리였다(이것도 뒤에서 다시 말하겠다.).

그대가 그렇게 말하니까 정말이라고 하자. 그러나 뭐라고 하든 고래잡이에겐 진정한 위엄이란 없다.

'고래잡이에겐 위엄이 없다'고? 우리 직업의 존엄성은 신께서도 증명하시는 바이다. 고래좌는 남쪽 하늘에 빛나고 있다. 이제 그만하자! 러시아의 차르 대제 앞에선 모자를 깊이 쓰더라도 퀴퀘그 앞에선 벗어라! 그만 두자! 내가 아는 사람 중에서 평생 고래 350마리를 잡았다는 사람이 있는데, 나는 그 사람이야말로 성도城都 350개를 빼앗았다고 자랑하는 고대의 대장군보다도 훨씬 명예로운 자라고 믿는다.

나에 관해서 말한다면 만일 내 속에 아직 개발되지 않은 장점이 무언가 있다면, 또 내가 정상적으로 야망을 품고 있는, 작기는 하지만 고귀하고 고요한 세계에서 어떤 진가를 발휘하는 일이 있다면, 또 대체로 앞으로 하지 않은 채로 그냥 내버려두기보다는 누군가가 해버리는 편이 훨씬 나을 어떤 일을 내가 해낸다면, 또 임종할 때 유언 집행인 아니 채무자가 내 책상 속에서 무언가 귀중한 원고를 발견하는 일이 있다면, 지금 여기서 나는 미리 그 영광은 모두 고래잡이에 힘입은 것이라는 걸 분명히 해두리라. 포경선은 나의 예일 대학이자 하버드 대학이다.

제25장 보유補遺

나는 포경의 존엄성을 옹호하기 위하여 확실한 사실 이외의 것을 가지고 이야기를 진행시키고 싶지 않다. 그러나 그 사실을 논술한 후에 그 주장의 뒷받침이 될 만한 무리 없는 추측을 덧붙일 것을 완전히 삼간다면 그것은 변호인으로서 태만하다는 비난을 면치 못할 것이다.

왕이나 여왕의 대관식의 경우 근대의 것이라도 그 왕업을 수행하기 위해 그들에게 이상한 양념을 가한다는 것은 누구나가 다 알고 있을 것이다. 국가의 소금 저장실이라고 불리는 것이 있는 이상, 국가의 양념 그릇도 있을 게 틀림없다. 소금의 사용법에 대해 분명하게 알고 있는 사람은 없다.

그러나 대관식 때 왕의 머리에 마치 샐러드 위에다 하는 것처럼 엄숙하게 기름을 칠하는 것을 나는 잘 알고 있다. 그것은 기계에 기름을 칠하듯 그 내부의 운전을 원활하게 하기 위해서일까? 옛날부터 내려오는 이 제왕의 관행의 존엄성에 대해서는 여기서 충분히 고려해야 할 일이다. 왜냐하면 우리들의 일상생활에서는 머리에 기름을 바르고 냄새를 마구 풍기는 사나이를 경멸하지 않는가? 분명히 약으로 치료할 목적 이외에 머리에 기름을 바르는 사나이는 어딘지 모자라 보인다. 대체로 그런 사나이의 가치란 하잘것없는 것이다.

그러나 여기서 고려되어야 할 유일한 문제는 대관식에서는 어떤 종류의 기름을 바르느냐 하는 것이다. 올리브 기름일 리는 없을 것이다. 하물며 마카살유, 피마자유, 곰기름, 참고래기름, 대구 간유 등일 리는 더욱 없다. 모든 기름 중에서도 가장 향기로운 기름으로 꼽히는, 말향고래의 가공되지 않은 순수한 상태의 기름이 아니고 무엇이겠는가?

충성스러운 영국 국민이여! 당신들의 왕과 여왕의 대관식에 기름을 공급하는 사람이 바로 우리 고래잡이들이다!

제26장 기사와 종자 (1)

피쿼드호의 일등 항해사는 스타벅으로 낸터킷 출신이고 대대로 내려온 퀘이커 교도였다. 키가 큰 열성 있는 인물로 한랭한 해안에서 자랐음에도 불구하고 살은 두 번 구운 비스킷처럼 단단하고 열대에도 적합한 사람으로 보였다. 인도 제국에 보내더라도 그 발랄한 피는 병에 담긴 맥주같이 썩는 일이 없을 것이다. 아마도 그는 큰 가뭄이나 큰 기근이 있었을 때나 그렇지 않으면 그 고향의 명물인 단식제가 있었을 때 태어났을 게 틀림없다. 무미건조한 30년의 세월을 보내면서 육체의 군살은 말라빠져 버렸다.

그러나 이 말라빠진 몸은 결코 병마 때문도, 근심 걱정 때문도 아닌 것 같았다. 오히려 그 반대였다. 맑고 탄탄한 피부는 훌륭한 옷이었고 더구나 몸에 꼭 맞게 싸여서 내적인 건강과 힘이 되살아난 이집트 사람처럼 향기를 피우며 스타벅은 앞으로도 오래도록 지금과 조금도 변함없이 극지의 눈에도 열대의 태양에도 특허 측시기特許測時器처럼 견디며, 그 내부의 활력은 어떤 기후에서도 훌륭한 보증부保證附로서 일을 할 것이다. 그의 눈을 유심히 들여다본 사람은 그가 여태까지 태연히 상대해 온 헤아릴 수 없는 위난의 그림자가 아직도 그곳에 어리어 있다는 것을 느낄 것이다. 침착하고 확실한 이 사람의 대부분의 생애는 웅변적으로 말하는 행동의 판토마임이지 소리로만 단조로이 이루어진 연극이 아니었다.

그러나 그토록 끈기있게 참고 굳세면서도 때로는 그 속에 다감한 자질이 있고 어떤 경우에도 다른 모든 성질을 다 흘려버리고 말 것처럼 되기도 했다. 선원으로서는 드물게 볼 정도로 양심적이고 자연에 대한 깊은 경외감을 품고 있는 그는 황량하고 고독한 해상생활 때문에 미신에 몹시 기울어져 있었다. 그러나 그러한 미신은 어떤 특수한 심성을 지닌 사람들의 경우에는 어떤 이유에서인지 무지한 데서 생긴다기보다는, 오히려 뛰어난 지혜에서 생겨나는 것처럼 보인다. 외계의 징조와 내부의 예감을 그는 지니고 있었다.

이러한 것이 때로는 잘 단련된 강철 같은 정신을 굽히게 하는 일도 있었다. 그러나 그것보다도 아득히 먼 혼 곳에서 처자들과 즐겁게 지내던 추억이 훨씬 더 그의 타고난 거칠음을 누그러뜨리고 더욱더 그의 마음을 잠재된 여러 가지 힘에 내맡기게 한다. 그리하여 그 힘을 그와 같은 정직한 사람이 고래를 잡는 아슬아슬한 순간에 다른 사람들이 간혹 내보이는 무모한 만용을 내지 못하게끔 억누른다.

스타벅은 "고래를 두려워하지 않는 놈은 내 배에 태우지 않는다."고 말한다. 그 의미는 아마도 가장 신용할 만한 유용한 용기란 직면하는 위험을 공정하게 인식하는 데서 생겨난다고 하는 것 외에도 조금도 두려움을 모르는 인간이란 겁쟁이보다도 위태롭다는 뜻일 것이다.

"정말, 스타벅처럼 조심성 많은 남자가 고래잡이들 중에 또 있겠나." 라고 이등 항해사인 스터브가 말했다. 그러나 조심성 있다는 말이 스터브, 아니 모든 고래잡이들의 입에서 나올 때는 어떤 뜻으로 사용되는지 머지않아 알게 될 것이다.

스타벅은 위험을 쫓는 열광자가 아니었다. 그의 경우, 용기란 감정이 아니라 다만 무언가 소용되는 도구이며, 어떻게 할 방도가 없는 현실의 위급에 처할 때 언제나 수중에 있어야 하는 것이다. 게다가 그의 생각에 따르면, 이 고래잡이 일에서 용기란 배의 쇠고기나 빵과 같이 소중한 장비의 하나이니까 함부로 어리석게 낭비해서는 안 되었다.

그렇기 때문에 해가 진 뒤에는 고래를 쫓아갈 보트를 내리기를 좋아하지 않고 또 너무 격렬하게 저항해 오는 고래를 오래 쫓아가기를 좋아하지 않았다. 왜냐하면 스타벅은 자신의 생활을 위해 이 위험한 바다 한복판에서 고래를 죽이고 있는 것이고, 고래의 생활을 위해 내가 살해당할 뜻은 없다고 생각하기 때문이었다. 그러나 스타벅도 잘 알고 있지만 몇백 명이라는 사나이가 그렇게 죽어갔다.

다름 아닌 바로 그의 아버지의 최후는 어떠하였는가? 이 한없이 깊은 바다 어디에서 그의 산산조각이 난 사지를 찾아낼 수가 있겠는가?

그런 기억을 가지고, 또 앞에서 말했듯이, 어떤 미신을 갖고 있는 이 스타벅이 그래도 발휘할 수 있는 용기란 어지간한 것임에 틀림없다. 그러나 뭐라 해도 그러한 생각을 갖고 그러한 끔찍한 체험과 추억을 지닌 인간이고 보면, 그런 일들이 그의 속에 어떤 요소를 남몰래 심어 놓아서 적당한 상황에 이르기만 하면 머리를 내밀어 폭발함으로써 그 용기를 태워버리고 말리라고 당연히 생각할 수 있다.

따라서 그는 용감한 사람이긴 해도 그의 용기는, 어떤 대담한 부류의 사람들에게서 볼 수 있듯이, 바다라든가 바람이라든가 고래라든가 또는 이 세상에서 예사로 보는 까닭 모를 공포와 싸울 때는 몸속에 굳게 뿌리 내리고 있었지만 정신적인 공포, 이를테면 분노한 위인의 긴장된 이마에서 발하는 위협 같은 것에도 대항할 힘을 갖지 않았던 것이다.

그러나 뒤에 나오는 이야기 중 어떤 경우에 저 불쌍한 스타벅의 용기가 완전히 사라지는 것을 나타낸다 해도 나로선 될 수 있는 대로 쓰고 싶지 않은 심정이다. 왜냐하면 영혼의 용기가 멸망하는 것을 폭로하는 것처럼 슬프고 무서운 것은 없으니까. 주식회사나 국가에는 악당도 있을 것이고 백치나 살인자도 있을 것이다.

그러나 이상으로서의 인간은 참으로 숭고하고 현란장대하고 찬연하기 때문에 만일 거기에 한 점이라도 명예롭지 못한 오점이 있을 경우에 그 동포는 자기의 가장 소중한 옷이라도 아낌없이 던져서 감춰 주어야 한다.

우리의 때묻지 않은 남자다움, 그것은 안에 있는 것이기 때문에 아무리 외부의 성격이 허물어져도 흔들리는 일 없이 계속 존재해 나가지만 용기가 꺾인 인간의 적나라한 천성을 보게 될 때는 피를 토하는 듯한 통렬한 아픔을 겪게 된다. 또는 순수한 신앙심으로 이 무참한 광경에 접할 때는 이것을 허용한 별들을 비난하는 소리를 막을 수 없다. 그러나 여기에서 말하는 커다란 존엄이란 왕후의 옷에 싸인 것을 가리키는 것이 아니라 몸에 비단을 두르지 않고도 가득 차 있는 것을 가리키는 것이다.

여러분들은 그것이 곡괭이를 휘두르고 못을 박는 사람들 속에 빛나고 있는 것을 볼 것이다. 이 사방에 꽉 차 있는 민주적 존엄성은 신에게서부터 끝없이 방사되는 것이다. 광원은 위대한 신에게서! 모든 민권의 중심이며, 주변이여! 신의 전지전능이며 우리들의 신성한 평등이여!

그러므로 나는 지금부터 최하급의 선원, 무뢰한, 방랑자에게까지도 모호하긴 하지만 앞으로는 고귀한 천성을 지닌 사람으로 취급하겠다. 그러나 내가 그들을 비장하게 꾸며 말한다 하더라도, 또 그들 중에서 가장 슬픈 사람이나 비천한 사람이 때로는 스스로 거룩한 사람으로 올라섰다 하더라도, 또한 내가 직공들의 팔에 하늘의 빛을 던졌다 하더라도, 또한 그들의 무참한 운명 위에 일곱 가지 색깔의 무지개를 펼쳐 준다 하더라도─의로운 평등의 영이여, 우리들의 동포 위를 단 한 벌의 고귀한 인간성의 옷으로 가리운 영이여, 세상의 온갖 비평으로부터 나를 지켜 주십시오.

민중의 편인 위대한 신이여, 당신은 거무튀튀한 죄인인 〈천로역정〉의 저자 존 번연에게 시적 영감을 주는 진주를 거절당하지 않으셨고, 가난한 방랑자인 〈돈키호테〉의 저자 세르반테스의 팔을 정묘하기 이를 데 없는 금박으로 장식하셨으며, 앤드루 잭슨(미국 제7대 대통령)을 돌무더기 속에서 주워 올려 군마 위에 태우고 옥좌보다도 높이 치켜올리셨나이다.

당신이 지상에서의 위대한 순시 때 뜻 높은 천민 가운데서 당신의 최고의 선수를 주워 올리는 신이여, 나의 지주가 되어 주시옵소서.

제27장 기사와 종자 (2)

스터브는 이등 항해사이다. 낸터킷 부근의 코드 곶 태생이니까, 그 지방의 호칭으로 한다면 '코드 곶 사나이' 였다. 겁쟁이도 용사도 아닌, 그날그날 살아가는 태평가였다. 위험이 닥치면 닥치는 대로 아무렇지도 않게 부딪쳐 나가고 고래를 쫓는 위기일발의 위험 속에 있으면서도 1년 걸리는 일을 하는 목수처럼 조용히 차분하게 일했다. 명랑하고, 싹싹하고, 태평스러운 그는 자신의 보트를 지휘하고 있을 때도 마치 그 무시무시한 격투가 잔치이고 선원은 모두 손님에 지나지 않는 것처럼 행동했다. 보트의 자기 자리가 앉기에 편안하지 않으면 견디지 못하는 것은 나이 먹은 역마차의 마부가 자기의 자리를 유난히 정돈하는 것과 같았다.

생사를 건 투쟁 속에서 고래에게 접근했을 때도 살기 띤 창을 태연히 아무렇게나 마구 휘둘러 대는 꼴은 휘파람을 불며 망치를 휘두르는 땜장이 같았다. 극도의 분노로 미친 듯 날뛰는 바다의 괴물과 뱃전에서 서로 스쳐가면서도 언제나 어렴풋이 기억하는 콧노래를 흥얼거리고 있었다. 오랫동안의 습관 때문에 죽음의 문턱도 스터브에게는 안락의자가 되어 있었다.

그가 죽음 그 자체를 어떻게 생각하고 있는지 아무도 몰랐다. 그런 것을 생각해 본 적이 있는지 없는지 의문스러울 정도였다. 그러나 즐거운 만찬이 끝난 뒤 문득 그런 것을 생각해 보았다 해도 틀림없이 훌륭한 선원답게 갑판으로 뛰어올라가 당직하라는 명령 정도로밖에 받아들이지 않았을 것이다. 어떤 일인지 명령에 따라 하고 있는 동안에 알게 되겠지. 그때까지는 모르는 것이다.

스터브가 이렇게 태평스럽고 무서운 것 없는 사람이 되어 세상 사람들이 생의 무거운 짐에 허리를 구부리고 괴로운 표정으로 헐떡거리며 걸어가는 속을 그토록 명랑하게 생의 무거운 짐을 짊어지고 뚜벅뚜벅 걷는 것은 여러 가지 까닭이 있겠지만, 이 태평스러움을 북돋우고 있는 것은 아마도 그의 파이프임에 틀림없었다. 그 짧고 검고 조그마한 파이프는 코처럼 그의 얼굴의 일부가 되어 붙어 있었다. 잠자리에서 코를 떼어놓고 뛰어나오는 일은 있어도 파이프를 떼어 놓을 때는 없을 것이다. 침실에는 어김없이 담배를 담은 파이프가 손을 뻗치면 언제나 잡을 수 있도록 선반에 줄을 지어 놓여 있었다. 방에 들어서면 언제나 파이프에 불을 하나씩 붙여가며 연속적으로 한 줄을 다 피우고 또 언제라도 피울 수 있도록 담배를 담아 놓았다. 스터브는 일어나서 옷을 입을 때도 바지에 다리를 집어넣기 전에 우선 입에 파이프를 물었다.

이 밖에도 무언가가 있을지 모르지만, 이렇게 쉴 새 없이 피워대는 담배야말로 적어도 스터브의 이상한 기질의 한 원인이라고 생각한다. 왜냐하면 누구나 알고 있듯이 육지이건 바다 위건 이 지구상의 공기는 그것을 내쉬면서 죽은, 무수한 인간의 형언할 수 없는 참혹한 고통에 물들어 버렸기 때문이다. 그래서 콜레라가 퍼질 때 어떤 사람들이 나프탈렌이 들어 있는 손수건을 입에 대고 걷듯이 이 스터브의 담배는 일종의 전염을 방지하는 도구로서 인류의 비참함을 물리치는 구실을 하고 있었던 것인지도 모른다.

삼등 항해사는 마르더 비니야드섬(미국 매사추세츠 주 동남 해안 앞바다의 섬)의 티스베리 출신인 플라스크였다. 작달막하고 늠름하며 얼굴이 붉은 젊은이인데 고래를 보기만 하면 미친 듯이 덤벼들었다. 저 큰 고래들은 자신의 원수이며 또한 대대로 내려온 원수이기 때문에 만나기만 하면 죽여버리는 것이 자기의 의무라고 생각하는 모양이었다. 그는 고래의 거대한 몸체와 신비한 천성이 빚어내는 수많은 경이에 전혀 외경심을 품지 않았고, 또 고래들과의 투쟁에 따르는 위험성에 대해서도 아주 무감각할 정도로 인식하지 않았다.

그런 탓에 그의 어리석은 머릿속에서는 저 경탄할 만한 큰 고래도 일종의 생쥐의 우두머리나 기껏해야 물쥐 정도로 여겨져서, 그것을 죽여서 삶는 데는 약간의 계략이 필요하고 시간과 수고를 끼치게 하는 것뿐이라는 정도로밖에는 생각하고 있지 않았다.

이 무지몽매한 대담성 때문에 그는 고래에게 곧장 장난을 했다. 고래를 쫓는 것은 대수롭지 않은 장난이고, 혼 곶을 돌아 4년간 항해를 한다는 것도 그 장난이 그만큼의 시간이 걸렸다는 것 정도로밖에 생각하지 않았다. 목수들이 쓰는 못이, 때려서 만든 못과 그냥 잘라 만든 못으로 구분되는 것처럼, 사람 또한 그렇게 나뉠 수 있을지 모르겠다. 자그마한 플라스크는 때려서 만든 못이라 할 수 있어서 단단히 붙어서 떨어지지 않았다. 피쿼드호의 모든 사람들은 그를 왕대공이라고 불렀다. 왜냐하면 그의 몸매가 북극양(북극해)의 포경선에서 왕대공이라 불리는, 장방형의 짧은 선재와 닮았기 때문인데, 그 선재는 그 속에 끼운 버팀목들과 함께 배를 단단히 죄어 거친 바다에서 얼음의 충격을 막아낸다.

이들—스타벅, 스터브, 플라스크— 세 항해사는 중요한 인물이었다. 사람들에게 추대되어 피쿼드호의 세 보트를 지휘하는 것이 바로 이 사람들의 책임이었다. 에이허브 선장이 고래를 향하여 공격하라고 그 부하들을 내보내게 될 때 격투에서 이 세 사람은 각 조의 장이 되었다. 혹은 그 길고 예리한 고래창으로 무장한 삼창사三槍士라고 말할 수 있었고, 작살잡이는 그들의 투창병이 되는 셈이었다.

이 유명한 포경의 항해사이자 갑판장은, 옛날의 고트족의 기사처럼 제각기 언제나 보트 키잡이 또는 작살잡이를 데리고 있었는데, 그들은 갑판장이 고래를 찌르다가 창이 몹시 휘어버리거나 또는 놓쳤을 경우 새로운 창을 건네주었다. 이때는 실로 긴밀한 우정이 존재하는 것이 보통이었다. 그러니까 여기에 피쿼드호의 작살잡이의 이름을 기록하고 또한 그 한 사람 한 사람이 어느 갑판장에게 속하고 있었는지를 기록하는 것은 타당한 일일 것이다.

우선 첫째로 퀴퀘그, 일등 항해사 스타벅은 그를 그의 종자라서 택했다. 그러나 퀴퀘그에 대해서는 여러분이 이미 다 알고 있다.

그 다음이 태슈테고이다. 그는 마르서 비니야드 섬 서쪽에 돌출한 게이 곶에서 온 순수한 인디언이었다. 거기에는 오랫동안 가까운 낸터킷섬에 용맹스러운 작살잡이를 많이 공급한 인디언의 마을이 겨우 명맥을 유지히고 있었다. 고래잡이 동료들 간에 '게이 곶 사람'이라는 통칭으로 불렸다.

태슈테고의 길고 가는 새까만 머리카락, 높게 두드러진 광대뼈, 그리고 그 검고 둥근 눈—인디언치고는 너무 커서 동양적인, 그러나 번쩍이는 표정을 봐서는 남극적인 그 눈—이 모든 것들이 분명히 이야기하는 것은 태슈테고야말로 일찍이 뉴잉글랜드의 큰 사슴을 쫓으며 한 손에 활을 들고 광대한 대륙의 원시림을 배회하던 그 자랑스럽고 용맹스러운 사냥꾼의 피를 순수하게 계승했다는 점이다. 그러나 지금은 숲속의 야수들의 발자취를 냄새 맡으며 쫓기를 그만두고 태슈테고는 바다의 큰 고래를 뒤쫓고, 백발백중의 화살 대신에 실수를 모르는 작살을 갖고 있었다.

그의 유연하고 갈색으로 빛나는 몸의 근육을 본 사람은 초기 청교도들의 미신을 믿고 이 야성의 인디언이야말로 하늘의 모든 신의 힘을 가진 왕의 아들이 아닌가 하고 생각할지도 모른다. 이 태슈테고가 이등 항해사 스터브의 종자였다.

작살잡이 중 셋째는 대그라는 흑인으로서 거구이고 살빛이 아주 검고 사자와 같이 걷는데, 마치 어해주어러스왕(페르시아왕 크세르크세스 1세)과 같았다. 그의 귀에는 황금고리 두 개가 달려 있었는데, 그것이 너무 컸으므로 선원들은 그것을 '고리 달린 나사못'이라 부르고, "중간 돛대에 다는 횡범용 밧줄을 갖다줄까."라고 농담을 하곤 했다.

아직 젊었을 때, 대그는 고향 해안에 예고도 없이 훌쩍 들어와 정박한 포경선이 좋아져서 배에 탔다. 여태까지 보아 온 세계라곤 아프리카, 낸터킷, 그리고 포경선이 서성거리는 이교도의 섬들이었고, 이 수년 동안은 어떤 종류의 사람을 태울까, 하는 몹시 까다로운 선주들의 배에서 대담한 고래잡이 생활을 계속했다.

대그는 야만적인 천성을 아직 조금도 잃지 않고 기린처럼 고래를 들고 어김없이 신장 6피트 5인치라는 당당한 체구로 갑판을 성큼성큼 걸어다녔다. 이 사람을 보면 육체적으로 위축되지 않을 수가 없었고, 그 앞에서 백인은 마치 성채에 휴전을 애걸하러 온 백기로밖에 보이지 않았다. 그런데 기묘하게도 이 당당한 흑인 어해주어러스 대그는 그 옆에 서면 장기將棋의 말 정도로밖에 보이지 않는 플라스크의 종자였다.

이제 남아 있는 피쿼드호의 선원들에 대해서는 이렇게 말하면 좋을 것이다―오늘의 아메리카 포경업에서 우선 고급 선원들을 제외한다면 수없이 많은 하급 선원들 중 두 사람 중의 한 사람도 아메리카 태생은 없다고.

이 점에서 아메리카 포경업은 아메리카 육군, 해군, 상선, 또는 운하며 철도 건설에 종사하는 인부의 집단과 다름이 없었다. 다름이 없다는 건 이 방면에서 순수한 아메리카 사람은 사실상 두뇌를 제공하고 다른 세계에서 온 사람들은 근육을 제공하는 그런 형편이 되어 있다는 뜻이다.

이 포경 선원 중 적잖은 수가 아조레스섬(대서양의 포르투갈령) 출신인데, 그것은 낸터킷에서 출항하는 배가 가끔 그곳에 들러 그 바위투성이인 해안에서 억센 농부들을 채용하여 선원들을 보급하기 때문이었다. 마찬가지로 헐(영국 북쪽 해안의 항구)이나 런던 항구에서 나와서 그린란드로 향하는 포경선은 셰틀랜드섬에 들러서 그 선원들을 보충한다. 돌아오는 길에는 다시 그 사람들을 거기에 떨어뜨리고 간다.

어떤 이유인지는 모르지만 섬에서 자란 사람들은 훌륭한 포경 선원이 되는 것 같았다. 이 피쿼드호의 경우에도 거의 모두가 섬에서 자란 사람들, 아니 고도孤島라고나 해야 할 곳에서 자란 사람들로서 인류의 대륙을 알지 못하고 제각기의 고도가 하나의 자기 대륙이라고 생각하고 절연된 생활을 하고 있는 것이다.

그런데 이 하나의 선체 속에 내던져진 그들은 과연 어떤 사람들인가! 아나카시스 클루츠(프랑스 혁명에 가담한 독일의 귀족)와 같은 무리들이 대서양의 온갖 섬들, 지구의 구석구석에서 모여들어 피쿼드호의 에이허브 선장을 따라 이 세상의 원한의 말을, 숱한 사람들이 갔다가 돌아오는 일도 없는 저 법정 앞에서 말하려 하는 것이다.

검둥이 소년 핍이어, 그대는 먼저 가버리고 말았다. 사람들은 머지않아 불쌍한 앨라배마의 소년, 음침한 피쿼드호의 선원실에서 탬버린을 치는 그 소년의 모습을 볼 것이다. 이윽고 하늘의 대선원실로 불려나와 천사와 함께 탬버린을 울리는 그 영겁의 때를 예지하는 것처럼 탬버린을 치던 그대여, 이 세상에서는 비겁자라 불리고 저세상에서는 영웅이라고 찬양받을 그대여!

제28장 에이허브 선장

낸터킷을 떠난 며칠 동안 에이허브 선장은 갑판 위에 그림자조차도 보이지 않았다. 언제나 항해사들은 서로 번갈아 당번을 맡았다. 아무리 생각해도 이 사람들이 배를 지휘하고 있는 사람처럼 보였다. 다만 이따금 선장실에 들어 갔다가 나왔다 하면 느닷없이 호된 명령을 내리거나 하기 때문에 역시 그들은 어떤 사람 대신 지휘하고 있음을 알 수 있었다. 아무튼 이 신성한 은신처인 선장실에 들어가는 게 허용되지 않는 사람들은 도저히 볼 수 없었지만 거기에 최고의 수령이고 독재자인 사람이 있음은 분명했다.

당번을 마치고 나서 갑판으로 올라갈 때마다 나도 모르게 배의 뒤쪽에 눈길을 보내면서 새로운 얼굴이 보이지나 않을까 하고 둘러보았다. 그것은 세상과 동떨어진 이 바다 위에서 모습을 보이지 않는 선장에 대한 막연한 불안감이 극도로 커져 거의 미칠 듯한 지경에 이르렀기 때문이었다.

게다가 그 누더기옷을 걸친 일라이저의 저주 같은 농담이 때때로 생각나서 마음을 온통 어수선하게 하는 것이었다. 다른 때 같으면 그 부둣가의 이상한 예언자가 꾸며댄 우울한 말을 그저 웃어넘길 수도 있었겠지만, 지금은 거의 그에 반항할 힘도 없을 만큼 되었다.

그러나 내가 느낀 기우나 불안이라는 것이 본래 어떠한 것이든 배 안을 둘러볼 때마다 그런 감정을 품는 것은 아무 근거도 없는 것이라고 다시 생각했다. 왜냐하면 저 작살잡이들이나 선원의 대부분이 일찍이 나의 상단이고 난잡하긴 했지만, 그것도 역시 내가 좋아서 배에 뛰어든 거친 고래잡이 일의 특수성에서 비롯된 것이라고 생각되었다. 게다가 이 배의 고급 선원들, 즉 세 항해사의 모습을 보면 그런 근거 없는 근심도 가라앉고 이 항해의 장래에 신뢰와 명랑감을 더하지 않을 수 없게 된다.

세 사람은 제각기 다른 사고방식을 갖고 있지만 고급 선원으로서 그들 이상으로 훌륭하고 또한 인간으로서 어엿한 사람들은 찾아낼 수 없을 것이다. 더욱이 세 사람 다 미국 사람인데, 그 출신지는 각각 낸터킷, 코트 곶, 비니야드이다. 그런데 배가 항구를 떠난 것은 크리스마스 날이었고 한동안은 살을

에는 혹한이 계속되었으나 그래도 서서히 남쪽을 향해 달리고 있었다. 그리고 위도를 조금씩 새겨 가며 달리는 동안 그 심한 추위와 무시무시한 날씨도 차차 물러가고 있었다.

이러한 기후의 변화에 따라 제법 날씨도 좋아졌지만 아직 음산하고 잿빛에 덮인 어느 날 아침, 순풍을 탄 배는 복수심에 불타는 듯 뛰어오르다가 다시 근심에 잠긴 듯 달리며 물을 가르고 있었는데, 그때 마침 오전 당번이던 내가 갑판에 올라가 배 뒤쪽의 난간쪽을 본 순간 어떤 불길한 예감이 나의 전신을 전율케 했다. 그러나 미처 인식하기 전에 현실이 눈앞에 펼쳐졌다. 에이허브 선장이 뒷갑판에 서 있었던 것이다.

남들이 말하듯이 앓은 것처럼 보이지도 않았고, 또 회복된 몸인 것 같지도 않았다. 키가 크고 옆으로 벌어진 그의 체구는 첼리니(벤베누토 첼리니)가 주조한 페르세우스 상처럼 순청동으로 만들어지고 한 점의 변형도 허용하지 않는 것 같은 모습이었다. 가느다란 납막대 같은 희끄무레한 상처 자국이 그 잿빛머리 밑에서부터 검게 탄 얼굴과 목으로 흘러내려 드디어 옷 속으로 자취를 감추고 있었다.

그의 흉터는, 하늘을 찌를 듯이 우뚝 솟은 거목의 꼭대기에서부터 벼락이 쳐내려와 나뭇가지 하나 부러뜨리지 않고 그 나무 둥치를 위에서 밑에까지 껍질을 벗기고 홈을 파고도 나무는 파랗게 그대로 세워둔 채 단지 상처 자국만 남기고 땅 속으로 사라졌을 때 벼락이 만든 그 수직의 균열을 닮았다고나 하리라.

그 흉터가 태어날 때부터의 것인지 아니면 어떤 사투의 흔적을 말하는 것인지는 아무도 모를 것이다. 묵계에 의해서 항해 중에는 아무도 —특히 항해사들은 거기에 대해 아무런 말도 하지 않았다. 그러나 단 한 번 태슈테고의 선배가 되는 게이 곳 출신인 늙은 인디언이 에이허브는 만 40세가 될 때까지 저런 흉터는 없었는데 그 무렵 사람과의 싸움이 아니라 바다 위에서의 대 폭풍 때문에 저렇게 된 것이라고 미신 같은 말을 했다.

그러나 만섬(잉글랜드 아일랜드 사이에 있는 조그마한 섬)에서 자란, 늙어 무덤에 발을 집어넣은 것 같은 잿빛의 사나이가 지금까지 한 번도 낸터킷 밖으로 항해해 본 적도 없고 에이허브를 본 적도 없는 주제에 제멋대로 그 인디언의 말에 반대했기 때문에 부인되고 말았다. 예로부터의 선원들의 기질이라고 할까. 고금을 통해 변하지 않는 무던한 마음에서 모두들 이 만섬 태생인 노인에게 초자연적인 판단력이라도 있는 것처럼 생각하고 있었다.

그래서 이 남자가, 만일 에이허브 선장이 관 속에 눕게 될 때가 온다면—물론 그런 때는 좀처럼 오지 않을 테지만—그 시체를 거두는 일을 하는 사람은 그의 머리 위에서 발뒤꿈치까지 날 때부터 있었던 반점을 보게 될 거라고 중얼거렸을 때 백인 선원들은 한 사람도 정면으로 반대하는 사람이 없었다.

나는 에이허브의 냉혹한 얼굴과 그 얼굴에 줄처럼 새겨진 검푸른 흉터를 보고 경악하여 한동안은 그의 주위를 감도는 소름끼치도록 무시무시함이 그가 몸의 반을 올려놓고 있는 하얗고 기괴한 다리 때문이라는 것을 알아차리지 못하였다.

그러나 이 상아빛의 한쪽 다리는 항해 중에 말향고래의 턱뼈를 갈아서 만들어 댄 것이라는 것을 듣고 있었다. 게이 곶의 늙은 인디언이 언젠가 말했다. "그분은 일본 해상에서 다리병신이 되었지. 망가진 그의 배처럼 그는 그 자리에서 다른 다리를 만들어 달아서 항구로 돌아가기 전에 돛대를 다시 고쳐 세운 셈이야. 그런 다리를 화살통에 잔뜩 갖고 있어."

그가 서 있는 기괴한 자세도 나를 놀라게 했다. 피쿼드호의 뒷갑판 양쪽에는 뒷돛대의 밧줄 가까이에 송곳으로 뚫은 지름 반 인치 가량의 구멍이 판자 위에 뚫려 있었다.

그는 골제다리를 거기에 꽂고, 한 팔을 쳐들어 돛줄을 잡고 똑바로 서서, 끊임없이 기우는 뱃머리 너머로 먼 곳을 응시하고 있었다. 앞쪽으로 향한 그 단호하고 두려움을 모르는 눈길에 한없이 공고하고 굳센 정신, 굽히기 어려운 강한 고집이 담겨 있었다.

그는 한마디도 하지 않았고 선원들도 또한 그에게 아무 말도 하지 않았다. 다만 그들의 세심하기 이를데 없는 거동과 표정을 보면 미친 두목의 눈빛 아래서 몸부림치고 있다고 할 정도는 아니라 해도 불안감에 사로잡혀 있는 것만은 분명했다. 그들 앞에 서 있는 음울한 에이허브는 괴로운 표정을 띠고 있었는데, 어떤 크나큰 비통을 품고 있는 모습에는 제왕과도 같은 위압적인 존엄성에 찬 위엄이 서려 있었다.

처음으로 갑판에 나타난 그는 곧 선실로 들어갔다. 그러나 그 아침 이후 매일 그는 선원들 앞에 나타나서 나사 구멍에 서 있거나, 고래이빨 의자에 앉아 있거나, 혹은 갑판 위를 느릿느릿 걷거나 했다. 암담한 하늘이 차차 밝아지고 조금씩 쾌적해 감에 따라 그가 안에 틀어박혀 있는 일은 점점 적어졌는데, 이 배가 항구를 출발한 뒤에 그를 틀어박혀 있게 한 것은 음울한 겨울의 황량한 바다가 아니었나 하고 생각되었다.

그러는 동안 거의 스물네 시간을 줄곧 밖에 나와 있게 되었는데 어쨌든 지금은 가까스로 명랑해진 그가 햇볕이 드는 갑판 위에서 무슨 말을 하건 무슨 짓을 하건 필요 이상의 돛대처럼 불필요한 존재로밖에 보이지 않았다.

피쿼드호는 지금 그저 해상을 달리고 있을 뿐, 진짜 일을 하고 있는 건 아니었다. 감독이 필요한 포경 준비에 대해서는 항해사들의 솜씨로 충분했기 때문에 일부러 에이허브를 괴롭히거나 걱정하게 만드는 일은 거의 없었다. 그렇기 때문에 당분간은 높이 솟은 산꼭대기에 겹겹이 쌓인 구름처럼 그의 이마에 몇 겹이나 감돌고 있는 그림자를 쫓아낼 기회도 없었다.

그러나 곧 찾아온, 따뜻하고 마음을 들뜨게 하는 화창한 날씨에 끌렸음인지 그의 우울함도 차차 사라져 갔다. 겨울의 비애에 가득 찬 숲에서 뺨을 빨갛게 물들이며 춤추는 처녀인 4월과 5월이 찾아올 때는 아무리 울퉁불퉁하게 뇌우를 맞은 벌거벗은 늙은 떡갈나무라도 그 명랑한 손님을 맞아 뾰족뾰족 푸른 싹이 움틀 것이다. 그처럼 에이허브도 그 처녀 같은 날씨의 화려한 유혹에 조금씩 반응을 보이기 시작했다. 몇 번인가 희미하게나마 얼굴을 환하게 편 적이 있었는데 보통사람이었다면 활짝 미소를 지었을 것이다.

제29장 에이허브와 스터브

며칠이 지나자 피쿼드호는 얼음과 빙산을 모두 뒤에 남기고 여름만 계속되는 열대 해상으로 들어가기 전 반드시 거치게 되는 '키토'(남아메리카 에콰도르의 수도)의 빛나는 봄빛 속을 달리고 있었다.

따스하면서도 선선하고, 맑고, 소리는 울려 퍼지고, 물내음이 향기롭고, 풍족한 나날은 장미수薔薇水의 눈을 뿌린 페르시아 빙과를 가득 쌓아 담은 수정잔처럼 찬란하게 빛났다. 장려한 별 하늘은 보석이 박힌 우단 옷을 입은 교만한 귀부인같이 고독한 긍지에 잠겨 멀리 떨어진 정복자인 왕자들, 즉 황금갑옷을 입은 태양들의 추억에 잠겼다.

이처럼 즐거운 낮과 의혹에 찬 밤중의 어느 쪽에 잠들어야 할지도 알 수 없을 정도였다. 더욱이 이렇게 계속되는 날씨의 매력은 다만 외계의 유혹과 신비력에 눈을 돌리게 하는 것뿐만이 아니었다. 영혼의 내부를 향해서도 소곤거리고, 특히 조용하고 온화한 황혼의 한때는 깨끗하고 맑은 얼음이 쓸쓸한 저녁에 굳어버리듯 마음은 수정처럼 맑게 되었다. 이러한 미묘한 감응력은 점점 더 에이허브의 전신에도 작용하기 시작했다.

노인이란 잠이 적은 법인데 오래 살아왔기 때문에 죽음을 생각하게 하는 무엇과도 관계를 갖고 싶지 않은 탓일까? 바다의 지휘자들 가운데에서도 늙은 사람들은 종종 아직도 밤의 어둠에 싸인 갑판을 향해 잠자리에서 일어난다. 에이허브도 그러했다. 아니 요즈음은 밖에서만 살았기 때문에 선실에서 갑판으로 나왔다기보다는 갑판에서 선실을 찾아갔다고 하는 편이 더 적절한 표현일 것이다. "나 같은 늙은 선장이 이 답답한 구멍으로 기어들어가서 무덤 속 같은 잠자리로 가는 건 마치 죽으러 가는 것 같군."라며 혼자 중얼거리곤 했다.

그래서 거의 매일 밤 불침번을 두어 갑판에서 일하는 사람들이 아래서 자는 동료들을 위해 망을 보고 있을 때, 앞갑판에서 밧줄을 매려고 하는 선원들도 친구들의 잠을 방해하는 게 두려워 낮과 같이 난폭하게 던지지 않고 살며시 떨어뜨릴 때—이런 침중한 고요가 온누리를 차지할 때 언제나 키잡이는 묵묵히 선장실의 승강구를 지켜보는 것이다. 그러면 곧 쇠난간에 매달려 절름거리는 다리를 조심스레 디디며 노인이 나타난다. 그럴 때의 그는 지나쳐 버릴 수 없는 인간미를 보였다. 곧 뒷갑판을 순시하는 일이 적었기 때문이다. 그것도 무리는 아니었다. 피로한 항해사들이 쉬려 하는데 6인치 가까이 되는 이 고래뼈의 발뒤꿈치가 접근했다면 다리의 뼈가 덜컹거리며 울리는 소리는 그들의 꿈에도 상어가 이를 가는 것처럼 나타났을 것이다.

그러나 한번은 그가 그런 배려도 할 수 없으리만큼 화가 미치는 일이 있어서, 배의 뒤쪽 난간에서 큰 돛대까지 육중한 재목을 굴리듯 걸어갔을 때, 이등 항해사 스터브는 밑에서 나와서 겁을 먹어 적이 놀라면서도 나무라는 듯한 어조로 농담을 섞어, "에이허브 선장께서 갑판을 걷고 싶으시다면 그냥 누구라도 싫다고는 하지 않습니다만 어떻게 그 소리를 줄일 방법이 없을까요?"라고 말하면서, 넌지시 말을 돌려 다시 덧붙였다. "밧줄을 감은 것 속에라도 발을 집어넣으면 어떨까요?"라고. 아아 스터브, 그대는 그 당시 에이허브가 어떤 사람인지를 몰랐던 것이다.

"나를 그런 것으로 채워 넣으려 하다니 내가 대포알인 줄 아나? 가게! 용서해 주지. 밤의 무덤 속으로 기어들어가게. 언젠가는 입어야 할 수의 입는 연습이라도 하게나. 개새끼야, 개집으로 내려가!"라고 에이허브는 외쳤다.

갑자기 분통을 터뜨린 노인의 생각지도 못한 이 욕설에 스터브는 한동안은 어리둥절하여 말도 할 수 없었으나 마침내 목소리를 높여 말했다.

"선장님, 나는 그런 인사를 들은 적이 없습니다. 그리 기쁘지 않은데요."
"닥쳐!" 에이허브는 이를 갈았다. 그리고 광포한 발작을 누르는 것처럼 걸어가려 했다.

"아니 기다려 주십시오, 선장님. 나도 개새끼라고는 불리고 싶지 않습니다." 스터브는 조금 대담해져서 말했다.

"뭐라고? 원한다면 열 번이라도 당나귀니 노새니 하고 불러 주마. 가라! 그렇지 않으면 때려죽일 테다!"

이렇게 외치며 에이허브가 무시무시한 모습이 되어 다가왔을 때 스터브는 자기도 모르게 뒤로 물러섰다

"지금까지 저런 말을 하는 놈은 그냥 두진 않았는데."라고 스터브는 선실 승강구를 내려가면서 중얼거렸다.

"이건 참 이상하네. 잠깐만, 스터브, 되돌아가 한 대 먹여주고 싶은 생각도 들고……. 아니 뭐라고? 무릎을 꿇고 그 사람을 위해서 기도하고 싶은 마음도 든다고? 그래, 확실히 지금 금방 그런 마음이 들었단 말이야. 이건 생전 처음 하는 기도군. 이상하다, 이상해. 그런데 그 사람도 이상하군, 아무리 생각해 보아도 그런 묘한 남자와 내가 한 배에 탄 적은 없었어. 대체 뭣 때문에 나를 향해 번쩍 하고 눈을 빛내는 건가! 눈이 화약접시 같던걸. 미쳤나. 갑판이 부서질 때는 그 위에 뭔가가 앉아 있는 증거지만 그 사람의 머리 위에도 무언가가 올라앉아 있는가 보군. 지금도 아마 자지 않을 거야. 하루 세 시간도 자지 않고. 그때라도 눈은 뜨고 있으니까. 급사 녀석이 말했것다…….

아침에 선장한테 가보면 해먹의 담요는 형편없이 구겨졌고, 시트는 발치에 몰려 있고, 이불은 새끼처럼 꼬여 있으며, 베개는 구운 벽돌처럼 몹시 뜨거워 있다고 말이야. 불타는 늙은이군.

그런데 그 늙은이, 육지에서 사는 놈들이 말하는 양심이라든가 하는 걸 갖고 있는지도 모르겠군. 그건 안면 신경통 같은 것이어서 충치보다도 더 나쁘다는데, 난 모르는 일이야. 그런 것에 걸리지 않도록 제발. 아무튼 수수께끼 같은 늙은이야. 그 녀석 말로는 무슨 일인지 매일 밤 뒤쪽 선창 속으로 기어들어간다던데 무엇 때문인지 알고 싶은걸. 거기서 누구하고 만날 약속이라도 한 것일까? 이상하잖아? 모르긴 하지만 말이야.

결국은 누구나 다 하는 일일까? 결국은 잔다는 건가? 푹 잠잘 수 있는 것만으로도 이 세상에 태어난 만큼의 가치가 있는 거야. 생각해 보면, 갓난아이가 최초에 하는 일이 바로 그 일인데, 그것 또한 묘하군. 제기랄, 생각해 보면 모두 다 기묘하군. 그러나 생각은 내가 하는 게 아니야. 나의 생활신조 제11계는 생각하지 말라, 하는 거야. 잘 때 자라는 게 제12계…… 아니, 또 생각했구나.

그러나 뭐랬지? 개새끼라고 했나? 나더러 그랬지? 제기랄! 열 번이라도 노새라고 하겠다고? 게다가 어리석다고? 아예 나를 차주었더라면 좋았을걸. 아니, 나를 찾는지도 모르지. 그 이마를 보고 너무 놀랐기 때문에 그걸 깨닫지 못했을지 몰라. 이마가 표백한 뼈다귀처럼 빛났지. 도대체 이건 어떻게 된 거야. 다리가 곧게 서 있지 않군. 그 늙은이와 싸우는 바람에 장이 뒤집혀 버렸나? 하느님 꿈을 꾼 모양이군⋯⋯. 그러나 어째서 그렇지? 어떻게 된 거야? 그런 것은 잊어버리는 게 상책이야. 자, 해먹으로 돌아가자. 아침이 되면 이 어지러운 생각이 햇빛 속에서 어떻게 되나 보기로 하고⋯⋯."

제30장 파이프

스터브가 가버린 후 에이허브는 한동안 뱃전에 기대어 있었는데, 요즈음에 와서 붙인 습관대로 당번 선원을 불러 고래뼈 의자와 파이프를 가져오도록 했다. 나침반에 붙은 불로 파이프에 불을 붙이고 갑판의 바람이 불어오는 쪽에 의자를 놓고 앉아서 담배를 피웠다.

북구 민족이 한창 성했을 때 바다를 사랑한 덴마크 왕들의 옥좌는 고래의 송곳니로 만들었다는 전설이 있다. 지금 고래뼈 삼각의자에 앉은 에이허브를 보는 사람은 그것이 상징하는 왕의 위엄을 연상하지 않을 수 있겠는가? 에이허브야말로 갑판의 황제, 바다의 왕, 고래의 패자覇者가 아닌가.

잠시 동안 그는 담배를 피우며 입으로 바삐 담배 연기를 내뿜었는데, 그 연기는 도로 그의 얼굴로 날아갔다. "어떻게 된 거야?" 파이프를 입에서 떼며 혼잣말을 했다.

"이 담배 연기도 위로가 되지 않는군. 나의 파이프여, 너의 매혹도 없어졌다면 나의 나날도 따분하겠구나. 지금도 나는 즐겁기는커녕 생각도 없이 어리석게 줄곧 바람따라 담배를 피우고 있구나. 바람이 불어오는 쪽을 향해 그렇게 초조하게 뿜어대다니 마치 단말마의 고래처럼 내가 마지막으로 뿜어낸 담배 연기야말로 가장 크고 심각한 괴로움이라는 걸까? 이런 파이프가 무슨 소용이 있는가? 이런 것은 조용함을 맛보며 순하고 흰 연기를 부드러운 흰

머리카락에나 날리는 도구이지, 나처럼 마구 헝클어진 검은 잿빛 머리카락에 날려 보내는 것이 아니야. 이젠 담배를 그만두자⋯⋯."

그는 아직 불이 남은 파이프를 바다에 던졌다. 불은 파도 사이에서 '숯' 소리를 냈다. 그 순간 가라앉은 파이프의 거품을 스치고 배는 앞으로 나갔다. 모자를 깊게 눌러쓴 에이허브는 비틀거리면서 갑판을 걸었다.

제31장 꿈의 여신

이튿날 아침 스터브는 플라스크에게 말을 걸었다.

"이봐 왕대공, 이런 묘한 꿈을 꾼 건 처음일세. 저 늙은이의 뼈다리 말이네, 나는 그걸로 차인 꿈을 꾸었어. 나도 다시 차주려고 했더니 여보게, 어떻게 놀라지 않을 수 있었겠나? 내 다리가 보기좋게 빠져 버렸단 말일세. 그러고 말이야! 에이허브는 피라미드처럼 떡 버티고 앉았고 나는 바보처럼 그에게 덤벼들고 있었단 말일세. 그런데 말이야, 플라스크, 꿈이란 기묘하기 마련이지만, 그렇더라도 기묘한 건 말이야⋯⋯.

나는 그때 말할 수 없이 화가 났는데도, 뭐 에이허브에게 이렇게 걷어차였다고 해서 그걸 모욕이라 할 것까진 없지 않나, 하고 자신에게 타이르는 것이었어. '그렇게 떠들 건 없어, 이건 의족이고 진짜 다리로 차인 건 아니니까.' 하고 말일세. 살아서 '쾅' 얻어맞은 것과는 큰 차이가 있다 이거지.

다시 말해서 플라스크 자네 손에 맞는 게 지팡이로 맞은 것보다 몇십 배 더 화가 나는 것이란 말일세. 산 모욕이란 산 몸에서 오는 걸세. 아닌가? 여보게, 결국은 말일세, 나는 얼빠진 발로 그 저주할 피라미드를 향해 부딪치고 있는 동안 내내⋯⋯. 앞뒤가 안 맞게 들릴지 모르나 나는 계속 이런 걸 스스로 생각했다네. '저 늙은이의 다리는 결국 지팡이가 아닌가? 고래뼈로 만든 지팡이가 아니냔 말이야.

그러니까 말하자면, 결국 장난으로 부딪친 거야. 고래뼈를 건드려 본 거지. 찼다는 건 실례된 일이 아니었단 말이야.' 라거나, '좀 보라고, 그 뾰족한 발끝으로 말이야, 무척 귀여운 발끝이 아닌가? 커다란 농사꾼의 발에 걸어차였다면 확실히 큰 모욕이 되었겠지만 이런 모욕은 털끝만큼도 대수롭지 않단 말이야.' 하고 생각했단 말이야.

그러나 플라스크, 이제부터가 그 꿈의 익살스러운 장면일세. 내가 열심히 피라미드를 향해서 덤벼들고 있으려니까 오소리처럼 털이 난 중대가리 꼽추 도깨비가 내 양어깨를 움켜쥐고 홱 돌리면서 '넌 뭘 하는 거야?' 하더란 말이야. 굉장히 무섭더군. 뭐라 말할 수 없는 표정이더란 말일세. 그래도 간신히 무서움을 누르고 '내가 뭘 하느냐고? 그게 너와 무슨 관계가 있다는 거야, 꼽추? 너도 걸어차이고 싶어?' 하고 쏴주었다네.

그런데 플라스크, 어떻게 된 걸까? 내가 그 말을 막 끝냈을 때 그놈이 궁둥이를 내게 돌리고 너덜너덜한 옷 같은 해초를 질질 끌면서 주저앉더란 말이야. 그런데 글쎄, 들어 보게나, 내가 무얼 보았나 하면…… 놀랍지 않은가? 궁둥이에 가득히 색침(밧줄 감은 것을 푸는 뾰족한 쇠바늘)이 거꾸로 꽂혀 있더란 말일세.

그래서 나는 다시 생각을 고쳐 '너를 차는 건 그만두겠다.' 라고 했다네. 그러자 그놈이 '과연 스타브로군, 훌륭한데.' 하고 투덜거리며 마치 굴뚝에서 빠져나온 마귀할멈처럼 잇몸을 질근질근 씹는 듯한 목소리로 언제까지나 말하더란 말일세. 좀처럼 '스타브 훌륭해, 스타브 훌륭해.' 라는 걸 그만둘 것 같지 않기에 나는 슬쩍 '다시 피라미드를 찰까?' 라고 생각했네.

그런데 다리를 들어올리기도 전에 그놈이 '차지 마!' 하고 고함을 치더군. '아니 자네 어떻게 되었나?' 하고 말했지. 그랬더니 그놈이 이렇게 말하더란 말이야. '이봐, 모욕이란 걸 좀 생각해 보세. 즉 에이허브 선장이 자네를 찼단 말이지? 나는 대답했네. '그렇고말고. 여보게, 바로 여길세.' 그러자 그놈이 '좋아, 좋아. 그런데 그 뼈다리로 찬 거겠지? 라고 말하더란 말이야. '나는 그래.' 하고 대답했네. 그러자, '그래서 말이야, 훌륭한 스타브 씨, 뭐가 화가 난단 말인가? 악으로 한 게 아니라고 생각하지 않나? 송진투성이의 싸구려 소나무 의족으로 찬 게 아니야. 아니지, 스타브, 자넨 높은 양반한테 더욱이 깨끗한 뼈다리로 차인 걸세. 명예롭지. 나는 명예라고 생각해. 스터브, 들으라고. 옛날 영국에선 제후들이라도 여왕에게 얻어맞고 가터 훈장을 받는 걸 명예로 생각했지.

그러니 스터브, 에이허브에게 걷어차여서 어엿한 사람 취급을 받았으니, 그걸 자랑으로 아는 게 어때? 잘 기억해 두라고. 이 사람에게 차이다니, 한 번 차이면 하나의 명예가 되는 걸세. 그걸 되차주다니. 해봐도 어쩔 수 없는 일일세, 스터브. 자아, 저 피라미드를 보라고.' 그렇게 말했는가 싶더니 갑자기 묘하게 하늘로 날아올라가 버리더군. 나는 코를 골면서 돌아누웠네. 그때 나는 해먹 속에 있었다네. 이봐, 플라스크, 이 꿈을 어떻게 생각하나?'

"모르겠는걸. 하지만 좀 어이없군."

"그럴지도 모르지. 그러나 플라스크, 난 그것으로 깨달은 게 있네. 보게나, 저기 에이허브가 서서 곁눈질로 뱃머리 앞쪽을 보고 있네. 플라스크, 우린 무얼 하면 좋은가 하면 말일세, 저 늙은이를 혼자 있게 하는 걸세. 뭐라고 하든 말대답 따위를 하는 게 아닐세. 보게! 뭔지 고함을 치고 있네. 들어 보게나."

"여어이! 돛대 꼭대기에서 망보는 자들! 조심해라! 고래가 나왔어! 흰 놈이 보이거든 가슴이 터지도록 소리를 질러라."

"플라스크, 도대체 어떻게 생각하나? 조금 이상한 데가 있지 않나? 백경이라잖아. 들었겠지? 웅, 무언가 심상치 않은 일이 일어날 것 같네. 플라스크, 조심해. 에이허브의 머릿속엔 피비린내 나는 바람이 불고 있네. 그러나 쉿! 이리로 오네."

제32장 고래학

우리는 이미 대담하게도 큰 바다로 나와 있었다. 머지않아 해안도 보이지 않고 항구도 없는 그 망막한 바닷속에 자취를 감추게 될 것이다. 그러나 그 전에, 해초로 덮인 피쿼드호의 선체가 조개껍데기가 달라붙은 커다란 고래의 몸통과 함께 몸부림치기 전에 우선 세부사항과 고래에 관한 온갖 특수한 사실과 문헌을 환하게 이해하는 데 필요한 사항을 살펴보는 것이 무엇보다도 적절한 일일 것이다.

지금 나는 고래 종류에 대해 체계적으로 설명을 하고자 한다. 이 일은 그렇게 쉬운 일이 아니다. 여기서 시도하는 것은 이른바 혼돈을 구성하는 것을 분석하려는 것과 비슷한 일이다. 우선 최근의 최고 고래 권위자의 말을 들어보라.

"동물학의 여러 분야 중 고래학[鯨學]이라 명명되는 것만큼 복잡하고 갈래가 많은 것은 없다."라고 스코어스비 선장이 1820년에 말했다.

"가령 나에게 힘이 있다 해도 고래를 그 종과 속[屬]으로 분류할 바른 분류법을 깊이 연구하고 싶지는 않다. 이 동물(향유고래)의 연구가 사이에는 한없는 혼란이 있을 뿐이다."라고 빌 선의[船醫]는 1839년에 말했다.

"측량할 수 없는 깊은 바다를 향하여 연구를 진행하기란 어려운 일이다."

"고래에 관한 우리의 지식은 뚫을 수 없는 막으로 끝난다."

"가시덤불에 차 있는 분야."

"불완전하기 짝이 없는 이 여러 설은 쓸데없이 우리 박물학자를 괴롭힐 뿐이다."

위대한 퀴비에와 존 헌터, 레슨 등의 동물학 및 해부학의 권위자들이 고래에 대해 한 말들이다. 그러나 정확한 지식이란 실로 빈약하지만 문헌은 상당한 수에 이르고 '고래학', 곧 고래에 관한 학문도 조금은 존재한다. 옛날부터 최근에 이르기까지 대가든 소가든, 고대인이든 현대인이든, 또는 육상에 있는 사람이든 바다 위에 있는 사람이든 고래에 관해 말한 것은 다소의 차이는 있지만 참으로 많았다.

그 중 몇 사람을 들면―성서의 여러 작가, 아리스토텔레스, 플리니, 알드로반디, 토마스 브라운경, 제스너, 레이, 린네우스, 론델레티우스, 윌로비, 그린, 아르테디, 시발드, 브리슨, 마르텐, 라세페드, 본테르, 데마레, 퀴비에 남작, 프레데릭 퀴비에, 존 헌터, 오언, 스코어스비, 빌, 베넷, J. 로스 브라운, 〈미리엄 코핀〉의 저자 올름스테드, 치버 신부 등이다.

그러나 이들 모든 사람들이 쓴 것에서 결국 어떤 결론을 이끌어낼 수 있느냐 하면, 앞에서 인용한 문구에서 말한 그대로이다.

이 고래에 관한 저자들 중, 오언 이후의 사람들만이 산 고래를 보았고, 작살을 손에 들고 고래잡이를 천직으로 삼은 사람은 스코어스비 선장(영국의 북빙양 항해자) 단 한 사람뿐이었다. 그는 특히 그린란드고래, 다시 말해서 참고래에 대해서는 현존하는 최고 권위자이다. 그러나 그린란드고래도 그에 비하면 보잘것없는 저 큰 말향고래에 대해서는 스코어스비 자신도 아무것도 모르므로 아무 말도 하지 않았다.

특히 여기서 말해두고 싶은 그린란드고래는 해양의 옥좌를 찬탈한 자에 지나지 않는다는 것이다. 그는 가장 큰 고래도 아니다. 그런데도 예로부터 줄곧 그린란드고래에 대한 주장이 우세했고, 또 말향고래는 70년 전까지만 해도 세상에 전혀 알려지지 않았다. 요즈음에는 아직 소수의 학술 분야나 고래 항구에서만 알려져 있기 때문에 그 찬탈이 훌륭하게 성립되어 있었다.

지난날의 대 시인들이 고래를 묘사한 것을 보아도 그린란드고래가 완전히 그 밖의 고래를 누르고 해양의 왕자가 되어 있음을 알 수 있다. 그러나 마침내 새로운 왕권이 선포되는 날이 왔다. 이것은 채링크로스에 의해 이루어졌다. 사람들이여, 모두 들으라, 그린란드고래는 퇴위하고 이제 큰 말향고래가 세상을 다스리게 된 것이다!

오늘날 단 두 권의 책만이 산 말향고래를 여러분들에게 여실히 표현하려는 노력을 조금이라도 했고, 동시에 어느 정도 성과도 있었다. 그것은 빌과 베넷의 책이었고, 그들은 당시의 영국 남양 포경선의 선의였는데 정확하고 믿을 만한 사람들이었다. 그들의 책에서 말향고래를 기술한 독자적인 부분은 당연히 적지만 하여튼 처음부터 끝까지 거의 과학적인 기술이긴 하지만 그런대로 극히 뛰어나다.

그러나 오늘날에는 과학적이건 시적이건 말향고래는 문헌 속에서는 덧없는 그림자에 불과하다. 이제껏 잡힌 다른 고래의 무리와는 그 종류가 달라 그의 전설은 아직 문헌으로 기록되지 않았다.

여러 가지 고래에 대해서는 일반 사람들에게 알기 쉬울 듯한 분류를 하여—그 자세한 점은 후세 사람들의 노력에 기대한다 하더라도—당장의 개관을 말하는 데 도움이 되게 하는 것은 필요할 것이다. 이 문제를 다루려 하는 지식인이 아직 나오지 않았으므로 이제부터 빈약하나마 내가 시도해 보기로 하겠으나 완전한 것을 약속할 수는 없다.

인간이 하는 것을 완전하다고 상상했다면 그 상상의 이유만으로도 그것은 필연적으로 잘못된 것이다. 또한 여러 종류의 고래에 대해 세밀한 해부학적 기술도, 또 그 밖의 어떠한 기술도 하지 않겠다. 다만 고래학의 계통 약도를 제시하고자 한다. 나는 설계사일 뿐 건축가는 아니다.

그렇다 해도 이것은 방대한 일임에 틀림없다. 우체국의 편지 분류계의 일도 이에 비할 바 아니다. 고래를 쫓아서 바닷속까지도 기어들어가 손을 뻗쳐 세계의 골격, 늑골, 골반이라고 할 만한 것을 손으로 만지는 것, 이것은 무서운 일이 아니겠는가?

이 거대한 동물의 코를 잡으려고 시도하는 나란 도대체 어떤 사람일까? 욥기 14장에서의 엄한 질책이야말로 실로 나를 두렵게 하기 위한 것이 아닌가?

"그(고래)가 그대와 계약을 하려는가? 보라, 그 희망은 허사다."

그러나 나도 도서실을 헤매고 다녔고 대양을 항해한 일도 있었다. 이 두 손으로 고래를 대했던 일이 있었던 열성을 갖고 일에 임하자. 우선 전제前提를 결정할 필요가 있다.

첫째, 이 '고래학'의 불확실성, 미결정성은 이미 그 입문에 있어서의 다음 사실, 다시 말해서 어느 방면에서도 아직도 고래가 물고기인지 아닌지가 논의의 초점이 되어 있다는 것으로도 분명하다. 린네는 1776년의 〈자연계〉에서 "이런 이유로 고래를 물고기족에서 제외한다."라고 주장했다.

그러나 내가 아는 바로는 1850년에 이르기까지 린네의 단호한 선언에도 불구하고 상어나 청어, 대구 등도 여전히 고래와 같은 바닷속에서 태어나 살고 있다.

고래를 어족에서부터 추방하고 싶은 이유로서 린네가 말하는 것은 다음과 같은 것이다. 온혈, 이판심장二瓣心臟, 허파, 움직일 수 있는 눈꺼풀, 구멍이 뚫린 귀, 유방을 갖고 젖을 먹이는 암컷을 찌르는 페니스(penis) 등이 있기 때문에 결국은 자연의 올바른 법칙에 의하여 당연히 그렇게 단정한다고 했다. 나는 낸터킷의 시메온 메이시와 찰리 코핀에게 물어보았는데, 나와 함께 항해했던 일이 있는 이 두 사람은 모두 거기에서 말한 이유는 불충분하다고 의견을 말했다. 찰리에 이르러서는 무례하게도 그것은 모두 엉터리라고까지 했다.

아무튼 논쟁은 뒤로 미루고 나는 고래가 물고기라는 옛날부터의 입장에 요나를 뒷받침하고 있는 사람이라는 것을 알아주기 바란다. 이 근본적인 문제가 해결된 뒤에 결정해야 할 문제는 고래가 다른 어족과 다른 점은 내장의 여러 점에 있어서인가 하는 점이다. 린네는 위와 같이 그 항목을 들었다. 그것은 결국 다른 어류는 폐가 없고 냉혈인 데 비해서 고래는 폐가 있고 온혈이라는 것이다.

둘째, 우리가 고래의 외형적인 특징을 근거로 해서 후세에 이르기까지 잘못이 없는 정의를 내리려면 어떻게 하면 좋겠는가? 간결하게 말한다면 고래란 '수평의 꼬리를 지니고, 물을 뿜어 대는 물고기이다.' 이것이 정의이다. 너무 간단한 것처럼 보이지만 그것은 방대한 사색의 결과이다.

해마海馬의 물뿜기는 고래와 매우 비슷하지만 해마는 바다와 육지 양쪽에서 살기 때문에 물고기가 아니다. 그러나 그 정의에서 후자는 전자와 짝이 되어 더욱 유력한 것이 된다.

누구나 다 알겠지만 육지 사람들의 눈에 친숙한 모든 물고기는 수평의 꼬리를 갖지 않고 반드시 수식, 다시 말해서 상하로 선 꼬리를 갖고 있다. 그런데 물을 뿜는 물고기류에서는 꼬리의 모양은 엇비슷한데 항상 그것이 수평이 되어 있다.

고래의 정의에 입각하여 나는 낸터킷의 쟁쟁한 박식가들이 어떤 바다 생물을 고래류에 넣으려고 한다면 결코 배제하지 않고, 한편 최근까지 학계에서 고래와 다른 종의 물고기라고 한 것을 고래와 관련시키지도 않겠다. 따라서 작더라도 물을 뿜고 수평인 꼬리를 가진 물고기는 이 고래학의 구조에 들어가는 셈이다.

그러면 이제부터 모든 고래족에 대해 분류해 보기로 한다.[1]

첫째, 나는 고래를 그 크기에 따라 세 개의 기본적인 권(卷=book)으로 나누고, 그것을 또 장(章=chapter)으로 세분한다. 거기에 고래를 가장 작은 것에서부터 가장 큰 것까지를 포함시키려 한다.

첫째, 2절판 고래. 둘째, 8절판 고래. 셋째, 12절판 고래.

그 세 권의 전형적인 고래로서 2절판에는 말향고래, 8절판에는 범고래, 12절판에는 참돌고래가 있다.

2절판에 속한 고래들을 여러 장으로 분류할 수 있는데, 1. 말향고래, 2. 큰고래, 3. 등지느러미가 큰 정어리고래, 4. 곱사등이고래, 5. 긴수염고래, 6. 유황고래가 그것이다.

제1권(2절판) 제1장(말향고래)

옛날 영국에서 트럼파고래, 피시터고래, 또는 모루머리고래 등으로 막연히 이름 지어져 있던 것은 오늘날 프랑스어로 까샬로라 하는 것이고, 독일어로는 포츠피슈이며, 어려운 말로는 매크로우세펄러스이다. 틀림없이 지구상에서 가장 큰 주인이고, 고래 중에서 가장 무시무시하며, 외관이 가장 장려하다. 그리고 그 귀중한 경뇌유를 얻을 수 있다는 점에서 상품 가치가 가장 높은 고래로 꼽힌다. 이 고래의 여러 가지 특성은 앞으로 설명하게 될 것이다.

지금 여기서 쓰고 싶은 것은 그 명칭에 관한 것이다. 언어학적으로 말하면, 이것은 엉터리이다. 수세기 전까지 이 말향고래는 그 실체가 거의 알려지지 않았고 이 기름은 우연히 해안에 밀려올라온 것에서 얻어지는 형편이었는데, 일반적으로 그 시대에 이 경뇌유는 당시의 영국에서 그린란드고래

---

1) 오늘날까지도, 또는 듀공[豚魚]이라고 불리는 물고기[낸터킷의 코핀에 의하면 돈어(豚魚, pig-fish, cow-fish)]가 대부분의 박물학자에 의해 고래 속에 넣어져 있는 것은 사실이다. 그러나 이들 듀공은 매우 거칠고 하찮은 것들이어서 대부분은 강 어귀 따위에 숨어서 해초를 먹으며 살아간다. 특히 물을 뿜을 줄도 모르므로 나는 그들을 고래로서의 자격을 박탈하고 고래의 왕국을 떠나는 여권을 건넬 수밖에 없다.

또는 큰고래라고 불렀던 것에서 얻어지는 것이라고 믿었던 모양이다. 더욱 이 기름은 경뇌유(spermaceti)란 어휘의 첫음절(sperm :정액이라는 뜻)이 나타내듯이 그린란드고래가 흥분해서 내는 체액이라고 생각되었다. 또 당시는 이 기름이 참으로 귀중해서 등불용으로는 쓰지 않고 페인트용 또는 약용으로 썼었다. 여러분들이 오늘날 1온스의 대황을 사듯 약종상藥種商에서 구했던 것이다.

내 생각에는 시간의 흐름과 함께 이 경뇌유는 본질을 알게 된 후에는 원래의 이름이 상거래에서 그대로 쓰이게 되어 그 고래가 희귀하다는 생각을 심어 줌으로써 그 가치를 올리려고 한 것임에 틀림없다. 그러다가 끝내는 이 경뇌유를 실제로 얻을 수 있는 고래에게 그 호칭이 붙여지게 된 것임에 틀림없다.

제1권(2절판) 제2장(큰고래)

인간에게 최초로 쉴 새 없이 쫓기던 이 고래는 어떤 의미에서는 가장 유서 깊은 고래라고 해야 할 것이다. 이 고래는 고래수염이라는 것을 낳고 또 특히 '고래기름'이라는 하급 기름을 낳는다. 어부들 사이에서는 '고래', '그린란드고래', '검은고래', '왕고래', '참고래', '큰고래' 따위의 여러 이름으로 불린다. 이렇게 무수한 호칭을 갖는데 종속이 동일한 것인지 아닌지는 매우 애매하다.

그러면 내가 이 제2장에 넣은 고래란 어떤 것인가? 즉 영국의 박물학자가 말하는 '그레이트 미스티시투스', 영국의 포경업자가 말하는 '그린란드고래', 프랑스의 고래잡이가 말하는 '발리엔 오르디네르', 스웨덴인이 말하는 '그롤란트 발피슈'이다. 이것은 2세기가 넘는 오랜 세월 동안 네덜란드인과 영국인이 북빙양에서 쫓고 미국 어부가 인도양과 브라질과 북서 해안 지방 및 기타 '큰고래 유영지遊泳地'라고 그들이 이름 지은 세계의 여러 바다에서 쫓았던 것이다.

어떤 사람들은 영국 사람의 그린란드고래와 미국 사람의 큰고래 사이에는 차이가 있다고 말하고 싶어한다. 그러나 그 거대한 모습에 관해서 말하는 것은 매우 일치하며, 현저하게 차이가 나는 결정적인 사항은 아직 하나도 발견되지 않았다.

　도대체 박물학 방면에서 싫어할 혼란이 생겼다는 것은, 언제나 참으로 애매한 차이를 바탕으로 하여 끝도 없는 세목으로 나누어 말하는 데서 오는 것이다. 이 큰고래에 대해서는 뒤에서 말향고래를 밝히는 기회에 좀더 자세히 설명될 것이다.

제1권(2절판) 제3장(정어리고래)

　여기서는 '등지느러미', '높은 물뿜기', '롱존' 등으로 불리는 엄청나게 큰고래를 다루는데, 이것은 어느 바다에나 거의 나타나는 것으로 뉴욕항에서 대서양을 건너는 선객들이 가끔 멀리서 물뿜는 것을 보게 되는데 그것이 바로 이것이다. 이 고래는 큰고래와 견주어 몸길이와 고래수염은 비슷하지만 몸통 둘레가 떨어지고, 빛깔도 엷어서 올리브색에 가깝다.

　복잡한 큰 주름살에 접힌 그 커다란 입술은 닻줄같이 보인다. '등지느러미고래'라는 이름까지 붙게 한 지느러미는 장대하고 독특한 모양이어서 특히 눈길을 끈다. 이 지느러미는 길이가 3~4피트로서 등의 뒷부분에서 뿔처럼 곧게 서서, 그 끝이 매우 날카롭게 뾰족하다.

　이 고래의 다른 부분이 조금도 보이지 않는 경우에도 이따금 이 지느러미만은 수면에서 뾰족하게 돌출해 있는 것을 분명히 볼 수 있다. 바다가 잔잔하고 희미하게 둥근 무늬를 그리며 잔물결이 일고 있을 때, 해시계의 바늘처럼 이 지느러미가 서서 잔물결 위에 그림자를 떨어뜨리고 있는 것을 보면 그것을 가운데에 두고 소용돌이치는 물의 동그라미가 해시계의 글자판처럼 보이고, 거기에 날짜를 가리키는 바늘과 시간의 선도 새겨져 있는 것처럼 보인다. 이 아하스(기원전 8세기의 유대왕으로 해시계를 만들었음.)의 해시계에서는 이따금 그림자가 거꾸로 돌아오기도 한다.

　이 고래는 떼를 지어 살지 않는다. 사람들을 싫어하는 사람도 있듯 이것도 고래가 싫은 모양이다. 매우 수줍어해서 언제나 혼자 헤엄치며 엉뚱하게도 어두운 수면에 뜻하지 않게 떠오를 때 꼿꼿이 서서 높이 뿜어올리는 한 줄기 바닷물은 마치 사람을 싫어해서 거친 들에 서 있는 창과도 같다. 또한 그는 현재 사람의 추적을 비웃을 정도로 놀라운 힘과 속도로 헤엄을 친다.

이것은 고래 중의 난폭한 추방자 카인이고, 그 증거로서 등에 해시계의 바늘을 지게 된 것이 아닐까? 입 속에 고래수염을 갖고 있어서 이 고래는 종종 큰고래와 혼동되어 이론상 '수염고래', 다시 말해 고래수염을 가진 일족一族으로 취급되기도 한다.

이 수염고래 가운데는 여러 종류가 있을 것으로 생각되는데 대부분은 거의 알려져 있지 않다. '코넓은 고래', '주둥이고래', '꼬치고기머리고래', '혹고래', '아래턱고래', '칼끝고래' 등이 어부들이 붙인 이름이다.

이 '수염고래'의 호칭에 대해서는 꼭 말하고 넘어가야 할 중요한 사실이 있다. 곧, 이러한 명명법은 어떤 종류의 고래에 대해 언급할 때는 매우 편리하지만 애당초 고래수염이니 혹이니, 지느러미니, 이빨이니 하는 식으로 고래를 분류하려는 것은, 설사 이러한 다리나 몸의 외관이 고래가 제각기의 종속에서 구별되는 특징이 되어 다른 선체 부분보다도 고래를 분류하는 기초로서 명백한 편의를 준다 하더라도 거기에 무리가 있다는 것이다.

왜냐하면 고래수염, 등지느러미, 이빨 이런 것들의 특징은 여러 동료 고래들 사이에 다른 부분의 구조나, 보다 본질적인 특징과는 전혀 관계없이 제멋대로 뒤섞여 나타나기 때문이다.

이를테면, 말향고래와 혹고래는 모두 혹은 있지만 그러나 유사점이라곤 그것뿐이다. 그런데 이 혹고래와 그린란드고래는 똑같이 고래수염을 가지고 있지만 여기에도 유사점은 없다. 또 그 밖의 특징에 대해서도 마찬가지다.

고래의 구조는 이렇듯 여러 종류에 있어서도 불규칙적으로 만들어져 있으며, 한편 그 종류 하나하나를 들어 말하면 이렇게 불규칙하게 고립되어 있으므로 이와 같은 근거에 의해 총체적인 계통을 세우려는 노력을 비웃고 있는 것 같다. 이 바위에 걸쳐서 모든 고래학자들은 난파해 버리고 마는 것이다.

그러나 그 내부 조직을 해부하면 올바른 분류에 도달할 수 있으리라고 생각하는 사람도 있을 것이다. 하지만 그렇지는 않다. 이를테면, 그린란드고래를 해부해도 그 고래수염 이상으로 현저한 점은 아무것도 발견되지 않는다.

더욱이 앞에서도 보았듯 고래수염만으로는 결코 그린란드고래를 바르게 분류할 수는 없다. 가령 여러분들이 갖가지 고래의 창자 속을 들여다본다 해도 이전부터 분류의 기준으로 꼽혔던 외부 특징의 50분의 1만큼도 좋은 것을 발견할 수는 없다. 그러면 어떻게 하면 좋은가? 고래의 몸을 있는 그대로 붙잡아서 용감하게 구분해 가는 수밖에 없다. 그러니까 서지학적(도서를 과학적으로 분류, 감정 등을 하는 학문) 방법을 채택한 것인데, 아무튼 이것은 실용적이므로 유일하게 성공할 방법이 아닌가 생각한다.

제1권(2절판) 제4장(곱사등이고래)

이것은 북미 해안에 가끔 나타나 그 근처에서 곧잘 잡혀 항구로 끌려온다. 장사꾼처럼 커다란 짐을 짊어지고 있는 형태이다. 또한 '코끼리고래' 라거나 '성城고래' 라고 부르는 것도 좋을 것이다. 아무튼 흔히 불리는 '곱사등이고래' 라는 이름은 그것을 다른 고래와 구별시키는 데에 충분하지 않다. 왜냐하면 말향고래도 훨씬 작긴 하지만 혹을 갖고 있기 때문이다. 이 고래의 기름은 그다지 고급이 아니다. 고래수염은 있다. 고래 중에서도 가장 놀기 좋아하고 쾌활해서 대체로 다른 고래보다도 명랑하게 물거품을 일으키며 논다.

제1권(2절판) 제5장(긴수염고래)

이 고래에 대해서는 이름 이외엔 거의 알지 못한다. 나는 혼 곶의 항구 밖 멀리에서 이것을 본 적이 있다. 수줍어하는 성질이어서 어부나 학자들을 피하는 버릇이 있다. 겁쟁이는 아닌데 길고 날카로운 산마루터기처럼 우뚝 솟은 잔등 외에는 결코 보이지 않는다. 이 정도로 그치겠다. 나는 그것에 대해 이 이상 알지 못하고, 누구도 전부 알고 있지 못하다.

제1권(2절판) 제6장(유황고래)

이것도 은둔자이다. 유황이 배에 붙어 있는데 이것은 아마도 깊이 들어갔을 때 지옥의 점토층에 문질러 댔기 때문이리라. 흔히 잘 나타나지 않는다. 나는 먼 남해에서밖에 본 적이 없지만, 그때도 언제나 멀리 떨어져 있었기 때문에 그 풍모를 자세히 보는 것은 불가능했다. 추적당하는 일도 없었다. 마치 줄타기를 하는 것처럼 달려서 달아나버린다. 여러 가지 기괴한 평판이 있다. 잘 가라, 유황고래여! 나는 너에 대해 이 이상의 진실을 말할 수가 없다. 아마도 낸터킷의 늙은 사람들도 그럴 것이다.

제1권(2절판)은 여기서 끝난다. 이어서 제2권(8절판). 이것들은 중간 크기의 고래들로서, 1. 그램퍼스고래(돌고래), 2. 검은고래, 3. 코고래(일각고래), 4. 상어고래, 5. 범고래가 있다.

제2권(8절판) 제1장(그램퍼스고래)

이 고래의 요란한 호흡, 아니 울부짖음은 육지의 사람들에게도 이야깃거리가 되어 깊은 바다의 주민으로서 그 이름은 유명한데, 보통은 이것을 고래 속에 넣지 않는 것 같다. 그러나 고래로서의 특성은 모두 갖추고 있으며 많은 박물학자들도 그것을 인정한다. 보통 8절판의 크기이며, 길이는 50피트에서부터 25피트 가량, 몸통 둘레도 그와 알맞게 균형이 잡혀 있다. 떼를 지어 다닌다. 상당히 많은 양의 기름이 있고 등불용으로서 나쁘지 않지만 그다지 많이 잡히지는 않는다. 고래잡이들은 그램퍼스고래가 나타나는 것을 말향고래가 올 전조로 여기기도 한다.

제2권(8절판) 제2장(검은고래)

나는 고래들을 어부들이 부르는 이름으로 부르는데, 대개 그것이 가장 적절한 이름이기 때문이다. 애매하고 적절하지 않은 이름인 경우는 그 뜻을 밝히고 다른 이름을 제시하겠다. 이 검은고래의 경우가 그러하다. 왜냐하면 거의 모든 고래는 검기 때문이다. 그런즉 그것을 하이에나고래라고 부르면 어떻겠는가? 그것이 먹을 것을 탐내는 꼴은 유명하고, 그 입술의 안쪽이 위로 굽어 항상 그 안면에 메피스토펠레스(《파우스트》에 등장하는 악마)의 쓴웃음을 띠고 있다.

지구상의 이 고래는 평균 10~18피트의 길이이다. 거의 모든 지역에 있으

170

며 헤엄칠 때 갈고리 모양의 등지느러미를 보이는 이상한 버릇이 있는데, 그 지느러미는 마치 로마인의 코처럼 보인다. 말향고래잡이 일이 그다지 잘되지 않을 때 이 하이에나고래를 잡아서 가사용의 싼 기름을 공급할 때도 있다. 검약가들은, 사람이 오지 않고 혼자 있을 때는 향기로운 기름을 아끼고 냄새 나는 초를 태우는 것이다. 그 지방층은 아주 얇지만 이 고래 중에 어떤 것은 30갤런 이상의 기름을 주기도 한다.

제2권(8절판) 제3장(코고래 또는 일각고래)

이것도 또한 묘한 이름인데 특이한 뿔이 원래는 뾰족한 코로 잘못 알려진 까닭이라고 생각한다. 몸의 길이가 16피트 가량 되고 그 뿔은 보통 5피트 가량인데 때로 10피트, 15피트에 달하는 것도 있다. 엄밀하게 말하면 이 뿔은 송곳니가 발달한 것이고 턱에서 약간 수평보다 낮게 뻗어 있다.

그러나 그것은 항상 왼쪽에만 있으므로 기분 나쁜 몰골을 나타내고, 기형적인 왼손잡이 사나이 같은 외모를 하고 있다. 이 뿔이나 창이라고도 할 만한 송곳니가 어떤 목적을 지니고 있는가를 정확하게 말하기는 곤란하다. 검이나 꼬치고기의 칼날 같은 작용을 한다고 생각되지는 않는다.

그러나 어떤 선원들의 말에 의하면 코고래는 먹이를 찾을 때 이것을 갈퀴 대신으로 하여 바다 밑을 파헤친다고 하며, 찰리 코핀은 이것으로 얼음에 구멍을 판다고 말한다. 왜냐하면 이 코고래가 극양極洋의 표면에 떠오르려 할 때 얼음이 덮여 있는 것을 알면 그 뿔을 내밀고 얼음을 깨뜨려 나오기 때문이다. 다만 이 같은 추측이 올바른지 어떤지는 확실하지 않다.

내 의견으로는—이 코고래는 한쪽에 붙은 한 개의 뿔을 무엇에 쓰든—그 뿔은 팸플릿 같은 것을 읽을 때의 받침 도구에 안성맞춤이라고 생각하고 있다. 코고래가 '송곳니고래', '뿔고래', '일각고래' 등으로 불리는 것도 들은 적이 있다. 아무튼 동물계의 모든 영역에서 보게 되는 일각류—角類의 특이한 전형이다. 어떤 은둔자적인 학자의 견해에 의거해서 말한다면, 이 바다의 외뿔짐승의 뿔은 옛날에는 해독용의 묘약이라고 생각되었으므로 그것을 조제하여 막대한 부富를 이루었다고 한다.

또 수사슴의 뿔을 정제하여 녹각정을 만들 듯이 그 고래의 뿔을 증류시켜 휘발성 염류로 만들어서 부인들이 기절했을 때 약으로 사용하였다고 한다. 아무튼 그 자체가 옛날에는 매우 귀중하게 여겨졌던 것만은 사실이다.

고문서에 의하면 베스 여왕이 그리니치 궁전의 창문으로 미소를 지으며 그 보석으로 장식된 손을 흔들면서 마틴 프로비셔(1535~1594년. 엘리자베스 시대의 항해사, 선장)의 용감한 배가 템스 강으로 내려가는 것을 전송하고 '이윽고 그 항해에서 돌아왔을 때, 마틴 프로비셔는 여왕 전하에게 크고 위대한 코고래의 뿔을 바쳤고, 그것은 오랫동안 윈저 성에 걸려 있었다.'고 기록되어 있다. 아일랜드의 책에 의하면, 레시터 후작(1532~1588년. 영국 엘리자베스 시대의 정치가)도 무릎을 꿇고 여왕 전하에게 육지에서 사는 외뿔 짐승의 뿔을 바쳤다고 한다.

코고래는 표범과도 닮아서 풍모가 화려하며, 우윳빛의 흰 살에는 원이나 타원형의 검은 얼룩이 빛나고 있다. 그 기름은 투명하고 질이 좋은데 양이 적고 또 거의 잡히지 않는다. 보통은 극지 부근의 바다에서 발견된다.

제2권(8절판) 제4장(상어고래)

이에 대해서는 낸터킷 사람들조차도 정확한 것을 거의 알지 못하고 유명한 박물학자도 전혀 알지 못한다. 내가 먼 곳에서 확인한 바로는 범고래의 크기만한 것 같다. 흉포하기 짝이 없으며, 이른바 식인종 같은 물고기이다. 때로는 거대한 2절판 고래를 입으로 물고 거머리처럼 매달려 뜯어먹고 끝내는 거경을 몸부림쳐 죽게 한다. 이것을 잡은 사람은 없고 어떤 기름을 가지고 있는가를 들은 적도 없다. 이 고래의 이름에도 이유가 애매하다는 것으로써 의의를 말할 수도 있을 것이다. 왜냐하면 보나파르트(나폴레옹)적이고 상어적이기 때문이다.

제2권(8절판) 제5장(범고래)

이 신사는 그 꼬리로 유명한데, 그것으로 채찍을 치듯이 적을 친다. 2절판 고래의 등에 올라타고 철썩 때리면서 헤엄쳐 가도록 한다. 그것은 인간 세상에서 학교 교사의 처세술과 비슷하다. 이 범고래는 상어고래보다도 덜 알려져 있다. 둘 다 법이 없는 바다에서 무뢰방랑한 자들이다.

이어서 제3권(12절판). 이것에는 크기가 작은 고래들이 속하는데, 1. 만세돌고래, 2. 해적돌고래, 3. 가루돌고래가 그것이다.

이 고래에 대해서는 특별히 연구할 기회를 가진 사람들이 아니면 대개 4~5피트도 못 되는 물고기가 고래류에 속하는 것을 미심쩍어할지도 모른다. 그러나 고래란 누가 생각해도 거대한 뜻을 가진 말이 아니겠는가? 그러나 나의 관점에서 볼 때 다시 말해서 수평의 꼬리를 갖고 물을 뿜는 물고기라는 점에서 보면 12절판으로 여기에 든 것들도 틀림없이 고래이다.

제3권(12절판) 제1장(만세돌고래)

지구의 모든 표면에서 볼 수 있는 흔한 돌고래다. 이 명명은 내가 한 것이다. 돌고래에는 여러 종류가 있어서 그 구별이 필요했기 때문이다. 이 이름을 붙인 이유는 언제나 위세좋게 떼를 지어 다니고 넓은 바다 위에 마치 독립기념일 때의 군중들의 모자처럼 튀어오르기 때문이다.

그들의 출현은 언제나 선원들에게 환영받는다. 정말 위세좋고 언제나 바람이 불어오는 쪽의 상쾌한 물결을 타고 온다. 바람 속에 장난치는 어린아이 같으며 실조로 되어 있다. 만일 이런 강대한 물고기를 보고도 만세를 부르기를 꺼리는 사람이 있다면 어지간히 성질이 고약한 사람일 것이다.

천진한 쾌활함이 마음에 결여되어 있는 증거다. 영양이 좋은 통통한 만세돌고래에서는 고급 기름 1갤런은 족히 얻을 수 있다. 그러나 그 턱에서 짜내는 순량의 정밀한 액체는 더욱 희귀한 것이어서 보석상이나 시계 직공들이 탐내는 기름이다. 선원들은 그 기름을 숫돌에 바른다. 또한 그 고기도 좋다. 그러나 돌고래가 물을 뿜는 줄은 모를 것이다. 사실 매우 작은 물이므로 얼른 보면 물처럼 보이지는 않는다. 다음에 이 고래를 주의 깊게 보면 이것이 큰 말향고래의 축소판임을 알 수 있을 것이다.

제3권(12절판) 제2장(해적돌고래)

해적. 매우 야만적이다. 내가 아는 바로는 태평양에만 나타난다. 만세돌고래보다 다소 대형이지만 몸체는 아주 비슷하다. 화가 나면 상어에게도 덤벼든다. 나도 몇 번이나 보트를 내려 쫓아갔지만 잡은 것을 본 적은 없다.

제3권(12절판) 제3장(가루돌고래)

가장 커다란 돌고래. 지금까지 알려진 바로는 태평양에서만 발견된다.

오늘날까지 갖고 있는 영어 이름은 단 하나, 어부들이 부르는 '큰돌고래'라는 것이 있는데 그것은 주로 2절판 고래의 주위에서 발견되는 데서 연유한다. 모습은 만세돌고래와 약간 달라 그것처럼 통통하고 발랄한 몸체가 아니다. 참으로 산뜻한 신사다. 등에 지느러미도 없고(대개의 돌고래에는 있지만), 늘씬한 꼬리가 있고, 인디언의 엷은 갈색 눈 같은 감상적인 눈을 갖고 있다.

그런데 가루를 뿜는 것 같은 입 때문에 전체 외관을 망치고 있다. 등 한쪽에서부터 옆구리의 지느러미에 이르기까지 짙고 검은 담비빛인데 선체의 선처럼 뚜렷한 '광택光澤 허리'라고 불리는 선이 앞에서부터 꼬리까지 온몸에 붙어 있는 위는 검고 아래는 흰 두 가지 색으로 나뉘어져 있다. 머리의 일부와 입 전체도 흰빛이어서 방금 먹은 것을 훔쳐 가지고 도망쳐 온 것 같은 얼굴을 하고 있다. 아주 흉하게 가루를 뿜은 듯한 표정이다. 그 기름은 일반적인 돌고래의 것과 큰 차이가 없다.

이것으로 이름 있는 고래는 모두 수록한 셈이다. 그러나 이밖에도 정체불명의 이상한 반전설적인 고래들이 있지만 미국의 고래잡이인 나는 이야기로만 들었을 뿐 실제로 보지는 못했다. 나는 선원들끼리 부르는 이름으로 열거하려고 한다. 앞으로 내가 지금 막 착수한 일을 완성해줄 연구가를 위한 일이기도 할 테니까. 만일 앞으로 다음에 말하는 것 같은 고래가 잡히고 조사된다면 그것은 2절판, 8절판, 12절판의 크기에 따라서 이 분류 계통에 넣어질 것이다.

곧, 병코고래, 정크고래, 푸딩고래, 케이프고래, 선도고래, 대포고래, 여윈 고래, 동銅고래, 코끼리고래, 빙산고래, 대합고래, 청고래 등등이다. 아이슬란드, 네덜란드, 옛 영국 등의 박학자들로부터는 별의별 황당한 이름을 갖는, 신원이 확실치 않은 고래의 목록도 제출될 것이다. 그러나 나는 그것들을 폐어廢語로서 제외시킨다. 거경적인 당당한 울림은 갖고 있겠지만 실상은 아무런 의미는 없다고 생각한다.

마지막으로 처음에 말했듯이 고래의 분류는 여기서 단숨에 완전한 것이 될 것을 기대한 것은 아니다. 내 말이 거짓이 아니었다는 것은 보는 바와 같다. 나는, 마치 콜로뉴의 대성당이 완성되지 않은 탑 위에 기중기를 세운 채 남아 있듯이 나의 고래학의 체계를 미완성인 채로 남겨 둔다.

작은 건조물은 최초의 건축가의 손으로 완성될지도 모르지만, 장대하고 참다운 것은 최후의 마무리를 후세에 맡긴다. 신이여, 내가 아무것도 완성해 버리지 않도록 보살펴 주소서. 이 책도 초안草案, 아니 초안의 초안에 지나지 않는다. 아아, 시간과 힘과 돈의 인내를!

제33장 작살잡이장

포경선의 고급 선원에 관한 이야기를 하는 김에 여기서 잠시 이 배의 독자적인 내부 사정에 대해서 짚고 넘어가는 것도 좋을 듯하다. 여기에선 다른 상선에서는 볼 수 없는 일로서 작살잡이가 고급 선원 계급을 이루고 있기 때문이다.

작살잡이란 직책을 얼마나 중요하게 여겼는지는 2세기 가량 전까지의 네덜란드 어업에서는 포경선의 지휘권이 오늘날 선장이라고 불리는 사람에게만 주어지지 않고 선장과 '작살잡이장' 이라고 불리는 고급 선원이 공유하고 있었다는 사실로 미루어 알 수 있다. '작살잡이장(Specksynder)' 의 원뜻은 '기름기를 베는 사람' 이라는 것인데, 관습에 의하여 어느 틈엔지 작살잡이 중의 우두머리라는 뜻과 같은 뜻이 되었다. 그 당시 선장의 권한은 항해와 배의 잡무에 한정되어 있었고, 포경과 그에 부수되는 모든 것은 '기름기를 베는 사람' 혹은 '작살잡이장'이 맡아 처리했다. 지금도 영국의 그린란드 어업에서 '지방치기꾼'이라는 격하된 이름으로 옛 네덜란드식 직명은 남아 있지만, 옛날의 권위는 형편없이 깎이고 말았다. 오늘날에는 다만 수석 작살잡이라는 것 외에는 선장의 부하로서 낮은 지위에 놓이고 말았다.

그러나 포경 항해의 성공 여부는 작살잡이의 솜씨에 달려 있고, 또 아메리카 어업에서 그는 보트 작업 때 중요한 역할을 할 뿐 아니라(고래 어장에서의 불침번 등) 어떤 경우에도 갑판의 지휘가 그의 손에 돌아가기 때문에 이 해상 정치의 원칙으로서 그는 명의상 활동 구역이 선원과 다르며 그들보다도 직급이 높은 자로 구별되는 것이 당연하게 되어 있다. 그러나 사실은 선원들에게 동료 취급을 받고 있는 것이 보통이다.

고급 선원과 선원이 크게 구별되는 점은 전자는 배의 뒤쪽에 살고 후자는 뱃머리 쪽에 산다는 점이다. 따라서 포경선에서도 상선에서도 고급 선원들은 선장과 같은 장소에 살고, 대부분의 아메리카 포경선에서는 작살잡이들도 배의 뒤쪽에 자리를 차지한다. 결국 그들은 선장실에서 식사를 하고 밤에는 벽을 사이에 두고 연락할 수 있는 곳에서 잔다.

물론 남양 포경 항해는 인간으로서 하는 항해 중에서 가장 길며, 특수한 위험이 따르고, 그 이해利害는 선원의 전부에게 공통적으로 나뉘어져 계급 여하를 막론하고 그 수고가 같으므로, 공통된 행운과 긴장과 대담성과 각고刻苦가 따른다. 다시 말해서 이러한 일이 때로 상선에 비해 그 규율을 늦추는 경향이 없지도 않다.

그러나 이렇게 고래잡이들이 그 원시적 환경에 있어서 마치 옛날의 메소포타미아의 가족들처럼 한데 뒤섞여 살고 있다곤 하지만, 적어도 뒷갑판의 규율의 엄격함이 실제로 늦춰지는 일은 없고 더구나 소멸되어 버리는 일도 없다. 사실 낸터킷의 배를 찾아가는 대부분의 사람은 그 선장이 해군보다 나으면 나았지 절대로 뒤지지 않는 당당한 위용으로 뒷갑판을 활보하는 것을 보고 너덜너덜한 나사 옷이 아니라 제왕의 심홍색 옷을 입은 것처럼 선원들을 무릎 꿇게 하고 두려워 엎드리게 하는 것을 볼 것이다.

그런데 이 피쿼드호의 음울한 선장은 그런 천박한 허세를 부리는 사람과는 아주 달랐고, 그가 요구하는 복종이란 다만 그 명령을 그 자리에서 즉시 정확하게 듣고 일하라는 것밖에는 없었다. 또한 뒷갑판에 들어올 때 신을 벗으라거나 하지 않았다. 또 때로는―후에 말하게 될 어떤 사건과 관련된 특수한 사정 때문에―일부러 자기를 낮춘 건지 혼을 내주기 위한 건지 알 수 없지만, 경박하기 짝이 없는 말로 고함을 치긴 했지만, 이 에이허브 선장도 바다 위의 엄숙한 예의와 관습을 저버린 것은 아니었다.

아니, 그가 이러한 예의와 관습의 그늘에 숨어서 이른바 가면을 쓰고 있었다고 생각되는 점도 머지않아 명백하게 될 것이다. 될 수 있으면 이 예의와 관습의 본래의 뜻과는 다른 개인적인 방향으로 그것을 이용하려고 하는 것처럼 보이기도 했다. 그의 마음속에 깃들인 폭군성은 다른 경우에는 꽤 잘 숨겨져 있었으나, 이 예의와 관습의 옷을 입을 때만은 절대적으로 난폭한 위세를 떨치는 독재의 화신처럼 되어 나타났다.

다시 말해서 어떤 인간의 두뇌가 아무리 우월하다 해도 그것은 항상 천하고 비열한 어떤 기교의 도움이 없이는 다른 사람 위에 실제로 효력 있는 권위를 떨칠 수는 없는 게 아니겠는가? 그렇기 때문에 신의 왕국의 참다운 왕자들은 이 세상의 단상을 떠들썩하게 만들거나 하지는 않는다. 따라서 이 세상이 주는 최고의 영광을 받을 사람들이란 대다수의 평범한 사람들보다 우월해서라기보다, 성스러운 무위無爲한 신성神性을 갖는 소수의 선택받은 숨은 자들에 비해 너무나 열등했기에 오히려 유명했던 사람들이다.

이렇게 비소卑小한 자들이라도 극단적인 정치적 미신에 싸였을 때는 커다란 덕을 담고 있는 것처럼 보이는 법이므로 왕자의 경우에는 심지어 어리석은 것조차도 권위가 붙게 된다. 더욱이 러시아 황제 니콜라이(니콜라이 1세)의 경우처럼 그 머리에 대제국의 관冠을 씌우면 대중은 기막히게 큰 그 권력 앞에 자기를 낮추어 무릎을 꿇는다. 그러나 인간 권세에 대한 최대 최강의 힘을 묘사하려는 비극 작가는 전에 말했듯이 그 예술에 필요한 암시를 결코 잊어버리는 일이 없다.

하지만 지금 내 앞을 걷고 있는 사람은 낸터킷식의 음울함에 싸인, 털북숭이 모습의 에이허브 선장이다. 왕자들의 일로 붓을 달렸지만 지금의 나의 상대는 늙어서 초라해진 이 고래잡이라는 것을 잊어서는 안 된다.

그러니까 당당한 외관을 지닌 위용 같은 것은 없다. 에이허브여! 당신을 위대하게 하는 것은 공중에서 잡아오는 것, 바닷속에 들어가 잡는 것, 형태 없는 공기 속에 그려내는 것이어야 한다.

제34장 선장실의 식탁

정오다. 주방의 소년은 그 퍼렇게 부푼 빵 같은 얼굴을 선장실의 창문에서 내밀고 주인나리께 식사하시라고 말하고 있다. 선장은 바람이 불어가는 쪽 배의 뒤쪽의 보트 안에 앉아서 태양을 관측하고 있었는데, 그때는 그 고래뼈 다리의 윗부분에 평소에 사용하기 위해서 붙여놓은 반들반들한 메달 모양의 도표에 의하여 묵묵히 위도를 조사하고 있었다.

부르는 소리에 조금도 응하지 않는 것을 보면 그 하인의 목소리는 우울한 에이허브의 귀에는 들어가지 않았던 것일까, 하고 생각할 겨를도 없이 그는 천천히 뒷돛대의 밧줄에 매달려 갑판으로 뛰어내리더니 태연하고 무뚝뚝한 목소리로 "스타벅, 식사다."라고 말하고는 선실로 사라졌다.

대왕의 발소리의 울림도 사라져 이미 식탁에 앉았을 거라고 생각되었을 때 제1도독都督 스타벅은 몸을 움직여서 갑판을 조금 걷다가 주의 깊게 나침반을 들여다본 뒤 "스터브, 식사야."라고 짐짓 명랑하게 말하고 승강구를 내렸다. 제2도독은 삭구 근처를 한동안 왔다갔다하다가 큰 돛의 활대를 약간 흔들어 보며 이 소중한 밧줄에 이상이 없는가 조사하더니 그도 역시 똑같이 "플라스크, 점심식사야."라고 소리치고 두 사람의 뒤를 쫓았다.

그러나 제3도독은 그때 뒷갑판에 자기 혼자만이 남아 있다는 것을 알자 어쩐지 기묘하고 거북한 것에서 빠져나온 것 같은 생각이 들었는지, 여기저기에 무턱대고 내보란 듯한 표정으로 곁눈질을 하고 나서 구두를 차올려 벗자 대왕의 바로 머리 위께에서 격렬하게, 그러나 소리가 나지 않도록 하면서 춤을 추기 시작했다. 그러고 나서 훌륭하고 재빠른 솜씨로 선반 대신 뒷돛대 다락에다 모자를 집어던져 놓고서—갑판에서 보이는 한도 내에서—여전히 춤추는 상태로 내려갔는데, 그것은 모든 행렬의 관습과는 반대로 악대가 맨 끝에 서게 되는 그러한 모습이었다. 그러나 아래 선장실의 문을 들어서기 전에 우선 걸음을 멈추고 표정을 바꾼 자유분방하고 쾌활한 플라스크는 에이허브 왕의 어전으로 노예처럼 걸어 나갔다.

갑판 위에서 선원들이 화를 내고 윗사람을 향하여 대담한 태도를 보인다는 것은 극히 인위적인 해상 풍습의 산물로서 그다지 신기할 것은 없다. 그러나 그 장본인이 다음 순간에 그 윗사람의 방에 여느 때처럼 식사를 하러 들어가는 것을 본다면 십중팔구 선장이 식탁의 상석에 앉아 있으면, 대뜸 공손해져서 참으로 온순한 태도가 되는 것을 알 것이다. 실로 놀라운 일, 아니 우스꽝스러운 일이다. 어쩌면 이렇게 돌변할 수 있단 말인가? 이상하다. 아니, 이상할 것도 없을 것이다.

여러분, 여러분이 벨사살(바빌론 최후의 왕)이 되었다고 생각해 보시라. 오만하게 굴지 않는, 공손하고 겸손한 벨사살이 되었다고 생각해 보면 그것만으로도 어느 정도는 현세의 호화로움을 맛볼 수 있으리라. 당당하고 재치 있는 방법으로 손님들을 식탁에 초대하여 주인 노릇을 해보시라. 그때야말로 자신의 권세와 권위를 따를 것은 없다는 생각이 들 것이다. 그때의 그의 위풍은 벨사살보다 몇 배나 더한 것이다.

왜냐하면 벨사살이 최대의 왕은 아니기 때문이다. 한 번이라도 친구들을 식탁에 초대한 사람은 황제라는 것의 맛을 안 자이다. 이 사교적인 황제 기분에는 불가항력적인 마력이 있다. 이런 고찰에 선장인 그가 제 직위에 대해 갖는 우월감을 감안해 본다면 내가 지금 말한 해상생활의 이상한 관습의 이유도 깨닫게 될 것이다.

고래뼈를 박은 식탁을 주재하는 에이허브의 모습은 백산호白珊瑚가 깔린 해안에 묵묵히 갈기머리를 바람에 날리고 있는 강치가 사납지만, 그래도 예의바르고 순종하는 새끼들에게 둘러싸여 있는 것과 같은 광경이다. 고급 선원들은 제각기 자기의 접시가 돌아오는 차례를 기다리고 있다. 에이허브 앞에서는 그들은 어린아이 같다. 그런데도 에이허브는 오만한 기가 조금도 있는 것 같지가 않다. 고급 선원들은 한마음이 된 것처럼 웃어른이 앞에 있는 큰 접시의 고기를 자르는 나이프를 열심히 응시하고 있다.

그때의 그들은 설사 날씨에 관한 이야기처럼 아무런 지장도 없을 것 같은 말이라 할지라도 입 밖에 내어 이 분위기를 흐트러뜨릴 마음은 갖지 않는다. 아니, 에이허브가 나이프와 포크로 고기 토막을 집어 내밀며 스타벅에게 접시로 받으라고 몸짓을 할 때 이 일등 항해사는 마치 자선을 받은 사람처럼, 고기를 받아 조용히 자르며 자칫 부주의해서 나이프가 접시에 스치는 소리라도 날 경우는 깜짝 놀라 소리도 내지 않고 입을 우물거리며 참으로 조심스럽게 씹어 삼킨다. 참으로 이 선장실의 식사는 프랑크푸르트의 신성로마제국의 대관식 향연에서 독일 황제가 선거후(選擧候, 독일 황제의 선거권을 가진 사람) 일곱 명과 삼엄한 식사를 하는 것과 비슷해서 엄숙한 침묵과 기운이 넘쳐흐른다. 물론 이 식탁에서 에이허브에게 입을 여는 것이 금지된 것은 아니었다. 다만 스스로들 잠자코 있을 뿐이었다.

그러나 쥐가 갑자기 아래의 선창에서 요란하게 떠들어 댔을 때 목이 막혔던 스터브는 얼마나 후련했는지 모른다. 그런데 저 플라스크—이 음울한 가족들이 단란하게 모인 식탁의 막내둥이고 소년인 플라스크, 그가 그의 접시에 받은 것은 소금에 절인 쇠고기의 다리뼈였다. 북치는 채가 아닌 게 그래도 다행이었다. 그런데 그 플라스크에게는 자기 마음대로 음식을 집어먹는다는 것은 더없이 무거운 절도죄와 같이 생각되고, 그런 짓을 하면 세상 사람들 앞에 얼굴을 내놓을 수도 없다고 생각되었다. 에이허브가 별로 금했던 것도 아니고 또한 플라스크가 구태여 그렇게 했다 하더라도 에이허브는 아마 깨닫지도 못했을 텐데도 그렇게 굳게 믿고 있었으니 이상한 일이었다. 그 중에서도 특히 플라스크는 버터에 손을 내밀지 않았다.

배의 선주들이 밝은 혈색을 흐리게 할 테니 먹지 않는 편이 좋을 거라고 금하고 있다고 생각했는지, 그렇지 않으면 시장도 없는 바다의 긴 항해에서 버터는 각별한 귀중품이니만큼 아랫사람의 입에는 넣을 것이 못된다고 생각했는지, 하여간 이 불쌍한 플라스크는 버터를 먹지 않았다. 그뿐만이 아니었다. 식탁에 오는 것이 가장 늦고 일어서는 것이 가장 빠른 사람도 플라스크였다. 생각해 보라. 그는 빠른 시간 안에 음식을 집어 먹어야 할 운명이었던 것이다.

스타벅과 스터브는 플라스크보다 먼저 먹기 시작하여 그보다 늦게 끝냈다. 만일 그보다 겨우 한 계급 위인 스터브에게 식욕이 그다지 없을 때가 있어 식사를 빨리 끝마칠 기색이라도 나타나면, 플라스크는 얼른 일어나야만 했고 이리하여 하루에 세 숟갈도 먹을 수 없게 되고 말겠지만, 신성한 관례로 스터브가 플라스크보다 먼저 갑판에 나가는 일이 있어선 안 되었다.

한번은 플라스크가 은근히 털어놓은 적이 있었는데 고급 선원으로 승진되고 나서부터는 어느 정도의 시장기를 느끼지 않은 날이 없었다고 했다. 그의 입으로 들어가는 것은 그의 시장기만을 영속시킬 뿐 도저히 그 시장기를 없앨 수는 없다는 것이다. 평화와 만족은 영원히 그의 위 속에서 떠나버렸다고 플라스크는 느꼈다.

'나는 고급 선원이다. 그러나 앞갑판 선원들과 섞여 선원이었던 옛날처럼 오래된 쇠고기라도 좋으니까 잔뜩 움켜쥐었으면 좋겠구나, 이것이 승진의 고마움이라는 건가? 영광은 허무한 것이며 인생은 미치는 것인가?

또 만일 피쿼드호의 보통 선원이 고급 선원의 직책에 있는 이 플라스크에게 뭔가 원한을 품고 있어서 그 울분을 터뜨리고 싶다면 점심식사 때 잠깐 배의 뒤쪽으로 가서 선장실 들창으로 무서운 에이허브 앞에 바보처럼 잠자코 앉아 있는 그 플라스크를 들여다보기만 하면 족할 것이다.

그런데 에이허브와 그의 세 항해사는 피쿼드호의 선장실에서 제1식탁이라 할 만한 식탁에 앉게 되는데, 그들이 들어올 때와는 반대의 순서로 나가고 나면 얼굴이 창백한 급사가 와서 식탁 위를 치운다. 치운다기보다는 식탁 위의 물건을 허둥지둥 고쳐 놓는다. 그러면 나머지 유산을 받은 사람으로서 세 사람의 작살잡이가 식탁에 불려 온다. 그러면 이 고상하고 숭엄한 방은 잠시 동안 아랫사람들의 방으로 변해버린다. 이들 미천한 작살잡이들의 태평스러운 안이함. 거의 미친 짓이라고나 할 만한 이 민주제도는, 선장의 식탁에서 본 그 숨막히는 거북스러움과 형용할 수 없는 압박감과는 묘한 대조를 이루었다.

그들의 윗사람인 항해사들은 자기의 턱 놀리는 소리에도 놀라는 데 비해 이 작살잡이들은 반주를 넣어가며 식사하는 쾌감을 맛보는 것이다. 참으로 왕족처럼 식사를 했다. 하루 종일 향료를 실어 나르는 인도 향료 배처럼 뱃속에 마구 쓸어 넣었다.

퀴케그만 해도 그랬고 태슈테고도 참으로 무서운 식욕이었으므로, 창백한 급사 녀석은 바로 전의 식사 때 줄어 없어진 것을 보충하려면 종종 통째로 소에서 떼어 온 것 같은 소금에 절인 커다란 허릿살을 가져오지 않으면 안 되었다. 그것을 삼단뛰기라도 해서 민첩하게 척척 하지 않으면 태슈테고는 포크를 작살처럼 등에 던져 재촉을 하는 비신사적인 행위도 한다.

언젠가는 대그가 갑자기 나무접시에 문질러서 주의시킨 적이 있는데, 그때 태슈테고는 손에 쥔 나이프로 머리껍질을 벗길 준비라도 하는 듯이 동그라미를 그렸다. 얼굴이 빵처럼 생긴 이 소년은 파산한 빵장수와 병원 간호사 사이에 난 자식이었는데 태어날 때부터 몹시 마음이 약한 겁쟁이였다. 그리하여 언제나 무서운 에이허브를 우러러보고 그 사이에 이 세 야만인의 요란하기 이를 데 없는 내습을 받아 이 소년은 나날을 부들부들 떨면서 지내고 있었다. 대개는 작살잡이들의 요구가 채워진 것을 보고도 그 수중에서 빠져나와 옆의 조그마한 주방으로 도망쳐 모든 것이 끝날 때까지 그 문의 덧문 사이로 겁을 먹으며 들여다보곤 했다.

퀴케그가 태슈테고와 마주앉아 있을 때 그의 죽 늘어선 이가 인디언의 이와 마주 대하는 것을 보는 것은 장관이었다. 그와 함께 대그가 비스듬이 마룻바닥에 앉아 있었다. 의자에 앉으면 그의 영구차처럼 잔뜩 꾸민 머리가 얕은 들보에 닿기 때문이었다. 그 커다란 몸을 흔들 때마다 천장의 낮은 방의 여닫이는 아프리카 코끼리를 태운 배처럼 삐걱거렸다.

그런데 그 체구로도 검둥이는 놀랄 만큼 적게 먹었고 아주 점잖았다. 몸에 비해서 그토록 적은 양을 먹는 그가 몸이 그토록 비대하고 당당하고 정력적이라는 것은 거의 이해할 수 없는 일이었다. 틀림없이 이 고상한 야만인은 공중에 가득 찬 정기를 양분으로 깊숙이 들이마시고 그 벌름한 콧구멍으로 모든 세계의 존귀한 활력소를 흡수하고 있는 것 같았다. 거인은 쇠고기와 빵만으로 육성되는 것은 아니다.

한편 퀴퀘그는 참으로 야만인 티가 나게 소리를 내고 입맛을 다시면서 정신없이 먹었다. 아주 추하고도 이상한 그 소리를 들으면 급사소년은 부들부들 떨면서 자신도 모르게 자기의 말라빠진 팔을 살펴보며 잇자국이라도 나 있지 않나, 하고 조사해 볼 정도였다. 그러나 태슈테고가 나와서 뼈다귀라도 주우라고 소리를 지르면 이 멍청한 소년은 주방 주위에 매달려 있는 그릇들이 깨질 정도로 가슴이 꽝 내려앉으면서 튀어오른다.

또 작살잡이들이 창과 그 밖의 무기를 갈기 위해서 호주머니에 넣어두는 숫돌을 식탁에 꺼내놓고 이것 보란 듯이 나이프를 갈 때 나는 소리는 결코 이 불쌍한 소년의 마음을 편안하게 만드는 것은 아니었다. 이를테면 퀴퀘그는 그의 고향 섬에서 살 때 사람을 죽여서 술안주로 삼는 난행에 젖었을 게 틀림없다는 사실이 소년의 마음속에서 도저히 잊혀지지 않았다. 아, 소년이여! 식인종의 시중을 드는 백인 급사란 불운하다. 냅킨 대신 방패를 들고 다녀야 한다.

그러나 다행히도 이들 바다의 삼총사는 식사를 끝내자마자 곧 일어나 나가는데, 그의 미신 깊은 망청적인 귀에는 세 사람이 걸을 때마다 그 살벌한 뼈가 갈집 속에 들어 있는 무어인의 언월도偃月刀처럼 덜컹거리지나 않나, 하고 생각되었다.

그러나 이 야만인들은 선실에서 식사를 하고 명목상으로는 그곳을 본거지로 하고 있다곤 하지만, 원래가 가만히 앉아 있는 것이 싱미에 맞지 않는 사람들이기 때문에 여기에 나타나는 것은 식사할 때와 자기 직전에 이곳을 지나 각자의 괴상한 보금자리로 들어갈 때밖에 없었다.

이 점에서는 에이허브도 수많은 미국 포경선장의 예에서 빠지지 않아 그들과 마찬가지로 배의 선실은 마땅히 자기에게도 속해 있는 것이므로 때때로 다른 사람이 들어가는 것을 허용하는 것은 다만 예의에 지나지 않는다고 믿고 있었다. 그러니까 사실대로 말하면, 피쿼드호의 항해사와 작살잡이들은 선실 안에서 산다기보다는 밖에서 산다고 해야 옳다. 그들이 거기에 들어오는 것은 말하자면 길 쪽으로 난 문이 집안으로 들어오는 것과 같은 격이어서 잠시 안으로 뛰어들어가긴 하지만 곧 밖으로 뛰어나가므로, 그들은 항상 밖에서 살고 있었던 것이다.

그러나 이 때문에 많은 것을 잃지는 않았다. 왜냐하면 선장실 안은 삭막하였기 때문이다―소위 사교적인 관점에서 볼 때 에이허브는 접근하기 어려운 인물이었다. 그리스도교 국가의 인구 조사에서 명목상 들어가 있긴 하지만 사실은 이방인이었다. 미주리 주의 식민지에 흉포한 곰의 후손이 살아남은 것처럼 그는 세상에 살아 있었다.

그리고 봄이 가고 여름도 감에 따라서 저 용맹한 숲의 로간(존 로간. 아메리카 인디언의 추장)이 나무 구멍에 몸을 숨기고 겨울을 지낼 때 자기의 손바닥을 핥으면서 살았듯이, 에이허브의 영혼도 맵고 찬바람이 불어닥치는 그 노년의 일상에 자신의 몸의 동혈洞穴에 틀어박혀서 그 암담한 우울의 손바닥을 핥으며 살고 있었다.

제35장 돛대 꼭대기

동료 선원들이 돛대 꼭대기에서의 감시 당번을 한 차례씩 다 맡고 난 다음 내게 처음으로 그 일이 돌아온 것은 날씨가 아주 쾌적한 날이었다.

대부분의 미국 포경선은 항구를 나서자마자 목적한 어장까지는 아직도 1만 5천 해리나 더 항해를 해야 할 때부터 벌써 돛대 꼭대기에 망보는 당번을 올려 보냈다. 또한 그 3~4년, 또는 5년의 항해가 끝난 뒤 고국으로 돌아올 때, 고국에 가까웠는데도 아직 빈 용기가 있으면, 설사 그것이 빈병 한 개일지라도 그 돛대 꼭대기에 끝까지 당번을 올려 보내어 제일 높은 돛대가 항구의 첨탑 밑을 지나갈 때까지는 한 마리라도 더 고래를 잡고야 말겠다는 희망을 결코 버리지 않았다.

그런데 돛대 당번이란 육지에서나 바다에서나 매우 유서 깊고 또 흥미로운 것이므로 여기서 조금 이야기를 해야겠다. 내가 알기로는 맨 처음에 돛대 꼭대기에 올라선 사람은 이집트 사람이었다.

내가 연구한 바로는 그보다 오랜 된 것은 찾아볼 수 없다. 하기야 그 전에 바벨탑을 세운 사람들도 틀림없이 전 아시아에서, 아니 전 아프리카도 포함해서 가장 높은 돛대를 세우려고 한 의도였겠지만, 그 마지막 용두가 놓이기 전에 그들의 거대한 돌인 돛대는 신의 무서운 노여움의 폭풍에 의해 무너져 가라앉아버렸다고 보지 않으면 안 되므로, 그 바벨탑 건립자들에게 이집트인의 선구자라는 이름을 줄 수는 없다.

그럼 이집트인이 돛대 당번 민족이었다는 것을 무엇으로 단언하는가 하면, 고고학자들이 믿는 것처럼 저 낡은 피라미드는 실제로 천체의 현상을 관측할 목적이었다는 데 있다.

이것은 오로지 그 건조물이 4변이 독특한 계단식으로 만들어져 있는 점으로 증명되는 이론이다. 이 계단을 고대의 점성가들은 놀랄 정도로 다리를 길게 벌리고 올라가 그 꼭대기에 서서 새로운 별이 보인다고 소리를 질렀던 것은 마치 오늘날의 돛대 당번이 다른 돛이나 고래가 보였을 때 소리를 질러 알리는 것과 마찬가지가 아니겠는가?

다음에는 성 스틸라이티스(시리아의 그리스도교 은둔자)다. 이 유명한 고대 그리스도교 은둔자는 스스로 높은 돌탑을 세워 만년을 그 꼭대기에서 지내고, 먹을 것은 지상에서 감아올리는 밧줄로 끌어올렸는데, 이 사람이야말로 짙은 안개가 끼어도, 서리가 내려도, 비가 와도, 우박이 떨어져도, 또 진눈깨비가 쏟아져도 그 자리를 뜨지 않고 모든 것과 씩씩하게 마지막까지 싸워 그 자리에서 쓰러져 죽음으로써 아주 꿋꿋하고 억센 파수꾼의 전형을 보여준다.

근대의 돛대 꼭대기의 사람들이란 참으로 활기 없는 자들로서 다만 돌이나 쇠나 청동 같은 자들에 지나지 않았으며 몸은 어떤 광풍에도 견디어낼 수 있는 힘을 가지면서도 무언가 수상한 그림자를 발견했다 해도 그것을 소리쳐 알린다는 업무를 다할 능력이 전혀 없다.

나폴레옹이 그랬다. 그는 높이가 150피트쯤 되는, 방돔(파리의 방돔 광장의 나폴레옹 동상)의 기둥 꼭대기에서 팔짱을 끼고 서 있지만, 눈 아래 갑판에서 지금 통솔하고 있는 자가 누구이건─루이 필립(7월 혁명 때 프랑스왕으로 추대됨.)이건 루이 블랑(프랑스의 정치가)이건 또는 루이 악마(나폴레옹 3세)이건 모르는 체하고 태평이다. 조지 워싱턴도 역시 볼티모어에 우뚝 솟은 돛대 꼭대기에 높이 서 있다. 그것은 헤라클레스의 기둥처럼 인간으로서 거의 달할 수 없는 장엄함의 극치를 나타내고 있다. 넬슨 제독도 역시 포신금속砲身金屬의 캡스턴 위에 서서 트라팔가르 광장의 돛대에 높이 솟아 있는데, 저 런던이 연기에 깊이 가려 있어도 연기 있는 곳에 불이 있다는 격으로 그곳에 영웅이 숨겨져 있다는 것을 잊은 자는 없다.

그러나 워싱턴이건 나폴레옹이건 넬슨이건 간에 아래에 있는 사람이 미칠 듯이 소리쳐서 갑판 위의 혼란에 대해 조언을 해달라고 애원한다 해도─그 영혼의 눈은 미래의 짙은 안개를 꿰뚫어보고 피하지 않으면 안 될 여울과 암초를 찾아낼 것임에 틀림없지만─결코 대답해 주려고 하지 않는다.

육지의 파수꾼을 바다의 그것에 견준다는 것은 정당하지 않다고 생각할는지도 모르겠다. 그러나 사실은 그렇지 않다는 것을 낸터킷의 유일한 역사가인 오베드 메이시가 말하는 한 가지 사실로 분명히 납득할 수 있을 것이다.

메이시 선생은 말하기를 "초창기의 고래잡이 때의 일인데 고래잡이를 하기 위해 배가 본격적으로 출항하기 이전에 저 섬사람들은 해안에 높은 망루를 세워 그 망루에 마치 닭이 그 닭장 2층에 올라가는 것처럼 못질을 한 가로장을 기어올라갔다." 수년 전에도 이와 같은 안이 뉴질랜드의 해안 포경자들에게 채용되어 고래를 발견하고 부르면 해안의 한곳에 모여 기다리던 보트로 모두 달려 나갔다.

그러나 오늘날 이 풍습은 사라져버렸으므로 우리는 여기에 유일하게 진정한 돛대, 즉 해상의 포경선의 돛대를 보기로 한다. 세 개의 돛대에는 해가 뜰 때부터 해가 질 때까지 감시 당번이 배치되고, 선원은(키잡이의 경우와 같이) 규칙적으로 두 시간마다 교체하여 서로 수고를 덜어준다. 열대의 평온한 날씨에 돛대 꼭대기는 참으로 기분 좋은 곳이다. 아니 꿈꾸는 듯한 생각에 잠기는 사람에겐 그야말로 천당 같은 곳이다.

여러분들이 바다를 묵묵히 헤쳐 가는 배의 갑판 위로 100피트쯤 되는 곳에 설 때 돛대는 커다란 죽마竹馬처럼 생각되고, 여러분의 바로 밑, 양다리 사이를 배는 일찍이 로도스(에게해의 동쪽 끝에 있는 그리스의 섬)의 유명한 거상巨象의 구두 사이를 배로 달렸을 때와 마찬가지로 바다의 큰 괴물처럼 헤쳐 나간다. 그때 여러분의 몸은 일렁이는 파도 외에는 아무것도 없는 광망한 바닷속으로 녹아들고 만다. 배는 꿈꾸는 듯 출렁출렁 흔들리고 조는 듯한 무역풍이 불어오자 주위의 모든 것은 나른함 속으로 빠져들어간다.

이 열대의 포경 항해의 나날은 터무니없을 정도로 평온무사하게 흘러간다. 소문도 듣지 못하고 신문도 읽지 않고, 대수롭지도 않은 평범한 일을 선동적으로 써댄 호외號外에 속아넘어가서 쓸데없이 흥분하는 일도 없다. 가정 안에서의 다툼, 채권과 주가의 폭락 소식을 듣는 일도 없다. 식사는 무엇으로 할까 고민할 것도 없다. 3년 동안보다 좀더 길건 간에 먹을 것은 통에 차곡차곡 담겨져 있고 계산은 일정하게 변함이 없기 때문이다.

이 남양 포경선의 한 항해는 3년, 때로는 4년이라는 긴 세월에 걸치는 것이므로 돛대 꼭대기에서 사는 시간만도 수개월이라는 계산이 될 것이다. 그러나 유감인 것은 이 천부의 생명을 이토록 오랜 기간 동안 맡기는 장소가 침대, 해먹, 관, 보초막, 서교단, 역마차, 그 밖에 사람들이 일시 몸을 감출, 작지만 신경을 써서 만든 안락한 시설에서 느끼는 것처럼 아늑하고 살기 좋은 맛이나 차분한 별천지 같은 감각은 슬프게도 빠져 있다는 것이다. 대개 쉬는 곳은 윗돛대 꼭대기로서 그 윗돛대의 활대라고 불리는 포경선 특유의 평행한 두 막대기 위에 서는 것이다.

여기서 바다에 흔들릴 때의 기분이란 경험이 없는 사람에게는 황소뿔 위에 서 있는 것과 매우 비슷할 것이다. 물론 추운 날에는 당직 외투라는 '집'을 그 위까지 가지고 갈 수도 있지만 솔직히 말해 아무리 두터운 외투의 집에 싸여도 발가벗고 있는 것과 별 차이가 없다. 그것은 마치 우리의 영혼이 살肉의 집에 단단히 붙여진 채 안에서 돌아다닐 수도 없고 하물며 빠져 나가려 하기라도 하면 겨울 눈에 싸인 알프스를 넘는 분별없는 순례자처럼 목숨을 잃을 위험을 겪어야 하듯 당직 외투의 집도 그저 몸을 싸는 것뿐, 아니 몸에 가

죽이 한 꺼풀 더 생긴 것에 지나지 않는다. 몸에 선반이나 옷을 만들어 댈 수 없듯 당직외투를 기분 좋은 방으로 만들기란 불가능하다.

이런 점을 감안해 볼 때, 그린란드 포경선에는 '까마귀집'이라고 불리는, 부럽기 그지없는 소천막 또는 단을이라는 것이 있어서 빙양의 혹독한 추위를 막고 다니는데, 이와 같은 설비가 이 남해 포경선에 없는 것은 참으로 유감이다. 스리트 선장의 화롯의 이야기 〈빙산 속의 참고래잡이의 수기, 부록 그린란드에서의 옛 아일랜드 이민지의 유적 발견기〉라는 존경할 만한 책을 보면, 이 선장의 훌륭한 배인 빙하 호에 당시에 발명된 '까마귀집'이 달려 있었던 일이 부럽게도 자세히 씌어져 있고, 파수꾼은 모두 그것으로 보호되어 있음을 알 수 있다.

그는 그것을 자신의 이름을 따서 '스리트식 까마귀집'이라고 부른다. 자기가 최초의 발명자이고 특허 소유자라고 한다면 우스꽝스럽고 외면적인 사양을 할 필요는 없으니, 만일 우리가 아이의 발명자요 특허 소유자로서 자기의 자식에게 자기 이름을 붙인다면 우리가 만든 어떤 물건에도 자신의 이름을 붙여야 한다고 주장하고 있다.

이 스리트식 까마귀집의 모양은 큰 통이나 큰 파이프와 비슷하지만 위가 열려 있어 질풍과 맞서도 머리를 바람 불어오는 쪽으로 돌릴 수 있도록 열었다 세웠다 하기가 자유로운 보조 칸막이가 달려 있다. 또 그것은 돛대 꼭대기에 놓여 있어 사람은 그 밑바닥의 조그마한 구멍으로 올라간다. 그 뒤, 다시 말해서 그 뒷갑판 쪽으로 편안한 좌석이 있고, 그 밑에 우산이며 털목도리며 외투를 넣는 옷장이 있다.

앞쪽에는 가죽으로 만든 그물 선반이 달려 있고 호각이니 망원경이니 담뱃대니, 그 밖의 항해 도구가 있다. 스리트 선장이 직접 까마귀집에 섰을 때는 항상 그물선반에 마련해 놓은 총을 들고 화약병이나 탄환을 갖추고, 길을 잃은 코고래나 방랑하는 외뿔고래를 쏠 준비를 하고 있었다고 한다. 갑판에서는 바닷물의 저항 때문에 잘 쏘아 맞힐 수가 없지만 위에서 내려 쏘는 것은 가능하기 때문이다.

그런데 이 스리트 선장이 그 까마귀집의 편리한 점에 대해 그토록 자세히 말한 것은 누가 보아도 아주 수고로운 일이었음에 틀림없지만, 그는 그토록까지 까마귀집의 여러 가지 편리한 점에 대해서 상세하게 얘기했고, 더욱이 이 까마귀집에서 행해진 과학적인 실험에 대해서도 말했다.

이를테면 그가 거기에 작은 나침반을 가지고 올라와 온갖 나침반 자석의 '편향'에서 오는 오차—그것은 배의 갑판 위에서는 나침반과 그 수평에 많은 쇠도구가 있는 것으로도 생각되고, 또 빙하호의 경우에는 선원 중에 대장장이를 하던 사람들이 많았기 때문일 것이라고도 생각되지만—를 정정하고 싶다는 말을 하였다. 하지만 내가 볼 때 이 선장의 그 같은 발상과 과학 정신은 훌륭한 것이긴 하나, 그가 아무리 '나침반의 편향', '방위 나침의 관측', '근사오차' 등의 탐구에 몰두했다 하더라도, 역시 그 까마귀집 옆의 바로 손 닿을 곳에 저 기막힌 네모난 술병에 대해 가끔 느끼는 유혹을 잊어버릴 만큼 그 심원한 자력 탐구에 몰두하지 않았다는 것만은 자신도 알고 있었으리라 생각한다.

요컨대, 나는 용감하고 고결하고 박식한 스리트 선장에게 진심으로 경의를 바치는 바이지만, 내가 역시 그를 위해서 유감스럽게 생각하지 않을 수 없는 것은 그가 북극에서 3~4야드 가량 떨어진 그 까마귀집에 높이 앉아서 벙어리장갑과 두건에 싸여 수학을 탐구했을 때 더없이 충실한 벗이 되고 위로자가 되었음에 틀림없는, 저 네모난 병에 대해 쓰는 것을 완전히 잊은 것처럼 보인 점이다.

그러나 우리 남해 포경 선원은 스리트 선장이나 그 밑의 그린란드 선원들 같은 편안함은 지니지 못했다 하더라도 우리들 남양 선원이 떠도는 바다의 매혹적인 고요함은 그 불리함을 충분히 보충하고도 남을 정도였다. 나는 우선 어슬렁어슬렁 삭구가 있는 데로 가서 거기서 잠깐 쉬면서 퀘퀘그라든가 그 밖에 거기에 있는 비번인 사나이들과 잡담을 주고받고, 그러고 나서 다시 조금 올라가 중간 활대까지 와서 다리를 쭉 펴고 우선 바다 표면을 한 바퀴 둘러본 후에 드디어 최후의 목표점을 향한다.

정직하게 사실을 털어놓으면 나는 매우 신통치 못한 감시원이었다고 고백하는 수밖에 없다. 그토록 여러 가지의 상념이 꼬리를 물고 일어나는 공중에서 완전히 혼자가 되어 삼라만상의 문제가 마음속을 소용돌이칠 때, 어떻게 '눈을 부릅뜨고 경계하여 끊임없이 주의하고 끊임없이 보고하라.'는 등의 포경선의 규정을 일일이 자세하게 지키고 있을 마음이 되겠는가?

그러므로 낸터킷의 선주들이여, 여기서 간절히 그대들에게 충고하고 싶다. 조금도 주의를 게을리할 수 없는 이런 어업에 이마가 험하고 눈이 쑥 들어간 그런 젊은이를 태우는 것을 조심하라. 당치도 않은 때 명상에 잠기고 마는 것이다. 배에 올라탔으니 바우디치(나다니 바우디치. 미국의 항해술의 대가)의 책이라도 머릿속에 담아두고 있다면 신통하겠지만 머릿속에는 〈파이돈〉으로 차 있다.

이런 사람들은 경계해야만 한다. 왜냐하면 고래를 잡으려면 우선 발견해야만 한다. 그런데 이런 눈이 푹 꺼진 젊은 플라톤주의자는 세계를 10번 돌았다고 해도 선주들을 위해서 고래기름 한 통도 보내주지는 않는다.

실제로 이 충고는 절실하다. 왜냐하면 오늘날 낭만적이며 우울하고 허무감에 찬 많은 젊은이들이 이 세상의 근심 걱정에 진절머리가 나자, 타르와 고래기름에 감동을 느껴 이 포경선을 도피처로 삼기 때문이다. 불운과 절망에 빠진 포경선의 돛대 위에 앉아 우울에 가득 찬 말을 뇌까리는 차일드 해럴드가 적지 않은 것이다.

뒹굴어라, 그대 깊고 검푸른 대양이여, 뒹굴어라!
수많은 고래기름 배, 그대 위를 헛되이 스쳐갔네.

이런 배의 선장들은 허무감에 찬 철학도에게 자주 일을 시키려고 그들이 항해에 충분한 관심을 갖고 있지 않다고 비난도 하고, 이젠 공명심도 다 없어졌으니 마음속엔 고래가 보이지 않는 것이 오히려 더 낫다고 생각하고 있을 거라며 넌지시 말을 던지기도 한다. 그러나 다 쓸데없는 일이다. 이들 젊은 플라톤주의자들은 자기네들의 시력이 약하여 근시안이 되고 있으니 아무리 눈의 신경을 긴장시킨들 무슨 소용이 있겠는가, 하고 생각하고 있다. 즉, 오페라 글라스를 집에다 두고 온 관객들이다.

"이 원숭이 같은 놈, 이럭저럭 3년 동안 바다를 달리고 있는데 너는 아직 고래 한 마리도 찾지 못하지 않았나. 네놈이 돛대 위에 올라가면 아무리 흔해도 고래는 암탉 이빨처럼 귀하단 말이다."라고 어느 작살잡이가 이런 젊은이 가운데 하나를 나무라기도 했다.

고래가 실제로 귀했는지도 모른다. 혹은 먼 수평선상에서는 큰 떼를 이루고 있었는지도 모른다. 그러나 이 넋나간 젊은이는 바다의 파도 소리를 마음속의 음악처럼 들으면서 아편에 도취된 것처럼 몽롱해져 막연한 무의식의 환상에 이끌려 마침내 자아를 잊어버리고, 발밑의 신비로운 바다를 인류와 자연계에 가득 차 있는 한없는 깊은 영혼의 모습으로 보고, 이상하게 보일락 말락 흘러가는 모든 아름다운 것은 잡으려 해도 잡히지 않는 것으로 여기며, 어렴풋이 보이는 괴상한 형태에서 일어나는 지느러미를 보고선 영혼 속을 쉴 새 없이 스쳤다가 사라져가는 포착하기 어려운 수많은 상념의 화신이라 여긴다.

이 황홀경에서 그대의 마음은 그 마음이 나왔던 곳으로 되돌아가 시간과 공간을 초월하여 널리 떠돌아, 범신론자 크랜머의 골회骨灰를 뿌린 것같이 전 지구의 모든 해변의 한 조각이 되어버린다.

그대 속에 지금 남아 있는 생명이란 조용히 흔들리는 배에서 전해지는, 아니 그 배를 통해 그 깊숙한 바다에서, 아니 그보다 더 깊은 헤아릴 길 없는 신의 바다에서 전해지는 생명의 번뜩임에 불과한 것이다. 그러나 잠과 꿈에 잠겨 있을 때 조금만이라도 발과 손을 움직여 보라. 불끈 쥔 손을 조금이라도 움직여 보라, 곧 무서운 자각이 되살아온다. 데카르트가 말한 우주 물질의 소용돌이 위에서 그대는 방황하는 것이다.

그리고 아마 가장 청명한 날의 한낮, 목을 조르는 듯한 비명을 울리며 그대는 그 투명한 대기 속을 뚫고 여름의 바다로 추락하여 두 번 다시 영영 떠오르지 않을 것이다. 그대 범신론자여, 그것을 경계하라!

제36장 뒷갑판

에이허브, 이어서 전원 등장

그 파이프 사건이 있은 지 얼마 되지 않은 어느 날, 아침식사를 마친 에이
허브는 언제나 하는 버릇으로 선실 통로를 지나 갑판으로 나왔다.

마치 시골 신사가 아침식사 후 얼마 동안 정원을 산책하듯 대부분의 선장
들은 보통 그 시간에는 그렇게 거니는 법이다. 곧 항상 정해진 코스를 따라
갑판 위를 이리저리 걸어다니는 그의 뼈다리의 딱딱한 울림이 들려왔다.

이 갑판은 그가 매우 오랫동안 밟았기 때문에, 그의 특유한 발자국으로 마
치 지질학에 나오는 암석처럼 사방에 오목하게 들어간 흔적이 있다. 또 주름
이 깊게 잡힌 그의 이마를 가만히 쳐다보면 거기에도 이상야릇한 발자국, 다
시 말해서 잠드는 일 없이 영원히 뛰어다니는 그의 골똘한 생각의 발자국이
새겨져 있음을 볼 수 있다.

그러나 이제 말하려는 이날 아침, 그의 성난 듯한 발걸음이 여느 때와는
달리 깊이 갑판을 파는 것 같았고, 이마의 주름살도 갈수록 깊어져 갔다. 그
때 에이허브의 일념은 격렬하게 불타고 있었기 때문에 큰 돛대가 있는 곳과,
나침반이 있는 데서 그가 규칙적으로 되돌아설 때, 몸이 돌면 생각도 돌고 몸
이 앞으로 나가면 생각도 나아간다는 듯이 완전히 생각에 몰두하여 몸의 움
직임 하나하나가 마치 그 내부에서 나오는 것처럼 보였다.

"이봐 알았네, 플라스크. 알 속의 새가 껍질을 깨려고 하는 거야. 이제 곧
뛰쳐나올 걸세."라고 스터브가 소곤거렸다.

시간은 흘러갔다. 에이허브는 이윽고 방에 틀어박혔다가 다시 갑판을 배
회하곤 했는데 그 풍모는 심한 편집偏執에 불타고 있었다.

해도 뉘엿뉘엿 질 무렵, 갑자기 그는 뱃전에 와서 걸음을 멈추더니 그 뼈다
리를 나선 구멍에 처박으며 한 손에 밧줄을 잡고 전원 뒷갑판으로 올라오게
하라고 스타벅에게 명령했다.

"선장님······." 위급한 경우를 제외하고는 배 위에서 절대로 들리는 일이

없는 그 명령에 놀라 항해사가 소리쳤다.

"전원 뒷갑판으로." 에이허브는 되풀이했다. "파수꾼도 내려와!"

배의 선원 전원이 모여 미심쩍은 듯 다소 불안한 표정으로 그를 쳐다보자, 폭풍이 닥쳐오는 수평선 같은 안색을 한 에이허브는 황급히 뱃전 너머를 한 번 둘러본 다음 전원이 서 있는 쪽을 쏘는 듯한 눈길로 노려보고는 그 구멍에서 빠져나와 방약무인한 태도로 갑판 위를 육중하게 왔다갔다했다. 머리를 늘어뜨리고 모자를 깊숙이 눌러쓴 채 모두들 영문을 몰라 쑥덕거리는 것도 귀에 들어오지 않는 듯 그는 따각따각 걷기만 했다. 드디어 스터브는 플라스크에게 이런 말을 살짝 귀에 대고 속살거렸다. "저건 모두를 불러놓고 이렇게 훌륭하게 걸을 수 있다고 자랑할 작정인 거야. 그러나 이것도 오래 계속되지 않아. 갑자기 걸음을 멈추고는 고함을 치지."

"고래를 발견하면 자네들은 어떻게 할 텐가?"

"신호를 외칩니다!" 스무 명 가량의 목소리가 일제히 대답했다.

"좋아!"라고 거칠게 만족스러운 소리를 내면서 에이허브는 이 느닷없는 질문이 모든 사람을 강한 감격으로 끌어넣었음을 인정했다.

"그러곤 어떻게 하겠나?"

"보트를 내려서 쫓아갑니다!"

"어떤 상태까지 보트를 저어가겠는가?"

"고래를 죽이든가 보트에 구멍이 뚫리든가죠!"

대답이 하나씩 튀어나올 때마다 노인의 얼굴은 더욱더 기괴하게 광포한 기쁨과 만족의 빛을 띠어 갔고, 선원들은 서로 얼굴을 쳐다보면서 어째서 이런 어리석은 질문에 우리들은 이렇게 흥분하느냐고 의아해했다.

그러나 다시 에이허브가 손을 높이 밧줄에 뻗쳐서 발작적으로 세게 붙잡으며 구멍 속에서 반회전을 하고 다음과 같이 연설했을 때 모든 사람은 다시 열광하기 시작했다.

"돛대 당번 놈들도 아직까지는 내가 백경에 대해서 명령한 것을 기억할 거다. 자, 이 스페인 금화가 보이는가?" ─커다랗게 번쩍번쩍 빛나는 금화를 햇빛에 비추면서─ "이건 16달러짜리다, 보이나? 스타벅, 저기 있는 망치를 이리 주게."

항해사가 망치를 가지러 간 사이에도 에이허브는 더욱 닦아서 번쩍거리게 할 작정인지 천천히 윗옷 자락으로 금화를 문지르면서 말을 끊고 그냥 혼잣말을 중얼거리고 있었는데, 그 말소리는 이상하게 음울하고 발음이 분명치 않아 그의 온몸의 생명이 톱니바퀴 소리를 내고 있는 것 같았다.

스타벅으로부터 망치를 받아들자 그는 한쪽 손으로 금화를 들어 보이면서 큰 돛대 쪽으로 가서 높이 외쳤다. "머리에 주름이 잡히고 턱이 비뚤어진 백경을 발견해낸 사람에게는, 그 대가리가 하얗고 오른쪽 옆구리에 구멍이 세 개 뚫린 고래를 발견한 사람에겐 말이다, 이것 봐라. 그 백경을 발견한 사람에겐 이 금화를 주겠다."

"만세! 만세!" 선원들은 방수 모자를 흔들면서 금화를 돛대에 박는 소리에 맞춰 요란하게 흥을 돋우었다.

에이허브는 망치를 내던지고 말을 계속했다. "백경이란 말이야, 흰 놈이다. 눈을 부릅뜨고 그놈을 찾아라. 물이 허옇게 보이는지 주의해라. 거품이라도 허옇게 보이거든 신호를 해라."

그 동안 태슈테고와 대그와 퀴퀘그는 누구보다 더 강렬한 관심과 놀라움을 갖고 바라보고 있었는데, 주름잡힌 대가리와 비뚤어진 턱이란 말을 듣자 세 사람 각기 어떤 특별한 추억이라도 가지고 있는지 펄쩍 뛰어올랐다.

"에이허브 선장." 태슈테고가 입을 열었다. "모비딕이라고 하는 백경이란 놈은 다른 고래들과는 다른가요?"

"다르고말고." 에이허브가 외쳤다. "자넨 백경을 보았나?"

"그놈은 물속에 들어갈 때 좀 묘하게 꼬리를 돌리지 않습니까?"라고 게이곳 토인은 신중히 말했다.

"물도 이상하게 뿜지 않나요?" 대그가 그 말에 이어 말했다.

"에이허브 선장, 그것은 말향고래 가운데서도 제일 크고 기운이 센 놈 아닙니까?"

"하나, 둘, 셋 그렇지! 선장, 그놈에겐 작살이 잔뜩 꽂혀 있지 않습니까?" 퀴퀘그가 말을 더듬으며 "여기, 이렇게…… 모두 작살 꼬, 꽂혀 있고." 헐떡이면서 병의 코르크 마개를 빼는 듯한 모양의 손짓으로 나타냈다. "이, 이…… 이렇게 있지요."

"나사형이야!" 에이허브가 외쳤다. "그렇다, 퀴퀘그. 작살은 모두 비틀어져 꽂혀 있다. 응, 대그, 그놈은 주둥이에서 큰 보릿단처럼 굵은 물을 뿜지. 그리고 그놈의 살빛은 양털을 깎을 때 낸터킷에 쌓아 놓은 양털더미처럼 희단 말이다. 그렇다, 태슈테고, 그놈은 질풍 속의 삼각돛처럼 꼬리를 흔들지. 죽음과 악마! 너희들은 백경을 보았구나. 백경, 백경이야!"

"에이허브 선장." 스타벅은 그때까지 스터브와 플라스크와 함께 선장쪽을 점점 더 놀라운 눈길로 지켜보고 있더니 드디어 무언가 생각나는 게 있었는지 이 신비로운 수수께끼도 얼마만큼 풀린 것처럼 입을 열었다.

"에이허브 선장, 백경에 대해서 들은 적이 있습니다만―당신의 다리를 부러뜨린 것은 그놈이 아니었던가요?"

"누가 그런 말을 하던가?" 에이허브는 소리를 지르고 한숨을 쉬고 나서 "스타벅, 그리고 모두들 잘 들어주게. 나의 돛대를 꺾어준 것은 바로 백경 그놈이었어. 나를 지금처럼 죽은 나무토막 같은 다리 위에 서게 한 것이 백경이었단 말이다."라고 말했다. 그리고 큰 사슴의 비명 같은 소리로 흐느끼기 시작했다. "그렇지, 저 괘씸한 백경이란 놈이 나를 망가뜨려 이렇게 죽을 때까지 안달하는 늙은이로 만들었단 말이야."

그러고 나서 두 팔을 들어올리고 끝없는 저주의 말을 퍼부었다.

"아아, 나는 희망봉이건 혼 곶이건 노르웨이의 큰 소용돌이건, 아니 지옥의 불꽃으로건 그놈을 쫓아가겠다. 단념하지 않는다. 이봐, 너희들을 태운 것도 그 때문이다. 대륙 양쪽에서 세계의 구석구석까지 그 백경놈이 검은 피를 뿜어올리고 지느러미를 축 늘어뜨릴 때까지 쫓아갈 테다. 어떤가? 모두들 나를 도울 테지? 너희들은 씩씩한 것 같으니까 말이야."

"옳소, 옳소." 작살잡이와 선원들은 소리를 지르며 열광한 노인에게로 우르르 몰렸다. "백경을 놓치지 마라, 백경을 죽이자."

"고맙네." 그는 울먹이다시피 외쳤다. "고맙다. 야, 급사! 그로그 술(럼주에 물을 탄 것)을 듬뿍 가져오너라. 아니, 스타벅, 어째 자넨 우울한 표정인가? 자넌 백경을 쫓지 않을 생각인가? 백경에게 항복할 생각인가?"

"에이허브 선장, 그것이 정당한 일이라면 나는 그놈의 비뚤어진 턱 같은 건 무섭지 않아요. 사신死神의 얼굴이라도 무섭지 않아요. 그러나 나는 고래를 잡으러 왔지 선장의 원수 갚는 일을 도우러 온 건 아닙니다. 선장의 복수가 성공했다고 해도 도대체 몇 통이나 벌 수 있겠소? 고향인 낸터킷의 시장에서라면 큰 벌이는 안 될 겁니다."

"낸터킷의 시장이라고! 흐웅! 그런데 스타벅, 좀더 이리 가까이 오게. 만일 돈이 목표라 하더라도 말이지, 회계원이 이 지구를 커다란 계산대로 삼고 두께가 3분이 1인치나 되는 기니 금화를 산더미같이 쌓아 가지고 온다 해도, 난 장담하지만 내 가슴속에 있는 복수만큼 값비싼 것은 없다고 생각하네."

"저런, 가슴을 두드리는군." 스터브가 소곤거렸다. "무엇 때문일까? 매우 큰 소리지만 텅 빈 동굴 같은 소리가 나는 것 같군."

"짐승을 상대로 하는 복수!" 스타벅도 소리를 질렀다. "그놈은 맹목적인 본능에 사로잡혀 선장을 친 겁니다. 미친 짓이에요. 짐승에게 원한을 갖다니……. 선장, 벌 받을 일입니다."

"좀더 듣게, 좀더 차분히 들으라고. 알겠나? 눈에 보이는 것은 모두가 판지로 만든 가면이야. 그러나 어떤 일이라도…… 의심할 수 없는 이 생의 행동속에서는 말이야. 그 엉터리 가면 뒤에 무언가 지혜론 알 수 없는 엉터리가 아닌 정연한 이론이 얼굴을 쑥 쳐드는 법이다. 만일 사람을 때려 주고 싶다면 그 가면을 찢어 버리게. 죄수는 벽을 때려부수지 않으면 밖으로 나갈 수 없네. 내게는 저 백경이 바로 벽일세. 바싹 가까이 다가와 있네. 그야 저편에서 아무것도 없다고 생각할 수도 있지.

그러나 그게 뭐란 말인가? 그놈이 나를 마구 휘두르며 덤벼들고 있어. 바닥을 알 수 없는 악으로 뭉쳐서 사나운 힘으로 덤벼들고 있어. 그 바닥을 알 수 없는 게 나는 미워 견딜 수가 없는 거야. 그래서 백경이란 놈이 사자使者이건 본체이건 나는 이 미움을 그놈에게 풀고 싶은 거야, 알겠나? 내게 벌을 받는다고 하지 말게. 모욕을 당하면 태양에라도 덤벼드는 나일세.

만일 태양이 해서 되는 일이라면 내가 해도 괜찮은 거야. 미움이 생물 속에 고루 퍼져 있다는 그게 바로 공명정대라는 걸세. 그러나 그 공명정대에 대해서도 나는 머리를 숙이지 않네. 뭣 때문에 숙인단 말인가? 진실은 아무에게도 잡히지 않네.

이봐, 그렇게 흘끔흘끔 보지 마. 얼빠진 얼굴로 보는 건 악마가 노려보는 것보다도 더 견딜 수가 없어. 어허, 자넨 붉으락푸르락하는군. 내 울화통이 옮아서 자네까지 울화가 치밀기 시작했군. 그러나 스터브, 울화통이 터지는 바람에 말한 건 그 자체에 책임은 없는 거야. 심한 말을 들어도 대단한 수치가 되지 않는 일도 있지.

난 자네를 화나게 하려고 한 것은 아닐세. 물에 흘려버리게. 저기 저 얼룩 있는 기름종이 같은 터키놈들의 뺨을 보게나. 태양이 마구 그려댄 그림이 살아서 움직이기 시작한 것 같군. 이교도인 표범들, 분별력도 없고 믿음도 없이 살면서 이유도 모르고 다만 불덩어리처럼 살려고 할 뿐이지. 안 그런가, 자넨? 이 선원들이 말일세.

고래에 대해선 에이허브와 모두 한마음이 되어 주지 않을까? 스터브를 보게, 웃고 있군. 저 칠리 사람을 보게, 콧방귀를 뀌는군. 스타벅, 모두가 폭풍처럼 날뛰고 있는데 자네 혼자만 어린 나무처럼 흔들리며 서 있을 것은 없잖은가? 생각해 보게. 겨우 이것쯤이 뭐란 말인가? 지느러미를 하나 찌르는 것을 돕는 게 아닌가? 스타벅에겐 아무것도 아닌 일일세. 그것뿐이야.

이 정도의 조그미한 사냥에서 낸터킷에서 제일이라는 창잡이 자네가 달아날 수는 없지 않은가? 평선원들까지도 모두 숫돌에 덤벼들지 않았나? 아아, 자넨 꼼짝도 할 수 없다는 거군. 파도에 올라앉은 형세군. 자, 뭐라고 좀 하게나. 말해 주게. 하긴 그렇군. 잠자코 있는 게 대답이군. (방백으로) 내 콧구멍이 넓어져서 뭔지 튀어나간 것 같군. 스타벅이 그것을 가슴에 깊이 빨아들였군. 이젠 저놈도 내 것이다. 들고 일어나지 않는 한 내게 항거할 수는 없어."

"하느님! 나를 보호해 주소서. 모든 사람을 보호해 주소서." 스타벅은 낮게 중얼거렸다.

그러나 에이허브는 일등 항해사가 자기에게 매혹되어 말없이 승낙해준 기쁨에 취해서 예언적인 기도 소리도 듣지 못하고 그때 선창에서 흘러나온 낮은 웃음소리도, 바람이 무슨 일인가를 예언하는 것처럼 밧줄을 흔들어 댄 것도, 돛이 한순간 슬픔에 빠져 가슴이 덜컥 내려앉듯이 공허한 울림을 내며 돛대를 후려친 것도 귀에 들리지 않았다. 왜냐하면 다음 순간에는 스타벅이 내려뜬 눈도 다시금 대담한 생명의 빛에 빛나고 땅바닥에서 나오는 것 같은 웃음 소리도 사라지고 바람은 불어오고 돛은 바람을 안고 불룩해지고, 배는 다시 흔들거리며 나갔다. 아, 예언하는 말들이 찾아왔나 하면 곧 사라지는 것은 무엇 때문일까?

그러나 저 그림자 같은 것은 경고라기보다는 오히려 전조이리라. 더욱이 그것들은 외부로부터의 전조라기보다는 내부에서 미래로 흘러가고 있는 것이리라. 외부의 일이 우리에게 강제력을 갖고 있지 않을 때조차도 우리의 생명의 심오한 필연성은 우리를 앞으로 몰아낸다. "술잔이다, 술잔이다!"라고 에이허브는 외쳤다.

에이허브는 술이 철철 넘치는 놋쇠잔을 받아들자 작살잡이들 쪽을 향해 그 무기를 꺼내라고 명령했다. 작살잡이들이 작살을 들자 그는 그들을 고패(닻을 감아올리는 기계)가 있는 곳에서 자기 앞으로 늘어서게 했다.

그리고 나서 항해사들은 창을 들고 그의 옆에 서서 그들을 에워싸고 남은 다른 선원들도 모두 한 곳에 모였다. 에이허브는 잠시 선원 한 사람 한 사람을 날카로운 눈으로 노려보았다. 그런데 이 거친 사람들의 눈도 그의 눈빛에 기가 꺾이지 않고 마주보았다. 그것은 마치 넓은 황야에 늑대 무리의 핏발 선 눈이 머지않아 인디언의 함정에 빠질 운명도 모르는 듯 들소를 쫓아 그 선두를 달리려는 수령의 눈을 지켜보고 있는 것 같았다.

"마셔라, 마셔!" 하고 에이허브는 술이 철철 넘치는 술잔을 제일 가까운 사나이에게 건넸다. "지금 우리 동료들만 마시는 거다, 쭉 한숨에. 그러나 듬뿍 마셔라. 참 보기좋게 도는구나. 빙글빙글 돌아서 뱀눈이 번쩍이는 순간에 도는구나. 좋아, 좋아. 이제 조금이면 된다, 저리 가서 이리 돌아왔구나. 자아, 내게 주게! 흠, 텅텅 비었군. 모두의 젊음에 어울리는군. 급사, 한 잔 더!

용감한 자네들, 모두 들어 주게. 이 고패 주위에 이렇게 모여 주었으면 하네. 항해사는 창을 들고 내 곁에 오고, 작살잡이는 쇠화살을 들고 거기 서고,

선원들은 나를 둘러싸라. 자아, 고래잡이의 조상들이 옛날에 했던 일을 좀 부활시키는 게 어떤가? 오, 모두들 이제부터 하하, 가져왔나? 꽤 빨리 돌아왔구나. 자, 이리 다오. 그런데 이 술잔도 철철 넘치는군. 성 비투스(로마 황제에게 박해받은 순교자)의 사자가 아니거든……. 열병 따위는 썩 물러가거라. 항해사, 앞으로 나와 내 앞에서 네 창들을 힘껏 교차시켜라. 좋아, 좋아, 내가 그 축軸을 만져보겠다."

그러면서 그는 팔을 뻗쳐 평평하게 방사형으로 교차된 세 개의 창의 교차점을 꽉 움켜쥐고 나서 갑자기 그것을 비틀면서 스타벅에게서 스터브에게로, 스터브에게서 플라스크에게로 엄한 눈초리를 던졌다. 그것은 무어라 표현할 수 없는 내부의 의지의 힘에 의해서 라이텐 축전지 같은 자력에 찬 그의 생명 속에 울적한 감정의 불길을 세 사람 속에 불어넣으려는 것 같았다. 세 항해사는 그의 강건하고 불가사의한 풍모 앞에 몸을 움츠렸다. 스터브와 플라스크는 눈을 돌리고 정직한 스타벅은 눈을 내리깔았다.

"틀렸어!" 에이허브가 외쳤다.

"그러나 그것도 좋겠지. 만일 자네들 세 사람이 한 번만이라도 힘껏 받아냈다면 내 속의 전기는 어쩌면 다 타버렸을지도 모르지. 그것보다도 자네들을 때려죽였을지도 모르지! 자네들에겐 그것이 필요없겠지. 창을 내려라, 항해사들이여. 자네들 세 사람을 술잔 받드는 자로 명령하겠다. …… 저기에 있는 세 사람의 이교도인 시종들, 세상에서 고상한 신사라고도 군자라고도 하고 싶은 저 용감한 작살잡이의 술잔을 받드는 일을 하라. 맡겨진 일에 불만이라고? 그럼 교황이 그 삼중관三重冠을 물병 대신 써서 걸인의 발을 씻겨 준 것은 어째서냐? 사랑하는 세 성직자여, 진심으로 겸손하게 서기까지 자신을 낮추는 거다. 내가 명령하는 게 아니라 자네들이 자진해서 하는 거다. 자, 작살잡이들, 끈을 풀고 작살대를 뽑아라."

명령에 따라 묵묵히 세 작살잡이는 3피트 가량 작살의 쇠붙이를 뽑아서 그의 앞에 칼날을 위로 향해 들었다.

"그 날카로운 칼날로 나를 찌르라는 게 아니다. 아래로 돌려라, 아래로. 술잔 구멍을 모르는가? 구멍 있는 곳을 위로 하게. 좋아, 좋아. 그리고 술잔을 받드는 자들, 가까이 오게. 칼을 들고 내가 부을 테니 받들고 있게."

그러더니 대뜸 고급 선원들이 앞으로 천천히 걸어 나오고 에이허브는 작살 구멍에 대고 물 같은 술을 부었다.

"자아, 세 사람이 마주 서서 백경을 죽이는 축배다. 이제는 끊을 수 없는 싸움이 됐다. 세 항해사여, 술잔을 받들어라. 자! 스타벅, 그러나 이제 식은 끝났네. 저 태양이 위에 멈추어서 내려다보고 있는 거야. 작살잡이여, 마셔라. 죽음의 포경선 뱃머리에 설 사나이들이여, 백경의 최후를 위해서 마시게. 만약 우리들이 백경을 쫓아가 쳐죽이지 않으면 신께서 우리 전부를 죽이소서."

긴 칼날의 술잔이 들어올려지고 백경에 대한 욕설과 저주에 맞추어 단숨에 술을 마셔버렸다. 스타벅은 창백해져서 옆을 보고 말았다. 마지막으로 다시 한 번 술잔이 채워졌다. 놋그릇은 광란하는 선원들 사이로 돌려졌다. 이윽고 그들은 모두 빈손을 흔들면서 사방으로 흩어지고 에이허브도 또한 선실로 물러갔다.

제37장 해질녘

선실 뒷갑판으로 향한 창문. 에이허브 혼자 앉아 밖을 내다본다.

"내 뒤에 남은 건 하얗게 거품 이는 물자취. 어디를 항해하건 창백한 바다의 창백한 뺨뿐이다. 성질이 고약한 파도들이 내가 가는 길에 몰려들어 덮어버린다. 그대로 두자, 내가 먼저 지나갈 테니까.

저 멀리 영원히 가득 찬 큰 술잔에 따뜻한 물결은 포도주처럼 물들어 있다. 황금의 이마가 푸른 바다에 드리워져 있다. 물속을 잠수하는 해는 대낮부터 천천히 잠수하기 시작하여 지금 가라앉아 간다. 그러나 나의 영혼은 하늘 높이 날아오른다. 한없는 등산에 싫증이 난다. 그러면 내가 머리에 쓴 롬

바르디아의 철관(롬바르디아 왕이 썼고 근세까지 이탈리아의 집권자들이 썼던 철로 만든 왕관)은 너무 무거운 것일까?

그러나 이 관엔 갖가지 보석이 빛나고 있다. 머리에 쓴 나에게는 그 강한 빛도 보이지 않지만 마음속으로도 내가 이 눈부신 혼란의 관을 쓰고 있다는 것을 잊지는 않는다. 이것은 철일 뿐, 황금이 아니라는 것도 알고 있다. 깨지고 망가져 있음도 안다. 우툴두툴한 가장자리가 몹시 찌르고 머리는 딱딱한 강철에 부딪쳐서 아프다. 아아, 내 것은 강철의 두개골이다. 아무리 이마로 받아내는 격투에도 투구가 필요 없는 놈이다.

이 이마의 바싹 마른 열, 아아, 옛날 해 뜰 때는 상쾌하게 기운을 북돋워 주고 해질녘에는 달래 주었던 지난 시절이여! 그것도 이젠 옛 일이다. 이 아름다운 빛도 마음을 밝게 해주지 못한다. 즐거움을 잃은 뒤로는 모든 아름다운 것도 나를 고민스럽게 한다. 나는 높은 지혜를 받았으나 낮은 향락을 즐길 힘이 없다. 가장 교묘하고 불길하게 저주받은 자여! 낙원의 한복판에서 저주받은 자여! 안녕, 안녕히……."

(손을 흔들며 창문에서 사라진다.)

"그다지 어려운 일도 아니었어. 적어도 완강한 놈 하나는 발견하리라 생각했는데, 그러나 나의 톱니바퀴 하나가 그들의 여러 바퀴에 모두 꼭 들어맞아서 돌기 시작했거든. 아니, 이렇게 말해도 좋을 거다. 모두가 화약 무덤처럼 내 앞에 서고, 나는 그 성냥이었다고. 그러나 불쌍한 일은 상대를 불태우면 나의 성냥이 줄어든다는 것이다. 내가 강행한 것은 내가 하고 싶었던 일이고, 나는 그 일을 할 것이다. 모두가, 특히 스타벅이 나를 미쳤다고 생각한다. 나는 이중으로 미친 미치광이다. 이 광란하는 광기는 나의 광기를 이해할 때만 가라앉는다. 예언엔 나의 몸이 산산이 흩어질 것이라 한다. 하긴 이 다리도 날아가버렸지.

이제부터 나는 그 산산이 흩어지게 하는 놈을 산산이 흩어지게 하겠다고 예언한다. 예언하는 자와 그것으로 움직이는 자가 하나가 된다. 위대하신 신들이여, 당신들도 그것은 할 수 없는 일이었다. 크리켓 선수여, 권투 선수여, 귀머거리 버크나 장님인 벤디고(모두 영국의 권투 선수)여, 나는 그대들을 조소하고 놀려댄다. 나는 학교 아이들이 싸움 대장에게 말하듯이, 나를 때리지 말고 너와 똑같은 사람으로 상대해줘, 라는 말 따위는 하지 않는다. 나를 때려 눕히면 다시 일어난다.

그러나 너는 달아나서 숨었다. 솜주머니 뒤에서 나와라. 나는 네게 닿을 만한 장거리 포를 갖지 않았다. 자아, 이 에이허브님의 특별한 대우다. 벗어날 수 있으면 해봐라. 벗어난다고? 가능할 것 같은가? 그런 것을 하려면 너 스스로 벗어나라. 벗어나게 한다고? 나의 의지는 철의 궤도에 끼워져 있어서 그 위를 이 영혼은 똑바로 달린다. 밑을 헤아릴 수 없는 계곡 위 꾸불꾸불한 깊은 산에 둘러싸인 곳, 소용돌이치는 격류 속, 나는 똑바로 돌진한다. 방해하는 자는 없다. 이 철길을 구부리는 자는 없다!"

제38장 황혼

큰 돛대 옆에 스타벅이 기대어 있다.

"나의 영혼은 패하고, 광인의 노예가 되어버리고 말았다. 이 멀쩡한 인간이 이런 입장에서 애를 써야 하다니 참을 수 없는 고통이 아닌가? 그러나 저 사람이 나의 영혼 밑바닥까지 파고들어와 이성을 날려버리고 말았다. 신을 두려워하지 않는 사람의 말로는 손에 잡힐 듯이 보이는데도 그를 도와야겠다는 마음에 사로잡혀 있다. 지워버릴 수 없는 무엇인가가 나를 그에게로 붙잡아 매고 어떤 칼로도 자를 수 없는 밧줄로 잡아당긴다. 무서운 노인이다. 내 위에 무엇이 있나? 하고 그 노인은 말했다.

아, 그는 하늘이라는 것에 대해서조차 민주주의자인 것이다. 그러나 아랫사람에게는 어쩌면 그렇게 강압적인가? 오오, 나의 역할의 한심함이여! 마음으로 거역하면서도 복종하고, 연민의 정을 품으면서도 미워하고 있다. 그 사람의 눈 속에 번쩍이는 소름이 끼칠 듯한 번민의 빛을 볼 때 내가 만일 그렇게 번민했다면 육체는 시들어버렸으리라. 그러나 아직 희망은 있다. 시간의 흐름은 광대무변하다. 미움을 받은 고래는 조그만 금붕어가 유리어항을 집으로 삼듯이 세계의 온 바닷속을 돌아다닌다. 하늘도 두려워하지 않는 그 사람의 일념을 신께서 덜어주실지도 모른다. 나의 심장이 작살이 아닌 이상 경쾌하게 해주고 싶다. 그러나 나라는 시계 전체가 심장의 추에 이끌려 자꾸 가라앉는데 감아올릴 방법도 없구나."

앞갑판에서 떠들썩한 소리가 난다.

"오, 신이여! 인간인 어머니에게서 태어났다고는 생각조차 할 수 없는 저런 이단자들과 내가 배를 함께 타다니! 상어가 우글거리는 바다 어딘가에서 태어난 그들에게는 백경이 그 마신이다. 오, 지옥과 똑같은 광경이다. 주연이 한창인 것 같다. 그러나 뒷갑판에 잔뜩 끼어 있는 고요함은 어떤가? 이것이 생의 모습일까?

거품이 이는 바다를 헤치고 명랑하고 대담한 뱃머리가 성채처럼 돌진하는데 그 이유인즉, 배가 지나간 어두운 수면에 임해 있는 뒷갑판 선실에서 멀리서 짖는 늑대 소리 같은 파도 소리에 쫓기며 어두운 생각에 잠겨 있는 에이허브를 끌고가기 위한 것일 뿐이다. 멀리서 짖는 소리가 나의 몸을 흔들면서 지나간다. 술자리를 치워라! 감시 당번을 세워라!

생명이여, 이런 때야말로 영혼이 박살나고 미개한 무리들이 정신없이 먹을 것을 탐내듯 지혜에 매달릴 때, 그대의 가슴속에 숨어 있는 공포의 맛이 절감되는 것이다. 그러나 나는 그렇지 않다. 나는 그 공포도 잊어버리고 말았다. 다만 안에 남은 인간다운 따뜻한 감정의 부서진 조각으로 싸우리라. 기분 나쁜 유령인 미래와 싸우리라. 성스러운 모든 힘이여, 옆에 지켜서서 나를 붙잡고 받쳐 주십시오!"

제39장 최초의 불침번

스터브, 돛줄을 수선하며 독백

"하하하하! 흐흣! 시원하게 기침을 해라. 그 후 줄곧 생각해 보았는데 마지막 귀결점이 하! 하! 로구나. 왜 그럴까? 결국 무슨 일이라도 묘한 일에 부딪치면 웃는다는 게 가장 현명하고 재빠른 대답이라 어떤 변을 당한대도 마음이 놓이는걸. 모든 게 전부터 정해진 운명이라 생각하면 화도 나지 않으니까. 저 늙은이가 스타벅에게 뭐라고 했는지 전부 들을 순 없었지만, 내가 보기에는 아무래도 스타벅도 그날 밤 나와 같은 마음이 되었던 것 같아. 틀림없이 저 대단한 늙은이는 스타벅도 꼼짝 못하게 하고 말았나 봐. 나는 미리 다 알고 있었단 말이야. 육감이 잘 움직이거든. 그자의 머리통을 척 보았을 때 이미 꿰뚫어 보았단 말이야.

장하다, 스터브. 영리한 스터브라는 말을 듣는 것도 무리는 아니야. 어떤가, 스터브? 탄복했나? 제기랄, 도대체 어떻게 될지 모르지만 어떻게 되건 나는 웃어넘기고 말 테다. 악마처럼 뱃속에서부터 익살맞게 빙글빙글 웃어 줄 테다. 재미있지 않은가? 파, 라! 리라, 스키라! 고향의 그 요염하기 짝이 없는 그 처녀는 지금 무얼 하고 있을까? 눈이 퉁퉁 붓도록 울고 있을까? 항구로 막 들어온 작살잡이와 군함의 깃발처럼 와자하게 떠들어 대고 있을까? 어떻든 좋아! 나도 지지 않고…… 파, 라! 리라, 스키라! 오오!"

> 마셔라, 오늘 밤 마음 가볍게
> 그대는 쾌활한 들뜬 사나이,
> 술잔에 찰랑찰랑 거품이 인 것을
> 입술로 빨았더니 꺼져버렸네.

"쾌활한 노래군. 누가 부르는 거지? 스타벅이군. 네네,……(방백으로) 그는 내 상관이지만 그자에게도 또 상관이 있단 말이야. 내가 틀리지 않다면야!

…… 네네, 지금 이 일이 끝나면…… 곧 가겠습니다."

제40장 한밤중의 앞갑판

앞돛이 올라가면 불침번들이 서거나 거닐고, 기대거나 눕거나 한 채 모두 합창한다.

◆ 작살잡이와 선원들

안녕, 잘 있어요, 스페인 아가씨.
안녕, 잘 있어요, 스페인 아가씨.
선장님의 명령이시다.

◆ 낸터킷인 선원 1
어이, 모두들 감상에 젖지 말게. 소화에 나쁘다네! 목소리를 높여, 자, 따라 부르게!
(모두 따라 부른다.)

우리 선장님은 손에 망원경을 들고
갑판 위에 서 있네.
어느 해안에서 물을 뿜어도
큰 고래를 놓치지 않으리라.
보트에 밧줄통을 실어올리고
모두 돛줄 옆에 서라.
훌륭한 고래를 단단히 묶어
모두 자꾸자꾸 쫓아들 가자.
자아, 버티어라 기운을 내라

작살잡이 용감하게 고래를 친다.

◆ 뒷갑판에서 항해사의 목소리

8시! 종을 쳐라!

◆ 낸터킷인 선원 2

노래를 그쳐라. 8시 종 아니냐. 이봐, 종지기, 8시 종이야. 이봐, 핍. 검둥이
놈아! 난 소리치겠다. 불침번이다! 어때? 큰 소리지? 몹시 크게 들리지? 이봐,
이봐.

(머리를 승강구에 처박는다.)

우…… 현…… 으로…… 어…… 허…… 이, 8시 종이다. 뛰어올라와!

◆ 네덜란드인 선원

오늘 밤은 굉장히 졸리는군. 기분좋게 몹시 졸린 밤인데. 이건 아무래도
저 늙은이의 술 탓이야. 그래서 떠들어 대는 놈이 있고 멍하게 졸거나 하는
거야. 우리가 노래하면 그들은 자고 있군. 마치 배 밑의 통속 같구나. 그자를
일으켜라! 이 나팔을 가지고 가서 소리 질러줘. 여자의 꿈 같은 걸 꾸는 것은
그만두라고 소리치란 말이다. 자, 부활이다. 이별의 키스를 하고 심판받으러
나오라고 말이다. 그렇고말고. 네 목구멍은 암스테르담 버터에 상하지 않았
으니 좋은 목소리가 나오겠지.

◆ 프랑스인 선원

이봐, 모두들 블랭킷만灣에 닻을 내릴 때까지 춤 좀 추지 않으려나?

어떨까? 이봐, 또 감시 당번이 온다. 일어서라, 일어서! 이봐, 핍! 탬버린으
로 기분좋게 놀아라!

◆ 핍

어디 있는지 잊어버렸는걸.

◆ 프랑스인 선원

그럼 배를 두드리고 귀를 세우고 춤추지 않으려나? 재미있지 않겠나?

자아! 저런, 모두 안 추려나? 자, 한 줄로 서서 한쪽 손을 두 번씩 당기고 뛰
어라. 자, 다리를, 다리를!

◆아이슬란드인 선원

마룻바닥이 좋지 않군. 이렇게 튀어오르는 건 싫어. 난 얼음바닥이 아니면 안 돼. 모처럼의 이야기에 물을 끼얹은 것 같지만 참아 주게나.

◆마르서섬의 선원

나도 말일세, 여자가 없지 않은가? 자기의 오른손으로 왼손을 잡고 자기를 보고 안녕하세요라니, 그런 바보 같은 짓을 어떻게 하겠나? 파트너! 파트너가 없으면 춤을 출 수 없어.

◆시칠리아섬의 선원

아, 계집아이와 풀밭! 그렇다면 추고 추고, 메뚜기처럼 되겠는데 말이야.

◆롱아일랜드에서 온 선원

자, 자, 이 실쭉쟁이들. 우린 달라. 옥수수를 베러 자, 가자, 가자.

누구나 다 추수하러 가자. 자, 음악이 나오는군. 자, 하세!

◆아조레스섬의 선원

(승강구를 올라가며 탬버린을 던진다.)

이봐, 핍. 자아, 거기 양묘기(배의 닻을 감아올리고 풀어내리는 장치를 한 기계) 기둥이 있다. 올라가서 모두 추자.

(반수 가량은 탬버린에 맞추어 춤춘다. 그 사이에 몇몇은 아래로 내려가고 몇몇은 밧줄 사이에서 자고 몇몇은 누워 있다. 떠들썩하다.)

◆아조레스섬의 선원

(춤추며) 자아, 핍! 빵 하고 울려라. 벨 보이, 딩동댕 하고 쳐라. 종치기 꼬마야, 반딧불을 날려라. 종을 날려 버려라!

◆핍

종 말이오? 또 하나 떨어졌어요, 이렇게 때리니까.

◆중국인 선원

그러면 이를 득득 갈며 세게 쳐라. 탑塔처럼 해, 좋아.

◆프랑스인 선원

미친 짓들이군! 핍, 그 쇠고리를 붙잡고 있어라. 뛰어넘어 보일 테다.

돛이건 몸이건 다 때려부숴라.

◆ 태슈테고

(조용히 담배를 피우며)

이건 백인들이 하는 일이야. 뭐가 재미있다는 거야? 홍, 나는 땀흘리고 싶지 않아.

◆ 만섬에서 온 늙은 선원

이 턱없이 소란을 피우는 젊은이들은 어디 위에서 춤추는지 모르는 걸까? 쌩쌩 부는 바람처럼 닥쳐오는 밤의 도깨비 여자들이, 너희들의 무덤 위에서 춤춰주겠다고 놀라게 하고 있군. 오, 그리스도여! 풋내기들의 새파란 머리통을 가진 선원들이란 어쩔 수 없군. 하지만 좋아, 좋아. 학자가 말했지만, 이 세상은 모두가 무도장이라니까. 그렇게 춤추며 돌아다니고 있으면 좋은 거야. 젊은이, 자꾸자꾸 추게나. 나도 젊었을 때는······.

◆ 낸터킷인 선원 3

제기랄! 휴, 잔잔한 바다에서 고래를 쫓아가는 것보다 더 심하군. 태슈, 담배 한 모금만 주게.

(모두 춤을 그치고, 둥그렇게 원을 지어 모인다. 그 사이 하늘은 어두워진다. 바람도 인다.)

◆ 라스카르(인도 중부의 도시) 선원

아, 브라마! 곧 돛을 내려야겠구나. 하늘에서 흘러넘치고 있는 갠지스 강이 바람으로 변했어. 시바(힌두교에서 파괴의 신)님의 얼굴이 흐렸어.

◆ 마르서섬의 선원

(누워서 모자를 흔들며)

파도다. 눈구름이 흔들기 시작한 거야. 이제 곧 꽃송이를 흔들 거야.

그렇지만 이 파도가 모두 여자라면 난 뛰어들어서 언제까지나 춤춰줄 텐데 말이야. 이 세상에 그렇게 귀여운 것은 없어. 천국이라도 도저히 저렇지는 않을 거야. 춤출 때 포도알처럼 통통하고 터질 듯한 젖꼭지를 팔로 감추고 있기는 하지만 따뜻하고 솟아오를 듯한 그 젖가슴이 환히 빛나거든.

◆ 시칠리아섬의 선원

(누운 채)

이젠 말하지 말게. 보게나, 팔다리가 눈에 띄지도 않게 얽혀 있고, 날씬하게 흔들리며, 부끄러운 듯이 장난치고 입술도 심장도 엉덩이로 닿을듯 말듯이지! 언제까지고 붙었다 떨어졌다! 그러나 덤벼들지 말게. 싫증이 날 테니까. 어때, 이교도? (팔꿈치로 찌르며)

◆타히티섬의 선원

(매트 위에 누워서)

우리 섬의 벌거벗고 춤추는 아가씨, 만세! 히바(춤의 한 종류)야, 히바! 아, 구름이 드리우고 야자나무가 높이 선 타히티섬! 난 지금도 이 매트 위에 누워 있지만 그 밑에 진흙탕이 없구나. 아, 내 거적! 숲속에서 짰었지. 맨 처음 집에 가지고 왔을 땐 새파랬는데, 지금은 너덜너덜해지고 말았어. 참 무정하군. 너도나도 다 시들어 버리니까 말이다. 그러나 저쪽 하늘로 날아가면 어떨까? 저런, 폭포가 요란하게 소리를 내는군. 낭떠러지를 미끄러져 내려와서 마을을 온통 휩쓸어버리기라도 할 듯한 소리야. 질풍이다! 질풍이다! 등을 꼿꼿이 세우고 부딪쳐라! (벌떡 일어선다.)

◆포르투갈인 선원

파도가 뱃전에 부딪치는구나. 어이, 돛을 줄여라. 바람이 사방에서 불어온다. 보게, 대번에 덤벼든다.

◆덴마크인 선원

와지끈 와지끈, 낡아빠진 배가 와지끈 소리를 낸다. 소리가 날 때는 살아 있는 거야. 좋아, 좋아. 저기 항해사가 단단히 버티고 있군. 캐터컷섬의 요새가 소금이 달라붙은 비맞은 대포로 발트해를 지키려는 것처럼 용감하구나.

◆낸터킷인 선원 4

명령이 내렸네, 조심하게. 에이허브 선장이 언젠가 말하는 것을 들은 적이 있는데 권총으로 수도꼭지를 깨뜨리는 것처럼 폭풍도 죽여버리고 만다더군. 곧, 배를 총알로 하여 폭풍 속으로 뛰어들어서 말이야.

◆영국인 선원

제기랄! 그렇지만 저 선장은 굉장한 사람이야. 우린 그 늙은이의 고래를 쫓아가는 몰이꾼이야.

◆모두

그렇다, 그래!

◆만섬의 늙은 선원

세 개의 소나무 기둥이 흔들거리는 걸 보라. 소나무란 어디든지 진흙 위에 가지고 가면 가장 단단하고 좀처럼 녹초가 되지 않는 건데 이곳은 벌 받은 뱃사람이라는 진흙이 있을 뿐이니까. 자, 잘하게, 키잡이, 잘해야 하네. 이런 날씨에는 육지에선 씩씩한 놈이라도 녹초가 될 것이고, 바다에선 배의 용골이라도 쪼개질 거야. 선장은 좋지 않은 모반母斑을 가지고 있는 거야. 이봐, 모두 하늘을 보게나, 또 닥쳐왔어. 도깨비불 같은 게 말이야. 주위는 아주 캄캄해졌어.

◆대그

그게 뭐야? 시커먼 것이 무섭다는 놈은 내가 무서운 거군. 나는 먹 속에서 태어났단 말이야.

◆스페인인 선원

(방백) 트집을 잡는군. 홍, 나는 쌓인 원한으로 차 있어. (앞으로 나와서) 야, 작살잡이, 너희들은 암흑이 점지한 자식들이야. 다시 말해서 악마처럼 시커먼 놈들이야. 노하지 말게.

◆대그

응, 알았어.

◆세인트 제이고의 선원

스페인놈이 미친 놈처럼 취해 있군. 그러나 묘한데. 저 늙은이의 뜨겁게 데운 술이 저놈에게만 오래 갈 리가 없을 텐데 말이야.

◆낸터킷인 선원 5

저건 뭔가? 번갯불인가? 번갯불이구먼.

◆스페인인 선원

아니냐, 대그가 이빨을 드러낸 거야.

◆대그

(벌떡 일어나서)

입닥쳐, 허수아비야. 설익은 호박! 겁쟁이 놈아!

◆스페인인 선원

칼로 푹 쑤셔줄 테다. 키다리 얼빠진 놈아!

◆모두

싸움이다, 싸움이다, 싸움이다!

◆태슈테고

위에서도 아래서도 싸움이구나. 신께서도 사람들도 모두 싸움이야. 어느 놈이고 모두 건달이다, 흐흥.

◆벨파스트 선원

싸움이다. 자, 싸움이다! 성모님의 용서를 바라고, 자아, 돌격이다!

◆영국인 선원

정정당당히 해라! 스페인 사람의 칼을 뺏어라. 동그랗게 원을 만들어라. 자, 이 링 속에서 싸워라.

◆만섬의 늙은 선원

자, 원이 되었다. 이것이 이 세상의 링이란 것이다. 카인이 아벨을 죽인 것도 그 링 가운데서였다. 멋진 이야기지. 좋은 일이지. 틀린다고? 그럼 신께선 왜 이 세상이라는 링을 만드셨나?

◆항해사의 목소리 (뒷갑판으로부터)

윗돛대의 돛―밧줄을 잡아라! 윗돛대의 돛을 접어라!

◆모두

스콜이다, 스콜이다! 기운차게 뛰어나가라.

(사방으로 흩어진다.)

◆핍

(양묘기 뒤에서 떨면서)

기운차다고, 그런 기운은 내서 뭘 한담? 와지끈, 삼각돛의 밧줄이 날아갔구나. 와아, 큰일이다. 핍, 엎드려. 제일 윗돛의 활대가 날아왔어.

폭풍의 숲속에서 세모歲暮에 방황하고 있는 것보다 더 무섭구나. 누가 밤을 따러 올라갈 수 있어. 그래도 모두 고래고래 소리를 지르면서 올라가는구

나. 그렇지만 난 그만두겠어. 저런 짓을 하면 어떻게 될까. 천국으로 올라가는 것 같을까? 자, 단단히 붙잡고 있어! 굉장한 스콜이구나! 그렇지만 저 사람들이 훨씬 무섭다. 모두 흰 질풍(열대지방에 일어나는 구름 없는 질풍)이다.

아까 그 이야기를 들었지? 백경, 아, 무섭다! 오늘 저녁 처음으로 들었는데도 이 탬버린처럼 온몸이 덜덜 떨리는구나. 저 구렁이 같은 늙은이가 그놈을 쫓아간다고 모두에게 맹세하게 했지. 아, 저 시커먼 하늘 어딘가에 계실 커다란 흰 신이여, 여기 조그맣게 웅크리고 있는 검둥이 소년을 귀엽게 생각해 주시옵소서. 무서움을 모르는 사람들과는 달리 헤아려 주시옵소서!

제41장 백경

나 이스마일도 선원 중의 한 사람이었다. 나의 외침은 선원들과 함께 일어서고, 나의 노호怒號는 선원들의 그것과 뒤섞였다. 아니 마음속의 공포 때문에 나의 외침은 한층 더 격렬했고, 나의 노호는 한층 더 집요했다. 강렬하고 불가사의한 감정이 내 가슴속에서 끓어오르고 에이허브의 불타는 분노는 나 자신의 것처럼 느껴지기까지 했다. 일행과 함께 저 흉포한 괴물을 잡아죽여 복수를 하자고 맹세하면서 그놈의 역사에 대해서 귀를 기울였다.

꽤 오래전부터 이따금 생각난 것이긴 하지만, 무리를 벗어난 고독한 백경이 주로 말향고래잡이들이 드나드는 절해絶海 여기저기에 출몰하고 있었다. 그러나 누구나가 다 그것을 본 것은 아니고 몇몇 사람만이 가까이서 보았을 뿐이며, 실제로 그것인 줄 알고서 부딪쳐 싸운 사람의 수는 더욱 적었다. 왜냐하면 포경선의 수는 매우 많았으나 모든 지구의 수면 위에서 제각기 흩어져 그 대부분은 외딴 곳으로 모험적인 추적을 해보는 것이었으므로, 꼬박 1년이나 그 이상을 계속하여 어떤 소식을 알려주는 배와도 거의 만나지 못하고, 또 한 회의 항해 기간은 유별나게 긴 것이었으며, 또 출항하는 시기도 매우 불규칙했기 때문에 이런 시정이 여러 가지 이유와 겹쳐 백경에 관한 특히 정밀한 지식을 전 포경선들에게 보급시키기는 어려웠다.

물론 이러한 때 비할 바 없이 거대하고 흉포한 말향고래가 이러저러한 바다에서 나타나 공격한 사람에게 큰 해를 입히고 완전히 도주했다는 보고를 하는 배도 적지 않았지만, 그것을 들은 어떤 사람들의 마음에는 이 고래야말로 백경임에 틀림없다는 생각이 든 것도 무리한 추측은 아니었다고 생각된다. 그러나 최근의 말향고래 어업에서는, 공격을 가한 괴물에게서 지독하게 광포하고 교활하고 사악한 화를 입었다는 여러 가지 예가 결코 적지 않았기 때문에, 그것인 줄 모르고 우연히 백경에게 도전했던 사람들도 아마 그 대부분은 자신이 품은 그 이상한 공포감을 이른바 말향고래 어업계에서 일반적으로 느끼고 있는 위험에서 일어난 것인 줄만 알고, 그것을 어떤 특정한 것에다 귀착시키지는 않았을 것이다. 에이허브와 고래와의 처참한 격투에 대해서도 역시 일반은 같다고 보고 있었다.

또 미리 백경의 이야기를 듣고 우연히 그것을 만난 사람이라도 처음에는 거의 예외 없이 다만 보통 말향고래로밖에는 생각하지 않고 대담하게 보트를 내린 뒤를 쫓았다. 그러나 곧 그 공격에서 참해慘害를 입은 결과란, 팔다리의 관절을 삔다든가, 다리가 부러졌다든가, 절단하게 된다든가 그런 것에 그치지 않고 목숨을 뺏기는 경우에까지 이르기 때문에 계속 이런 처참한 반격을 받고는 한결같이 백경을 무서워할 수밖에 없었고, 과감한 고래잡이들도 대부분 그 백경의 이야기를 들으면 혼비백산하고 말았다.

그리하여 온갖 괴이한 소문은 과장되어 퍼지고 이들 사투死鬪의 진상은 훨씬 더 소름끼치는 것으로 전해졌다. 도대체 황당한 헛소문이란 죽은 나무에서 버섯이 돋듯이 이상하거나 무시무시했던 사건에서 자연히 발생할 뿐 아니라, 육지와 달라서 바다 위의 생활에서는 조금이라도 그럴듯한 냄새가 풍기기만 해도 굉장한 것이 되는 법이다. 이런 점에서는 바다가 육지보다도 더 한데, 더욱이 그 해상생활 중에도 포경업이 가장 심하며 기괴하고 공포에 찬 이야기를 퍼뜨렸다. 그 이유는 우선 포경선원도 모든 뱃사람에게 전통적으로 붙어다니는 무지와 미신에서 벗어나 있지 않다는 점 외에, 바다의 처절하고 기괴한 일에 누구보다도 훨씬 직접적으로 부딪쳐 가는 자가 그들이고, 그 놀랍도록 불가사의한 일을 가까이 부딪칠 뿐만 아니라 손을 그의 턱에 괴고도 그것과 대항하여 싸우는 자가 그들이기 때문이다. 세상과 떨어져서 아득히 먼 절해를 몇천 마일을 가도, 몇천이나 되는 해안을 찾아가도 끝자국이 그리운 벽로의 돌 하나도 만날 수 없었고, 또 그처럼 해가 비치는 아래에서 기쁘게 맞이줄 아무것도 없었다. 그리고 위도緯度도 아득히 먼 그 바다 위에서 나날이 하는 일도 그런 일이고 보면, 고래잡이들은 여러 가지 주문呪文에 사로잡힌 것처럼 되고 그 공상은 부풀어 가끔 터무니없이 커지게 된다.

그러니까 이 흰 고래의 헛소문도 광막하고 거친 바다 위를 여기저기 흘러다니는 동안 차차 커져서 나중에는 온갖 망상의 그림자로 부풀고 온갖 도깨비의 태아를 잉태하여, 그 결과로서 백경에 대한 공포감은 세상의 그 무엇과도 비할 수 없는 희대稀代의 것이 되었다. 따라서 이 무서운 전율이 미치는 한 조금이라도 백경의 이름을 들은 고래잡이들은 거의 그 위험한 턱을 향해 덤벼들 용기를 잃어버리고 만다.

게다가 거기에는 좀더 실제적이고 생명과 관련된 심리적인 영향도 작용하였다. 오늘날에도 말향고래 그 자체가 예로부터 차지했던 특수한 지위, 곧 다른 모든 고래 종류와 비교할 수도 없이 무서운 것이라는 관념은 포경자 일반의 마음속에 남아 있다. 요즈음에도 큰 고래에게라면 싸움을 마다하지 않는 총명하고 용감한 사람들 중에 솜씨가 미숙하기 때문인지 또는 무능하기 때문인지, 또는 겁쟁이이기 때문인지는 몰라도 말향고래와 싸울 것을 거절하는 사람들이 있다. 즉, 대부분의 고래잡이—특히 미국 이외의 여러 나라 사람들 중에서 한 번도 말향고래와 부딪친 일이 없어 그 고래에 대한 지식이란 그저 옛날부터 북해에서 잡히던 이름도 없는 고래라고만 알고 있을 뿐인 사람들은 창구艙口에 웅크리고 앉아서, 어린아이들이 화롯가에서 옛날이야기를 재미있어 하기도 하고 무서워하기도 하는 것처럼, 남해 고래잡이의 기이하고 괴상한 이야기에 가슴을 두근거리는 것이다. 또한 이 큰 말향고래의 굉장히 크고 장한 모습이란 그를 향하여 돌진하는 뱃머리에 서는 사람 외에는 똑똑히 볼 수가 없었다.

오늘날에는 체험에 의해 그 괴력이 확인됐다고는 하지만, 옛날 전설 시대에도 이미 그것을 짐작했던 것일까? 올라센, 포벨손 등의 박물학자들에 의해서도 말향고래는 단순히 바다의 다른 생물에 대한 위협일 뿐 아니라 거의 믿을 수 없을 정도의 흉포성을 지니고 있어 항상 사람의 피에 굶주려 있다고 씌어져 있다. 아니, 퀴비에와 같은 근대 사람들 사이에도 거의 이와 가까운 인상이 남아 있다. 사실 퀴비에 남작은 그의 저서 〈박물지博物誌〉에서 "한번 말향고래가 모습을 나타내자 상어를 비롯한 모든 어족들은 말할 수 없는 심한 공포에 떨고, 달아나려고 허둥지둥하다가 가끔 바위에 몸을 심하게 부딪쳐 금세 죽어버린다."고 쓰고 있다. 그 후 실제로 어업자들의 경험에 의해서 이러한 기록이 정정되었다지만, 그 무서움 때문에―포벨손의 사람의 피 등등 하는 말에 이르기까지 말향고래에 대한 미신은 포경업의 추이가 있을 때마다 되살아나곤 했다.

그러므로 이 백경에 대한 유래와 소문을 듣고 겁을 먹을 때마다 대부분의 고래잡이들은 말향고래를 잡던 일들을 회상하고, 그 무렵에는 오랫동안 큰 고래잡이에서 연마된 사람들이라 하더라도 이 새롭고 위험한 전투에 임하는 배에 태우기란 무척 힘들었다는 일이며, 그들이 입버릇처럼 다른 고래를 쫓는다면 몰라도 말향고래 같은 도깨비를 쫓아가서 창을 던진다는 것은 사람이 할 일이 아니라고 하던 말들을 회상하기도 했다. 다시 말해 그런 짓을 하면 저세상에 휙 집어던져질 뿐이라는 것이다. 이점에 관해 훌륭한 참고가 될 문헌의 수도 많다.

그럼에도 불구하고 어떤 사람들은 이러한 사정에도 꺾이지 않고 군이 백경을 쫓으려고 했고, 또한 그 고래에 대해선 희미하고 멍하게 들었을 뿐, 그 참사의 사실을 자세히 알지 못할 뿐만 아니라 과장된 미신 이야기도 알지 못했기 때문에 놈이 덤벼들면 싸움을 사양하지 않겠다는 사람도 꽤 많았다.

그런데 미신을 믿는 사람들이 드디어 이 백경에 결부시키게 된 터무니없는 이야기가 있는데, 그것은 백경이 공간을 초월해 있어 꼭 같은 시각에 양극의 위도에서 나타났다는 비현실적인 망상이었다.

물론, 이런 사람들의 미망迷妄이란 구제할 길이 없지만, 그러나 그럴듯한 이 말에 사람을 홀릴 힘이 없었다고는 할 수 없다. 왜냐하면 해류의 신비는 오늘날의 가장 수준 높은 학술의 힘으로도 밝혀지지 않고 있으며, 한편 수면 아래서의 말향고래의 비밀 통로는 그것을 쫓는 자에게도 대부분 불가해하므로 때로 거기에 대한 기괴하고 모순된 고찰이 생겨난다는 것도 신기할 것은 없고 특히 물속 깊이 잠수한 후 놀라울 정도의 속도로 아주 먼 곳에 모습을 나타낸다는 불가사의한 사실이 사람을 괴롭힌다.

태평양의 북쪽 끝에서 잡힌 고래의 몸에 그린란드해에서 찔린 작살의 날이 꽂혀 있던 일은 아메리카나 영국의 포경선에선 잘 알려져 있는 일이고, 또 수년 전에 스코어스비의 권위 있는 글에 기록되기도 한 일이다. 더구나 이럴 경우, 이들이 투쟁하던 시간이 결코 긴 세월이 아니었다는 것을 비난할 수도 없다. 그러니까 그것으로 미루어 볼 때 어떤 고래잡이들은 북서항로로—이 항로는 북아메리카의 북쪽을 지나 대서양에서 태평양으로 빠지는 것으로서 항해자들의 소망이었음—는 인간에게는 수수께끼이지만 고래에게는 옛날부터 알려져 있었다고 한다.

그리하여 산 인간이 산 증거를 갖고 있는 것이고 보면 옛날에 전해진 갖가지 괴담—이를테면, 포르투갈의 스트렐로 산꼭대기 근처에는 그 수면에 난파선들이 떠오른 호수가 있다느니, 더욱이 이상한 것은 시러큐스 가까운 아레두사의 샘은 성지에서 지하를 통해 솟아나온다느니—과 같은 황당한 이야기와 포경자의 현실은 거의 비견될 정도이다.

그런데 언제나 이런 괴이한 일에 실제로 접촉하고 있는 포경자들이고 보면, 백경이 맹공격을 받으면서도 용케 빠져나와 여전히 살아남아 있다는 것을 안 이상은 그 미신에서 한걸음 더 나아가 다음과 같은 말을 했다 하더라도 아무 이상한 점이 없을 것이다—백경은 공간을 넘어서 일시에 어디에고 불쑥 나올 뿐 아니라 시간을 초월하는 불사신이다. 그러니까 옆구리에 창이 숲처럼 꽂혀 있다 해도 상처 하나 입지 않고 헤엄쳐 간다. 그리고 드디어 끈적끈적한 피를 뿜어 올릴 형편이 되었구나, 하고 생각하면서 그것도 속이기 위한 요술에 지나지 않고 순식간에 몇백 리그나 멀리 떨어진 맑은 파도 위에서 피에 더럽혀지지도 않은 물을 뿜어올리는 모습이 보인다—라고.

그러나 비록 이런 괴상한 공상에 싸이지 않더라도 이 괴물은 체구와 대담성에 비할 수 없는 격렬함을 갖고 상상력에 호소하는 점이 있다. 그가 다른 말향고래와 특히 뛰어나게 다른 점은 유별나게 거대하다는 것보다도 이상하게 하얗게 주름 잡힌 머리와 높게 빛나는 흰 혹을 가지고 있는 점이다. 이것이 그 특징이며, 그를 아는 사람이 아무도 발을 들여놓지 않은 끝없이 넓은 바다의 먼 데서도 그를 알아볼 수 있는 점이다.

몸의 다른 부분도 수의색의 줄무늬며, 얼룩이며 무늬가 가득히 덮여 있기 때문에 백경이란 이상한 이름을 얻게 된 것인데, 대낮에 아주 푸른 파도 사이를 미끄러지며 황금빛 섬광이 섞인 우윳빛 거품을 은하처럼 뒤로 끌고가는 그 선명한 광경을 볼 때는 누구나 그 이름이 아주 잘 들어맞는다고 생각했을 것이다.

아니, 이 고래에 근원적인 공포감이 따라다니게 된 것은 다만 이상하게 거대한 몸체와, 눈부신 색채 또는 괴기한 형태를 한 아래턱 등이었다기보다는 그 투쟁에 있어서 몇 번인지도 모르게 발휘한 유례없이 교지狡知가 풍부한 흉악함 때문이었다. 긴장해서 추격하는 사람의 앞쪽을 아주 낭패한 듯 달아나는가 하면 갑자기 몸을 돌려 역습해 와서 보트를 산산이 부숴버리기도 하고 혼비백산해서 본선으로 되돌아가게 하는 일이 자주 있었다.

그 때문에 죽은 사람들의 수도 적지 않았다. 물론 그러한 참해란 육지에는 그다지 전해지지도 않았지만 이 포경업에서는 그다지 신기한 일이라고 할 수 없었다. 그러나 백경에게 입은 해는 백경이 진작부터 회책하고 있는 듯이 여겨져서, 그에 의해서 부서지거나 죽거나 하는 것은 대부분의 경우 도저히 무고한 생물에게 당한 침해라고는 생각할 수 없었다.

그리고 보면 필사적으로 백경을 쫓던 사람들이 부서진 보트의 파편이나 흩어져서 가라앉아 가는 동료의 사지가 떠도는 가운데를 백경의 무서운 분노로 일어난 순백의 물거품을 헤쳐 나와, 화가 날 정도로 마치 생일이나 결혼식 날처럼 밝은 햇살이 비치는 잔잔한 바다에 당도했을 때, 그들의 마음이 얼마나 미칠 듯한 격분에 불타오르는지는 능히 상상할 수가 있을 것이다.

세 척의 보트가 백경 주위에서 구멍이 뚫리고 노도 사람도 소용돌이치는 조수에 휘말려들어가 있었다. 단검을 높이 치켜든 선장이 파손된 뱃머리에서 마칸사스의 결투자처럼 고래를 향해 덤벼들고 적의 생명의 바다 깊숙이 그 6인치의 칼날을 미친 듯 찌르려고 했다. 그 선장이 바로 에이허브였다. 그러자 대번에 백경은 그 낫 모양의 아래턱을 밑에서 들어올렸는가 싶더니 마치 들의 푸른 풀을 베는 소년처럼 에이허브의 다리를 잘라버리고 말았다. 터번을 두른 터키 사람도 베니스나 말레이의 용병도 그토록 노골적인 잔인한 빛을 띠면서 덤벼들 수는 없었을 것이다.

그러고 보면 거의 숙명적이라고까지 할 백경과의 격투 이래로 에이허브는 백경에 대해서 미칠 듯한 복수심을 줄곧 품어 왔다는 데 대해 의심할 여지는 없지만, 그 복수심에서 더욱 무서운 것은 미친 사람처럼 된 에이허브가 그 몸에 받은 참해뿐 아니라, 자신의 모든 정신적인 분노도 전부 백경에게서 비롯된 것처럼 생각하는 점이었다. 눈앞을 유유히 헤엄쳐 다니는 백경은 자신의 몸을 좀먹으면서 끝내는 심장도 허파도 그 절반을 먹어 없애고 마는 어떤 사악한 마의 집념이 뭉쳐져서 나타난 것으로 보였다. 이 걷잡을 수 없는 악이야말로 이 세상이 시작될 때부터 존재하고 있었다.

근대의 기독교들도 세계의 절반은 그것이 지배하는 영역이라 했다. 또한 고대 동양의 배사교도拜蛇敎徒들은 그것을 마신상魔神像으로서 받들었다. 에이허브는 그들처럼 몸을 굽혀 숭배하지 않았다. 오히려 증오해야 할 백경에게 그 관념의 근원을 돌려 불구의 몸이면서 그에 대한 싸움에 덤벼들었다.

사람의 마음을 미치게 하고 괴롭히는 모든 것, 언짢은 사태를 일으키는 모든 것, 사악을 기본으로 하는 모든 진실, 근골筋骨을 분쇄하고 뇌수를 무너뜨리는 모든 것, 생명과 사상에 휘감기는 모든 음험한 악마성—이런 모든 악이 미쳐 버린 에이허브에게는 백경이라는 분명한 실체로 나타나고, 이를 향해 공격하는 것도 가능하다고 생각된 것이다. 그는 아담 이래 전 인류가 느낀 노여움과 미움의 모든 분량을 모두 그 고래의 흰 옥에 쌓아올려 자신의 화포火砲이기나 한 것처럼 마음속에서 타서 문드러진 탄환의 전부를 모두 거기에 터뜨렸다.

그의 이 편집광적인 생각이 다리를 잘린 바로 그 순간부터 고조되어 왔다고 생각하기는 어렵다. 단검을 휘둘러 괴물에게 덤벼든 그때는 다만 온몸에 가득 찬 증오의 격정이 발작한 데에다 몸을 맡겼다는 것뿐이다. 또 때려눕혀져서 다리가 날아간 때도 다만 육체가 찢기는 아픔을 느꼈을 뿐이었을 것이다. 그러나 이 격투의 결과로 귀향하지 않으면 안 되었고, 몇 달씩이나 오랜 나날을 그 통증을 동무 삼아 해먹 속에 누워 있으면서 한겨울의 찬바람이 울부짖는 황량한 파타고니아 곶을 회항했을 때, 그의 찢긴 육체와 상처 입은 영혼이 서로 피를 뿜으며 뒤섞여서 끝내는 미쳐버렸다.

이 격투가 있은 뒤 귀향길에서 결정적으로 그의 집념이 광기로 변했다는 것은 다음과 같은 일로 미루어 보더라도 거의 틀림없었으리라 생각된다. 그 항해의 도중에서 그는 가끔 미쳐 날뛰었다고 하고 다리가 부러졌으면서도 그 강대한 가슴속에는 놀랄 만한 생명력이 숨어 있어 일시적인 정신착란을 일으키면 한층 더 흥분했기 때문에, 항해사들은 그를 단단히 묶어서 해먹 속에서 날뛰게 내버려둔 채 항해했다고 한다. 그는 광인용狂人用 재킷을 걸친 채 모진 바람에 마구 흔들리고 있었다.

잠시 후 배도 곧 조금 견디기 쉬운 바다로 들어가 미풍에 보조 돛을 달고 조용한 열대의 파도를 헤치며 나갔는데, 이 무렵은 누가 보든 에이허브 노인의 흩어진 마음은 혼 곶의 큰 파도와 함께 지나가버렸다고 생각했고, 그 자신도 어두운 구멍에서 나와 빛과 공기를 쐬었고, 안색이 창백하긴 했어도 침착한 얼굴로 차분히 명령을 다시 내리게 되었다. 그래서 항해사들은 이제 광기도 신정된 줄 알고 신에게 감사를 드렸는데 뜻밖에도 에이허브의 심신의 깊은 곳에서는 여전히 계속 광기가 일고 있었다.

인간의 광기란 교활한 고양이 같은 것일 때가 많다. 다 나았으리라고 생각하지만 그것은 다만 좀더 음험한 형태로 변화되어간 것에 지나지 않는지도 모른다. 에이허브의 흩어진 마음이 가라앉기는커녕 더욱 깊게 흐르고 있었음은, 저 강물이 항상 가득히 철렁거리는 허드슨 강이 북방의 고귀한 강이 되어 산악 지대의 계곡은 좁지만 깊이 흐르고 있는 경우와 같은 것이었다. 그러나 에이허브의 경우에는 좁은 계곡을 흐르던 집요한 물줄기가 그 노골적인 광기를 뒤에 남겨 두지 않고 흐르고 있었다. 또 그 광기 속에서 그의 천성인 위대한 지력智力이 조금도 쇠약해지지도 않았다. 전에는 팔팔한 행위자가 이제는 삶의 도구가 되었다. 비유해서 말하자면 부분적인 광란이 전체적으로 건전성을 강습해서 이를 점령하고, 그 모든 포화를 자신이 광집狂執하는 과녁을 향해서 집중시킨 것이다.

따라서 에이허브는 그의 강력함을 잃기는커녕 그 하나의 목적을 향해 제정신을 가졌던, 예전에 당연한 어떤 목적을 향해 쏟은 것보다도 몇천 배나 강한 힘을 갖고 돌진하게 되었다.

이것만으로도 대단한 일이었다. 더욱이 에이허브의 크고 깊고 어두운 면은 지금까지 한 말로는 아무것도 설명되어 있지 않다. 그러나 깊은 곳을 통속화하는 것은 헛된 일이다. 그리고 모든 진실은 깊다. 그러면 고귀하고 슬픔에 찬 사람들이여, 지금 서 있는 담 위에 철책을 두른 클뤼니 박물관(파리에 있음.)의 조망이 아무리 훌륭하다 해도, 그 마음속 더 깊게 밑으로 들어가 저 광대한 로마 시대의 테르메스의 궁전 자리를 찾아보기로 하자.

거기에는 인간이 지상에 지은 불가사의한 탑의 밑바닥 깊숙이 파묻혀 그 인간의 근원적인 위대함, 두려워해야 할 정수精髓의 모든 것이 수염에 덮여 앉아 있다. 유물의 밑바닥에 묻혀 파편상破片像을 옥좌로 하고 있는 고대. 위대한 신들의 부서진 옥좌를 두어, 사로잡힌 왕을 비웃고 왕은 캐리애티드(건축에서 여인상이 그려진 기둥)와도 같이 묵묵히 앉아서 그 얼어붙은 이마에 겹겹이 쌓인 주름을 떠받치고 있다. 긍지를 가지면서도 근심이 많은 사람들이여, 내려가 긍지를 가지면서도 근심이 많은 저 왕에게 물어보라. 거기서 그대들의 조상을 볼 것이다. 그대들을 낳은 것, 그 음울한 조상에게서만 영겁에 걸친 장대한 비밀이 흘러나오는 것이다.

결국 에이허브의 마음속에는 이런 모습이 있어서 자신의 수단은 건전하지만 동기와 목적은 미친 짓이라 말하고 있었다. 더구나 그 사실을 말살할 수도 변경할 수도 회피할 수도 없었기 때문에, 그는 오래전부터 오늘에 이르기까지 일반적인 사람에 대해서 가장假裝해서 서 있다고 자각해 왔는데, 이 가장이란 그의 감정에 기인된 것이지 견고한 의지에서 생긴 것은 아니었다. 더욱이 이 가장을 하는 데 훌륭하게 성공했으므로 그가 낸터킷 해안에 뼈다리로 도착했을 때, 사람들은 한 사람도 남김없이 그가 몸에 받은 무서운 참해 때문에 뼈에 사무치도록 비관하고 있었다고밖에 생각하지 않았다.

바다 위에서는 분명히 발광한 것 같다는 소문도 같은 원인 때문이라고 생각되었다. 그리고 그 후 줄곧 이번 피쿼드호가 항해에 나설 때까지, 그 얼굴에 묵직하게 드리워져 있던 깊은 우수의 빛도 역시 마찬가지의 해석을 받았던 것이다.

또한 내가 살펴볼 때 사람들은 이런 어두운 징조가 있는데도 그를 이미 항해에 적합하지 않은 사람이라고 생각하기는커녕, 빈틈없는 섬사람 특유의 재빠른 계산으로 저런 사람이기 때문에 더구나 고래잡이라는 피비린내나는 광인 같은 거친 일을 해내는 데는 안성맞춤이라고 생각한 것 같았다. 어떤 낫기 어려운 상념의 이빨에 꼼짝 못하게 꽉 찔려 몸은 잡아뜯기고 관념은 치료할 수 없는 사람―이런 사람이 발견되었다는 사실이야말로 모든 동물 중에도 가장 무서운 놈들을 향해 작살을 던지고 창을 휘두르는 역할에 다시 없이 좋은 기회라고 생각했다. 또 어떤 이유로 몸이 그 일에 적당하지 못하게 되었어도, 아랫사람들을 치켜세우기도 하고 마구 야단을 치기도 하여 공격하게 하는 데는 더없이 유능할 것이다.

그러나 이런 사정은 어찌 되었든 에이허브가 불타는 분노를 가슴속에 굳게 간직하면서 처음부터 이번 항해에 딴 일을 제쳐놓고 다만 백경을 쫓는다는 유일한 목적을 품고 나왔음은 분명하다. 만일 육지의 그의 옛 친구 중 한 사람이 이 비밀의 한 조각이라도 알아챌 수 있었다면, 정직한 마음을 가진 사람을 전율케 하는 이런 악마 같은 사나이에게서 배를 빼앗아 가버렸을 것이다. 그들의 목적은 항해에서 이익을 올리는 것이고, 조폐소에서 마구 흘러나오는 돈을 세는 일이었다. 그런데 그의 목적이란 대담무쌍하고 조금도 용서도 없는 괴이한 복수를 수행하는 일이었다.

즉, 신도 두려워하지 않는 백발노인은 증오에 불타 욥의 큰 고래를 추적하려는 것이고, 그를 따르는 사람들은 건달, 방랑자, 식인종들로 된 오합지졸이다. 더욱이 스타벅의 덕성이나 상식도 외톨이여서 도와주는 사람도 없었으며, 스터브는 넉살좋고 뻔뻔스러운 쾌활성으로 일체 관심이 없었고 무모할 뿐이었으며, 플라스크는 아주 멍청했으므로 그 잡동사니 집단에 정신적 지주가 될 만한 사람이 없었다.

모두가 이런 식으로 되어 있는 선원들은 에이허브의 편집광적인 복수를 돕기 위해 어떤 마성魔性의 운명이 일부러 골라 뽑은 사람들이었을 것이다. 어떻게 사람들이 저 노인의 분격에 기꺼이 응했는지, 어떻게 사람들의 정신이 악마의 주문에라도 걸린 것처럼 붙잡혀 에이허브와 조금도 다름없이 노여움에 떨며, 백경은 우리의 참을 수 없는 원수라고 생각하게 되었는지 모를 일이다. 또 백경이란 그들에게 무엇이며, 그들의 무의식적인 심리 속에서 어떤 이상한 길에 의해, 더구나 백경이야말로 생의 대해를 유유히 돌아다니는 대악마라는 생각이 확고하게 심어지게 되었는지?

이런 모든 일에 대한 설명의 열쇠는 나 이스마일로서도 닿기 어려운 깊은 곳에 있었다. 우리 내부의 깊은 곳에서 일하는 광부가 있다고 가정할 때, 쉴 새 없이 놀리는 그 곡괭이의 흐릿한 소리에 의해 그가 어느 정도를 향하고 있는지를 알 수는 없을 것이다. 거역하기 어려운 손에 끌리고 있다는 것을 누가 느끼지 않겠는가? 대전함에 끌리는 조각배 신세로 어떻게 항거할 수가 있겠는가? 다른 사람은 몰라도 나 한 사람으로서는 다만 시간과 장소에 자신을 맡겨버리는 수밖에 없었다. 그러나 지금 이렇게 그 고래를 만나기 위해서 계속 달리다 보니 저 괴수 속에 있는 불길한 흉조를 느끼지 않을 수 없었다.

제42장 희디흰 고래

백경이 에이허브에 대해서 어떤 의미를 지니고 있는가 하는 점은 암시했다고 생각하지만, 나에게 어떤 의미를 지녔는지에 대해서는 아직 아무 말도 하지 않았다.

극히 확실한 백경의 여러 성질을 생각해 보기만 해도 누구의 마음에나 가끔 놀람을 불러일으키는데, 그것은 다시 형용하기 어려운 막연한 공포감이 되어 때로는 다른 모든 감정을 강렬하게 압도해버리는 것이었다. 그것은 신비한 감정이고 거의 말로 표현할 수 없을 정도의 것이었으므로 다른 사람에게 알도록 쓴다는 것은 무리다. 사실 그것은 고래의 희기가 무엇보다도 나를 전율케 한 점인데 여기에다 어떻게 설명하면 좋을지 모르겠다. 그러나 이 점을 설명하지 않으면 다른 모든 장章도 무의미하게 되므로 애매하고 졸렬한 방법으로나마 해보지 않으면 안 될 것 같다.

대다수의 자연물의 경우에는, 이를테면 대리석이나 자포니카나무나 진주에 있어서와 같이 희다는 것은 기품을 더하고 아름다움을 더하며 자연히 생기는 덕을 나타내서 빛나는 것처럼 보인다.

그리고 예로부터 많은 민족은 이 색을 무언지 모르게 고귀한 것으로 인정하고 있으며, 그 옛날 페구(6세기 전부터 18세기에 걸친 미얀마의 왕조)의 왕들도 그 권위를 여러 가지 아름다운 이름으로 찬양했을 때 백상白象의 왕자라는 이름을 최고로 쳤고, 시암(지금의 타이)의 왕들은 그 하얀 코끼리를 제왕기帝王旗로서 펄럭이게 했으며, 하노버의 깃발엔 흰 군마를 그리고, 또 저 로마 황제의 대를 잇는 오스트리아 제국은 이 고귀한 색을 제왕의 색으로 삼았다. 그리하여 그 존귀함은 인류 그 자체에도 들어맞아 백색 인종은 유색 종족들 위에 이상적인 패자覇者로서 서게 되었다.

또 다른 방면에서 본다면 백색은 옛날부터 환희의 표시로 되어 있어서 로마 사람은 축제일을 흰 돌로 나타내기도 했다. 또 인간의 심성과 상징 가운데서 이 색은 가득하고 숭고한 일, 이를테면 신부新婦의 순결, 노인의 인자함 등의 표시가 되었으며, 또 아메리카 인디언 사이에서는 흰 조개껍데기를 이은 끈을 주는 것이 최고의 명예가 되며, 또 많은 나라들에서 법관의 담비옷의 백색이 정의의 위엄을 나타낸다. 그리고 백마를 사용함으로써 제왕과 여왕의 위용에 빛을 더하고, 더욱이 가장 엄숙한 종교적인 비밀 의식에서도 흰 것은 신성의 무구無垢와 권위의 상징이 되었고, 페르시아의 배화교도들은 제단에 올라가는 백색 불꽃을 가장 신성한 것으로 알았다.

그리스 신화에서는 주피터 신이 눈처럼 흰 황소로 변신했으며, 위대한 이러쿼이족(뉴욕 지방에 거주하고 있던 인디언 종족)에게는 한겨울에 성스러운 흰 개를 희생으로 바치는 것이 최고의 제사인데, 더러움이 없는 충성된 그 동물이야말로 그들이 해마다 위대한 영혼에게 바치는 충성된 마음의 사자였다. 또 모든 그리스도교의 제사는 라틴어의 백색이란 말을 그대로 따서, 법의 밑에 입은 신성한 속옷의 일부를 알부 또는 튜닉이라는 이름으로 불렀으며, 가톨릭교의 성스러운 의식 가운데서 흰 것은 특히 그리스도의 수난을 찬양하는 데 사용되었으며, 성 요한의 몽환 속에서 흰 옷은 속죄한 자에게 주어지며, 흰 옷을 입은 장로 스물네 사람이 커다란 흰 자리에 양털처럼 희게 빛내며 앉아 계시는 주이신 신 앞에 무릎을 꿇는다. 더구나 이 흰색에서 연상되는, 아름답고 고귀하고 숭고한 모든 것들 이외에도 이 색채의 감명깊은 곳에는 포착하기 어려운 것이 숨겨져 있어 붉은 피와 결부되어 사람을 놀라게 하는 것보다 더 강한 공포심을 일으킨다.

그런 특성 때문에 우리가 이 흰색을 그 연상되는 것들에서 떼어 오직 무서운 사물에만 결부시켜 생각하면 그 공포감은 한없이 높아간다. 극지의 흰 곰이나 열대의 흰 상어를 살펴보도록 하자.

윤기가 흐르는 눈처럼 그 흰빛이 그들을 초절적인 공포의 대상으로 만들고 있다. 저 요괴스러운 흰색이, 포악함 이상으로 무섭게 그들의 묵묵한 모습에 소름끼치는 요사스러운 아름다움을 더한다. 그렇기 때문에 문장紋章에 새겨진 호랑이의 사나운 이빨도 흰 옷에 싸인 곰이나 상어의 어깨만큼은 사람의 용기를 주저앉게 하지는 않는 것이다.[1]

---

1) 극지의 곰에 대해 더욱 이 문제를 규명하고 싶은 사람들은 이렇게 반박할지 모른다. 그 짐승에 대해 견딜 수 없을 만큼 전율감을 느끼게 하는 것은 단순히 그 흰 빛뿐만이 아니다. 왜냐하면 강렬한 전율감을 분석하면 짐승의 어떻게도 할 수 없는 흉포함이 천상의 순결과 사랑에 뒤섞인 털옷에 싸여 있다는 사정에서 생긴다고도 생각된다. 결국 우리의 마음에 그토록 상반되는 두 감정을 주는 그 극지의 곰은 부자연스럽고 모순된 감정으로 우리를 떨게 한다고. 그러나 이것이 사실이라 하더라도, 더욱이 그 흰빛이 없었다면 그처럼 강한 공포감을 우리에게 주지는 않을 것이다.
다음 흰 상어에 대해서 말한다면 그것이 평소 물에서 희끄무레한 빛을 띠고 떠돌아다니는 요괴한 기미를 보면 이상하게도 저 극지의 짐승에 숨겨져 있는 것 같은 성격과 부합된다. 이 특징은 프랑스 사람이 그 물고기에게 준 명칭에 의해서 훌륭하게 나타나 있다. 가톨릭교의 사자(死者)에 대한 미사는 영혼의 진혼곡(Requiem eternam)으로 시작되고, 따라서 '진혼곡'은 미사 그 자체와 다른 모든 장송곡을 지배하고 있다. 그런데 이 상어의 희고 고요한, 마치 죽음과 같은 조용함과 그 유순한 듯하면서도 지독하게 맹렬한 습성에 비유하여 프랑스 사람은 이것을 진혼곡 상어라고 이름 붙였다.

알바토로스(信天翁)를 생각해 보라. 그 흰 환상이 모든 사람들의 상상 속에 떠돌 때 구름처럼 모여드는 경탄의 마음과 창백한 공포는 어디에서 오는 것일까? 그 야릇한 매력을 최초로 소곤거린 것은 콜리지(새뮤얼 테일러 콜리지)는 아니다. 신의 아첨을 모르는 계관 시인인 '자연'[2]이다.

미국의 서부 연대기인 인디언 전설 가운데 가장 유명한 것은 초원의 백마일 것이다. 장대한 우윳빛 말로서 눈은 크고 머리는 작으며 가슴은 깎아지른 벼랑 같은, 기품 있고 오만한 모습은 왕자 천 명을 합한 것만큼의 위엄을 지녔다. 그는 로키와 알게니의 산맥으로 에워싸인 그 옛 초원의 구름처럼 많던

---

[2] 나는 난생 처음 본 알바트로스를 잘 기억하고 있다. 그것은 남빙양과 극히 가까운 바다의 폭풍이 계속되는 곳이었다. 오전의 당직을 선창에서 마친 후 나는 어둡게 흐린 갑판으로 올라갔다가 가운데 승강구에 부딪쳤다. 그때 거기 고귀한 로마식 갈고리 부위에 새하얀 날개를 가진 것이 있었다. 가끔 그 천사같이 큰 날개를 물결치듯 뻗치고 무언가 성스러운 함(函)이라도 끌어안으려 하는 모습이었다. 놀랄 만한 날갯짓과 울음소리에 몸을 떨리고 있었다. 아무 데도 상처 입지 않았으나 초인간적인 비탄에 잠기는 제왕의 망령처럼 소리를 질렀다. 이 세상의 것으로 보이지 않는 눈을 지켜보고 있노라니 신만이 갖는 비밀을 들여다볼 마음이 생겼다.

나는 천사들이 무릎을 꿇는 아브라함처럼 머리를 숙이고 절했다. 그 회기는 참으로 교묘했고, 그 날개는 참으로 컸다. 이 영원한 추방의 해변에서 방황하는 나는 소도시의 비참하고 자질구레하며 도량이 좁은 관습도 오래 잊어버리고 있었다. 언제까지나 나는 이 괴상한 날개 돋친 새를 바라보았다. 그때 마음속을 스친 갖가지 생각은 이루 다 말할 수가 없고 다만 넌지시 암시할 정도밖에 할 수 없었다.

그러나 이윽고 꿈에서 깨어난 것처럼 돌아다보고 나는 한 선원에게 이것이 무슨 새냐고 물었다. "고니(Goney, 바보새)야."라고 그는 대답했다. 바보새! 그런 이름을 들은 것은 처음이었다. 이 화려한 새가 육지의 사람들에게 전혀 알려져 있지 않다는 게 이상하게 생각되었다. 절대 그럴 수 없었다. 그러나 조금 뒤에야 바보새(고니)란 선원들이 알바트로스를 가리켜 부르는 이름이라는 것을 알았다. 따라서 내가 그 새를 갑판에서 보았을 때 일어난 신비한 인상은 콜리지의 괴상한 시에 충동된 것은 절대로 아니라는 게 된다. 왜냐하면 이때 나는 〈노수부의 노래〉를 읽지 않았고 이 새가 알바트로스라는 것을 알지 못했기 때문이다. 그러나 이렇게 말하면 간접적으로 그 시와 시인의 고명함을 약간은 더욱 화려하게 높일 수 있게 될 것 같다.

이런 이유로 나는 그 야릇한 매력의 비밀이 저 몸의 놀랄 만큼 흰빛 속에 주로 숨겨져 있다고 주장하고 싶다. 이것은 다음 일로도 더욱 진실한 것이 된다. 이를테면, 명칭이 잘못 붙여짐으로 해서 잿빛 알바트로스라고 이름 지어진 새가 있는데 나는 그것을 가끔 보았지만 저 남빙양의 새를 바라보았을 때와 같은 정서는 결코 일어나지 않았다.

그러나 어떻게 그 신비로운 것이 붙잡혔는가, 수상쩍게 생각하지 마라. 내가 가르쳐 줄 테다. 그 새가 바다에 떠돌아다니는 것을 간악한 갈고리와 줄로 붙잡았다. 그리고 선장은 이것을 우편배달부로 만들어 배의 장소와 날째를 기입한 가죽표를 목에 감아 날려 보냈다. 그 가죽표는 사람에게 보내진 것이었으나 그 흰 새가 날갯짓을 하면서 신의 이름을 찬양하는 천사들에게로 날아갔으므로 천국으로 배달되었음에 틀림없다.

야생마 가운데서 크세르크세스 대왕(페르시아의 다리우스 1세의 아들)이었다. 그 불꽃처럼 달리는 무리의 선두에서 저녁마다 별들을 인도하는 명성明星처럼 서쪽으로 달렸다. 번쩍이는 폭포와도 같은 그 갈기, 길게 늘어진 혜성과도 비슷한 그 꼬리, 그것들은 금은 세공사가 꾸며놓은 것보다도 훨씬 찬란한 꾸밈새였다. 지금까지 멸망하지 않았던, 서부 세계의 가장 장엄하고 신성한 어떤 환영을 본 옛날의 사냥꾼들은 천지가 개벽할 때 아담이 이마를 반듯하게 젖히고 신과도 분간할 수 없는 장려함으로, 이 말처럼 씩씩하게 걸어갔을 때의 장엄함을 그리워하고 있었다. 광야를 한없이 도도하게 흐르는 오하이오 강처럼 무수한 군사들의 선두에 선 부관과 원수元帥들의 가운데서 행진할 때이건, 지평선을 쭉 에워싸고 풀을 뜯는 그의 신하 말들을 더욱 콧김을 내뿜으며 달음질로 열병閱兵을 할 때건, 또 어떤 모습으로 나타나건 가장 대담무쌍한 인디언들에 대해서조차 몸서리쳐질 정도의 공포와 외경의 대상으로서 이 백마는 나타났던 것이다. 또 이 숭고한 말에 대한 전설적인 기록으로 미루어 보면 의심할 나위도 없이 그 심령心靈의 희기란 이 말로 하여금 신성한 빛을 띠게 했고, 그 신성함은 그 자체 속에 숭배심을 일으키게 함과 동시에 형언하기 어려운 공포감을 가지고 다가오는 것이었다.

그러나 백마나 알바트로스에게 있어서 그 흰 빛에 따르는 그러한 부차적인 불가사의한 영광이 완전히 상실되어버리는 경우도 있다.

백색증白色症에 걸린 사람이 남들의 시선을 돌리게 하고 혐오감을 일으키게 하며, 때로는 그 육친도 싫어하게 되는 것은 무엇 때문인가? 그 이름에도 나타났지만 그를 싼 살빛이 희기 때문이다. 백색증에 걸린 사람도 몸은 다른 사람과 똑같이 만들어졌다. 더욱이 온몸을 감싼 백색을 한 번 본 것만으로 가장 추하고 괴상한 기형자보다도 더욱 괴상해서 소름끼치게 한다. 어째서 이렇게 되는가?

그러면 다른 방면을 보기로 하자. 자연은 가장 걷잡을 수 없음에도 불구하고 사악한 행위를 할 때 이 공포의 최고의 속성을 그 모든 힘 속에 가할 것을 잊지 않는다. 남해에 출몰하는 토시를 낀 요괴는 그 하얀 모습 때문에 '흰 질풍'이라고 불린다. 또 역사상의 여러 예를 보기로 하자. 인간 악의 수단 가운데 이 강한 보조수단이 무시될 리가 없다. 저 프루아사르(프랑스의 시인. 전쟁 연표를 편찬함.)가 기록한 한 구절, 곧 겐트(오늘날의 벨기에의 도시. 여기에 언급된 사건은 1379년에 일어났음.)에서 흰 두건을 쓴 무리가 그 도당의 상징인 흰 복면을 하고, 시장에서 관리를 살육한 장면은 한층 더 전율을 느끼게 한다.

또한 모든 사람들의 일상적인 관습과 경험 속에서 백색의 불가사의함을 증거하기란 어렵지 않다. 아무래도 의심할 수 없다고 생각되지만, 죽은 사람의 모습 가운데서 무엇이 보는 사람의 눈을 가장 놀라게 하는가 하면, 물론 그곳에 감도는 대리석 같은 창백함이다. 마치 그 창백한 빛은, 다른 세상에서의 놀람의 상징과 이 세상에서의 비애의 그것을 겸하고 있다고도 생각된다.

그리고 죽은 사람의 창백함에서 우리는 그들을 에워싸는 수의壽衣의 인상적인 색깔을 본다. 또한 우리의 미신 가운데서도 유령들에게는 똑같은 새하얀 옷을 입힐 것을 잊지 않으며, 모든 유령은 유백색의 안개에 싸여 흐늘흐늘 올라간다. 아니, 이 공포감이 사라지기 전에 한 가지 더 덧붙인다면 복음을 전하는 자에 의하여 그려진 공포의 왕은 창백한 말에 올라타고 있는 것이다.

그러므로 다른 정서에 움직여졌을 때, 백색이 아무리 장려한 우아함을 상징한다 하더라도, 한편 가장 심오하게 이상화된 의미에서 그 백색은 영혼에 어떤 이상한 처참감을 자아내게 하더라도 사람들은 부인할 수 없을 것이다.

이 점에 대해 다른 의견은 없다 하더라도 막상 이 해명이 사람에게 가능한 것일까? 이것을 분석하기란 불가능한 것처럼 보인다. 여기서 잠시 어떤 사례를 들자. 무언가기 몸을 덮치는 무서움의 연상에서 완전히, 혹은 십중팔구 떼어진 형태의 것으로서 그러면서도 아무리 형태를 바꾸고 있어도 마력으로서 우리에게 작용하는 듯한 그런 사태를 일으킴으로써 어떻게든지 우리가 구하는 비밀의 원인을 규명하는 단서에 이를 수는 없는 것일까?

한편 그렇게 해보기로 하자. 그러나 이런 문제는 미묘함을 갖고, 미묘함에 호소하려 하는 것이므로 상상력 없이는 아무도 이 세계에 들어갈 수 없다. 그렇기 때문에 이제부터 이야기하려고 하는 상상적인 인상의 얼마 정도는 대부분의 사람들에게 기억되고 있으리라 생각되지만, 그런 인상의 경험을 분명히 자각하고 있어서, 지금도 그것을 생각해낼 수 있다는 사람은 극히 드물 것이다.

정신적인 훈련을 받은 일도 없이, 그 날의 특수한 성질을 그냥 어렴풋이밖에 모르는 사람이 휫선 타이드(성령강림절부터 1주일간, 특히 사흘 동안)의 이름을 얼른 듣기만 하고도, 그 환상 속에 쓸쓸하게 입을 다물고 소리 없이 긴 열을 짓고 천천히 가는 순례자의 무리가 내리퍼붓는 첫눈에 덮여 있는 모습이 떠오르는 것은 무엇 때문인가? 또한 중부 아메리카 근처의 무식하고 단순한 신교도들에게 언뜻 백白 카르멜(카르멜회의 수도사. 흰 옷을 입음.)이라든가 백수녀라고 속삭이면, 마음속에 장님의 상을 상상하는 것은 무슨 까닭인가?

또 여행한 적도 없는 아메리카 사람에게 런던의 백탑(白塔, 런던 탑 중 가장 오래된 부분)이 그 유폐된 무사 왕후武士王侯의 전설을 별도로 하고(그것만으로 해석할 수 있는 것이 아니기 때문에), 그 근처의 전설 같은 누탑樓塔들, 곧 바이워드 탑은 말할 것도 없이 선혈탑鮮血塔보다도 더욱 강하게 상상되는 것은 무슨 이유일까? 더욱이 장대한 탑이라고도 할 만한 뉴햄프셔 주의 화이트 마운틴에서는 기분이 이상할 때 그 이름을 슬쩍 듣기만 해도 요기妖氣가 마음에 스며오는 데 비해서, 버지니아 주의 블루 산맥은 생각만 해도 어쩐지 부드러운 이슬에 함빡 젖어 아득히 꿈꾸는 듯한 마음이 되는 것은 무엇 때문일까?

또한 그 위도나 경도에 대해선 일체 고려하지 않는다 해도 흰 바다白海라는 이름은 기괴하고 무시무시한 공상을 불러일으키는 데 비해서, 황해는 파도에 춤추는 금빛의 봄날 오후에 잇따라 찬란하면서도 졸린 듯한 일몰에 대한 생각으로 빠져들게 하는 것은 무엇 때문일까? 또한 전혀 형체가 없이 다만 공상에 호소하는 듯한 것의 예를 들어 중부 유럽의 동화를 읽을 때 하르츠(독일의 중앙부에 있음.) 숲에서 영원히 흰빛으로 빛나면서 초목 사이로 미끄러지듯 다닌다는 '창백한 키다리 사나이'의 이야기가 온갖 블록스버그(브로켄의 요괴가 모이는 곳이라고 함.)의 떠들어 대는 도깨비들보다도 무서운 것은 무엇 때문일까?

혹은 남미의 리마 시를 세상에서 가장 이상한 도시로 만든 것은 그 대사원을 뒤집어엎은 지진의 회상도, 미친 듯한 파도의 유린도, 비를 내리지 않는 메마른 하늘도 아니며, 첨탑은 기울어지고 갓돌이 쓰러지고 십자가가 정박한 배의 기운 돛대의 활대처럼 축 늘어진 광경도 아니며, 또 교외에 늘어진 집들의 벽이 놀이 카드를 뒤섞어 놓은 것처럼 서로 덮치고 있는 것도 아니다. 그것은 리마가 흰 옷을 입고 있으며, 그 흰색에 한층 더 귀기가 어려 있기 때문이다. 옛날 피사로 시대부터 오늘날까지 이 백색이 그 폐허를 영원히 생생하게 하고 있으며, 완전히 붕괴함으로써 갖는 신선함을 허용하지 않고, 그 허물어진 탑 위에 창백한 빛을 뿌려 스스로의 무참한 모습을 고착시키고 있는 것이다.

혼히 사람의 심리에는, 그렇지 않아도 이 백색이란 현상이 무서운 데다 더 무서움을 가하는 유일한 힘을 가졌다는 것이 인정되어 있지 않으며, 비록 일부 사람들이 이것이 침묵이나 또는 편만성遍滿性에 가까운 어떤 형태로 나타났을 때 그 공포의 근원이 있다는 것이라고 느낀다 하더라도 상상력이 부족한 사람에게는 조금도 무섭게 여겨지지 않음을 나도 잘 알고 있다. 여기에서 내가 말하고 싶은 것은 아마 다음의 예로써 설명될 수 있을 것이다.

첫째, 이역異域의 해안에 접근할 때 깊은 밤에 선원이 파도가 부서지는 소리를 들었다고 한다면, 불침번을 시작하는 것은 물론이지만, 그때의 위태롭고 두려운 생각은 모든 능력을 긴장시킬 뿐이다. 그러나 이와 같은 상황 아래서 해먹에서 일어나 감시할 때 배가 달리고 있는 그 심야의 바다는 유백색, 곧 주위의 곳에서 파도치는 흰 곰의 무리가 헤엄쳐 오는 듯한 빛이었다면, 그는 소리 없이 괴이한 공포에 사로잡혀 수의를 입은 환영처럼 보이는 흰 바다가 진짜 유령 같은 착각을 일으킬 것이다. 바다 깊이를 측량하는 연추鉛錘가 아직 깊은 곳에 있다고 보증한들 무슨 소용이 있겠는가? 가슴도 키도 모두 가라앉아버리고 다시 파란 물을 볼 때까지 편안함은 찾아오지 않을 것이다. 더구나 "나를 흠칫 놀라게 한 것은 바위에 부딪치는 것이 아니라 저 소름끼치는 흰색이었어요."라고 그대에게 말하는 선원이 있을까?

둘째, 페루에 사는 인디언에게는 언제나 눈을 뒤집어쓰고 있는 안데스 산도, 어떻게 저렇게 높은 산이 언제 보아도 늘 얼어붙어 있나 싶어지고, 마을과 동떨어진 저런 쓸쓸한 곳에서 쓰러지면 얼마나 무서울까, 하고 생각될 정도이지 공포감 같은 것은 느껴지지 않을 것이다. 서부의 변두리 주민들도 흔히 그와 비슷하여, 끝이 넓은 광야가 새하얗게 내리는 눈으로 덮이고 눈이 빙빙 돌 것 같은 단 한 가지 색인 흰색을 방해할 나무 하나, 가지 하나도 없는 것을 보아도 대개 아무런 관심이 없다. 그러나 남빙양의 광경에 눈을 동그랗게 뜨는 선원은 그렇지 않다. 눈서리와 대기와의 작용이 마성魔性의 요술을 써서 거의 파선 지경에 있는 배에 몸을 맡긴 채 그가 떨면서 보는 것은, 그의 괴로운 처지에서 희망과 위안을 주는 무지개가 아니고 깎은 것 같은 얼음조각들과 금이 간 십자가가 늘어선 망막한 묘지의 경치이다.

그러나 그대는 말할 것이다. 이봐! 이 흰 빛에 관한 광채 없는 장章은 겁에 질려 내건 백기에 지나지 않잖은가? 이스마일, 당신은 우울증에 걸려 있는 것 같군.

그렇다면 묻겠는데, 건강한 망아지 한 마리가 버몬트 근처의 평화로운 골짜기에서 태어나 맹수 따위는 한 번도 만난 적이 없는데, 매우 화창한 어느 날, 이 망아지 뒤에서 들소에서 벗겨낸 가죽을 약간 흔들어 보라.

보여주지는 않고 그 야생의 냄새를 맡게 하는 것이다. 그런데 망아지가 날뛰며 울기 시작하고, 무서워서 어쩔 줄 몰라 눈이 터질 것처럼 발을 구르는 것은 어떤 이유일까? 푸른 북극의 망아지의 고향에서는 피비린내나는 야수의 뿔에 찔린 기억은 없을 것이므로, 그 묘한 냄새를 맡았다 해도 옛날의 무서웠던 일과 결부된 기억 따위는 없다. 뉴잉글랜드의 망아지가 어떻게 몇천 마일이나 떨어져 있는 오레곤의 들소에 대한 것을 알고 있겠는가?

아니, 여기서 그대는 말 못하는 짐승도, 이 세상의 마성에 대한 지혜의 본능은 지니고 있다는 것을 보지 않는가? 오레곤에서 몇천 마일 떨어져 있어도 망아지가 그 야수성의 냄새를 맡을 때, 살을 찢고 피를 빼는 들소의 무리를 눈앞에서 그려보는 것은 그 무리에게 당장에라도 갈기갈기 찢으려 하고 있는 광야의 버려진 망아지와 같은 것이다.

그러고 보면 소리를 죽인 채 넘실거리는 유백색 바다, 높은 산의 서리꽃의 싸늘한 울림, 광야의 바람에 쫓기는 황량한 눈사태, 이 모든 것은 이 이스마일에겐 무서워서 어쩔 줄 모르는 망아지에게 들소 가죽을 흔들어댄 것과 같다.

우리가 그 신비로운 상징의 암시를 볼 뿐인, 형언하기 어려운 무언가가 어디에 누워 있는지는 모르나, 나로서는 망아지의 경우와 마찬가지로 어딘가에 그런 것들이 존재하고 있음에 틀림없다고 느껴진다. 이 눈에 보이는 세계의 여러 가지 모습은 사랑에 의해 만들어졌다고 생각되지만, 눈에 보이지 않는 세계는 두려움으로 만들어진 것 같다.

그러나 지금 우리는 아직 이 백색 주문呪文을 풀지 않았고, 어떻게 하여 이만큼의 힘으로 영혼에 바짝 다가가는가를 규명하고 있지 않다.

더욱이 이상하고 두려운 일은 우리가 보아 왔듯이 그것은 영적인 것의 의미 깊은 상징, 아니 그리스도적인 신의 베일 그 자체며, 동시에 인류에게 가장 강렬한 무서움을 준다고 하는 것이다.

이 걷잡을 수 없는 것 때문일까? 은하의 흰 심연을 바라볼 때는 마음도 꺼질 것처럼 우주의 공허와 광막감에 사로잡혀 허무감으로 등골이 오싹해진다. 본질적으로 말해 희다는 것은 색이라기보다는 색을 볼 수 없는 상태, 즉 온갖 색을 응집시킨 것이라 할 수 있다. 이런 이유에서 황량한 설경은 소리 없는 공백이면서, 또 온통 의미로 차 있는 것일까? 거기엔 색이 없는, 또는 모든 색을 가진 무신론이 있어서 우리를 위축시키는 걸까?

또 자연 철학자의 이론을 생각해 볼 때, 지상의 색채란 모두 해질녘 숲의 향기로운 색채, 그리고 황금빛 비로드 같은 나비의 날개, 소녀들의 나비 같은 화사한 뺨, 이것들은 모두 미묘한 기만이고 그것 자체 속에서 존재하는 것은 아니며, 단지 외면에서 주어진 것에 지나지 않는다. 이렇듯 신처럼 숭배 받는 자연도 그 매혹의 밑바닥에는 다만 시체실을 갖고 있는 데 지나지 않는 창녀와 마찬가지의 화장을 하고, 그럼으로써 보는 눈을 미혹시켜 그 안에 있는 납골당을 보지 못하게 한다.

이론을 더욱 진행시켜 보자. 자연의 온갖 색조를 만들어내는 그 신비로운 화장품, 다시 말해서 대원동력으로서의 광선은 그 자체로는 항상 백색 또는 무색인 상태에 있기 때문에 만일 어떤 매개물 없이 물질에 작용한다면, 튤립이건 장미건 모든 것을 자신의 공백의 빛으로 물들일 뿐이다. 이러한 것들을 생각해 본다면, 생기를 잃은 우주는 우리들 앞에 문둥병자로 선다.

색안경을 쓰길 거절한 라플란드(노르웨이·스웨덴·핀란드의 북부 및 러시아령 콜라 반도를 포함한 지역) 여행자(호손의 단편집 〈고리타분한 이야기〉)처럼, 불쌍한 이단자는 그의 주위를 온통 둘러싼 이 터무니없는 백색 수의를 멀어버린 눈으로 쳐다본다. 바로 이 모든 것들이 상징하는 것이 알비노(색소 결핍증으로 털과 살빛이 하얀 동식물을 말함.)고래, 즉 백경이다.

그래도 여러분은 이 미친 듯한 추적에 놀랄 것인가?

제43장 들어라!

"쉿! 저 소릴 들었나, 카바코?"

불침번 때였다. 달빛은 밝았다. 선원들은 가운데 갑판의 물통에서 뒤쪽 난간의 물통 있는 데까지 죽 열을 짓고 서서 양동이를 한 사람씩 건네주면서 물통을 채우고 있었다. 대부분이 신성한 뒷갑판 구역 내에 서 있었으므로 목소리와 발소리 하나도 내지 않으려고 조심하고 있었다. 가끔 돛이 펄럭거리는 소리와 끊임없이 앞으로 나아가는 용골龍骨이 울부짖는 소리 외에는 깊은 침묵 속에서 양동이가 손에서 손으로 전해지고 있었다.

이 정적 속의 열 가운데 끼어서 뒤쪽 승강구에 세워져 있던 아치가 옆에 있는 촐로(스페인 사람과 아메리카 토인의 혼혈아)에게 속삭였다.

"쉿! 저 소리 들리지 않나, 카바코?"

"자아, 양동이 받아, 아치. 무슨 소리 말인가?"

"또 들렸어. 승강구 밑이야. 들리지 않나? 기침, 기침 소리 같아."

"기침 같은 건 내버려둬. 돌아오는 양동이나 잘 받아넘기게."

"또 났어. 저 봐! 마치 두서너 사람이 돌아눕는 것 같은 소리야."

"이봐, 이봐! 그만두지 않을 텐가? 그건 자네 뱃속에서 저녁으로 먹은 구운 빵 세 조각이 굴러간 소리야. 아무것도 아니야. 양동이에 조심하라고."

"자네가 뭐라 해도 내 귀는 확실해."

"과연 그렇겠지. 저넨 퀘이커 노파가 놀리는 편물 바늘 소리를 낸터킷에서 50마일이나 떨어진 바다 밖에서 들었다고 했으니까. 굉장해."

"멋대로 비웃어, 이제 알게 될 거야. 들어봐, 카바코. 뒤쪽 선창에 말이야, 아직 갑판에 얼굴을 내지 않은 놈이 있어. 저 늙은이가 그걸 알고 있음에 틀림없어. 언젠가 아침 당직 때 아무래도 수상하다고 스터브가 플라스크에게 말했어."

"쳇! 자, 양동이!"

제44장 해도

에이허브 선장이 선원에 대해서 그 목적지에 대한 미친 듯한 승인을 요구한 다음날 밤의 폭풍이 끝난 뒤, 그를 따라 누군가가 그 선실로 들어갔다면 그가 뒷갑판 들보에 만들어 놓은 벽장으로 다가가 구김살투성이가 되고 누래진 해도를 꺼내 핀으로 박은 테이블 위에 펴놓은 것을 보았을 것이다. 그러고 나서 그 앞에 앉아 눈에 비치는 갖가지 선과 색을 무섭게 응시하고, 그 빈 장소에다 단단히 쥔 연필로 천천히 선을 여럿 그어가는 것도 보았을 것이다. 그것은 그가 옆에 있는 낡은 항해일지를 들여다보면서, 각종의 배가 이전에 항해하던 중에 말향고래를 잡았거나 보았거나 했던 시기와 해역海域을 조사하는 모습이었다.

이렇게 열중해 있을 때는 머리 위에 매달린 백랍白蠟 램프는 배가 움직이는 것과 함께 끊임없이 흔들려 주름이 깊게 새겨진 그의 이마에 광선과 그림자를 쉴 새 없이 뒤섞으며 빛을 던지고 있었고, 마침내는 그가 주름투성이의 해도에 선과 줄을 긋고 있을 때, 무엇인지 눈에 보이지 않는 손이 그의 이마에 깊이 그려진 해도에도 선과 줄을 그려가고 있는 것처럼 생각되었다.

그러나 홀로 선실에 틀어박힌 에이허브가 해도를 유심히 들여다본다는 것은 어느 한 밤에 한한 일은 아니었다. 거의 매일 밤 해도는 끄집어내지고 연필 표시는 지워지거나 다시 새 표시가 그려지기도 했다. 대양의 해도를 앞에 놓고 에이허브는 오로지 자신의 영혼이 집착하는 것을 훌륭하게 완수하려고 분간할 수도 없는 뱃길의 흐름을 만지작거리고 있었던 것이다.

그런데 거경의 습성을 충분히 알지 못하는 사람들에게는 이 망막한 위성衛星인 대양 위에 단 한 개의 생물을 찾아내려고 한다는 것은 참으로 어리석고 쓸데없는 일로밖에 보이지 않을 것이다. 그러나 에이허브는 그렇게 생각하지 않았다. 그는 모든 조류와 해류의 길을 알았고, 그렇기 때문에 저 말향고래의 먹이가 흐르는 것도 모두 알아냈고, 그것을 어느 위도에서는 어느 시기에 쫓아가는 것이 확실한가 하는 데 대해서 생각을 집중시켜 거의 정확한 점에까지 자신의 어획물을 언제 어디서 습격해야 하는지도 추리해낼 수 있다고 생각하고 있었다.

말향고래가 어떤 특정한 수역에 나타나는 주기에 대한 사실은 실로 확실했으므로, 많은 포경자들이 믿는 바에 의하면, 만일 전 세계에서 그것을 관측하고 연구하여 전 포경선의 기록을 대조해 볼 수만 있다면 말향고래의 주유周遊는 정확히 청어 떼의 움직임이나 제비의 왕래와 일치한다는 것을 알 수 있다. 이와 같은 암시에 의거해서 말향고래의 이동의 정밀한 해도를 만들려고 하는 시도도 많았다.[1]

게다가 말향고래는 먹이를 얻던 자리에서 다른 곳으로 헤엄쳐 갈 때는 무언지 모르게 정확한 본능, 아니 신에게서 받은 비밀의 지혜라 할 만한 것으로 인도되어 맥脈이라고 불리는 곳을 헤엄쳐 간다. 결국 어떤 배가 어떤 해도에 의해서든 말향고래의 정확함의 10분의 1도 흉내낼 수 없을 정도로 어느 바닷길이라도 조금도 벗어나지 않고 헤엄친다. 이런 경우 어느 한 고래가 취하는

---

1) 이상의 문장이 씌어진 뒤 국립 워싱턴 측후소의 모리 중위의 1851년 4월 16일자 공무 보고서에 의해서 이 기술이 증명된 것은 기쁘기 그지없다. 그에 의하면 실제로 그러한 해도가 작성되려고 한다는 것이며 그 일부분이 이 책에 실려 있다. 이 해도는 대양을 위도 5도씩, 경도 5도씩의 수역을 새긴다. 각 수역에다 12개월에 따라 수직으로 두 개의 선을 긋는다. 또한 각 수역에 수평으로 세 개의 선을 긋는다. 한 선은 당해수역에서 매달의 순항한 날을 나타내고 두 선은 말향고래 또는 참고래가 발견된 날을 나타낸다.

방향은 측량사의 평행선처럼 직선이고 그 진로의 선은 스스로의 결정적인 직선에 한정되어 있지만, 그러나 그럴 때 그가 헤엄친다는 '맥'의 자유로움은 맥이 부풀었다 줄었다 하는 데 따라 크고 작은 것이 생기는데, 대개는 수 마일이나 되는 폭을 지니고 있다. 더구나 그것은 이 마법의 뱃길 가장자리를 가는 포경선의 돛대 꼭대기에서 육안으로 먼 데를 바라볼 수 있는 넓이를 넘는 일은 없다. 결국 특수한 계절에 그 길의 그 폭 속에서라면 돌아다니는 고래 떼를 틀림없이 만날 수 있다.

그러니까 에이허브는, 어느 정해진 시기에 이미 알고 있는 어느 곳인가의 먹이터에서 고래를 만난다는 것이 가능할 뿐 아니라, 그 먹이터 사이의 한없이 광막한 바다를 갈 때, 기술만 있다면 도중에 고래를 만날 수 있게 되므로 자기가 장소와 때를 맞춰 간다는 것도 바람직한 일이라고 생각했다.

언뜻 보기에 무모한 듯하지만 논리적인 계획을 혼란하게 해버리는 것처럼 보일 때도 있었다. 그러나 아마도 그것은 진실이 아닐 것이다. 떼를 지어 사는 말향고래는 먹이를 찾는 한 장소에 정기적으로 온다곤 하지만, 이러저러한 위도 또는 경도에 나타날 무리가 지난 계절에 거기서 볼 수 있었던 무리와 같은 것이라고 결정짓는 것은 위험하며, 그와 정반대의 특수 사태가 엄연히 존재하는 것도 사실이다. 또 그런 사실은 대체로 성숙하고 늙은 말향고래 중에서도 외롭게 지내도 숨어 사는 경우보다 한정된 의미에서는 적용된다.

따라서 백경이 이를테면 인도양의 세이첼에서, 또는 일본 연안의 화산만에서 지난 해에 보였다 해서 피쿼드호가 다음 해 같은 시절에 그 장소를 찾아간다 해도 거기서 반드시 만날 수 있다고는 할 수 없다. 물론 그가 가끔 출현했다는 다른 장소에 대해서도 마찬가지다. 그곳들은 모두 잠시 동안의 휴식처, 바다의 여인숙이라 할 만한 곳이지 영주할 곳은 아닌 것이다.

따라서 지금까지 말한 바와 같이 에이허브가 목적을 달성할 기회란 것은 선례에 의한 요행의 가망성뿐이고, 그것이 확신에 가까운 것이 되어 이윽고 에이허브가 동경하듯 결정적인 곳에 접근할 때까지는 기다려야 한다는 것이 된다. 그 특정한 시기와 장소는 전문용어라고 할 '적도 시기赤道時期'라는 것과 연결되어 있다. 그때 그 자리에서 수년째 백경이 주기적으로 마치 태양이 공전 주기에 의해 예견된 때 어떤 성대星帶에서 일정 기간 머무르듯 그 바다의 주위에서 놀고 있는 것을 볼 수 있었다. 바로 그곳에서 백경과의 사투가 일어났고 그 바다의 파도는 그의 포악한 전설에 장식되어, 바로 거기가 그 노인으로 하여금 끔찍한 복수심을 품게 하여 편집광까지 이르게 한 그 비극의 장소였던 것이다. 그러나 이 불굴의 추적에 집요한 심혼을 불어넣어 온갖 주의를 다해 한치의 빈틈도 없이 긴장하고 있는 에이허브였으므로, 그것이 아무리 바람직한 일이라 해도 지금 말한 단 하나의 궁극적인 사실에만 모든 희망을 걸 수가 없었고, 또 뜬눈으로 밤을 새울 만큼 굳세게 맹세를 했기 때문에 그때까지의 중간적인 추적의 손을 늦출 수가 없으리만큼 그 초조한 마음을 누를 수가 없었다.

이제 피쿼드호가 낸터킷을 출항한 것은 그 '적도 시기'가 바로 시작되려는 시기였다. 그러고 보면 아무리 노력했다 해도 이 선장에게 대남쪽 해로를 잡고 혼 곶을 돌아, 위도 60도 밑으로 내려가 거기에 대어 가도록 적도 밑의 태평양에 나간다는 것은 불가능한 일이다. 그러므로 다음 계절을 기다릴 수밖에는 없다. 그러나 피쿼드호가 이렇게 적당하지 못한 시기에 출항했다는 것도 지금 말한 사태를 고려하여 에이허브가 결정한 일이었는지도 모른다. 왜냐하면 그의 앞에는 365일이란 낮과 밤의 여유가 있다. 그 동안을 초조하게 마음을 졸이며 육지에서 참는 것보다는 여러 가지 다른 고래를 잡을 수도 있을 것이며, 만일 조금이라도 백경이 언제나 나타나는 곳으로부터 멀리 떨어진 곳에서 휴가를 보내고 있어 그 주름이 깊게 새겨진 머리 앞부분을 페르시아 만이나 동지나해, 다시 말해서 그의 종족이 어물거리며 돌아다니는 어느 바다에 불쑥 나타나기라도 한다면 하고 바라는 것이다.

그리고 보면 인도양의 계절풍, 남아메리카의 팜파스풍, 북서풍, 아프리카 건풍乾風, 무역풍, 다시 말해 지중해 동풍과 아라비아 열풍 이외의 것이라면 어떤 바람도 백경을 찾아 지구를 돌아다니며 떠도는 피쿼드호를 그에 가까이 불어 보낼지도 모른다.

그러나 이런 것을 모두 계산에 넣어 역시 신중하고 냉정하게 생각해 본다면 참으로 미친 것처럼 보이지 않는가? 그지없이 넓은 대양에서 다행히 단

하나의 고래를 만난다 하더라도 그것을 백경이라고 인정한다는 것은, 콘스탄티노플의 혼잡한 큰 거리에서 흰 수염이 난 회교도를 찾아내라고 하는 것과 마찬가지가 아니겠는가? 아니다. 백경의 이상하게 생긴 흰머리와 새하얀 흰 혹은 잘못 볼 수가 없다.

에이허브는 자정이 지날 때까지 해도를 읽는데 정신을 쏟고 있다가 다시 자신의 명상으로 되돌아왔을 때 이렇게 중얼거렸다. "나는 그놈을 샅샅이 조사하고 있지 않은가? 놓치는 일이 있을 리 없어. 그놈의 큰 지느러미는 구멍투성이이고 길 잃은 양의 귀처럼 들쭉날쭉하거든." 그러자 그의 미칠 듯한 마음은 숨도 쉬지 않고 계속 달려서 끝내는 생각하는 데 힘이 다해 버려 갑판의 외기外氣로 힘을 회복하려 했다.

"아아, 신이여, 이룰 수 없는 복수의 소망에 불타고 있는 저 사나이는 손을 움켜쥔 채 잠들고 눈을 떠 보면 손톱은 손바닥 안에서 스스로 자기의 피에 홍건히 젖어 있나이다."

때때로 온종일 그의 격렬한 생각은 참을 수 없을 만큼 환한 밤의 꿈에까지 연속되어서 그 몸을 깨물고, 광란의 불꽃을 튀기면서 뛰어다니고, 불타는 뇌 속에서 소용돌이치다간 끝내는 그의 생명 그 자체가 참을 수 없는 고뇌가 된다. 그리고 때때로 이 정신적 진통으로 육체는 허공에 떠돌고 몸속에서 심연이 열리는 것처럼 느껴지며, 거기서 여러 갈래의 불꽃과 전광電光이 쏟아져 나오고, 무서운 악귀들이 여기에 뛰어내리라 손짓을 하고, 몸속의 악마가 크게 입을 벌릴 때 에이허브는 격렬한 울부짖음이 배 안에 울려 퍼지고, 눈을 번득이며 불타는 잠자리에서 달아나듯이 선실을 뛰쳐나간다.

더구나 이런 일은 그의 깊숙이 숨어 있는 약한 마음이 뛰쳐나왔다든가 자신의 결의에 놀랐다든가 하는 게 아니라 그 결의의 격렬함 자체의 확실한 표시에 지나지 않는다. 왜냐하면 이런 때는 해먹에 들어가기 전에 에이허브, 다시 말해서 광기 있고 계획이 많고 무엇에도 당황하지 않는 백경의 추적자 에이허브는, 해먹에도 무서워 놀라 뛰쳐나오기에 이른 사람은 아니다. 뛰어나온 것은 그의 몸속의 영원한 생명의 원칙이나 영혼이라 할 만한 것으로서, 평소에는 인격을 형성하는 정신의 도구나 대리인으로 사용되고 있으나, 잠자는 동안에 그 정신에서 떠났다가 자기도 모르게 광란의 불꽃에 닿아 타버리게 될 것을 피하려고 떨어져 나온 것이므로 이때는 그 광란과는 본질적으로 관계가 없는 것이다.

그러나 근성이란 것도 영혼과 결부되어 존재하는 것이므로 아마도 에이허브의 경우에는 자신의 온갖 상념과 상상을 단 하나의 숭고한 목적에 바치고, 그 목적은 자신의 굽히기 어려운 의지를 고집한 끝에 신에게도 악마에게도 거역하면서 어느 쪽에도 구속받지 않는 생존물이 되어버린 것이리라. 아니, 동반자의 보통의 생명이, 하늘에 거역해 가며 스스로 태어난 것에 대하여 전율을 느끼고 달아난다 해도 그것은 여전히 활활 타고 있다.

따라서 에이허브의 모습을 한 것이 선실에서 뛰쳐나갈 때, 그 육체의 눈에서 번쩍이며 쏟아져 나오는 고뇌의 영혼은 다만 알맹이 없는 껍질뿐이고 형태 없는 몽유병자이며, 살아 있는 빛의 다발이면서도 색깔이 없는 물체, 즉 공허 그 자체였다. 신은 당신을 도울 것이다. 노인이여! 당신의 망념妄念은 당신 속에 또 하나의 생물을 창조하였다. 자신의 극렬한 사고 속에서 스스로 프로메테우스를 만든 인간, 그 심장을 영원히 독수리의 먹이로 삼았으니 그 독수리는 바로 그가 만들어낸 창조물인 것이다.

제45장 선서 구술서

이 책 속에 씌어 있는 이야기에 관한 한, 그리고 말향고래의 습성에 대한 흥미롭고도 기이한 여러 가지 점에 대해서 분명하지는 않으나 언급했다는 점에서, 앞장의 첫 부분은 이 책 속의 어느 부분 못지않게 중요하다. 그러나 그 부분에서 말하고자 하는 바를 더 자세하고 알기 쉽게 설명하지 않는다면 적절한 이해를 얻기가 어려울 것이고, 제목에 대한 심한 무지 때문에 어느 사람이든 이 이야기의 긴요한 대목의 순수한 진실성에 대해 품은 의혹을 해소시킬 수는 없을 것이다.

구태여 나는 그러한 일을 조직적으로 처리해 가려고 생각지는 않는다. 다만 포경선원으로서의 내가 실제로, 또는 믿을 수 있을 만큼 잘 알고 있는 사실 몇 가지를 말함으로써 효과를 올릴 수 있다면 만족스럽게 생각한다.

　첫째, 작살을 맞은 고래가 완전한 탈출에 성공했지만, 어떤 기간이 지난 후, 한 예로 3년 후 다시 같은 사람에게 잡혔는데 죽은 고래의 몸에서 동일인의 기호를 표시한 작살 두 개가 뽑혀졌다는 예를 나는 세 번이나 목격했다. 두 개의 작살을 맞은 뒤로 3년이란 세월 동안, 아니 이보다 더 오래 걸렸을지도 모를 경우 그 작살을 던진 사나이는 중간에 아프리카 무역선을 타고 그곳에 상륙하여 탐험대에 참가했고, 오지에 들어가 거의 2년 동안 여행을 계속하면서 독사, 야만인, 호랑이, 말라리아 및 낯선 지대의 오지를 방랑할 때 달라붙는 온갖 위험에 부딪쳤다. 한편 그의 작살을 맞은 고래도 그 사이 여행을 떠나 특별히 어떤 생각이 있었던 것도 아니면서 아프리카의 해변을 여기저기 그 옆구리로 스치면서 지구를 세 바퀴 돌았음에 틀림없었다. 이러한 사나이와 고래가 다시 만나서 사람은 고래를 정복했던 것이다.

　세 번이나 나는 이런 실례를 보았다. 그 중 두 번은 이미 한 번 공격을 받은 고래를 목격했고, 두 번째의 공격이 가해진 후에 그 시체에서 뽑힌 작살 두 개에 똑같은 표시가 새겨져 있는 것을 보았다. 3년이라는 기간이 걸렸다고 할 때, 나는 두 번 다 보트에 타고 있었다는 점이며, 두 번째는 3년 전에 본 이상한 큰 반점을 그 고래의 눈 밑에서 뚜렷이 보았다는 점이다. 3년이라 했지만 사실은 그 이상이었던 것도 같다. 내가 그 진상을 목격한 예가 앞서 말한 세 가지 경우이며, 더구나 사람들에게서 전해들은 예를 들자면 더욱 많지만 그 사람들이 이 사실에 대해서 말하는 그 진실성에 대해서는 의심할 여지도 없다.

　둘째, 육지의 사람들에게는 상상도 할 수 없는 일이겠지만, 말향고래업계에서 잘 알려져 있는 바로는 바다 위에서 어떤 특정한 고래가 오랜 시간을 통해 먼 거리에서 사람들에게 발견되었다는 역사적인 유명한 사례가 허다하게 있다고 한다. 어떻게 그 고래를 알게 되었는가 하면, 그 고래가 다른 고래와 판이하게 다른 신체상의 특징을 갖고 있기 때문만은 아니다. 왜냐하면 설사 어떤 고래가 그 점에서 아무리 뚜렷한 특징을 가졌다 하더라도, 인간은 머지 않아 그를 죽여 극히 고귀한 기름을 짜냄으로써 그 특징을 어둠 속으로 묻어 버리기 때문이다. 참다운 이유는 이렇다. 위험하기 이를 데 없는 이 어업의 관습으로서 리날도 리날디니(독일의 작가 홀피우스의 소설 주인공인 도적)에 붙어 다니는 이름처럼, 그런 고래는 흉포한 자에게 어울리는 명성이 붙어다니고, 따라서 많은 선원들은 그런 고래가 파도를 타고 얕은 잠을 자고 있는 것을 보면 잠깐 방수모에 손을 대든가 하여 경의를 표할 뿐 그 이상 접근하려고 하지는 않는다. 육지의 경우로 본다면 성급한 호걸을 잘 알고 있는 얼빠진 사나이가 그를 길 위에서 만나면 먼 데서 조심스럽게 인사를 할 뿐, 그 이상의 관계를 가지려 하면 건방진 놈이라고 한 대 얻어맞을까 봐 달아나는 것과 같은 짓이다.

그러나 이들 유명한 명물 고래(이 이야기 가운데서 모르쿠안이나 미구엘은 작가의 창작인 것 같지만 티모르 톰과 뉴질랜드 잭이란 고래는 포경자들 간에 전해지고, 특히 뉴질랜드 잭은 흰 혹이 있다고 하며 '백경'의 한 원형이 되어 있다.)들은 각각 일류명사가 되고, 아니 대양에 유명한 명성을 떨치고, 생전의 그 명성은 죽은 후에도 여전히 평선원들에게 불후의 이야깃거리가 되어 있을 뿐만 아니라 그 이름에도 어울리게 마치 왕후 같은 고귀한 특권을 지닌 입장이 되어 있음은 저 캄비세스(페르시아의 왕)나 시저와 조금도 다를 바 없다.

오, 티모르 톰이여! 너도 그랬다. 그 이름을 나타내는 동양의 해협에 오래 틀어박혀 있으면서 야자나무 우거진 옴베이(티모르섬 가까이에 있는 섬)의 해안에서 가끔 물을 뿜어 보였다. 빙산처럼 솟아올랐다 잠겨 버리는 유명한 고래 티모르 톰이여! 그대도 그랬었지. 뉴질랜드 잭이여, 타투(맘리족이 사는 폴리네시아의 여러 섬)섬 주위를 항해하는 모든 선원들의 공포였던 그대여, 또 일본왕 모르쿠안이여, 그 멋진 물뿜기는 가끔 하늘에 솟아 있는 설백의 십자탑처럼 생각되던 그대도 또한 그랬었지. 칠리 고래인 돈 미구엘이여, 등에 신비한 상형문자를 가진 옛 거북 같은 자네도. 과장이 아닌 이 네 고래는 마리우스(로마의 무장이며 정치가)나 실러(로마의 군인이며 정치가)의 이름이 고전학 연구가와 친밀한 것과 마찬가지로 고래 연구가들에게는 잊을 수 없는 이름이다.

이것으로 이야기가 끝나는 것은 아니다. 뉴질랜드 잭이나 돈 미구엘은 여러 포경선의 보트를 적으로 삼아 이들에게 많은 피해를 주었으나, 끝내는 조직적인 추적을 받아 완전히 포위당한 채 날쌔고 사나운 포경선장들의 손에 살해되었다. 이들 선장들이 출항할 때 이미 마음속에 그 원수를 잡고야 말겠다는 결심을 하고 있었다는 사실은, 마치 버틀러 대장이 내려건셋 숲속을 빠져 나갈 때 인디언 왕 필립의 가장 뛰어난 전사이며 흉포하기로 이름난 야만인 아나원을 사로잡을 결심을 하고 있던 것과 똑같다.

그런데 나는 백경에 관한 모든 이야기, 특히 그 비참한 최후에 관한 이야기를 완전히 믿을 수 있는 것으로 활자화해서 남겨두기 위해서는 지금 여기에서 다시, 내가 중요하다고 생각하는 한두 가지 점에 대해 꼭 언급해 두는 것이 좋을 것 같다. 왜냐하면 이 이야기야말로 진실도 허위와 마찬가지로 이것을 뒷받침해 줄 근거가 꼭 있어야 하는, 그 성가신 경우의 하나이기 때문이다. 대부분의 육지 사람들은 이 세계의 몇 가지 지극히 분명하고도 명백한 경이驚異도 모를 정도로 무식하기 때문에, 포경업의 역사와 그 밖의 간명한 사실에 대한 약간의 암시라도 없으면 백경 따위는 한 편의 우화에 지나지 않는다고 우습게 여기거나, 더욱 한심스럽고 가소로운 것은 이것을 한 편의 혐오스럽고 기분 나쁜 비유담쯤으로나 알기 십상이다.

첫째, 대개의 사람들은 이 대어업의 일반적인 위험에 대하여 불확실하고 막연한 지식 정도는 가지고 있을 테지만, 그 위험성과 그 위험의 빈번함에 대해서는 전혀 확실한 인식을 가지고 있지 않다. 그 하나의 이유로는 아마도 이 작업의 뜻밖의 재난이 불러일으키는 비참하기 이를 데 없는 아수라장 속에서 50명 중 한 명도 고향에 돌아와 그 사실을 기록한—그것이 순식간에 잊히고 마는 것이라도—적이 없기 때문일 것이다.

생각해 보라. 지금 이 순간에도 어느 불쌍한 사나이가 뉴기니아의 해안 밖에서 포경 밧줄에 몸이 감겨 거경에게 이끌려 바닷속으로 가라앉아 가고 있는지 모른다. 그 불쌍한 사나이의 이름이 여러분들이 내일 아침 식탁에서 읽을 신문의 사망란에 나타날까? 아니, 이곳과 뉴기니아 사이의 우편물을 믿을 수가 없다. 사실 뉴기니아에 정기 우편물 따위가 있다는 말을 들은 사람은 없을 것이다. 그러나 나는 여러분들에게 말하고 싶다. 즉, 내가 태평양에 나간 어떤 항해에서 만난 많은 배 중에서 30척 가량의 배의 사람들과 대화를 가졌는데, 어느 배에나 한 사람쯤은 고래에게 희생되었고, 그 중에는 한 사람 이상이 살해된 배도 있었으며, 특히 그 중 세 척은 한 보트의 선원을 전부 잃어버렸다. 부탁이니 여러분들 집의 램프나 촛불을 절약해 달라. 태우는 1갤런이 아까워서가 아니라 그 기름에는 사람의 피가 한 방울은 섞여 있을 테니까.

둘째, 육지의 사람들도 고래가 굉장한 힘을 지닌 거대하고 강한 생물이라는 정도의 막연한 관념은 갖고 있다. 그러나 내가 항상 경험하는 바로는 사람들에게 보통의 것보다 두 배나 더 큰 특수한 경우를 예로 들어 이야기할 때, 그들은 진심으로 나의 익살스러운 재능을 칭찬하였다. 내 영혼을 걸고 맹세하지만 내가 익살스러운 말을 좋아하지 않는 것은 이집트의 질병의 역사에 대해서 말한 모세에게도 뒤떨어지지 않는다.

그러나 다행히도 지금 내가 여기서 지적하는 점은 나 개인을 떠나 여러 사람들의 증언을 토대로 하고 있다는 점이다. 그 점이란 이렇다. 즉 말향고래는 어떤 때는 계획적으로 큰 배에 구멍을 뚫고 완전히 파괴하며 침몰시키기에도 족할 만한 힘과 지혜와 악의를 갖고 있다. 아니, 말향고래는 그 일을 해치우고 있다.

첫째, 1820년 낸터킷 소속의 폴라드 선장이 지휘하는 에식스호(이것이 〈백경〉의 골자가 된 것은 확실하다.)가 태평양을 순항했다. 어느 날 물을 뿜는 고래를 발견하고, 곧 보트를 내려 말향고래의 무리를 쫓았다. 얼마 되지 않아 많은 고래가 상처를 입었는데 그때 갑자기 보트에서 달아난 매우 거대한 고래 한 마리가 무리들 중에서 튀어나와 본선을 향해 바로 덤벼들었다. 앞이마를 선체에 부딪쳤다고 생각되는 순간 금방 구멍이 뚫리고 10분도 채 되기 전에 배는 산산이 부서져 가라앉았다. 그 후 배의 한 조각도 발견되지 않았다. 이루 말할 수 없는 고생을 겪은 끝에 몇몇 선원은 보트로 육지에 다다랐다.

이윽고 고향에 돌아온 폴라드 선장은 다시 다른 배로 태평양을 향했는데, 알지 못한 암초 때문에 난파하는 운명을 만나서 그 배를 다시 잃자 즉시 바다와의 인연을 끊고 다시는 바다에 나가지 않았다. 요즈음도 폴라드 선장은 낸

242

터킷에서 살고 있다.

나는 조난 당시, 에식스호의 일등 항해사였던 오언 체이스를 만난 적도 있고, 있는 그대로의 그의 솔직한 기록도 읽고, 그 아들과 대화를 나눈 적도 있는데, 그것도 그 참회가 있었던 장소에서 수마일도 떨어지지 않은 곳에 있으면서였다.[1]

둘째, 역시 같은 낸터킷의 유니온 호가 1807년에 아조레스섬 밖에서 같은 공격 때문에 형편없이 부서졌다. 그러나 나는 이 재해에 대한 믿을 만한 기록은 볼 기회가 없었고 다만 가끔 포경선원들이 그 말을 주고받는 것을 들었을 뿐이다.

셋째, 약 20년쯤 전에 아메리카의 제1급 슬루프형 전함에 타고 있던 J라는 제독은 우연히 샌드위치섬의 오아후 항구에 정박 중, 어느 낸터킷의 배 위에서 한 떼의 포경선장들과 함께 즐겁게 지낸 적이 있었다.

고래 이야기가 나오자 제독은 한자리에 있던 업계의 신사들이 고래의 놀라운 힘에 대해서 이야기하는 것을 들으면서도 회의적인 의견을 말했다. 그는 단호하게 부정하고 이를테면, 나의 견고한 전함은 어떤 고래가 덤벼도 물한 방울 새는 일이 없을 거라고 말했다. 지당한 말이다. 그러나 이야기는 그

---

1) 다음은 체이스의 기록을 발췌한 것이다. '그로 하여금 그런 일을 하게 한 것은 결코 우연이라고 할 수 없다는 결론을 모든 사실이 증명하고 있다. 전후 두 번에 걸쳐 잠깐 동안의 사이를 두고 공격했는데, 그 두 번 모두 뱃머리에 가해지도록 방향을 잡고 충돌의 정도를 강하게 함으로써 우리에게 최대의 손실을 주려는 속셈을 갖고 있음이 확실했고, 또 이 효과를 거두기 위해선 그것이 긴밀하고 적절한 동작을 취하는 것이 필요했음도 분명하다. 그것의 형상은 무시무시하고 분노와 원한에 사무친 모습을 하고 있었다. 그것은 우리가 방금 배를 몰아 그 무리들 중에서 세 마리를 치고 죽인 곳에서 곧장 달려나와 그 동료의 참해에 복수하려는 섯처럼 무섭게 날려들었다.' 또한 '결국은 모든 것이 내 눈앞에서 생기고 그때 내 마음에 떠오른 것은 모든 사정을 종합해 보건대, 비록 그 이상의 대부분을 지금 기억해낼 수는 없지만 그것은 고래 측에서 결정적인 계획을 갖고 한 짓임이 분명함을 알았다. 요컨대 나의 의견이 맞다는 것을 느끼고 여기에는 의문의 여지가 없다는 것을 알게 되었다.'

또 여기에는 그가 배를 떠난 잠시 후, 해상의 어두운 밤에 덮개도 없는 보트에 떠다니며 해안에 닿은 것에 대해 절망하고 있는 감상이 씌어져 있다. '어두운 대양도 산더미 같은 파도도 겁나지 않고 무서운 폭풍에 휩쓸리는 일이나 바닷속의 바위에 충돌하는 일이나 그 밖에 제아무리 겁을 주는 사태도 잠시도 내 마음을 움직이지는 못했다. 다만 나의 마음을 사로잡아 떨게 한 것은 처참하기 이를 데 없는 난파와 복수심에 불타던 고래의 무서운 형상뿐이었으며, 다시 해가 뜰 때까지 내 마음에서 사라지지 않았다.' 또 다른 글에서 살펴보면 '거수(巨獸)'의 불가사의하고 필사적인 습격' 운운한 말이 있다.

것으로 끝나지 않았다.

수주일 후에 제독은 이 견고한 배를 타고 발파라이소로 향했다. 그러나 도중에 당당한 말향고래 한 마리가 그를 잡아 세우고 단 몇 분 동안 진지하게 의논드릴 일이 있다고 했다. 그 의논이란 제독의 배와 세게 부딪치겠다는 것이었는데, 제독은 모든 펌프를 동원하여 가장 가까운 항구로 간신히 도망쳐 들어가 배는 한쪽으로 기울어져 수선하지 않으면 안 되었다.

나는 미신을 깊이 믿지는 않지만 제독과 그 말향고래와의 회견은 우연한 일이 아니었다고 생각한다. 타르쉬의 사울(사도 바울)이 그의 불신을 고치게 된 것도 이와 비슷한 경이 때문이 아니었던가? 여러분들에게 거듭 말하지만 말향고래는 장난 삼아 함부로 덤빌 상대가 아니다.

또한 이 점에 대해서 잠시 랑그스도르프(독일의 박물학자, 여행가) 항해기에 대해 언급하고 싶은데 여기에는 나의 흥미를 끄는 구절이 있기 때문이다. 잘 알겠지만 랑그스도르프는 러시아 제독 크루젠슈테른(북태평양의 탐험가)이 금세기 초에 행한 저 유명한 탐험 항해에 참가했다. 랑그스도르트 선장의 항해기 17장은 다음과 같이 시작된다.

항해 준비는 5월 13일까지 완전히 끝나고 이튿날은 오호츠크해를 향해 외해外海로 배를 몰았다. 날씨는 매우 청명했으나 추위가 심해서 일동은 몸에 두른 모피를 벗을 수가 없었다. 수일간 바람이 없는 상태가 계속되고 간신히 19일째 되는 날에야 북서쪽으로부터 쾌적한 바람이 불었다. 거대한 본선보다도 더욱 거대한, 드물게 보는 고래가 해면 가까이 떠올라 있었는데, 갑판에서 그것을 발견한 것은 전속력으로 달리는 배가 거의 접근하려고 하는 순간이었기 때문에 충돌을 피할 방도는 없었다. 그리하여 위험한 일에 부딪쳤다.

이 거대한 동물은 등을 쳐들고 배를 적어도 수면 위 3피트 높이로 들어올렸다. 돛대는 흔들거리고 돛은 떨어져 배 안에 있던 우리들은 즉시 갑판으로 뛰쳐나가 이것은 배가 암초 위에 올라간 것이라고 생각했는데, 뜻밖에도 우리가 본 것은 유유히 헤엄쳐 가는 괴물의 모습이었다. 드울프 선장은 즉시 이 습격으로 인한 손상이 어느 정도인가를 점검했는데 다행히도 손상된 곳은 전혀 없었다.

그리고 이 배의 지휘자로서 이름을 남긴 드울프 선장은 뉴잉글랜드 사람으로, 다년간 배를 지휘하여 바다 위에서 거친 모험 생활을 지낸 뒤 오늘날에는 보스턴 가까이에 있는 도체스터 마을에서 살고 있는데, 사실 나는 그의 조카란 영광을 가지고 있다. 특히 나는 랑그스도르프의 이 대목의 기술記述에 대해 물었다. 그는 그 한마디 한마디를 증명했다. 다만 배는 절대로 크지 않고 시베리아 연안에서 건조된 러시아 배이며 나의 백부가 본국에서 타고 간 배를 팔아버린 후에 사들인 것이라고 했다.

또 역사상 유명한 저 댐피어(영국의 항해자, 해적)의 옛 친구 중 한 사람인 라이오넬 웨이퍼의 항해기—경이로운 일들이 가득하고 불굴의 정신에 찬 구식 모험기—에도 지금 인용한 랑그스도르프의 그것과 거의 같은 일들이 약간 쓰여져 있으므로 필요하다면 앞의 예를 돕기 위해 여기에 덧붙여 쓰지 않으면 안 될 것 같다.

내가 본 바로는 라이오넬은 오늘날에는 후안페르난데스(남아메리카 브라질의 바다 밖)라고 불리는 존퍼디낸도 군도를 향하고 있었던 것 같다.

그가 아침 4시경 아메리카 본토에서 약 150리그 떨어진 지점을 항해하고 있던 중, 본선은 심한 충격을 받고 전원이 공포 상태에 빠졌는데, 그것이 무엇인지도 모르고 당황하여 일동은 죽음만을 기다리며 체념할 수밖에 없었다. 그것도 무리가 아니었는데, 그 갑작스러운 충격의 격렬함은 당연히 암초에 걸린 증거라고 일동은 생각했던 것이다. 놀라움이 조금 가라앉은 뒤에 측연(굵은 줄 끝에 매단 납덩이)을 내려 수심을 재어 보니 바다에는 닿지 않았다. 이 불시에 당한 충격 때문에 포砲는 그 대좌臺座 안에서 튀어나가고 선원 몇 명은 해먹에서 내던져졌다. 총을 베개 삼아 자고 있던 데이비드 선장도 선실에서 튕겨나갔다. 그 후 라이오넬은 이 충격을 지진으로 돌리고 그것을 입증하기 위해 그 무렵 스페인에 막대한 손해를 주었던 지진에 대해 말했다. 그러나 나는 이 컴컴한 새벽에 일어난 습격이야말로 배 바닥을 수직으로 들어올린 보이지 않는 고래의 짓이었다고 해도 이상하다고 생각하지 않는다.

이처럼 말향고래가 위대한 힘과 적의를 가지고 있는 데 대한 몇 가지 예를 더 열거할 수 있다. 한 번뿐만 아니라 말향고래는 공격해 오는 보트군을 본선 쪽으로 향하게 해서 쫓아 흩어지게 했고 본선마저도 추적하여 갑판에서 비처럼 쏟아지는 창에 꿈쩍도 하지 않았다고 전해지고 있다.

이 점에 대해서는 영국선 피지 홀이 잘 이야기하고 있다. 또 그 힘에 대해 말한다면 헤엄쳐 가는 말향고래를 붙잡아 맨 밧줄은 파도가 잔잔할 때면 본선에 매어지는데 그것이 거대한 선체를 마치 수레를 끄는 말처럼 끌고 갔다는 예가 얼마든지 있다. 또 종종 관측된 바에 의하면, 작살을 맞은 말향고래가 몇 시간 동안 밧줄이 늦춰질 때는 결코 맹목적인 광란을 나타내지 않고 추적자를 파멸시키려고 주도면밀한 행동을 취한다는 것이며, 또한 그의 성격을 웅변적으로 나타내는 것은, 습격을 받으면 종종 그 입을 벌려 잠시 동안 그 무서운 형상을 고치려고도 하지 않는다는 것이다.

그러나 나는 마지막으로 결정적인 예를 하나만 더 들기로 하겠다. 이것은 무척 특기할 만하고 의미심장한 예이다. 우리는 이 책에 나타나는 신기한 사건들이 사실의 입증일 뿐 아니라, 이런 놀라움은 모든 놀라움과 마찬가지로 결국 태고 때부터 되풀이되어 온 것에 지나지 않는다는 것을 잘 알고 있다. 그러므로 사람들은 솔로몬을 본받아 백만 번이라도 아멘이라고 한다. 진실로 태양 아래 새로운 것은 없다.

6세기, 유스티니아누스가 황제였고 벨리사리우스가 장군이었을 때, 기독교 신자인 프로코피우스(동로마 사람)라는 콘스탄티노플 도독都督이 있었다. 아는 사람도 많겠지만 그는 당시의 역사를 기록했는데 모든 점에서 아주 가치 있다고 인정받고 있다. 최고 권위자들이 인정하는 가장 신뢰할 만하고 또 가장 과장이 적은 역사가—이제부터 이야기하는 사항과는 조금도 관계없는 한두 가지 점을 제외하면—로 여겨지고 있다.

그런데 프로코피우스는 그의 역사책 속에서 말하기를 그가 콘스탄티노플을 통치하고 있었을 때 가까운 프로폰티스 혹은 마르모라라고 불리는 바다에서는 그 근해에서 50여 년 동안이나 가끔씩 배를 침몰시킨 거대한 바다의 괴물이 잡혔다는 것이다. 이처럼 사실史實로 기록된 사건을 부정하기란 쉽지 않고 또 부정해야 할 이유도 없다. 이 바다의 괴물이 어떤 종족이었는가는 기록되어 있지 않다. 그러나 배를 침몰시킨 일이며 그 외의 여러 가지 사실로 미루어 고래였음에 틀림없으며 나에게 말하라면 말향고래였다고 말할 수 있다. 그 이유는 이렇다. 오랫동안 말향고래는 지중해와 그를 잇는 깊은 바다에서는 항상 미지의 존재였던 것이다.

오늘날의 갖가지 상황으로 보아 그런 바다는 말향고래가 항상 돌아다니기에 적합한 곳이 아님을 확신하고 있으며 앞으로도 그렇게 될 리는 없을 것이다. 그러나 최근 내가 조사한 바에 의하면, 근대에 말향고래가 지중해에 모습을 보였다는 예가 가끔 있다는데 그것은 아마 믿어도 좋으리라고 생각한다. 확실한 소식통에 의하면, 영국 해군의 데이비스 제독은 바르바리 연안에서 말향고래의 해골을 발견했다고 한다. 그런데 군함이 쉽게 다르다넬스 해협을 통과하는 것으로 보아 말향고래도 같은 길을 잡아 지중해에서 프로폰티스로 빠질 수는 있었을 것이다.

프로폰티스에서는 내가 알기에 큰 고래의 영양소가 되고 있는 작은 청어나 작은 정어리 같은 것은 없다. 그러나 말향고래의 먹이, 즉 오징어 종류는 그 바다 밑에 숨어 살고 있음에 틀림없다고 믿는 이유가 있는데, 그것은 결코 최대급은 아니지만 상당히 큰 것이 해면에서 발견되는 일이 있기 때문이다. 그리고 보면, 이런 진술들을 적당히 종합하여 조금만 추리해 본다면, 아무리 낮은 지능을 가지고 생각한다 하더라도 로마 황제의 배에 구멍을 뚫은 프로코피우스의 바다괴물은 틀림없이 말향고래였음을 알 수 있을 것이다.

제46장 추측

한결같은 생각에 몸을 태우면서 에이허브는 생각과 행동을 백경을 잡는 궁극의 목적에 두고 그 오직 하나의 열망을 위해서는 온갖 지상의 이익을 희생할 각오였지만 그 항해 중에서 부산물로 얻어지는 포획물도 전혀 버리려

하지 않았다. 그것은 천성적으로나 또는 오랜 세월의 관습에 의해서 격렬한 고래잡이다움이 몸에 배었기 때문일까? 그렇지 않다면 더욱 강한 다른 동기도 몇 가지 그에게 깃들여 있었기 때문일까? 백경에 대한 복수심은 정도의 차이는 있으나 이윽고 모든 말향고래에 대해서도 미치고 있었다. 그가 괴상한 물고기를 하나라도 더 많이 잡으면 잡을수록 백경을 만날 기회가 늘어나리라고 생각한 것은, 설사 그의 편집적인 성격을 계산에 넣는다 하더라도 너무 지나친 생각일 것이다. 그러나 이러한 가설을 제쳐놓고라도 몇 가지 고려할 점은 있다. 즉 그를 지배하는 과격한 열정에 꼭 부합되지는 않지만 그를 움직이게 하는 몇 가지가 결코 불가능진 않았다.

목적을 관철하기 위해선 에이허브도 도구가 필요하다. 그런데 이 세상에서 사용하는 별의별 도구 중에서 인간만큼 고장이 잘 나기 쉬운 도구도 없다. 에이허브는 자기가 스타벅에게 휘두르는 우월감이란 어떤 점에서는 자력적磁力的이긴 하지만, 그 우월감도 영적인 인간의 모든 면을 덮어버릴 수는 없다는 것은 체력의 우월이 지적知的 제압까지는 이르지 못하는 것과 같고, 순수한 영혼을 지닌 사람에게는 지능이란 것이 육체력의 하나에 지나지 않는다는 점을 잘 알고 있다.

에이허브가 스타벅의 두뇌에 자력을 불어넣는 한 스타벅의 육체와 통제된 의지는 에이허브의 수중에 있게 된다. 그럼에도 불구하고 이 일등 항해사는 마음속에선 선장의 목적을 언짢게 느끼고 있기 때문에 될 수 있으면 그 자신이 언제라도 기꺼이 떠날 수도 있고, 아니 그것을 짓이겨 버릴 수도 있다는 것을 에이허브는 알고 있었다.

백경을 발견하는 데에는 오랜 세월이 걸릴지도 모른다. 그 긴 세월 동안 스타벅에 대해서는 무언가 올바른 상식적이고 관습적인 방면에서의 영향력을 주지 않으면 언제 공공연하게 선장의 지휘를 거역하게 될지도 모른다. 그뿐 아니라 에이허브가 백경 때문에 광란하면서도 마음의 치밀성을 잃지 않고 있다는 것은, 다음의 한 가지를 통찰한 그 놀라운 분별과 교지狡知에 잘 나타나 있다. 즉, 당분간 이 포경 항해에서 필연적으로 덮쳐올 어떤 무례한 환영을 떨쳐내야만 하고, 또 어떠한 행동에도 휩쓸리지 않고 항상 빠지기 쉬운

명상에 견뎌낼 수 있을 만큼 담력 있는 사람이 적기 때문에, 이 항해의 무서움의 정체는 몰래 덮어 두어야 하며, 고급 선원이나 평선원들이 긴긴 밤의 불침번을 설 때는 백경보다도 이 사람들에게 더 신경을 써야만 한다.

왜냐하면 이 야만적인 선원들이 아무리 열렬하고 성급하게 항해 목적의 고시告示에 대해 환호성을 올렸다 하더라도 선원들이란 다소 변덕스러워 믿을 수가 없기 때문인데, 그것도 일정치 않은 기후 속에 살며 그 정기精氣를 흡수하고 있기 때문이다. 그렇기 때문에 원대하고 망막한 목적을 좇으려 할 때는 설사 궁극적으로는 그것이 아무리 생명과 환희와 열정을 약속하는 것일지라도, 그때그때 흥미와 일을 삽입해서 마지막 돌진으로 달리기 위한 정력을 저장해 두도록 하는 것이 절대 필요하다.

더욱이 에이허브는 다른 점도 생각하고 있었다. 강한 감동에서 분발奮發할 때 인간은 비속한 생각을 떨쳐 버리긴 하지만 그러한 순간은 순식간에 사라진다는 것이다. 인간이라는 조화물은 에이허브가 보는 견해에서는 그 변하지 않는 본질적인 구조에서 비속하다. 가령 백경이 야만적인 선원들의 마음을 불타게 하고 그 야만성에 작용하여 어느 정도는 기사 수행騎士修行의 아름다움을 그 가슴에 싹트게 하고, 또 모든 이익을 떠나서 백경을 좇고 있는 그 사이에도 그들의 천성적인 매일매일의 식욕을 채울 먹이만은 마련해 주어야 한다. 숭고한 기사도정신으로 불탄 옛날의 십자군도 성스러운 무덤을 향해 2천 마일의 산천을 가는 데는 역시 중간에서 강도나 소매치기, 또 그밖에도 직책상 얻어지는 별도의 수입이 없이는 만족하지 않았던 게 아닐까? 그들을 다만 한 가지 낭만적이고 궁극적인 목표에만 잡아두었다고 하면 그 목적에 싫증이 나 달아나는 자가 많았을 것이다.

그러므로 이 선원들을 돈으로 낚을 것을 잊어서는 안 된다—그렇다, 돈으로! 하고 에이허브는 생각했다. 지금은 돈 따위는 비웃을지 모르지만 앞으로 몇 달이 지나 그 돈벌이의 가망이 없게 되는 날에는, 이 잠잠하던 돈이 그들에게 모반을 일으키게 하고 에이허브를 처치해버릴 것이다.

그리고 에이허브로서도 좀더 절실한 동기가 마음속에 없었던 것은 아니었다. 다소 때가 이른 시기에 피쿼드호의 항해에 대한 중요하고도 비밀스런 목적을 충동적으로 발표한 지금, 역시 에이허브도 충분히 자각하고 있었던 것은 이렇듯 자기가 이 배를 탈취한 사나이라는 말을 들어도 어쩔 수 없는 형편이라는 사실과, 한편 선원이 그럴 마음만 먹으면, 또는 그럴 능력만 있다면 앞으로 그의 명령을 거부하고 때에 따라서는 그에게서 그 지휘권을 빼앗는다 하더라도 도덕적으로나 법률적으로 하등의 죄가 되지 않는다는 것이다. 배를 탈취했다는 것이 은근히 암시되어 생기는 어떤 결과를 생각하면 에이허브도 전력을 기울여서 자신을 지켜야만 했다. 그 방위 수단은 오로지 그 자신의 지능과 용기와 수완에 달려 있을 뿐만 아니라 선원들의 그때그때 변화하는 바로 그 기분의 파동을 주의 깊고 세밀하게 계산하여 관찰하는 것도 잊어서는 안 되는 것이다.

즉 이러한 여러 가지 이유와, 여기서는 말로 표현할 수 없을 만큼 미묘한 이유로 에이허브는 역시 상당한 정도로 피쿼드호 본래의 명의상名義上의 항해 목적에 충실해 나가면서 모든 관습을 계속 지켜야만 한다는 것을 확실히 자각하고 있었다. 그뿐 아니라 평소에 크게 칭송받은 대로 자신의 직업에 대한 일반적 관행에 흥미를 지니고 있다는 것을 표시하지 않으면 안 된다고 자신에게 타일렀다. 그것은 어쨌든, 그는 종종 세 돛대의 꼭대기를 향해 눈을 커다랗게 뜨고 감시해서 돌고래 한 마리라도 놓치지 말라고 격려하듯이 외쳤다. 이 감시는 얼마 되지 않아 보상되었다.

제47장 거적 만들기

흐리고 무더운 오후, 선원들은 갑판 여기저기를 빈들빈들 거닐거나 남빛을 띤 파도 저쪽을 멍하니 바라보거나 하고 있었다. 퀴퀘그와 나는 보트를 붙잡아매는 밧줄로 쓰는 '밧줄 거적'이라는 것을 만들고 있었다. 경치는 조용하고 은밀하게 어떤 낌새가 느껴지고 공기 속에는 꿈꾸는 듯한 마음을 불러일으키는 것이 숨겨져 있어, 말을 하지 않는 선원들은 제각기 자기 속의 보이지 않는 자아로 빠져드는 듯했다.

　나는 부지런히 거적을 만들면서도 퀴퀘그의 하인이나 시동처럼 따라다녔다. 나는 긴 날줄 속에다 씨줄을, 손을 북으로 해서 넣었다 뺐다 하고 있었고, 퀴퀘그는 옆에 서서 쉴 새 없이 무거운 떡갈나무 막대기를 씨줄 속에 집어넣으면서 멍하니 파도 위를 바라보며 건성으로 씨줄을 두드렸다. 배와 바다 위에는 아주 나른하고, 꿈꾸는 듯한 기분이 감돌았다. 다만 그것을 깨뜨리는 것은 때때로 왔다갔다하는 떡갈나무 막대기의 둔한 소리뿐이었다. 이것은 '시간의 베틀'로서 말하자면 나 자신도 운명의 베틀을 기계적으로 짜나가는 북에 지나지 않는다고 생각되었다. 여기에는 고정된 씨줄이 있어 다만 단조롭고 변함없는, 왔다갔다하는 시계추 운동을 하는 것밖에 없고 그 운동도 다만 날줄과 서로 섞여지는 것 외에는 아무 재주도 없었다. 이 날줄은 필연적인 길이다. 그러므로 나는 자신의 손으로 나 자신의 북을 집어넣고 이렇게 변함없는 씨줄 속에 나의 운명을 짜나가고 있다고 생각했다.

　그런데 퀴퀘그의 난폭하고 기계적인 떡갈나무 막대기는 씨줄을 때로는 비스듬히, 때로는 옆으로, 때로는 강하게, 때로는 약하게 두드리고 있었다. 이 마지막 두드림의 난폭함에 따라 완성된 직물의 모습은 각기 천차만별이라 할 수 있었다. 이 야만인의 막대는 이렇게 해서 결국 씨줄도 날줄도 만들어 가지만—이 난폭하고 태평스러운 막대기는 결국 우연이었다—아아, 우연과 자유, 의지와 필연이라는, 결코 사이가 나쁜 것만도 아닌 삼자三者가 새끼를 꼬듯 일하는 것이라고도 생각되었다. 그 종국의 길을 꼼짝도 하지 못하게 하는 똑바른 필연의 씨줄은 시계처럼 움직이지만 그것도 다만 종국에 귀착歸着을 굴힐 뿐이었다. 그러나 자유의지는 역시 자유에다 자신의 북을 씨줄 속에 집어넣었다. 그런데 우연은, 그 똑바른 필연의 씨줄에 묶이고 한편으로는 자유의지 때문에 꼼짝을 못하지만, 다른 한편으로 말한다면 그 두 가지를 제어하고 사건의 마지막 형태를 만들어내고 만다.

　이렇게 계속 짜가고 있을 때 나는 참으로 이상한, 기다랗게 꼬리를 끄는, 이 세상의 것이라 생각되지 않는 무시무시한 소리에 튀어 일어나 그 소리가 날갯짓을 하며 떨어지는 쪽의 구름 사이를 지켜보았다. 돛대 꼭대기의 가름대에는 미친 사람 같은 게이혼 출신의 태슈테고가 있었다. 그의 몸은 미친 듯이 앞으로 뻗쳐 있었으며, 손을 지휘봉처럼 길게 뻗고 잠깐 쉬었다가 갑자기 외쳐대고 있었다. 아마도 이런 순간에 똑같이 높이 솟은 포경선의 감시대에서도 같은 외침 소리가 모든 바다 위로 울려 퍼졌을 것이다. 그러나 누구의 가슴에서 나왔다 해도 그 귀에 익은 외침이 인디언인 태슈테고가 내는 것만큼 괴이하지는 않았을 것이다.

머리 위에서 반은 공중에 매달린 것처럼 흔들리며 서서, 미친 듯이 수평선을 바라보고 있는 그를 보았다고 상상해 보라. 누구나 그 광경은 '운명'의 그림자를 지켜보고, 그 운명이 다가온 것을 끔찍한 목소리로 알리고 있는 예언자라고 생각할 것이다.

"물뿜기! 저기! 저기! 저기! 물뿜기! 물뿜기!"

"어느 쪽이지?"

"바람이 불어가는 쪽이야! 2마일 앞이야. 큰 떼야!"

순식간에 온 배 안에 큰 소동이 일었다.

말향고래는 시계의 똑딱 소리처럼 규칙적으로 물을 뿜고 있었다. 그러니까 고래잡이는 그들을 다른 고래 무리들과 구별해 낸다.

"꼬리지느러미가 가라앉았다."라고 태슈테고가 외쳤다. 고래 떼는 시계視界에서 사라졌다.

"이봐, 급사!" 에이허브가 고함쳤다. "시간! 시간!"

소년이 급히 아래로 내려가 시계를 보고 정확한 시간을 에이허브에게 보고했다.

배는 지금 바람을 등지고 가볍게 흔들거리면서 움직여 나아갔다.

태슈테고는 고래가 머리를 바람 불어가는 쪽으로 향한 채 물속으로 들어갔다고 보고했기 때문에 머지않아 배 앞쪽에서 발견할 수 있으리라는 자신이 있었다. 도대체 말향고래라는 놈에겐 가끔 남을 속이는 묘한 재주가 있어서 이쪽 방향으로 가라앉았나 하면, 물속에 숨었을 때 한 바퀴 돌아서는 금방 반대 방향으로 헤엄쳐 가는데, 이런 속임수를 지금 하고 있는 것 같지는 않았다. 태슈테고가 확인한 바로 미루어 볼 때, 그들에겐 조금도 놀란 기색이 없었고, 우리의 접근을 느끼지 못하는 것 같았기 때문이었다. 보트에 타지 않고 본선에 남기로 된 사람 중 한 사람이 곧 인디언과 교체되어 큰 돛대 꼭대기에 섰다. 앞돛대와 뒷돛대 꼭대기의 선원들도 내려왔다.

밧줄통은 그 자리에 놓이고, 기중기는 내밀어지고 큰 돛대의 활대는 당겨 지고 보트 세 척은 높은 벼랑에 매달린 회향茴香을 따는 바구니처럼 매달렸 다. 뱃전 바깥쪽에서 그 열광한 선원들은 가슴을 울렁이면서 한 손으로 난간 을 붙잡고, 한 발은 뱃전을 밟고 있었다. 긴 행렬을 짓고 적함敵艦에 뛰어들려 고 하는 군함의 선원들도 이럴 거라고 생각되었다.

그러나 이 위기일발의 순간, 갑작스럽게 일어난 외침 소리가 일동의 시선 을 고래로부터 빼앗았다. 놀랍지 않은가? 어두운 에이허브의 주위에는 공기 속에서 나타난 것처럼 시커먼 유령 다섯이 서 있었다.

제48장 최초의 추적

유령이라고밖에는 생각할 수 없는 사람들이 갑판의 반대쪽을 돌아다니며, 소리도 없이 물 흐르듯 재빨리 거기에 매달려 있던 보트의 활차滑車와 밧줄 을 늦추고 있었다. 이 보트는 우현 뒷갑판에 달려 있었기 때문에 보통 선장용 이라고 불리고 있었지만, 누구나 이것을 보조 보트라고 생각하고 있었다. 그 뱃머리에 지금 서 있는 한 사람은 키가 크고 시커멓고, 강철 같은 입술 사이 에 흰 이 한 개가 기분 나쁘게 나와 있었는데 구겨진 검은 광목 윗옷이 상복 처럼 몸을 싸고 있었으며, 그것과 똑같이 시커멓고 통이 넓은 바지를 입고 있 었다.

그러나 이 온통 검은 빛 일색의 정점에는 이상하게 번쩍이며 하얗게 빛나 는 주름잡힌 두건, 아니 땋아서 둘둘 감은 머리카락이 있었다. 다른 사람들은 이보다 약간 색이 엷고, 마닐라의 토착 원주민 특유의 번들번들하고 누런 살 빛을 띠고 있었다. 이들은 불가사의한 악마 숭배로 유명한 인종이어서, 정직한 어떤 백인 선원들은 그들이 세계의 어딘가에 카운터를 갖고 있는 물의 악마를 섬기며, 그의 밀정으로 고용된 인간이라고 생각하고 있었다.

선원 일동이 이 기이한 무리를 언제까지나 놀라서 바라보고 있을 때 에이허브가 그 수령인 흰 두건을 감은 나이 많은 사나이를 향해 외쳤다.

"준비는 되었나, 폐들러?"

"되었소." 거의 쉬어 터진 목소리의 대답이었다.

"보트를 내려라. 알겠나?"라고 갑판 이쪽에서 고함을 질렀다. "이봐, 내리라니까!"

그 목소리가 우레와 같았기 때문에 선원들은 놀라서 총총히 난간을 뛰어넘었다. 활차 속의 고패가 빙글빙글 돌고 흔들거리면서 보트는 바다에 떨어지고, 선원들은 다른 직업을 가진 사람에게서는 볼 수 없는 날쌔고 대담한 태도로 흔들리는 뱃전에서부터 파도 위에 떠 있는 보트 위로 양 떼처럼 뛰어내렸다. 그들이 본선에서 바람이 불어가는 쪽에서 배를 저어 가려 할 때 네 번째 보트가 반대편 바람이 불어오는 쪽에서 본선의 뒷갑판 뒤를 돌아 나타났는데, 거기에는 에이허브를 태워 가지고 저어 나오는, 괴상하게 생긴 다섯 사람이 타고 있었다. 에이허브는 그 뒷갑판에 똑바로 서서 스타벅·스터브·플라스크의 보트를 향해 간격을 넓혀 저어라, 바다 가득히 퍼져라, 하고 외쳤다. 그러나 세 보트에 탄 선원들의 눈은 모두 시커먼 폐들러와 그의 패거리에게 못박힌 채 명령도 들리지 않는다는 태도였다.

"에이허브 선장!" 스타벅의 목소리였다.

"사이를 벌려라. 넷 다 힘껏 저어라. 이봐, 플라스크, 좀더 바람이 불어가는 쪽으로." 에이허브의 외침이었다.

"네네." 왕대공 군은 명랑하게 대답하고 키 대신 노를 휙 잡아 흔들고 "힘을 내라! 영차, 영차, 봐라, 바로 코앞에서 물을 뿜고 있다. 영차!" 하고 선원들에게 외쳤다.

"저 누런 놈들 따위엔 신경 쓸 거 없어, 아치."

"네네, 신경 쓰지 않습니다요."라고 아치가 대답했다. "우린 벌써 전부터 알고 있었습죠. 선창에서 부스럭거리는 소리가 났었지요. 이 카바코 놈에게

254

도 그렇게 말했습죠. 이봐, 그렇지, 카바코? 저놈들 밀항密航입니다요, 플라스크 씨."

　"자아, 저어라, 저어. 힘이 있을 때 저어라, 저어. 잘한다." 스터브는 아직도 불안해 보이는 자가 섞여 있는 자기 보트의 선원들에게 달래듯 하는 콧노래 투로 말을 걸었다. "어째서 등뼈가 부러지도록 젓지 않는 거지? 뭘 멍청하니 보고 있나? 저 보트에 탄 놈들 말인가? 쳇! 저놈들, 우리를 도우려고 다섯 놈 온 것뿐이잖은가? …… 어디서 왔건 상관없잖아? …… 동료들이 많으면 기분이 좋잖나. 그러니까 자아, 저어라, 저어. 지옥의 불이라도 상관할 것 없어. 악마들도 마음은 좋은 거야. 그래, 그래. 그렇게 해라. 천 냥 가치가 있는 노젓기란 바로 그거야. 건 돈을 가로챌 만한 솜씨군그래. 훌륭해. 말향고래 기름의 금배金杯감이다. 만세, 만세다. 덤비지 말고…… 허둥대면 못써. 이봐, 어째서 노를 힘껏 당기지 않는 거야? 나쁜 놈 같으니, 이를 악물어. 개새끼야. 좋아, 좋아. 이제 됐어, 부드럽게. 부드럽게, 그런 식으로 해……. 힘껏 당겨 저어라, 저어. 제기랄, 형편없는 건달놈들아, 자는 건가? 젓기 싫은가? 도대체 왜 젓지 않는 거야. 부서질 때까지 저으란 말이다. 자아, 눈알이 툭 튀어나올 정도로 크게 뜨고 저어라. 자!" 가죽 허리띠에서 예리한 단도를 쑥 뽑고는 "너희들도 모두 단도를 뽑아서 이에 물고 저어라. 그래 그렇게. 이제야 좀 좋아졌구나. 그 정도면 됐어. 강철을 입에 물고, 자 가라, 은수저! 자 가라, 밧줄 바늘!"

　스터브가 선원들에게 준 격려의 말을 여기에 전부 소개한 것은, 그가 모든 사람에게 하는 말은 일종의 독특한 맛을 풍기는 것이고, 특히 노젓는 정신을 감명깊게 설명하는 데 힘이 될 만한 것이기 때문이다.

　그러나 이것을 읽고 여러분들은 그가 선원들에 대해서 혹독하게 고함을 쳤구나 하고 상상해서는 안 된다. 그 반대였다. 그것에는 그 나름대로의 독특성이 있다. 가장 무시무시한 말을 익살과 흥분이 묘하게 뒤섞인 상태로 선원들의 귀에 부어주는 것이다. 그 거친 말을 단순히 그 익살에 양념을 치기 위해 가미된 것이라 생각되는데, 어떤 노잡이라도 이런 이상한 연설을 들으면 힘닿는 데까지 젓지 않고는 배길 수가 없으며, 더욱이 그저 장난삼아 젓고 있는 것 같은 생각이 들게 된다. 게다가 그는 언제나 태평하고 한가한 표정을 하고 있으며, 아주 천천히 한가롭게 키를 다루고, 언제나 입을 벌리고─때로는 입을 쩍 벌리고─하품을 한다. 이렇게 하품을 하는 보트장이란 그냥 보기엔 직책과 상반되는 모습으로서 선원의 마음을 매혹해 버리는 것이었다. 더구나 스터브식의 기묘한 익살에는 기괴한 함축이 들어 있어 그를 따르는 아랫사람들은 방심을 하지 못하게 마련이었다.

이때 스타벅은 에이허브의 명령에 따라 스터브의 뱃머리에 비스듬히 돌진하고 있었는데, 1~2분 사이에 두 보트가 꽤 접근했을 때 스터브가 일등 항해사에게 말을 건넸다.

"스타벅 씨! 좌현의 보트! 잠깐 기다려요, 한마디 드릴 말씀이 있습니다."

"알았어."라고 대답은 하면서도 스타벅은 여전히 그를 돌아보지 않고 돌처럼 스터브 쪽을 외면한 채, 열심히 그러나 속삭이듯 선원들을 격려하고 있었다.

"저 누런 놈들을 어떻게 생각하십니까?"

"출항하기 전에 몰래 태운 모양이야. (힘껏, 힘껏 저어라.)" 선원들에게 속삭이고 나서 다시 목청을 돋우어서 "난처하군그래, 스터브. (배를 날려, 휙 날려.) 그렇지만 내버려둬. 스터브, 어떻게 되겠지. 어떻게 되건 우린 힘껏 하는 거야. (자, 힘을 내라, 힘을 내.) 스터브, 바로 코앞에 고래 떼가 있잖아? 그것만 있으면 되는 거야. (저어라, 저어.) 말향고래가 목적일세. 이것만은 우리의 의무야. 의무와 장사가 한 배에 탄 거야."

"딴은 그렇군. 나도 그렇게 생각해." 보트가 서로 떨어졌을 때 스터브는 혼잣말로 중얼거렸다. "놈들을 흘끗 본 순간 그렇게 생각했지. 급사녀석이 벌써 전부터 냄새를 맡아냈는데, 대장이 뒷선창에 자주 틀어박혔다고 말이야. 저놈들이었군. 거기에 숨겨 두었던 거야. 이것도 백경과 관계되는 일이군. 어떻든 마음대로 하라지. 하는 수 있나? 자아, 저어라! 오늘은 백경이 아니야. 자, 저어라!"

그런데 배에서 보트를 내리는 바로 그 중대한 순간에 그처럼 괴기한 사람들이 나타났다는 것은, 선원들 중 일부에게 일종의 미신적인 놀라움을 준 것도 무리는 아니었다. 그러나 그 일에 대해 눈치를 채고 있었던 아치의 이야기가 선원들 사이에는 이미 알려져 있었기 때문에 모든 사람들이 어느 정도는 여기에 대한 예비 관념을 갖고 있었다. 그래서 그런 것이 사람들의 놀람을 어느 정도 덜어주고 있었고, 또 스터브가 모든 것을 제법 잘 알고 있다는 듯한 얼굴로 그들의 출현을 설명한 적도 있어서, 모든 사람들도 얼마 동안은 억측 따위는 떨쳐버렸다.

그렇긴 해도 에이허브가 처음부터 품고 있던 숨겨진 계획의 정체는 무엇일까 하는 것에 대해서는 아직도 구구한 억측이 나올 소지가 컸다. 나는 낸터킷의 새벽 어둠 속에 살그머니 피쿼드호로 기어들어간 수상한 그림자가 생각났고, 또 그 괴인물 일라이저의 수수께끼 같은 암시를 생각해냈다.

그런데 에이허브는 바람을 안고 고급 선원들의 목소리도 들리지 않는 곳으로 나가고 있었는데, 지금도 역시 다른 보트보다 월등하게 앞서고 있음은 그를 태운 선원들이 얼마나 비할 데 없이 힘이 센가를 나타내고 있었다. 그 호랑이처럼 누런 놈들은 온몸이 마치 강철이나 고래뼈로 만들어진 것처럼 보였고, 망치 다섯 개처럼 힘의 율동도 규칙적으로 기복이 있으므로 보트는 그때마다 미시시피강의 증기선 옆에 쑥 내민 기관汽罐처럼 파도를 헤치고 쑥쑥 앞으로 나가고 있었다.

작살잡이 노를 잡고 있던 페들러는 이때 검은 재킷을 벗어 버리고 뱃전에서 위로 벌거벗은 가슴과 몸통을 쑥 내밀어 파도치는 수평선을 배경으로 뚜렷하게 모습을 보이고 있었다. 또 보트의 다른 한쪽 끝에는 에이허브가 검술가처럼 한 팔을 뒤로 뻗쳐 몸의 균형을 잡으면서, 백경에게 상처를 입기 전, 몇 번인가 그가 고래를 추적할 때 취했던 자세 그대로 키를 조종하고 있었다. 급작스럽게 뻗친 팔이 묘하게 흔들리다가 그대로 정지하자 노 다섯 개가 일시에 딱 멈추어졌다.

배와 선원들은 파도 위에 꼼짝 않고 섰다. 곧, 세 방향에서 뒤를 쫓던 보트 세 척도 그 도중에 섰다. 고래들은 제각기 바닷속으로 기어들어가 있었기 때문에 그 행동을 멀리서 볼 수는 없었다. 그러나 접근해 있던 에이허브에게는 보였다.

"모두들 잘 보고 있어!" 스타벅이 외쳤다. "퀴퀘그, 서라!"

재빠르게 뱃머리 쪽의 삼각대三角臺에 뛰어올라간 야만인은 그곳에 우뚝 서서 눈을 번쩍이며 바로 조금 전에 고래들이 숨어버린 근처를 노려보았다. 한편 스타벅은 보트의 뱃머리에서와 똑같이 뒷갑판의 뱃전 높이까지 들어올려진 삼각대에 서서, 보트가 심하게 동요할 때마다 침착하고 기민하게 몸의 평행을 잡으면서 묵묵히 끝없는 바다의 푸른 물결을 들여다보고 있었다.

플라스크의 배도 그리 멀지 않은 곳에서 숨을 죽이고 떠 있었다. 그 지휘관은 대담하게도 뒷갑판의 대에서 2피트 가량 높이 배 안에 우뚝 서 있는 밧줄 거는 기둥 꼭대기에 서 있었다. 이것은 잡은 고래에 걸린 밧줄을 걸치는 기둥으로, 그 끝은 남자의 손바닥 정도의 넓이밖에 되지 않는데, 그런 대 위에 서 있는 플라스크는 배가 침몰해버린 뒤에 오직 수면에 남은 돛대 꼭대기에 서 있는 남자처럼 보였다. 그러나 이 왕대공은 몸집은 작았으나 패기만만한 사나이였으므로 이 밧줄걸이 기둥의 꼭대기도 그를 만족시키지는 못했다.

"파도가 세어서 앞이 보이지 않잖아. 노를 세워 주지 않겠나? 거기에 올라서고 싶군."

그 말을 듣자 뱃전을 붙잡고 걷고 있던 대그가 갑자기 뒷갑판으로 가서 몸을 일으켜 그 높은 어깨를 발판으로 삼으라고 자원했다.

"돛대 못지않아요. 자아, 올라타십시오."

"좋아, 미안한데. 그렇지만 50피트 가량 더 컸으면 좋겠어."

그래서 이 흑인 거한巨漢은 두 다리로 양쪽 보트의 판자를 단단히 밟고 몸을 약간 앞으로 수그리듯 버티고 서서 손바닥을 펼쳐 플라스크의 다리에 내밀고, 플라스크의 손을 가톨릭 미사에 쓰이는 삼각 촛대처럼 깃털 장식을 단 제 머리에 놓게 하고는 몸을 흔들거든 뛰어오르라고 하더니, 교묘하게 몸을 튀게 해서 조그마한 플라스크를 훌쩍 어깨 위로 올려 태웠다. 이렇게 해서 플라스크는 대그가 높이 뻗친 한 팔을 가슴띠로 삼아 기대고 몸을 가누며 섰다.

파도가 아무리 가로 세로로 거칠게 날뛰어도 포경선원들이 보트 안에서 참으로 훌륭하게 직립의 자세를, 자연스럽게 몸에 익은 습관으로 취할 수 있다는 것은 항상 초심자들을 놀라게 하기에 족했다. 게다가 이와 같은 거친 상황 속에서 밧줄 기둥 위에 위태롭게 올라타고 있는 것을 보면 한층 더 놀라지 않을 수 없었다.

그렇다고 해도 몸집이 작은 플라스크가 거대한 대그 위에 올라타고 있는 모습은 정말 가관이었다. 위대한 우리의 니그로는 당당하고 야성적인 풍채로 위엄 있게, 조용히, 침착하고 냉정하게, 또 아무렇지도 않은 듯이 파도가 흔들리는 데에 따라 조절하면서 그 훌륭한 몸체를 흔들고 있었다. 폭넓은 잔등에 올라탄 아마빛 머리의 플라스크는 눈송이처럼 보이기도 했다. 태운 사람이 올라탄 사람보다 고귀하게 보였다. 이따금 땅딸보 플라스크가 지루한 듯이 거칠게 다리를 움직여도 그 때문에 흑인의 당당한 가슴이 흔들리는 일은 없었다. 정열과 허영이, 너그럽고 인자한 어머니 같은 대지 위에서 날뛰더라도 그 때문에 대지가 그 사계절의 운행을 바꾸지 않는 법이다.

한편 이등 항해사인 스터브는 구태여 먼 곳을 바라보고 싶어하는 듯한 모습을 보이지 않았다. 고래들은 당황하여 일시적으로 물속에 들어간 것이 아니라, 습관상 깊은 바다 밑으로 헤엄을 치기 시작한 것인지도 몰랐다. 만일 그렇다고 하면, 스터브는 전과 같이 파이프라도 태우면서 그 지루한 대기 시간을 달래는 것이 상책이라고 결심하여, 모자 테에 깃털 장식처럼 꽂아 둔 파이프를 꺼내 엄지손가락 끝으로 꾹 눌러 담배를 담았다. 그러나 그 샌드페이퍼 같은 거친 손으로 성냥을 문질러서 불을 붙일까 말까 했을 때, 지금까지 두 눈을 항성처럼 바람 불어오는 쪽을 향하여 빛내고 있던 작살잡이 태슈테고가 갑자기 그 꼿꼿이 선 자세에서 눈 깜짝할 사이에 몸을 숙이고 미친 듯 서두르며 "몸을 굽혀, 앉아! 저어라! 바로 저기다!"라고 외쳤다.

육지에서 자란 사람에게는 고래도 청어 떼도 보이지 않고 다만 백록색으로 끓어오르는 해면, 그 위로 엷게 기다랗게 꼬리를 끌면서 흰 파도의 물방울이 흩어지듯 자욱이 바람에 불리는 수증기 같은, 그런 것이 보였을 것이다. 그때 주위의 공기는 갑자기 새빨갛게 단 철판 위의 공기처럼 떨렸다. 이 출렁이는 파도와 소용돌이 아래에서 고래 떼가 헤엄치고 있었는데, 일부분은 수면 가까이에서도 헤엄치고 있었다. 그들이 뿜는 수증기 덩어리는 제일 먼저 나타나는 징조로서 선도대先導隊나 선발 기병先發騎兵과도 같은 것이었다.

보트 네 척은 그 대기와 물이 서로 얽혀 마구 요동을 치는 한 점을 향해 돌진했다. 그러나 그것을 앞서기란 쉬운 일이 아니었다. 그것은 나는 듯이 사라져 갔다. 벼랑 위에서 사방으로 튀는 분류의 거품처럼.

"저어라, 저어라." 스타벅은 될 수 있는 대로 낮은 목소리로, 그러면서도 될 수 있는 대로 강한 어조로 부하들에게 말했다. 그의 눈초리에서는 날카로운 섬광이 화살처럼 나와 뱃머리 저쪽으로 똑바로 뻗고 있었는데, 그것은 정확하기 이를 데 없는 두 나침반의 각 바늘에 비유할 만한 것이었다. 그러나 그는 부하들에게 쓸데없는 말을 하지 않았으며, 부하들 역시 아무 말도 하려고 하지 않았다. 다만 이따금 보트 위의 침묵을 깨뜨리는 것은, 때로 엄하게 명령하는 듯하고, 때로는 부드럽게 탄원하는 듯한 그의 독특한 목소리뿐이었다.

그와 반대로 왕대공의 소란스러움이란 참 볼 만했다. "이봐, 뭐든지 노래 좀 해봐. 기운차게 고함을 지르면서 저으라고. 나를 올려놓게, 저 고래의 시커먼 등 뒤에 올려놓으라고. 그렇게 하면 내 마더즈 비니야드 섬의 농장을 물려주겠어. 마누라와 아이들까지 붙여서 물려주지. 이봐 태워줘, 태우라니까. 아, 견딜 수 없군, 미칠 것 같아. 저봐, 보라니까! 저 흰 거품을 보라고."라고 외치면서 모자를 벗고 발로 마구 짓밟더니 갑자기 집어서 바다 멀리 휙 던져버리고 말았다. 그리고 나서 목장에서 뛰쳐나온 미친 망아지처럼 보트의 고물에서 펄쩍펄쩍 뛰었다.

"저 사나이를 보라고." 그다지 멀지 않은 뒤쪽에서 스터브는 불이 붙지 않은 짧은 파이프를 무의식적으로 씹으면서 심각한 표정으로 중얼거렸다.

"플라스크란 놈, 지랄병이 도졌군. 지랄병? 딴은 그럴듯해……지랄병으로 고래를 해치운다? 멋진 말인데…… 자아, 활발하게 저어라, 저어. 저녁식사는 푸딩이란 말이다. 쾌활해야 해. 자, 저어라, 저어. 그런데 무엇 때문에 허둥지둥하지? 부드럽게, 부드럽게 하라고. 그리고 착실히 당겨. 그러면 더 할말 없어. 등뼈가 부러지고 단도가 두 동강이가 되도록 힘들여 저어라. 그것뿐이야. 편하게 가라고…… 뭘 하고 우물거리는 건가? 간장이고 허파고 모두 찢어질 만큼 기운차게!"

그런데 저 괴인 에이허브는 호랑이처럼 누런 그 부하들에게 뭐라고 했는지—그 말은 여기에 쓰지 않는 편이 좋을 것 같다. 여러분들은 복음의 낙토에서 신의 은혜의 빛을 받으며 살고 있는 사람들이니까. 다만 바닷속의 무엄한 신앙심 없는 상어들이라면 에이허브가 이마에 태풍을 일으키며 눈에 살기를 띠고 입에 거품을 물고는 어획물에 덤벼들 때의 그의 말에 귀를 기울였을 것이다.

그 사이에도 보트들은 돌진해 나아갔다. 플라스크는 몇 번이고 "저 고래놈."라고 지적하고는 그 가상의 괴물이 끊임없이 자기의 보트 앞머리에서 그 꼬리로 장난을 치고 있을 게 틀림없다고 말했는데, 그의 이 말은 때로 매우 그럴듯했기 때문에 선원들 중 한두 사람쯤은 겁을 먹으면서 어깨 너머로 주위를 둘러보곤 했다. 그러나 이것은 규칙 위반이었다. 노잡이란 눈을 질끈 감고 목을 꼬챙이같이 하고, 더구나 이같이 중요한 자리에서는 귀 이외의 감각 기관은 버리고 팔 이외의 몸체도 내버리고 덤벼야 한다고 전해지고 있다.

소름끼치도록 놀랍고 두려운 광경이었다. 만능의 바다에 산같이 높게 이는 파도, 한없이 넓은 공놀이 장場에서 거대한 공을 굴리듯이 여덟 개의 뱃전을 때리는 그 엄청나게 거센 파도의 노호, 물결의 칼날 같은 끝에 순간적으로 올라타고 까딱하면 둘로 깨질 듯이 생각될 때 공중에서 괴로워 기절하고, 또 물의 골짜기 깊이 가라앉아 저편 산으로 올라가려고 허덕이며, 또 저편으로 거꾸로 썰매처럼 곤두박질치는 보트, 보트장이나 작살잡이의 부르짖음, 노잡이의 신음 소리와 섞여 울부짖는 병아리를 쫓아가는 멧닭처럼, 그 날개를 벌리고 보트를 쫓아가는 피쿼드호의 기이한 모습들은 모두가 전율케 하는 광경이었다.

아내의 품안에서 나와 처음으로 치열한 전투에 뛰어든 신병도, 처음으로 저세상에서 미지의 유령을 만난 죽은 사람의 영혼도, 처음으로 말향고래를 쫓아 그 이상하게 끓어오르는 파도권 내에 들어갈 때만큼의 강력하고 괴이한 감정을 체험하지는 못할 것이었다.

쫓기는 고래들이 일으키는 흰 파도는, 암갈색의 구름이 바다 위에 더 짙은 어둠을 뿌리면서 더욱 선명히 보였다. 걷잡을 수 없이 피어오르는 수증기는 지금은 서로 뒤섞이지 않고 좌우로 똑바로 서 있었다. 고래들은 서로 흩어져서 달리는 것 같았다. 보트도 더욱 사이를 벌려서 젓고, 스타벅은 바람이 불어 가는 쪽으로 필사적으로 달리는 고래 세 마리를 쫓았다. 이 스타벅의 보트도 돛을 달고 있어 점점 세어지는 바람을 받아 굉장한 속도로 돌진했으므로 바람 불어 가는 쪽의 노는 이 이상 조금이라도 빨리 움직이면 노받이가 깨져 버리겠다고 생각될 정도였다.

얼마 후 우리는 넓게 퍼져서 감도는 안개의 장막 속으로 돌진해 들어가, 본선도 보트도 분간할 수 없게 되고 말았다.

"자, 기운을 내라." 하고 스타벅은 돛줄을 뒤갑판 쪽으로 잡아당기면서 중얼거렸다. "강풍이 불어닥치기 전에 놈을 해치울 시간은 있다. 봐라, 흰 물보라다! 돌격이다, 한 대 먹여라!"

곧 이어서 양쪽에서 들려온 외침 소리에 의해 다른 보트들도 속력을 내고 있음을 알았다. 그러나 그 소리가 들릴까 말까 할 때 스타벅은 번쩍이는 번갯불처럼 속삭였다. "서라!" 그러자 작살을 움켜쥔 퀴퀘그가 벌떡 일어났다.

노잡이들은 이때는 아직 생사의 위기에 서 있지 않았지만, 고물의 항해사의 긴박한 표정을 보고는 드디어 때가 왔다고 직감했다. 그들의 귀에는 또다시 쉰 마리나 되는 커다란 코끼리들이 누웠던 자리에서 일어나 뒹구는 듯한 요란한 소리가 울렸다. 그 사이에도 보트는 안개 속을 헤쳐 나갔는데, 파도는 독기 오른 뱀 떼가 머리를 쳐들고 똬리를 틀 듯 쉿쉿 소리를 내고 있었다.

"저게 혹이다, 저게! 저걸 한 대 먹여라!" 라는 스타벅의 낮은 목소리가 들렸다.

보트에서 휙 하는 소리가 나자 퀴퀘그의 손에서 작살이 날아가고 있었다. 그러자 만물이 미쳐서 날뛰는 듯한 굉음과 함께 배는 눈에 보이지 않는 힘에 밀려서 앞으로 고꾸라지면서 암초에 부딪힌 듯한 충격을 받았고, 돛은 털썩 떨어져 찢어지고, 한 줄기의 열기를 띤 물기가 옆으로 후려치며 배 밑바닥 부근에 지진 같은 반전 동요反戰動搖가 일어났다.

모든 선원은 거의 질식 상태가 되어 휘둘러지면서 하얗게 소용돌이치는 질풍 속으로 빠져들어갔다. 질풍, 고래, 작살들은 하나가 되어 날뛰었다. 그러나 고래는 다만 슬쩍 스친 가벼운 상처만 입은 채 달아나버렸다.

보트는 온통 물에 흠뻑 젖어 버렸지만, 그래도 파괴된 것은 하나도 없었다. 우리는 보트 주위를 헤엄쳐 떠내려간 노를 주워 올려 뱃전에 집어넣고 다시 자리로 굴러들어 왔다. 가름대도, 널판도 물에 잠긴 배 안에 우리는 무릎까지 잠겨서 앉아 있었는데, 발밑을 내려다보니 이 떠도는 배는 바다 밑에서 들어올린 산호대珊瑚臺처럼 보였다.

바람은 무섭게 불고 있었고, 파도는 그 방패를 휘두르며 서로 부딪쳤다. 질풍은 온통 사방에서 울부짖으며 갈래를 이루고, 대초원에 흰 연기를 올리는 들불처럼 우리의 주위에 울려 퍼졌다. 우리는 그 불꽃에 휘감기면서도 타지도 않고 죽음의 문턱에 불사신으로 앉아 있었다. 다른 배를 불러 보아야 무슨 소용이 있으랴. 이 폭풍 속에서 서로를 부른다는 것은 활활 타는 난로의 연통 속에 고개를 틀어박고 빨갛게 타고 있는 석탄에다 소리를 지르는 것과 같은 일이었다.

그러는 동안에도 비말飛沫, 비운飛雲, 안개, 이런 것들이 밤의 그림자와 함께 어둠에 먹히고 본선의 그림자조차도 분간할 수 없게 되었다. 파도는 점점 높이 솟구쳐서 물을 퍼낸다는 것은 생각도 할 수 없었다. 노는 배를 앞으로 나가게 하는 데는 전혀 소용이 되지 않았으며, 구명판자의 대용이 될 정도였다. 그래서 스타벅은 성냥을 넣은 방수 상자의 끈을 자르고 몇 번이고 실패를 거듭한 끝에, 간신히 칸델라에 불을 붙여 그 주위에 떠다니던 막대기 끝에 그것을 붙들어매어 퀴퀘그에게 건네주고 그를 이 절망한 무리의 기수로 만들었다.

그리하여 퀴퀘그는 항거하기 어려운 이 대자연의 위협 가운데서 불을 부둥켜 쥐고 앉아 있었다. 아, 이렇듯 절망 속에서, 헛된 희망을 안고 신앙심 없는 인간의 상징으로서 앉아 있었던 것이다.

몸속까지 흠뻑 젖어 추위에 떨면서 본선도, 동료들의 보트도 찾아낼 희망이 전혀 없었으므로 눈을 부릅뜨고 새벽만을 기다렸다. 안개는 아직 해연에 자욱하였고, 불이 꺼진 칸델라는 배 밑바닥에 깨어져 있었다. 그때 갑자기 퀴퀘그가 벌떡 일어나서 귀에 손을 갖다 댔다. 그때 일동도 바로 지금까지는 폭풍 소리 때문에 들리지 않았던 밧줄의 삐걱거리는 소리를 들었다. 그 소리는 차츰 다가왔다. 짙은 안개가 막막하고 거대한 형체에 의해 희미하게 헤쳐졌다. 겁에 질린 우리가 당황하여 바닷속에 뛰어들었을 때 본선의 모습이 희미하게 나타났는데, 그때는 이미 본선이 배 길이도 못되는 거리에 바싹 다가와 있었다.

파도에 떠밀리면서 내버린 보트쪽을 바라보니 한순간 본선의 뱃머리 밑에서, 폭포 밑의 나뭇조각처럼 이리저리 떠밀려 흔들리다가 거대한 선체가 그것을 뭉개버리자, 한동안은 흔적조차도 보이지 않더니 곧 뒷갑판 쪽에 둥둥 떠올랐다. 우리는 다시 보트를 향해 헤엄쳤고 파도 때문에 보트에 부딪치기는 했지만, 간신히 잡아 타고는 무사히 본선으로 되돌아왔다. 다른 보트들은 질풍이 닥치기 전에 고래에서 떠나 때맞춰 본선으로 돌아왔다고 한다. 본선은 우리를 단념해버렸지만, 그래도 혹시 노나 작살막대기 따위의 유품이라도 발견되지 않을까 하고 이 근처를 순항하고 있던 중이었다.

제49장 하이에나

우리가 인생이라고 일컫는 괴상하고 복잡하게 얽힌 현장에서, 때로 기묘하게도 어떤 사람은 이 전 우주를 짓궂은 농담의 마당으로 생각하고, 그러면서도 거기에 포함된 의미 따위는 거의 짐작도 하지 못한 채, 결국 누가 상관할 바가 아니어서 나만 참으면 된다고 마음을 정해버린다. 그러나 그렇다고 해서 조금도 실망하지 않으며, 어떤 일에도 신경을 쓰지 않는다. 그는 온갖 사건, 온갖 주의·신조·이론, 눈에 보이고 안 보이는 온갖 고난 따위가 아무리 삼키기 어려워도 꿀꺽 삼키고 만다.

마치 위장이 튼튼한 타조가 총탄이나 부싯돌을 꿀꺽 삼키는 것과 같이, 사소한 고생이라든가 근심거리, 또는 전도가 갑자기 암담해진다든가 생명의 위험이라든가 하는 것들은 말할 것도 없고, 죽음 그 자체도 그에게는 생면부지의 장난꾸러기에게 방심하는 틈을 타서 슬쩍 한 대 얻어맞은 것 정도로밖에 생각되지 않는다. 그런데 이런 종류의 묘한 변덕이란 가장 고난이 심한 때, 그리고 진지하기 이를 데 없는 때 찾아오므로, 바로 조금 전에 더없이 중대하다고 생각되었던 것이 대수롭지 않은 농담처럼 여겨질 수 있다. 이 낙천적이고 자포자기적인 철학을 낳는 것으로는 고래잡이의 위험을 따르는 것도 없다. 그러므로 나도 그런 철학을 갖고 이 피쿼드호의 항해와 그 목표물인 백경을 다루고자 한다.

본선에 타고 있던 사람이 마지막으로 나를 갑판에 끌어올렸을 때 나는 재킷을 입은 채 몸을 흔들어 물을 털고 "퀴퀘그, 여보게, 이런 일이 자주 일어나나?"라고 물었다. 물론 그도 나와 같이 흠뻑 젖었지만, 별다른 감정도 나타내지 않고 그런 일이 자주 일어난다고 가르쳐 주었다.

"스터브 씨." 이번에 나는 유포油布 윗옷의 단추를 채우고 빗속에서 유연히 파이프를 빨아 대고 있던 이 신사를 향해서 말했다. "스터브 씨, 당신이 우리의 일등 항해사 스타벅 같은 침착하고 빈틈없는 고래잡이는 없다고 말씀하신 것을 기억하고 있는데 말입니다. 안개를 머금은 질풍의 한복판에서 돛을 달고, 달려가는 고래에 맞부딪쳐 간다는 것이 고래잡이로서 빈틈없다는 게 될까요?"

"흠, 나도 혼 곳에서 말일세, 질풍 속에 가라앉으려는 배에서 보트를 내려 고래를 쫓아간 적이 있었다네."

"플라스크 씨." 나는 내 옆에 서 있던 왕대공을 향했다. "당신은 이 방면에 경험이 많고, 나는 풋내기니까 진지하게 묻고 싶습니다. 이 어업에선 죽음의 신이 입을 벌리고 있는 데를 향해, 뒤로 돌아선 채 등뼈가 부러질 만큼 세게 저어 가는 것이 철칙으로 되어 있는 모양이죠?"

"좀더 분명히 말하는 게 어때?"라고 플라스크가 대답했다. "그렇지, 그게 규칙일세. 난 말일세, 보트 선원들이 말일세, 앞으로 보고 앉은 채 거꾸로 저어서 고래에게 부딪쳐 가면 재미있을 거라고 생각하네. 핫핫핫! 그러면 고래와 사람이 서로 곁눈질을 하게 되는 셈이지, 안 그런가?"

결국 이것으로 나는 공정한 세 증인에게서 이 사건 전체에 대한 자세하고 치밀한 설명을 들은 셈이다. 그리하여 질풍, 전복顚覆 계속되는 파도 위의 노영露營 등도 이 직업에서는 늘 일어나는 일이라는 것, 또 고래를 쫓으면서 위기의 극한점에 다다랐을 때 자기의 생명은 보트장의 손아귀에, 때로는 그 같은 순간에도 무모하게 흥분해서 배 판자에 구멍을 뚫을 정도로 마구 발을 굴려대는 그런 사나이의 손안에 완전히 쥐어져 있다는 것, 또 우리의 보트가 그런 심한 꼴을 당한 것은 스타벅이 질풍의 한복판에 돌입해서라도 고래를 쫓아가려고 한 데 기인한 것이고, 더욱이 이 스타벅은 조심성 있기로 유명한 사람이라는 것, 또 나는 이 세상에서도 드물 만큼 용의주도한 스타벅의 선원에 속해 있다는 것, 그리고 나는 머지않아 '백경'이라는 흉맹스럽기 짝이 없는 놈을 쫓을 운명에 말려들고 있다는 것—결국 이 모든 것을 생각해 보았을 때 나는 방에 들어가 유언장의 초안이라도 만들어 두어야겠다는 생각이 들었다.

"퀴퀘그, 들어주게." 하고 나는 그를 불렀다. "자아, 나의 고문 변호사, 유언집행인, 유산 상속자가 되어 주지 않겠나?"

세상 사람들은 뱃사람이 유언 소동을 벌인다는 것이 기묘하다고도 생각하겠지만, 사실 이 세상에서 이 사람들만큼 유언을 즐기는 자들도 없다.

내가 이 같은 것을 행한 것은 이때 이미 물 위 생활에서 네 번째였다. 이렇게 해서 이번에도 그 의식을 끝내자 어쩐지 마음이 편안해져서 가슴앓이가 낫는 듯한 느낌이었고, 가슴 속의 응어리가 빠져 결국 굴러나간 것 같았다. 아무튼 이제부터 살아 나갈 나의 나날은 소생한 후의 나사로가 산 나날만큼 즐거울 것이다. 고래를 쫓아 몇 달인지 몇 년인지는 모르지만, 나는 내 수명보다 오래 사는 셈이다. 나의 죽음과 매장은 나의 가슴속에 집어넣어져 있다. 나는 우리 집 대대로 내려오는 아늑한 묘소에 앉아 있는 망령처럼 조용히 만족해서 주의를 둘러보았다.

나는 무의식적으로 옷소매를 걷어올리면서 생각했다.

'자아, 이제는 조용히 죽음과 파멸의 구멍으로 뛰어들어갈 테다. 무엇이든 덤벼라.'

제50장 에이허브의 보트와 페들러

"감히 생각할 수 없는 일 아닌가, 플라스크?" 스터브가 큰 소리로 말했다. "만일 내가 다리가 하나밖에 없는 병신이라면 의족 끝으로 배 바닥의 물구멍이라도 막을 일이 없는 한 보트에 탈 수도 없을 거야. 지독한 늙은이인데."

"그 일이라면 난 그다지 이상하다고 생각지 않는걸." 플라스크가 말했다.

"만일 늙은이의 한쪽 다리가 궁둥이에서 날아갔다면 이야기는 달라지겠지. 그러나 쓸모는 없지만 한쪽 무릎은 어엿이 있고, 또 한쪽도 많이 남아 있단 말이야."

"그건 모르겠는걸. 늙은이가 무릎을 꿇는 걸 본 적이 없으니까."

포경업계의 식자識者들이 자주 논하는 바이지만, 포경선장의 생명이 얼마나 전체 항해의 성공을 위해서 중요한가를 생각한다면, 선장 자신이 몸소 위험한 추적에 참가하여 그 생명을 건다는 것은 과연 정당할까? 일찍이 티무르(몽고족의 영웅)의 병사들도 세상에 둘도 없는 대제大帝의 생명을 백병전이 벌어진 전장으로 이끌어가야 하느냐고 눈물을 글썽이며 의논했던 것이다.

그러나 에이허브의 경우에서 이 문제는 다른 양상을 나타낸다. 두 다리가 멀쩡한 사람도 위험에 처했을 때는 맥이 빠져버리게 되고, 이 고래잡이의 일이야말로 항상 말로 다할 수 없는 어려움에 부딪치는 것이니까, 결국 모든 순간들이 생명을 건 것이라고 생각한다면, 하물며 절름발이 사나이가 보트를 타고 쫓아간다는 것은 현명하다고 할 수 있을까? 대체로 피쿼드호의 공동 선주들은 이것을 찬성했을 리가 없었다.

에이허브도 잘 알고 있었다. 고국의 친구들은 비교적 위험이 적은 추적의 경우에는 그 자리에 가까이 몸을 이끌고가 직접 지휘하기 위해 그가 보트에 탔다 해도 아무렇지 않게 생각했을 것이다. 그러나 에이허브 선장이 보트장으로서의 역할을 하게끔 그에게 보트 한 척을 전속시키고, 그 보트의 선원으로 특별히 선출한 다섯 사람을 딸리게 한다는 관대한 생각을 피쿼드호의 선주들이 가지고 있을 리는 없었다. 그러니까 그는 자신의 보트 선원을 따로 두어 달라고 부탁한 일도 없으며 한 번도 그와 같은 희망에 대해 말을 비치지도 않았다.

그래서 그 점에 대해서는 자기 혼자서 몰래 계획했다. 카바코가, 발견한 사실을 모든 선원들에게 말하기 전에는 선원들도 그것을 거의 상상하지 못했다. 물론 항구를 떠난 얼마 후 전 선원이 보트를 추적용 보트로 준비를 갖춘다는 당연한 일을 끝낸 뒤에 에이허브가 가끔 부스럭거리면서 예비 보트를 만들기 위해서인지 손수 노의 배꼽을 만들기도 하고 밧줄이 고래에게 끌려서 자꾸 풀려나갈 때 뱃머리의 홈에 꽂을 작은 나무 말뚝을 열심히 깎거나 하는 게 눈에 띄었을 때, 특히 보트 밑바닥을 싼 천을 자신의 의족 끝으로 지탱할 때 쓰려는 듯 한 장 더 달라고 했을 때, 또 고래에게 작살을 던지거나 창을 던질 때 단단히 무릎을 내리기 위해서 뱃머리에 걸쳐놓을 나무판자를 만들면서 정성들여 하라고 몹시 마음을 졸이는 태도를 보였을 때, 또 매우 찬찬히 그 보트 안에서 외다리를 그 판자의 반원형의 구멍에 집어넣어 목수의 끌로 이곳을 조금 후벼대고 저곳을 조금 늘리고 했을 때—그런저런 일들이 당시 모든 사람의 흥미나 호기심을 끌었음은 확실하다.

그러나 거의 전부가 이 에이허브의 정성스러운 준비는 마지막의 백경을 추적하는 데 대비하는 일이라고 생각한 것도, 이미 그가 저 무서운 괴물을 내가 해치우겠다고 언명한 뒤이고 보면 무리는 아니었다. 그러나 그러한 추측을 했다 하더라도, 그것으로 특히 자신의 보트의 전속 선원들까지 이끌고 있을 것이라는 추측은 전혀 해낼 수 없었다.

그런데 이 도깨비 같은 자들에 대한 놀라움은 어느덧 없어지게 되었다. 포경선에서는 놀라움 같은 것은 곧 사라진다. 왜냐하면 이러한 삼계三界를 방랑하는 포경선을 목표로 하고 이 지상의 별별 구석구석에서 누구인지도 알 수 없는 괴상한 인종들이 모여들기 때문이다. 또 배 자체도 바다에서 판자 또는 난파선의 조각, 노, 포경 보트, 통나무배, 표류중인 일본 정크, 뭐든지 타고 떠돌아다니는 이상한 실업자들을 건져 올린다. 악마 그 자체가 뱃전을 기어올라와서 선실에 들어와 선장과 이야기를 주고받았다 해도 선원실의 선원들이 와자지껄 떠들어 대지 않는다.

그것은 그렇다 치고 도깨비 같은 선원들은 약간의 간격을 두면서도 곧 다른 선원들 사이에 섞이게 되긴 했지만, 머리를 터번 식으로 둘둘 감은 페들러만은 끝까지 괴이한 수수께끼에 싸여 있었다. 그가 이 훌륭한 사회의 어디서 뛰어들어 왔는지, 어떤 이상한 인연으로 에이허브의 기구한 운명과 결부되는 몸이 되어버렸는지, 아니 막연하기는 하나 에이허브에게 어떤 힘을 떨쳐 하나의 권위를 나타내게 되었는지는 모두 설명할 수는 없었다.

그러나 이 페들러에게 무관심할 수는 없었다. 온대 기후에 사는 문명인들은 꿈에서, 아니 매우 희미한 꿈에서밖에는 그와 같은 사람을 만나지 않는다. 그러나 이런 인간이 태곳적 그대로의 아시아 사회, 특히 대륙의 동쪽인 극동極東의 여러 섬에서 때로 출몰한다. 그 유구 불변悠久不變인 섬들에는 요즈음에도 지구 초창기의 원시적인 기이함을 많이 보존하고 있고, 인류 선조의 기억도 아직 분명하게 남아 있으며, 사람들은 모두 어디서 왔는지 모르지만 서로를 하나의 정령으로 바라보고 태양이나 달을 향해 무엇 때문에, 그리고 무엇을 위해 만들어졌느냐고 묻는다. 창세기에 의하면 천사들은 인간의 딸과 어울리고, 한편 유대 율법학자들의 말에 따르면 악마들도 지상의 애욕에 탐닉했다고 한다.

제51장 이상한 물보라

며칠이 지나고 몇 주일이 지났다. 고래뼈로 장식된 피쿼드호는 순풍을 받으면서 천천히 네 해역, 곧 아조레스 군도, 베르데스 곶, 리오데 라플라타 하구의 플레이트해, 그리고 세인트헬레나섬 남쪽의 캐롤 바다를 지나갔다.

그 캐롤 바다를 달리고 있었을 때의 어느 조용한 달밤, 파도는 은빛의 두루마리처럼 일렁이고 물보라는 사방으로 흩어져, 처량하기보다는 마치 은빛 침묵이라고나 할 만한 것이 깃들어 있었다. 이처럼 적적한 어느 날 밤, 뱃머리에서 부서지는 흰 물방울이 아득히 먼 앞쪽에서 보였다. 달빛을 받아서 무엇인가 천상의 것, 날개 돋친 광명의 신이 바다물결에서 솟아오르는 것처럼 보였다. 맨 처음 이 물뿜기를 발견한 것은 페들러였다.

이런 달밤에 이 사나이는 큰 돛대 꼭대기에 올라가서 대낮인 양 망을 보는 것이 버릇이었다. 그러나 밤에 고래 떼가 보였다 하더라도 감히 보트를 내려 쫓으려는 자는 백 명 중에 단 한 사람도 없을 것이다. 따라서 이 늙은 동양인이 달빛에 그 터번을 비추면서 한밤중에 느닷없이 공중에 서 있는 것을 보았을 때, 선원들이 어떤 감정을 품었을까를 여러분들도 쉽게 추측할 수 있을 것이다.

그러나 몇 밤을 걸쳐 한마디도 하지 않고 반드시 몇 시간씩 돛대 꼭대기에서 지내던 그가 침묵을 깨뜨리고 달빛을 받은 은빛 물뿜기가 보인다고 괴상한 소리를 지르는 것을 들었을 때, 누워 있던 선원들은 한 사람도 남김없이 마치 날개 달린 정령이 삭구에 내려와 앉아서 사람에게 말을 걸기라고 한 것처럼 벌떡 일어났다.

"물뿜기다!"

마지막 심판의 말이 귀에 들렸다 해도 선원들은 이처럼 떨지는 않았을 것이다. 그러나 그것은 두려움 때문이 아니라 오히려 환희에 찬 것이기조차 했다. 비록 생각지도 않은 시각이었으나 그 외침은 가슴에 호소하듯이 파고들어와 미칠 듯한 흥분을 불러일으켰으므로 갑판 위에 모인 선원들은 거의 모두 본능적으로 보트를 내리고 싶은 열망에 사로잡혔다.

한편 에이허브는 갑판 위를 옆으로 나는 듯이 걸으면서 윗돛대 맨 위의 돛과 모든 보조 돛을 달라고 명령하고, 가장 숙련된 자를 키 앞에 세웠다. 이리하여 모든 돛대에 돛이 달리고 완전히 긴장한 배는 바람을 안고 달렸다. 뒷갑판 난간께를 스치고 불어와 모든 돛을 부풀게 하는 미풍은 배를 들어올려 흔들곤 했으므로 갑판은 마치 발밑으로 공기가 흘러가는 것처럼 되어 공중에 뜬 것같이 느껴졌다.

그래서 배는 두 힘, 곧 하나는 천상으로 밀어올리려 하고, 또 하나는 수평선 위의 어딘가에 좌우로 흔들면서 보내려 하는 그 상반된 힘에 휘둘리는 것처럼 격하게 전진하였다. 누구라도 그날 밤 에이허브의 얼굴을 관찰했다면, 그의 속에도 상반된 두 힘이 맞서고 있음을 보았을 것이다.

살아 있는 쪽의 다리는 정기에 찬 울림을 갑판 위에 두드려 대는 한편, 죽은 쪽의 다리는 관椁을 두드려 대는 듯한 소리를 냈다. 이 노인은 생과 사의 두 세계를 걷고 있었다. 배는 쾌속으로 돌진하고 모든 사람의 눈동자에서는 화살과 같은 격렬한 빛이 나오고 있었는데, 그날 밤 그 은빛 물뿜기는 두 번 다시 보이지 않았다고 단언한다.

며칠이 지나 이 심야의 물뿜기가 거의 잊혀졌을 즈음, 고요한 시각에 또다시 외치는 소리가 났다. 이때는 모두가 확인하고 쫓아가려고 돛을 달고 보니 처음부터 있지도 않았던 것처럼 없어지고 말았다. 며칠 밤인지를 이렇게 우리를 희롱했기 때문에 마침내 사람들은 누구 하나 상대를 하지 않게 되어 그저 이상한 것이라고만 생각하였다. 고요한 달빛 속에서, 또는 별빛 속에서 괴상하게 물을 뿜어 올렸는가 하면, 하루 종일, 아니 이틀도 사흘도 전혀 그림자를 나타내지 않았으며, 이상하게도 다시 명료하게 나타났다가는 항상 배의 앞쪽 아득히 먼 곳을 가고 있는 이 물보라는 영원토록 우리를 유혹하려는 것처럼 생각되었다.

선원들 사이에서 전통적으로 성행하는 미신적인 사고방식, 또 어떤 일에도 피쿼드호를 휘덮는 것처럼 생각되는 초자연적인 불가해, 그런 것이 서로 합쳐진 것일까? 배 안의 일부 선원들은 그것을 본 것이 언제 어디이든, 어떤 시간의 간격을 두고 나타나건, 또 어떤 경도나 위도의 간격을 두고 나타나건, 늘 저 이상한 물뿜기야말로 어떤 고래 하나가 뿜어올리는 것, 즉 그 백경의 짓이라고 단언하였다. 한동안은 이 신출귀몰하는 변화에 공포가 배를 사로잡았고, 그것이야말로 저 바다의 괴물이 우리를 앞으로 이끌어서, 마지막에는 가장 멀고 가장 거친 바다 끝에서 되돌아서 덤벼들어 죽여버리려는 것이라는 생각도 들었다.

그 무렵 이러한 기우는 참으로 막연하나마 두려움에 차 있었고, 더구나 이상할 정도의 조용한 날씨가 계속 역효과를 초래해서 야릇한 예감을 더해 오기까지 했다. 그 음울한 정적의 밑바닥에 무언가 악마의 주술이 숨겨진 것처럼 생각되었고, 이 지루하게 적적한 고요 속에 싸인 바닷속을 며칠이고 계속 달릴 때 모든 천지가 우리의 복수의 뜻을 시기하여 뼈항아리 모양의 이 뱃머리 앞에서 그 생기를 버리고 말았다고 생각되었다.

그러나 이윽고 동쪽으로 향했을 때, 희망봉의 폭풍은 우리 주위에서 미친 듯이 짖어 대고, 우리는 그 용솟음친 높은 파도 사이에서 희롱당했다. 고래뼈로 장식된 피쿼드호는 심한 바람에 세게 비틀거리면서 미친 듯이 어두운 파도를 가르고, 이윽고 튀어오르는 물보라는 은조각의 소나기처럼 뱃전을 넘었다. 이리하여 진공 같은 생의 쓸쓸함은 사라져버렸지만 그 대신 찾아온 것은 더 한층 처참한 광경이었다.

뒷갑판 가까운 물속에서는 이상한 모양의 물체가 눈을 스쳐 이리저리 날고, 우리의 뒤쪽에는 어쩐지 수상한 가마우지 물새가 많이 날고 있었다. 아침마다 용층줄에 나란히 앉아서 아무리 소리를 질러 보아도 언제까지고 고집스럽게 그 삼베줄에 매달려 있었다. 이 배를 표류하는 무인선이라고 생각하고 황폐하게 내버려진 이곳이야말로 집 없이 떠도는 자기들의 보금자리로 만들기에 적당하다고 생각했던 모양이다. 암흑의 바다는 마구 소용돌이치고 한시도 멈추지 않았다. 그 넓은 파도는 양심이며, 지금 그 거대한 세속의 영혼이 자신이 오랫동안 길러 온 죄와 고뇌에 몸부림치고 슬퍼하는 것 같았다.

사람들은 왜 희망봉이라고 부르는 것일까? 옛날 그대로 위난봉(危難峰, 바스코 다가마가 처음 지은 이름)이라는 이름이야말로 아주 어울린다. 이제까지 오랫동안 이 끔찍스러운 침묵에 홀린 채 이 거친 바닷속에 내던져진 일동은, 저 새들이나 이 물고기들이야말로 죄업을 진 자들이 환생한 것으로서 물고기는 쉴 바위 그늘도 없이 영원히 헤엄쳐 다니고, 저 새는 지평선도 보지 못하고 캄캄한 하늘을 날아야 하는 업보를 짊어지고 있다고 보았다. 그러나 저 물보라는 눈처럼 희고 조금도 변하지 않은 채 깃 같은 샘을 하늘에 세우고 우리를 앞으로 손짓해 부르며 가끔씩 모습을 나타냈다.

이 어두컴컴한 날씨가 계속되던 날에, 에이허브는 바람이 마구 부는 위험한 갑판의 지휘를 거의 혼자 도맡았으나 휴식도 거의 취하지 않고, 말할 수 없이 음울하고 고독한 모습으로 항해사들에게 말을 거는 일도 적어졌다. 이와 같은 거친 날씨에 배의 윗돛대 꼭대기의 물건들도 모두 걷어치워버린 뒤에는, 해야 할 일이라곤 다만 폭풍의 결과를 지켜보는 일뿐이었다.

선장도 선원도 모두 숙명론자가 되었다. 에이허브가 그 상아뼈 한쪽 다리를 언제나 구멍에 집어넣고, 한 손으로 단단히 밧줄을 붙잡고 몇 시간이고 서서 바람 불어오는 곳을 가만히 응시할 때, 때로 비나 눈을 동반하고 불어오는 질풍은 그 눈꺼풀을 거의 얼어붙게 했다.

선원들은 뒷갑판을 넘쳐와 부서지는 거친 파도에 쫓겨 앞돛대 쪽에서 도망쳐 와 가운데 갑판의 뱃전에 나란히 서서 풍랑의 난을 피하기 위해 난간에 매어진 용총줄로 몸을 묶고 느슨해진 끈으로 묶인 것처럼 흔들리고 있었다. 거의 한마디도 말을 하는 사람이 없었다. 밀랍을 바른 선원들을 태운 것처럼 침묵의 배는 매일 번쩍이며 기뻐 날뛰는 악령의 거친 파도를 헤치고 나갔다.

밤이 되어도 대양의 울부짖음을 앞에 둔 인간의 침묵은 풀리려고 하지 않았다. 선원들은 여전히 벙어리처럼 용총줄에 달라붙었고, 그리고 에이허브도 말없이 폭풍에 맞서 있었다. 기력이 쇠퇴해졌다고 생각될 때도 그는 해먹에서 휴식을 취하려고 하지 않았다.

스타벅은 어느 날 밤, 청우계晴雨計를 조사하러 선장실에 들어갔을 때 본 그 노인의 모습을 잊을 수가 없다고 했다. 마룻바닥에 못질을 한 의자에 눈을 감고 굳은 것처럼 앉아 있었는데, 조금 전까지 뒤집어썼던 폭풍의 빗방울이며 진눈깨비를 어전히 털지 않아 쓰고 있는 모자와 외투에서는 물방울이 뚝뚝 떨어지고 있었다. 옆의 테이블에는 언젠가 이야기한 조류와 해류의 지도가 펼쳐진 채 놓여 있었다. 굳게 움켜쥔 손에서는 등불이 흔들리고 있었다. 몸체는 꼿꼿했지만 머리는 뒤로 젖혀져 있어서 그 감은 눈은 천장의 들보에 매달린 '키 각도 표시기' [1]의 바늘을 보고 있었다.

'무서운 늙은이다!' 하고 스타벅은 전율하며 생각했다. 이 폭풍 속에 잠자

---

1) 선장실 나침의(羅針儀)는 '키 각도 표시기' 라고 불린다. 키의 나침반까지 가지 않아도 선실에서 배의 진로를 가르쳐 주기 때문이다.

면서도 집념에 찬 그 눈은 목적을 노리고 있는 것인가.

제52장 알바트로스호

희망봉의 남동쪽 머리큰고래 어장으로 이름 나 있는 크로제트 군도 해역의 절해絶海에서 '알바트로스' 라는 이름의 배를 보았다. 그 배가 천천히 다가옴에 따라 앞돛대의 높은 곳에 있던 나는 원양어업의 풋내기의 눈을 휘둥그렇게 하기에 족한 광경, 곧 오래 고향을 떠나 바다에 떠돌아다니고 있는 포경선을 멋있게 바라보았다.

파도가 표백술사漂白術士라고나 할지, 그 배는 마치 육지에 밀려 올라온 바다코끼리의 뼈처럼 창백해져 있었다. 이 유령 같은 배의 모습은 뱃전 가득히 붉게 녹이 슬어 줄무늬가 나 있고, 돛대 활대나 삭구의 종류는 모두 하얗게 서리가 내린 나뭇가지 같았다. 아래쪽만 돛이 달려 있었다. 그 세 돛대의 꼭대기에 있는, 수염이 덥수룩한 망보기들의 모습도 보기에 끔찍할 정도였다. 그들은 짐승가죽에 싸인 것처럼 보였고, 거의 4년 동안의 항해에 견뎌낸 그 의복은 거의 다 해어지고 낡아 있었다. 돛대에 박힌 쇠고리 옆에 서서 그들은 깊이를 알 수 없는 심해 위에서 흔들리고 있었다.

그 배가 우리 배의 뒷갑판에 닿을듯 말듯하게 천천히 미끄러져 왔을 때, 공중에 있는 우리들 여섯 사람이 이 배의 돛대 꼭대기에서 상대편 배의 돛대 꼭대기로 뛰어 옮길 수 있을 만큼 접근했다. 그때 아래쪽에서는 뒷갑판의 동료들이 외치는 소리가 들렸는데도 그 배의 절망에 빠진 것 같은 세 선원은, 곁을 지나칠 때 우리들을 멍하니 바라볼 뿐, 이쪽 망보는 선원에게 한마디 말도 던지지 않았다.

"여어이! 백경을 보지 못했나?"

그러나 그 이상한 선장은 그때 창백한 뱃전에 기대어 서서 신호나팔을 입에 대려 하고 있었는데, 웬일인지 그것은 손에서 굴러서 바다로 떨어지고 말았다. 때마침 바람이 심하게 불었기 때문에 그가 나팔 없이 뭐라고 외쳐 봐야 들리지 않았다. 그 동안에도 배는 자꾸자꾸 멀어져 갔다. 피쿼드호의 선원들은 다른 배에 백경을 보지 못했느냐고 묻자마자 일어난 이 재수 없는 일을, 자기들은 똑똑히 보았다는 것을 서로의 눈빛으로 주고받고 있었다. 그러나 에이허브는 잠시 장승처럼 우뚝 서서 심한 바람만 불지 않았다면 보트를 내려 상대편 배에 옮겨 타려 하는 것 같았다.

그러나 바람이 불어오는 쪽의 위치를 이용해서 다시 신호나팔을 손에 들었다. 상대편의 배를 보아 머지않아 귀국하는 낸터킷의 배라고 생각하고 큰 소리로 불렀다. "여어이! 이 배는 피쿼드호다. 세계를 도는 거야. 사람들에게 말해주게. 이제부터 편지는 태평양 쪽으로 보내라고 말일세. 고향으로 돌아오지 않느냐 하거든 3년 후에나 보자고 말해주게. 주소는⋯⋯."

그 순간 두 배의 뱃길은 분명히 서로 가로질렀다. 그러자 며칠 동안 우리들의 뱃전을 조용히 헤엄치고 있던 얌전한 작은 물고기의 무리는 지느러미를 떠는 것처럼 하며 달아나서 상대편 뱃전의 뱃머리에서부터 뒷갑판 쪽으로 나란히 줄을 지었다. 다년간 항해한 에이허브이므로 이와 비슷한 광경도 종종 보았음에 틀림없었지만, 편집광적인 인간에게는 극히 사소한 일도 때에 따라서는 의미 깊은 일이 되거나 한다.

"이놈들, 너희들 내게서 달아나는구나." 물속을 유심히 들여다보며 에이허브는 중얼거렸다. 그 말 자체엔 별다른 의미가 포함되어 있는 것 같지 않았지만, 그 맘투에는 이 늙은 미치광이가 지금까지 표현한 일이 없는 깊은 비애가 담겨 있었다. 그러나 그때까지 배의 속도를 늦추기 위해서 바람을 향해 조종하고 있던 키잡이쪽을 돌아보고 또다시 늙은 사자의 목소리로 소리쳤다. "키를 바람 부는 쪽으로! 바람을 안고 온 세계를 달려라!'

온 세계를! 그 울림에는 자신감을 불러일으키게 하는 그 무엇이 있었다. 그러나 그 세계 회항回航의 끝은 어디라는 것일까? 그것은 다만 우리가 출발한 곳까지 수없는 어려움을 무릅쓰고 돈다는 것, 결국은 우리가 버리고 온 편히 사는 사람들이 항상 우리 앞쪽에 있다는 것이다.

이 세계가 무한대의 평면이어서, 동으로 동으로 달리면 영원히 새로운 땅의 끝에 가게 되고, 사이클라데스섬(지중해의 에게 해에 있는 군도)도 솔로몬섬(뉴기니아 동쪽에 있는 군도)도 미칠 수 없는 즐겁고 진기한 경치를 발견한다면 이 항해도 기대할 것이 있다. 그러나 꿈에 그리는 아득한 신비와는 거리가 멀게, 느닷없이 나타나 인간의 가슴을 스치고 돌아다니는 저 마성의 괴물을 숱한 고난을 겪으며 그저 뒤쫓을 뿐이다. 그들을 쫓아 지구를 한 바퀴 돌아도, 그들은 우리를 황량한 미로 속으로 이끌든지, 아니면 중도에서 전복시켜 버릴 것이다.

제53장 갬

에이허브가 그 포경선에 가지 않은 표면상의 이유를 우리는 이렇게 들었다. 즉, 바람과 파도가 폭풍의 징후를 보이고 있기 때문이라는 것이다. 그러나 그런 경우가 아니었다 해도 결국 그 배에는 가지 않았을 것이다. 그 후 비슷한 경우를 당하여 그가 취한 행동으로 판단해 볼 때, 큰 소리로 부르는 동안 자신의 질문에 대해 부정적인 대답을 얻었기 때문이라는 것이 된다.

사실 후에 판명된 일이지만, 에이허브는 그토록 열심히 듣기를 바라고 있는 소식에 도움이 될 듯한 경우를 제외하고는 다른 배의 선장과는 잠시 동안이라도 상대하려 하지 않았다. 그러나 이러한 모든 일도 이역異域의 바다, 특히 공해 어장에서 만나는 포경선의 독특한 습관임을 전혀 모른다면 이상하게 들릴 것이다.

두 이방인이 뉴욕 주의 파인 배런이나 그에 못지않게 황량한 영국의 솔즈베리 광야에서 만났다고 하자. 그런 인적도 없는 광야를 지나다 만났다면, 그 두 사람은 어떤 일이 있어도 서로 인사를 주고받거나 잠시 걸음을 멈춰 어떤 소식을 알려주기도 하며 잠시 앉아서 함께 쉬기도 할 것이다. 그렇다면 끝없는 바다 위의 '파인 배런'이나 '솔즈베리 광야'에서 포경선 두 척이 같은 해역에서 서로 조우했다고 한다면―쓸쓸한 패닝섬(태평양의 산호초)이나 더 먼 킹스밀 근처라도 좋다―그 경우에 배가 서로 소리를 지를 뿐 아니라 훨씬 가까이에 접근해서 서로 인사를 나눈다는 것은 퍽 자연스러운 일이다. 더구나 같은 항구에 소속되고, 그 선장이나 고급 선원이 적지 않은 선원들이 서로 아는 사이이고, 따라서 그리운 고향에 대해서 다할 수 없는 화제라도 있을 경우 너무나 당연한 일이다.

출항한 지 얼마 안 되는 배에는 오래 고향을 떠나 있는 배에 띄운 편지도 맡겨져 있을 것이다. 아무튼 손가락 자국투성이로 너덜너덜해진, 철해 놓은 마지막 신문보다는 1년이나 2년쯤 새로운 것을 받아볼 수가 있을 것이다. 출항해 온 쪽에서는 그 친절에 대한 답례로 이제부터 목표로 삼는 고래어장에 대한 최근의 정보라는, 비할 바 없이 귀중한 자료를 얻을 수 있을 것이다. 또한 모두 똑같이 오랫동안 고국을 떠나 있던 포경선이 고래어장을 지나치는 경우가 있더라도 어느 정도는 이와 비슷하다.

이를테면, 한 배는 지금은 먼 곳에 있는 제삼의 배에서 부탁받은 편지를 가지고 있을지도 모르고, 그 속에는 지금 만난 배에 보내진 것도 섞여 있지 않다고는 할 수 없다. 게다가 고래의 정보를 교환하고 환담을 나눌 수도 있다. 그들의 만남에는 뱃사람끼리의 동정심이 넘쳐 있을 뿐 아니라, 어려움과 위험을 겪으면서 같은 고래를 잡는다는 일종의 독특한 친밀감도 생긴다.

또 국적이 다르더라도, 이를테면 미국 사람과 영국 사람의 경우처럼 쌍방의 말이 통하는 한은 본질적으로 다를 것이 없다. 그렇다고는 해도 그런 교환은 영국 포경선이 소수이므로 그리 자주 일어나지는 않는다. 게다가 만일에 만났다 해도 서먹한 기분이 그 사이를 감돌기 쉽다. 왜냐하면 영국인들은 과묵한 것 같고, 한편 양키들은 자기 이외의 사람들에게는 그러한 덕이 없는 줄 알기 때문이다. 더구나 영국의 고래잡이들은 때로는 도시인인 체하고 미국의 고래잡이들을 멸시하는 풍습이 있고, 키가 크고 힘줄투성이인 낸터킷 사람들이 정체를 알 수 없는 나라의 풍속을 좀 보일라치면, 저놈들은 바다의 시골뜨기라고 한다.

그러나 양키들 전체가 하루에 잡아 죽이는 고래의 수는, 영국 사람들 전체가 십 년 동안에 잡는 것보다 많다는 것을 생각한다면, 사실이지 영국 포경선의 우월감이 어디서 기인하는지 의아하지 않을 수 없다. 이것은 죄 없는 영국 고래잡이들의 작은 약점이라 할 만한 것이므로 낸터킷 사람들도 그다지 마음에 두지 않는다. 또 자기들에게도 약간의 약점은 있을 테니까.

결국 외롭게 바다 위에 떠 있는 모든 배 중에서 포경선이 가장 사귐성이 좋은 것도 무리가 아니고, 또 사실이 그렇다. 그런데 대서양 한복판에서 서로 지나치는 상선 중 어떤 것은 만난 순간에도 인사말 한마디 없고, 훌쩍 소맷부리를 스치며 지나가버리는 그 모습은 브로드웨이의 멋쟁이 한 쌍과 비슷해서, 언제나 서로의 의장艤裝에 대해서만 까다로운 비평을 한다. 한편, 군함은 바다에서 우연히 딱 만나면 우선 요란스러운 인사를 하고 시시덕거리고 하느라고 깃발을 올렸다내렸다 한다.

그쯤 되면, 솔직한 호의라든가 형제다운 애정 같은 것이 그곳에 있으리라고는 여겨지지 않게 된다. 그리고 노예선을 만나게 되면 왜 그렇게 서두르는 모습으로 될 수 있는 대로 서로 빨리 달아나버리고 마는지. 그리고 해적선이 서로의 해골이 그려진 기를 스쳐갈 때, 제일 먼저 던지는 인사말은, 포경선이라면 "몇 통이나 했나?"라고 물어봤을 것을, "몇 놈이나 해치웠나?"라고 한다. 그 대답을 얻기만 하면 총총히 헤어지고 만다. 모두다 누구 못지않은 지옥의 악한들이므로 서로의 악독한 꼴을 보기 싫어하는 것이다.

눈을 돌려 천진난만하고 정직하고, 얌전하고, 상냥하고, 공손하고 활달한 포경선을 보라. 날씨가 온화한 어느 날, 다른 포경선을 만나기라도 하면 어떻게 하는가? '갬'이란 것을 한다. 포경선 외의 다른 배들에는 전혀 없는 일이고 그 이름도 알지 못한다. 우연히 그 말을 들었다 해도 그것을 비웃을 뿐 '불 뿜는 놈들'이니 '기름 짜는 놈들'이니 하고 조롱하는 말을 던지곤 한다. 상선 선원이나 해적, 군함 선원 또는 노예선 선원들이 왜 포경선을 이렇게 한결같이 경멸하나 하는 것은 풀기 어려운 수수께끼다. 해적의 경우를 생각해 본다면, 놈들의 직업 어디에 독특한 영광이 있는지 나는 도무지 알 수가 없다. 물론 때로 화려한 승천을 하지만 그것도 교수대에서가 아닌가. 더구나 저 독특한 형식에 의해서 높이 올라간다 해도 그 비약엔 충분한 발판이 없다. 따라서 그가 고래잡이보다 높은 곳에 있다고 자랑할 때 그 주장에는 확고한 근거가 아무것도 없다고 나는 단언한다.

그러면 '갬'[1]이란 무엇인가? 사전의 이곳저곳을 뒤지는 집게손가락이 다 닳는다 해도 여러분들은 그 단어를 찾아낼 수 없을 것이다. 존슨 박사(영국의 사전 편찬자)도 거기까지는 박식하지 못했고, 노아 웹스터 씨의 방주(方舟, 웹스터 사전을 말함.) 속에도 그것은 적혀 있지 않다. 그럼에도 불구하고 이 말이야말로 거의 1만 5천 명의 순수한 양키들에 의해서 오랫동안에 걸쳐 늘 사용되어 오고 있는 것이다. 정말로 정의가 내려져야 할 말이고 '사전'에 올려야만 한다. 이런 견해에 따라서 내가 이 자리에서 학문적인 정의를 내리도록 허용하여 주기 바란다.

그리고 이 '갬'에 대한 다음 사항도 빠뜨릴 수 없는 한 항목이다. 모든 직업에는 각각 자질구레한 이상한 습관이 있는데, 포경업도 예외일 수가 없다. 해적선, 군함, 노예선에서는 선장 또는 함장이 보트를 탈 때는 항상 뒷갑판에서 가장 안락한, 때로 방석이 깔린 자리에 앉아 끈이나 리본으로 장식한 화사한 키자루를 잡고 조종하거나 한다. 그러나 고래를 잡는 보트에는 그런 뒷갑판의 좌석이 없고, 그런 안락의자 같은 것도 없고, 키자루 따위도 없다. 포경선장들이 중풍을 앓는 늙은 참사회원들처럼 바퀴 달린 특별 의자로 물위를 돌아다녔다면 그야말로 가관일 것이다. 그리고 고래잡는 보트에서는 그런 여성다운 키자루 같은 것은 결코 허용되지 않는다. '갬' 때는 선원은 모두 보트를 저어 나가야 하며 따라서 키잡이, 즉 작살잡이가 그 가운데 있는 셈이니까 이때는 그가 보트를 조종하게 되는 셈이어서 선장이 앉을 자리는 없으며, 언제나 소나무처럼 우뚝 선 채 방문하게 된다.

흔히 보면 이때 서 있는 선장은 양쪽 배에서 주어지는 눈길, 다시 말해서 보이는 온 세계의 눈길이 자기에게 집중되고 있음을 의식하려고 다리를 힘있게 버티고 자신의 위엄을 지키려고 기를 쓴다. 이것은 결코 쉬운 일이 아니다. 뒤에서는 제일 뒤의 노가 무릎을 치면서 나왔다들어갔다 한다. 앞뒤로 이렇게 완전한 궁지에 몰려서 다만 양다리를 벌리는 것으로 옆으로 버틸 수

---

1) 갬(Gam)—명사. 두 척(또는 그 이상)의 포경선의 사교적 방문 교환(交歡). 대개 어장에서 행해진다. 그런 경우 환호를 주고받은 뒤 양쪽 배의 선원들은 서로 만나는데, 두 선장은 한쪽 배 위에, 두 일등 항해사는 다른 쪽의 배 위에서 잠시 머문다.

밖에 없다. 그러나 갑자기 보트가 심하게 흔들리며 기울어져 그를 쓰러뜨리기도 한다. 아무리 발판을 넓게 벌렸다 해도 그에 맞을 만한 폭이 없으면 아무 소용이 없다. 두 막대기의 각도를 아무리 벌려 봐야 세울 수 없는 것과 마찬가지이다. 그런데 또 굳이 말한다면, 이 다리를 벌리고 선 선장이 세계의 주시 속에서 손으로 뭔가를 움켜쥐는 것으로 극히 조금이라도 안정을 기하려 한다면 그건 안 될 일이다. 물론 그는 공중에 떠서 태연자약한 모습으로 과시하려고 대개는 양손을 바지 호주머니에 찌르고 있는데, 아마도 대역을 하고 있을 것이다. 그러나 간혹 가다가 대단한 위기—이를테면, 갑자기 질풍을 만난 선장이 제일 가까이에 있는 노잡이의 머리카락을 움켜쥐고 사신死神처럼 매달렸다는 일도 종종 있다고 한다.

제54장 타운호호의 이야기
― '황금 여인숙에서의 이야기' ―

희망봉과 그 주위 일대의 해면은 넓은 하이웨이의 네거리와도 비슷해서 다른 데서는 생각할 수 없을 만큼 많은 나그네를 만난다.

알바트로스호에 소리를 친 후 얼마 되지 않아 역시 귀향길에 있는 포경선 타운호호를 만났다. 그 선원들은 거의 모두 폴리네시아 사람이었다.

그때의 짧은 갬에서 그들은 백경에 대해서 유익한 소식을 알려주었다. 이 타운호호의 사람들이 말한 이야기 가운데서 때때로 어떤 사람들을 덮친다는 신의 심판 같은 것을 놀랍게도 고래에게서 당할 수 있다는 것이 은연중에 느껴져, 그 때문에 백경에 대한 감정에 자극을 받은 사람도 적지 않았다.

그 이야기는 이제부터 말하려는 비극의 비밀을 이루고 있다 할 수 있겠는데, 끝내 그것은 에이허브 선장과 항해사들의 귀에는 들어가지 않았다. 아니, 그 이야기의 비밀 부분은 타운호호의 선장도 알지 못했다. 그 배에서 동맹을 맺은 세 백인 선원들 사이에서만 지켜지고 있었는데, 그 중 한 사람이 태슈테고에게 가톨릭 교회의 비밀 구전식으로 속삭인 모양이었다. 그런데 그 다음 날 밤 태슈테고는 잠꼬대를 하면서 대부분을 누설해 버려 잠이 깨었을 때는 아무래도 그 나머지를 감추고 있을 수가 없었다. 그러나 그것은 모든 것을 알게 된 피쿼드호 선원들의 마음에 무서운 힘으로 덮쳐와 그들은 이상하리만큼 미묘한 힘에 사로잡혔으므로, 그 비밀을 굳게 지키게 되어 절대로 피쿼드호의 큰 돛대 뒤에까지 전해지지 않았다.

이제부터 나는 배 위에서 공공연하게 서로 주고받은 이야기 중간중간에 적당한 어두운 실을 섞어 짬으로써 그 괴이한 사건의 전모를 최후의 기록으로 남기려 한다.

나 자신의 유머를 살리고자, 언젠가 리마 시에서 내가 어느 성자聖者의 축제 전야에, '황금 여인숙'의 두터운 금빛 타일을 깐 넓은 뜰에서 담배를 피우며 태평스레 빙 둘러앉은 스페인 친구들을 상대로 이야기하던 때의 말투와 똑같은 투로 이야기하려 한다. 그 훌륭한 신사들 중에서 젊은 페드로와 세바스티안이 나의 가까운 친구였다. 그러니까 그들은 가끔 질문을 하고 그에 응해 적당히 대답도 하는 그런 형식이었다.

"여보게, 이제부터 내가 이야기하려는 사건은 내가 처음에 이 사건을 알게 된 때보다도 더 옛날인 2년 전쯤에 있었던 일이네. 타운호호라는 낸터킷의 말향고래를 잡은 배가 이 태평양을 돌아다녔단 말일세. 그것은 이 황금 여인숙에서 서쪽으로 가면 며칠 걸리지 않는 적도 북쪽 근처였다네. 항해일지에 의하면 어느 날 아침, 매일 하는 펌프질을 하고 있으려니까 아무래도 보통 때와는 달리 선창에 물이 많은 것 같더란 말일세.

그래서 모두들 황새치가 구멍이라도 뚫었나 보다고 생각했단 말일세. 그런데 선장은 어찌된 셈인지 그곳의 바다에는 뭔가 기막힌 운이 기다리고 있을 거라고 생각했단 말이야. 그래서 그곳을 빠져나가길 싫어했다네.

물이 새는 것도─폭풍이 약간 일어 바다가 거칠긴 했지만 무리를 해서 밑바닥까지 조사해 보았지만 도무지 어디서 새는지 알 수가 없었다네. 아무튼 그다지 무서운 일은 아닐 거라고 생각되었네. 배는 항해를 계속했고, 선원들은 가끔 생각난 듯이 태평스럽게 펌프질을 했지. 그러나 행운이 다가온 게 다

뭔가? 며칠이 지났지만 물이 새는 곳이 어딘지 도무지 발견되지 않았고, 물만 눈에 띄게 불어나더란 말일세. 그런 형편이었으므로 선장도 약간 허둥대기 시작해서 모든 돛을 다 올리게 하고 군도 가운데서 가장 가까운 항구로 달리게 했지. 거기서 배를 끌어올려 수선하려는 계획으로 말일세.

항구까지는 가깝지 않았지만 펌프는 아주 좋았고, 서른여섯 명의 선원들이 가끔 교대로 움직이고 있으니까 운이 아주 나쁘지만 않다면 비록 갑절로 물이 새더라도 도중에 배가 가라앉을 걱정은 없었다네. 정말 그 항해는 거의 처음부터 끝까지 바람 운은 좋았으므로 누구나 실패하지 않고 그 항구까지 무사히 당도할 수 있으리라고 생각했네. 그런데 비니야드섬 출신인 항해사인 래드니라는 사나이가 무자비한 횡포를 부리지 않고, 그런 그에게 버팔로 태생의 건달이면서 호수의 사나이인 스틸킬트가 크게 원한을 품지만 않았더라면 그렇게 될 수 있었을 걸세."

"호수의 사나이? 버팔로? 이봐, 호수의 사나이란 뭐요? 버팔로가 어디 있소? 가르쳐 주구려." 하고 가만히 흔들리는 멍석에서 몸을 일으킨 돈 세바스티안이 물었다.

"이리호湖 동쪽 기슭이지, 돈…… 그러나 잠깐 기다려 줘. 이제 모두 알게될 테니까. 들게나, 자네들의 칼라오(페루의 항구 도시) 항구에서 마닐라까지 먼곳을 어떤 배에도 지지 않는 크고 탄탄한 사각돛에 돛대가 셋인 배를 타고 있던 이 '호수의 사나이'는 말일세. 아메리카 대륙 한복판인 깊숙한 곳에서 나왔으면서도 바다에서나 하는, 말하자면 약탈해서 나눠 먹기식의 근성을 갖고 있었단 말일세. 왜냐하면 우리나라의 민물바다, 그러니까 이리호湖, 온테리오호, 휴런호, 슈피리어호, 미시간호는 모두가 이어져 있어 그것을 하나로 합치면 큰 바다에 지지 않을 정도로 넓어 그것을 에워싼 인종과 풍토는 각양각색이지.

폴리네시아의 바다와 같은 재미있는 군도도 흩어져 있는데 넓은 관점에서 보면, 마치 대서양처럼 양쪽 기슭에 두 대국이 대치하고 있는 셈이지. 동쪽으로는 그 기슭에 흩어져 있는 미국의 여러 식민지로 가는 수로水路가 나 있어 여기저기에 요새나 딱딱한 매키노 포대砲臺가 얼굴을 찌푸린 표정으로 서 있었고, 해전의 승리를 알리는 은은한 포성이 울린 적도 있었지만 때로는 무서운 야만인이 기슭까지 올라와서 짐승 가죽으로 만든 천막 그늘에서 붉게 칠한 얼굴을 얼씬거리고 있었지. 기슭에는 몇 리그씩이나 사람이 들어간 적도 없는 태고의 숲이 계속되었고, 고트왕의 계도系圖처럼 굉장한 소나무가 우거져 있었는데, 그 숲에는 아프리카 못지않은 맹수며 타타르 왕의 옷감으로 수출하는 은피銀皮의 짐승들이 살고 있었지. 그런가 하면 돌을 깐 버팔로며, 클리블랜드의 도시는 윈네바고 마을과 함께 호수에 그 그림자를 드리우고 있었다네. 굉장히 큰 상선도 떠 있었고 무장한 군함도, 증기선도, 호숫가를 도는 통나무배도 있었다네. 돛대를 부러뜨리는 북풍이 불면 어느 바다에도 지지 않을 만큼 굉장한 파도가 일기 때문에 난파선 같은 것은 신기할 것도 없다네. 육지가 보이지 않으니 어둠 속에서 울부짖는 선원들의 울음소리와 함께 가라앉은 배도 있었네.

스틸킬트란 놈은 육지에서 자랐다고 해도 거친 바다 태생이고, 거친 바다에서 자란 어느 뱃사람 못지않을 만큼 대담했다네. 그리고 다음은 래드니인데, 이놈도 어린 시절에는 조용한 낸터킷의 바닷가에서 자라 어머니처럼 바다에다 응석을 부렸을 테지만 나이를 먹은 후로는 오랫동안 거친 대서양과 조용한 태평양을 마구 달려왔단 말일세. 심술궂고 싸움 잘하기란 사슴뿔 자루가 달린 사냥칼을 쓰던 지방에서 갓 올라온, 저 처녀림 출신의 선원과 조금도 다름이 없다네.

그렇지만 말일세, ㄱ 낸터킷 사나이도 어딘가 마음이 좋은 구석이 있었고, 그 호수의 사나이인 뱃사람도 악마 같은 놈임에 틀림없었지만 아주 엄하게 눌러서 때로는 아무리 천한 노예에게라도 보여줘야 할 인간다운 동정심을 보여줬더니, 오랫동안 나쁜 짓을 하지 않고 얌전하더란 말일세. 그런데 래드니는 벌을 받아 미치광이가 되었고, 스틸킬트는…… 여하튼 들어보게나.

타운호호가 섬 항구로 뱃머리를 돌리고 나서 겨우 하루나 이틀이 지났을 때, 다시 또 물이 심하게 샜는데 그래도 매일 한두 시간 펌프질을 하면 되었다네. 자네들도 알겠지만, 대서양 같은 문명의 바다에서 항해할 때는 내내 펌프질을 한다는 것을 그다지 생각하지 않는 선장도 있지만 졸린 잔잔한 밤에 당직 선원이 그 일을 멍청하게 잊기라도 하면 선장뿐 아니라 그 배에 탄 선원 전부가 그 일을 두 번 다시 생각해낼 수는 없을 걸세. 선원들은 모두 살그머니 바다 밑으로 가라앉아 버리게 될 테니까. 아니, 자네들이 있는 데서 훨씬 서쪽의 쓸쓸하고 거친 바다에서는 상당히 오래 항해하더라도 어떻게든 접근할 수가 있을 만한 바닷가가 있다든가, 그렇게 알맞은 피난처가 있기만 하다면 덜커덩거리는 펌프질을 줄곧 한다는 것은 그다지 신기할 것도 없어. 다만 물이 새는 배가 항로에서 벗어나고도 해면의 육지를 전혀 느낄 수 없는 곳에 왔을 때나 비로소 선장이 조금 걱정할 정도니까 말일세.

타운호호도 대개는 그랬다네. 두 번째로 물이 많이 새는 것을 발견한 때도 선원 몇 사람만이 잠깐 근심했을 정도였지. 항해사 래드니가 가장 근심했다네. 돛을 높이 달고, 순풍을 가득히 부풀게 하라고 명령했다네. 이 래드니란 사나이도 설마 겁쟁이는 아니었을 것이고, 우리가 흔히 생각할 수 있는 어떤 무서움을 모르는 태평한 자에게 못지않게 자기 몸의 위험에 대해 겁먹지 않는 배짱도 있었을 거라고 나는 생각하네.

그러니까 배가 위험하지 않느냐고, 래드니가 근심을 털어놓았을 때는 그야 저놈은 배에 투자를 한 사람 중의 하나니까 그렇다고 말하는 놈들도 있었다네. 그래서 모두가 그날 밤 펌프질을 하고, 펌프에서 뿜어나오는 거품은 갑판을 흘러서 바람 불어가는 쪽의 배수 구멍에서 튀어나와 마치 산의 샘물처럼 맑은 물이 찰싹거리고 발밑을 씻어 갈 때 소곤거리긴 했지만 모두가 그런 말을 농담 삼아 이야기하고 있었다네.

그런데 자네들도 잘 아는 일이지만, 물 위이건 어디이건 우리의 습관으로서 말일세. 사람 위에 서서 지휘하고 있는 사나이가 그 아랫사람 속에, 통념으로 판단하건대, 사람됨이 훌륭해서 자기보다도 확실히 하나 위라는 자가 있다면, 그자에 대해서 누를 수 없을 정도의 혐오와 시기심을 무턱대고 갖게 되고 기회만 있으면 그 아랫사람의 거만스러움을 끌어내려서 짓밟고, 쓰레기 같은 사람으로 만들어버리려 하는 법이네. 그런데 나의 이런 철학이야 어쨌든 좋다 치고, 스틸킬트란 놈은 체구가 당당한 훌륭한 짐승이었어. 머리는 로마 사자 같고, 텁수룩한 금빛 수염은 자네들 총독의 사나운 말의 술 장식 같았

284

다네. 재주니 정열이니 정신은 모두가 말일세, 만약 샤를마뉴 대제의 아버지의 아들로 태어나기라도 했다면 스틸킬트 샤를마뉴가 되었다 해도 손색이 없었을 걸세.

그런데 항해사인 래드니는 당나귀처럼 못생겼단 말일세. 그런 주제에 고집스럽게도 앞뒤 생각 없이 함부로 날뛰며 심술궂었단 말이야. 그 래드니가 스틸킬트를 싫어했는데 스틸킬트도 그것을 알고 있었다네. 이 호수의 사나이가 여러 사람들과 함께 펌프질을 하고 있을 때 항해사가 가까이 다가오고 있는 건 알았지만 일부러 모르는 체하며 겁먹지 않고 언제나처럼 터놓고 빈정거리는 말을 했다네.

'이거 보게나, 모두들. 이젠 굉장히 새는군. 누구 잔 좀 가져오지 않으려나? 이걸로 한잔하고 싶군. 아무리 보아도 병에 담을 가치는 있어. 그렇지만 모두 들어보게. 래드니 놈의 신세가 꼴좋아지겠는걸. 자기 몫으로 선체의 나무토막이나 잘라서 집으로 가지고 가면 다행일 거야.

안 그런가? 황새치란 놈이 일을 막 시작했던 모양인데 이번에 배 목수고기니 목탁수구리니 쥐취 같은 악당들을 데리고 와서 여럿이 합세하여 배 밑을 뚫고 자르고 하는가 본데, 몹시 속력을 내는 것 같아. 점점 성과를 거두는 모양이야. 래드니가 여기 있다면 뛰어들어가서 쫓으라고 가르쳐 주고 싶군. 모처럼의 재산이 소용없게 되어버리고 말 테니까 말이야. 그래도 래드니란 늙은이는 사람이 좋거든. 그리고 남자답잖아. 그자는 이 배 외에도 거울 제작에 투자를 한다더군. 우리 같이 못생긴 사람에게 코 모양이라도 잠깐 빌려주지 않을까?

'이놈아! 펌프질하지 않고 뭘 하는 거야?' 래드니는 선원의 말을 못들은 체하고 마구 소리를 질렀다네. '힘껏 해!

'네네.' 스틸킬트는 귀뚜라미처럼 명랑했지. '힘껏 하란 말이야, 모두.' 그래서 쉰 개나 되는 펌프는 갑자기 소방消防 펌프처럼 움직이고 모두들 모자도 벗어 던지고 곧 잔뜩 긴장한 자세였는데 야릇한 숨소리까지 들려왔다네.

간신히 모두가 펌프 옆을 떠났을 때, 호수의 사나이는 숨을 헐떡이며 양묘기가 있는 데까지 가서 털썩 주저앉았는데, 얼굴은 불처럼 타오르고 눈에 핏발이 서고 이마에선 땀이 비 오듯 흘러 그 땀을 닦고 있었다네.

그런데 그때 래드니가 숨이 턱에 닿아 헐떡이는 사나이에게 덤벼든 것은 도대체 어떤 검은 악마에 씌웠는지 모르지만, 아무튼 그렇게 되어버렸다네. 화가 나서 갑판을 걸어온 그 항해사가 명령한 것은 비를 들고 갑판을 쓸어라, 그리고 마구 돌아다니게 했던 돼지가 사방에 흐트러놓은 오물을 삽으로 치우라는 것이었다네.

그런데 항해중 갑판을 씻는 것은 폭풍이 불지 않는 한은 매일 저녁 반드시 해야 할 정해진 일로 바야흐로 침몰하려는 배라도 게을리해서는 안 된다는 규칙이 있다네. 이것이야말로 바다의 습관의 엄중함이란 것과 뱃사람의 청결성을 나타내는 걸세. 물에 빠져죽기 전에 얼굴을 씻어 두지 않으면 마음이 개운치 않다는 사람까지 있을 정도일세. 그러나 어떤 배에서도 이 비질이란 으레 급사들이 하기로 되어 있는 법일세. 게다가 지금 이 타운호호에서 펌프 담당으로 반을 편성한 것은 힘센 사람들뿐이었는데, 스틸킬트는 그자들 중에서도 가장 힘센 사나이였으므로 당연히 대장이 되어 있었다네. 그러니까 그 동료들과 똑같이 순수한 항해의 일 이외의 자질구레한 일 따위는 하지 않아도 되었다네. 내가 이런 말을 하는 것도 지금 두 사나이의 사이가 정말 어느 정도에 이르고 있는가를 알아주었으면 해서 하는 걸세.

그뿐 아닐세. 삽일을 하라는 명령은 그야말로 노골적으로 스틸킬트를 전면에서 모욕한 일, 즉 래드니가 얼굴에 침을 뱉은 것이나 다름없었네.

포경선에 탄 사람이라면 그걸 모를 리가 없네. 호수의 사나이는 이뿐 아니라 이보다 더한 것을 항해사에게 명령받았을 때, 그 뱃속에 담아 두었던 걸세. 그러나 한동안은 조용히 서서 성질 나쁜 항해사의 눈을 가만히 응시하고, 상대의 몸속에는 화약 상자가 산처럼 쌓여 있어 도화선이 서서히 타들어 가려는 것을 알았을 때, 다시 말해서 그런 것을 육감으로 알아냈을 때 기묘한 참을성…… 이미 잔뜩 화가 나 있는 상대에게 이 이상 미친 사람 같은 흉내를 내지 못하게 하려는 마음, 이런 마음씨는 정말 용기 있는 자만이 몹시 학대받았을 때도 뱃속에 지니고 있는 모양인데—바로 이 걷잡을 수 없는 유령 같은 감정이 스틸킬트에게도 흘러들어왔다고 생각해 주게나.

그러니까 조금 전의 피로로 숨이 약간 헐떡거리긴 했지만 언제나 아무렇지도 않은 태도로, 갑판 청소는 자기가 할 일이 아니니까 안 할 생각이라고 대답했다네. 그리고 나서 삽일에 대해서는 아무 말도 하지 않고, 청소부로 정해진 세 사람이 펌프질도 하지 않았기 때문에 거의 하루 종일 빈둥거리고 있는 것을 손가락으로 가리켰지.

그러자 래드니는 단호히 명령을 되풀이하면서 화가 잔뜩 나 덤비는 듯한 태도로 마구 욕을 퍼붓고는, 조용히 있는 호수의 사나이에게 바짝 다가서며 옆에 있는 상자에서 쥐고 온 나무망치를 한손으로 번쩍 쳐들었다네.

고된 펌프질을 해서 땀에 흠뻑 젖은 스틸킬트의 몸은 활활 타서 성이 잔뜩 나 있었고, 처음에는 참을성도 있었지만 항해사의 그 태도를 보고는 참을 수 없을 정도였다네. 그러나 어떻게든 몸속에 소용돌이치는 불을 누르며 아무 말도 하지 않고 그 자리에 뿌리를 박은 것처럼 서 있었는데, 래드니는 끝내 무서운 기세로 명령대로 하라고 고함을 치며 얼굴에 닿을듯 말듯이 망치를 휘둘렀다네.

스틸킬트는 움직이기 시작해서, 양묘기 주위에서 고집스럽게 망치로 위협을 하면서 따라붙는 항해사에게 천천히 몸을 빼내면서도, 하라는 대로 따를 생각은 없노라고 침착하게 되풀이했다네. 그러나 아무리 참아도 조금도 효과가 없다는 것을 알자, 까닭 모를 그 어떤 무서운 마음이 움직였는지 마구 미쳐 날뛰는 상대를 팔을 굽혀 떨쳐내려고 했으나 아무 소용도 없었다네.

그런 상태로 두 사람은 양묘기 주위를 천천히 한 바퀴 돌았는데, 드디어 이 이상 물러설 수 없다고 각오하고 자신의 성질로는 마지막까지 참았다고 생각되어 호수의 사나이는 단단히 창구艙口에 버티고 서서 항해사를 향해 이렇게 말했다네.

'래드니 씨, 난 싫소. 망치를 버리시오. 안 그러면 위험해요.' 그러나 격한 항해사는 가만히 서 있는 호수의 사나이에게 다가와서 이에 부딪칠 정도로 망치를 휘두르면서 비위에 거슬리는 욕을 퍼부었다네. 스틸킬트는 한치도 물러서지 않고 상대의 눈을 찌를 듯이 매서운 눈빛으로 쏘아보면서 등뒤로 돌려 움켜쥔 오른손을 당기면서 협박자를 향해, 그 망치가 나의 뺨을 조금 스치기라도 하면 네 목숨은 없다고 말했지. 그러나 그 바보는 신께 버림받아 죽을 운명이었던가 보더군. 망치가 뺨을 스치는 순간, 그 항해사의 아래턱에서부터 머리통이 깨져버렸다네. 털썩, 고래처럼 피를 뿜으면서 창구로 쓰러지고 말았지.

고함 소리가 뒷갑판까지 닿기 전에 스틸킬트는 밧줄을 흔들면서 높은 돛대 꼭대기에 있는 두 명의 동료가 있는 데로 올라가려 했네. 두 사람 다 운하의 사나이였다네."

"운하인이라니?" 돈 페드로가 외쳤다. "이 근처엔 포경선은 많이 들어오지만 운하인이라는 말은 들은 적도 없네. 어떤 사람인지 말해 주게나."

"돈, 운하인이란 우리 고향, 대운하의 뱃사람이라네. 들어본 적이 있을 텐데?"

"아닐세. 여보게, 이곳처럼 나른하고 덥고, 태평스럽고 완고한 나라에서는 자네들의 나라인 발랄한 북쪽 지방에 대해선 전혀 알지 못한다네."

"그런가? 그럼 돈, 한 잔만 더 따라 주게. 이건 무척 고급술이군. 그런데 이야기를 계속하기 전에 운하인이 어떤 자인지 가르쳐 줄게. 그것을 알면 내 이야기도 잘 알아들을 테니까."

"생각해 보게. 360마일에 이르는, 뉴욕 주의 전체 폭넓이를 말일세. 번잡한 거리며, 경기 좋은 마을이며, 어디까지 계속될지 모르는 사람이 없는 늪이며, 더없이 농사가 잘되는 비옥한 밭들을 뚫고 나가기도 하고, 유희장이나 술집 처마 밑을 지나기도 하고, 또 신성하기 그지없는 숲을 뚫고 나가기도 하고, 인디언의 강에 걸린 로마식 아치형 다리를 지나기도 하고, 양지며 음지를 달리고, 행복한 사람이나 울고 있는 사람들 옆을 지나 결국 저 굉장한 모하크 지방의 변화무쌍한 경치 속을 꿰뚫기도 하고, 그 중에서도 특히 새하얀 교회당 첨탑 옆을 달리기도 하면서 도도히 끊임없이 흐르는 것은 베니스처럼 타락하고 때로는 법률도 모르는 생활의 흐름이라네. 진짜 아샨티인(아프리카 황금 해안 깊숙이 사는 토인)도 있을 것이고 이교도들도 있을 것이네. 그걸 어디서 볼 수 있느냐 하면 바로 코앞이기도 했고, 교회당의 긴 그림자며 기분 좋은

288

바람 그늘이기도 했다네. 운명의 장난인지는 몰라도 도시의 재판소의 청사 주위에 도적놈들이 모여 사는 것이 신기하지 않은 것처럼, 죄인들은 신의 냄새가 풍기는 곳에 가장 많은 법이라네."

"신부가 왔구나." 익살맞게 목을 비스듬히 기울이고 있던 돈 페드로가 혼잡을 이룬 광장 쪽을 바라보았다.

"북국의 친구들은 좋아하겠지만 이 리마 거리에선 이사벨라 여왕님의 종교 심문도 이미 쇠퇴하고 있단 말이야." 돈 세바스티안이 웃었다. "다음을 이야기해 주구려."

"잠깐만 기다리게." 돈 페드로가 외쳤다. "우리 리마 시민 전부를 대신해서 자네에게 말하고 싶은 게 있네. 선원님, 타락의 증거로 먼 베니스를 들고 와서 지금의 리마를 이용하지 않은 친절을 우리는 결코 잊지 않을 거네."

"아니, 놀라서 절까지 안 해도 좋아. 이 해안 일대의 속담을 알고 있을 걸세, '리마처럼 타락한다.' 는 것 말일세. 그것 또한 자네가 말한 것을 입증하는 걸세. 당구대보다는 교회당의 수가 많고 1년 내내 열려 있으면서 '리마처럼 타락한다.' 란 어떤 건가? 아니, 베니스도 마찬가질세. 난 그곳에 가본 적이 있는데 그 고마운 복음을 쓰신 성 요한의 성스러운 거리를, 성 도미니크님이여, 정결하게 해주소서. 자네의 잔을 내밀게. 자아, 따르겠네. 한 잔 더 꿀꺽 마시게.

이 사람들아, 운하인이 하는 방법을 숨김없이 전부 말하면 굉장한 연극의 주역主役도 못지않을 만큼 매우 지독하고 더할 나위 없이 나쁜 놈일세. 안토니우스처럼 푸른 잔디와 꽃이 만발한 나일강 위로 며칠씩이나 한가하게 떠다니면서 뺨이 붉은 클레오파트라와 공공연히 희롱하거나 갑판에서 살구빛 넓적다리에 볕을 쪼인다네. 그러나 해안에 올라가면 그런 기분은 다 날려버린다네. 보란 듯이 도적의 흉내를 마구 내거나, 화려한 리본이 달린 모자의 앞을 슬쩍 늘어뜨리고 있는 것도 호기롭잖나, 라고 한단 말일세. 배가 지나는 양쪽 마을의 인심 좋고 순박한 사람들은 귀신처럼 무서워하고 그 검은 얼굴과 거친 말에는 사람들도 겁을 먹는다네.

사실은 나도 그 운하에서 방랑한 적이 있었는데 그 사람들 중 한 사람에게 은혜를 입었다네. 그게 몸에 스며왔네. 말할 수 없이 황송하게 생각한다네. 그렇지만 그런 폭력배도 그 나름대로 좋은 점도 있는 법이서, 특히 돈 많은 부자들을 약탈도 하지만 갈 곳이 없는 빈털터리의 후원자도 되는 단단한 팔을 가지고 있다네. 즉, 이 운하인의 생활이 어느 정도 거친가 하는 것을 확실히 알려면 다음 이야기로 충분할 걸세. 우리 포경업에는 이 운하에서 우수한 졸업생이 아주 많이 와 있는데, 시드니(시드니는 원래 영국인 죄수의 유형지)만 제외하면 어느 인류의 종족이라도 그자들만큼 위험시되는 사람들은 없다네. 그리고 말일세, 그 운하를 따라 시골에서 태어난 믿음이 깊은 수천 명의 소년이나 청년들이 조용한 밭일에서 더할 수 없이 야만스러운 거친 바다에서 수확하는 일로 옮겨가는데, 대운하에서 지내는 것보다 더 좋은 견습 기간은 없다는 것도 다만 그저 하는 이야기는 아닐세."

"알았네, 알았어." 서둘러 외치느라 그만 돈 페드로는 은백색 주름깃에 술잔의 술을 엎지르는 낭패를 보고 말았다. "여행을 할 필요는 없을 걸세. 세계는 리마의 도시일세. 사실 여태까지는 말일세. 자네네 북국에서는 인간은 모두 산처럼 차갑고 신성하다고 생각했네만, 자, 이야기를 계속하게나."

"호수의 사나이가 돛줄을 흔든 데서 이야기가 끊겼지? 늦게야 젊은 항해사 세 사람과 작살잡이 네 사람이 갑판으로 몰려나와서 그를 에워쌌다네. 그러자 마성魔性의 혜성처럼 밧줄을 타고 미끄러져 내린 두 운하의 사나이는 소란 속에 끼어들어 동료 사나이를 뒷갑판 쪽으로 끌고 달아나려 했다네. 다른 선원들도 그걸 도우려고 했기 때문에 거기서 난투가 벌어졌는데 씩씩한 선장은 위험구역 밖에 서서 포경창을 휘두르며 날뛰면서 '그 극악한 놈을 잡아 한 대 먹여라. 뒷갑판으로 끌어와라.' 하고 선원들에게 소리 지르고 있었다네. 그러고는 가끔 난투하는 소용돌이의 가장자리까지 와서 큰 도끼로 그 중심을 더듬어 찾으며 증오의 표적을 끌어내려 했다네. 그러나 스틸킬트와 한패인 용감한 놈들은 모두가 덤벼도 지지 않았네. 가까스로 앞갑판에서 물러가서 재빨리 서너 개의 큰 통을 굴려 양묘기와 나란히 놓자 이 바다의 파리혁명당은 바리케이드를 방패로 하고 틀어박혔다네.

'야, 이 해적놈들아 나와라!' 선장은 고함을 치면서 조금 전에 급사가 가져

온 권총을 양손에 들고 위협했지. '살인자, 나와!'

스틸킬트는 바리케이드 위에 뛰어올라가 여기저기를 걸으며 권총으로 무슨 짓을 하건 무섭지 않다는 태도를 보이며, 선장을 향해 분명하게 나를 죽이는 날에는 곧 모든 선원이 반란의 난투극을 벌일 거라고 말했지.

선장은 그것이 실제로 일어난다면 큰일이라고 겁을 먹고 약간 망설이긴 했으나 반란자를 향해서 곧 원래의 일자리로 돌아가라고 호령을 계속했네.

'그렇게 하면 우리에게 손을 대지 않겠다고 약속하겠소?' 하고 수령이 물었네.

'제자리로 돌아가라! 약속은 하지 않아! 돌아가라! 일을 내버려두고 이게 뭔가? 배가 가라앉아도 좋단 말인가? 돌아가라!' 하고 선장은 또다시 권총을 쳐들었지.

'가라앉아요?' 스틸킬트가 외치며 '흥, 가라앉는 게 좋을 거요. 당신이 우리에게 한 가닥의 밧줄도 대지 않겠다고 약속하지 않으면 한 사람도 돌아가지 않을 줄 알아. 어떤가, 다들?' 하고 동료들을 돌아보았네. 모두들 크게 환성을 올리며 그 말에 환호했지.

호수의 사나이는 바리케이드를 순시하면서 잠시도 선장에게서 눈을 떼지 않고 다음과 같은 말을 퍼부었다네. '이게 우리의 죄란 말인가? 우리가 하고 싶어한 일이란 말인가? 망치를 버리라고 했을 뿐이야. 그런 일은 급사가 할 일 아닌가? 잘 알고 있을 텐데? 들소를 놀리지 말라고 해주었단 말이야. 저주받은 저놈의 턱 때문에 내 손가락이 한 개 부러졌어. 이봐 친구, 고기칼(양쪽에 자루가 달린 긴 반달형의 무서운 칼)은 앞갑판에 있었지? 쇠못에 조심하라고. 이봐요, 선장, 조심하쇼. 뭐라고 말 좀 해. 어리석은 짓은 하지 마. 모든 걸 깨끗이 잊어버려. 우린 돌아갈 준비가 되어 있어. 난폭하게 굴지만 않으면 말이야. 그렇지만 매를 맞을 생각은 없어.'

'돌아가! 약속은 안 해. 돌아가라니까!'

'이봐, 이봐!' 호수의 사나이는 팔을 흔들어 대면서 고함을 쳤다네.

'여기 동료들이 몇 사람이 있는데 말이야. 나도 그 중 한 사람인데, 즉 한 항해만 할 약속으로 이 배를 탔다는 건 알고 있을 테지? 그래서 말인데 선장님, 닻을 내리기만 하면 그만두어도 좋을 것 아니겠소? 그러니까 소란을 떨고 싶지 않단 말이오. 그런 것은 재미없으니까. 우린 조용히 끝내고 싶단 말이오. 언제나 부지런히 일할 거요. 그렇지만 매를 맞고 싶지는 않아요.'

'돌아가!' 선장은 여전히 소리쳤지.

스틸킬트는 잠시 주위를 둘러보고 나서 말했네. '선장, 사실을 잘 따져 말하자면 말이오. 당신을 죽이거나, 저런 하찮은 놈 덕분에 목을 달리거나 하고 싶진 않아. 당신 쪽에서 덤벼들지만 않는다면 나도 손을 내놓지 않아. 그렇지만 당신이 매질하지 않겠다고 약속하지 않는 한 일 같은 건 안 할 거야.'

'좋아. 앞갑판으로 내려와, 내려오라니까! 소리를 지를 때까지 거기 처넣어 둘 테다. 이놈아, 내려와!'

'어떻게 할까?' 수령이 일동에게 물었다네. 대다수가 반대했지만, 나중에는 스틸킬트의 말을 듣고 그에게 쫓겨서 내려가 굴속에 들어가는 곰처럼 어두운 움 속으로 으르렁거리면서 사라졌다네.

모자를 쓰지 않은 호수 사나이의 머리가 갑판의 판자와 수평으로 되었을 때 선장과 일당들은 바리케이드 위를 뛰어넘어 구멍의 뚜껑을 급히 닫고 그곳에 일당들을 있게 한 후, 급사를 불러서 갑판 승강구 계단에 달려 있는 큼직한 놋쇠 자물쇠를 가지고 오게 했지. 그러고 나서 뚜껑을 조금 연 선장은 그 틈으로 아래를 향해 뭐라고 투덜거리고 나서 다시 뚜껑을 닫고 쇠를 잠가 모두 열 명을 가두게 되었고, 갑판에는 지금까지 중립을 지키고 있던 스무 명 가량의 사람들만 남게 했지.

밤새도록 고급 선원들 모두가 한잠도 자지 않고 앞갑판과 뒷갑판, 특히 뱃전의 창문과 앞쪽 창구(해치)를 감시하면서 반란자들이 아래에서 칸막이벽을 깨뜨리고 뛰쳐나오는 것을 경계했지. 그러나 아무 일도 없이 밤은 지나가고 일을 맡고 있던 자들은 열심히 펌프질을 하고 그 덜컹거리는 소리는 이따금 기분 나쁜 어둠을 깨뜨려서 온 배 안에 불길한 울림을 퍼뜨리고 있었다네.

해가 뜨자 선장은 앞갑판으로 가서 판자를 두드리며 일자리로 되돌아가라고 죄수들에게 말을 걸었는데 사람들은 일제히 고함을 치며 거절했다네. 그래도 물을 매달아서 내려주고 두 줌 가량의 비스킷도 던져 주었지. 그러고 나

서 선장은 쇠를 잠그고 열쇠를 호주머니에 넣자 뒤쪽으로 돌아갔지. 사흘 동
안 하루에 두 번씩 이 일을 되풀이했지.

그런데 사흘째 되는 날 아침, 전과 같이 점검을 하려는데, 싸우는 소리가
어지럽게 귀에 들려오더니 밑에서 갑자기 네 사람이 뛰쳐나와서 일하겠노라
고 말했다네. 숨막힐 듯한 답답한 공기며, 굶어죽기에 알맞은 음식이며, 더구
나 마지막에 잔뜩 벌을 받게 되리라는 공포로 이들은 생각 끝에 항복하지 않
을 수가 없었던 걸세. 이에 힘을 얻은 선장은 남은 자들에게도 명령을 되풀이
했는데, 스틸킬트가 끔찍한 말을 늘어놓으며 그만 지껄이고 물러가라고 악
을 썼다네. 닷새째 되는 날 아침, 다시 반란자 세 사람이 한사코 말리는 팔을
뿌리치고 바깥으로 뛰쳐나왔지. 남은 자들은 세 사람뿐이었네.

'이렇게 되면 돌아오는 편이 나을걸.' 선장은 냉담하게 비웃었지.

'뚜껑을 닫으라고 하잖아!' 스틸킬트는 외쳤네.

'오! 좋아.' 선장은 이렇게 말하고 쇠를 덜컹 잠갔지.

이때 스틸킬트는 말일세, 지금까지의 일당 중 일곱 명씩이나 달아난 데에
뱃속이 뒤집히고 방금 들은 조롱의 말에 가슴속이 들끓고 절망으로 오장이
타는 듯한 데다 어둠 속에 파묻혀 있었기 때문에 미칠 것만 같았지. 그래서
아직도 남아 있는 두 명의 운하인에게 이번에 점검하러 오면 이 구멍에서 뛰
쳐나가 제각기 손에 고기칼을 휘두르고 첫째 돛대부터 뒷갑판 난간까지 달
려가 배를 뺏을 수 있을지 어떨지 해보지 않겠느냐고 열심히 의논했다네. 너
희들이 함께 하든 안 하든 나 혼자서라도 하겠다고 말했지. 이런 움 속에서
자는 것도 이제 마지막이라고. 그러자 두 사람도 그 계획에 반대하지 않겠다
며 항복하는 게 아니라면 좀더 심한 짓이라도 하겠다고 했단 말일세. 아니 그
뿐만 아니라 돌격하는 순간 제일 먼저 갑판으로 뛰쳐나갈 자는 자기들이라
고 주장했지. 그러나 수령도 조금도 지지 않고 열심히, 선두에 설 사람은 바
로 나야, 특히 너희들 둘 다 양보하지 않으면 사다리는 한 사람밖에 오를 수
없으니까 둘이 나란히 선두에 설 수도 없다고 말렸단 말일세. 결국 이렇게 해
서 무뢰한들의 나쁜 음모가 생겨나게 되었네.

수령이 극구 반대하는 것을 보았을 때 두 사람은 동시에 각기 마음속에 나

쁜 음모를 생각해낸 모양일세. 다시 말해서 10인조의 마지막임에 틀림없었지만, 세 사람 중에서 제일 먼저 뛰쳐나가 항복하고 그 공으로 조금이라도 유리한 항복 조건을 얻어내자는 거였네. 그러나 스틸킬트가 끝까지 선두에 서겠다는 의사를 나타냈을 때 두 사람은 웬일인지 어떤 엉큼하고 교활한 계략에서였는지 서로 숨기고 있던 배신의 뜻을 맞추었지. 수령이 끄덕거리고 졸았을 때 두 사람은 서너 마디로 뱃속을 털어놓았다 싶자 누워 있는 사람을 밧줄로 결박을 지은 뒤에 재갈을 물리고 나서 그 한밤중에 선장을 불렀다네.

이크, 살인이다! 피비린내가 어둠 속에 풍긴다고 생각하며 선장과 무장한 고급 선원들과 작살잡이들은 뒷갑판 다락으로 달려왔지. 이윽고 뚜껑이 열리자 손발이 묶인 채 몸부림치고 있는 수령을 간악한 동지들이 위로 던졌다네. 그러고 나서 살인을 계획한 이 사나이를 붙잡은 공을 잊지 말아 달라고 했단 말일세. 그러나 그놈들도 붙잡혀서 죽은 가축처럼 갑판 위를 끌려다니다가 세 조각의 고깃덩어리처럼 나란히 뒷돛대 줄에 묶여 아침까지 매달려 있었다네. '나쁜 놈들!' 그 앞을 왔다갔다하면서 선장은 마구 고함을 쳤지. '이 악당놈들의 고기는 독수리들도 먹지 않을 거야.'

아침이 되자 전원을 소집시킨 선장은 반란에 가담한 자들을 가담하지 않은 자들 가운데에서 가려내어 그들에게 말했지. '모두 매질을 할 생각이다.', '그렇게 하지 않으면 조리에 맞지 않아.', '그러나 빨리 항복한 걸 생각해서 당분간은 훈계만으로 그치겠다.' 이런 말들을 고향 사투리를 써서 일장 연설을 했다네.

'그러나 너희들 썩은 고기들은……' 그는 밧줄에 매달린 세 사람을 돌아보면서 말했지. '토막토막 난도질을 해서 기름솥에 던져 줄 테다.' 그런 다음 밧줄을 움켜쥐고 두 배신자의 등을 힘껏 후려쳤기 때문에 그들도 나중에는 울부짖을 힘도 없어 십자가에 매달린 두 도둑처럼 목을 축 늘어뜨리고 죽은 사람처럼 매달려 있었다네.

'이제 내 팔목이 뻴 것 같다.' 선장이 마지못해 외쳤다네. '그런데도 너희들은 항복하지 않는단 말이냐! 이 건방진 놈들아! 네놈들을 해치울 밧줄은 아직 남아 있어. 이놈의 재갈을 벗기고 어떤 소리를 지르는지 들어보자꾸나.'

지쳐버린 모반인謀反人은 잠시 턱을 떨고 있더니 이윽고 아픈 듯이 목을 굽히면서 목쉰 소리로 말했지. '이런 소리다…… 조심해…… 매질만 하면 죽이고 말 테다!'

'아가리를 놀렸지? 어디 할 수 있으면 해봐라.' 하고 선장은 밧줄을 잡고 때리려 했네.

'안 하는 게 좋을걸.' 하고 호수의 사나이가 야유를 했네.

'나는 하고 말 테다.' 그는 밧줄을 다시 뒤로 당겨서 후려치려고 했네.

이때 스틸킬트가 뭐라고 목쉰 소리로 말했는데 선장에게만은 들린 것 같았네. 그러자 놀랍게도, 선장은 깜짝 놀라면서 뒤로 물러서더니 두서너 번 갑판을 왔다갔다하다가 갑자기 밧줄을 던지면서 말했네. '난 못 하겠어! 이봐, 이놈을 풀어줘라! 끌어내려.'

그래서 젊은 선원들이 서둘러 그 명령대로 하려고 했을 때 머리에 붕대를 감은 창백한 남자가 그들을 멈추게 했다네. 그는 일등 항해사 래드니였지. 얻어맞은 뒤로 줄곧 자리에 누워 있었는데 이날 아침, 갑판에서의 소란을 듣고 살그머니 기어나와서 지금까지의 모든 장면을 보고 있었던 걸세. 입은 엉망이 되어 있었으니까 거의 말을 할 수 없었지만 뭐라고 중얼거렸는데, 자기가 하고 싶다, 선장은 감히 할 수 없어도 자기가 해보겠다는 것 같더군. 그는 밧줄을 잡고 묶인 원수에게 다가갔네.

'비겁한 놈.' 하고 호수의 사나이는 목쉰 소리를 냈네.

'그렇다. 그렇지만 한 대 먹어라.' 항해사가 한 대 때리려 했을 때 다시 목쉰 소리가 들리고 쳐든 팔이 멈춰졌네. 잠깐 망설였지만 이미 이 이상은 참을 수 없다는 듯 어떻게 된 것인지 모르겠지만 아무튼 스틸킬트의 협박도 두려워하지 않고 말대로 해치웠지. 그래서 세 사람은 풀리게 되고 선원들은 일을 시작하고 우울한 사람들이 움직이는 무쇠펌프가 전처럼 덜컹거리고 울렸다네.

간신히 그 날이 저물고 망보던 사람도 아래로 내려왔을 때, 뒷갑판 다락에서 소란한 소리가 났다고 생각되자, 두 사람의 배신자가 벌벌 떨며 달려나오더니 선장실 문에 매달려 동료들과 함께 일할 수 없다고 했다네. 타일러도 일러도 발길질을 해도 돌아가려 하지 않았기 때문에 자기의 뜻에 따라 뒷갑판에 가둬두고 구해주기로 했지. 그런데 남은 자들이 반란을 일으킬 낌새는 더욱 없더란 말일세. 그뿐 아니라 아무래도 스틸킬트가 부추긴 모양이지만, 더없이 얌전하게, 명령에는 어디까지 복종하고 배가 항구에 닿으면 떼를 지어 탈주할 작정인 것 같았다네.

그런데 항해를 될 수 있는 대로 빨리 끝내기 위해서 또 한 가지 서로 의논한 것이 있었다네. 다시 말해서 고래를 발견해도 소리를 지르지 않는다는 것이었네. 왜냐하면 물이 새고 여러 가지 위난은 있었지만 타운호호에서는 여전히 돛대 꼭대기에서 망보기를 중단하지 않았고 선장은 당장 지금이라도 처음으로 어장에 목을 들이밀었을 때와 마찬가지로 고래만 보면 쫓아가고 싶어서 어쩔 줄 몰랐으며, 항해사 래드니도 역시 언제나 잠자리를 보트로 대신할 생각이며, 입에는 붕대를 감았으면서도 무서운 고래의 턱에 한사코 부딪치고 싶어했기 때문일세.

그 동료들에게 그런 조용한 태도를 취하게 했으나 호수의 사나이 스스로는 심장 한복판에 솟아 있는 적에 대한 복수심을 간직한 채 언제고 복수를 하고야 말겠다는 생각을 가슴속에 깊이 간직하고 있었다네. 이쪽의 불침번은 일등 항해사 래드니의 지휘를 받고 있었네. 그런데 바보 같은 그 사나이는 스스로 파멸에 빠지고 싶었는지 저 돛줄 아래에서 일어난 사건 후에도, 선장이 몹시 말리는 데도 듣지 않고 무슨 일이 있어도 불침번의 지휘를 하겠다고 우겼다네. 그리고 스틸킬트는 치밀하게 복수 계획을 계속 세워 갔단 말일세.

밤이 되면 래드니는 뱃사람답지 않게 뒷갑판 뱃전에 앉는 버릇이 있었는데, 그 뱃전에서 약간 높이 매달아 놓은 보트의 뱃전에 팔을 걸치고 앉았다네. 그런 자세로 가끔 졸고 있다는 것도 모두 알고 있었지. 보트와 배와의 사이는 꽤 벌어져 있고 그 밑은 바다지. 스틸킬트는 목적한 시간을 생각해 보았는데 이번에 키 앞에서 당직하는 날은 배신당한 날부터 사흘째 되는 날 새벽 2시임을 알았네. 갑판 밑의 불침번이어서 한가할 때면 매우 정성들여 뭔가를 짜면서 시간을 보냈지.

'거기서 뭘 하는 건가?' 하고 동료가 물었지.

'뭐라고 생각하나? 뭘로 보이지?'

'자네 수장당할 때 쓸 밧줄인가? 그렇지만 내겐 이상하게 보이는걸.'

'그래, 그럴지도 모르지.' 호수의 사나이는 팔을 뻗쳐 흔들어 보였어.

'그렇지만 충분할 걸세. 이보게, 실이 조금 모자라는데, 자네 좀 없나?'

'뒷갑판 다락엔 조금도 없던걸.'

'그러면 래드니에게 얻어 와야지.' 하고 일어나서 뒤쪽으로 걸어갔다네.

'그자에게서 얻어 와? 자네 제정신인가?' 선원이 말했네.

'어떤가? 이건 말일세, 언젠가는 그자에게 소용이 되는 거라네. 조금쯤 도와주어도 좋을 걸세.' 라고 말하면서 그는 항해사에게로 가서 조용히 얼굴을 들여다보며 해먹을 고칠 꼰 실을 조금만 달라고 했다네. 래드니는 주었지. 그러나 꼰 실도 그 밧줄도 그 뒤엔 보이지 않았다네.

그러나 다음날 밤, 호수의 사나이가 베개 대신 옷을 해먹 안에 집어넣었을 때 재킷 호주머니에서 망으로 단단히 잡아맨 쇠공이 굴러나왔다네. 24시간 후 키가 있는 조용한 곳에서—1년 내내 뱃사람을 위해 파놓은 무덤 바로 위에서 잠들려 하고 있는 사나이 바로 가까이에서—최후의 시간이 오게 되어 있었지. 앞일을 다 내다보고 있는 스틸킬트의 마음속에서는 항해사가 이미 이마가 깨지고 시체처럼 굳어져서 뻗어 있는 것과 같았다네.

그렇지만 뜻밖에도 어느 바보가, 이 살인 미수자가 계획한 피비린내나는 범행을 미연에 방지했다네. 더욱이 완전히 복수를 하고도 스틸킬트 자신은 그 하수인이 되지 않았다네. 그것은 어떤 신비한 운명에 의해 하느님 자신이 끼어들어서 스틸킬트가 하려고 했던 끔찍한 일을 하느님 손으로 한 것과 같았네. 이틀째 되는 날 새벽, 하늘이 훤해지고 해가 돋으려 하여 여러 사람이 갑판을 씻고 있을 때, 큰 돛대 정삭판精索鈑이 있는 데서 물을 길어 올리던 바보스러운 테네리페(대서양의 카나리아 제도의 섬) 사나이가 갑자기 외쳤네. '고래다! 고래다! 과연 굉장한 고래였다네. 백경이었어.'

"백경?" 돈 세바스티안이 외쳤다. "성 도미니크님이여! 제발, 선원님, 고래도 이름이 있나? 백경이란 말인가?"

"돈, 몹시 하얗고 유명한, 그리고 무섭기 짝이 없는 불사신의 괴물이라네.

그러나 그 고래 이야기를 하자면 너무 길어지네."

"듣고 싶은걸, 듣고 싶어." 젊은 스페인 사람은 바싹 다가앉았다.

"아니, 이 사람들아, 안 되네, 안 돼. 그 이야기를 하면 끝이 없네. 제발 좀, 숨을 쉴 수가 없잖나?"

"술이다, 술이야!" 돈 페드로가 외쳐 댔다.

"우리 용사가 기절할 것 같은데, 그 잔에 가득 따라 주게나."

"이제 됐어. 이 사람들아, 잠깐 기다려 주게. 이야기를 계속할 테니까. 배에서 50야드도 떨어지지 않은 저편에 눈처럼 흰 큰 고래가 불쑥 나타났기 때문에 동료들과의 약속도 잊어버리고, 테네리페 사나이는 너무 흥분해서 자신을 잊고 본능적으로 괴물을 보았다고 소리를 질렀네. 그러나 사실은 며칠 전부터 세 개의 돛대 꼭대기에 있던 자들도 보고 잠자코 있었던 걸세. 아무튼 그때는 그야말로 광란 상태였지. '백경이다! 백경이다!' 선장도 선원들도 작살잡이들도 외치면서 무서운 소문에도 겁내지 않고 이 희대稀代의 유명한 고래를 잡으려고 날뛰었다네. 한편 선원들도 투덜거리면서 무뚝뚝하게 그쪽을 쳐다봤는데, 푸른 아침 파도 속에 잠긴 오팔처럼 반짝반짝 움직이고 있어 수평으로 비치는 햇빛에 눈부시게 빛나는 그 우윳빛 산은 기막힐 정도로 훌륭한 것이었다네.

이 사람들아, 이 이야기는 처음부터 끝까지 이상한 운명의 손이 꿰뚫고 있어서 말일세, 마치 이 세상이 만들어지기 전부터 모든 순서가 정해져 있는 것처럼 생각될 정도일세. 모반인은 일등 항해사의 앞 노잡이여서 고래를 쫓아갈 때는 래드니가 창을 들고 뱃머리에 서면 옆에 앉아서 그의 명령이 떨어지기가 무섭게 밧줄을 당겼다 늦추었다 하는 게 그의 역할이었단 말일세.

그때 일등 항해사의 보트가, 내려진 보트 네 척 앞에서 달렸는데, 스틸킬트만큼 노를 저으면서 굉장한 환호성을 질러 댄 사람은 없었네. 작살잡이가 힘껏 저으면서 작살을 던졌을 때 래드니는 창을 쥐고 뱃머리로 뛰어나갔지. 일단 보트를 타면 이 사나이는 말할 수 없이 날쌨지. 붕대를 감은 입으로 고래 등 위에 자기를 올려놓으라고 외쳤다네.

노잡이는 기꺼이 노를 저어 두 개의 흰색이 뒤섞여 자욱이 거품이 이는 속을 바다 밑에 가라앉은 산봉우리 끝 같은 곳까지 보트를 부딪쳐 크게 한번 흔들어 기울이고, 서 있던 항해사를 떨어뜨렸다네. 항해사가 미끈미끈한 등에 떨어진 순간 보트는 원래의 자리로 돌아가 출렁이는 물결에 밀려서 떨어져 갔지. 그런데 래드니는 고래 옆 저쪽 파도 속으로 굴러갔단 말일세. 물방울이 마구 튀는 속으로 헤엄쳐 나와 자욱한 물보라 속에 언뜻 보였을 때는 백경의 눈에서 달아나려고 필사적인 몸부림을 치고 있었네. 그러나 고래는 큰 소용돌이를 일으키며 한 바퀴 빙글 돌고 나서 턱으로 래드니를 문 채 높이 솟구치더니 그 다음 거꾸로 곤두박질쳐서 물속으로 사라지고 말았다네.

한편 호수의 사나이는 보트 바닥이 크게 삐걱 소리를 내자마자 밧줄을 늦추고 소용돌이에서 달아나며, 조용히 이런 광경을 바라보면서 마음속으로 계략을 꾸몄지. 그러나 보트가 갑자기 무서운 기세로 아래로 당겨졌기 때문에 재빨리 나이프를 꺼내 밧줄을 끊었다네. 결국 고래는 달아나버렸지. 잠시 후 꽤 멀리 떨어진 곳에서 백경은 다시 떠올라 왔는데, 래드니를 짓씹은 이빨에는 빨간 털셔츠 조각이 끼어 있었다네. 네 척의 보트는 다시 한 번 추적하기 시작했지만 고래는 슬쩍 빠져나가서 끝내 두 번 다시 나타나지 않았다네.

그 후 얼마 안 있어 타운호호는 어느 항구에 당도했는데 그곳은 쓸쓸한 야만지여서 문명인 따위는 한 사람도 없는 곳이었다네. 거기서 호수의 사나이가 먼저 선동하고 나서니 선원들 대여섯 명을 빼고는 거의 모두 교묘하게 야자나무 숲속으로 달아나버렸다네. 나중에 안 사실이지만, 그들은 야만인의 전투용 이중 통나무배를 보기좋게 빼앗아서 어딘가의 항구로 가버렸다네.

배에 남아 있는 선원이 대여섯 명 정도밖에 되지 않았기 때문에 선장은 섬의 토인을 찾아서 물 새는 곳을 막기 위해서 배를 뒤집는 어려운 일을 도와달라고 했다네. 그런데 몇 사람 되지 않은 백인으로 이 위험하기 짝이 없는 일을 돕는 사람들을 밤낮으로 꼬박 지켜야 했고, 게다가 일은 매우 어려운 일이었으므로 배가 다시 바다로 떠나려고 했을 때는 모두 녹초가 되어버리고 말았다네. 이런 무거운 배를 이 사람들만으로 출범시킬 용기는 선장에게도 없었다네. 선장은 항해사들과 의논한 후 배를 될 수 있는 대로 해안에서 먼 곳에 띄우고 대포에 탄환을 재어, 뱃머리에 두 문의 대포를 내밀고 뒷갑판에는 소총을 나란히 놓았지. 그리고 토인에게 가까이 접근하면 위험하다고 위협하여 그 중 한 사람을 인질로 하고 나서, 고래 추적용 보트 중 가장 좋은 보트를 타고 순풍을 받으며 5백 마일 떨어진 타히티섬으로 가서 선원을 보충하려고 했단 말일세.

나흘 가량 달렸을 때 얕은 산호초에 정박해 있는 것 같은 큰 통나무배가 보였다네. 선장은 그것을 피하려 했지만 그 난폭한 배는 이쪽으로 접근해 오더니 갑자기 스틸킬트가 나타나 큰 소리로, '배를 세워라, 그렇지 않으면 가라앉히겠다.'고 했다네. 선장은 권총을 꺼내 들었지. 호수의 사나이는 나란히 선 두 척의 통나무배의 뱃머리를 한 발씩 밟고 코웃음을 치며 권총이 '찰칵' 소리라도 내는 날에는 물거품 속에 죽어버리게 될 거라고 말했다네.

'어떻게 하라는 건가?' 선장이 외쳤지.

'어디로 가지? 어쩔 작정으로 가나? 솔직히 말해.' 스틸킬트가 물었다네.

'선원이 모자라서 타히티섬으로 가네.'

'좋아, 잠깐 네 배에 타겠다. 싸움은 하지 말자.' 그는 통나무배에서 뛰어내려 보트로 헤엄쳐 와서 뱃전을 기어올라 선장 앞에 버티고 섰다네.

'팔짱을 껴라. 머리를 들어, 자, 내가 말하는 그대로 따라서 되풀이해. 스틸킬트가 배에서 내리면 저 섬에 이 보트를 대고 6일 동안 그대로 있겠소, 그게 잘못되면 천벌을 받겠소, 이렇게 서약해.'

선장은 어쩔 수 없이 그의 말대로 따라했다네.

'좋아, 썩 잘했어.' 호수의 사나이는 이렇게 말하고는 웃으면서 '잘 가오, 나리.'라고 말하고 바다로 뛰어들어 동료들이 있는 데로 돌아갔지.

그 보트가 완전히 해안에 닿아 야자나무 밑에 끌어올려지는 것을 보고 나서 스틸킬트는 돛을 달고 자기도 가기로 되어 있던 타히티섬에 곧 닿았지. 운이 좋았는지 마침 프랑스를 향해서 출항하는 배가 두 척 있었고, 더구나 스틸킬트가 이끄는 사람만큼의 선원이 필요한 참이었다네. 그렇게 해서 배를 타게 되었으니, 설사 적의 선장이 법률적인 제재를 가하려 하더라도 이에 대해 최후까지 선수를 치고 만 걸세.

프랑스의 배가 출항한 후 열흘이나 지나서 선장의 보트가 도착했지. 선장은 다소 개화된 타히티 토인 중 바다 경험이 조금 있는 자를 고용해야 했다네. 섬에 있던 작은 범선을 빌려 가지고 본선까지 돌아와 보니 본선이 무사히 그대로 있었으므로 다시 항해를 계속하기로 했다네. 스틸킬트가 지금 어디 있는지 아는 사람은 아무도 없네. 그러나 낸터킷의 섬에선 말일세, 래드니의 미망인이 사람을 삼키면 절대로 토해내는 법이 없는 바다를 지금도 바라보며 남편을 죽인 끔찍한 백경을 꿈에서 본다는군."

"그것으로 끝났나?" 돈 세바스티안이 조용히 물었다.

"그렇지."

"그럼 부탁인데 말일세, 지금 이야기한 자네 말이 정말 실화인지 아닌지 털어놓지 않겠나? 너무 굉장한 이야기니까 말일세. 자네는 믿을 수 있는 곳에서 들은 건가? 좀 치근치근한 것 같지만 너무 나무라지는 말게."

"아니, 우리 전부가 돈 세바스티안과 같은 기분이니까 화내지 말게."

주위의 사람들도 모두 흥분해서 외쳤다.

"여기에는 성서 한 권도 없나?"

"없네."라고 돈 세바스티안이 말했다. "그러나 이 근처에 친절하신 목사님이 계시니까 부탁하면 빌려주실 걸세. 가지러 가겠네만, 자네 제정신인가? 너무 수선스럽군그래."

"여보게, 오는 길에 그 목사님도 모셔다 줄 수 없겠나?"

"오늘날 리마에선 이단자 심문이란 건 없는데." 한 친구가 소곤거렸다. "이 선원은 목사놀이를 할 작정인가 봐. 달빛으로 마음이 이상해질 것 같으니 모두 안으로 들어가세. 그렇게까지 하지 않아도 좋잖겠나?"

"돈 세바스티안, 졸라서 미안하네만, 부탁이니 제일 큰 성서를 가져다주면 좋겠네."

"목사님일세. 성서를 가지고 오셨다네." 돈 세바스티안은 키가 크고 엄숙하게 생긴 사람을 데리고 와서 말했다. "모자를 벗겠습니다. 목사님, 좀더 밝은 데로 가 제가 성서에 손을 올려놓을 테니 성서를 받쳐 주십시오."

"신이여, 굽어 살피시옵소서. 나의 명예를 걸고 맹세하겠는데, 내가 이제까지 말한 이야기는 중요한 대목대목이 진실일세. 진실이라고 내가 알고 있는 까닭은 그런 일이 이 지구상에 생겨서, 나는 그 배를 방문하고 그 선원들을 알게 되었기 때문일세. 나는 래드니가 죽은 뒤에도 스틸킬트를 만나서 이야기도 했다네."

제55장 괴상한 고래 그림에 대해서

이제 나는, 캔버스는 없지만 될 수 있는 대로 고래의 모습을 정확하게 여러분들 앞에 그려 내고자 한다. 즉, 고래가 포경선 옆에 바싹 끌어 당겨져서 그 위를 걸을 수 있게 되었을 때의 고래의 분명한 정체를 고래잡이들의 눈에 비친 그대로 말하고 싶다. 그러니까 그 전에, 옛날부터 오늘에 이르기까지 육지 사람들의 마음을 어지럽히던 괴상하고 공상적인 고래의 모습에 대해서 이야기하고자 한다. 지금이야말로 그러한 고래의 그림이 모두 허망하다는 것을 밝히고 그 잘못된 점을 밝혀두어야 할 때다.

그런 이상한 그림의 근원이 되는 것은 모두 인도·이집트·그리스의 옛 조상彫像에서 나온 듯하다. 사원의 대리석 경판鏡板, 조상의 대석臺石, 그 밖에 방패며 작은 메달이며 술잔이며 화폐 등의 표면에 회교 왕의 갑옷 같은 육중한 쇠사슬 갑옷과 성 조지(그리스도교의 순교자) 같은 투구를 쓴 돌고래가 그려진 저 독창적이고 황당무계한 시대부터 오늘날까지 그러한 엉터리 그림이 고래 그림뿐만 아니라 많은 과학적 설명에까지 마구 그려져 왔다.

그런데 고래라고 그린 고대화의 유물 중 가장 오래된 것은, 인도의 거상굴 불탑에서 볼 수 있다. 브라만의 교도들이 주장하는 바로는 그 막연한 태곳적 탑에 새겨진 무수한 고래의 조상은 인간의 온갖 사업과 상업이 이 세상에 실제로 나타나기 훨씬 이전부터 그려졌다고 한다. 그렇다면 우리의 숭고한 포경업이 어느 정도 거기에 어렴풋이 암시되어 있었다고 해도 이상할 게 없을 것이다. 이 힌두 고래 그림은 벽의 각 면에 그려져 있는데 보통 화신化身 마츠라고 불리는, 거경의 모습을 빈 범천(梵天, 고대 인도의 최고 신의 하나)의 나타남이라고 한다. 그러나 이 상은 반인반경半人半鯨이라고 하지만 꼬리 부분만이 고래인데, 그 부분은 완전히 잘못 그려져 있다. 마치 큰 뱀의 꼬리 끝처럼 뾰족하여, 실제 고래의 웅대한 꼬리 모양은 지니고 있지 않다.

그러나 오랜된 화랑에 발길을 옮겨 위대한 그리스도교 화가가 어떻게 이 물고기를 그렸는가를 보면, 이것은 고대 인도인과 비교해서 조금도 잘 그리지 못했다. 그것은 바다의 괴물 또는 고래에게서 안드로메다를 구하는 페르세우스를 그린 구이도(이탈리아 화가)라는 사람의 그림인데, 도대체 구이도는 이런 기묘한 생물의 모델을 어디서 만났다는 것일까? 아니 호가스(윌리엄 호가스. 영국의 화가)도 역시 그의 〈페르사우스의 구조救助〉에서 같은 장면을 다루고 있는데 조금도 진보를 보이고 있지 않다. 이 통통하게 살이 찐 호가스적 괴물은 수면에서 몸부림치고 있지만 거의 1인치도 물에 잠겨 있지 않다. 등에는 코끼리에게 올려놓는 가마 같은 것이 붙어 있고 이빨투성이인 딱 벌린 입에 파도가 감겨들어가는 꼴이란 템스강에서 수로로 런던탑으로 통하고 있는 모반자 문謀反者門과 같다. 그리고 옛 스코틀랜드의 시발드(의사이며 자연과학자)의 서설序說에 고래가 나오며 또 옛 성서의 판화나 옛 교과서의 삽화에 요나의 고래가 그려 있다.

그것들을 뭐라고 평하면 좋겠는가? 예나 지금이나 많은 책의 뒷면이나 표지에 인쇄되어 금빛으로 장식된 고래가 가라앉아가는 닻 막대기에 포도 덩굴처럼 감겨 있는 그림은 아름답기는 하지만 터무니없이 그려진 것이고, 고대의 화병에 그려져 있는 그림을 흉내내어 그린 것이라고 생각한다.

그럼에도 불구하고 그 물고기를 고래라고 하는 것은 맨 처음에 고래를 그리고자 시도된 그림으로서 세상에 선보였기 때문이다. 그것은 15세기경에 이탈리아 출판사가 문예부흥기에 소개한 것인데, 당시는 물론 훨씬 뒤의 근대까지 돌고래를 거경의 한 종류라고 세상 사람들은 생각했던 것이다.

몇몇 고서의 속표지 그림이나 장식 그림에서 볼 수 있듯이, 그 외에도 실로 기묘한 고래의 시작試作이 있고, 거기에는 분수, 분천, 온천, 냉천, 사라토가 온천, 바덴바덴 온천과 같은 종류의 물보라가 고래 머릿속에서 거품을 내며 올라오고 있다. 〈학문의 진보〉의 초판본 표지에서도 이상한 고래 그림을 볼 수 있다.

그러나 이런 비전문가의 시도는 덮어두고라도 고래를 알고 있는 사람들의 진지하고도 과학적인 의도에 입각하여 그린 그림을 죽 훑어보기로 하자. 1671년 출판된 해리스의 항해기 중에는 〈프리슬란드인 선장 피터슨이 이끄는 요나 고래호의 스피츠베르겐 포경기〉라는 네덜란드 책에서 뽑은 고래의 그림이 몇 점 실려 있다. 그 중에는 고래가 마치 큰 재목 다발처럼 되어서 큰 얼음덩어리 위에 누워 있고, 그 큰 고래의 등위를 백곰이 뛰어 돌아다니고 있는 것이 있다. 또 하나의 그림은 고래가 수직으로 선 꼬리지느러미를 가지고 있다는 터무니없는 표현을 하고 있다.

그리고 영국 해군의 함장 콜넷이 쓴 당당한 4절판본 〈말향고래 포획업 확장을 위한 혼 곶에서 남해에 이르는 항해〉라고 제목을 붙인 책이 있다. 거기에는 '말향고래의 그림, 1793년 8월 멕시코 해안에서 잡혀 갑판에 끌어올려진 고래의 축소도' 라는 그림이 있다. 내가 생각하기에는 아마 함장은 부하인 해병들을 위해서 이 사생도를 그리게 했을 것이다.

이에 비해서 단 하나만 비평한다면 그 고래의 눈은 다른 부분의 축소율에 비해서 말향고래와 같은 실물대의 크기를 지니고 있어, 만약 같은 비율로 실물에 적용한다면 거의 사방 5피트의 창문 같은 눈을 고래가 갖는 셈이 된다. 아아, 용감한 함장님! 어째서 당신은 그 눈알 속에서 요나가 내다보고 있는 그림을 그리지 않았습니까?

그리고 자녀 교육을 위한 가장 양심적인 박물관의 편찬물들도 이와 비슷한 무서운 잘못을 저지르고 있다. 세상에 널리 알려진 골드 스미스의 〈동물지〉를 보라. 1807년의 런던 축소판에 '고래' 또는 '외뿔고래' 라 부르는 그림 몇 가지가 실려 있다.

나는 무례한 자라는 말을 듣고 싶지 않지만 이 볼품없는 고래는 사지가 절단된 암퇘지와 똑같고, 외뿔고래에 이르러서는 히포그리프(반은 말이고 반은 독수리 모양의 상상적인 동물)와 다름없으니 19세기에 사는, 조금이라도 지혜가 있는 학생들이 이걸 진정한 고래라고 받아들일까, 하고 첫눈에 사람들은 놀라고 말 것이다.

또 1825년에 대박물학자인 라세페드 백작 베르나르 제르맹이 과학적이고 체계적인 고래의 연구서를 냈는데, 그 책에는 여러 종류의 고래 그림이 수록되어 있다. 그러나 그 모두가 정확하지 않다. 그 중에서도 특히 그린란드고래, 즉 큰고래에 대해서 말하자면 오랜 경험으로써 그 종류를 잘 알고 있는 스코어스비도 이런 것은 자연계에서 본 적이 없다고 놀라워했다.

그러나 이런 갖가지 착오 가운데서도 최고의 영예는 유명한 퀴비에 남작의 동생인 학자 프레데릭이 차지해야 할 것이다. 그는 1836년 고래의 연구서를 출판하면서 거기에 말향고래라고 하는 그림을 수록했는데, 그 그림을 낸터킷의 어느 누구에게라도 보이려고 생각하는 사람은 그전에 낸터킷에서 달아날 준비를 해둘 필요가 있다. 한마디로 말해서 프레데릭 퀴비에의 말향고래는 말향고래가 아니라 정체를 알 수 없는 그 무엇이다. 물론 그는 그런 부류의 사람들이 대개 그렇듯이 포경 항해를 한 일조차 없는데 도대체 어디서 그 그림을 끌어내왔는지 짐작도 할 수 없다.

아마도 그는 학계의 선배 데마레와 같은 곳에서, 다시 말해 중국의 그림들에서 그 전통적인 괴물을 얻었을 것이다. 그리고 저 중국인들에게 붓을 들게 한다면 얼마나 유쾌한 장난꾸러기가 될 것인가 하는 것은, 수많은 이상한 찻잔이나 접시가 보여주는 그대로이다.

거리의 기름가게 앞에 매달려 있는, 간판장이가 그린 고래 그림에 대해서는 뭐라고 하면 좋겠는가. 그것들은 대개 단봉單峰의 혹을 지닌, 흉악한 리처드 3세 고래라고 할 만하고, 서너 명의 선원을 파이로, 다시 말해서 선원이 가득찬 만원 보트를 아침식사로 먹고 핏빛과 짙은 남색의 파도 사이에 엎치락뒤치락하는 추한 괴물이다.

그러나 고래를 그리는 데 있어 그러한 수없는 오류도 그다지 놀랄 일이 아니다. 많은 학술서의 그림은 해안에 끌어올려진 고래를 보고 그린 것이며, 그 정확도는 부서진 난파선이 위풍당당하게 의장을 차리고 있는 배로 표현된 정확도와 같은 정도일 것이다. 코끼리는 자신의 모습을 모두 나타내며 서지만 살아 있는 고래는 결코 온몸을 바다 위에 떠올려 초상을 그릴 수 있도록 해주지 않는다. 그 위용과 정신력이 빛나고 있는 고래는 깊이를 알 수 없는 바닷속 깊은 곳이 아니면 볼 수 없다. 떠올랐을 때는 그 대부분은 물에 감추어져 있으며 전투함과 마찬가지이다.

물속으로부터 그의 온몸을 공중에 치켜올려 힘차게 세련된 펄떡이는 모습을 그대로 유지하게 하는 것은 인간의 재주로는 도저히 불가능하다. 또한 아기고래와 다 자란 거경과의 형태의 차이야말로 매우 큰 것일 테지만, 그것은 그대로 두고라도 그 젖먹이 아기고래가 배에 던져 올려진 경우를 생각해 보아도 그놈의 몸은 기괴할 정도로 뱀장어처럼 부드러워서 변하기 쉬우므로 아마 자기 자신도 그 정확한 몸의 형태를 파악할 수는 없을 것이다.

그러나 해안에 끌어올려진 고래의 시체에서 그 체형의 정확한 시사를 받을 수 있으리라고 생각하는 사람도 있을 것이다. 그러나 그것은 어림도 없는 일이다. 왜냐하면 그것은 고래라는 놈의 기묘한 특성으로서 그 골격은 도무지 그 전체의 형태를 나타내고 있지 않기 때문이다.

제러미 벤담(영국의 법학자이자 철학자. 자신의 해골을 런던 대학에 기증했다.)의 해골은 그의 유언 집행인 중의 한 사람의 서재에 촛대 대신으로 매달려 있는 모양인데, 그것은 엄격한 얼굴의 늙은 공리주의자 모습을 바르게 전하여 그의 풍모의 주요한 특성을 남김없이 나타내고 있겠지만, 고래의 골격으로는 그런 것은 절대로 기대할 수 없다.

사실 헌터(스코틀랜드의 의학자)도 말했듯이, 고래를 두둑하게 싸고 있는 뼈와 살과 고래의 관계는 곤충과 그것을 포근히 싸고 있는 번데기의 그것과 같다. 그 특성은 특히 머리 쪽에 있어 명백하다. 그것은 이 책의 어딘가에서 말하게 될 것이다. 또한 그것은 옆구리의 지느러미에 있어서도 독특해서 그곳의 뼈는 엄지손가락이 없는 사람의 손뼈와 똑같다. 다시 말해서 이 지느러미는 틀림없이 손가락 네 개, 즉 집게손가락, 가운뎃손가락, 무명지, 새끼손가락을 갖고 있다. 그러나 그 모든 것은 마치 사람의 손가락이 벙어리장갑을 끼고 있는 것처럼 단단히 살에 싸여 감춰져 있다. 익살스러운 스터브는 어느 날 "고래란 놈은 이따금 장난질을 하지만 장갑을 벗고 우리에게 덤벼 오지는 못해."라고 말했다.

이상의 여러 원인으로 봐서, 거경이란 사람이 어떻게 생각하든지 이 세상의 종말까지 정확히 그려지지 못하고 살아남을 동물이라고 결론짓지 않을 수가 없다. 때로 어느 그림은 다른 것보다 실물의 모습에 근사하기도 하겠지만 어떤 그림일지라도 정확하다는 데에는 이를 수가 없다. 그러므로 이 지상에서는 정확하게 고래가 어떤 모습인가를 알 길은 없다.

그 살아 있는 풍모를 어느 정도 넘겨다 볼 수 있는 유일한 길은 몸소 포경선에 타는 길밖에 없는데, 그런 경우에는 놈에게 배가 부숴져서 죽게 될 위험성도 적잖이 있다. 그러므로 나는, 여러분들이 고래에 대해서 호기심을 갖는 것은 그다지 현명한 일이라고 생각할 수가 없다.

제56장 가장 오류가 적은 고래 그림과 고래잡이 그림

기괴한 고래 그림에 대해서 말하는 김에 동서고금의 서적에서 보게 되는 한층 더 기괴한 이야기, 특히 플리니(영국의 성직자이며 여행기 편찬자)·해클루트(영국의 지리학자)·해리스(《항해 및 여행자》의 저자)·퀴비에(프랑스의 박물학자) 등에서 볼 수 있는 것에 대해서 이야기하고 싶지만 그것은 그만두기로 하겠다.

큰 말향고래에 대해서 출판된 것으로는 콜넷·하긴스(영국의 해양 화가)·프레데릭 퀴비에·빌(17세기의 영국의 화가)이 그린 네 그림밖에는 모른다. 콜넷과 퀴비에에 대해서는 앞장에서 이야기했다. 하긴스의 그림은 그들 중에서도 훨씬 낫지만 그보다는 빌의 것이 더 우수하다. 빌의 말향고래의 그림은 모두 훌륭한 것이라고 하지만 제2장의 첫머리에 나오는 여러 가지 모습을 한 고래 그림 세 개 중 가운데의 그림을 제외하면 그렇다. 책머리에 있는 말향고래를 공격하는 보트 그림은, 배의 객실에 있는 남성들의 무신론적 감각을 자극하기 위해 그려진 것이겠지만, 대체로 정확하고 생기 있게 잘 그려져 있다. 또한 J.로스 브라운(1846년 포경에 관한 화집을 출판했다.)이 그린 말향고래의 그림 중 어떤 것은, 그 형태는 꽤 정확하나 그 조각이 매우 형편없다. 그러나 그것은 그의 잘못이 아닐 것이다.

참고래에 대해서는 스코어스비의 책 속의 그림이 가장 좋은데, 아쉽게도 너무 작게 그려져 충분히 그 인상을 사람들에게 심어 주지 못한다. 포경에 관한 이 그림이 유일한 것이지만 그 실패는 너무 슬픈 일이다. 왜냐하면 그것이 만약 훌륭하게 잘되었더라면 이런 화면에 의해서 사람들은 고래잡이의 눈에 비친 산 고래를 여실히 상상할 수 있었을 테니까.

그러나 이런 여러 점들로 미루어 볼 때 세부적으로 어느 정도 정확하다고는 할 수 없지만 고래와 고래잡이를 가장 잘 나타내고 있다고 할 수 있는 두 장의 커다란 프랑스 판화가 있는데, 그것은 가르네리(프랑스의 해양화가)라는 사람의 그림을 바탕으로 하여 훌륭하게 조각되어 있다. 그것은 각각 말향고래와 참고래를 공격하는 장면을 그리고 있다.

첫째 판화는 당당한 말향고래를 깊은 바닷속에서 보트의 밑바닥으로 막 머리를 쳐들고 등에는 부서진 널판 조각이 하늘 높이 치솟는 광경을 그린 것인데, 호탕하고 씩씩한 기운이 넘치고 있다. 보트의 뱃머리는 부분적으로는 완전하지만 괴물의 등 위에 위태롭게 올라앉아 있고, 그 뱃머리에는 촌각을 다투는 위태로운 순간에 처한 한 노잡이가 서 있는데, 고래가 뿜어대는 흰 물거품에 절반쯤 싸여 큰 절벽에서 떨어지는 것처럼 바다로 막 뛰어들려 하고 있다.

화면 전체가 놀랄 만큼 박진감이 있는 훌륭한 솜씨다. 거의 텅 빈 밧줄통이 흰 거품이 이는 바다 위에 떠 있고, 빗나간 작살 막대기가 파도 사이에서 춤을 추고 있으며, 고래 주위에는 선원들이 갖가지 무서운 표정을 지으면서 어지러이 뒤섞여 헤엄치고 있다. 암흑의 폭풍이 광란하는 저쪽으로부터는 본선이 이곳으로 향해 급히 달려오고 있다. 다만 중대한 오류는 고래의 체형에 대한 것일지도 모르지만, 그것은 못 본 체하기로 하겠다. 어쨌든 나는 이런 훌륭한 그림은 절대로 그릴 수가 없다.

둘째 판화에는 커다란 참고래가 질주하면서 그 시커먼 살갗의 동체를, 파타고니아의 벼랑의 이끼긴 암벽면이 미끄러져 내리는 것처럼 파도 속에서 뒹굴고 있고, 자질구레한 조개류가 달라붙은 옆구리를 향해서 보트한 척이 평행으로 육박해 오고 있다. 고래는 수직으로 굵다랗게 물을 뿜고 있고, 그것은 그을음처럼 검다.

이런 자욱한 연기를 내는 굴뚝이 있는 걸 보면 고래의 커다란 뱃속에는 굉장한 저녁 음식이 마련되어 가고 있겠구나, 하고 생각할 수 있을 정도다. 해조는 참고래가 때로 그 더러워진 등에 실어온 작은 게나 조개류, 그밖에 여러 가지 바다의 과자며 마카로니 따위를 떼지어 쪼아먹고 있다. 그리고 그 동안에도 입술이 두툼한 거경은 파도를 헤치고 달려서 꼬리에는 몇 톤인지도 알 수 없는 흰 거품이 일고, 보트는 대양 항로선의 바퀴 가까이에 말려든 작은 배처럼 물결치는 파도에 희롱당하고 있다.

이렇게 그저 단순한 한 장의 소란스러운 정경일 뿐이지만 배경은 한층 눈에 두드러지게 대칭미를 이루어 잔잔한 수면과 축 늘어진 돛을 단 배가 있고, 움직이지도 않는 죽은 고래의 큰 몸뚱이가 정복된 성채처럼 있으며, 그 물을 뿜는 구멍에 박힌 막대기에는 점령을 알리는 깃발이 귀찮은 듯 늘어져 있다.

나도 가르네리라는 화가가 누구인지 또는 어떤 사람이었는지는 모른다. 그러나 나는 그가 이 주제에 대해서 충분한 실제 경험을 가지고 있었거나 그렇지 않으면 숙달한 고래잡이에게서 놀랄 만큼 잘 배웠을 것이라고 단언한다. 프랑스 사람은 동적인 그림을 잘 그리는 사람들이다. 유럽의 모든 그림들을 보면 저 베르사유의 전승 기념관만큼 생생하고 숨쉬는 듯한 전쟁의 그림을 가지고 있는 곳은 없다. 거기서는 구경꾼도 정신을 잃고 대대로 이어온 프랑스의 대 전쟁 속을 싸우며 나가지 않으면 안 된다. 그 시퍼런 칼날은 모두 북극광의 번쩍임과 비슷하며, 무장한 군대의 왕과 황제들은 관을 미리에 쓴 반수신半獸神처럼 돌진하고 있다.

그런데 이 가르네리의 해양 투쟁도 그 화랑의 일부는 차지해도 부끄럽지 않은 것이다. 사물의 회화미를 포착한다는 프랑스인의 천성적 특질은 포경 장면의 그림이나 판화에 특히 강하게 나타나 있다. 어업에 대한 경험을 영국인의 10분의 1도, 아메리카인의 1000분의 1도 갖지 못하면서도 그 두 국민을 향해서 포경의 참뜻을 전할 수 있는 유일한 사생도를 제공하고 있다. 대체적으로 영국과 미국의 고래 그림들은 다만 기계적인 사물의 윤곽, 이를테면 멍하게 고래의 측면을 그리는 정도로 만족하고 있는데, 그것은 회화적 효과라는 점으로 말하면 피라미드의 측면을 그렸다는 정도에 불과하다. 스코어스비가 고래통(通)이라고 불리는 것은 당연하지만 그 자신도 그린란드고래의 꼿꼿하게 굳은 듯한 전신의 그림을 나타낸 것 외에는 외뿔고래나 돌고래의 정묘한 그림을 서너 점 그렸고, 그러고 나서 배의 갈고리라든가 고기칼이니 닻이니 하는 것의 고전적인 판화를 그렸을 뿐이다.

그리고 현미경으로 업적을 남긴 로이벤호에크(네덜란드의 박물학자) 같은 근면함으로, 북극양의 96종에 달하는 눈[雪]의 결정체를 확대한 그림을 내놓아 세상 사람들을 놀라게 했을 뿐이다. 나는 대항해자를 놀리려는 게 아니다. 오히려 나는 그를 노련한 사람으로서 존경하는 바이다. 다만 그린란드의 재판장을 향해서 결정에 대해 하나씩 선서를 하지 않았다는 것은 커다란 실수가 아니었겠는가?

가르네리의 손으로 된 좋은 판화 외에도 H. 뒤랑(프랑스의 판화가와 목각가들이 즐겨 사용한 익명)이라고 서명한 사람의 작품인 두 개의 볼 만한 프랑스 판화가 있다. 그 하나는 지금 내가 말하고 있는 문제에는 딱 들어맞지 않지만 다른 점에서 지적할 만한 가치가 있는 것이다. 그것은 태평양 군도에서의 조용한 대낮 풍경, 즉 물결이 잔잔한 해안 가까이 정박한 한 척의 프랑스 포경선이 한가하게 물을 보급받고 있다. 배경에는 축 늘어진 돛과 야자나무의 기다란 잎이 바람 한점 없는 공중에 축 늘어져 있다. 거친 포경원들이 동양적인 휴식 속에 침잠해 있는 것을 표현한 그림이라고 생각할 때, 이 그림의 효과는 훌륭한 것이다.

또 하나의 판화는 전혀 다른 것이다. 배는 거경의 무리가 떼지어 노는 대양의 한복판으로 내달리고 뱃전에는 참고래가 한 마리 달리고 있다. 배는 고래를 잘라버리려는 듯, 마치 부둣가로 향하는 것처럼 그 괴물을 향해서 돌진하고 한 척의 보트는 그 활극이 벌어졌던 자리에서 급히 저어 나가서 먼 곳의 고래 떼를 추적하려 하고 있다. 작살과 창은 수평으로 겨누어져서 때를 노리고, 노잡이 세 사람은 돛대를 세우려 하고 있다. 그 작은 배는 느닷없이 밀려

온 파도에 놀라서 뛰어오른 재빠른 말처럼 수면에서 반쯤 수직으로 뛰어올라 있다. 모선에서는 마치 대장간 마을에서 피어오르는 연기처럼 고래를 끓이는 연기가 무럭무럭 일어나고 바람이 불어오는 쪽에서는 맹렬한 소나기가 퍼부을 징조를 보이는 검은 구름이 일어서 흥분한 선원들의 활동을 재촉하고 있다.

제57장 그림, 고래이빨, 나무, 철판, 돌, 산, 별 등에 나타난 고래에 대하여

런던의 부둣가로 향하는 사람은 절름발이 거지(뱃사람들은 케저라고 부른다.)를 보게 될 텐데, 그가 받쳐 들고 있는 판자에는 그가 한쪽 다리를 잃은 비극의 모습이 그려져 있다. 세 마리의 고래와 보트 세 척의 그림인데, 그 한 보트, 즉 잃어버린 다리가 그대로 거기에 남아 있는 것 같은 그림은 선두에서 고래의 턱에 물어뜯기고 있는 모습이다. 사람들의 말로는, 20년 동안 매일 그는 그 그림을 받쳐 들고 의심 많은 세상 사람들에게 '잘라진 다리' 그림을 보여 왔다고 한다.

그러나 이제야말로 그를 변호할 때가 왔다. 그 고래 세 마리는 아무튼 왜핑(런던 탑 부근의 강변 구역)에서 출판된 어떤 고래 그림에도 결코 뒤지지 않고, 그 절단된 것은 서부의 벌목지의 어떤 나무 그루터기에도 뒤지지 않는다. 그러나 매일 그 그루터기 위에 서서, 이 불쌍한 고래잡이는 한 번도 얘기를 않고 다만 눈을 아래로 내리깐 채 자신의 한쪽 다리의 절단에 대해서 우수에 찬 회고를 하고 있을 뿐이다.

태평양의 각지 또는 낸터킷이나 뉴베드퍼드나 새그 항 근처에서 사람들은 포경자 자신이 말향고래의 이빨에 새긴 고래와 포경의 그림을 보거나, 참고래의 뼈로 만든 부인용 코르셋의 살대, 기타 경골 세공품, 즉 그들이 바다 위에서 여가를 보내기 위해 조잡한 재료 위에 정성들여 조각한 무수한 공예 세공품을 보거나 할 것이다. 그 어떤 것은 치과의사 용품 같은 조그만 상자이기도 하지만, 그것은 다만 그러한 경골 세공품을 만들고 싶어서 만든 것이다. 어쨌든 대부분은 선원들에게는 만능 기구인 잭 나이프 하나로 애써 만든 것인데, 그 잭 나이프로 뱃사람의 상상력이 미치는 것은 무엇이나 만들어진다.

그리스도교와 문명 세계에서 오래 격리되어 사는 사람은 신의 손에 의해 놓인 그대로의 그 상태, 즉 야만인이라고 일컫는 상태로 돌아가게 된다. 실제 고래잡이들은 이러쿼이 인디언과 마찬가지의 야만인이 된다. 나 자신도 야만인이어서 식인종의 왕 이외의 어떤 사람에게도 봉사하지 않고 동시에 그에게 반역할 채비를 하고 있다.

그런데 야만인이 집에 틀어박혔을 때의 큰 특성은 놀랍도록 참을성 있게 일하는 데에 있다. 옛날 하와이의 전쟁봉棒이나 창 및 노는 그 복잡하고 정성스럽기 이를 데 없는 조각에 있어서 인간의 근면력의 승리를 나타내는 점에서는 라틴어 사전과 필적할 만하다. 다시 말해서 조개의 파편이든가 상어의 이빨 조각만을 가지고 기적처럼 복잡하고 정교한 목각세공의 그물코가 만들어지는 것인데, 거기에는 끊임없는 근로의 긴 세월이 담겨 있다.

백인의 배에 타고 있는 야만족들도 이 하와이 야만족과 마찬가지다. 똑같은 기적적인 인내와 똑같은 상어 이빨로 된 잭 나이프 하나를 가지고 그가 제작하는 뼈 조각은, 전문가보다는 못하지만 그 복잡한 모양의 세밀함에 있어서는 그리스의 야만인 아킬레우스의 방패와 비슷하고, 그 들끓는 야만 정신에 있어서는 옛 네덜란드의 야만인 앨버트 뒤러와 비슷하다.

나무에 조각된 고래, 또는 훌륭한 남양산 목재의 작고 검은 한 조각에 조각된 것은 아메리카 포경선의 앞갑판에서 가끔 만나게 되는 것이다. 그 중의 어떤 것은 매우 정확하게 만들어져 있다.

박공지붕의 낡은 시골 저택에 놋쇠로 만든 고래가 거꾸로 매달아져서 길로 면한 입구의 초인종이 되어 있는 경우도 있다. 문지기가 졸고 있을 때 모루(금속재료를 쇠망치로 두들겨 원하는 형태로 만들고자 할 때 그 금속을 올려놓는 쇠받침대) 모양의 대가리를 가진 고래는 매우 큰 도움이 된다. 그러나 그러한 초인종 고래는 충실한 사생품으로는 거의 보잘것없다.

구식 교회의 첨탑 중에는 때로 바람개비로서 철판으로 만들어진 고래가 달려 있는 것들도 있다. 그러나 뭐라고 해도 높은 곳에 놓여 있고, 매우 엄숙하게 "접근하지 말라!"고 사방을 향해서 외치고 있으니까 그 가치를 결정하려고 접근해 갈 방법도 없다.

딱딱하고 툭 튀어나온 지역의 우뚝 솟은 험한 절벽 밑의 평원에 바윗덩어리가 이상하게 무리지어 있는 그런 곳에서는, 가끔 거경의 화석을 연상케 하는 것이 반쯤 덤불에 묻혀 있어 바람이 센 날이면 풀이삭이 초록빛 파도가 되어 물결치는 광경을 볼 수 있을 것이다. 또한 원형경기장 높이의 산에 둘러싸여 산악 지방을 지나갈 때 군데군데 전망이 트이는 곳에서 보면 굽이치는 산등성이 사이로 고래의 모습과 비슷한 것이 언뜻 눈에 스치곤 하는데, 이런 광경을 보려면 사람은 완전한 고래잡이가 돼야만 한다.

그뿐이 아니다. 사람이 다시 한 번 그러한 광경에 되돌아가려면 최근에 작성된 정확한 위도와 경도의 교차점을 구해야 한다. 왜냐하면 이러한 산지의 전망은 참으로 우연한 것이기 때문에 정확하게 이전의 입장으로 되돌아가려면 많은 수고와 노력이 필요하다. 마치 일찍이 허풍선이인 멘다나가 가봤고 늙은 피규에라가 기록한 솔로몬 군도가 오늘날에도 여전히 소재 불명인 사실과 마찬가지다.

더욱이 여러분들이 이 주제를 확대하여 눈을 쳐들면 다년간의 전쟁에 시달린 동양인들이 구름 사이에서 격투하는 군대를 본 것처럼 찬연한 별하늘 저쪽에 거경의 무리를 보고 그것을 쫓는 배를 보지 않겠는가?

이렇게 말하는 나는 북양에서 거경을 쫓으면서, 처음에 나에게 그것이라고 가르쳐 준 모든 성좌의 별들의 행운과 더불어 북극을 빙빙 돌면서 고래를 추적했다. 또한 찬란한 남빙양의 하늘 밑에서 나는 '선좌船座'를 타고 빛나는 '고래좌'를 쫓는 자들과 함께 아득히 '해사좌海蛇座'와 '날치좌'의 먼 저쪽까지 나갔던 것이다. 군함의 닻을 나의 고삐로 삼고 작살다발을 나의 박차로 삼아 저 '고래'를 집어타고 천상계 끝까지 뛰어올라 무수한 텐트에 장식된 신비로운 하늘이 눈길이 닿지 않는 멀리까지도 끝없이 흩뿌려져 있는지 어떤지 알아보고 싶었기 때문이었다.

제58장 어란

크로제 군도(인도양 남쪽에 있음.)에서 북동쪽으로 나갔을 때, 배는 청어알이 깔린 바다에 들어섰는데 그 작고 누런 물질은 참고래가 즐겨 먹는 것이다. 그것은 몇 리그나 계속되어 배의 주위에 물결치고 있어서 마치 황금빛으로 무르익은 끝없는 밑바닥을 항해하고 있는 듯한 느낌이었다.

이틀 만에 과연 많은 참고래가 보였다. 그들은 우리 피쿼드호와 같은 말향고래잡이로부터 공격받을 위험이 없다고 보았는지 입을 태평스럽게 벌리고 어란 속을 헤엄쳐 다니고, 어란은 그들의 굉장한 베네치아의 창살 덧문 같은 입 가장자리에 있는 줄에 달라붙어 입술에서 흘러나오는 바닷물과 나뉘어지고 있다. 아침에 풀 베는 사람들이 느슨하게 늘어서서 낫을 놀리며 늪지 같은 목장에서 자란 축축하고 키 큰 풀을 헤치면서 나가듯이, 이 괴물들은 기묘한 풀이 잘리는 듯한 소리를 내며 돌아다니고 그 누런 바다 위에 풀 벤 자리와 비슷한 끝없이 넓은 푸른 물의 줄기를 남기며 간다.[1]

그러나 풀베기를 생각하게 하는 것은 고래들이 어란을 헤치고 갈 때의 소리뿐이다. 특히 그들이 잠시 휴식하는 듯 가만히 있을 때 돛대 꼭대기에서 보면 그 거대한 검은 체구는 아무리 보아도 생명체 없는 바윗덩어리로밖에 보이지 않는다.

마치 대수렵지인 인도에서 나그네가 코끼리들이 누워 있는 평원을 지나가면서 그런 줄도 모르고 어쩐지 벌거벗은 꺼먼 언덕이 있구나, 하고 생각하는 것과 같다. 바다에서 이런 고래를 처음 만나는 사람은 인도의 나그네와 같

---

[1] 포경자들 사이에 '브라질 모래톱'이라고 불리는 해면은 '뉴펀들랜드 모래톱'처럼 그 일대가 주(州)와 얕은 바다라는 의미로 그렇게 불리는 것이 아니라, 위에서 말한 것처럼 놀랄 만큼 목장 같은 느낌을 주기 때문이다. 그 감명은 이 일대에 끊임없이 떠 있는 어란의 막대한 흐름 때문에 일어나는 것이며, 거기서 가끔 참고래를 쫓을 수가 있다.

다. 더욱이 간신히 고래라는 것을 알아도, 너무나도 웅대하니까 이렇게 엄청나게 큰 것에 개나 말 속에 숨쉬는 것과 같은 생명 감각이 구석구석까지 작용하고 있다고는 도무지 믿기 어려워진다.

사실 지금 말한 점 이외에도 모든 바닷속의 동물들에 대해서는 육상 동물에 대한 것과 같은 감정을 품기 어렵다. 옛날의 박물학자 중에는 온갖 육상 동물이 바닷속의 어떤 것과 같은 종류라고 주장했다.

그것은 넓은 관점에서 본다면, 매우 명언인 것 같지만 실제의 경우 이를테면, 개처럼 영리하고 상냥한 성질과 대응할 만한 물고기가 과연 바다에 있을 것인가? 저주받은 상어만이 어떤 생태에선 약간 개와 비길 수 있다는 것뿐이다. 참으로 일반 육상인에게는 바다의 원주민들은 말할 수 없이 꺼림칙하고 불쾌한 감정밖에 일게 하지 않았던 것이고, 바다를 영원한 미지의 나라라고 생각한다.

그래서 콜럼버스가 해상에 떠 있는 단 하나의 서쪽 대륙을 발견하기 위해서 무수한 미지의 세계를 항해했던 것이고, 또한 비할 바 없는 끔찍한 대참사의 대부분은 세상이 시작된 이후 무턱대고 바다 위에 나와 있었던 숱한 사람들 위에 덮쳤던 것이다. 또한 잠깐 생각해 보아도 갓난아이 같은 인류가 얼마나 그 과학과 기술을 자랑하고, 즐거운 미래에 그 과학 기술이 더욱 진보한다 하더라도 영원히 바다는 인간을 모욕하고 살해하여 파멸의 심연으로 떨어뜨리고, 인간이 만든 장대하고 견고한 군함도 짓밟아버린다. 그러나 이런 일들이 끊임없이 되풀이됨으로써 인간은 원시 이래의 본질이었던 바다에 대한 크나큰 공포감을 상실해버리고 만 것이다.

책에 의하면, 대양에 떠오른 최초의 배는 포르투갈 사람 특유의 광열을 갖고 지구를 한 바퀴 돌고서도 한 사람의 과부도 만드는 일이 없었다고 한다. 그 똑같은 바다는 지금도 물결친다. 그 똑같은 바다가 지난 해에도 많은 배를 파괴했다. 아아, 어리석은 인간이여, 노아의 홍수는 아직도 물러가지 않았다. 아직도 아름다운 세계의 3분의 2를 덮고 있다.

바다와 육지의 한쪽에서 일어나는 기적이 다른 쪽에서 일어나는 기적이 되지 않는다는 근본적 차이는 어디에 있는가? 고라(구약성경 민수기 16장. 모세에게 반항한 인물)와 그에게 속한 사람들을 발밑에서 산 땅이 입을 벌려 그들을 영원히 삼켰을 때 초자연적인 공포가 헤브라이 사람들(유대민족)을 사로잡았다. 그러나 오늘날에도 그와 마찬가지로 살아 있는 바다가 배와 승무원들을 삼키지 않는 날이 하루도 없다.

바다는 단순히 인연 없는 사람에 대해서 오랜 원수일 뿐 아니라 사랑하는 자식에 대해서도 악마이고 자기의 손님을 살해한 페르시아 사람보다도 사악하다. 스스로가 낳은 생물마저도 용서하지 않는다. 야만스러운 암호랑이가 낳은 새끼를 밀림 속에서 가지고 놀면서 깔아뭉개는 그것과 비슷하게, 바다는 가장 강대한 고래도 바위에 내동댕이쳐서 파선의 잔해와 함께 나란히 눕게 한다. 자기 자신의 것 이외에는 어떠한 사랑에도, 힘에도 움직이지 않는다. 기수를 떨어뜨리고 미친 듯이 달리는 군마와 같이 주인 없는 바다는 헐떡이며 지구를 침범한다.

바다의 간특한 꾀를 생각해 보라. 가장 무서운 그 생물은 물속에 가라앉아 전혀 모습을 보이지 않고, 엉큼하게도 매우 아름다운 남청빛 아래 숨어 있다. 그리고 숱한 종류의 우아하게 꾸민 상어의 모습에서 볼 수 있듯이 바다의 가장 잔인한 종족들 중 그 대부분이 가지고 있는 악마적으로 빛나는 미에 대해서도 생각해 보라. 또 바다의 모든 생물이 세계가 개벽한 이래 오늘날까지 서로 잡아먹고 먹히는 영원한 전쟁을 행하는 데서 보이는 그런 살상 습성에 대해서도 생각해 보라.

이러한 모든 것을 생각하고 나서 이 푸르고 부드럽고 가장 온화한 대지를 돌아보고, 바다와 육지를 비교해 보라. 여러분의 내면에 무언가 이상한 것을 발견하지 않는가? 왜냐하면 이 무서운 대양이 푸른 대지를 에워싸는 것과 같이, 우리 인간의 영혼 속에도 평화와 환희에 찬 타히티섬이 있고, 그 섬은 거의 알려져 있지 않은 온갖 생에 대한 공포감이 에워싸고 있다.

신이여, 사람들을 지켜주소서. 그 섬에서 뛰쳐나가지 말지어다. 다시는 돌아오지 못할 테니까.

제59장 큰 오징어

천천히 어란의 목장을 건너가면서 피쿼드호는 여전히 북동쪽으로 자바 제도를 향해서 나갔다. 미풍이 그 용골을 밀어주고, 주위는 조용하고 높이 솟은 끝이 뾰족한 세 개의 돛대는 나른한 산들바람에 화답하면서 해안에 서 있는 종려나무 세 그루처럼 흔들리고 있었다. 더욱이 환한 밤에는 오랜 사이를 두고 고독하고 유혹적인 물뿜기가 보일 때도 있었다.

그러나 어느 청명한 아침, 바람이 전혀 죽어버린 것은 아니었지만 초자연적이라고도 생각될 정적이 해면을 휘덮고 있을 때, 기다랗게 뻗쳐 빛나는 태양 광선이 무언가 비밀의 기쁨에 찬 황금 손가락처럼 해면에 놓여 있을 때, 살금살금 기어오는 물결이 부드럽게 달리면서 서로 소곤거리고 있을 때, 눈에 보이는 온갖 물체가 깊은 침묵에 잠겨 있을 바로 그때 가운데 돛대 꼭대기에 있던 대그가 정체를 알 수 없는 이상한 것을 보았다.

아득히 먼 곳에 희고 커다란 덩어리가 천천히 머리를 쳐들고 차츰 올라가면서 푸른 물에서 떠오르고, 이윽고 뱃머리 저쪽의 산에서 막 떨어진 눈사태처럼 빛났다. 그러자 다시 천천히 기어들어가 가라앉아버렸으므로 그것은 순간적인 빛이었다. 그러나 다시 떠올라서 조용히 빛났다. 고래 같아 보이지는 않았다. '그러나 백경인지도 모른다.' 하고 대그는 생각했다. 요마妖魔는 또 가라앉았지만 이번에 떠올랐을 때 대그는 귀청이 찢어질 듯한 부르짖음으로 모두를 졸음으로부터 깨웠다.

"……있다! 또 나왔다! 펄쩍 뛰었어! 바로 저 앞이다! 백경, 백경이다!"

그러자 선원들은 벌 떼가 나뭇가지를 향하여 돌진하는 것처럼 돛의 활대 끝으로 돌진했다. 에이허브는 무서운 햇빛을 받으면서 모자도 쓰지 않은 채 비스듬히 서 있는 돛대 옆에 서서, 한 손은 키잡이에게 명령하는 데 혼들기 위해서 뒤로 길게 뻗치고, 대그가 가만히 팔을 뻗어 가리키는 저쪽을 눈을 번쩍이며 지켜보았다.

　나풀나풀 움직이는 한 가닥 느릿느릿한 물뿜기가 차츰 에이허브의 마음을
사로잡아 간 것일까? 그는 이 조용하고 온화한 마음을 한결같이 쫓고 있던
저 고래와의 최초의 해후로서 받아들일 마음이 되었다는 것인지, 그렇지 않
으면 초조해서 당황해버렸는지 그 이유는 무엇이든 간에, 흰 덩어리를 분명
하게 목격하자마자 전광석화처럼 즉시 보트를 내리라고 명령했다.

　보트 네 척이 곧 파도 위에 뜨고 에이허브의 보트를 앞장세워 똑바로 적을
향해서 질주했다. 이윽고 그놈은 물속으로 들어가고, 우리가 노를 멈추고 다
시 나타나기를 기다리는 동안, 보라! 가라앉은 바로 그 자리에서 다시금 천천
히 머리를 쳐들었다. 그 순간! 우리는 백경에 대한 모든 생각을 거의 잊어버
리고 비밀 많은 바다가 인간에게 나타내는 것 중에서도 가장 기이하다고 생
각되는 괴물을 지켜보았다.

　길이도 폭도 8분의 1마일은 족히 될 것같이 거대하고, 유연한 물체가 번쩍
번쩍 유백색으로 빛나며 물결에 떠돌고, 무수히 많은 긴 팔을 중심부에서 내
뻗고 큰 뱀처럼 똬리를 틀고, 몸을 비틀며 불행하게도 접근하는 사람들이 있
다면 맹목적으로 잡아 낚아채려 하고 있었다. 얼굴이라든가 머리라든가 하
는 것은 전혀 보이지 않고 감각이나 본능이라는 것을 가지고 있는 것처럼 보
이지도 않았다. 이 파도 사이에 물결치는 물체는 이 세상의 것이 아닌 형체
없는 제멋대로의 생의 망령이라고 할 만한 것이었다.

　빨아들이는 낮은 소리를 내면서 다시 모습을 감추었을 때 그 가라앉은 뒤
의 들끓는 파도를 가만히 지켜보면서 스타벅이 외쳤다. "너 흰 유령! 네놈을
보는 거라면 차라리 백경과 부딪쳐서 격투하는 편이 낫겠다."

　"저게 뭐지요?" 플라스크가 물었다.

　"큰 오징어야. 저놈을 만난 포경선치고 항구로 돌아가서 이야기를 한 배는
없다는 말이 있네."

　그러나 에이허브는 아무 말도 없었다. 배를 되돌려 본선으로 돌아갔다. 다
른 사람들도 잠자코 그 뒤를 따랐다.

　세상의 말향고래잡이들이 이것을 만난 것에 어떤 미신을 결부시키고 있는

318

지 모르지만, 아무튼 언뜻 보아 온몸이 오싹할 정도로 기분이 나빴기 때문에 그 해후는 흉조라는 생각을 낳을 수밖에 없었다. 매우 보기 드문 것이기 때문에 사람들은 입을 모아 바다의 가장 큰 생물이라고 하지만 그 성질이나 형체에 대해서 실로 막연한 지식을 가진 사람조차 극히 드물다.

그럼에도 불구하고 이놈이 바로 말향고래의 유일한 먹이라고 대부분 믿고 있다. 왜냐하면 다른 종류의 고래는 수면 위에서 먹이를 잡아먹고 실제로 먹고 있는 것을 사람들이 보기도 하지만, 말향고래는 수면 밑의 사람이 모르는 곳에서만 먹이를 취하니까 그 먹이가 정확하게 무엇인가 하는 것은 누구나 짐작으로 말할 수밖에 없는 것이다.

때로 급히 추적을 당하면 이 큰 오징어에게서 떼어낸 팔처럼 보이는 것을 토해내기도 하는데, 그 어떤 것은 길이가 20~30피트 이상도 된다. 사람들은 이 팔을 가진 괴물이 그것으로 바다 밑바닥에 착 달라붙어 있어서 말향고래가 다른 종족과 다르기 때문에 그놈을 공격해서 물어뜯기 위하여 이빨이 있다고 상상한다.

폰토포단 주교가 이야기하는 크라켄(노르웨이 앞바다에 있다는 주위 1마일 반이나 된다는 전설의 괴물)이라는 괴물이 물렁물렁하게 녹아서 이 큰 오징어가 되는 모양이라고 상상할 만한 이유도 있다. 주교의 기술에 의해서 크라켄의 뜨고 가라앉음이나 그 밖의 특성을 살펴보면 이 두 생물은 일치점을 지니고 있다. 그러나 그가 말하는 믿기 어려운 거대함에 대해서는 상당히 깎아 들을 필요가 있다.

박물학자 중에는 지금 내가 이야기한 신비한 생물에 대해 어렴풋이 알고 있어서 이것을 오징어의 일종으로 보려고 하는 자가 있다. 물론 외형 면에서는 오징어에 속하는 것처럼 보이지만 어쨌든 그 종류에서는 거인족(구약성서에 나오는 거인)이라고 해야 할 것이다.

제60장 포경 밧줄

머지않아 나는 포경의 광경을 그리게 될 것이고 그 밖에 여기저기서도 그리겠지만, 그에 대한 이해를 좀더 깊게 하기 위해서 여기서 마술적이면서도 때로 무시무시한 포경 밧줄에 대해서 이야기하겠다.

본래 포경에 사용하는 밧줄은 가장 질이 좋은 대마大麻로 만드는데 보통 밧줄처럼 타르를 스며들게 하지 않고 슬쩍 그을릴 뿐이다. 왜냐하면 타르는 보통의 밧줄을 만드는 경우에는 대마를 다루기 좋게도 하는데, 보통 배에서 쓰기에는 그 편이 더 유용하다. 그러나 그 보통의 물건으로는 단단히 감아야 할 필요가 있는 포경 밧줄로서는 너무 딱딱할 염려가 있고, 또한 많은 선원들이 배우려 하는 바이지만 일반적으로 말해서 타르는 밧줄에 탄탄하게 죄는 힘과 광택은 더하지만 결코 내구력과 세기를 주는 것은 아니다.

근년에 아메리카 어업계에서는 포경용으로써 마닐라 로프가 거의 모두 대마와 대체되었다. 대마만큼 내구력은 없지만 더 강하고 또한 훨씬 부드러워서 탄력이 풍부하기 때문이다. 게다가 모든 일에 미학이라는 것이 있는 것처럼 나는 마닐라 로프가 대마보다도 훨씬 아름다워서 배를 돋보이게 한다고 덧붙이련다. 대마는 지저분하고 거무스름한 인디언 같은 놈이지만 마닐라는 금발의 코가서스인의 풍모를 지니고 있다.

포경 밧줄의 두께는 겨우 3분의 2인치이다. 언뜻 보아서는 그렇게 튼튼하다고는 생각되지 않을 것이다. 실험해 보면 그 쉰한 가닥의 끈실이 각각 120파운드의 중량을 매단다. 그러니까 밧줄 전체로서는 3톤에 필적하는 긴장에도 견딘다. 길이는 보통 말향고래용으로 2백 발이 약간 넘는다.

뒷갑판의 통 속에 첨탑형으로 감아서 넣어둔다. 그러나 그것은 양조기醸造器의 파이프형이 아니고 타래 모양으로 하기 위해서 치즈형으로 겹쳐진 다발이 되고 둘둘 감은 첨탑이 되어 있는데, 그 치즈에는 '중심'이 되는 구멍밖에 없다. 다시 말해서 치즈의 축에 극히 작은 수직의 관이 있을 뿐이다.

그것이 조금이라도 엉켜 있거나 매듭이 지어져 있거나 하면 밧줄을 풀어놓을 때 반드시 누구의 팔이나 다리에, 혹은 몸 전체에 얽히게 마련이니까

320

그 밧줄을 통 속에 넣을 때는 매우 조심해야 한다. 작살잡이들 중에는 오전 시간을 몽땅 이 일에 허비하는 자도 있다. 밧줄을 높이 쳐들고 그러고 나서 통쪽을 향해 활차를 통해서 감는데, 그것은 감을 때 조금도 주름이나 엉킴을 만들지 않으려고 하기 때문이다.

영국 배에선 한 개의 통을 쓰지 않고 두 개의 통에 감아 넣는다. 그렇게 하는 데는 이로운 점이 있기 때문이다. 왜냐하면 그 한 쌍의 통은 극히 작으니까 보트에 넣기가 편하고 그다지 거치적거리지도 않는다. 그런데 아메리카식 통은 지름이나 깊이가 모두 거의 3피트나 되어 작은 배로선 너무 짐이 무겁다. 왜냐하면 그 포경용 보트의 밑바닥은 얇은 얼음처럼 넓은 면에서는 상당한 중압에도 견디지만 무게가 집중되는 것에는 견디지 못한다. 그건 두께가 반 인치 정도밖에 안 되기 때문이다. 이 아메리카식 밧줄 통에 페인트칠을 한 유포油布가 씌워졌을 때 그 보트는 고래에게 바칠 혼례과자를 싣고 급히 저어 가는 것처럼 보인다.

밧줄의 양끝은 겉에 드러나 있다. 아래 끝은 통 밑에서 올라와 밧줄눈 또는 고리를 짓고 끝나 있고, 모든 것에서 벗어나 통 가장자리에 매달려 있다. 이 아래 끝을 놓는 방법은 두 가지 이유에서 필요하다.

첫째로 만약 작살이나 창을 맞은 고래가 처음에 작살에 붙들어 매어진 밧줄 전체까지 끌고 들어갈 만큼 깊이 들어갔을 경우에, 옆의 배에서 또 한 가닥의 밧줄을 가지고 와서 붙들어 매기 위한 것이다. 이런 경우에는 물론 고래는 마치 술잔을 주고받는 것처럼 이 배에서 저 배로 왔다갔다하게 되는데, 첫째 배가 둘째 배를 도우면서 주위를 빙빙 돌게 된다.

둘째로 이 조치는 사람들의 안전을 위해서 불가결하다. 왜냐하면 만약 밧줄의 아래 끝이 무엇으로든 보트에 붙들어 매어져 있다면, 또한 만약 고래가 그때 가끔 하는 식으로 그 순간에 밧줄을 힘껏 잡아당기며 달리기 시작한다면, 그 불운한 보트는 멈출 바를 알지 못하고 반드시 고래와 함께 푸른 바닷속으로 끌려들어가게 되고 어떤 사람도 그 배의 행방을 알지 못하게 된다.

추적하는 보트를 내리기 전에는 밧줄 위 끝은 통에서 뒤쪽으로 끄집어내어져 밧줄 기둥을 한 바퀴 돌아 다시 한 번 앞쪽으로 보트의 길이만큼 늘어져서 노의 손잡이 위에 열십자로 걸쳐지기 때문에, 노잡이의 손목을 찌르고 맞은편 뱃전에 서로 엇갈리게 앉아 있는 그들의 사이를 지나 배의 뱃머리 앞 끝의 연재鉛材 또는 홈까지 뻗어나가고 낚시찌만한 막대기가 끝에 걸쳐져 있어, 벗겨져 밖으로 뛰쳐나가지 않게 되어 있다. 그리고 그 앞 끝의 연재에서 뱃머리 위에는 장식 꽃줄 모양으로 매달리고, 그러고 나서 다시금 배 안에 올려져 거의 10~20피트가 뱃머리의 좌석 있는 데서 감기고 나면 조금 더 뒤쪽 뱃전까지 당겨져서 작살에 직접 매어진 당김밧줄에 매어진다. 그런데 작살에 매어지기 전의 당김밧줄이 설명하기에는 너무나 복잡한 장치로 되어 있다.

이리하여 포경 밧줄은 보트 전체를 복잡한 원을 그리며 붙들어 매고 그 주위를 가로 세로 마구 얽어매고 있는 것이다. 노잡이들은 모두 그 위험한 헝클어짐 속에 휘감겨 있는 셈이니까 육지 사람들의 겁 많은 눈에는 독이 많은 뱀에게 사지를 감긴 인도의 마술사처럼 비칠 것이다. 사람의 자식으로서 처음으로 이 대마의 미로 속에 앉아 열심히 노를 저을 때, 언제 어느 때 작살이 튀어나가고 무섭게 엉킨 밧줄이 우르릉거리는 번개같이 날지 상상도 할 수 없는 속에서 노를 저을 때, 그의 체내의 골수가 마치 젤리처럼 부들부들 떨리지 않을 수가 없을 것이다.

그러나 습관이란 무서운 것이다! 뭐든지 가능하게 만드는 것이다. 여러분이 어떤 연회에 나갔다 하더라도 이 반 인치의 흰 노송나무로 만든 포경 보트의 판자 위에서만큼 유쾌한 농담, 밝은 담소, 멋진 재담, 기막힌 기지를 들을 수는 없을 것이다. 더욱이 이때의 그들은 교수형을 집행하는 밧줄에 매달려 있는 것 같지만, 이 여섯 사람으로 한 조를 이룬 선원들은 에드워드 왕(영국의 에드워드 3세) 앞에 나간 여섯 명의 시민처럼 밧줄로 목이 감겨진 채 죽음의 문턱을 향해 돌진한다.

아마도 조금만 생각해 보면, 어느 누가 밧줄에 걸려서 보트에서 떨어져 죽었다는, 고래잡이의 되풀이되는 참사—이따금 그 수가 기록될 뿐이다—의 이유를 알 것이다. 다시 말해서 밧줄이 화살처럼 튀어나갈 때 보트 안에 앉아 있는 것은 마치 전속력으로 운전 중인 증기기관이 윙윙 소리를 내는 속에 앉아서 모든 축과 바퀴가 몸을 스치고 지나가는 것과 비슷하다. 아니,

훨씬 더 심하다.

이 위험의 한복판에서 가만히 앉아 있을 수는 없다. 보트는 요람처럼 흔들리고 아무런 경고도 주어지지 않고 몸은 여기저기로 마구 굴러다닌다. 다만 어떻게든 자신이 몸의 균형을 잡아 몸을 뜨게 하고 의지와 행동을 일치시켜야만 마제파(바이런의 장시 속의 주인공. 러시아 황야로 추방됨.)의 운명을 면하고, 만사를 응시하는 태양의 눈조차도 닿지 않는 곳에 실려가는 운명을 면할 수가 있는 것이다.

또한 폭풍 전에, 그것을 예고하는 것처럼 찾아드는 깊은 정적은 그것이 실은 폭풍을 싼 종이와 같은 것이어서 그 속에 폭풍을 담고 있으므로 오히려 폭풍 자체보다도 무섭다고 하는 것처럼, 또한 언뜻 보아 아무런 해가 없는 것 같은 총이 무서운 탄환과 폭발력을 감추고 있듯이, 포경 밧줄이 뛰쳐나오기 전에 조용히 노잡이의 주위에 원을 만들고 있을 때의 그 아름다운 선의 흐름이야말로 이 위험물의 다른 온갖 모습보다도 한층 더 참다운 공포감을 줄 수 있는 것이다. 그러나 이 이상 쓸데없는 말을 계속하는 것은 그만두기로 하겠다. 만인은 포경 밧줄에 에워싸여 살고 있다.

만인은 목에 밧줄을 건 채로 태어났으나, 다만 빠르고 갑작스러운 죽음에 부딪쳤을 때 비로소 늘 가까이에 도사리고 있던 조용하고 미묘한 생의 위험을 깨닫는다. 그러나 만약 여러분이 철학자라면 설사 포경 보트 안에 앉아 있었다 하더라도 초저녁에 작살이 아니라 부젓가락을 갖고 난롯가에 앉아 있을 때 비해서 조금이라도 더 공포감을 느끼지는 않을 것이다.

제61장 스터브, 고래를 죽여라

큰 오징어의 출현은 스타벅에게는 흉조라고 생각되었지만 퀴퀘그에게는 전혀 달리 생각되었다.

"오징어란 놈이 보이면 말이지." 이 야만인은 배에 올려놓은 보트의 뱃머리에서 작살을 갈면서 지껄였다.

"그 순간 말향고래란 놈이 나오게 마련이야."

다음날은 특히 파도가 잔잔하고 무더웠다. 피쿼드호의 선원들은 특별히 할 일도 없었으므로 광막한 바다의 잠의 마력에 매혹되어서 때때로 졸음에 끌려들어가곤 했다. 지금 우리가 항해하고 있는 이 인도양은 포경자들이 바쁜 어장이라고 부르는 곳이 아니다. 곧, 리오데라플라타강의 바다 밖 또는 페루의 근해 어장만큼이나 돌고래, 해돈海豚, 날치 같은 거친 바다의 활동가들을 만나기 어려운 곳이다.

내가 앞돛대 꼭대기의 망을 볼 때가 왔다. 나는 축 늘어진 돛대 밧줄에 양어깨를 기대면서 몽환에 빠진 듯 공중에 멍하니 전후좌우로 몸을 흔들고 있었다. 아무리 애를 써도 그 나태한 마음을 이길 수 없고 꿈꾸는 듯한 기분 속에서 온갖 의식이 녹아버리고, 나중에는 영혼 그 자체가 내 몸에서 빠져나가서 그저 내 몸뚱이만 계속 흔들리고 있었는데, 그것은 처음에 움직이게 했던 힘이 사라져버린 뒤에도 언제까지나 흔들리는 시계추와 같은 것이었다.

완전한 망아忘我의 경지에 들어가기 직전에 나는 큰 돛대 꼭대기에서도 뒷돛대 꼭대기에서도 동료들이 벌써 잠들어 있는 것을 보았다. 그러니까 드디어 우리 세 사람은 모두 둥근 목재에 매달려 생명 없이 그네를 타고 있었던 것이며, 또한 우리가 흔들리는 데 맞추어서 아래에서는 키잡이가 끄덕끄덕 졸고 있었다. 파도까지도 나른한 몸부림으로 끄덕끄덕하고, 정신을 잃은 황홀한 이 넓은 바다는 동쪽이 서쪽을 향해서 끄덕끄덕, 태양은 만물을 향해서 끄덕끄덕하고 있었다.

갑자기 나의 감은 눈꺼풀 아래서 거품이 솟아오른 것 같았다. 바이스처럼 나의 양손은 돛대 밧줄을 꽉 쥐었다. 눈에 보이지 않는 자비의 힘이 나를 도운 것이다. 깜짝 놀라 나는 정신을 차렸다.

보라! 바람이 불어가는 쪽과 가까운 곳, 불과 마흔 발짝도 채 떨어지지 않는 곳에 거대한 말향고래가 뒤집힌 군함의 동체처럼 엎치락뒤치락하고 있고, 에티오피아인의 피부처럼 윤기가 흐르는 넓은 등은 햇빛 속에서 거울처럼 번쩍이고 있었다. 태평스럽게 물결 사이에 떠돌고 이따금 조용히 증기 같은 물을 뿜어올리는 그 모습은 비대한 부르주아가 어느 따뜻한 날 오후에 파이프를 피우고 있는 것 같았다.

그러나 불쌍한 고래여, 그 파이프는 마지막이 될 것이다. 마법사의 지팡이로 얻어맞은 것처럼 졸고 있던 배도, 배 안의 모든 졸던 선원들도 금방 잠에서 깨어 거어巨漁가 유유히 규칙적으로 빛나는 물보라를 뿜어올렸을 때 돛대 꼭대기의 세 명이 외쳐대는 소리에 맞추어서 배 안의 여기저기에서 몇 십 명인지도 모를 목소리가 소리쳤다.

"보트를 내려라, 바람 부는 쪽으로!" 에이허브가 고함을 치고 자신의 명령에 따라 키잡이가 손잡이를 잡는 것보다도 빠르게 손수 키를 조종했다.

선원들의 느닷없는 외침은 고래를 당황하게 했을 것임에 틀림없었다. 보트가 내려지기 전에 당당한 모습으로 방향을 바꾸어 바람 불어가는 쪽을 향해 달아나려고 했다. 그러나 실로 유연하게 침착성을 갖고 헤엄치면서 조그마한 물결도 일으키지 않는 것을 보면 사실은 당황하지 않았는지도 모른다고 헤이허브는 생각하고, 노는 쓰지 말라, 소곤소곤하는 소리 외에는 내지 말라고 명령을 내렸다.

그래서 우리들은 온타리오의 인디언처럼 뱃전에 앉아 바람이 거의 없기 때문에 소리가 나지 않는 돛을 달지도 못한 채 묵묵히 작은 노로 저어 갔다. 금방 쫓아가면서 미끄러지듯 가까이 간 우리의 앞에서 괴물은 꼬리를 40피트나 높이 똑바로 공중에 치켜올렸는가 싶더니 파묻히는 탑처럼 가라앉아 숨어버리고 말았다.

"아! 꼬리가 숨었다!"라는 외침에 따라서 바로 이때 휴식이 허용되었기 때문에 곧 스터브가 성냥을 꺼내서 파이프에 불을 붙였다. 고래는 이윽고 비닷속으로 충분히 기어든 뒤에 다시금 떠올라 다른 어느 배보다도 스터브의 보트 앞에 가까이 나타났기 때문에 '저놈은 바로 내 것이다.' 하고 그는 마음속으로 생각했다.

이제 고래가 추적자를 알아차린 것이 분명했다. 그러니까 세심하게 침묵을 지킨다 해도 아무런 의미가 없었다. 작은 노는 버리고 큰 노가 심하게 움직여지기 시작했다. 스터브는 여전히 파이프를 피우면서 "자아, 공격이다."

하고 쾌활하게 모두를 격려했다.

그러자 고래에게 커다란 변화가 나타났다. 위기를 확연히 깨달은 고래는 바야흐로 '머리 쳐들기'를 시작하여 그가 일으키는 엄청난 물거품 위로 머리를 비스듬히 쑥 쳐들어올렸다.[1]

"쫓아라! 쫓아! 덤비지 마라, 침착해. 그렇지만 쫓아야 한다! 번개처럼 쫓으란 말이다."라고 담배 연기를 푹푹 내뿜으면서 스터브가 격려했다. "자아! 쫓아가라. 태슈테고, 힘껏 저어야 해. 태슈, 그리고 모두들 쫓아라, 쫓아. 그러나 서둘진 마라. 조급하게 굴지 마. 태연하고 냉정하란 말이다. 침착하게 처신하라고……. 그렇지만 죽음의 신처럼, 심술궂은 악마처럼 쫓아가서 무덤 속의 죽은 송장이든 뭐든 확 끌어당기는 기분으로 하란 말이다. 쫓아가라."

"웃후! 왓히!" 게이 곶 출신의 태슈테고가 하늘에 대고, 전투를 앞둔 옛 인디언의 함성과 같은 소리를 고래고래 지르면서 대답했다. 그러자 배의 노잡이인 모든 선원들은 그 열광한 인디언의 놀랍도록 힘센 노에 맞추어서 자기도 모르게 몸을 앞으로 쑥 내밀었다.

그때 그 야만인의 부르짖음에 못지않은 야만적인 목소리로 대답하는 자가 있었다.

"키, 히! 키, 히!" 대그가 앉은 채 우리 속을 걸어다니는 호랑이처럼 온몸을 앞뒤로 흔들며 외치고 있었다.

"카, 라! 쿠루!" 퀴퀘그는 그레니디어의 비프스테이크의 큰 조각에 입맛을 다시는 듯한 요란한 소리를 냈다. 이렇게 왁자지껄한 속에서 선원들은 힘껏 노를 저었고, 배는 쏜살같이 물결을 가르고 앞으로 나아갔다.

그 사이에도 스터브는 선두의 위치를 확보하고 입에서 담배 연기를 쉴 새 없이 내뿜으면서도 선원들을 돌격하도록 부추겼다. 선원들은 필사적으로 젓

---

1) 말향고래의 이상하게 큰 머리 내부가 모두 놀랍도록 가벼운 물질로 되어 있는 것에 대해서는 다른 곳에서도 이야기할 것이다. 그 몸 가운데서 가장 중압적인 겉모양을 나타내고 있으면서 실은 가장 부력이 풍부하다. 그러니까 쉽게 그것을 공중에 들어올릴 수가 있고 특히 전속력으로 돌진할 때는 항상 그렇게 한다. 게다가 두부(頭部) 전면의 윗부분이 매우 편평하게 되어 있는 데 반하여, 그 아랫부분은 끝이 극히 뾰족하며 물을 가르게 되어 있어서, 머리를 비스듬히 쳐드는 것으로 그는 넓적한 뱃머리를 가진 느린 갤리선으로부터 끝이 뾰족한 뉴욕 항의 수로(水路) 안내선으로 변신하게 된다.

고 또 저었다. 드디어 기다리던 외침이 들렸다. "일어섯! 태슈테고, 한 대 먹엿!" 작살은 던져졌다.

"뒤로!" 노잡이들은 뒤로 저었다.

그 순간 모든 사람의 손목께를 '슛' 하고 불처럼 뜨거운 무언가가 스치고 지나갔다. 마법의 포경 밧줄이었다. 바로 그 직전에 스터브는 재빨리 밧줄을 밧줄걸이 기둥 주위에 두 번 감았다. 밧줄은 속도가 더욱 빨라지면서 빙글빙글 돌며 풀려 나갔고, 바닥에서 이는 먼지가 그의 파이프에서 쉴 새 없이 피어오르는 연기와 뒤섞였다. 밧줄은 기둥 둘레를 한없이 빙빙 돌고 있는데, 기둥에 이르기 전에는 섬광처럼 스터브의 양손 사이를 빠져 달려나갔다.

그런데 아차 하는 순간 스터브의 그 양손에는 '수건', 즉 그런 경우에 이따금 사용되는 솜을 넣은 네모진 헝겊이 떨어져버렸다. 마치 적의 예리한 양날의 칼날을 손으로 잡고 있는데, 적이 한사코 그 칼을 비틀어 뺏으려고 하고 있는 것과 마찬가지였다.

"밧줄을 적셔라, 밧줄을 적셔!"라고 스터브가 통 있는 데 앉아 있는 노잡이를 보고 외치자, 그는 모자를 벗어 바닷물을 퍼올려 그것을 밧줄에 끼얹었다.[2]

밧줄은 계속 풀려 나가고, 이윽고 팽팽하게 당겨졌다. 바야흐로 보트는 끓어오르는 바다 위를, 모든 지느러미를 힘껏 움직이며 달리는 상어처럼 질주했다. 스터브와 태슈테고는 그들이 있는 위치를 뱃머리와 뒷갑판으로 서로 바꾸었는데, 그것은 이 심한 동요 속에서는 위험하기 짝이 없는 일이었다.

뱃머리에서 뒷갑판까지 보트 위로 일직선으로 뻗어 떨고 있는 밧줄, 더욱이 하프 줄보다 더 팽팽하게 당겨져 있는 그 밧줄을 보았다면, 사람들은 이 배는 두 개의 용골을 가지고―하나는 물을 가르고 또 하나는 하늘을 가르면서―한꺼번에 그 두 가지 상반된 저항을 헤치고 무섭게 달리고 있다고 생각했을 것이다. 뱃머리에서는 흰 물방울이 끊임없이 요란하게 튀고, 뒷갑판에

---

2) 이 일이 얼마나 필요한가 하는 것을 나타내기 위해서 설명하겠다. 옛날의 네덜란드 어선에서는 달리는 밧줄을 적시기 위해서 기다란 자루가 달린 걸레가 사용되었는데, 대부분의 경우에는 나무로 만든 통이 그 때문에 마련된다.

서는 소용돌이가 끊임없이 일었다. 보트 안에서 일어나는 어떤 작은 운동, 가령 손가락 하나의 움직임만으로도 찢어질 것처럼 진동하는 선체를 경련적으로 옆으로 뒤엎어서 가라앉혀버릴 것 같았다.

보트가 이렇게 돌진할 때는 보트 안의 모든 사람은 온 힘을 다해서 자리에 착 달라붙어 거품 이는 바다에 떨어지지 않으려고 했다. 키다리 태슈테고는 몸의 무게 중심을 낮추려고, 키를 다루는 노가 있는 데서 몸을 거의 둘로 접듯이 하고 웅크리고 있었다. 화살처럼 달리는 배에 탄 사람들은 그들이 전 대서양과 태평양을 달린 것같이 생각되었다. 그러나 마침내 고래가 그 도주의 속도를 늦추기 시작했다.

"잡아당겨 넣어라! 당겨 넣어!" 스터브가 앞 노잡이에게 소리치자 전원이 고래 쪽으로 휙 방향을 돌려 밧줄을 잡아당겨서 아직도 고래에게 끌려가고 있는 보트를 고래 쪽으로 더욱 가까이 대려고 했다.

얼마 지나지 않아 그 옆구리와 나란히 있게 되자 스터브는 무릎을 밧줄 걸어매는 쐐기 모양의 말뚝에 단단히 끼우고, 무섭게 달아나는 대어大魚를 향해서 한 개, 또 한 개 창을 던졌다. 보트는 그의 명령에 따라 고래의 무서운 몸부림을 피해서 달아났다가 다시 창던지기 좋은 위치로 접근하거나 했다.

이윽고 괴물의 온몸에서 산에서 떨어지는 폭포수처럼 빨간 핏물이 흐르기 시작했다. 바닷물이 아닌 핏물 속에서 괴로워하는 몸은 몸부림치고, 핏물은 그 몸이 지나간 자리에서마다 거품을 일으키며 들끓었다.

수평선 아래로 기울어 가는 태양의 햇빛이 이 피의 연못 위를 비추면서 선원들의 얼굴에 그 빛이 반사되어 모든 선원들의 얼굴을 아메리카 인디언처럼 번쩍번쩍 빛내고 있었다. 그리고 그 사이에도 고래의 물뿜는 구멍에서는 하얀 물보라가 뿜어 올려지고, 홍분의 절정에 달한 두목 스터브의 입에서도 담배 연기가 계속 뿜어져 나왔다. 그는 던질 때마다(밧줄 때문에) 굽어진 창을 잡아당겨 뱃전에 세게 때려서 똑바로 펴가면서 하나씩 고래를 향해 던졌다.

"당겨라! 당겨!" 라고 그는 이번에는 앞노잡이에게 외쳤다. 힘이 다한 고래는 분노에 떨면서 그 몸을 가로 뉘었다. "당겨라, 바싹!" 보트는 대어의 옆구리에 바싹 달라붙었다. 뱃머리에서 쑥 몸을 내민 스터브는 길고 날카로운 창을 고래 몸속에 그대로 천천히 깊이깊이 쑤셔넣고 조심스럽게 휘젓고 또 휘저었다. 그 모습은 마치, 고래가 금시계를 삼켜버렸기 때문에 갈고리로 열심히 그 몸 안을 훑으면서, 찾아내기 전에 그것이 망가져서는 안 된다고 조심하고 있는 것 같았다. 다만, 그가 찾고 있는 금시계란 고래 생명의 핵심이었다. 마침내 그는 그것을 찾아냈다. 괴물은 단말마의 고통에서 뛰쳐 일어나 형언할 수 없는 무서운 꼴로, 자신의 핏물 속에서 몸부림치며 미친 듯 솟구치는 물거품에 몸을 쌌다.

위험에 처한 보트는 급히 뒤로 물러섰지만, 그 광란의 어스름 속에서 투명한 일광 속으로 안간힘을 다하여 저어 나가기란 쉬운 일이 아니었다.

그러자 고래는 몸부림칠 힘도 떨어졌는지 다시금 눈앞에 떠올라서 엎치락뒤치락하며 번갈아 그 좌우의 옆구리를 보이고 경련적으로 물뿜는 구멍을 늦추었다 팽팽하게 했다 하면서, 귀청을 찢는 것처럼 고통스러운 숨을 날카롭게 내뱉었다. 그러고 나서 드디어 마치 적포도주를 주위 가득히 엎지른 것처럼 시뻘건 피가 콸콸 뿜어 나와서 공중의 정적을 깨뜨렸는데, 이윽고 이미 움직이지 않는 그 몸뚱이는 미끄러지는 듯 바닷속으로 떨어져 갔다.

심장이 터진 것이다!

"뻗어버렸어, 스터브 씨." 대그가 말했다.

"응, 이쪽 파이프도 모두 불이 꺼졌는걸." 하면서 스터브는 자기의 파이프를 입에서 빼어, 담뱃재를 물 위에 털어버리고 잠시 동안 가만히 서서 자기가 잡은 거대한 주검을 생각에 잠겨 바라보았다.

제62장 투창

앞장의 사건에 대해서 한마디 덧붙이고자 한다. 포경업의 변함없는 습관에 의하면, 본선에서 보트를 저어 나갈 때는 보트장長, 즉 고래를 죽이는 자가 임시 키잡이가 되고, 작살잡이, 곧 고래에 밧줄을 꽂는 자가 작살잡이 노라고 불리는 1번 노를 젓게 된다.

그런데 맨 처음에 쇠화살촉을 고래에 박는 데는 굳세고 강인한 팔이 필요하다. 왜냐하면 고래와의 거리가 좁혀지지 않거나 하는 경우에는 가끔 무거운 작살을 20~30피트의 거리에서 던져야 하기 때문이다. 더욱이 추적이 아무리 장시간 걸리고 피로가 아무리 심하더라도 작살잡이는 그 사이 전력을 다해서 저어야 한다. 그런데 그는 다만 그 비범하게 젓는 힘뿐만 아니라 끊임없이 대담무쌍한 큰 소리를 외쳐 댐으로써 초인간적인 활동의 모범을 모든 사람에게 보여야 하는 것이다.

모든 근육이 긴장하였다가 약동으로 옮기려는 순간순간에 목청껏 외친다는 것, 그것은 스스로 해본 자가 아니면 도저히 할 수 없는 어려운 일이었다.

목청껏 큰 소리를 지르면서 한편으로는 같은 순간에 무턱대고 마구 운동한다는 것은 내겐 도저히 불가능하다. 그런데 고래에 등을 돌리고 이렇게 날쌔게 움직이고 외치고 부르짖는 속에서, 기운이 다할 대로 다한 작살잡이는 "일어섯! 한 대 먹여라!"라는 흥분한 외침을 듣게 된다. 그러면 그는 재빨리 노를 놓고 몸을 반쯤 돌리고 노받이에서 자신의 작살을 잡고 남은 정력을 쥐어짜서 어떻게 하든지 고래를 향하여 던진다.

이것을 생각하면, 모든 포경선단을 총합했을 경우에도 창을 던질 적당한 때 50번 중에 다섯 번도 성공하지 못한다는 것도, 불쌍한 많은 작살잡이들이 심하게 욕을 먹고 야단을 맞는다는 것도, 그들 중 어떤 자가 보트 안에서 혈관이 파열되고 말았다는 사실도, 또한 말향고래 어선 가운데는 4년이나 바다를 방황하고도 네 통밖에 기름을 짜내지 못한 배가 있다는 것도, 그래서 많은 선주에게 포경업은 그다지 수지가 맞지 않는 장사라는 것도 조금도 이상할 게 없지 않은가? 원래 포경 항해란 작살잡이가 있고 나서의 이야기인데, 그 자가 온몸의 정기를 다 쥐어짜버렸다고 한다면 여차할 경우 어떻게 보충할 수가 있단 말인가?

그리고 또 처음에 던진 작살이 성공했다 하더라도 다음의 위급한 순간, 다시 말해서 고래가 질주하기 시작하자마자 자신들이 위험한 것은 물론이거니와 전원을 조마조마하게 만들면서 보트장과 작살잡이는 온 힘을 다하여 연

달아 움직이기 시작한다. 바로 이때 그들은 서로의 위치를 바꾸는 것이다. 보트장, 다시 말해서 작은 배의 수령은 보트 뱃머리의 그 정해진 위치에 자리를 잡아야 한다.

나는 누가 뭐라고 하든 이런 것은 모두 어리석고 필요 없는 짓이라고 믿고 있다. 보트장은 처음부터 끝까지 뱃머리에 있으면 되는 것이고, 자기가 작살과 창을 던지면 되는 것이다. 그 대신 누가 보든지 분명히 필요하다고 생각될 경우 외에는 일체 노젓기를 하지 않도록 해야 한다.

물론 그렇게 하면 추적의 속도는 약간 떨어지게 될지도 모른다. 그러나 여러 나라의 온갖 포경선에서 겪은 오랜 경험으로 판단하건대, 포경 실패 중의 절대 다수는 결코 고래의 속도에 의한 것이 아니라 앞에서 말한 것처럼 작살잡이의 힘의 소모消耗에 의한 것이다.

세상의 작살잡이들이 창던지기에서 최대 효과를 얻으려면 과로하지 말고 나태의 밑바닥에서 일어서야 한다.

제63장 가닥기둥

나무줄기에서는 가지가 자라고, 그 가지에서는 또 작은 가지가 자라듯이 풍부한 주제로부터 많은 장章이 나온다.

앞서 말한 바 있는 가닥기둥이라는 것은 장을 따로 마련하여 이야기할 만한 가치가 있다. 이것은 칼자국을 넣은 특수한 모양의 막대기인데, 길이는 약 2피트로 뱃머리에 가까운 오른쪽 뱃전에 수직으로 박혀 작살의 한 끝의 목재 부분을 올려놓는 데에 쓰인다. 작살의 다른 쪽 끝의 칼날이 있는 곳은 뱃머리에서 비스듬히 내밀어져 있다. 이렇게 해서 작살은 곧바로 던질 사람의 손에 잡힐 수 있게 되어 있으며, 그는 마치 산 사나이가 벽에 걸린 총을 움켜쥐듯이 즉각 작살을 놓인 자리에서 집어들게 된다. 보통은 작살 두 개가 가닥기둥에 걸려 제1화살촉, 제2화살촉이라고 불린다.

그런데 이 작살 두 개는 각각의 밧줄에 의해서 포경 밧줄에 매여 있다. 그 목적은 될 수 있으면 두 개 다 재빠르게 같은 고래에 던지려는 것, 다시 말해서 고래를 끌 때 하나가 빠지더라도 다른 하나가 고래를 잡아 두려는 것이다. 즉, 기회를 두 배로 늘리자는 것이다.

그러나 실제 가끔 일어나고 있는 일인데, 고래가 첫째 작살을 받자마자 순간적인 충동에 의해서 광포하게 달리기 시작하고, 작살잡이의 활동이 아무리 번갯불 같다고 하더라도 제2작살을 던질 수 없을 때가 있다. 그렇게 된 경우에는 이 제2작살은 이미 밧줄에 매여 있고, 밧줄은 달려 나가고 있으므로 어찌되었든 간에 어떻게 해서라도 보트에서 재빨리 던져버려야만 한다. 그렇지 않으면 오히려 더욱더 무서운 위험이 선원들을 덮치게 된다. 대부분의 경우에 그것은 바닷속에 떨어지게 마련인데 이때는 축에 감은 예비 밧줄이 십중팔구 그것을 교묘하게 처리해 주기로 되어 있다. 그러나 이 위험하기 짝이 없는 재주 노름은 때로 슬프고 끔찍한 재난을 가져오기 쉽다.

뿐만 아니라, 제2작살이 바다에 떨어지면 그 예리한 칼날은 물속에서 마구 뛰어 무서운 일을 일으킨다. 즉, 보트와 고래의 주위에서 이리저리 요동을 치다가 밧줄을 엉키게 하기도 하고 그것을 끊기도 하고, 사방에 어처구니없는 소란을 일으키기도 한다. 더욱이 대개의 경우에는 고래가 보기좋게 잡혀서 죽게 되기 전에는 그것을 다시 되돌릴 수가 없다.

그러니까 지금 보트 네 척이 유달리 힘이 세고 활발하고 지혜가 풍부한 고래와 싸움을 하는 경우를 상상해 보라. 고래가 안심할 수 없는 그러한 놈인데다가 이 대담한 모험에는 헤아릴 수 없이 많은 사고가 따르는 것이고 보면, 여덟 개나 열 개의 제2작살이 마구 날뛰며 고래의 주위를 쫓아다닐 수도 있는 것이다. 왜냐하면 어느 배나 잘못 던져진 제1작살이 되돌아오지 못할 경우를 생각해서 여러 개의 작살을 밧줄에 매어 놓도록 준비하고 있기 때문이다.

이제까지 이야기한 여러 사실들은 이후에 나올 장면들에서 중요하지만 난해한 부분에 부닥쳤을 때 이해를 돕게 될 것이다.

제64장 스터브의 저녁식사

스터브의 고래는 본선에서 상당히 떨어진 거리에서 죽었다. 물결이 잔잔했기 때문에, 우리는 세 척의 보트를 나란히 하여 전리품을 천천히 피쿼드호로 끌어가는 일에 착수했다. 그런데 그 18명의 선원이 팔 36개와 손가락 180개를 모두 합하여 축 늘어진 그 주검을 상대로 몇 시간이나 걸려 느릿느릿하게 일했으나 그 고래는 여전히 그 자리에 있는 듯 조금도 움직인 것 같지 않았다. 그러한 사실로도 우리가 끌려고 한 물체가 얼마나 거대한지를 알 수 있을 것이다.

중국의 한하漢河인지 뭔지 하는 대운하에서는 둑길에서 노동자 4~5명이 한 시간에 1마일의 속도로 짐을 잔뜩 실은 큰 정크를 끈다든가 하지만, 우리가 끄는 거선도 마치 연광鉛鑛을 가득히 실은 것처럼 참으로 무겁게 천천히 움직였다.

어둠이 닥쳐왔다. 그러나 피쿼드호의 큰 돛대 위아래에 켜놓은 세 개의 등불이 희미하게 뱃길을 비춰주고 있어서, 이윽고 가까이 가보니 에이허브는 몇 개의 각등角燈 중의 하나를 뱃전에 내려놓고 있었다. 그는 아래위로 흔들리고 있는 고래를 한동안 멍하니 바라보면서, 밤이니까 잘 붙들어 매어둬라, 하고 흔해빠진 명령을 하며 각등을 선원에게 건네준 후, 선실 안으로 걸어들이거니더 이침까지 두 번 다시 모습을 나타내지 않았다.

고래를 쫓고 있을 때의 에이허브 선장은 평소의 활동성이라고 할 수 있는 것을 발휘했지만, 고래가 죽고 나면 이렇다 할 이유도 없는 불만, 초조, 또는 절망감이 그의 속에 움직이는 것 같았다. 이 시체를 보고는 저 백경 놈이 아직 죽지 않았다는 생각이 새로워지고, 또한 설사 다른 고래 천 마리가 배에 끌려온다 해도 자신의 웅대한 편집광적인 목적은 조금도 이뤄진 게 아니라고 생각하는 모양이다. 얼마 뒤에 피쿼드호의 갑판에 일어난 소리를 들으면,

사람들은 이 깊은 바다에 전원이 닻을 내리려는 것인가, 하고 의아하게 생각할 것이다. 무거운 쇠사슬이 갑판 위에 끌리고 요란한 소리를 내며 뱃전에 난 구멍에서 내려진다. 그러나 이 쇠사슬은 배가 아니라 거대한 주검을 정박시키려는 것이다. 머리는 뒷갑판에, 꼬리는 뱃머리에 붙들어 매어져 고래는 지금 그 시커먼 몸뚱이를 배에 찰싹 붙이고 누워 있는데, 하늘을 찌를 듯한 돛대며 밧줄들을 보이지 않게 만드는 밤의 어둠 속에서 보노라니, 그 배와 고래는 마주 붙들어 매인 두 마리의 거대한 황소로서 한 마리는 웅크리고 앉았고 한 마리는 서 있는 모습 같았다.[1]

음울한 에이허브는 적어도 갑판 위에서 본 바로는 매우 평온한 것 같았다. 그러나 사람 좋은 이등 항해사 스터브는 승리감에 도취되어 기뻐서 어쩔 줄을 몰라하고 있었다. 그토록 그가 떠들어 대고 있는 것을 보자 침착한 상관인 스타벅은 한동안 묵묵히 모든 사무를 자기가 도맡았다.

잠시 후 스터브의 들뜬 기분을 한층 더 돋워 주는 또 한 가지 일이 있다는 사실이 밝혀졌다. 스터브는 미식가였다. 그는 그 미각을 돋우는 음식으로 고래고기를 무척 즐겼다.

"스테이크다! 스테이크야! 내가 자기 전에 스테이크를 해야 해! 이봐, 대그, 내려가서 꼬리를 조금 베어 오게!"

여기서 말해 두어야 할 것이 있는데, 이런 난폭한 어부들은 관습적으로 또 한 전쟁 마당의 큰 교훈으로 적어도 그 항해의 결산을 분명하게 하기까지에는 적에게 전쟁 중의 비용을 배상시키거나 하지는 않는다. 그러나 때로 낸터킷 사람 중에는 지금 스터브가 가리킨 말향고래의 특수한 부분, 곧 가늘어져

---

1) 여기서도 잠깐 설명을 덧붙여 두겠다. 고래를 뱃전에 붙들어 매는 경우, 가장 단단히 또한 안전하게 배에 붙들어 매는 데는 뾰족하게 갈라진 끝 또는 꼬리가 가장 좋다. 그런데 그 부분은 매우 탄탄하게 살이 졌기 때문에(옆구리 지느러미를 제외하고는) 다른 어느 곳보다도 무겁고 또한 죽은 뒤에도 극히 부드러우므로 수면 밑에 깊이 가라앉아 있다.
그러니까 그것을 쇠사슬로 붙들어 매려 해도 보트에서 손을 내밀어 닿게 할 수는 없다. 그러나 이러한 어려움도 교묘하게 처리된다. 가늘고 강한 밧줄 끝에 나무로 만든 부표를 가운뎃부분에 무거운 추를 달아 다른 한 끝을 배에 매어 놓는다. 훌륭한 솜씨에 의해서 나무 부표는 동체 저쪽에 뜨고, 다시 말해서 고래를 한번 감은 셈이니까 쇠사슬은 쉽게 그것을 따라 달리고 동체는 미끄럽게 떨어져서 끝내 꼬리의 가장 가는 점, 곧 폭넓은 끝이 갈라진 곳과의 연결점을 단단히 붙들어 매게 되는 것이다.

가는 동체의 끝부분을 진짜로 좋아하는 사람도 있다.

한밤중에 스터브는 말향고래 기름으로 불을 켠 두 개의 등잔 밑에 우뚝 서서 고패를 식탁으로 삼아서 그 말향고래의 요리를 먹어 대기 시작했다. 아니, 그날 밤 고래고기의 향연을 실컷 즐긴 자들은 스터브뿐이 아니었다. 그가 고기를 씹는 소리에 맞추어서 수없이 많은 상어들이 으드득 소리를 내면서 죽은 거경 주위에 떼지어서 그 기름진 고기에 입맛을 다셨다. 배 밑의 침대에서 자던 몇 사람은 그 심장에서 불과 몇 인치도 떨어지지 않은 곳에서 상어들이 날카롭게 뱃전을 꼬리로 치는 소리에 몇 번이나 눈을 떴다. 뱃전에서 들여다보면 그 상어들이(소리 정도가 아니라) 음산한 검은 바닷속에서 뒹굴며 사람의 머리통만큼이나 되는 커다란 고래고기 덩어리를 물어뜯어 몸을 휙 낚아채는 것을 역력히 볼 수 있을 것이다. 이 상어의 특기는 기적적이라고 할 수밖에 없다. 아무리 보아도 이빨이 들어갈 것 같지도 않은 고래 가죽을 어떻게 이렇게 모양 좋게 입을 벌리고 물어뜯는지? 이것은 우주의 대섭리인 신비의 일부를 이루는 것이다. 그들이 고래에게 남기는 그 구멍은 목수가 나사못을 박기 위해서 뚫는 구멍과도 비길 수 있을 것이다.

처참하고 흉포하기 이를 데 없는 바다 위의 전투가 초연 속에 한창일 때도 황홀하게 갑판을 올려다보는 상어들은 피가 뚝뚝 떨어지는 고기를 자르고 있는 식탁 주위를 어정거리는 굶주린 개나 고양이 같아서, 바다에 던져지는 송장에 확 덤벼들 태세를 갖추고 있다. 갑판 위에서 용맹스러운 도살자들이 술이 달린 도금 식칼을 휘둘러 서로의 날고기를 식인종처럼 썰고 있을 때, 상어 떼들도 또한 그 보석을 박은 듯한 입으로 식탁 밑의 송장고기를 서로 다투며 뜯어먹고 있는 것이니까, 이 모든 광경을 거꾸로 비추어 본다 하더라도 거의 같은 그림이 될 것이다. 왜냐하면 양쪽이 모두 상어와 같은 몸서리나는 행위를 하고 있기 때문이다. 그리고 또한 상어란 놈은 대서양을 건너는 모든 노예선의 충실하기 이를 데 없는 수행자로서 극히 정확하게 뱃전을 달리며, 무언가 운반할 것이라도 있으면, 아니 죽은 노예라도 매장할 때는 즉시 도와주곤 한다. 그 밖에도 그들이 실로 화기애애하게 모여 와서 참으로 쾌활하게 향연을 베푸는 데 대해서는 때와 장소, 기회 등에 관한 몇 가지 예를 더 들 수 있지만, 뭐니뭐니해도 밤바다의 포경선에 매인 말향고래 주검의 경우만큼 많이 나타나서 그토록 명랑 쾌활한 정신을 발휘하는 것은 언제 어디서도 볼 수 없다. 그 광경을 보지 못한 이상 여러분은 악마 숭배의 타당성에 대해서라든가 악마 유화책에 대해 이야기하고 판단하는 것은 그만두는 게 좋을 것이다.

그러나 지금 스터브는 그토록 가까이에서 벌어지고 있는 향연에서 나는 입맛 다시는 소리에 마음을 빼앗기지도 않았고, 또한 상어들도 이 미식가가 입맛 다시는 것에는 무관심했다.

"요리사! 요리사! 플리스 영감은 어디 있지?' 그는 좀더 단단히 차리고 요리를 먹으려는 듯이 두 다리를 넓게 벌리고 서서 이윽고 큰 소리를 지르는 동시에 창을 쓰는 것처럼 포크를 접시 위에 던졌다. "요리사, 야, 요리사! 이리 나와."

검둥이 영감은 당치도 않은 시간에 따뜻한 잠자리에서 불려 나왔기 때문에 그다지 기분이 좋지 않았다. 요리실에서 걸어나오는 걸음걸이는 비틀거리고 있었다. 왜냐하면 늙은 흑인에게는 흔히 있는 것처럼 무릎의 상태가 좋지 않아서, 그의 자랑인 요리 칼처럼 훌륭하게 움직여 주지 않았던 것이다. 그건 어쨌든, 이 플리스 영감이라고 불리는 늙은 검둥이는 무쇠테를 두들겨 편 지팡이로 다리를 거들어 주면서 비틀비틀 다가와서 명령에 따라 스터브의 반대쪽으로 와서 멈춰 서서, 두 손을 앞으로 모아쥐고 두 다리 지팡이에 몸을 기대고 굽은 등을 더욱 깊이 굽히면서 목을 비스듬히 기울여 들리는 쪽의 귀를 갖다 댔다.

"요리사." 스터브는 약간 붉은빛이 도는 고기를 재빨리 집어올리면서 말했다. "자네 이건 좀 너무 구웠다고 생각하지 않나? 자네는 이 스테이크를 너무 다졌군. 너무 연해서 못쓰겠어. 언제나 내가 말하지 않던가? 고래고기 스테이크는 질겨야 맛있다고 말이야. 배 곁에 상어가 있지 않나. 저놈들도 질긴 날고기를 좋아한단 말이야. 저놈들 어째서 저렇게 떠드는 거야! 이봐! 이봐, 요리사, 저놈들에게로 가서 말하라고. 아무리 많이 먹어도 좋지만 얌전하게 적당히 하라고, 떠들지 말라고 해. 제기랄, 내 목소리도 들리지 않을 정도군. 좋아, 상어에게 말해주게. 자, 이 각등을 들고 가서 상어에게 설교하고 오게나." 하고 선반에서 자기의 각등을 집었다.

무뚝뚝하게 각등을 받아들고 늙은 플리스는 갑판 위에서 비틀거리면서 뱃전으로 갔다. 그의 회중會衆들이 잘 보이도록 한 손으로 등불을 낮게 바다로 내리고 한 손으로 그 쇠지팡이를 거만하게 휘두르고 뱃전에서 몸을 내밀면서 기어들어가는 목소리로 상어 떼를 향해 설교를 했다. 스터브는 뒤로 살그머니 다가가서 한마디도 놓치지 않고 들었다.

"동료들, 명령이다! 너무 그렇게 떠들지 마라. 알았느냐? 혓바닥을 날름거리지 마라. 스터브 씨께서 말씀하시는 거다. 배때기껏 처넣는 것은 좋지만, 제기랄! 조용히 안 할 텐가!"

"이봐, 요리사." 여기서 스터브는 갑자기 어깨를 툭툭 치면서 그 설교에 끼어들었다. "이봐 멍텅구리 영감! 설교할 때 '제기랄' 같은 말을 하면 못 쓰는 거야. 죄인을 회개시킬 수 없단 말이야."

"뭐라는 거야, 그렇다면 자신이 설교하면 될 텐데." 하고 요리사는 토라져서 돌아가려고 했다.

"아니 좀더 해."

"좋아요. 사랑하는 여러분……."

"잘한다." 스터브는 고개를 끄덕이며 외쳤다. "놈들에게 가르쳐 줘라. 해봐."

"너희들은 말이다, 다시 말해서 상어란 놈은 태어날 때부터 아귀처럼 고약하게 먹는데 말이다. 나는 말하겠는데, 여러분, 아귀 같은 짓은…… 이봐! 꼬리를 펄떡거리지 마라. 그렇게 펄떡거리고 쩝쩝거리면 내가 하는 말이 안 들릴 것 아닌가, 이놈들아!"

"요리사!" 스터브는 상대의 목덜미를 움켜쥐고 외쳤다. "욕을 하지 말라고 했잖아? 신사처럼 말하란 말이다."

설교는 다시 계속되었다.

"여러분, 요란한 소리를 내는 건 나쁘다고 하지 않겠다. 그렇게 태어났으니까 하는 수 없지. 그러나 여러분의 저주받은 천성에 고삐라는 것을 걸지 않으면 안 된다는 것이 문제란 말이야. 너희들은 뭐라고 해도 상어란 말이야.

그렇지만 너희들의 그 상어 근성에 고삐를 매기만 하면 너희들은 천사님이 될 수 있단 말이다. 이봐 형제들, 조금만 더 점잖게 그 고래에게 덤벼들어 보지 않겠나? 옆에 있는 친구 입에서 고깃덩어리를 뺏지 않아도 될 것 아닌가? 어느 상어놈도 그 고래를 먹는다는 데 대해선 같은 권리라는 것이 있단 말이다. 아니 신께서도 알고 계신다. 너희들은 그 고래를 먹을 권리가 없을지도 몰라. 고랜 말이다, 너희들의 것이 아니란 말이다. 너희들 가운데는 다른 놈들보다 입이 큰 놈도 있을 거다. 그러나 입이 큰 놈은 배가 작을 수도 있겠지. 그러니까 입이 큰 놈은 기름진 살을 삼켜버리거나 하지 말고, 물어뜯고 나서는 약한 놈들에게 나눠주어야 해. 약한 놈들은 밀고 젖히고 하는 바람에 고래를 물어뜯을 수가 없단 말이야."

"플리스 영감, 아주 잘했소." 스터브는 큰 소리로 말했다. "그야말로 기독교 정신이다. 좀더 하게."

"암만 해도 소용없어, 스터브 씨. 이 저주받은 놈들은 밀고 젖히고 싸우는 것을 절대로 그만두지 않아. 내 말은 조금도 안 들어. 이런 심술궂은 놈들에게 설교한다는 건 아무 소용이 없어. 배때기가 잔뜩 부르지 않으면 그만두지 않을 테고, 놈들의 배때기는 말이 없는걸. 그럼 배때기가 부르면 어떨까? 그래도 역시 듣지 않아. 바다 밑으로 들어가 산호 속에서 푹 잠들어버리고 말지. 도대체 사람의 말 같은 건 귀에 들리지 않아요."

"제기랄, 나도 대체로 같은 의견이야. 기도라도 해주는 거야, 플리스 영감. 나는 저녁 먹으러 갈 테니."

그러자 영감은 상어의 폭도들 위에 두 손을 내밀고 소리 높여 외쳤다.

"저주받은 자들아! 멋대로 아귀처럼 떠들어라. 아귀 배때기가 터지도록 처넣어서…… 그리고 뻗어버려라."

"이젠 됐어, 그리고." 스터브는 고패 위 만찬장으로 돌아갔다. "자네 아까처럼 여기에 서서 나를 바라보고 차렷 자세를 하고 있어."

"차렷 말인가요?" 플리스는 지시된 자리에서 쇠지팡이에 기대어 앞으로 꾸부정하게 섰다.

"좋아." 열심히 입을 놀리면서 스터브가 말했다. "나는 이제부터 이 스테이크 문제로 돌아가겠는데 우선 첫째로 자네 도대체 몇 살인가?"

"그게 스테이크와 관계있는 말인가요?" 늙은 검둥이는 기분이 좋지 않았다. "입 닥쳐! 나이가 몇이냐니까."

"아흔 살쯤이라 하더군요." 검둥이가 무뚝뚝하게 대답했다.

"그러면 자넨 거의 백 살 가깝게 이 세상에 살면서 고래고기 스테이크를 요리하는 방법도 모른다는 말이군." 여기까지 말하고 나서는 그 질문의 계속이나 되는 것처럼 급하게 한 덩어리를 입에 집어넣었다.

"어디서 태어났나?"

"로어노크 강(버지니아 주의 강)의 나룻배 안에서죠."

"배 안에서 낳았다고! 그것 참 기발하군. 그러나 나는 자네가 어느 나라 태생인가 하는 것을 듣고 싶은 거야."

"로어노크 강이라고 하지 않았소?"

늙은 검둥이는 큰 소리로 억세게 말했다.

"아니, 말하지 않았어. 그러나 내가 말하려고 하는 말은 요리사, 자넨 고향으로 돌아가서 다시 한 번 태어나면 어떤가 하는 거야. 어쨌든 고래고기 스테이크도 할 줄 모르니까 말이야."

"절대로, 다시는 스테이크 따윈 굽지 않을 테요!" 화가 나서 이렇게 부르짖은 그는 몸을 돌려 돌아가려고 했다.

"이리 와, 자, 그 지팡이를 내게 줘. 자아, 이 스테이크를 조금 먹어봐. 그리고 '이게 스테이크입니다.' 라고 할 수 있겠는지 대답해 봐. 이봐, 안 먹어?" 하고 쇠지팡이를 쑥 내밀고 "자, 먹어. 맛을 보란 말이야."

늙은 검둥이는 잠시 그 오그라든 입술에 대고 머뭇거리며 맛을 보더니 중얼거렸다. "난 이렇게 맛있는 스테이크는 먹어본 적이 없다오. 군침이 질질 흐른다는 건 바로 이런 걸 두고 하는 말이야."

"이봐, 요리사." 다시 몸을 고쳐 앉으면서 스터브가 말했다. "자넨 교회에 나가나?"

"케이프타운인가 하는 데서 한 번 나간 적이 있소." 불쾌하게 노인은 대답했다.

"평생에 단 한 번 케이프타운에서 교회당에 들어가 본 게로군. 그래 거기서 목사가 회중들에게 '사랑하는 여러분!' 하는 걸 들었겠지. 그렇지? 요리사! 그런데 자넨 왜 조금 전에 그처럼 무서운 거짓말을 내게 했냔 말이다."라고 스터브가 말했다. "자네 도대체 어디로 갈 작정인가?"

"빨리 침대로 가고 싶소." 중얼거리면서 그는 절반쯤 몸을 돌렸다.

"멈춰! 움직이지 마! 내가 하는 말은 자네가 죽었을 때의 일이야. 무서운 질문일 테지만, 자, 대답할 수 있다면 해봐."

"이 늙다리 검둥이가 뻗어버리면," 검둥이는 그 표정과 태도를 돌변해서 천천히 말했다. "자신이 어디로 간다는 것은 생각하지 않아. 고마운 천사님이 와서 데려가 주실 뿐이지요."

"데려간다고! 어떻게 말이지? 엘리야〈〈열왕기하〉 2장 참조〉를 데리고 간 것처럼 네 마리 말이 끄는 마차로 말인가? 그래서 어디로지?"

"위쪽이지요."

플리스는 쇠지팡이를 머리 위로 꼿꼿이 처들고 극히 엄숙하게 그대로 서 있었다.

"그렇다면 자넨 죽어서 본선 큰 돛대 꼭대기에 올라가겠다는 건가? 그러나 높이 올라갈수록 그만큼 추워진다는 것은 알고 있을 테지? 큰 돛대 꼭대기라, 허어 참."

"그런 높은 데가 아니오." 플리스는 여전히 실쭉해서 대답했다.

"자네가 위쪽이라고 하지 않았나? 자, 분명히 해. 자네 지팡이는 어딜 향하고 있는 건가? 틀림없이 자넨 돛대 망루 승강구에라도 기어올라가서 천국으로 들어가려는 생각이겠지. 그렇지만 안 돼, 요리사. 정해진 데를 지나가지 않으면, 다시 말해서 돛대 밧줄이 있는 데로가 아니면 거기에 올라갈 수 없는 거야. 그건 위태로운 일이지만 다른 방법은 없어. 그렇지 않으면 갈 수 없어. 그러나 우린 아직 천국에 간 사람은 없어. 지팡이를 내리고 내 명령을 들어. 알겠나? 이제부터 명령할 테니까, 한 손으로 모자를 잡고 또 한 손으로 심장 뒤를 두드리는 거야. 아니, 자네 심장은 그런 데에 있단 말인가? 거긴 배 아닌가? 위야, 위! 좋아, 거기다. 이제 됐어. 거기에 놓고 차렷을 하는 거야."

"차렷!' 늙은 검둥이는 스스로 호령하고 거기에 맞춰 양손을 내리고, 마치 양쪽 귀를 일시에 가지런히 앞으로 내밀려고 하는 것처럼 백발의 머리를 거 만하게 움직였다.

"자아, 요리사, 알겠나? 자네가 만든 이 고래고기 스테이크는 엉망진창으 로 맛이 없어서 보기조차 싫었기 때문에 열심히 빨리 처치해버린 거야. 알겠 지? 그러니까 이제부터 자네가 나의 이 식탁에 놓을 고래고기 스테이크를 만 들 때는 너무 구워서 형편없이 만들지 않도록 해. 일러두겠는데, 한 손에 스 테이크를 들고 다른 한 손으로 석탄불을 갖다 대란 말이야. 좋아, 그리고 접 시에 놓는다, 이렇게 말이야. 알겠나? 그리고 내일 일인데, 우리가 고래를 처 치할 때 자네 잊지 말고 그 자리에 있다가 지느러미 끝 쪽을 잘라서 식초에 담그란 말이야. 그리고 끝이 뾰족하게 갈라진 꼬리는 소금에 절이는 거야. 자, 이젠 가도 좋아."

그러나 플리스는 세 걸음도 채 가기 전에 다시 불려왔다.

"이봐, 내일 불침번 때 커틀릿을 저녁식사로 내와야 해. 알았나? 그럼 나 가. 이봐! 멈춰! 가기 전에 경례하지 않나? 아니, 멈춰! 아침식사엔 고래경단 이다. 잊지 말게."

"하느님! 저자가 고래를 먹지 말고 고래가 저자를 먹는 게 좋겠소. 난 아무 래도 진짜 상어보다 저자가 훨씬 더 상어 같아 보이는걸." 절룩거리며 돌아 기면서 노인은 그 비꼬는 말을 벗삼아 잠자리로 들어갔다.

제65장 고래 요리

인간이라는 생물이 자신의 등잔 기름을 공급하는 동물을 정신없이 먹고, 특히 스터브처럼 그 동물의 기름을 태우는 불 밑에 앉아서 그것을 먹는다는 것은 참으로 야만스럽기 이를 데 없는 일이라고 생각되기 때문에 조금씩 그 역사와 철학에 대해서 생각할 필요가 있을 것이다.

기록에 의하면 3세기 전 프랑스에서는 참고래의 혓바닥 고기는 매우 맛좋은 것으로 존중되고 따라서 값도 비쌌다. 또한 헨리 8세 때, 어떤 궁정 요리사가 기막힌 소스를 발명하여 그것을 고래의 일종이라고 하는 돌고래고기의 스테이크에 곁들여 내놓아 대단한 상을 받았다고 한다. 물론 돌고래고기는 현대도 맛좋은 음식의 하나임에 틀림없다. 고기를 당구공 정도의 크기로 경단을 만들어 맛있게 양념을 하면 바다거북이나 송아지의 경단은 비교도 안될 정도로 맛이 있다.

옛날의 던펌린(스코틀랜드의 피셔어)의 수도사들은 그것을 가장 좋아했으므로 왕실에서 다량의 돌고래를 하사받고 있었다. 요컨대 적어도 고래잡이들 사이에서는 고래란 귀중한 물고기이지만 양이 많은 것이 옥에 티라는 정평이다. 뭐라 해도 여러분들이 만약 100피트나 되는 고기만두를 앞에 놓고 앉았다면 입맛이 딱 떨어져 버릴 게 아니겠는가? 다만 스터브처럼 무엇이든 가리지 않고 먹어 대는 자 이외에는 오늘날 고래고기 요리를 먹지 않는다.

그러나 에스키모인은 과연 신경이 무디다. 알다시피 그들은 고래고기를 먹으며, 고급 고래 기름으로 향기 좋은 술을 빚어내기도 한다. 에스키모의 의사 중에서도 고명한 조그란다는 기름기 있는 고기는 특히 맛이 있고 영양분이 풍부해서 어린 유아에게 좋다고 권하고 있다. 그러니까 생각나는데 아주 오래전에 포경선의 사고로 그린란드에 남아 있게 된 영국인들이 기름을 빼고 난 후 해안에 버려진 고래의 썩어가는 고깃덩어리로 아무튼 몇 달인가를 살았다는 이야기도 있다. 네덜란드의 고래잡이들은 이 찌꺼기를 '튀김'이라고 하는데, 신선한 경우에는 갈색이고 아삭아삭하다. 암스테르담의 아낙네들이 만드는 도넛이나 과자와 매우 비슷하여 먹음직스럽게 보이므로 아무리 점잖은 손님이라도 그것을 먹지 않을 수가 없다고 한다.

그러나 고래고기를 문명적인 맛있는 음식으로 하기에 어려운 다른 이유는 그것의 지나친 자양분에 있다. 바다에서는 최상의 우수한 물소 격牛인데, 맛이 일품이라고 칭찬하기에는 너무 지방이 많다. 그 혹의 고기만 하더라도 그 맛이 '진미'라고 하는 물소에 못지않지만, 어쨌든 피라미드 같은 기름덩어리 때문에 진저리가 난다. 그리고 경랍 그 자체도 그 부드러움은 마치 석 달된 야자열매의 하얀 과육처럼 투명한 젤리와 비슷하지만, 막상 그것을 버터 대용으로 하기에는 너무나도 지방이 많다.

그러나 대부분의 고래잡이들은 그것을 다른 음식에 스며들게 한 뒤에 맛을 본다는 것을 알고 있다. 긴긴 밤에 경유 당번을 설 때 대개의 선원들이 하는 일인데, 비스킷을 커다란 기름통에 집어넣어 기름에 볶는다. 나도 이렇게 해서 맛있는 밤참을 먹은 적이 몇 번 있었다.

작은 말향고래의 경우는 뇌가 진미로 꼽힌다. 두개골을 도끼로 깨면 동그랗고 흰 뇌엽腦葉 두 개(두 개의 큰 푸딩처럼 보인다.)가 끌려 나오고 그것을 밀가루와 반죽하면 곧 썩 훌륭한 음식이 되는데, 그 맛은 미식가들 사이에서 명성이 자자한 송아지의 뇌수와 비슷하다. 그런데 그 미식가들 가운데서도 그 방면에 정통한 체하는 사람은 항상 송아지의 뇌만 먹고 있으니까, 머지않아 자신의 뇌는 차츰 작아져서 송아지의 두뇌와 자신의 그것을 구별하려고 해도 비범한 지혜가 없으면 안 될 것이다. 그렇기 때문에 젊은 미식가가 영리하게 보이는 송아지의 머리를 앞에 놓았을 때처럼 비통한 정경은 없다. 그 머리는 마치 그를 질책하는 것처럼 "아, 너까지도……."(시저가 살해되었을 때 한 말)라고 말하는 듯한 표정을 짓는다.

육지 사람들이 고래고기를 먹는 것을 혐오할 일이라고 보는 것은 반드시 그것이 너무 기름지기 때문이라고만은 할 수 없다. 어느 편이냐 하면 그것은 결과론이고 원인은 앞에서 말한 것, 즉 사람이 바다에서 방금 죽인 것을 먹고 그것도 그 기름으로 불을 밝힌 불 밑에서 먹는다는 점에서 오는 것일 것이다. 그러나 의심할 나위도 없이 처음으로 소를 죽인 사람은 살인자로 보여져서 교수형에 처해졌을 것이다. 하물며 만약 소들에게 재판을 받았다고 한다면 꼼짝없이 그 죄상은 당연히 살인자와 같은 것이 되었을 게 틀림없다.

토요일 밤에 어물시장에 가보라. 얼마나 많은 두 발 달린 무리가 죽 늘어선 네 발 달린 주검들을 지켜보고 있는가? 식인종이라니? 식인종이 아닌 사람이 어디 있는가? 사실 말이지, 피지섬 사람이 닥쳐올 기근에 대비해서 말라빠진 선교사를 소금에 절여 움구덩이에 두었다 하더라도 그 조심성 많은 피지섬 사람은 대심판 날에는 여러분과 같은 문화 개화의 미식가, 곧 거위를 땅바닥에 못질해서 그 부푼 간장을 파테드푸아그라(거위의 간장을 잘게 다져 만든 음식)로 만들어서 맛있게 먹는 사람들보다도 죄가 가벼울 것이다.

그런데 스터브가 고래의 기름을 태우는 불 밑에서 고래를 먹는다는 것이 과연 학대에 모욕을 거듭한다는 말이 될 것인가? 문명 세계에 화려한 미식가 여러분들이여, 지금 여러분이 스테이크를 먹고 있는 그 나이프 자루를 보라. 그것은 무엇으로 만들어져 있는가? 지금 여러분들이 정신없이 먹고 있는 소의 형제의 뼈가 아니고 무엇이겠는가? 그리고 저 거위의 기름진 고기를 먹어치운 뒤에 무엇을 이쑤시개로 사용할 것인가? 바로 그 거위의 깃털이 아닌가? 그리고 거위 학대 방지 협회의 비서는 어떤 깃털 펜으로 그 선전 회람을 멋지게 썼단 말인가? 철펜 이외에는 사용하지 않겠다고 그 협회가 결의한 것은 불과 한두 달 전의 일에 불과하지 않은가?

제66장 상어 대학살

남양 어장에서는 말향고래를 잡아서 장시간 애를 쓴 뒤, 밤이 되어서야 뱃전까지 끌고 왔을 경우 적어도 일반적인 습관으로는 그것을 즉시 처치하지는 않는다. 왜냐하면 그 일은 매우 힘이 들고 단시간 안에 끝내기는 불가능한데다 또한 전원이 덤벼들어야 하기 때문이다.

그러므로 대개는 돛을 모두 내리고, 키를 바람 불어가는 곳으로 조종하고 밤새 닻을 지킬 당직만을 남겨놓고 전원을 날이 샐 때까지 배밑 잠자리에 들게 한다. 다만 두 사람이 한 조가 되어 한 시간씩 교대로 갑판에 나가 모든 일을 살피고 다닌다.

그러나 태평양의 적도 위에서는 때로는 이 방법이 잘되지 않는다. 어찌 되었든 붙들어맨 주검을 향해서 헤아릴 수 없이 많은 상어가 떼를 지어 오기 때문에, 만약 여섯 시간만 그대로 내버려둔다면 아침에는 거의 해골밖에 남지 않을 것이다. 그러나 상어가 그다지 많지 않은 다른 태평양 해역에서는 날카로운 고래 자르는 삽[1]으로 심하게 놀라게 함으로써—그것이 때론 오히려 그들에게 한층 더 활기를 돋워 주게 되는 경우도 있지만—그 탐욕성을 크게 위축시키는 경우도 있다.

그러나 지금의 피쿼드호의 경우는 달랐다. 그날 밤 뱃전에서 처음으로 이런 광경을 본 사람은, 다만 눈에 보이는 주위의 해면은 하나의 커다란 치즈가 되고, 상어는 거기에 우글거리는 구더기라고 보았을 것이다.

그렇다고 해서 무사할 리는 없다. 스터브가 밤참을 마치고 당직을 배치하고, 그에 따라 퀴퀘그와 앞돛대 선원 한 사람이 갑판에 올라온 뒤에 상어들 사이에서는 끔찍한 소란이 일어나게 되었다. 왜냐하면 그 두 선원은 곧 고래 자르는 데 쓰이는 발판을 뱃전에서 달아 내리고, 등불 세 개를 아래로 내려서 거친 바다 먼 곳까지 빛을 던지게 하고, 고래 자르는 긴 삽을 던져 그 예리한 칼날을 놈들의 유일한 급소라고 생각되는 머리통을 향해서 내려치면서 숨막히는 상어 학살을 시작했기 때문이다.

그러나 상어 무리가 뒤섞여 날뛰는 바람에 부글부글 거품이 이는 물속에서는 사수射手가 반드시 명중시킨다고 할 수도 없었고, 그것이 또한 그 적들의 예사롭지 않은 흉포성을 발휘하게 하는 형국이 되었다. 놈들은 악귀처럼 서로 비어져 나온 내장에 달려들 뿐만 아니라, 마치 유연한 활처럼 몸을 구부리면서 자기의 내장까지 물어뜯음으로써, 그 창자가 삼켜져 한입으로 들어가면 벌어진 상처에서 그것이 연방 나오고 있는 형편이었다. 그뿐만이 아니었다. 놈들의 시체나 망혼亡魂을 건드리는 것은 위험하기 짝이 없는 일이었다. 놈들의 몸은 생명이 떠나가고도 마디마디 또는 뼈마다 천성에 의해선지 여러 신의 가호에 의해선지 정기가 가득 차 있는 것처럼 보였다.

죽여서 갑판 위로 끌어올린 무리 중의 한 마리를 퀴퀘그가 껍질을 벗기려

---

[1] 고래 자르는 삽. 고래를 자를 때 사용되는 삽이란 가장 좋은 강철로 된 사람의 손바닥만한 크기인데 대체로 그 모양은 정원 가꾸는 흙손과 비슷하다. 다만 그 양쪽 면이 완전히 납작하게 되어 있고, 그 앞 끝 부분은 밑바닥보다도 현저하게 좁게 되어 있다. 이 무기는 항상 예리하게 되어 있지만 그것을 마침내 사용해야 할 때는 다시 숫돌에 갈기 때문에 그대로 면도를 할 수 있을 정도로 예리하다. 그 아랫바닥의 구멍에는 길이가 20~30피트 되는 단단한 막대기가 손잡이로 달려 있다.

고 막 그 흉악한 입을 다물려 했을 때, 그놈은 꿈틀거리며 그의 손을 물어서 하마터면 잘릴 뻔했다.

"어느 신께서 상어놈을 만드셨는지 퀴퀘그야 알 바 아니지." 야만인은 아픔을 참을 수 없어서 손을 아래위로 흔들면서 말했다.

"피지의 신인지 낸터킷의 신인지 모르지만, 이 상어란 놈을 만드신 신은 굉장한 세공사로군."

제67장 고래 자르기

이상은 토요일 밤의 일이었다. 그런데 날이 밝고 안식일이 되었는데, 이 무슨 짓이란 말인가? 모든 고래잡이들은 공공연하게 안식일을 깨뜨리기를 본분으로 생각한다. 흰 고래 이빨로 장식된 피쿼드호는 바야흐로 도살장으로 변하고, 선원들은 모두 도살자가 되었다. 마치 그것은 수많은 피투성이의 소를 해신에게 바치고 있는 듯한 광경이었다.

우선 대개 초록빛으로 칠해진 활차군滑車群을 한 사람의 힘으로는 들어올리기에 불가능한 거대한 기구 가운데서도 특히 포도송이 모양의 거대한 고래 자르기용用 고패가, 가운데 돛대 위에 올려져서 갑판 위의 가장 튼튼한 곳인 하부 돛대 꼭대기에 붙들어 매어졌다. 이 복잡한 기구 속을 지나가는 닻줄 모양의 밧줄 한 끝이 양묘기까지 이어져 있다. 고패 밑의 거대한 활차가 고래 위에 늘어지고, 거기에 무게가 1백 파운드는 실히 됨직한, 고래 자르기에 쓰이는 갈퀴가 달렸다. 그리고 나서 뱃전에 매달린 발판에 올라서면서 스터브가 긴 고래삽을 휘둘러 고래의 몸에 구멍을 내고, 옆지느러미 두 개에 가장 가까이 늘어져 있는 갈퀴를 찔러넣어 자르기 시작했다.

그것이 끝나면 폭넓은 반원형의 선이 구멍 주위에 그어지고 거기에 갈퀴를 찔러 넣고 선원들은 고래고래 소리를 질러 합창하면서 양묘기에 달려들어 감아올리기 시작한다. 그러면 그 순간 배 전체가 한쪽으로 기울고 배의 모든 쩜못이 마치 혹한 때의 낡은 집의 못처럼 튀어나오려 하고, 배는 진동하고 전율하며 돛대 꼭대기는 놀란 듯 하늘을 향하여 끄떡끄떡한다. 배는 더욱더 고래 쪽으로 고개를 수그리고, 허덕이는 듯한 양묘기가 한 번 감고 한 번 흔들릴 때마다 큰 파도가 흔들려 호응했다.

그러다가 드디어 별안간 일대 충격이 일고 배는 요란한 소리와 함께 자세를 바로하면서 고래에서 떨어지고, 고패는 의기양양해서 눈앞에 우뚝 서면서 기름진 고기의 첫 번째 덩어리로 잘려진 반원형 물체의 끝을 끌어올렸다. 그러면 마치 밀감이 빙글빙글 돌아가면서 껍질이 벗겨지듯 이 지방이 고래 몸에서 벗겨진다. 즉, 양묘기가 끊임없이 당기고 있기 때문에 고래는 바닷속에서 연방 뒹굴기를 계속하고, 그리고 고기는 스타벅과 스터브의 고래삽이 동시에 자르는 선을 따라 한 조각씩 일정하게 잘려진다. 그리고 재빠르게 자꾸자꾸 잘려지는 그 움직임을 따라 높이 달려 올라가서 그 윗부분은 돛대 꼭대기를 스치게 된다.

그러면 양묘기에 매달린 사람들은 감기를 멈추는데, 한동안 피가 뚝뚝 떨어지는 거대한 고깃덩어리가 마치 하늘에서 내려온 것처럼 전후좌우로 흔들린다. 거기 있는 사람들은 모두 그 고깃덩어리의 동요를 피하기 위해 세심한 주의를 해야 한다. 그렇지 않으면 머리를 세게 얻어맞고 거꾸로 물속에 떨어지는 수가 있기 때문이다.

거기에 있던 한 작살잡이가 임검臨檢이라고 불리는 길고 예리한 무기를 갖고 나가서 기회를 잘 포착하여 흔들리는 고깃덩어리 밑부분에 커다란 구멍을 낼 만큼 살을 솜씨 있게 도려냈다. 이 구멍에 갈퀴로 둘째 고패를 걸어서 단단히 고기를 고정시킨다. 그런 뒤에 그 작살잡이는 주위에 있는 모든 선원들을 멀찍이 물러서게 하고는 고깃덩어리를 향해 약간 비껴서서 다시 정밀한 돌격을 가하고, 힘들여 둘로 절단한다. 그래서 짧은 밑부분은 아직 움직이지 않은 위치에 있지만 윗부분은 자른 조각, 즉 모포毛布 조각이라고 불리는 부분은 그 부분대로 흔들리면서 내려지기를 기다리게 된다. 져 나르는 사람들이 앞으로 나가 서면 다시 소리를 맞춰 노래하기 시작하고, 하나의 고패가 두 번째 고기 토막을 떼내어 달아올리는 동안 먼저 고패는 천천히 속도를 늦

추어 고기 토막을 가운데 창구를 통해서 아래쪽 지육실이라고 불리는 공창쓰
艙으로 가져간다.

이 어두컴컴한 방 속을, 몇 사람이 똬리를 튼 뱀의 무리처럼 생각되는 긴
'모포 조각'을 재빠른 솜씨로 감으면서 돌아간다.

이렇게 작업은 진행되는 것이다. 고패 두 개는 번갈아 올라갔다 내려갔다
하고, 고래와 양묘기는 계속 돌아가고, 감아올리는 사람은 소리를 맞추어 노
래를 부르고, 지육실의 사람들은 고기를 감아 넣고, 항해사는 고기 자르는 선
을 계속 긋고, 배는 긴박감에 싸이고, 선원들은 이런저런 마찰을 덜기 위해선
지 이따금 고함을 지르고 욕을 퍼부어 댄다.

제68장 모포 조각

나는 설說이 분분한 문제의 부분, 즉 고래가죽에 대해서 적지않게 골머리
를 썩여 왔다. 나는 바다의 경험이 풍부한 고래잡이들과도, 또한 지상의 박식
한 자들과도 그에 대해 여러 번 논쟁을 해봤다. 그러나 나의 기본 의견에는
변함이 없다. 그것은 한낱 의견에 지나지 않을 테지만.

문제는 고래의 피부란 무엇이며 어디에 있는 것인가 하는 것이다. 여러분
들은 이미 지육脂肉이 무엇인가를 알았을 것이다. 그것은 단단한 쇠고기와
비슷한 육질, 그러나 그것보다도 더 단단하고 탄력이 있는 것으로서 두께는
8~10인치로부터 12~15인치 정도까지 이른다.

그런데 어떤 생물의 피부가 그런 육질의 두께로 되어 있다고 한다면 누구
나 처음엔 엉터리라고 생각할 것이다. 그러나 사실상 이 가정에 대해서는 반
박할 여지가 없다. 왜냐하면 고래의 몸에서는 이 지육 이외에는 밀도가 있는
껍질층을 발견할 수가 없기 때문이다. 그래서 상당한 밀도를 지닌 채 생물의
가장 바깥쪽을 싸는 층이 있다고 한다면, 이것을 피부라고 할 수밖에 없지
않은가? 사실 상처가 전혀 없는 고래의 시체에서는 아주 얇은 부레풀과 비슷

한 얇고 투명한 물질을 손으로 벗겨낼 수가 있는데, 그것은 비단처럼 탄력성과 유연성이 풍부하다. 그러나 그것은 마르기 전의 일이고 마르면 오므라들어서 밀도가 더할 뿐 아니라 약간 딱딱하고 또한 부서지기 쉽게 된다. 나도 그 바싹 마른 것을 몇 개 가지고 있어서 고래 책의 책갈피로 쓰고 있다.

앞에서도 말했듯이, 투명한 그 책갈피를 인쇄된 책장 위에 놓으면 어쩐지 확대경 구실을 하는 것 같아 기분이 좋아진다. 어찌 되었든, 이른바 고래의 안경을 통해서 고래에 관해 읽는다는 느낌이 즐거운 것임에는 틀림없다. 그러나 내가 지금 말하려고 하는 것은 이렇다. 즉, 이 극히 얇은 부레풀 모양의 물질이 고래의 온몸을 덮어 싸고 있다는 것은 사실이지만, 이것은 고래의 피부라고 하기보다는 피부의 피부라고 생각해야 할 것이다. 저 끔찍하게 거대한 고래의 피부가 갓 태어난 갓난아기의 피부보다도 얇고 부드럽다고 하면 우스꽝스러울 것이다. 그러나 이 문제는 이쯤에서 넘어가기로 하겠다.

지육이 고래의 피부라고 할 경우, 그 피부가 매우 두꺼운 말향고래의 경우에는 백 통이나 되는 막대한 기름을 산출하고, 더욱이 그 양 또는 무게에서 본다면 그 짜낸 기름은 피부의 전량全量이 아니라 불과 4분의 3의 양에 지나지 않는다. 그리고 보면 고래라는 생물은 그 피부의 일부에서만도 호수를 이룰 만큼의 액체를 산출하는 셈이니, 이로써 고래의 웅대함을 충분히 상상할 수 있을 것이다. 10통을 1톤으로 치면 고래의 피부라는 것의 4분의 3이 10톤의 중량을 갖는 셈이다.

살아 있는 고래의 표피表皮는 그가 드러내는 수없이 많은 신기함 가운데서도 무시할 수 없는 것 중의 하나이다. 거의 예외 없이 고래의 외피에는 종횡무진으로 달리는 선이 얽히고설켜 마치 훌륭한 이탈리아의 선판화 같은 모습을 하고 있다. 그러나 이 선들은 앞에서 말한 부레풀 모양의 물질에 새겨져 있는 것이 아니라 그것을 통해서 보이는 것이며, 몸 그 자체에 새겨져 있다고 생각된다. 아니, 그것뿐이 아니다. 때로는 예리하고 주의 깊은 사람은 보았겠지만, 이 선들은 실제 판화에서처럼 심오한 묘사를 나타낸다. 이것은 상형문자이다. 다시 말해서, 만약 여러분들이 저 피라미드에 그려진 이상한 기호를 상형문자라고 부른다면, 이 경우에는 당연히 그렇게 말해야 할 것이다. 특히 나는 미시시피 강 상류의 강변에 상형문자가 있는 것으로 유명한 벼랑에 새겨진 고대 인디언 문자를 보고는 말향고래의 상형문자를 상기하여 크게 놀랐던 적이 있다. 더욱이 그 신비한 암벽과 마찬가지로 고래의 이상한 기호는 전혀 읽을 수 없다. 이 인디언 암벽은 또다른 사실을 생각나게 한다.

말향고래가 나타내는 외관은 다양하지만, 종종 그 등보다 옆구리에서 규칙적인 선의 모양이 엉망으로 긁힌 상처에 의해서 난폭하게도 거의 지워져서 완전히 불규칙하고 제멋대로 되어 있다. 저 뉴잉글랜드 해안의 바위들, 거대한 빙산과 부딪쳐서 난폭한 상처를 입고 있었다고 애거시족 인디언이 믿고 있는 그 바위들이, 이 점에서는 말향고래와 적지 않게 닮은 게 아닐까? 또 고래의 이러한 긁힌 상처는 아마도 다른 적의를 가진 고래들과 세게 부딪친 데서 생긴 게 아닌가 한다. 왜냐하면 내가 아는 바로는, 이 현상은 충분히 성장한 암고래에서 더 많이 볼 수 있기 때문이다.

고래의 피부, 즉 지육에 대해서는 한두 마디 더 해야만 하겠다. 이미 말했듯이 그것은 '모포 조각'이라고 불리는 기다란 조각이 되어 벗겨진다. 대개의 해상 용어와 마찬가지로, 이것도 매우 적절하고 의미가 깊은 용어이다. 실제로 고래의 몸을 싸고 있는 지육은 마치 모포나 홑이불과 같은 것, 아니 좀더 적절하게 말하면 인디언이 머리에서부터 뒤집어쓰는 망토와 같은 것이다. 그 몸에 그토록 기분좋은 모포를 뒤집어쓰고 있으니까 고래는 어떤 날씨, 어떤 때, 어떤 바다, 어떤 조류 속에서도 쾌적하게 지낼 수가 있다.

살을 엘 듯이 추운 얼음투성이의 북양에 있는 그린란드고래가 만약 그 따뜻한 망토에 싸여 있지 않다면 그 운명이 어떠하리라는 것은 상상할 수 있을 것이다. 그야 그 북극의 바다에는 매우 활발한 다른 어족들도 없는 것은 아니다. 그러나 잊어선 안 될 것은, 그들은 냉혈이고 폐가 없고 배가 냉장고 같은 빙산이 흘러가는 대로 그 밑에서 몸을 녹이는, 마치 여인숙의 난로에 몸을 녹이는 겨울 나그네처럼 뻔뻔스러운 친구들이라는 점이다.

그런데 고래는 인간과 마찬가지로 폐가 있는 온혈 동물이다. 피가 얼면 죽어 버린다. 그러니까 설명을 듣지 않으면 이 대괴물, 몸의 보온을 사람과 똑같이 필요로 하는 괴물이 저 북극의 바닷속에 입까지 잠기면서도 태연하게 있다는 것은 무척이나 이상하게 생각될 것이다. 거기서는 물에 떨어진 뱃사람이 몇 개월이 지난 뒤에도 마치 호박琥珀에 박힌 곤충처럼 얼음 벌판 한복판에 꼿꼿이 선 채 얼어붙어 있다. 더욱이 실험으로 나타난 바로서, 극지의 고래의 혈액이 여름날의 보르네오 검둥이의 혈액보다도 따뜻하다는 것은 경탄할 만하다.

생각건대, 실로 이 점에 강성한 생물의 활력과 두꺼운 벽과 널찍한 내면이 갖는 흔하지 않은 가치가 있다. 오, 인류여! 고래를 존경하고 그들과 같이 될 것을 배울지어다. 그대들도 또한 얼음 속에서 따뜻해져라.

이 세상에 살지라도 다른 세상의 것으로 살라. 적도에서 서늘해지고 극지에서 그대들의 피를 끓게 하라. 오, 인류여! 성 베드로 대성당처럼 또한 거경처럼, 어떠한 계절에도 그대들 자신의 체온을 보전하라! 그러나 이러한 미덕을 가르치기는 쉽지만, 부질없는 일이기도 하다.

세상의 건물 중에 성 베드로 성당 같은 게 또 있는가? 그리고 세상의 모든 생물 중에 고래처럼 거대한 것이 또 어디 있단 말인가?

제69장 장례

"쇠사슬을 잡아당겨라. 시체를 뒷갑판 쪽에 띄워라!"

거대한 고패의 할 일은 이미 완료되었다. 목을 잘리고 가죽이 벗겨진 고래의 흰 몸은 대리석 무덤처럼 빛나고 있다. 색은 변했지만 그 거체를 잃었다고는 조금도 생각되지 않는다. 여전히 의연하고 거대하다. 그것이 천천히 배에서 떠나가면서 물에 떠 있을 때 지칠 줄 모르는 상어 떼는 그 주위의 바닷물을 튀게 하고, 울어 대는 해조는 탐욕스럽게 떼지어 와서 단검 같은 부리로 고래를 찌르면서 공중을 소란하게 하고 있다. 산처럼 큰 머리 없는 흰 괴물은 배에서 점점 멀리 떠나고, 한 길 또 한 길 움직임에 따라서 평면에 밀집하는 상어 떼와 입체적으로 밀집하는 해조 떼는 더욱더 그 악귀 같은 소란의 도를 더

하고 있다.

몇 시간이나 정박한 듯한 배 위에서 그 광경은 보이고 있다. 구름도 없는 담청색의 하늘 아래 즐거운 파도가 빛나는데, 거기 쾌적한 미풍에 불려 가면서 그 생명 없는 큰 덩어리는 끝내 가없은 저쪽으로 사라져버릴 때까지 그렇게 언제까지나 흘러간다. 이토록 우울하고 우롱하는 듯한 장례가 또 있을까? 바다 독수리들은 매우 경건하게 구슬픈 소리를 지르고 상어들은 그야말로 위의威儀를 감추어서 검은 옷이나 얼룩덜룩한 옷을 차려입고 있다. 생전에는 이 고래가 설사 도움을 청했다손치더라도 누가 그를 도와주었겠는가? 그런데도 그 장례식에는 참으로 기특하게 모여든 것이다. 이 세상의 무서운 독수리주의主義여! 아무리 힘있는 고래라 할지라도 거기서 자유로울 수는 없다.

아니 이것으로 끝난 것이 아니다. 내버려진 시체라 하지만 어느 집념의 유혼幽魂이 살아남아서 위협하듯 그 위를 헤맨다. 겁쟁이인 군함이나 길 잃은 탐험선에서 바라보면, 그곳에 떼지어 있는 새들의 모습도 보이지 않을 만큼 거대한 흰 덩어리는 여전히 햇빛을 받으며 떠다니고 흰 물보라는 높이 치솟아 뽀얀 안개를 이루고 있다. 그러면 즉시 항해일지에 아무런 위험성도 없는 고래의 시체를 두고, '얕은 물, 암초, 큰 파도 등등 근해에 많음을 주의하라.'고 떨리는 손으로 써둔다. 그러면 그 후 몇 년을 두고 배들은 이곳을 피해 간다. 마치 맨 앞에 선 양이 막대기가 세워졌다 해서 뛰어넘는 것을 보고 어리석은 양이 아무것도 없는 곳인데도 뛰어넘는 형편이다. 그것이 바로 전례준수前例遵守의 법칙이며, 전통의 유용성이라는 것이다. 다시 말해서 그것이 일찍이 지상에 뿌리를 내린 적도 없고 지금 공중에 떠돌아다니지도 않는 낡은 신앙을 고집스럽게 부활시키려는 것이며, 그것이 바로 정통정신正統精神이라는 것이다.

이렇게 해서 산 고래의 몸은 그의 적들에게 실제의 공포를 주었을 것이며, 죽은 뒤의 망령은 세계에 대해서 허무한 공포를 준다.

친구여! 유령을 믿고 있는가? 코크 거리(1762년에 런던 코크 거리에서 벌어진 유령 소동. 한때는 존슨 박사까지 그 일에 동요되었다 함.) 외에도 유령이 나오는 곳도 있고, 존슨 박사보다도 더 박식한 사람들이 그것을 믿고 있다.

제70장 스핑크스

거경의 몸뚱이를 완전히 벗기기 전에 그 머리를 베어버린다는 이야기를 잊어서는 안 된다. 그 말향고래의 참수야말로 과학적, 해부학적인 일이기 때문에 경험 있는 고래 외과의사들이 매우 자랑스럽게 여기는 일인데 그것도 이유 없는 일은 아니다.

생각해 보라. 고래에게는 목이라고 부를 수 있는 적절한 부분이 전혀 없을 뿐만 아니라, 그의 머리와 몸뚱이가 붙었다고 생각되는 부분이야말로 온몸 중에서 가장 굵은 곳이다. 또한 생각해 보라. 참수인은 8~10피트나 그 목적물에서 멀리 떨어져서 일을 하는데, 그것은 더러운 색으로 물들어져 굽이치고, 때로 노도怒濤가 포효하는 바닷속에 거의 감추어져 있기 때문이다. 그것뿐만이 아니다.

이런 불리한 조건 아래에서 고래살을 여러 피트 깊이까지 잘라야 하며, 끊임없이 수축하는 깊은 상처 구멍을 거의 들여다보지도 못한 채, 더욱이 온갖 주변의 잘라선 안 될 부분을 교묘하게 피해서 등뼈가 끼워지려는 바로 그 지점을 정확하게 잘라내야만 한다. 그리고 보면 여러분들은 말향고래의 참수라면 10분 만에 해치운다고 자랑하는 스터브의 허풍에 놀라지 않을 것인가?

우선 절단된 머리는 뒷갑판 쪽으로 돌려지고 몸뚱이 부분이 벗겨질 때까지 거기에 밧줄로 붙들어 매어진다. 그 뒤에 만약 고래머리가 작은 것이라면 갑판에 끌어올려서 정성껏 처리된다. 그러나 충분히 성장한 큰 고래의 경우에는 그것이 불가능하다. 말향고래의 머리는 전신의 거의 3분의 1을 차지하는 것이므로 포경선의 거대한 고패로도 그런 무거운 짐을 완전히 달아올린다는 것은, 보석상의 저울로 지붕과 기둥만 있는 헛간의 무게를 다는 것과 같다.

그런데 피쿼드호의 고래는 머리가 잘린 채 배 옆의 해면에서 절반 가량 올려지게 된다. 다시 말해서 그 대부분은 아직도 부력으로 떠오르게 되어 있었다. 배는 돛대 꼭대기 하부에서 무서운 힘으로 끌려서 고래의 머리를 향해 심하게 기울고 그 옆의 돛의 활대는 모두 파도 위에 기중기처럼 내밀려 있다. 그리고 피쿼드호의 허리께에 달려 있는, 피가 떨어지는 머리는 유디트(홀로페르네스를 유혹하여 살해한 유대의 과부)의 띠에 대롱대롱 매달린 거인 홀로페르네스(아시리아의 장군)의 그것과 비슷했다.

이리하여 정오에 모든 일이 끝났다. 선원들은 모두 식사를 하기 위해 갑판 아래로 내려갔다. 조금 전까지도 왁자지껄하던 갑판 위에는 지금은 사람 하나 없이 적막감이 감돌고 있었다. 노란 연꽃처럼 구릿빛으로 가득 찬 고요가 소리도 없이 바다 위에 가엾은 꽃잎을 활짝 펴고 있다.

이러한 적막은 잠시 동안 계속되었다. 이 정적 속에 에이허브가 혼자서 선실로부터 나타났다. 뒷갑판 위를 두서너 번 왔다갔다하고 나서 걸음을 멈추고, 뱃전에서 아래를 내려다보았다. 그리고 큰 돛대의 밧줄을 매놓은 뱃전의 철구(鐵具, 메인 체인)께로 천천히 걸어가서 스터브의 긴 고래삽─고래의 목을 자른 뒤에도 거기에 놓여 있었다─을 집어들고, 그 한 끝을 겨드랑이에 소나무 지팡이처럼 끼우면서 공중에 매달린 고깃덩어리의 아랫부분을 툭툭 치고, 그 고래 머리를 강렬한 눈빛으로 가만히 지켜보고 있었다.

시커먼 머릿수건을 쓴 듯한 머리였다. 맑게 갠 고요한 대기 속에 드러나 있는 그것은 사막의 스핑크스를 연상케 했다. "이봐, 말해 봐라, 무섭고 큰 머리여."라고 에이허브는 중얼댔다. "수염은 나지 않은 것 같다만 여기저기 이끼가 껴서 마치 늙은이 같군. 위대한 머리여, 이야기해라. 그대 속의 비밀을 내게 말해 다오. 그대만큼 바다 깊이 들어가는 생물은 없다. 지금 햇빛에 드러나 있는 이 머리는 세계의 바다 밑바닥을 두루 돌아다니고 온 것이다. 거기서는 세상에서 잊힌 사람이나 함대가 썩어가고 있고, 사람이 알지 못하는 희망과 닻이 썩고 있다. 또 거기에는 이 지구라는 배의 사악한 선창에 빠져죽은 수없이 많은 사람들의 뼈가 쌓여 있다. 그 무시무시한 바다 밑바닥의 나라야말로 그대의 그리운 집이었다. 그대는 종소리도, 잠수부도 닿을 수 없는 곳을 보고 왔다. 거기서 수많은 선원들과 함께 자고 왔는데, 그들의 어머니들은 잘 수만 있다면 목숨이라도 바치겠다는 거다. 또 그대는 불길에 싸인 배에서 서로 껴안고 뛰어든 연인들도 보고 왔을 것이다. 그들은 말이다, 마음과 마음을 바싹 붙이고 의기양양한 바다 밑바닥까지 거짓 많은 하늘을 등지고 서로의 진실에 매여서 가라앉아 간 거다.

또한 그대는 심야의 갑판에서 해적이 내던진 항해사의 주검도 보았을 테지. 그는 몇 시간이나 걸려서 지칠 줄 모르는 암흑의 뱃속으로 들어간 거다. 더욱이 죽인 놈들은, 남편을 팔을 뻗어 기다리는 아내에게 데려다주어야 할 배가 벼락을 맞고 떨고 있을 때도 조금도 상처 입지 않고 항해를 계속하고 있다. 오, 고래 머리여! 그대는 별도 부서지고 아브라함님도 신앙을 갖지 않게 될 정도의 끔찍한 것을 보고 왔다. 그러면서도 아무 말도 하지 않는구나.”

“아! 돛이다!’ 큰 돛대 꼭대기에서 기운찬 목소리가 들려왔다.

“뭐라고? 좋아, 유쾌하군.” 에이허브는 갑자기 몸을 꼿꼿이 세우면서 외쳤는데, 그의 이마에 드리웠던 어두운 그림자도 사라졌다. “이 견딜 수 없는 잔잔한 잔물결 속에서도, 기세좋은 목소리를 들으면 어떤 사람이라도 기운을 되찾을 거다. 어디지?’

“우현 뱃머리. 삼점三點 위치. 바람에 불려서 이쪽으로 오고 있습니다.”

“더욱 좋군. 성 바울도 그 방향에서 오셔서, 너무 잔잔해서 움직일 수도 없는 나에게 바람을 보내주소서. 오, 자연이여! 오, 사람의 영혼이여! 말로는 도저히 표현할 수 없을 만큼 아주 비유적이군. 사물의 어떤 작은 원자 하나의 움직임도, 생명도, 간사하리만큼 마음속의 것을 꼭 닮아 있군.”

제71장 제로보암호의 이야기

배와 미풍은 함께 나란히 접근해 왔다. 아니, 바람 쪽이 배보다 빨랐기 때문에 피쿼드호는 흔들리기 시작했다.

이윽고 망원경으로 보니, 상대편 배의 보트와 돛대 꼭대기의 망지기가 보여 그것이 포경선이라는 것을 알았다. 그러나 바람이 불어오는 쪽에 있고 어느 다른 어장을 향하고 있는지 재빠르게 달려서 지나가려고 했기 때문에 우리 피쿼드호가 따라붙을 가망성은 없었다. 그래서 신호를 보내고 어떤 대답을 하는지 기다리기로 했다.

여기에 밝혀 두겠는데, 해군의 군함과 마찬가지로 미국의 포경선은 각각 고유한 신호를 갖고, 그 모든 신호는 제각기 배 이름과 함께 책 한 권에 수록되어 있는데, 선장들은 저마다 그것을 가지고 있다. 그러니까 포경선의 제독들은 바다 위에서 상당히 먼 거리에 떨어져 있어도 참으로 쉽게 서로를 알아볼 수가 있다.

피쿼드호의 신호는 드디어 상대편의 응답 신호를 받고 그것이 낸터킷의 '제로보암호'라는 것을 알았다. 그 배는 돛의 활대를 직각으로 하면서 바람이 불어오는 쪽에서 달려와서 바람이 불어가는 쪽으로 가고 있는 피쿼드호의 바로 옆의 위치에 이르러 보트를 내려서 곧 접근해 왔다. 스타벅의 명령에 의해서 이쪽으로 내방하는 선장의 편의를 위해서 뱃전 사다리를 내려놓았지만 그쪽 배의 선장으로 보이는 사람은 그런 건 필요하지 않다는 뜻을 나타내기 위해서 그 보트의 뒤쪽에서 손을 흔들었다.

제로보암호에는 악성 전염병이 퍼지고 있었으므로 그 배의 선장 메이휴는 피쿼드호 사람들에게 그 병을 옮기는 것을 두려워하고 있다는 사실을 알게 됐다. 선장 자신과 보트의 선원은 병에 걸려 있지 않았고, 그 본선은 사정거리의 절반 정도의 지점에 있고, 오염되지 않은 바닷물과 공기가 그 사이에 흐르고 있었지만, 그는 양심적으로 육지의 조심스러운 격리법에 따르면서 피쿼드호와 직접 접촉하기를 단호히 거절했다.

그러나 그것이 모든 교섭을 불가능하게 한 것은 결코 아니었다. 피쿼드호와 몇 야드쯤의 거리를 두면서 제로보암호의 보트는 이따금 노를 써서 물결을 밀어 보내(그때는 바람이 꽤 강해져 있었다.) 가운데 돛대의 중간 돛을 뒤로 한 피쿼드호와의 평행을 유지하려고 했다. 물론 갑자기 덮쳐 오는 큰 파도 때문에 보트가 약간 앞으로 밀려가는 일도 가끔 있었지만, 곧 교묘하게 올바른 위치로 되돌아오는 것이었다. 이 밖에 이와 비슷한 여러 가지 방해가 있었지만 서로의 대화는 계속할 수 있었다. 그러나 간혹 이와는 성질이 매우 다른 방해가 일어나기도 했다.

포경이라는 거친 직업에서는 개인의 특색 등은 전체 속에 파묻히는 법인데, 제로보암호의 보트를 젓고 있는 선원 가운데 매우 기묘한 모습의 사나이가 눈길을 끌었다.

몸집과 키가 작고 젊어 보이는 사나이인데 얼굴에는 주근깨가 가득했고, 노란 머리를 길게 늘어뜨리고 있었다. 옷자락이 긴, 성직자의 옷 같은 빛바랜 호두빛 외투로 몸을 감고 그 늘어진 소매를 손목 있는 데서 걷어올리고 있었다. 그의 눈에는 확고하고 광신적인 열정이 담겨 있었다.

이 사람을 발견하자마자 스터브가 외쳤다. "저자다! 그놈이야! 타운호호의 선원이 가르쳐 주지 않았나, 긴 옷을 입은 허풍쟁이란 놈이 저자다." 사실 스터브는 우리 피쿼드호가 아닌 타운호호와 만나기 조금 전에 제로보함호에서 일어난 기묘한 이야기와 그 선원 중의 한 사람에 대해서 언급했던 것이다. 그 이야기와 나중에 들은 바에 의하면, 이 허풍쟁이는 제로보암호의 선원들에게 무서운 힘을 떨치고 있었다. 그 이야기는 이렇다.

그는 원래 네스큐나(뉴욕 주의 지명)의 광적인 퀘이커 교도들 사이에서 자랐고, 거기서 제법 위대한 예언자가 되었다. 그들 광신자의 비밀 집회에서는 이따금 천장 구멍에서 내려와 하늘에서 강림했다고 말하며 조끼 주머니에 숨겨 두었던 제7비약병飛躍甁이라는 것을 즉석에서 연다는 것이다. 그러나 그것은 화약 따위가 아닌 아편을 넣었던 모양이다. 이리하여 기괴한 사도적師徒的 광열에 들떠서 네스큐나를 떠나 낸터킷에 찾아왔는데, 거기서는 광신자 특유의 교활한 지혜로 겉보기에는 견실한 상식을 지닌 사람처럼 보이게 하여 시골 출신으로서 제로보암호의 포경 항해에 지원했다.

배에서는 그를 고용했는데 배가 육지가 보이지 않는 항구 밖으로 나오자마자 그의 열광은 둑을 뚫고 쏟아져 나왔다. 스스로 천사장天使長 가브리엘이라고 자칭하고 선장에게 바닷속으로 뛰어들어버리라고 명령했다. 그는 그의 선언문을 공포하고 자기는 대양의 여러 섬들의 구세주요, 전 대양주의 총감독이라고 했다. 이런 것을 설명할 때의 흔들리지 않는 열광, 잠도 이루지 못하는 흥분된 환상에 대한 음울하고 대담한 궤변, 그리고 참다운 광기에 대한 초자연적인 공포감, 이런 것들이 하나가 되어 이 가브리엘이 대부분 무지한 선원들의 눈에는 신성한 기운에 싸인 자로 비치게 되었던 것이다. 심지어 그들은 그를 두려워하기까지 했다.

그러나 이러한 사나이는 배에서는 별로 소용이 없고, 특히 자기의 마음이 내키지 않으면 일도 하려고 하지 않았기 때문에 의심 많은 선장은 그를 제거해버리려고 했다. 그런데 가장 가까운 항구에 들르자마자 그를 육지로 내보내려는 의도를 알아챈 대천사는 즉시 그 봉인封印과 작은 병을 꺼내 들고, 그런 계획을 실행하는 날에는 배와 모든 선원을 전부 파멸시키겠다고 위협했다. 그는 배 안의 신도들을 단단히 사로잡고 있었으므로 드디어 그들은 한 덩어리가 되어 선장에게로 가서 만약 가브리엘님을 쫓아낸다면 자기들도 모두 배에서 내려버리겠다고 말했다. 선장은 하는 수 없이 그 계획을 포기했다. 게다가 그들은 가브리엘이 어떤 언행을 하든 그를 절대로 핍박하지 못하게 했으므로, 결국 가브리엘은 배를 완전히 자기 뜻대로 움직였다.

그 결과 대천사는 선장이니 항해사 등은 조금도 문제 삼지 않게 되었고, 전염병이 발생한 이후는 더욱더 그 권위를 떨쳐 이 악질惡疾이야말로 다름 아닌 자기가 불러온 것이므로, 자기의 의지 없이는 이것을 방지할 수도 없다고 했다. 뱃사람이란 대부분 어리석은 자들이어서 그 중에는 그에게 아부하는 자가 있고, 그가 지시하는 대로 따르며 마치 신을 대하는 것처럼 그를 숭배하기까지 했다. 이런 이야기는 믿기 어려울 것이다. 그러나 매우 기괴하기는 하지만 사실이다. 사실 광신자의 역사에 있어서는 그 광신자 자신이 자기 자신을 기만하는 기괴함보다도 수많은 사람들을 속이고 타락하게 하는 힘이 곱절이나 기괴한 것이다. 그러나 피쿼드호의 이야기로 되돌아가기로 하자.

"그대의 병을 두려워하지는 않소. 배에 오르시오."라고 에이허브는 뱃전에서 보트 뒷갑판에 있는 메이휴 선장에게 말했다.

그때 가브리엘이 벌떡 일어났다.

"열, 열병이란 샛노랗게 탄단 말이오. 소름이 끼치는 악질을 무서워하지 않는단 말이오?"

358

"가브리엘! 가브리엘!" 메이휴 선장은 외쳤다.

"자넨, 결국……." 그러나 그 순간 갑자기 밀려온 거센 파도가 배를 밀어내고, 그 들끓는 파도소리에 그들의 말소리가 끊겼다.

"백경을 보지 못했소?" 에이허브는 다시 다가온 보트에 대고 물었다.

"이봐, 이봐, 가브리엘. 정말로……." 그러나 보트는 악마에게 끌려가는 것처럼 다시 밀려갔다. 잠깐 동안은 말을 하는 사람도 없고, 다만 끊임없이 때리는 거친 파도만이, 바다의 우연한 변덕으로 물결친다기보다 뛰어오르고 있었다. 그 동안 매달린 말향고래의 머리는 심하게 요동치고, 그것을 지켜보고 있던 가브리엘은 자칭 대천사답지 않게 겁먹은 눈빛을 하고 있었다.

이 막간극이 끝나자 메이휴 선장은 백경에 대한 기분 나쁜 이야기를 했는데, 그 이름이 나올 때마다 가브리엘은 자주 방해를 하고 바다도 또한 그와 장단을 맞추어서 미쳐 날뛰었다.

제로보암호가 고향을 떠나서 얼마 되지 않았을 때, 한 포경선과의 정보 교환에 의해서 선원들은 백경의 존재와 그 난폭한 위세를 확실히 알게 된 모양이었다. 그 정보를 열심히 듣던 가브리엘은 선장에게 만일 그 괴물을 만나더라도 절대로 공격해서는 안 된다고 경고했는데, 그 미친 것 같은 헛소리에 의하면 백경이란 바로 퀘이커 교도들의 '신'의 화신이며, 성서의 계시를 받은 퀘이커 교도임에 틀림없다고 했다.

그러나 1~2년 가량 뒤에 돛대 꼭대기에서 그 백경이 분명하게 보였을 때, 일등 항해사 메이시는 그놈과 부딪치고 싶어서 견딜 수가 없었다. 선장도 대천사가 비난하고 경계했지만, 한번 솜씨를 시험해 보고 싶어서 메이시는 다섯 명을 설득하여 보트를 탔다. 그들은 모두 함께 돌진하여 녹초가 되도록 노를 저어 가서 위험하기 짝이 없는 공격에 몇 번인가 실패했지만, 그래도 끝내 작살 한 개를 찌르는 데 성공했다.

그 동안 가브리엘은 큰 돛대의 제일 꼭대기에 올라가서 한 팔을 미친 사람처럼 마구 흔들며 나의 신을 공격하는 무례한 놈들에게는 당장에 신의 벌이 내릴 것이라고 고래고래 소리를 질러 대고 있었다. 그런데 메이시가 뱃머리에 서서 뱃사람답게 난폭한 외침을 힘껏 고래를 향해서 부르짖으면서 목표를 겨누어 한 대 먹일 기회를 잡으려고 했을 때, 보라! 바닷속에서 커다란 흰 그림자가 불쑥 나와서 어지럽게 요동하기 시작했다. 노잡이들은 숨도 멈춰 버렸다.

그러자 다음 순간, 이 불운한 항해사는 몸뚱이째로 공중에 던져지고 그 다음 커다란 반원을 그리며 떨어져서 약 50야드 가량 떨어진 바닷속에 가라앉아버렸다. 보트의 나뭇조각 하나도, 노잡이들의 머리카락 한 가닥도 다치지 않았지만 항해사는 다시는 돌아오지 못했다.

여기서 유념해 두어야 한다고 생각하는 것은, 이런 일이란 말향고래잡이가 가끔 당하는 끔찍한 참사로서 이것은 결코 신기한 일이 아니다. 때로는 이렇게 희생된 사나이 이외에 아무것도 상하지 않을 때도 있지만, 가장 많이 일어나는 일로서 뱃머리가 부서지거나 지휘자가 서 있는 판자가 그 자리부터 깨져서 몸과 함께 날아가는 일도 있다. 그러나 놀라지 않을 수 없는 것은 죽은 사람의 몸뚱이를 찾아내 보면 그것은 일격에 살해되어, 거기에 조그마한 상처의 흔적도 없음이 비일비재하다는 것이다.

메이시의 몸뚱이가 떨어질 때까지의 재난의 광경은, 모두 모선에서 명료하게 보였다. "비약秘藥, 비약!" 하고 드높이 부르짖으면서 가브리엘은 공포에 떠는 선원에게 고래를 쫓는 것을 중지하라고 소리쳤다.

이 끔찍한 사건은 대천사의 몸을 한층 더 권위로 싸이게 했다. 왜냐하면 미신적인 선원들이고 보면, 그가 특히 이것을 경고했던 것이며, 막연하고 누구나가 할 수 있는 예언을 한 것이 아니라 넓은 공간 속의 수많은 표적 중의 하나를 맞힌 것이라고 믿었기 때문이었다. 그는 말할 수 없는 두려움을 온 배 안에 주었다.

메이휴가 이 이야기를 끝냈을 때 에이허브가 여러 가지 질문을 퍼붓자 메이휴는, 그대는 만약 백경을 만나면 해치울 작정인가, 하고 묻지 않을 수가 없었다. 에이허브는 그 물음에 "물론!" 이라고 대답했다.

그러자 가브리엘은 또다시 벌떡 일어나서 노인을 노려보고 손가락을 아래로 가리키면서 미친 듯이 외쳤다. "생각하라, 신을 모독하는 자를 생각하라. 죽어서 가라앉아 있다, 신을 모독하는 자의 말로를 조심하라."

에이허브는 무뚝뚝하게 옆을 보고 메이휴에게 말했다. "선장, 지금 생각이 났소만 나의 오른쪽 주머니속에 분명히 당신 배의 상관에게 보내는 편지가 있었소. 스타벅, 주머니를 찾아보게."

모든 포경선은 이 배 저 배에 보내는 편지를 잔뜩 신게 마련인데 그것이 수신인의 손에 들어가는지 어떤지 하는 것은 배가 4대양大洋에서 딱 마주치는 그 기회에 달려 있다. 즉, 그 대부분은 끝내 목적으로 달성하지 못하고 또한 2~3년 혹은 그 이상의 세월이 지나서야 간신히 손에 들어오게 되는 것도 많았다.

스타벅은 곧 편지를 들고 나왔다. 선실의 어두운 벽장 안에 넣어져 있었기 때문에 몹시 상했고, 축축하고 퍼런 곰팡이가 나서 얼룩덜룩했다.

이런 편지는 사신死神이 배달하는 것이 어울릴 것이다.

"읽을 수 없나?" 에이허브가 고함을 쳤다. "이리 주게. 허, 과연 이건 글씨가 뿌옇군그래, 뭘까?" 하고 그가 들여다보는 동안에 스타벅은 긴 고래잡이 막대기를 잡고 그 끝을 나이프로 조금 쪼개서 거기에 편지를 끼우고 배에 가까이 오지 않아도 그 보트에 보낼 수 있는 방법을 생각하고 있었다.

그 사이에 에이허브는 편지를 들고 중얼거렸다. "뭐라고? 하…… 그래 하리님이라? 여자의 부드러운 필적이로군, 아마 마누라일 거야. 홍, 제로보암 호의 하리 메이시님이군. 이봐, 메이시란 사람은 벌써 죽었잖아?"

"저런, 딱하군, 부인한테선가?" 메이휴는 한숨을 쉬었다. "그러나 받아 두겠소."

"아니, 당신이 갖고 계시구려." 가브리엘이 에이허브에게 외쳤다. "이제 곧 당신이 전해줄 게 아니오?"

"꺼져버려라. 제기랄!" 에이허브는 악을 썼다. "메이휴 선장, 자, 이걸 받으십시오." 하고 스타벅에게서 저주받은 편지를 받아서 막대기 끝에 끼우고 보트 쪽으로 내밀었다. 그러나 그때 노잡이들은 일부러 손을 멈추었기 때문에 보트는 약간 뒷갑판 쪽으로 흘러가서 마치 마술처럼 그것을 받으려고 내민 가브리엘의 손끝에 접근했다. 그는 얼른 낚아채서 나이프를 꺼내더니 편지를 찔러서 다시 배 위로 던졌다. 편지는 에이허브의 발밑에 떨어졌다. 가브리엘은 선원들에게 노를 저으라고 소리를 지르고 그리하여 건방진 보트는 화살처럼 피쿼드호에서 멀어져 갔다.

이 사이 일을 쉬고 있던 선원들은 다시 고래의 비곗살을 처리하기 시작했는데, 이 괴상한 사건에 대해서 이러쿵저러쿵 불길한 말들을 계속 속삭이고 있었다.

제72장 원숭이 밧줄

고래를 잘라서 처리하는 떠들썩한 일을 할 때면 선원들은 항상 이리저리 뛰어 돌아다녀야 한다. 여기에 손이 모자라는가 하면 금방 저기에 손이 모자란다. 어디든 한 곳에 머물러 있을 수가 없다. 같은 순간에 여러 곳에서 온갖 일이 이루어져야만 한다. 그러니까 이 광경을 묘사하려고 하는 사람에게도 같은 일이 요구된다.

그러므로 조금 되돌아가서 생각하기로 하자. 전에 말했다고 생각되는데, 최초에 고래의 등을 갈라서 벗겨낼 때는 미리 항해사들의 고래삽으로 도려내진 구멍에 지육 갈고리가 끼워진다. 그 갈고리처럼 모양 없고 묵직한 것이 어떻게 그 구멍에 교묘하게 끼워지는가 하면, 그것은 나의 둘도 없는 친구인 퀴퀘그가 작살잡이의 의무로서 그 일을 하기 위해서 괴물의 등에 내려서 찔러 넣었던 것이다.

실로 대부분의 경우, 지육을 벗겨내는 일이 완전히 끝날 때까지 작살잡이는 고래 위에 있어야 한다. 그런데 고래는 지금 직접 작업을 하고 있는 곳 이외의 거의 대부분은 물속에 잠겨 있다는 것을 잊어서는 안 된다. 그러니까 불쌍한 작살잡이는 갑판에서 약 10피트나 내려간 곳에서, 고래의 거체가 발밑에서 수레바퀴처럼 회전하는 데 따라서 절반은 고래의 몸 위에서, 절반은 물속에서 비틀거리고 있게 된다. 지금도 퀴퀘그는 스코틀랜드 고지 사람의 복장 같은 셔츠와 짧은 양말차림으로 그러고 있었는데, 적어도 나의 눈에는 매우 근사한 남자다운 풍채로 보였다.

나중에 곧 알게 되듯이 나 이상으로 그를 잘 관찰할 기회를 가진 사람은 없었다. 나는 이 야만인의 뱃머리 노잡이, 즉 그가 타는 보트의 뱃머리 앞에서 두 번째 노를 젓는 사람이었으므로, 지금 그가 네 발로 기면서 죽은 고래의 등을 버둥거리고 올라갈 때도 그의 시중을 들어야 한다는 유쾌한 의무를 지게 되었다.

여러분들은 이탈리아의 거리를 돌아다니는 풍각쟁이 소년이 춤추는 원숭이의 긴 끈을 잡고 있는 것을 본 적이 있을 것이다. 마치 그와 똑같이, 나는 배의 깎아세운 듯한 뱃전에서 아래쪽 물속에 있는 퀴퀘그의 허리에 감은, 포경계의 용어로 '원숭이 밧줄'이라고 불리는 질긴 헝겊으로 만든 띠에 붙들어 맨 밧줄을 붙잡고 있었다.

우리의 어느 쪽에도 그것은 우스꽝스럽고 또한 위험한 노릇이었다. 그 까닭을 설명하기 전에 말해두어야겠는데, 이 원숭이 밧줄은 양끝에서 단단히 붙들어 매어진다. 그런고로 그 한쪽은 퀴퀘그의 폭넓은 헝겊 띠에, 다른 한쪽은 나의 가는 혁대에 단단히 매어져 있다.

따라서 우리 두 사람은 잠시 궂은 일이건 즐거운 일이건 공동 운명체가 되어 있는 것이다. 만약 퀴퀘그가 운수 사납게 바다에 가라앉아 익사라도 하게 된다면 관습과 명예가 요구하는 바로서, 밧줄을 끊는 대신에 나도 그와 함께 끌려들어가야만 한다. 그러니까 그때는 우리는 길게 뻗친 샴쌍둥이 같은 유대로 붙들어 매어져 있는 것이다. 퀴퀘그는 나와 떼어놓을 수 없는 쌍둥이였다. 어쨌든 나는 이 삼베 밧줄이 몰아넣는 위험한 운명에서 빠져나올 수가 없었다.

이 경우에 대한 나의 인식은 매우 강하고 또한 형이상학적인 것이었으므로, 그의 일거일동을 열심히 응시하고 있는 동안에 나의 주체는 이제 두 사람의 합작회사라는 것 속에 몰입해 버린 것을 나는 분명히 보았다.

나의 자유의지는 치명적으로 파괴되고, 나 아닌 존재의 과실이나 불운은 무고한 나를 까닭 없는 재앙과 죽음 속으로 떨어뜨릴 것이다. 그러나 신의 섭리라는 것은 공정무사한 것이어서 이런 어리석은 비도非道를 인정할 리는 없으므로, 이것은 그 섭리의 일시적 정지라고 생각했다. 그러나 좀더 깊이 생각해 보건대, 그를 가운데 끼워 넣으려고 하는 고래와 배 사이에서 이따금 잡아당겨 주고 있는 나의 경우야말로 사실은 살아 있는 모든 사람의 경우와 조금도 다름이 없지 않은가? 다만 대다수의 경우에는 이런 일 저런 일로 이 샴쌍둥이적 연관을 복수複數의 다른 인격과 맺고 있을 뿐이다.

만약 그대의 은행이 파산하면 그대도 그만인 것이며, 또한 만약 그대의 약제사가 잘못해서 독약을 주었다면 그대는 죽는다. 물론 극도로 주의를 한다면 이들 무수한 인생의 비운에서 빠져나올 길도 있을 거라고 말할지도 모른다. 그러나 나도 퀴퀘그의 원숭이 밧줄을 있는 힘을 다해 신중하게 다루고 있었지만, 때로 그에게 확 잡아당겨서 하마터면 바닷속에 떨어질 뻔했던 적도 있었다. 잊을 수 없는 것은 내가 아무리 몸부림을 친다 해도 내 뜻대로 되는 것은 밧줄의 한쪽 끝뿐이라는 것이다.[1]

조금 전에도 말했지만, 나는 이따금 불쌍한 퀴퀘그가 고래와 배 사이에 끼려는 것을 밧줄을 당겨서 구했다. 왜냐하면 고래도 배도 끊임없이 가로 세로로 흔들리고 있었으므로 그는 종종 굴러떨어졌기 때문이다. 그러나 그를 덮치는 끔찍한 위난은 이것 한 가지뿐만이 아니었다. 밤새껏 일어난 대살육에도 굴하지 않고 상어 떼는 고래의 주검 속에 막혀 있던 피가 흘러나옴에 따라 더욱더 흥분해서, 미친 듯이 날뛰며 벌집 속의 벌처럼 떼지어 몰려왔다.

그리고 퀴퀘드는 그 상어 떼의 한복판에 서서 종종 비틀거리는 발로 그것들을 밀어냈다. 고기라는 이름이 붙기만 하면 무엇에라도 정신없이 달려드는 상어가 사람에게 덤비려고 하지 않는 것이 정말 이상하게 생각되겠지만, 그것은 죽은 고래의 맛에 매혹되어 있기 때문이었다.

그러나 맛있는 음식이라면 조금도 사양하지 않는 놈들이니까 충분히 경계하는 것이 현명한 일일 것이다. 그래서 나는 원숭이 밧줄을 이따금 잡아당겨

---

1) '원숭이 밧줄'은 모든 포경선에 실려 있다. 그러나 그 '원숭이'와 원숭이를 다루는 사람이 한 밧줄에 붙들어 매어진다는 것은 이 피쿼드호 이외에서는 볼 수 없다. 원래의 사용법에 덧붙여진 이 개량법은 다름 아닌 스터브에 의해서 고안된 것인데, 그 목적은 이렇게 함으로써 위험한 입장에 놓인 작살잡이에 대해서 원숭이 밧줄을 잡는 사람의 충실과 신중성을 최대한도로 보증하려는 데에 있었다.

이 불쌍한 사나이를 특히 흉악해 보이는 상어의 턱에 가깝게 가지 않도록 주의했다. 그러나 이 밖에도 그를 보호할 길은 마련되어 있었다. 뱃전 밖의 벌판에서 몸을 내밀고 태슈테고와 대그가 퀴퀘그의 머리 너머로 쉴 새 없이 고래삽을 휘둘러서 손이 닿는 데까지 상어를 마구 죽이고 있었다. 그들의 이러한 행동은 의심할 나위도 없이 전혀 사심 없는 사랑에서 나온 것이며, 퀴퀘그의 행운을 빌기 때문에 한 행동이라고 인정할 수밖에 없다.

그러나 그 우정이 지나치게 열렬해서 또한 그와 상어 떼가 이따금 함께 피에 물든 바닷물 속에 몸의 절반이나 잠기는 통에 그들이 마구 휘둘러 대는 칼날은 상어의 꼬리보다도 그의 다리를 자르게 될지도 모른다. 그러나 생각건대, 우리 퀴퀘그는 큰 쇠갈퀴를 휘두르며 헐떡이면서 단 하나 그의 요조님에게만 기원하며 자신의 생명을 그의 신들에게 맡기고 있었던 것은 아니었을까?

나는 파도가 높아졌다 낮아졌다 하는 데 따라서 밧줄을 당겼다 늦추었다 하면서 생각했다. '됐네, 됐어, 나의 친구여, 나의 쌍둥이 형제여. 이것이 대체 어쨌다는 건가? 자네야말로 이 포경 세계에 있는 우리 모든 사람의 존귀한 표상이 아니겠는가? 자네가 헐떡거리고 있는, 바닥을 알 수 없는 바다란 바로 '삶'인 것이다. 그 상어들은 자네의 원수, 그 고래삽은 자네의 친구, 그리고 그 상어와 고래삽의 소란에 휩쓸려서 불쌍하게도 자네는 고난과 위험의 한복판에 떨어져 있는 것이다. 그러나 퀴퀘그여, 기운을 내게! 기쁜 일이 기다리고 있다네.'

이윽고 이 야만인은 지칠 대로 지쳐서 입술이 파래지고 눈에 핏발이 서서 마침내 쇠사슬을 타고 올라왔다. 온몸에서 물을 줄줄 흘리면서 자기도 모르게 벌벌 떨고 있었을 때, 보라, 급사가 앞으로 나와서 인정이 담긴 위로의 눈길로 무언가를 주었다. 무언가? 뜨거운 꼬냑이라도 되는가? 아니, 아니! 건네준 것이라곤, 신이여! 이 무슨 일이란 말인가? 미지근한 생강수 한 잔이라니!

"생강수? 생강 냄새가 아닌가?" 스터브가 이상하다는 듯 다가왔다.

"정말이군, 생강수임에 틀림없어." 하고 아직 마시지 않은 잔을 들여다보았다. 그러고 나서 잠시 동안 어이없는 표정으로 서 있다가 이윽고 조용히 급사 쪽으로 다가가서 천천히 말했다. "생강수? 생강수라고? 이봐, 급사, 부탁이니 생강수에 어떤 좋은 점이 있는지 가르쳐다오. 생강수라니! 이봐, 급사! 너는 떨고 있는 식인종의 뱃속에 불을 붙이는 데 생강수가 연료가 될 수 있다고 생각하나? 생강수라니, 못된 놈! 생강수란 게 도대체 뭐란 말이야? 석탄이냐? 장작이냐? 유황성냥이냐? 부싯돌이냐? 화약이란 말이냐? 이봐, 우리 퀴퀘그에게 한 잔 주려는데 생강수라니. 나쁜 자식, 이게 어떤 생각에서 나온 것이냐 말이야?'

"결국 이건 음험한 금주협회 운동이라도 하는 모양이군."라고 그는 방금 뱃머리 쪽에서 다가온 스타벅에게 바짝 다가서면서 급히 말했다. "저 깡통을 들여다봐 주지 않겠소? 냄새를 좀 맡아봐 주면 좋겠소." 그리고 나서 일등 항행사의 얼굴을 지켜보며 덧붙였다. "스타벅 씨, 저 급사란 놈, 뻔뻔하지 않소. 고래에서 막 올라온 퀴퀘그에게 감홍#汞이나 얄라파 같은 약을 먹인단 말이오. 급사란 게 약제사인가요? 좀 묻겠는데, 물에 빠지려던 사람의 숨을 불어넣어 주는 데는 이런 쓴 약을 먹이는 건가요?'

"그럴 리 있나?' 스타벅이 대답했다. "이건 형편없는 음료수야."

"이봐, 급사." 스터브가 외쳤다. "작살잡이에게 주는 건 말이다. 잘 알아둬, 이런 건재 약방의 물건 따위가 아니야. 너는 우리에게 독약을 먹일 작정인가? 우리의 보험금에 눈독을 들이고 우리를 몰살하고 그 돈을 가로챌 작정이냐?'

"내가 가져온 게 아니에요." 급사가 외쳤다. "저 자선 아주머니가 생강을 배에 실었어요. 그리고 '작살잡이에겐 술을 마시게 해서는 안 된다, 대신 이 생강수를 주어라.' 라고 말했어요. 생강수라고요."

"생강수라고! 야, 이 생강놈아! 자, 한 대 먹어라! 또 한 대! 자아, 냉큼 벽장으로 뛰어가서 좀더 좋은 걸 갖고 와. 스타벅 씨, 내가 하는 짓이 잘못되었나요? 선장의 명령이오. 고래에 올라탄 작살잡이에겐 그로그를 줘야 해요."

"알았네, 알았어." 스타벅이 대답했다. "그러나 때리는 것만은 그만두게나. 그리고……."

"저런, 난 말이오, 고래나 그런 식으로 때릴까 그 외에는 거친 짓은 하지 않소. 저놈이야 그저 족제비에 불과해요. 그런데 아까 뭐라고 하려 했나요?"

"아무것도 아닐세. 함께 가서 자네가 좋다고 생각되는 것을 가지고 오세."

스터브가 다시 나타났을 때는 한 손에 거무스름한 병을, 또 한 손에는 차통 같은 것을 들고 있었다. 독한 술이 들어 있는 병을 퀴퀘그에게 건네준 뒤, 통에 들어 있던 자선 아주머니의 선물은 바닷속에 깨끗이 던지고 말았다.

제73장 스터브와 플라스크가 참고래를 잡고 그것에 대해서 이야기하다

이러는 동안 줄곧 말향고래의 커다란 머리는 피쿼드호의 뱃전에 매달려 있었다는 것을 기억해두기 바란다. 그러나 여기 대해서는 얼마 뒤에 언급하기로 하고, 잠시 동안은 그것을 거기 그대로 매달린 채 두어야겠다. 다른 절박한 일이 있기 때문에 큰 머리에 대해서는 부디 고패가 고래를 놓치지 않도록 신께 기도드릴 수밖에 없다.

이제 어젯밤부터 아침에 걸러서 피쿼드호가 천천히 떠다니면서 들어간 해면은 때때로 누런 어란으로 얼룩져 있었는데, 이것은 참고래가 가까이에 있음을 나타내는 현상이었다. 실은 이런 계절에 고래의 한 종족이 이 근해에 출몰하고 있으리라곤 아무도 상상할 수 없었다. 그런데 승무원들은 모두 하나같이 그 이류二流 고래를 잡는 것을 경멸하고 있었고, 피쿼드호는 그것을 쫓아가기를 전혀 임무로 삼지 않아서 크로세군도 바다 밖으로 보트도 내리지 않고, 그 대부분을 그대로 지나쳐버리고 말았다. 그런데 말향고래가 목이 잘린 채 뱃전에 끌려온 지금에는 놀랍게도 오늘 만약 기회가 있으면 참고래도 한 마리 잡으라는 명령을 내렸다.

오래 기다릴 것도 없이 때가 왔다. 바람이 불어가는 쪽으로 높은 물뿜기가 보였다. 스터브와 플라스크가 지휘하는 보트 두 척이 그것을 쫓았다.

보트를 멀리멀리 저어가서 이윽고 돛대 꼭대기의 사람 눈에는 거의 보이지 않게 되었다. 그러자 갑자기 바다 끝에 흰 파도가 무섭게 일어나는 것이 보이고 돛대 꼭대기에서의 보고에 의하면 한쪽, 아니면 양쪽 배가 고래에게 작살을 꽂은 모양이었다. 잠시 후에 보트 두 척이 달아나는 고래에게 끌려 본선 정면으로 오고 있는 것이 확실히 보였다. 괴경怪鯨은 본선과 닿을 듯한 거리까지 왔기 때문에 처음엔 배를 습격하려는 게 아닌가 생각되었다.

그러나 갑자기 뱃전에서 불과 1미터도 떨어지지 않은 곳에서 소용돌이를 일으키며 물속으로 들어가 용골 밑에라도 들어갔는지 모습을 완전히 감추고 말았다. "밧줄을 끊어라, 끊어!"라고 본선에서 외친 순간 보트는 뱃전에 부딪쳐서 부서질 것 같았다.

그러나 통 속에 충분한 밧줄의 여유가 있었고, 고래의 잠수는 그다지 빠르다고 할 수 없었으므로 밧줄을 길게 풀어내는 동시에 보트를 힘껏 저어서 뱃머리 쪽으로 돌아갈 수 있었다. 그러나 이 몇 분 동안의 격투는 실로 위기일발 그것이었다.

한편에서는 밧줄의 긴장을 늦추려 하는 동시에 다른 한편에서는 노를 저으려고 해서 그 모순된 힘의 싸움 때문에 배가 뒤집혀서 가라앉을 뻔했으며, 불과 몇 피트를 전진하기 위해서 필사적인 노력을 해야만 했다.

가까스로 그 일을 해냈을 때, 본선의 용골에 번갯불처럼 급한 진동이 일어났다. 그것은 팽팽하게 당겨진 밧줄이 배 밑바닥을 긁으면서, 또한 갑자기 소리를 내어 떨면서 뱃머리 뒤에 떠오른 것이었다. 그때 밧줄에서 떨어지는 물이 해면에 유리조각처럼 떨어지면서 고래가 모습을 나타냈고, 보트는 다시 화살처럼 질주하기 시작했다.

그러나 빈사 상태의 고래는 곧 속력을 떨어뜨리고 무턱대고 아무렇게나 진로를 바꾸어 보트 두 척을 끌면서 뒷갑판 쪽으로 돌아갔기 때문에 고래와 두 척의 보트는 본선 둘레를 완전히 한 바퀴 돌았다.

그 사이에도 보트는 점점 더 밧줄을 잡아당겨서 드디어 양쪽에서 육박하여 스터브와 플라스크는 창과 창을 맞대고 서로 외쳐 댔다. 이리하여 피쿼드 호를 빙글빙글 도는 전투는 계속되었고, 여태까지 말향고래의 주검에 떼지어 있던 무수한 상어는 새로 쏟아지는 피 쪽으로 돌진하여 바위에서 솟아나온 샘물에 갈증을 푼 이스라엘 사람들(민수기 20장 11절 참조)처럼 한 방울의 피도 남기지 않고 정신없이 빨아먹었다.

드디어 고래는 피를 뿜고 토하며 몸부림치다가 시체가 되어 뒤집혔다.

두 보트 장은 꼬리에 밧줄을 붙들어 매면서, 다시 말해서 고래를 끌기 위한 준비를 하면서 무슨 이야기인지 주고받고 있었다.

"저 영감 뭣 때문에 이런 형편없는 기름덩이가 필요했을까?" 하고 스터브는 이렇게 천한 고래를 상대하는 일에 혐오를 느끼면서 말했다.

"뭣 때문이냐고?" 플라스크는 남은 밧줄을 뱃머리에 감으면서 말했다. "언젠가 들은 적 없나? 말향고래의 대가리를 우현에 매달면, 좌현에는 참고래 대가리를 매단다고 말일세. 그렇게 하면 말일세, 스터브, 그 배가 가라앉지 않는다더군."

"어째서지?"

"알게 뭔가? 저 누런 유령 페들러가 그런 말을 했단 말일세. 놈은 배의 주술이라면 뭐든지 알고 있는 모양이더군. 그러나 말일세, 놈은 나중에는 이 배를 저주해서 가라앉게 하지 않을까? 스터브, 난 아무래도 그놈이 싫어. 자넨 모르나? 놈의 송곳니는 뱀대가리처럼 깎아 놓은 모양일세."

"개새끼! 뒈져버리라지. 놈의 얼굴은 보기도 싫어. 만약 캄캄한 밤에 딱 마주친다면, 그리고 놈의 뱃전에라도 서 있고 주위에 아무도 없다면 말일세, 이봐, 플라스크 보게나." 하고 두 팔을 야릇하게 흔들면서 수면을 가리켰다. "플라스크, 난 저 페들러라는 놈은 악마가 둔갑을 했다고 생각하고 있네. 자넨 놈을 몰래 배에 태웠을 때의 그 엉터리 이야기를 믿나! 그놈은 악마일세. 저놈의 꼬리가 보이지 않는 것은 감아 넣어서 감추고 있기 때문이야. 감아서 호주머니에 넣어두었단 말일세. 개새끼! 놈이 언제나 물 새는 데를 막는 헌 솜을 찾다가 장화 끝에 쑤셔넣고 있는데, 그 까닭도 알았네."

"놈은 장화를 신은 채 잔다네. 해먹도 필요 없다네. 난 놈이 둘둘 만 밧줄 속에서 잠을 자는 것을 여러 번 보았단 말일세."

"틀림없어, 꼬리 때문일 거야. 감은 밧줄 구멍에 집어넣는단 말일세."

"영감은 뭣 때문에 놈을 애지중지하는 거지?"

"뭔가 거래 같은 것을 하고 있는 모양이야."

"거래? 무슨 거래?"

"즉 말일세, 영감은 백경을 쫓을 일로 미쳐 있지 않나? 그래서 저 악마놈이 노인을 그럴듯하게 설득해서 노인의 은시계니 영혼 같은 것을 우려낸 뒤에 백경으로 갚는다 그런 말일세."

"피이! 스터브, 사람을 속이는 건 그만두게나. 저런 미련한 페들러에게 그런 재주가 있겠는가?"

"나도 모르지. 플라스크, 그렇지만 말일세. 악마란 몹시 호기심이 많고 게다가 악당이니까. 이런 이야기도 있지. 옛날에 악마가 기함旗艦에 몰래 들어가서 꼬리를 점잖게 흔들어 대면서, 제독께선 부재중이냐고 물었다네. 제독은 마침 있었으므로 악마에게 무슨 일이냐고 물었지. 악마는 발을 구르며 '존을 내놔.' 하고 말했다네. '무슨 일인가?' 노제독이 말했다네. 악마는 화가 나서 '당신이 알 일이 아니야.' 하고 말했지. '난 저놈이 필요해.' '데리고 가라.' 하고 제독이 말했다네. 나는 신을 걸고 맹세하겠는데 말일세, 플라스크, 악마는 제독과 거래를 끝내기도 전에 아시아 콜레라를 옮게 했을 게 틀림없어. 그게 거짓말이었다면 난 이 고래를 한입에 먹어 보이겠네. 이크, 조심하게. 그쪽 일, 아직 끝나지 않았나? 됐어, 그럼 젓게. 고래를 배에 갖다 대는 걸세."

"자네가 한 말을 들은 것도 같은걸." 보트 두 척이 어획물을 끌고 천천히 본선으로 향할 때 플라스크가 말했다.

"그러나 어디서 들었는지 잊었네."

"〈세 명의 스페인 사람〉 아닌가? 그 잔인한 악당들의 모험담 아닌가, 플라스크? 거기서 읽었겠지, 틀림없어."

"아닐세, 그런 책은 본 적도 없어, 들은 적은 있지만. 그러나 스터브, 말해주게. 자넨 아까 자네가 이야기한 악마와, 지금 피쿼드호에 있다고 자네가 말한 악마와 같을 거라고 생각하나?"

"아까 자네를 도와 고래를 죽인 사나이와 여기 있는 나와는 다른 사나이인가? 악마란 언제까지나 살아 있는 걸세. 악마가 죽었다는 말, 들은 적이 있나? 악마 때문에 상복을 입고 있는 신부를 본 적이 있나? 제독의 방으로 들어가는 열쇠를 손에 넣을 수 있는 정도의 악마라면 뱃전의 창문으로 몰래 기어들어가는 것쯤 못할 것도 없을 걸세. 그렇지 않나, 플라스크?"

"페들러의 나이는 몇 살 정도라고 생각하나, 스터브?"

"저 큰 돛대가 보이나?" 하고 본선을 가리켰다. "알겠나? 저게 1이라는 글씨라 치세. 그리고 배에 있는 통의 테를 모두 가져다가 그것을 끈으로 매어 저 돛대 옆에 늘어놓고 그것을 0이라고 해보게나, 알겠나? 그래도 저 페들러의 나이에 비하면 아무것도 아닐세. 온 세계의 통을 다 모은다 해도 그의 나이가 되리만큼 통 테는 못 만들 걸세."

"그러나 말일세, 스터브, 아까 자네는 기회가 있으면 페들러란 놈을 바다에 처넣겠다고 기세를 돋우어 말했잖나? 그런데 만약 놈이, 자네가 말하는 테의 숫자만큼 나이를 먹고 더욱이 언제까지나 살아 있는 거라면 바다에 떨어뜨려 봤자 아무 소용도 없지 않겠나? 그렇잖은가?"

"모든 것을 몽땅 물에 담가 주는 거야."

"헤엄쳐서 돌아올 거야."

"다시 처넣어 주지. 몇 번이라도 해주겠네."

"그렇지만 놈도 자넬 바다에 처넣을 생각을 하고 있다면, 그리고 자넬 물에 빠져죽게 하려고 한다면 어떻게 할 셈인가?"

"그 개새끼가 그럴 마음이 되어 주면 좋겠어. 그러면 난 눈 가장자리가 시커멓게 될 정도로 꽝 하고 먹여줄 테야. 그러면 부끄러워져서 당분간은 두 번 다시 선장에게 얼굴을 내밀지 못할 것이고, 물론 그곳의 밑갑판에 처박히겠지. 이쪽 윗갑판을 돌아다니거나 하는 일은 없을 걸세. 악마가 어쨌다는 거지, 플라스크? 내가 그놈을 무서워한다고 생각하나? 무서워한 건 저 늙다리 선장 정도란 말일세. 악마를 붙잡아서 당연히 이중 수갑이라도 채워야 하는데 그렇게 하지도 못하고 악마는 사람을 유인해 갔단 말일세. 아니 악마와 계약을 해서 꾀어 간 사람을 모두 구워 달라고 했단 말일세. 지독한 선장도 다 있지 뭔가."

"페들러가 에이허브 선장을 꾀어 데려갈 작정일 거라고 생각하나?"

"생각하고 말고가 어디 있겠나? 이제 알게 될 걸세, 플라스크. 그러나 말일세, 나는 이제부터 놈을 잘 감시하겠네. 조금이라도 수상한 점이 있으면 목덜미를 꽉 움켜쥐고 말해주겠네, '이놈 악마놈, 그만둬. 그래도 발버둥치면 난 네놈의 호주머니에 손을 집어넣어 꼬리를 붙잡아서 고패 있는 데로 가지고 가서 마음껏 죄었다 매달았다 할 테다. 그러면 나중에는 꼬리가 밑동에서부터 쑥 빠지고 말 거다.' 알았나? 그러면 말일세, 틀림없이 놈은 그렇게까지 혼이 나면 사타구니에 꼬리가 닿는 간질간질한 즐거움을 단념하고 살그머니 달아나고 말 걸세."

"그래서 스터브, 그 꼬리를 어떻게 하려는 건가?"

"어떻게 하다니? 돌아가면 소채찍으로 팔지, 다른 쓸모는 없네."

"이봐, 스터브. 진심으로 하는 말인가? 여태까지 줄곧 지껄인 게 말일세."

"진심이고말고. 여어, 배에 닿았네."

보트는 환호 속에 영접을 받으면서 고래를 좌현으로 끌고 갔다. 거기에는 꼬리를 붙들어 맬 쇠사슬과 그 밖의 것이 이미 준비되어 있어 고래를 거기 붙들어 매었다.

"내가 말하지 않던가?"라고 플라스크가 말했다.

"두고 보게, 이 참고래 대가리가 저 말향고래 반대쪽에 매달린단 말일세."

잠시 뒤 플라스크의 예언대로 되었다. 여태까지 피쿼드호는 말향고래 대가리 쪽으로 심히 기울어져 있었는데, 지금은 대가리 두 개에 의해서 말할 것도 없이 처참하게 허세를 부리는가 했지만, 선체의 균형을 되찾았다. 그것은 한쪽에 로크(존 로크, 영국의 철학자)의 머리를 매달면 그쪽으로 기울지만, 이윽고 반대쪽에 칸트의 머리를 매달면 똑바로 설 수가 있는 것과 마찬가지이다.

그러나 매우 번거로운 일이다. 많은 사람들의 정신은 균형을 잡을 것만을 추구하고 있다. 아, 어리석은 자들이여, 그와 같은 모든 괴두怪頭를 바닷속에 던져버려라. 그때야 비로소 배가 가볍게 똑바로 뜰 수가 있는 것이다.

배에 끌려온 참고래의 몸을 처리하는 데도 말향고래의 경우에 항상 행해지는 것과 같은 준비가 이루어진다. 다만 후자는 대가리가 몽땅 잘리고, 전자는 입술과 혓바닥이 잘리고 왕관이라고 불리는 대가리가 튀어나온 곳에 붙어 있는, 잘 알려진 검은 뼈가 그대로 있는 채로 갑판에 올려진다.

그러나 지금은 이와 같은 조치는 취해지지 않았다. 양쪽의 시체는 뒤에 버려지고 대가리를 매단 배는 굉장히 큰 광주리 짐을 양쪽에 짊어진 당나귀와 아주 비슷했다.

그 사이 페들러는 조용히 참고래의 대가리를 바라보고, 이따금 그 깊은 주름살에서 자기 손의 힘줄로 눈을 옮기기도 했다. 우연히 에이허브가 거기 서 있었기 때문에, 이 배화교도는 그의 그림자 속에 서 있는 격이 되었다. 만약 이 배화교도의 그림자가 거기 있었다 하더라도 그것은 에이허브의 그림자와 한데 녹아들어, 그것을 길게 뻗치고 있었던 셈이다.

선원들은 노력을 계속하고 있었지만, 이러한 터무니없는 현상에 대한 미신적인 말이 쑤군쑤군 오가고 있었다.

제74장 말향고래의 머리—비교론(1)

여기에 거대한 고래 두 마리가 머리를 나란히 하고 누워 있다. 우리도 한 패가 되어 머리를 그쪽으로 돌리기로 하자.

당당한 일절판—切判 거경족 중에서도 말향고래와 참고래는 가장 주목할 가치가 있다. 인간은 원칙적으로는 그들만을 추적한다. 낸터킷 사람에게는 그들은, 알려진 고래의 종족 중에서 양극점兩極點을 이루는 것이다. 그리고 양자 간의 외관상의 차이는 주로 머리 부분에서 볼 수 있다. 바야흐로 그 둘의 머리가 피쿼드호의 뱃전에 매달려 있으나 우리는 잠깐 갑판을 가로질러 갑에서 을로 자유로이 가볼 수가 있다. 감히 말하건대, 여기 이상으로 실제적인 고래 연구에 편한 곳이 어디에 있겠는가?

우선 첫째로 여러분들은 대조가 되는 이 두 대가리의 형태의 차이에 놀랄 것이다. 아무리 보아도 양자 모두 실로 거대하다. 그러나 말향고래의 대가리에는 어떠한 수학적 균형이 잡혀 있는 데 비해서, 참고래의 그것에는 슬프게도 수학적 균형이 없다. 말향고래의 머리에는 보다 강렬한 성격이 있다. 보면 볼수록 여러분들은 거기에 위엄이 가득 차 있는 것을 느끼고 저절로 그의 절대적 우월을 인정하지 않을 수 없을 것이다. 더욱이 지금은 그 정수리의 희고 검은 무늬로 그 나이와 경험의 풍부함을 나타내면서 한층 더 위엄을 높이고 있다. 이것은 요컨대 포경자의 술어로는 '흰머리 고래'라고 부르는 것이다.

둘째로, 이 머리 가운데서 가장 다른 점이 적은 점, 즉 눈과 귀라는 가장 중요한 두 기관을 살펴보기로 하자. 머리 옆에서 훨씬 뒤쪽의 아래쪽에 턱의 모서리께를 자세히 살펴보면 가까스로 눈썹이 없는 어린 망아지의 눈과 비슷한 눈을 볼 것이다. 대가리의 크기에 비해서 참으로 균형이 잡혀 있지 않다.

그런데 고래의 눈은 엉뚱하게 옆에 붙어 있으므로, 그가 정면에 있는 물건을 볼 수 없다는 것은 바로 뒤를 볼 수 없다는 것과 마찬가지로 명백하다. 요컨대 고래의 눈의 위치는 인간의 귀의 위치에 해당한다.

여러분들이 만약 귀로 옆의 것을 본다면 어떻게 될지를 상상해 보면 좋을 것이다. 똑바로 옆의 시선에서 약 30도 가량 앞쪽을, 그리고 약 30도 가량 뒤쪽을 본다는 자유가 있을 뿐이다. 여러분의 불구대천의 원수가 대낮에 칼을 휘두르며 앞에서 똑바로 달려온다 해도 볼 수 없다는 것은 뒤에서 몰래 다가오더라도 볼 수 없다는 것과 같은 이치이다. 즉 등이 두 개 있는 셈인데 단 앞쪽도 둘이 있다. 대개 인간의 전면이란 그 눈이 있고서야 비로소 존재할 수 있는 것이 아닌가?

이것뿐만이 아니다. 내가 생각할 수 있는 한, 다른 동물에 있어서는 양쪽 눈은 자각 없이 그 시력을 합쳐서 두뇌에 대해서 하나의 화면을 제공한다. 그런데 고래의 양 눈의 기이한 위치가 몇 제곱 피트나 되는 거대하고 단단한 머리에 의해서 엄격하게 가로막혀 있다는 것은 두 골짜기의 호수 사이에 큰 산이 솟아 있는 형국이니까, 그 하나하나의 기관이 제시하는 인상은 전혀 별개의 것이 될 수밖에 없을 것이다.

그러니까 고래는 한쪽으로 어떤 명확한 광경을 보고, 다른 쪽으로는 명확한 광경을 보긴 하지만 그 중간은 모두 어둠이고 허무일 것이다. 인간은 사실상 유리창틀 두 개가 나란히 있는 창문이 달린 감시초監視哨에서 세상을 본다. 그러나 고래의 경우에 그 유리창틀은 서로 따로 떨어져 박혀 있어 독립된 창문 두 개로 되어 있으므로 그 시야는 형편없이 되고 만다. 고래 눈의 이 특수성은 포경업에서 늘 명심해야 할 일인데, 독자들 역시 앞으로 나올 여러 장면에서 꼭 기억해두기 바란다.

거경의 시작이 그러한 것이라고 한다면, 기이하고 극히 어려운 문제가 발생될 것이다. 그러나 여기서는 그것을 암시하는 것만으로 그치겠다.

인간의 눈은 빛 속에서 열려 있는 한 시력은 무자각적으로 작용한다. 다시 말해서 전면에 있는 어떤 사물을 기계적으로 보지 않을 수가 없다.

즉, 만인의 경험이 가르치듯이 얼른 보기만 해도 모든 것을 대번에 받아들일 수 있는 셈인데, 그러나 두 가지 사물을 이를테면 아무리 큰 것이든 작은 것이든 간에 같은 순간에 완전하게 자세히 본다는 것은 불가능한 것이다. 물론 두 가지 사물이 나란히 있을 경우에는 이야기가 달라진다. 그러나 만약 그 하나를 새까만 주위로 에워싸게 하고 그 어느 쪽만을 자기의 정신을 집중해서 보려고 한다면 다른 것은 그 순간의 의식 속에서 완전히 사라질 것이다.

그러면 고래는 어떻게 될 것인가? 우선 그 양쪽 눈은 그 자체로서 동시에 작용할 것임에 틀림없다. 그런데 그 두뇌는 과연 인간의 두뇌보다도 훨씬 유능하고 복잡하고 미묘해서 동일한 순간에 몸의 한쪽 면의 물건과 그 정반대쪽 면의 물건을 두 가지의 명확한 광경으로서 주의 깊게 볼 수가 있을까?

만약 그렇다고 한다면 고래야말로 경탄해 마지않을 수 없는 존재일 것이다. 이것은 인간에게 있어서 유클리드(고대 그리스의 수학자)가 별개의 두 가지 문제를 동시에 증명할 수 있다는 것과도 같은 것인데, 이 비유는 아무리 엄밀하게 검토해 보아도 잘못은 아닐 것이다.

정말 실없는 생각일지 모르지만 내가 언제나 생각하지 않을 수 없는 것은, 어떤 고래는 3~4척의 보트에 쫓길 때 엉뚱하게도 당황한 행동을 한다는 점이다. 그 고래들이 겁쟁이가 되거나 이유를 알 수 없는 두려움에 사로잡히기 쉽다는 것 등 이것은 모두 각각 떨어져서 정반대로 달리는 시력이 작용해서 자기도 모르게 의지가 혼미해지는 그 점에 간접적인 원인이 있는 것이 아닐까?

그러나 고래의 귀도 역시 이상하기로는 눈에 못지않다. 고래족에 대해서 전혀 아무것도 모르는 사람이라면 이 머리 두 개를 몇 시간이고 들여다보아도 그 귀를 발견할 수 없을 것이다. 귀는 전혀 외부에 나와 있지 않고 그 구멍은 깃털 펜을 집어 넣을 수도 없으리만큼 작다. 그 위치는 눈의 바로 뒤다. 그 귀에 대해서 말하면, 말향고래와 참고래의 사이에는 커다란 차이가 있다. 전자의 귀는 밖을 향해 열려 있지만, 후자의 귀는 전면에 막이 덮여서 밖에서는 전혀 보이지 않게 되어 있다.

고래와 같이 웅대한 생물이 저토록 작은 눈을 통해서 세계를 보고, 토끼보다도 작은 귀로 우레 소리를 듣는다는 것은 이상한 일이 아니겠는가? 그러나 만약 그의 눈이 허셜(독일 태생의 영국 천문학자) 대망원경의 렌즈처럼 크고 귀는 사원의 입구처럼 넓다고 한다면, 그 시력은 더욱 멀리 뻗고 그 청력은 더욱 예민하게 될 것인가? 단연코 그렇지 않다. 그런데 여러분은 무엇 때문에 여러분의 사고를 '확대' 시키려고 하는 것인가? 오히려 '정묘' 하게 하라.

다음에는 지렛대고 증기기관이고 간에 닥치는 대로 이용해서 말향고래의 대가리를 뒤집어엎어 놓고 보자. 그리고 사다리로 꼭대기까지 올라가서 그 입을 들여다보기로 하자. 아니, 만약 동체가 완전히 절단되어 있는 것이 아니라면 우리는 각등을 높이 들고 켄터키의 거대한 종유동과도 비슷한 뱃속까지도 들어갈 수 있을 것이다. 그러나 이빨이 있는 데서 걸음을 멈추고 우리 주위에 있는 것을 바라보기로 하자. 어쩌면 이다지도 말할 수 없이 아름답고 깨끗하게 빛나는 입이란 말인가? 바닥에서부터 천장까지, 신부의 비단 옷처럼 광택 있게 빛나는 새하얀 막질(막으로 된 물질)을 늘어놓았다고나 할까? 쭉 둘러쳤다고나 할까?

이번에는 나와서 그 강대한 아래턱을 보기로 하자. 이건 마치 웅대한 코담뱃갑의 가늘고 긴 뚜껑—한쪽 면이 아니라 한쪽 끝에 경첩이 달린—처럼 생겼다. 그리고 이것을 비틀어 열어서 머리 위에 쳐들고 그 치열齒列을 바라보면 이건 꼭 성곽의 엄청난 내리닫이 창살문 같다. 또한 많은 불쌍한 고래잡이 사나이에게 있어서 그 창끝은 세차게 떨어져서 찌르기가 실로 내리닫이 창살문과 똑같다.

그러나 보다 더 처참한 광경을 나타내는 것은 바다 밑 깊은 곳에서이다. 때로 우울한 고래가 그곳을 떠돌며 15피트나 됨직한 그 어머어마하게 큰 턱을 몸통과 직각으로 배의 제2돛대처럼 축 늘어뜨리고 있다. 기분이 나쁜 건지도, 우울증에 걸려 있는 건지도 모른다. 맥이 쑥 빠져버리고 턱의 경첩이 늘어나 보기가 민망할 만큼 비참한 꼴이다. 동료 고래도 이것을 치욕으로 생각하고 그를 위해 턱이 딱 다물어지도록 빌지 않을 수가 없을 것이다.

대부분의 경우 고래잡이들은 이 아래턱을―기술이 좋은 기술자라면 쉽게 떼어낼 수 있을 테니까―떼어다가 갑판 위에 올려놓고 그 상아 같은 이빨을 뽑아 그 딱딱하고 흰 골질骨質로 지팡이, 우산대, 승마 회초리의 손잡이 같은 여러 가지 공예품을 만든다.

오랫동안 지루하게 깃발처럼 걸어놓았던 턱은 적당히 날이 지나면 닻을 내릴 때처럼 갑판에 내려진다. 다시 말해서 다른 일을 끝낸 며칠 뒤에 퀴퀘그, 대그, 태슈테고 등의 고명한 치과의사의 손으로 이빨이 뽑힌다.

퀴퀘그가 예리한 고래삽으로 잇몸을 깎으면 턱은 고리 달린 볼트에 붙들어 매어지고 위쪽에 고패가 장치되어 미시간의 소가 원시림의 늙은 참나무의 뿌리를 뽑듯이 이빨이 뽑혀진다. 보통 마흔두 개의 이빨이 있는데 늙은 고래인 경우에는 꽤 닳아 있지만 썩지는 않았다. 또 사람처럼 의치를 하지도 않는다. 그런 뒤에 턱을 널빤지처럼 잘라서 마치 집 지을 때 쓰는 들보처럼 쌓아올리게 된다.

제75장 참고래의 머리―비교론(2)

갑판을 가로질러 가서 이번에는 참고래의 대가리를 천천히 살펴보기로 하자.

기품 있는 말향고래의 대가리는 그 형태를 대충 로마 전차의, 특히 둥그런 앞쪽에 비유할 수 있을 것이다. 그리고 참고래의 그것을 대충 말하자면 앞면

이 옛 그리스의 군선軍船 같은 구두와 약간 닮았다고나 할까.

2백 년 전 네덜란드의 한 늙은 항해자는 그 모양을 구둣방에서 쓰는 목형에 비유했다. 그렇다면 이 참고래의 목형 또는 구두 속에서는 옛날이야기에 나오는 할머니가 많은 자손들을 데리고 편안하게 살 수도 있을 것이다.

그러나 이 큰 대가리에 좀더 가까이 가면 사람들은 각자의 관점에 따라 좀더 다른 모습을 발견하게 된다. 만약 그 꼭대기에 서서 F자형의 물뿜는 구멍 두 개를 내려다보았다면, 여러분들은 그것을 엄청나게 큰 첼로로, 그 구멍은 음향판의 구멍으로 오인할지도 모른다.

또한 그 큰 머리 꼭대기의 기묘한, 관 같기도 하고 빗 같기도 한 껍질부, 곧 그 초록빛 조개껍데기에 덮여 있는 것을 가리켜 그린란드 사람은 참고래의 '왕관' 이라고 하고 남해의 어부는 '모자' 라고도 하는데, 여러분들이 자세히 들여다본다면 이 머리는 그 가지에 새둥지를 튼 거대한 참나무 줄기처럼 보일 것이다.

아무튼 이 모자의 여기저기에는 산 게[蟹]가 집을 짓는 것을 보면 어쩔 수 없이 그런 생각이 떠오를 것이다. 그러나 거기에 붙여진 '왕관' 이라는 전문 용어가 여러분의 상상을 불러일으킨다면, 여러분들은 이 거대한 괴물이 어떻게 바다의 실제 제왕이 되고, 어떻게 이 녹색 왕관이 그토록 기묘하게 달렸을까, 하고 관심을 가질 것이다. 그러나 만약 이 고래가 왕이라고 한다면, 왕관을 쓰기에는 너무 무뚝뚝한 얼굴이다. 저 축 늘어진 아랫입술을 보라. 잔뜩 부어터진 얼굴이다! 목수가 재보면 길이 20피트, 두께 5피트의 부어터진 얼굴, 5백 갤런 이상의 기름을 머금은 잔뜩 부은 얼굴이다.

불행한 이 고래가 언청이라는 것은 또한 불쌍한 일이다. 갈라진 곳은 지름이 1피트 가량이나 된다. 아마도 어미고래가 지진으로 해안에 균열이 생긴 페루 연안을 중요한 시기에 돌아다녔을지도 모른다. 이 입술을 미끄러운 문턱을 넘듯이 넘어서 입 속으로 들어가 보자.

맹세하겠는데 만약 내가 매키노(미시간 주의 북쪽 지방)에 있었다고 한다면 인디언의 오두막집에 뛰어들었다고 생각했을 것이다. 신이여! 이것이 요나가 지나간 길입니까? 지붕은 높이가 약 12피트나 되고 규칙적으로 마룻대가서 있는 것처럼 꽤 날카로운 각도를 이루고 있으며, 양쪽에는 늑골이 아치형으로 되어 있고, 그 사이로 털이 나 있는데 거기에는 절반 수직으로 달린 초승달 모양의 경골판이 한쪽에 3백 개 가량이나 달려 있다.

그것이 머리 꼭대기 또는 왕관부의 뼈에서 늘어져 나와, 언젠가 잠깐 이야기한 저 베네치아식 창살문을 형성하고 있다. 그 뼈의 끝은 머리카락 같은 섬유로 장식되어 있는데, 참고래는 먹을 때가 되면 입을 벌리고 정어리 떼로 덮인 바다로 물을 걸러내고 미로 속에서 작은 물고기들을 잡아먹는다.

이 뼈의 창살문 중심부는 자라난 순서로 늘어서 있는데 거기에 이상한 줄, 곡선, 움푹 팬 곳, 뾰족한 곳 등이 있어 어떤 고래잡이는 참나무의 나이를 나이테로 알 듯 그것으로 그 고래의 나이를 알아낸다. 이 기준의 정확성을 보증할 수는 없으나 비슷한 것들을 근거로 미루어 짐작하건대 거기엔 무언가 신빙성이 느껴진다. 아무튼 만약 그에 따른다면 참고래는 우리가 추정하는 것보다도 훨씬 오래 산다는 것을 인정해야 된다.

옛날에는 이 창살문에 대해서 놀라울 만큼 기이한 상상이 세상에 퍼져 있었다. 퍼처스의 책에 나오는 한 나그네는 이것을 고래의 입 안의 '수염'[1]이라고 하여 놀라고 있고, 또 어떤 사람은 '돼지털'이라고 부르고, 또 해클루이트(영국의 지리학자)의 책에 있는 노신사는 이와 같이 점잖은 말을 하고 있다. "그의 위턱의 양쪽에는 약 250개의 지느러미가 나 있어 입의 양쪽에는 그의 혓바닥 위로 굽어 있다."

만인이 아는 것처럼 이 '돼지털'이니 '지느러미'니 '수염'이니 '창살'이니 하고 불리는 바로 그것은, 부인들에게 코르셋이나 그 밖에 옷을 버티는 도구를 제공한다. 그러나 이 점에서의 수요는 오래전부터 줄어들고 있다. 속치마를 버티는 데 받쳐 입은 경환鯨環이 가장 유행했던 영국의 앤 여왕 시대를 경골의 전성기로 본다.

그 시절엔 귀부인들이 문자 그대로 고래의 턱 안에서 즐겁게 행동했다. 그

---

1) 이것은 참고래가 정말로 수염이라 할 만한 것을, 아니 오히려 콧수염이라 할 만한 것을 가지고 있음을 상기시켜 준다. 그것은 아래턱의 바깥쪽 위에 있는 몇 가닥의 엉성한 흰 털이다. 때로 이 수염은 엄숙한 용모에다 산적 같은 표정을 준다.

와 비슷하게 현대인들은 그 턱의 보호 아래 생각 없이 빗속을 걷는다. 우산이 라는 것은 뼈 위에 쳐진 점막, 바로 그것이기 때문이다.

그러나 잠시 창살문이나 수염에 대해서는 잊어버리고 참고래의 입 속에 서서 다시 한 번 주의를 둘러보기로 하자. 그토록 정연하게 늘어진 뼈를 보는 사람은 자기가 마치 네덜란드의 할렘의 큰 파이프 오르간 속에 들어가서 수 많은 파이프를 보는 것 같은 생각이 들 것이다. 오르간에 씌우는 융단 대신에 더없이 부드러운 터키 융단, 곧 혓바닥이 입의 밑바닥에 쫙 깔려 있다. 이것 은 매우 기름지고 부드럽기 때문에 갑판에 올려갈 때 자칫하면 찢어지고 만 다. 이 눈앞의 혓바닥을 보라. 이것은 여섯 통의 혓바닥이다. 다시 말해서 그 만한 양의 기름을 짤 수가 있는 것이다.

이제 충분히 내가 처음에 말한 것—말향고래와 참고래는 전혀 다른 머리 를 갖고 있다는 사실이 충분히 이해되었을 것이다. 결론을 말하면 이렇다. 참고래에는 말향고래와 같은 향유의 원천은 전혀 없고 상아 이빨도, 길고 연 한 아래턱뼈도 없다. 그건 말향고래에게서 저 창살문과 같은 뼈와 거대한 아 랫입술 따위를 전연 찾아볼 수 없고, 말향고래는 혓바닥 같은 것도 없는 것과 마찬가지이다. 그리고 참고래는 물뿜는 구멍이 두 개 있지만 말향고래는 하 나밖에 없다.

머릿수건을 쓴 이 두 숭엄한 머리가 아직 나란히 매달려 있는 동안에 이별 을 아쉬워하면서 바라보기로 하자. 머지않아 하나는 남모르게 바다에 던져 질 것이고, 또 하나도 곧 그 뒤를 쫓을 테니까.

저 말향고래의 표정을 알아낼 수가 있겠는가? 숨이 끊길 당시까지도 그대 로 이마에 있던 몇 개의 긴 주름살이 지금도 지워져 있는 것 같다. 나에게는 이 넓은 이마가, 명상에 의해서 죽음을 초월한 자가 갖는 평정이 대초원처럼 가득한 것으로 보인다. 그러나 또 하나의 머리의 표정은 어떠한가? 저 놀라 운 아랫입술이 우연히 뱃전에 눌려서 단단히 턱을 안고 있는 것을 보라. 머리 전체가 죽음에 직면하여 위대한 실천적 결단력을 말하고 있지 않은가?

참고래는 스토아派고, 말향고래는 플라톤파가 아닐까 생각해 본다. 그 래서 말향고래는 말년에 스피노자를 벗으로 삼았을 것이다.

제76장 큰 망치

잠시 말향고래의 머리와 작별하기 전에, 나는 여러분들이 지각 있는 생리학자로서 그 모든 성격이 집약되어 있는 머리에서 특히 앞부분에 주목해 주기 바란다. 다시 말해 거기에 어느 정도의 큰 망치로서의 힘이 들어 있을까에 대해서 과장 없는 명석한 판단을 얻을 수 있게 검토해 주기 바란다. 이것이야 말로 가장 중요한 문제의 핵심이다. 이로 말미암아 여러분은 이 문제를 완전히 규명하느냐, 아니면 유사 이래 가장 무겁고 거짓 없는 사건에 대해서 영원한 회의자가 되느냐 하는 갈림길에 서게 된다.

말향고래가 헤엄치는 자세를 보면 보통 그 머리의 앞부분은 거의 완전히 수면과 수직이 되어 있음을 알게 된다. 또한 그 앞부분의 밑부분은 그 돛의 활대같이 생긴 아래턱을 받치고 있는 긴 구멍 때문에 현저하게 뒤로 기울어져 물러나 있음도 알 수 있다. 또한 그 입은 사람으로 말하면 턱의 바로 밑에 열려 있는 셈이다. 더욱이 고래는 외면에 나타난 코는 없지만, 굳이 코라는 것을 지적하자면 물뿜는 구멍을 들 수 있는데, 그건 머리 꼭대기에 나 있다. 또 그 눈과 귀는 양쪽에 있는데, 몸의 앞부분에서 3분의 1이나 뒤로 물러선 곳에 붙어 있음을 알 수 있다.

그러니까 말향고래 머리의 앞부분은 한 개의 기관, 아무런 부드러운 돌출부도 갖고 있지 않은 무감각한 벽이 되는 셈이다. 뿐만 아니라 이 앞머리 부분에서는 훨씬 아래로 내려온 뒤쪽 경사면에만 아주 조금 뼈 같은 것의 흔적이 있고, 완전한 두개골부는 앞면에서 20피트나 더 내려가지 않으면 안 된다. 다시 말해서 이 방대한 뼈 없는 머리 전체는 이른바 한 개의 뭉치인 것이다. 마지막으로 곧 알게 되는 일인데, 이것은 그 일부에 가장 순수한 기름을 머금고 있다. 그러나 그 부드럽다고 생각되는 것을 참으로 단단하게 덮고 있는 물질의 성격에 대해서 여러분들이 몰라서는 안 되겠다.

언젠가 전에 비계가 고래의 몸을 마치 밀감 껍질처럼 싸고 있다고 말한 적이 있다. 머리도 마찬가지인데, 다른 점이라면 이 머리를 싼 것은 두껍지는 않지만 뼈가 없으면서도 그것을 다뤄 보지 않은 사람은 상상도 할 수 없으리만큼 단단하다. 아주 억센 남자의 팔이 던지는 가장 날카로운 작살이나 창도 아무런 반응 없이 튕겨진다. 말향고래의 앞부분은 말굽으로 싸여 있는 것과 같다. 그 밑바닥에 어떠한 감각이 존재하고 있으리라고는 생각되지 않는다.

하나 더 기억해야 할 것이 있다. 커다란 동인도 무역선 두 척이 짐을 가득 실은 채 선거船渠 안에서 부딪칠 것 같을 때 선원들은 어떻게 하는가? 막 충돌하려고 할 때 그 중간에 철이나 목재 같은 그저 딱딱하기만한 물건을 매달지는 않는다. 극히 두껍고 딱딱한 쇠가죽으로 만든 밧줄 테와 코르크를 잔뜩 넣은 크고 둥근 물체를 거기에 넣는다. 이것이 참나무 지레나 쇠지레를 문제없이 깨뜨릴 만한 충격을 용감하게 받아내서 손해를 막게 된다. 바로 이 사실이 내가 말하려고 하는 바를 충분히 밝혀줄 것이다.

그러나 여기에 나는 하나의 가설을 덧붙이려 한다. 보통 어류는 부레라는 것을 갖고 있어서 제 몸을 마음대로 팽창시키고 수축시키는데, 말향고래는 내가 알기로는 그런 것을 갖고 있지 않다. 더욱이 그가 머리를 수면 아래로 완전히 집어넣었다가 금방 다시 높다랗게 물 위에 떠올라 헤엄치는 것을 생각할 때, 또한 그 덮은 것이 어떠한 것에도 방해되지 않는 탄력성을 지닌다고 생각하고 그 머리 내부의 특수성을 생각할 때, 그 신비한 벌집 모양의 허파는 아직 세상에 알려지지도 않아 상상도 할 수 없지만 외기와 연관성을 갖고 그 공기의 팽창 수축에 감응한다는 가설에 이르지 않을 수가 없다. 만약 그렇다면 모든 자연 요소 중에서도 실체가 없고 가장 파괴적인 공기의 도움을 받은, 항거할 수 없는 정도의 그의 강한 힘도 상상해 볼 만하다.

생각해 보라. 안에는 가장 가벼운 공기를 지니고 있으면서도 아주 단단하고 허물어지지 않은 이 철벽을. 자유자재로 밀어 세우면서 코드(재목 단위. 보통 길이 8피트, 폭과 높이 4피트)로 재는 재목더미만큼 생기가 가득 찬 큰 덩어리가 가장 조그마한 곤충처럼 완전히 하나의 의지에 따라 헤엄친다. 그러니까 이 뒤에 내가 이 방대한 괴물의 온몸에 소용돌이치는 특성과 집중된 힘 등에 대해서 자세하게 이야기할 때, 또한 다시금 그에 대한 갖가지의 기괴한 일을 이야기할 때, 무지에서 생기는 의혹을 모두 버리고 다음 한 가지 사실, 즉 설사 말향고래가 '다리엔 지협'의 밑바닥을 뚫고 나가서 대서양과 태평양을 서로 섞으려 해도 눈썹 하나 까딱하지 말기를 바라는 것이다.

고래를 기르고 있지 않다면 그 진리에 대해서는 누구나 감상적인 시골뜨기에 지나지 않는다. '진리'를 백일하에 드러낸다는 것은 다만 대화염수大火焰獸와 같은 괴물만이 하는 짓일 뿐, 시골 사람이 흉내낼 수 있는 일은 아니다. 무서운 사이스(이집트 북부에 있음.)의 여신의 베일을 들어올린 어리석은 젊은이에게 어떤 운명이 덮쳐 왔겠는가를 생각해 보아도 좋을 것이다.

제77장 하이델베르크의 큰 술통

드디어 큰 통(대가리)의 기름을 퍼내게 된다. 그러나 그것을 옳게 이해하는 데는 이제부터 수술하게 될 이상한 내부 구조에 대해서 약간의 지식을 가져야만 할 것이다.

말향고래의 머리를 한 개의 장방형 고체로 가정하면 그 경사면을 따라 두 개의 외각外角[1])으로 나눌 수 있다. 그 중 그 아랫부분은 뼈투성이인 두개부와 턱이 되고 윗부분은 전혀 뼈가 없는 기름진 고깃덩어리다. 그 폭넓고 부푼 앞부분은 수직으로 이마를 이루고 있다. 이 앞부분 한복판에서 더욱 수평으로 상층부를 쪼갠다면 거의 똑같은 두 부분이 되는데, 이것은 두꺼운 힘줄 같은 것이어서 본디 갈라져 있던 것이다.

재분할된 것의 아랫부분, 곧 지방 조직이라고 불리는 것은 기름이 가득 들어찬 커다란 벌꿀 주머니 같은 것이어서 단단하고 탄력 있는 흰색의 섬유질

---

1) 이 외각(外角)이란 유클리드 기하학의 술어가 아니라 순수한 항해용 수학 용어이다. 이 말이 정의된 적은 없었던 것으로 안다. 이 외각은 양쪽에서 서로 가늘어지는 것이 아니라 한편의 급경사에 의해서 그 끝이 뾰족한 것으로 쐐기와는 다른 고체를 이루는 것이다.

이 전면을 덮고 무수한 세포가 종횡무진으로 교차되어 있다. 윗부분은 케이스(구멍)라고 불리는데 말향고래의 경우에는 저 하이델베르크의 큰 술통(《파우스트》에 나옴.)으로 보아도 좋을 것이다. 그런데 이 유명한 하이델베르크의 큰 술통이 그 전면에 신비로운 조각물을 갖고 있듯, 고래의 주름투성이의 커다란 앞머리도 그의 위대한 통을 수수께끼처럼 장식한 무수히 이상한 무늬로 가득 차 있다.

또한 하이델베르크의 큰 통이 항상 극히 순수한 라인 계곡의 포도주로 채워져 있다면, 이 고래의 통에는 훨씬 향기롭고 귀중한 기름인 경뇌유라는, 아주 순수하고 투명하고 향기로운 귀중물이 담겨 있다. 이 귀중한 보물의 순수함에 비교될 만한 다른 것을 찾아볼 수 없다. 살아 있는 몸속에 있을 때는 완전한 액체로 있지만 죽은 뒤 일단 대기에 닿으면 즉시 굳어지기 시작하여 마치 겨울을 알리는, 물에서 막 생긴 최초의 얇고 섬세한 얼음처럼 아름답게 결정된 가지들을 만들어낸다. 큰 고래의 기름구멍은 보통 5백 갤런의 기름을 산출하는데, 간혹 불가피한 조건에 처해 새거나 엎지르거나 흘려버리는 수도 있고, 때로 채취자가 될 수 있는 대로 많이 채취하려다 극히 힘든 작업 중에 엎질러서 다시 돌이킬 수 없게 되는 수도 있다.

하이델베르크의 큰 통의 내부가 얼마나 아름답고 값비싼 물질로 칠해져 있는지는 모르지만 말향고래의 안 표면을 이루는, 고급 외투의 안감처럼 광택이 있고 진줏빛이 나는 얇은 막에는 미치지 못할 것이다.

보면 알 수 있겠지만, 말향고래의 '하이델베르크 통'은 머리 윗부분의 전장全長에 퍼져 있다. 그러니까 앞에서도 말했듯이 고래 머리는 고래 몸길이의 3분의 1을 차지하고 있는데 상당한 크기의 고래에 있어서 그 몸길이를 80피트라고 친다면 이 고래의 통은 뱃전에 세로로 매다는 경우 26피트 이상이 된다는 계산이 나온다.

고래 머리를 자를 때와 마찬가지로 수술자의 칼은 다음에 향로통으로 들어갈 한 점을 겨누어 깊이 찌르게 된다. 그럴 때 그는 부주의한 서툰 칼질로 귀중한 내용물을 엎질러버리지 않도록 각별한 주의를 기울인다.

그런 후 그 잘린 머리는 드디어 수면에서 높이 달려올라가 절단용의 거대한 고패에 묶여서 매달리게 되는데, 그 삼밧줄의 뒤엉킴은 주위 가득히 가히 밧줄의 황야라고 할 만하다. 여기까지 말했으니 다음은 여러분의 주의를 경탄할 만하고 섬뜩한 작업, 곧 말향고래의 하이델베르크 통의 기름을 퍼내는 작업으로 돌려주었으면 한다.

제78장 저장통과 양동이

태슈테고는 고양이처럼 민첩하게 높이 올라가서 삐죽 나온 큰 돛대의 활대 끝 위를 꼿꼿한 자세로 달려, 거기 큰 통이 매달려 있는 곳까지 갔다. 그는 회초리라고 불리는 조그마한 고패를 들고 있는데, 그것은 바퀴가 하나만 달린 활차를 중심으로 하여 두 부분으로 되어 있다. 그는 그 활차를 활대에서 늘어지도록 붙들어 매곤 밧줄의 한 끝을 갑판의 한 선원이 단단히 붙잡을 때까지 계속 흔든다.

그러고 나서 이 인디언은 두 손을 부지런히 놀리면서 다른 쪽 끝을 따라 내려가서 이윽고 공중을 낙하해 교묘하게 고래의 정수리에 내려앉는다. 거기서 모든 사람들을 향해서 마치 터키 회교도의 기도드리는 시각을 알리는 사람이 첨탑 꼭대기에서 모든 사람들에게 기도하라고 외치는 것처럼 외쳐 댄다. 그러면 손잡이가 짧은 예리한 고래삽이 주어지는데 그것으로 그는 신중히 기름통의 어디쯤에 구멍을 뚫을 것인가를 조사하기 시작한다.

이 작업 중에 그가 주의력을 집중하는 모습이란 그야말로 오랜된 집에서 보물을 찾는 자가 황금이 감춰져 있는 곳이 어딜까 하고 벽을 두루 두드리며 살피는 모습과 비슷하다.

이 면밀한 조사가 끝날 때쯤이면 쇠테를 끼운 단단한 양동이, 마치 우물의 두레박 같은 양동이가 회초리의 한 끝에 달리고 다른 한 끝은 가판을 가로질러 민첩한 서너 명의 손에 쥐어지게 된다. 그들은 양동이를 인디언이 잘 받아낼 수 있도록 끌어올린다. 그러면 또 한 사람이 긴 장대를 그에게 건네준다.

그 장대를 양동이에 꽂고 태슈테고는 그것을 고래의 기름통 속에 완전히 잠길 때까지 쑤셔 넣는데, 그러고 나서 작은 고패에 있는 선원들에게 소리치면 양동이는 다시 마치 우유 짜는 처녀가 방금 우유를 짜 넣은 통처럼 거품을 일으키면서 나타난다.

그 철철 넘치는 그릇은 높은 데서 조심스레 내려져서 기다리는 손에 옮겨져 곧 커다란 통 속에 부어진다. 그런 뒤 양동이는 다시 딸려 올라가고, 다시 같은 작업이 되풀이된다. 이와 같은 일은 기름통이 텅 빌 때까지 계속된다. 태슈테고는 20피트나 되는 장대가 완전히 보이지 않을 때까지 그 긴 장대를 맹렬히 점점 깊숙이 기름통에 집어넣는다.

피쿼드호의 선원들이 꽤 오랫동안 이렇게 기름을 펐기 때문에 어느새 몇 개의 통이 향긋한 기름으로 채워져 갔다. 그때 기괴한 사건이 일어났다. 주의를 게을리하여 고래 머리를 매단 굵은 밧줄을 움켜쥐었던 한 손을 순간적으로 놓았는지, 그렇지 않으면 발판이 몹시 불안정하고 또한 미끄러웠는지, 그렇지 않으면 악마가 특별한 이유도 없이 그렇게 한 건지 정확한 이유는 알 수가 없지만, 아무튼 여든 번째인지 아흔 번째인지의 양동이가 꽉 채워져서 올라왔을 때 갑자기―오오, 신이시여! 불쌍하게도 태슈테고가 실제 우물의 두레박 한 쌍처럼 곤두박질을 해서 하이델베르크의 큰 통 속으로 떨어졌다. 통 속에서는 무시무시하게 부글부글 기름 끓는 소리만 날 뿐 그의 모습은 전혀 보이지 않았다.

"떨어졌다!" 선원들이 멍하게 서 있는 가운데 맨 처음 정신을 가다듬은 대그가 외쳤다. "양동이를 이쪽으로 보내줘!" 그는 밧줄을 잡은 손이 미끄러지지 않도록 한 발을 그 양동이에 집어넣고는 태슈테고가 거의 그 기름통 밑바닥에 떨어져버리기 직전에 양동이를 끌어올리던 밧줄로 그를 고래 정수리 위까지 끌어올렸다.

사람들은 더할 나위 없이 두려워하고 당황했다. 뱃전에서 내려다보니 바로 조금 전까지 생기가 없던 머리가 바야흐로 어떤 위대한 사상에 눈뜬 것처럼 수면 바로 아래서 소리내어 요동쳤다. 그러나 그것은 실은 불쌍한 인디언이 그가 떨어진 공포의 수렁에서 빠져나오려고 무의식적으로 허우적거렸기 때문이었다.

　그때 대그는 고래 머리 위에 서서 고래삽이 엉켜 있던 밧줄을 풀려고 했는데 별안간 귀청을 찢는 듯한 소리가 났다. 선원들을 말할 수 없는 공포에 떨게 하면서 고래 머리를 매달았던 거대한 두 개의 갈퀴 밧줄 중 하나가 끊겨, 그 커다란 머리가 크게 옆으로 흔들거리는 바람에 배가 얼음산에 세게 부딪친 것처럼 비틀거리며 기운 것이다. 모든 중량을 감당하고 있던 나머지 갈퀴 밧줄도 이렇게 머리가 세게 흔들리는 것을 보면 금방 끊어지고 말 것 같았다.

　"내려, 내리라고!" 선원들이 대그를 향해 외쳤다. 그러나 검둥이는 머리가 떨어져 나가더라도 공중에 매달려 있기 위해서 한 손으로 굵은 밧줄을 단단히 움켜쥔 채 엉클어진 밧줄을 다 풀고 양동이를 허물어진 기름통 속에 집어넣어 거기 매장된 작살잡이가 그것을 붙잡으면 끌어올려 주려고 했다.

　"이봐!" 스터브가 고함을 쳤다. "자네 총알을 쏠 작정인가? 그만둬! 그건 안 돼. 쇠테를 두른 양동이가 태슈테고 머리에 부딪쳐선 안 돼. 그만둬!"

　"활차를 치워!" 총알이 터지는 듯한 목소리로 누군가가 외쳤다.

　거의 같은 순간에 고래의 큰 머리는 폭포 밑의 깊은 못으로 떨어지는 나이애가라의 테이블 바위(1850년에 떨어졌다.)처럼 우레와 같은 굉음을 내며 바다에 떨어졌다. 갑자기 무거운 짐이 풀린 선체가 바닥의 번쩍이는 동판과 함께 진동했다. 대그가 사람들의 머리 위를 지나 바다 위로 휘익 나가떨어지자 전원이 숨이 막히는 듯했다. 짙은 안개 같은 물보라 속에서도 대그는 시계추처럼 활차에 매달려 있는 것이 보였지만, 불쌍하게 생매장된 태슈테고는 바닷속으로 자꾸자꾸 가라앉았다. 그러나 그 자욱한 물보라가 아직 다 가시기도 전에 창을 손에 든 벌거벗은 자가 번뜩이듯 뱃전을 뛰어넘었는가 싶더니 다음 순간 심하게 물을 때리는 소리가 들렸다. 우리 용감한 퀴퀘그가 그들을 구조하려고 뛰어든 것이다. 모두들 한 덩어리가 되어 뱃전으로 달려갔다. 모든 눈동자가 작은 물결 하나도 놓치지 않고 지켜보았지만 가라앉은 사나이도 뛰어든 사나이도 보이지 않았다. 몇 사람인가가 이번에는 보트를 잡아타고 저어 나가기 시작했다.

　"헛! 헛!" 단조롭게 흔들리는 활차의 끝부분에 올라타고 있는 대그가 소리 높이 외쳤다. 그러자 뱃전에서 훨씬 멀리 떨어진 곳의 푸른 파도 속에서 팔하나가, 마치 묘지의 푸른 잔디 위로 내밀어진 것같이 무시무시하게 쑥 쳐들어졌다.

"됐어! 됐어! 두 사람이야!" 대그는 다시금 환호성을 올렸다. 곧 퀴퀘그가한 팔로 힘있게 헤엄쳐 나오면서 다른 한 팔로 인디언의 긴 머리를 움켜쥐고오는 것이 보였다. 이윽고 그들은 기다리던 보트로 올라와서 곧장 갑판으로돌아왔으나 태슈테고는 좀처럼 정신을 차리지 못했고 퀴퀘그도 또한 기진맥진해 있었다.

어떻게 이 위대한 구조가 성공했을까? 퀴퀘그는 천천히 침강하는 고래 머리를 쫓아서 물속으로 들어가 그 예리한 칼날로 옆쪽 허파의 밑부분을 찔러커다란 구멍을 도려낸 다음, 칼을 버리고 긴 팔을 집어넣어 안쪽 깊숙이 아래위를 더듬다가 이윽고 태슈테고의 머리를 움켜쥐고 끌어냈던 것이다.

그가 증언한 바에 의하면, 처음에 팔을 집어넣어 찾았을 때는 발이 만져졌는데 그것은 적당치 않아 실패의 원인이 될 것이라고 생각하여 그 다리를 도로 넣고 교묘하게 흔들어서 인디언을 한 바퀴 돌리는 데 성공했다는 것이다.그래서 다음에는 확실한 형태, 다시 말해서 머리부터 나오게 한 것이다. 고래의 큰 머리가 대체로 이쪽의 뜻대로 움직여 주었던 것이다.

그리하여 퀴퀘그의 용기와 훌륭한 산파술에 의하여 태슈테고는 구출, 아니 집어올려졌는데, 가장 비참하고 또한 거의 절망적이라고 생각된 위난을무릅쓰고 보기좋게 성공한 이 일은 오랫동안 잊히지 않는 교훈으로 남았다.산파술은 검술, 권투, 말타기, 노젓기와 똑같은 과정으로 가르쳐야만 한다.

이 이상한 게이 곶의 사나이 태슈테고의 모험은 대부분의 육지 사람들에게는 믿어지지 않는 일일 것이다. 그러나 그들도 육지의 웅덩이 속에 사람이떨어지는 것을 보거나 듣거나 한 일은 있을 것이다. 더욱이 그것은 결코 드문일이 아니고 또한 고래의 웅덩이 주위가 매우 미끄러운 것을 생각해 본다면이 인디언의 경우보다도 훨씬 필연성이 적은 것이다.

그러나 어쩌면 머리가 명석한 사람은 그래도 이상한데, 하고 의심할지도모른다. 우리는 말향고래의 머릿기름이 밴 해면체는 체내에서 가장 가벼운 코르크 같은 것이라고 들었다. 그런데 그대는 그것을 훨씬 비중이 큰 물질 속에 가라앉게 했다.

어떤가? 항복했는가? 천만에, 나는 여러분들에게 지지 않는다. 태슈테고가 떨어졌을 때 이미 그 고래는 머릿속의 가벼운 내용물이 다 없어지고 다만 벽면에 두꺼운 힘줄의 층만 남아 있었을 뿐이었다. 전에도 말했듯이, 두 겹으로 두드려 만든 층이 되어 바닷물보다 무겁게 그 큰 덩어리가 납처럼 가라앉았기 때문에 퀴퀘그는 산파술의 묘기를 발휘하여 이른바 달리면서 순산할 수가 있었던 것이다.

그러나 태슈테고가 만약 저 머릿속에서 죽었다면, 순백의 우아하고 향긋한 기름 속에서 숨져, 성스럽고도 성스러운 고래의 비밀한 내부에 입관되어 장사 지내졌다면 그 얼마나 고귀한 죽음이란 말인가? 단 한 가지 이보다 월등히 아름다운 죽음을 상기할 수 있다. 오하이오 주의 한 벌꿀 채집자는 속이 빈 나무의 갈라진 틈새 구멍에서 기막힌 꿀이 저장돼 있는 것을 발견하고 자기도 모르게 몸을 너무 디밀다 꿀 속에 빠져 좋은 향유의 축복을 받으면서 죽었다. 플라톤의 꿀이 가득 찬 머릿속에 떨어져서 거기서 감미로운 죽음을 마친 사람들의 수는 또 얼마나 될 것인가?

제79장 대초원

이 거경의 머리의 혹을 만지고 얼굴의 윤곽을 알아본다는 것은 아직 어느 인상학자도 골상학자도 해보지 못한 일이다. 이 일이야말로 라바터(스위스의 신학자, 설교가, 인상학자)가 지브롤터의 바위의 주름을 면밀히 조사한 것이나 갈(프란츠 요한. 오스트리아의 골상학자)이 판테온의 지붕에 올라가서 조사한 것만큼 바람직한 일일 것이다.

라바터는 그 유명한 저술에서 인간의 얼굴을 다루었을 뿐만 아니라 말이나 새나 뱀이나 물고기의 얼굴까지 면밀하게 연구하고 거기서 볼 수 있는 표현 양식의 변화에 대해서도 자세히 이야기하고 있다.

또한 갈이나 그 제자 스프르츠하임(오스트리아의 골상학자)도 인간 이외의 생물의 골상학적 특징에 대해서 연급하고 있다. 그러니까 내가 선구자로서의 자격이 있다고는 생각하지 않으나, 아무튼 최선을 다해서 이 두 가지 반과학적 방법을 고래에게 적용해 보기로 하겠다.

인상학적으로 보면 말향고래는 좀 변칙적이다. 코라고 할 만한 것이 없다. 그런데 코란 용모의 중심을 이루는 중요한 부분으로 얼굴의 표정에 변화를 주면서도 궁극의 통일점이 되는 것이므로, 눈에 보이는 기관으로서의 코가 전혀 없다는 것은 고래의 얼굴 모습에 큰 영향을 미친다고 생각된다. 조원술造園術에 있어서도 첨탑, 둥근 탑, 비석 따위의 탑이 없으면 그 풍경이 어딘지 모르게 어색한 것처럼 어떤 얼굴이라도 코라는 종탑이 우뚝 세워져 있지 않으면 인상학적으로는 말이 되지 않는다. 페이디아스가 만든 주피터의 대리석상에서 코를 떼어내 보라. 나머지는 얼마나 비참하겠는가?

그럼에도 거경은 말로 다할 수 없을 만큼 웅대하고, 그 모양이 실로 당당하기 때문에 주피터 상을 형편없게 할지도 모르는 그 결함도 그에게는 전혀 흠이 되지 않는다. 아니 더욱더 그의 장엄함을 더할 뿐이다. 고래에게 코 따위는 쓸데없는 물건에 지나지 않는다. 그의 거대한 머리 주변을 짐을 나르는 작은 배를 타고 인상학적 항해를 할 때 잡아당길 코가 있다고 해서 그에 대한 외경심이 어떻게 되는 것은 아니다. 위풍당당하게 옥좌에 앉은 왕자를 보고도 이것저것 트집을 잡지 않고는 배길 수 없는 것은 썩어빠진 근성이다.

부분적인 특성을 볼 때, 말향고래가 나타내는 경관 중에서도 아마 그 머리의 정면이 가장 당당한 풍모를 나타낼 것이다. 그야말로 숭엄하다.

사색에 잠긴 위인의 이마는 서광이 비치기 시작한 동녘 하늘과도 같으며, 목장에서 쉬는 암소의 이마 곡선은 웅장하고도 아름다운 모습을 나타내고 있다. 산의 험준한 길로 중포重砲를 밀어올리는 코끼리의 이마는 당당하다. 사람이나 짐승이나 신비로운 이마라는 것은 독일 황제가 그 칙서에 찍은 황금 봉인만큼 중요한 것이다. 그것은 "신이여, 오늘 내 손으로 이것을 하나이다."라고 말하는 것이다. 그러나 대부분의 생물, 아니 다름 아닌 인간에게 이

마는 다만 눈(雪) 사이를 따라 있는 한 조각의 산 흙이라는 정도 외엔 아무것도 아니다. 극히 드물게 셰익스피어나 멜란히톤(필립 멜란히톤. 1497~1560년 독일의 종교개혁자)의 이마처럼 극히 높이 치솟고 또한 낮게 가라앉은 것이 있고, 그 눈은 영원토록 맑게 물결 하나도 일지 않는 산속의 호수 같음을 인정할 것이다.

그러나 큰 말향고래의 경우 그 이마에 깃든 높고 위대하며 신성한 위엄은 무한하고 거대한 것이어서 그것을 정면에서 올려다보는 사람은 다른 어떠한 생물에서 보는 것보다도 훨씬 강렬하게 신성함과 외경스러운 힘을 느낄 것이다. 다시 말해서 사람은 그 고래 얼굴의 어느 한 점도 분명하게 파악할 수 없다. 왜냐하면 코, 눈, 귀, 입, 아니 얼굴이라도 불릴 만한 것을 가지고 있지 않기 때문이다. 다만 한 개의 방대하고 둥그런 이마가 수수께끼의 주름이 잡혀 묵묵히 보트와 배와 인간의 파멸을 간직한 채 숙여져 있다.

또한 그 옆얼굴과 놀라운 이마는 그것을 바라보는 사람으로 하여금 눈앞에서 보았을 때처럼 두려워서 엎드리게 하는 위대함은 지니지 않지만 결코 미약한 것이라곤 할 수 없다. 옆에서 분명히 알아볼 수 있는 것은 그 이마 한복판에 수평으로 달리고 있는 반달형의 홈인데, 그것은 인간에게 있어서는 라바터 씨가 말하는 천재선天才線에 해당하는 것이다.

그러나 무슨 소린가? 말향고래가 천재라고? 말향고래가 책을 쓰거나 연설을 한 적이 있단 말인가? 아니, 그의 천재성은 그가 그런 걸 증명할 만한 짓을 일체 하지 않는다는 데에 명시되어 있다. 그 금자탑적인 침묵에 계시되어 있는 것이다. 그러므로 나는 생각하기를 만약 큰 말향고래가 저 여명기의 동쪽 나라에 알려졌다면, 그는 그들의 우상 숭배적인 사고방식에 의해 신격화되었으리라고 본다. 그들은 나일강의 악어가 말이 없었으므로 그것을 신격화했다.

말향고래도 혀를 갖고 있지 않다. 아니, 설사 있다 하더라도 매우 작아서 끌어낼 수가 없다. 만약 앞으로 문화가 높고 시적인 어느 민족이 옛날의 즐거운 5월제의 신들을 다시금 생각하여 오늘날의 이기주의적인 하늘 아래 신들이 사라진 언덕에 다시 생명 있는 것을 모시려고 한다면, 그때는 큰 말향고래에게 주피터와 같은 왕위가 주어져서 모든 것을 주재하게 될 것이다.

상폴리옹(프랑스인. 상형문자 해독의 권위자)은 우둘투둘한 화강암에 새겨진 상형문자를 판독했다. 그러나 온갖 사람들, 그리고 온갖 생물들의 표면에 씌어 있는 이집트어를 판독한 '샹폴리옹'은 없다.

다른 모든 인간학과 마찬가지로 인상학도 대수롭지 않은 우화에 지나지 않는다. 30가지 언어에 능통한 윌리엄 존스(영국의 동방어 권위자) 경도 저 소박한 농부의 얼굴에서 깊고도 미묘한 의미를 잡아내지 못했다면, 나 이스마일과 같은 무식한 사람이 말향고래 이마의 외경스러운 칼데아 문자를 읽으려는 것은 건방진 소망일 것이다. 나는 다만 그 이마를 여러분 앞에 내놓을 뿐이다. 할 수 있다면 여러분이 직접 읽어보기 바란다.

제80장 호도

말향고래가 인상학적으로 스핑크스라 한다면, 그 뇌수는 골상학자에게는 면적을 구하기가 불가능한 기하하적인 원圓이다.

성장한 고래의 두개골은 길이가 적어도 20피트는 된다. 아래턱을 떼고 그 두개골을 옆에서 보면 그것은 편평한 기반 위에 놓여 있는 완만한 경사면이라고 할 수 있을 것이다. 그러나 살아 있을 때의 이 경사면은 울퉁불퉁하게 부풀어올라 거대한 중층을 이루는 지방과 말향덩어리로 거의 차 있다. 이 두개골은 상층부는 그 덩어리를 넣는 분화구 같은 모양으로 되어 있는데, 길고 큰 구멍 밑바닥에는 길이나 깊이가 10인치도 안 되는 구멍이 있어 거기에 겨우 한 줌밖에 안 되는 뇌수가 들어 있다.

산 고래의 이마를 바라보면 뇌수가 20피트 길이는 족히 될 것이라고 누구나 생각한다. 그러나 실은 그 웅대한 겉모양 속 깊이에 퀘벡의 복잡하고 거대한 성곽의 가장 깊숙한 요새 같은 것이 숨겨져 있다. 그야말로 비밀 보석상자로서 놓여 있는 것이므로 고래잡이는 단호하게 말향고래에는 몇 입방 야드의 경뇌유 이상으로 뇌수다운 것은 없다고 말하는 것이다. 그 향료가 기괴한 모양으로 겹치고 얽히고설켜 있는 것을 보고 이 고래의 역량의 정도를 말하기에 어울리는 것이라고 생각한다.

그렇다면 이 거경이 살아 움직일 때 그 머리는 골상학적으로 말해서 가짜라는 것이 분명하다. 왜냐하면 그 참다운 두뇌가 어디에 있는 것인지 알아볼 수도 상상할 수도 없기 때문이다. 온갖 강력한 것과 마찬가지로 고래도 또한 세상에 대해선 가짜 이마를 갖고 있는 것이다.

이 두개골에서 향유의 덩어리를 떼낸 다음 뒤 끝의 꼭대기께를 뒤에서 본다면 그것이 같은 위치, 같은 각도에서 본 인간의 두개골과 닮았다는 것에 놀랄 것이다. 만약 이 뒤를 향한 두개골을 인간의 두개골의 도판 속에 놓고 본다면 여러분들은 자기도 모르는 사이에 혼동을 일으켜 그 꼭대기의 움푹 팬 곳을 발견하고는, "이 사나이는 조금도 자존심과 외경심을 갖고 있지 않군."라고 골상학적으로 평할 것이다. 그리고 이 결함과 그의 월등하게 큰 체구와 역량이라는 긍정적인 사실을 합쳐서 생각한다면, 여러분은 가장 뛰어난 권력자에 대한 가장 진실된 그러나 가장 바람직하다고 할 수 없는 관념을 훌륭하게 파악할 수가 있을 것이다.

그러나 고래의 뇌수가 정말로 불균형적으로 작다는 이야기를 도저히 납득할 수 없다는 사람에게는 다시 이런 설명을 해보기로 하자. 만일 어떤 네 발 짐승의 척추를 자세히 관찰하면, 그 척추골이 작은 두개골을 목걸이처럼 끈으로 꿰어 놓은 것같이 보이는 사실에 대해 놀라며 그 하나하나가 근본적으로 하나의 두개골을 닮은 것을 볼 수 있을 것이다.

독일 사람들의 이야기로는 척추골이란 퇴화된 두개골이라 한다. 그러나 이 외관상의 이상하게 닮은꼴을 인정한 것은 독일인이 맨 처음은 아니었던 모양이다.

어느 나라 사람인가가 그가 죽인 적의 해골을 그 통나무배의 뾰족한 뱃머리에 부조처럼 새겨넣어 그것을 나타내 주었던 적이 있다. 그러니까 골상학자들이 그 연구를 소뇌에서부터 다시 척추골선으로 해나가지 않았다는 것은 중대한 실수였다고 생각한다. 인간 성격의 대부분은 그 등뼈 속에 나타난다고 믿기 때문이다.

나라면 여러분들이 어떤 사람이든 두개골보다는 등뼈를 만져보고 싶다. 밑동이 가는 등뼈가 웅대하고 고상한 영혼을 받쳤던 일은 없다. 나는 지금 세계의 절반을 향해서 나부끼게 하려고 저 깃발의 견고한 장대만큼이나 나 자신의 척추를 자랑으로 삼는다.

골상학의 척수부를 말향고래에 적용하자. 그 뇌수의 구멍은 첫째 경추골頸椎骨에 이어져 있는데, 그 척추골은 척추공脊椎孔의 바닥이 지름 10인치, 높이 8인치, 그리고 밑바닥을 밑변으로 해서 삼각형을 이루고 있다. 차례로 척추골을 지나감에 따라 구멍은 차차로 작아져 가는데 상당한 거리까진 그 큰 용량은 변함없다.

그리고 물론 이 구멍은 저 뇌와 마찬가지로 이상한 섬유 모양의 물질, 곧 척수 조직이 가득 차 있고 뇌와 연결되어 있다. 그뿐 아니라 뇌의 구멍에서 나와서도 그 물질은 몇 피트나 조금도 가늘어지지 않고 거의 뇌수와 같다. 이런 상태에 있다고 한다면 고래의 척수를 골상학적으로 검토하고 탐사한다는 것은 어리석은 것일까? 어떻든 이런 연구 결과, 그의 실제 뇌가 이상할 만큼 작다는 것은 그 척추가 뛰어나게 거대하다는 것으로 보충되고도 남음이 있는 것이다.

그러나 이 암시는 골상학자 여러분의 손에 맡겨 놓기로 하자. 나로선 그저 이 척수학설을 말향고래의 혹과 연결지어 생각하고 싶을 뿐이다.

이 위대한 혹은 내가 보는 바로는, 어느 대척골 위에 부풀어올라 있어서 바깥으로 쑥 내밀어져 있는 것이 아닌가 생각된다. 그렇다면 그 위치의 상태로 보더라도 나는 이 울퉁불퉁한 혹을 말향고래의 굽힐 줄 모르는 완강성을 맡아 보는 기관이라고 부르고 싶다. 이 거대한 괴물의 건방진 완강성에 대해서는 앞으로 이야기하게 될 것이다.

제81장 피쿼드호, 버진호와 만나다

그날, 운명이 이끄는 대로 우리는 데리크 데 데어 선장이 탄 브레멘에 적을 둔 '버진호'를 만나게 되었다.

네덜란드인과 독일인은 예전에는 세계 최대의 포경 민족이었으나 오늘날에는 가장 빈약한 포경 민족이 되었다. 그러나 이따금 긴 경도와 위도를 지나가는 동안에는 태평양 여기저기에서 그들의 깃발을 볼 때도 있다.

무슨 이유인지 버진호는 우리에게 열렬히 경의를 표시하였다. 피쿼드호에서 아직 꽤 멀리 떨어져 있을 때부터 바람 부는 쪽으로 뱃머리를 돌려 보트를 내렸는데, 선장은 뒷갑판이 아니라 뱃머리에 초조하게 서서 이쪽으로 다가왔다.

"저 사람, 무얼 들고 있는 건가?" 스타벅은 독일인이 손에 들고 흔드는 무언가를 가리키며 외쳤다. "이상하군! 급유기통이 아닌가?"

"아니오." 스터브가 말했다. "저건 커피 주전자요, 스타벅 씨. 저 독일놈, 우리에게 커피를 대접하려고 오는 거요. 옆에 커다란 깡통이 보이죠? 저게 끓인 물이란 말이오. 참 기특하군, 독일 사람은."

"그만둬." 플라스크가 외쳤다.

"저건 기름 치는 것과 기름통이야. 기름이 떨어져서 얻으러 오는 거야."

기름 채취선이 어장에서 기름을 빌리러 오다니 참으로 기이한 일이었다. 그야말로 "뉴캐슬(영국의 석탄 채굴 중심지)에 석탄 나르기"라는 옛 속담을 바꿔놓은 듯한 괴상한 일이긴 하지만 때로는 실제로 이런 일이 일어난다. 그때 데리크 데 데어 선장은 플라스크가 단언했듯이 기름 따르는 것을 짊어지고 온 것임에 틀림없었다.

그가 갑판에 올라오자 에이허브는 그가 들고 있는 것 따위는 거들떠보지도 않고 대뜸 질문을 퍼부었다. 그러나 독일인은 그 서툰 영어로 백경에 대해서는 전혀 아는 바가 없다고 대답했다. 그리고 나서 곧 이야기를 기름 따르는 그릇과 기름통으로 돌려 브레멘에서 가지고 온 기름은 이미 한 방울도 남지 않았고 보충하려 해도 날치 한 마리도 잡히지 않아서, 밤에도 캄캄한 데서 자야 할 형편이며, 그의 배는 그야말로 고래잡이들 사이의 말로 '깨끗한 배', 다시 말해서 텅 빈 배여서 정말로 버진호라는 이름 그대로라고 하며 말을 맺었다.

필요한 기름을 나누어 주자 그는 가버렸다. 그러나 미처 그가 본선 옆에 닿기도 전에 양쪽 배의 돛대 꼭대기에서 거의 동시에 고래를 보았다는 고함소리가 들렸기 때문에 고래에 굶주린 데리크 데 데어는 그 기름통과 기름 따르는 것을 배에 옮겨 놓을 겨를도 없이 뱃머리를 돌려 거대한 기름통을 쫓기 시작했다.

그런데 고래는 바람이 불어가는 쪽에 떠올랐기 때문에 그는 다른 세 척의 독일인 보트와 함께 급히 쫓아 피쿼드호의 보트 군을 훨씬 앞지르고 있었다. 고래는 여덟 마리로 적당한 무리였는데 위험을 알아차리자 바람을 받으면서 똑바로, 마치 수레를 끄는 여덟 마리의 준마처럼 서로 옆구리를 비벼 대면서 전속력으로 파도를 가르고 달렸다. 그 뒤로 넓고 긴 자취가 남겨졌는데, 그것은 끊일 사이 없이 해면에 전개되는 광막한 양피지와도 같았다.

그 항적(선박이 지나간 자취)의 급한 소용돌이 한복판에서 훨씬 떨어진 곳에 한 마리의 혹이 달리고 거대한 늙은 암고래가 있었다. 그 느린 속도로 보더라도, 또 이상하게 누런 피부를 보더라도, 그는 황달 또는 그와 비슷한 병에라도 걸려 있는 것이 아닐까? 이 고래가 앞서가는 한 떼에 속해 있는지 어떤지는—이러한 늙은 거경은 성질이 극히 완고하여 무리와 잘 어울리지 않는 점으로 보아 의심스러운 일이었다. 그러나 아무튼 그는 그 떼를 뒤쫓아가고 있었는데 그들에게서 되밀려오는 물결의 흐름이 그의 행진을 더디게 하고 있었다. 왜냐하면 그 넓고 큰 입부리에 흰 거품을 일으키며 부딪치는 바닷물은, 상반되는 급류가 서로 맞부딪쳐서 생기는 파도처럼 극히 격렬한 것이기 때문이었다. 그 뿜어올리는 물은 짧고 완만하고 숨이 차서 뿜어올린 듯 사방으로 하늘에 흩어져버리고, 그의 체내 깊이 기괴한 몸부림을 동반하고 있었다. 그놈은 또한 비밀의 출구를 몸의 숨겨진 다른 구석에 숨겨 가지고 있는지 그의 뒤에는 파도가 부글부글 끓어오르고 있었다.

"누구 진통제 갖고 있지 않나?"라고 스터브가 말했다. "아무래도 저놈이 복통인 것 같아. 반 에이커나 되는 배에 복통이 나다니, 굉장하군. 놈의 뱃속에서 폭풍이 서로 부딪쳐서 법석을 떠는 거야. 뒷갑판 쪽에서 이렇게 구린내나는 바람이 불어오는 것은 생전 처음이란 말이야. 저렇게 비틀거리는 고래를 본 적 있나? 놈은 키를 잃어버린 거야."

놀라서 날뛰는 말들을 갑판에 가득 실은 인도 무역선이 힌두스탄 해안을 기울고, 앞으로 넘어지고, 흔들리고, 비틀거리면서 나가는 것과 같이 이 늙은 고래는 늙어빠진 거구를 출렁거리면서 때로는 병든 옆구리를 절반 뒤집어서 그 비틀거리는 복통의 원인이 무참하게도 밑동밖에 남지 않은 오른쪽 지느러미에 있다는 것을 나타냈다. 그 지느러미를 격투하다가 잃었는지 아니면 태어날 때부터 불구였는지 그것은 알 수 없었다.

"잠깐 기다리게 늙은이, 그대의 부러진 팔에 대줄 게 있어." 잔인한 플라스크는 곁의 포경 밧줄을 가리키면서 외쳤다.

"자네야말로 놈이 그 밧줄을 자네에게 감지 않도록 조심하게나." 스타벅이 외쳤다. "잘하지 않으면 독일놈들에게 잡힐 걸세."

서로 다투는 두 배에서 보트의 떼가 모두 같은 목적을 갖고 이 고래 한 마리를 향했다는 것은, 그가 가장 크고 따라서 가장 가치 있는 놈이었기 때문만이 아니라, 그가 가장 가까이에 있었고 또한 다른 고래들은 좀처럼 따라붙을 수 없을 정도의 쾌속력으로 달리고 있었기 때문이었다. 이때 피쿼드호의 보트들은 늦게 내려진 독일인 보트 세척을 제치고 돌진했는데 데리크의 보트만이 맨 처음에 출발이 빨랐던 터라 피쿼드호의 보트가 점점 따라붙고 있었지만 아직도 선두를 달리고 있었다. 그래서 피쿼드호 선원들은 이미 목적물 가까이에 가 있는 데리크가 자기들이 미처 따라붙거나 추월하기도 전에 그 쇠화살촉을 던지지나 않을까 걱정이었다.

데리크는 그것이 마땅하다는 듯 자신에 가득 차서 이따금 기름통을 들어 그것을 다른 배를 향해 모멸적인 태도로 흔들어 대곤 했다.

"더러운 놈, 은혜도 모르는 개로군 그래!" 스타벅이 외쳤다. "내가 단 5분 전에 따라준 그 기름통을 저렇게 흔들어 대면서 나를 모욕하고 있어." 그러고 나서 강렬하고 분명치 않은 목소리로 "자아, 힘을 내라. 모두 힘을 내. 쫓아라."라고 말했다.

"이봐, 내 말을 들어!"라고 스터브 역시 그 선원들에게 고래고래 소리를 질러 댔다. "흥분하지 않는다는 것이 내 신조지만 저 독일의 악당놈은 물어뜯어 죽이고 싶다. 자아! 악당놈에게 지고 싶지는 않겠지. 브랜디가 싫지는 않을 테지. 좋아! 제일 공을 세운 사람에겐 브랜디 한 통을 주겠다. 이봐, 한 사람쯤 피를 토해도 상관없잖아. 어느 놈이 닻을 내렸지? 배가 1인치도 움직이지 않잖아. 이봐, 이봐, 배 밑바닥에 풀이 나기 시작했군. 제기랄, 돛대에 싹이 트겠다. 안 돼, 안 돼. 저 독일놈을 보라고! 좌우간 너희들 불을 토할 생각인가, 토하지 않을 작정인가?"

"이봐, 저 거품을 보라고!" 플라스크도 펄펄 뛰면서 고함을 쳤다.

"지독한 혹이군. 쇠고기를 잔뜩 담아 놓은 거야. 재목처럼 뒹굴고 있어. 자, 힘을 내라. 저녁식사 때 틀림없이 구운 과자와 대합요리를 내지. 구운 대합에다 빵과자란 말이다. 자, 기운을 내라, 기운을. 저 고래는 백 통짜리란 말이다. 놓치면 용서하지 않을 테다. 놓치면 안 돼, 놓치지 마라. 독일놈을 노려보란 말이다. 이봐, 이봐, 한턱 잘 먹여 줄 테니 저으란 말이다. 기막힌 고래지 뭔가! 너희들은 말향유가 안 좋은가? 저건 3천 달러짜리야. 저건 그야말로 은행이야. 은행이 헤엄치고 있는 거란 말이야. 잉글랜드 은행이야. 자, 가라, 가라! 독일놈, 뭘 하고 있는 거야."

그 순간 데리크는 따라붙는 보트를 향해서 그 기름 따르는 것과 기름통을 던지려고 했다. 아마도 그것은 경쟁자가 앞으로 나가는 것을 방해하고, 동시에 뒤로 물건을 던지는 반동 작용에 의해서 자신의 진행력을 한껏 늘려 보자는 이중의 목적에서였을 것이다.

"못되게 노는군, 개자식!" 스터브가 외쳤다. 자, 저어라, 전투함에 올라탄 빨강머리 악마를 태운 오만 척의 전투함처럼 힘차게 저어라. 어이, 태슈테고, 어때? 자네는 명예를 위해서 자네 등뼈를 산산이 부술 각오는 없나? 어때?"

"귀신처럼 젓는 거요." 인디언이 말했다.

독일인의 야유에 모두 한결같이 격노해서 피쿼드호에서 내린 세 척의 보트는 바야흐로 거의 평행으로 나란히 서서 시시각각으로 데리크에게 다가갔다. 고래에 접근할 때의 보트장들은 항상 자기 멋대로 용감하게 행동을 하는데, 이 세 명의 항해사 역시 자랑스럽게 일어나서 이따금 뒷갑판의 노잡이들을 기운찬 소리로 격려하였다. "봐라, 도망간다. 바람을 가르라! 독일놈, 녹아 떨어져라! 놈을 앞질러!"

그러나 데리크는 다른 보트보다 압도적으로 빠르게 출발했기 때문에 우리가 아무리 기운을 낸다 해도 이 경주에서는 그가 승리를 차지할 게 틀림없을 듯이 보였다. 그러나 그때 하늘의 심판을 데리크 배의 가운데 노잡이가 노를 물속에 빠뜨리는 형태로 내렸다. 그 어설픈 풋내기가 그의 노를 다시 잡으려고 허우적거리는 바람에 데리크의 배는 뒤집어질 뻔했다. 그는 격노해서 부하에게 마구 소리를 질렀다. 이렇게 되자 스타벅, 스터브, 플라스크에게는 다시없이 좋은 기회가 왔다. 함성을 지르며 필사적으로 돌진하여 독일 배와 비스듬하게 나란히 서게 됐다. 다음 순간 네 척의 배는 옆으로 나란히 고래의 꼬리에 다가가 그가 일으키는 물거품 한복판에 말려들었다.

무시무시하고 더없이 처참한 광경이었다. 고래는 바야흐로 머리를 쳐들고 끊임없이 몸부림치면서 물을 앞쪽으로 내뿜었는데, 겁에 질린 나머지 한쪽 지느러미로 자신의 옆구리를 계속 때리고 있었다. 비틀거리고 도망가면서 이리저리 뒹굴며 큰 파도를 뚫고 나가려고 할 적마다 발작적으로 물속으로 들어가기도 하고 펄떡거리는 한쪽 지느러미를 비스듬히 하늘까지 들어올리려고 하기도 했다. 마치 언젠가 한 번 본 적이 있는, 날개가 부러진 새가 흉포한 독수리에게서 달아날 길이 없어 낭패하여 공중을 마구 빙글빙글 돌고 있는 그런 상태였다. 그러나 새는 소리를 낼 수 있어서 그 슬픈 외침으로 공포를 호소하겠지만, 이 거대한 벙어리인 해수海獸는 그 공포를 자신의 몸속에 묻은 채 토해낼 구멍을 찾지 못했다. 그 분수공의 괴로운 듯한 숨소리 외에는 아무런 소리도 없었다. 그 산더미 같은 큰 몸집이며 창살문 같은 턱이며, 강력하기 이를 데 없는 꼬리는 용맹한 남자도 전율케 하는 무시무시한 것이었지만, 그건 또 형용할 수 없는 연민의 정을 불러일으키게 했다.

잠시 후에는 피쿼드호의 보트가 앞서게 될 것이고, 끝내는 고래를 빼앗을 것이다, 라고 판단한 데리크는 마지막 기회를 끝내 잃지 않으려고 드디어 그로서는 예외적인 장거리 투창을 해보기로 했다.

그러나 그의 작살잡이가 철창을 던지려고 일어서는 것보다 더 빠르게 퀴 퀘그, 태슈테고, 대그, 이 세 호랑이가 본능적으로 벌떡 뛰어오르더니 비스듬히 열을 지어 서서 일제히 그 작살을 독일 작살잡이의 머리 위로 던져 그 세 개의 낸터킷 창을 고래의 몸에 박았다. 흰 연기를 이룬 거품이 시야를 흐리게 했다. 별안간 격노한 고래가 미친 듯 달렸기 때문에 보트 세 척이 '꽝' 하고 독일 보트에 부딪쳐 데리크와 헛물을 켠 작살잡이는 배에서 떨어져 바닷속으로 떨어져버렸고, 그의 보트는 나는 듯 달리는 세 척의 보트에 뒤처지고 말았다.

"버터 주머니! (네덜란드인을 경멸하는 말) 무서워할 것 없어."라고 스터브는 달려가면서 두 사람을 힐끗 바라보며 외쳤다. "곧 건져줄 테니까 말이야! 걱정할 것 없어. 저런, 저 뒤에 상어가 나왔군. 이봐, 놈들이 세인트 버나드 개처럼 위험에 빠진 나그네를 도와줄지도 모르는 일일세. 만세! 미친 호랑이의 꼬리에 매단 깡통처럼 우린 날아가네. 이건 정말 들판에서 코끼리에 매단 마차 같군. 그렇게 되면 수레는 공중을 날게 마련이지. 하지만 언덕에 부딪치면 내던져지고 말 테니까 목숨을 건 거지. 만세! 해신을 보러 갈 때는 이런 기분일 걸세. 깊고 깊은 밑바닥까지 떨어지는 거야. 만세! 이 고래란 놈 저 세상까지 우편차郵便車를 끌고갈 작정인가 봐."

그러나 괴물의 질주는 극히 짧았다. 갑자기 허덕이기 시작하면서 거칠게 바닷속으로 가라앉아 갔다. 세 개의 밧줄은 덜덜 소리를 내면서 밧줄기둥에 깊은 홈을 팔 정도로 무서운 기세로 스치고 갔기 때문에 작살잡이들은 이 급격한 고래의 잠수에 밧줄을 지탱하려고 쉭쉭 하고 연기가 나는 그 밧줄을 몇 번이나 기둥에 다시 감곤 했다. 드디어 납으로 싼 밧줄 기둥에서 수직으로 당겨진 세 개의 밧줄이 똑바로 바다 밑에 미끄러져 내려가 세 척의 뱃머리는 수면과 닿을 듯 말 듯해지고 뒷갑판은 하늘 높이 솟아버렸다. 이윽고 고래도 잠수를 그쳤기 때문에 배는 한동안 약간 위험하긴 했지만 밧줄을 이 이상 써서는 안 되므로 그대로 놔두기로 했다.

대체로 많은 보트들이 이렇게 해서 침몰하게 되지만 이 '당기기'라고 불리는 작업, 다시 말해서 날카로운 갈고리로 산 고래의 등을 걸어 당기는 작업이 야말로 거경을 몹시 괴롭혀 끝내 다시금 떠오르게 하여 사람의 날카로운 창의 공격을 받게 하고 만다. 그러나 이 위험을 제외하더라도 이 방법이 반드시 최선인지 어떤지는 의심스럽다. 왜냐하면 이론적으로 말하더라도 창을 맞은 고래는 바닷속에 있는 시간이 길면 길수록 그의 체력이 소모될 테니까 말이다. 다시 말해서 고래 표면의 광대함은, 성장한 말향고래는 약 2천 제곱 피트에 가깝기 때문에 받는 수압이 큰 것이다. 우리는 우리가 이 지상의 공기 속에서 받는 기압도 굉장히 크다는 것을 잘 알고 있다. 그렇다면 그 등에 2백 길이나 되는 바닷물의 기둥을 짊어진 고래가 받는 중압이란 얼마나 크겠는가? 적어도 기압의 50배는 될 것이다. 어떤 포경자는 포砲와 식량과 사람을 가득히 실은 전투함 20척의 중량은 될 것이라고 계산했다.

보트 세 척이 부드럽게 물결치는 해면에 정지한 채 그 짙은 바다의 대낮의 영원한 반짝임을 가만히 응시하고 있을 때, 밑바닥으로부터는 단 한마디의 신음도, 부르짖음도, 아니 단 하나의 작은 물결도, 물거품도 일지 않았다. 바다를 알지 못하는 사람이라면 이 적막한 고요 밑바닥에 웅대하기 이를 데 없는 괴수가 단말마의 몸부림을 치고 있다고는 상상도 할 수 없을 것이다. 똑바로 내려진 밧줄은 뱃머리께에서 8인치 정도도 보이지 않았다. 이렇게 가는 세 가닥 줄에, 그 큰 고래가 여드레만에 한 번씩 태엽을 감는 큰 시계추처럼 매달려 있으리라는 걸 믿을 수 있겠는가? 그리고 무엇에 매달려 있는가? 단석 장의 판자에 말이다.

이것이 일찍이 "그대는 그의 피부를 가시 돋친 무쇠로 가득 채울 수 있겠는가? 또한 그의 머리에 작살을 꽂을 수 있겠는가? 검으로 이를 치려고 해도되지 않고, 창도 화살도 작살도 소용이 없다. 이는 무쇠를 짚처럼 부러뜨리고 화살도 이를 도망치게 할 수가 없다. 투석기投石機의 돌은 바람에 날리는 겨와 같고 날아드는 창 따위에는 코웃음을 친다(〈욥기〉 41장), 하고 자랑스럽게 말했던 생물이란 말인가? 정말로 그럴까? 아아, 예언자의 말은 이토록 배신당하는 것이란 말인가? 왜냐하면 큰 고래는 피쿼드호의 창으로부터 빠져나가려고 지느러미에 천 사람의 힘을 주면서 바다의 심연 속에 대가리를 처박고 만 것이다.

그날 오후의 기우는 햇살 속에서 보트 세 척이 해면 밑으로 던진 그림자는 크세르크세스의 대군大軍 절반을 덮을 정도로 길고 또한 폭넓은 것이었음에 틀림없다. 상처 입은 고래로선 머리 위를 배회하는 그 거대한 환영은 간담이 서늘하도록 섬뜩한 것이었으리라.

"준비! 나왔다." 스타벅이 소리쳤다. 그러나 물속에 드리웠던 세 개의 밧줄이 갑자기 진동하며, 자력이 통한 쇠줄처럼 생사의 지경을 헤매는 고래의 몸부림을 위로 전해 왔다. 노잡이들은 모두 자리에 앉아서도 그것을 느낄 수 있었다. 다음 순간 뱃머리 밑으로 끄는 힘의 대부분이 없어졌기 때문에 보트는 돌연 튀어올랐는데, 그것은 백곰의 무리가 겁에 질려 바다로 뛰어들었을 때 작은 얼음덩어리가 튀는 것과 같았다.

"당겨라! 당겨라!' 다시 스타벅이 외쳤다. "떠올라온다."

조금 전까지는 손바닥 폭만큼도 당길 수가 없던 밧줄이 물을 뚝뚝 떨어뜨리면서 재빨리 기다랗게 배 안으로 거둬들여지고 얼마 되지 않아 고래는 사냥꾼들에게서 두 보트 길이 정도의 거리 안에 모습을 나타냈다.

그 동작은 분명히 지칠 대로 지쳐 있음을 보여주었다. 대부분의 수중 동물에는 그 혈관과 여러 곳에 판막 또는 수문이라 할 만한 것이 있어 부상당했을 경우 적어도 몇 분 동안의 피의 흐름은 곧 특정한 방향에 대하여 차단된다. 그런데 고래는 유별나게도 혈관의 전 계통에 걸쳐서 판막 조직이 없기 때문에 작살 같은 미세한 칼 끝에 찔리더라도 전 동맥계에 치명적인 출혈이 일어나고, 그것이 수면 밑 깊은 곳의 대수압에 의하여 강화되면 그 생명은 이른바 끊임없는 분류奔流가 되어 그에게서 사라져버린다. 그러나 워낙 그 피의 양이 막대하고 그 내부의 샘 또한 깊은 곳에 한없이 있어 꽤 오랜 시간에 걸쳐서, 마치 아득히 먼 미지의 시간에 원천이 있는 강이 가뭄에도 마르지 않고 흐르듯이 그의 출혈은 계속된다.

지금도 보트들은 고래에게 육박하여 흔들어 대는 지느러미의 위험을 무릅쓰고 창을 던졌는데, 그 새로운 상처에서는 피가 뭉클뭉클 뿜어나와 멈출 줄 모르고 흘러내렸다. 그러나 머리통에 있는 본래의 물뿜는 구멍은, 매우 작기는 했지만 이따금 멈칫거리며 절망의 물을 공중에 뿜어올리곤 했다. 그 구멍에서 아직 피가 나오지 않는 것은 아직도 그의 급소가 아무 데도 찔리지 않았기 때문이었다. 그의 생명은 말하자면 아직 끄떡없었다.

보트가 다시금 포위망을 좁혀감에 따라 평소에는 수면 아래에 감추어져 있는 부분까지도 포함해서 그의 체구의 상반부가 분명하게 떠올라왔다. 눈이라고 하기보다는, 눈이 있었던 장소라고 해야 적합할 듯한 곳이 보였다. 쓰러진 떡갈나무의 마디 구멍에 추한 것이 싹터 자라 있듯이, 전에 눈이 있던 곳에는 보기에도 무참하게 빛깔 없는 눈알이 튀어나와 있었다. 그러나 동정은 금물이다. 늙어빠지고 한쪽 팔은 떨어져 나가고 눈은 멀었을망정 이놈은 즐거운 혼인 잔치, 그 밖의 인생의 기쁜 잔치에 쓰일 등불이 되기 위해, 또한 만물은 만물에 대해 절대로 해를 끼치지 말지어다, 하고 설교하는 엄숙한 교회당의 등불이 되기 위해 살해되어 생명을 거둬야 하는 것이다. 자신의 피바다 속에 여전히 뒹굴면서 고래는 드디어 기이하게 퇴색한 큰 통 모양의 혹을, 돌출한 살덩어리를 옆구리 밑으로 흘긋 보았다.

"급소다." 플라스크가 외쳤다. "자, 저기를 찔러라."

"그만둬!" 스타벅이 외쳤다. "그럴 것까진 없어."

그러나 스타벅의 동정심은 좀 늦었다. 한 대 찔린 순간, 그 처참한 상처에서는 궤양성潰瘍性의 피가 뿜어나오고 그 창으로 마구 찔러 대는 고통에 견디지 못하여 검붉은 피를 토했는가 싶자, 고래는 미친 듯 노해서 번개처럼 보트에 맹목적인 돌격을 감행하여 배와 그 용감한 선원들을 머리에서부터 피를 퍼부어 적시며 플라스크의 배를 뒤집어엎어 그 뱃머리를 부숴버렸다. 이것은 빈사瀕死의 일격이었다. 그러나 놈은 이미 출혈 때문에 완전히 힘이 빠져서 부순 배를 그대로 두고 힘없이 뒹굴며, 옆구리를 내놓고 헐떡이고, 잘리고 남은 지느러미를 약하디 약하게 파닥거리며 차츰 그리고 천천히 마치 사멸하는 지구처럼 빙글빙글 구르면서 그 순백의 비밀스러운 배를 드러내고, 그런 다음 통나무처럼 눕더니 죽고 말았다. 숨이 끊어질 때의 물뿜기는 가장 처참했다. 보이지 않는 어떤 손에 의해서 분수의 물은 차츰 힘이 빠져 갔고 질식할 것 같은 분명치 않은 소리와 함께 물기둥은 점점 낮아져 갔다. 고래의 단말마 같은 긴 물뿜기는 그렇게 꺼져 갔다.

보트에 탄 사람들은 본선이 오기를 기다렸는데 얼마 되지 않아 고래의 몸은 그 감추어진 보물이 마구 휘저어지는 것을 기다리지 않고 바다 밑으로 가라앉으려고 했다. 곧 스타벅의 명령에 따라 몇 군데가 밧줄로 매어졌다. 그래서 보트는 부표浮漂로 변한 형국이 됐는데 물속에 가라앉은 고래는 그 보트의 몇 인치 밑에 밧줄로 매어져 있었다. 본선이 가까이 오자 극히 조심성 있는 기술을 다하지 않았다면 금방 바닷속에 잠겨버렸을 것이다.

고래삽으로 살을 저며 내기 시작하자마자 전에 말한 혹 아랫부분에 부식한 한 개의 온전한 작살이 살에 단단히 박혀 있는 것이 발견되었다. 그러나 잡은 고래의 시체 안에 작살의 부러진 끝이 발견되는 것은 종종 있는 일로서, 그 주위의 살은 이미 아물어버려 그 부분을 나타내는 하등의 표시도 발견되지 않는 것이 보통이다. 그러니까 앞에서 말한 그의 궤양 상태에 대해서만은 뭔가 알려지지 않은 이유가 더 있을 것이라는 말이다. 그러나 더욱 불가사의한 것은 이 쇠작살이 박힌 부분에서 그다지 멀지 않은 부분에 박힌 돌창의 주위에 단단한 살이 둘러싸고 있었다는 사실이다. 이 돌창을 던진 자는 누구일까? 언제일까? 아마도 아메리카가 발견되기 훨씬 이전에 어느 북서부의 인디언이 한 짓일지도 모른다.

이 거대한 보물 상자에서 어떤 놀랄 만한 물건이 더 발견될 것인지는 아무도 예측할 수 없었다. 그러나 이때 갑자기 고래가 점점 더 가라앉는 기미를 보여 배가 지금까지 일찍이 볼 수 없었던 정도로 수면 가까이 기울었기 때문에 더 이상의 탐색은 중지되었다. 다만 작업을 지휘하던 스타벅만이 마지막까지 고래에게 매달려 있었다. 그야말로 완강하게 매달려 있었기 때문에 만약에 고래와 좀더 팔을 끼고 끌어안고 있었다면 배까지 함께 침몰해 버릴 형세가 되었다. 그래서 놓아버리라는 명령이 내렸지만 그때는 이미 쇠사슬이나 밧줄을 맨 가름대에 걸리는 긴박력緊迫力이 움직일 수 없는 무게를 지니고 있어서 당장에 풀어놓을 수가 없게 되었다. 그 동안에도 피쿼드호의 모든 것은 기울어지고 있었다. 갑판을 가로지르는 일이 가파른 박공 지붕을 기어오르는 것과 같았다. 배는 신음하고 헐떡이고 있었다. 뱃전 쪽에 있는 선실의 고래뼈 장식들이 위치가 부자연스럽게 이동되어 제자리에서 튀어나왔다.

꼼짝도 하지 않는 닻쇠줄을 가름대에서 떼어내려고 나무 지렛대와 쇠 지렛대로 여러 가지로 시도해 보았지만 모두가 허사였다. 고래는 이미 극히 깊은 곳에 가라앉아 있었으므로 쇠사슬의 다른 끝으로 물속을 더듬어 가까이 접근하는 것은 전혀 불가능한 일이었다. 차츰차츰 가라앉는 고래의 몸에 몇 톤이지도 알 수 없는 중량이 더해지는 것처럼 생각되어 배는 정말로 전복하는 순간에 처해 있었다.

"기다려, 기다려! 이놈아!" 스터브는 시체에게 말했다. "그렇게 가라앉기를 서두르지 않아도 좋지 않겠나? 어떻게든 하지 않으면 우리도 모두 저승행이야. 이 멍텅구리야, 그런 지렛대로 해보았자 소용없어. 누구 뛰어가서 기도서를 가져오게. 그리고 칼을 가지고 와. 큰 쇠사슬을 잘라야겠어."

"칼이오! 좋아, 있어." 퀴퀘그가 그렇게 외치고 배목수의 큰 도끼를 움켜쥐고 뱃전 현창(채광과 통풍을 위하여 뱃전에 낸 창문)에서 몸을 내밀어 쇠를 베는 강철로 가장 큰 쇠사슬을 향해서 내리쳤다. 불꽃이 튀는 타격이 여러 번 주어지자 극도의 긴장감이 밀어닥쳤다. 무시무시한 울림과 함께 모든 밧줄이 끊어지자 배는 다시 바로 서고, 시체는 가라앉고 말았다.

그런데 금방 죽인 말향고래류가 이따금 불가항력적으로 가라앉는다는 것은 정말로 기이한 일로, 아직 어떤 어부도 만족할 만한 설명을 한 사람이 없다. 보통은, 죽은 말향고래는 굉장한 부력을 갖고 있어 그 겨드랑이와 배가 불쑥 수면 위로 떠오르게 된다. 그런데 만약 이렇게 가라앉는 고래가 그 지육층이 감소되고 그 뼈는 병들어 무거워진 늙고 병든 놈들뿐이라면, 이 침강은 체내의 부유력 감소로 이상하게 비중이 커진 데 의한 것이라는 이유를 붙일 수도 있을 것이다. 그러나 사실은 그와 반대다. 젊고 건강하고 굉장한 의지에 부푼 고래가 생명이 불타는 5월의 한창 기름질 때 허무하게 죽었다 하더라도 그 늠름하고 쾌활한 영웅들도 때로는 침강한다.

그러나 말향고래를 위해서 말이지만, 그들은 다른 어떤 종류의 것보다도 이런 사태를 일으키지 않는다. 한 마리의 말향고래가 침몰할 때는 스무 마리의 참고래가 가라앉는다. 그러나 종족 간의 이 차이는 참고래의 골격이 큰 데에 적지 않게 기인되는 것이다.

참고래는 그 베네치아식 창살문만도 때로는 1톤 이상이 되지만 말향고래는 이런 쓸데없는 물건은 전혀 가지고 있지 않다. 그런데 몇 시간이나 며칠이 지나면 가라앉은 고래가 생전보다도 더 큰 부양력을 갖고 다시금 불쑥 떠오르는 때도 있다. 그 이유는 명백하다. 그 몸에 가스가 가득 찼기 때문이다. 몸은 터무니없이 확대되어 이른바 동물 풍선이 된다.

일련의 전투함도 그를 눌러버릴 수 없다. 뉴질랜드 만 얕은 바다에서의 연안 포경업의 경우 참고래가 가라앉는 징조를 보였을 때는 많은 밧줄로 그 몸에 부표를 매달아둔다. 고래가 가라앉아 보이지 않더라도 다시 떠오를 때의 위치를 그 부표로써 알아내기 위해서이다.

고래의 시체가 가라앉고 그다지 시간도 지나지 않았는데 퀴퀴드호의 돛대 꼭대기에서 버진호가 다시 보트를 내렸다는 고함 소리가 들려왔다. 그러나 눈에 보이는 단 하나의 물뿜기는 긴수염고래의 것이었고, 그것은 상상할 수도 없이 빨리 헤엄치므로 도저히 잡을 수가 없었다. 그런데 긴수염고래의 물뿜기는 참으로 말향고래의 물뿜기와 닮았기 때문에 익숙하지 못한 고래잡이들은 종종 이를 혼동한다. 그리하여 데리크와 그의 부하들은 이 접근할 수 없는 짐승을 용감하게 뒤쫓기 시작했다. 버진호는 돛을 달고 네 척의 용감한 보트를 뒤쫓게 하고 그리하여 저 멀리 바람이 불어가는 쪽으로 과감하고도 희망에 찬 추적을 위해 사라져 갔다.

오오, 세상에는 긴수염고래도 많고 데리크와 같은 친구도 많은지고.

제82장 포경의 명예와 영광

의도적인 무질서를 신조로 삼는 기업이 있다.

나는 포경의 문제를 깊이 생각하고, 나의 탐색을 좀더 중심 문제에 집중해 갈수록 더욱더 절실하게 그 위대한 영광과 전통에 감탄하지 않을 수 없게 됐다. 특히 그토록 많은 반신半神들과 영웅과 예언자들의 무리가 여러 가지 형태로 이것에 경의를 표하고 있음을 알게 됐을 때, 하찮은 존재에 지나지 않은 나 자신이 이 찬란한 대열에 한 동인으로 끼였다는 것이 말할 수 없이 영광스럽다.

주피터의 아들인 용감한 페르세우스는 최초의 고래잡이였다. 그리고 우리 직업의 불멸의 영예를 위하여 말해두고자 하는 바, 우리 동료들이 처음으로 공격해 죽은 고래는 꺼림칙한 목적으로 살해된 것은 결코 아니었다. 그야말로 우리들의 직업이 화려했던 시절이었다. 우리는 고통받는 자를 위해 무기를 잡은 것이지 세상 사람들의 등잔 기름을 위해 그런 것은 아니었다.

사람들은 모두 페르세우스와 안드로메다의 이야기를 알고 있을 것이다. 왕의 딸인 아름다운 안드로메다는 바닷가의 큰 바위에 붙들어 매어졌는데 거경이 그녀를 빼앗아 가려던 순간 포경자인 왕자 페르세우스가 용감하게 돌격, 작살을 괴물에게 던져서 그 미녀를 구출해내고 결혼했던 것이다. 이것이야말로 아름답고 숭고한 예술적 행동이다.

그 거경이 실로 일격으로 죽고 만 일은 현대의 작살잡이들이 도저히 쉽게 흉내낼 수 없을 것이다. 아무도 이 오래된 이야기에 대해서 의심해선 안 된다. 왜냐하면 시리아 해안에 오늘날 야파라고 불리는 옛날의 욥바(고래에게 먹힌 요나가 출항했던 곳) 도시의 이교도들의 한 사원에는 커다란 고래뼈가 몇 세대를 두고 안치되어 오고 있는데, 주민들은 모두 이것이야말로 페르세우스가 죽인 괴물의 뼈임이 틀림없다고 믿고 있다.

로마인이 유럽을 점령했을 때 그 뼈는 전리품으로서 이탈리아에 운반되었다. 그런데 이 이야기에서 가장 영묘하고 암시적인 점은 다름이 아니라 예언자 요나가 이 욥바에서 바다를 향해 출항했다는 사실이다.

페르세우스와 안드로메다와의 모험과 비슷한 것으로—물론 많은 사람들은 거기에 간접적인 근원이 있다고 믿지만—저 유명한 성군聖君 조지와 용의 이야기가 있는데, 나는 그 용을 고래라고 주장하고 싶다. 왜냐하면 대부분의 오랜 연대기에서는 고래와 용은 이상하게도 혼동되고 종종 동일시되었던 것이다. "그대는 호수의 사자와 같고 바다의 용과 같다."고 에지키엘이 말한 것은 실로 고래를 의미한 것인데, 실제로 몇몇 성서판에서는 고래라는 말을 쓰고 있다. 그뿐만이 아니다.

만약 성군 조지가 싸운 것이 육지를 기어다니는 뱀 종류에 지나지 않고 심해의 대괴수와 싸운 것이 아니었다고 한다면, 그의 빛나는 공훈은 크게 감소되어 버릴 것이다. 누구라도 뱀 정도는 죽일 수 있다. 그러나 다만 페르세우스와 같은 사람, 성 조지와 같은 사람, 코핀(영국인. 낸터킷에 와서 학교를 세웠다.)과 같은 사람만이 용감히 고래에 도전할 담력을 가지고 있다.

고래잡이 광경을 그린 근대 그림에 속지 않도록 하자. 거기엔 옛날의 용감한 고래잡이가 도전했던 생물이 애매하게도 머리는 원숭이고 몸은 호랑이, 꼬리는 뱀 같은 형태로 표현되어 있고 격투는 육상에서 벌어졌고, 성자는 말을 탄 것으로 그려졌다. 그림쟁이들이 고래의 참다운 모양을 모르던 몽매한 시대라는 것을 감안하고, 또한 그것은 페르세우스의 경우와 마찬가지로, 아마도 성 조지의 고래는 바다에서 해안으로 올라왔는지도 모른다고 봐주고, 또한 성 조지가 올라탄 동물은 그저 큰 바다표범이나 해마海馬였을지도 모른다고 감안하면, 이 소위 용이란 바로 거경임에 틀림없다고 주장하는 것은 저 신성한 전설 및 가장 오랜 격투 장면으로 보건대 조금도 모순되는 점이 없는 것이다.

사실 엄격하고도 가치 없는 진실 앞에서 심판할 때 이 모든 이야기는 저 팔레스타인 사람들이 숭배한 바 있는 물고기인 동시에 짐승이며 새인 것, 즉 '용'이라고 이름 지어진 것을 가리키고 있는 듯하다. 그런데 이 용은 대홍수 때의 방주 앞에 놓였을 때 그 말대가리와 손바닥이 떨어져 나가고, 다만 물고기 같은 부분만이 나무 그루터기처럼 남게 되었다. 그리하여 우리 동료의 고귀한 대표자 성 조지는 고래잡이이면서 잉글랜드의 수호신이 된 것이다. 그러므로 당연한 권리로서 우리들 낸터킷의 작살잡이들은 명예로운 성 조지 기사단 속에 끼어야 할 것이다. 따라서 이 영예로운 단체에 속하는 기사들이여! 여러분들은 낸터킷 사나이를 멸시해서는 안 된다. 비록 우리들은 모직 선원복과 얼룩투성이인 바지에 몸을 감싸고 있기는 하지만 성 조지 훈장을 받을 자격은 여러분들보다 훨씬 더 잘 갖추고 있다.

헤르쿨레스를 우리들의 일당에 넣어 주어야 할 것인지 아닌지에 대해서 나는 오랫동안 망설여 왔다. 그것은 그리스 신화에 의하면 크로켓(아메리카 개 척기의 영웅)이나 키트 카슨(아메리카 탐험가)의 고대판이라고도 할 만한 이 명랑 하고 선량한 호걸이 고래에게 먹히고 또한 내던져졌다고 하기 때문이다. 그 러나 그것이 엄밀하게 말해서 그가 포경자였다는 것을 증명하고 있는지 어 떤지는 신중하게 생각해야 할 일이다. 그가 고래를 작살로 찔렀다는 것은 아 무 데도 기록되어 있지 않다. 그러니까 그는 본의 아닌 포경자라고 할 수 있 겠다. 그는 고래를 잡지는 않았다 하더라도 고래에게 잡히기는 했으니까 나 로서는 그를 우리 당의 한 사람으로 생각하고 싶다.

그러나 여기에 상반되는 두 가지 견해가 있다. 즉 그리스의 헤르쿨레스와 고래와의 이 이야기는 그보다 더 오랜 헤브라이의 요나와 고래의 이야기가 전이되었다고 하는 사람과 그 반대 의견을 주장하는 사람이 있는 것이다. 확 실히 양자는 매우 비슷하다. 그러니까 내가 만약 반신인 헤르쿨레스를 한패 로 넣어준다면 당연히 예언자 요나도 끌어넣어야 할 것이다.

아니, 우리 기사단의 명단을 이루는 것은 다만 영웅, 성자, 반신, 예언자들 만이 아니다. 우리의 최고 군주는 아직 소개하지 않았다. 바로 고대의 왕자 들과 마찬가지로 우리 동포의 먼 조상도 다름 아닌 위대한 신들 자신이다. 이 를 위해선 〈샤스트라〉(인도의 경전)로부터 경이에 찬 동양의 이야기를 끌어오 지 않으면 안 되는데, 힌두 최고 신의 삼체三體의 하나인 무시무시한 비슈누 신神이 실은 바로 우리들의 신이었던 것이다. 비슈누 신은 땅 위에 있는 그 자신의 열 개의 화신 중에서도 유독 고래만을 특이하게 성스러운 것으로 보 았다. 〈샤스트라〉는 신 중의 신인 브라만이 세계를 주기적 괴멸 뒤에 재창조 하려고 결정했을 때, 그 일을 주재할 자로서 비슈누를 낳았다고 한다.

그런데 신비의 경전 〈베다〉(힌두교 성전)를 읽지 않고는 제대로 알 수가 없 다. 비슈누가 그 창조의 손을 대기가 불가능했을 만큼 그 젊은 운명의 개척자 에게 주는, 없어서는 안 될 교시가 그 경전에 포함되어 있었다. 그러나 그 〈베 다〉는 바다 밑에 놓여 있어 비슈누는 스스로 고래로 화신해서 바닷속 가장 깊은 곳까지 들어가서 이 신성한 책을 가져왔던 것이다. 만약 이 세상에서 말

등에 올라탄 사람을 '말타는 사람'이라고 한다면 이 비슈누야말로 '고래 타는 사람'이 아닌가?

페르세우스, 성 조지, 헤르쿨레스, 요나, 그리고 비슈누! 이것이 명단이다. 고래잡이 이외의 어떤 클럽에도 이 같은 창시자들의 이름은 없을 것이다.

제83장 요나에 대한 역사적 고찰

앞장에서 요나와 고래에 대한 역사 이야기가 나왔다. 그런데 낸터킷 사람 중의 몇몇은 이 요나와 고래와의 이야기를 믿지 않는다. 그러고 보면 옛 그리스나 로마에도 회의적인 사람이 있어서 당시의 이교 정통파를 배반하고 헤르쿨레스와 고래에 대한 것, 아리온(그리스의 전설적인 시인)과 돌고래에 대한 것 등에 불신을 표명했다. 그러나 그들의 전설에 대한 의혹은 조금도 사실의 힘을 손상시킬 수가 없었다.

새그항의 한 늙은 포경자가 헤브라이의 고전을 의심하는 근거의 주된 이유는 다음과 같은 것이었다. 즉, 그는 좀 색다른 골동품인 성서를 갖고 있었는데 거기에는 참으로 기묘하고 비과학적인 그림이 붙어 있었다. 그 하나에는 요나의 고래가 머리에서 두 줄기의 물을 뿜는 게 그려져 있었는데, 그 고래들은 포경자 사이에도 '한 푼어치 과자'로 목이 막힌다는 말이 있을 정도로 그 식도가 매우 좁다.

그러나 제브 주교는 이에 대한 답을 가지고 있다. 그에 의하면 요나는 고래의 뱃속에 삼켜졌다고 생각할 필요는 없고, 다만 그 입 한구석에 잠시 들어가 있었다는 것으로 충분하다는 것이다. 노주교는 이것으로 이유가 섰다고 생각하고 있는 것이다. 사실 참고래의 입엔 카드놀이하는 탁자 두 개를 그 놀이꾼과 함께 놓을 수 있다. 그리고 아마도 요나는 빠진 이 구멍에라도 들어가 앉았었으리라고 생각되는데, 그러나 참고래에겐 이가 없다.

'새그항'이라는 이름으로 통하고 있는 사나이가 예언자의 말을 믿을 수 없다는 둘째 이유는 뱃속에 갇힌 몸이 고래의 위액에 의해서 어떻게 되는가 하는 데서 연유된 모양이다. 그러나 이 항의도 또한 무력하다. 왜냐하면 독일의 어떤 성서 해석학자가 상상하는 바에 의하면, 요나는 마치 러시아를 원정했을 때, 프랑스 병사가 죽은 말의 뱃속에 들어가서 그 말을 천막 대신으로 사용했듯이, 떠 있던 죽은 고래 속에 잠시 쉬고 있었음에 틀림없다는 것이다. 아니 유럽의 성서 해석학자 중에는 욥바의 배 위에서 바다에 던져진 요나는 곧 달아나서 가장 가까운 곳의 배로 헤엄쳐 갔는데, 그 배가 뱃머리를 고래로 장식했을 것이라고 고찰하는 이들도 있다. 이 설에 내가 사족蛇足을 붙인다면 그 배는 '상어', '갈매기', '독수리' 등으로 이름 붙인 배가 있듯이, 고래 호라고 이름을 붙였을 것이다. 아니, 심원한 훈고訓詁 학자들에게는 그런 것쯤은 아무래도 괜찮은 일로 요나의 책에 씌어진 고래란 단순한 구명구, 즉 공기를 집어넣은 주머니를 가리키는 데 지나지 않는다. 빠져죽게 된 예언자는 거기로 헤엄쳐 가서 죽기를 면한 것이라고 하는 자도 있다. 그러니까 무식한 새그공公은 사면四面으로부터 얻어맞는 꼴이다.

그러나 그는 또 하나의 불신의 근거를 가지고 있다. 그것은 내가 들어서 알고 있는 바로는 이렇다. 요나는 지중해에서 고래에게 먹혔다가 사흘 뒤에 토해내졌는데 그것은 강변의 도시로 지중해안의 아무리 가까운 곳에서라도 사흘 정도로 갈 수 있는 곳이 못 된다. 그러니 이상하지 않은가?

그러나 고래가 예언자를 니느웨에서 가까운 곳까지 보내는 데 있어서 다른 길은 없었을까? 있다. 그는 희망봉을 빙 돌아서 운반했을지도 모른다. 그러나 전 지중해를 종단하고 페르시아 만과 홍해를 항해하지는 않았다고 하더라도, 이 여행은 아프라카 대륙을 사흘 만에 완전히 돌았다는 이야기가 되는데, 그 경우 니느웨 가까이까지 티그리스 강을 거슬러 올라가는 것은 물이 얕아서 도저히 불가능하다는 것도 생각할 수 있다. 게다가 만약 요나가 그토록 옛날에 희망봉을 돌았다면 그것은 저 큰 곳을 발견한 명예를 바르톨로뮤 디아스(포르투갈의 항해자. 희망봉을 발견함.)에게서 빼앗는 것이 되고, 그러면 근대사를 거짓되게 하는 것이기도 하다.

그러나 이 새그항 노인의 어리석은 이야기는 그의 쓸데없는 변명의 어리석음을 나타내는 데 불과했고, 더구나 태양과 바닷물에서 배운 것 이외에는 아무런 학식도 없는 것이고 보면 비난받아도 마땅하다. 이것은 노인의 몽매하고 불경스러운 오만함과 성직에 대한 불경하고 악마적인 반항이라고 해야 한다. 왜냐하면 어떤 포르투갈의 가톨릭 신부는 이 요나가 희망봉을 돌아 니느웨에 이르렀다는 이야기야말로 천지간에 일어나는 기적의 위대함을 뚜렷이 증명한 것이라고 주장하고 있기 때문이다.

사실 그럴 것이다. 특히 터키 사람들 중에 높은 교양을 지닌 사람도 요나 이야기의 역사성을 경건한 마음으로 믿고 있다. 또한 약 3세기 전, 해리스의 〈항해기〉에 나오는 한 영국 여행가는 요나를 모신, 기름 없이 불타는 이상한 등불이 있는 터키 사원에 대하여 말하고 있다.

제84장 창던지기

차를 조용히 그리고 빨리 달리게 하기 위해서는 차축에 기름을 친다. 같은 목적으로 고래잡이들 가운데는 보트의 밑바닥에 기름을 치는 사람이 있다. 의심할 나위도 없이 이런 짓은 전혀 무해할 뿐만 아니라 적지 않은 이익을 준다. 기름과 물은 상극이다. 목적은 보트를 빨리 달리게 하려는 데에 있다. 퀴퀘그는 자신의 보트에 기름칠을 매우 열심히 하는 사나이였으므로 독일 배 버진호가 가버린 뒤 얼마 되지 않아 그 일을 무척 공들여 하기 시작했다. 뱃전에 달아맨 보트 밑바닥에 기어들어가 반질반질한 선체에서 머리카락 하나도 남기지 않고 쓸어내려는 것처럼 기름을 문질러 댔다. 어떤 특별한 예감이 그를 부추겨서 그렇게 하는 것처럼 보였는데 이윽고 어떤 사건이 그것을 입증해 주었다.

정오쯤 고래 떼가 발견되었다. 그런데 배가 돌진하자마자 고래 떼는 조급하게 허둥지둥 방향을 바꾸어 흩어져서 도망을 쳤다.

그러나 보트가 추적을 시작했다. 스터브가 맨 앞에서 돌진했다. 애쓴 끝에 드디어 태슈테고가 창 한 개를 던졌는데 창을 맞은 고래는 바닷속으로 들어가지도 않고 속력을 더욱 내어 물 위로 마구 달아났다. 꽂힌 창은 이처럼 끊임없이 당겨지면 머지않아 빠져버리고 만다. 이럴 때는 질주하는 고래에게 창을 하나 더 던지거나 그렇지 않으면 그대로 놓아주는 수밖에 없다. 그러니 보트를 빠르고 광포하게 헤엄치고 있는 고래 옆에 댄다는 것은 불가능한 일이다. 그럼 대체 무엇을 해야 한단 말인가.

노련한 고래잡이가 마지막 수단으로 취하는 놀라운 여러 가지 술책과 기교와 재주와 곡예 중에서도 멋진 창던지기의 묘기만큼 훌륭한 것은 없다. 아무리 작은 칼, 큰 칼을 갖가지 익숙한 솜씨로 다룬다 할지라도 이와 견줄 것은 없는 것이다.

힘을 다해 달아나는 고래인 경우에는 이 방법을 쓸 수밖에 없는데 그 특징은 무서운 속력으로 달리느라 심하게 요동하는 보트에서도 놀랄 만큼 먼 거리를 향해서 정확하게 긴 창을 던진다는 데 있다. 강철과 목재와의 부분을 합하면 창의 전체 길이는 10~12피트가 되는데 그 자루는 작살 자루보다 훨씬 가늘고 또한 가벼운 소나무 목재다. 여기에는 '끄는 밧줄'이라는 상당히 길고 가는 밧줄이 달려 있어 던진 뒤엔 그것으로 도로 끌어당긴다.

그런데 여기서 미리 말해두어야 할 중요한 것이 있다. 즉, 작살도 창과 마찬가지로 멀리 던지기는 하지만 그것은 극히 드문 일이며 또한 던져졌다 하더라도 창에 비해 훨씬 무겁고 또 짧은 것이 결정적인 약점이므로 성공률은 적다. 따라서 일반적으로 말하면 던지기를 실행하기 전에 우선 고래에 가까이 접근하는 것이 가장 중요한 일이다.

자, 스터브를 보라. 그와 같이 참으로 위기일발인 때도 명랑하고, 냉정하고, 침착하기 짝이 없는 그 사나이야말로 참으로 타고난 창던지기의 적격자이다. 그를 보라. 나는 듯이 달리는 배의 몹시 흔들리는 뱃머리에 새하얀 물거품에 싸여 서 있다. 앞을 달리는 고래는 40피트나 앞에 있다. 긴 창을 가볍게 휘둘러 그 창이 똑바른가 어떤가를 두서너 번 조사하고 그런 다음 휘파람을 불면서 한 손으로 밧줄의 고리를 끌어당겨 풀어진 한쪽 끝을 잡고 나머지를 그대로 내버려둔다.

그런 다음 창을 허리띠 한복판 앞쪽에 단단히 대어 고래를 향해 겨누고 다음에 그 자세대로 손에 잡은 자루의 뒤쪽을 차츰 낮추어 가는데, 그러면 창끝이 점점 높이 쳐들리다가 끝내 창은 손바닥에 얹혀 거의 똑바로 서면서 공중에 15피트 높이로 선다. 마치 턱에 긴 장대를 세우는 요술쟁이를 생각하게 하지 않은가? 다음 순간 번쩍이는 철창은 표현할 수 없이 빠른 추진력으로 물보라가 이는 먼 앞쪽으로 보기 좋은 포물선을 공중에 그리며 고래의 급소에 떨면서 꽂힌다. 순식간에 고래는 물을 뿜어내는 대신 피를 뿜어낸다.

"놈의 통 마개가 열렸다!" 스터브가 외쳤다.

"7월 4일제 같군. 오늘은 말이야, 어느 구멍이든 모두 술을 뿜는 거야. 올리언스의 위스키든가 오하이오의 것이든가, 기막힌 머낭거힐라(펜실베이니아 주의 마을) 것이라면 참을 수 없을걸. 봐, 태슈테고, 이젠 슬슬 물뿜는 구멍에 잔을 대고 주위에 둘러서서 한 잔 할까? 암, 그렇고말고. 넓은 물뿜는 구멍 속에서 특별히 고급 술이라도 만들어야겠군. 저 살아 있는 술통에서 진짜 활력제를 흠씬 마셔 볼까."

이런 농담을 마구 지껄여 대는 사이에도 그의 익숙한 솜씨로 몇 개의 창이 던져지고 창은 교묘하게 훈련된 그레이하운드 사냥개처럼 주인에게로 되돌아왔다. 아픔을 이기지 못하여 고래는 몸부림을 치기 시작했다.

포경 밧줄이 늦춰지면 창던지기 명수는 뒷갑판으로 가 팔짱을 끼고 괴마의 죽음을 응시하는 것이다.

제85장 분천

6천 년 동안, 아니 그 이전에 몇백만 년인지도 알 수 없는 시간이 흘렀지만, 거경들은 온 세계 바다의 곳곳에서 계속 물을 뿜어올리는 무수한 신비로운 병에서 나오는 성수처럼 바다의 화원에 신비의 물을 뿌려왔다. 몇 세기 전부터 수많은 고래잡이들이 그 고래의 성수 가까이에 접근하여 뿜어올랐다가는 흩어지는 물방울을 바라보았다. 이것은 틀림없는 일인데, 그러나 이 축복받은 오늘 이 순간, 즉 서기 1851년 12월 16일 오후 1시 15분 15초까지 도대체 이 뿜어올리는 물기둥이 물인지 아니면 수증기에 지나지 않는 건지 그것이 아직 문제로 남아 있다는 것은 실로 주목할 만한 일이 아닐 수 없다.

그러니까 이 문제를 그에 관련된 몇 가지 흥미 있는 일과 함께 조사해 보기로 하자. 누구나 알듯이 모든 어족류는 아가미라는 교묘한 장치에 의해서 그들이 헤엄치고 있는 물에 언제나 섞여 있는 공기를 호흡한다.

그래서 청어나 대구도, 가령 백 년을 살았다 하더라도 머리를 수면 위로 쳐들어올리는 일이 한 번도 없다. 그러나 고래는 특수한 체내 구조에 의해서 인간과 마찬가지로 정상적인 허파를 갖고 있어 대기 중에 있는 공기를 빨아들임으로써만 생명을 이어간다. 그러니까 정기적으로 대기 속에 나올 필요가 생긴다. 그러나 그 입으로는 절대로 호흡할 수가 없다. 왜냐하면 보통 자세일 때도 말향고래의 입은 적어도 8피트 정도의 수면 밑에 있고 게다가 고래의 숨통은 입과 연결되어 있지 않기 때문이다. 그러니까 고래는 그 물뿜는 구멍으로만 호흡하며, 그것은 정수리에 붙어 있다.

어떤 생물에서도 호흡이 생명에 없어서는 안 될 것이라는 것은 그것으로 공기 중에서 어떤 원소를 빨아들이고, 따라서 그것이 혈액과 접촉하여 그 생명 요소를 혈액에 주입하기 때문이라고 설명한다면, 인간도 단숨에 모든 혈액에 공기를 녹여 넣는다면 콧구멍을 막아도 꽤 오랜 시간 숨을 쉬지 않고 견딜 수 있을 것이다. 다시 말해서 호흡을 하지 않아도 살아나갈 수 있다는 것이다. 이상하게 들릴지도 모르지만 고래는 정말로 그렇게 한다. 때로 그는 충분히 한 시간이나 그 이상을 바다 밑에서 한 번도 숨 쉬지 않고 생명을 영위한다. 어찌된 일인지 그에게는 아가미가 없다.

그의 늑골 사이와 등뼈 양 옆에는 크레타섬의 미로와 같은 복잡하기 이를 데 없이 뒤엉킨 메밀국수 같은 관이 잔뜩 있는데 그 관은 그가 수면 밑으로 들어갈 때는 산소를 머금은 혈액으로 가득 채워진다. 그러니까 마치 물 없는 사막을 건너는 낙타가 그 네 개의 보조 위 속에 장차 사용할 여분의 음료수를 가지고 다니는 것과 같이, 한 시간이나 그 이상도 천 길 바다 밑에 생명력의 축

적된 여분을 가지고 가는 것이다.

또 그 위에 수립되는 가설이 합리적이고 진실하다는 것에 나는 더 수긍이 간다. 만약 그렇지 않다면 고래잡이들이 말하는 '물뿜기'는 설명할 수 없는 애매함에 빠지게 된다. 내가 말하려는 바는 다음과 같다. 말향고래는 만약 쫓기고 있지만 않다면 다시금 떠올랐을 때는 다른 때 무사하게 떠올랐을 때와 똑같은 시간만 수면에 머물 것이다. 이를테면, 11분 떠서 70번 물을 뿜는다. 다시 말해서 70회 호흡을 하는 고래라면 언제 떠올라와도 1분도 어기지 않고 70번 호흡을 하는 것이다. 그리고 호흡이 찰 때까지는 그 모든 시간을 바다 밑에서 지내려고 물속으로 들어가는 일은 결코 없을 것이다. 물론 고래마다 호흡률이 다르다는 것을 잊어서는 안 되지만, 대체로는 모두 비슷하다.

그런데 고래가 무엇 때문에 그토록 철저하게 물뿜기를 해야 하는가 하는 데 대해서는, 완전히 잠수하기 전에 공기 저장을 충분히 할 필요가 있다는 것 이외에는 아무런 설명도 할 수 없을 것이다. 그러니까 분명히 고래는 떠오르지 않으면 안 된다는 그 한 가지 사실로 인해, 추적에 의한 치명적인 위험에 자신을 드러내 놓게 된다. 햇빛도 닿지 않는 천 길 물속으로 돌아다니는 한은 갈고리로도 망으로도 거경을 잡을 수 없다.

그러니까 고래잡이여! 그대가 개가를 올리는 것은 그대의 솜씨에 의한 것이 아니라 공기의 필요에 의한 것이다.

사람은 끊임없이 호흡을 계속하는데 한 번의 호흡은 잠깐밖에 지탱되지 않는다. 그러니까 잠을 잘 때나 깨어 있을 때나 어떤 일을 해야 할 때나 호흡은 해야 한다. 그렇지 않으면 죽는다. 그러나 말향고래는 그 시간의 7분의 1, 이른바 일주일 동안 일요일에만 호흡한다.

고래는 다만 그 물뿜기 구멍에 의해서만 호흡한다고 했다. 만약 그 뿜어내는 숨이 물과 섞여 있다는 사실을 덧붙인다면 그의 후각이 별로 소용없다는 이유는 명백해질 것이다. 왜냐하면 그의 몸에서 코에 상당하는 것은 이 물뿜는 구멍임에 틀림없는데 그것이 공기와 물, 두 가지 원소로 막혀 있는 이상 냄새를 맡는 힘을 요구하는 것은 무리가 아니겠는가? 그러나 이 물뿜기의 신비, 이를테면 그것이 물인가 수증기인가 하는 의문 때문에 이 점에서는 아직 어떤 단언도 확실한 것이 되지 못하고 있지만, 아무튼 말향고래에게는 뚜렷한 후각 기관이 없다는 것은 사실이다. 그러나 그렇다고 무슨 부자유가 있겠는가? 바다에는 장미꽃도 제비꽃도 콜로뉴 향수도 없다.

그런데 더욱이 그의 기관은 다만 물뿜는 관의 가지에만 열려 있는데 그의 긴 물뿜는 기관은 마치 이어리 대운하처럼 마음대로 여닫는 수문 같은 것을 갖추고 있어 그것이 공기를 아래쪽에 보전하고 물이 튀어오르도록 누르고 있으므로 고래에는 목소리도 없다. 그가 꾸륵꾸륵 하고 내는 기묘한 소리를 듣고 고래가 콧소리를 하는구나, 라고 말한다면 그것은 그를 모욕하는 것이 된다. 고래가 무엇을 지껄일 필요가 있겠는가? 생각 깊은 사람이 먹고살기 위해서 하는 수 없이 하찮은 말을 중얼거린다면 별문제지만, 세계를 향해 이야기할 무엇을 갖고 있을 경우는 있을 것 같지 않다. 오! 세상이 무엇이든 기꺼이 들어준다는 것은 얼마나 다행한 일인가!

그런데 말향고래의 물뿜는 관에 대해서인데, 이것은 주로 공기의 운반을 위한 것으로, 수평으로 수 피트 가량 머리 윗부분 살갗 바로 아래에 약간 한쪽으로 치우쳐 뻗어 있는데, 이 기묘한 관은 가로의 한쪽에 파묻힌 가스관과 매우 비슷하다. 그러나 이 가스관은 동시에 수도관인가 하는 의문, 바꾸어 말하면 말향고래의 물뿜기는 토해내는 숨의 수증기인가 그렇지 않으면 그 토하는 숨이 입으로 마신 물과 섞여서 구멍으로 방출되는 것인가, 하는 의문에 다시금 되돌아온다. 입이 간접적으로 물뿜기에 연결되어 있는 것은 확실하지만 그렇다고 해서 그것이 물을 그 구멍에서 토해내기 위한 것이라고 증명할 수는 없다. 즉 물을 뿜어내는 최대의 필요성은 그가 먹이를 뜻밖에도 물과 함께 삼킨다는 데에 있는 것 같다. 그러나 말향고래의 먹이는 물 속 깊은 곳에 있으니까 거기서는 아무리 뿜어내려 해도 뿜어낼 수가 없는 것이다. 또한 만약 여러분이 그의 가까이에서 시계를 들고 그를 관찰한다면 그에게 아무 일도 없을 때 그 물뿜기와 평상시의 호흡 주기와의 사이에는 실로 규칙적인 율동이 있다는 사실을 발견할 것이다.

그러나 무엇 때문에 이런 문제로 신경을 써야 한단 말인가? 분명히 하라. 물뿜기를 보았다면 물뿜기가 어떤 것인지 말해 보라. 물과 공기를 분간하지 못하지는 않을 것이다. "선생들이여, 이 세상에서는 이런 간단한 문제를 해결하는 것도 쉬운 일은 아니었소. 나는 선생께서 말씀하시는 가장 간단한 일이 가장 어려웠소. 이 고래의 물뿜기만 하더라도 그 한복판에 우뚝 서 보았자 그것이 무엇인지 정확하게 판단할 수는 없을 거요."

그 중심부는 뿜어나오는 흰 안개에 싸여서 아물거린다. 그러니까 거기에서 물이 떨어지는지 어떤지는 알 수가 없을 것이다. 왜냐하면 고래의 물뿜기를 가까이에서 보았다 하더라도 그는 언제나 경천동지驚天動地하리만큼 난폭하게 날뛰고 있으니까 물은 그의 사면에 폭포수를 이루며 떨어지는 것이다. 그리고 그때 여러분들이 그 물뿜기 속에서 물방울을 보았다 한들, 그것이 수증기가 엉겨서 된 것인지 아닌지는 알 수 없을 것이다.

또한 그것이 고래 정수리에 움푹 들어간 물뿜기 구멍의 주름 속에 한때 머물렀던 물방울이었는지 아닌지도 모를 것이다. 왜냐하면 그가 대낮의 잔잔한 바다 위를 사막의 낙타처럼 그 혹을 햇빛에 말리면서 헤엄치고 있을 때는 이따금 폭양에 쬔 바위의 오목하게 팬 곳에 빗방울이 남듯이 그의 머리 위의 구멍에도 약간의 물이 괴게 된다.

대개의 고래잡이가 고래의 물뿜기의 진상에 대해서 몹시 호기심을 갖는다는 것은 못마땅하다. 그런 곳을 들여다보고 머리를 틀어박아 본들 무슨 소용이 있겠는가? 물병을 그 샘에 가지고 가서 물을 채워서 돌아올 것도 아니다. 자주 일어나는 일이지만 물을 뿜을 때 그 주위의 자욱한 물보라에 잠깐 닿기만 해도 여러분의 피부는 덮쳐 오는 소금기 때문에 아리고 화끈화끈 아프기만 할 것이다.

나는 어떤 사나이가 과학을 탐구하기 위해선지 어떤지는 모르지만 바짝 그 물뿜기에 접근했다가 그의 뺨과 팔의 피부가 벗겨져버렸던 것을 알고 있다. 그러니까 고래잡이들은 물뿜기에는 독이 있다고 하여 모두 달아나게 마련이다. 또 한 가지 내가 들은 거짓말이라고는 생각되지 않는 일은, 만약 그 뿜는 물이 눈에 들어가면 장님이 된다고 하는 것이다. 연구하는 사람으로서 가장 현명한 길은, 이 무서운 물뿜기를 상대하지 않는 것이라고 나는 생각한다.

증명하여 학설을 수립하는 것은 불가능하다 하더라도 가설을 말할 수는 있을 것이다. 나의 가설을 말한다면 물뿜기란 안개뿜기에 지나지 않는다. 나로서는 다른 이유는 고사하고 말향고래의 천성이 엄숙하고 숭고한 데에 생각이 미치면 그러한 결론에 도달할 수밖에 없는 것이다. 그는 다만 다른 고래들과 달리 얕은 곳이나 해변에는 절대로 나타나지 않는다는 그 점으로만 보더라도 세상에 흔해빠진 천박한 존재는 아니다. 그는 장중하고도 심원하다. 나는 세상의 장중하고 심원한 것, 다시 말해서 플라톤, 피론(그리스의 철학자), 악마, 주피터, 단테 등의 머리에서는 그들이 심각한 생각에 잠길 때는 거의 눈에 보이지 않는 증기와 같은 것이 솟아난다고 믿는다.

나만 하더라도 언젠가 '영혼'에 대한 소논문을 쓰면서 호기심에 거울을 앞에 놓은 적이 있었는데, 그러자 곧 나의 머리 위의 공기가 묘하게 구부러지며 파동치는 것을 볼 수 있었다. 8월의 대낮에 나의 얇은 판자를 깐 다락방에서 뜨거운 차를 여섯 잔이나 마신 뒤에 깊은 명상의 경지에 들어가 있을 때는 반드시 나의 머리카락이 축축하게 젖어 오는데, 이것도 앞에서 말한 가설을 추가적으로 증명하는 것이 될 것이다.

이 위대한 것이 고요한 열대의 바다를 유유히 달리는 것을 볼 때, 우리는 그 힘차고 신비로운 모습에 이상하게도 가슴이 두근거린다. 보라, 그 거대하고 온아한 머리 주위에는 전달할 수 없는 명상에서 생기는 자욱한 증기가 둥근 덮개를 이루어, 사람이 이따금 목격하듯이, 그 증기는 하늘이 그 사상에 봉인封印을 누른 것인지 일곱 빛깔 무지개로 번쩍이는 것이다. 청명한 무지개는 공기에는 나타나지 않고 비상하는 증기에만 나타난다는 것을 알아야 한다.

그러니까 나의 경우도 마음속의 어두운 회의의 자욱한 공기를 뚫고 때로 새로 일어나는 영감이 쏜살같이 달리고 그 짙은 안개를 천상의 광채로 타오르게 할 때가 있다. 이 일에 대해서 나는 신에게 감사한다. 만인은 회의하고 다수는 부정한다. 그러나 호의든 부정이든 그와 함께 직관을 가진 사람은 극히 드물다. 이 두 가지 결합은 신자도 이단자도 낳지 않으며 둘을 공평한 눈으로 보는 사람을 만드는 것이다.

제86장 꼬리

　세상의 시인들은 영양羚羊의 부드러운 눈이며 땅 위에 내리는 일이 없는 새의 아름다운 날개를 찬양했다. 나는 천상적인 점이 좀 부족한 꼬리를 찬양했다.

　가장 큰 말향고래의 꼬리를 살펴보면, 우선 동체의 맨 끝에 거의 사람의 허리만큼 가늘어져 있는 데서부터 이 꼬리는 시작되는데, 그 상부 표면만도 넓이가 최소한 50제곱 피트는 될 것이다. 통통하고 탄탄한 밑뿌리에서는 두 갈래의 단단하고 폭넓은 편평한 꼬리지느러미가 되고, 그것이 또한 서서히 얇아져서 이윽고 1인치도 못 되는 두께가 되어버리고 만다.

　이 꼬리지느러미는 갈래에서 약간 겹쳐져 있지만 옆으로 날개처럼 벌어져 가고, 그 사이에 넓은 공간을 둔다. 이것의 초승달 모양의 윤곽처럼 절묘하게 아름다운 선은 다른 어떠한 동물에서도 발견할 수 없을 것이다. 다 자란 고래의 경우 꼬리의 가장 넓은 부분은 지름이 20피트를 훨씬 넘는다.

　그 전체는 유착된 힘줄로 빽빽하게 짜인 한 조직인 것처럼 보이지만, 이것을 절단하면 분명히 다른 세 개의 층, 상·중·하로 되어 있음을 알 수 있다. 상부층과 하부층의 조직은 길게 수평으로 뻗고, 극히 짧은 가운데의 조직은 바깥쪽의 두 층 사이에 열십자 모양으로 달리고 있다. 이 삼위일체적인 구조가 특히 꼬리를 강력한 것으로 만들고 있다. 옛 로마의 성벽 연구가라면 이 가운데 층부를 봄으로써 이상하게도 이와 비슷한 저 경탄할 고대의 유적지에서 항상 돌과 교착하여 놓여 있는 얇은 기와층, 그것이 바로 그 유적물을 강대하게 하는 요인임을 생각해낼 것이다.

　그러나 이 건질腱質의 꼬리 자체 힘만으로는 아직 부족하다는 듯이 고래의 몸집 모두가 가로 세로 엮어진 근筋으로 조직되어 있는데, 그것이 양쪽 허리께를 지나 꼬리지느러미로 달리며 분간할 수도 없이 섞여져 더욱 꼬리의 힘을 강대하게 한다. 그러므로 고래 전체의 측량하기 어려운 힘은 서로 합쳐져서 그 맨 끝에 응집되어 있는 것처럼 생각된다. 만약 물질의 전면적 파괴라는 것이 야기된다고 한다면, 이것이야말로 그 일을 할 수 있을 것이다.

더욱이 놀라운 이 역량은 그 우아한 몸집을 조금도 손상하는 일이 없어, 어린아이의 몸짓과 같은 가벼움이 거인적인 강대함 속에 물결치고 있는 것이다. 그뿐 아니라, 거기에 그 여러 운동의 눈부신 아름다움이 나타나 있다. 참다운 힘은 결코 아름다움과 조화를 잃지 않는 것이고, 때로 그 근원이 된 것이며, 온갖 장대한 미에 있어서 힘이야말로 그 마술의 비밀이 된다. 대리석의 헤르쿨레스상에서 폭발하려고 하는 것처럼 보이는 긴박한 힘줄을 모두 빼보라. 그러면 매력은 곧 없어지고 말 것이다. 경건한 에카만은 괴테의 벌거벗은 시체를 덮은 천을 벗겨 보았을 때, 마치 로마의 개선문처럼 늠름한 가슴을 보고 경탄하지 않을 수 없었다(〈괴테와의 대화〉).

미켈란젤로도 아버지 신을 사람의 모습으로 그릴 때도 그 얼마나 강건함을 주었던가? 한편, 아들 신의 성스러운 사랑에 대해서 부드럽게 몸을 굽힌 자웅동체의 이탈리아 그림들이 무엇을 나타내려 하든 간에 그 그림들에 그의 사상은 가장 훌륭하게 구현되어 있다. 즉, 그 그림들에는 근골의 늠름한 따위는 조금도 없이 아무런 힘의 암시도 없이 다만 소극적이고 여성적인 순종과 인내만이 나타나 있는데, 이런 점들이 그가 가르치려는 덕목임을 누구나 인정하고 있다.

내가 말하려는 이 기관의 탄력성은 이처럼 미묘해서 장난 삼아, 진지하게, 화가 나서, 그 밖의 어떤 기분으로 휘둘러 대건 그 운동은 항상 더없이 아름답게 빛난다. 어떤 요정의 손짓도 이보다 뛰어날 수는 없다.

꼬리는 독특한 다섯 가지의 운동을 한다. 첫째는 헤엄칠 때의 추진력을 위한 지느러미로서, 둘째는 전투용의 무기로서, 셋째는 옆으로 밀어내기, 넷째는 물을 때리기, 다섯째는 공중으로 추켜들기가 그것이다.

첫째, 말향고래의 꼬리는 수평의 위치를 유지하고 있어, 다른 어떠한 바다의 어족과는 다른 운동을 한다. 절대로 팬히 흔들어 대지 않는다. 공연히 흔들어 대는 것은 사람에게나 물고기에게나 매우 열등한 느낌을 준다. 고래에게는 꼬리만이 그 추진력의 전부가 된다. 그것을 동체 밑으로 두루마리처럼 굽혔다가 급격하게 뒤로 튀긴다. 그것이 이 괴수가 무섭게 달릴 때의 나는 듯 하고, 튀는 듯한 일종의 이상한 동작이다. 그의 옆지느러미는 다만 키의 역할 밖에 하지 않는 것이다.

둘째, 약간 주목해야 할 일은, 말향고래는 다른 말향고래와 싸울 때는 그 대가리와 턱으로 싸우는데, 사람과 만났을 때도 모멸스럽게도 그 꼬리를 주무기로 한다. 보트를 칠 때도 그는 재빠르게 꼬리지느러미를 감았다가 뒤로 잡아젖히는 탄력으로 때린다. 만약 공중에 가로막는 것이 아무것도 없고, 특히 그것이 위로부터 떨어졌다면 그 타격에 대항한다는 것은 불가능하다. 늑골은 사람의 것이나 배의 것이나 이에 견딜 수 있는 힘을 가지지 못했다. 유일한 대책은 그것을 피하는 방법뿐이다.

그러나 만약 그것이 물의 힘을 거슬러 옆으로 들어온 경우에는 포경용 보트의 경쾌한 부양력과 탄력성 때문에 그 참해는 늑재나 판재가 한두 장 깨지거나 뱃전이 슬쩍 스치는 상처를 입거나 하는 정도다. 이와 같이 물속에서 측면으로 때리는 것은 포경 중에는 그다지 신기할 것도 없는 일로서 이것은 모두 아이들 장난같이 여긴다. 누군가가 윗옷을 벗기만 하면 구멍을 막을 수가 있다.

셋째, 증명할 수는 없지만 내가 생각하기에는, 고래는 촉각이 모두 꼬리에만 집중되어 있는 것 같다. 그리고 이 점에서는 그 꼬리의 섬세함에 필적하는 것은 다만 코끼리의 코의 민감함뿐일 것이다. 그 섬세함을 느낄 수 있는 것은 옆으로 때릴 때의 행위에서인데 그때 고래는 소녀처럼 부드럽게 해면에 그 거대한 꼬리를 옆으로 조용히 천천히 흔든다. 그리고 만약 그가 슬쩍 한번 선원의 수염을 어루만지기라도 하는 날에는, 그 선원은 수염과 함께 화를 입게 되지만 말할 수 없는 정이 그 속에 담겨 있는 것이다.

그런데 이 꼬리에 물건을 움켜쥐는 힘이 있었다면 나는 저 다르모노데스의 코끼리가 자주 꽃시장에 나타나서 공손히 절을 하면서 꽃다발을 처녀들에게 바치고 나서 그녀들의 허리띠를 쓰다듬었다는 이야기를 연상하지 않을 수 없다. 그렇게 볼 때 고래가 그 꼬리에 잡는 힘을 갖지 못했다는 것은 실로 가엾은 일이 아닐 수 없다. 어떤 코끼리는 싸우다가 상처를 입자 코를 돌려서 제 몸에 꽂힌 창을 뽑았다는 이야기도 있는데 말이다.

넷째, 적막한 바다 한복판에 일시적인 안전한 상태에 있는 고래에게 들키지 않도록 살그머니 접근해 보라. 그러면 그가 그 웅대하고 위엄스럽기 짝이 없는 허울을 벗어 던지고 고양이 새끼처럼, 마치 그 바다가 화롯가인 양 장난치고 있는 것을 볼 수 있다. 그러나 그 장난 속에도 강렬함은 존재한다. 폭넓은 꼬리가 공중 높이 내혼들리다가 이윽고 수면으로 내려쳐질 때 우레와 같은 울림은 수마일 밖에까지 울려 퍼진다. 마치 거포가 발사되었는가 하고 생각될 정도여서, 그때 몸의 다른 쪽 끝의 물뿜기 구멍에서 밝은 빛 물보라가 솟는 것을 포문에서 오르는 초연哨煙이라고 혼동할 정도이다.

다섯째, 고래의 보통 헤엄칠 때의 자세는 꼬리는 등의 선보다 훨씬 낮아 완전히 수면 밑으로 없어져 보이지 않는다. 그러나 그가 바야흐로 물속으로 깊이 들어가려고 할 때는 그 꼬리는 적어도 30피트의 동체 부분과 함께 공중으로 똑바로 추켜세워져서 일순간 그 자세로 서서 진동하고 있는가 하면 곧 바다 깊이 모습을 감추어버리고 만다. 장엄한 도약을 제외하고는 이 고래 꼬리의 곤두서기는 온갖 동물계에서 볼 수 있는 것 중 가장 웅대한 것이다. 거대한 꼬리는 바닥을 알 수 없는 심연에서 처들어져서 전율하면서도 푸른 하늘을 잡고 매달리려는 것 같다.

그리고 보니 나는 꿈에 대악마가 지옥의 불바다 속으로부터 괴로운 듯 거대한 발톱을 내밀고 있는 것을 본 적이 있다. 그러나 이런 광경을 바라보는 경우에 문제는 모두 그때의 기분 여하에 달려 있다. 단테적인 심경이라면 악마가 나타날 것이고, 이사야적이라면 대천사가 보일 것이다. 하늘과 바다를 새빨갛게 물들이는 해돋이에 돛대 꼭대기에 서서 나는 고래의 대군을 보았다. 모두 태양 쪽을 향하여 한동안 하늘에 치솟은 꼬리를 일제히 흔들었다. 그토록 장려한 몸짓으로 신들을 찬양하는 자는 배화교의 본고장인 페르시아에서도 일찍이 볼 수 없었던 일일 것이라고 그때 나는 생각했다.

프톨레미 필로파터(이집트의 마케도니아계 왕조 제4세)가 아프리카 코끼리에 대해서 증언했듯이, 나는 고래에 관해서 그것이 모든 생물 중 가장 경건한 것이라고 증언하리라. 유바 왕(소아시아의 느미디아의 유바 2세)에 의하면, 옛날 전투에 동원되었던 코끼리들은 깊은 침묵 속에 코를 높이 들고 아침을 축하하여 맞이했다는 것이다.

지금 이 장에서 우연히도 한쪽 꼬리와 한쪽 코가 있다는 점에서 고래와 코끼리를 비교한 결과가 됐는데 그렇다고 결코 이 양극단의 기관을, 하물며 그것들의 주인을 같은 수준에 놓고 말하거나 해서는 안 된다. 왜냐하면 가장 웅위한 코끼리라고 할지라도 거경 앞에서는 테리어 개와 같은 것이고, 그 코는 거경의 꼬리 앞에서는 백합의 줄기 정도밖에 되지 않는다. 묵직한 말향고래의 꼬리는 무서운 벼락 같은 분쇄력을 휘둘러 보트와 노와 선원들을 마치 인도의 요술사가 공을 희롱하듯이 차례로 공중에 던져 올린다. 거기에 비하면 가장 무서운 코끼리의 코의 타격쯤은 장난삼아 부채로 살짝 때린 정도에 불과하다.[1]

저 강대한 꼬리를 생각하면 할수록 나는 나의 표현력의 빈약함을 한탄하지 않을 수 없다. 때로는 사람의 손짓도 미치지 않을 만큼 아름다운 태도인데도 그것을 설명할 수가 없다. 대군을 이루고 있을 때엔 때때로 눈을 끄는 신비한 태도도 있는데 포경자 중에는, 그것은 프리 메이슨 비밀결사의 신호나 부호 같은 것이어서 고래가 그런 방법으로 세계와 심오한 대화를 하고 있는 것이라고 단언하는 사람이 있다. 또한 고래가 몸 전체로 하는 거동 가운데는 아주 경험 많은 고래잡이들조차도 설명을 못한다. 그러니까 아무리 분석해보았자 나의 힘으로는 피상적인 설명 정도밖에 할 수 없다. 나는 고래를 알지 못한다. 절대로 알 수 없다.

게다가 나는 고래의 꼬리마저도 알지 못하는 걸 보면 그 머리의 일을 어찌 알겠는가? 하물며 그 얼굴은, 있지도 않은 그 얼굴에 대해선 알 턱이 없다. 고래는 말할 것이다. '너는 내 등이나 꼬리는 보았겠지만 내 얼굴은 못 보았을 게다.' (〈출애굽기〉 33장)라고. 그러나 실은 나는 그의 등에 대해서도 제대로 이

---

1) 고래와 코끼리의 크기를 비교한다는 것은, 개를 코끼리에 비교하는 것만큼이나 우습기 짝이 없다. 그러나 조금은 이상한 유사점도 있고 그 가운데서도 그 물뿜기라는 유사점이 있다. 아는 바와 같이 코끼리는 종종 코로 물이나 먼지를 들이마셨다가 코를 들고 뿜어낸다.

야기할 수 없고, 또한 그가 그 얼굴에 대해서 뭐라고 암시할지라도 고래에겐 얼굴이 없다고 다시금 말할 것이다.

제87장 대연합 함대

길고 가는 말라카 반도는 미얀마 영역에서부터 남동쪽으로 뻗어서 전 아시아의 가장 남쪽 끝이다.

그 반도로부터의 연장선상에 이어진 것은 수마트라, 자바, 발리, 티모르 등의 섬들로 그 섬들은 다른 섬들과 함께 하나의 방파제 또는 성채를 형성하여 기다랗게 아시아와 오스트레일리아를 연결하면서 끝없이 넓은 인도양과 가득히 흩어져 있는 동방의 군도를 가로막고 있다. 이 성채에는 배와 고래의 편의를 위해서 출격문이 몇 개 열려 있는데, 그 가운데 유명한 것이 순다와 말라카의 두 해협이다. 서쪽으로부터 중국을 향하는 배는 주로 순다 해협을 통과하여 지나 해로 들어가게 된다.

이 좁은 순다 해협은 수마트라와 자바를 나누면서 여러 섬을 형성하는 큰 성채의 중앙부에 있어 선원들에게 자바 곶(자바 섬의 최남단)이라고 불리는 짙푸른 곶을 받침벽으로 하고 있다. 그리고 우리가 동방 해역의 숱한 섬들을 가득 채우고 있는 향료와 비단과 보석과 황금과 상아의 막대한 부를 생각할 때, 그와 같은 재보財寶가 무력할지언정 아무튼 지형상으로 탐욕스럽기 이를 데 없는 서방 세세로부터 방위 태세를 취하고 있다는 것은 대지연이 주는 의미 심장한 암시 같다. 순다 해협의 양 해안은 지중해나 발트 해, 프로폰티스(마르모라 해의 옛 이름)의 입구를 지키는 오만한 요새와 전혀 닮지 않았다. 이곳 동양인들은 덴마크 사람과는 다르다. 그들은 과거 몇 세기 동안 밤이고 낮이고 수마트라와 자바 사이를 귀중한 동방의 짐을 가득히 싣고 달리는 배의 무한한 행렬에 대해서 돛대를 내리고 굴종적인 경의를 표하라고 요구하지는 않았다. 다만 그와 같은 의례에 대해서는 깨끗이 기권하지만 좀더 실질적인 공물에 대한 요구는 결코 포기하지 않았다.

아득히 먼 옛날부터 말레이 해적의 쾌속범선은 수마트라의 깊숙하고 울창한 물굽이나 섬 그늘에 숨었다가 해협을 지나가는 배를 습격하여 창을 들이대면서 공물을 바칠 것을 엄중하게 요구했다. 유럽으로부터 온 순양함에 의해서 피비린내나는 징계가 되풀이되었기 때문에 이 해적들의 대담성도 최근에는 어느 정도 감퇴되었다고는 하지만 오늘날에도 아직 이 근처 해역에서 영국이나 미국의 배가 무참하게 습격당하고 약탈되었다는 이야기를 이따금 듣곤 한다.

위세 좋은 순풍을 타고 피쿼드호는 이제 바야흐로 이 해역에 다다르려 하고 있었다. 에이허브는 그곳을 지나서 자바 해로 들어가 다시 여기저기 말향고래가 출몰한다는 해상을 북으로 달려 필리핀 제도의 근해를 스친 후 일본 원해의 대포경 시즌에 알맞게 닿도록 할 계획이었다. 그렇게 되면 피쿼드호의 대주항(大周航)은 전 세계의 말향고래가 있는 거의 모든 해역을 두루 지나 드디어 마지막으로 태평양의 적도선으로 들어가게 되는 셈인데, 에이허브는 여태까지의 추적에서는 곳곳에서 허탕만 쳤지만 여기서야말로 백경이 잘 나타나는 곳이고, 또한 계절도 그가 틀림없이 출현할 무렵이라고 추정되었기 때문이었다.

그러나 아무리 그렇더라도 말이다, 에이허브는 이 대주항 추적에서 아무 데도 들르지 않으려는 것인가? 선원들은 공기를 마시고 사는가? 아무리 그래도 물이 없어지면 기항해야 한다. 그러나 옛날부터 오늘날까지 하늘을 도는 태양은 그 불꽃의 궤도를 달리면서 자기 안에 있는 것 이외의 보급은 받지 않는다. 에이허브도 그와 같다. 또한 포경선에 대해서는 다음 사항을 명기해야만 한다. 다른 배 안에는 외국의 부두에 운반되는 물건을 여러 가지 싣지만 방황하는 포경선의 짐은 배와 선원, 그리고 그들의 무기와 필수품뿐이다.

크나큰 선창에는 호수의 그것만큼 물이 가득 채워져 있다. 밑바닥의 짐으로는 쓸데없는 납이나 선철 등은 절대로 싣지 않고 필요한 것만을 싣는다. 몇 년분의 물은 가지고 있다. 그 맑고 좋은 낸터킷의 물, 낸터킷 사람이라면 3년 동안이나 태평양 위를 떠돌아다닌 뒤라도 여전히 기꺼이 그 물에 달려들지,

바로 어제 페루나 인도의 강에서 통에 담아 온 짭짤할 물 따위는 돌아보지도 않는다.

그러니까 설사 다른 배들이 뉴욕과 중국 사이를 왕복하는 동안 몇몇 항구에 들른다 해도 포경선은 그 전 기간에 한 줌의 흙도 보지 못하고 그 선원 역시 그들과 마찬가지로 바다에 떠도는 사람 이외에는 한 사람도 보지 못한다. 그렇기 때문에 만약 여러분들이 다시금 대홍수가 닥쳐왔다는 소식을 그들에게 전해 주었다 해도 그들은 다만 "괜찮아, 이게 방주니까."라고 대답할 뿐이리라.

그런데 숱한 말향고래가 자바의 서해안 바다 밖 순다 해협 가까운 근처에서 잡혀 왔으므로, 그곳은 그 주변의 많은 어장과 함께 일반적으로 포경자들에게는 가장 좋은 항해 목표가 되어 있었다. 그렇기 때문에 피쿼드호가 드디어 자바 곶에 접근함에 따라 돛대 꼭대기의 망보기 당번들은 종종 고래를 놓쳐서는 안 된다는 주의를 들었다.

그러나 열대수림의 초록에 싸인 육지의 벼랑이 얼마 가지 않아 뱃머리 오른쪽에 나타나서 신선한 육지의 향기가 흘러 후각을 기분 좋게 자극했을 때까지도 물뿜기는 하나도 발견되지 않았다. 그래서 이 근처에서 고래를 만날 것을 거의 체념하고, 배가 막 해협으로 꺾어들려 한 바로 그때 돛대 꼭대기에서 귀에 익은 환희의 외침이 울리고 얼마 뒤에 신기하게도 기막힌 광경이 우리 앞에 전개되었다.

그러나 여기서 미리 이야기해 두어야 할 것이 있다. 말향고래는 근래에 4대양에 걸쳐 쉴 새 없이 몰렸기 때문에 조그만 무리를 이루어 따로따로 다니는 버릇을 버리고 때로는 거군巨群으로, 때로는 수를 헤아릴 수 없을 정도로 떼를 지어 다닌다. 그것을 보는 사람은 그들의 제국가가 상호 간의 원조와 안전보장을 위해서 굳게 연합하고 동맹을 맺었으리라고 생각하게 된다. 말향고래가 이토록 방대한 떼를 지어 모여다님으로써 다음과 같은 사태, 즉 가장 좋은 어장을 항해한다 해도 자칫하면 몇 주일이나 몇 달 동안 물뿜기를 하나도 보지 못하다가 갑자기 떼로 몇천 몇만의 물뿜기를 보는 일이 생겨나는 것이다.

뱃머리 양쪽에 광범위하게 2~3마일 저 멀리, 거대한 반원을 그려 수평선의 절반을 덮은 끊임없는 고래의 물뿜기가 대낮의 공중에 치솟아 빛나고 있었다. 참고래의 물뿜기가 똑바로 두 줄기로 솟아올랐다가 꼭대기에서 갈려져 두 갈라로 늘어진 버드나무가지처럼 되는 것과는 달리 말향고래의 물뿜기는 앞으로 비스듬히 기운 한 줄기 물기둥이 흰 거품을 일으키며 뿜어올랐다가는 바람 부는 쪽으로 떨어진다.

피쿼드호가 언덕 같은 큰 파도에 올라탈 때 갑판에서 바라보면, 자욱이 떼 지어 뿜어오른 이 물기둥 하나하나는 뒤틀리듯하며 하늘로 치솟는데, 그것을 물과 공기가 융합된 파르스름한 안개 같은 것을 통해서 보는 것은, 상쾌한 가을 아침에 어느 조밀한 경기 좋은 대도시의 몇천 개의 굴뚝을 언덕 위에 말을 타고 올라가서 바라보는 듯한 느낌이다.

행진하는 군대가 적이 숨어 있는 산악 지대의 험하고 좁은 길에 접근하면 그 속도를 빨리하여 조금이라도 빨리 그 위험한 길을 지나 다시 비교적 안전한 들판으로 나가서 대형隊形을 넓히려고 서두르는 것과 같이, 이 고래의 대함대는 해협을 돌면서 서서히 그 반원주의 날개를 좁혀 하나의 밀집체가 되어, 초승달 같은 고리 모양을 남기면서 부지런히 헤엄쳐 가고 있었다.

돛을 팽팽히 하고 피쿼드호는 그들을 바싹 뒤따랐다. 작살잡이는 무기를 든 채 아직 내려지지 않은 보트 앞에 서서 큰 소리로 외치고 있었다. 만약 바람만 자지 않는다면 이 대군이 순다 해협에서 끝까지 쫓겨 동방해역으로 들어가 흩어지기만 하면 적지 않은 수를 잡을 수 있을 것이다. 게다가 이 모여든 무리 가운데 백경 자신도 일시적으로 시암 왕의 대관식 행렬 중의 흰 코끼리처럼 숭배를 받으면서 헤엄치지 않는다고 누가 장담할 수 있겠는가? 그래서 우리들은 보조돛에 또 보조돛을 덧달고 전방의 거경군을 추적했는데, 그때 갑자기 태슈테고가 뒷갑판 저쪽의 무언가를 가리키며 큰 소리로 외치는 소리가 들렸다.

전방의 반원형뿐만 아니라 그와 대응하는 또 하나의 반원형을 뒤쪽에서 보았던 것이다. 그 산산히 흩어진 흰 증기처럼 보이는 것은, 상당한 고래군의 물뿜기가 솟았다가는 떨어지는 것과 같았는데, 단지 그처럼 완전히 솟았다가 없어졌다 하지 않고 부단히 떠돌고 있어 결코 그 모습을 감추는 일은 없었다. 에이허브는 그것에 유심히 망원경의 조준을 맞추고 나서 재빨리 다리의 송곳 구멍으로 한 바퀴 돌면서 외쳤다. "돛대여 올라가라! 돛을 적실 채찍과 양동이를 준비해라. 말레이 놈들이 쫓아오고 있다!'

이들 흉악무도한 아시아 사람들은 피쿼드호가 언제나 완전히 해협에 들어올 것인가 하고 곳 그늘에 숨어서 기다리는 것이 너무 길었다고 생각했는지, 조심성이 너무 지나쳐서 늦어진 것을 회복하려는지, 필사적인 추적을 해왔다. 그러나 속력이 빠른 피쿼드호는 때마침 불어오는 알맞은 바람을 받아, 자기 자신도 필사적인 추적을 하던 참이라 그 자신이 원한 추적에 한층 더 속력을 더할 수 있었으니, 이 암갈색의 박애주의자들은 그야말로 피쿼드호에 대해 채찍질을 하고 박차를 가한 셈이니 무척 친절한 사람들이라고 해야 할 것 같다.

에이허브는 망원경을 겨드랑이에 끼고 갑판을 왔다갔다하다가, 앞으로 휙 돌아서서 그가 쫓는 괴물들을 노려보고는 뒤로 휙 돌아서서 그를 쫓는 피에 굶주린 해적들을 노려보곤 했다. 이것이 바로 진정한 그의 심정이었다고 생각된다. 그리고 그는 배가 달리고 있는 물의 좁은 수로 길 양쪽의 녹음이 우거진 벽을 보고 그 문을 지나서 그의 복수의 길이 가로놓여 있음을 느끼고, 다시 이제 이 문을 통해서 그는 끔찍한 종말을 향해서 바짝 뒤쫓고 또한 쫓아오고 있다고 생각했다.

그뿐만 아니라 그 야만적이고 무참한 해적 떼와 신을 알지 못하는 악마와 같은 동물의 떼가 지옥 같은 저주를 담고 일제히 그에게 소리지르며 덤벼들고 있는 것이라고 보았을 때—이 모든 상념들이 그의 머릿속을 스쳤을 때, 에이허브의 이마는 빛을 잃고 주름이 잡혀서 그것은 마치 거무스름한 모래밭을 미친 듯 해일이 물어뜯으면서도 거기에서 튼튼한 무언가를 빼앗아가는 데에는 실패한 뒤의 상태를 생각하게 했다.

그러나 무모한 선원들 거의 전부가 그와 같은 상념에 시달리지는 않았다. 피쿼드호가 해적들을 확실히 떼어놓고 떼어놓고 하면서 드디어 수마트라 쪽의 녹색 선명한 코커투포인트 곶을 스치고 달려 순식간에 저쪽 넓은 바다로 나가자 작살잡이들은 배가 말레이 사람들을 이토록 멋지게 떼놓은 것을 기뻐하기보다는 오히려 재빠른 고래 떼가 배를 떼놓고 가버린 것을 더 슬퍼했다. 그러나 계속 고래군의 뒤를 쫓아가는 동안 드디어 그들의 속도가 줄어드는 것을 볼 수 있었다. 그래서 차츰 배는 그들 가까이 다가갈 수 있었다.

그때 바람이 잔잔해졌기 때문에 보트를 내리라는 명령이 내려졌다. 그러나 고래 떼는 말향고래의 이상한 본능과도 같은 힘에 의해서, 그들을 쫓는 세 척의 배는 아직도 1마일이나 뒤쪽에 있었는데도 그 배의 출현을 알아차리자마자 갑자기 다시 기운을 내 대오를 가다듬더니 그 물뿜기를 마치 총검의 섬광이 번쩍이는 긴 대열처럼 하고는 더욱 빠른 속도로 달리기 시작했다.

우리는 옷을 벗어 던지고 셔츠와 팬티 바람으로 노를 움켜잡고 수시간을 저어간 끝에 이제는 쫓기를 그만두어야겠다고 생각했다. 그때 고래 떼 전체가 그 자리에서 빙빙 도는 것 같은 동요를 일으켰다. 그것은 그들이 드디어 이상한 혼란에 의한 무력한 망설임이라고 할 만한 것에 사로잡혔다는 것이 명백했는데, 포경자들은 고래의 그런 모습을 볼 때 그 고래는 '혼이 빠진' 것이라고 말한다.

여태까지는 긴밀한 대열을 이루고, 급속히 당당하게 나아가던 그들은 엉망으로 흩어져 대혼란을 일으켜서, 알렉산더 대왕의 인도 전쟁에서 포루스 왕(인도의 포라봐카 왕)이 이끄는 코끼리군처럼 극도의 공황에 빠져 광란해버린 것 같았다. 거대하고 불규칙한 원을 그리며 온갖 방향으로 흩어져서 정처없이 여기저기 돌아다니고 그 짧고 굵은 물뿜기를 보니 분명하게 당황해서 허둥대는 꼴이 여실하였다.

그리고 그 중의 어떤 놈은 그 두려움을 이상하게 나타내고 있었는데 그런 놈들은 마치 혼수상태에 빠진 듯 난파해서 물에 잠긴 배처럼 바다에 힘없이 떠돌고 있었다. 이들 거경군이 만약 세 마리의 흉포한 늑대에게 쫓기는 어리석은 양 떼에 지나지 않았다 하더라도 이처럼 심한 혼란은 일어나지 않았을 것이다. 그러나 뜻밖에 이런 겁 많은 몰골을 보인다는 것은 거의 모든 군서동물群棲動物의 특징이다.

서부에 있는 사자의 갈기머리를 지닌 무소는 몇만 마리씩 떼를 지으면서도 한 사람의 말 탄 사람 앞에서는 도망가려고 갈팡질팡한다. 그러나 그렇게 말하면, 사람도 극장이라는 우리 안에 잔뜩 모여 있을 때 불이 났다는 경보라도 나게 되면 말할 수 없는 혼란이 일어나 출구 쪽으로 마구 달려 밀치고 젖히고 짓밟고 눌러대어, 무참하게도 서로 부딪쳐 많은 희생자를 내고 만다. 그러니까 우리들은 저 눈앞의 '혼이 빠진' 고래 무리에 대해서 놀랄 것은 없지 않겠는가? 이 지상의 어떤 짐승들의 어리석음이라 할지라도 인류의 광중에 비한다면 그것은 아무것도 아닌 것이니까 말이다.

이미 말했듯이 대부분의 고래는 심하게 움직이고 있었으나 전체적으로 이 고래 떼는 나가지도 물러가지도 않고 한 곳에 가만히 모여 있었다. 이와 같은 경우의 관례대로 보트는 곧 흩어져서 제각기 고래 떼의 바깥에 있는 고독한 고래 중의 어떤 놈을 목표로 했다.

약 3분 후, 퀴퀘그의 작살이 던져지자, 상처 입은 고래는 눈을 못 뜨게 하려고 하는 것처럼 그 물뿜기를 우리의 얼굴에 끼얹으면서 고래 떼의 중심부를 향해서 똑바른 선을 그으며 광선처럼 빠르게 달아나기 시작했다. 그러나 이와 같은 입장에 놓인 고래가 이런 동작을 한다는 것은 결코 신기한 일이 아니다. 거의 언제나 어느 정도는 예견하고 있는 일이기는 하지만, 고래잡이에서 예측할 수 없는 일 중의 하나이기도 하다. 다시 말해서 질주하는 괴마가 여러분들을 시시각각으로 광란의 무리 속에 깊이 끌고 들어갈 때, 여러분들은 생의 질서 따위에는 작별을 고한 아찔하게 전율하고 진동하는 사경의 한복판에 존재하고 있을 뿐이다.

고래가 눈이 멀고 귀가 멀어지면서 몸에 달라붙은 강철 흡혈귀를 한결같은 속도의 힘으로 뿌리치려는 듯 똑바로 앞으로 무섭게 달려 나갈 때, 그리고 우리가 해면에 흰 물거품의 상처 자리를 만들면서 나는 듯 달려 나가며 사방에서 가리지 않고 마구 달려오는 광란의 짐승들에게 겁을 먹고 있을 때, 그 포위하에 있는 우리의 보트는, 말하자면 배가 폭풍 속에서 숱한 빙산에 둘러싸여 그 착잡한 해협이나 만 속을 헤쳐 가면서 어느 순간에 물려 파괴될지를 몰라 몸부림치는 것과 같았다.

그러나 퀴퀘그는 조금도 당황하지 않고 씩씩하게 배를 저어 가고, 우리의 바로 앞을 가로막은 한 괴물을 홀쩍 피했는가 했더니 그 거대한 꼬리를 머리 위에 덮치려는 괴물을 피해 달렸는데, 그 동안 스타벅은 줄고 창을 들고 뱃머리에 서서, 앞길을 막는 고래들을 짧은 창으로 닥치는 대로 찔러 대는 것이었다. 또한 노잡이들도 그 본래의 일은 전혀 필요가 없게 되었지만 그래도 가만히 방관하고 있지 않았다. 그들은 주로 고함을 지르는 역할을 맡고 있었다. "대장, 비켜라, 비켜!" 하고 한 사람이 혹이 있는 거경을 향해서, 그놈이 느닷없이 수면에 불쑥 나타나서 대번에 우리 배를 물속에 넣어버리려 했을 때 외쳤다.

"이봐, 꼬리를 좀더 낮춰!" 하고 또 한 사람은 다른 고래를 향해서 그놈이 뱃전에 바싹 다가와서 그 몸의 맨 끝의 부채로 조용히 부채질을 하는 것처럼 보였을 때 외쳤다.

모든 포경용 보트는 '드러그'라고 불리는, 맨 처음으로 낸터킷의 인디언이 발명한 기묘한 도구를 가지고 다닌다. 이것은 같은 크기의 네모꼴 나무판자 둘을 나무결이 직각으로 교차되도록 단단히 붙이고 그 나무 한복판에 꽤 긴 밧줄을 단 것으로서 그 밧줄의 다른 한 가닥은 고리가 되어 있어 그 자리에서 작살을 붙들어 맬 수가 있다.

이 드러그는 주로 '혼이 빠진' 고래들에게 사용된다. 왜냐하면 그럴 때는 도저히 한 번에 쫓을 수 없을 정도의 많은 고래가 우리를 둘러싸고 있기 때문이다. 더욱이 말향고래는 매일 볼 수 있는 것이 아니므로 될 수 있으면 모두 잡아야 하는 것이다. 그리고 만약 한 번에 모두 해치울 수 없다면 그 '날개'를 뺏어 두었다가 나중에 천천히 죽여야만 한다.

그러니까 그와 같은 경우에는 드러그가 필요하게 된다. 우리 보트에는 그것이 세 개 마련되어 있었다. 첫째 것과 둘째 것은 잘 던져져서, 고래는 옆구리에 매달리는 드러그의 재난을 당하자 비틀거리듯이 달아나기 시작했다. 말하자면 쇠뭉치가 달린 쇠사슬에 매인 죄인처럼 괴로워하고 있었다. 그런데 세 번째 것을 던지자 그 모양 없는 나무토막은 막 바다로 떨어지려는 순간 보트의 앉은 자리 중 하나에 걸려서 순간적으로 그것을 부숴뜨리고 함께 떨어져 나가버렸다.

노잡이는 자기 자리가 없어지자 뱃바닥에 떨어져 엉덩방아를 찧었다. 바닷물이 양쪽에서 판자 구멍으로 들어오려 했지만 우리는 셔츠와 팬티 두서너 장으로 틀어막아 한동안은 침수를 막을 수가 있었다.

만약 우리가 고래 떼 속으로 돌진하는데 그것이 작살을 맞아 속도가 매우 줄어든 고래가 아니었다면, 이런 드러그가 달린 작살을 던진다는 것은 거의 불가능했을 것이다. 우리가 소란한 주변에서 차츰 깊이 속으로 들어감에 따라 그 처참한 공황도 가라앉으려 하고 있었다.

그래서 박혔던 작살이 빠져버리고 우리를 끌어당기던 고래가 옆으로 사라져버렸을 때는 우리를 당기던 힘이 점점 줄어들어감에 따라 두 마리의 고래 사이로 미끄러지면서 고래 떼의 가장 중심이 되어 있는 곳에 마치 어떤 산의 격류 속에서 조용한 골짜기의 호수로 들어가듯이 미끄러져 들어갔다. 거기서도 물론 외부에 있는 고래들의 울부짖는 소리는 들려왔지만 이미 다른 세상 같았다. 이 중심부의 바다는 기름을 흘린 것처럼 반들반들한 비단 같았는데 그것은 고래가 편안한 기분을 맛보고 있을 때 내뿜는 축축한 점액 때문이었다.

그렇다. 우리는 그때 온갖 소란의 중심점에 숨겨져 있다고 사람들이 말하는 바로 그 이상한 정밀靜謐 속에 있었던 것이다. 그래도 먼 곳을 바라보니 외곽에서 빙글빙글 돌면서 떠들어 대고 있는 광란의 모습이 보이고, 또 한 차례로 여덟 마리에서 열 마리 정도의 고래의 작은 떼가 둥그런 마장馬場을 달리는 무수한 말 떼처럼 마구 질주하면서 원을 그리는 것이 보였는데, 어깨와 어깨를 서로 비벼대고 있는 것으로 보아 서커스의 거인 기수라면 제일 가운데 있는 고래 위에 올라타서 그들의 등 위를 마구 뛰어 돌아다닐 수도 있을 것 같았다.

빙빙 도는 고래 떼에 둘러싸여 만처럼 되어 있는 곳은 휴식하는 고래 떼가 여러 겹으로 몰려 있었기 때문에 현재로서는 우리가 탈출할 기회를 발견하기란 불가능하리라 생각되었다. 우리를 에워싸고 있는 생물의 벽, 즉 우리를 잡아 가두기 위해서 조금 전에 열렸던 벽에 다시 구멍이 뚫리기를 기다리는 수밖에 없었다.

이렇게 호수의 중심점에 있을 때 이따금 조그많고 조용한 암고래며 새끼고래가 접근하곤 했는데, 그것은 우리를 초대한 소란한 바깥주인의 부인이나 아이들이었다.

그런데 이때의 모든 고래 떼가 만든 전 영역은, 만약 몇 겹으로 회전하는 외부의 원과 원 사이의 해면을 포함하고 또한 이 원 가운데의 여러 작은 무리 사이의 해면을 포함한다면, 적어도 2~3제곱 마일은 되었을 것이다.

아무튼 이런 경우에 이런 증언을 믿을 수는 없지만 우리의 얕은 보트에서 보면 물뿜기는 수평선의 끝에서 일어나는 것처럼 보였다. 내가 이 상황에 대해서 이야기하는 까닭은 다음과 같은 이유 때문이다.

즉 암고래나 새끼고래들을 가장 깊숙한 이 울타리 속에 가둬둔 것은 어떤 목적이 있었기 때문인 것 같고, 또한 그 대군이 차지한 해면의 광대함 때문에 암고래나 새끼고래들은 대군이 멈춘 이유를 올바르게 알 수가 없었던 것 같은, 그들은 매우 어려서 의심을 할 줄 모를 만큼 천진하고 경험이 없었던 것 같기도 했지만, 어떻든 간에 호수의 가장자리 쪽에서부터 이따금 가만히 멈추어 있는 우리의 보트를 찾아온 조그마한 이 고래는 이상할 정도로 우리를 무서워하지 않았다. 우리를 믿고 있었던 것이든지 그렇지 않으면 기적이라 할 수 있을 만큼의 혼란 상태에 있었던 게 아닌가 싶다.

그들은 집에서 기르는 개처럼 코를 킁킁거리듯 우리 주위에 나타나서 뱃전에 바싹 가까이 다가왔는데 어떤 것은 뱃전에 닿기도 했다. 나중에는 그들이 어떤 주술에 의해서 갑자기 가축으로 변한 것이 아닌가, 하고 생각될 정도였다. 퀴퀘그는 그들의 머리를 가볍게 두드려 주기도 하고, 스타벅은 그 등을 창으로 할퀴기도 했지만 후환이 두려워서 한동안은 찌르는 것만은 삼가고 있었다.

그러나 이 놀라운 수면의 바닷속 깊은 곳에는 더욱 이상한 세계가 있다는 것을 우리는 뱃전에서 들여다보았을 때 알았다. 그것은 이 물 속의 푸른 하늘 한복판에 떠돌고 있는 것은 젖을 먹이는 어미고래들과, 그 커다란 몸통 둘레로 볼 때 머지않아 어미가 될 고래들의 모습이었다.

내가 앞에서 이미 넌지시 말했듯이 이 호수는 상당히 깊은 곳까지 놀랄 만큼 투명했다. 그 속에서 갓난아이들이 젖을 빨 때 마치 동시에 두 가지 생활을 하는 것처럼 젖에서 눈을 딴 곳으로 돌리고 조용히 황홀하게 뜨고, 육체의 영양을 섭취하는 한편 멀리 버리고 온 저쪽 세계의 추억에 아직도 잠겨 있는 듯한 눈으로 조용히 바라보듯이 이 새끼고래들도 우리 쪽을 올려다보고 있었다. 그것은 우리를 지켜보고 있다기보다는 다만 그들의 막 뜨기 시작한 눈에 우리가 모자반(해초의 한 가지) 한 움큼 정도로밖에 비치지 않은 것 같았다. 그 옆에 떠다니는 어미들도 또한 조용히 우리를 바라보고 있는 것 같았다.

이 어린 것들 가운데 한 마리는 기묘한 모습을 하고 있었는데, 태어나서 하루가 지났을까 말까 하게 느껴졌는데도 그 몸길이가 대략 14피트, 몸통의 둘레가 6피트쯤은 되었음직했다.

그는 다소 개구쟁이인 것 같았는데 그 몸은 조금 전까지 어머니 뱃속에서 취하고 있었던 거북한 자세—태어나기 전의 고래의 태아는 결정적으로 튀어나오는 순간에 대비해서 꼬리에서 머리까지 타타르인들의 활처럼 구부리고 있다—그것이 아직 전혀 교정되어 있지 않았다. 매우 부드럽고 나긋나긋한 옆지느러미, 꼬리 끝의 갈라진 조각도 방금 다른 세계에서 온 것 같은 갓난아이의 귀처럼 쭈글쭈글한 모습을 하고 있었다.

"밧줄! 밧줄!" 뱃전에서 내려다보며 퀴퀘그가 외쳤다. "저놈 잡아! 저놈 잡아! 누가 밧줄 던지나! 누가 찌르나! 고래 두 마리가 있어. 하나는 제법 커! 하나는 작아!"

"이봐, 뭘 지껄이는 거야?" 스타벅도 외쳤다.

"봐요, 자." 하고 퀴퀘그는 가만히 손가락질했다.

작살을 맞은 고래가 보트에서 수백 길이나 되는 밧줄을 풀어내고 있는 것처럼, 또한 그 고래가 바닷속으로 들어갔다가 다시금 떠올라서 느슨해진 밧줄을 공중을 향해 훌쩍 돌리듯이 그때 거경 부인의 배에서 탯줄이 아직 갓난고래를 어미 몸에 매달고 길게 동그라미를 그리고 있는 것을 스타벅은 보았다. 고래 추적의 어지러운 극 속에서 종종 탯줄을 늘어뜨리는 이 천연의 밧줄이 모체에서 잘려서 삼밧줄에 얽혀 그 때문에 아기고래가 잡히는 일이 있다.

바다의 가장 미묘한 비밀 중의 한 가지가 이 마법의 못 속에서 우리에게 계

시되었다고 생각되었다. 젊은 거경이 물속에서 포옹하는 것을 우리들은 보았다.[1]

이리하여 두렵고 낭패한 몇 겹의 윤무輪舞에 둘러싸였으면서도 중심부의 얄미운 고래들은 두려움도 없이 노골적으로 온갖 다정한 행위에 잠겨서 장난질과 환희에 듬뿍 취하고 있었다. 그런데 그와 마찬가지로 나 역시 사나운 대서양 한복판에 있으면서도 나 자신은 그 중심부에서 항상 즐거이 고요와 침묵을 유지하고 있었고, 끊임없이 괴로움이 대유성大遊星처럼 나의 주위를 회전할 때도 깊은 밑바닥 깊숙한 곳에서 나는 영원한 부드러운 기쁨 속에 잠기곤 했다.

우리가 이와 같은 황홀경에서 놀고 있을 때도 먼 곳에서는 종종 급격한 광란이 일어나는 것으로 보아 다른 보트는 지금도 활동을 계속하여 대군의 변두리까지 고래를 잡아끌기도 하고, 혹은 첫째 동그라미 속에 넓은 장소와 형편 좋은 피난처가 있는 것을 이용해서 고래와의 격투를 벌이고 있다는 것을 알 수 있었다. 그러나 끌려가면서 날뛰는 고래가 이따금 윤무의 열을 마구 뚫고 달리는 광경도 이윽고 우리 앞에 나타난 것에 비하면 아무것도 아니었다. 유달리 힘이 세고 빠른 고래에게 작살이 꽂혔을 때는 그 거대한 꼬리의 힘줄을 찢거나 자르거나 해서 불구의 고래를 만드는 것이 때로의 관습이다. 그럴 때는 손잡이가 짧은, 살을 도려내는 끌을 던지는데 그 끌엔 그것을 다시 잡아당기기 위한 밧줄이 달려 있다.

그런데 바로 이 부분에 상처를 입은 한 마리의 고래가, 나중에 안 일이지만 완전히 불구가 되지는 않았는지 보트에서 몸을 떼내 작살 밧줄의 절반을 끈 채 달렸는데, 참을 수 없는 부상의 통증에 몸부림치며 윤무의 열 속을 뛰어돌

---

1) 말향고래와 다른 모든 거경족은 대부분의 어족들과 달라서 계절의 구별 없이 번식한다. 새끼를 가진 뒤 대략 9개월쯤 되면 한 번에 꼭 한 마리씩 낳고, 극히 드문 일이지만 때로 에서와 야곱 같은 쌍둥이 형제를 낳는데—이들은 기묘하게도 항문 양쪽에 있는 두 개의 젖꼭지를 빨도록 되어 있다. 유방은 거기서 훨씬 위쪽에 있다. 젖을 먹이는 고래에게 소중한 이 부분이 운 나쁘게 추적자의 창에 찔렸을 경우에는 어미고래에서 흘러나오는 젖과 피가 넓은 해역을 물들인다. 젖은 매우 맛이 좋아서 사람들도 이것을 좋아하는데 딸기에 곁들이면 더욱 좋다. 고래들은 서로를 사랑하는 정이 넘칠 때는 사람들처럼 서로 껴안는다.

436

아다니며 새라토가의 싸움터에서 말 위에서 고군분투한 아놀드 장군(미군 독립전쟁의 용장. 나중에 영국군에 투항했다.)처럼 가는 곳마다 폭풍을 일으켰다.

이 고래의 상처의 고통이 심하여 그 광경은 처참하기 짝이 없었다. 그러나 그가 대군의 다른 고래 사이에 불러일으킨 어떤 특수한 공포가 무엇에서 비롯된 것인가는 우리와의 거리가 멀었기 때문에 처음에는 알지 못했다. 그러나 곧 우리가 알게 된 것은 포경 사상 상상할 수 없는 의외의 사고로 그 고래는 자신이 끄는 작살 밧줄에 가로 세로 마구 얽어매어진 데다가 끝까지 달고 달리는 바람에 끝에 붙들어 맨 밧줄의 반대쪽에서 나불거리던 끝이 이윽고 그의 꼬리에 얽힌 작살 밧줄의 엉킴 속에 단단히 얽혀들고 끝날마저 그의 살에서 빠져서 마구 튀어나가고 있었다. 이런 고문을 당하고 미쳐버린 그는 바야흐로 바닷물에 소용돌이를 일으키면서 마구 달리고, 날씬한 꼬리로 거칠게 물을 때리고, 날카로운 끝날을 마구 휘둘러 동료들에게 상처를 입히고 있었다.

이 끔찍한 사태가 모든 고래들을 망연자실한 상태에서 눈뜨게 한 것 같았다. 우선 우리가 떠 있는 호수의 가장자리를 이루던 고래들이 조금씩 들썩거리기 시작하고, 먼 데서부터 큰 물결이 밀려오는 바람에 이윽고 호수가 희미하게 물결치기 시작하자 물속의 신방이며 육아실은 사라져버리고 중심에 가까이 있던 고래들은 차츰 그 원을 축소하여 작은 떼를 이루어 헤엄치기 시작했다. 이젠 오랜 졸음은 사라지려 하고 있었다. 곧 낮은 신음 소리 같은 것이 들리는가 싶더니, 대 허드슨 강의 얼음이 봄에 녹을 때의 소란하게 깨어지는 얼음덩어리처럼, 모든 고래들은 그 중심점을 향해 겹쳐져서 하나의 커다란 묏부리를 만들려는 듯 밀려왔다. 그러자 스타벅과 퀴퀘그는 재빠르게 위치를 바꿔 스타벅이 뒷갑판에 섰다.

"노! 노!" 키를 잡으면서 그는 날카로운 소리를 냈다. "자, 노를 잡아라! 정신을 바짝 차려라! 자, 모두 조심해! 이봐, 퀴퀘그! 그놈을…… 저기 저 고래를 밀어젖혀라! 찔러라! 마구 때려라! 똑바로 서라! 서라고! 단단히, 자아, 모두 저어라! 저어! 고래 등에 신경 쓰지 마라. 그냥 타고 넘어라, 그냥 저어 가라!"

보트는 이제 거대하고 시커먼 거선 같은 고래 두 마리 사이에 끼였는데, 그 사이엔 그저 기다랗고 가는 다르다넬스 해협이 남아 있을 뿐이었다. 그러나 필사적인 노력에 의해서 일시적으로 길을 열 수 있었고, 거기서 다시 맹렬히 저어 나가며 동시에 눈을 부릅뜨고 다음 출구를 찾았다. 몇 번이나 이렇게 해서 아슬아슬한 위험을 넘어서 드디어 우리는 좀전에 외곽의 원의 하나였던 자리에 나왔는데, 그때 거기에는 고래가 하나둘씩 모두 하나의 중심을 향해서 맹렬히 달리고 있었다.

이 행운의 탈출을 위해서 지불한 대가는 퀴퀘그의 모자 하나뿐이었다. 그 것은 그가 뱃머리에 서서 달아나느라고 어쩔 줄을 모르는 고래를 찌를 때 넓적한 꼬리가 '휙' 하고 스치는 바람에 회오리가 일어나 그의 머리에서 모자가 날아갔기 때문이었다.

조금 전의 대소동은 혼돈과 무질서였지만 오래지 않아 질서 있는 운동으로 차츰 바뀌어 갔다. 그것은 하나의 밀집체를 조직하고 그런 다음 다시금 전진을 시작하여 시시각각으로 속도를 더해 갔다. 이 이상 추적해 봐야 허사였다. 그러나 보트군은 아직도 고래가 지나간 근처에 떠서 드러그에 걸려 뒤떨어진 고래라도 있으면 주워 올리거나 플라스크가 죽여 표지를 해둔 것을 잡거나 하고 있었다.

그 표지는 깃발을 단 막대기인데 어느 보트에도 두서너 개쯤 그것을 가지고 있다가 급히 다음 고래를 쫓아갈 때 그 막대기를 죽어서 바다 위에 떠 있는 고래 몸에 꽂아서 표지로 함과 동시에 다른 포경선의 보트가 접근하거나 할 경우에는 소유권이 있다는 증거로도 삼았다.

이 추적의 결과는 포경계의 명언, '고래가 많으면 적게 잡힌다.'는 말을 증명하는 것 같았다. 드러그를 건 고래 가운데서 잡힌 것은 한 마리뿐이었다. 나머지는 모두 달아났다. 그러나 머지않아 결국은 피쿼드호가 아닌 다른 배에 잡히게 될 것이다. 거기에 대해서는 뒤에 따로 말하겠다.

제88장 학교와 교사들

앞장에서도 말향고래의 큰 집단 또는 군집에 대해서 말하고 그와 같은 집결의 원인이라고 생각되는 것도 말했다.

그런데 이와 같은 대집단은 오늘날에 있어서도 가끔은 볼 수 있으며, 스무 마리에서 쉰 마리 정도까지의 작은 무리들은 자주 볼 수 있다는 말을 해두어야겠다. 그와 같은 무리를 스쿨(school이라는 말에는 학교라는 뜻 외에 고기 떼라는 의미도 있음.)이라고 한다. 거기에는 보통 두 종류가 있다.

거의 모두가 암고래로 된 것과 젊고 재빠른 마치 황소와 같은 수놈만으로 되어 있는 두 가지이다.

암컷들만의 스쿨에는 항상 성숙은 했으나 늙지는 않은 한 마리의 수컷이 기사로서 따르고 있는데, 그는 어떤 위험을 만나면 기사도를 발휘하여 열의 뒤쪽으로 돌아 숙녀들의 도주를 엄호한다. 사실상 이 신사는 호사스러운 오스만 터키 왕이어서, 바다의 세계를 헤엄쳐 다니면서 후궁들의 온갖 위안과 쾌락 속에 에워싸여 있다. 이 왕과 비빈들과는 현저한 차이점이 있는데, 왕은 항상 가장 웅위한 몸집을 지니고 있는 데 비해서, 아름다운 암컷들은 성숙해서 어엿한 어른 고래가 되었더라도 수고래의 평균 크기의 3분의 1을 넘지 못한다. 또한 섬세하다고도 할 수 있어서 허리둘레도 나의 소견으로는 6야드를 넘지 않는다. 그렇지만 전체적으로 볼 때는 그들은 유전적으로 풍만하다고 하지 않을 수 없다.

이 후궁과 왕이 태평하게 산책하는 모습을 보는 것은 매우 재미있다. 상류층의 고귀한 사람들처럼 그들은 언제나 변화를 찾아 유유히 움직인다. 차츰 적도 근처에서 먹이를 찾기에 적당한 때가 되면, 그들은 그곳에 나타나는데 아마도 그들은 그동안 북쪽 바다에서 여름의 불쾌한 권태로움과 더위를 피하고 있었을 것이다. 이윽고 적도의 산책길을 왔다갔다하는 것도 싫증이 나기 시작하면, 그들은 서늘한 곳을 찾아 동쪽 바다를 향해서 다시 찾아올 더운 계절을 피한다.

이러한 여행길을 유유히 돌아다닐 때, 만약 의심스럽고 이상한 광경이 보인다면, 왕인 고래는 그의 사랑하는 가족들을 주의 깊게 감시한다. 만약 어떤 건방진 젊은 고래가 허락도 없이 그의 한 부인 옆에 다정하게 감히 접근한다면, 큰나리께서는 참으로 무시무시한 분노에 불타서 그놈에게 덤벼들어 해치울 것이다. 사실 무절제한 젊은 탕아가 사랑을 즐기는 성스러운 자리에 들어오는 것이 허락된다면 어떻게 되겠는가? 큰나리께선 무슨 짓으로도 가장 악질적인 로사리오(영국 극작가 니콜라스 로의 〈후회하는 미인〉 속의 주인공)를 자기의 침대에서 쫓아낼 수 없다. 왜냐하면 모든 물고기는 혼교를 하기 때문이다. 육지에서 부인들은 그녀를 목표로 하는 경쟁자 간에 참으로 끔찍한 결투의 원인이 되는 일이 많은데, 고래의 세계에서도 마찬가지여서 그들도 다만 사랑 때문에 때로 결사적인 투쟁을 할 때가 있다. 그들은 길고 큰 아래턱으로 서로 다투는데 그것을 단단히 맞붙여 물어뜯는 등, 뿔을 뒤엉키게 하고 싸우는 큰 사슴처럼 우열을 결정하려고 다툰다. 대개 이 결투에서 깊은 상처를 입은 고래가 잡히게 되는데 그놈에게서 상처투성이인 머리, 부서진 이빨, 마구 찢긴 지느러미, 그리고 때로는 턱이 비틀린 입을 보게 된다.

어쨌든 사랑의 보금자리를 침범한 자가 후궁의 주인의 첫 번째 습격에 재빨리 몸을 젖혀 빠져나간 경우에 그 주인을 관찰하는 것은 참으로 흥미롭다. 젊은 로사리오에게 보란 듯이 자랑할 수 있을 정도의 거리에서 태연하게 후궁인 암컷들 속에 다시금 자신의 큰 몸집을 들여놓고 한동안을 거기서 즐거운 듯 장난하는 모습은 천 명의 비빈들을 거느리고 경건하게 예배드리는 솔로몬 왕과도 비슷하다. 고래잡이는 만약 그들의 눈앞에 다른 고래가 있는 한, 이러한 오스만 왕을 절대로 쫓지 않는다. 왜냐하면 이런 왕은 정력을 몹시 낭비해 지방질이 적기 때문이다.

여기서 태어나는 왕자나 공주들은 어떻게 되는가. 그들은 고작해야 어미 고래의 도움을 약간 받을 뿐이고, 그 뒤는 스스로 처신을 해야만 한다.

이것저것 닥치는 대로 엽색을 일삼는 탕아처럼 우리 고래의 큰나리도 그와 비슷해서 침실을 좋아하지만 육아실 등에 대한 취미는 갖고 있지 않다. 따라서 대 여행자인 그는 그 아비가 누구인지 알지 못하는 자녀를 전 세계에 퍼뜨려서 어느 자식이고 모두 이방인으로 만든다. 그러나 시간이 지나면 청춘의 정열은 식어지고, 연륜과 우울만이 늘고, 사려 분별이 들뜬 마음을 가라앉힌다. 다시 말해서 이렇다 할 이유도 없이 숫는 권태로움이 만족에 지친 오스만 왕을 에워쌀 때는 우리의 왕자는 생에 있어서의 무기력, 회한, 그리고 설교를 좋아하는 시기로 접어들어 그 후궁을 단연 해산시키고 도덕적인 까다로운 노인이 되어서 그저 혼자서 경도, 위도 사이를 방황하면서 기도문을 중얼대며 젊은 거경을 만날 적마다 엽색의 잘못에 대해서 경고한다.

그런데 고래의 후궁들을 어부들 사이에서는 스쿨이라 부르고 있으니까 그 스쿨의 주인이며 나리인 고래는 형편상 스쿨마스터, 곧 남자 교사가 되지 않을 수가 없다. 그러나 그가 그 스쿨로부터 외계에 나와서는 거기에서 배운 것은 말하지 않고 그곳의 어리석음에 대해서만 말한다는 것은 훌륭한 풍자는 될 수 있겠지만 좀 마땅치 않은 이야기다. 그의 교사라는 칭호는 후궁들의 학교라고 부르는 데서 비롯된 것이라고 보는 것은 당연하지만, 세상에는 억측하는 사람도 있어 이런 종류의 터키왕 같은 고래에게 맨 처음 그런 칭호를 준 사람은 비도크(프랑스의 탐정. 처음엔 범죄인이었다가 나중에 탐정이 됐다.)의 비망록을 읽은 적이 있는 사람임에 틀림없고, 그 유명한 프랑스인이 젊은 시절에 어떤 시골 교사였는가, 또한 어떤 성질의 비전秘傳을 그 일부 학생들에게 주었는가 하는 것을 알고 있었을 것이 분명하다고 말하는 것이다.

교사 고래가 그의 만년에 취하는 은둔적이고 고고한 자세는 또한 모든 늙은 말향고래에게도 통한다. 모든 경우에 있어 고독한 거경은 늙었다는 것을 알 수 있다. 이끼낀 수염을 기른 존경할 만한 대니엘 분(유명한 변경 탐험가)처럼 늙은 고래는 자연만을 가까이하며 황량한 바닷속에 그 자연을 아내로 삼고 사는데, 그 자연이야말로 많은 우 울한 비밀을 간직하고 있다고는 해도 그야말로 최선의 아내라고 할 수 있을 것이다.

젊고 힘센 수고래로만 이루어진 스쿨은 앞에서도 말했지만 후궁의 스쿨과는 현저한 대조를 나타낸다. 저 암고래들은 본질적으로 겁쟁이지만, 젊은 수고래, 혹은 '40배럴 황소'(배럴은 소나 말의 몸집 단위)라고 불리는 것은 모든 고래족 중에서도 가장 투쟁적이어서 가장 위험한 상대라고 말할 수 있다. 가끔 만나는 저 기괴한 잿빛 머리를 가진 고래는 견디기 힘든 통증 때문에 미친 듯이 격분한 흉포한 악마와도 같이 여러분들에게 덤벼드는 것이다.

40배럴 황소 스쿨은 후궁들의 스쿨보다 크다. 젊은 대학생의 무리들처럼 그들은 발랄하고 장난꾸러기이며 무례해서 온 세계를 멋대로 희롱하고 다니는 것이니까, 보험회사에서도 바보가 아닌 이상 그들에 대해서는 예일이나 하버드 대학의 난폭자들 이상의 조건은 붙이지 않을 것이다. 그러나 그들도 얼마 가지 않아 이 폭행적인 생활을 청산하게 되고 4분의 3 정도 성장하게 되면 서로 흩어져 제각기 정착할 자리를, 다시 말해서 후궁을 찾아서 여행을 떠난다.

수컷 스쿨과 암컷 스쿨과의 또 하나의 차이점은 다시금 명백하게 양성陽性의 성격을 나타내고 있다는 것이다. 이를테면, 누가 40배럴 황소를 쓰러뜨렸다고 하자. 그러면 무정하게도 그의 모든 친구들은 그를 버리고 가버릴 것이다. 그러나 후궁 스쿨의 한 식구를 쓰러뜨려 보라. 그녀의 친구들은 그 주위를 매우 근심스러운 듯 돌아다니고, 자칫하면 너무나 가까이에 오래 머물기 때문에 자기마저 잡히게 되는 경우도 있다.

제89장 잡힌 고래, 놓친 고래

앞에서 '표지'와 그 깃발을 단 막대기에 관해서 말한 이상 이 표지가 크나큰 상징과 기호가 되는 포경상의 법률과 법규에 대해서 좀 이야기할 필요가 있을 것이다.

이따금 일어나는 일이지만, 수척의 포경선이 한 패가 되어 항해하고 있을 때, 어떤 배에 의해 고래가 작살을 맞고 달아나다가 결국 다른 배에 의해서 살해되어 잡히는 경우, 이 하나의 커다란 사태에 부수되어 온갖 부차적인 사건이 야기된다. 이를테면 모든 정력을 다한 위험한 추적과 포획 뒤에도 고래의 몸은 심한 폭풍 등에 의하여 배에서 떠나는 일이 있고, 그것이 아득히 먼 바람이 불어가는 쪽으로 흘러가거나 했을 때 제2의 배가 생명도 밧줄도 조금도 위험한 꼴을 당하는 일 없이 잔잔한 파도 위에서 거뜬히 뱃전으로 끌고가게 된다. 그때 만약 성문율이건 불문율이건 간에 논쟁의 여지가 없는, 모든 경우에 들어맞는 보편적인 법이 없다면, 가장 귀찮고 격렬한 다툼이 어부들 사이에 일어나게 마련이다.

아마도 입법부의 제정으로 권위가 서게 된 유일한 포경법은 1695년에 네덜란드 의회에서 선포된 것이다. 그러나 다른 나라에는 성문화된 포경법은 없다고는 하지만, 미국의 어부들은 이 일에 대해서 자신들이 입법자가 되었다. 그것은 간결한 함축이란 점에서 유스티니아누스 법전이나 중국의 '남의 일에 간섭하는 것을 금하는' 협회의 부칙보다도 나은 것이다. 확실히 그 법규는 앤 여왕의 동전이나 작살 칼날에 새겨서 목걸이로 할 수 있을 정도로 간단하다.

1. 잡힌 고래는 찌른 자에게 속한다.
2. 아직 잡히지 않은 고래는 맨 처음에 잡은 자에게 속한다.

그러나 이 훌륭한 법전에서도 잘못이 생기는 것은 그 지나친 간결함 때문이므로 이것을 보충하는 방대한 주석이 필요로 하게 된다.

첫째, 잡힌 고래란 무엇을 의미하는가? 살아 있든 죽었든 간에 고래가 사람이 탄 배 또는 보트에 돛대, 노, 9인치 밧줄, 전선, 거미줄, 기타 무엇이건 혼자 또는 그 이상의 선원에 의해서 다루어지는 매제에 의해서 붙들어 매어져 있을 때는 어부들의 용어로는 잡혀 있는 것이다. 마찬가지로 그 고래에 '표지'나 다른 공인된 소유권의 표지가 붙어 있을 때는 그 표지를 붙인 당사자가 그것을 잡을 의도, 그리고 그 능력을 명확하게 표시하는 한 그 고래는 어부들의 용어로는 '잡힌 것'이다.

이런 것이 학문상의 주석이다. 그러나 고래잡이 자신들의 주석은 때로 심한 욕설과 주먹질에 의해서 내려진다―이것은 코크와 리틀턴(모두 영국의 법률가)의 주먹 싸움과 같다고나 할까. 물론 고래잡이들 가운데도 훌륭하고 정직한 사람들은 특히 다른 사람이 쫓거나 죽이거나 한 고래를 차지하려고 하는 것은 용서할 수 없는 부정불의不正不義라고 인정하기는 한다. 그러나 그런 양심적인 사람들만 있는 것이 아니다.

약 50년 전에 영국의 법정에서 특이한 고래 횡령 사건이 다루어진 일이 있었다. 원고측의 진술에 의하여 북해에서 필사적으로 한 마리의 고래를 쫓은 뒤 그들(원고)은 작살을 던지는 데 성공했으나 생명의 위기에 봉착하여 밧줄뿐만 아니라 보트까지 포기하지 않으면 안 되었다. 그 뒤 피고측 다른 배의 선원들이 그 고래를 추적해서 죽이고 잡아 횡령했던 것이다. 그런데 피고측이 그 항의를 받았을 때 그 선장은 원고의 입에 대고 손가락을 딱딱 소리내면서, "난 말이다, 그만큼 공을 세웠으니까 그 보상으로 잡았을 때 고래에 매달렸던 너희들의 밧줄도 작살도 보트도 받아둬야겠어."라고 말했다. 그래서 원고측은 고래와 줄과 보트의 손해배상에 대한 소송을 제기했다.

피고측의 변호사는 어스킨 씨(영국의 유명한 변호사), 재판장은 엘런보러 경(영국 재판관)이었다. 변호하는 자리에서 기지가 풍부한 어스킨 씨는 자기 편의 입장을 변명하기 위해 최근에 일어난 한 간통 사건에 대해 언급했다. 그에 의하면 한 신사가 부인의 난행을 막는 데 실패하여 인생의 거친 바닷속에 그녀를 버릴 수밖에 없었지만, 몇 년인가 뒤에 그 조치를 후회하여 그녀를 다시 찾으려고 소송을 걸었다.

어스킨은 피고를 도와 변론하기를, 물론 그 신사는 처음에 그 부인에게 작살을 던진 것이다. 일시적으로 잡은 것이었지만, 다만 난행이라는 바닷속으로 들어가는 그녀의 힘을 당해내지 못하고 드디어 그녀를 내버린 것이다. 그리하여 그 유기遺棄한 행위에 의하여 그녀는 떠난 고래의 처지가 되었고 그렇기 때문에 다음에 나타난 신사가 두 번째의 작살을 던졌을 때는 부인은 그녀에게 박혀서 매달린 작살 등과 함께 다음 신사의 소유물이 된 것이다.

그런데 이번 소송에 대해 생각해 볼 때, 이 고래와 이 부인의 예는 서로 그 진실을 분명히 증명하고 있다는 것이 어스킨의 주장이었다.

이 변론, 그리고 반대측의 변론을 충분히 듣고 난 학식 깊은 재판장은 법이 정한 어구로써 그 판결을 내렸다. 즉, 보트는 원고 등이 그 생명을 구하기 위해서 버린 것이니까 이것은 원고에게 주고, 한편 논쟁물인 고래와 작살과 밧줄은 피고에게 속해야 한다. 그 이유는 고래에 대해서 말하면 그 고래가 마지막에 잡혔을 때는 '놓친 고래'였던 것이며, 더욱 작살과 밧줄에 대해서 말하면 고래가 이것들을 몸에 지닌 채 도망할 때는 당사자(고래)가 이 물건들의 소유권을 획득했다고 보아야 하며, 그런 이유로 그 뒤에 고래를 잡은 사람에게 이 물건에 관한 권리가 있다. 그런데 피고는 나중에 그 고래를 잡은 것이므로 앞에서 말한 물건도 그들의 것이 된다.

일반인은 학식 높은 이 법관의 판결을 보고 아마도 반대하고 싶어질 것이다. 그러나 사태의 핵심까지 파고들어간다면, 앞에 인용하고 지금 들은 소송 사건에서 엘런보러 경이 적용하고 해명한 '잡은 고래'와 '놓친 고래'에 관한 두 원칙이야말로, 인간계의 모든 법률의 근원을 이루는 것이라는 것을 생각하기에 이를 것이다. 어쨌든 법의 전당도 그 조각이 아무리 복잡다단한 세공으로 되어 있더라도 의지하고 서 있는 기둥은 두 개뿐인 것이다.

누구나 말하는 속담에 "소유하는 것은 법률의 절반은 된다."고 하는데, 그것은 어떻게 손에 들어왔는가는 문제 삼지 않는다는 것이다. 그뿐 아니라 이따금 소유하는 것은 법률의 전부가 된다.

러시아의 농노나 공화국(미국을 가리킴.)의 노예들의 육체와 혼은 잡힌 고래이며 거기서 소유는 법의 전부를 이루는 것이 아니겠는가? 과부의 마지막 동전 한 닢은 욕심 사나운 지주에게는 '잡힌 고래' 이외의 무엇이겠는가? 아직 죄가 폭로되지 않은 악당의 '표지'의 문패를 단 저택은 잡힌 고래가 아니고 무엇이겠는가? 거간꾼은 모드르개(《에스셀서》에 나오는 인물)가 가족을 굶주림에서 구하기 위해 돈을 꾼 파산자에게서 살인적인 할인을 요구했다면 그 살인적 할인은 '잡힌 고래'가 아니고 무엇이겠는가? 대사교인 구령救靈님이 등뼈가 부서진 수십만의 노동자의 형편없는 빵과 치즈에서 10만 파운드의 수입을 긁어모을 때, 그 10만 파운드는 '잡힌 고래'가 아니고 무엇이겠는가? 던더 공(가공인물로 추측)의 세습적 도시와 마을이란 '잡힌 고래'가 아니고 무엇이겠는가? 무서운 작살잡이 '존 불'(영국을 가리킴.)에게는 아일랜드가 '잡힌 고래'가 아니고 무엇이겠는가? 저 사도使徒와 같은 전사戰士 '브라더 조너선'(미국을 가리킴.)에게 텍사스 주는 '잡힌 고래'가 아니고 무엇이겠는가? 이리하여 이 모든 것을 생각해 보면 소유한다는 것은 법의 전부가 아니겠는가?

그러나 '잡힌 고래'의 법령이 상당히 광범위하게 적용된다고 하지만 그보다 '놓친 고래'의 법령은 더 광범위하게 통하는 것이다. 이것은 국제적으로, 전 세계적으로 통하는 것이다.

도대체 아메리카부터가 1492년에 콜럼버스가 그의 황제와 황후를 위해서 '표지' 해 두기 위해 스페인 국기를 꽂았을 때는 '놓친 고래'가 아니고 무엇이며, 폴란드는 러시아 황제에게 있어 무엇이고, 또한 그리스는 터키 사람에게 있어 무엇이며, 인도는 영국에 대해 무엇이겠는가? 종국적으로 멕시코는 아메리카합중국에 있어서 무엇이겠는가? 모두 '놓친 고래'인 것이다.

인간의 권리와 세계의 자유, 그것도 '놓친 고래'가 아니고 무엇이겠는가? 모든 인간의 마음과 사상은 '놓친 고래'인 것이다. 또한 그들이 갖는 신앙의 근본적인 의의는 '놓친 고래'가 아니고 무엇이겠는가? 표절을 일삼는 공허한 미문가美文家에게는 철학자의 사상은 '놓친 고래'가 아니고 무엇이겠는가? 이 커다란 지구 자체가 '놓친 고래'임은 누구나 아는 사실이며, 그리고 독자들이여, 여러분은 '놓친 고래'이며 동시에 '잡힌 고래'가 아니고 무엇이겠는가?

제90장 머리냐, 꼬리냐

'De balena vero sufficit, si rex habeat caput, et regina caudam.'
-블랙스톤 〈3장 3행〉

영국의 이 법률에 관한 책에서 인용한 라틴어는 그 앞뒤의 문구와 대조해서 생각하면 누구나 그 나라의 해안에서 고래를 잡는 경우에는 국왕이 명예대작살잡이로서 머리를 차지하고 왕비에게는 공손하게 꼬리를 바쳐야 한다는 뜻이다. 이 분할법은 고래에 있어서는 사과의 절반을 자르는 것과 마찬가지여서 그 중간에 남는 부분이 없다는 것이 된다. 그런데 이 법은 수정된 형태로 오늘날까지 영국에서는 효력을 가지고 있었던 것이고, 또한 이것은 여러 부분에서 '잡힌'과 '놓친'의 근본 법칙에 대한 기이한 변칙을 가하고 있는 까닭에 여기서 따로 한 장을 두어 다루기로 했는데, 그것은 영국의 철도가 항상 왕가의 편의를 위해서 특별 열차를 만든다는 저 의례적 정신을 따른 것이다. 우선 앞에서 말한 법칙이 아직도 유효하다는 재미있는 증거로 나는 최근 2년 사이에 일어난 한 사건을 들겠다.

언젠가 도버인지 샌드위치인지, 5항(五港, 영국 남동해안의 특별항. 도버, 헤이스팅스, 하이드, 롬니, 샌드위치) 중의 하나에서 정직한 선원이 처음으로 해안에 서서 아득히 먼 바다 밖에 훌륭한 고래가 있는 것을 보고 그 뒤를 애써 추적하여 죽여 해안으로 끌고 왔다. 그런데 그 5항은 부분적으로 감독 장관이라고 칭하는 일종의 경비관리의 지배하에 있었다. 그 관직은 왕실 직속이므로 내가 믿는 바로는 이 항구 지역에 관한 모든 왕실 수업은 그에게 위임되어 있었다. 사람에 따라서는 이 관직은 한직이라고 주장한다. 그러나 그렇지는 않다. 왜냐하면 이 감독 장관은 가끔 그의 부수입을 올리기에 바빴고, 그 부수입이란 대개는 속여서 거둬들인 것이었다.

그런데 햇볕에 탄 가난한 선원들이 맨발로 바지를 미끈미끈한 다리 위로 높이 걷어올리고 기진맥진해서 살찐 물고기를 해안 높이 끌어올려 값비싼 기름과 뼈로 넉넉히 150파운드는 들어오겠지, 하고 미리 짐작하고 제각기 자기 몫을 계산해 두고 벌써 마누라들과 특별히 소중하게 간직했던 차를 마시기도 하고 동료들과 맛있는 맥주를 마실 기분이 되어 있었다.

그런데 이때 학식 있고 신앙이 두터운 인자한 신사가 블랙스톤의 저서를 옆구리에 끼고 나타나서 그 책을 고래 머리에 올려놓고 다음과 같이 말했다. "손을 떼라! 그대들, 이 물고기는 '잡힌 고래'란 말이다. 나는 감독 장관으로서 이를 몰수한다."

그러자 가난한 선원들은 영국인답게 공손하게 놀라면서 어떻게 말해야 좋을지 몰라서 머리를 세게 긁으면서 풀이 죽어 고래와 그 사람을 번갈아 바라보는 것이었다. 그러나 그런 일로는 조금도 사태는 수습되지 않았고 블랙스톤의 저서를 가진 신사와 완고한 마음은 좀처럼 부드러워지지 않았다. 간신히 한 사람이 지혜를 끌어내려고 오래 머리를 긁은 다음 입을 열었다.

"나리님, 감독 장관이란 누굽니까?"

"공작님이시다."

"그렇지만 공작님은 고래를 잡는 데 아무것도 도와주지 않았습죠."

"고래는 공작님의 것이다."

"우리는 죽을 힘을 다해서 죽을지 살지 모르는 위험을 겪기도 했고 돈도 썼는데, 그것이 모두 공작님의 주머니에 들어간단 말인가요? 우리는 죽도록 고생만 하고, 얻은 것이라곤 물에 퉁퉁 불은 것뿐이란 말입니까?"

"공작님의 것이다."

"공작님은 이런 지독한 짓을 하시지 않으면 먹고살 수 없을 만큼 그렇게 가난하신가요?"

"공작님의 것이다."

"나는 늙고 병든 어머니를 이 고래의 내 몫으로 치료하려고 생각했는뎁쇼."

"공작님의 것이다."

"공작님은 4분의 1이나 절반으로 만족하실 수 없을까요?"

"공작님의 것이다."

결국 고래는 몰수되고 팔려서 웰링턴 공작 각하께서 돈을 차지했던 것이다. 그런데 도시에 한 정직한 목사가 있었는데, 이 사건은 모든 주위의 사정으로 비추어 보아 여러 점에서 지나치게 가혹하다고 여겨졌으므로 공작 각하께 정중히 편지를 올려, 이들 불쌍한 선원들의 가엾은 사정을 충분히 생각해 주실 수 없겠는가, 하고 탄원했다.

그에 대해서 공작은 분명히 대답하기를, 이미 충분히 고려해서 돈을 받아들인 것이며, 만약 앞으로 그 성스러운 목사가 남의 일에 참견하기를 삼간다면 그를 고맙게 생각할 것이라고 했다. 이 공작이라는 자는 세 왕국, 즉 잉글랜드·스코틀랜드·아일랜드의 모퉁이에 서서 거지처럼 두 손을 벌리고 적선을 강요하는 늙은 패잔병이란 말인가?

곧 알게 되겠지만 이 사건에 있어서는 고래에 대해 공작이 주장하는 권리는 왕실로부터 위임되어 있는 것이 아니다. 그렇다면 우리는, 왕실은 애당초 대체 어떠한 원리에 의거해서 그 권리를 소유하는가 하는 것을 알아내야 한다. 법규 그 자체는 이미 인용해 두었다.

그러나 이에 대해 플라우든(16세기 영국의 법률가)이 이유를 말하고 있다. 그 플라우든이 말하는 바로는 고래가 왕과 왕비에 속하는 것은 그 '비할 데 없는 우수함' 때문이다. 그래서 가장 신뢰할 만한 주석가들은 그 후 이 문제에 대해서는 이것이 제일 수긍할 만한 이론이라고 생각하고 있다.

그렇다면 어째서 왕은 머리를, 왕비는 꼬리를 차지해야 하는가? 법률가들이여, 그 이유를 말하라!

고등법원 왕실부의 노학자 윌리엄 프린(17세기 영국의 법률가)이란 사람이 '왕비의 황금', 즉 왕비의 용돈에 관한 논문 속에서 "그 꼬리는 왕비의 것이다. 그것은 왕비의 옷장을 고래뼈로 풍부하게 하기 위함이다."라고 말하고 있다. 그런데 이것이 씌어진 시대에는 주로 그린란드고래 혹은 참고래의 검고 늘씬한 뼈가 숙녀들의 코르셋용으로 쓰이고 있었던 것이다. 그러나 그런 뼈는 꼬리에는 없고 머리에 있는 것이니까 프린처럼 슬기롭고 민첩한 법학자에게 있어서는 슬퍼해야 할 과오였다. 그럼 왕비란 인어人魚이므로 꼬리를 바쳐야 한다는 것인가? 우의寓意는 이쯤에 숨어 있는지도 모른다.

영국의 법학자들이 말하는 바로는 두 제왕어, 즉 고래와 철갑상어는 모두 법이 규정한 바에 의해서 왕실 재산이 되는데, 이들은 적어도 명목상으로는 왕실의 보통 수입의 10분의 1을 차지하고 있다.

그런데 내 의견으로는 다음과 같은 사실에 언급한 사람이 나 이외에 있는지도 모르지만, 철갑상어도 고래와 똑같은 방법으로 분할되어야 하며, 결국 왕은 고래 특유의 울퉁불퉁 부풀어올라 탄력적인 머리를 가져야 할 듯싶은데, 그것은 상징적으로 보아 무언가 양자 사이에 서로 비슷한 데가 있기 때문이라 하겠다. 그리하여 모든 사물에는 심지어 법률에도 다 이치가 있다고 생각되는 것이다.

제91장 피쿼드호, 로즈버드호를 만나다

"산과도 같은 그 고래의 창자 속에서 견딜 수 없는 악취도 아랑곳하지 않고 용연향龍涎香을 찾아 휘저어도 보람이 없다."
- 토머스 브라운 경

앞에서 말한 고래 떼의 소동이 벌어지고 나서 한두 주일 뒤 우리가 울적하게 안개에 싸인 대낮의 해면을 천천히 달리고 있을 때, 피쿼드호 갑판 위의 대부분의 선원들의 콧구멍은 돛대 꼭대기에 있는 세 사람의 눈보다도 예민한 발견을 했다. 미루어 생각하건대 철갑상어도 또한 고래와 마찬가지로 여겨왔던 것이다.

"난 뭐든지 걸려도 좋아."라고 스터브가 말했다. "이 근처에 요전에 놀려준 드러그에 맞은 고래가 있어. 오래지 않아 나타날 거야."

그러자 앞쪽의 안개는 말끔히 사라지고 아득히 먼 곳에 배 한 척이 움직이지 않고 있는 것이 보였는데, 돛을 감아 내린 것으로 보아 어떤 고래를 뱃전에 당기고 있다는 것을 알았다. 가까이 다가가 보니 그 배는 돛대 꼭대기에 프랑스 국기를 달았는데 그 주위를 육식하는 해조 떼가 소용돌이치는 구름처럼 마구 날아다니고, 날갯짓을 하거나 급강하하고 있었다.

이로 미루어 보아 뱃전의 고래는 고래잡이들이 말하는 폐물 고래, 다시 말해서 저절로 바다에서 죽어 누구에게도 속하지 않고 표류하던 사체라는 사실을 알 수 있었다. 이미 말할 것도 없이 이런 사체는 말할 수 없는 악취를 풍겨서 그것은 역병에 시달린 아시리아의 한 도시에서 악취가 지독하여 산 사람이 죽은 사람을 매장할 수도 없었던 그때의 악취보다도 더 심했다. 그것은 견디기 어려울 정도였으므로 아무리 탐욕스러운 사람일지라도 그것을 배에 끌어당길 마음이 생기지 않는 것이다. 이런 물건에서 채취되는 기름은 매우 질이 좋지 않아, 장미의 기름에는 비할 바가 못 되었지만 그래도 굳이 접근하는 자가 있었다.

사라질 듯한 미풍을 타고 다시 가까이 가 보니, 이 프랑스 배는 둘째 고래도 뱃전에 매달고 있었는데, 둘째 고래는 첫째 고래보다도 더 냄새가 심했다. 사실 이것은 곧잘 문제가 되고 있는 고래로 일종의 심한 위병 또는 소화불량 때문에 햇볕에 말린 것처럼 말라 죽어서 그 시체에는 기름기다운 것은 조금도 남기지 않은 놈일 게 분명했다. 그러나 결국 알게 되겠지만, 숙련된 고래잡이라면 일반적으로 폐물이 된 고래는 모른 체하더라도 이런 고래를 함부로 업신여기지는 않는다.

피쿼드호가 그 배에 가까이 다가가자 스터브는 그 중 한 마리의 고래꼬리 주위에 엉킨 닻줄에 걸려 있는 끝자루가 자신의 것이라고 단언했다.

"귀엽지 뭔가?" 하고 스터브는 뱃머리에 서서 배를 움켜쥐고 웃었다.

"여우가 썩은 고기에 매달려 있군. 두꺼비란 놈(프랑스 사람)은 고래잡이엔 전혀 어린애란 말이야. 흰 파도를 말향고래가 뿜는 물뿜기로 잘못 알고 보트를 내리는 놈들이란 말이야. 항구를 떠날 때 선창에 가득히 양초 상자와 양초의 심지 자르는 가위 상자를 싣고 떠난단 말일세. 그것은 왜냐하면 처음부터 자기들이 채취하는 기름으로는 도저히 선장실 등잔 심지를 적실 정도에 모자란다고 체념하고 있기 때문일세. 그렇지만 보게나, 두꺼비놈이 우리가 남긴 그 드러그에 걸린 한 놈으로 얼마나 기뻐하는가. 그리고 저 거창한 말린 물고기의 뼈를 문지르면서 좋아한단 말이야. 귀엽시 뭔가. 이봐, 누구 모자를 돌려서 동냥으로 조금만 기름을 나누어 주면 어떻겠나. 왜냐하면 놈들이 드러그 고래에서 따는 기름으로는 감옥은 고사하고 사형수 방의 등잔에도 모자랄 정도일 걸세. 다른 한 마리의 고래에 대해서 말한다면 말일세. 우리 배의 돛대 세 개를 분질러서 쥐어짜는 편이 뼈다귀 뭉치에서보다도 더 듬뿍 기름을 채취할 수가 있다고 생각하네. 그러나 가만 있자, 좀 생각해야겠네. 그렇지, 어쩌면 그놈은 기름보다는 가치 있는 용연향이라도 나올지 모르지. 도대체 우리 노인네는 깨달았을까? 한번 해볼 수는 있어. 좋아, 나는 할 테다."라면서 그는 뒷갑판으로 달리기 시작했다.

이때는 미풍은 완전히 고요하게 변해 있었다. 그러니까 좋든 싫든 간에 이제 피쿼드호는 그 악취에 완전히 싸여 다시금 바람이 불 때까지는 탈출할 가망은 없었다. 선장실에서 튀어나온 스터브는 그의 보트의 선원들을 불러 모아 프랑스 배를 향해 저어 갔다. 그 뱃머리를 앞을 가로지르면서 보니 그 뱃머리 윗부분은 화려한 프랑스인 취미에 의해서 커다랗게 흰 줄기 모양으로 만들어져 녹색으로 채색되고 여기저기에서 가시 대용으로 구리로 만든 대못이 삐죽삐죽 나와 있고, 전체의 끝은 선명한 붉은 빛의 균형 있게 겹쳐진 화판 모양의 공을 이루고 있었다. 그리고 두판頭板에는 커다란 금빛 글씨로 '부통 드 로즈'라고 적혀 있었다. 장미꽃 단추, 즉 장미꽃 봉오리, 그것이 꽃향기 그윽한 이 배의 낭만적인 이름이었다.

스터브에게는 그 기호의 '부통'이라는 것은 몰랐으나 '로즈'라는 말과 공 모양을 한 뱃머리 모양을 합쳐 생각하니 그로서도 전체의 의미는 잘 알 수 있었다.

"나무로 만든 장미 봉오리란 말인가." 그는 손으로 코를 쥐면서 외쳤다. "그것도 좋지만 어째서 이렇게 냄새가 지독하단 말인가."

그런데 갑판 위에 있는 사람들과 직접 교섭하기 위해서는 뱃머리를 돌아 우현으로 나가서 폐물 고래가 있는 데로 와서 그 고래 너머로 이야기를 걸어야만 했다.

여기까지 와서도 한 손으로는 여전히 코를 싸쥐면서 외쳐 댔다. "부통 드 로즈, 여어이, 부통 드 로즈에서 영어할 줄 아는 사람 있나?"

"예스." 건지 섬(영국 해협에 있는 작은 섬) 사나이가 뱃전에서 대답했는데 일등 항해사였다.

"좋소, 그래, 부통 드 로즈의 봉오리여, 백경을 보았는가?"

"어떤 고래?"

"백경 말이다.…… 말향고래…… 백경 말이야. 못 보았나?"

"그런 고래는 들은 적도 없는걸. 카샬로 블랑슈! 흰 고래……노."

"좋아, 그럼 잘 있게. 다시 곧 올 테니까."

그리고 나서 피쿼드호를 향해서 급히 저어 에이허브가 보고를 기다리며 뒷갑판 난간에서 내려다보고 있는 데에다 대고 두 손으로 나팔을 만들어 외쳤다. "틀렸어요, 선장, 틀렸어요!" 그러자 헤이허브는 들어가고 스터브는 프랑스 배로 되돌아갔다.

돌아와 보니, 건지 섬 사나이는 방금 쇠사슬에 달려서 고래삽을 휘두르고 있었는데 코를 주머니에 싼 것처럼 붕대를 하고 있었다.

"이봐, 그 코는 어쩐 일인가? 코가 깨졌나?" 스터브가 외쳤다.

"깨졌으면 하네. 아니 코 같은 건 없으면 좋겠네!"라고 건지 섬 사나이가 대답했는데 그는 지금 하고 있는 일이 매우 달갑지 않다는 눈치였다. "그렇지만 자넨 어째서 자네 코를 쥐고 있는 건가?"

"아무것도 아니야. 이건 초로 만든 코야. 붙잡고 있어야 해. 좋은 날씨군, 아무튼 꽃밭 같은 공기지 뭔가? 부통 드 로즈여, 꽃다발이라도 던져주지 않으려나?"

"도대체 자넨 무슨 일이 있다는 건가?" 건지 섬 사나이는 갑자기 화를 내고 외쳤다.

"그렇게 화내지 말게. 침착하란 말일세. 자네 고래 요리를 할 때 어째서 얼음에 담궈두지 않지? 아니 농담은 그만두게. 장미 봉오리여, 자네 이런 고래에서 기름을 채취하려 하다니 어림도 없는 일일세. 그리고 저기 저 바짝 말라버린 놈은 온몸에서 단 한 질(액량의 단위. 약 0.14리터)도 안 나올걸."

"나도 그런 것은 알 만큼 아네. 그렇지만 말이야, 들어주게나. 우리 선장은 아무리 말해도 모른단 말일세. 처음으로 바다에 나왔단 말일세. 전에는 콜로뉴 향수를 제조했지. 그렇지만 배에 올라와 주게나. 난 안 되지만 어쩌면 자네가 말하는 건 들을지도 모르네. 그러면 나도 이런 너저분한 어려움에서 빠져나갈 수 있을지도 모르지."

"자네를 위해서라면 뭐든지 하겠네. 자넨 무척 유쾌하고 좋은 친구군." 스터브는 그렇게 대답하고는 곧 갑판으로 올라갔다. 거기에는 기묘한 광경이 벌어지고 있었다. 술이 달린 빨간 털실 모자를 쓴 선원들은 고래를 자를 준비를 하기 위해서 무거운 고패에 달려들려 하고 있었다. 그러나 그들이 천천히 일하고, 굉장히 지껄여 대는 것을 보아 분명히 마음이 내키지 않는 모양이었다. 모든 사람의 코는 그 얼굴에서 제2돛대처럼 위를 향해 들려 있었다. 이따금 삼삼오오 짝을 지어 일손을 멈추고 신선한 공기를 마시려고 돛대 꼭대기로 달려 올라가곤 했다. 어떤 자는 역병에 걸리는 걸 두려워해서 '뱃밥'을 콜타르에 적셔서 이따금 코끝으로 가지고 갔다. 또 어떤 자는 파이프를 거의 대통 있는 데서 잘라 무섭게 담배 연기를 빨아들여서 후각 기관을 연기로 가득 채우려고 하고 있었다.

그리고 스터브는 뒷갑판의 선장실로부터 빗발처럼 퍼붓는 고함 소리와 욕지거리에 놀라서 그쪽을 바라보았다. 조금 열린 문 뒤의 내부로부터 무시무시한 얼굴이 내다보고 있었다. 그것은 몸부림이라도 칠 듯한 선의船醫였는데, 그는 이 날의 작업에 반대해서 절규했지만 받아들여지지 않자 선장실(그는 캐비닛이라고 부르고 있었다.)로 도망쳐서 역병을 피하려고 했다. 그래도 여전히 이따금 푸념하듯이 울분을 토해내고 있었다.

이 모든 상황들을 보면서 스터브는 자신의 계략을 잘 생각하고, 그러고 나서 건지 섬의 사나이에게로 가서 잠시 이야기를 했는데, 프랑스 배의 키잡이는 그의 선장을 뽐내기만 하는 바보라고 경멸하고 그 덕분에 이런 썩은 냄새만 풍길 뿐 서푼어치도 소득이 없는 곤경에 빠졌다고 한탄했다.

스터브는 상대를 더욱 주의 깊게 관찰해 보니 이 건지 섬 사나이는 용연향에 대해서는 조금도 깨닫고 있지 않음을 알았다. 그래서 그는 그 문제에 대해서는 잠자코 있고, 다만 그 밖의 것에 대해서는 극히 노골적으로 털어놓고 이야기했기 때문에 곧 그들은 선장을 속이고, 놀려 대고, 그러면서도 이쪽의 진심은 조금도 의심받지 않도록 하는 계략을 짰던 것이다. 이 두 사람의 조그마한 계획에 의하면 건지 섬 사나이는 통역이라는 역할을 이용해서 선장에 대하여 무엇이든지 멋대로 하고 싶은 말을 스터브의 말인 것처럼 지껄이고, 스터브는 그 회담 때 그의 머리에 떠오르는 허무맹랑한 소리를 아무 말이고 마구 지껄인다는 것이었다.

그때 그들의 희생이 될 사람이 선장실에서 나타났다. 그는 몸집이 작고 가무잡잡하고, 선장이라고 하기에는 약간 화사한 듯했지만, 구레나룻과 콧수염이 짙었고 빨간 비로드 조끼를 입고 허리에는 회중시계의 쇠사슬을 단 장식 구슬을 짤랑거리고 있었다. 건지 섬 사나이는 이 신사에게 스터브를 그럴 듯하게 소개하고 그런 다음 거드름을 피우면서 두 사람 사이의 통역을 맡고 나섰다.

"맨 처음 뭐라고 하면 되겠나?"

"그야," 스터브는 비로드 조끼와 회중시계 장식을 보면서 말했다. "흐음, 처음엔 말이야, 난 잘 모르지만 당신은 마치 갓난아기 같구려, 하고 말해주란 말이오."

"선장, 이분이 말하는데." 건지 섬 사나이는 프랑스어로 선장에게 말했다. "바로 어제 어떤 배와 만나서 신호를 주고받았는데, 그 배의 선장과 일등 항해사와 여섯 명의 선원이 끌어당긴 폐물 고래로부터 열병에 걸려 모두 죽었답니다."

그러자 선장은 깜짝 놀라서 좀더 자세히 듣고 싶다고 했다.

"다음엔 뭐지?" 건지 섬 사나이는 스터브에게 말했다.

"그렇군, 아무렇지도 않은 모양이니 이렇게 말해주게. 내가 당신을 가만히 살피니까 당신보다는 성제고 섬의 원숭이가 오히려 훌륭한 포경선장이 될 것 같군. 정말 당신은 비비沸沸같군, 하고 말해주게."

"선장, 이분은 맹세코 분명히 말하는데 바싹 마른 고래는 폐물 고래보다도 더 위험하다고 합니다. 다시 말해서 선장, 이분은 당신들은 생명이 아깝다고 생각되거든 이런 고래에게서 멀리 달아나라고 열심히 권하고 있습니다."

갑자기 선장은 뛰어나가 선원들을 향하여 큰 소리로 고래 사르는 고패를 감아올리는 것을 중지하고, 고래를 배에 붙들어 맨 밧줄도 쇠사슬도 잘라버리라고 명령했다.

"이번엔 뭐라고 할까?" 건지 섬 사나이는 선장이 되돌아오자 물었다.

"잠깐 기다려. 응, 이번엔 말이야, 그…… 저어 말이지…… 꼴좋다, 내가 속였단 말이다, 하고 말하란 말이야. (그리고 혼잣말로) 또 한 사람도 말이지."

"선장, 이분은 여러분의 도움이 되어서 참으로 기쁘다고 말합니다."

이 말을 듣자 선장은 입을 벌리고 자기들은 진심으로 감사한다고 말하고, 선장실에서 보르도 주酒를 들도록 하자는 초대말로 말을 맺었다.

"자네와 함께 포도주를 한잔 하고 싶다는군."라고 통역은 말했다.

"그것 참 고맙다고 해주게. 그리고 나는 나를 속인 상대와 한잔 하기는 싫으니까 정말 난 돌아가겠다고 말이야."

"선장님, 이분의 말씀으론 술을 마시지 않는 성질이라 합니다. 그리고 만약 선장께서 앞으로 살아서 한잔 하고 싶다면 네 개의 보트를 전부 내려서 배를 끌고 고래로부터 도망치라는 겁니다. 바다가 잔잔하기 때문에 고래는 흘러가지 않을 거라는데요."

그때 이미 스터브는 배에서 물러나서 보트로 옮겨 타고 건지 섬 사나이를 향해서 다음과 같은 말을 하고 있었다. 내 보트에는 긴 밧줄이 있으니까 두 고래 중에서 가벼운 놈을 뱃전에서 떼내서 될 수 있는 대로 도움이 되어 주고 싶다고. 프랑스 배의 보트는 그때는 본선을 한쪽으로 끌어가고 있었는데, 스터브는 친절하게도 고래를 다른 방향으로 끌어당겨, 겉치레로 기다랗게 밧줄을 늦추고 있었다.

곧 산들바람이 일고, 스터브는 고래를 버리는 흉내를 냈다. 프랑스 배는 보트를 끌어올려 순식간에 멀리 사라져 가고 그때 피쿼드호는 그 배와 스터브의 고래 사이로 들어왔다. 그러자 스터브는, 떠 있는 고래에게 재빨리 다가가서 피쿼드호를 향해 그의 의도를 알리고, 그러고 나서 당장 그의 옳지 않은 간사한 꾀로 얻은 고래를 처리하기 시작했다. 날카로운 삽으로 몸체 옆구리의 지느러미 약간 뒤에 구멍을 뚫기 시작했다. 그것을 보는 사람은 그가 지금 바다 위에 움을 파는가, 하고 생각했을지도 모른다. 그의 칼날이 드디어 깡마른 갈빗대에 이르렀을 때의 광경은 영국의 두꺼운 양토층(점토가 30% 정도 함유된 흙)에 파묻힌 로마 시대의 타일이나 사기그릇을 발굴하고 있는 광경과 같았다. 보트의 선원들은 모두 매우 흥분해서 그들의 대장을 돕는 모습은 마치 황금 채굴자의 열의를 생각나게 했다.

이 사이 내내 수없는 바닷새가 그들의 주위에 급강하하고 물속으로 들어가고 외치고 울고 다투곤 했다. 스터브는 차츰 실망한 얼굴빛을 보이고, 특히 끔찍한 악취가 더욱 심해져 왔을 때엔 그 실망의 빛이 역력했다. 바로 그때, 이 더러움 속에서 희미하게 향긋한 냄새가 살그머니 풍겨 나왔다. 그것은 악취의 소용돌이 속에 말려들어가지 않고 마치 어떤 냇물이 또 하나의 냇물에 흘러들어가기는 하지만 한동안은 조금도 섞이는 일 없이 나란히 흐르듯 떠돌고 있었다.

"있다, 있어!" 스터브는 살덩이 속의 무언가를 두드리면서 기뻐서 외쳤다. "돈주머니다, 돈주머니다!"

칼을 내던지고 두 손을 집어넣고, 그러고 나서 손 가득히 무언가 묵직한 향료가 든 비누라 할까, 맛이 듬뿍 든 얼룩진 치즈라 할까, 아무튼 매우 향기가 좋고 맛있어 보이는 것을 끌어냈다. 엄지손가락으로 문제없이 움푹 들어가게 할 수 있었던 모양이다. 색은 노랑과 잿빛 중간색이었다.

여러분, 바로 이것이야말로 용연향이라고 하는 것이며, 어느 약국에서라도 1온스에 1기니는 받을 수 있는 물건이었다. 그것은 여섯 줌 가량이나 채취되었으며 그보다 많은 양이 바다에 엎질러져 버렸다. 그래도 아직 좀더 많이 채취되었을지도 몰랐지만 이때 에이허브가 더 참지 못하고 스터브에게 그만두고 배에 올라라, 그렇지 않으면 배는 너희들을 버리고 가겠다고 큰 소리로 명령했던 것이다.

제92장 용연향

그런데 이 용연향은 더없이 이상한 물질이며 상품으로서도 참으로 중요한 것이다. 1791년에도 낸터킷 태생인 코핀 선장은 영국 하원의 재판소에서 이 물건에 대한 심문을 받았다. 그것은 당시에는, 아니 그로부터 꽤 최근에 이르기까지도 용연향은 호박(琥珀, 용연향을 뜻하는 영어 Ambergris를 프랑스어로 생각하면 회색빛 호박이 됨.)과 마찬가지로 대체 어떻게 해서 나온 것인지 학자들도 골치를 앓고 있었다. 프랑스에서는 용연향을 회색호박이라고 부르는데 물론 두 가지는 전혀 다른 것이다. 호박이 이따금 해변에서 발견되는 것은 사실이다. 또한 그것은 깊숙한 내지內地의 땅 속 깊은 데서도 발견되는 데 반하여, 회색

호박(용연향)은 바다 위가 아닌 다른 곳에선 발견되지 않는다. 게다가 호박은 딱딱하고 투명하고 무르고 향기가 없는 물질이고 파이프의 물부리 장식품 구슬로 쓰이지만, 회색호박은 부드럽고 끈적거리며 말할 수 없이 향기가 높은 것이며, 주로 향로, 선향線香, 최고급품의 초, 머릿기름 등에 쓰인다.

터키 사람은 이것을 요리에 쓰고, 또한 로마의 성 베드로 사원에 유향乳香을 가지고 가는 것과 마찬가지로 그것을 메카에 가지고 간다. 또한 술을 파는 상인들은 몇 방울인가를 클라렛 주에 떨어뜨려 향기로운 맛을 보태고 있다.

그러므로 더없이 고귀한 숙녀나 신사는 병든 고래의 더럽기 짝이 없는 창자 속에서 빼낸 향료를 즐기고 있는 셈이다. 어떤 사람은 용연향은 고래의 소화불량의 원인이라고 하고 어떤 사람은 그 결과라고 한다. 어떻게 해서 그 같은 소화불량을 고치는가 하면, 그건 어려운 이야기지만 보트 서너 척에 잔뜩 실은 브랜드리스의 환약을 먹고 나서 토목 인부가 암석을 폭파하고 위험한 곳을 피하는 것처럼 가까스로 도망쳐 나오는 수밖에 도리가 없을 것이다.

깜빡 잊었는데, 이 용연향 속에서 몇 장의 딱딱한 둥그런 뼈 같은 판자모양의 것이 나왔다. 그것을 처음에는 스터브는 선원의 바지 단추가 아닐까 생각했다. 그러나 뒤에 안 일이지만 그것은 훈향 속에 가두어진 오징어의 뼈조각에 지나지 않았다.

그런데 이 더없이 향기로운 순수한 용연향이 이같이 썩은 것 속에서 발견된다는 것은 우연한 일일까? 여러분은 〈고린도서〉 중의 사도 바울의 부패와 순결에 대한 말을 생각한다면, 사람은 오욕 속에 던져지고 영광 속에 다시 소생한다는 것을 알게 될 것이다.

또한 마찬가지로 최고의 사향을 만들어내는 것은 무엇인가 하는 파라켈수스(스위스의 의학자, 연금술사)의 말도 생각해야 할 것이다. 또한 온갖 악취를 풍기는 것 중에서도 제조 공정의 기초 단계에 있는 콜로뉴 향수가 가장 지독한 것이라는 기이한 사실도 잊어서는 안 될 것이다.

나는 이상과 같은 호소로 이 장을 끝내고 싶지만, 그러나 내게는 이따금 포경자에게 퍼부어지는 비난을 반박하고자 하는 마음이 간절하다. 더욱이 그 비난은 원래 편견을 가지고 있는 사람들의 가슴속에서는 저 프랑스 배의 두 마리의 고래 이야기로 간접적으로 설명되었다고 할 염려가 있는 것이다. 이 책의 어디선가 포경업이란 형편없고 불결한 직업이라는 무서운 중상이 터무니없음을 밝혔을 것이다. 그러나 또 한 가지 반박하지 않으면 안 될 것은 모든 고래는 항상 악취를 풍긴다는 것이다. 그런데 어째서 그런 언짢은 오명이 나오게 되었는가.

나의 소견을 말하면 그것은 지금부터 2세기 이상이나 옛날에 그린란드 포경선이 처음으로 런던 항에 들어왔을 때 유래한다. 그 포경선들은 당시나 지금이나 남해 포경선이 언제나 그렇게 해왔듯이 바다 위에서 기름을 채취하지 않고 신선한 지방을 잘게 썰어서, 큰 통에 집어넣어 그대로 본국으로 운반한다. 그 빙해에서의 어획기가 짧은 것과 항상 급격하고 맹렬한 폭풍의 위험에 직면하고 있으므로 다른 방법으로는 할 수가 없는 것이다.

그 결과로서 그린란드에 돌아와서 선창을 열고, 이 고래들의 무덤을 짊어져 내올 경우에는 마치 산부인과 병원을 짓기 위해 도시의 오래된 묘지를 파낼 때와 비슷한 냄새를 풍기게 된다.

또한 나는 고래잡이에 대한 이 사악한 비난은 얼마쯤 다른 데도 원인이 있다고 생각하는데, 옛날에 그린란드의 해안에 네덜란드 사람들의 마을이 있었는데 그 이름을 슈메렌부르그 또는 스메렌베르크라고 하고, 석학碩學인 포고 폰 슬라크가 향에 관한 저서에서 사용하고 있다. 그 이름에서 알 수 있듯이 '스메르(smeer), 즉 지방, 베르크(berg), 즉 저장하다'라고 푸는 방법도 가능한데, 그 마을은 네덜란드의 포경선대가 고국 네덜란드까지 가지고 돌아가지 않고 지방을 처리하기 위해서 생긴 부락이었다.

그것은 화덕과 기름솥과 기름광 등의 집합체여서 작업 중에는 사실 그다지 좋지 않은 냄새를 풍긴다. 그러나 이러한 모든 것은 남해의 말향고래 포경선에서는 전혀 볼 수 없는 일이며, 거의 4년 동안에 걸친 항해에 의해서 선창을 거의 기름으로 가득 채우게 되는데, 그것을 끓이는 데에는 50일도 걸리지 않는다. 그리고 통에 담으면 그 기름은 거의 아무런 냄새도 나지 않는다.

사실상 고래라는 어족은 산 것이든 죽은 것이든 간에 적절히 취급하기만 하면 결코 악취를 풍기는 동물은 아니기 때문에 고래잡이는 일찍이 중세 사람들이 군중들 속에서 유대인들을 찾아낼 때 했듯이 코로 냄새를 맡을 수 있는 것이 아니었다. 아니 고래도 일반적으로는 건강에 넘치고 충분히 운동하고 깨끗한 대기는 아니더라도 넓은 곳에서 놀고 있을 경우에는 기분좋은 향기를 낸다.

다시 말해서 물 위에서 흔들어 대는 말향고래의 꼬리는 사향 냄새가 배어 있는 귀부인이 따뜻한 실내를 옷자락 스치는 소리를 내면서 갈 때와 같이 그윽한 향기를 발산한다. 그렇다면 이 말향고래의 큰 몸집을 생각할 때 그 향기를 뭐라고 비유하면 좋겠는가? 저 유명한 코끼리가 송곳니를 보석으로 꾸미고 몰약沒藥의 향기를 짙게 내뿜으며 어느 인도 마을에서 끌려 나와 알렉산더 대왕을 배알하는 그것에 비유하면 어떻겠는가.

제93장 바다의 표류자

프랑스 배를 만난 지 불과 며칠이 지났을 때 피쿼드호의 선원 중에서 가장 하찮은 사나이에게 말할 수 없이 이상한 일이 생겼다. 그것은 더없이 비통한 일이었다. 그것은 때로 미친 듯이 날뛰는 숙명의 길을 더듬는 이 배에 그 결말은 얼마나 참담한 것일까 하는 생생하고도 집요한 예감을 속삭였다.

그런데 포경선의 경우에는 누구나 보트를 타는 것은 아니다. 어떤 자는 배 당번이라고 불려서 본선에 남게 되는데 그 임무는 보트가 고래를 쫓을 때 본선의 여러 가지 일을 하는 것이다. 일반적으로 볼 때 배 당번들은 보트에 타는 선원들 못지않게 늠름한 사람들이다. 그러나 만약 어떤 경우에 배 안에 매우 약하고 느리고 겁쟁이인 사나이가 있다고 한다면 그자는 반드시 배 당번이 될 것이다.

그런데 피쿼드호의 피핀(원래는 과일의 씨를 뜻하나 속어로는 훌륭한 사람이나 물건을 가리킴.)이라는 별명이 붙은 핍이라는 약칭으로 불리는 검둥이 소년이 바로 그러했다. 불쌍한 핍! 여러분은 그를 알고 있을 것이다. 여러분은 극적인 어느 날의 심야에 참으로 침울하고도 쾌활한 그의 탬버린 소리를 들은 것을 기억하고 있을 것이다.

걷으로 보기에는 핍과 만두소년은 좋은 대조를 이루고 있어서 같은 모양의 검고 흰 망아지 두 마리가 빛깔은 다르지만 좀 색다른 한 쌍으로 달리고 있는 것을 보는 그런 느낌이었다. 그러나 불쌍한 만두소년이 날 때부터 느리고 머리가 둔했던 데 비해서, 핍은 마음이 약한 것이 흠이긴 했지만 머리는 지극히 영리하고 그 종족 특유의 유쾌함과 귀염성과 명랑성을 갖추고 있었다. 그의 종족은 언제나 다른 어떤 인종도 따를 수 없으리만큼 아름답고 활달한 성품을 지니고 있어 갖가지 축제를 즐길 줄 안다. 검둥이들에게는 일 년의 달력 365일이 모두 '7월 4일'이고, 새해 첫날이다.

내가 이 검은 소년의 찬란함을 말하더라도 여러분은 암흑에도 빛남은 있다고 생각하고 웃지 말아 주기 바란다. 제왕의 보석함에 있는 흑단의 광채를 보시라. 아무튼 핍은 생과 평화스러운 안락을 사랑했던 것이며, 왠지 그도 알지 못하는 사이에 휘말려든 이 놀랍고도 두려움에 가득 찬 직업은 가장 비통하게도 그의 광채를 흐리게 하고 말았다.

그러나 머지않아 알게 될 일인데 이렇게 일시적으로 그의 속으로 사라져 버렸던 것은 종국에 가서는 이상야릇하게 마구 불타는 불꽃에 의해서 대낮처럼 비추어지는 운명에 있었던 것이며, 꿈과 같이 그를 빛나게 했던 그 빛은 일찍이 그의 고향인 코네티컷 주 톨랜드 군의 초원에서 축제 기분에 들뜬 사람들의 흥을 돋우고, 이윽고 아름다운 저녁이 되면 그의 득의에 찬 쾌활한 '핫하하!'로 둥그런 지평선 구석까지 탬버린 소리를 가득 채웠던 그때의 찬란함에 열 배나 더한 것이다.

그와 같이 순수한 다이아몬드의 한 알이 대낮의 투명한 공기 속에서 푸른 정맥이 내비치는 목덜미에 걸릴 때는 그 찬란함은 건강하지만, 만약 교활한 보석 상인이 그의 다이아몬드를 좀더 인상 깊게 빛나게 하려고 할 경우에는, 그는 그것을 우선 암흑의 땅 위에 놓고 태양의 광선이 아니라 어떤 인공적인 가스빛에 의해서 빛나게 한다. 다시 없이 훌륭하고 불꽃처럼 찬란한 빛이 생겨나서 이 요기妖氣를 띠고 불타는 다이아몬드는 지옥 마왕의 왕관 장식에서 훔쳐내 온 것으로 보일 것이다. 이쯤에서 앞의 이야기로 되돌아가자.

용연향을 채취할 때 스터브의 맨 뒤의 노잡이가 손을 삐어 한동안은 전혀 쓸모가 없었기 때문에 임시로 핍이 그를 대신하게 되었다.

스터브를 따라 처음으로 바다에 내렸을 때 핍은 적지 않게 초조해 있었는데 다행히도 그때는 고래와 접근해서 싸우지 않았으므로 그다지 명예를 떨어뜨리는 일 없이 본선으로 돌아올 수가 있었다. 그러나 스터브는 그것을 관찰하고 나서 나중에 훈계하기로 하고 무엇보다도 용기라는 것이 가장 필요하니까 너도 용기를 내라고 말했다.

두 번째로 바다에 내렸을 때 보트는 고래 위로 올라가게 되었고, 그 고래는 작살의 일격을 받자 언제나와 같이 '쾅' 하고 부딪쳐 올랐는데 불쌍한 핍의 자리 바로 밑에서였다. 그 순간 그는 자기도 모르게 당황하여 노를 움켜쥔 채 보트에서 공중으로 튀어나가려고 했다. 그러자 마침 느슨해진 고래밧줄의 일부분이 그의 가슴에 부딪쳐 와서 거기에 얽혀버리고, 드디어 물속으로 떨어졌다. 그 찰나, 찔린 고래는 무섭게 달리기 시작하고, 밧줄이 팽팽하게 당겨지고 금방 핍 소년은 무참하게도 그의 가슴에서 목을 걸쳐 여러 겹으로 감긴 밧줄에 얽혀서 거품에 휩싸이고 보트의 밧줄 거는 기둥을 들이받았다.

태슈테고는 뱃머리에 서 있었다. 그는 고래잡이의 본능으로 불타고 있었다. 그는 핍의 소심한 점을 증오하고 있었다. 칼을 칼집에서 뽑아 그 예리한 칼날을 밧줄 위에 번쩍 처들면서 스터브 쪽을 돌아보고 질문하듯 외쳤다. "끊을까요?" 그때 핍의 새파랗게 질려서 숨이 막힐 것처럼 된 얼굴은 분명히, "끊어주세요. 제발 부탁입니다!" 라고 말하고 있었다.

모든 것은 눈 깜짝할 사이에 일어난 일이었다. 1분도 못되는 짧은 시간 동안에 모든 일이 일어났던 것이다.

"제기랄, 끊어라!" 스터브는 부르짖었다. 그래서 고래는 잃고 핍은 구출되었다.

그런데 불쌍한 검둥이 소년은 구출되자마자 선원들의 고함과 욕지거리를 흠씬 들었다. 스터브는 조용히 이와 같은 갈피를 잡을 수 없는 엉망진창인 욕설이 다 끝날 때를 기다렸다가 분명하게 사무적으로, 그러나 역시 해학조를 섞어서 정식으로 핍을 나무라고 그것이 끝나자 비공식적으로 여러 유익한 충고를 해주었다. 그 내용은 '핍, 절대로 보트에서 뛰어내려서는 안 된다.' 그러나 그 뒤의 말은 모든 유익한 충고가 그렇듯이 어물어물 흐려져버렸다.

그런데 일반적으로 말해서 '보트에 눌어붙어라.' 하는 것은 포경에 있어서의 참다운 표어지만, 그러나 '보트에서 뛰어내려라.' 하는 쪽이 훨씬 좋은 경우도 있다. 그런데 스터브는 만약 핍에게 조금도 덧붙이지 않은 양심적인 충고를 해준다면 장래에 뛸 기회를 너무 많이 허용하게 될 것이라는 결론에 도달했기 때문에 갑자기 모든 충고를 그만두고 단호한 명령으로 말을 맺었다. "이봐 핍, 보트에 매달려라. 그렇지 않으면 미리 말해두겠는데, 바닷속에 뛰어들더라도 건져주지 않을 테다. 잘 들어둬, 너 같은 놈 때문에 고래를 놓칠 수는 없다. 고래 한 마린 말이다. 이봐, 핍, 네가 앨라배마 주에서 팔리는 것보다 30배나 값이 비싸단 말이다. 잘 알아두란 말이다. 다시는 뛰어들지 마라."

스터브가 이런 말로 넌지시 비유하려고 한 것은, 사람은 동포를 사랑하지만 동시에 인간은 돈을 벌어들이는 동물이어서 인자함에 대해서만 말하고 있을 수 없는 경우가 많다는 것이었을 것이다.

그러나 우리는 모두 신의 수중에 들어 있다. 핍은 다시 바다에 뛰어들었다. 그것은 처음에 했던 것과 매우 비슷한 것이었다. 다만 이번에는 밧줄이 가슴에 닿지 않았기 때문에 고래가 달아나기 시작했을 때는 허둥대는 여객의 트렁크처럼 바다에 내던져졌다. 아, 스터브는 그의 말에 너무나도 충실했다. 그 날은 하늘이 아름답고 고요하고 푸르른 날이었다. 반짝반짝 빛나는 바다는 조용하고 서늘하고 사방으로 편평하게 수평선까지 마치 금박공이 엷은 판을 무한히 두드려 편 것처럼 넓게 퍼져 있었다. 파도 속에 떠올랐다 가라앉았다 하는 핍의 흑단 같은 머리는 정향나무의 꽃봉오리처럼 보였다. 그가 갑자기 보트의 뒷갑판에서 떨어졌을 때 아무도 칼을 휘두르지는 않았다. 스터브의 냉엄한 등은 뒤를 향하고 있었고, 고래는 작살에 맞아 있었다.

3분 가량 지나자 핍과 스터브 사이에는 넓은 해안도 없는 1마일의 바다가 퍼져 있었다. 바다 한복판에서 핍은 그 곱슬곱슬한 새까만 머리를 태양 쪽으로 향하고, 여기에 하나의 버려진 아이, 가장 고결하고 찬란한 버려진 아이가 있음을 나타내고 있었다.

그런데 물결이 잔잔한 날에 바다에서 헤엄치는 것은 물에 익숙한 사람에게는 지상에서 스프링을 넣은 마차 의자에 앉아 가는 것처럼 손쉬운 일이다. 그러나 끔찍한 고독감은 견딜 수 없다. 이 무심하고 무정하고 광막한 한복판의 치열한 자아 집중을, 오, 신이여, 누가 표현할 수 있겠나이까! 선원들이 바람 한 점 없이 물결이 잠잠해진 날에 바다에서 헤엄칠 때 열심히 본선에 달라붙으려고 하면서도 그 가장자리에서만 맴돌게 되는 것을 생각해 보라.

어쨌든 스터브는 불쌍한 검둥이 소년을 정말로 운명에 맡겼던 것일까? 아니다, 적어도 그럴 생각은 없었던 것이다. 뒷갑판 쪽에는 두 척의 보트가 있었으니까 그는 물론 그것이 곧 핍에게로 저어 가서 구해내겠지, 하고 생각했음에 틀림없을 것이다. 물론 자기가 겁쟁이였기 때문에 위험한 곳에 빠진 그런 노잡이에 대해서는 고래를 쫓는 자가 이런 경우에 언제나 동정심을 베푼다고 할 수는 없을 것이며, 또한 이러한 경우는 종종 일어나게 마련이어서 포경계에서는 거의 예외 없이 이른바 겁쟁이는 육해군에서 특유하게 볼 수 있는 저 무자비한 경멸의 표적이 되는 것이다.

그러나 사실은 뒤의 보트는 핍을 보기 전에 갑자기 한쪽 옆 가까이에 고래 떼가 있는 것을 보자 방향을 바꾸어서 추적하고 스터브의 보트도 지금은 아득하게 멀어져서 그를 비롯한 모든 선원은 그들의 고래에 정신을 잃고 있었으므로 핍을 둘러싼 수평선은 무정하게도 확대되어 갈 뿐이었다. 다만 아주 우연히 본선이 그를 구출했는데 그 일이 있은 뒤로는 검둥이 소년은 백치처럼 갑판을 서성거릴 뿐이었다. 바다는 그의 유한한 육체를 오락물로 삼으면서 보존해 주었지만, 그의 무한한 영혼을 익사케 했다. 아니 완전히 익사케 했다고는 할 수 없다. 오히려 살았으면서 놀랍게도 깊은 밑바닥으로 끌려들어갔다. 거기서는 아직 왜곡되지 않은 원시세계의 이상한 그림자가 그의 힘없는 눈앞에서 여기저기로 흐르고 있었다. 그리고 인색한 해신, 곧 '예지'는 그 무진장한 보고寶庫를 열어 보여, 핍은 기쁨에 들끓고 슬픔도 모르고 언제나 소년과 같은 영원의 세계에서 신성에 찬 헤아릴 수 없이 많은 산호충의 무

464

리가 물속의 창공에 거대한 머리를 쳐드는 것을 보았다.

그는 신의 발이 베틀 발판에 놓여 있는 것을 보고 그것을 말했는데, 배의 모든 사람은 그를 미치광이라고 했다. 이렇듯 인간의 광기는 천상의 지혜이다. 온갖 인간적인 이성에서 벗어남으로써 인간은 드디어 이성에 대해서는 터무니없는 광기로 보이겠지만, 그 천상의 사상에 도달하여 기쁨에 대해서나 슬픔에 대해서나 신처럼 자유롭고 막힘이 없는 심정이 되는 것이다.

나머지 일에 대해선 너무 스터브를 공박하지 말도록 하자. 이런 일은 고래잡이에겐 흔해빠진 일이니까. 또한 이 이야기의 마지막에서도 보겠지만 나 자신도 마찬가지로 바다에 떠돌아다니게 될 테니까.

제94장 손으로 쥐어짜다

그 스터브의 고래는 이토록 커다란 대가를 치르고 이윽고 피쿼드호의 뱃전에 당겨져서 이미 설명한 것 같은 고기 자르기며 끌어올리는 작업, 그리고 저 하이델베르크의 큰 통이라고 하기도 하고 큰 상자라고도 불리는 머리에서의 기름 퍼내기까지도 예상대로 진행되었다.

한 사람이 이 마지막 일을 하고 있을 때 다른 사람은 경뇌로 가득 찬 큰 통을 당기는 일을 하고, 이윽고 시간이 지나면 그 경랍鯨蠟은 신중한 작업으로 다시 기름 짜는 기계로 운반되는데 거기에 대해서는 나중에 다시 쓰겠다.

경뇌가 어느 정도 냉각되고 결정結晶되자, 나와 몇몇 사람은 이 콘스탄티누스 대제(콘스탄티누스 1세로 추측됨.)의 목욕탕이라고도 할 만한 것 앞에 앉아 액체 속을 여기저기 떠돌아다니는 이상한 덩어리를 보았다.

그 덩어리진 부분을 쥐어짜서 액체로 하는 것이 우리들의 임무였다. 향기롭고 끈적끈적한 임무! 옛날에 이 말향고래가 화장품으로서 환영받았다는 것은 이상할 것 없다. 이토록 맑고 감미롭고 부드럽게 해주는 것, 이토록 미묘하게 달래주는 것! 단 2~3분 동안 손을 그 속에 넣었을 뿐인데도 나는 나의 손가락이 뱀장어같이 느껴져 자칫하면 꾸불꾸불 감겨지는 게 아닌가 하고 생각될 정도였다.

양묘揚錨 작업으로 지쳐 버린 뒤에 내가 갑판에 다리를 꼬고 편안하게 앉아 있자니 머리 위에는 고요하기 짝이 없는 푸른 하늘이 펴져 있고 배는 귀찮은 듯 돛을 올리고 고요한 물 위를 미끄러져 갔다. 그러는 동안 이 촉촉하고 부드러운 방향芳香이 밴, 단 한 시간 가량 전에 있었다고 생각되는 육조직의 구체球體 속에 내 두 손을 놀리고 있었을 때, 또한 그것이 나의 손가락에 허물어져 가면서 마치 완전히 무르익은 포도가 아름다운 즙을 뚝뚝 떨어뜨리듯 풍요로움을 발했을 때, 내가 그 순수한 향기, 문자 그대로 틀림없는 봄의 제비꽃 향기와 비슷한 것을 가득히 들이마셨을 때, 나는 잠시 동안은 향내나는 동산 속에서 사는 사람이 되고 우리가 맺은 끔찍한 맹세도 모두 잊고 저 형용할 수 없는 말향고래 속에, 나는 거기에 손을 씻고 마음을 씻었다. 그리고 말향고래에는 분노를 가라앉히는 뛰어남이 있다는 옛날의 파라켈수스적인 미신도 거의 믿게 되었다. 그 물에 목욕을 하면서 나는 이 세상 것이 아닌 자유를 얻고, 온갖 악의·분노·사악한 생각 같은 감정들로부터 해방되었다.

짜고 또 짜고, 또 짜면서 아침이 지났다. 나는 자신이 거의 녹아들 때까지 말향고래를 쥐어짰다. 무언가 이상한 광기에 사로잡힐 때까지 말향고래를 짰다. 문득 정신을 차려 보면 자기도 모르게 동료의 손을 부드러운 말향고래의 한 부분으로 잘못 알고 계속 쥐어짜고 있었다. 이 작업은 말할 수도 없이 풍부한 사랑스럽고 친밀한 사랑에 넘친 감정을 만들어냈기 때문에, 드디어 나는 끊임없이 그들의 손을 짜고 그 눈동자를 감상적으로 들여다보며 가슴 속에서 중얼거렸다. '오, 나의 사랑하는 동포들이여, 우리는 어째서 언제까지나 가혹한 사회 감정을 품거나, 무엇에 대해서나 곧 불쾌해지거나 질투를 해야만 하는 것일까? 자, 모두 서로 손을 쥐어짜자. 아니 모두 자신을 쥐어짜버리고 서로 융합하자. 온 세계의 사람들이 모두 자신을 쥐어짜버려서 우유나 향유 같은 그런 우애 속에 융합되세나그려.'

영원토록 저 말향고래를 계속 짤 수 있었다면, 그 뒤 내가 오랫동안 되풀이된 경험을 한 뒤 인간은 온갖 사물에 있어서 자신이 도달할 수 있는 행복의 관념을 실질적으로 저하시켜 가야만 한다는 것을 알았다. 적어도 변화시켜야 한다. 그리고 그것은 결코 지혜나 상상 속에 놓일 것이 아니라 아내라든가, 심장이라든가, 침대라든가, 식탁이라든가, 안장이라든가, 화롯가라든가 선원들 등에 놓여야 하는 것이다. 그런데 나는 그런 것을 모두 다 알고 있으므로 영원토록 말향고래를 계속 짜고 싶은 마음을 갖는다. 심야의 환상 속에 나는 낙원의 천사들이 각각 그 손을 경랍 항아리에 집어넣으면서 긴 열을 짓고 있는 것을 본 적이 있다.

말향고래의 이야기를 하는 김에 말향고래를 기름 짜는 기계에 올려놓는 작업 가운데서 이와 비슷한 몇 가지 사항에 대해서 이야기하는 것은 어울릴 법하다.

우선 '백마白馬'라고 일컫는 것이 있는데 그것은 물고기의 꼬리 부분, 즉 꼬리의 두툼하게 살찐 부분에서 채취되는 것이다. 그것은 단단하게 응어리진 힘줄로 되어 있어 단단하지만, 그대로 약간의 기름이 포함되어 있다. '백마'는 고래의 몸에서 떼어내지면 우선 손으로 들 수 있을 정도의 직사각형으로 잘려서 분쇄기에 걸린다. 그것은 버크셔(메사추세츠 주의 고지대) 대리석재와 많이 닮았다.

'플럼 푸딩'이라는 이름이 붙여지는 것은 고래고기의 여기저기에 있는 어떤 부분인데, 지방층에 붙어 있어서 상당히 미끄럽다. 이것은 극히 느낌이 좋은 화려한 외곽을 지니고 있다. 이름이 가리키듯이 기막히게 아름다운 얼룩빛이며 설백과 황금빛 바탕에 새빨갛고 짙은 보랏빛의 반점이 있다. 그것은 시트론의 모양을 한, 홍옥의 플럼인데 아무리 억제하려 해도 먹고 싶어 견딜 수 없게 된다. 솔직히 말해서 한번은 나도 앞돛대 그늘에 숨어서 맛을 본 적이 있다. 그 맛을 비유한다면, 루이 황제가 입맛을 다신 사슴의 넓적다릿살로 요리한 커틀릿이라고 해도 사슴 수렵기가 시작되어 맨 처음 사로잡힌 것, 더욱이 그 사슴 사냥기가 샴페인 지방의 포도원의 드물게 보는 좋은 계절과 일치했을 때의 그것이라면 이런 맛일까, 하고 생각될 정도였다.

이 작업 과정에서 오는 것으로 또한 몹시 색다른 것이 있는데 이것을 적절하게 묘사한다는 것은 쉬운 일이 아니다. 그것은 진흙옷이라고 하는데 고래잡이들 가운데서 시작된 이름으로 그 물건의 성질을 아주 잘 나타내고 있다. 다루기가 곤란할 정도로 찐득거리며 너풀너풀한 물건인데 경뇌를 쥐어짜서 통에 부을 때 가장 잘 발견된다. 나는 이것을 유착된 경뇌의 막이 찢어져서 놀랄 만큼 엷어진 것이라고 생각한다.

'몹쓸 고기'라는 말은 본래는 참고래를 말하는 것인데 말향고래잡이들이 사용할 때가 있다. 그것은 그린란드고래, 다시 말해서 참고래의 등에서 벗겨 낸 검은 아교질을 이루고 있는 것이며, 저 저급한 고래를 잡는 속물들의 배의 갑판은 그것으로 덮여 있다.

'집게', 이것은 엄밀히 말하자면 고래에서 유래한 말은 아니다. 그러나 고래잡이가 쓸 때는 고래의 것이 된다. 고래잡이가 말하는 그것은 고래 꼬리의 가늘어지는 부분에서 잘린, 짧고 단단한 힘줄 고기 조각인데 두께는 보통 1인치이고, 그 나머지 부분은 괭이의 철판 부분 정도의 크기다. 미끈미끈한 갑판에 그 가장자리를 대고 끌고 다니면 가죽으로 만든 빗자루 같아서 그것이 닿기만 하면 마치 마법처럼 온갖 오물이 깨끗하게 빨려들어간다.

그러나 이런 알기 어려운 사항에 대해서 모두 자세하게 알려고 한다면 여러분은 당장 지방실로 내려가서 그곳에 있는 사람과 장시간 이야기를 주고받는 것이 가장 좋을 것이다. 이 장소는 전에도 말했듯이, 고래에서 벗겨낸 지방 조각이 쌓여 있는 곳이다.

드디어 이것들을 잘게 저미는 때가 되면, 이 방은 처음 보는 사람들에겐 특히 밤에는 처참한 분위기로 가득 차 보일 것이다. 한쪽에는 희미한 등불이 있고 작업하는 사람을 위한 자리가 마련되어 있다. 그들은 대개는 둘이 한 쌍이 되어서 창과 갈고리를 가진 사람과 끌을 가진 사람이 일을 한다. 포경용 창이란 군함에서 같은 이름으로 불리는 공격용의 것과 비슷하며, 갈고리란 보트를 끌어당기는 갈고리와 어딘가 비슷하다. 이 갈고리에 지방 조각을 걸쳐서 배가 흔들려 기울어도 미끄러져 떨어지지 않도록 한다.

그때 고래삽은 그 지방 조각 위에 서서 그것을 수직으로 잘라서 손으로 들어 옮길 수 있는 단편 조각들로 만든다. 이 끌날은 면도칼의 날카롭기와 같을 정도다. 만약 그가 자기 발가락이나 동료의 발가락을 잘라버렸다고 하면 몹

468

시 놀라운 일일까? 아니 그렇지 않을 것이다. 이 일에 노련한 사람일수록 가지고 있는 발가락이 적게 마련이다.

제95장 법의

만약 누가 고래의 시체 처리가 진행 중일 때 피쿼드호에 타고 그 양묘기 가까이 접근해 갔다면, 거기에 매우 기이한 정체를 알 수 없는 물체가 기다랗게 바람이 불어가는 쪽의 배수공 쪽에 가로놓여 있는 것을 보고 적지 않게 호기심이 발동할 것이다.

그 이상하기 이를 데 없는 원추형의 물체를 한번 보고 나면 거대한 고래 머리의 웅장한 기름통도, 떨어진 아래턱의 괴이함도, 서로 대칭을 이룬 꼬리의 기적도 그다지 놀랄 일은 못될 것이다. 그것은 켄터키 사나이의 키보다도 길고, 아래쪽 바닥은 지름이 약 1피트나 되고, 색이 퀴퀘그의 흑단빛 우상 요소처럼 새까맣다. 그건 정말로 우상이다. 사실 옛날에는 이것과 비슷한 것이 있었다. 이를테면, 유대의 마아가 태후의 비원에서 발견된 우상과 같은 그런 것이다. 태후가 그것을 숭배했기 때문에 그 아들인 아사 왕이 그녀를 쫓아내고 그 우상을 파괴하여 기드론 강변에서 그것을 태워버린 것은 〈열왕기상列王記上〉 15장에 적혀 있는 대로다.

잘게 저미는 일을 맡은 선원이 오는 것을 보라. 그는 지금 두 동료의 도움을 받으면서, 뱃사람들이 흔히 '굉장한 것'(고래의 男根)이라고 하는 것을 간신히 밀고 양쪽 어깨를 웅크리면서 마치 전쟁터에서 죽은 전우를 운반하는 척탄병처럼 비틀거리면서 그것을 운반하고 있다. 앞갑판에 그것을 내려놓으면 아프리카의 사냥꾼이 큰 뱀의 그 껍질을 벗기듯 그 검은 껍질을 원통형으로 벗기기 시작한다.

그러고 나서 그 껍질을 바짓가랑이처럼 뒤집고 잡아당겨 지름이 두 배가될 정도로 만든 다음, 마지막에 충분히 펴서 밧줄에 걸쳐 말린다. 조금 뒤에 그것을 내려서 뾰족한 끝을 3피트 가량 잘라내고 반대쪽에 팔을 집어넣을 만한 구멍을 두 개 잘라내고, 그리고 자기의 온몸을 완전히 그 속에 넣는다. 그리하여 세단사細斷士는 그 천직에 어울리는 완전한 법의를 몸에 걸치고 선다. 이 제복이야말로 태곳적부터 그들에게 주어진 것인데, 이것은 그가 그의 특이한 임무에 종사할 동안 그 몸을 충분히 보호해 줄 것이다.

그 임무란 지방 덩어리를 잘게 썰어서 솥에 넣는 일이다. 이 작업은 목마木馬가 뱃전에 엉덩이를 돌리고 있는 것같이 생긴 작업대에서 행해지며, 목마 아래에 커다란 통이 놓여 있고 잘게 저며진 고깃덩어리가 열이 오른 변사辯士의 손에서 원고지가 한 장 한 장 떨어지듯 통 속으로 떨어진다. 고상한 흑의黑衣에 몸을 감싸고 당당한 설교단을 차지하고 서서 성서의 책장1) 에 마음을 집중시킬 때 이 세단사야말로 진정 대주교의 후보, 아니 교황격이 아니겠는가?

제96장 기름솥

미국 포경선의 외관상 특징은, 매달아 놓은 보트 외에는 온통 기름솥뿐이라는 느낌이다. 다시 말해서 포경선을 구성하는 것으로써 참나무와 삼밧줄 외에도 가장 견고한 벽돌 공사를 한다는 식의 색다른 일을 해보이는 것이다. 그것은 마치 들판에 있던 벽돌 굽는 화덕을 갑판으로 옮겨 놓은 것과 같다.

그 기름솥들은 갑판의 가장 넓은 부분, 다시 말해서 앞돛대와 큰 돛대 사이에 놓인다. 그 밑바닥의 목재는 특히 견고한 것이며, 세로 10피트, 가로 8피트, 높이 5피트나 되는 거의 벽돌과 몰타르만으로 만들어진 화덕의 중량을 받칠 만큼의 힘을 갖는다. 토대는 갑판을 뚫은 것이 아니라 그 구조물을 사방에서 무거운 철봉이 단단히 죄어 목재에 나사못으로 박아 갑판 면에 고정되

---

1) 성서의 책장! 그것은 항해사들이 끊임없이 세단사에게 말을 거는 외침소리다. 그것은 그에게 주의를 촉구하고 될 수 있는 대로 얇게 저미도록 요구하는 것이다. 왜냐하면 그렇게 함으로써 기름을 끓어내는 일이 빨리 진전되고, 기름의 양도 현저하게 늘고, 그 질도 또한 좋아지기 때문이다.

어 있다. 옆은 판자로 싸서 가려 있고 윗면은 비스듬하게 경사진 판자 승강구로 완전히 덮여 있다. 이 승강구의 뚜껑을 젖히고 들여다보면 기름을 몇 통씩 담을 수 있는 큼직한 두 개의 기름솥이 있는데, 그것은 사용되지 않을 때는 극히 청결하게 되어 있다. 이따금 활석(부드럽고 무른 광물)이나 모래로 닦아내서 그 내부가 마치 은으로 만든 펀치 그릇처럼 번쩍인다. 불침번 때의 익살맞은 늙은 선원들은 여기에 몰래 기어들어가서 잠깐씩 눈을 붙이기도 한다. 기름솥을 닦을 때는 두 사람씩 한 조가 되어 한 사람이 솥 안으로 들어가게 되는데 쇠입술(솥전) 너머로 비밀 이야기를 주고받기도 한다. 이곳은 또한 심원한 수리數理를 생각하고 연구하는 곳이기도 하다. 피쿼드호의 좌현에 있는 기름솥 속에서 활석이 쉴 새 없이 나의 주위를 돌고 있을 때, 나는 처음으로 아무도 몰래 어떤 놀라운 사실에 눈이 번쩍 뜨였다. 그것은 기하학에 있어서 패선(擺線, cycloid)을 이루어 움직이는 온갖 물체는 나의 활석도 마찬가지로 어떤 점으로부터도 정확하게 똑같은 시간에 낙하한다는 것이다.

기름솥 전면에서 화덕의 벽을 치워버린다면 그 내부 구조가 보이겠지만 솥의 바로 밑에는 쇠로 된 두 개의 아궁이가 열려 있다. 이 아궁이에는 쇠로 된 묵직한 문이 달려 있다. 고도의 강한 열이 갑판에 전달되지 않게 하기 위해서 얇은 저수조貯水槽가 포장된 모든 장치의 밑바닥에 가로놓여 있다. 그 저수조의 뒤쪽에는 파이프가 끼워져 있어서 물이 끓어 증발하자마자 새 물이 보급되도록 되어 있다. 밖에서 보이는 굴뚝은 없고, 뒷벽에 직접 연기 구멍이 뚫려 있다. 여기서 잠시 먼저의 이야기로 되돌아가기로 하지.

이번 항해에서 처음으로 피쿼드호의 기름솥에 불을 땐 것은 밤 9시경이었다. 이 작업의 감독은 스터브였다.

"준비되었나? 뚜껑을 열어라! 작업 개시다! 쿡, 불을 때라!" 이것은 쉬운 일이었다. 왜냐하면 배목수가 항해 중 내내 대팻밥을 아궁이 속에 넣어 두었기 때문이다. 여기서 말해 두겠는데 고래잡이에서 기름솥에 맨 처음 불을 붙일 때는 나무로 지피게 되어 있다. 그 뒤는 주요 연료에 빨리 불을 붙이기 위한 것 이외에는 나무를 쓰는 일은 없다. 즉, 기름을 짠 뒤의 '기름 찌꺼기' 라든가 '튀김 부스러기' 라고 불리는 쭈글쭈글하게 오그라든 지방은 아직도 상당한 기름기를 포함하고 있다. 이 '튀김 부스러기'가 연료가 된다. 불에 데어서 몸이 부어오른 순교자나 스스로를 소모시켜 없어지게 하는 염세주의자처럼, 고래는 일단 불이 붙기만 하면 자기 스스로 연료를 공급하고 자신을 스스로 불태운다. 거기다가 자신의 연기까지도 다 소모시켜 없애 주면 좋은데 그렇지 못하므로 고래의 연기는 들이마시면 지독한 것이지만, 우리들은 그것을 마시지 않을 수 없고 또 몇 시간이나 그 속에서 지내야 한다. 그것은 뭐라고 형용할 수도 없는 끔찍한 힌두식 화장터 주위에 떠도는 그런 악취다. 그것은 최후의 심판날의 불신자들처럼 냄새를 풍기는데 그것은 지옥의 존재를 입증하는 듯하다.

한밤중까지 작업은 활발히 진행되었다. 우리는 돛을 팽팽히 달고, 고래의 시체에서 멀어져 가고 있었다. 바람은 점점 기세좋게 불어 대고 넓고 넓은 대양의 어둠은 그야말로 칠흑 그것이었다. 그러나 왕성한 불꽃은 이따금 그을음투성이인 굴뚝에서 헛바닥을 내밀고 그 칠흑의 어둠을 핥고 또한 유명한 그리스인의 불꽃(불붙는 배로 적의 배를 불지르는 전술)처럼 높이 걸려 있는 밧줄을 모두 비추었다. 불타는 배는 어떤 참극을 향해서 미친 듯 돌진하는 것처럼 마구 달리고 있었다. 용감하고 대담한 히드라 섬 사람 캐나리스(터키 독립 전쟁의 용사)가 배에 역청과 유황을 싣고 심야의 항구를 떠나 돛을 불태우며 터키 군함에 덤벼들어 그들의 배를 큰 불길 속에 휘말아 넣은 광경도 이렇지는 않았으리라.

정유 장치 위쪽에서 들어낸 뚜껑은 그 앞쪽에서 커다란 마루 대용품이 되었다. 그 위에는 언제나 포경선이 화부인 이교도 작살잡이들의 지옥 같은 모습이 서 있었다. 그들이 굵고 긴 막대기로 '슛슛'하고 소리를 내는 지방덩어리를 끓는 솥에 던지기도 하고 밑의 불을 휘젓기도 할 때는 뱀 같은 불꽃이 똬리를 틀면서 아궁이에서 튀어나와 그들의 발을 잡으려고 하는 것처럼 보였다. 연기는 뭉게뭉게 쏟아져 나왔다.

배가 흔들릴 때마다 끓는 기름도 흔들려서 그들의 얼굴에 튀려고 덤비고 있는 듯했다. 이 불아궁이 반대쪽인 큼직한 마루 저쪽에는 양묘기가 있었다. 그것은 해상의 안락의자 대신이 되어 있었다. 불침번은 특히 할 일이 없으면 거기에 기대서 빨갛게 타는 불을 지켜보곤 하는데, 그러다가 얼굴 속에서 눈이 타들어 갈 것같이 느껴져 놀라기도 한다. 그들이 햇볕에 그을린 얼굴은 기름 연기와 땀으로 번들번들해지고 수염은 헝클어지고 그들의 야만적인 이빨은 한층 더 밝게 빛나, 그 모든 것들은 기름솥의 변덕스러운 조명 속에서 괴상한 장면을 그려내고 있었다.

그들이 그 난폭한 모험에 대해서 웃음거리로 서로 이야기를 주고받을 때, 또한 그들의 야비한 너털웃음이 불아궁이에서 튀어나오는 불꽃처럼 입에서 튀어나올 때, 또한 그들의 앞에서 작살잡이들이 굵고 긴 갈고리와 국자를 들고 거친 몸짓을 하며 이리저리 움직일 때, 바람은 무섭게 울부짖고 바다는 파도가 일고 배는 신음하며 기울고 그 시뻘건 머리를 바다와 밤의 암흑 속으로 자꾸 앞으로 앞으로 쉬지 않고 밀고 나가면서 그 입에 오만하게 백골을 물고, 사방으로 밉살스럽게 침을 마구 뱉을 때, 이 피쿼드호는 무섭게 달리며 야만족들을 싣고 화염에 싸여 주검을 태우며 칠흑의 어둠 속으로 돌진하였다. 이 배는 참으로 그 편집광인 지휘자의 혼을 눈에 보이는 형태로 나타낸 것이라고 할 만하다.

나는 키잡이로서, 선 채로 몇 시간 동안에 걸쳐서 이 불타는 배의 항로를 묵묵히 인도하며 그렇게 느꼈던 것이다. 그 동안 나 자신은 어둠 속에 싸여 있었으므로 다른 사람들의 새빨간 빛, 광기, 요기妖氣를 분명히 보았다. 눈앞에 이런 악귀 같은 모습이 절반은 연기, 절반은 불속에서 마구 돌아다니는 것을 보는 동안에 나는 여태까지 심야의 키를 잡고 있을 때 으레 몰려오는 졸음이 몰려왔는데, 그러자 곧 이번에는 나의 영혼 속에 같은 환영이 나타났다.

그러나 특히 그날 밤에는 한 가지 이상한 일이 내게 일어났다. 잠깐 동안 선 채 잠들었다가 깜짝 놀라 깨어났을 때 나는 오싹하면서 무언가 치명적인 재난의 느낌을 의식했다. 고래의 턱뼈로 만든 키자루가 거기에 대고 있던 나의 옆구리를 때렸다. 조금 전부터 바람에 떨리기 시작한 돛의 윙윙거리는 낮은 소리가 들려왔다. 나는 내 눈이 떠져 있다고 생각하고 있었다.

거의 무의식적으로 손가락을 눈꺼풀에 가지고 가서 더 넓게 열려고 했으나 그럼에도 불구하고 키를 잡기 위해서 나침반을 보려 해도, 불과 1분 전에 나침반용의 등불빛으로 해도海圖를 읽었는데 아무리 해도 눈에 보이지 않았다. 내 앞에 있는 것은 다만 새까만 어둠뿐이고, 이따금 그것이 빨간 섬광으로 을씨년스럽게 찢길 뿐이었다.

죽음 같은 암담한 절망감이 덮쳐왔다. 경련적痙攣的으로 나의 양손은 키자루를 움켜쥐었으나, 그때 그것이 무엇인가의 저주에 걸려서 반대로 돌고 있는 것이라는 망상에 사로잡혔다. '신이여, 도대체 이것은 어쩐 일입니까? 하고 나는 생각했다. 오! 잠깐 조는 동안에 나는 몸을 한 바퀴 돌려서 뒷갑판 쪽을 향하고, 뱃머리와 나침반을 뒤로 하고 있었던 것이다. 순간적으로 나는 원위치로 돌아와 배가 역풍을 받아 하마터면 뒤집힐 뻔한 것을 가까스로 막을 수 있었다. 이날 밤의 괴상한 환각에서 그리고 역풍에 의한 재난에서 구출된 것을 진심으로 기뻐하고 감사할 따름이다.

인간이여! 불꽃을 너무 오래 들여다보지 마라! 손을 키에 놓은 채 잠이 들어서는 안 된다! 나침반에 등을 돌려서는 안 된다. 키자루의 움직임의 최초의 암시를 놓치지 마라. 인공적인 그 붉은 빛으로 모든 것들을 귀신처럼 보이게 하는 불꽃을 믿어서는 안 된다. 내일은 천연의 태양에 의해서 하늘이 빛나고, 뱀의 혓바닥 같은 불길 속에서 악마처럼 비추어진 것도 아침이면 훨씬 다른, 적어도 조용한 모습으로 보이게 될 것이다.

찬연히 빛나는 황금의 환희에 찬 태양, 그것만이 진실의 등불이며 다른 모든 것은 거짓이다.

그러나 그 태양도 버지니아의 습지, 로마의 저주받은 황야, 또는 광막한 사하라, 그리고 이 세계에 몇 백만 마일이나 이어진 황폐와 비애를 감추지는 못한다. 태양도 지구의 암흑면이자 지구의 3분의 2를 차지하는 바다를 감추지는 못한다. 그러니까 만약 죽어야만 할 사람이 그 마음속에 슬픔보다 기쁨을 더 많이 가졌다고 한다면 그 사람은 진실한 사람이 아니다. 진실하지도 못하거니와 미개하다고 하겠다. 책도 마찬가지다. 모든 사람 중 가장 진실한 사람이 '슬픔의 사람 그리스도' 이듯 온갖 책 중에 가장 진실된 것은 솔로몬의 책이며, 그 '전도서'는 순수한 비애로 만들어진 강철이다. '모든 것이 헛되도다.' 모든 것이 건방진 현대는 솔로몬의 지혜조차도 아직 파악하지 못하는 비크리스천이다. 어떤 사람은 병원이니 감옥이니 하는 것을 잘도 피해 다니고, 묘지를 지나갈 때는 재빨리 지나가고, 지옥에 대해서보다 오페라에 대한 이야기를 즐기고, 쿠퍼(영국의 시인), 영(에드워드 영. 영국의 시인으로 그의 만가는 특히 유명함.) 같은 사람과 파스칼이나 루소를 병신 바보라고 하고, 그 태평스러운 성에 있어서 라블레를 들먹이면서 더없이 현명한 자만이 명랑한 자라고 단언한다. 이런 사람은 묘석 위에 앉아서 측량할 수 없는 위대한 솔로몬과 함께 푸른 물이 덮인 습기찬 흙을 파헤치는 데도 적당치 않다.

그러나 솔로몬은 말한다. '깨달음의 길을 떠난 사람은 설사 살아 있을 때도 죽은 사람들이 모여 있는 속에 있는 것이다'(《잠언》 21장 16절).

그러니까 그대는 불에게 져서 그때의 나처럼 뒤로 돌아서서 죽는 일이 있어서는 안 된다. 고뇌가 곧 예지인 때가 있다. 그러나 고뇌란 광기인 경우도 있다. 또한 어떤 사람들의 마음속에는 캐츠킬 산(뉴욕 주에 있음.)에 사는 매는 가장 어두운 계곡으로 내려갈 수도 있고, 그리고 나서 다시 날아올라 햇빛 찬란한 공중에 모습을 감출 수도 있다. 그리고 그 매가 설사 영원히 계곡 밑바닥을 날고 있다 하더라도 그 계곡은 산에 있으므로 그 산 속의 매는 가장 낮은 곳을 날 때도 평원의 다른 새들이 높이 날 때보다도 훨씬 높은 곳에 있는 것이다.

제97장 등불

만약 누구인가 피쿼드호의 기름솥 옆에서 떠나서 그 앞돛대 쪽으로 내려가서 비번인 선원들이 자는 것을 보았다면 그 순간, 그는 성도聖徒가 된 왕이나 추기경들이 신전의 불빛 속에 서 있다고 느낄 것이다. 제각기 떡갈나무로 만든 세모꼴의 동굴 속에서 다듬어 놓은 소상塑像처럼 입을 다물고 있고, 수많은 등불이 그들의 감은 눈 위에 빛을 던지고 있다.

상선에서 선원용 기름은 왕비의 젖보다도 더 귀하다. 그런 배의 선원들은 어둠 속에서 옷을 입고, 어둠 속에서 먹고 잠자리에 뒹군다. 그것이 일상생활이다. 그러나 고래잡이는 광명의 원료를 구하는 것이며, 광명 속에 살고 있는 것이다. 그들의 잠자리는 알라딘의 램프처럼 빛나고 그들은 거기에 눕는다. 그러니까 칠흑의 밤이라 하더라도 배의 선창에는 빛이 가득 차 있다.

고래잡이가 조금도 꺼리지 않고 몇 개의 등잔을 들고, 기름솥의 구리로 만든 냉각기 있는 데로 가서 마치 큰 통에서 맥주를 퍼내듯이 기름으로 등잔을 채우는 것을 보라. 그뿐 아니라 그는 가공되지 않은, 그러므로 섞인 것이 없는 가장 순수한 기름, 육지에서도, 태양에서도, 달에서도, 별에서도 발견되지 않는 액체를 태우고 있는 것이다. 그것은 4월의 새 풀을 뜯어먹은 소의 젖으로 만든 버터처럼 향기롭다. 그는 마치 광야의 나그네가 자신의 저녁식사를 위한 짐승을 잡을 때처럼 기름은 신선하고 순수한 것이어야 한다고 확신하며 기름을 채우러 가는 것이다.

제98장 쌓아올리기와 치우기

지금까지 이야기한 것으로 분명해진 것은, 어떻게 해서 거경은 멀리 돛대 꼭대기에서 발견되는가, 어떻게 해서 그는 넓고 넓은 바다의 황야에서 쫓겨 깊은 골짜기에서 살해되는가, 어떻게 해서 그는 뱃전에 끌려가서 머리가 잘리는가, 어떻게 해서 옛날의 목 베는 사람이 목 잘려 죽은 자의 옷을 가질 권리가 있었던 것과 같은 원칙으로 그의 거대한 살덩이가 들어 있던 외투가 그 사형 집행자의 재산이 되는가, 또는 어떻게 해서 적당한 시간 뒤에 그는 솥에 넣어져서 사드락, 메삭, 아벳느고(〈다니엘서〉 참조)와 같이 그의 경뇌가 기름과 뼈가 상처도 입지 않고 불 속을 지나가게 되겠는가, 하는 일이었다.

그러나 아직 남아 있는 것은 이런 설명의 마지막 장―아니 읊는다고 해도 좋으리라고 생각하는데―다시 말해서 그의 기름이 통에 채워지고 나서 선창 깊숙이 던져지고 그리하여 다시금 거경은 그의 고향인 깊은 바다로 되돌아가서 옛날 그대로 바닷속을 돌아다니지만, 그러나 불쌍타! 두 번 다시는 떠올라서 물기둥을 뿜어올릴 수 없구나, 라는 낭만적인 일을 낭독하는 것이 남아 있다.

기름은 아직 더울 때 6배럴들이 큰 통에 부어지는데 심야의 바다에서 여기저기로 가로 세로로 흔들리는 데 따라서 거대한 통은 굴러다니며 거꾸로 곤두박질치고, 또 때로는 매끈매끈한 갑판에서 산사태가 난 것처럼 미끄러져 다니다가 결국은 선원들의 손에 의해 제자리에 놓이고, 모두 망치를 들고 나와 달려들어 테두리를 땅땅 박아넣으니, 모든 선원들은 그 직책상 통쟁이가 되는 셈이다.

드디어 마지막 1파운드까지도 통에 채워져서 모두 냉각되면 큰 창구가 열리고 배의 복부가 드러나서, 통들은 바다 밑 종국 휴식처로 떨어지는 것이다. 그것이 끝나면 창구는 먼지처럼 꽉 닫혀 밀실처럼 된다.

말향고래잡이에게 있어서는 아마도 이것이 가장 눈부신 일일 것이다. 어느 날인가는 갑판에 피와 기름의 강이 생기고, 신성한 뒷갑판에 엄청나게 큰 고래 머리가 불경스럽게 쌓이고, 거대한 헌 통들이 양조장 뒷마당에 있는 것처럼 굴러다니고, 기름솥에서 나는 연기가 뱃전을 모두 그을려 버릴 것이다. 선원들은 기름투성이가 되어 돌아다니고, 온 배가 마치 고래처럼 보이고, 그리고 귀청을 찢는 듯한 굉음이 울릴 것이다.

그러나 하루나 이틀이 지나서 주위를 둘러보고, 이 배에서 귀를 기울여 보라. 만약에 낯익은 보트나 기름솥이 없었더라면 자신이 지금 좀더 세심하고 청결을 좋아하는 선장이 이끄는 어느 조용한 상선의 갑판을 걷고 있다고 단언하고 싶어질 것이다. 아직 정제되지 않은 고래기름은 이상하게 세척력을 가지고 있다.

그렇기 때문에 갑판은 이 기름일이라 일컬어지는 일이 끝난 뒤만큼 하얗게 빛날 때가 없다. 게다가 고래의 '튀김 부스러기'를 태운 재에서 손쉽게 강력한 잿물이 생기고, 만약 고래등에서 나온 점액질의 것이 뱃바닥에 눌어붙거나 하면 그 잿물로 선원들은 부지런히 뱃전을 돌아다니며 양동이의 물과 걸레로 닦아서 완전히 청결하게 한다. 밧줄 두는 곳의 먼지도 털어내고 사용된 온갖 도구는 똑같이 정성들여 씻어서 잘 넣고 커다란 뚜껑은 북북 문질러 씻어서 기름솥 위에 놓아 솥을 완전히 가린다. 통은 모두 모습을 감추고 밧줄은 모두 감겨져 눈에 보이지 않는 곳에 넣어진다.

이리하여 모든 선원들의 협력에 의한 노력으로 이 양심적인 임무가 드디어 끝났을 때 선원들은 비로소 자기 몸을 씻고 머리끝에서 발끝까지 옷을 갈아입는다. 그러고 나서 네덜란드에서 온 더없이 깨끗한 신랑처럼 상쾌한 기분으로 약간 흥분하여 얼룩 하나도 없는 갑판에 모습을 나타낸다.

그리고 가벼운 발걸음으로 갑판을 삼삼오오 짝을 지어 산책하고 익살을 섞어가면서 객실, 안락의자, 융단, 마직물 등에 대해서 이야기하며 갑판에 깔개를 깔까 하고 이야기하기도 하고, 돛대 위의 망루에 벽장식을 할까 하고 생각하기도 하고, 또한 앞갑판의 광장에서 달밤에 차를 마시는 것도 나쁘지 않다고 생각하기도 한다. 이 사향 냄새를 풍기는 선원들에게 기름이니 뼈다귀의 지방이니 하는 말을 넌지시 비친다는 것은 무례한 짓이다. 슬쩍 암시해 보아도 그런 것은 모른다는 표정을 짓는다.

그러나 보라. 세 돛대 꼭대기의 높은 곳에서 세 사람이 서서 아직 고래는 없는가 하고 눈을 크게 뜨고 있다. 만약 잡힌다면 틀림없이 다시금 묵은 떡갈나무 재목을 더럽히고 적어도 어딘가를 한 방울의 기름으로 적시게 될 것이다.

그렇다. 종종 있는 일이지만, 밤낮의 구별 없는 96시간이나 내리 계속된 힘든 일이 끝났는가 하고 생각할 때, 또한 그들이 적도 바로 밑에서 종일토록 노를 저어 손목이 퉁퉁 부었을 때, 보트에서 배로 올라와서 쉬지도 못하고 큰 쇠사슬을 끌어당기고 무거운 양묘기를 움직이고 살덩이를 저미느라 땀투성이가 되어 있을 때, 적도의 햇볕과 적도 밑의 기름솥이 결합된 화력으로 다시 그을리고 탈 때, 또한 그런 모든 일이 끝나고 간신히 배를 씻는 차례가 되어 그곳을 한 점의 얼룩도 없이 젖 짜는 곳처럼 깨끗하게 하고 갈아입은 깨끗한 옷의 윗단추를 막 끼우려고 할 때 갑자기 "물뿜기다!"라는 외침이 나면 후닥닥 튀어올라 곧 그들은 새로운 고래와의 전투로 돌입하여 다시 넌더리가 날 것 같은 대 작업을 되풀이하게 되는 것이다.

오, 여러분이여, 이것이야말로 사람 죽이는 일이 아니겠는가? 그러나 그것이 인생인 것이다. 우리들 살아 있는 사람은 오랜 고생 끝에 이 세상의 거체體 속에서 얼마 되지 않는 귀중한 경뇌를 끌어내고, 그것으로 참을성 있게 자신의 몸의 더러움을 씻어내고 드디어 깨끗한 영혼의 집에서 살기를 배우고, 성공했다고 생각할까 말까 할 때, "물뿜기다!"라는 외침에 정령은 날아가고 우리는 다시 새로운 세계에서의 전투를 향하여 달리고, 또다시 젊은 날의 되풀이되는 일을 향하게 된다.

오, 윤회여! 오오, 피타고라스여! 2천 년 전 빛나는 그리스에서 그토록 착하며 현명하고 평화롭게 죽은 그대여, 나는 지난번 항해에서 당신과 페루 해안을 함께 달리고, 어리석게도 아무것도 모르는 순진한 소년이었던 당신에게 밧줄 매는 법을 가르쳤던 것이다.

제99장 스페인 금화

에어허브가 뒷갑판의 나침반과 큰 돛대를 양쪽 끝으로 하여 규칙적으로 왔다갔다하는 습관이 있다는 데 대해서는 이미 이야기했다. 그러나 다른 것도 설명해야 할 것이 많았기 때문에 아직 자세히 부연하지는 못했다. 그는 이렇게 갑판을 걷는 경우에 이따금 깊이 자신의 생각에 잠기면 그 양쪽의 되돌아서는 점에서 가만히 걸음을 멈추어 선 채 눈앞에 있는 어느 한 목표에 이상한 눈길을 고정시키는 것이었다.

그가 나침반 앞에 서서 그 시선을 나침반 바늘 끝에 집중할 때 그 눈빛은 그의 일념의 격렬함에 굳어서 던지는 창처럼 쏟아져내렸다. 또한 그런 뒤에 걷기 시작해서 다시 큰 돛대 있는 데서 걸음을 멈추고 마찬가지로 집중된 시선으로 거기에 못박아 놓은 금화를 쏘아볼 때도 역시 그는 못박힌 듯한 완고함으로 불타고 있었는데, 다만 그 어딘가에 희망의 빛이라곤 할 수 없어도 무언가 그만둘 수 없다는 간절한 소망의 빛이 엿보이곤 했다.

그러나 어느 날 아침, 그 금화 앞으로 지나가려 했을 때 그는 거기에 새겨진 이상한 상이며 글씨에 새삼스럽게 끌린 듯한 표정을 짓고 마치 처음으로 거기에 숨겨져 있는 어떤 중대한 의미를 자기 나름대로의 편집광적인 방법으로 해석하기 시작한 것 같았다. 물론 모든 것에는 무슨 의미든 숨겨져 있다. 그렇지 않으면 모든 것에는 아무런 가치도 없고, 이 원형의 세계 역시 공허한 무에 지나지 않으며 기껏해야 사람들이 보스턴 근교의 언덕에서 하듯이 짐수레에 실어다 은하수 어딘가의 늪지대라도 메우는 정도밖에는 소용이 없을 것이다.

그런데 이 금화는 순수한 황금이며 그것을 파낸 곳은 사금의 들판을 뚫고 동으로 서로 흐르는 수를 헤아릴 수 없는 황금강(고대 소아시아 라디아의 강) 물줄기의 원류가 있는 어느 산악의 심장부였을 것이다. 지금은 녹슨 나사못이나 퍼렇게 된 큰 구리못에 박혀 있지만 이제껏 조금도 건드려지지 않고 옛날 그대로의 퀴토(남아메리카 에콰도르의 수도)의 빛을 지니고 있었다. 그리고 또한 야만적인 선원들 사이에서 부단히 야만적인 손에 만져지고 길고 긴 밤중에 어떤 도둑이 접근해도 알 수 없을 정도로 어둠이 짙었더라고, 아침에 일어나보면 이 금화는 전날 저녁 일몰 때의 모습 그대로 있었다.

그 까닭인즉 금화를 특별히 간직하여 하나의 엄숙한 목적을 위해 떠받들고 있었으므로, 직업상 무례하기 짝이 없는 선원들이었다고는 하지만 그들 모두가 이것을 '백경'의 부적으로서 경외하고 있었던 것이다. 이따금 그들은 지루한 불침번을 설 때 이에 대해 서로 이야기를 주고받고 이것이 최후에 누구의 손에 들어갈 것인가, 그 사나이는 이것을 쓸 때까지 살아 있을까 등을 고개를 갸웃거리면서 이야기하곤 했다.

이 고귀한 남아메리카의 금화는 또한 태양과 열대의 추억의 기념패이기도 했다. 야자, 알파카, 화산, 태양과 별, 일식과 월식, 풍요한 뿔, 펄럭이는 깃발, 이런 것들이 쏟아져 나올 것처럼 화려하게 조각되어 있어, 이 고귀한 황금은 스페인어로 쓰인 한 편의 시와 같은, 저 환상적인 주조술에 의해 한층 더 고귀함을 더하고 영예를 더하고 있는 것처럼 보였다.

우연히 피쿼드호의 금화 가운데서도 가장 우수한 것이었다. 그 가장자리에는 에콰도르 공화국, 퀴토(REPUBLICA DEL ECUADOR : QUITO)라는 글씨가 새겨져 있었다. 그러니까 이 찬란한 화폐는 세계 한복판, 적도의 바로 아래서 세워진 나라의 것으로서, 그 나라 이름이 거기서 연유하여 붙여졌음이 드러난다. 그리고 그것은 안데스 산맥의 산허리의 가을을 알지 못하는 풍요한 대기 속에서 만들어진 것이다. 이 글씨에 싸여서 안데스의 세 개의 봉우리 같은 것이 보이는데, 그 하나에서는 불을 뿜고 있고, 또 하나에는 탑이 솟아 있으며, 또 하나에는 때를 알리는 수탉이 새겨져 있다. 또한 그 모든 것 위를 둥글게 싸고 있는 것은 하늘의 12궁도(十二宮圖)의 구분, 다시 말해서 신비스러운 상징을 묘사한 그림이며, 핵심을 이루는 태양은 천칭궁에서 춘추 2분점春秋二分點으로 들어가려 하고 있었다.

이 적도 금화를 앞에 놓고 에이허브가 걸음을 멈추고서 중얼거리는 것을 관찰한 자가 있었다. "산봉우리니, 탑이니, 그 밖에 뭐든지 크고 높은 것에는 항상 자아의 강렬함이 있다. 보라, 세 개의 봉우리는 마왕처럼 잔뜩 뻐기고 있군. 꿋꿋한 탑, 그것이 바로 에이허브인 것이다. 불을 뿜는 산, 그것이 에이허브란 말이야. 대담하고도 용감한 승리를 자랑하는 새란 무언가? 그것 또한 에이허브지, 모두 에이허브다. 그리고 이 둥그런 황금은 둥그런 지구의 초상肖像이고 그것이 마법사의 거울처럼 이 사람 저 사람의 구별 없이 각각 그 자체의 신비로운 자아를 비추어내는 것이다. 세계에 대해서 신비를 가르쳐 달라고 부탁하는 놈은 큰 고생을 하고도 조금밖에 얻을 수 없다. 세계는 자기를 해명할 수 없기 때문이다. 그러나 내게는 이 금화의 태양이 빛나는 얼굴인 것처럼 보인다. 그러나 보라! 그는 2분점, 폭풍의 표지가 있는 데로 뛰어든다. 폭풍에서 폭풍으로! 그것도 좋겠지. 진통을 겪고 태어난 사람은 괴로움에 살고 아픔에 죽는 것이 어울린다. 그것도 좋겠지. 여기에 덮여 오는 비참함을 멋지게 이겨내는 자기 있다. 그것도 좋겠지."

스타벅은 뱃전에 기대면서 혼잣말을 했다. "요정의 손이 저 돈에 닿은 것은 아닐 테지. 그러나 어제부터 악마의 손톱이 상처를 냈을 게 틀림없어. 저 늙은이는 벨사살 왕(고대 바빌론 최후의 왕)의 끔찍한 문구를 읽는 모양이군. 난 저 금화를 잘 살펴본 적이 없어. 늙은이가 아래로 내려가는군. 어디 좀 보자.

큰 하늘로 치솟은 세 봉우리 사이의 어두운 골짜기군. 그것은 이 지상에서의 희미한 삼위일체의 표시일까? 다시 말해서 이 죽음의 골짜기에 있는 우리들을 신께서 주위에서 지켜주시어 우리들의 어둠 위에 언제나 정의의 태양이 되고 희망이 되어 빛나고 있는 거다. 우리가 밑을 내려다보면 어두운 골짜기 밑의 곰팡내 나는 진창이 보이지만, 눈을 들어 보면 반짝반짝 빛나는 태양이 우리들의 눈까지 들어와서 기운을 북돋워준다. 그러나 위대한 태양도 움직이지 않은 것은 아니다. 만약 우리가 밤중에 태양의 위로를 받고 싶어진다면 아무리 우러러보아도 허사가 아니겠는가. 이 금화가 말하는 것은 현명하고 다정하고 진실하지만 역시 내게는 슬프다. 나는 달아나리라. 진실이란 것이 나를 두렵게 하는 것 같다."

"무굴의 늙은이구먼." 스터브는 기름솥 옆에서 혼잣말을 했다. "여태까지 금화를 노려보고 있었군. 어렵쇼, 스타벅도 거기서 오는구먼. 두 사람 다 얼굴이 아홉 길이나 될 만큼 늘어났는걸. 그것은 금화 한 닢을 보고 있었기 때문이야. 저런 걸 만약 내가 지금 니그로 언덕이나 콜라강에서 가지고 있었다면 보고 있을 겨를이 어디 있어. 곧 써 버릴 텐데 말이야. 흥! 내 변변치 못한 빈약한 지혜로 말하면 이건 좀 이상한걸.

나는 말이야, 여태까지 여러 번의 항해에서 금화쯤은 보아 왔단 말이야. 옛 스페인 금화라는 것도, 페루의 금화란 것도, 칠레 금화란 것도, 볼리비아 금화란 것도, 포파얀(남아메리카에 있었던 인디언 왕국) 금화란 것도, 그리고 모이도어(브라질의 옛 금화) 금화도, 피스톨 금화도, 조 금화도, 반半조 금화도, 4분의 1조 금화도 실컷 보아 왔단 말이야. 그런데 아직도 금화의 어디에 놀랄 만큼 이상한 데가 있는 걸까? 제기랄! 내가 다시 한 번 읽어 주마. 자! 이것이 계시이고 기적이란 말인가?

흥, 이것이 보디치(미국의 수학자) 영감이 그의 저서 가운데서 십이궁도인지 뭔지라고 한 것이로군. 내가 아래에 가지고 있는 달력에도 똑같은 것이 있지. 좋아, 달력을 가지고 오자. 다볼(달력 항해술의 전문가)의 산술로 악마를 불러낼 수 있다는 말을 들은 적이 있지. 그렇다면 매사추세츠의 달력으로 이 이상야릇한 조각물의 뜻을 풀어내 주자.

이것이 바로 그 책이다. 그런데 가만 있자. 계시와 기적, 그리고 태양이 언제나 사이에 끼여 있고, 그래, 흠, 흠, 흠, 이것이군. 모두 나란히 있구나, 백양궁(白羊宮, Aries)에 금우궁(金牛宮, Taurus)에 쌍자궁(雙子宮, Gemini)이구나. 그리고 태양이 그 속을 돌아다니는군. 딴은 그렇구나. 이 금화는 삥 둘러 원이 된 열두 개의 거실의 두 문턱을 넘으려고 하고 있군.

이봐, 책! 넌 거짓말쟁이가 아닌가? 도대체 너희들은 자기의 역할을 알고 있지 못하잖아. 너희들은 다만 있는 그대로를 말하면 되는 거야. 생각은 이쪽에서 할 일이야. 왜냐하면 나는 메사추세츠 달력이나 보디치의 항해술이나 다볼의 산술책을 읽고 안 일이란 말이다. 계시와 기적이라고? 계시도 아무런 위력이 없고 기적에도 도무지 의미가 없다면 비참할 걸세!

잠깐, 뭔가 실마리가 있을 것 같군. 잠깐 기다려. 이것 봐라! 다행이군! 있어. 이봐, 금화, 네 그 십이궁도에는 말이다. 사람의 일생이 처음부터 끝까지 씌어 있단 말이다. 나는 그것을 잘 읽어 볼 테다. 자, 오너라, 달력! 우선 백양궁이군. 바람둥이 개새끼, 이놈이 우리를 낳는군. 그리고 금우궁 이놈이 우리를 마구 혼내는군.

그리고 쌍자궁—결국 선과 악이렸다. 우리는 선 쪽으로 가려고는 한단 말이다. 그러나 봐라! 거해궁巨蟹宮이 와서 우리를 다시 끌고간단 말이야. 그래서 선에서 떨어져 가면 사자궁獅子宮이 짖으면서 길에서 기다리다가 우리를 질겅질겅 씹다가 앞발로 밀어버린단 말이야. 우린 달아나지. 여어, 처녀궁處女宮! 우리들의 첫사랑이지, 결혼해서 언제까지나 행복해질 작정이었지. 거기에 천칭궁이 얼굴을 쑥 내밀어서 행복을 저울에 달아보니 무게가 모자랐기 때문에 우리는 비관하고 있었는데, 이 무슨 일이란 말인가! 천갈궁天蝎宮이 와서 궁둥이를 찔러서 우린 펄쩍 뛰었단 말이야. 그리고 상처를 치료하고 있는데 사방에서 윙윙 화살이 날아왔단 말이야. 사수궁射手宮이 놀고 있었던 거야.

그 화살을 빼노라니까 웬걸, 마갈궁(磨蝎宮, Capricornus)이 전속력으로 부딪쳐 와서 우리는 벌렁 나자빠졌지. 그러자 보병궁(寶甁宮, Aquarius)이 물을 가득히 끼얹어서 우리는 물에 빠져서 쌍어궁(雙魚宮, Pisces)에 둘러싸여서 잠들고 말게 되지. 이것이 하늘에 씌어 있는 설교인데 태양은 매년 그것을 지나가며 싱싱하고 유쾌하게 다시 나온단 말이야. 그러나 저것이 높은 데서 어렵고 고생스러운 속을 쾌활하게 돌아다닌다면야, 이 하계下界의 스터브님께서도 마찬가지지. 아, 쾌활하게 지내야지. 잘 있어 금화, 그러나 잠깐만, 왕대공군이 이리로 오는군. 기름솥 뒤에라도 숨어서 저 나리께서 무슨 말을 하는지 들어보자고. 봐라. 앞에 와서 섰구나, 곧 무슨 말인가 토해낼 테지. 그래 말을 시작했군."

"여기서 내게 보이는 것은 금으로 만들어진 동그란 물건뿐이다. 저 고래를 잡은 사람이 이 동그란 것을 차지한다. 그런데 어째서 모두가 이 금화를 노려본단 말인가? 분명히 이것은 16달러의 가치는 있으니까 9센트짜리 담배라면 960개비군. 나는 스터브처럼 냄새가 고약한 파이프는 싫지만 잎담배는 썩 좋아하니까 이것은 960개가 있는 셈이야. 자아, 플라스크님께서 순시하러 나오시는군."

"저놈은 영리한 건가, 바보스러운 건가? 영리하다기엔 겉보기가 좀 바보 같고 바보라고 하기엔 겉보기가 약간 영리해 보인단 말이야. 그러나 기다리란 말이야. 만섬의 영감이 오는군. 바다로 나올 때까지는 관棺 메는 일을 했을 거야. 금화를 올려다보고 있군. 저런, 돛대 저쪽으로 가는데? 응, 저쪽에는 말편자가 못박혀 있을 뿐인걸. 되돌아왔구나. 도대체 이건 어찌된 영문인가. 들어라! 중얼중얼…… 마치 망가진 커피 가는 기계 같은 목소리로 시작했군. 귀를 기울이고 들어라."

"흰 고래를 잡는 날은 태양이 이 궁도들 중의 어느 곳인가로 들어갈 때, 즉 한 달과 하루 중이다. 나는 궁도의 그림에 대해 연구했기 때문에 그 표시는 알고 있단 말이다. 40년쯤 전에 코펜하겐의 무당할멈에게서 배웠단 말이다. 그런데 태양은 어느 표시가 있는 자리에 오면 좋단 말인가? 응, 그래. 금화 바로 뒤에 말편자의 표시가 있지 않은가. 그런데 말편자는 무슨 표시인가? 사자가…… 울부짖다가 삼켜버리는 사자 편자의 표시다. 배여, 불쌍한 배여, 너를 생각하면 나의 늙어빠진 머리가 지끈지끈 아프구나."

"그것도 읽는 한 가지의 방법이겠군. 그러나 책은 하나다. 세상은 하나이지만 사람은 가지각색이니까. 또 숨어야겠군! 저봐, 퀴퀘그야…… 온몸이 문신투성이고……. 네가 바로 그 십이궁도란 말이냐? 식인종이 무슨 말을 할까? 과연 기호를 살펴보기 시작하는군. 넓적다리뼈를 보고 있구먼. 태양이 넓적다리에, 아니면 정강이에, 그것도 아니면 창자 속에 들어간다고 생각하는 모양이군. 산골짜기에 사는 노파들이 외과의사의 천문학 이야기를 하는 것처럼 말이지.

저런, 놈이 넓적다리 부근에서 무언가 찾아냈는데 사수궁이 아닐까? 아니야, 놈은 금화라는 게 어떤 것인지 알지 못한단 말이야. 어느 임금의 바지에 달린 낡은 단추라고 생각할 거야. 그런데 또 숨어야겠다! 유령 악마놈인 페들러가 오는군. 여전히 꼬리는 똘똘 말아서 감추고 신의 발가락 사이에는 삼베 조각을 틀어막았구나. 저런 무시무시한 얼굴로 무슨 말을 한단 말인가? 아! 그림에 신호를 하고 절을 하는구나. 금화에 태양이 있거든……. 틀림없이 배화교도일 거야. 후유, 또 오는군. 이쪽에서 핍이 나오는군. 자식! 죽어 주었으면 좋았을걸. 아니 내가 죽는 게 더 좋았을까?

나는 얼마쯤 저 아이가 무섭단 말이야. 놈도 모두가…… 나까지 포함해서 모두가 그림을 읽는 것을 보았단 말이야. 그리고 보란 말이야. 보통 사람 같지 않게 바보 같은 얼굴로 읽기 시작했어. 숨자, 숨어. 놈이 뭐라고 하는지 들어라. 들어라!'

"나 본다, 당신 본다, 그 사람 본다. 우리 본다, 당신들 본다, 그들 본다."

"뭐라고! 머레이(미국의 문법학자)의 문법 공부를 하는 건가? 불쌍하게도 미리를 좋게 하려는 게로군. 그런데 지금 무슨 말을 시작했는가? 쉿!'

"나 본다, 당신 본다, 그 사람 본다. 우리 본다, 당신들 본다, 그들 본다."

"저런 외우는 건가? 쉿! 또 뭐라고 하는군."

"나 본다, 당신 본다, 그 사람 본다. 우리 본다, 당신들 본다, 그들 본다."

"흐음, 재미있군."

"나, 당신, 그리고 그 사람. 우리들, 당신들, 그리고 그들, 모두 박쥐. 난 까마귀, 곧잘 이 소나무 꼭대기에 앉아 있지. 까욱, 까욱, 까욱, 까욱, 까욱! 난 까마귀가 아닌가. 허수아비는 어디 있나? 저기 있다. 너덜너덜한 바지에 뼈가 두 개 꽂히고, 누더기 셔츠에 또 두 개 꽂혔군."

"내 말을 하는 게 아닐까? 허, 참! 자식. 나는 목을 매달고 싶어졌어. 아무
튼 핍에게서 달아나자. 다른 똑똑한 머리를 갖고 있는 놈이라면 끄떡도 않겠
지만, 이놈처럼 미친 놈의 대가리에는 나처럼 제정신을 지닌 사람은 진단 말
이야. 그래, 이놈에게 중얼거리게 내버려두자."

"이 금화, 배의 배꼽이다. 모두들 빼내려고 한다. 그렇지만 배꼽을 빼면 그
뒤는 어떻게 되지? 그러나 여기에 놔두면 보기 흉해. 돛대에 못박아 두면 끔
찍한 일이 닥쳐올 표시가 된단 말이야. 핫, 핫, 에이허브! 흰 고래가 당신을
못질할 거요. 이건 소나무다. 우리 아버지가 톨랜드의 어느 곳에서 소나무를
베었더니 은반지가 속에서 나왔지. 검둥이의 결혼반지였어. 어째서 거기에
있었을까? 그렇지만 만약 부활하는 날, 모두가 이 낡은 돛대를 건져올려 그
꺼칠꺼칠한 나무껍질에 달라붙은 굴조개들 속에서 이 금화를 찾아낸다면 이
렇게 말하겠지! 오, 황금! 고맙다, 고맙다. 황금이여! 얼마 되지 않아서 바보
같은 욕심쟁이가 너를 가둘 거야. 슛! 슛! 신께서 세계를 짓이기며 돌아다니
신다. 요리다! 요리다! 우리를 요리한다! 제니여! 헷, 헤, 헤, 헤, 제니여, 제니
여! 옥수수 빵을 구워주렴!"

제100장 다리와 팔

낸터킷의 피쿼드호, 런던의 새뮤얼 엔더비호와 만나다.

"여어이! 백경 보았나?"

다시 한 번 에어허브는 뒷갑판에 닿을까 말까 하게 스쳐 가는 영국기를 단
배에 대고 소리를 질렀다. 이 노인은 입에 확성기를 대고 매달린 뒷갑판의 보
트 속에 서 있었다. 그는 저쪽 배의 보트 뱃머리에 기대어 선 상대편 선장에
게 그의 고래뼈 다리를 감추려고도 하지 않았다.

상대는 햇볕에 그을려 검고 단단하며 예순 살 가량 되어 보이는 훌륭한 풍채의 호인다운 사나이로 헐렁헐렁한 짧은 재킷을 입고 있었는데, 그 옷은 독특한 곤색 나사로 꽃줄 장식을 해놓은 듯이 그의 몸을 싸고 있었다. 그 재킷의 팔 없는 쪽의 소매는 경기병의 수를 놓은 겉옷의 소매처럼 바람에 날려 뒤로 너풀거리고 있었다.

"백경을 보았는가?"

"이것이 보이는가?" 상대편은 여태까지 소매에 감추었던, 말향고래의 뼈로 만든 흰 팔을 내밀었다. 그것은 나무망치처럼 끝에 나무 옹이가 달려 있었다.

"내 보트를 내려라!" 에이허브가 숨가쁘게 외치고 가까이에 있던 노를 내저었다.

"보트를 내려라, 준비!"

1분도 채 되기 전에 보트에 올라탄 채 그와 선원들은 바다 위에 내려지고 곧 영국 배의 뱃전 옆에 이르렀다. 그러나 여기서 아주 묘한 일이 생겼다. 도대체 에이허브는 그의 한쪽 다리를 잃은 뒤로는 바다 위에서 자기의 배 이외의 다른 배에는 올라간 적이 전혀 없었고, 그리고 자기의 배에서는 피쿼드호의 특제라고 할 만한 교묘하고 손쉬운 여러 가지 장치를 해놓았지만, 그것은 급할 때 맞추어서 다른 배에서 쓰도록 장치해서 보낼 수가 없다는 것을 너무 흥분해서 까맣게 잊고 있었던 것이다. 그런데 바다 위의 보트에서 배의 뱃전을 기어오른다는 것은, 고래잡이처럼 숙련되어 있는 사람이 아니면 그야말로 어려운 일이었다. 어쨌든 커다란 파도는 지금 보트를 뱃전 부근까지 높이 밀어올렸는가 하면, 곧 배 밑의 용골 가까이까지 떨어뜨리는 것이었다. 그러니까 다리가 하나밖에 없는 에이허브로서는 그 배에는 원래 친절한 장치 같은 것이 없었으므로 한심하게도 아무런 재주도 없는 뭍사람의 신세가 되어버리지 않을 수 없었다. 그는 그저 도저히 올라갈 수 없으리라고 단념하고 끊임없이 변동하는 배의 높이를 절망적으로 바라볼 뿐이었다.

앞에서도 조금 이야기했다고 생각하는데 에이허브에게는 대수롭지 않은 불편한 일이나 자신의 서툰 실수에서 일어난 일이라도 그를 난처하게 하거나 하면 거의 언제라도 초조하고 화가 나서 견디지 못하였다. 이번에도 그 배의 두 사관士官이 못질을 해서 수직으로 늘어뜨린 밧줄 사다리 옆의 난간에 기대서서 그를 향해서 기분좋은 장식이 달린 한 쌍의 난간 밧줄을 흔들었기 때문에 그것이 한층 더 그를 초조하게 하고 분통 터지게 했던 것이다. 그들은 처음에 이 외다리의 사나이가 난간 밧줄을 쓸 수 없을 정도의 불구라고는 생각하지 않았던 듯했다. 그러나 이 거북한 기분은 1분 정도밖에 계속되지 않았다. 영국 선장은 대뜸 일이 되어 가는 것을 알아차리고 외쳤다. "알았어, 알았어. 난간 밧줄로 끌어올리려고 하지 마라! 자, 서둘러 고패를 내려라!"

다행히도 하루 이틀 전에 고래를 뱃전으로 당길 일이 있었기 때문에 아직도 큰 고패는 돛대에 걸려 있고 커다란 구부러진 지방 갈고리가 깨끗하게 말라서 그 한쪽 끝에 매달려 있었다. 그것이 서둘러 에이허브 쪽으로 내려졌다. 그는 그 자리에서 모든 것을 알아차리고 한 다리를 갈고리의 구부러진 부분에 집어넣었는데 그것은 닻의 갈고리나 아니면 사과나무의 갈라진 가지 위에 걸터앉는 것과 비슷했다. 그러고 나서 크게 소리를 지르고 단단히 달라붙는 동시에 자신의 체중을 끌어올리는 데 힘을 보태기 위해서 도르래로 움직이는 한 줄의 밧줄을 번갈아 가면서 손을 내밀어 당겼다. 얼마 뒤에 그는 조심스럽게 높은 뱃전 너머로 흔들려서 조용히 고패 꼭대기에 내려졌다. 영국 선장은 부끄러워하지도 않고 고래뼈의 팔을 환영하는 뜻으로 내밀고 걸어왔다. 에이허브는 고래뼈의 다리를 내밀고(마치 두 마리의 황새치의 주둥이처럼) 고래뼈의 팔과 서로 엇걸으면서 해마처럼 외쳐 댔다.

"아, 유쾌하군! 뼈끼리 악수하세…… 팔과 다릴세……. 오므릴 수 없는 팔, 그리고 달릴 수 없는 다리 말이오. 백경을 어디서 보았소…… 벌써 오래전이오?"

"백경." 영국 사람은 고래뼈로 된 팔로 동쪽을 가리키며 그것이 망원경인 것처럼 그것을 따라 매우 분한 눈길을 보냈다. "지난번 어기漁期에 저쪽 적도에서 보았소."

"놈이 팔을 빼앗아 갔소?" 에이허브는 고패에서 미끄러져 내려서 영국 사람의 어깨에 올라타면서 물었다.

"그렇소. 놈이 적어도 그 원인이었소, 그런데 그 다리도?"

"이야기를 해주시오."라고 에이허브가 말했다. "어떻게 된 거요?"

"생전 처음으로 적도를 항해했지요."라고 영국 사람은 이야기를 시작했다. "우린 백경에 대해선 아무것도 몰랐소. 그래서 어느 날 보트를 내리고 네댓 마리의 고래를 쫓다가 우리 보트는 그 중의 한 마리에 작살을 던졌소. 그놈이 또한 기운 센 곡마단의 말 같은 놈이어서 빙글빙글 저쪽으로 끌고 이쪽으로 끌고 해서 우리 보트의 선원들은 모두 뱃전에 주저앉아서 균형을 잡는 것이 고작이었단 말이오. 그때 갑자기 바다 밑에서 굉장한 기세로 큰 고래가 뛰쳐나왔소. 머리하고 혹이 우윳빛처럼 회고 온몸이 주름투성이였소."

"그놈이오, 바로 그놈이오!' 에이허브는 여태까지 숨을 죽이고 있던 것을 한꺼번에 토해내며 외쳤다.

"오른쪽 지느러미 부근에 작살이 몇 갠지 꽂혀 있고."

"그렇소, 그렇소! 그건 바로 내가 꽂은 거요. 내 작살이라고." 하고 에이허브는 어쩔 줄 모르며 기뻐서 외쳤다.

"계속 이야기하리다."라고 영국 사람은 기분좋게 말했다. "그런데, 그 흰 대가리와 흰 혹이 달린 늙어빠진 영감 고래는 주위에 거품을 일으키며 고래 떼 속으로 달려들어와서 나의 밧줄에 무서운 기세로 달려들어 물었소."

"아, 알겠소. 떼어놓으려고 한 것이오. 작살을 맞은 고래를 구하려고 한 거요, 언제나 같은 솜씨오. 나는 잘 알고 있소."

"어떻게 했는지 분명히는 모르겠지만……" 외팔 선장은 계속했다. "아무튼 밧줄을 물어뜯자 놈의 이빨에 걸려서 엉켜든 모양이었소. 그러나 이쪽에선 그런 것을 그 당장에는 알아차리지 못했소. 그래서 나중에 밧줄을 끌어당겼더니 그 순간 놈의 혹에 '쾅' 하고 부딪쳐야 할 고래는 꼬리를 흔들면서 바람 불어오는 쪽으로 달아나버렸소. 사정을 알고 보니 어쩌면 그렇게도 엄청난 고래더란 말이오. 한 번도 본 적이 없을 정도로 굉장한 고래였으니까. 나는 이놈이 물 끓듯 날뛰고 있는 것을 알면서도 어디 한번 잡아 보리라 하고 결심을 했소. 헝클어진 밧줄은 벗겨질 테고, 돛줄에 감긴 이빨은 빠지겠지─왜냐하면 나의 선원들은 고래 밧줄을 당기는 데는 악마 같은 놈들이니까요— 하고 생각했기 때문에 나는 일등 항해사의 보트에 이 마운트톱 군……. 잠깐 소개하겠소. 선장, 마운트톱이오. 마운트톱, 선장님이야…….

에에, 다시 말해서 나는 마운트톱의 보트가 그때 나의 보트와 닿을 만큼 가까이 와 있었기 때문에 거기에 옮겨 타고 닥치는 대로 작살을 움켜쥐고 그 늙은 너구리 영감에게 한 대 먹였소. 그런데 이게 무슨 일이겠소. 글쎄 들어 보구려. 정말로 끔찍한 일이었다오. 갑자기 눈 깜짝할 사이에 나는 박쥐처럼 장님이 되어 버렸소. 갑자기 두 눈이 보이지 않았소. 시커먼 물거품만이 눈앞에 자욱하고 다만 그 속에서 고래의 꼬리가 대리석의 첨탑처럼 공중에 꼿꼿이 쑤욱 떠올라 있었소. 이렇게 되고 보니 뒤로 물러설 수도 없었소.

그래서 나는 태양이 왕관의 보석처럼 번쩍번쩍 찬란히 빛나는 대낮인데도 손으로 더듬거려서 제2의 작살을 잡으면 던지리라고 생각하고 있으려니까 꼬리가 리마(남아메리카 페루의 수도. 1746년의 대지진을 연상했다.)의 탑처럼 덮쳐와서 나의 보트를 절반 뚝 잘라서 산산히 부숴놓았소. 처음엔 꼬리가, 그 다음엔 흰 혹이 배의 파편들 사이를 헤집고 나갔소.

우리는 전멸했소. 나는 놈의 무시무시한 타격을 피해서 놈에게 꽂혔던 나의 작살자루를 움켜쥐고 그때는 마치 뱃바닥에 매달린 빨판상어처럼 달라붙어 있었소. 그러나 센 파도가 나를 떠밀었는가 했더니, 그때 고래가 앞으로 확 밀고 나오면서 번개처럼 물속으로 들어갔소. 더욱이 분한 것은 두 번째의 작살의 칼날이 내 가까이에 끌리면서 거기서부터 걸려버렸단 말이오(하고 한 손으로 어깨 바로 아래를 두드렸다.). 그렇소, 바로 여기에 걸려서 말이오. 나는 지옥의 불 속에 끌려들어간 것 같았소.

그러나 그 순간에 고마운 신의 은총으로 칼날이 살을 에고…… 나의 팔을 위에서 아래까지 좍 찢고…… 손목 있는 데서 떨어져 나가고 나는 떠올랐소. 그 다음 일은 저기 있는 사람이 이야기하는 게 좋겠소. 잠깐 소개하겠소. 선장, 선의船醫인 벙거 박사요. 이봐요 벙거, 선장님이오. 자아, 벙거, 그대가 나머지 이야기를 하게나."

이렇게 친밀하게 지명된 의사는 아까부터 줄곧 두 사람 가까이에 서 있었지만, 배 안에서의 그의 높은 신분을 나타내는 점은 아무것도 없었다.

얼굴이 유난히 둥글고 융통성이 없는 진실성만이 보였다. 푸른빛의 바랜 털셔츠를 입고 기운 바지를 입었는데, 이때까지는 한 손에 들고 있는 밧줄 푸는 바늘과 다른 손에 들고 있는 환약 상자를 번갈아 보거나 또, 두 불구 선장의 고래뼈로 된 팔이며 다리를 흘끔흘끔 바라보거나 하고 있었다. 그러나 상관으로부터 에이허브를 소개받자 공손하게 절을 하고 선장의 이야기를 하기 시작했다.

"끔찍한 중상이었습니다." 포경선의 선의는 입을 열었다. "그래서 나의 충고를 받아들여 이 부머 선장은 이 새미호를……."

"우리 배의 이름은 새뮤얼 엔더비라오."라고 외팔 선장은 말참견을 했다. "이야기를 계속하게나."

"이 새미호는 적도의 화형을 당하는 듯한 공기 속에서 빠져나와 북쪽으로 향했답니다. 그러나 그래도 좋아지진 않았죠. 나는 할 수 있는 짓은 다했습니다. 매일 밤 곁에 붙어 있었습니다. 식사 문제에 대해서는 엄격하게 했습니다."

"엄격했고말고!" 환자 스스로가 맞장구를 쳤다. 그러고 나서 갑자기 목소리가 변했다. "나와 매일 밤 뜨거운 럼주를 만들어 마셔서 나중에는 붕대도 보이지 않을 정도가 되었소. 그리고 비틀비틀하도록 취한 나를 자리에 눕힌 것은 새벽 3시나 되어서였소. 정말이었소! 밤새도록 간호해 주고, 식사는 무척 엄격했소. 이 벙거 신생은 말이오. (벙거! 요 악당 웃어! 어째서 웃지 않지? 자넨 무척 쾌활한 악당이 아닌가 말이야.) 그렇지만 이야기를 계속하게. 난 말이야, 다른 놈이 살려주는 것보다 자네에게 살해되는 편을 좋아해."

"우리 선장님은 말입니다, 선장님께서도 이미 아셨겠지만," 신묘神妙한 표정을 짓고 있는 벙거는 조금도 동하는 기색 없이 약간 고개를 숙여 에이허브에게 인사를 했다. "이따금 농담을 곧잘 하십니다. 저렇게 재미있는 말씀으로 사람을 슬쩍 속이길 잘하신답니다. 그렇지만 이야기가 나왔으니 말입니다만, 프랑스식으로 말씀드리자면 말입니다. 다시 말해서 나는, 즉 원래는 목사인 잭 벙거는 술이라곤 전혀 한 방울도 못 먹는 금주가이므로 술은 절대로……."

"물이야!" 선장이 외쳤다. "선생은 물을 마시지 않지. 물을 마시면 열병이 나는 모양이오. 식수를 마시면 공수병恐水病에 걸리지. 그렇지만 이야기를 계속하게. 팔 이야기를 말이야."

"네, 그렇게 하지요" 선의는 조용히 말했다. "부머 선장께서 농담을 해서 이야기를 도중에 끊어버리지 않았다면 말씀드릴 참이었습니다만 내가 힘닿는 데까지 그렇게 엄격하게 했어도 상처는 점점 악화될 뿐이었고, 정말이지 그런 끔찍한 상처란 어느 선의도 아마 본 적이 없었을 겁니다. 2피트 수인치 이상이나 되었죠. 내가 납줄로 재어 보았단 말입니다. 간단히 말해서 상처는 새까맣게 되어 갔습니다. 나는 위험을 깨달았죠. 그래서 잘라버렸습니다. 그러나 그 고래뼈 팔을 배에 싣는 데 대해서는 나는 전혀 관계하지 않았습니다. 그런 것은 도리에 어긋나죠."

그는 잠시 말을 중단하고 밧줄 푸는 바늘로 그것을 가리키면서 다시 말을 하기 시작했다.

"그것은 선장께서 배목수에게 만들게 하셨습니다. 그리고 끝에다 망치를 달게 한 것은 아마도 어느 놈의 머리를 때리려고 하신 것일 겁니다. 실은 나도 한번 그런 봉변을 당했습니다. 선장께선 이따금 왈칵 성을 내고 잔인해지신답니다. 이 상처를 보십시오."

그는 모자를 벗고 머리카락을 헤치고 정수리에 나무 그릇 모양으로 움푹 팬 것을 보였는데 거기에는 상처 자국 같은 것은 없었고 아무리 보아도 일찍이 있었던 상처였다고도 생각되지 않았다. "이 선장님께서 어떻게 이것이 생겼는지 가르쳐 주실 겁니다. 잘 알고 계시니까요."

"알 게 뭔가." 선장이 말했다. "자네 어머니가 아실 테지. 날 때부터 있었던 거야. 요 악당놈! 벙거 놈! 넓은 바다에도 요 벙거 같은 놈은 없을 거야. 벙거 개새끼, 네가 죽으면 소금에 절여서 후세 사람들에게 본보기로 해야겠다. 악당놈."

"백경은 어찌 되었소?" 여태까지 초조해하면서도 두 영국인의 농담을 듣고 있던 에이허브가 끝내 외쳤다.

"오!" 외팔 선장이 외쳤다. "그렇지. 결국 놈은 물속으로 들어가서 한동안

492

은 모습을 보이지 않았소. 실제로 나는 아까도 말했지만 나를 이런 끔찍한 꼴로 만든 고래가 어떤 놈이었는지 몰랐소. 가까스로 적도로 돌아왔을 때 백경이었다고 누군가가 말하는 것을 듣고 그놈이었다는 것을 알았소."

"그 뒤엔 그놈을 만나지 못했나요?"

"두 번 만난 적이 있소."

"작살을 던지지 않았나요?"

"그러고 싶지도 않았소. 한 팔로 충분하지 않소? 이제 또 하나마저 잃으면 어쩌겠소. 그리고 백경은 물어뜯을 뿐만 아니라 삼키기를 더 잘하지 않던가요?"

"그렇다면." 하고 벙거가 말참견을 했다. "왼팔을 미끼로 해서 오른팔을 되찾는 게 어떻습니까? 두 분께서 잘 아시겠지만 ……." 하고 매우 엄숙하게 두 선장에게 각각 절을 했다. "아시겠지만 고래의 소화기관이라는 것은 하느님의 섭리로 아주 희한하게 만들어져서 사람의 팔 하나도 완전히 소화시킬 수가 없답니다. 그리고 고래도 그런 것은 알고 있습니다.

그러니까 당신께서 백경의 포학暴虐이라고 생각하시는 것은 다만 그의 공포에 지나지 않습니다. 도무지 팔이나 다리 하나도 삼킬 생각은 갖고 있지 않습니다. 다만 겉으로 놀라게 하려고 했을 뿐입니다. 그러나 옛날 실론섬에서 내가 진찰했던 요술쟁이는 단검을 삼키는 엉터리 짓을 하다가 어느 때 실제로 단검 한 개를 뱃속에 집어넣고 열두 달 가량 담고 있었는데 고래가 어쩌면 그런 흉내를 냈는지도 모르겠습니다. 그 사기꾼은 내가 토히는 약을 먹었더니, 자잘한 못처럼 된 것을 토해냈단 말입니다.

그렇지만 고래란 놈은 그 단검을 소화해서 놈의 몸 조직 속에 집어넣을 수는 없습니다. 그렇습니다. 부머 선장, 만약 선장께서 그 팔 하나를 제대로 장사지내 주자는 뜻에 또 하나의 팔을 걸어 보신다면 그 팔은 선장께로 돌아올 겁니다. 다만 다시 한 번만 고래의 도전에 응하시면 되는 겁니다. 그것뿐이에요."

"아니, 이젠 딱 질색이야, 벙거." 영국인 선장이 말했다. "이미 삼킨 팔은 놈에게 점잖게 바치겠어. 왜냐하면 그때는 어쩔 수가 없었고 나는 놈이 어떤 놈인지 몰랐단 말이야. 그러나 남은 한 팔은 못 바치겠어. 난 백경은 질색이야. 한 번 쫓은 것으로 충분해. 놈을 잡는다는 것은 굉장한 명예겠지. 그것을 잘 알아. 고급 경뇌가 한 배에 가득 찰 거야. 그러나 들어봐. 놈은 그대로 내버려두는 게 좋아. 선장께서도 그렇게 생각하지 않으시오?' 하고 고래뼈 다리로 눈길을 주었다.

"그렇소. 그렇지만 그렇더라도 역시 추적해야 하오. 그 저주스러운 놈은 확실히 내버려두는 게 좋겠지만, 그러면서도 강하게 마음을 끌어당긴단 말이오. 놈은 그야말로 자석 같소! 그놈을 본 지 얼마나 지났소?'

"오, 이 무슨 말이란 말인가! 몸이 떨리는구려."라고 벙거는 외치고 몸을 굽혀 에이허브의 주위를 돌아다니면서 개처럼 이상하게 코를 벌름거리며 냄새를 맡았다. "이 사람의 피 말이다! 검온기檢溫器를 가지고 오게! 피가 들끓고 있어! 이 사람의 맥박으로 갑판의 판자가 진동하고 있다! 자, 보라고!' 호주머니에서 정맥을 끊어 피를 흐르게 하는 바늘을 꺼내서 에이허브의 팔에 접근했다.

"비켜!' 에이허브는 고함을 치고 상대를 뱃전에 밀어붙이면서 외쳤다. "보트에 타라! 놈은 어디로 갔소?'

"아니 저런!' 질문을 받은 영국 선장이 외쳤다. "이게 어쩐 일인가! 그야 동쪽으로 갔다고 생각하지만 자네 선장은 미친 사람인가?'라고 조그마한 목소리로 페들러에게 물었다.

그러나 페들러는 손가락을 입술에 갖다 대고 뱃전을 미끄러져 내려서 보트의 노를 잡고, 에이허브는 고패를 흔들면서 아래로 내릴 준비를 하라고 선원들에게 명령했다.

눈 깜짝할 사이에 그는 보트 뒷갑판에 내려서고 마닐라인들은 노에 달려들었다. 영국 선장이 외쳐 불러도 소용이 없었다. 영국 배에는 등을 돌린 채 안색이 조금도 변하지 않은 에이허브는 피쿼드호의 뱃전에 돌아갈 때까지 꼿꼿이 서서 움직이지 않았다.

제101장 술병

영국 배가 우리의 시야에서 사라지기 전에 적어 두겠는데, 그 배는 런던에 선적을 두고 있었다. 그 이름은 그 도시의 호상豪商 고故 새무얼 엔더비에 연유된 것으로, 그 사람은 저명한 포경업 엔더비 부자 회사父子會社의 창립자이며 그 회사는, 일개 고래잡이인 나의 견해로는, 참다운 역사적 흥미를 끄는 점에 있어서는 튜더와 부르봉의 두 왕조를 합친 것과 맞먹을 정도였다.

이 대포경업의 가문이 1775년 이전부터 존재했었는가는 내가 찾아본 기록에서는 분명하지 않다. 그러나 그 해(1775년)에는 맨 처음으로 영국 배가 정식으로 말향고래를 잡기 위해서 의장되었다. 그렇지만 그 몇십 년 전부터(1726년 이후 줄곧) 우리나라의 낸터킷이며 비니야드의 용감한 코핀네 일가一家며 메이시네 일가가 대선단을 만들어 다른 곳으론 가지 않고 다만 북대서양과 남대서양에서 거경의 무리를 쫓고 있었다. 아무튼 낸터킷인만이 인류 가운데서 최초로 문명의 이기利器인 강철로 만든 작살을 말향고래에게 던졌던 것이며, 반세기 동안은 온 지구에서 다만 그들만이 그 작살을 던지고 있었던 사실을 여기에 명확히 적어 두어야겠다.

1778년에는 우수한 배 아멜리아호가 특히 포경 목적을 위해서 의장되고 유력한 엔더비 회사의 전면적인 후원으로 대담하게도 혼 곶을 돌아 다른 나라들보다 앞서서 고래 추적용 보트라고 할 만한 것을 남태평양에 내리게 되었다. 그 항해는 솜씨도 좋았고 운도 좋아서 아멜리아호가 그 배에 하나 가득 귀중한 경뇌를 싣고 모항母港으로 돌아오자 곧 영국과 미국의 여러 배가 그 뒤를 쫓게 되고, 이리하여 태평양의 큰 말향고래 어장의 문이 열렸다. 더욱이 이 공적에 만족하지 않고 이 투지만만한 회사는 다시 활약을 개시했다. 새무얼과 그의 아들들의—몇 명이었는지는 그의 어머니만이 아는 바이지만—직접적인 후원 아래, 또한 내가 생각하는 바로는 그들의 출자에 의해서 영국 정부는 그 슬로프 형形 군함(윗갑판에만 포를 장비한 소형 군함) 래틀러호가 남태평양의 포경 어장을 발견하는 항해에 오를 것을 승낙했다. 해군 함장의 지휘하에 래틀러호는 기운차게 항해하여 약간의 공헌을 했지만 어느 정도인지는 알려지지 않았다.

그러나 그것으로 끝난 것은 아니었다. 이 회사는 1819년에 자기 힘으로 포경어장 발견선을 만들어서 먼 일본 해역까지 시험 항해를 하게 했다. 이 배는 '사이런호'라는 좋은 이름이었는데 시험 항해를 훌륭하게 해냈고, 이리하여 일본의 대포경 어장이 비로소 세계에 알려지게 되었다.

사이런호의 이 유명한 항해는 낸터킷 사람인 코핀 선장이 지휘했다. 그렇기 때문에 엔더비 회사에 경의를 표하는 바인데, 그 회사는 오늘날에도 존재하고 있으리라고 생각한다. 물론 창립자인 새무얼은 아득한 옛날에 저세상의 남태평양에 밧줄을 내려버렸지만, 그의 이름을 딴 배는 그 이름을 손상시키지 않을 만한 것이어서 쾌속이고 모든 점으로 보아 우수했다.

나는 언젠가 파타고니아(남아메리카의 최남단 지역)의 해역 어딘가에서 한밤중에 그 배를 방문하여 앞돛대의 선원들과 진탕 마신 적이 있었다. 참으로 멋진 교환交驩이었다. 그들은 모두 멋진 사나이들이었다. 굵고 짧게 살며 명랑하게 죽을 수 있는 사람들이었다. 그 멋진 교환은 에이허브 노인이 고래뼈 다리로 이 배의 널빤지를 밟고 나서 훨씬 뒤의 일이었는데 그 점잖고 빈틈없는 색슨인다운 환대는 지금도 눈앞에 선하게 떠오른다.

만약 내가 그것을 상기하지 않게 된다면, 나는 목사에게도 따돌리게 되고 악마에게 붙잡혀야 마땅할 것이다. 술? 술을 마셨던가? 그렇고말고. 우리는 한 시간에 10갤런 꼴로 마셨지. 그런데 갑자기 이 지방 특유의 비바람이 몰아쳐서(파타코니아 근처의 해역에는 비바람이 많다.) 윗돛대를 줄이라고 명령을 받았을 때는 모두가 완전히 비틀비틀해서 팽팽한 밧줄에 매달린 채 그네를 타지 않으면 안 되었다. 그리고 잘못해서 재킷 자락을 돛 속에 감아 넣었기 때문에 단단히 감겨들어가서 포효하는 질풍 속에 매달려 술주정뱅이 선원들에게 좋은 본보기가 되기도 했다. 그러나 돛대는 넘어가지 않았으므로 우리는 한 사람씩 기어 내려왔고 그때는 완전히 취기가 가셨기 때문에 또다시 마시지 않을 수 없었다. 그러나 광란하는 바다의 짠 물이 뱃머리의 천창天窓으로 스며들어왔기 때문에 내 입에는 술맛이 몹시 밋밋하고 찝찌름하게 느껴졌다.

고기는 질기긴 했지만 맛은 괜찮았다. 그들은 쇠고기라고 했지만 개중에는 낙타고기라고 하는 사람도 있었다. 나는 어느 쪽인지 알 수 없었다.

덤플링(사과 또는 고기를 넣어 찌거나 구운 단지)도 있었는데 그것은 작지만 단단하고 매우 동그래서 잘 부서질 것 같지 않았다. 그것을 삼킨 뒤에도 뱃속에서 장소를 잘 찾아내서 굴릴 수도 있을 것이라고 생각되었다. 만약 너무 앞으로 몸을 굽히기라도 한다면 당구공처럼 입에서 굴러나올 것 같기도 했다.

빵—이건 참아야만 했다. 게다가 괴혈병 예방의 빵이었는데, 요컨대 이 빵이 배 안에서는 유일하게 신선한 것이었다. 그러나 앞돛대 부분은 밝지 않았기 때문에 먹을 때 어두운 그늘로 뛰어들기란 쉬운 일이었다. 그러나 결국 이 배의 돛대 꼭대기에서부터 키에 이르기까지 모두 살펴볼 때, 또 요리 당번의 냄비 크기와 그 자신의 뱃속의 냄비도 계산에 넣고 생각해 볼 때, 새무얼 엔더비호는 뱃머리에서 뒷갑판까지 온통 유쾌한 배였다. 식사는 고급으로 듬뿍 있었고, 술은 맛이 좋고 독했으며, 사람들은 모두 민활하고 구두 밑창에서부터 모자 끝까지 모두 훌륭했다고 단언할 수 있다.

어쨌든 이 새무얼 엔더비호를 비롯해서—그렇다고 전부라곤 하지 않지만—영국의 포경선은 손님 좋아하기로 유명하고, 고기며 빵이며 술이며 농담을 주고받고 언제까지나 먹고 마시고 웃고 싫증을 내지 않는 것은 무슨 까닭일까? 영국 포경선의 쾌활성의 정도란 역사적 연구를 할 가치가 있다. 그래서 나는 여태까지도 필요한 경우에는 포경에 대한 역사적 고찰을 게을리하지 않았던 것이다.

영국 사람은 포경에 있어서는 네덜란드 사람, 질란드 사립(네덜란드 남서부 시방), 덴마크 사람의 뒤를 이은 사람들이며, 그들에게서 빌려온 어업 용어는 지금도 남아 있을 뿐 아니라 그 위에 또 그들의 많이 먹고 많이 마신다는 옛날부터의 대범한 습관까지도 빌려왔던 것이다. 왜냐하면 일반적으로 영국 상선은 선원들의 식량을 절약하지만 영국 포경선들은 그렇지 않다. 그러니까 영국 사람들에게는 이 포경선의 성대한 잔치는 보통 있는 자연스러운 것이 아니라 우발적이고 특이한 일인 것이다. 따라서 여기에서 지적하고 또 부연할 그런 특수한 원인에 기인한다고 해야 한다.

나는 이 고래사를 연구하던 중, 네덜란드의 고서를 본 적이 있었는데, 말향고래 냄새가 풍기는 것으로 보아 포경에 관한 책임에 틀림없을 것으로 알았다. 제목은 〈단 쿠프맨(Dan Coopman)〉이라는 것이었다. 그러므로 나는 어느 포경선이나 반드시 통장이(cooper)를 태우고 있으므로 이것은 포경선에 탄 암스테르담 근처의 통장이의 귀중한 회상기임에 틀림없다는 결론을 내렸다. 다시 이 저자가 피츠 스워크해머(Fitz Swackhammer), 즉 망치를 휘두르는 명수였다는 것은 나의 견해를 한층 더 굳혀 주었다. 그래서 나의 친구로, 산타클로스, 성 포츠 대학의 저지低地 네덜란드어 및 고지高地 독일어 교수인 석학 스노드헤드 박사에게 내가 이 책을 주면서 번역을 의뢰하고 그 대가로 말향초 한 갑을 주었다.

스노드헤드 박사는 그 책을 보자마자 '단 쿠프맨'이란 통장이가 아니라 상인이라는 뜻이라고 나에게 가르쳐 주었다. 다시 말해서 이 낡고 심원한 저지 네덜란드어의 책은 네덜란드의 상업에 대해서 다루었는데 그 몇 가지 주제 가운데 포경에 관한 극히 흥미 깊은 사실이 기술되어 있었다.

'지방脂肪'이라는 제목이 붙은 장에서 내가 본 것은 180척의 네덜란드 포경선의 식량 창고에 비치된 물건의 길고 자세한 품목표였다. 그것을 스노드헤드 박사의 번역에 의해서 옮겨 적기로 하겠다.

쇠고기	40만 파운드
프리슬란드 돼지고기	6만 파운드
마른 생선	15만 파운드
비스킷	55만 파운드
말랑말랑한 빵	7만 2천 파운드
버터	2천8백 통
텍셀 및 라이덴 치즈	2만 파운드
치즈(아마도 하급품)	14만 4천 파운드
맥주	1만 8백 배럴
네덜란드산 진	550앵커

대부분의 통계표는 읽어도 무미건조하지만 이것은 그렇지 않다. 이것을 읽노라면 파이프에서, 통에서, 병에서 마구 쏟아지는 고급 진과 훌륭한 음식이 홍수처럼 눈앞에 어른거릴 것이다.

당시 나는 사흘 동안 서재에 틀어박혀서 이 맥주, 쇠고기, 빵 등을 주린 듯 먹었는데, 이 동안에 뜻밖에도 내게는 심원한 상념이 많이 떠올랐다. 그것은 경험을 초월한 관념적인 것들이라 할 수 있었다. 그리고 또한 나는, 이것을 보충해서 나 자신이 통계표를 만들고 이 저지 네덜란드의 작살잡이 한 사람 한 사람이 옛 그린란드나 스피츠베르겐의 고래어장에서 소비하는 마른 생선 따위의 양을 추산해 보았다.

우선 버터며 텍셀 및 라이덴 치즈의 소비량은 놀라운 것으로 생각되었다. 나는 그 까닭이 여기에 있다고 생각한다. 즉, 그들은 본래 기름기를 좋아하던 체질인 데다가 그들의 작업상 한층 더 기름기를 즐기게 되었으며, 특히 그들이 고래를 쫓는 곳이라고 하면 얼음에 파묻힌 북양이고, 그 부근의 에스키모의 나라에서는 술잔을 즐기는 원주민들도 교우의 맹세에는 고래기름으로 건배를 한다는 것이다.

맥주도 1만 8백 배럴이라면 굉장한 양이다. 그런데 이들 북양어업은 그 방면의 기후상 극히 짧은 여름 동안에만 행하게 되는 것이니까 이 네덜란드 포경선들 중의 한 척의 전 항해는 단기여서 스피츠베르겐 바다의 출입까지도 포함해서 3개월 이상 나가는 일은 없다. 따라서 이 180척의 선단의 각 배에 30명씩 탄다고 계산하면, 전부 5천4백 명의 네덜란드인이 타는 셈이며, 따라서 정확하게 한 사람에게 두 통의 맥주가 12주일분으로 할당되고, 또한 이 밖에 550앵커(1앵커는 10갤런)의 진도 충분히 할당되는 셈이다. 그런데 이런 진과 맥주를 마시는 작살잡이들도 아마도 곤드레만드레가 되어버렸으리라고 상상할 수밖에 없는데, 그러면서도 뱃머리에 서서 질주하는 고래를 노려서 작살을 잘 던질 수 있었는지 다소 의심스럽다. 그러나 아무튼 겨누어서 맞히기도 했다. 그러나 잊어서는 안 될 것은 이곳은 북극이고, 맥주가 체질에 가장 좋다는 사실이다. 적도상에서 일하는 남양 포경선에서라면 맥주는 작살잡이를 돛대 꼭대기에서 끄덕끄덕 졸게 하거나 보트 안에서 비틀거리게 하기 쉽고, 낸터킷과 뉴베드퍼드에 중대한 손해를 입힐 것이다.

이것으로 끝장을 내겠다. 2~3세기 전의 네덜란드 고래잡이들이 사치스러운 사람들이고, 영국의 고래잡이가 이런 사치를 싫어하지 않았다는 것은 이미 충분히 말했다.

아무튼 만약 빈 배로 항해하더라도 이 세상의 좋은 것을 얻을 수 없을 때는 맛있는 것이나 실컷 먹어라 하는 것이 그들의 생각인가 보다. 이래서 술병은 텅텅 비게 되는 것이리라.

제102장 아르사키데스 섬의 나무 그늘

여태까지 말향고래에 대해 설명을 해오면서, 나는 주로 그의 외모의 놀라움에 대해서 이야기하고 또한 간혹 많지는 않았지만 그 체내의 구조에 대해서도 상세하게 이야기했다. 그러나 그를 광범위하고 완전하게 파악하기 위해서는 당연히 나는 좀더 그의 가장 깊숙한 부분인 뼈를 접합시키는 갈고리나 작은 구멍까지도 모두 파헤쳐 내어 여러분들 앞에 그의 궁극의 모습, 즉 해골을 무조건 보여야 할 것이다.

그러나 이봐, 이스마일, 도대체 고래잡이라곤 하지만 한낱 보트의 노잡이에 불과한 자네가 고래의 깊은 곳을 알기라도 한 듯이 자랑을 하는 것은 어쩐 일인가? 박식한 스터브도 고패 위에 걸터앉아서 고래류의 해부에 대한 강의를 하고, 양묘기의 힘을 빌려서 표본 늑골을 전시라도 했단 말인가? 설명해보라고, 이스마일, 자네는 요리 당번이 구운 돼지고기를 접시에 올려놓듯 성숙한 고래를 갑판 위에 올려놓고 검사할 수 있단 말인가? 절대로 못해. 이스마일, 여태까지는 자네는 신용할 수 있는 증인이었다. 그러나 예언자인 요나에게만 허용된 특권을 얻으려고 하다니 조심하라고. 대체 어떻게 들보며 인방引枋이며 또 거경의 체구를 구성하는 서까래며, 마룻대며, 침목枕木이며, 버팀목에 대해서 이야기하거나, 또는 거경의 뱃속의 기름항아리며, 젖 짜는 곳이며, 식량 창고며, 치즈 창고에 대해서 이야기하겠다는 것인가!

물론 나도 정직하게 말하자면, 요나 이후에 성숙한 고래의 피부 깊숙이 파고들어간 고래잡이는 거의 없었다. 그러나 나는 그 작은 모형을 해부할 기회를 얻었던 적이 있었다. 언젠가 내가 타고 있던 배가 말향고래의 새끼를 갑판에 올려놓았던 적이 있었는데, 그것은 그 부레를 들어내어 작살집을 만들기도 하고 창끝을 싸거나 하기 위해서였다. 그때 내가 수수방관하여 기회를 놓치고 도끼며 칼을 손에 들지도 않고, 이 새끼고래의 봉蓬을 뜯고 그 내용을 조사하지 않았다고 여러분은 생각하는가?

다음, 완전히 성장한 고래의 거대한 골격에 대한 정확한 지식이라는 드문 지식에 관해서는 아르사키데스 군도의 하나인 트란쿼섬의 왕 트란쿼라는 귀한 옛 친구에게 힘입은 바 크다. 몇 년 전에 무역선 '알지에 태수太守호'를 타고 트란쿼섬에 갔을 때, 나는 아르사키데스의 휴일을 즐기기 위해서 트란쿼 왕에게 초대되어 푸펠라라는 지방의 야자나무에 싸인 조용한 별장에 갔었다. 그곳은 뱃사람들이 '대나무 도시'라고 부르는 도시에서 그리 멀지 않은 바다를 향한 산골짜기였다.

나의 둘도 없는 친구인 트란쿼는 아름다운 기질을 다양하게 갖추고 있었는데, 그 중에서도 특히 온갖 야만적인 미술 골동품을 애호하였기 때문에, 그 푸펠라에는 그의 주민들 중 재능이 있는 사람들이 갖은 고생을 다 기울여 만든 훌륭한 일품逸品들이 잔뜩 수집되어 있었다.

그것은 주로 절묘한 의장意匠으로 조각된 목공품, 조각된 조개껍데기, 금속 세공을 한 창, 훌륭한 노, 향나무로 만든 통나무배 등이었는데, 그 밖에도 경이에 넘치도록 공물을 운반하는 파도가 해안으로 밀어올려다 준 천연의 작품 중의 여러 가지 것들도 있었다.

그 후자에 속하는 것 중에서 가장 중요한 것은 큰 말향고래였다. 그것은 이상하게 오래 광란하던 폭풍이 있은 뒤에 죽어서 떠밀려 올라와서 그 머리를 야자나무에 들이받고 있었는데, 깃털처럼 너울너울 늘어진 야자 잎사귀에 덮여 그의 물뿜기는 초록색으로 변한 것 같았다. 그 거체의 몇 발이나 되는 껍질이며 살이 벗겨지고, 뼈가 햇살에 바싹 말랐을 때, 그 해골은 조심스럽게 푸펠라의 산골짜기로 운반되어 신전처럼 야자나무로 둘러싸였다.

그 고래의 늑골에는 전리품을 걸고 척추에는 괴상한 상형문자로 아르사키데스의 연대기가 새겨졌다. 해골 속에선 제관들이 꺼지지 않은 향불을 태웠기 때문에 그 신비로운 머리는 다시 향기로운 물뿜기를 하고 있었다. 반면, 무시무시한 아래턱은 나뭇가지에 걸려서 참배하는 사람들의 머리 위에서 머리칼에 매달려 라모클레스의 간담을 서늘하게 했던 칼처럼 흔들거리고 있었다.

이것은 경이적인 광경이었다. 숲은 얼음 골짜기의 이끼처럼 파랗고 수목은 생명의 수액을 빨아먹으면서 높고 곧게 치솟았다. 그 아래 대지는 근면한 직조공의 베틀처럼 호화로운 융단을 펼치고, 땅을 기는 덩굴의 수염은 씨줄 날줄이 되어 산꽃들이 무늬를 이루고 있었다. 가지를 무겁게 늘어뜨린 교목, 관목, 양치류, 풀, 무언가를 속삭이는 바람, 이 모든 것들은 부단한 생명력이 넘쳐 있었다. 우거진 나뭇잎이 이루는 레이스의 그물코 사이를 태양은 북[俊]처럼 날아 영원한 푸른 하늘을 짜고 있었다.

아, 분주한 베틀공이여, 눈에 보이지 않은 직조공이여! 잠시 동안 손을 멈추어라! 단 한마디로 이야기하고 싶은 거다! 아아, 북은 날고 베틀에서는 무늬가 달리고 융단은 도도히 쉬지 않고 흐른다. 짜고 있는 것은 직조의 신이다. 베짜기에 귀가 멀어서 사람의 목소리를 들을 수도 없다. 그리고 베틀을 바라보는 우리들도 그 윙윙거리는 소리 때문에 귀가 멀어서 다만 거기에서 도망쳐 나왔을 때만, 그 사이에 흐르는 수천의 목소리를 들을 수가 있을 것이다. 물론 실세계의 공장도 마찬가지다. 왔다갔다하는 물레 소리 속에서 이야기하는 말은 들리지 않지만, 벽으로 둘러쳐지지 않은 곳에서는 열린 창문을 통해 튀어나오는 이야기 소리를 들을 수 있다. 마찬가지로 악업은 노골적으로 밝혀진다. 오, 사람이여, 조심해야 한다. 마찬가지로 이 세계라는 거대한 베틀이 내는 요란한 소리 속에서의 가장 은밀한 그대의 생각도 멀리서 알아듣고 있는지도 모르는 것이다.

그런데 그 아르사키데스의 멈추지 않는 푸른 생명의 직조기 속에서 거대하고 성스러운 흰 해골이 마치 거대한 게으름뱅이처럼 매달려 있다. 그러나 끊임없이 짜이는 푸른 씨줄 날줄이 그 주위에 왔다갔다하면서 윙윙거림에 따라 이 거대한 게으름뱅이는 교활한 직조공이나 된 듯하다.

그리고 그 자신이 온몸을 덩굴풀로 짜서 감싸고 달마다 더 선명하게 맑은 푸른빛을 더하고, 그러면서도 자신은 해골에 지나지 않는다. '삶'에 싸인 '죽음', '죽음'의 창살에 싸인 '삶.' 젊음의 '삶'을 아내로 삼고 굽슬굽슬한 머리의 영광을 낳은 암울한 신.

그런데 내가 트란퀴 왕과 함께 이 경탄할 고래를 찾아가서 제단이 된 두개 골을 보고 실제로 물을 뿜던 곳에서 인공적인 연기가 올라오는 것을 보았을 때, 나는 이 왕이 신전을 골동품으로 보고 있는 것이 아닌가, 하고 놀랐다. 그가 웃었다. 또한 나는 제관들이 이 연기의 물뿜기야말로 진짜라고 외치는 것을 보고 더욱 놀랐다. 나는 덩굴풀을 헤쳐내고 이 해골 앞을 왔다갔다했다. 늑골 사이를 뚫고 다니며 아르사키데스의 실꾸러미(아리아드네의 전설)를 들고 헤매며 그 수없이 많은 골목길, 그늘진 회랑, 정자 등의 사이를 오래도록 거닐었다. 그러니 얼마 가지 않아 나의 실은 다 없어졌기 때문에 그것을 다시 당기면서 나는 처음에 들어간 입구로 나왔다. 그 속에는 살아 있는 것이라곤 하나도 없었다. 뼈만 있을 뿐이었다.

나는 나무를 잘라서 푸른 자(尺)를 만들어 다시 해골 안으로 들어갔다.

제관들은 해골 안의 화살 모양의 틈바구니에서 내가 마지막 늑골의 높이를 재고 있는 것을 보았다. "무슨 일이오?" 하고 그들은 나를 노려보았다. "우리들의 신의 치수를 잰단 말이오? 그건 우리가 할 일이오." "그렇습니까, 제관님들? ……그러면 당신네들은 이 치수를 알고 계십니까?" 그러자 그들 사이에 그 치수에 대한 굉장한 논쟁이 벌어졌다. 그들은 제각기 자기의 자로 서로의 머리를 때려 그 소리는 거대한 해골에 반향되어 울려 퍼졌다. 나는 그 좋은 기회를 놓치지 않고 서둘러 나의 측량을 끝냈다.

그 측량의 결과를 여기서 여러분 앞에 제시하고 싶다. 그러나 우선 먼저 써둬야 할 것은 내가 이 일에 대해서 내 멋대로 생각나는 대로 치수를 말하는 것이 아니라는 점이다. 왜냐하면 여러분들이 만약 나의 정확도를 검사하고 싶다면 참고로 할 수 있는 권위 있는 곳이 있기 때문이다.

남들이 말하기를 영국의 포경 근거지의 하나인 헐 항(영국 북해 해안에 있는 항구)에는 고래 박물관이 있고, 거기에는 긴수염고래와 그 밖의 고래의 훌륭한 표본이 있다고 한다. 마찬가지로 뉴햄프셔의 맨체스터 박물관에는 그 소유자가 '아메리카에서 오직 하나의 완전한 그린란드고래 또는 참고래의 표본'이라고 부르는 것이 있다고 한다. 또 이 밖에도 영국의 요크셔의 버튼 컨스터블이라는 곳의 클리퍼드 컨스터블 경이라는 사람이 말향고래의 해골을 가지고 있다고 하는데, 이것은 그다지 크지 않고 나의 친구 트란쿼 왕의 완전하고 웅위한 고래뼈에는 도저히 상대가 되지 않는다.

그 두 경우 다 고래의 뼈가 해안에 올라왔을 때, 현재의 소유자가 서로 비슷한 이유를 내세워 자기 것으로 만들었다고 한다. 트란쿼 왕은 자기가 가지고 싶었으니까 차지했다. 클리퍼드 경은 그 일대의 영주였으니까 차지했다. 클리퍼드 경의 고래는 모두 관절로 연결되어 있었으므로 커다란 상자의 서랍처럼 그 골격 속의 구멍으로 된 곳을 열었다 닫았다 할 수 있고, 그 늑골을 거대한 부채처럼 펴기도 하고 하루 종일 아래턱에 올라타 그네를 탈 수도 있었다.

그 쳐드는 들창과 덧문에는 자물쇠도 채울 수 있다니까 장차는 하인이 열쇠 뭉치를 철커덕거리면서 참관자들을 안내하게 될 것이다. 클리퍼드는 2펜스로 척추가 나란히 늘어서서 바람에 울리는 소리를 내는 화랑을 구경시키고, 3펜스면 소뇌부의 구멍에 울리는 메아리를 듣게 하고, 6펜스로는 형용할 수 없는 앞머리의 모습을 관람시킬 모양이다.

이제부터 적는 뼈의 크기는 나의 오른팔에 문신했던 것부터 차례차례로 옮겨 적는 것인데, 그 당시의 무계획적인 방랑 시절에는 그 귀중한 통계를 확실하게 보존하려면 그 방법 외에 다른 방법이 없었다.

그러나 내 몸의 공간은 복잡하고 아직 문신되지 않고 남아 있었던 몸의 다른 부분은 당시에 내가 거의 다 지어 가던 시詩를 위해 여백을 남겨 두고 싶었으므로 뼈 치수의 끄트머리 인치는 생략해버렸다. 그러나 고래를 고래답게 측량할 경우에 인치 따위가 개입될 여지가 있겠는가.

제103장 고래뼈의 측량

간단하게나마 고래의 뼈를 측량하는 데 우선 살아 있는 고래의 크기에 대한 친절하고 명백한 기술을 하고 싶다. 그것이 이 경우에 유익한 것이다.

내가 조심스럽게 계산한 바에 의하여 또한 얼마간은 스코어스비 선장의 관찰에 의거하여 말한다면, 60피트의 몸길이를 지닌 최대형의 참고래라면, 무게가 70톤쯤 된다고 보아야 한다. 또한 이 주의 깊은 계산에 의하면 최대형의 말향고래의 몸길이는 85~90피트이고, 최대의 몸통둘레는 40피트에 약간 못 미친다. 이런 고래라면 적어도 무게가 90톤쯤의 중량이다. 그러므로 만약 13명의 몸무게를 합쳐 1톤이라고 한다면 그 고래는 주민 1,100명이 사는 마을의 총인구를 훨씬 능가하는 무게가 된다.

그런데 육지의 사람이 상상한다면 이런 거경이 움직이기 시작할 때는 멍에를 맨 가축들이 매어져 있듯이 많은 뇌수가 필요하리라고 생각될 것이다.

나는 이미 고래의 머리, 물뿜는 구멍, 턱, 이빨, 꼬리, 이마, 지느러미 및 그 갓가지 부분을 여러 가지 형태로 제시했으므로 여기서는 단순히 그 골격을 통틀어서 전체 모양 중에서 가장 흥미 있는 점만을 지적하겠다. 그러나 방대한 머리는 해골 전체 가운데서는 매우 커다란 부분을 차지하고 또한 다른 것과 비할 수 없을 만큼 복잡한 곳이지만, 이미 이 장에서는 그런 일에 대해서는 두 번 다시 되풀이하지 않을 작정이니 여러분은 그 이야기를 항상 염두에 두고 읽어 나가기를 바란다. 그렇지 않으면 이제부터 관찰하려고 하는 전 구조를 완전하게 파악할 수 없을 것이다.

트란쿼섬에 있는 말향고래의 뼈의 길이는 72피트였다. 따라서 살아서 살이 듬뿍 붙은 채 누워 있었다고 한다면 90피트는 실히 되었을 것이다. 고래가 죽은 뒤의 뼈는 산 몸에 비해서 5분의 1 가량 작아지기 때문이다. 그 72피트 중 머리와 턱이 약 20피트를 차지하여 실제 등뼈는 50피트 정도라는 계산이 된다. 이 등뼈는 약 3분의 1의 길이에 튼튼한 늑골의 테가 있는데, 그것은 일찍이 그의 생명 기관을 감싸고 있던 것이다.

이 커다란 상아 늑골의 가슴과 거기서 똑바로 기다랗게 뻗어 가는 긴 척추는 나에게 조선대造船臺에 갓 놓인 거선의 선체를 연상케 했다. 곧, 그 선체는 아직 아무것도 칠하지 않은 늑재가 20개 가량 끼어지고 용골은 아직도 매어지지 않은 목재로서 길게 놓여 있는 그런 상태에 있는 것이었다.

늑골은 한쪽에 열 개씩 있었다. 목 가장 가까이 있는 맨 처음의 것은 길이가 거의 6피트 길이였고, 둘째 셋째 넷째 것으로 갈수록 차츰 순차적으로 길어져 가고, 다섯째 것, 즉 한복판의 중앙 늑골에서 가장 길어져서 8피트 몇 인치인가 되었다. 그 다음 늑골부터는 짧아져서 마지막 열 번째의 것은 5피트 몇 인치밖에 되지 않았다. 그 굵기는 모두 그 길이에 적당하게 비례하고 있었다. 중앙의 늑골은 가장 많이 아치형으로 구부러져 있었다. 이 늑골을 아르사키데스 지방에서는 작은 시내에 걸치는 다리로 사용하고 있었다.

이 늑골들은 조사하면서 내가 새삼스럽게 놀란 것은 이미 이 책에 여러 가지로 되풀이해 온 것, 즉 고래의 뼈대는 그 살이 붙어 있는 형체와는 완전히 다르다는 것이다. 트란퀴 고래의 가장 큰 늑골, 중앙의 그것은 산 고래에서는 가장 두툼한 곳에 해당된다.

그런데 이것이 산 고래였을 때의 가장 두꺼운 곳은 적어도 16피트는 되었을 게 틀림없지만, 죽은 뒤의 그 구분의 늑골은 8피트가 될까 말까한다. 그러니까 이 늑골은 살아 있던 때의 이 부분의 위용이 어느 정도였는가에 대해서 그저 상상할 수 있게 할 뿐이다. 그리고 다른 곳으로 옮겨 보면 지금 내가 다만 벌거벗은 척추를 보는 이곳은 예전에는 수톤의 살, 힘줄, 피, 창자 등으로 에워싸여 있었다. 그리고 또 풍만한 지느러미가 있었던 곳에서는 약간의 흩어진 관절을 볼 뿐이고, 그리고 묵중하고 장대하며 뼈 없는 갈라진 꼬리가 있던 곳에서는 그저 공백을 볼 뿐이었다.

그때 내가 생각하지 않을 수 없었던 것은 만약 견문이 좁은 겁쟁이가, 평화로운 숲 속에 누워 있는 죽어서 뼈만 앙상하게 남은 이 고래를 바라보면서 고래가 살았을 때의 위용을 바르게 추찰推察하려 든다는 것은 얼마나 보람 없고 어리석은 짓이겠는가 하는 것이었다. 그렇다. 가장 격렬한 위험의 한복판에서만, 그의 격노한 꼬리가 마구 휘둘리는 그늘에서만, 넓고 넓은 심해에서만, 풍만하게 살이 붙은 고래의 참다운 산 모습을 볼 수 있는 것이다.

그런데 척추를 조사하는 가장 좋은 방법은 기중기로 뼈들을 높이 쌓아올리는 것이다. 그것은 손쉽게 할 수 있는 작업이 아니다. 그러나 가능했다고 한다면 폼페이의 주석(이집트의 알렉산드리아에 4세기에 세워진 화강암의 높은 탑)에 매우 비슷한 것이 되리라.

전부 합하여 마흔 몇 개인가의 척추뼈가 있는데 해골일 때는 연결되어 있지 않다. 그것들은 고딕 첨탑의 마디가 많은 울퉁불퉁한 고리처럼 위엄 있는 석공의 힘찬 솜씨를 보이고 있다. 제일 중앙의 가장 큰 것은 폭이 3피트에 약간 못 미치고 두께는 4피트 이상 된다. 척추가 꼬리가 되어 없어지는 곳에 있는 가장 작은 것은 폭이 겨우 2인치이며 흰 당구공처럼 보인다. 더 작은 것이 몇 개 있었던 것 같았는데 식인종의 아이들, 즉 제관의 아이들이 훔쳐가다 공깃돌놀이를 했다고 한다. 이리하여 지상 최대의 생물의 등뼈도 끝내는 어느 철없는 아이들의 장난감이 되고 만다는 것을 알게 되었다.

제104장 화석 고래

우리는 고래의 거대한 몸체에서 가장 마음에 드는 한 가지 주제를 택해서 증보하고, 상술하고, 전반적으로 무연할 수 있다. 그러나 그것은 아무래도 요약해서 말할 수는 없다. 그는 당연한 권리로 대형 이절판으로써 취급되어야 한다. 여기서는 물뿜는 구멍부터 꼬리까지의 길이라든가 그 허리둘레의 길이에 대해서 되풀이하지는 않겠다. 다만 그 방대한 창자는 구불구불 감겨 있고 마치 전투함의 새까만 맨 아래 갑판 속에 휘말려드는 큰 밧줄의 뭉치와 같다는 것만 생각해 주기 바란다.

나는 이 큰 고래를 다루려고 뜻을 세운 이상 내가 이 일에 있어, 유감없이 전부 다 알고 있음을 증명하기 위하여, 그의 혈액이 극히 작은 생명분자까지도 놓치지 않고 또한 그의 창자가 엉킨 마지막 테까지도 모두 퍼나가야 하겠다. 이미 그의 현재의 서식 상태와 해부학상의 특질에 대해서 많은 것을 이야기했으니까 남은 일은 그 고고학적, 화석적, 시원적始原的인 관점에 확대경을 갖다 대는 일이다. 물론 거경 이외의 것, 이를테면 개미라든가 벼룩 같은 생물에 적용한다면 이런 거창한 말은 부당하게도 거추장스럽게 생각될 것이다. 그러나 거경이 주제인 이상 사태는 다르다. 용감하게 나는 사전 속에서 가장 장중한 말로 무장하고 이 모험을 향하여 비틀거리는 다리를 채찍질하여 걸어 들어갈 것이다. 그리고 여기서 미리 말해두어야 할 것은 이 논술을 해가는 도정에서, 사전의 도움을 빌려야 할 필요성을 느꼈을 때는 일부러 그럴 목적으로 사들인 존슨(새뮤얼 존슨, 1709~1784년. 18세기 문단의 중심 인물. 사전을 만든 것으로 유명함.)의 거대한 사절판을 사용했다. 그 까닭은 저 유명한 사전학자의 유달리 큰 몸집이야말로 나와 같은 고래학 저술가가 쓸 사전을 만드는 데 가장 어울렸기 때문이었다.

단순하고 평범한 일일지라도 일단 주제로 삼으면 작가들은 곧 흥분을 나타낸다는 말을 들은 적이 있다. 그렇다면 거경에 대해서 쓰는 나는 어떤가. 나 자신도 모르게 내가 쓰는 글씨는 흔히 플래카드의 대문자처럼 커진다. 콘도르의 깃털 펜이 필요하고, 베수비오의 분화구를 잉크병으로 하고 싶을 정도다. 친구여, 나의 팔을 눌러다오!

이 거경에 대한 나의 생각을 적어 나가는 것만으로도 팔은 나를 지치게 하고 숨은 끊어질 만큼 가쁘고 팔은 길게 뻗쳐서 넓게 모든 것을—모든 과학 분야를 널리 찾아다니고, 과거, 현재, 그리고 미래의 모든 고래와 인간과 거상과 연대기를 포함하여 지상의 모든 제국의 흥망성쇠뿐만 아니라 전 우주와 그 주변까지도 그려내려고 한다. 광대하고 자유로운 주제의 덕이란 이토록 장대한 것이다. 우리도 그 크기와 함께 커진다. 웅대한 책을 낳는 데는 웅대한 주제를 선택해야 한다. 벼룩에 대해서 시도해 본 사람은 적지 않았을 테지만 아직도 웅대하고 불후의 책이 만들어졌다는 말을 듣지 못했다.

화석고래의 주제로 들어가기 전에 나는 지질학자로서의 신임장을 제시하는 의미에서 오늘날까지 여러 가지 경우에 석공 노릇을 하기도 하고 온갖 종류의 큰 도랑이며, 운하며, 우물이며 또는 술 저장실, 지하실, 물탱크 등을 무척 많이 팠다는 것을 말하고 싶다. 마찬가지로 또한 미리 말해두고 싶은 것은 오래된 지층에는 오늘날 완전히 절멸된 괴물의 화석이 발견되는데, 그 다음의 제3기층第三紀層에서 발견되는 유물은 역사 이전의 생물과 노아의 방주에 들어간 이들의 아득한 선조들과 적어도 연관성이 있는 것이라고 생각되고, 그리고 오늘날까지 발견된 화석고래는 지표층이 생기기 직전의 것인 제3기층에 속한다는 사실이다. 그 어느 것이든 현재 우리가 보는 어떤 종류의 것과도 완전히 부합되지는 않지만 전반적으로 보아 꽤 비슷하므로, 그것들을 고래의 화석으로 다루는 것이 가능해진다.

아담 이전에 부서져 조각이 된 고래의 화석, 즉 그 뼈의 조각은 최근 30년 간에 이따금 알프스 산록, 롬바르디아, 프랑스, 영국, 스코틀랜드, 그리고 루이지애나, 미시시피, 앨라배마 주 등에서 파견되었다. 그런 유골 중 재미있는 것은 파리의 튀일리 궁전에 거의 정면으로 향한 곳인 도피네 거리에서 1779년에 발굴된 두개골의 일부, 그리고 나폴레옹 시대에 앤트워프 항港의 선거를 준설할 때 발굴된 뼈들이다. 퀴비에는, 이 단편들은 전혀 알려져 있지 않은 고래의 종류에 속하는 것이라고 했다.

그러나 온갖 고래의 유물 중 가장 놀라운 것은, 1842년에 앨라배마 주크리 판사의 농장에서 발견된 절멸되어 버린 괴물의 거의 완전한 해골이다. 미신적인 노예들은 겁을 먹고 두려워하며, 이것은 하늘에서 떨어진 천사의 뼈일 거라고 생각했다. 앨라배마의 의사들은 그것을 대파충류의 것이라고 하여 그것에다 마룡사魔龍蛇라고 이름을 붙였다. 그러나 그 뼈의 일부가 표본으로 바다를 건너 영국의 해부학자 오언에게로 운반되어 드디어 알게 된 일인데 이 파충류라고 일컬어진 것은 절멸된 고래라는 것이었다.

이것이야말로 이 책에서 자주 되풀이한 사실, 즉 고래의 해골에서 완전히 살이 붙어 있을 때의 모습을 알기란 참으로 곤란하다는 것을 여실히 증명하는 것이다. 오언은 이 괴물을 주글러든이라고 이름을 바꾸고, 런던 지질학협회에서 연구 결과를 발표하고 이것은 지구의 변전變轉으로 존재가 없어진 것들 중 가장 놀랄 만한 것이라고 선언했다.

크고 세련된 이 큰 고래의 해골, 이빨, 턱, 늑골, 척추골 사이에 서서, 그 모든 것들이 부분적으로 현재의 해마의 종류에 비슷한 특성을 나타내는 한편 동시에 그 유원悠遠한 선조인 절멸된 선사 시대의 거경에도 유사점이 발견되는 것을 볼 때, 나는 시간이 아직 시작되었다고 말할 수 없는—시간은 사람과 함께 시작되는 것이니까—경이의 시대로 거꾸로 흘러가는 것이다.

그때 악마의 어두컴컴한 혼돈은 내 위에 소용돌이치고, 나는 캄캄한 극지의 영겁의 섬광을 보고 전율한다. 왜냐하면 수없이 많은 얼음덩어리가 오늘날의 열대에까지 심하게 밀려와서 이 세계의 2만 5천 마일의 주변에는 살 수 있는 한 치의 땅도 볼 수 없는 것이다.

이때 전 세계는 고래의 것이고, 그는 창조물의 왕자로서 그 지나간 자취를 오늘날의 안데스나 히말라야 산맥에도 남기고 있다. 누가 감히 고래와 같은 가계家系를 자랑할 수 있을 것인가. 에이허브의 작살은 고대 이집트 왕의 피보다도 더 오래된 피를 흘리게 했던 것이다. 므두셀라(노아 이전의 족장) 정도는 초등학교 아동에 불과하다. 나는 되돌아보고 셈(노아의 큰아들)과 악수한다. 나는 그 기원으로 거슬러 올라갈 수도 없는, 모세 이전의 고래의 공포에 떠는 것이지만, 이것은 모든 시간의 이전에 존재한 것이므로 모든 인간의 세기가 끝난 뒤에도 존재할 것임에 틀림없다.

그러나 이 거경은 아담 이전의 그 흔적을 자연의 스테레오판에 남기며, 석회암이며 이회泥灰에 고색창연한 흉상을 남기고 있을 뿐만 아니라 이집트의 갓돌에—그것은 거의 화석이라고 해도 좋을 만큼 오래된 것이다—그 지느러미의 흔적을 보이는 것이다.

50년 전쯤에 덴데라의 대사원(이집트에 남은 거대한 신전)의 화강암 천장에 채색된 별자리 그림의 조각이 발견되었는데, 거기에는 근대인의 천체도의 괴상한 무늬에 못지않게 반수신半獸神, 날개 달린 사자, 돌고래 등이 가득히 조각되어 있었다. 그리고 그것들의 사이를 태곳적 고래가 헤엄치고 있었다. 솔로몬이 태어나기 몇 세기 전에도 그 별자리 그림에는 수영하는 모습이 그려져 있었다.

또한 잊어서는 안 될 것은 옛날 바르바리(북아프리카의 옛 이름)의 존경할 만한 여행자 존 레오(16세기의 무어인 여행자 레오 아프리카누스)가 기술한 대로 고래는 대홍수 이후에도 그 뼈의 실체에 의해서 고색창연한 역사를 기묘하게도 증명하고 있는 것이다.

"해안에서 그다지 멀지 않은 곳에 신전이 있고, 그 서까래와 들보는 고래 뼈로 되어 있다. 그 해안에는 놀랄 만큼 거대한 고래의 시체가 떠밀려 올라오는 일이 종종 있기 때문이다. 그 지방 사람들이 믿는 바에 의하면, 이 신전에는 신으로부터 주어진 불가사의한 힘이 있어서 어떠한 고래도 이곳을 지나갈 때는 대번에 죽는다는 것이다. 그러나 사실은 신전 양쪽에 바다로 돌출한 2마일되는 암초가 있어서 그곳으로 들어오는 고래에 상처를 입혔던 것이다. 그들은 신기한 일이라고 하며 말로는 다할 수 없을 만큼 길고 큰 늑골을 신전에 바쳤다. 그것은 둥글게 휜 부분을 위로 하여 아치처럼 땅 위에 놓였는데 사람이 낙타를 타고도 그 꼭대기에 이를 수가 없다. '이 늑골은 내가 그것을 보았을 때보다도 백 년 전에 놓였다고 한다.' 하고 존 레오는 말한다. 이 지방의 역사가들은, 마호메트를 예언한 예언자들은 이 신전에서 나왔다고 증언하고, 또는 예언자 요나는 고래에 의해서 이 신전의 초석에 토해진 것이라고 서슴지 않고 주장한다."

나는 독자 여러분을 이 아프리카의 고래 신전 속에 남겨둘 것이다. 만약 여러분이 낸터킷 사람이라면, 그리고 고래잡이라면 조용히 공손하게 절을 할 것이다.

제105장 고래는 줄어들고 있는가, 멸망할 것인가

고래가 영겁의 수원水源으로부터 우리들의 시대까지 몸부림치며 헤엄쳐 왔다고 한다면, 그 대대의 긴 흐름 중에 그 조상들의 원시적인 거체를 차츰 잃어 온 것은 아닐까, 하는 의문이 생기는 것도 당연할 것이다.

그러나 연구해 보면 알 일이지만, 인류 이전의 지질 시대를 포함한 현대의 고래가 제3기층에 화석을 남긴 것보다 그 크기에 있어서 뛰어날 뿐만 아니라, 그 제3기층 속에서 발견되는 고래 가운데서도 후기의 지층에 속하는 것은 전기의 것보다도 크다는 것을 알 수 있다.

여태까지 발굴된 아담 이전의 모든 고래 중에서 특출나게 큰 것은 앞장에서 말했던 앨라배마의 것인데 그것도 해골의 길이가 70피트도 못 된다.

그런데 이미 말했듯이 현대의 대형 고래의 시체를 재면 72피트나 된다. 또한 내가 포경계의 권위 있는 사람에게서 들은 바로는 잡았을 때는 거의 100피트나 되는 말향고래도 있다는 것이다. 그러나 오늘날의 고래는 모든 전기 지층 지대의 것보다는 커졌다고 하더라도 아담 시대의 것보다는 작아진 것이 아닐까.

확실히 만약 우리가 플리니와 같은 현자나 또는 고대 박물학자들의 기술을 믿는다면 그렇게 결론짓지 않을 수 없다. 왜냐하면 플리니(로마의 저술가, 박물학자)는 산 몸뚱이가 수에이커나 되는 고래에 대해서, 또한 알드로반더스는 길이 8백 피트나 되는 고래에 대해서 말하고 있는데, 이런 고래는 그야말로 밧줄 제조자와 같은 고래, 템스 강의 터널과 같은 고래다!

그리고 쿡(영국의 대항해자)과 박물학자인 뱅크스(박물학자이며 쿡의 항해에 동행했다.)며, 솔랜더(쿡의 항해에 동행)의 시대에도 어느 덴마크의 과학원 회원은 어떤 아이슬란드 고래의 길이를 20야드라고 기술하고 있는데, 그것은 360피트가 되는 셈이다. 또한 프랑스 학자 라세페드는 그 고래의 역사에 관한 노작勞作에서 첫머리(제3페이지)에 참고래를 백 미터, 다시 말해서 320피트라고 했다. 더욱이 이 작품은 최근인 1825년에 발간된 것이다.

그러나 이런 이야기를 믿는 고래잡이가 있을까? 없다. 오늘날의 고래는 플리니의 시대에 살았던 그들의 선조만큼이나 크다. 만약 내가 플리니가 있는 곳에 갔다면 그와는 비교할 수도 없는 고래잡이인 나는 감히 그를 향해서 그렇게 말할 것이다. 왜냐하면 플리니가 태어나기 몇천 년 전에 매장된 이집트 미라의 관을 들여다보면, 지금의 켄터키 남자의 귀만큼도 크지 않고, 또한 가장 오래된 이집트나 니느웨의 패판牌板에 새겨진 소나 그 밖의 짐승을 거기에 그려진 상관적인 비율로 보면 스미스필드(런던의 중앙 쇠고기 시장)의 상을 받은, 외양간에서 잘 먹고 자란 혈통 좋은 소는 파라오의 소들 중에서 가장 살진 소와 마찬가지일 뿐만 아니라 크기에 있어 훨씬 우수하다. 이 모든 사실을 앞에 놓고 보면 모든 동물 중에서 고래만이 작아졌다는 것은 인정할 수 없는 것이다.

그러나 또 한 가지 검토해야 할 일이 있는데 그것은 사려 깊은 낸터킷 사람이 자주 문제 삼는 일이다. 포경선의 돛대 꼭대기의 망보는 사람들은 그의 모든 것을 통달한 정도에 이르렀고, 이제 베링 해협까지도 진출했고 세계의 가장 아득히 먼 비밀의 서랍이며 상자 속까지 들어가 수천의 작살이며 창이 온갖 대륙 해안을 따라 던져지는 것을 문제 삼지 않을 수 없다. 이렇게 난폭하게 마구 잡는 데 고래가 이 이상 견딜 수 있을 것인가, 끝내는 바다에서 소멸하는 것은 아닐까? 그리고 최후의 고래는 최후의 인간처럼 그 마지막 파이프를 피워 대며 마지막 한숨과 함께 연기로 화하고 마는 것이 아닐까?

혹을 가진 고래 떼를 혹을 가진 들소 떼에 비유하면, 그 들소들은 40년 전만 해도 일리노이나 미주리의 초원에 몇 만인지도 모르게 떼를 지어 그 억센 갈기 머리를 흔들며, 벼락을 숨긴 이마로 강변의 번화한 마을들을 위협했는데, 지금은 그 주변에서 태도나 말씨가 부드러운 중매인이 1인치에 1달러의 비율로 땅을 팔고 있다. 이런 것을 깊이 생각해 보면 쫓기는 고래도 바야흐로 급속한 멸망의 운명을 면할 수 없다는 결론에 이를 수밖에 없다.

그러나 이 문제는 모든 각도에서 바라보시 않으면 안 된다. 확실히 얼마 전—사람의 한평생 정도도 안 되는 세월이지만—까지만 해도 일리노이 주의 들소의 수는 오늘날 런던의 인구보다 많았는데 지금은 그 지방 어느 곳에도 뿔 한 개, 발굽 하나도 남지 않았고, 그리고 이 놀라운 멸종 원인은 바로 인간의 창 외에 아무것도 아니었던 것이다. 그러나 고래잡이는 그 성격을 극히 달리하는 것이어서 고래 떼가 그와 똑같이 명예롭지 못한 최후를 마친다는 것은 결단코 있을 수 없는 일이다. 한 척에 40명이 타고, 48개월 동안 말향고래를 쫓던 자가 마지막에 집으로 돌아갈 때 40마리 분의 기름을 실었다면 참으로 운이 좋았다고 생각하고 신께 감사를 드린다. 그런데 옛날 캐나다나 인디언 사냥꾼들, 또는 덫을 써서 잡았던 서부 시대, 즉 해가 진 뒤에도 사냥꾼의 화롯불이 꺼지지 않았던 먼 서부가 황야며 처녀지였던 무렵에는 짐승 가죽으로 만든 신을 신은 같은 수의 사나이가 같은 기간에 배로 항해하는 것이 아니라 말을 탄다면 40마리 정도가 아니라, 4만 마리나 그 이상의 들소를 죽였을 것이다. 이것은 필요하다면 통계로 나타낼 수 있는 사실이다.

또한 이를테면 옛날 즉, 지난 세기의 후반부라면 적은 무리를 이룬 고래 떼를 지금보다도 더 빈번히 만날 수가 있었고, 따라서 항해도 그다지 오래 끌지 않았고, 이익의 배당률도 좋았다. 이러한 사실이 말향고래가 차츰 소멸되어 가고 있다는 이론을 뒷받침한다고 생각하는 것은 옳은 일일까? 그러나 그 이유는 어디에선가도 적었듯이 이들 고래는 어떠한 안전감에 영향을 받아 오늘날에는 방대한 무리를 지어 헤엄친다.

그래서 옛날의 바다 가득히 흩어져 있던 외로운 고래, 두 마리씩 짝지은 고래, 그 밖에 작은 무리의 고래들은 그 대부분이 이제는 무수한 대군이 되어서 서로 멀리 떨어져서 좀처럼 모습을 보이지 않는 부대가 된 것이다. 이것이 전부다.

그리고 이른바 수염고래 등은 옛날에 밀집했던 대부분의 어장에 나타나지 않는다는 이유로 그 종류도 또한 줄어들고 있다고 생각하는 것도 역시 잘못된 것이다. 그들은 다만 하나의 곶岬에서 다른 곳으로 흘러갔을 뿐이고, 만약 어떤 해안에 왕성한 물뿜기가 보이지 않는다 하더라도 틀림없이 어느 먼 해안에서는 최근 보지 못했던 낯선 광경에 놀라고 있을 게 틀림없다.

다시 말하면 마지막에 말한 고래는 두 개의 견고한 성채로 되어 있어 그것은 어떤 인력으로도 영원히 난공불락인 것이다. 그리고 완고한 스위스인들이 그 골짜기를 침략당하면 산악으로 물러났듯이, 수염고래는 대양의 풀밭이며 숲에서 추적을 당하면 마지막에는 그 극지極地의 성채로 물러날 수가 있고, 그곳의 마지막인 얼음의 성책城柵과 벽 밑에 들어가기도 하고 얼음장 사이에 떠오르기도 하면서 영원한 달의 마법의 테 속에서 사람들의 어떠한 공격도 비웃는다.

그러나 말향고래 한 마리에 대해서 50마리 정도의 비율로 수염고래는 작살에 맞게 되므로 몇몇 앞돛대의 철학자들은 이 강력한 섬멸전은 그들의 대대大隊에 심한 피해를 주고 있다고 결론지었다. 그러나 북서 해안에서 아메리카 어부에 의해서만 최근에는 1년에 1만 3천 마리가 넘는 수염고래가 잡혀 왔던 것이 사실이다. 그런데 그것을 다른 각도에서 고찰해 간다면 이와 같은 사태도 그 문제에 대한 논거로서는 거의 무력한 것이 된다.

지표상의 거체 동물의 수가 많음에 대해서 의심을 품고 싶어지는 것은 무리도 아닌 일이지만, 그렇다면 역사가 하르토가, 시암왕이 한번 사냥에 코끼리 4천 마리를 잡았고, 그런 지방에서는 코끼리는 온대 지방의 가축의 무리만큼 많다고 기록한 데 대해 뭐라고 대답할 수 있겠는가?

그리고 만약 그 코끼리들이 수천 년 동안 세미라미스(바빌로니아를 세웠다는 전설 속의 여왕), 포루스, 한니발(카르타고의 영웅), 그리고 그에 이어진 동방의 모든 왕들에게 잡혀 왔고 그리고 그들이 지금도 여전히 다수 살아남아 있다면, 큰고래의 떼는 그들이 돌아다니기 위한 목장으로서 전 아시아, 남북 아메리카, 유럽, 아프리카, 뉴네덜란드(오늘의 오스트레일리아), 그 밖에 바다 위의 섬들을 모두 합한 것의 정확히 두 배의 것을 갖게 되는 것이니까, 그들이 온갖 추적을 견디고 계속 살아가는 것을 의심하는 것은 무리일 것이다.

그리도 또 생각해야 할 일이 있다. 고래는 수명이 길다고 추측되고 있어 아마도 백 살 또는 그 이상도 사는 모양이니까 어느 때든 매우 오래된 세대의 고래가 많이 살고 있을 것이다. 그것은 만약 세상의 모든 묘지, 분묘, 가족 묘지가 75년 전에 살았던 모든 남녀와 아이들의 생명을 되돌려 주었다고 치고 이 무수한 사람들을 현재의 지구상에 사는 사람들에 더해 본다고 하면 거의 짐작이 갈 것이다.

그렇기 때문에 우리는 여러 가지 일을 생각한 끝에 고래는 설사 개제적으로는 멸하기 쉽다 하더라도 종족으로서는 불멸이라고 생각한다. 그것은 대륙이 물 위에 머리를 쳐들기 전부터 바다를 헤엄쳐 다녔다. 예전에는 튀일리 궁전이나 윈저 성이나 크레믈린 궁전 위를 헤엄치고 있었다.

노아의 홍수 때 그는 노아의 방주 따위는 돌아다보지도 않았다. 그러니까 설혹 세계가 다시금 네덜란드처럼 그 쥐들을 죽여 없애려고 홍수에 잠긴다

해도 영원한 고래는 여전히 살아남아서 적도의 분류의 파도 위로 높이 머리를 쳐들고 하늘을 향해 오만한 거품을 뿜어올릴 것이다.

제106장 에이허브의 다리

에이허브 선장은 서둘러서 런던의 새무얼 엔더비 호에서 물러나왔는데, 그 때문에 몸에 약간의 타격을 받았다. 굉장한 기세로 보트의 노잡이 자리로 뛰어내렸기 때문에 고래뼈 다리는 거의 부러질 것 같은 충격을 받았다. 게다가 본선 갑판으로 돌아와 자신의 선회 구멍에 다리를 넣자 키잡이에게 급히 명령을 내리기 위해서(그것은 언제나와 다름없이 키를 단단히 다루지 못했다고 하는 등 그러한 일이었는데) 급하게 회전했기 때문에 이미 금이 가 있던 고래뼈는 더욱 비틀어졌고, 그 모양은 언뜻 보기에는 튼튼해 보였지만, 에이허브에게는 믿을 수 없는 것이 되어버렸다.

사실인즉 에이허브는 일면으로는 마치 미친 사람같이 난폭했지만 때로는 그를 절반 받치고 있는 그 죽은 뼈의 상태에 대해서 세심한 주의를 기울이고 있었다는 것은 조금도 놀라운 일이 아니다. 왜냐하면 피쿼드호가 낸터킷을 출범하기 조금 전의 일이었는데, 어느 날 밤 그는 땅 위에 정신을 잃고 쓰러진 상태로 발견되었다. 그리고 뭔가 알 수 없는, 설명도 할 수 없고 상상도 할 수 없는 그러한 의외의 사고에 의해서 그 고래뼈 다리는 세차게 어긋나면서 떨어져 나갔는데 말뚝처럼 그를 치는 바람에 하마터면 서혜부鼠蹊部를 찔릴 뻔했다. 그 끔찍한 부상을 고치는 것은 그렇게 쉬운 일이 아니었다.

또 그때, 필연적으로 그의 편집광적인 머릿속을 스친 것은 지금 겪고 있는 이 고통은 그 이전의 고통의 직접적인 결과라는 생각이었다. 그래서 그가 너무나도 명백하게 본 것은, 이를테면 늪 속에 있는 무서운 독을 가진 파충류는 즐거운 노래를 부르는 숲 속의 새와 마찬가지로 그의 종족을 영속화시키며, 이와 똑같이 모든 비참한 일들은 모두 행복과 마찬가지로 그 자손을 낳아 간

516

다는 사실이었다. '아니, 같은 정도가 아니다.'라고 에이허브는 생각했다. 왜냐하면 슬픔의 조상과 그 자손이란 기쁨의 조상이나 자손들보다도 훨씬 멀리 가는 것이다. 이런 걸 암시할 것까지는 없겠지만……

어떤 경전이 가르치는 바에 의하면, 이 지상의 자연스러운 쾌락은 저세상에서는 자손을 가질 수가 없을 뿐만 아니라 다만 기쁨의 자취가 끊어진 지옥의 절망만이 뒤따르는 것이며, 반면에 여러 가지 죄 많은 인간의 고통은 무덤 저 멀리까지도 슬픔의 자손을 영원히 번식시킨다는 것이다. 그런 것은 차치하고라도 사태를 깊이 파고들어가면 아무래도 불균형인 데가 있다.

왜냐하면 에이허브의 생각으로는 이 지상의 최고 행복이라 해도 항상 그 속엔 뭔지 모르게 까닭을 알 수 없는 비소卑小함 같은 것이 숨겨져 있는 데 반해서, 마음의 온갖 슬픔은 그 밑바닥에 신비한 의미를 지니고 있고 어떤 사람들에게 있어서는 천사적인 장엄함을 지니고 있기 때문에 아무리 추구해 본다 해도 이 명확한 추론을 뒤엎을 수는 없기 때문이라는 것이다.

이들의 숭고한 인간 비극의 계보를 조사해 밝혀 간다면 우리들은 그 연원淵源에서도 알 수 없는 신들의 족보에 도달하게 된다. 그렇기 때문에 제아무리 기쁜 듯이 건초를 비추고, 달이 제아무리 부드러운 심벌즈처럼 둥그렇게 수확물을 비춘다 하더라도 우리는 다음과 같은 사실, 즉 신들이라 하더라도 항상 기쁨에 차는 것은 아니라는 것을 시인하지 않으면 안 된다.

태어날 때부터 인간의 이마에 새겨진 씻을 수 없는 반점은 그것을 새긴 바로 그 사람 자신의 비애를 증명하는 데 지나지 않는다.

여기에 하나의 비밀이 드러났는데, 이것은 아마 적당하게 고정된 형태로 옛날부터 밝혀져 있었던 것일 게다. 에이허브에게 있어서는 많은 기행奇行과 더불어 사람들에게 신비로운 것으로 남은 것은, 어째서 그는 피쿼드호가 출범할 때를 전후한 어떤 기간 동안 달라이 라마처럼 깊숙이 몸을 숨기고 있었는가? 또 그동안 소위 명부冥府의 대리석 원로원에 묵묵히 도피해 있었는가 하는 일이었다. 거기에 대해 필레그 선장이 퍼뜨린 이유도 결코 적절하다고는 생각되지 않았다. 그러나 원래 에이허브의 깊은 곳을 더듬어보려는 설명은 밝게 열린 빛보다는 암시적인 어둠의 성질을 띠고 있었다.

그러나 결국 모든 것이 밝혀졌다. 적어도 이 한 가지만은 분명해졌다. 그가 일시 몸을 숨긴 것은 그 끔찍한 사건이 원인이었다. 그러나 그것뿐이 아니었다. 육지에는 그 수는 차츰 줄어들어 얼마 되지 않았지만 비교적 그에게 접근할 특권을 지니고 있는 사람들이 있었는데, 그 겁많은 사람들에게는 위에서 말한 사건은 무뚝뚝하고 말이 없는 에이허브가 거기에 대해서 이야기하는 일이 없었으므로 무언가 망령과 비통의 나라에서 떠돌아온 것 같은 무서움에 싸이게 했다.

그 때문에 그들은 그에 대한 애정에서 서로 의논하여 힘닿는 데까지 이런 말을 다른 사람들의 귀에 들어가지 않도록 조심했다. 따라서 상당한 시간이 지날 때까지는 피쿼드호의 선원들에게 알려지지 않았던 것이다.

그러나 그건 그렇다 치고 허공 속의 눈에 보이지 않는 괴상한 신들의 모임이며, 겁화劫火 속의 망집妄執의 제왕제마帝王諸魔들이 이 지상의 에이허브에게 볼 일이 있건 없건 간에 아무튼 에이허브의 다리의 문제엔 명쾌하고 실질적인 행동을 취했다. 그는 목수를 불렀던 것이다.

목수가 그의 앞에 나타나자 에이허브는 곧 새로운 다리를 만들 것을 명령하고 항해사들에게 여태까지의 항해 중에 모아 두었던 여러 부분의 크고 작은 말향고래 뼈를 가져오게 하여 가장 견고하고 좋은 질의 재료를 얻기 위해 면밀히 고르도록 했다.

그것이 끝나자 목수는 그날 밤 안으로 다리를 만들 것, 그리고 지금의 다리에 붙은 부속품을 일체 쓰지 않고 새로운 부속품을 만들 것을 명령받았다. 더욱이 선창에서 잠시 잠자던 용철로鎔鐵爐를 들어내 오라는 명령이 내렸고, 작업을 빨리 진행시키기 위해서 대장장이는 곧 필요한 철구를 무엇이건 준비하도록 명령받았다.

제107장 목수

그대는 토성의 위성군 사이에 회교국 군주처럼 자리를 차지하고 앉아서 인류 중 최고의 전형典型으로서의 한 사람을 들어보라. 그것은 경이이고, 장엄이고, 비수悲愁일 것이다. 그리고 같은 점에서 인류를 군중으로서 들어보라. 그것은 동시대 사이에, 그리고 유전적으로 중복된 필요도 없는 어리석은 자들의 무리라고밖에 할 수 없을 것이다. 그런데 피쿼드호의 목수는 가장 천하여 고귀한 인간성의 전형이라는 것과는 너무나도 동떨어진 존재였지만, 그러나 그는 결코 모조품은 아니었다. 그러므로 그는 한 인간으로서 이 무대에 서는 것이다.

모든 배의 목수와 마찬가지로, 특히 포경선에 타는 목수와 마찬가지로, 그는 보잘것없지만 소용이 되는 정도의 그 본직과 인연이 있는 잡다한 일의 경험을 쌓고 있었다. 원래 목수라는 것은 유래가 오래된 것으로 그것을 줄기로 해서 나뭇가지처럼 많든 적든 간에 목재를 보조 재료로 하는 많은 수공업으로 나뉘어져 있는 것이다.

그러나 이 피쿼드호의 목수에게는 그러한 일반적인 설명이 어울릴 뿐만 아니라 그는 3~4년 동안이나 큰 배가 문명을 떠나 아득히 먼 대양을 항해할 때 끊임없이 일어나는 헤아릴 수도 없고 일일이 이름 지을 수도 없는 기계의 고장에 대해서도 신기할 정도로 유능했다. 그가 그 보통 임무, 즉 구멍이 뚫린 보트며, 부러진 돛의 활대의 수선, 물갈퀴가 망가진 노의 모양을 고치는 일, 갑판에 둥근 창문을 만드는 일, 뱃전 판자에 나무못을 박는 일, 그 밖에 직접 그의 직능에 속해 있는 것을 시원히 해치우는 것은 말할 나위도 없었다. 게다가 유용한 일이건 장난스러운 일이건 간에 온갖 종류의 기능에 즉각적으로 그의 솜씨를 발휘했다.

그가 이토록 다양한 여러 가지 기능을 보인 장한 무기는 그의 바이스벤치로, 이것은 길고 거칠게 깎은 육중한 대臺인데 거기에는 철제, 목제의 크고 작은 갖가지 바이스가 갖추어져 있었다. 고래가 뱃전에 묶여 있을 때 외에는 언제나 이 벤치는 기름솥 뒤쪽에 가로놓여 있었다.

가령 밧줄을 잡아매는 핀이 너무 커서 구멍에 들어가기가 어렵다고 하면, 목수는 그 상비해 둔 바이스에 물리게 하여 즉석에서 가늘게 깎을 것이다. 가령 신기한 날개를 가진 길 잃은 육지의 새가 배 안에 날아들어와서 잡혔다면 목수는 참고래의 깨끗하게 다듬어진 뼈와 말향고래의 큰 들보뼈를 사용해서 탑 모양의 새장을 만들 것이다. 노잡이가 손목을 삐면 목수는 진통제를 만든다. 스터브가 자기 보트의 노의 모든 물갈퀴에 빨간 별표를 그리고 싶다고 생각한다면 목수는 일일이 노를 목제 바이스에 걸어 고루 균형 잡히도록 성좌를 그려줄 것이며, 어떤 선원이 상어뼈의 귀고리를 달고 싶어한다면 목수는 그 귀에 구멍을 뚫어주기도 할 것이다.

또 어떤 사람이 치통을 일으킨다면 목수는 펜치를 꺼내들고 한 손으로 대를 두드리면서 거기에 앉으라고 한다. 그러나 그 가없은 친구는 수술이 채 시작되기도 전에 어떻게도 할 수 없을 만큼 겁에 질리기 때문에 목수는 그의 목제 바이스의 자루를 빙글빙글 돌리면서, 자네 만약 이를 뽑고 싶거든 턱을 거기다 집어넣으라고 그에게 손짓할 것이다.

이리하여 이 배 목수는 뭣이든 척척 해치웠고, 무엇에든지 무관심해서 모든 것을 존경하지 않았다. 이는 상아 조각 정도라고 생각하였고, 머리는 돛대의 활차 정도로밖에 생각하지 않았고, 인간 그 자체를 고패 정도로 경시하고 있었다. 그러나 그토록 광범위하게 갖가지 기술에 숙달하고 더욱이 그토록 생생하게 묘기를 발휘하는 것은 무언가 비범한 천재적 힘을 증명하고 있는 것으로 보일 것이다. 그러나 반드시 그렇지도 않다.

이 사나이에게는 소위 비인간적인 둔감함 이외에 아무런 뚜렷한 특징도 없었다. 그 비인간적인 둔감함은 그림자처럼 주변의 무한한 사물에 녹아들어 가시적인 세계의 보편적인 둔감함과 하나가 되어 있었다. 그 둔감함은 알 수 없는 형태로 끊임없이 활동하고 있으면서도 영원한 안정 속에 앉아서, 설사 그대가 대성당의 기초를 파헤치고 있다고 하더라도 그대를 무시할 뿐일 것이다.

그런데 이 사나이의 거의 무서울 정도의 둔감함은 그 속에 사방으로 가지를 뻗는 냉정함을 내포하고 있는 것처럼 보이고, 때로는 이상하게 약동해서 낡고 누추하고 더러운, 원시적인 곰팡내를 풍기는 익살을 부리고, 그리고 이따금 늙은이 같은 기지機智도 더러 섞이곤 했는데, 그것들은 낡고 녹슨 노아의 방주의 앞돛대에서 깊은 밤 불침번을 설 때 지루한 시간을 때우기 위해서는 도움이 되었을지도 모를 그런 익살이었다.

이 늙은 목수는 평생을 방랑으로 보냈으며, 여기저기를 전전하느라 이끼가 끼지 않았을 뿐 아니라, 원래 그에게 붙어 있었던 외적 속성이라는 것까지 털어 없애버린 것 같았다. 그는 적나라한 추상抽象이며, 분할할 수 없는 전체이며, 그 비타협성은 갓 태어난 갓난아이 같았고, 현세에도 내세에도 아무런 선입관 없이 살아가고 있었다. 이 사나이의 괴상한 비타협성은 일종의 우둔함을 내포하고 있다고 해도 좋을 것이다.

왜냐하면 그가 온갖 기능에 솜씨를 발휘하는 것을 볼 때, 그것은 이성에 의한 것도 본능에 의한 것도 아니고, 또한 다만 배웠기 때문만도 아니고, 또는 이 모든 것들이 균등하거나 불균등한 혼합에 의한 것만도 아니고, 그것은 단순히 벙어리나 귀머거리처럼 자기 혼자서의 기계적인 동작에 의한 것이기 때문이다. 그는 순수한 기계 조작공이었고 만약 그에게 두뇌라고 일컬어지는 것이 있다고 하면, 그것은 벌써 아득한 옛날에 그의 손가락의 근육 속에 흘러들어가 있었음에 틀림없다. 그는 셰필드(영국 요크셔의 도시)에서 고안된, 불합리하지만 극히 편리한 만능기구, 이를테면 모양은 보통 칼을 약간 크게 했을 정도의 것인데 갖가지 크기의 칼날뿐만 아니라 드라이버, 코르크마개 뽑이, 족집게, 송곳, 펜, 자, 손톱 다듬는 줄, 구멍뚫기 등을 갖고 있는 것과 비슷했던 것이다. 그러니까 만약 상관이 이 목수를 드라이버로 쓰고 싶으면 다만 그의 그 부분을 펴기만 하면 되었고, 그렇게 하면 나사못은 단단히 죄어진다. 족집게가 필요하면 그의 다리라도 붙잡으면 거뜬히 족집게가 된다는 것이다.

그러나 아까도 암시했지만, 이 만능기구적인 여닫기가 손쉬운 목수도 결국 기계적인 자동인형만은 아니었다. 그는 보통 사람의 마음을 자기 속에 갖지 않았다 하더라도 무언지 알 수 없는 미묘한 것을 갖추고 있어서, 그것이 뭔지 모르게 이상하게도 기능을 발휘했던 것이다. 그것이 수은水銀의 정情이었는지 녹각鹿角의 정이었는지 짐작할 수는 없다. 그러나 있기는 분명 있었고, 벌써 60여 년이나 그곳에 살고 있었던 것이다.

그리고 다름 아닌 설명하기 어려운 이 교활한 생명 원리, 이것이 거의 언제나 그에게 혼잣말을 중얼거리게 했던 것이다. 그러나 그것은 이성을 갖지 않은 바퀴와도 같았고 또한 중얼거리는 독백과도 같은 것이었다.

혹은 그의 육체는 보초소步哨所이고, 이 혼잣말을 중얼거리는 자가 당번을 서면서 언제나 그의 눈을 떠 있게 하기 위해서 중얼거리고 있었다고 해도 좋을 것이다.

제108장 에이허브와 배의 목수

갑판—첫 불침번 때

(목수는 바이스 벤치 앞에 서서 두 개의 등잔불 밑에서 바쁘게 고래뼈를 줄질해서 의족을 만들고 있고, 그 고래뼈는 단단히 바이스에 물려 있다. 고래뼈를 깎은 부스러기, 가죽끈, 나사못, 그 밖에 여러 가지 도구류가 바이스 주위에 흩어져 있다. 뱃머리 쪽에는 용철로의 빨간 불꽃이 보이고 대장장이가 일하고 있다.)

"망할 놈의 줄! 망할 놈의 뼈! 부드러운가 하고 생각하면 단단하고, 단단한가 하면 연하군. 턱뼈며 정강이뼈를 깎는 것은 그런 일이야. 어디 다른 걸 하나 해볼까? 응, 이건 약간 잘되는군. (재채기를 한다.) 헤이, 뼈의 먼지군. (재채기)—에이 참.(재채기) 제기랄, 말도 못하겠군. 늙은이에게 죽은 놈의 뼈로 하는 일을 시켜서 이런 꼴을 당하게 하다니. 산 나무라면 이런 먼지는 나지 않아. 산 뼈를 잘라 보라고. 이런 먼지는 안 난다니까.

(재채기) 이봐 이봐, 스마트 영감, 손 좀 뻗쳐서 쇠테와 죄는 나사못을 가져다주게. 곧 필요해. 고맙군. (재채기) 무릎뼈는 만들지 않아도 되겠구나. 그놈

522

은 좀 까다롭단 말이야.

그렇지만 정강이뼈쯤이야 버팀목 만드는 것처럼 쉽거든. 그렇지만 마무리를 하는 데는 정성들여 해야겠군. 천천히, 천천히 하도록 해준다면야 미끈한 다리를 만들어 주겠는데 말이야. (재채기) 객실에서 부인에게 비벼대는 다리 같은 것을 말이지, 상점의 진열장에 있는 사슴 가죽으로 만든 다리며 종아리도 봤지만 그런 게 비교나 될 건가 말이야. 그것들은 물만 묻어도 푹 젖어버리고, 신경통이 걸리고, 그래서 의사에게 보이고 (재채기) 마치 산 다리처럼 씻어서 약을 발라야 하거든.

그렇지만 이것을 톱으로 자르기 전에 저 무굴의 영감을 오라고 해서 길이가 맞는지 어떤지를 재어 봐야겠구나. 어쩌면 조금 짧을지도 몰라. 봐라! 저 발소리다. 운이 좋구나. 온 모양이다. 혹시 다른 놈은 아닐까?"

에이허브(걸어 나오면서)
(여기에 계속되는 장면에서 배의 목수는 이따금 재채기를 한다.)

"이봐, 인간 목수!"

"마침 잘 오셨습니다, 선장님. 죄송하지만 길이를 알고 싶습니다. 재어 보게 해주십시오."

"다리 치수 말인가? 좋아! 이것이 처음도 아니야. 자! 거기를 손가락으로 누르게. 목수, 자넨 굉장한 바이스를 갖고 있군. 죄는 힘을 시험해 보여주게. 응, 응 약간 꼬집는구나."

"오오, 선장. 뼈가 부러지겠습니다! 위험해요, 위험해!"

"걱정하지 말게. 단단히 붙잡아 주어서 기분이 좋구먼. 이 불안하기 짝이 없는 세상에서 단단히 붙잡아 주는 것이 있다는 건 기쁜 일일세. 저기 있는 프로메테우스는 뭘 하고 있나? 아니 대장장이 말일세. 뭘 하는 거냐 말이야, 저자는?"

"지금 좀 나사못을 벼리고 있습지요, 선장님."

"좋아, 협동 작업으로 저자는 근육 부분을 맡았군. 굉장한 빨간 불이 타고 있는걸."

"헤헤, 선장님, 이런 정교한 일을 하려면 높은 열이 필요합죠."

"음, 그렇겠지. 이제 알 것 같군. 그리스의 옛날이야기에 사람이 만들었다는 프로메테우스가 대장장이였다는 걸 말이야. 불로 사람에게 생기를 불어넣어 줬다는군. 그래서 불 속에서 만들어진 사람은 불로 돌아가게 마련이니까 지옥도 있어야 된다는 이치지. 굉장한 그을음이군. 이건 프로메테우스가 아프리카의 검둥이를 만든 찌꺼기군. 목수, 만약 저 대장장이가 나사못을 다만들거든 쇠로 어깨받침을 한 쌍 만들라고 하게. 이 배에는 말이네, 어깨에 멘 짐에 눌려 찌부러질 것 같은 나그네가 있다네."

"아니, 선장님?"

"기다리게. 프로메테우스가 일하는 동안에 나는 나의 소망대로 완전한 사람을 만들라고 주문하겠네. 우선 신장이 50피트, 그리고 가슴은 템스강의 터널 모양이야. 그리고 다리는 한 군데에 서 있도록 뿌리까지 있게 하고, 그리고 팔은 손목 두께 3피트일세. 심장은 필요 없어. 이마는 놋쇠로 만들게. 뇌수腦髓는 아주 고급으로 4분의 1에이커 정도야. 그리고 기다려. 밖을 볼 눈을 주문할까? 아니 정수리에 천창天窓을 뚫고 불빛으로 안을 비추는 걸세. 자아, 주문받아 가게."

"이거 무슨 말씀을 하시는 건지, 누구에게 이야기하시는 건지 도무지 모르겠군. 여기에 서 있어도 좋은지 모르겠는걸." (방백)

"이런, 장님 머리를 만들다니 참 신통치 못한 설계군. 그래, 나는 등잔불을 들어야 해."

"헤헤헤, 그렇군요, 두 개 있습니다. 선장님, 나는 하나면 됩니다."

"이봐, 어째서 내 코앞에다 그 도둑놈 잡는 도구를 바싹 대는 건가? 불을 내민다는 것은 피스톨을 내미는 것보다도 더욱 나쁜 거야."

"선장님, 목수에게 말씀하신 게 아니었습니까?"

"목수? 그럴 리가! 아니, 틀리네. 자네는 깨끗하고 매우 신사다운 일을 하고 있단 말일세. 아니면 진흙으로 하는 일이라도 하고 싶단 말인가?"

"선장님, 진흙이라고요? 진흙? 선장님, 그건 흙탕입니다. 그런 건 시궁창

파는 사람들이 하는 일이에요."

"이런, 하늘 무서운 줄을 모르는 놈! 어째서 재채기만 자꾸 하는 거야?"

"뼈가 먼지 같아서요, 선장님."

"그렇다면 잘 알아두게, 자네가 죽거든 뼈를 산 사람의 코 밑에 묻지 말란 말일세."

"뭐라고요? 오, 아 그렇군요, 그래요. 오, 헤헤헤헤."

"이봐, 목수. 자넨, 자기는 진정한 일꾼다운 일꾼이라고 했을 텐데. 그렇다면 말이지, 만약 내가 자네가 만드는 그 새로운 다리에 올라탔다고 하고 말이야. 그때도 역시 그 같은 자리에서 또 하나의 다리, 즉 피와 살이 붙은 다리가 생각나서 견딜 수가 없다고 한다면 자네의 솜씨가 훌륭하다고 할 수 있을까? 자네는 그 옛 상처를 쫓아낼 수는 없겠나?"

"그렇군요, 선장님. 조금은 알 것 같습니다. 그 일에 대해선 괴상한 말을 들은 일이 있습지요. 팔이나 다리가 부러진 사람은 옛날의 팔이며 다리의 느낌이 전혀 없어지는 일은 없는 법이어서 이따금 쿡쿡 쑤신다고 하는데 선장님, 그게 정말입니까?"

"그렇지. 자네의 산 다리를 여기의 내 다리가 옛날에 있었던 자리에 놓아 보게나. 그러면 눈에 보이는 것은 분명히 한 개의 다리가 있을 뿐이지만 정신으로 두 개의 다리가 보인단 말이야. 자네가 약동하는 생명을 느끼는 바로 그 자리에서 조금도 틀리지 않고 나도 느끼고 있는 걸세. 이건 수수께끼인가?"

"죄송스럽지만 어려운 문제라고 말씀드리고 싶습니다."

"그럼 듣게나. 지금 자네가 서 있는 바로 그 자리에 무언가 완전하고, 생각할 수 있고, 살아 있는 것이 눈에도 보이지 않고, 자네와 이야기하는 일도 없이 서 있지 않다고 장담할 수 있겠나? 응, 자네가 지금 거기 있어도 말이야. 그리고 또 자네가 정말 혼자 있을 때 누가 엿듣고 있는 것처럼 느껴질 때가 없나? 가만히 있게, 말하지 마! 그런데 내가 내 망가진 다리를, 그것이 벌써 까마득한 옛날에 날아가버렸는데도 아직도 아픔을 느끼고 있다면 자네로서도 설사 육체는 없어지더라도 지옥의 불에 타는 고통을 영원토록 느끼지 않는다는 법은 없는 걸세. 어떤가!"

"오, 하느님! 선장님, 정말로 그렇게 된다면 생각을 고쳐야겠습니다. 저도 그렇게 형편없는 놈이라곤 생각하지 않습니다.

"이봐, 이봐, 돌대가리로는 그런 말을 알아듣지 못할걸세. 다리는 언제 되겠나?"

"선장님, 한 시간 정도면 됩니다."

"그럼 얼른 후다닥 해치워. 그리고 내게로 가져오게. (돌아가려 한다.) 오, 생명이여! 이 그리스의 신처럼 자랑스러운 내가 뼈다리를 짚고 서야 하기 때문에 이 멍텅구리의 은혜를 입어야만 하다니! 인간 세계의 대차貸借에 언제까지나 잔고殘高가 없어지지 않는다는 것은 저주스럽기 짝이 없는 일이다. 나는 공기와 같이 자유롭고 싶은데 전 세계의 대차장부에 기입되어 있는 것이다. 나는 부자다. 로마 제국, 즉 전 세계의 경매에서 어떤 한 돈 많은 집정관과도 훌륭하게 경쟁할 수 있는데도 나는 이런 큰소리를 치는 혓바닥한테만은 빚이 있단 말이야. 신께 맹세코! 용광로를 주소서. 거기에 뛰어들어 녹아버려서 하나의 조그맣고 간결한 등뼈만이 남고 싶다. 정말로."

목수 (다시 일을 시작한다.)

"흠, 흠, 흠. 저분에 관해서 스터브가 누구보다도 잘 알고 있는데, 그 스터브는 언제나 저분은 이상하다고 한다. 언제나 '이상해' 하는 그 한마디로 충분한 것처럼 그 말밖에는 하지 않는단 말이야. '이상해' 하고 스터브는 말하거든, '이상해, 이상해, 이상해.' 하고 스터브는 1년 내내 스타벅의 귀에 대고 말한단 말이야. 이게 저분의 다리란 말인가! 응, 이제 알았다. 이것은 저 노인의 잠자리 벗이군. 고래의 턱뼈로 만든 막대기가 마누라군. 아무튼 이것이 다리고 이 위에 올라선단 말이렷다. 그런데 한 다리가 세 군데에 서서 세 군데가 모두 한 지옥 안에 서 있다니, 그건 무엇이었을까? 저 노인이 나를 노려본 것도 무리는 아니야. 나도 이따금 기묘한 것을 생각한다고 모두들 말하지만 그거야 그런 때 우연히 그렇게 되는 거지. 어쨌든 나 같은 조그마한 늙은이는 후리후리하게 큰 해오라기의 다리를 가진 선장과 함께 깊은 물에 들어갈 생각일랑 아예 해선 안 되지. 곧 물이 턱 밑을 간질러서 구조선에 대고 고

526

함을 쳐야 하네.

자아, 이게 해오라기 다리란 말이다. 정말로 길고 늘씬하구나. 그런데 대부분의 사람은 한평생 다리 두 개를 갖는 법이야. 그건 마음이 상냥한 노파가 마차 끄는 몸집이 커다란 늙다리 말을 다루듯이 인정 있게 쓰기 때문이지. 그런데 에이허브는 지독한 마부거든. 보란 말이야, 한 다리는 죽여버리고 또 한 다리는 한평생 내종內腫이 생겨서 밑바닥까지 닳아 없어졌단 말이다. 이봐! 어어, 스마트! 그 나사못으로 좀 도와주게. 빨리 해치우지 않으면 부활의 나리가 말일세, 마치 맥주 장수가 다시 한 번 채우려고 낡은 술통을 거둬 모으러 다니듯이 나팔을 불며 진짜건 가짜건 모든 다리를 다 모으러 올 테니까 말이야. 이건 정말 훌륭한 다리군.

살아 있는 진짜 다리를 뼛속까지 깎은 것 같지 않은가? 저 노인은 내일 이걸 단다. 훨씬 커질 거다. 자아! 잊을 뻔했구나. 저 노인이 위도를 조사할 때 쓰는 번쩍거리도록 닦은, 뼈로 만든 달걀 모양의 작은 판자는 어디 있더라? 자, 끌이다, 줄이다, 샌드페이퍼다. 자!'

제109장 선장실의 에이허브와 스타벅

관습에 따라 다음날 아침은 펌프로 배 밑의 물을 퍼냈다. 그러자 놀랍게도 물과 함께 상당한 양의 기름이 떠올랐다. 배 밑창의 통이 몹시 새고 있음에 틀림없었다. 매우 걱정이 되었다. 그래서 스타벅은 이 불상사를 보고하기 위해 선장실에 들어갔다.[1]

그런데 피쿼드호는 남서쪽으로부터 대만과 바시 군도(대만과 필리핀 사이에

---

[1] 말향고래잡이 배가 상당한 양의 기름을 실었을 경우에는 정해진 규칙에 따라 반 주일마다 선창에 호스를 넣어 바닷물로 통을 적시고, 적당한 시간이 지난 후에 배의 펌프로 그 바닷물을 퍼낸다. 이렇게 함으로써 통이 젖어서 잘 죄기도 하고, 한편 만약 퍼낸 물의 성질이 변해 있다고 하면 선원들은 그들의 귀중한 짐, 즉 기름이 샌다는 사실을 즉시 알게 되는 것이다.

있는 섬)에 접근하려 하고 있었는데 그 사이에 지나해에서 태평양으로 나가는 열대 해류의 출구가 하나 있었다. 그래서 스타벅이 선장실로 들어가 보니 에이허브는 그의 앞에 동양 제군도의 일반 해도海圖와 또 일본 군도의 기다란 동해안, 곧 니폰·마쓰마에·시코쿠를 나타내는 분도 한 장을 펴놓고 있었다. 이 이상한 노인은 그 새하얀 새로운 고래뼈의 다리를 테이블의 나사못으로 죈 다리에 기대고, 기다란 잭 나이프를 손에 들고 현문舷門에 등을 돌리고 이마에 주름을 짓고 옛날에 항해했던 항로를 다시 더듬고 있는 참이었다.

"누구야!" 문께에서 발소리가 들렸으나 돌아보지는 않았다. "갑판으로 나가라!"

"에이허브 선장, 아닙니다. 접니다. 선창의 기름이 샙니다. 활차를 감아서 선창에서 들어내야 합니다."

"활차를 들어내? 지금 일본이 가까워졌단 말이다! 그런데 배를 일주일이나 세우고 헌 통을 수선한단 말인가?"

"선장, 그것을 하지 않으면 1년 걸려 채취하는 것보다도 더 많은 기름을 하루에 흘리고 마는 셈입니다. 2만 마일이나 나와서 겨우 얻은 기름이니 소중히 해야 합니다."

"그렇지, 그렇지, 그놈을 잡으면 말이지."

"선장, 내가 말하는 것은 선창의 기름입니다."

"나는 그런 것은 처음부터 말하지도 않았고 생각도 하지 않아. 가라! 새게 내버려둬. 나 자신도 전부 새고만 있어. 그렇고말고! 샌단 말이야, 새고말고. 새는 건 통뿐인 줄 아나. 그 새는 통을 실은 나도 샌단 말이다. 그것은 이 피쿼드호 정도가 아닌 재난이란 말이다. 그러나 나는 내 몸이 새는 것을 막거나 하진 않을 테다. 깊숙한 선창에 숨은 물 새는 구멍을 누가 찾아낼 수 있단 말인가? 아니 찾아냈다 한들 이 인생의 울부짖는 폭풍 속에서 어떻게 막을 희망이 있단 말인가? 스타벅, 나는 활차를 감게 하지는 않을 테다!"

"선장, 선주들이 뭐라고 하겠습니까?"

"선주들은 낸터킷 해안에서 태풍이 무색할 정도로 울부짖고 있으면 돼. 에이허브가 알 일이 아니야. 선주, 선주! 스타벅, 자네는 언제나 나를 보고 그

욕심꾸러기 선주들에 관해서 마치 그들이 내 양심인 것처럼 지껄인단 말이야. 그러니 알겠나? 모든 것의 소유주란 그 지휘자인 것이다. 그리고 들어라, 내 양심은 이 배의 용골에 있단 말이다, 나가라!"

"에이허브 선장." 항해사는 얼굴을 붉히면서 방안으로 들어갔다. 그 대담함은 이상할 만큼 외경과 사려에 싸여 있었고, 있는 힘을 다하여 그 대담함이 바깥에 조금이라도 나타나는 것을 피하려고 하고 있을 뿐만 아니라 내부에 있어서는 거의 스스로를 의심하고 있었던 것 같았다. "내가 좀더 훌륭한 사람이었다면, 좀더 젊은, 좀더 행복한 에이허브 선장에 대해서라면, 내가 화를 냈다 하더라도 지금의 당신께서는 아무 말도 하지 않았을 겁니다."

"악마! 그럼 자네는 감히 나를 비난할 생각을 갖고 있단 말이지, 나가라!"

"아니오, 선장, 잠깐만 기다리십시오. 부탁입니다. 나는 죽을 힘을 다해서, 선장, 참기로 합니다. 에이허브 선장, 우리는 여태까지보다도 좀더 서로를 잘 이해하면 좋겠습니다."

에이허브는 총가銃架, 즉 대부분의 남양 항해선 선실의 가구의 일부를 이루는 것에서 총알을 잰 머스킷 총을 꺼내서 스타벅을 향해 겨누면서 외쳤다. "단 한 분의 신만이 지상을 주재하신다. 단 한 사람의 선장이 피쿼드호를 주재한다. 갑판으로 나가!"

순간 항해사의 눈은 번쩍 섬광을 발하고, 뺨은 불처럼 타올랐다. 그것을 본 사람은 정말로 그가 겨누어진 총구로부터 불꽃 세례를 받은 것이라고 생각했을지도 모른다. 그러나 그는 격정을 누르고 조용히 일어서서 방을 나서려고 하다가 순간적으로 멈추고 말했다. "선장, 당신은 나에게 화를 냈지만 나를 모욕한 것은 아니오. 그러니 이런 일로 스타벅을 경계할 필요는 없소. 그저 웃고 계시면 됩니다. 그러나 에이허브 씨는 에이허브 씨를 경계하시오. 영감, 자신을 두려워하시오."

"용감하군, 그래도 복종했어. 흥, 몹시 신중한 용감이야!" 스타벅이 사라지자 에이허브는 중얼거렸다. "뭐라고 했더라, 에이허브는 에이허브를 경계하라고? 음, 뼈 있는 말인걸!" 그리고 나서 무의식적으로 그 머스킷 총을 지팡이 삼아 무쇠처럼 굳어진 얼굴로 좁은 방안을 왔다갔다했다.

그러나 곧 이마에 겹겹이 잡혀 있던 주름살을 펴고 총을 창가에 도로 놓은 후 갑판으로 나갔다.

"자넨 너무나도 훌륭해, 스타벅." 하고 낮은 목소리로 항해사에게 말하고 나서 소리를 높여 선원들에게 외쳤다.

"윗돛을 감아라, 앞뒤 중간돛도 줄여라, 큰 돛 아래 활대는 뒤로 돌려라, 활차를 감아라, 선창에서 짐을 끌어내."

에이허브가 스타벅에 대해서 이와 같이 행동한 이유는 무엇일까? 그것을 정확히 추측한다는 것은 불가능하다. 그의 내부에 있는 정직함이 섬광처럼 번쩍인 것이었는지도 모른다. 아니면 이와 같은 조건하에서는 설사 일시적이라 할지라도 배의 중요 선원이 뚜렷하게 반대 의사를 나타낸다는 징조는 절대 피하지 않으면 안 된다는 사려 깊은 계책에서였는지도 모른다. 그것은 어쨌든 간에 그의 명령은 실행되어 활차는 감기기 시작했다.

제110장 관 속의 퀴퀘그

조사해 보니까 마지막에 선창에 던졌던 통들은 모두 완전했으므로 새는 것은 훨씬 밑바닥 쪽에 있음이 틀림없었다. 그래서 그들은 마침 물결도 잔잔했기 때문에 깊이 파들어가서 최하층에 잠들어 있는 큰 통들을 깨워서 암흑의 깊은 밤 속으로부터 그 거대한 두더지들을 대낮의 햇빛 속으로 내보냈다. 그들은 참으로 깊이 내려갔는데 가장 깊은 곳의 큰 통의 모습은 고색창연하고 썩고 이끼가 낀 느낌이었기 때문에 바로 코앞에는 노아 선창(구약의 노아를 가리킴.)의 화폐를 넣은 곰팡내 풍기는 밑바닥의 통이 있고, 거기에는 사리에 어두운 구세계에 보람 없이 대홍수를 경고한 게시문이라도 붙어 있지나 않을까, 하고 생각될 정도였다.

물, 빵, 쇠고기, 통판자, 쇠테의 다발 등이 운반되어 나와서 산더미처럼 쌓인 갑판은 드디어 다니기도 어렵게 되었다. 그리고 속이 텅 빈 선체는 텅 빈

지하 무덤 위를 밟는 것같이 발밑에서 울려 왔고, 공기로 가득 찬 바구니 안에 들어 있는 큰 항아리처럼 파도 속에 흔들리고 있었다. 배는 마치 아리스토텔레스로 머리가 가득 찬 허기진 학생처럼 위쪽만 무거워져 있었다. 그때 태풍이 덮쳐 오지 않은 것은 정말 다행이었다.

그런데 이때 나의 불쌍한 이교도인 반려伴侶, 그리고 인연이 깊은 친구인 퀴퀘그가 열병에 걸려서 한없이 죽음에 접근하고 있었다.

말할 필요도 없이 이 포경이라는 직업에 있어서는 한가한 일자리란 없다. 위엄과 위험은 서로 결부되어 있다. 선장이 되기까지는 높이 올라가면 올라갈수록 고생은 늘어나게 마련이다. 그래서 사랑하는 퀴퀘그도 작살잡이로서 살아 있는 고래의 갖은 광포와 맞붙어 싸워야 했을 뿐만 아니라, 물결이 광란하는 바다에서 죽은 고래의 등에도 올라타고 나중에는 선창의 어둠 속에 내려가서 그 땅 밑의 지하실에서 하루 종일 땀을 뻘뻘 흘리면서 일하며, 쉴 새 없이 더러운 통에 매달려 저장의 일을 돌봐야 한다. 그래서 포경자들 사이에서는 작살잡이를 선창의 사나이라고도 부른다.

배의 창자가 절반쯤 텅 비었을 무렵 창구艙口에서 목을 들이밀고 밑에 있는 불쌍한 퀴퀘그를 내려다보라. 거기에 문신투성이인 그 야만인이 털실로 짠 팬티바람으로 축축한 습기 속을 기어다니는 모습은 마치 우물 밑바닥의 푸른 도마뱀 같았다. 분명히 불쌍한 이교도에게는 그곳은 우물이나 얼음 창고와 다름없었던 것이다. 그것은 그가 더위에 견디다 못해서 땀투성이가 되어 있는 데도 불구하고 이상하게도 심한 한기가 들자 그것이 곧 열병이 되어 드디어 며칠 동안 병마에 시달리게 되었는데 해먹에 들어갔을 땐 이미 거의 다 죽게 되었다.

질질 끄는 그 며칠 동안에 그는 형편없이 여위어 가고 끝내는 그의 뼈내와 문신밖에 남지 않은 것 같았다. 다른 모든 것은 다 여위어 가고 광대뼈만 날카롭게 튀어나왔지만 그의 눈은 한층 더 깊어지고 이상하게도 매우 부드러운 빛이 감돌았다.

그 눈은 그 병의 밑바닥에서부터 부드럽고 깊게 이쪽을 바라보고 있었고, 그것은 그의 속에서 멸망하지도 쇠퇴하지도 않는 불멸의 힘을 충분히 증명하고 있었다. 그리고 수면의 파문이 약해짐에 따라 넓어지듯이 그의 눈도 영겁의 테처럼 그 원을 점점 넓혀 갔다. 이 쇠퇴해 가는 야만인의 곁에 앉아서, 저 조로아스터(배화교의 교주)의 임종을 지켜본 사람들이 본 것도 저러했을까? 하고 생각되는 불가사의한 음영을 그의 얼굴에서 보았을 때 표현할 수 없는 두려움이 덮쳐 왔다.

인간에게 참으로 놀랍고 두려운 것은 결코 말이나 글로써 나타내는 것이 아니다. 그리고 모든 사람에게 고루 주어지는 죽음은 모든 사람에게 평등하게 마지막 계시를 가져다주는 것이지만, 명부冥府에 온 작가만이 그것을 적절하게 표현할 수 있다. 그렇기 때문에 불쌍한 퀴퀘그가 흔들리는 해먹에 조용히 몸을 파묻고 있자 넘실거리는 파도는 그를 마지막 안식으로 부드럽게 달래며 가고, 보이지 않는 대양의 조류는 그를 운명의 하늘로 높이높이 밀어올려갔다. 그때의 그의 얼굴에 은밀히 신비의 그림자를 떨어뜨린 사상, 그 사상보다 더 높고 더 성스러운 것을, 죽음에 임한 그 어떤 칼데아 사람(고대 바빌로니아를 지배한 일이 있다. 점성술에 매우 능했다고 함.)이나 그리스 사람이 가질 수 있었겠는가?

선원 중의 어느 한 사람도 그가 완쾌되리라고 믿는 자가 없었다. 그리고 본인인 퀴퀘그도 마찬가지였다. 그가 자신의 병세를 어떻게 생각하고 있었는가는 그의 이상한 소원이라는 것에 강하게 나타나 있었다. 하루가 또 시작되려고 하는 동틀 무렵, 어둠침침한 새벽 불침번 때, 그는 한 사람의 동료를 불러 손을 잡고 말하기를 그가 낸터킷에 있었을 때, 검은 재목으로 된 조그마한 카누를 보았는데 그것은 그의 고향인 반얀나무의 재목과 비슷했다.

그래서 물어보니 낸터킷에서 죽은 고래잡이는 모두 이런 검은 카누에 넣어졌는데 그렇게 장사지내는 방법이 그의 마음에 들었다는 것이다. 그것은 그의 종족들의 관습과 비슷한 점이 없지 않았다. 왜냐하면 그들은 죽은 전사를 향료로 방부한 후 통나무배에 입관해서 바다로 띄워 그를 별처럼 총총한 섬들이 있는 데로 떠다니게 한다. 그들의 신앙에 의하면 별은 섬일 뿐 아니라 눈에 보이는 수평선 저 너머에 그들의 평온하고 육지가 없는 바다는 푸른 하늘과 교류하고 있고 거기에 은하의 흰 파도가 있다고 믿은 것이다. 그는 또 덧붙여 말하기를 항해의 관습에 따라 해먹에 싸여서 오물처럼 바다에 던져져 시체를 좋아하는 상어의 먹이가 되는 것은 생각만 해도 몸서리가 쳐진다고 했다. 그는 꼭 낸터킷식 카누에 묻히고 싶다고 했다. 그 관이 되는 카누가 포경용 보트와 비슷하게 용골이 없다는 것은 비록 그것 때문에 조종하기가 불안정해져서 자주 바람에 불려 캄캄한 영겁으로 들어갈지라도 고래잡이로서의 그에게는 어울릴 것이라는 것이었다.

이 기묘한 이야기가 뒷갑판에 전해지자 곧 배 목수에게 명해서 그것이 어떤 것이든 간에 퀴퀘그의 주문대로 만들기로 했다. 배에는 어딘지 모르게 이교적인 느낌이 나는 관색棺色의 헌 목재가 있었다. 그것은 지난번 긴 항해 중에 라카데이섬(인도 남서양 위의 라카다이브섬)의 원시림에서 벌목된 것인데 이 거무스름한 목재로 관을 만드는 것이 좋을 것이라고들 했다. 명령을 통고받자마자 목수는 자를 들고 지체하지 않고 그의 독특한 기계 같은 민활성으로 앞돛대에 가서 퀴퀘그의 치수를, 자를 움직일 적마다 분필로 표시를 하면서 극히 정확하게 쟀다.

"아아! 불쌍한 놈이야! 드디어 잡혀가서 심판을 받아야 하겠구나." 하고 롱아일랜드의 선원이 외쳤다.

목수는 잊어버리지 않기 위해 바이스 벤치에다 관의 길이와 정확한 치수를 그리고 그 그림이 잘못되지 않도록 양쪽에 각각 표시했다. 그러고 나서 판자와 도구를 갖추어 들고는 이내 일을 하기 시작했다.

마지막 못실을 하고 뚜껑에는 충분히 대패질을 하고 잘 놓자 그는 가볍게 관을 어깨에 메고 앞갑판으로 가서 거기에 있는 사람들에게 준비는 다 되었느냐고 물었다.

갑판에 있는 선원들이 화를 내며 그러나 반은 농담 삼아 그 관을 쫓아내라고 외치는 것을 듣자, 퀴퀘그는 곧 그것을 이리로 가져오라고 해서 모든 사람을 놀라게 했다. 그러나 거부할 수는 없었다. 원래 죽어 가는 사람 중 얼만가는 가장 폭군적인 것이며 게다가 잠시 뒤에는 영원히 거의 폐를 끼치는 일이 없게 될 터인즉, 이 불쌍한 사람에게는 져 주는 것이 옳은 일이다.

퀴퀘그는 해먹에 기대서 오랫동안 주의 깊게 관을 지켜보았다. 그리고 나서 작살을 가져오게 하여 그 나무 손잡이는 빼게 한 뒤 쇠칼날 부분만 그의 보트의 노 한 개와 나란히 관속에 놓게 했다.

그런 다음 그 스스로의 요구에 의해서 비스킷이 관 내부 주위에 나란히 늘어놓여지고 신선한 물병이 머리께에 놓이고 선창에서 끌어모은 나뭇조각들이 섞인 흙을 넣은 조그마한 주머니가 발치에 놓였다. 그리고 범포帆布 조각을 둘둘 말아 베개 대신으로 나란히 하고 나자 퀴퀘그는 어느 만큼 편안할지 시험해 보기 위하여 이 마지막 잠자리로 데려다 달라고 부탁했다.

몇 분 동안 가만히 누워 있더니 누군가를 그의 주머니가 있는 데로 보내서 그의 작은 신 요조를 가져오라고 했다. 그리고 가슴 위에서 팔짱을 끼고, 요조를 그 속에 넣고 관의 뚜껑─퀴퀘그는 그것을 창구窓口라고 불렀다─을 덮으라고 했다. 가죽으로 만든 경첩에 의해서 뚜껑의 위쪽은 열려 있었기 때문에 관 속에 누워 있는 퀴퀘그의 조용하고 태연한 얼굴이 보였다. 이윽고 "라르마이(좋아, 편해)."라고 중얼거리고 해먹으로 옮겨 달라고 손짓을 했다.

그러나 미처 그렇게 하기 전에 아까부터 줄곧 이 근처를 몰래 맴돌던 핍이 그가 누워 있는 곳으로 다가와서 한 손에 탬버린을 들고 다른 한 손으로 그의 손을 잡고 훌쩍훌쩍 울었다.

"불쌍한 방랑자여! 아직도 싫증을 내지 않고 떠나가는군요. 이번에는 어딜 방랑하나요? 만약 조류가 그대를 해변에는 연꽃만이 밀려 올려진다는 저 아름다운 앤틸리스섬(서인도의 여러 섬)으로 데려간다면 내 심부름 좀 해주실래요? 핍을 찾아 줘요. 핍이 오랫동안 보이지 않는군요. 나는 그가 아득히 먼 앤틸리스 제도 쪽에 있다고 생각해요. 찾아내거든 위로해 주어요. 그는 매우 슬퍼할 거예요. 이봐요! 탬버린을 잊고 갔어요. 내가 찾았어요. 리그 아 디그, 디그 디그! 자, 퀴퀘그, 죽어요. 내가 마지막 임종의 행진곡을 쳐주겠어요."

"언젠가 듣기로는."라고 스타벅은 뱃전의 창문으로 내려다보면서 중얼거렸다. "완전한 백치가 열병에 걸리면 무지한 인간은 구식 말투로 이야기하는 수가 있다고 하더군. 그 신비를 잘 조사해 보면 까맣게 잊어버린 어린 시절에, 어떤 훌륭한 학자가 구식 말투로 이야기하는 걸 들은 적이 있었다는 게 밝혀진다는 거야.

그래서 내가 믿기로는 이 핍이란 놈은 미친 사람의 기묘한 숭고함으로써 우리들의 천상의 고향의 신성한 증거를 보이고 있는 게 아니겠나. 천상이 아니면 어디서 저런 것을 배웠겠는가. 들어 봐, 또 이야기를 시작했네. 그런데 이번엔 좀더 이상한 말일세.

두 줄과 두 줄을 만들어라! 저 사나이를 대장으로 삼아라! 그의 작살은 어디 있나. 여기에 가로 뉘어라. 리그 아 디그, 디그, 디그! 만세! 그의 머리에 싸움닭을 올려놓아라. 그리고 노래하게 하라! 퀴퀘그는 투사로서 죽는 거다! 잘 알아둬라, 퀴퀘그는 투사였단 말이다. 잊어서는 안 된다. 퀴퀘그는 투사로서 죽는 거다! 아아, 투사, 투사, 투사! 그러나 비겁한 핍 녀석, 그놈은 비겁한 자로서 죽었단 말이다! 부들부들 떨면서 죽었다. 부끄러움을 알라, 핍! 들어줘, 만약 그대가 핍을 찾아내면 앤틸리스섬 가득히 그놈은 도망자였다고 외쳐주어라! 비겁자, 비겁한 놈, 비겁자! 그놈은 포경 보트에서 뛰어내렸다고 외쳐줘! 설사 그놈이 지금 여기서 다시 한 번 죽는다 해도 나는 비겁한 핍에게는 탬버린을 울리며 대장 만세를 안 불러 줄 테다. 오, 비겁자에겐 어느 누구든 치욕 있으라. 치욕 있으라! 보트에서 뛰어내린 핍처럼 모두 물에 빠져 죽어라! 치욕이다, 치욕이다!'

그 동안 내내 퀴퀘그는 꿈 속을 헤매는 듯 쭉 눈을 감고 있었다. 핍은 끌려가고 병자는 해먹으로 옮겨졌다.

그런데 이렇게 그가 죽음에 대한 모든 준비를 끝내고 그 관도 매우 흡족하다는 것이 증명되자 갑자기 퀴퀘그는 성기精氣를 회복했다. 곧 목수가 만든 관은 필요 없게 되었다. 그래서 몇몇 사람이 놀라움과 기쁨의 소리를 질렀을 때 그는 자신의 빠른 회복의 원인은 대략 다음과 같다고 했다.

마침내 숨을 거두게 되었을 때 그는 문득 육지에서의 해야 할 사소한 의무를 아직 하지 못했음을 상기하고, 그래서 마음을 돌려 죽지 않기로 하고 아직 죽을 수가 없다고 스스로 자신에게 말해 주었다는 것이다.

그래서 모두들 죽는다든가 산다든가 하는 말을 자기 멋대로의 의지나 기분으로 할 수 있는 것이냐고 물었다. 그렇다, 하고 그는 대답했다. 한마디로 요약해서 말하면 퀴퀘그의 의견이란 만약 사람이 살기를 결심했다면 고래니, 태풍이니, 그 밖에 그러한 종류의 인간의 힘을 초월한 알 수 없는 파괴자의 손에 의한 것 외에는 병 정도로는 죽지 않는다는 것이다.

여기에 야만인과 문명인 사이의 명백한 차이가 있는 것이다. 병든 문명인은 회복되는 데 6개월이 걸린다면, 병든 야만인은 대체적으로 하루 사이에 반쯤은 원래의 건강으로 되돌아간다. 그래서 우리 퀴퀘그는 곧 기운을 회복했으며 식욕 또한 맹렬했다.

그리고 겨우 며칠 동안 양묘기에 우두커니 걸터앉았더니 갑자기 뛰어올라 팔과 다리를 불쑥 내밀고 마음껏 쭉 펴고 하품을 하더니 뱃전에 매달려 있는 그의 보트 뱃머리에 뛰어들어 작살을 겨누는 자세를 취하고 언제라도 싸울 수 있다고 선언했다.

야만적인 변덕으로 그는 그 관을 옷장으로 쓰기로 하고 범포로 만든 부대 속에 있던 옷가지들을 거기에 옮겨 넣고 정돈을 했다. 한가할 때면, 그 뚜껑에 온갖 모양의 무늬며 선을 조각했는데, 그는 거기에다 그 나름대로의 거친 방법으로 자기 몸의 복잡한 문신의 몇 부분을 모사模寫하려고 했던 모양이었다. 그런데 이 문신을 그려준 사람은, 지금은 이 세상을 떠난 그의 섬의 예언자였는데, 그 사람은 이 상형문자로써 그의 육체 위에 하늘과 땅의 모든 원리와 진리에 달하기 위한 신비적인 방법론을 모두 썼던 것이다. 따라서 퀴퀘그는 그 몸 자체가 풀어야 할 수수께끼, 한 권의 놀라운 책이었다.

그의 산 심장이 그 신비를 향하여 계속 고동치고 있었지만 본인 자신도 그 신비를 읽을 수 없었다. 또한 그 신비는 결국, 그것이 씌어진 살아 있는 양피지와 함께 멸망해서 마지막까지 해독되지 못한 채 끝나는 운명에 처해 있었다. 이런 생각에서 에이허브는 어느 날 아침 불쌍한 퀴퀘그를 바라본 뒤에 한쪽 옆을 향하고 "오, 신들의 악마적인 괴롭힘이여!"라는 괴상한 외침을 부르짖었을 것이리라.

제111장 태평양

바시 제도 옆을 미끄러져서 우리들이 드디어 남태평양으로 진출했을 때 다른 일이 없었다면 나는 이 동경하는 태평양에 대해서, 여기서부터 동쪽으로 몇 천 리그를 푸르디 푸르게 물결치고 있는 정밀精密의 대양에 대해서, 이 제야말로 나의 청춘의 오랜 소망은 이루어졌다고 무한한 감사를 담고 인사를 보냈을 것이다.

이 바다에는 무언지 모르지만 아름다운 신비가 숨어 있었고, 그 온화하고도 무서운 파도는 무언가 바다 깊숙이 숨어 있는 혼을 얘기하는 것 같았으며, 그것은 전설적인 복음을 전하는 성 요한을 파묻은 에베소(소아시아에 있다.)의 흙이 움직이더라는 말을 되새기게도 했다. 그리고 이 바다의 대목장, 드넓게 물결치는 물의 대초원, 4대륙 모두의 공동묘지에 끊임없이 파도가 높았다 가라앉았다 하고 조수가 밀려왔다가 밀려가고 하는 것은 참으로 근사했다.

여기서는 몇 억인지도 모르는 그림자와 어둠이 뒤섞이고, 꿈, 현혹眩惑, 환상이 내려쌓이고, 우리가 삶이라 부르고 영혼이라고 부르는 모든 것이 가라앉아서 꿈꾸고 계속 꿈꾸기를 그치지 않고, 잠자리에서 졸고 있는 사람처럼 엎치락뒤치락하고 있었으며, 영원한 파도는 그러한 불안에 의해서 일어나고 있었던 것이다.

방랑과 명상을 사랑하는 신비가가 한번만 이 고요한 태평양을 바라보았다면 평생토록 이것을 그의 마음의 바다로 삼을 것이다. 그것은 세계의 수역水域 한복판에 굽이치고, 인도양과 대서양은 그 양팔에 불과하다. 가장 새로운 민족에 의해서 바로 어제 세워진 캘리포니아의 여러 도시의 방파제防波堤를 씻는 그 똑같은 파도는, 아브라함(〈창세기〉 참조)보다도 더 오랜 쇠퇴했어도 여전히 호화로운 아시아의 해안으로 물결쳐 오고, 그리고 그 중간에는 산호초군의 은하며 낮게 끝없이 계속되는 미지의 여러 군도, 또는 금단의 일본 열도가 떠오른다. 그리하여 신비롭고 신성한 태평양은 세계의 모든 몸체를 띠처럼 감고 모든 해안을 자신의 하나의 만灣으로 하고 그 조수의 물결치는 소리는 지구의 심장의 울림을 생각하게 한다. 이 영원한 파도에 들어올려지는 사람은 여기에 유혹적인 신의 존재를 인정하지 않을 수가 없고 목신牧神 앞에 머리를 숙일 것이다.

그러나 에이허브의 머릿속에는 목신의 생각 따위는 떠오르지도 않았다. 그는 뒷돛대의 삭구索具 옆의 언제나 서 있는 곳에 무쇠상처럼 서서 그 한쪽 콧구멍으로 자기도 모르게 아름다운 숲에서 다정한 연인들이 산책을 하고 있었을 바시 제도의 사탕의 감미로운 향기를 맡고, 다른 한쪽 콧구멍으로는 의식적으로 새로 보는 바다, 즉 증오할 백경이 지금도 헤엄쳐 다니고 있을 바다의 소금 냄새 풍기는 공기를 빨아들이고 있었다. 이 노인은 드디어 이 마지막 바다에 들어와 일본 해역을 향해서 달리는 데 따라 그 목적을 더욱 강하게 의식했다. 단단히 다문 그의 입술은 바이스의 입술처럼 다물어지고, 그 이마의 혈관은 넘치는 개울처럼 부풀고 있었다. 깊은 잠 속에서도 그의 머릿속의 외침 소리는 울리며 달리고 있었다.

"뒤로! 백경이 뭉클뭉클 피를 뿜고 있어!"

제112장 대장장이

날씨는 이 위도 근처에서는 항상 그렇듯이 평온하고 상쾌한 여름이었다. 머지않아 특별히 분주한 작업이 시작되리라는 것을 알고 있는, 그을음투성이이고 불에 데어 얼굴이 부어오른 늙은 대장장이 퍼스는, 에이허브의 다리를 만드는 것을 돕고 난 뒤에도 운반할 수 있게 되어 있는 노를 선창으로 들여가지 않고 갑판 앞돛대 옆의 고리 달린 볼트에 단단히 붙들어 맸다. 요즘은 갑판장이니 작살잡이니 앞쪽 노잡이들이 거기에 빈번히 찾아와서 그들의 갖가지 무기며 보트 용구를 모양을 바꾸어 달라느니, 수선을 해달라느니, 새로 만들어 달라느니 하는 등 자질구레한 일을 부탁하는 것이었다. 종종 자기의 차례를 기다리는 선원들이 제각기 손에 고래삽이며, 끌이며, 작살이며, 창 등을 들고 그를 둥그렇게 에워싸고는 그을음투성이로 일하는 그의 거동 하나

하나를 부러운 듯이 지켜보는 때가 있었다. 그렇지만 이 노인은 침착하게 팔로 해머를 휘두르고만 있었다. 그에게서는 중얼거림, 초조함, 울화통 같은 것이 새어 나오는 일이 없었다. 묵묵히, 천천히, 무뚝뚝하게, 고질적으로 뼈가 굽어버린 등을 더욱 구부리고 일을 멈추지 않았다. 그것은 마치 일하는 것은 삶 그 자체고 해머의 무거운 휘두름은 그의 심장의 무거운 고동임을 보여주는 듯이 보였다. 분명히 그렇다. 아, 이 무슨 비참함인가.

이 늙은이의 야릇한 걸음걸이, 그다지 눈에 잘 띄지는 않지만 고통스러운 듯이 한쪽으로 비틀거리며 걷는 그의 걸음걸이는 항해 초기에는 선원들의 호기심을 끌었다. 그래서 그들이 언제까지나 끈질기게 물었기 때문에 그는 끝내 항복하고, 그래서 창피하기 짝이 없는 그의 비운의 이야기를 모두가 알게 되었던 것이다.

자신이 초래한 잘못에서였으나, 날도 저물어 몹시 추운 어느 날 깊은 밤 두 시골 마을 사이의 노상에서 이 대장장이는 정신이 멍해질 정도로 감각이 마비되는 것을 느끼고 허물어져 가는 헛간으로 들어갔다. 그때 양다리의 발가락은 떨어져 버렸다. 이 고백으로 하나하나 차례로 알게 되어 드디어 그의 인생극의 기쁨이 제4막과 슬픔의, 더욱이 아직 대단원을 내리지 못한 길고 긴 제5막이 드러났다.

그는 60세 가까이 되어 느지막하게, 슬픔의 술어術語로는 파멸이라 불리는 것에 부딪치게 된 노인이었다. 그때까지는 그는 훌륭한 솜씨를 인정받는 대장장이였고, 일은 얼마든지 있었다. 성원이 있는 집을 갖고 있었고 젊고 딸 같은 사랑하는 아내를 거느리고 쾌활하고 혈색 좋은 세 아이들도 있었다. 일요일마다 숲 속의 교회로 가 즐거운 나날을 보냈다.

그러나 어느 날 밤 어둠을 틈타 아주 교활하게 변장한 극악무도한 강도가 그의 행복한 가정에 들어와 그의 가족에게서 모든 것을 빼앗아갔다. 아니 무엇보다도 어리석었던 것은, 이 대장장이 자신이 강도를 집 깊숙이 끌어들였던 것이다. 그것은 '마법의 술병' 이었다. 그 운명의 마개가 '펑' 하고 열리자, 악마가 뛰쳐나오고 그의 집안을 시들게 했다.

대장장이의 일터는 깊이 생각한 나머지 현명하고도 경제적인 이유에서 집의 지하실에 마련되어 있었고, 집과는 별도로 출입문이 나 있었다. 그러므로 젊고 건강한 아내는 신경 쓰는 일 없이 오히려 발랄한 즐거움과 함께 늙은 남편이 젊은이와 같이 휘두르는 해머의 힘찬 소리에 귀를 기울였다. 이 메아리는 마루나 벽을 지날 때 소리를 낮추어서 그녀가 아이를 키우고 있는 방에 나쁘지 않은 음조音調가 되어 흘러들어왔기 때문에 대장장이네 아이들은 이 쇠망치 소리를 자장가로 들으며 잠들었다.

아, 이것은 어찌된 불행이란 말인가! 오, 죽음이여! 그대는 때때로 적절한 때 찾아올 수 없단 말인가? 만약 그대가 이 늙은 대장장이를 완전한 파탄이 오기 전에 가까이 불러들였다면 젊은 미망인은 감미로운 슬픔에 취하고 고 아들은 나중에 참으로 존경할 만한 전설적인 아버지를 꿈꾸었을 것이고, 모두들 고생하지 않고 지낼 만큼의 재산도 물려받았을 것이다. 그러나 죽음은 어느 덕 있는 노인을—그 사람의 바쁜 매일의 노동에는 가족에 대한 책임이 걸려 있었는데—꺾고 말았으며, 무익할 뿐 아니라 유해한 노인을, 완전히 썩어버리고 난 뒤에 더 뽑기 쉽다는 이유에선지 남겨 두었던 것이다.

이제 더 이상 이야기할 필요도 없을 것이다. 지하실의 해머 소리는 날로 멀어져 가고 한번 한번 때리는 것도 약해져 갔다. 아내는 얼어붙는 듯한 심정으로 울 힘마저 없이 창가에 앉아 울고 있는 아이들의 얼굴을 눈물로 번들거리는 눈으로 지켜보고 있었다. 풀무도 소용이 없게 되고, 용광로는 석탄재로 가득히 막혀버리고, 집은 팔리고, 아이들의 어머니는 무덤의 길게 자란 풀 사이로 들어가고, 두 번에 걸쳐 아이들도 그곳에 따라 들어갔다. 집도 잃고 가족도 잃은 노인은 상복을 입은 채 방랑자로서 비틀거리며 거리로 나섰으나 그의 불행을 동정하는 사람은 없었고 그의 잿빛 머리는 아마빛 고수머리의 젊은이들에게 모멸의 대상이 되었다.

이와 같은 입장에 있는 자에게는 죽음만이 바람직한 결말이라고 생각된다. 그러나 죽음이란 이제까지 가 보지 못한 이상한 곳으로 떠나는 것에 지나지 않으며, 아득히 먼 곳, 황량한 곳, 물속의 세계가 없는 곳으로 옮겨갈 가능성에 대한 첫 번째 만남에 불과한 것이다. 그러므로 그러한 인간이 만약 마음속에 아직도 자살에 대한 양심의 가책을 가지고 있다면, 그들의 죽음을 동경하는 눈앞에는 모든 것이 흘러들어가고 모든 것을 받아들이는 바다가 상상하기조차 어려운 공포를 삼키면서 기막히게 새로운 생명이 약동하는 모험의 지평을 펼쳐놓고 유혹할 것이다. 그리고 끝없는 태평양의 심장부로부터 수천의 인어가 그들을 향해 노래한다.

"마음이 찢어진 사람을 우리는 부른다. 여기에 죽음의 죄를 지나지 말고 새로운 생명으로 들어오라. 여기에 죽음을 지불하지 않고 별세계의 놀라움을 보라. 이리로 오너라. 이 생명 속에 몸을 파묻으면 당신이 싫어하고, 당신을 싫어하는 육지의 세상을 죽음보다도 더 잘 잊어버리고 만다. 이리로 오너라. 묘지에는 당신의 비석을 세우고 이리로 오너라. 우리를 신부로 맞으라!"

이런 속삭임을 동쪽에서 서쪽에서, 해가 뜰 때도 해가 질 때도 듣고 대장장이의 마음은 호응했다. "아, 가고말고!" 이렇게 해서 퍼스는 포경선에 올랐던 것이다.

제113장 풀무

대낮에 수염투성이인 퍼스가 꺼칠꺼칠한 상어 가죽 앞치마를 걸치고 노와 견고한 재목 위에 놓인 쇠모루 사이에 서서 한 손으로 창끝을 들어 석탄불 속에 집어넣고 다른 한 손은 용광로의 풀무를 움직이고 있을 때 에이허브가 손에 조그맣고 낡은 가죽 주머니를 들고 찾아왔다. 용광로에서 조금 떨어진 곳에서 에이허브는 무뚝뚝하게 걸음을 멈추었다. 그 동안 퍼스는 창끝을 불에서 꺼내서 모루에 놓고 두드리기 시작했다. 벌겋게 단 쇳덩어리에서 나오는 불꽃은 마구 튀어서 그 중 몇 개는 에이허브의 바로 가까이까지 날아갔다.

"퍼스, 이게 자네의 바다제비인가? 언제나 자네 뒤에서 날고 있군. 길조의 새일 테지만 그러나 누구에게나 그런 것은 아닐세. 보게, 타고 있지 않나? 그러나 자네는, 자네란 사나이는 그 한복판에서 그을리지도 않는군."

"전 온몸이 다 그을려 있으니까요, 에이허브 선장." 퍼스는 해머를 짚고 잠간 쉬며 말했다. "이미 그을리는 건 졸업했습지요. 한번 덴 자리는 좀처럼 화상을 입지 않는답니다."

"좋아 좋아, 이젠 그만두게. 자네의 분명치 못한 목소리는 너무 조용해서 듣고 있으면 서글퍼지네. 나도 낙원에 살고 있지는 않아. 멀쩡한 자들의 비참함을 보면 참을 수가 없다네. 대장장이, 자네는 미치는 게 좋을 걸세. 이봐, 어째 미치지 않나? 어째서 미치광이가 되지 않고 견뎌낼 수 있느냐 말일세. 자네가 미치광이가 못 된다는 것은 하늘이 아직도 자네를 미워하고 있기 때문인가? 자넨 지금 무얼 만들고 있는 건가?"

"낡은 창끝을 용접하고 있습니다. 깨진 틈이며 움푹 팬 곳이 있으니까요."

"그럼 대장장이, 자네는 그처럼 호되게 쓴 물건을 다시 완전히 매끈매끈하게 만들 수가 있단 말인가?"

"네, 그렇습니다, 선장님."

"대장장이, 자네는 어떠한 흠이나 움푹 들어간 것이라도 편평하게 할 수가 있다는 말이렷다. 아무리 쇠가 단단하더라도 말일세."

"네네, 선장님, 그렇습니다. 단 한 가지만을 제외하면 어떤 흠이나 움푹 들어간 것도……."

"이것 보게." 에이허브는 미친 듯 다가서서 외치며 퍼스의 양어깨에 손을 얹었다. "이봐, 보게나, 이것을. 대장장이, 자네는 이런 흠을 편평하게 한단 말인가?" 한 손으로 자기의 주름살투성이인 이마를 쓱 문질렀다.

"대장장이, 만약 자네에게 그것이 가능하다면 나는 기꺼이 이 머리를 자네의 그 쇠모루에 올려놓고 자네의 가장 무거운 해머를 내 이마에 받겠네. 자아! 이 주름살을 고칠 수 있겠나?"

"오, 선장님, 그것은 단 한 가지…… 제가 말씀드리지 않았습니까? 단 한 가지만을 제외하면 어떤 흠이나 움푹 들어간 곳도라고요."

"응, 대장장이. 이것이 그 한 가지로군. 이것은 매끈하게 할 수 없을 걸세. 왜냐하면 자네 눈에는 내 살의 주름살밖에 보이지 않을 테지. 하지만 이것은 내 두개골에까지 새겨져서 그야말로 주름살투성이란 말일세. 그러나 어린아이의 장난은 그만두게. 오늘은 생선 갈퀴나 창끝을 만드는 건 그만둬. 이걸 보게!' 하고 가죽주머니를 마치 거기에 금화가 가득 들어 있는 것처럼 쩔렁거려 보였다.

"내게 작살을 만들어주게나, 퍼스. 수천의 악귀들이라도 뺄 수 없는 그런 걸 말일세. 고래의 몸속에 그놈이 지느러미뼈처럼 찔리는 그런 것을 말일세. 이것이 재료일세." 하고 가죽주머니를 모루 위에 던졌다.

"대장장이, 보게. 이것은 경주하는 말의 쇠편자 조각을 모은 것일세."

"편자 조각이라고요, 선장님? 그것 참, 선장님, 선장님께서 모으신 것은 우리 대장장이의 재료로선 가장 좋고 강하기가 더할 나위 없는 물건입죠."

"영감, 알고 있어. 이 조각들은 말일세. 살인자들의 뼈를 녹여 만든 아교풀처럼 착 달라붙는 걸세. 자아, 내 작살을 버리게. 우선 몸통을 위해서 열두 가닥의 쇠줄을 만든다. 그런 다음 그 열두 줄을 밧줄의 짜는 실처럼 꼬아서 두드린다. 자아, 내가 불을 붙여주지!'

이윽고 열두 개의 쇠줄이 만들어지자, 에이허브는 그 하나하나를 손에 집어서 길고 무거운 철봉에 감아 시험했다. "균열이 생겼어!' 하고 제일 마지막 것을 던졌다. "다시 한 번 만들어, 퍼스."

그것도 끝나고, 퍼스가 열두 개를 하나로 용접하려고 하자, 에이허브는 그의 손을 멈추게 하고 자기 스스로 용접하겠다고 했다. 그리고 그가 박자를 맞추듯 헐떡이면서 해머로 쇠모루를 두드리고 퍼스가 한 개 또 한 개 벌겋게 단 쇠마대기를 그에게 건네주고 강한 압력을 받은 용광로가 새빨간 불꽃을 똑바로 뿜어올리고 있었을 때, 묵묵히 배화교도인 페들러가 지나가다가 불쪽으로 고래를 숙였는데 그것은 이 노동에 대해서 어떤 저주를 하거나 어떤 축복을 올리고 있는 것 같았다. 그러나 에이허브가 눈을 쳐들자, 그는 슬며시 옆으로 가버렸다.

"저 악마새끼는 왜 이 근처를 어정거리는 건가?' 스터브가 앞돛대께에서 내려다보면서 중얼댔다. "저 배화교도 놈은 성냥처럼 불 냄새를 맡아낸단 말이야. 그리고 불탄 총의 화약 접시처럼 자기도 불 냄새를 풍기고 있어."

드디어 몸통은 하나의 완전한 막대기가 되어 마지막 불에 넣어지고 퍼스가 담금질을 하기 위해서 한쪽 옆의 물통에 휙 집어넣자, 뜨거운 증기가 에이허브의 숙인 얼굴에 끼얹어졌다.

"내게 낙인을 찍을 생각인가, 퍼스?' 순간적으로 고통에 움츠렸던 에이허브가 말했다.

"그렇다면 나의 낙인을 내가 버린 셈이군."

"절대로 그런 일은 없습니다. 그러나 나는 약간 무서워졌습니다, 에이허브 선장. 이 작살은 백경에 쓰이는 게 아닌가요?'

"흰 악귀에 쓸걸세! 자아, 이제부터 칼날일세. 자네가 그걸 만드는 거야. 봐라, 내 면도날을 모아두었네……. 더없이 좋은 쇠지. 칼날은 빙해의 진눈깨비의 바늘처럼 날카로워야 해."

한동안 늙은 대장장이는 쓰고 싶지 않은 것처럼 면도날의 무더기를 바라보고 있었다.

"쓰는 거야. 이봐, 나는 이미 소용이 없네. 나는 그때까지는 면도도 하지 않을 테고 또한 먹지도 기도드리지도 않을 테니까. 자, 일을 시작하게."

이윽고 그것은 화살 모양으로 만들어지고 퍼스가 몸체에 용접하고 그래서 쇠로 된 몸체 끝에 강철의 칼날이 생겼다. 대장장이는 담금질을 하기 전에 그 칼날을 마지막 불에 넣으려고 하다가 그때 에이허브를 향해서 물통을 가져다 달라고 했다.

"아니, 아니, 물은 쓰지 않겠네. 그야말로 진짜 죽음의 담금질을 하는 걸세. 여어이, 여어이! 태슈테고, 퀴퀘드, 대그! 이교도들, 어떤가 자네들? 나에게 이 칼날을 흠씬 적실 만큼 피를 주지 않겠는가?' 하고 칼날을 높이 쳐들었다. 흑인들은 좋다고 끄덕였다. 이교도들의 살을 세 번 찌르고, 이리하여 백경용의 칼날의 담금질은 끝났다.

"주의 이름으로가 아니라 악마의 이름으로 그대에게 세례를 주노라!'

벌겋게 단 사악한 칼날이 세례의 피를 삼켜버렸을 때 에이허브는 황홀해서 이와 같이 절규했다.

그리고 나서 에이허브는 선창에서 아직 쓰지 않은 철봉을 가져오게 해 그 가운데서 아직 껍질이 붙어 있는 히코리 나무를 골라 그 끝을 작살을 꽂는 구멍에 맞도록 했다. 새 밧줄 한 다발을 풀어 몇 발의 밧줄을 양묘기에 붙들어

매서 세게 팽팽하게 당겼다.

에이허브는 한쪽 발로 밟고 나중에는 하프의 현처럼 소리가 나게 잡아당겼다. 그러고 나서 눈을 번쩍이며 몸을 구부리고 꼬인 데가 없음을 알자 소리쳤다. "됐어, 자, 붙들어 매는 밧줄을!"

밧줄의 한 끝의 꼬임을 풀어, 가닥가닥으로 풀린 줄을 작살을 꽂는 구멍 주위에서 다시 엮고 짜고 해서 철봉은 단단히 구멍에 꽂혀지고 철봉 아래 끝에서부터 밧줄은 그 철봉을 따라 절반쯤까지 당겨지고 그것을 빙글빙글 옆으로 감은 밧줄로 얽어매어 놓았다. 이것이 끝나자 철봉과 강철과 밧줄은 운명의 세 여신처럼 서로 떨어질 수 없는 것이 되고, 에이허브가 그 무기를 갖고 무뚝뚝하게 걸어 나왔을 때 그 고래뼈 다리의 울림과 히코리 막대기의 울림은 한장 한장의 갑판의 판자를 크게 울렸다.

그러나 그가 그 선실에 들어가기 전에 희미하고, 부자연스러움, 절반쯤 장난치는 듯 형용할 수도 없는 서글픈 소리가 들려왔다. 아아, 핍! 그대의 비참한 웃음, 멍청하고 그리고 침착성도 없는 눈빛, 그리고 그대의 모든 기이한 광언狂言은 우울한 배의 어두운 비극과 의미심장하게 섞여져서 그것을 비웃고 있었던 것이다.

제114장 도금사

일본 해역의 심장부를 향해 깊이깊이 들어가면서 곧 피쿼드호는 고래잡이에 큰 활기를 띠었다. 따뜻하고 쾌적한 날씨가 계속됨에 따라 종종 단숨에 열둘, 열다섯, 열여덟, 또는 스무 시간이나 그들은 보트를 조종하고 고래를 쫓아 천천히 저어가기도 하고 달리기도 하고 허둥지둥 쫓아가기도 하고, 또는 60~70분 동안이나 고래가 떠오르는 것을 숨죽여 기다리기도 했다. 그러나 그 노고에 대한 대가는 크지 못했다.

이러한 때 평온한 햇살 아래에 하루 종일 부드럽게 천천히 들어올리는 파도에 떠돌며, 자작나무 껍질의 카누처럼 가벼운 보트에 앉아서 부드러운 물결과 친구가 되어 서로 친하고, 그리고 파도는 화롯가의 고양이처럼 야옹거리면서 뱃전에 매달려 장난질한다. 이 꿈결 같은 고요한 때 사람은 대양의 정밀한 아름다움과 광휘를 바라보면서, 그 밑바닥에서 헐떡이고 있는 호랑이의 심장이 있음을 잊어버리고 이 손바닥이 잔인한 손톱을 감추고 있다는 것을 상기하려 하지 않는다.

이런 때는 포경선상의 방랑하는 무리도 무언지 모르게 자식이 부모에게 느끼는 것과 같은 신뢰감, 육지에서와 같은 감정을 바다에 대해서 품는다. 바다는 꽃으로 덮인 대지처럼 보이고, 돛대 꼭대기만 보이는 먼 곳의 배는 높게 물결치는 파도 사이를 헤치고 횡단하는 것이 아니라, 물결치는 대초원의 길게 자란 풀 사이를 오고 있는 것처럼 보인다. 그것은 마치 서부의 이주자들의 말 떼가 몸은 보이지 않고 빳빳하게 세운 귀만을 보이며 눈부시게 짙푸른 풀밭 사이를 지나가는 것과도 비슷하다.

기다랗게 뻗은 처녀지의 계곡, 완만하고 푸른 언덕의 경사, 그런 것들 위에 고요한 자장가가 흐를 때, 사람들은 놀다 지친 아이들이 화창한 5월의 어느 날 숲 속의 꽃들이 꺾인 뒤의 고요 속에 잠깐 잠이 들어 있는 것은 아닌가, 하고 생각하기도 할 것이다. 그리고 이 모든 것이 사람의 심오한 신비감과 섞여서 사실과 환상이 서로 가까이 만나 융합되고, 꿰맨 솔기조차 없는 하나의 완전체가 된다.

이와 같이 마음을 온화하게 하는 광경은 비록 잠시 동안이긴 했지만 에이허브에게도 얼마쯤 영향을 주지 않을 수가 없었다. 그러나 이 은밀한 황금의 열쇠가 그의 내부의 은밀한 재보財寶의 문을 연 것처럼 보였다 하더라도 역시 그가 거기에 던지는 숨결은 그 빛을 흐리게 하는 것이었다.

오, 숲 속의 빈터여! 영혼 속의 영원한 봄의 끝없는 풍경이여! 그대 속에서─이미 오래, 지상 생활의 죽음의 바람에 의하여 메말랐을망정─사람은 지금도 상쾌한 아침 이슬에 젖은 클로버 위에 뛰노는 망아지처럼 뛰어다니고, 그리고 황급히 지나가버리는 일순간에 영원한 삶의 이슬이 맺혀 있다는 느낌을 갖게 될 것이다. 이 더없이 복된 고요가 오래 지속되기를 신에게 기도

드리자. 그러나 인생을 얽히게 하기도 하는 끈실은 씨줄과 날줄로 짜여져서 잔잔한 바다는 폭풍에 엇갈리고, 하나의 잔잔한 바다는 하나의 폭풍을 초래한다. 우리들의 생애에는 뒤로 물러서는 일이 없는 확고한 진보라는 것은 없다. 우리는 고정된 단계를 통해 나아가서 마지막에 멈추게 되는 것은 아니다. 즉 젖먹이의 무의식적인 잠, 소년의 사려 없는 믿음, 청년의 의심, 즉 만인의 운명, 회의, 그리고 불신을 지나 드디어 성년의 '혹시나' 하는 차분하게 가라앉은 깊은 생각에 의해서 정지하는 것이 아니다. 한번 그것을 지나고 나면 우리는 또다시 움직이기 시작해서 젖먹이가 되고, 소년이 되고, 성인이 되어 영원히 '혹시나'를 되풀이한다. 이제는 떠나지 않아도 될 마지막 항구는 어디에 있단 말인가? 권태자가 권태를 느끼지 않는 그런 세계는 어떤 황홀한 에테르 속을 달리고 있는 것일까? 버려진 아이의 아버지는 어디에 숨어 있단 말인가? 우리의 영혼은 결혼도 하지 않은 어머니가 낳으면서 죽어간 고아와 같은 것이다. 누가 아버지냐 하는 비밀은 그 어머니의 무덤 속에 있고 그것을 알려면 우리는 그곳으로 가야만 한다.

또한 바로 그 날 스타벅은 그의 보트 뱃전에서 금빛의 바다를 바라보면서 낮은 소리로 중얼거렸다.

"그대의 바닥을 알 수 없는 사랑스러움……, 사랑하는 사람이 그 신부의 눈 속에서 발견하는 그런 사랑스러움. 그대의 이빨이 빈틈없이 난 상어며 그대의 사람을 빼앗아가는 식인종 같은 행동 등은 생각하고 싶지 않다. 신앙으로 사실을 쫓아내리라. 공상으로 기억을 쫓아내리라. 나는 깊이 들여다보고 믿는다."

그리고 나서 스터브도 비늘을 번쩍이는 물고기처럼 그 같은 금빛 광선 속에 뛰어올랐다.

"나는 스터브다. 산전수전 다 겪은 노련한 사람이란 말이다. 그러나 오늘은, 스터브님께서는 옛날부터 언제나 쾌활했다는 것을 맹세한다!"

제115장 피쿼드호, 배철러호를 만나다

수주일 뒤에 순풍에 돛을 달고 나타난 배의 광경과 소란은 확실히 유쾌한 것이었다. 그것은 '배철러호'라는 낸터킷의 배였는데, 마침 마지막 기름통에 쐐기를 박고 터질 듯한 창구艙口에 빗장을 걸어 지금은 새옷으로 단장을 하고 희희낙락하여 약간은 뽐내면서 어장에 이리저리 흩어져 있는 배들 사이를 돌아다닌 후에 뱃머리를 고향으로 돌릴 참이었다.

돛대 꼭대기에 있는 세 사람은 그 모자에 단 빨갛고 긴 장식 리본을 바람에 날리고 있었다. 뒷갑판에는 보트가 거꾸로 매달려 있고 뱃머리의 사장斜檣에는 마지막에 죽인 고래의 기다란 아래턱이 어획물 표시로 매달려 있었다. 배의 돛대며 밧줄에서는 온갖 빛깔의 신호며 국기며 함선기艦船旗가 사방으로 펄럭이고 있었다. 바구니 모양의 세 돛대 꼭대기에는 각각 고래 기름통이 두 개씩 옆에 붙들어 매어져 있고 그 위의 돛대 꼭대기의 가름대에도 똑같이 귀중한 작은 기름통이 보이고 큰 돛대의 장관檣冠에는 놋쇠로 만든 램프가 못박혀 걸려 있었다.

나중에야 안 일이었지만 배철러호는 참으로 놀라운 성공을 거둔 것이었다. 더욱 놀라웠던 것은 다른 많은 배는 같은 해역을 항해하면서도 몇 달 동안 한 마리도 잡지 못했다는 사실이다. 쇠고기며 빵 통이 훨씬 귀한 고래기름을 위해서 비워졌을 뿐만 아니라 만난 배에서 여분의 통을 교섭해서 물려받기도 하여, 그 통들은 갑판에 즐비하게 늘어서 있었고, 선장실이나 사관실에도 놓여졌다. 선장실 식탁마저 연료로 써야 했기 때문에 선장과 사관들의 식사는 방 가운데 마룻바닥에 놓인 기름통 위에서 했다. 앞갑판의 선원들은 그들의 옷상자에 뱃밥을 틀어막고 역청을 칠하여 기름을 넣기까지 했다. 그리고 우스갯소리로 들려준 말로는, 요리사는 가장 큰 솥에 술통 뚜껑을 덮고 기름을 넣었고, 급사는 빈 커피 주전자에 마개를 하여 기름을 넣었고, 작살잡이

548

는 작살 꽂는 구멍에 마개를 하여 기름을 넣었다. 이렇게 해서 무엇에나 고래 기름을 흘려 넣어 드디어 남은 것은 선장의 바지 호주머니뿐이었는데 이것만은 선장이 흡족함을 뻐기어 나타내려 할 때 두 손을 집어넣기 위해서 제외하기로 했다.

이 행운으로 기뻐 어쩔 줄 모르는 배가 음울한 피쿼드호에 접근해 왔을 때, 그 뱃머리의 다락에서는 야만적인 큰 북소리가 울려 왔고 더욱 접근하자 많은 사람들이 거대한 기름솥 주위에 서 있는 것이 보였는데, 그 솥은 양피지 같은 '부레'나 검은 고래의 위 가죽으로 덮여 있어서 그들이 주먹으로 두드릴 적마다 큰 소리를 내고 있었다.

뒷갑판에서는 항해사며 작살잡이들이 폴리네시아 섬에서 눈이 맞아 도망쳐온 올리브빛 살결의 처녀들과 춤을 추고 있었다. 그리고 한 척의 보트가 앞 돛대와 큰 돛대 사이에 단단히 묶인 채로 매달려서 장식되어 있었고, 롱아일랜드에서 온 세 명의 흑인이 고래뼈로 만든 바이올린의 활을 번쩍이면서 미친 듯 추는 춤에 장단을 맞추고 있었다. 한편 다른 선원들은 착유기搾油器 위의 큰 솥을 들어내자 그 착유기를 부산하게 짓찧고 있었다. 그들은 저주받은 바스티유 감옥을 허물고 있는 것은 아닌가, 하고 생각할 만큼 굉장한 소리로 외쳐 대면서 쓸모없이 된 벽돌이나 모르타르를 바다에 던지고 있었다.

이 모든 광경을 주관하는 선장은 뒷갑판 드높은 곳에 가슴을 쑥 내밀고 서 있었다. 이 환희의 연극의 전부는 마치 그 사람 개인의 위안을 위해서 행해지고 있는 듯이 그의 앞에 전개되고 있었다.

에이허브도 역시 뒷갑판에 서 있었지만 수염은 더부룩하고 얼굴빛은 시커멓고 지우기 어려운 우수에 잠겨 있었다. 그리고 이 두 척의 배가 하나는 지나간 일의 기쁨에 넘치고 또 하나는 닥쳐올 예감에 떨며 서로의 뱃길을 가로지르려 했을 때, 그 두 선장은 각각 다른 처지를 상징하는 현격한 대조를 이루었다.

"이 배로 오시오! 환영하오!" 명랑한 배철러호의 선장은 술잔과 병을 높이 들어올리면서 크게 소리쳤다.

"백경을 보았소?" 에이허브는 이를 가는 듯한 목소리로 말했다.

"아니, 이야기는 들었소만 그런 건 절대로 믿지 않소."

상대편은 기분좋게 말했다. "이리 오시오!"

"당신은 너무 쾌활하구려. 가보시오. 선원은 잃지 않았소?"

"말할 정도는 못 되오. 섬의 토인을 두 사람 잃었을 뿐이오. 그러나 친구, 아무튼 배로 오시오. 환영하오. 당신의 이마에 그려진 검은 구름, 내가 당장 떼어 드리겠소. 아무튼 오시오(아주 재미있는 곳이라오.), 만선이라 돌아가는 길이오."

"바보란 놈은 매우 호기롭게 구는 법이거든."라고 에이허브는 중얼거렸다. 그리고 나서 큰 소리로 말했다. "만선이라 돌아간다고 했겠다. 내 배는 빈 배로 가는 참이야. 그러니까 당신은 그쪽으로 가봐. 나는 이쪽으로 가겠소. 어이, 앞돛대, 돛을 달아라, 바람 부는 쪽으로!"

이리하여 배 한 척이 쾌활하게 순풍을 맞아 달릴 때 다른 하나의 배는 완고하게 그것을 거스르는 바람에 두 척의 배는 헤어지게 되었다. 피쿼드호의 선원들은 음울한 눈길을 사라져 가는 배철러호에 언제까지나 보내고 있었으나, 배철러호의 선원들은 화려하고 떠들썩한 잔치에 취해 이쪽은 쳐다보지도 않았다.

뒷갑판 난간에 기대어 선 에이허브는 고국으로 서둘러 가는 배를 바라보고 있다가 호주머니에서 모래를 넣은 작은 병을 꺼내어 배와 병을 번갈아 보며 멀리 떨어진 두 물체로부터 연상을 하나로 연결시키려고 하는 듯했다. 그 병에는 낸터킷에서 수심을 측량했을 때의 모래가 들어 있었던 것이다.

제116장 죽어가는 고래

인생 항로에 있어서 우리의 우현右舷으로 운명의 사랑을 받는 배가 바로 가깝게 지나칠 때, 우리는 그전까지는 완전히 의기소침해 있었지만, 어쩐지 스치고 지나가는 여세를 잡아 우리의 돛도 부풀어올라 마음이 약동할 때가 가끔은 있다. 피쿼드호의 경우도 그런 것이었다. 요란스러운 배철러호를 만난 다음날에는 고래를 발견해서 4마리를 잡았다. 그 중에 한 마리는 에이허브가 잡았다.

오후도 훨씬 늦은 때였다. 창을 휘두르고 선혈투성이가 되는 투쟁이 끝나고 태양과 고래는 아름다운 일몰의 바다와 하늘에 떠다니면서 함께 조용히 죽었다. 그때 장밋빛 하늘에 말할 수 없이 묘하고 슬픈 무엇인가가, 되풀이되는 기도와 같은 그 무엇인가가 있었는데, 그것은 아득히 먼 마닐라 섬의 수도원이 있는 푸른 골짜기에서 스페인(필리핀은 20세기까지 스페인령임.)적인 육지 바람이 그만 마음이 들떠 선원이 되어 저녁 기도를 싣고 바다에 흘러나온 것이 아닌가 싶은 그런 것이었다.

고래로부터 물러선 에이허브는 마음이 가라앉기는 했으나 더욱 깊이 어두운 우수 속에 가라앉아 지금은 조용해진 보트에 앉아서 고래의 최후를 가만히 지켜보고 있었다. 왜냐하면 모든 말향고래가 죽어갈 때 볼 수 있는, 머리를 태양 쪽으로 돌리고 숨을 거두는 이상한 광경을 이처럼 조용한 황혼 속에서 바라보는 에이허브의 마음속엔 전에 알지 못한 어떤 미지의 경이감이 일어난 것 같았다.

"자꾸만 몸을 태양 쪽으로 돌리는구나……. 어쩌면 저렇게 천천히, 그러면서도 단단히 임종의 몸부림을 치면서 충성을 맹세하며 기도하는 이마를 돌리는구나. 그도 또한 불을 숭배하는 거야. 태양의 가장 충실하고 광대하고 존귀한 신아! 오, 내 눈이 은총을 입었기에 이 복된 장관을 볼 수 있는 게다.

보라! 이 광대무변의 바다 한복판, 인간의 기쁨이나 슬픔의 중얼거림도 들리지 않을 무렵 가장 공평하고도 사심 없는 바다, 역사에 비석으로 쓸 바위 하나 없는 곳, 태곳적 중국, 대대로 파도는 항상 말이 없고 말해짐도 없이 나이제르(아프리카의 큰 강)의 아무도 밟은 일이 없는 수원水源에 별이 비치는 것처럼 굽이치는 곳……. 여기에 삶은 신앙에 불타면서 태양을 향해 멸망해 가는 것이다. 그러나 보라! 죽자마자 죽음이 시체를 빙그르르 돌려서 머리는 다른 쪽을 향한다.

오, 그대 자연의 반쪽인 어두운 힌두여, 그대는 이 황량한 바다의 깊은 곳

어딘가에 그대 혼자만의 옥좌를 물에 빠져죽은 사람들의 뼈로 만들어 놓는다. 그대는 신을 모른다. 그대는 여왕이다. 그대는 포악한 태풍의 굉장한 소리로, 또는 그 뒤의 잔잔한 바다의 장례와도 같은 침묵에 의해서 내게 생생한 진실을 말하려 하고 있다. 그렇다, 고래가 죽어 가는 머리를 태양 쪽으로 돌리고 이윽고 다시 외면을 하는 데에도 내게 대한 계시가 없지 않구나.

오, 몇 겹이나 갑옷을 입고 단련된 강력한 허리여, 하늘을 동경하는 무지개가 생기는 물뿜기여! 어떤 것은 높이 서고, 어떤 것은 헛되어 물을 뿜을 뿐이다. 오, 고래여, 그대가 저 멀리 생의 근원인 태양에게 아첨하여 마음에 들려고 해도 소용없는 일이다. 저것은 생명을 주기는 하지만 두 번 다시는 주지 않는다. 그래도 암흑인 반쪽이여, 그대는 보다 거무죽죽하지만 보다 자랑스러운 신앙으로 나를 흔든다. 그대의 말로 다할 수 없는 혼돈은 나의 마음 깊숙이 떠돌고 있다. 나는 한때 공기로 숨쉬는 생명체의 호흡으로 살았으나 지금은 물에 떠서 살아 있는 것이다.

그러므로 바다여 만세! 영원히 만세! 그대의 영원한 파도를 사나운 바다새들은 유일한 보금자리로 할 것이다. 나도 땅 위에서 태어나긴 했지만 바다에서 자랐다. 산이며 골짜기가 나의 어머니였으나 이 큰 파도는 나를 길러준 형제들인 것이다."

제117장 고래 불침번

그날 저녁에 잡은 고래 네 마리는 제각기 멀리 떨어진 곳에서 죽었다. 하나는 바람 불어오는 먼 곳, 또 하나는 좀더 가까운 바람 불어가는 곳, 또 하나는 뱃머리 쪽에, 그리고 나머지 하나는 뒷갑판 쪽에서 죽었다. 이 중 세 마리는 해가 완전히 지기 전에 뱃전으로 끌어당겼으나, 멀리 바람 불어오는 곳에 있는 고래는 아침까지 끌어올 수가 없었기 때문에 그것을 잡은 보트는 밤새껏 그 옆에 머물러야 했다. 그 보트는 에이허브의 것이었다.

표지 장대가 똑바로 죽은 고래의 물뿜는 구멍에 꽂히고 그 꼭대기에 매단 등불은 심하게 흔들리는 불빛을 검고 번지르르한 고래의 등에, 그리고 저 멀리 심야의 파도 사이에 던졌다. 그 파도는 해변에 밀리는 잔물결처럼 고래의 큼직한 옆구리에 부드럽게 부딪히고 있었다.

에이허브를 비롯해서 선원들은 잠들어 있는 것처럼 보였으나 다만 배화교도만은 뱃머리에 웅크리고 앉아서 상어 떼가 유령처럼 고래의 주위에서 장난질을 하며 그 꼬리로 가벼운 노송나무 판자를 탁탁 치는 것을 지켜보고 있었다. 용서받을 수 없는 고모라의 망령들이 아스팔타이트호(사해의 옛 이름) 위에 떼를 지어 한탄하는 것과도 비슷한 소리가 밤공기 속에서 울려나와 소름 끼치게 했다.

선잠에서 문득 눈을 뜬 에이허브의 얼굴이 배화교도의 얼굴과 마주쳤다. 밤의 암흑에 싸인 두 사람은 세계의 대홍수 때 마지막 남은 두 사람처럼 보였다.

"또 그 꿈을 꾸었어."라고 에이허브가 말했다.

"관(棺) 말인가요? 나리, 난 말했소만 나리에게 관도 영구차도 있을 게 뭡니까?"

"바다에서 누가 관 속에 들어간단 말인가?"

"그렇지만 나리, 전에도 말했지만 나리가 이 항해에서 죽기 전에 아무래도 관을 두 개 보아야 합니다. 하나는 사람의 손으로 만들어진 것이 아니오. 그 다음의 관의 재목을 보면 그것은 아메리카에서 자란 나무일 것이오."

"좋아, 좋아, 배화교도여, 그건 참으로 기묘한 구경거리겠군……. 관과 깃털 장식이 바다에 떠서 파도가 그걸 짊어지고 가다니……. 하하하, 그런 구경거리는 좀처럼 보기 힘들 거야."

"나리, 정말로 생각하실지 어떨지는 모르겠지만 그것을 보지 않고는 죽을 수 없을 거요."

"그러면 자네는 어떻게 된다고 했더라?"

"마지막 벌을 받을 때가 되더라도 나는 뱃길 안내자이니까 나리의 앞에 서지요."

"그러면 그대가 앞을 선다고 치고, 만약 그런 일이 일어난다고 하면, 내가 그곳으로 갈 때까지는 자네가 쭉 내 옆에서 뱃길을 안내할 거란 말인가? 그렇지 않았던가? 좋아, 그렇다면 나는 자네가 말하는 것을 모두 믿기로 하겠네. 오, 나의 안내자여! 나는 여기서 두 가지 맹세를 하겠는데, 나는 백경을 죽이고 그러고도 살아남는단 말일세."

"나리, 한 가지 더 맹세할 게 있어요."라고 배화교도가 말했을 때 눈이 반딧불이처럼 어둠 속에서 빛났다. "삼밧줄만이 나리를 죽일 수 있소."

"자넨 교수대를 말하는 건가? 그러나 나는 육지에서건 바다에서건 간에 불사신일세." 에이허브는 조소하며 부르짖었다.

"바다에서건 육지에서건 불사신이야!"

다시 두 사람은 입을 다물었다. 새벽녘이 되자 보트 바닥에서 졸고 있던 선원들도 일어나서 이윽고 정오쯤에는 죽은 고래를 배로 끌어왔다.

제118장 천문 관측기 사분의

적도 해역에서 어획기가 다가왔다. 매일 에이허브가 선실에 나와서 높이 올려다볼 때마다 부지런한 키잡이는 자랑스럽게 손잡이를 돌리고, 정력에 넘친 선원들은 급히 돛줄 있는 데로 달려가서 거기 못박아 놓은 금화에 눈길을 쏟으며 뱃머리를 적도로 돌리라는 명령을 고대했다. 그 명령은 곧 내려졌다. 정오 무렵이었다. 에이허브는 높이 매달린 보트 뱃머리에 서서 여느 때와 같이 태양을 관측하여 위도를 정하려 하고 있었다.·

그런데 일본 해역에서의 여름날들은 찬란한 빛이 홍수처럼 일렁거린다. 깜박거리지도 않은 선명한 태양은 푸른 바다라는 볼록렌즈 연소의 강렬한 초점이라고도 생각되었다. 하늘은 옻칠을 한 것처럼 보이고 구름은 없고 수평선은 떠올라 있었다. 이 발가벗은, 조금도 누그러지지 않은 찬연한 빛은 똑바로 볼 수 없는 신의 옥좌의 번쩍임을 연상케 했다. 에이허브의 사분의四分

儀가 태양을 관측하기 위해서 색칠을 한 유리로 만들어져 있었던 것도 당연했다. 그리고 앉은 채 배의 흔들림에 몸을 맡기면서 천체 관측 기구다운 외양을 갖춘 도구를 눈에 대고 그 자세를 계속 취하며 태양이 자오선에 달하는 정확한 순간을 포착하려고 기다리고 있었다. 이리하여 그의 모든 신경이 집중되어 있는 동안 내내 배화교도는 그의 발밑 갑판에 무릎을 꿇고 에이허브와 마찬가지로 태양을 보고 있었다. 다만 그 눈꺼풀이 절반쯤 눈동자를 덮고 그 야만적인 표정은 대지와 같이 전혀 감정을 나타내고 있지 않았다. 이윽고 관측은 끝나고 그 자리에서 바로 에이허브는 자기의 고래뼈 다리에 연필로 그 시각에 어느 위도에 있는가를 계산해 냈다. 그러고 나서 잠시 깊은 생각에 잠겼다가 다시 태양을 올려다보고 혼잣말을 중얼거렸다.

"그대 바다의 표적이여, 하늘 높은 곳의 강대한 뱃길 안내자여, 그대는 진실로 내가 어디에 있는가를 가르쳐준다. 그러나 내가 어디로 가는 것일까? 희미한 암시라도 줄 수가 있겠는가? 그리고 내가 아닌 어떤 자가 지금 어디에 살고 있는지 가르쳐줄 수가 있겠는가? 백경은 어디에 있는가? 이 순간에도 그대는 그놈을 보고 있음에 틀림없다. 내 눈은 지금도 그놈을 지켜보고 있는 그대의 눈을 들여다보고 있는 것이다. 아니 지금도 저쪽의 알려지지 않은 심연의 사물들을 응시하고 있는 그대의 눈을 응시하고 있는 것이다. 그대 태양이여!"

그런 다음 그의 사분의를 바라보고 그 신비한 장치의 하나하나를 만지작거리면서 다시 명상에 잠겨 중얼거렸다.

"어리석은 장난감! 거만한 장성, 제독, 선장들이 어루만지는 어린애들의 장난감! 세계는 그대를, 그대의 지혜며 능력을 자랑하지만 결국 무엇을 할 수 있단 말인가? 다만 그대 자신과 그대를 잡고 있는 손이 이 넓은 유성遊星상의 어느 불쌍하고 비참한 한 점에 와 있는가를 말할 뿐이다. 조금도 그 이상의 것은 하지 않는다! 그대는 한 방울의 물, 한 알의 모래가 내일 낮에는 어디에 있는가를 가르쳐 줄 수가 없다. 그런데도 그 무능한 몸으로 태양을 경멸하다니! 과학! 저주받을지어다. 무익한 장난감이여, 도대체 인간의 눈을 높은 하늘로 향하게 하는 것 모두가 저주받을지어다. 하늘의 생동하는 활기는, 지금

나의 이 눈을 태양 광선이 태우듯이 인간을 태울 뿐이다. 인간의 시선은 본래 이 지구의 수평선을 기어다니기로 되어 있는 거야. 그렇지 않고 신이 그 푸른 하늘을 우러러보라고 한다면 사람의 눈길은 머리 꼭대기에서 열려 있을 거야. 저주받을지어다, 사분의!" 하고 그것을 갑판으로 내던졌다. "이제 나는 나의 땅 위를 가는데 그대의 신세는 지지 않는다. 수평을 달리는 배의 나침반 측정기와 측정선에 의한 필사적인 배 위치 측정…… 이것들이 나를 이끌게 하여 바다 위에서의 위치를 알도록 하겠다. 그렇고말고." 그는 보트에서 갑판으로 뛰어내렸다. "겁먹은 듯이 하늘을 올려다보는 이 변변찮은 놈아, 이렇게 짓밟아서 깨뜨려 주마!"

광기의 노인이 이렇게 말하면서 살아 있는 다리와 죽은 다리로 짓밟았을 때, 배화교도의 무표정한 얼굴에는 에이허브에게 향했다고 생각되는 조소하는 듯한 승리의 빛과 자기 자신을 향했다고 생각되는 치명적인 절망의 빛이 흘렀다. 그러고 나서 아무도 보지 않는 사이에 일어나서 미끄러지듯 걸어갔다. 그 동안 선원들은 그들의 지휘자의 모습에 놀라서 앞갑판에 모여들었다. 그러자 에이허브는 갑판을 걸으면서 큰 소리로 외쳤다. "돛줄로! 키 위쪽으로 돛줄을 고쳐라!"

일순 돛의 활대가 회전하고 배가 절반쯤 그 방향을 돌렸을 때 세 가닥의 단단히 뿌리박은 아름다운 돛대는 늑재(선박의 늑골을 이루는 재료)로 단단히 매어진 긴 선채 위에 높고 곧게 솟았다. 그것은 마치 호라티우스의 세 형제(로마 전설의 삼형제 용사)가 한 마리의 커다란 군마를 타고 말을 급히 돌리고 있는 것처럼 보였다.

스타벅은 뱃머리의 부늑재副肋材 사이에 서서 피쿼드호의 움직이는 모습을, 또한 갑판을 비틀거리면서 돌아다니는 에이허브의 모습을 지켜보고 있었다.

"막 피운 석탄의 강한 불 앞에 서서 그것이 생명의 몸부림의 불꽃으로 가득 차서 뻘겋게 타오르는 것을 본 적이 있다. 그러나 끝내는 힘이 약해져서 가라앉고 소리 없는 먼지로 돌아가 버리는 것도 보았다. 바다의 노인이여! 당신의 이 열화 같은 생애도 끝내는 한 줌의 재 외에 무엇을 남기겠는가!"

"아아." 스터브도 외쳤다. "그러나 스타벅, 석탄재죠……. 저런 목탄재가 아니라 석탄재란 말이오. 그렇소, 에이허브가 말하는 것을 들은 적이 있어요. '나의 늙은 손에 이따위 카드를 내밀고 이것으로 승부를 가리라고 하는 놈이 있다.' 정말이오, 에이허브, 당신이 하는 일엔 틀림이 없소. 승부에 살고 승부에 죽는 거요."

제119장 장초

가장 따뜻한 기후는 가장 잔인한 송곳니를 기르고 있다. 벵골의 호랑이는 상록의 숲 속에 숨어 있다. 빛이 넘치는 하늘은 위험하기 짝이 없는 번개를 품고 있고 화려한 쿠바 섬은 평범한 북쪽 나라들에선 부는 일이 없는 회오리바람을 알고 있다. 이리하여 빛나는 이 일본 해역에서 항해자들은 온갖 폭풍 중에서도 가장 처참한 태풍을 만나게 된다. 이따금 그것은 멍하니 잠든 도시에서 폭탄이 터지듯이 구름도 없는 하늘에서 별안간 폭발해 온다.

그날 해질 무렵 피쿼드호는 돛을 찢기우고 벌거벗은 돛대가 된 채 머리 위에서 똑바로 내리치는 태풍과 싸워야만 했다. 캄캄한 밤이 되자 하늘과 바다에 천둥이 요란하게 울리고, 번개가 어지럽게 번쩍이고, 상처 입은 돛대 여기저기에서 광란하는 쪽붕에 찢기고 찢긴 나머지 넝마조각처럼 펄럭이는 모습이 보였다.

돛줄을 움켜쥐면서 스타벅은 뒷갑판에 서서 번개가 번쩍일 때마다 배 위를 올려다보고 위쪽의 복잡한 의장艤裝에 어떠한 새로운 재액災厄이 닥쳐왔는가 하고 조사했다. 한편 스터브와 플라스크는 선원들을 지휘해서 보트를 더 높이 매달고 더 단단히 묶게 하고 있었다. 그러나 온갖 분투도 헛되게 보였다. 바람 불어오는 곳에 있던 뒤쪽 보트(에이허브의 것)는 기중기의 가장 높은 곳까지 올려져 있었지만 난을 면할 수가 없었다. 거대한 파도가 비틀거리는 배의 흔들리는 위쪽을 향해 높이 부딪쳐서 보트의 뒷갑판쪽 바닥에 구멍이 뚫렸다. 그 파도가 물러간 후 보트는 체처럼 물이 새고 있었다.

"엉망이오, 엉망진창이오! 스타벅 씨." 스터브는 파손된 보트의 무참한 꼴을 보면서 말했다.

"그러나 바다가 하는 것은 어쩔 수가 없어요. 아무리 스터브라도 손을 쓸 수가 없는걸요. 안 그래, 스타벅 씨? 파도란 놈은 뛸 때까지 죽 오래 달려서…… 세계를 한 바퀴 돌 만큼 미리 달리다가 훌쩍 뛴단 말이에요. 그런데 내가 그것과 경주를 하려고 달리는 것은 고작 이 갑판 폭밖에 안 돼요. 하지만 걱정할 것 없어요. 얼마나 재미있는 일입니까. 옛날 노래도 이렇게 말하고 있어요.

쾌활한 폭풍이다
장난치는 고래다
꼬리는 세차구나
익살맞고 활발하고 기운차게 장난치는 춤추는 장난꾸러기여,
오, 바다여!

구름은 난다
거품 이는 술인가
구름이 휘젓는다
익살맞고 활발하고 기운차게 장난치는 춤추는 장난꾸러기여,
오, 바다여!

벼락이 배를 깼다
입맛을 다셨다
맛있는 술이구나!
익살맞고 활발하고 기운차게 장난치는 춤추는 장난꾸러기여,
오, 바다여!"

"스티브, 잠깐만!" 스타벅은 고함을 쳤다. "노래하며 밧줄을 하프처럼 울리는 것은 태풍만으로도 충분해. 자네 용감하다면 잠자코 있어."

"그렇지만 난 용감하지 않아요. 용감하다고 말한 적이 없어요. 난 겁쟁이요. 그렇기 때문에 기운을 내려고 노래하는 거요. 그러니까 스타벅 씨 말해 두지만 이 세상에서 내 노래를 그만두게 하려면 내 목을 자르는 수밖에 없어요. 그렇게 한다면 틀림없이 나는 마지막에 이별하는 찬송가라도 불러드리죠."

"미친 놈! 내 눈을 똑똑히 보게나. 네게도 눈이 있는지 어떤지."

"뭐라고요! 내가 아무리 바보지만, 당신 눈은 캄캄한 밤에 다른 사람보다 잘 보인단 말인가요?"

"이봐!" 스타벅은 스티브의 어깨를 움켜쥐고 손으로 바람에 얻어맞고 있는 뱃머리를 가리키면서 외쳤다. "자넨 모르겠나? 폭풍은 동쪽에서, 에이허브가 백경을 쫓아가는 동쪽에서, 오늘 낮에 방향을 바꾼 바로 그쪽에서 불어오고 있단 말이야. 그런데 저 에이허브의 보트를 보게나. 구멍이 어디에 뚫려 있는가. 뒷갑판에 있는 좌석이야. 알겠나? 그가 언제나 서 있는 곳이란 말이야……. 그가 설 자리는 구멍이 뚫렸단 말이다. 자, 노래를 불러야겠다면 바다에 뛰어들어 거기서 멋대로 불러라!"

"당신이 하는 말은 절반도 모르겠어요. 바람이 어쨌다는 거요?"

"그래, 희망봉으로 도는 게 낸터킷으로 가는 지름길이야." 갑자기 스타벅은 스티브의 질문도 잊고 혼잣말을 했다. "지금 우리를 때리고 구멍을 뚫으려는 폭풍을 우리는 순풍 삼아 그것을 타고 고향으로 돌아갈 수도 있는 거야. 저쪽 바람 불어오는 곳에는 다만 암흑의 파멸이 있을 뿐이다. 그러나 바람 불어가는 곳의 고향 쪽에는 빛이 빛나고 있어……. 암, 번갯불이 아닌 빛이 말이야."

그때 번갯불이 번쩍번쩍 이는 깊은 어둠 속 그의 옆에서 인기척이 났다. 그러자 거의 그와 동시에 천둥이 요란하게 터지는 소리가 무섭게 머리 위에서 울렸다.

"누구야?"

"늙은 천둥이야." 에이허브는 그렇게 말하면서 뱃전을 따라 자기 다리를 받치는 구멍으로 가는 길을 더듬고 있었다. 그때 번갯불의 휘어진 불빛에 의해서 길이 훤히 비춰졌다.

그런데 육상의 첨탑의 피뢰침은 위험한 전류를 땅 속으로 보내는 목적을 지니지만 해상에서도 배에 따라선 이런 피뢰침을 다는데, 이것은 전류를 물로 이끌려고 하는 것이다. 그러나 그 유도체는 극히 깊은 곳까지 내려가서 그 끝은 선체와는 절대로 닿지 않도록 해야 한다. 게다가 만약 항상 물에 넣어두어야 한다면 자주 삭구에 걸려서 방해가 되거나 배의 진행을 다소 방해하거나 하는 것 외에도 많은 불상사를 일으키지 않는다고 할 수 없다. 그러므로 배의 피뢰 장치의 말단부는 언제나 바다에 내려져 있는 것이 아니라 보통은 길고 가는 쇠사슬로 만들어져 있어 필요에 따라 곧 바깥쪽 쇠사슬에 걸치거나 바다에 던지거나 할 수 있게 되어 있다.

"피뢰 장치, 피뢰 장치!"라고 스타벅이 선원들을 향해서 외친 것은 에이허브에게 그의 거점을 비춰 준 강렬한 번갯불 때문에 문득 깨닫고 경계심을 일으켰기 때문이었다. '바다에 던졌는가? 던져라, 앞에도 뒤에도, 서둘러라!'

"그만둬라!" 하고 에이허브가 외쳤다. "당당히 싸우자. 설사 우리 쪽이 약하더라도 말이다. 난 말이야, 전 세계를 구하기 위해서라면 히말라야나 안데스에도 피뢰침을 세우는 걸 돕겠지만 계략 따위는 싫다. 그냥 그대로 두자."

"위를 보시오!" 스타벅이 외쳤다. "성 엘모의 불(폭풍우가 이는 밤에 돛대 꼭대기에 나타나는 전광)이다. 불덩어리다, 불덩어리야!"

모든 돛의 활대 끝에는 새파란 불이 타고 있었다. 높은 세 돛대는 각각 세 갈래로 피뢰침 끝에 세 개의 끝이 가는 흰 불꽃을 빛내며 인燐 기운을 머금은 공중에서 조용히 불탔는데, 그것은 제단 앞에 꽂은 세 개의 촛불처럼 보였다.

"망할 놈의 보트! 내던져 버려!" 하고 이때 스터브가 고함을 친 것은 격한 파도가 그의 보트를 밑에서부터 치켜올려서 그 뱃전에 밧줄을 걸려고 하던 그의 손을 세게 때렸기 때문이었다. "제기랄!" 그러나 갑판으로 뒷걸음질을 쳤을 때 위를 올려다본 그의 눈은 도깨비불을 보았다. 그래서 곧 목소리를 바꾸어서 외쳤다. "불덩어리여, 제발 살려 주십시오!"

뱃사람들의 욕지거리는 입에 밴 것이다. 잠든 듯한 잔물결 속에서도, 광란하는 폭풍 속에서도, 윗돛대의 활대 끝에서도, 거품이는 파도에 흔들리면서도 욕설을 퍼붓는다.

그러나 나의 전 항해의 경험으로 보더라도 신의 불타는 손이 배 위에 놓이고 신의 "메네 메네 데겔 우바르신(〈다니엘서〉 참조. 헤아리다, 저울질하다, 나누어지다)"이란 말이 밧줄이라는 밧줄에는 모두 째어들어가 있는 것 같은 때 마구 욕설을 퍼붓는 것을 들은 적은 거의 없다.

그 새파란 불꽃이 돛대 위에서 타고 있었을 때, 꼼짝 못 하고 주문에 묶인 것 같은 선원들로부터는 전혀 아무런 소리도 들리지 않았다. 앞갑판에 한데 모여선 모든 사람의 눈은 창백한 인광燐光 속에 요원한 하늘의 성좌처럼 빛나고 있었다.

그 괴상한 빛 속에 떠오른 시커먼 흑인 대그는 그 실제 키보다 세 배나 커 보여 천둥이 오는 것은 이 검은 구름에서가 아닌가, 하고 생각될 정도였다. 태슈테고의 벌린 입에서는 새하얀 상어 이빨이 보이고, 그것들도 불덩어리에 싸여 있는 것처럼 괴상하게 빛났다. 또한 퀴퀘그의 문신은 초자연의 광선에 비춰져서 그 몸의 표면에서 악마의 시퍼런 불꽃처럼 불타고 있었다.

그러나 이윽고 그 극적인 장면은 돛대 위의 창백한 불과 함께 약해져 가고 다시 피쿼드호와 그 갑판 위에 있던 전원은 음산함 속에 휩싸였다.

잠시 후 스타벅은 뱃머리 쪽으로 걸어나가다가 누군가와 부딪쳤다. 스터브였다. "이봐, 이번에 뭐라고 할 텐가? 사네 울고 있었군. 그 노래와는 아주 딴판이던걸."

"아니, 아니, 그럴 리가 없소. 나는 불덩어리여, 제발 우리에게 자비를 내려주십사, 했을 뿐이오. 지금도 나는 그렇게 바라고 있소. 그렇지만 그분은 침울한 사람에게만 자비를 내리는가요?…… 그 불은 웃는 건 싫어하나요? 보세요, 스타벅…… 또 어두워져서 볼 수 없군요. 그럼 들어보시오. 나는 저 돛대 꼭대기의 불은 행운을 알리는 거라고 생각해요. 왜냐하면 저 세 돛대는 고래기름으로 가득 차야 할 선창에 뿌리박고 있으니까 말이오. 그래서 그 기름은 나무의 수액처럼 돛대를 올라가는 셈이지요. 그렇지, 세 돛대는 이제부터 세 가닥의 촛불처럼 되는 거지요. 그러니 저건 우리가 아는 좋은 약속이란 말이오."

그 순간 스타벅은 스터브의 얼굴이 어느 틈엔가 다시 엷은 빛을 받아 환해지는 것을 보았다. 그는 위를 보고 "보라, 보라!'라고 외쳤다. 다시 끝이 뾰족한 불꽃이 높이 타고 있었는데 그 빛은 한층 더 초자연적인 창백함을 띠고 있었다.

"성체聖體의 불이 우리 모두에게 자비를 내리시길."

스터브가 다시 외쳤다.

큰 돛대 밑에서, 옛 금화와 불꽃의 바로 밑에서 배화교도는 에이허브의 앞에 무릎을 꿇고 앉아 있었다. 그러나 그는 에이허브를 등지고 있었다. 그리고 가까이에 둥그렇게 굽어진 늘어진 삭구가 있는 곳에서는 조금 전까지 둥근 목재를 단단히 붙들어 매려던 몇몇 선원들이 번쩍하는 빛에 비쳤는데, 한데 모여서 공중에 매달려 있는 그 모양은 마치 늘어진 과일나무의 가지에 매달린 마비된 벌 떼 같았다. 그 밖의 다른 사람들은 서기도 걷기도 달리기도 하는 헤르쿨라네움(베수비오 화산의 분화로 매몰된 로마 시대의 도시)의 해골처럼 주문에 걸린 듯 갖가지 자세로 갑판에서 움직이지 않고 눈만을 하늘로 향하고 있었다.

"음, 음, 너희들!' 에이허브가 크게 소리쳤다. "저것을 봐둬라. 잘 알아둬. 흰 불꽃은 고래에게로 가는 길을 비추고 있는 거다! 내게 저 큰 돛대의 피뢰도쇄避雷導鎖의 고리를 다오. 나는 그 고동(鼓動)을 듣고 싶다. 내 고동을 거기에 대고 싶어. 자, 피를 불에 대는 거다!'

마지막의 전도쇄傳導鎖 고리를 왼손에 단단히 움켜쥐면서 돌아보더니 그 한 다리를 배화교도 위에 올려놓고 눈을 부릅뜨고는 위를 보며, 오른팔을 높이 흔들고 가슴을 펴고 하늘 높이 오르는 끝이 셋으로 갈라진 불꽃을 대하고 우뚝 섰다.

"오, 맑은 불의 맑은 정령이여, 나는 전에도 바다에서 페르시아 사람, 즉 배화교도처럼 그대를 예배했는데 그 예배로 심히 그대에게 불태워져서 지금도 그 상처는 남아 있다. 이제야 나는 그대를 알았다. 맑은 정령이여, 그대를 올

562

바르게 예배하려면 그대에게 항거하는 수밖에 없다.

　그대는 사랑에도 존경에도 움직이지 않는다. 증오에서조차도 모든 걸 죽이는 것밖에 모른다. 그러므로 그대에 의해 살해된다. 그대 앞에 서 있는 자는 아무 두려움도 모르는 바보가 아니다. 나는 그대의 불가사의하게 두루 펴져 있는 힘의 위력은 인정한다. 그러나 그 힘이 나를 무조건 완전하게 누르려 한다면, 지진과도 같은 내 생명의 마지막 숨이 꺼질 때까지도 싸우겠다. 인간이면서 비인간처럼 보이는 그 한복판에 인격이 우뚝 서 있는 거란 고작 하나의 점點, 어디서 와서 어디로 가는지 알지 못하지만, 내가 이 지상에 있는 한 왕비 같은 높은 인격이 그 안에 살고 있어 존귀한 권리를 품고 있는 것이다. 그러나 싸움은 괴롭고 미움은 슬프다. 그대가 그대의 가장 저급한 사랑의 형태로 덤벼든다면 나는 무릎을 꿇고 그대에게 키스라도 하리라. 그러나 가장 고상한 힘으로 휘두른다면, 설사 그대가 넘치는 지고至高의 세계의 대군을 일으켜 밀고 온다 하더라도 여기서는 꿈쩍도 하지 않고 존재한다. 오, 맑은 정령이여, 그대는 그 불로 나를 만들었다. 그러므로 진실한 불의 자식답게 나는 그것을 그대에게 도로 불어 보낸다."

　　(갑자기 번갯불이 번쩍인다. 아홉 가닥의 불꽃은 길게 춤추며 지금까지의 높이의 세
　배나 된다. 에이허브는 다른 사람들처럼 눈을 감는다. 그의 오른손은 눈을 꽉 누르고 있
　다.)

　"나는 그대의 불가사의한 편재하는 힘의 위력은 인정한다고 하지 않았나? 그러나 내 힘도 내게서 떨어져 나가지 않았고 나는 그 고리를 떨어뜨리지도 않았다. 그대는 사람을 장님으로 만들 수는 있을 것이다. 그러나 나는 손으로 더듬을 수 있다. 그대는 태워버릴 수 있다. 그러나 나는 재가 될 수 있다. 이 불쌍한 눈과 덧문 대신이 되는 손의 항복을 받아들이는 게 좋을 거다. 나는 그러고 싶지 않다. 그대 번개 불빛의 광선이 내 골통을 뚫고 내 눈알을 몹시 아프게 하고, 나의 얻어맞은 두개골은 목이 잘려서 멍하니 땅 위를 굴러다니는 것 같다. 오, 오, 장님이 되면서도 여전히 그대와 이야기하고 싶다. 그대

는 빛이겠지만 암흑에서 튀어나왔다.

　그리고 나는 광명 속에서 튀어나온 암흑이다. 그대 속에서! 불화살이 멈추었군. 눈을 뜨자. 보이는가, 보이지 않는가! 아, 불꽃이 타고 있어. 오, 그대는 관대하군. 그래서 나는 나의 부모를 찬양한다. 그러나 그대인 불은 나의 아버지일 뿐이다. 나의 상냥한 어머니는 알지 못한다. 비참하게 그대는 그녀를 어찌했나. 그것이 의문이다. 그러나 그대의 의문은 더 큰 것이다. 그대는 도대체 어디에서 왔는지도 모르고, 그래서 낳아 주지 않았다고 일컫고 있다. 아니, 시초도 알고 있지 않고, 그래서 시초가 없는 사람이라고 일컫고 있다. 오, 전능한 자여. 더구나 나는 그대가 나에 대해서 알지 못하는 것을 나 자신은 알고 있다. 맑은 정령이여, 그대의 저쪽에는 무언가 충만하지 않은 것이 있고, 그것에 비하면 그대의 영원은 때의 흐름에 지나지 않고 그대의 모든 창조는 이미 기계적인 것에 불과하다. 나의 타버린 눈이 그대를 통해, 그대의 불꽃인 몸을 통해서 희미하게나마 그것을 본다. 버려진 자식인 불이여, 나이를 알지 못하는 은자隱者여, 그대도 그대 나름의 수수께끼를 지니고 남에게 알려지지 않은 슬픔을 지니고 있다.

　여기에 다시 나는 거만하게 고민하면서 나의 아버지를 읽어내는 것이다. 뛰어라, 뛰어올라라. 그리고 하늘을 핥아라! 나도 그대와 함께 날고 함께 불타 기꺼이 그대와 융합하리라. 거역하면서도 나는 그대를 예배하리라! 그대를 찬양하리라.”

　“보트, 보트!” 스타벅이 외쳤다. “노인, 당신의 보트를 보시오.”

　퍼스의 불로 만들어진 에이허브의 작살은 보트의 커다란 크로치에 단단히 붙들어 매어져 있었으므로 그것은 그 뱃머리에서 쑥 내밀어져 있었다. 한편 보트의 바닥은 파도로 뚫려 있었기 때문에 느슨한 가죽 칼집은 벗겨져 떨어졌다. 그리고 그 예리한 칼날에서는 지금 옆으로 새파랗게 잘라진 불꽃이 흘러나오고 있었다. 그 작살이 소리도 없이 뱀의 혓바닥처럼 불타고 있는 것을 보면서 스타벅은 에이허브의 팔을 잡았다. “신께서, 신께서 당신을 나무라고 계시는 겁니다. 노인, 그만두십시오. 이것은 좋지 않은 항해요. 시작도 나빴고 그리곤 내내 좋지 않은 일만 계속되었소. 이제라도 활대를 돌려 이 바람을 고향으로 돌아가는 순풍으로 삼고 좋은 항해를 합시다."

스타벅의 이 말을 얼른 듣자 두려움에 떨고 있던 선원들은 한 조각의 돛도 남아 있지 않는데도 곧 돛줄로 달려갔다. 한순간 항해사도 두려움을 느꼈는지 거의 반항적으로 부르짖었다.

그러나 에이허브는 피뢰의 전도쇄를 갑판에 때려서 울리며 불꽃이 나고 있는 작살을 움켜쥐고 모든 사람 속에 횃불처럼 휘둘러 대며 밧줄의 매듭을 푸는 놈은 당장 찔러 죽이겠다고 소리쳤다. 선원들은 그 모습에 몸을 움츠리고, 그보다도 그가 들고 있는 불꽃 이는 칼날에 겁이 나서 허둥지둥 흩어져 달아났다.

에이허브는 다시 입을 열었다.

"백경을 잡겠다는 너희들의 맹세는 나의 맹세와 같이 묶여 있다. 그래서 이 늙은 에이허브는, 심장도 영혼도 육체도 폐도 그리고 생명도 단단히 그 맹세에 매어져 있다. 자아, 이 심장이 얼마나 고동치고 있는지 알려주고 오겠다. 지금의 공포를 꺼주고 올 테다."라고 그는 단숨에 불을 껐다.

평야를 휩쓰는 태풍이 일 때 사람들이 외따로 한 그루 서 있는 큰 느티나무로부터 달아나는 것은 그 높이와 강함이 벼락의 목표가 되기 때문에 한층 더 위험하기 때문이다. 마찬가지로 에이허브의 마지막 이 말을 듣자 선원들은 놀라고 당황하여 그에게서 달아나버렸다.

제120장 첫 불침번이 끝날 무렵의 갑판

키 옆에 있는 에이허브, 다가가는 스타벅.

"선장님, 큰 돛대의 중간돛 활대를 내려야겠습니다. 당기는 밧줄이 느슨해져서 바람이 불어가는 쪽의 밧줄이 많이 꼬이기 시작했소. 내릴까요?"

"일체 내리지 마라. 매어둬. 만약 여기에 셋째 돛대의 윗돛 기둥이 있다면 당장에 올리겠는걸."

"선장님…… 정말로!…… 선장님?"

"뭔가?"

"닻이 걸렸소. 배에 올릴까요?"

"아무것도 내리지 마. 아무것도 움직이지 말라고. 모두 매어둬. 바람이 인다. 그러나 아직 나의 고원高原까지는 와 있지 않아. 빨리 그렇게 하게 하고 싶군……. 이 사나이는 나를 하필이면 연안 항로를 다니는 작은 배의 곱사등이 선장쯤으로 생각하는 모양이군. 나의 큰 돛대의 중간돛 활대를 내린단 말인가! 허허, 이 아교 냄비 같은 놈! 우뚝 선 돛대 위의 관冠은 맹렬한 바람을 위해 서 있는 거란 말이다. 그리고 내 이 심장의 돛대관은 어지럽게 나는 구름 속에 돛을 달고 달리고 있는 거다. 저걸 내릴까요라니! 오, 얼빠진 놈만이 폭풍 속에서 마음의 돛대관을 내리는 걸세. 오, 천상의 어찌된 소란인가. 복통이 요란한 병이라 할 수 없다면 저건 그래도 점잖다고 해야겠군. 오, 약을 잡수시오, 설사약을 쓰시오!'

제121장 깊은 밤─앞갑판의 방파벽

스터브와 플라스크가 뱃전에 올라타고 매달린 닻에 빗줄을 덧붙이고 있다.

"아니, 스터브. 그 빗줄 매듭이라면 좋을 대로 얼마든지 두들겨도 좋지만 자네가 지금 말한 걸 나에게 두드려 넣을 수는 없네. 그 정반대되는 말을 하고 며칠이나 지났나? 자네, 말하지 않았나? 에이허브가 타는 배는 뒤에 화약통을 싣고 앞에는 성냥통을 산더미처럼 쌓아올린 것과 같으니까 보험료는 얼마를 더 지불해야 한다고 말일세. 안 그런가, 자네 그렇게 말하지 않았나?"

"흠, 말했는지도 모르지. 그게 어쨌다는 건가? 그런 일이 있은 뒤로 내 살은 얼마큼 바뀌어졌으니까 마음도 변하게 마련인걸. 게다가 분명히 앞에 화약통, 뒤에 성냥통을 쌓아놓았다 해도 이렇게 흠뻑 젖은 가운데 성냥에 어떻게 불을 붙인단 말인가? 안 그런가, 젊은이? 자넨 약간 머리가 붉네만 그래도 불은 붙지 않을 걸세. 머리를 흔들어 보게나. 자네는 수병좌水瓶座란 말일세. 플라스크, 자네의 옷에 칼라가 달린 데까지 물병이 가득 찼을 걸세.

그러니까 모르겠나? 위험이 많으면 그만큼 보험회사는 틀림없이 보증을 하고 있는 걸세. 보게, 물마개는 얼마든지 있어, 플라스크. 하지만 좀더 듣게, 다른 것도 가르쳐 주겠네. 그 전에 내가 밧줄을 걸어야 할 테니까 자네 다리를 닻 꼭대기에서 치우게. 좋아, 듣게나. 도대체 폭풍이 심할 때 돛대의 피뢰침을 손으로 움켜쥐는 것과 피뢰침 따위는 아무것도 없는 돛대의 바로 옆에 서 있는 것이 그렇게 큰 차이가 있다는 건가? 이 돌대가리야, 모르겠나? 피뢰침을 갖고 있다 하더라도 돛대에 벼락이 떨어지지 않으면 아무것도 무서울 게 없지 않은가. 그러니까 우물쭈물하지 말란 말일세. 피뢰침을 갖고 있는 배는 백에 하나도 없지 않은가.

에이허브는—아니, 자네도 우리들 모두도—우리들의 바보 같은 대가리로 생각한다면, 어느 정도 위험했느냐 하면, 지금쯤 바다 위를 방황하고 있는 만 명 가량의 항해자들이 위험을 겪는 것과 같은 정도였단 말이다. 그런데 왕대공, 자네는 온 세계 누구나가 다 모자 귀퉁이에 조그마한 피뢰침을 마치 주군州軍 장교들의 깃털 장식처럼 삐죽하게 달고 띠처럼 궁둥이에 질질 끌고 있어야 한다는 거겠지. 플라스크, 좀 영리해지게나. 영리해진다는 건 아무것도 아닐세. 눈을 절반만 뜨고 있어도 얼마든지 영리해질 수 있는 길세."

"모르겠는걸, 스터브. 자네도 가끔 난처할 때가 있잖은가?"

"그렇지, 온몸이 물에 함빡 젖으면 영리해질 수 없지. 정말이야. 그리고 난 이 물방울로 젖게 될 판이야. 그러나 좋네. 거기 있는 테를 붙잡아 돌리게. 우린 이 닻을 두 번 다신 쓰지 못할 만큼 붙잡아 매고 있는 것 같지 않은가? 어쩌면 이렇게 주먹이 크고 호기로운가, 정말이야. 이게 자네의 주먹인가? 어쩌면 이렇게 주먹이 크단 말인가? 그런데 플라스크, 도대체 이 세계란 어디에다 닻을 내리고 있는 것일까? 만일 그렇다면 뭐라고 할 수 없을 만큼 긴 테이블을 매달고 있을 거야. 자아, 그 매듭을 때려 넣게. 그걸로 끝났네. 갑판으로 내리는 건 육지에 내리는 것 다음으로 즐거운 일이지. 이봐, 내 재킷 자락을 좀 짜주게나. 미안하네. 축 늘어진 옷을 입으면 웃을 테니까 말이야.

플라스크, 말해두지만 배에서는 폭풍으로 날씨가 나쁠 때는 기다란 프록코트 같은 게 그만이지. 끝이 뾰족한 꼬리가 물을 흐르게 하는 데 아주 좋거든. 또 차양이 젖혀진 모자도 좋아. 그 끝이 처마에 달린 물받이 역할을 한단 말일세. 플라스크, 난 짧은 윗옷에 방수모 같은 건 질색이야. 난 프록코트에 실크헤트를 쓴단 말이야. 자! 방수모 따위는 바다에 던졌네. 신이여, 하늘에서 불어오는 바람이 좀 심술궂습니다. 정말 더러운 밤이군. 안 그런가?'

제122장 한밤중의 돛대 머리-천둥과 번개

큰 돛대의 활대-태슈테고가 새로운 밧줄을 감고 있다.

"흠, 흠, 흠, 천둥이여 그만두어라! 여기 올라오니 천둥소리가 너무 시끄럽군그래. 천둥 같은 게 무슨 소용이란 말인가? 천둥 따윈 필요 없어. 럼주가 있으면 좋겠다. 한 잔 주게나. 흠, 흠, 흠."

제123장 머스켓 소총

태풍이 가장 심하게 후려때리고 있었을 때, 피쿼드호의 고래 턱뼈로 만든 키자루를 잡고 있던 사람은 그 경련적인 격동 때문에 비틀거려서 갑판에 몇 번이나 나뒹굴었다. 키에는 보조 활차가 달려 있었으나-키자루는 어느 정도 자유롭게 둘 필요가 있었으므로-그 밧줄은 느슨해져 있었다.

이 같은 폭풍우로 배가 질풍에 날아다니는 경우엔 나침반의 바늘이 가끔 생각난 듯 빙글빙글 도는 것을 보는 건 결코 신기한 일이 아니다. 피쿼드호의 나침반도 그랬다. 심한 충격을 받으면 대부분 바늘이 방위반方位盤 위를 어지럽게 선회하는 게 키잡이의 눈에 들어왔는데, 그것을 보는 사람치고 무언가 야릇한 감정에 사로잡히지 않는 사람은 거의 없다.

자정을 조금 지났을 무렵 태풍은 현저하게 약해지고, 그래서 스터브와 스타벅의 맹렬한 수고로—한 사람은 앞에서 한 사람은 뒤에서—말미암아 너덜너덜해진 삼각돛이며 앞돛대와 중간 돛대의 횡범의 잘라진 조각은 돛대에서 떼내져 바람이 불어가는 쪽의 바다 위로 떠내려갔다. 그것은 알바트로스가 폭풍에 시달려서 날아갈 때 흩어지는 날개의 깃털처럼 보였다.

이에 대신하는 새로운 세 돛이 새로 접어지고 날씨가 사나울 때 쓰이는 강한 돛이 그 뒤쪽에 달렸으므로 배는 다시 힘차게 물결을 가르며 앞으로 나갔다. 진로는 지금 현재 동남동이며 만일 그것이 가능하다면 키잡이는 다시 그 명령을 받았던 것이다. 왜냐하면 폭풍이 심했을 때 그는 다만 바람의 움직임에 따라서 조종하고 있는 것에 불과했기 때문이다. 그러나 지금 그는 가능한 한 배를 그 진로에 가까이하고 나침반을 지켜보았는데, 오, 고맙게도 바람은 뒤쪽으로 돌아올 것 같았다. 역풍이 바뀌어 순풍이 된 것이다.

갑자기 모든 선원들은 지금까지 암담하게 보이던 앞길이 아주 빨리 바뀌어져 좋은 상태가 되었으므로 너무 기쁜 나머지 "호! 순풍이다! 오, 에, 호, 기운을 내서 가자!"라고 노래하고, 그 기운찬 노래와 함께 활대는 직각이 되었다.

스타벅은 활대를 순풍에 맞추자, 그의 가장 윗사람의 변함없는 명령, 다시 말해서 24시간 중 언제라도 갑판 위에 일어난 사태의 명백한 변화에 대해서는 즉시 보고하라고 하는 데에 썩 마음이 내키지는 않았지만 따르지 않을 수가 없어, 기계적으로 에이허브 선장에게로 내려가서 그 사태를 알렸다.

그 선장실의 문을 노크하려 할 때, 그는 자기도 모르게 그 앞에 걸음을 멈추었다. 방 안의 등불은 좌우로 몹시 흔들리며 자꾸만 밝아졌다 어두워졌다 하면서, 노인이 빗장을 질러 잠근 문—위쪽 나무판자 대신에 고정된 덧문을 끼워 넣은 얇은 문—위에 그림자를 던지고 있었다. 땅 밑으로 동떨어진 듯한 이 선장실은 바다와 하늘의 온갖 울부짖음에 둘러싸여 있으면서도 거기에는 무언지 모르게 침묵의 신음소리 같은 게 지배하고 있었다. 총가銃架에는 총알을 잰 머스켓 총이 몇 자루 앞쪽 칸막이 벽에 똑바로 세워져 번쩍번쩍 빛나고 있는 것이 보였다. 스타벅은 정직하고 성실한 사람이었다. 그러나 그 머스켓 총을 본 순간 스타벅의 마음에서는 이상하게도 불순한 생각이 일어났다. 그러나 그와 함께 어느 쪽인지 알 수 없는 것, 올바른 것도 섞였으므로, 잠시 동안 그는 그 불순한 생각을 깨닫지 못했다.

"언젠가 그는 나를 쏘려 했었지."라고 그는 중얼거렸다.

"저 총은 그가 나를 겨누었던 머스켓 총이다. 장식이 붙은 저 총자루, 바로 저것이다. 만져보자, 들어올려 보자. 이상하군, 무시무시한 창을 언제나 휘둘러온 내가 지금 이렇게 떨리다니 이상한데. 총알이 들어 있나? 어디 보자. 그래, 화약접시엔 화약이 들어 있구나, 좋지 않은 일인걸. 쏟아버리는 게 좋을까? 기다려. 바른 정신으로 돌아가야 해. 이 총을 단단히 움켜쥐면서 생각하는 거야. 나는 순풍을 보고하러 왔다. 그러나 어떤 순풍인가? 죽음과 지옥으로 가는 순풍, 그것이야말로 백경에게는 순풍이다. 저 저주받은 큰 고래에게 있어서만은 그래야 마땅한 순풍이다.

이 총신銃身을 내게 돌렸던 것이다. 이 총신을 내가 지금 움켜쥐고 있는 것이다. 내가 지금 손에 들고 있는 이것으로 그는 나를 죽이려 했다. 그뿐 아니라 그는 선원 모두를 죽이고 싶은 거다. 어떤 폭풍일지라도 돛을 내리지 않아, 하고 그는 말하지 않았던가? 그리고 다름 아닌 바로 이 위험천만한 바다를 틀리기 쉬운 측정기에 의한 맹목적인 계산으로 방황하지 않나. 그리고 이 태풍 한복판에서 피뢰 장치 따위는 필요 없다고 지껄이지 않았나. 그래서 이같이 미친 늙은이가 모든 선원들을 지옥의 길동무로 삼으려는데 얌전하게 따라야 한단 말인가?

"그렇다, 만일 이 배가 파멸의 구렁텅이에 떨어진다면 그는 30여 명을 고의로 죽인 사람이 된다. 그리고 단언하겠는데, 만약 저 에이허브에게 맡겨 놓는다면 이 배는 파멸의 구렁으로 빠지고 만다. 그렇다면 이 순간에 그가 제거된다면 그는 그 죄를 범하지 않고 끝나게 되는 것이다. 하! 잠꼬대를 하는 건가? 응, 바로 저기에 자고 있다. 그는 살아 있고 곧 눈을 뜰 것이다. 그러면 노인이여, 나는 당신에게는 대항할 수가 없소. 이유를 말해도 충고를 해도 탄원해도 당신은 듣지 않소. 모든 것을 경멸해버리고 마오. 일단 명령을 내리면 어김없이 꼭 복종하라, 이것만이 당신이 좋아하는 것이오. 그렇다, 선원들은 모두 자기와 똑같이 맹세했다는 것이다. 우리가 모두 에이허브라는 것이다. 오, 신이여, 끔찍한 일입니다!

그렇다면 다른 방법은 없는가? 규칙에 어긋나지 않는 방법은? 그를 붙잡아서 고향으로 돌려보낸다고? 뭐라고? 이 늙은이의 힘센 팔에서 그 생명력을 비틀어 짤 작정인가? 그런 걸 생각하는 건 어리석은 자들뿐이다. 붙들어맸다고 해봐라. 온몸을 밧줄이며 동아줄로 꽁꽁 묶어서 이 선장실 마룻바닥의 고리 달린 볼트에 쇠사슬로 매놓는다 해도 그는 우리 속에 갇힌 호랑이보다도 더 사납고 무서울 것이다. 내게는 볼 용기도 나지 않을 것이다. 울부짖는 목소리에서 도망칠 수도 없을 것이다. 견디기 어려운 그 오랜 항해 중에 나의 평화, 잠, 고귀한 이성, 이런 것들은 모두 없어져 버리고 말 것이다.

그럼 어떻게 하면 좋은가? 육지는 몇 백 리그나 멀고, 가장 가까운 일본은 외국과의 통상을 금하고 있다. 나는 여기 혼자서 대해 속에 서 있고 나와 법률 사이에는 두 대양과 하나의 대륙이 가로놓여 있다. 흠, 흠, 그렇고말고. 이제부터 살인을 하려는 자에게 벼락이 그 잠자리에 떨어져서 시트도 피부도 모두 태워버렸다 해서 하늘을 살인자라고 할 수 있을까? 그럼 나도 살인자라고 할 수 있을까? 만약……." 하고 천천히, 살ㄴ머니 곁눈질을 하면서 그는 탄환이 들어 있는 머스켓 총구를 벽으로 향했다.

"이만한 높이에서 에이허브의 해먹이 안에서 흔들리고 있고, 머리는 이쪽이다. 손가락을 움직이기만 하면 스타벅은 살아서 다시 아내며 아이들을 안을 수 있다. 아, 메리여, 메리, 오, 내 아들아! 그러나 노인이 죽지 않고 눈을 떴다면 스타벅의 몸은 다른 모든 사람들과 함께 다음 주 지금쯤은 어느 바닥도 알 수 없는 깊은 바닷속에 가라앉아 있을지도 모른다. 신이여, 어디에 계십니까. 할까? 말까? 선장, 바람이 잔잔해지고 방향이 바뀌었소. 앞돛대와 중간 돛대의 횡범은 좁혀서 달았소. 배는 예정된 진로를 취하고 있소."

"뒤쪽으로! 오, 백경, 드디어 네놈의 심장을 잡았다!"

그 소리는, 스타벅의 목소리가 길고 묵묵한 꿈을 자극하여 말하게 한 듯이, 노인의 괴로운 꿈속에서 울려 퍼지고 있었다.

아직 겨누어진 채인 총은 술 취한 사람의 팔처럼 문틀에 닿아 떨고 있었다. 스타벅은 천사와 싸움을 벌이고 있는 듯했다. 그러나 문에서 돌아서자 죽음의 관管을 도로 총가에 놓고 그 자리를 떠났다.

"너무 잘 자고 있어, 스터브. 자네가 내려가 깨워주게나. 난 이 갑판에서 할 일이 있네. 보고할 일은 알고 있겠지?"

제124장 나침반의 바늘

이튿날 아침, 아직 완전히 잔잔해지지 않은 바다는 큰 기복을 이루며 길고 천천히 물결치고, 피쿼드호의 소란하게 울리는 배가 지나간 자리에 바싹 다가와 활짝 편 거인의 손바닥처럼 배를 뒤에서 밀어대고 있었다. 강과 똑바르게 달리는 강한 바람이 가득 차 있었으므로 하늘과 대기는 배가 잔뜩 부푼 것처럼 되고, 온 세계는 바람에 날려서 울음소리를 내고 있었다. 태양은 가득 차서 넘치는 아침 햇살 속에 숨어서 다만 그 태양이 있는 곳이라 생각되는 주위에는 강렬한 번쩍임만이 퍼져 있고, 그 총검과 같은 광선은 다발을 이루며 움직이고 있었다. 만물은 왕관을 쓴 바빌론의 왕과 왕비처럼 찬란한 빛이 지배하고 있었다. 바다는 도가니 속에서 녹은 황금처럼 빛과 열로 거품을 일으키며 춤추고 있었다.

에이허브는 사람들에게서 홀로 떨어져서 매혹된 것처럼 오랜 침묵을 계속하고 있었다. 흔들거리며 나가는 배가 그 뱃머리를 조심스럽고 낮게 굽히고 기울 때마다 그는 전면에 태양광선이 생겨나는 것을 확인하려 하고, 또한 배가 뒷갑판을 낮출 때는 뒤를 돌아보며 태양의 빛이 가는 곳을 보고 그 누런 선이 그의 똑바로 뻗은 뱃자리와 서로 녹아드는 것을 지켜보았다.

"핫핫, 나의 배여! 마치 태양의 바다 위의 전차처럼 보이는구나. 어이, 나의 뱃머리 앞쪽에 있는 만국민이여! 나는 태양을 그대들이 있는 곳으로 실어가리라. 저쪽으로 가는 큰 파도와 함께 되럼. 자, 마차여, 바다 위를 가거라!"

그러나 갑자기 무언가 마음에 걸리는 일이 생긴 듯 그는 서둘러 키 있는 곳으로 가서 숨가쁘게 배의 진로에 대해서 물었다.

"동남동이오, 선장." 키잡이는 놀라게 말했다.

"거짓말 마라!" 주먹을 굳게 쥐고 키잡이를 때렸다. "아침 이 시각에 동쪽을 향하고 있으면서 어떻게 태양이 뒷갑판에 있단 말인가?"

이 말을 들었을 때 모든 사람들은 기겁을 했다. 왜냐하면 지금 에이허브가 확인한 현상은 어떻게 된 영문이지 아무도 깨닫지 못했기 때문이었다. 아마도 너무나 바보스러울 만큼 명료했던 것이 그 원인인 것 같았다.

에이허브는 머리를 나침반 상자에 절반이나 들이밀고 바늘을 들여다보았다. 쳐들고 있던 팔은 힘없이 툭 꺾이고 순간 그는 거의 비틀거리는 것처럼 보였다. 그 뒤에는 스타벅이 서서 바라보았는데, 오! 두 개의 나침은 동쪽을 가리키나 피쿼드호는 틀림없이 서쪽으로 달리고 있었다.

그러나 최초의 놀람의 파도가 배의 모든 선원들에게 퍼져 가기 전에 노인은 불굴의 미소를 지으며 외쳤다. "알았어! 전에도 이런 일은 있었어. 스타벅, 어젯밤 우레가 바늘을 거꾸로 돌게 했어…… 그것뿐이야. 자네도 이런 일을 들어본 적이 있겠지?"

"네, 그렇지만 내 배에서 그런 일이 일어난 적은 없었소, 선상." 항해사는 파랗게 질린 얼굴로 걱정스레 말했다.

여기서 말해 두어야겠는데 폭풍이 심할 때는 이와 비슷한 사고가 종종 일어난다. 나침반의 바늘에 축적되어 있는 자력은 사람들이 알고 있듯이 본질적으로는 하늘에서 볼 수 있는 전력과 같은 것이다. 그러니까 이런 일이 있다 해도 괴상하게 생각할 것은 없다. 벼락이 실제로 배를 때리고 돛대며 삭구를 파괴할 경우에는 나침반에 대한 영향은 때때로 더욱 치명적이다. 천연 자석의 온갖 기능은 무無로 돌아가고 일찍이 자력을 지닌 강철이었던 것은 노파의 뜨개바늘과 같이 무력한 것이 되어버리고 만다. 그러나 어쨌든 바늘은 자기의 힘으로는 한번 손상되어 잃어버린 기능을 돌이킬 수는 없다. 그리고 만일 나침반이 고장을 일으켰다면, 배 안에 있는 다른 모든 것들에게도 같은 운명이 찾아들고 안쪽 용골에 박힌 맨 밑바닥이라고 할지라도 예외가 될 수는 없다.

노인은 침착하게 나침반 상자 앞에 서서 반대 방향을 가리키는 바늘을 바라본 후 내민 손의 가장자리의 선으로 태양의 정확한 위치를 알아내고 그에 의해 바늘이 정확하게 반대를 가리키고 있는 것을 확인하고 나서 큰 소리로 배의 진로를 변경하라는 명령을 내렸다. 활대는 높이 올려졌다.

피쿼드호는 그 대담무쌍한 뱃머리를 역풍으로 돌렸다. 순풍이라고 생각되었던 것은 그들을 속이고 있었다.

그 사이 스타벅은 무엇을 생각했는지 아무 말도 하지 않고 다만 필요한 명령을 내리고 있을 뿐이었다. 한편 스터브와 플라스크도 그때는 스타벅과 얼마만큼 감정을 함께하고 있었던 것 같았는데, 역시 아무 말 하지 않고 명령에 따르고 있었다. 선원들의 에이허브에 대한 두려움은 운명에 대한 두려움보다도 컸다. 그러나 여느 때와 같이 이교도 작살잡이들은 전혀 마음의 동요가 없었다. 설사 동요가 있었다 해도 그것은 굽힐 줄 모르는 에이허브로부터 그들의 마음을 향해서 어떠한 자력이 작용했기 때문이리라.

잠시 동안 노인은 흔들거리면서 생각에 잠겨 갑판을 걷고 있었다. 그때 문득 고래뼈 다리가 미끄러졌을 때 전날 갑판에 내던졌던 부서진 사분의의 놋쇠 관측관이 눈에 띄었다.

"이 보잘것없는 건방진 하늘을 보는 자여, 태양의 뱃길 안내자여! 어제는 내가 네놈을 때려 부수고, 오늘은 또 나침반이란 놈이 나를 때려 부수려고 했단 말이야. 흠, 흠, 그러나 에이허브는 말이다. 조준照準의 자철磁鐵 따윈 마음대로 할 수 있단 말이다. 스타벅…… 자루를 뺀 창과 망치 그리고 돛을 꿰매는 가장 작은 바늘을 빨리 가져다주게!"

그를 일하게 만든 충동에는 아마도 신중한 동기가 결부되어 있었을 터이지만, 그 목적은 선원의 사기를 회복시키기 위해서 나침반 바늘의 역전이라는 이상한 사태에 그의 묘기라 할 만한 것을 발휘해 보이는 데 있었을 것이다. 게다가 노인은 역전한 바늘로 키를 조종한다는 것은 좀 서투르긴 해도 못할 것은 없었으나, 그런 짓을 하면 미신이 깊은 선원들에게 공포나 흥조를 느끼게 하리라는 것을 잘 알고 있었다.

"모두들." 그는 항해사에게서 주문한 물건들을 받아들자, 선원들 쪽을 똑바로 돌아보며 말했다. "모두들, 벼락이 에이허브의 바늘을 비틀거리게 하고 말았지만 에이허브는 이 쇳조각으로 정직하게 똑바로 가리키는 내 바늘을 만들어낸단 말이야."

이 말을 들었을 때 선원들은 '항복했습니다, 놀랐는데요.' 하는 것처럼 눈을 부릅뜨고 서로 쳐다보았다. 그리고 나서 매혹된 눈길로 어떤 마술이 시작될 것인가, 하고 고대했다. 그러나 스타벅은 외면하고 있었다.

에이허브는 망치로 일격을 가해 창의 강철 끝을 두드려 뗀 후, 남은 긴 철봉을 항해사에게 건네주고 그것을 갑판에 닿지 않도록 똑바로 세워서 받쳐 들라고 말했다. 그런 다음 망치로 몇 번이나 그 철봉의 윗끝 부분을 두드린 다음 그 끝에 굵고 짧은 바늘을 거꾸로 올려, 항해사에게는 지금과 같이 그 철봉을 들고 있게 한 채, 몇 번이고 힘을 좀 약하게 해서 두드렸다. 그리고 그 바늘에 대해 무언가 이상한 주술呪術을 외고 나서, 그것은 강철에 자성을 주는 데 필요했는지 다만 선원들의 외경감을 한층 더하게 하려는 생각에서였는지 분명치 않았으나 리넨 실을 가져오라고 했다. 그리고 나침반 상자 쪽으로 가서 그 역전한 두 바늘을 뽑아내고, 돛을 꿰매는 바늘의 한가운데를 내부의 나침반 위에 수평이 되도록 매달았다. 처음에 그 강철 바늘은 양끝을 진동시키면서 빙글빙글 회전하더니 나중에는 그 위치에 고정되었다.

에이허브는 지금까지의 그 결과가 어떠한가 하고 열심히 주목하고 있더니 거리낌 없이 나침반 상자 있는 데서 떠나 손을 뻗쳐 그쪽을 가리키며 외쳤다. "모두들 보라, 자기 눈으로 똑똑히 보란 말이야. 에이허브가 조준의 자철 같은 것을 뜻대로 할 수 있었는가 없었는가를. 태양은 동쪽이다. 저 바늘이 그것을 가리키고 있다!"

모든 사람들은 한 사람씩 들여다보았다. 그들의 눈만이 그들의 무지無知를 설복할 수 있었다. 그리고 한 사람씩 살금살금 물러났다.

에이허브는 그 눈에 멸시와 승리의 불을 태우며 그 치명적인 오만에 가득 차서 서 있었다.

제125장 측정기와 측정선

숙명의 피쿼드호가 바다에 뜬 이후 이미 오랜 시간이 지났으나 측정기와 측정선은 전혀 사용되지 않았다. 배의 위치를 결정하는 데는 따로 믿을 만한 방법도 있기 때문에 일부의 상선과 대부분의 포경선을 특히 순항 중에는 측정기를 바다에 넣는 일은 전혀 없다. 그러나 이따금 단순한 형식을 갖추기 위해서 석판 위에 규칙적으로 배의 진로와 한 시간마다의 배의 평균 속도를 추정한 것을 기입하곤 했다. 피쿼드호도 이런 식이었다.

나무로 만든 실감기와 거기 붙여진 네모난 측정기는 오랫동안 손으로 만져지지 않은 채 뒷갑판의 뱃전 난간 바로 밑에 매달려 있었다. 비와 물보라가 그것을 적시고 태양과 바람이 그것을 말라 비틀어지게 했고 온갖 자연의 힘은 그토록 쓸모없이 매달려 있는 것을 모두 썩히려고 했다. 그러나 여태까지 그런 것엔 전혀 주의도 하지 않았던 에이허브가 자석에 대한 일이 있고 나서 몇 시간 지난 뒤, 우연히 자세가 눈에 띄었을 때 마음이 움직여 그의 사분의가 이미 없다는 것과 측정기와 측정선에 대해 그가 선언한 것들을 생각해냈다. 배는 지금 덜컹거리며 돌진하고 뒷갑판에는 큰 파도가 요란스럽게 날뛰고 있었다.

"앞갑판에 있는 선원, 이봐! 측정기를 던져라!"

두 선원이 달려왔다. 황금빛 피부의 타히티섬 사람과 머리가 반백인 만섬 사람이었다.

"둘 중 누구든 자새(새끼를 여러 겹으로 겹쳐 꼬아 바를 드릴 때 쓰는 기구)를 들어라. 내가 던지겠다."

그들은 바람이 닿지 않는 쪽 뒷갑판 끝으로 갔는데 그쪽은 비스듬히 불어오는 바람의 힘을 받아 흰 거품을 일으키며 비스듬히 달리는 파도 속에 거의 가라앉을 것처럼 보였다.

만섬의 선원이 자새를 들고 끈이 둘둘 감긴 굴대의 쑥 나온 손잡이를 높이 쳐들어 모가 난 측정기를 아래로 늘어뜨리고 서 있는 곳으로 에이허브가 다가왔다.

에이허브는 그의 앞에 서서 가벼운 손짓으로 서른 번 가량 감긴 것을 풀고 바다에 던질 준비로 손에 감았는데 그때 늙은 만섬 사람은 유심히 그와 끈을 지켜보면서 단호하게 말했다.

"선장님, 걱정인데요. 이 끈은 매우 나빠졌습죠. 오랫동안 뜨거웠다 젖었다 해서 상해 있습니다."

"늙은이, 이건 견딜 수 있어. 오랫동안 뜨거웠다 젖었다 해서 자낸 못쓰게 되었는가? 자네도 견디고 있잖아. 아니 자네가 견디는 게 아니라 목숨이 자네를 지탱하고 있다는 것이 진짜겠군."

"내가 갖고 있는 것은 자새 굴대입니다, 선장님. 그러나 바로 말씀하시는 그대롭죠. 나같이 머리가 허옇게 되면 말다툼을 해도 소용없습죠. 특히 상대가 패배를 모르는 윗사람이고 보면 말입죠."

"뭐라고? 이건 참, 자낸 화강암으로 지은 자연대학自然大學의 누더기 박사군. 하지만 자낸 좀 지나치게 아첨하는 것 같군. 자네 어디 태생인가?"

"만섬(아일랜드 해에 있는 작은 섬)이라는 바위투성이의 작은 섬입죠, 선장님."

"멋있군! 자낸 세상에 한방 먹였군."

"무슨 뜻인지…… 난 거기서 태어났을 뿐입죠."

"응, 만섬 말인가? 그러나 다른 일이야. 여기 만섬에서 온 사람이 있지. 그자는 옛날에 독립했던 만(인간)섬, 지금은 인간도 살지 않는 만섬으로 빨려들어가고 말았어. 그러나 누구에게냐고? 자새를 쳐들어! 결국은 죽은 눈 먼 벽壁이 사물을 생각하는 머리를 부딪치는 거야. 높이 들어! 좋아."

측정기는 바다에 던져졌다. 풀린 끈은 순식간에 뻗쳐서 배 뒤쪽에 긴 선을 만들고 당겨졌다. 그러자 갑자기 자새가 선회하기 시작했다. 끌리면서도 저항하는 것처럼 넘실대는 큰 파도에 의해서 측정기는 차례로 올라갔다 내려갔다 했기 때문에 자세를 들고 있는 노인의 모습은 묘하게 비틀거렸다.

"단단히 잡아!"

툭! 너무 강하게 당겨졌던 끈이 느슨해져서 긴 꽃줄처럼 되는 바람에 뒤에서 당기던 측정기가 떨어져 나갔다.

"내가 사분의를 부수고, 우레가 나침을 거꾸로 돌리고 이번에는 미친 바다가 측정선을 끊었다. 그러나 이 에이허브는 뭐든지 수선한다. 타히티 사람이여, 그 끈을 당겨라, 만섬 사람이여, 감아라. 그리고 말이다, 목수에게 측정기를 하나 더 만들라고 해. 끈은 자네가 고치게, 알겠나? 그렇게 하게."

"저놈이 걸어오는구나. 저놈에게는 아무 일도 일어나지 않은 모양이지. 그러나 내겐 세계의 축軸의 꼬챙이가 빠진 것과 마찬가지야. 타히티, 당겨 당겨! 이 끈이 나갈 때는 세계 풍풍 풀리면서 달리더니 돌아올 때는 느릿느릿 끌리는 끊어진 끈이군. 하, 핍인가? 도우러 왔나, 핍?"

"핍? 누굴 보고 핍이라는 겁니까? 핍은 포경 보트에서 바다로 뛰어들었어요. 핍은 없어요. 낚시꾼이여, 보여주시오. 당신, 저기서 핍을 낚아 올리지 않았나요? 단단히 당기는군. 저놈이 붙잡은 모양이오. 타히티, 홱 잡아당겨, 그리고 두드려라. 비겁한 놈은 여기에 들여놓을 수 없지. 저봐! 저놈의 팔이 물을 헤쳐 오고 있어. 도끼, 도끼! 끈을 잘라야 해. 비겁한 자는 여기에 들여놓을 수 없어. 에이허브 선장님, 선장님! 보시오. 핍이 다시 또 배에 올라오려고 합니다."

"입 다물어, 미친 바보야." 만섬의 사나이가 그의 팔을 잡고 외쳤다.

"뒷갑판에는 오지 마라!"

"큰 바보가 작은 바보를 나무라고 있군." 에이허브는 중얼거린 뒤 앞으로 나갔다. "그 거룩한 사람에게서 손을 떼라! 이봐, 핍이 어디에 있다고 했나?"

"뒤쪽, 뒤쪽이에요! 보세요, 저기 보세요!"

"그런데 아, 자네는 누군가? 그대의 흐리멍텅한 눈동자엔 내 모습이 비치지 않는구나. 오, 신이여! 사람은 불사의 영혼이 쑤욱 들어갈 수 있는 것이 될 수 있는 겁니까? 소년아, 그대는 누군가?"

"종지기입니다, 선장님. 배의 신호수信號手예요. 딩, 동, 딩! 핍, 핍, 핍! 핍을

578

찾으면, 그 보수는 홈 백 파운드입니다. 키는 5피트, 비겁한 얼굴. 그것으로 금방 알 수 있어요. 딩! 동! 딩! 누가 비겁한 핍놈을 보지 않았나요?'

"설선雪線에는 인정을 아는 심장이란 있을 수 없는 거야. 오오, 얼어붙은 하늘이여, 이곳을 내려다보라. 그대 조물주여, 그대는 이 불행한 아이를 낳고, 그리고 버렸다. 소년아, 이제부턴 에이허브가 살아 있는 한 에이허브의 선실은 핍이 사는 곳이 되는 거다. 소년아, 그대는 내 심금을 울리는구나. 그대는 내 마음에 금실로 짠 끈으로 나와 매어진 것이다. 자, 선실로 내려가자."

"이게 뭐죠? 비로드 같은 상어 가죽." 소년은 에이허브의 손을 찬찬히 들여다보며 어루만졌다. "아아, 저 핍이 이런 부드러운 것을 만졌다면 없어지진 않았을 거예요. 선장님, 이건 맨로프(사다리 옆의 붙잡고 오르내리는 밧줄) 같군요. 약한 사람이 이걸 잡으면 좋겠어요. 아아, 선장님, 퍼드 영감을 불러다 검은 것과 흰 두 개의 이 손을 징으로 박아 주세요. 난 이걸 놓고 싶지 않아요."

"오, 소년아, 나도 그것으로 너를 여기보다도 더 무서운 곳으로 끌고 들어가는 것이 아니라면 그대를 놓고 싶진 않아. 자아, 선실로 오너라. 여어이, 그대들 신께 모든 선善이 있고 인간에게 악이 있다고 믿는 자들이여, 보라, 전지전능하신 신은 번뇌하는 인간을 까맣게 잊고, 백치인, 자기가 하는 일도 모르는 사람이 사랑과 감사의 아름다움에 넘쳐 있는 것을. 이리 오너라! 그대의 검은 손을 끌고가는 것은 황제의 손을 끌고가는 것보다도 자랑스럽다."

"미치광이 둘이 가는구나." 만섬의 늙은이가 낮은 목소리로 말했다.

"한 미치광이는 강하고 또 한 미치광이는 약하군. 그런데 자, 썩은 밧줄도 이젠 끝이군. 홈뻑 젖었는걸. 수선을 하라고? 전부 새로운 놈으로 바꾸면 되지 않는가? 난 스터브에게 의논하겠다."

제126장 구명부표

지금 피쿼드호는 에이허브의 바늘로 만든 조준이 가리키는 남동쪽을 향해 에이허브의 측정기와 측정선으로 정해놓은 진행속도로 적도를 향해 달리고 있었다. 피쿼드호는 이처럼 배 그림자 하나 보이지 않는 해역을 옆으로 계속 불어오는 무역풍을 받아 가면서 잔잔한 물결 위로 단조롭게 오랫동안 항해를 계속했는데, 이것은 어떤 소름끼치는 참사가 일어날 불길한 전조처럼 느껴졌다.

드디어 배가 적도 어장의 외곽부라 할 만한 곳에 접근하여 새벽 전의 캄캄한 어둠 속을, 일군의 암초를 스치며 나아가고 있을 때 불침번은 한 외침 소리에 놀랐다. 그것은 뼛속 깊이 스미는 것같이 슬프고 음울해서 이 세상의 것이 아닌, 마치 헤롯 왕에게 살해된 어린아이들의 망령이 부르짖는, 의미를 알 수 없는 통곡 소리와 같았다. 그래서 그들은 모두들 그 몽상에서 깨어나 로마노 조상彫像처럼 서거나 앉거나 기댄 자세 그대로 굳어 버린 채 한동안 그 괴상한 외침 소리가 흘러오는 것을 귀담아들었다. 기독교도, 즉 문명인인 선원들은 그것이 인어라며 부르르 떨었다. 그러나 이교도인 작살잡이들은 공포의 빛 하나 보이지 않았다.

선원 중 가장 늙은 만섬의 사나이는 괴상하게 소름이 끼치는 그 외침 소리를 듣자 새로 바다에 빠진 사람들의 소리라고 단언했다.

밑의 해먹에서 잠들어 있던 에이허브는 새벽녘에 갑판으로 나올 때까지도 이런 것을 알지 못했다. 그때 플라스크가 무서운 미신을 섞어 가며 그에게 보고했다. 그러자 그는 껄껄 웃고 그 괴이함에 대해서 설명했다.

배가 스치고 지나간 암초의 무리는 바다표범의 대군이 모여 사는 곳으로 어미를 잃은 어린 바다표범이나 새끼를 잃은 어미 짐승들이 배 가까이에 떠올라 따라오면서 사람을 닮은 그들 특유의 목소리로 울부짖었음에 틀림없다고. 이런 설명은 어떤 선원들에게는 한층 더 충격을 주었다. 그것은 뱃사람들의 대부분이 바다표범에 대해 매우 미신적인 감정을 갖고 있기 때문이었다. 그것은 그 바다표범이 슬퍼할 때의 음조가 일종의 특이성을 갖고 있는 것뿐만 아니라, 뱃전의 파도 사이에 떠서 이쪽을 올려다보는 것처럼 할 때의 그 둥근 머리며 어쩐지 지혜가 있는 것처럼 보이기도 하는 표정의 인간다운 모습에서 비롯되는 것이다. 바다에서는 그런 상황 때문에 바다표범이 사람과 혼동되는 일이란 그렇게 드물지 않았다.

선원들이 느낀 흥조는 그날 아침 그들의 한 동료에게 떨어진 운명에 의해서 무엇보다도 확실하게 입증되었다. 그 사나이는 해돋이와 함께 해먹에서 나와 앞돛대 꼭대기로 올라갔는데, 그는 아직 잠에서 절반쯤밖엔 깨어 있지 않았는지—가끔 선원들은 반은 잠이 든 상태에서 올라간다—그렇지 않으면 이 사내는 언제나 그런 상태였는지는 전혀 알 수 없으나, 아무튼 그가 돛대 꼭대기에 올라가서 불과 얼마 되기도 전에 부르짖음, 아니 부르짖음과 바람처럼 지나가는 울림이 들려 선원들이 올려다보니 공중에서 떨어져 내리는 그림자가 보였고, 잠시 후 내려다본 짙푸른 해면에 흰 거품이 조금 떠올라 물결치고 있었다.

길고 가는 통인 구명부표救命浮標가 뒷갑판에 교묘하게 장치된 스프링에 언제나 명령을 기다리며 매달려 있어서 그것이 던져졌으나 물 밖으로 내밀어 그것을 잡는 손은 없었다. 그리고 태양은 이 통을 바싹 말린 데다 오랫동안 내리쬐고 있었으므로 천천히 물을 빨아들이기 시작했고, 또 햇볕에 마른 목재도 그 구멍마다 물을 빨아들였다. 그래서 쇠테를 징으로 박은 통은 선원의 뒤를 따라 물속으로 가라앉아 갔는데, 아무리 보아도 그것은 좀 딱딱하긴 하나 그에게 베개 대신이 될 것 같았다.

이리하여 백경이 있는 곳과 바로 가까운 해면에서 그 백경을 찾으려고 맨 처음으로 피쿼드호의 돛대 꼭대기에 올라간 사람은 깊은 바닷속에 널름 삼켜져버렸다. 그러나 그때 이런 일을 깊이 생각한 사람은 아마도 없었을 것이다. 그뿐 아니라 그들은 어쩐지 이 사건을 흥조로 슬퍼하지 않았다. 그 이유는 그들은 그것을 미래의 흉사의 징조라고 보지 않고 이전에 예고되어 있던 언짢은 일이 끝났다고 보았다. 그들은 어젯밤에 들렸던 끔찍한 부르짖음의 의미를 알았다고 주장하였다. 그러나 만섬의 사나이만은 이번에도 그렇지 않다고 말했다.

잃어버린 구명부표를 보충하지 않으면 안 되었다. 스타벅이 그 일을 명령 받았다. 그러나 소용될 만큼 가벼운 통은 눈에 띄지 않았고 또 선원들은 모두 이 항해에서 가장 중요한 장면에 접근하고 있다는 느낌 때문에 들떠 있는 상태가 되어, 그것이 무엇이건 간에 그 마지막 장면에 직접 관계가 있는 일 외에는 아무것도 할 마음이 없어졌다. 결국 그들은 뒷갑판에 부표를 달지 않은 채 가려고 했으나 마지막에 퀴퀘그가 무엇인지 괴상한 손짓이며 얼굴로 희미하게 자신의 관槍을 암시했던 것이다.

"관으로 만든 구명부표라니!" 스타벅은 깜짝 놀라 외쳤다.

"약간은 근사하군. 그렇지 않은가?"라고 스터브가 말했다.

"훌륭한 게 되긴 될 걸세."라고 플라스크도 말했다. "목수가 쉽게 만들어 줄 거야."

"가져와, 다른 건 없으니." 스타벅이 잠시 어두운 표정을 보인 뒤에 말했다. "만들어주게, 목수. 이봐, 내 얼굴을 그렇게 보지 말게. 관으로 만들란 말이야, 알아들었나? 자, 어서 만들게."

"항해사 양반, 뚜껑에 못질을 할까요?" 하고 목수는 망치를 든 것처럼 손을 흔들었다.

"그래."

"그리고 뱃밥으로 새는 걸 막을까요?" 뱃밥을 틀어막는 끌을 들고 있는 것처럼 그는 손을 움직였다.

"그래."

"그리고 이걸 역청으로 온통 칠할까요?" 그는 다시 역청 단지를 들고 있는 것처럼 손짓했다.

"에이 귀찮군! 왜 그렇게 지껄이는 건가? 그저 관으로 구명부표를 만들어 주기만 하면 되는 거야. 스터브, 플라스크, 함께 이리로 가세."

"화가 나서 가버렸군. 전체 일엔 참으면서도 부분에선 주저한단 말이야. 그러나 난 이런 일은 싫어. 내가 에이허브 선장에게 다리를 만들어 주었더니 신사처럼 걸었어. 퀴퀘그에게 얇은 상자를 만들어주었더니 도무지 거기에 머리를 넣으려고 하지 않더군. 내가 그 관을 만든 것은 정말 헛수고였나? 그

582

리고 이번에는 그것으로 구명부표를 만들어 달라고 명령받았어. 이건 헌 코트를 뒤집으란 것과 같잖은가. 난 이런 수선 목수 같은 건 싫어, 질색이야. 너무 조잡해. 내가 할 일이 아니야. 고치는 일은 수선장이에게 시키란 말이야. 난 훨씬 훌륭해. 내가 손대고 싶은 건 그저 힘없는 처녀같이 정직하고 빈틈없는 어엿한 일이란 말이야. 처음은 역시 시작답고 중간쯤은 중간답고 마지막에는 깨끗하게 끝나게 되는 그런 거란 말이야.

그런데 수선장이가 하는 일이란 중간쯤에서 끝나거나 하면 끝이 시작되거나 한단 말이야. 수선하는 일 따위를 내놓는 건 늙은 할멈들이 하는 일이지. 오, 신이여! 할멈들은 아주 수선장이를 좋아하지. 나는 예순다섯 살된 할멈이 대머리에 벗겨진 젊은 수선장이와 눈이 맞아 달아난 걸 알고 있어. 그러니까 난 육지인 비니야드에서 가게를 열고 있었을 때도 의지할 곳 없는 과부 할멈의 일은 받지 않았단 말이야. 쓸쓸한 김에 나와 함께 달아나자는 망측한 생각을 하지 않는다고도 할 수 없으니까 말이야.

그렇지만 보란 말이야. 바다엔 머리에 쓰는 수건 같은 건 있을 리 없어. 있는 건 흰 파도의 수건뿐이지. 그런데 뚜껑은 못질을 하고, 틈 사이에는 뱃밥을 틀어막고, 역청을 온통 칠하고, 단단히 나무를 대고 죄어서 스프링 갈고리로 뒷갑판에 매달란 말인가? 관에 대고 그런 짓을 한 놈이 여태까지 있었단 말인가? 만일 미신가인 늙은 목수였다면 그런 짓을 하기 전에 밧줄로 매달아 달라고 할 거야.

그러나 나는 애루스투크(북아메리카의 메인 주에 있는 군)의 솔송나무처럼 옹이투성이의 억센 사나이란 말이야. 끄떡도 하지 않지. 무덤 도구를 매달고 항해한단 말인가? 그러나 신경쓰지 않겠어. 목수란 관이며 관대棺臺도 만들고 혼례에 쓰는 침대도, 카드놀이 하는 탁자도 만든단 말이야. 우리는 다달이 일하는 거야. 아니 일 나름으로, 돈벌이 나름으로 일하는 거야. 어떤 이유로 무엇을 위한 일인가 하는 건 우리에게 묻지 마. 일이, 물론 너무 심하게 고쳐야 할 일이라면 그때는 될 수 있으면 그만두는 거지. 그래 이 일은 얌전하게 하자. 그런데 잠깐 기다려. 배의 선원들은 모두 몇 사람이었나? 허, 참 잊었구나. 아무튼 터번 같은 매듭이 있는 밧줄 서른 개를 각각 3피트 길이로 사방에서 관에 늘어뜨리자. 만일 배가 가라앉으면 30명의 산 사나이가 단 하나밖에 없는 관을 향해 다투게 되지. 그러면 이 세상에선 볼 수 없는 장관일 거다! 자, 망치다. 뱃밥을 틀어막을 끌이다. 역청 단지다. 밧줄 꿰는 바늘이다! 자, 어서 하자."

제127장 갑판

관은 바이스 벤치와 열려 있는 승강구 사이의 두 밧줄통 위에 놓여 있다.

목수는 그 틈 사이에 뱃밥을 차곡차곡 틀어막고 있다. 그의 작업복 가슴 근처에 달린 커다란 다발에서 천천히 뱃밥으로 꼰 끈이 풀려 나가고 있다.

에이허브는 선장실 입구에서 천천히 걸어 나오면서 뒤따라오는 핍의 소리를 듣는다.

"돌아가라, 얘야. 나도 곧 돌아갈게. 가는군! 손도 저 아이처럼 고분고분 내 마음대로 움직이지 않는군. 교회의 가운데 통로라니, 이건 뭐야?"

"선장님, 구명구救命具입니다. 스타벅 씨의 명령입죠. 아, 조심하십시오. 그곳은 승강구입니다."

"미안하군. 그런데 자네의 관은 무덤 구멍에 꼭 들어맞겠어."

"네? 승강구에 말입니까? 아하, 그렇군요. 딱 들어맞습니다."

"자넨 다리를 만든 사나이가 아닌가? 이봐, 이 의족은 자네네 가게에서 만든 게 아닌가?"

"선장님, 그런 것 같습니다. 쇠고리는 잘 견딥니까?"

"훌륭해, 그런데 자네는 장의사라도 하는 거 아닌가?"

"네네, 선장님. 이 물건은 퀴퀘그의 관인 줄 알고 만들었습죠. 그런데 이번에는 또 딴 것으로 고치라는군요."

"그렇다면 말일세, 그렇게 어떤 날은 다리를 만들고 그 이튿날에는 그것을 들여 밀관을 만들고, 또 그 관에서 구명구를 만들어낸다니, 자넨 그야말로 지나치게 탐욕스럽고 주제넘고 건방지고 신도 두려워하지 않는 악당이로군. 자넨 신들처럼 제멋대로이고 그리고 뭐든지 참견하는 놈이군."

"그러나 내게는 아무런 생각도 없습니다. 난 그저 이렇게 하고 있을 뿐이랍니다."

"그게 신이야. 잘 듣게나, 자넨 관을 만들 때 언제나 노래를 부르지 않나? 내가 듣기엔 거인족巨人族은 화산의 분화구를 팔 때 노래했다고 하고, 연극에서 무덤을 파는 인부도 삽질을 하면서 노래를 하더군. 자넨 노래 부르지 않는단 말인가?"

"노래 말입니까, 선장님? 내가 노래한다고요? 난 그런 건 조금도 재미없어요. 무덤 파는 사람들이 노래를 하는 건 놈들의 삽에 노래가 없기 때문이죠. 그러나 뱃밥을 틀어막는 건 노래로 가득 차 있어요. 들어보십쇼."

"흠, 그것은 뚜껑이 반향판反響板이 되어 있기 때문일 테지. 그런데 모든 반향판이 생기는 건 그 밑에 아무것도 없기 때문일세. 더구나 관만은 속에 시체를 넣어도 역시 꽤 잘 어울린단 말이야. 목수, 자넨 관대를 짊어지는 걸 도와서 그 관이 무덤에 들어갈 때 어귀의 문에 부딪치는 걸 들은 적이 있겠지?"

"오, 신이여. 선장, 나는……."

"신이여? 무슨 신인가?"

"아니오, 선장. 그건 그저 감탄할 때 말하는 것뿐입니다."

"흠, 그래, 다음을 말하게."

"선장, 내가 말하려고 하던 건 그……."

"아니 자넨 누엔가? 자네 몸에서 실을 뽑아내서 자신의 수의를 짜는 건가? 자네 가슴을 보게. 빨리 하는 거야. 그 물건은 눈에 거슬린단 말일세."

"뒷갑판으로 갔군. 너무 갑작스러웠어. 하지만 열대에선 폭풍은 느닷없이 닥치지. 갈라파고스 군도(남아메리카 에콰도르에 있는 여러 섬) 가운데의 앨버말섬은 바로 그 한복판을 적도가 지나고 있다더군. 내겐 저 늙은이도 역시 한복판을 적도 같은 게 뚫고 간 것 같단 말이야. 불처럼 뜨겁지 않은가? 이쪽을 보고 있군. 자, 뱃밥이다, 서둘러야지. 일을 시작하자. 이 나무망치는 코르크이고, 나는 음악의 명인이란 말이야. 탭, 탭!"

에이허브의 독백

"볼 만하군. 들을 만한데! 잿빛머리의 딱따구리가 속이 텅 빈 나무를 두드리고 있다. 이렇게 되면 장님이나 벙어리가 부러울 정도군. 보라! 저 물건은 밧줄이 가득 차 있는 두 밧줄통에 놓여 있다. 저것이야말로 세상에서 다시없는 성질 나쁜 광대놈이란 말이야. 쾅쾅! 이렇게 해서 인간의 시간은 지나간다. 오, 어쩌면 만물은 이렇게 공허한가! 측량할 수 없는 사고 외에 무엇이 실재하는가? 지금 여긴 엄한 죽음의 무서운 상징이 우연한 기회에 위험에 떨어진 생명의 구조와 희망의 표시가 되어 있다.

관으로 만든 구명부표! 아니 좀더 깊은 의미가 있다. 정신적인 의미에서 관은 결국 불멸성의 보존자인가? 나는 그것에 대해 생각하리라. 그러나 아니야. 나는 지구의 어두운 면에 너무나도 깊이 들어갔기 때문에 다른 면, 곧 이론적인 밝은 면이란 내겐 불확실한 어스름으로 밖엔 생각되지 않는군. 목수여, 자네는 이 저주받은 소리를 멈출 수 없는가? 나는 아래로 내려가겠다. 다시 돌아왔을 땐 저걸 보이지 않게 해달라. 자아, 핍, 여기에 대해 이야기 좀 하자꾸나. 나는 네게서 가장 기막힌 철학을 습득한다. 저 미지의 세계가 그대에게로 흘러들어가고 있음이 틀림없다!'

제128장 피쿼드호, 레이철호를 만나다

얼마 후, 레이철호라는 커다란 배가 똑바로 피쿼드호를 향해서 다가오는 것이 보였는데 모든 돛의 활대에는 사람들이 가득 매달려 있었다.

그때 피쿼드호는 쾌속으로 달리고 있었다. 그런데 돛을 펴고 바람 불어오는 쪽으로부터 그 배가 접근했을 때 보니 팽팽하게 당긴 돛은 모두가 찢어져서 바람 빠진 풍선처럼 축 늘어져 있었고, 선체에서는 온갖 생기가 사라지고 있었다.

"나쁜 소식이다. 언짢은 소식을 갖고 온 거야." 만섬의 늙은이는 혼잣말을 했다. 그러나 저쪽 선장이 확성 나팔을 입에 대고 보트에 서서 말을 걸려고 한 것보다도 빠르게 에이허브의 목소리가 울려 나갔다.

"백경을 보았소?"

"그렇소, 어제 보았소. 표류하는 포경 보트를 보았소?"

치밀어오르는 기쁨을 누르면서 에이허브는 그 뜻하지 않은 질문에 부정적으로 대답했다. 그러고서 상대의 배에 오르고 싶다는 뜻을 표했는데 그때 상대방의 선장이 배를 멈추고 뱃전을 내려오는 것이 보였다. 잠시 노를 힘껏 저은 뒤 그의 보트의 갈고리 장대는 피쿼드호의 큰 돛대의 용충줄을 뱃전의 판자에 붙들어 매기 위한 철재에 걸고 그는 갑판으로 뛰어올랐다. 그 즉시 에이허브는 그가 안면 있는 낸터킷 사람임을 알아챘다. 틀에 박힌 인사 같은 건 교환되지 않았다.

"어디 있었소? 살아 있었구려! 아직 살아 있었단 말이오!" 에이허브는 앞으로 나가면서 외쳤다. "어떻게 지냈소?"

이야기하는 걸 들으니, 그 전날 오후 늦게 그 배의 보트 세 척이 고래 떼를 상대해서 모선으로부터 4~5마일이나 떨어져 바람이 불어오는 쪽을 향해 성급히 쫓고 있을 때 갑자기 백경의 흰 혹과 머리가 푸른 수면에 떠올라 왔다. 그것은 바람이 불어가는 쪽과 꽤 가까운 지점이었다. 그래서 의장된 제4번 보트, 곧 보조 보트가 그를 쫓기 위해 즉각 내려졌다.

뒤에서 부는 바람을 받고 무섭게 달린 끝에 이 넷째 보트─가장 쾌속이었다─가 작살을 던지는 데 성공한 것 같았다. 적어도 본선의 돛대 꼭대기에서 봤을 때는 그랬다. 그는 아득한 해면에 조그마한 하나의 점처럼 보트를 보았는데, 그때 흰 거품이 이는 물이 한번 번쩍 하자마자 그 뒤에는 아무것도 보이지 않았다. 그래서 추측되기로는 작살을 맞은 고래가 흔히 추격하는 자를 끌고가듯 멀리 달리기 시작한다는 정도였다. 그때는 조금은 걱정했으나 아직 공포에 휩쓸릴 것까지는 못 되었다. 돌아오라는 신호가 돛대 위에서 보였다. 어둠이 밀려왔다. 저 아득한 바람이 불어오는 쪽에 있는 세 척의 보트를 이와 정반대의 방향에 있는 네 번째 보트가 찾으러 가기 전에 건져 올려야 했으므로, 모선은 그 네 번째 보트를 자정 때까지 운명에 맡기는 수밖에 없을 뿐 아니라 거기서부터 더욱 멀리 떨어지지 않으면 안 되었다. 그러나 다른 보트의 선원들이 무사히 모선에 오르자 돛을 한껏 보조돛에 보조돛을 겹쳐서 달고, 길 잃은 보트를 쫓아 기름솥에 불을 때서 봉화 대신으로 삼고 두 사람 중 한 사람은 돛대 꼭대기의 망을 보게 했다. 그러나 행방불명이 된 보트를 마지막으로 보았다고 생각되는 지점에 도착하여 배를 멈추고는 예비 보트를 여러 척 내려 주위를 돌아다니게 했으나 그래도 보이지 않았으므로, 다시 급히 달리곤 또 멈춰 보트를 내리고 하기를 동이 틀 때까지 계속했다. 그러나 잃어버린 보트는 그림자조차 보이지 않았다.

상대편 선장은 이런 이야기를 한 뒤에 곧 그가 피쿼드호에 온 목적을 고백하기 시작했다. 그것은 그의 배를 찾는 일에 협력해 주기 바란다는 것으로 해상을 4~5마일 떠나서 평행으로 달려서, 말하자면 시계視界를 넓혀 수색 범위를 두 배로 하자는 것이었다.

"난 무엇을 걸어도 좋아." 스터브는 플라스크에게 속삭였다. "그 길 잃은 보트에 탄 누군가가 선장의 단벌옷인 윗옷을 입고 갔든가, 아니면 시계인지도 모르지. 그래서 그걸 몹시 되찾고 싶은 모양이야. 당당한 포경선이 두 척이나 있으면 다른 방법도 있을 텐데 말이야. 포경기가 한창인 지금 길 잃은 보트 한 척을 쫓아다닌다는 말은 들어본 적도 없어. 보라고 플라스크, 얼굴이 무척 새파랗잖아. 눈알까지 새파란걸? 이건 아무래도 윗옷 정도가 아닌데, 어쩌면……."

"아들이오, 아들이 보트에 있소. 신께 맹세코 부탁이오. 이렇게 손을 합장하오." 이때 그 선장은 지금까지 다만 냉정하게 탄원을 듣고 있던 에이허브를 향해서 부르짖었다. "48시간만 당신의 배를 빌려주시오. 기꺼이 충분히 지불하겠소. 다른 어떤 방법도 없다고 하더라도 말이오. 48시간만, 단지 그것만! 부디, 아니, 무슨 일이 있더라도 해주셔야겠소."

"아들인가!" 스터브도 외쳤다. "오, 아들이 행방불명이란 말이지. 나는 윗옷과 시계라고 한 말을 취소하겠네. 에이허브는 뭐라고 하나? 우리들은 그 아들을 찾아야 해."

"그앤 어젯밤에 다른 사람들과 함께 물에 빠졌는걸." 뒤에 선 만섬의 늙은 이가 말했다. "나는 들었지, 자네들도 그들의 유령 소리를 들었을 텐데."

그러나 곧 알게 될 일이지만 이 레이철호의 참사를 한층 더 우울하게 한 일이 있었다. 그것은 선장의 한 아들이 행방불명이 된 보트에 타고 있었을 뿐 아니라, 그와 동시에 다른 방향에서 무서운 추적의 파란波瀾 속에 모선에서 멀리 떨어진 다른 보트의 선원 중에도 또 한 아들이 있었던 것이다. 그러므로 잠시 동안 불행한 아버지는 무엇보다도 잔인한 번민의 밑바닥에 빠졌다. 다만 그것을 푼 것은 그의 일등 항해사가 본능적으로 이와 같은 위기에 빠졌을 때의 포경선이 취하는 평소의 관습, 즉 제각기 떨어져서 위기에 빠진 보트 사이에 놓였을 때는 항상 많은 사람 쪽부터 구출해 내는 관습을 취한 일이었다.

그러나 선장은 무언가 심각한 이유가 있었는지는 몰랐으나 이런 모든 사정에 대해 이야기하려 하지 않았다. 다만 에이허브가 너무 냉담하기 때문에 거기에 밀려서 드디어 또 한 아들도 행방불명이 되어 있다는 것을 털어놓았다. 그것은 겨우 열두 살 난 소년이었다.

선장은 열렬하지만 가차 없는 엄격함을 지닌 낸터킷 사람다운 부성애에 의거해서, 이처럼 일찍 태곳적부터 그의 한 집안의 운명이라고도 할 만한 천직에 대한 위험과 경의를 알려주려고 생각했던 것이다.

아니 낸터킷의 선장들이 그런 어린 자식을 자기의 품안에서 내보내 3~4년이란 긴 기간을 다른 사람의 배에 태우는 일은 그리 신기한 일이 아니었는데, 그것은 혹시 아버지로서는 자연적이지만 잘못된 편애나 지나친 염려나 주의 때문에 그 아이가 포경자로서의 제일보의 단련이 나약해질 것을 두려워하기 때문이었다. 그런데 지금 그 선장은 불쌍하게도 에이허브에게 은혜를 구하고 있었다.

한편 에이허브는 대장간의 모루처럼 서서 온갖 충격을 받으면서도 꿈쩍도 하지 않았다. "당신이 승낙해 주실 때까지 난 가지 않겠소."라고 선장이 말했다.

"똑같은 입장에 놓였을 때 당신이 내게 부탁하고 싶은 그대로 해주겠소. 에이허브 선장, 당신도 아드님이 여럿 있소. 아직 매우 어린아이여서 지금은 집에서 무사히 자라고 있지만, 늘그막에 낳은 아드님 말이오. 아, 그렇소, 당신의 마음이 움직였소. 내게는 그것이 보이오. 자, 여러분, 달리시오, 달려요. 활대를 직각으로 준비!'

"가줘요." 에이허브가 외쳤다. "밧줄 하나라도 손대지 마라." 계속해서 그의 목소리는 한마디 한마디를 씹는 것처럼 나왔다. "가디너 선장, 난 거절하겠소. 지금 이 시간도 잃고 있는 것이오. 잘 가시오, 안녕히. 신의 가호가 그대에게 내리시길. 내 멋대로의 행동을 용서하기로 하고 나는 가야 하오. 스타벅, 나침반 상자의 시계를 보게나. 지금 이 시각부터 3분 이내에 다른 배의 사람은 모두 쫓아내도록 하게. 그리고 활대를 전진 방향으로 돌리고 지금까지의 진로를 계속하는 거다."

그는 얼굴을 돌리면서 급히 몸을 돌려 선장실로 내려갔다. 뒤에 남겨진 선장은 그의 충심에서 우러나온 탄원이 이토록 여지없이 완전히 거부된 데 대해 망연자실하여 서 있었다. 그러나 곧 묶여 있는 주문呪文에서 깨어나자 가디너 선장은 잠자코 뱃전을 걸어서 그의 보트에 올라탔다기보다는 굴러떨어져서 그의 배로 돌아갔다.

곧 두 배는 항적航跡을 교차시켰다. 저쪽 배는 오랫동안 보였는데 바다가 검게 보이는 곳에서는 뱃머리를 이리저리 돌리고 있었다. 그 돛의 활대는 한쪽 또는 다른 쪽으로 흔들렸고 배는 우현과 좌현으로 목을 돌리며 밀려오는 파도를 헤치고 나아가는가 하면 곧 그 파도에 밀리면서 달렸다. 그동안 줄곧 그 돛대며 활대에는 사람이 가득히 매어달려서 마치 세 그루의 높은 앵두나무 사이에 아이들이 매달려서 앵두를 따먹고 있는 것처럼 보였다.

더욱이 지금도 그 배는 그 자리에서 떠나지 않고 슬픈 듯 방황하고 있는 것을 보면 저토록 눈물을 흘리면서도 아직도 위안을 받지 못했다는 것을 알 수 있었다. 그 배는 잃어버린 아이들 때문에 우는 바로 그 레이철호였다.

제129장 선실

에이허브, 갑판으로 나가려고 몸을 움직인다. 핍은 그 손에 매달려서 따른다.

"얘야, 얘야, 이젠 이 에이허브를 따라와서는 안 된다. 드디어 때가 가까워 졌는데 이 에이허브는 너를 그놈에게서 달아나게 하고 싶지도 않고 그렇다고 해서 너를 그놈에게 맡기고 싶지도 않다. 불쌍한 아이야, 네 속엔 무언지모르게 나의 병을 고쳐주는 것 같은 게 있다. 비슷한 것끼리는 서로 고치게마련이다. 이 고기잡이 사냥에서는 내 질병이 나의 가장 바라는 건강이 되었구나. 네가 아래의 이곳에 있으면 모든 사람이 네가 선장인 듯이 너를 대할것이다. 그래 얘야, 너는 나의 이 나사못으로 못박은 의자에 앉아 있어라. 너는 또 하나의 나사못이 되는 거다."

"아니에요! 선장님, 당신의 몸은 완전하지 못해요! 나의 보잘것없는 몸을부러진 다리 대신 써주세요. 나를 밟으면 돼요. 선장님, 부탁은 이것뿐이에요. 나를 당신의 일부분으로 삼아주세요."

"오, 이 말을 들으니 세상에 백만의 악한이 있다 해도 나는 인간의 불멸의성실성에 대한 열렬한 신자가 되어야겠다. 게다가 검둥이인 미치광이! 그러나 비슷한 사람끼리 비슷한 사람을 고친다는 건 맞는 말이다. 이놈은 마치 다시 제정신으로 돌아온 것 같구나."

"선장님, 난 들었는데요. 스터브가 언젠가 불쌍한 핍 소년을 버렸는데 빠져죽은 그의 뼈는 눈처럼 하얗게 되어 있더라고요, 그놈이 살아 있었을 때의피부는 새까맸는데 말이에요. 그렇지만 선장님, 스터브는 그놈을 버렸으나난 당신을 버리지 않아요. 함께 가겠어요."

"만일 네가 그렇게 이야기를 계속하면 이 에이허브의 몸속의 일념—念도망치고 말 것 같구나. 아니, 네게 말해 두겠지만 그럴 수는 없다!"

"아, 친절하신 나리님, 선장님!"

"울어라, 울어. 죽여줄 테다! 조심해라, 에이허브도 역시 미치광이란 말이다. 귀를 기울여라. 그러면 나의 고래뼈 다리가 갑판에서 따각따각 울리는 소리가 들리고 내가 아직 거기에 있는 줄 알 것이다. 자, 잘 있어라. 악수하자, 좋아, 애야, 너는 원둘레가 중심에 대한 것처럼 진실하구나. 좋아, 신의 가호가 네게 항상 내리시길."

에이허브 나간다. 핍, 한 걸음 앞으로 나간다.

"지금 그는 여기에 서 있었어. 난 그 몸이 서 있던 자리에 있다, 그렇지만 나는 홀로 있다. 그 하찮은 핍이라도 이곳에 있다면 퍽 도움이 되겠는데, 그놈은 없어져 버렸어. 핍, 핍! 딩, 동, 딩! 누가 핍을 보았나? 이 근처에 있을지도 모른다. 문을 열어보라. 아니, 자물쇠도 열쇠도 빗장도 없단 말인가? 그런데도 열리지 않는단 말이야. 주문呪文이 걸려 있는 게 틀림없어. 저 사람은 여기 꼼짝 말고 있으라고 했어. 그래, 그리고 이 나사못으로 못박아 놓은 의자, 이것이 내 것이라 했다. 그럼, 자, 나는 앉겠다. 고문의 가름대에 등을 돌리고 배 한복판에 용골과 세 개의 돛대를 죽 둘러보며. 늙은 뱃사람들이 이르기를 74분 포砲의 시커먼 군함의 테이블에 대제독이 버티고 앉아서 함장이며 사관들을 죽 늘어세우고 굽실거리게 한다. 하! 이건 뭔가. 견장肩章이다, 견장! 견장이 밀치고 제치면서 이리로 오는군. 술병을 돌리시오. 만나 뵈어서 기쁩니다. 자아, 철철 넘치게 따르시오. 제관들! 저런 검둥이 소년이 금레이스를 잔뜩 단 윗옷을 입은 백인을 대접하는 건 좀 이상히 여겨지는군.

제관들, 핍이란 놈을 보셨나요? 조그만 검둥이 소년이오. 키가 5피트, 천한 생김새, 그리고 비겁한 놈이오! 언젠가 포경선으로 뛰어들었는데, 보셨나요? 못 보았다고요? 그럼 좋소. 함장님들, 잔을 채워서 온갖 비겁자에게 치욕 있으라고 건배합시다. 일일이 이름을 들 수는 없군요. 그들에게 치욕 있으라! 테이블에 한쪽 발을 놓으시오. 온갖 비겁한 자들에게 치욕 있으라, 쉿! 위에서 고래뼈가 울리는구나. 오, 나리님! 선장님! 당신이 머리 위를 걸어다니시면 내 마음은 우울해집니다. 그러나 나는 이 뒷갑판의 바위에 부딪쳐 깨어져서 굴조개가 내게 달라붙더라도 여기에 머무르겠습니다."

제130장 모자

에이허브는 이리하여 여태까지의 오랜, 그리고 넓은 대항해에 의해서 다른 모든 고래어장을 돌아다닌 끝에 바야흐로 절호의 때와 장소에서 그의 원수를 바다의 한 곳으로 몰아넣고 틀림없이 죽일 차례가 되었다는 형세에 이르렀다. 또 와보니 그곳은 그가 처참한 상처를 입은 적이 있는 그 위도와 경도와 가까운 지점이라는 것을 알게 되었다. 또 불과 하루 전에 틀림없이 백경을 만났다는 배와 말을 주고받았으며 더구나 그때까지도 가끔 만났던 배에서 들은 이야기를 종합하여 판단하건대, 그 백경은 그를 쫓는 자를, 죄는 그들에게 있었는지 고래 자신에게 있었는지는 별도로 하고 악마처럼 무자비하게 대했다는 점에서 모두 일치하고 있었다.

이때 이 노인의 눈길 속에서 무언가 마음 약한 사람은 똑바로 볼 수 없을 듯한 빛이 번쩍이고 있었다. 가라앉는 일이 없는 북극성이 길고 긴 극지의 6개월의 밤을 통해 찌는 듯이 굳고 집중된 눈길을 보내듯이 에이허브의 일념도 지금 굳어서 우울한 선원들의 심야와 같은 마음속을 쏘아보고 있었다. 그것은 그들을 제압하고 있었으므로 그들의 예감, 의혹, 우려, 공포 등은 그 마음속 깊은 곳으로 달아나 숨어버려, 언뜻 나타나는 그 싹이나 잎조차도 나타내려고 하지 않았다.

이 암시적인 시간의 흐름 속에 모든 유머는 일부러 만들어낸 것이건 자연히 흘러나온 것이건 간에 사라져버리고 말았다. 스터브는 이미 웃는 얼굴을 보이려고 애쓰기를 그만두고 스타벅은 웃는 얼굴을 억제하려고 애쓸 필요가 없었다. 마찬가지로 기쁨, 슬픔, 바람, 두려움도 이제 에이허브의 강철 같은 영혼이란 절구에 갈아져서 극히 고운 가루가 된 듯했다. 모든 사람은 기계처럼 묵묵히 갑판을 돌아다니고, 끊임없이 노인의 폭군적인 눈빛이 자신의 위에 부어지고 있다고 의식하고 있었다.

그러나 만약 그 혼자만의 비밀의 시간에, 그가 단 한 사람의 눈빛 외에는 누구의 눈빛도 받고 있지 않다는 것을 생각하고 있을 때 충분히 검토했다면, 그 에이허브의 눈이 선원들을 두렵게 했던 것과 마찬가지로 괴상망측한 배화교도의 눈빛 또한 에이허브를 두렵게 하고 때로는 무언가 이상한 형태로 그에게 영향을 미치고 있었다는 것을 알 것이다.

그런 이상야릇한 기색이 페들러의 여윈 몸을 감싸기 시작하고 또 그치지 않는 심한 전율이 그를 사로잡았기 때문에 사람들은 그를 수상히 여기며 바라보았다. 도대체 그는 육체를 갖고 있는 생물인지, 아니면 무언가 눈에 보이지 않는 존재가 갑판에 던진 그림자의 떨림인지 알 수 없었다.

그러나 그 그림자는 끊임없이 거기서 꿈틀거리고 있었다. 한밤이 되어도 페들러가 잠자는 곳, 즉 아래로 내려가는 것을 똑똑히 본 사람이 없었다.

몇 시간이고 가만히 선 채 앉지도 않고 기대서지도 않고, 창백하기는 하나 경이에 찬 눈은 분명히 말하고 있었다. 우리 두 사람의 불침번은 휴식하는 일이 없다고.

그리고 밤이건 낮이건 선원들이 갑판으로 올라가 있을 때면 에이허브는 늘 그 앞에 나가 있었다. 회전 구멍에 똑바로 서 있든가, 변함없는 두 점 큰 돛대와 뒷돛대 사이의 갑판을 규칙적으로 왔다갔다하든가, 그렇지 않으면 선장실 승강구에 온전한 다리를 갑판에 지금 금방 내디딘 듯한 모습으로 내놓고 서 있든가 했다. 그 모자는 눈 위에 묵직하게 늘어져 있었다. 그러니까 아무리 움직이지 않고 똑바로 서 있었다 해도, 또 아무리 낮과 밤이 지나는 동안 그가 해먹에 몸을 던지고 눕는 일이 없었다 해도 누구 한 사람 그의 눈이 그 늘어진 모자의 그늘에 숨어서, 정작 가끔 감겨져 있었는지 아니면 무섭게 늘 눈을 부릅뜨고 있었는지, 그것을 정확히 말할 수는 없었다. 또 한 시간이나 승강구에 꼼짝도 하지 않고 서 있어서 어느 틈엔가 밤의 습기가 석상石像처럼 윗옷이나 모자에 이슬 방울이 되어 모이더라도 마음을 쓰는 것 같지 않았다. 밤에 적신 옷은 다음날 햇빛에 쬐어서 말리며, 낮에 또 낮이 이어지고 밤에 또 밤이 이어져서 그는 이미 갑판으로 내려가지 않고 선장실의 무언가가 필요할 때만 가지러 누군가를 보내는 것이었다.

식사도 거기에서 했다. 식사라 해도 아침과 점심뿐이었고 저녁식사는 절대로 손도 대지 않았다. 수염도 깎지 않았으므로 모두 거무스름하게 자라 서로 엉켜 마치 바람에 불려 뽑힌 나무뿌리가 푸른 잎이 다 말라 버린 뒤에도

594

땅에 떨어진 채 자라나 있는 것 같았다. 이제 그의 모든 생활은 갑판에서 망보는 일 단 한 가지였다.

동시에 배화교도의 신비스런 망보기도 똑같이 계속되고 있었는데 이 두 사람은 오랜 간격을 두고 무언가 하찮은 용건 외에는 어느 쪽에서도 이야기를 거는 것 같지 않았다. 굉장히 힘있는 주문이 남모르게 은밀히 두 사람을 붙들어 매고 있음에 틀림없었으나, 겉으로는 무서워하고 있는 선원들 앞에선 양쪽의 극처럼 서로 떨어져 있었다. 만일 문득 낮에 무언가 한마디라도 말을 주고받았다면 밤에 두 사람은 벙어리가 되었고, 입 밖에 내어 말을 주고받는다는 일이 절대로 없었다. 때로는 오랫동안 한마디도 서로 말을 걸지 않고 별빛 아래서 에이허브는 승강구에, 그리고 배화교도는 큰 돛대 주위에 멀찌 감치 떨어져 선 채, 더구나 서로 뚫어지게 응시한 채 짐작하건대 에이허브는 배화교도에게 자신이 던진 그림자를, 배화교도는 에이허브에게 자신이 벗어버리고 온 본체本體를 서로 지켜보고 있는 듯했다.

어쨌든 에이허브는 순간마다, 시간마다, 날마다, 지휘자로서의 본질을 그 부하들 앞에 게시하고 따라서 에이허브는 독자적인 왕처럼 보이는 반면, 배화교도는 그의 종속자로밖에는 보이지 않았다. 그래도 역시 두 사람은 하나의 멍에에 매여지고 눈에 보이지 않은 폭군이 그들을 몰아세워 여윈 그림자와 건장한 몸이 나란히 서서 달리고 있는 것처럼 보였다. 설사 배화교도가 그 무엇이라 해도 건장한 에이허브야말로 줄기를 이루는 실체였다.

새벽녘의 희미한 빛이 어른거리기 시작했을 무렵 에이허브의 강철 같은 목소리가 뒷갑판에서 울렸다. "돛대 꼭대기에 올라가라!" 그런 뒤에는 온종일 해가 지고 황혼의 빛도 사라져버릴 때까지 같은 목소리가 매시간마다 키잡이가 치는 종소리에 응해서 울렸다.

"아무것도 보이지 않나? 조심하라, 정신차려!"

그러나 아이들을 찾는 레이철호를 만난 뒤 3~4일이 지났으나 한 줄기의 물뿜기도 보이지 않았으므로 이 고집불통의 노인은 그의 선원, 적어도 이교도인 작살잡이를 제외한 거의 모든 선원들의 충성을 신용하지 않는 것 같았다. 스터브나 플라스크가 한결같이 찾기를 멈추지 않는 광경을 일부러 못 본 체하고 놓치고 있지나 않나 하고 의심하기조차 하는 것 같았다. 그러나 그는 사실 그런 의혹을 품고 있었다 해도 그 몸짓에는 넌지시 암시했을지는 몰라도 현명하게도 입 밖에 내어 그런 말을 하지는 않았다.

"내가 제일 먼저 고래를 발견하겠다."라고 에이허브가 말했다. "그렇고말고, 에이허브가 금화를 차지하는 거다!' 그리고 한 선원에게 바퀴가 하나 달린 활차를 가지고 큰 돛대 꼭대기에 올라가게 하고, 자기는 활차를 통해 늘어뜨려진 두 가닥의 밧줄 끝을 잡았다. 그런 다음 한쪽 밧줄은 손수 밧줄로 만든 새둥지 같은 바구니에 달고 다른 쪽은 말뚝을 달아 가름대에 붙들어 매었다. 그것이 끝나자 그 한끝을 손에 쥔 채 말뚝 옆에 서서 선원들을 죽 둘러보았다. 그리고 대그, 퀴퀘그, 태슈테고를 잠시 동안 유심히 지켜보았으나 페들러에게서 눈을 돌려 마지막으로 신뢰에 가득한 눈길을 일등 항해사에게 돌렸다. 그리고 말했다.

"자네, 이 밧줄을 잡아주게. 스타벅, 나는 이것을 자네에게 맡기겠네." 그러고 나서 자기의 몸을 바구니 속에 넣고, 모든 선원들에게 그를 위의 망루에까지 끌어올리라고 명령했다. 스타벅이 마침내 밧줄을 붙잡아 매었고, 그 후에도 줄곧 그 옆에 서 있었다. 이리하여 에이허브는 한손으로 맨 위의 돛대에 매달리면서 주위의 해면을 몇 마일에 걸쳐서 전후좌우로 이 놀라운 높이에서 바라볼 수 있는 한 먼 곳까지 바라보았다.

바다의 의장에서 가장 높이 떨어진 데다가 발판도 없는 곳에서 두 손으로 일할 때 선원은 그곳으로 매달려 올라가 밧줄로 당겨서 그 위치를 유지하게 된다. 이 상황에서는 밧줄 갑판에 붙잡아 매어진 한쪽 끝은 누군가 특별한 감시를 명령받은 사람의 엄격한 책임 아래 놓인다. 왜냐하면 가로 세로 달리는 복잡한 삭구 속에서는 위쪽의 밧줄 사이의 여러 잡다한 상호 관계를 갑판에서 보기만 해서는 잘 보기가 불가능하기도 하며, 또 그것들의 밧줄 아래 끝, 곧 갑판 쪽의 끝은 때때로 잡아맨 쇠붙이에서 떼어지는 것이므로 특별히 감시하는 사람이 없다면 위에 매달려 있는 선원이 자신의 어떤 부주의에 의해 공중에 내던져서 돌멩이처럼 바다에 떨어지게 된다는 건 당연한 운명일 뿐이기 때문이다.

따라서 이런 사태에서 에이허브가 취한 조치는 이상한 일이 아니었다. 다만 이때 한 가지 기이한 것은 다름 아닌 스타벅, 노골적이지는 않지만 결의와도 같은 무언가를 가지고 과감히 그에게 항거할 용기를 가진 오직 한 사람, 그리고 또 고래를 찾는 망보기로서의 성실성에 대해 그가 평소에 의심하고 있던 한 사람, 바로 그 사람으로 하여금 자기를 위한 감시를 하게 하고 그 다른 일로는 믿을 수 없는 사람에게 자기의 전 생명을 깨끗이 맡기겠다는 바로 그 사실이었다.

그런데 에이허브의 돛대 꼭대기에서의 첫 망보기가 10분도 되기 전, 한 마리의 사나운 붉은 주둥이의 바다매, 즉 이 근처 바다에서 포경선원이 있는 돛대 꼭대기를 귀찮게 붙어서 날아다니는 한 마리의 새가 눈에도 띄지 않을 만큼 빠르게 선회하면서 그의 머리 주위를 울며 날았다. 그러고서 똑바로 1천 피트 상공을 날아올라가더니 이번에는 빙글빙글 나선형을 그리며 급강하하고, 다시 그의 머리 둘레를 풍선처럼 날았다.

그러나 에이허브는 그 두 눈을 아득히 망막한 수평선을 응시한 채 이 만조*鸞鳥*에는 마음도 쓰지 않는 것 같았다. 이것은 별로 이상한 현상도 아니었으므로 누구라도 그다지 신경을 쓰지 않았을 것이다. 그러나 이때만은 제일 멍청하다고 할 만한 사나이의 눈이 보면 볼수록 어떤 무서움을 거기서 느낀 것처럼 보였다.

"선장! 모자, 모자!"라고 갑자기 소리친 사람은 시칠리아섬 출신의 선원이었는데 그때 그는 뒷돛대 꼭대기, 즉 에이허브의 바로 뒤 그보다 약간 앞은 위치에 서서 공기의 심연을 가운데 두고 서 있었다.

그러나 이미 시커먼 날개는 노인의 눈앞에서 날갯짓을 했고 긴 갈고리 모양의 주둥이는 그의 머리에 바싹 접근하여 크게 한 번 외치는 것처럼 보이더니 검은 매는 그 포획물을 홱 낚아채서 쏜살같이 날아가버렸다.

일찍이 매가 타퀸(로마 초기의 루티우스 타르퀴니우스 왕)의 머리 주위를 세 번 날고 그 모자를 뺏고 나서 그것을 되돌려 주었을 때 그의 아내인 타나퀼은 타퀸이야말로 로마의 왕이 될 것이라고 단언했다. 그것이 길조라고 풀이된 것은 모자를 되돌려 주었기 때문이었다. 그러나 에이허브의 모자는 결코 되돌아오지 않았다. 야만적인 매는 그것을 빼앗아 멀리 날아가고 뱃머리 앞쪽으로 드디어 그 모습을 아득히 감추고 사라졌다. 그 지점에서 극히 작은 검은 한 점이 희미하게 보였는데 그것은 높은 하늘에서 바다로 떨어져버렸다.

제131장 피쿼드호, 환희호와 만나다

격렬한 피쿼드호는 계속 달렸다. 굽이치는 파도와 나날들은 흘러갔고, 구명부표인 관은 항상 가볍게 흔들리고 있었다. 그때 비참하게도 이름만 훌륭한 '딜라이트(환희)호'라는 배가 나타났다. 그 배가 접근함에 따라 모든 선원들의 시선은 '가위'라고 불리는 커다란 들보에 쏠렸는데 그것은 어떤 종류의 포경선에서도 볼 수 있는 것으로서, 8~9피트 높이에서 뒷갑판에 가로질러 있었는데, 보조 보트와 그 밖에 아직 의장되지 않았거나 망가진 보트 등을 올려놓은 데 쓰이는 것이었다.

그 배의 가장자리에는 전에는 포경 보트였던 산산이 부서진 흰 늑재와 몇 개의 파열된 판재 등이 보였는데, 그 파괴된 배는 껍질이 벗겨지고 거의 산산 조각이 되어서 허옇게 된 말의 해골처럼 틈투성이였다.

"백경을 보았소?"

"저걸 보시오!" 뺨이 움푹 들어간 선장은 뒷갑판 난간에서 대답하면서 그 나팔로 파괴된 배를 가리켰다.

"잡았소?"

"그렇게 할 만한 작살은 아직 만들어져 있지 않아." 하고 상대는 대답하고 슬픈 듯 갑판 위에 동그랗게 된 해먹을 바라보았다. 선원이 소리도 없이 분주하게 그 해먹의 가장자리를 맞추어 꿰매고 있었다.

"만들어지지 않았다고!" 에이허브는 퍼스가 두드려 만든 강철 작살을 갈라진 지주支柱에서 벗겨내어 내밀면서 외쳤다. "낸터킷인들이여, 이걸 보라! 나는 지금 이 손안에 그놈의 죽음을 담당하고 있다. 이 칼날은 피와 번갯불로 단련되었다. 그리고 맹세코 이번에는 백경이란 놈이 저주받은 그 생명을 느끼는 지느러미 뒤의 뜨거운 데에다 단련시키겠다."

"노인이여, 신께서 당신을 보호하시길. 이걸 보았나요?"라고 해먹을 가리키며 말했다. "다섯 명의 힘센 사나이가 바로 어제까지 펄쩍펄쩍 뛰었는데 해가 채 지기도 전에 죽어버렸소. 이건 그 중의 한 사람의 장례를 치르는 거요. 장례는 저 사나이만이오. 다른 사람은 죽기도 전에 파묻혀버리고 말았소. 당신은 그들의 무덤 위를 달리는 거요." 그러고서 자기 배의 선원들을 향해 "이봐, 준비가 되었나? 난간 위에 판자를 놓게, 시체를 들어올려라. 응, 됐다. 오, 신이여!" 손을 쳐들면서 해먹 쪽으로 나갔다. "부활과 생명을……."

"활대를 앞으로! 키를 바람 불어오는 쪽으로!" 에이허브는 그의 선원들을 향해 번개처럼 외쳤다. 그러나 이렇게 갑자기 움직이기 시작한 피쿼드호의 속도가 충분히 나오기도 전에 시체가 해면을 철썩 하고 때리는 소리가 귀에 들렸다. 아니 그 속도가 나오기도 전에 사방으로 튄 물방울이 죽음의 세례의 물을 이 배에 뿌렸는지도 몰랐다. 절망한 '딜라이트호'를 에이허브가 그대로 두고 떠났을 때 피쿼드호의 뒷갑판에 매달린 기괴한 구명부표가 뚜렷이 보였다.

"봐라! 저걸! 저걸 봐라, 모두들!"라고 피쿼드호의 뒤쪽에서 불길한 소리가 터져 나왔다. "이봐, 그 배에 탄 친구들, 그대들은 이쪽의 슬픈 장례에서 도망치려 해도 틀렸어. 그대들의 꽁무니엔 그대들의 관이 버젓이 매달려 있지 않은가!"

제132장 교향곡

맑게 갠 강철같이 파란 날이었다. 대기와 물의 창공은 모든 것에 스며드는 푸른빛에 녹아들어 분간할 수 없었다. 다만 근심에 찬 듯한 하늘은 맑게 개어 부드러운 여자의 얼굴 모습을 연상케 했고, 그와 대조되어 늠름하고 씩씩한 바다는 잠든 삼손의 가슴처럼 길고 강하게, 여유 있게 물결치고 있었다.

여기저기 하늘 높이 하얀 날개를 지닌 반점 없는 작은 새가 날고 있었다. 그것은 여자다운 하늘의 아름다운 상념想念이었다. 그러나 바다 여기저기의 깊이를 알 수 없는 깊숙한 짙푸른 곳에는 거경이며 황새치며 상어가 오가고 있었다. 그것은 남성적인 바다의 강하고 착잡한 살육적인 모습이었다.

그러나 이같이 내면적으로는 상반되면서도 그 겉으로의 나타남은 다만 음영적인 기분의 대비에 지나지 않았다. 그런 두 개의 것은 하나로 보이고 그것을 구별하는 것은 다만 성性과 같은 것이라고 생각되었다.

하늘의 태양은 제왕과 같이 이 부드러운 하늘을 마치 신부를 신랑에게 주듯 용감하게 물결치는 바다에게 건네주려고 하는 것처럼 보였다. 그리고 띠를 두른 듯한 수평선에서는 부드럽게 떨리는 듯한 움직임—적도 부근에서 흔히 보이는 것으로서—이 나타났다. 그것은 가련한 신부가 그 앞가슴을 맡길 때 기쁘면서도 두근거리는 마음과 요염하게 흔들리고 사랑스럽게 놀라는 모습을 표시하고 있었다.

에이허브는 아침의 해맑음 속에 꼼짝도 하지 않고 똑바로 서 있었다. 단단히 꼬였고 주름살투성이에 매듭이 많았으며 고목처럼 딱딱하고, 눈은 불탄 자리의 잿더미 속에서도 여전히 타고 있는 석탄처럼 오만하게 번쩍이고 있었다. 이윽고 상처나고 찢어진 헬멧 같은 이마를 하늘의 소녀의 이마 쪽으로 치켜들었다.

창공의 불멸의 젊음, 순결함이여, 우리들의 주위를 가는 곳마다 날아가는 보이지 않는 날개의 생물이여, 대기와 하늘의 아름다운 동심童心이여, 그대들은 늙은 에이허브 속에 도사리고 있는 고뇌를 전혀 모른다. 그러나 그와 같이 눈웃음 짓는 요정 미리엄과 마서가 늙은 아버지 주위에서 무심하게 장난치며, 높고 불타버린 분화구 같은 머리 가장자리의 그을린 듯한 곱슬곱슬한 머리를 만지작거리고 있는 것을 나는 본 적이 있었다.

에이허브는 승강구를 나와서 천천히 갑판을 가로질러 뱃전에서 아래를 내려다보았다. 그가 바다의 깊이를 확인하려고 유심히 들여다봄에 따라 그의 그림자는 물속에 더욱 깊이 가라앉아 갔다. 그러나 매혹된 공기 속의 아름다운 훈향이 잠깐 동안은 그의 혼 속에서 독물을 몰아내는 것처럼 생각되었다. 그 기쁨에 찬 밝은 대기, 사랑스러운 하늘이 드디어 그를 애무하고 세계는 이제 자애로운 팔을 뻗쳐, 그의 보기 흉한 목에 감고 아무리 고집 세고 잘못이 많은 사람이라도 그녀에게는 그를 구원하고 축복하는 마음이 있다는 듯 그 위에 기쁜 눈물을 흘리고 있었다. 늘어뜨린 모자 그늘에서 에이허브는 바다를 향해 눈물을 흘렸는데 넓고 넓은 태평양도 그 작은 한 방울의 눈물보다 나은 부富를 품고 있지는 못했다.

스타벅은 노인을 보았다. 노인은 난간에서 깊이 머리를 숙이고 있었다. 그는 그 진심 속에서 주변의 정밀의 중심에서 슬며시 다가오는 무한한 흐느낌 소리를 듣고 있는 듯했다. 그를 방해하지 않도록, 또 그에게 들키지 않도록 살그머니 접근하여 가까이 섰다. 에이허브가 돌아보았다.

"스타벅!"

"네."

"오, 스타벅! 어쩌면 이렇게 바람이 부드러운가? 어쩌면 저다지 하늘이 부드러운가? 꼭 이런 날에, 정말 이렇게 아름다운 날에, 나는 처음으로 고래를 쳤다네. 열여덟 살의 소년 작살잡이였다네. 40…… 40…… 40년 전의 일이야. 옛날이었지! 40년 동안 나는 고래를 쫓기만 했네. 40년 동안의 고생과 결핍, 위험, 그리고 폭풍 같은 생애였네. 40년 동안 냉혹한 바다에 있었네. 40년 동안 에이허브는 바다의 공포에 도전하고, 40년 동안 평화로운 육지를 버렸네. 사실 스타벅, 나는 그 40년 중 3년도 채 육지에 있지 못했네. 나의 생애를 생각하면 황량한 고독이라 할 수밖에 없네. 선장의 고독이란 돌로 쌓인 성벽에 둘러싸인 도시와도 같은 것일세. 외부의 푸른 들판으로부터의 동정 같은 건 거의 들어올 틈도 없었네. 이런 모든 걸 생각하면 기니아 해안으로부터 실려 나가는 노예와도 비슷한 고독한 지휘指揮의 나날이었네. 그런 걸 나는 지금 이 순간까지 절실하게 느끼지 않고 그저 멍하게 느꼈을 뿐이네. 어쩐지 그 40년 동안, 나는 메마른 찝찔한 것만을 씹어 왔던 것일세. 나의 메마른 영혼에 어울리는 양식이었던 모양일세!

육지에선 극히 가난한 사나이도 매일 신선한 과일을 차지하고 세상의 신선한 빵을 잘라 먹는데, 나는 곰팡이투성이인 빵조각을 먹으며 50이 넘어서야 장가들어 소녀 같은 아내 곁을 떠나 대양을 몇 개나 사이에 두고 있단 말일세. 장가든 다음날에는 결혼 첫날밤 잠자리 베개에 움푹 패인 흔적 하나만을 남겼을 뿐, 혼 곳을 향해서 출항했네. 아내, 아내 말인가? 살아 있는 남편을 가진 과부라 하는 게 옳지 않을까? 그렇다네, 스타벅. 나는 그 소녀와 결혼함과 동시에 그녀를 과부로 만든 것일세.

그런 뒤에는 다만 격정, 흥분, 뒤끓는 피, 그을린 이마가 있을 뿐인 이 늙은 에이허브는 몇천 번이나 보트를 내려, 미친 듯 거품 이는 바다에서 원수를 쫓았던 걸세. 사람이라기보다는 악마였네! 흠, 흠, 참으로 어리석은 40년이었네! 정말 어리석은 일일세, 에이허브는 늙어빠진 바보였지. 무엇을 위한 조급한 추적인가. 무엇을 위해 노를 잡는 손이며, 작살을 움켜쥔 손이며, 창을 든 팔의 피곤한 마비麻痺였겠나.

지금 에이허브는 그것으로 얼마만큼 풍부하고 착해 있다는 건가? 보게, 오, 스타벅. 이 번거롭고 귀찮은 무거운 짐을 짊어진 나에게서 가련한 다리 하나를 떼어 가다니, 너무 심하지 않은가? 자, 이 늙은이 머리카락을 헤쳐 주게나. 눈이 가려 보이지 않으니까 울고 싶어지는군. 이런 잿빛 머리는 재 속에서가 아니면 나지 않지.

그런데 스타벅, 내가 몹시 늙어 보이나? 몹시? 나는 낙원에서 쫓겨난 뒤 대대代代의 무거운 짐에 깔려 비틀거리는 아담이 된 것처럼 심하게 숨이 차고, 등이 굽어서 곱사등이가 된 것처럼 느껴지네. 신이여, 신이여, 오, 신이여! 나의 심장을 박살내고, 나의 머리통을 깨뜨려 주십시오! 조롱, 조롱이여! 잿빛 머리카락의 괴로운 몸을 깨무는 조롱이여! 나는 그토록 행복했기 때문에 그대를 머리 위에 올려놓게 되고, 참을 수 없도록 늙어 보이기도 하고 몸에 느끼기도 한단 말인가? 스타벅, 가까이, 가까이 와주게.

인간의 눈을 내게 보여주게. 바다나 하늘을 들여다보는 것보다는, 아니 신을 우러러보는 것보다도 그 편이 좋지. 오, 이것은 마법의 거울인가! 푸른 대지여, 밝은 난롯가여, 나는 그대의 눈동자 속에서 나의 아내와 자식들을 본다. 음 그래, 낙인을 찍힌 에이허브가 백경을 쫓을 때 그대는 배 위에 머물러 있어야 한다. 내가 보트를 내릴지라도 흉내내어서는 안 된다. 그 같은 위태로움이 자네에게 덮쳐서는 안 된다. 음, 그래, 내가 자네의 눈동자 속에서 보는 머나먼 고향집에 그런 위험이 덮쳐선 안 되는 거지!'

"오, 선장, 선장! 고귀하신 분! 훌륭하신 노인이시여! 결국 무엇 때문에 사람은 저주받은 저 고래 따위를 쫓아야 한단 말입니까! 나와 함께 갑시다! 이 지옥의 바다에서 뛰쳐나갑시다! 집으로 돌아갑시다. 아내와 아들, 스타벅의 아내와 아들은 그 형제나 자매들의 친구들과 같은 청년기의 동반자입니다.

선장이여, 마치 당신의 부인이며 아이들이 당신의 사랑에 찬, 동경에 찬 부성적인 노년의 동반자이듯 말입니다. 갑시다, 다시 갑시다! 지금 이 순간 나에게 바늘의 방향을 바꾸게 해주십시오. 오, 선장님. 다시 그리운 낸터킷을 보려고 우리의 배는 얼마나 유쾌하고 명랑하게 바다를 굴러가겠습니까? 네? 선장님, 낸터킷에도 꼭 이처럼 평온한 맑게 갠 날씨는 있지 않습니까?'

"있고말고, 암. 나는 보았네, 여름날 아침엔 말이야, 그렇지, 지금쯤은 그래, 지금은 아이들이 낮잠 자는 시간이지. 조금 뒤에 그놈은 기운차게 일어나 침대에 앉아서, 그리고 그 녀석의 어머니는 그 녀석을 보고 나에 대한, 이 식인종 같은 늙은이에 대한 얘기를 하지. 아버지는 지금 바다에서 배를 타고 계시지만 언젠가는 돌아오셔서 아기와 함께 뛰어놀 거라고 말일세."

"나의 메리! 나의 메리가 보이오. 그녀는 약속했소, 매일 아침 아기를 데리고 언덕에 올라가서 아버지의 배를 제일 먼저 찾겠다고. 아아, 이제 그만하십시오. 이젠 됐소! 우리 낸터킷으로 향합시다. 자, 선장, 진로를 정하고 돌아가는 겁니다. 보인다, 보인다! 창가에 아기의 얼굴, 언덕 위의 아기 손!"

그러나 에이허브는 스타벅을 외면하고 병든 과일나무처럼 떨며 시커멓게 썩은 마지막 과일을 땅에 떨어뜨렸다. "이건 무언가? 어떤 말로 표현하기 어려운, 측량할 수 없는, 이 세상의 것이 아닌, 어떤 기만의 보이지 않는 군주가, 잔인무도한 황제가 내게 명령해서 나를 모든 본연의 사랑과 정을 배반하게 하고 이 몸을 부단히 틀어막고, 밀고 나가고, 부딪치게 하고, 나의 올바른 본래의 마음으로는 꿈에도 생각하지 못하는 일에 어리석게도 바삐 덤벼들게 하는 것인가? 에이허브는 과연 에이허브 자신인가? 이 팔을 지금 추켜든 건

나인가? 신인가, 아니면 무엇일까?

그러나 만일 웅장한 태양도 스스로 움직이는 것이 아니라 하늘의 심부름하는 사동에 지나지 않는다면, 또 단 하나의 별이라도 무언가 보이지 않는 힘에 의하지 않고는 회전할 수 없다고 한다면, 이 조그마한 하나의 심장이 고동치고 이 조그마한 하나의 두뇌가 사색하는 것도 다만 신께서 그 고동을 치게하고 그 사색을 하게 하기 때문일 뿐이며, 삶을 영위하는 것은 내가 아니라 신일 테지.

신께 맹세하고 말하지만 이 세상에서 우리는 저기 있는 양묘기처럼 빙글빙글 돌려지고, 운명은 지렛대일세. 그리고 보게, 언제나 미소짓는 저 하늘과 측량할 수 없는 이 바다를 보게! 저 물고기, 엘비코어를! 누가 저놈에게 저 나는 물고기를 쫓아가서 물어뜯는다는 생각을 일으키게 한단 말인가? 살인자가 가는 길은 어딘가! 재판을 해야 할 사람이 법정에 끌려 나갈 때 벌을 받게 되는 것은 누군가?

그러나 평온한 바람이여, 평온하게 빛나는 하늘이여, 공기는 먼 목장으로부터 불어오는 듯 향기롭구나. 스타벅, 어느 안데스의 산비탈에서 건초를 만들며 풀 베는 목동들은 막 베어낸 풀 속에서 잠이라도 잘 것 같군. 잠 말인가? 그렇군, 우리는 어떻게 활동하건 모두 마침내는 들판에서 잠들게 마련인 거야. 잠 말인가? 그렇군, 작년에 내던졌던 낫이 베어지다 만 풀 그늘에 누워 있듯이 푸른 풀 속에 녹슬고 마네, 스타벅!"

그러나 일등 항해사는 절망한 나머지 시체처럼 창백해져서 슬그머니 그 자리를 떠났다.

에이허브는 갑판을 가로질러 반대쪽 뱃전에서 바다를 들여다보았는데 그곳의 수면에 비친 이글거리는 두 개의 눈을 보고 깜짝 놀랐다. 페들러가 꼼짝도 하지 않고 같은 난간에 기대고 서 있었던 것이다.

제133장 추적—그 첫째 날

그날 밤 자정쯤, 늙은이는 때때로의 습관이었지만 기대어 있던 승강구로부터 몸을 내밀었는데, 뱃머리의 구멍까지 왔나 싶자 갑자기 굉장한 기세로 얼굴을 쑥 내밀고 마치 배에서 기르는 영리한 개가 바다의 대기 속에 접근해온 야만인들의 섬을 냄새 맡는 듯한 얼굴을 했다. 고래의 낌새가 느껴진다고 단언했다. 얼마 되지 않아 살아 있는 말향고래가 매우 먼 곳까지 발산시키는 그 특이한 냄새가 망을 보는 모든 사람들의 코에 풍겨 왔다. 이윽고 에이허브가 나침반과 풍신기(바람의 세기와 종류를 나타내는 깃발)를 조사하고 될 수 있는 대로 정확하게 냄새가 풍기는 방향을 확인하고 나서 즉시 배의 진로를 약간 돌리고 돛을 끌어당길 것을 명령했을 때는, 이것을 의아하게 생각하는 선원들은 이미 한 사람도 없었다.

이러한 행동을 취하도록 한 긴급 방침이 옳았음이 새벽녘에는 이미 명백해졌다. 눈앞의 파도 위에 기다랗게 세로줄 무늬를 만드는 매끄러운 수면을 볼 수 있었는데, 그것은 기름을 흘린 듯 매끈했고, 그것이 주위에 일어나는 파도에 에워싸여 있는 모습은 마치 깊은 급류를 흐르는 강의 하구에서 서로 부딪치는 물결 속의 광택나는 쇳조각처럼 빛났다.

"돛대 꼭대기로 올라가라! 전원 집합!"

세 가닥으로 갈라진 지렛대의 끝으로 앞갑판을 요란하게 두드리면서 대그가 대심판의 벽력처럼 잠자는 사람들을 두드려 깨우자, 그들은 옷을 손에 움켜쥔 채 나타났다.

"무엇이 보이나?" 에이허브는 하늘을 올려다보았다.

"아무것도 보이지 않습니다." 위에서 큰 소리로 대답했다.

"윗돛! 보조돛! 위도 아래도 모두 양현兩舷! 모두란 말이야!"

모든 돛이 팽팽하게 달렸을 때 그는 큰 돛대 꼭대기에 몸을 매달기 위해서 미리부터 준비되어 있던 구멍 밧줄을 풀었다. 곧 그 몸은 매달려 올라갔는데 3분의 2 가량이 올라갔을까 말까 할 때 첫째 돛대와 둘째 돛대 사이의 수평한 공간을 통해 앞을 내다보더니 공중에서 갈매기 울음소리와 비슷한 소리로 부르짖었다. "물뿜기다! 뿜고 있어! 눈산雪山 같은 혹이다! 백경이다!"

세 개의 망루에서 거의 동시에 일어난 외침에 선동되어서 갑판에 있는 사람들은 이 긴 세월 동안 이름만 들어온 유명한 고래를 보려고 삭구를 향해 쏟아지는 것처럼 몰려들었다. 에이허브는 이제 다른 망루에서 몇 피트 높이로 정해져 있는 장소에 자리를 잡고, 태슈테고는 그 바로 아래의 둘째 돛대 꼭대기에 서 있었으므로 이 인디언의 머리는 에이허브의 발뒤꿈치와 거의 맞닿을 정도로 가까웠다. 이 높은 곳에선 고래는 뚜렷이 몇 마일 앞에 보였다. 큰 파도가 물결칠 때마다 높고 빛나는 혹을 나타내면서 묵묵히 규칙적으로 물을 높이 뿜어올리고 있었다. 미신이 깊은 선원들에게는 아득한 저 앞의 달 밝은 밤의 대서양이나 인도양에서 본 조용하고 쓸쓸한 물뿜기처럼 보였다.

"아무도 지금까지 알지 못했단 말인가!" 에이허브는 주위의 망보는 사람들에게 고함을 쳤다.

"바로 그 순간 선장과 함께 발견했습죠. 그랬으니까 외친 거죠." 태슈테고가 대답했다.

"뭐가 동시란 말인가, 동시가 아니야. 그렇다, 스페인 금화는 내 것이다. 그건 내 것이 될 운명이었어. 나 이외에 아무도 백경을 발견하지 못한 거야. 보라고, 뿜는다! 뿜어. 뿜는단 말이야! 또 뿜는다. 보라, 또 뿜지 않나!" 길게 꼬리를 끌고 물결치는 듯한 목소리로 규칙적으로 고래가 뿜어올리는 물뿜기에 박자를 맞추어 외쳤다. "가라앉는다! 보조 돛을 내려라! 둘째 돛도 내려라! 보트 세 척을 준비하라, 알겠나? 스타벅, 갑판에 남아서 배를 지켜야 한다. 자, 키다! 바람 불어오는 쪽으로 한 포인트! 이봐, 똑똑히 해라. 오, 꼬리가 나왔다. 아니, 아니, 뭔가. 검은 파도다! 보트 준비는 되었나! 준비, 준비! 활대로 집합, 집합하라! 스타벅, 내려주게. 낮게 낮게 좀더 좀더 빨리!" 그는 허공을 날아 갑판으로 미끄러져 내려왔다.

"그놈은 바람 아래쪽으로 똑바로 나가고 있습니다, 선장님!" 스터브가 외쳤다. "우리들에게서 자꾸 달아나고 있어. 배를 보았을 리 없는데 말이야."

"이봐, 지껄이지 마라! 돛줄 준비! 키는 강하게 아래쪽으로! 활대를 돌려라! 세게 바람을 받아라! 됐어, 됐어! 보트, 보트다!"

곧 스타벅의 보트를 제외하고는 모두가 내려져서 돛이 모두 달렸고, 모든 노를 움직이자 보트는 물을 가르면서 쏜살같이 급속히 바람 아래쪽으로 나가고 에이허브는 돌격의 선두에 섰다. 페들러의 움푹 들어간 눈은 죽은 사람 같은 창백한 빛으로 불탔고 그 입가에는 음침한 경련마저 일고 있었다.

앵무조개의 껍데기와도 같이 소리도 없이 뱃머리들은 파도를 가르고 달렸지만 적에게 접근하는 데에는 상당한 시간이 걸렸다. 이윽고 접근해 보니 파도 위에 융단을 간 것처럼 바다는 한층 더 평온해졌고, 또 대낮의 목장처럼 고요하게 펼쳐져 있었다. 드디어 숨을 죽인 사냥꾼과 그에게 눈치채지 않은 것처럼 보이는 사냥감과의 거리는 줄어들고, 역력히 보이는 혹의 전모는 눈부시게 빛났다.

그것은 마치 별세계에서 온 것처럼 유유히 파도 속을 헤엄치면서 정교하고 아름다운 양털 같은 창백한 물보라 속에 끊임없이 에워싸여 있었다. 또한 저쪽에는 약간 쳐든 머리의 커다란 테무늬의 주름이 보이기까지 했다. 그 아득한 전면의 부드러운 터키 융단 같은 파도 위에 방대한 유백색 이마의 허옇게 빛나는 그림자가 넓게 움직여 나가고, 잔물결은 가락을 맞추면서 그 그림자와 장난을 치고 있었다. 또한 그의 뒤쪽에서는 당당하게 배가 지나간 자리가 이동하는 물의 계곡을 만들고 푸른 파도는 차례차례 그 속으로 뛰어들었다. 그 옆구리에서는 양쪽으로 빛나는 물보라가 일어나 춤추고 있었다.

그러나 그 경치는 부드럽게 해면을 덮는 수천의 요란한 해조海鳥의 가벼운 발걸음이나 그 변덕스러운 무리들로 자꾸만 깨뜨려졌다. 그리고 중세 이탈리아 상선단商船團의 색칠한 선체가 내건 깃대처럼 생생하게 꽂힌 가늘고 긴 창대가 백경의 등에 우뚝우뚝 솟아 있었다. 가끔 구름처럼 하늘을 덮으면서 고래 위를 덮개처럼 여기저기 이동하는 가벼운 해조의 무리 가운데 한 마리가 소리도 없이 그 창끝에 내려앉아 흔들리면서 기다란 꼬리를 깃발처럼 바람에 날리고 있었다.

온화하고 환희에 찬 모습, 무섭게 달리면서도 어떤 강하고 부드러운 안정감이 이 활주하는 고래에 차 있었다. 폭력으로 유괴한 에우로페(그리스 신화에 나오는 페니키아의 여인)를 자신의 아름다운 뿔에 매달리게 한 채 헤엄쳐 가는 흰 황소인 주피터 신, 처녀에게 뜨거운 추파를 던지는 그 아름다운 곁눈질, 크레타섬의 혼인잔치 자리를 향해 곧장 잔물결을 헤쳐가는 그 매혹될 만큼 부드러운 질주, 아니 저 위대하고 장엄한 지고至高의 신 주피터도 장엄하게 물결을 헤쳐 가는 이 빛나는 백경을 능가할 수는 없었다.

부드러운 양쪽 옆구리, 그곳에서 곧 나뉘어져 일단 떨어지면 끝없이 퍼져가는 물결과 맞추어 그 눈부신 양 옆구리에서 고래는 미혹迷惑을 흘리는 것이다. 고래잡이 동료들이 이 조용함에 까닭도 알 수 없이 황홀하게 속아서 공격하려고 했지만 그 고요는 분류奔流의 가면에 지나지 않음을 운명적으로 발견했다는 것도 이상하지 않았다. 그러나 조용히, 매혹하는 듯 조용히, 오, 고래여! 처음 그대를 보는 만인의 앞을 미끄러져 간단 말인가. 일찍이 그런 방법으로 얼마나 많은 사람을 속이고 파멸 속에 밀어 넣었던가.

이리하여 열대의 끝없는 고요한 파도가 너무도 기뻐 그 물결의 움직임도 잠시 잊어버리는 속을 백경은 움직여 나아가면서 그 파도 밑에 숨긴 몸체의 흉포함을 끝내 보이려고 하지 않고, 비꼬인 턱의 처참함을 완전히 감추고 있었다. 그러나 곧 그 앞쪽을 물에서 천천히 쳐들더니 곧 대리석빛의 몸체로 버지니아 주의 천연교(天然橋, 석회암의 침식에 의해서 생긴 다리) 같은 반원을 높이 그리고 깃발 같은 꼬리를 위협적으로 공중에 흔들며 그 거신巨神은 그의 전신의 모습을 드러내더니, 이윽고 물로 들어가서 보이지 않게 되었다. 허둥지둥 날갯짓을 하거나 날개를 물에 적시며 흰 바다새들은 고래가 숨은 소용돌이 위를 그리운 듯 배회하며 날고 있었다.

노를 세우고, 키는 물에 담그고, 돛은 그대로 놀려둔 채 세 척의 보트는 그저 조용히 떠서 백경이 다시 나타나기를 기다리고 있었다.

"한 시간." 하며 보트의 뒤쪽에 버티고 서 있던 에이허브가 말했다. 고래의 주위보다도 훨씬 저쪽의 바람 불어가는 쪽의 어두컴컴한 해면과 끝없이 퍼지는 허공을 지켜보고 있었다. 그것도 순간적이었고, 소용돌이치는 물을 타고 넘었을 때 그의 눈은 이마로 빙글빙글 돌고 있는 듯 보였다. 그때 바람은 강해지고 바다는 물결이 일기 시작했다.

"새들이다! 새들!" 태슈테고가 외쳤다.

백로가 날아갈 때와 같이 길게 한 줄을 지은 새의 무리는 모두 에이허브의 보트를 향해 날아왔는데 3야드 이내로 접근하자 물 위에 날갯짓을 하며 무언가를 기다리듯 기쁜 듯한 소리를 지르며 빙글빙글 돌기 시작했다. 그들의 시력은 인간의 시계보다도 날카로웠다. 에이허브는 해면에서 아무 전조도 발견할 수 없었다. 그러나 그가 바다 밑을 깊이 들여다보는 순간 흰 족제비보다도 더 작은 생동하는 하얀 한 점이 놀랄 정도로 신속하게 솟아오르는 것이 희미하게 보였다. 그것은 올라옴에 따라 점점 커지더니 이윽고 한 바퀴 돌자 측량할 수 없는 심연에서 떠올라온 이빨을 번쩍이면서 흰색의 기다랗게 구부러진 두 줄이 나타났다. 그것은 백경이 그 웅위한, 쓸쓸하고 음울한 거체를 아직도 거의 짙푸른 물속에 담가 둔 채 딱 벌리고 있던 비틀린 턱이었다. 번쩍이는 입을, 보트 밑바닥에서 문을 활짝 열어놓은 대리석 무덤처럼 잔뜩 벌리고 있었다.

그러자 에이허브는 키를 한 바퀴 돌리고 보트를 이 끔찍한 괴물에게서 벗어나 선회하게 했다. 그리고서 페들러와 자리를 바꾸자 뱃머리로 나가 퍼스의 작살을 쥐고, 선원들에게는 노를 단단히 붙잡고 뒤로 물러갈 준비를 하라고 명령했다.

그런데 이 위험한 순간에 보트가 위험을 깨닫고 그 뱃머리를 축으로 하고 한 바퀴 돌았기 때문에 아직 물 밑에 있던 고래의 머리와 딱 마주치게 되었다. 그러나 백경은 이 전술을 다 알아챈 듯이 저 유명하고 사악한 지혜로, 순간적으로 몸을 홱 뒤채어 주름살투성이와 그 머리를 배 밑바닥에 비쏴 들이밀었다.

온 선체를 통하여, 온갖 관자와 늑골을 통해서 순간적으로 전율이 지나갔다. 고래는 덤벼드는 상어의 자세를 취하고 비스듬히 위를 보고 몸을 눕혀 천천히 맛보는 것처럼 뱃머리를 통째로 입에 물었다. 길고 가늘고 구부러진 주름살투성이의 아래턱은 공중에 높이 굽어서 솟아 있고 이빨 한 개는 노받이에 걸려 있었다. 푸른빛 도는 진주색 턱의 내부는 에이허브의 머리에서 채 6인치도 떨어지지 않은 곳에서 위에서부터 내려다보고 있었다.

이런 자세로 백경은, 이윽고 부드러우면서도 잔인한 고양이가 생쥐를 희롱하듯 연한 노송나무 재목을 흔들었다. 페들러는 조금도 당황하지 않은 눈 빛으로 이를 응시하며 팔짱을 끼고 있었으나 선원들은 서로의 머리를 짓밟 으면서 뒷갑판 쪽으로 달렸다.

고래가 이토록 사악한 방법으로 이 불쌍한 배를 희롱하는 데 따라 탄력을 받은 양쪽 뱃전은 부풀었다 오므라들었다 하였다. 더욱이 그 몸통은 배 밑의 물속에 감추어져 있어 뱃머리가 그 고래의 내부에 삼켜진 것과 같았으므로 뱃머리에서 그놈을 향해 작살을 찌른다는 것은 도저히 불가능한 일이었다.

한편 다른 보트는 적대하기 어려운 위기 앞에 본의 아니게 망설이고만 있 는 형편이었고, 저 편집광 에이허브는 사람을 초조하게 하는 것 같은 육박肉 薄에 분격했으나 자신의 몸은 산 채로 가증스러운 턱 속에 어쩔 수 없이 갇혀 있는 상태였다. 그는 벌써 완전히 미쳐버린 사람처럼 되어 맨손으로 고래의 긴 이빨을 움켜잡고 고래의 입에서 비틀어 떼내려고 열심히 몸부림치고 있 었다. 그 몸부림도 헛된 일이라고 생각되었으나 이윽고 턱 쪽에서 떨어져 나 왔다.

부드러운 뱃전은 휘어져서 부러지고 그때 고래는 뒷갑판 쪽으로 미끄러져 가면서 양턱으로 보트를 완전히 절단해버리고, 이윽고 표류하는 두 파편 사 이에서 굳게 입을 다물었다. 파편은 부서진 앞쪽을 기울인 채 나란히 떠돌고 선원들은 뒷갑판의 파괴된 뱃전 판자에 매달려 물을 건너기 위해서 필요한 노를 두 뱃전에 붙들어 매려고 몸부림치고 있었다.

보트가 둘로 꺾이기 전의 한순간, 에이허브는 고래가 교활하게 머리를 쳐 들고 있었기 때문에 그때 잠시 몸이 자유로워졌는데 그 고래의 움직임에 대 해 누구보다도 먼저 그 의도를 알아채고 지체하지 않고 보트를 적의 이빨 사 이에서 밀어 내리려고 마지막 힘을 팔에 넣었다. 그러나 보트는 점점 더 고래의 입 속으로 미끄러져 들어가고 미끄러지면서 옆으로 기울어졌다. 기우는 대 로 흔들려서 그는 고래의 입에서 손을 놓쳤는데 고래를 떠밀려고 몸을 숙이 는 순간 고래에게 내동댕이쳐져서 파도 속에 거꾸로 빠지고 말았다.

물결을 일으키며 적에게서 물러선 백경은 지금 약간 떨어진 곳에 몸을 뉘 어 그 장방형의 허연 머리를 큰 파도 속에서 똑바로 내밀기도 하고 감추기도 하며 방추형의 온몸을 빙글빙글 회전시키고 있었다. 그래서 거대한 주름살 투성이인 이마를 20피트 이상이나 물에서 쳐들고 올라올 때 높아진 물결은 그것과 뒤섞이는 물결과 더불어 번쩍번쩍 빛나면서 고래의 몸에 부딪쳐 부서지고 심하게 떨리는 파도를 끈질기게도 더 높게 공중으로 치솟아오르게 했다.[1]

그것은 폭풍이 일 때의 영국 해협에 극히 조그맣게 일었던 파도가 에디스턴의 제방에서 물러섰지만 곧 다시 의기양양하게 그 물보라를 일으키며 꼭대기를 넘어서는 것 같았다.

그러나 백경은 곧 수평 자세로 되돌아가서 난파한 선원들의 주위를 빙글빙글 돌아다녔다. 그 지나간 자리 양쪽에 이는 심술궂은 물결은 고래가 더욱 새롭게, 더욱 흉포한 공격을 가하려고 기세를 돋우고 있는 것이 아닌가 생각하게 했다. 마키비어스서書에 안티오쿠스의 코끼리들은 포도며 뽕나무 열매의 빨간 즙을 피인 줄 알고 미쳤다고 하는데 부서진 보트를 본 고래도 또한 마찬가지였을 것이다.

그런데 에이허브는 오연한(태도가 거만하거나 담담한) 고래의 꼬리가 만드는 물거품에 거의 숨이 막히고 헤엄을 치려고 해도 절름발이이기 때문에, 다만 이 끔찍스러운 소용돌이 한복판에 가까스로 떠 있는 것에 지나지 않았고, 그의 머리는 조금만 찔러도 터져서 없어지는 물거품처럼 맥없이 떴다 가라앉았다 하고 있었다. 페들러는 파편이 되어버린 뒷갑판에서 냉랭하게 태연히 바라보고 있을 뿐이었고, 한쪽의 뱃머리 파편에 매달린 신원들은 그를 구하기는커녕 자신의 몸을 지탱하는 게 고작인 상태였다.

이때 백경의 모습은 참으로 처절하기 짝이 없는 것이었고, 그 어지러울 정도의 반전 역전의 선회야말로 하늘의 별의 운행과 비슷하여 실로 수평을 넘고 덤벼들려고 하는 것이라고 표현할 수밖에 없었다. 그러니까 아직 무사했던 다른 두 척도 주위를 먼 곳에서 에워쌀 뿐, 소용돌이 속으로 뛰어들어 공

---

1) 이러한 동작은 말향고래 특유의 것이다. 이것을 '피치 폴링'이라고 일컫는데, 그것은 앞에서도 썼던 바와 같이 포경창을 던질 때의 예비 행위로 그 창으로 올리고 내리게 하는 '피치 폴링' 동작과 비슷하기 때문이다. 이 운동에 의해서 고래는 자신을 에워싸는 어떤 사물도 완전하게 볼 수 있다.

격할 용기가 없었다. 그런 일을 하면 위난에 허덕이는 에이허브 이외의 모든 표류자들을 괴멸로 이끌 뿐 아니라 자기들이 빠져나갈 수 있을지도 의문이었다. 따라서 그들은 에이허브 노인의 머리를 중심으로 소용돌이치는 불쾌한 수면의 바깥 한 끝에서 망연히, 어쩔 수 없이 눈을 부릅뜨고 쳐다보고 있을 뿐이었다.

한편 본선 돛대 꼭대기에서도 이 광경은 보였으므로 활대를 똑바로 돌리고 현장으로 달려와서 바로 접근하자 에이허브가 물속에서 "달려가!"라고 외쳤으나 그 순간에 백경의 주변에서 일어나는 파도가 부딪쳐와 한동안 그는 파도 깊숙이 가라앉아버렸다. 그러나 허우적거리면서 떠올라서 운좋게 높은 파도 위에 올라탔을 때 "고래를 향해서 쭉 달려라! 쫓아버려라!"라고 고함을 쳤다.

피쿼드호의 뱃머리는 뾰족했다. 마魔의 소용돌이를 타고넘어 훌륭하게 백경과 그 희생자들 사이를 가로막았다. 고래가 불쾌한 듯 물러난 뒤 보트가 서둘러 구조하러 나왔다.

스터브의 보트에 끌어올려진 에이허브의 눈은 핏발이 서서 아무것도 보이지 않았고 소금물은 허옇게 주름에 엉겨붙었으며 오래 계속된 긴박감으로 기진맥진하여 의식이 혼몽해졌다. 한동안은 스터브의 뱃바닥에 마치 코끼리 무리에 밟혀 녹초가 된 몸처럼 쓰러져 있었다. 계곡에서 울리는 공허한 소리 같은 뭐라 형용할 수 없는 통곡 소리가 그의 몸 깊은 곳에서 흘러나왔다.

이 피로의 강렬함 그 자체는 오히려 그 고달픈 기간을 짧게 만든다. 그러나 약자에 대해서는 동정을 해서 그 전 생애에 걸쳐 고루 나누어진 가벼운 고통의 전량을, 초인적인 사람들은 한순간의 심각한 고통으로 응축시키는 법이다. 그러므로 이런 사람들은 그 개개인의 고통은 즉시 해결하지만, 그런데도 만일 신의 뜻이라면 그들은 일생 동안 강렬한 순간순간을 거듭하여 몇 대代의 비통을 쌓아올릴 것이다. 혹은 이 고매한 사람들은 이 임의의 한 점 한 점에서 약자들을 둘러싼 원둘레를 포함하고 있다 해도 좋다.

"작살은?" 에이허브는 굽힌 팔꿈치에 비틀거리며 몸을 기대고 반쯤 몸을 일으키면서 말했다. "작살은 무사한가?"

"네, 던지지 않으셨으니까요. 이겁니다." 스터브가 그것을 내밀었다.

"내 앞에 놔두게, 행방불명자는?"

"하나, 둘, 셋, 넷, 다섯…… 노가 다섯 개 있습니다만 지금은 사람이 다섯 명 여기 있습니다."

"좋아, 이봐 손을 빌려다오. 일어서겠다. 됐어, 됐어. 놈이 보이는군! 보라! 아직 바람 불어가는 쪽으로 가고 있다. 굉장한 물뿜기구나! 이봐! 손을 떼라! 에이허브님의 뱃속에는 불멸의 생명수가 흘러나오기 시작했단 말이다! 돛을 달아라, 노를 저어라. 자, 키를 잡아라!"

깨진 보트의 선원이 다른 보트에 건져졌을 때 그 두 번째 배의 일을 돕는다는 것은 신기한 일이 아니다. 그래서 추적은 이른바 두 겹 노의 형식으로 나란히 저어서 계속된다. 지금도 그랬다. 보트에 가중된 힘은 고래에게 가중된 그것에 미치지 않았고, 고래는 지느러미 하나하나를 세 겹으로 한 것처럼 보였고, 그 진행의 신속함으로 보아 만일 이 조건에서 쫓으려 하면 전혀 불가능하지는 않다 하더라도 한없이 오래 끌게 되리라는 것은 명백했다. 첫째 어떤 선원들이나 그렇게 오랫동안을 끊임없이 긴장하여, 극히 짧은 시간의 교대로도 무리일 정도의 힘으로 계속 저어 나간다는 것은 가능한 이야기가 아니다. 따라서 이 경우는 추적하는 데 가장 적당한 중계수단中繼手段으로 본선이 선택된다.

그래서 보트는 본선에 접근하고 곧 기중기로 달려 올라갔다. 부서진 보트의 두 조각은 그 이전에 건져졌다. 그리하여 모두 건져올린 후 피쿼드호는 돛을 높이 달고 보조돛을 옆으로 내밀고 마치 알바트로스가 2단 관절로 되어 있는 날개를 편 것처럼 바람 불어가는 방향으로 백경의 뒤를 향했다. 고래의 빛나는 물뿜기는 누구나 잘 아는 저 규칙적인 간격을 두고, 돛대 꼭대기의 사람들로부터 시시각각으로 보고되었다.

또한 가라앉았다고 보고된 순간부터 에이허브는 나침반 상자의 시계를 손에 들고 갑판을 걸으면서 시간을 재고 그 예정된 시간이 되자마자 소리를 질렀다. "이번의 스페인 금화는 누구의 것인가? 보이나?" 만일 보이지 않는다는 대답이면 즉시 자기를 망루 위로 끌어올리라고 명령했다. 이렇게 해서 시간은 지나갔다. 즉 에이허브는 지금 돛대 꼭대기에 꼼짝도 하지 않고 서 있었다. 그런가 하면 다음 순간에는 다시 갑판을 왔다갔다했다.

이렇게 걸으면서 이따금 침묵을 깨뜨리고 돛대 위에 있는 사람에게 소리를 지르기도 하고 돛을 더 높이 올리라든가 좀더 넓게 달리라든가 하며 명령하기도 했다. 모자를 깊숙이 눌러쓰고 조급하게 왔다갔다하면서 뒷갑판에 뒤집힌 채로 내던져져 있는, 뱃머리와 배의 뒤쪽이 모두 부서진 그의 보트 옆을 지나다니더니 마침내 그 앞에 멈춰 섰다. 노인의 얼굴에는 이미 구름이 끼여 있는 하늘을 더욱 새로운 구름이 가로질러 가듯 더욱 짙은 우울의 그림자가 드리워져 갔다.

스터브가 쉬고 있는 에이허브를 보았다. 그는 반드시 허세라고 할 수는 없으나 자신의 용기가 조금도 줄지 않았다는 것을 보이고 선장의 눈에 대담한 사람으로 비치려는 생각에서였는지 가까이 다가가서 파편을 바라보면서 소리를 질렀다. "놈의 입이 심하게 찔린 모양이군요. 핫핫!"

"난파된 것을 보고 웃다니 몰인정하군. 자넨 무서움을 모르는 불 같은 놈이라는 걸 미리부터 알고 있으니 말이지(기계적인 사람처럼), 그렇지 않다면 겁쟁이라고 야단을 치고 싶단 말이다. 난파선 앞에선 울음소리도 웃음소리도 듣고 싶지 않다."

"정말입니다, 선장님." 가까이 다가온 스타벅이 말했다. "엄숙한 일입니다. 전조입니다, 흉조예요."

"흉조? 흉조라고? 사전辭典 같은 말 하지 마라! 만일 신이 사람에게 말하고 싶은 것이 있다면 분명히 정면으로 마주보고 말할 수 있을걸세. 목을 갸우뚱하거나 노파들같이 징조가 어떻고 할 리가 없어. 없어져! 자네들은 막대기의 양끝과 같아서 스타벅은 스터브를, 스터브는 스타벅을 뒤집어놓은 거야. 그리고 너희들 둘이 전 인류를 대표하고 있다. 에이허브는 몇 백만의 인간들이 모여 살고 있는 세계 속에 혼자 서 있다. 신에게도 인간에게도 이웃과도 아무 관련이 없어! 어이, 추워라…… 떨리는군. 어쩐 일일까? 이봐, 망지기! 보이나? 물을 뿜거든 불러라! 1초 동안에 열 번을 뿜더라도!"

날은 거의 저물었고 다만 그 황금빛 옷자락의 가장자리만이 어른거리고 있었다. 곧 캄캄해지려고 했으나 망보는 선원들은 언제까지나 움직이려고 하지 않았다.

"물뿜는 게 보이지 않습니다. 선장님, 어두워서 도무지 보이지 않아요." 공중에서 들려오는 목소리였다.

"마지막 보였을 때 어느 쪽을 향하고 있었나?"

"그전대로입니다. 선장님, 똑바로 바람 불어가는 쪽이었습니다."

"됐어! 놈도 밤엔 천천히 달리겠지. 스타벅, 주돛대와 윗돛대의 돛을 내려라. 밤 사이에 지나쳐 가면 안 돼. 지금 놈은 달리고 있지만 잠깐 멈출지도 모른다. 자, 키다! 가득히 바람을 받게 해라. 위에 있는 선원들! 내려와라! 스터브, 모든 돛대 꼭대기에 사람을 교대해서 아침까지 감시하도록 해라."

그러고 나서 그는 큰 돛대의 스페인 금화가 있는 곳으로 갔다. "다들 들어라. 이 금화는 내가 세운 공으로 내 것이 되었다. 그러나 백경이란 놈이 죽을 때까지는 여기에 맡겨 두기로 한다. 그러니까 놈이 잡혀 죽는 날 맨 먼저 놈을 발견한 자에게 이 금화가 주어지는 것이다. 그러나 그날 또다시 내가 제일 먼저 발견한다면 그 열 배 금액을 너희들에게 모두 나누어 주겠다! 자, 물러가라!"

그렇게 말하면서 그의 몸의 반을 승강구 안에 두고 모자를 푹 눌러쓴 채 새벽까지 그 자리에 앉아 있었다. 다만 이따금 몸을 일으켜 밤이 지나가는 광경을 지켜볼 뿐이었다.

제134장 추적-그 둘째 날

새벽녘, 세 개의 돛대 꼭대기에는 정확한 시간에 새로 인원이 배치되었다.

"보이나?" 에이허브는 빛이 약간 밝아지기를 기다린 후에 외쳤다.

"아니, 아무것도요."

"전원 자기 위치로 돌아가! 돛을 올려라! 놈은 의외로 빨리 달리고 있어.

둘째 돛대의 돛…… 그렇군, 밤새껏 달아 놓을걸 그랬군. 그러나 상관없어. 돌격 전에 잠깐 휴식한 것에 지나지 않아."

여기서 말해두겠는데, 이렇게 해서 어떤 특정한 하나의 고래를 낮부터 밤까지 또 밤부터 낮까지 계속 추적한다는 것은 남양 포경에서 결코 전례가 없는 일은 아니다. 왜냐하면 낸터킷의 선장들 중 천부의 재질을 지닌 뛰어난 사람들은 놀라운 기술과, 체험에 의해 얻은 예지와, 불굴의 자신감을 갖고 있어 마지막 보았을 때의 고래의 움직임을 관찰함으로써 그 고래가 어떤 시간에 자취를 감추어도, 그 달리는 방향과 대체적인 진행 속도를 꽤 정확히 예측할 수 있다.

이러한 점에서는 그 선장은 키잡이와 비슷한 일을 하는 셈이다. 그 특질을 손바닥으로 들여다보듯 잘 알고 있는 해안이 시계에서 사라지려고 할 때, 머지않아 이 해안의 현재에 있는 곳과는 다른 어떠한 점으로 돌아가려 하고 있다고 하자. 그가 나침반 옆에 서서 지금 보이고 있는 곳의 위치를 정확하게 확인하는 것은 이윽고 다음에 찾아갈 저쪽의 보이지 않는 곳을 정확히 맞히기 위한 것이다.

그와 마찬가지로 고래잡이들도 고래를 두고서 나침반으로 그와 똑같은 일을 한다. 낮에 많은 시간을 계속 쫓기며 철저하게 겨누어진 뒤, 밤의 어둠에 거경이 섞여 들어갔을 때 명민한 고래잡이가 그 뒤 어둠 속의 고래가 지나간 자리를 거의 정확하게 짐작한다는 것은 키잡이가 해안을 가리키는 것과 마찬가지이다.

그러므로 이 놀라운 고래잡이의 노련함을 볼 때 변전變轉하기 일쑤인 세상의 예로 되어 있는 물에 씌어진 것(덧없음을 뜻함.)이라든가 항적 같은 것도 사실 견고한 대지와 거의 같을 정도로 신뢰할 수 있는 것이다. 그것은 또 근대의 철도라는 위대한 거경에 대해서 생각해 볼 때도 그 진행은 모든 것이 명료하게 사람들에게 알려지고 있고, 사람은 시계를 손에 들고 마치 의사가 갓난아이의 맥을 짚듯 시간을 재고, 상행열차 또는 하행열차는 이러저러한 시간에 이러저러한 지점에 도착한다고 부담 없이 말한다. 그것과 마찬가지로 그들 낸터킷 사람들도 깊은 바닷속의 거경에 대해서 그 속의 가감加感을 관측한 결과로서 이제부터 몇 시간이 지나면 이 고래는 2백 마일 가량을 가고 이 윽고 이러이러한 경도, 이러이러한 위도에서 방황할 것이라고 중얼거린다.

그러나 이 정확한 지식을 궁극의 성공으로 이끌려고 한다면 바람과 파도를 고래잡이와 한패로 삼아야만 한다. 이를테면 그 숙련에 의하여 지금 정확하게 항만으로부터 어느 위치에 있음을 알았다 해도 그 선원이 파도가 잔잔한 가운데 있거나 바람에 방해를 받았다거나 한다면 현실에는 아무 도움도 되지 않는 게 아닌가? 이처럼 고래를 쫓는 데 있어서는 갖가지 부수적이고 복잡 미묘한 문제들이 따른다.

배는 물결을 헤치고 돌진했다. 뒤에는 깊은 고랑만 남고 그것은 마치 빗나간 포탄이 가래나 삽의 이빨 대용이 되어 평지를 뒤엎어놓은 것 같았다.

"어허, 참!" 스터브가 소리쳤다. "이 갑판은 굉장히 요동하는군. 다리를 낚아채어 가슴이 두근거리게 하는군. 배하고 나만이 용감하지 뭔가, 핫핫! 누구든 나를 붙잡아 넘어뜨려서 바다에 집어던져 보면 어떻겠나?…… 실제적으로 나의 등뼈는 용골이란 말이야, 핫핫. 우린 뒤에 먼지도 남지 않는 길로 돌진하는 거야!"

"물뿜기다! 뿜었어! 뿜었다! 똑바로 앞쪽이다!"

돛대 꼭대기에서 외치는 소리였다.

"알았어!" 스터브가 외쳤다. "뻔한 거야. 도망칠 순 없어. 뿜어라, 뿜어, 찢어질 정도로 뿜어라. 이봐, 고래, 미친 악마가 너를 노리고 있다. 소리를 내뿜어라! 가슴이 터지도록 말이야. 에이허브가 네 피를 막아줄 거다. 물방앗간지기가 냇물의 수문을 막듯이 말이다!"

스터브의 이 감상은 거의 모두의 마음을 대표하고 있었다고 해도 좋으리라. 이때 이미 광기에 찬 추적은 시작되었고 선원들은 다시 되짜지는 묵은 포도주처럼 땀을 흠뻑 흘리도록 혹사당하고 있었다. 그 중 몇 사람인가가 어떤 화를 당할 전조를 희미하게나마 느끼고 있었다 해도 그런 것은 지금 에이허브의 가중되는 위압감 앞에 휙 날아가버렸다. 아니, 차라리 완전히 분쇄되어버려 덤벼드는 들소 앞에 대초원의 겁 많은 토끼의 무리와 같이 사면에 때려 눕혀져 있었다. 운명의 손이 모든 영혼을 움켜쥐고 있었다. 전율할 전날의 위난, 심신을 쥐어뜯는 전날 밤의 초조, 날아가버리는 표적을 향해 돌입하는 무법선의 맹목, 무법, 완고, 대담…… 이 모든 것이 선원들의 심장을 들끓게 하고 말았다. 바람은 모든 돛을 북통처럼 부풀게 하고, 배는 보이지 않는 항거하기 어려운 손에 의해서 돌진하였다. 그것은 그들을 이 추적의 노예로 만들고 있는 알 수 없는 마력의 상징이라고 생각되었다.

그들은 서른 명이 아니라 한 사람이었다. 그것은 그들 모두를 태운 하나의 배와 같았다. 배, 그것은 여러 가지 잡다한 것, 이를테면 참나무 · 단풍나무 · 소나무 · 무쇠 · 역청 · 대마 따위들을 끌어모은 것이라고 해도 그 모든 것이 모여 하나의 단단한 선체를 형성하고 긴 중심 용골에 의해서 균형이 주어져서 앞을 향해 돌진한다.

그와 마찬가지로 선원들의 저마다의 개성, 담력, 겁과 공포, 죄와 과오, 그 모든 것들이 하나로 융화되어 하나의 주재자며 용골인 에이허브가 가리키는 대로 궁극의 숙명으로 달려가는 것이었다.

삭구 있는 데는 많은 선원들이 모여 있었다. 돛대 꼭대기는 높은 야자나무의 우듬지처럼 손발을 벌리고 흔들리고 있었다. 어떤 사람은 한 손으로 활대에 매달리면서 흥분해서 마구 손을 내흔들어 동료 선원들에게 신호를 보내고 있었고, 또 어떤 사람은 강렬한 일광으로부터 눈을 돌리면서 흔들리는 활대 위에 나와 앉아 있었다. 모든 활대는 각자의 운運을 기다리다 지친 사람들로 가득 차 있었다. 아아, 그들은 자기들을 파멸시킬지도 모르는 저 한 놈을 쫓으면서 무한히 푸른 바다를 뚫고 어디까지 돌진하려 하는가.

"찾았는데 왜 잠자코 있는가?"

최초의 신호가 있고 나서 몇 분인가 지났어도 아무것도 들리지 않으므로 에이허브가 고함을 쳤다.

"나를 달아 올려라. 너희들은 속고 있는 거야. 백경이 그렇게 한 번만 물을 뿜고 달아날 리가 있는가 말이야."

사실 그대로였다. 조금 뒤에 안 일이지만 너무 열중한 나머지 무언가 다른 것을 물뿜기와 혼동했던 것이다. 에이허브가 높은 망루에 닿아 그 밧줄이 갑판의 막대기에 붙들어 매어지자마자 그는 소리를 질렀고, 그것이 어떤 합창의 선창先唱이 되어 대기는 일제 사격 때처럼 진동했다.

조금 전에 물뿜기가 보였다고 상상했던 지점보다도 배에서 훨씬 가까운 1마일도 떨어지지 않는 곳에 백경이 갑자기 모습을 나타냈을 때 30명 선원들의 가슴에서는 일제히 환호가 터져 나왔다. 평온하게 조는 듯한 물보라, 그 머리의 이상한 샘에서 뿜어져 오르는 물보라, 그런 것으로 백경의 접근을 나타냈던 것은 아니었다. 압도적으로 굉장한 대도약의 위용으로 나타났던 것이다.

이 거대한 말향고래는 헤아릴 수 없는 심연에서 온 힘을 다하여 튀어올랐다. 그는 거창한 몸뚱이를 맑게 갠 허공으로 요란한 굉음을 내면서 솟구쳐 하얗게 빛나는 산더미 같은 물거품을 일으키며 자신의 위치를 7마일이나 훨씬 먼 저쪽에서도 역력히 보이게 했다. 이때 그가 흩날린 광란하는 파도는 그의 갈기머리인 것처럼 보였다. 어떤 경우나 이 뜀뛰기는 하나의 시위 행동이었던 것이다.

"뛰어올랐다! 고래가 뛰어올랐다!"

말로 다할 수 없는 호기로움으로, 백경이 연어처럼 하늘 높이 그 몸을 솟구쳤을 때 터져나온 외침이었다. 너무도 갑작스럽게 새파란 바다가 나타났고, 더구나 새파란 하늘가에 떠올랐기 때문에 일어난 물방울은 가끔 빙하氷河처럼 눈이 아플 정도로 번쩍번쩍 빛나고, 이윽고 그 세찬 강력함을 잃으며 차츰 희미하게 사라지면서 산골짜기에 밀어닥치는 소나기와도 같은 사욱한 구름 안개가 되었다.

"백경놈, 태양과 작별을 고하는 도약을 해라!" 에이허브가 외쳤다. "너의 마지막 순간과 작살이 내 손에 있다! 여어이, 모두 내려오라! 한 사람만 앞돛대에 남고 모두 내려와라. 보트! 우물쭈물하지 마라!"

시간이 걸리는 용총줄의 밧줄 사다리는 쳐다보지도 않고 선원들은 유성처럼 돛대 꼭대기에서 당긴 뒤쪽에 맨 밧줄이나 줄임줄을 타고 갑판으로 미끄러져 내렸고, 에이허브는 그처럼 재빠르진 않았으나 매우 신속하게 위에서 내려왔다.

"내려라." 전날 오후 말끔히 의장되어 있던 보조 보트까지 도달하자마자 그는 외쳤다. "스타벅, 본선은 자네에게 맡기겠네! 보트를 피해주게나, 그렇지만 너무 멀리 떨어지지 않도록 하게. 자아, 모두 내려라!'

이때 이미 공격 태세를 갖춘 백경은 몸을 돌려 상대에게 통렬한 공포를 때려 넣으려고 세 척의 보트를 향해 접근해 오고 있었다. 에이허브의 보트가 한가운데 있었다. 선원들을 격려하면서 이번에는 그야말로 박치기, 즉 고래의 이마로 곧장 밀고 가겠다고 말했다.

이것은 그다지 신기할 것은 없었다. 어느 거리 안으로 육박했을 때 그러한 방법은 고래의 옆구리에서부터의 시야視野를 이용한 일격으로 물리치는 수단이 되기 때문이었다. 그러나 그 근접점에 도달하기 전, 보트 세 척은 고래의 눈에 배의 세 개의 돛대처럼 역력히 보였다. 그래서 고래는 무시무시한 속도로 몸을 곤두세우고 눈 깜짝할 사이에 턱을 떡 벌리며 보트군 속으로 다가와서 꼬리를 휘둘러 사면을 향해서 처절한 싸움을 걸어 왔다. 각 보트로부터 화살처럼 날아오는 작살의 칼날에 끄떡도 하지 않고 다만 그 보트들의 판자 마지막 한 장이라도 남김없이 잘게 깨뜨려버리려는 기세였다.

그러나 보트는 백전연마百戰鍊磨의 군마처럼 끊임없이 선회하면서 훌륭한 조종 솜씨로 한동안은 적의 마수를 교묘히 피했는데, 때로는 판자 한 장의 차로 피하곤 했다. 다만 에이허브의 악마 같은 절규만이 다른 모든 사람의 목소리를 산산이 날리고 있었다.

그러나 드디어 예측할 수 없는 소용돌이의 무늬를 그리면서 백경은 종횡무진으로 날뛰며 매우 교묘하게 자기 몸에 박힌 세 가닥의 밧줄을 단단히 끌어당겼으므로 밧줄은 점점 짧아져서 한쪽 끝에 선 세 척의 보트를 자기를 찌른 작살이 있는 데로 당겨버리고 말았다. 그러나 한동안 고래는 더욱 무시무시한 돌격 태세를 갖추려 하는 것처럼 한옆으로 몸을 당겼다. 그때를 놓치지 않고 에이허브는 우선 밧줄을 길게 풀어낸 다음 바짝 세게 당기고서 뒤엉킨 것을 풀려고 했다.

그때, 보라! 싸우는 상어의 이빨보다도 더 흉맹스러운 광경이 나타났다. 손에 떨어져 나간 작살과 창은 그 칼날과 창끝을 곤두세우면서 엉킨 밧줄에 감거 휘둘려져 섬광과 함께 물방울을 흩날리며 에이허브가 탄 보트의 밧줄걸이에 부딪혀 올 것 같았다.

다만 한 가지만이 가능했다. 그는 선원용의 나이프를 가지고 아슬아슬하게 방사선 모양으로 움직이는 강철군鋼鐵群 속에 들어갔다가 밖으로 빠져 나와서 그 끝의 밧줄을 당겨 보트 안에서 뱃머리의 노잡이에게 건네주고, 그러고 나서 밧줄걸이 가까이에서 두 번 밧줄을 절단하여 걸려 있는 작살이며 창들을 바닷속으로 떨어뜨렸기 때문에 모든 것은 해결되었다.

그러자 그 순간 백경은 아직도 뒤엉켜 있는 다른 밧줄 속으로 갑자기 끌고 들어감으로써 가장 심하게 밧줄에 휘감겨 있던 스터브와 플라스크의 보트를 저항하기 어려운 힘으로 자기의 꼬리 쪽으로 끌어당겨서, 그것을 마치 물결이 밀려오는 바닷가에서 구르는 두 개의 조개처럼 맞부딪치게 하고는 자신은 바닷속으로 들어가 일어나는 소용돌이 속에 모습을 감추었다. 그 소용돌이에서는 잠시 동안 난파한 보트의 향기로운 노송나무 파편이 기운차게 휘저어 섞는 펀치 볼 속에 섞인 육두구 열매처럼 빙글빙글 춤추고 돌아갔다.

이리하여 두 보트에 탔던 선원들은 바닷속에서 뱅뱅 돌고 빙글빙글 춤추는 밧줄통이며 노 같은 부유물에 매달리려고 발버둥치고, 몸집이 작은 플라스크는 비스듬히 누워 빈병처럼 떴다 가라앉았다 하면서 끔찍한 상어의 입에서 달아나기 위해 두 다리를 굽혀서 꼬아 위로 올리고 있었다.

스터브는 누구든 좀 살려 달라고 고함을 지르고 있었다. 이때 노인의 밧줄은 이미 절단되어 있었으므로 누구든 그 주변에 있는 사람들을 구출하기 위해 거품 이는 소용돌이 속으로 들어갈 수도 있었다. 그런데 동시에 일어난 소란스러운 갖가지의 심한 위난 한복판에서 에이허브의 아직 망가지지 않은 보트는 눈에 보이지 않는 쇠철사에 의해서 공중 높이 끌어 올려진 것 같았다.

왜냐하면 그때 백경이 바다 밑에서 똑바로 쏜살같이 치밀어 올라와서 거대한 이마를 보트 바닥에 부딪치며 휘두르면서 공중으로 집어던졌기 때문이었다. 이윽고 또 한 척의 보트는 뱃전을 밑으로 하고 떨어져 에이허브와 부하들은 바닷가의 동굴에서 나오는 바다표범처럼 발버둥치며 그 밑에서 기어나왔다.

고래의 최초의 부양운동浮揚運動은 그가 수면을 쳤을 때 방향을 바꾸었으므로 거기에 따라 자기도 모르게 조금 전 그의 파괴 작업이 있었던 중심점에서 약간 떨어진 곳에 떠오르게 했다. 지금은 그 중심에 등을 돌리고 한동안 그 갈라진 꼬리를 이리저리 움직여 찾으면서 떠 있었으나, 떠돌아다니는 노라든가 판자조각이라든가 보트의 조그마한 파편이나 조각이 피부에라도 닿으면 대번에 그 꼬리를 뒤집어서 옆으로 해면을 두드렸다. 그러나 곧 이제 일이 끝났다고 만족한 듯 주름투성이의 이마로 바다를 헤치며 엉킨 밧줄을 잡아끌며 규칙적인 여행자의 속도로 바람 불어가는 쪽으로 내닫기 시작했다.

시종일관 관망하고 있던 모선은 모든 투쟁을 지켜본 후, 구조하기 위해서 접근해 한 척의 보트를 내려서 떠도는 선원, 통, 노, 그 밖에 무엇이라도 건져올릴 것은 건져올려서 무사히 갑판에 부렸다. 거기에는 삔 어깨며, 손목이며, 발목, 납빛의 타박상, 구부러진 작살이며 창, 풀 수 없이 엉켜버린 밧줄, 깨진 노며 판자 등 모든 것이 있었다.

그러나 누구 하나 치명상이나 중태인 사람은 없는 것 같았다. 에이허브는 전날의 페들러와 같이 그의 부서진 보트 조각을 꽤 안전한 구명부표로 삼아 괴로운 듯 매달려 있었다. 그는 전날의 참사만큼은 기진맥진하지 않은 모양이었다.

그러나 갑판에 끌어올려지자 모든 선원들의 눈이 그에게로 집중되었다. 왜냐하면 그는 혼자 서지 못하고 지금까지 가장 충실한 조수였던 스타벅의 어깨에 거의 기대고 있었기 때문이었다. 그의 고래뼈 다리마저 잘려버리고 하나의 짧고 뾰족한 파편만이 남았을 뿐이었다.

"아아, 스타벅, 사람에게 기댄다는 건 때론 즐겁군. 매달리는 상대가 누구라도 말일세. 이 에이허브 노인도 좀더 기대고 있었으면 좋았을걸."

"쇠끝이 견디지 못했나요?"

목수가 다가오면서 말했다.

"그 다리엔 무척 정성을 들였는데요."

"선장님, 어느 뼈도 부러지거나 하진 않았겠습죠?"

스터브도 성심껏 위로했다.

"뭐라고 스터브? 완전히 산산조각 난 게 보이지 않는단 말인가? 한 개의 뼈는 부러졌지만 이 늙은 에이허브는 아무 상처도 없네. 그렇지만 잃어버린 이 죽은 뼈는 살아 있는 어느 뼈보다도 나의 본체와 가까웠네. 어쨌든 백경이건 사람이건 악마이건, 이 늙은 에이허브의 접근하기 어려운 진짜 본체에는 가벼운 상처도 하나 입힐 수 없네. 어느 납덩어리가 저 심해의 밑바닥에 닿을 수 있겠나? 어느 돛대 꼭대기가 저 하늘의 큰 지붕에 닿을 수 있겠는가? 돛대 꼭대기에 있는 자여! 고래는 지금 어느 쪽에 있나?"

"똑바로 바람 불어가는 쪽입니다."

"키, 위쪽으로. 배에 남아 있던 자들은 곧 돛을 달아라. 보조 보트를 모두 내려서 의장하라! 스타벅은 저쪽으로 가서 보트 선원들을 집합시켜라."

"선장님, 그보다 먼저 당신께서 뱃전으로 가시는 걸 돕겠습니다."

"오, 오! 이 뼛조각이 나를 무척 초조하게 하는군! 무적의 영혼인 선장이 이런 겁쟁이 조수를 두다니, 저주받은 운명일세!"

"뭐라고요?"

"아닐세, 내 육체에 대한 말을 했을 뿐 자네 말이 아닐세. 지팡이가 될 만한 것을 주게나. 그 부러진 창이라도 좋겠지. 선원들을 집합시켜라. 확실히 그놈이 보이지 않는구나. 그러나 신께 맹세하지만 그런 일이 있겠는가! 보이지 않나? 빨리! 전원 소집하라."

노인의 마음을 스치고 지나간 것이 들어맞았다. 선원들을 모아 보니 배화교도가 없었다.

"배화교도놈!" 스터브가 외쳤다. "그놈은 틀림없이 끝내 끌려가서……."

"네놈은 황열병에라도 걸려서 뒈져라! 자아, 모두들 위로, 아래로, 선실로, 앞 돛대로 달려가라! 놈을 찾아라! 없을 리가 없다! 없을 리가 없다!"

그러나 곧 모든 선원들이 돌아와서 보고했는데, 배화교도는 아무 데도 보이지 않는다는 것이었다.

"저어, 선장님."

스터브가 말했다.

"당신의 엉킨 밧줄에 휘감겨서 질질 끌려가는 것을 내가 본 것 같습니다."

"내 밧줄! 내 밧줄? 끌려갔다고? 갔어? 그 한마디는 무얼 의미하는가? 어떤 조종弔鐘이 거기에 울렸기에 이 늙은 에이허브는 종탑처럼 흔들린단 말인가. 오, 작살도 보이지 않는군. 저기 있는 잡동사니를 뒤엎어 봐! 보이지 않은가? 저 백경을 목표로 벼린 작살이다! 아니, 아니, 아니 이 바보야! 내 손으로 던지지 않았다. 고래놈에게 찔렸단 말이야! 돛대 꼭대기에 있는 자들! 고래에게서 눈을 떼지 마라! 자, 모두들 보트 의장을 시작해라! 노를 모아라! 작살잡이들! 칼날에 유의하라, 칼날에! 제일 윗돛대의 돛을 올려라! 밧줄을 모두 당겨라. 키잡이들, 힘차게 단단히 목숨을 걸고 해라! 아직도 난 누구의 발길도 미치지 않은 지구를 열 번이라도 돌 테다. 아니 그 한복판을 뚫고 들어가서라도 그놈을 죽이지 않곤 그냥 두지 않겠다!'

"전능하신 신이여, 단 한순간이라도 나타나 주시옵소서."

스타벅이 외쳤다.

"노인, 결코 그놈을 잡을 수는 없소. 그리스도의 이름을 걸고 이제 이것은 그만두기로 합시다. 이건 악마의 광란보다도 나쁩니다. 이틀이나 쫓아서 두 번 다 산산이 부서지고 말았소. 당신의 다리는 또다시 몸에서 떼내어지고 말았소. 당신의 불쾌한 그림자는 사라졌소. 모든 착한 천사들이 당신에게 경고하며 모여들고 있소. 이 이상 당신은 무엇을 하고 싶단 말이오? 이 살인자가 마지막 한 사람까지도 물속에 장사지낼 때까지 추적해야 한단 말이오? 놈 때문에 바다 밑바닥까지 끌려들어가야 한다는 게요? 지옥에까지라도 끌려가야만 한다는 말이오? 오, 이 이상 놈을 추적하여 몰아세운다는 건 신을 두려워하지 않는, 신을 모독하는 짓이오."

"스타벅, 요즘 나는 자네에게 진정으로 끌리게 되었네. 왜냐하면 결국…… 자네도 잘 기억하고 있을 테지만 서로의 눈 속을 들여다보았을 때부터의 일일세. 그러나 일이 이 고래에 관한 한 자네의 얼굴은 이 손바닥처럼…… 입술도 눈도 코도 없는 공백 상태였으면 하네. 알겠나? 에이허브는 어디까지나 에이허브일세. 이 극劇의 전부는 변경 없이 진행되지 않으면 안 되는 걸세. 이것은 자네에 의해서, 나에 의해서 이 바다가 물결치는 것보다도 억만 년이나 전부터 예비 연습을 해온 일일세. 바보군! 나는 운명의 부하일세. 그 명령으로 움직이는 걸세.

그대들 말단 단역들이여, 정신 바짝 차리고 나를 따르라! 모두 나의 주위에 서라. 모두들 보라. 못 쓰게 된 창에 의지해서 한 늙은이가 잘린 나무 그루터기가 되어 한 다리로 서 있다. 그것이 에이허브, 그의 육체의 역할일세. 그러나 그의 영혼은 백 개의 발로 움직이는 자네란 말일세. 나는 폭풍 속에서 돛대가 부러진 배를 끄는 밧줄처럼 상하여 거의 못쓰게 되었다고는 느낀다. 또 사람들에게도 그렇게 보일 것이다. 그러나 내가 파멸하기 전에 '뻥' 하고 소리를 지를 것이다. 아니, 너희들에게 그 말을 들려주기 전에 이 에이허브의 굵은 밧줄은 목표로 삼는 것을 어디까지나 끌어당긴다는 걸 보여줄 테다. 너희들은 계시라는 걸 믿는가? 그렇다면 큰 소리를 내어 웃고 한 번 더, 라고 외쳐라!

왜냐하면 가라앉는 자는 가라앉기 전에는 두 번 수면에 떠오르고 그런 후 다시 한 번 떠오르고 그리고 영원히 가라앉는 법이다. 백경도 마찬가지다……. 이틀간 떠오른다……. 내일은 사흘째가 된다. 그래, 놈은 또 한 번 나올 것이다! 단말마의 물을 뿜으러! 그대들은 용기백배하지 않나?"

"무서운 걸 모르는 불덩어리올시다."

스터브가 외쳤다.

"그리고 기계 장치처럼 말일세."

에이허브가 중얼거렸다. 그러고 나서 모두의 앞으로 걸어나갔을 때 말이었다.

"계시라는 것! 어제도 나는 저 스타벅에게 내 부서진 보트의 일로 같은 이야기를 했다. 오, 나는 내 마음속에 단단히 새겨져 있는 걸 얼마나 기운차게 나른 사람의 마음에서 끌어내려 했는지 모른다! 배화교도! 배화교도! 없어졌어, 없어졌다고? 놈은 나보다 앞서가기로 되어 있었지. 그리고 내가 죽을 때는 그 전에 다시 한 번 나오게 되어 있었지. 그건 어떤 일이었나? 이건 대단한 수수께끼로군. 세세대대의 판관判官의 영혼들에게 후원을 받고 있는 변호사들이라도 풀지 못할 거다. 그것이 매의 주둥이처럼 나의 뇌를 찌른다. 아니 어떤 일이 있더라도 어떻게 하든지 풀고야 말 테다!'

저녁때가 되어도 고래는 여전히 바람이 불어가는 쪽에서 보이고 있었다.

다시 돛은 줄여지고 모든 것은 전날 밤과 거의 마찬가지였으나 다만 새벽녘이 될 때까지 선원들이 등잔불 밑에서 예비 보트의 빈틈없는 완전한 의장을 하기도 하고, 내일을 위한 새로운 무기를 숫돌에 갈기도 하며 일하고 있었으므로 망치 소리며 숫돌에 가는 소리가 계속되고 있었다.

그동안 목수는 난파된 에이허브 보트의 부러진 용골로 새로운 다리를 만들고 있었다. 그리고 에이허브는 전날 밤처럼 모자를 깊숙이 눌러쓰고 승강구에 우두커니 서 있었다. 그의 해시계의 그림자 바늘 같은 시선은 예감에 가득 차서 그 시계판 위에서 거꾸로 돌고, 최초의 서광을 찾아 동쪽으로 향하고 있었다.

제135장 추적—그 셋째 날

셋째 날 아침은 맑게 개었고 상쾌했으며, 앞돛대 꼭대기에서 홀로 망을 보던 선원은 일을 끝내고 교대되어 대신 낮의 망보기들이 모든 돛대와 활대에 모였다.

"보이는가?" 에이허브가 외쳤으나 고래는 아직도 보이지 않았다.

"그러나 틀림없이 그놈이 지나간 자리에 있을 거야. 그 지나간 자리만 쫓아라. 그것뿐이다. 이봐 키잡이, 지금까지 하던 그대로 단단히 하게. 오늘도 역시 굉장히 좋은 날씨다. 지금 막 태어난 신세계에서 천사들을 위한 피서지가 생기고, 오늘 아침이 그들을 받아들이는 첫날이라도 이처럼 좋은 날씨는 될 수 없을 거야. 만일 에이허브가 사색할 시간을 갖는다면 이것이야말로 사색의 제목이야. 그러나 에이허브는 사색은 하지 않고 느끼기만 할 뿐이지.

그것만으로도 죽어야 할 인간에겐 얼얼할 뿐이지. 사색한다는 건 건방진 것이다. 신만이 그 특권을 갖네. 사색이란 냉정하고 평온한 것이고 또 그래야만 하는 거지. 그런데 우리들의 불쌍한 심장은 고동치고 우리들의 불쌍한 두뇌는 울려 도저히 사색에 견딜 수 없지. 더구나 가끔 나의 두뇌는 얼어붙은 듯 너무 평온해서 이 낡은 두골 속에 든 게 얼어붙은 유리병처럼 소리를 내며 떨고 있는 것 같아.

그렇지만 지금도 이 머리카락이 자라고 있어. 이 순간에도 자라고 있다는 건 열熱이 기르기 때문이지. 아니, 쓸데없는 잡초가 그린란드의 얼음 사이의 흙이건 베수비오의 용암 속이건 아무 데서나 자라나는 것과 같은 거야. 거친 바람이 그것을 흔들지. 마치 찢어진 돛조각이 흔들리는 배에 매달려서 때리듯 내 주위를 때려. 더러운 바람일세. 이곳에 오기까지 감옥의 복도와 독방, 병원의 병실을 빠져나와서 여기서는 양털처럼 순진한 얼굴로 불고 있어. 사라져라! 더럽혀져 있어. 내가 바람이었다면 이 사악하고 비참한 세계에 불려 다니지는 않을 거야. 어느 동굴 속으로 들어가 숨어버릴 거야. 그래도 바람은 용감하고 고상한 거지. 누가 바람을 정복한 적이 있었나? 어떤 싸움에서도 마지막 뼈아픈 일격을 가하는 것은 바람일세. 창으로 찌르려 해보게. 그저 지나가버릴 뿐이지.

하하, 바람은 비겁하기도 하지. 발가벗은 사람은 때려눕히면서 자신은 단 한 대도 맞을 생각은 없다. 에이허브가 그것보다는 더 용감하고 더 고상하지. 바람에게 실체가 있다면, 그러나 인간을 해치고 난폭하게 만드는 모든 것들은 실체를 가지고 있지 않네. 그것은 '물체' 로선 실체를 갖지 않지만, '힘' 으로는 실체를 갖고 있어. 거기에 가장 특수하고 교활한, 그리고 사악한 차이가 있어. 그러나 거듭 밀하고 맹세하는데 바람엔 어딘가 극히 빛나는 아름다운 면이 있어.

적어도 이 따뜻한 무역풍, 그것은 억세고 확고해서 발랄한 온화함을 지니고 하늘에서 곧장 똑바로 불어 바다의 비열한 조류가 아무리 굴절하고 선회한다 해도, 땅 위의 미시시피 강과 같은 큰 강이 범람해서 제 길을 벗어나 아무 데로나 흐를지라도 제 갈 길을 벗어나는 일이 없네. 그리고 영원한 두 극지까지 나의 배를 한결같이 밀어주는 무역풍, 그것이나 그와 비슷한 무엇인가가 조금도 변화하는 일 없이 힘에 찬 무엇인가가 배와 같은 나의 영혼을 앞으로 불어 보내는 거야, 저쪽으로 말이지! 돛대 꼭대기에 있는 자들이여, 무엇이 보이나?"

"아무것도 보이지 않습니다, 선장님."

"아무것도! 정오가 가까워지는데! 스페인 금화가 가져갈 사람이 없으면 울 거야. 태양을 보라. 그렇다, 그게 틀림없어. 너무 지나간 거야. 추월한 거지. 그래 지금은 내가 놈을 추적하는 게 아니라 놈이 나를 추적하고 있다. 괘씸하구나. 빨리 깨달았어야 했는데 바보! 그놈은 밧줄이나 작살을 질질 끌고 있지 않은가. 그래 어젯밤 사이에 나는 그를 지나온 거야. 뱃머리를 돌려라, 뱃머리에 정해진 망보기만 남겨 놓고 모두 내려와라! 아딧줄(바람의 방향을 맞추기 위하여 돛을 매어 쓰는 줄)에 붙어라!"

지금까지의 진로에서 바람은 대체로 피쿼드호의 뒤쪽에 불고 있었으나, 반대로 방향을 돌리자 활대를 돌린 배는 미풍을 안고 나가게 되어, 흰 배가 지나간 자리에 다시금 크림 같은 거품이 일게 했다.

"바람마저 거스르면서 그놈의 벌린 턱을 향해 나아가는구나." 스타벅은 새로 내려진 큰 돛대와 아딧줄을 난간에 감으면서 혼잣말을 했다. "신이여, 지켜주시옵소서. 그러나 이미 내 몸속의 뼈는 축축해져서 안쪽에서 내 살을 적시고 있는 것 같구나. 나는 뭐가 뭔지 모르겠다. 나는 신에게 복종함으로써 신을 거역하고 있는 것이 아닐까!"

"나를 매달아 올릴 준비를 하라!" 에이허브가 대마로 만든 바구니 쪽으로 걸어가면서 외쳤다. "이제 곧 그놈을 만나게 될 거다."

"네, 선장님." 스타벅은 즉시 에이허브의 명령에 따르고 다시 에이허브는 높이 올려졌다.

꼭 한 시간이 지났다.

두들겨 편 금박처럼 몇 세기로 연장되었다고 느껴지기도 했다. 시간 그 자체가 견딜 수 없는 긴박감으로 숨을 죽이고 있었다. 그러자 드디어 뱃머리 바람 불어오는 쪽의 약 삼점三點 방향에서 에이허브는 또다시 물뿜기를 확인했고 곧 세 개의 돛대 꼭대기에서 불꽃 혀가 소리를 지르듯 세 마디의 절규가 터져 나왔다.

"백경! 이리 와, 우리의 세 번째 맞대면이다! 거기 갑판에 있는 자들! 활대를 좀더 돌려라. 돛을 모두 달고 바람이 불어오는 쪽으로 향하라. 스타벅, 아직 보트를 내리기엔 너무 멀어. 돛이 몹시 떨고 있어. 망치를 갖고 키잡이를 감독하게! 그렇다, 그래. 놈은 빠르단 말이야, 나는 내려가야 해. 그렇지만 한 번만 더 이 높은 데서 충분히 바다를 바라봐야지. 그럴 시간은 있으니까. 너무나 낯익은 광경, 그럼에도 어쩐지 낯설군. 그렇다. 내가 어릴 적 낸터킷의 모래언덕에서 처음 보았을 때와 조금도 변하지 않았다! 똑같다! 똑같아! 노아에게도 나에게도 똑같다.

바람이 불어가는 쪽은 소나기가 쏟아지고 있군. 참으로 우아한 경치다. 그것은 어딘가 세상의 보통 육지와는 다른 열대수의 숲보다도 더욱 향기로운 땅으로 이끌려감에 틀림없다. 바람이 불어가는 쪽! 백경은 그쪽으로 간다. 그럼 바람이 불어오는 쪽을 보자. 험하긴 해도 좋은 방향이다.

그러나 잘 가거라, 안녕, 정든 돛대 꼭대기여! 이것은 무엇인가? 푸른빛이구나. 아, 나무 틈 사이에 조그마한 이끼가 끼여 있구나. 에이허브의 머리에는 그런 푸른빛이 없다. 거기에 인간의 노령老齡과 물체의 노령과의 차이가 있지. 그러나 낡은 돛대여, 우리들은 함께 늙었다. 그러나 나의 배여, 우리의 몸은 아직 건전하지 않은가? 단 하나, 다리가 없다. 그것뿐이다. 신께 맹세코 죽은 이 나무가 어느모로 보나 나의 산 육체보다도 훌륭하다. 나는 비교도 되지 않는다. 죽은 나무로 만들어진 배 안에는 용감하고 활기 있는 아버지의 정기精氣로 만들어진 인간의 생명보다도 더 오래 가는 것이 있다. 그래시 배화교도들은 뭐라고 했던가? 언제나 나의 뱃길의 안내자가 되어 앞서가며 또 한 번 온다고 했다. 어디서인가 내가 끝없는 계단을 내려간다고 가정하면 바다 밑바닥에서도 볼 수 있을까? 게다가 그놈이 빠진 데가 어디든지, 나는 밤새도록 멀리 와버리지 않았나.

그래, 그래, 배화교도여. 자네도 수많은 다른 사람들처럼 자신의 일에 대해선 슬픈 진실을 말했지만, 그러나 에이허브에 대해선 자네의 화살은 과녁을 벗어났다. 안녕, 돛대 꼭대기여! 내가 없는 동안에도 고래를 잘 살펴봐다오. 내일은, 아니 오늘 밤에라도 백경이란 놈이 대가리도 꼬리도 묶여서 발밑에 누웠을 때 이야기하자.”

그는 명령을 내렸다. 그리고 여전히 주위를 바라보면서 창창한 공기를 가르며 서서히 갑판으로 내려갔다.

이윽고 보트가 내려졌다.

그러나 에이허브는 보트 뒤쪽에 선 채 아래로 내려가려다가 잠시 망설이고 그때 갑판에서 한 줄의 교차된 밧줄을 잡고 있는 항해사를 향해서 손을 흔들어 멈출 것을 명령했다.

“스타벅.”

“네.”

“세 번째 나의 영혼의 배는 항해에 나가네, 스타벅.”

“네, 선장께선 그걸 바라시겠지요.”

“어떤 배는 항구를 떠나 그 후는 영원히 행방을 알 수 없게 되지, 스타벅.”

“정말입니다, 선장님. 가장 슬픈 진실입니다.”

“어떤 자는 썰물 때도 죽는다. 어떤 자는 물이 완전히 빠졌을 때, 또 어떤 자는 밀물 때……. 나는 지금 방금 부서지려는 파도의 꼭대기에 있는 것 같군. 스타벅, 나는 나이를 먹었어. 자, 악수하세.”

그들은 손을 잡고 서로 눈을 떼지 못했다. 스타벅은 눈물을 글썽거렸다.

“오, 선장님, 선장님! 소중한 분이여! 가지 마십시오, 가지 마십시오! 보십시오, 용감한 사나이가 울고 있습니다. 아픈 마음으로 당신을 설득하고 있습니다.”

“보트를 내려라!”

항해사의 팔을 뿌리치면서 에이허브가 외쳤다.

“전원, 준비!”

눈 깜짝할 사이에 보트가 물 위에 떴다.

“상어! 상어!”

돌연 이때 선장실 창문에서 고함치는 목소리가 있었다.

“오, 선장님, 선장님, 돌아오십시오!”

그러나 에이허브는 아무것도 듣지 못했다. 왜냐하면 그 자신이 소리를 크게 질렀고 보트가 무섭게 달리고 있었기 때문이었다.

그러나 그 목소리는 진실을 알리고 있었다. 그가 모선에서 떠날까 말까 할 때 수많은 상어가 선체 밑의 어두운 물속에서 나온 듯 노 끝이 물속에 들어갈 때마다 불쾌하게 거기에 달려들어 붙기를 계속하면서 보트를 쫓아갔다. 이런 일은 상어가 많은 해역에서 포경 보트에 흔히 있는 일이다. 그들은 가끔 행진하는 군대의 깃발 위를 나는 독수리와 같이 어떤 선견지명을 갖고 따라오는 것 같았다.

그러나 백경을 발견한 이후 피쿼드호가 상어를 본 것은 처음이었다. 그것은 에이허브의 보트 선원들이 모두 황색의 야만인들이고, 상어에게는 그들의 살이 더욱 향기롭기 때문인지는—그들도 그것을 잘 알기 때문에 무서워하는 것인데—알 수 없지만, 아무튼 상어들은 다른 보트에는 덤벼들지 않고 이 한 척만을 따라다니는 것 같았다.

"수없이 단련된 철의 심장이군."

스타벅은 뱃전에서 멀리 멀어져 가는 보트를 눈으로 쫓으며 중얼거렸다.

"저 광경을 보고도 여전히 기운차게 고함을 친단 말인가? 굶주려서 탐욕스러운 상어들 한복판에 보트를 내리고 입을 쩍 벌린 놈들에게 쫓기면서도 고래를 쫓는단 말인가? 더욱이 성공이냐 실패냐 하는 셋째 날에. 격렬한 연속적인 추적이 계속해서 사흘간 지속될 때 잊어서는 안 되는 건 첫날이 아침이고, 둘째 날이 낮이고, 사흘째는 밤이고 마지막이 된다.

그게 어떤 결말이든 가에 오, 신이여! 나의 몸속을 뚫고 달리는 것은 무엇입니까? 더욱이 죽은 듯이 조용하고, 그러면서도 가슴이 두근거리는 것은 전율의 절정에서의 정지인가? 미래가 텅 빈 윤곽과 뼈대만으로 눈앞에서 빙글빙글 춤추고 있어 과거는 어쩐지 희미하게 사라질 것만 같다.

그리운 메리! 당신은 내 뒤쪽으로 창백한 빛에 싸여서 사라져간다. 아기야! 네 눈이 이상하리 만큼 파랗게 보이는 것 같구나. 인생의 가장 신비로운 게 확실해지려는 것 같다. 그러나 구름이 밀려와서 방해를 놓는구나. 나의 여행길의 종말이 오는 것인가? 다리는 하루 종일 걸은 것처럼 힘이 빠져 온다. 심장은 어떤가? 아직 고동은 치고 있는가?

스타벅, 기운을 내라! 뿌리쳐라! 움직여라! 움직여! 큰 소리로 외쳐라! 여어이, 돛대 꼭대기에 있는 사람! 언덕 위에 서 있는 우리 아기의 손이 보이는가? 정신이 돌았나! 어이, 꼭대기에 있는 사람! 보트를 열심히 감시하라! 고래도 단단히 보고 있게! 저런, 또! 저 매를 쫓아버려라. 보라, 쪼아 대지 않은가? 바람개비를 찢는다."

(큰 돛대 꼭대기에 휘날리는 붉은 깃발을 가리킨다.)

"깃발을 뺏어 날아갔구나. 지금 노인은 어디쯤 있나? 저걸 보았나요, 에이허브 씨? 오, 떨린다, 떨려!"

보트가 그다지 멀리 가지 않았을 때, 돛대 꼭대기에서의 신호에 의해서 에이허브는 고래가 물속으로 들어간 것을 알았다. 그러나 다음에 떠오를 때 가까이에 있으려고 그는 모선에서 약간 비스듬히 나갔다. 주문에 묶인 듯한 선원들은 파도가 그것을 거스르는 뱃머리에 '꽝' 하고 부딪칠 때 깊은 침묵에 잠겨 있었다.

"이놈의 파도야! 너희들의 못을 박아라, 박아. 못대가리의 끝까지 두들겨 넣어라. 그러나 네놈들은 뚜껑이 없는 것을 두드리고 있을 뿐이다. 관도 내겐 소용없단 말이다! 밧줄만이 나를 죽인단 말이다, 핫핫!"

갑자기 그들 주위의 해면이 커다란 동그라미를 몇 겹이나 그리면서 천천히 부풀어올라온 순간 곧 마치 빙산이 물속에서 급속히 수면에 떠오를 때 비스듬하게 미끄러지듯 한꺼번에 솟아올랐다. 낮게 울리는 소리가 땅 속에서의 울림처럼 들렸다.

그때 모든 사람은 숨을 죽였다. 거대한 물체가 너저분하게 꼬리를 끄는 밧줄이며 작살이며 창 등에 얽혀서 기다랗게 물속으로부터 비스듬히 밀고 올라왔다. 엷게 늘어뜨린 안개의 베일을 수의처럼 걸치고 한순간 무지갯빛 하늘에 걸려 있다가 곧 바닷속으로 털썩 떨어졌다. 30피트 가량 튀어오른 물은 잠시 동안 수많은 샘처럼 빛났으나 그런 다음 펑펑 쏟아지는 눈처럼 떨어져서 동그라미를 그리며 출렁대는 해면의 고래의 대리석빛 몸 주위를 막 짜놓은 우유와 같이 크림빛으로 가득 차게 했다.

"저어라!"

에이허브가 노잡이들에게 소리치자 보트가 쏜살같이 돌격했다. 그러나 백경은, 어제 새로 찔려 썩어들어가는 작살 때문에 광란하여 하늘에서 내려온 온갖 천사의 무리에 싸여 있는 것 같았다. 폭 넓고 허연 앞이마 가득히 층을 이루고 있는 힘줄은 투명한 피부 밑에서 모두 붙들어 매어져 있는 것처럼 보였다.

그 이마를 물 위에 내놓고 꼬리로 보트 사이의 수면을 휘저어 가면서 앞으로 나와서, 이번에도 또다시 보트를 교란하며 두 항해사의 보트에서 작살이며 창을 마구 쏟아지게 하고, 그 두 보트의 뱃머리 위쪽을 닥치는 대로 때려 부쉈으나, 에이허브의 보트만은 거의 아무런 상처도 입지 않았다.

대그와 퀴퀘그가 부서진 배 판자를 막고 있었으며, 그들에게서 멀어져 가려던 고래가 뒤를 돌아보고 옆으로 돌진하면서 몸체의 한쪽을 전부 보였을 때 갑자기 울부짖음이 일어났다.

고래의 등에, 여러 겹으로 묶이고 전날 밤 그 고래가 얽히는 밧줄 속에서 몸부림쳐서 생긴, 무수하게 엉킨 밧줄에 걸려서 거의 찢겨져 나간 배화교도의 시체가 보였다. 그 새까만 옷은 너덜너덜 찢어지고, 부풀어오른 눈은 똑바로 에이허브 쪽을 쳐다보고 있었다.

작살이 에이허브의 손에서 떨어졌다.

"놀리는구나, 놀려!" 에이허브는 길고 희미하게 숨을 돌이켰다. "흠, 배화교도놈! 또 만났구나! 과연 너는 먼저 갔다. 그리고 이것이 네가 약속한 관대란 말이지. 그러나 나는 네 마지막 한마디까지 잘 생각해야겠나. 자, 두 번째 관대란 뭔가? 항해사들, 배로 돌아가라! 자네들의 보트는 이제 못쓰겠네. 시간이 맞으면 수선해서 다시 한 번 나오게. 만약 오지 않는다면 죽는 것은 에이허브만으로 충분해. 이봐, 내 보트에 탄 자들, 모두 앉아라. 내가 서 있는 이 보트에서 뛰어나가려는 놈이 있으면 발견하는 대로 그놈을 이 작살로 찔러 버릴 테다. 너희들은 나와 다른 인간이 아니다. 나의 팔이며 다리다. 그러니까 복종해라! 고래는 어디 있나, 다시 들어갔나?"

그러나 그는 보트 근처만을 보고 있었다. 백경은 짊어진 시체와 더불어 달아날 생각이었는지, 조금 전에 만났던 지점은 그의 바람 불어가는 쪽으로 가는 여행 도중 하나의 쉬는 곳에 불과했는지 다시 착실하게 전진하기 시작했다. 그리하여 지금까지 그와 반대 방향으로 달리다가 바로 조금 전부터 잠깐 머물러 서 있던 모선 근처를 지나가고 있었다. 그는 전속력으로 헤엄치고 있는 듯했고, 오직 해상의 자기의 갈 길을 곧장 전진하려는 것 같았다.

"오, 에이허브!" 스타벅이 외쳤다. "지금이라도 이 사흘째 되는 날에 그만 두기에 늦지 않습니다. 보시오, 백경은 당신을 찾고 있지 않습니다. 미친 사람처럼 쫓아가는 것은 당신이오, 당신이에요!"

일어나는 바람에 돛을 달고 외로운 보트는 노와 돛의 힘으로 바람 불어가는 쪽으로 빠르게 밀려가고 있었다. 드디어 에이허브가 모선 곁을, 난간에서 바라보고 있는 스타벅의 얼굴을 확실히 분간할 수 있을 정도로 바싹 지나쳤을 때, 그는 모선을 돌려 적당한 간격을 두고, 너무 빠르지 않게 뒤를 쫓아오도록 명령했다.

위를 올려다보니 거기에는 태슈테고, 퀴퀘그, 그리고 대그가 열심히 세 개의 돛대 꼭대기로 기어오르려 하는 참이었다. 한편 노잡이들은 지금 막 뱃전에 매달아 올린 두 척의 부서진 보트 안에서 흔들리면서 분주하게 수선하고 있었다. 또한 그가 차례로 뱃전의 창문 앞을 급히 지나갈 때, 그 창문에서 스터브와 플라스크가 갑판의 새 작살이며 창더미 속에서 바쁘게 돌아가고 있는 게 힐끗힐끗 보였다.

그가 이런 모든 것을 보고, 부서진 보트 안에서 울리는 망치 소리를 들었을 때, 그것과는 전혀 다른 망치가 그의 심장에 못을 때려박고 있는 듯했다. 그러나 그는 기운을 도로 찾았다. 그리고 큰 돛대 꼭대기의 바람개비 노릇을 하는 깃발이 없어진 것을 확인하자 그때 마침 그곳 발판에 올라가 있던 태슈테고를 향하여 외치고 다시 깃발과 망치와 못을 가지러 내려와 깃발을 돛대에 박도록 명령했다.

백경은 사흘 간의 추적을 받고, 또한 그에게 달라붙은 엉키고 엉킨 짐이 헤엄치기에 방해가 되어 피로했는지, 아니면 그의 속에 잠재해 있는 기만과 간사한 꾀와 마음에 기인한 것이었는지, 그 어느 쪽이 진실이었든 간에 백경의 속도는 느려지기 시작했다. 따라서 그를 뒤쫓는 보트와의 거리는 추적 직전과는 비교도 되지 않을 정도로 좁혀졌다.

한편, 에이허브가 파도 사이를 헤쳐 나갈 때 무지막지한 상어들이 언제까지나 따라다니며, 아주 집요하게 보트를 물고늘어지고 물을 젓는 노에 끊임없이 덤벼들어 물어뜯어서 그 노 끝은 톱날처럼 잘게 갈라지고 물을 저을 때마다 작은 파편들을 바다에 남겨 놓았다.

"개의치 마라! 이놈들의 이빨이 너희들의 노받이가 되어 주는 거야. 저어라! 아무 반응이 없는 물보다는 상어 턱이 오히려 노를 쉬게 하기에 편해."

"그렇지만 선장, 물어뜯을 때마다 얇은 노가 점점 작아져 버립니다."

"그래도 충분해. 저어라! 그런데 이건 모르겠는걸……. 이 상어놈들이 헤엄치고 있는 것은 고래를 먹으려는 건지 아니면 이 에이허브를 먹으려는 건지를. 아무튼 저어라! 이봐, 모두들 기운을 내라! 놈은 가깝다. 키자루, 키자루를 잡아라! 나를 그리로 가게 해다오." 그러자 두 노잡이가 그를 도와 질주하고 있는 보트의 뱃머리로 가게 했다.

드디어 보트가 한쪽으로 기울면서 백경의 옆구리와 평행해서 달리기 시작했다. 그러자 고래는 종종 일어나는 일이지만 이상하게도 앞으로 가는 것을 잊어버린 것 같았다. 그래서 에이허브는 고래가 뿜는 물에서 흩날린 거대한 산과 같은, 고래등 주위의 자욱한 안개 속에 거의 들어가버리고 말았다. 그래서 그렇게 접근한 때를 이용해서 그는 등을 굽히고 양팔을 길게 뻗쳐 높이 들어올려 균형을 잡고 예리한 작살을 던져서 더욱 날카로운 저주를 증오스러운 고래에게 던졌다.

그 쇠칼날과 저주가 백경의 눈구멍을 마치 습지濕地에 파고들 듯이 찔렀을 때, 백경은 옆으로 몸을 뒤틀고 그 보트와 가까운 곳에서 옆구리를 경련적으로 회전시켜서 뱃머리에 부딪치며 구멍은 내려 하지 않고 갑작스럽게 보트를 뒤집어엎을 듯이 기울였다. 그때 에이허브는 뱃전의 높아진 곳에 달라붙어 있었는데, 만일 그렇지 않았다면 다시 바다에 내동댕이쳐졌을 것이다. 그 대신 노잡이 세 명이 작살을 던지는 순간을 미리 짐작하지 못하고, 그 때문에 계속해서 일어나는 일에 대비하지 못했기 때문에 내팽겨쳐졌던 것이다.

그러나 너무 급격히 당했으므로 다음 순간에는 그 중 두 사람이 곧 뱃전을 움켜잡고 밀려오는 파도를 타고 뱃전 높이까지 와서 몸째 보트 속으로 굴러 들어왔다. 셋째 번 사나이는 운 나쁘게도 뒷갑판 쪽으로 떨어졌으나 그래도 물 위에 떠올라 헤엄치고 있었다.

그와 거의 동시에 백경은 느닷없이 강한 결의를 품은 듯 거품이 이는 물결을 헤치고 질주하기 시작했다. 그러나 에이허브가 키잡이에게는 밧줄을 따라 방향을 바꾸어 단단히 쫓아야 한다고 외치고, 또 노잡이에게는 그 자리에 다시 앉아서 보트가 목표를 향해서 당겨지도록 하라고 명령했을 때, 그 순간 불안하게도 밧줄은 당긴 긴장에 견디지 못해서 공중에서 끊어져버렸다.

"내 속에서 부러진 것은 무엇인가? 근육이 소릴 냈어! 아니 아직 끄떡없다. 저어라, 저어! 놈을 향해 돌격하라!"

파도를 깨뜨리는 보트의 무서운 기세를 보자, 고래는 몸을 한 번 회전하여 자세를 고치고 그 흰 앞이마를 쑥 내밀어 덤벼들려고 하다가 몸을 돌리는 순간에 접근해 오는 모선의 검은 선체를 확인하자, 아마도 그곳에 자신을 박해하는 모든 것이 있다고 느꼈는지 아니면 보다 거대하고 고귀한 적이라고 느꼈는지, 갑자기 그는 불꽃 같은 거품의 소나기 속에 턱을 부딪치며 접근해 오는 모선의 뱃머리를 향해 맞부딪치려 했다.

에이허브는 비틀거리며 한 손으로 이마를 두드렸다. "눈이 보이지 않아. 그래도 나는 앞으로 나갈 테다. 내 앞을 손으로 더듬어라. 벌써 밤인가?"

"고래! 배!" 노잡이들은 몸을 웅크리며 불러 댔다.

"노를 잡아라! 노를! 오, 바다여, 밑바닥까지 기울여 다오. 이 에이허브가 너무 늦어지기 전에 적을 향해서 다시 한 번 마지막으로 더 부딪쳐 가고 싶다. 아, 보인다. 배다! 배다! 모두들 마구 달려라! 배를 구하고 싶지 않은가?"

그러자 노잡이들이 필사적으로 보트를 때리는 파도 속을 돌진했을 때 조금 전에 고래에게 얻어맞았던 덕판(배의 이물 끝 가장자리에 덧놓은 널판지) 끝의 판자 두 장이 떨어져나가 눈 깜짝할 사이에 불구가 되어버린 보트는 거의 물결에 닿을듯 말듯하게 떠 있어서, 선원들은 절반이나 물에 빠져 첨벙거리면서 열심히 구멍을 틀어막기도 하고 밀려들어오는 바닷물을 퍼내기도 했다.

그 무서운 순간에 돛대 꼭대기의 태슈테고의 망치는 손에서 축 늘어지고,

또한 줄무늬의 모포처럼 그를 반쯤 싸고 있던 붉은 깃발은 마치 그의 심장이 앞으로 튀어나온 듯 그에게서 떠나 똑바로 나부꼈다.

한편 스타벅과 스터브는 밑의 제1사장第一斜牆에서 서서 그와 동시에 덮쳐 오는 괴마를 보았다.

"고래다, 고래다! 키를 위쪽으로, 키를 위쪽으로! 오, 하늘의 자애로우신 여러 영靈들이여, 저를 꼭 안아 주십시오! 스타벅이 죽지 않으면 안 된다면 적어도 연약한 한숨과 같이 죽지는 않게 해주십시오. 바보! 키를 위쪽으로 돌리란 말이다! 턱, 턱이다! 이것이 고작 나의 가슴이 터질 듯한 기도, 나의 평생의 진실의 결과란 말인가! 오오, 에이허브, 에이허브, 당신이 한 일을 보시오! 단단히, 키잡이여, 단단히! 아니, 아니, 다시 한 번 키를 위쪽으로! 놈이 이쪽을 향해 온다. 무지막지한 이마를 부딪쳐 오지만 우리의 할 일은 달아날 수 없는 거다. 아아, 신이여, 제 곁에 서 주시옵소서!"

"누구라도 좋아. 스터브를 구해줄 생각이 있는 사람은 곁이 아니라 밑에서 달라. 스터브도 여기서 움직이지 않을 테다. 고래놈, 비웃고 있구나. 나도 네놈을 비웃는다. 도대체 이 스터브를 구할 자, 스터브의 눈을 떠 있게 하던 자는, 이 스터브의 밝은 눈알뿐이었다. 그런데 한심한 건 스터브는 이제부터 잠을 자지 않으면 안 되겠는데, 이불이 너무 포근하단 말이다. 하다못해 덤불이라도 깔려 있으면 좋겠구나.

비웃는 고래야, 나도 비웃는다. 이봐, 태양이여, 달이여, 별이여! 그대들은 지금까지 죽은 어떤 사람보다도 착한 사나이의 하수인이다. 그러나 그대들이 술잔을 들 수 있다면 이별주를 건배하고 싶구나. 오, 오, 오, 빙글빙글 웃고 있구나. 고래놈, 이제 그 입 가득히 처먹겠구나. 이봐요, 에이허브, 어째서 달아나지 않소? 난 말이오, 신발하고 재킷을 벗고 뛰어들고 싶소. 스터브는 말이오. 팬티바람으로 죽고 싶단 말이오. 곰팡내가 매우 나고 소금 냄새를 풍기는 죽음이지만 말이오. 버찌, 버찌다, 버찌! 이봐, 플라스크, 죽기 전에 한 개라도 좋으니 버찌를 먹고 싶네 그려!"

"버찌? 난 그저 그게 자라고 있는 곳에 가고 싶을 뿐일세. 스터브, 내 불쌍한 어머니가 내 급료를 조금이라도 찾아 두었다면 좋겠군. 왜냐하면 이것으로 항해도 끝날 테니, 이젠 단돈 한 푼도 주지 않을 걸세."

거의 모든 선원들이 선장이 서 있곤 하던 뱃머리에서 멍하니 바라다볼 뿐 망치, 판자조각, 창, 작살 등은 그들이 일들을 내동댕이치고 뛰쳐나왔을 때 그대로 기계적으로 손에 쥐어져 있을 뿐이었다. 저주에 찬 그들의 눈은 모두 고래에게로 쏠렸다.

고래는 운명을 손아귀에 쥔 듯 머리를 야릇하게 좌우로 흔들면서 돌진하고 그 전면에 반원을 그리며 사방으로 퍼지는 거품으로 넓은 띠를 만들고 있었다. 그 모습에는 박해에 대한 보복, 험악한 복수, 영원한 악의 등이 가득히 넘치고 있어 산 사람의 힘으로는 아무런 저항도 할 수 없었다. 고래의 튼튼한 흰 성벽 같은 그 머리가 배의 덕판 오른쪽을 때려 사람도 목재도 모두 비틀거렸다. 어떤 자는 앞으로 고꾸라지기도 했다. 작살잡이의 머리는 떨어진 용의 머리처럼 그 황소 같은 목 위에서 떨렸다. 부서진 구멍으로부터는 바닷물이 계곡의 격류처럼 밀려들어왔다.

"배가 관대棺臺구나, 제2의 관대다!' 에이허브는 보트 위에서 외쳤다. "저 거야말로 미국 재목이구나!'

고래는 가라앉는 선체 밑으로 들어가 용골을 따라 진동하면서 달리다가 물속에서 회전하더니 뱃머리의 좌현에서 멀리 떨어진 곳에 화살처럼 몸을 내밀었다. 그곳은 마침 에이허브의 보트에서 불과 몇 야드 지점이었는데 거기에서 잠시 멈춰 섰다.

"나는 태양에 등을 돌린다. 왜 그런가, 태슈테고! 그대 망치 소리를 들려주게나. 오, 나의 불굴의 세 첨탑이여, 깨질 줄 모르는 용골이여, 신만이 상처를 입힐 수 있는 선체여! 견고한 갑판, 오연한 키, 북극성을 가리킨 뱃머리……. 죽는다 해도 찬연한 배여! 그러면 너도 멸망해야 한다! 더욱이 나와는 따로따로 말인가? 내겐 가장 비참하게 파선된 배의 선장이 지니는 그런 마지막 절절한 자랑조차도 주어지지 않는단 말인가! 오, 고독한 생의 끝에 고독한 죽음! 오, 나의 최고의 위대함은 나의 최고의 슬픔 속에 있다고 느낀다. 오, 나의 흘러간 생애의 거친 파도여, 모두가 끝없는 먼 곳에서 다시 밀려와 이 높고 높은 나의 죽음의 파도를 더욱 높이 일게 하라! 그대는 파괴력을 휘두르지만 정복할 힘도 없다.

고래여, 나는 네놈을 향해 덤비고 네놈과 맞붙어 싸워 지옥 한복판에서 너를 찌르고 오직 증오에서 마지막 숨을 너에게 몰아붙이겠다. 모든 관도, 관대도 커다란 물웅덩이 속에 가라앉게 하렴. 그러나 그런 건 내게 아무 소용이 없다. 저주받을 고래놈, 나는 네놈에게 붙들린 채 네놈을 추적하고, 그리고 산산이 깨뜨리겠다. 자, 이 창을 받아라!'

작살이 던져졌고, 찔린 고래는 달아났으며 밧줄은 불이 붙은 듯 홈을 달리다 엉키고 말았다. 에이허브는 몸을 굽혀 그것을 풀려고 했다. 훌륭하게 풀렸다. 그러나 밧줄의 고리가 그의 목에 감겨 그는 터키의 벙어리가 희생자를 목조를 때처럼 소리도 없이 선원들이 그가 없어진 것을 알기도 전에 보트에서 내던져졌다. 다음 순간 밧줄 끝의 무거운 고리가 완전히 텅 비어 버린 밧줄통에서 튀어나가 한 노잡이를 쓰러뜨리고, 바다를 치며 물속 깊이 사라지고 말았다.

순간 돛을 잃은 선원들은 막대기처럼 섰다가 잠시 후 뒤를 돌아보았다. "배는? 오, 신이여, 배는 어디에?" 곧 어두컴컴하게 눈을 가리는 자욱한 수증기를 통해서 희미하게 사라져가는 그림자가 보였다. 그것은 뿌옇게 일어나는 신기루 속의 무엇처럼 보였다. 돛대의 꼭대기만이 물에서 나와 있을 뿐, 그때 이교도인 작살잡이들은 일찍이 높이 우뚝 솟아 있는 그들의 발판에 매혹되어서인지 충성된 마음에서였는지, 아니면 운명에 의해서였는지 꼼짝도 하지 않고 가라앉으면서 바다 위의 망보기를 계속하고 있었다.

그리고 나서 동심원을 그리는 소용돌이가 떨어져서 떠도는 보트도, 그 선원들도, 떠 있는 노도, 창대도, 모두를 사로잡아 그들이 생명이 있건 없건 모든 것을 하나의 소용돌이 속에 모두 휩쓸어 빙글빙글 돌리면서 피쿼드호에 속한 것이라곤 나뭇조각 하나도 남기지 않고 눈앞에서 삼켜버리고 말았다.

그러나 마지막으로 휩쓸어 가는 물결이 서로 뒤섞이면서 큰 돛대 꼭대기에서 가라앉아 가는 인디언의 머리 위를 덮었고, 눈에 보이는 것이라곤 다만 곧게 서 있는 몇 인치 가량의 둥근 목재와 닿을듯 말듯하게 무서운 물결에 장단을 맞추면서 아이러니하게 흔들흔들 길게 나부끼고 있는 깃발뿐이었다. 그 순간 빨간색의 팔과 뒤로 치켜올려진 망치가 공중으로 밀려 올라와서 그 깃발을 천천히 사라져 가는 원재에 단단히, 더욱 단단히 못질하려 하고 있었다.

한 마리의 매가 별 사이의 자기의 보금자리에서 내려와 놀리듯이 돛대 머리를 따라와서 깃발을 주둥이로 쿡쿡 쪼거나 하여 일을 방해하고 있었는데 그 새의 커다란 날개가 우연히 망치와 목재 사이에 끼였다.

그러자 곧 물속의 야만인은 죽음의 몸부림 속에 천상적天上的인 전율을 느끼면서 그 망치질을 하다가 그대로 움직이지 않았다. 하늘의 새는 천사와 같은 외침 소리를 내며 왕자다운 주둥이를 하늘로 쳐들고, 사로잡힌 온몸은 에이허브의 깃발에 둘둘 감겨, 그의 배와 더불어 가라앉고 말았다. 배는 사탄과도 같이 살아 있는 하늘의 한 조각까지 함께 끌어넣고, 그것을 모자로 하지 않고는 결코 지옥으로 가라앉으려고 하지 않았던 것이다.

이때 조그마한 해조의 무리가 아직도 입을 벌리고 있는 심연 위를 외치면서 날아다녔다. 심연의 험한 측면에는 음산한 흰 파도가 찰랑거리고 있었다. 모든 것은 무너졌다. 바다의 커다란 수의壽衣는 5천 년 전에 굽이치던 것과 마찬가지로 굽이치고 있었다.

H. 멜빌의 삶과 문학세계

■ 생애와 작품

　미국의 소설가인 H. 멜빌(Herman Melville)은 1819년 8월 1일 뉴욕의 부유한 무역상 집안의 8남매 중 셋째 아들로 태어났다. 유년시절에는 물질적으로 아무런 부족함 없이 보냈으나, 제2차 대영전對英戰 후에 발생한 경제공황의 여파로, 1832년 아버지가 거의 파산상태에 이른 가정만 남긴 채 죽었기 때문에 학교도 그만두고, 은행·농장·상점·학교 교사 등의 직업을 전전하였다.

　이러한 상황에서 바다에 대한 동경과 타고난 방랑벽 때문에 바다로 나갈 결심을 하고, 1839년 6월 상선의 선원이 되어 영국의 리버풀까지 항해를 하고 귀국 후 다시 학교 교사가 되었다. 그러나 한 학기를 겨우 근무하고 여러 직장을 찾아 헤매다가 여의치 않자, 1841년 포경선 아큐시넷호를 타고 남태평양을 항해하다가, 선중船中 생활의 고달픔을 이기지 못해 탈출하여 식인종 타이피족의 섬에서 1개월 정도 연금당했다.

　그러다 호주의 포경선에 의해 구출되었으나, 타이피족의 섬에서의 작업을 거부하여 영국 영사관에 강제 수용되었다. 그 후 미국 포경선을 비롯하여 호놀룰루의 상점원 등 잡다한 직업에 종사한 뒤, 1844년 미국 군함 유나이티드 스테이츠호에 승선하여 보스턴으로 돌아갔다.

　이리하여 4년여에 걸친 바다에의 방랑은 끝났으나, 대학의 정규교육을 받을 기회가 없었던 그에게는, 포경선에서의 생활은 예일 대학이나 하버드 대학에 비교될 만한 것이 있었다. 즉, 이 생활의 경험이 후에 그의 주된 작품의 소재가 된 것이다.

지금껏 육체의 세계를 방랑해 왔던 그는 여기서 180도 방향을 전환하여 정신세계를 방랑하기 시작했다. 즉 문필생활을 시작한 것이다.

1846년 타이피족의 섬에서 살았던 기구한 경험을 그린 〈타이피(Typee)〉를 발표하여 문필활동을 시작, 잇달아 작품을 내놓았다. 남태평양에서의 태평스러운 방랑생활을 엮은 〈오무(Omoo)〉(1847)를 발표하여 호평을 받았고, 그 해 8월에 매사추세츠 주 재판장의 딸 엘리자베스 쇼와 결혼하여 뉴욕에 정주定住했다.

결혼 후 1849년에 발표한 가공의 남해 모험담 〈마디(Mardi)〉는 단순한 모험담에 만족하지 못한 그의 실험적 작품인데, 주인공의 환상의 미녀 탐구에 우화적 의미寓話的意味를 주어, 유럽의 여러 나라와 미국에 비유한 섬나라를 순회하는 동안에 문예비평·사회풍자, 철학자 의미가 전개된다. 이것은 작가의 사상이 얼마나 깊고 예술적 관심이 얼마나 높은가를 나타내는 중요한 작품이지만, 호평을 받지 못했기 때문에 그는 가시 체험에서 우러난 이야기로 되돌아가, 리버풀을 왕복하는 상선생활을 그린 〈레드번(Red burn)〉(1849), 군함생활을 그린 〈하얀 재킷(White Jacket)〉(1850)을 발표하였다.

그러나 이러한 작품은 단순한 기록으로 그치는 것이 아니고, 주인공이 이민선, 리버풀의 뒷거리, 군함생활 등의 참상과 악을 알게 되고, 나아가서는 악의 화신化身과도 같은 인물을 만나 심오한 인생개안人生開眼에 이르는 과정이 묘사되어 있다.

1850년, 장인에게서 빌린 돈으로 매사추세츠 주 피치파일드 교외에 농장을 사서 이사했다. 마침 근방에 사는 선배 작가인 호손의 단편집을 읽고, 자기와 극히 가까운 영혼을 발견한 느낌으로 찬사로 가득 찬 호손론論〈호손과 그 이끼〉를 잡지에 발표한 적도 있다.

이렇게 가까이 살게 되면서부터는 종종 자기 문제를 들고 가서 경모하는 선배 작가의 영혼의 문을 두드렸다. 그로 인해 두 사람의 교제는 1년 반 정도 계속되었으나, 결국 멜빌의 일방적인 것으로 끝났다. 그래도 그는 정력을 다해서 고래를 주제로 한 장편을 쓰고, 이를 호손에게 바쳤다. 대표작 〈백경

〈Moby Dick : 영국에서는 The White Whale〉〉(1851)이 바로 그것이다.

오늘날 세계문학상 걸작의 하나로 평가받고 있는 이 작품도 발표 당시에는 이해되지 않았고 전혀 평판에 오르지도 못했다.

그 후 1852년에 발표한 〈피에르(Pierre)〉에서는 경험에 입각한 해양이야기에서 탈피하여 시골의 부유한 평민 집안의 외아들 피에르가 이복누이 이자벨을 구하려고 하다가 빠져들어간 비극적인 생애를 그렸다. 그는 칼뱅니즘적 그리스도교 사상에 의지하면서도 때로는 그 범주를 넘는 견해를 제시하여 인간심리의 착잡함을 비유적·상징적으로 묘사하려 하였기 때문에, 이 작품도 〈백경〉과 마찬가지로 당시에는 충분히 이해되지 못했다.

이외에도 마지막 장편 〈사기꾼(The Confidence Man)〉(1857), 중편 〈서기 버틀비(The Clerk Bartleby)〉(1855), 〈베니토 세레노 선장(Benite Cereno)〉(1855)과 유작이 된 중편 〈빌리 버드(Billy Budd)〉(1888)가 있으며, 시집 〈Clarel〉(1876)과 〈Timoleon〉(1891) 등이 있다.

근대적 합리성을 거부하는 철학적 사고, 풍부한 상징성이 그의 본질이었으나, 금세기에 들어와서야 그것이 단순한 해양 모험담의 작가가 아니고, 동시대의 친구 호손과 더불어 인간과 인생의 암담함에 비극적 통찰을 첨가한 상징주의의 철학적 작가로서의 평가를 받고 있다.

■ 〈백경〉에 대하여

1851년 영국에서는 〈The White Whale〉, 미국에서는 〈Moby Dick〉이라는 제목으로 발표된 이 작품은 당시에는 아주 소수의 사람들에게밖에는 인정을 받지 못했다. 확실히 이것은 그처럼 특이하고 심오한 작품이다.

그러나 차츰 사람의 이해를 초월하는 난해한 문학이 아니라, 오히려 보편적으로 사람들에게 호소하는 힘을 지닌 작품으로 인정받았다.

거대하고 흉포하며 교활한 모비 딕이라는 백경에게 한쪽 발을 물어뜯기고 복수귀復讐鬼가 된 에이허브 선장은, 복수의 일념에서 포경선 피쿼드호를 타고 낸터킷 항을 떠난다. 그리고 거경巨鯨의 행방을 찾아 대서양·태평양·인도양으로 항해를 하다가, 일본 열도 앞바다에서 간신히 찾아 헤맨 적을 만나게 된다. 이리하여 인간과 바다의 괴수 사이에 사흘 간에 걸친 사투가 벌어진다. 사흘째에 에이허브는 멋지게 작살을 고래에 명중시킨다. 그러나 작살의 줄이 목에 걸려 고래와 함께 그도 바다 깊이 가라앉는다. 또한 피쿼드호도 고래가 구멍을 뚫어 물속으로 가라앉고, 이 이야기를 이끌어 나가는 청년 이스마일 외에 모든 선원들은 죽는다.

작가는 에이허브 선장의 항해를 이야기하면서 고래의 박물학이나 포경의 실제 등 내용 전개와는 직접 관계가 없는 장章을 군데군데 삽입하기도 하고, 독백만의 장이나 극의 형식의 장을 설정하기도 하여 전체적으로 스케일이 방대하고 변화가 풍부한 작품이 되었다. 또한 문장은 내용에 알맞게 장중하고 격조가 높다.

이 작품이 단순한 항해의 모험담이 아니고 그 이상인 점은, 상징적 의미가 부여되어 있다는 것, 이를테면 선과 악의 투쟁을 다룬 점과 그 밖에 읽는 사람에 따라 여러 가지로 해석이 가능하다는 데에 있다. 이렇듯 인간 정신의 심연을 들여다본 작가 H. 멜빌의 격렬한 정열은 독자의 마음을 강하게 울린다.

H. 멜빌

1819   8월 1일 뉴욕 파르 가에서 부유한 무역상 집안의 셋째 아들로 출생

1832   (13세) 1월 실의에 빠져 있던 아버지 별세. 백부가 중역으로 있던 뉴욕 주립 은행 근무

1837   (18세) 피츠파일드의 국민학교에서 근무 시작

1839   (20세) 소품 〈탁상 단편〉을 지방지에 게재. 대서양을 횡단하는 세인트로렌스 호에 급사로 승선하여 리버풀까지 항해. 가을에 귀국하여 다시 초등학교 교사가 됨.

1841   (22세) 포경선 아큐시넷호에 승선

1842   (23세) 친구와 함께 아큐시넷호를 탈출하여 식인종 타이피족의 섬에서 1개월 정도 연금당함. 호주의 포경선 루시안호에 의해 구출되었으나 타이피섬에서의 작업 거부로 영국 영사관에 강제 수용됨.

1844   (25세) 미국 군함 유나이티드 스테이츠호에 승선하여 보스턴으로 돌아옴.

1846   (27세) 타이피족의 섬에서 살았던 기구한 운명을 그린 〈타이피〉를 발표하여 문필활동을 시작함.

1847   (28세) 〈오무〉를 3월에 런던에서, 5월에 뉴욕에서 발표하여 호평을 받음. 8월에 매사추세츠 주 재판장의 딸 엘리자베스 쇼와 결혼하여 뉴욕에 정착함.

1849   (30세) 장남 마감 출생. 가공의 남해 모험담 〈마디〉를 런던과 뉴욕에서 발표. 〈레드번〉을 8월에 런던에서, 11월에 뉴욕에서 발표

1850   (31세) 군함생활을 그린 〈하얀 재킷〉 발표. 장인에게서 빌린 돈으로 매사추세츠 주 피치파일드 교외에 농장을 구입하여 이사. 호손과 친교를 맺게 됨.

1851   (32세) 7월에 〈백경〉을 탈고하여 10월에 런던에서 〈The White Whale〉로, 11
        월에 뉴욕에서 〈Moby Dick〉으로 발표. 호손이 레옥스를 떠나 두 사람의 교
        제는 멜빌의 일방적인 것으로 끝남.

1852   (33세) 장편 〈피에르〉를 8월에 뉴욕에서 발표했으나 극히 좋지 않은 평을 받
        음.

1855   (36세) 〈베니토 세레노 선장〉, 〈서기 버틀비〉 발표

1857   (38세) 마지막 장편 〈사기꾼〉 발표

1861   (42세) 영사직을 찾아 워싱턴으로 가서 링컨 대통령을 만났으나 실패. 장인
        별세. 남북전쟁이 발발함.

1866   (47세) 12월 뉴욕 세관의 감독관이 됨.

1867   (48세) 장남 마감이 자기 방에서 피스톨에 맞은 시체로 발견됨.

1876   (57세) 장시집 〈Clarel〉 발표

1885   (66세) 12월 뉴욕 세관의 감독관 사임

1888   (69세) 유작이 된 중편 〈빌리 버드〉 발표

1891   (72세) 시집 〈Timoleon〉 발표. 9월 28일 영면(永眠)

홍신세계문학 005

백 경

초판 발행_1993년 8월 10일
개정판 중쇄 발행_2022년 2월 10일

지은이_ H.멜빌
옮긴이_정광섭
펴낸이_지윤환
펴낸곳_홍신문화사

출판 등록_1972년 12월 5일(제6-0620호)
주소_서울시 동대문구 안암로50-1(용두동) 730-4(4층)
대표 전화_(02) 953-0476
팩스_(02) 953-0605

ISBN 978-89-7055-805-9
ISBN 987-89-7055-800-4 (세트)